Kurt Guggenheims Roman «Alles in Allem» erschien erstmals 1952–1955 in vier Bänden und mit Illustrationen von Arnold Kübler und Hans Falk im Artemis-Verlag, Zürich. Die hier vorgelegte, sorgfältig revidierte Neuausgabe folgt dem Text der vom Autor durchgesehenen einbändigen Fassung letzter Hand, die 1968 bei Artemis und 1976 ein letztes Mal im Verlag Huber, Frauenfeld, verlegt wurde. Sie erscheint als Band III einer Kurt Guggenheim-Werkausgabe innerhalb von «Reprinted by Huber», einer offenen Folge bemerkenswerter Texte aus der mehrsprachigen Schweiz, ausgewählt und herausgegeben von Charles Linsmayer

3. Auflage 1998

Die Deutsche Bibliothek – CIP-Einheitsaufnahme
Guggenheim Kurt:
Alles in Allem: Roman. / Kurt Guggenheim. – Mit einem Nachw. und Ill. von Hans Falk und Arnold Kübler. Neu hrsg. von Charles Linsmayer. – Sorgfältig revid. Neuausg. – Frauenfeld: Huber, 1998
(Reprinted by Huber: Nr. 12)
ISBN 3-7193-1113-9
NE: GT

chutzumschlag: Ruedi Becker unter Verwendung einer Luftaufnahme von ürich, die Eduard Spelterini 1909 vom Ballon aus aufgenommen hat. Die latte befindet sich heute im Baugeschichtlichen Archiv der Stadt Zürich.
Herstellung: Arthur Miserez

REPRINTED
BY
HUBER

NR. 12

Kurt Guggenheim
«Alles in Allem»

Kurt Guggenheim, Werke III

«Alles in Allem»

Roman

Mit einem Nachwort und Illustrationen
von Hans Falk und Arnold Kübler
neu herausgegeben von Charles Linsmayer

Verlag Huber Frauenfeld

Bei den historischen Personen, die in diesem Roman vorkommen, ist das, was sie tun und reden, frei erfunden; bei den übrigen alles.

Die Wiedergabe der 16 Lithographien von Hans Falk (bis Seite 512 unserer Ausgabe) und der 10 Zeichnungen von Arnold Kübler mußte, da die Originale verloren sind, aus der Erstausgabe von 1952–1955 erfolgen. Sie geschah mit freundlicher Genehmigung von Hans Falk, Stromboli, und von Frau Ursula Vian-Kübler, Eus. Hans Falk hat die Reproduktion sämtlicher Illustrationen mit seinem Rat und Urteil begleitet.

(Verzeichnis siehe Seite 1088)

Die Stadt Zürich

liegt unter 47° 23' nördlicher Breite und 8° 33' östlicher Länge von Greenwich am nördlichen Ende des Zürichsees und an beiden Ufern der Limmat in einer nach Süden und Norden offenen Talmulde. Der Seespiegel glänzt bei mittlerem Wasserstand 406 Meter über Meer.

ERSTES BUCH

1900–1913

Erstes Heft

I. Kapitel

Die Tabelle von Müllers «Mein System» war neben dem Zylinder des Gasofens an der blaugeplättelten Wand des Badezimmers befestigt. In vierzehn verschiedenen Darstellungen führte darauf ein athletisch gebauter, schnauzbärtiger und nur mit einer Badehose bekleideter Mann jene Übungen aus, mit denen zu Beginn dieses Jahrhunderts ein auf Elastizität und guten Stoffwechsel bedachter Herr seinen Tag begann.

Meng war eben dabei, die letzte dieser Übungen, den Liegestütz, zu beenden. Hochrot, mit geschwollener Stirnader, die Zähne zusammengebissen, steif den Nacken, knickte er die Arme, bis sein Gesicht nur noch handbreit über der Kokosmatte schwebte, dann stemmte er sich wieder hoch. Sechzehn – noch viermal; siebzehn – wer rastet, der rostet; achtzehn – man muß den Körper plagen, sonst plagt er einen. Neunzehn – in wildem Aufruhr schlug das Herz, und dumpf brauste es in seinen Ohren. Ein letztes Mal noch sah er das Geflecht des Teppichs wie in einem Nebel dicht vor den Augen – zwanzig! Er sprang hoch und schleuderte die Stützen, zwei gekehlte Holzklötze, von sich, daß sie mit hellen Klang an die Röhre der Zentralheizung schlugen, stand einen Augenblick hochatmend da, dann entledigte er sich seines Nachthemdes, stieg in die Badewanne und betätigte die Brause.

Erst nachdem er die Weste zugeknöpft hatte, löste er die beiden metallenen Klammern von seinem semmelblonden Schnurrbart, dessen Enden nun forsch, nach Art Wilhelms des Zweiten – ich hab's erreicht – nach aufwärts stachen. Stahlblau das Auge unter buschiger Braue, fettlos und gebräunt das Antlitz, die dünnen Haare mit Drallés Birkenbrillantine weich und geschmeidig gemacht und dicht an den schmalen Schädel gelegt, hielt das Spiegelbild ernster Musterung stand, Selbstbeherrschung, Willen und männliche Überlegenheit ausdrükkend. Für achtundvierzig noch allerhand – schlank und rank von der Wasserkante, Salzluft in den Nüstern ...

Die matte Perle in das bauschige Blau der Krawatte gebettet, mit spitzen Schuhen aus Chevreauleder, die helle Guêtres halb bedeckten, bekleidet mit dem tadellos sitzenden, zweireihigen Anzug von taubengrauer Farbe, stieg der Hausherr die Treppe zum Erdgeschoß hinab. Die persischen Läufer dämpften seine Schritte. In der glasverkleideten Erkernische des Eßzimmers war sein Frühstückstisch gedeckt. Durch das geöffnete Fenster fiel der Blick des sich Setzenden auf den sonnenbeschienenen Rasen und die Büsche blühender Rhododendrons. «Guten Morgen, Herr Konsul», wünschte die Köchin Frieda, während sie den Tee und die unter zwei aufgeschlagenen Eiern noch leise brotzelnden Schinkenscheiben bereitstellte.

«Moin, Frieda», antwortete Meng leutselig, während er die «Frankfurter Zeitung» entfaltete, die, zusammen mit dem «Hamburger Fremdenblatt» und der «Neuen Zürcher Zeitung», neben seinem Gedeck gelegen hatte. Frieda zog sich lautlos zurück; die Standuhr im Vestibül schlug an, sechs ein Viertel.

Nach der Mahlzeit verfügte sich Meng in den sogenannten Wintergarten, schnitt dort mit einem Federmesser eine blaßrote Nelke, die er im Knopfloch seines Rockaufschlages befestigte. Im Herrenzimmer nebenan beugte er sich genäschig über das Rauchtischchen, entnahm der Kiste die kleine Morgenzigarre, «Bremer Zwischenakt» benannt, entzündete sie umständlich, die brennende Spitze begutachtend und sie mit einer flaumigen Bewegung einige Male unter der Nase hin und her führend.

In der Halle erwartete ihn bereits Frieda, den grauen Hut und den Stock mit der elfenbeinernen Krücke in den Händen. Nachdem der Hausherr beides von ihr entgegengenommen hatte, kniete sie vor ihm nieder und entflaumte mit einer breiten Bürste die Hosenstöße des Ausgangsbereiten. Meng blickte dabei auf den Rücken und die breite Kruppe der vor ihm Kauernden hinab, und diese verharrte, als sie ihr Geschäft beendet hatte, sekundenlang mit aufwärtsgewendetem, Untergebung ausdrückendem Gesicht vor ihrem Brotherrn. Dann war das Ritual der frühen Stunde zu Ende, und Meng verließ die Villa. Den Stock nach Art eines Degens, die Zwinge nach oben, an die Schulter gelegt, die Krücke leicht in die Hüfte gestützt, umgeben und gefolgt vom Rauchschleier der leichten Zigarre und dem Duft der frisch gepflückten Nelke, marschierte er den eisernen Gittern der Vorgärten entlang durch die morgendlich stille Seefeldstraße stadteinwärts.

In ihrer weißen Schürze, die eine Hand in die Hüfte gestützt, fuchsfarben das Haar und kraus, blickte unter dem Küchenfenster Frieda ihm nach. Sie stammte aus Füssen in Bayern. An jenem Tage, im September 1898, als sie im Hauptbahnhof Zürich ankam, läuteten die Glocken der ganzen Stadt, und dem jungen deutschen Mädchen wurde von einem Droschkenkutscher erklärt, daß draußen im Vorbahnhof ein schwarz ausgeschlagener Güterwagen stehe, in dem, eingesargt und unter Kränzen aufgebahrt, die Leiche Elisabeths ruhe, der Kaiserin von Österreich, die vor wenigen Tagen in Genf, am Ufer des Sees, von einem Anarchisten durch Dolchstöße ermordet worden sei. Diese Mitteilung war keineswegs dazu angetan, ihre seltsame Vorstellung von der Schweiz, in die sie gezogen war, wie man damals sagte, ihr Glück zu machen, zu entwirren. Aber Zürich, die «Fremde», war ihr vertraut und heimisch vorgekommen, als sie das Mengsche Haus im Seefeld betrat. Es und der Herr des Hauses im besonderen entsprachen völlig dem Bilde einer Herrschaft, wie es ihr von frühester Jugend her vertraut war. Man sprach hochdeutsch, und wer auch das Haus betrat, der Metzgerbursche von Wienecke an der Storchengasse, der Ausläufer des Bäckers und der Milchmann selbst, der täglich in der Frühe von Zollikon herab in die Stadt kam, bedienten sich dieser Sprache – von den Fremden und Gästen, unter denen sich ein Geheimrat befand, gar nicht zu reden. In ihrer Vorstellung bestand zwischen dem Deutschen Reiche und der Schweiz eine Art Bundesverhältnis, nicht so ganz innig wie zwischen dem Königreich Bayern und dem Deutschen Reiche, aber doch so, daß die Armeen im Falle eines Krieges zusammen marschieren und sich gemeinsam schlagen würden wie weiland Bayern und Preußen Anno siebzig. Vor drei Jahren, anläßlich der deutschen Journalisten- und Schriftstellertagung in der Tonhalle, hatte es im Mengschen Hause von Berliner Kritikern, sächsischen Doktoren und hanseatischen Literaten nur so gewimmelt, und einer von ihnen, ein berühmter, Zalesky mit Namen, wohnte über eine Woche unter ihrem Dach, und als er ging, drückte er Frieda ein Fünfmarkstück in die Hand, welches sie, als wäre es Schweizer Geld, ohne weiteres am Schalter der Kantonalbank an der Bahnhofstraße in ihr Sparkassenbuch eintragen lassen konnte.

Es herrschte völlige Stille im Haus. Mit breit geöffneten Knien, die rosigen Ellbogen aufgestützt, saß Frieda am Küchentisch und nahm den Rest von Mengs Tee zu sich. Aus vollem Konservenglas schöpfte sie die Quittengelee und bedeckte damit die butterbestrichene Scheibe des weißen Brotes. Diese Stunde, zwischen dem Auszug des Herrn und dem Lever der übrigen Hausbewohner, der Madame und des Kätchens, gehörte ihr. Um acht Uhr würde Frau Kling kommen, die Spetterin, und ein wenig später der Eismann und die Post; aber bis dahin ... Von Zeit zu Zeit fuhr mit viel Geläute ein Straßenbahnwagen vorbei, der Sonne entgegen, Tiefenbrunnen zu. Verlor sich sein Rumpeln, konnte sie das Summen der Bienen hören, die sich in den roten und violetten Blüten der Rhododendronbüsche zu schaffen machten, das Geräusch von Milchkannen, die aufgeladen wurden, irgendwo, in einer Seitenstraße. Die rosige Haut von Friedas Gesicht glänzte, die Augen, klein über den gedunsenen Wangen, drückten Genugtuung und List aus. Sie zählte Geld, benetzte den Bleistiftstummel, mit dem sie in ein abgegriffenes blaues Heftchen Ausgaben eintrug und nebenbei, auf einem Zettel, all die Dinge, deren sie bedurfte. Schließlich legte sie den Geldbeutel und den Zettel in den breiten Henkelkorb, der neben ihr auf dem Boden stand. Alsbald, sowie Frau Kling da ist, ziehe ich los, auf den Markt.

Meng, indem er stramm und leutselig fürbaß, dem Bellevue zustrebte, erlebte wie immer, wenn er gut in Form war, den morgendlichen Gang als eine Art Eroberungszug, als eine Besitzergreifung. Schritt er über die neue Quaibrücke, den schweren gußeisernen Geländern, den wuchtigen Kandelabern entlang, in der warmen Sonne des Morgens, die über die stille Fläche des Seebeckens her einflutete, und wandte er seine Blicke flußabwärts, in die Tiefe dieser Stadt hinein, die auf eine so eigenartige Weise sein Schicksal und seine Wahlheimat geworden war, kostete er ein Gefühl der Überlegenheit und der Klugheit; leise und selbstvergessen begann er einen Grenadiermarsch vor sich hin zu pfeifen.

Es kamen ihm, in ihren Stehkragen, Strohhüten und halblangen Hosen, die Mappen unter den Arm geklemmt, die Kantonsschüler und Gymnasiasten aus der Enge entgegen, die bleich und ernsthaft die Rämistraße hinauf zur Schule pilgerten, und es begleiteten ihn die Brückenwagen der Landwirte, die, von der Forch herab und aus den rechtsufrigen Seegemeinden kommend, ihre Gemüse zu Markte brachten, die

Frauen, ein bißchen schläfrig noch, neben ihnen auf dem Bock und eine Tochter oder ein Sohn hinten zwischen den Gemüsekörben auf der Wagenbrücke kauernd. Er kreuzte bei den Stadthausanlagen den pferdebespannten Omnibus des Hotels Baur, der zwischen den Marktständen die Bahnhofstraße hinabschwenkte. Die Linden grünten, die Zeit der leichten Bekleidung war angebrochen, etwas Heiteres und Festliches lag in der Luft; die Kastanienblüten in den Anlagen waren im Begriffe, sich zu entfalten, über den Balustraden der Bürklianlage flimmerte die Luft verheißungsvoll. Im Garten vor der Tonhalle, mit ihren beiden das Trocadero in Paris nachahmenden Türmen, stellten die Kellner die Tische zurecht und die Notenständer für das Orchester oben auf dem Pavillon. Die Ziegelsteine des roten Schlosses leuchteten im Morgenlicht, weiß und vornehm stand daneben das Palais Henneberg zwischen Föhren und Zedern, und dann kam, mit seinen Erkern, Balkonen und Karyatiden das weiße Schloß, und alles zusammen bildete eine heitere, vielgestaltige, dem See und dem Alpenkranz zugewandte Front, der entlang Gustav Wilhelm Meng mit seiner Nelke, seiner Bremer Importe und seinem geschulterten Stock dem Bahnhof Enge zuwanderte, einem auf einem weiten Platz stehenden, eher ländlich anmutenden Riegelgebäude. Wie jeden Morgen stand er dort auf dem Bahnsteig, wenn der Gotthardzug mit fauchender Lokomotive einfuhr, kurz anhielt, um dann durch den rauchschwelenden Ulmbergtunnel seinen Weg zum Hauptbahnhof fortzusetzen. Hierauf überquerte Meng die Passerelle, warf den Stummel seiner Zigarre auf das Geleise hinab und wanderte dann am Bürgli und der neuen Engekirche vorbei, durch die Waffenplatzstraße hinaus, zwischen der Brauerei und vereinzelten Bauerngehöften der Utobrücke zu. Hier in der Binz, unfern der Allmend, im Banne und Schatten des Uetliberges, eingerichtet in einem alten, ehemals ländlichen Hause, befand sich das Domizil der Installationsfirma Meng & Voubrasse. Es waren eben einige Mannen dabei, weiß emaillierte Badewannen vom Lastwagen zu laden. Den beiden mächtigen Brabanter Pferden waren die Zäume abgenommen und Hafersäcke umgebunden worden. Von Zeit zu Zeit hoben die Tiere die harten Köpfe, gleichsam um die Körner zu trinken. Voubrasse, im grauen Arbeitsmantel, stand dabei und überwachte den Ablad. Meng begrüßte den Teilhaber, indem er mit dem Stock einen Säbelsalut skizzierte, betrat das große Haus und stieg die Treppe hinan, zu den Kontorräumen empor. «Moin», sagte er, während er zwischen den Stehpulten hindurch seinem privaten Raum zustrebte. Er öffnete den Wandschrank, versorgte Hut und Stock, entledigte sich seines nelkengezierten Rockes, den er mit einer unscheinbaren Arbeitsjoppe vertauschte, und dann setzte er sich an sein Pult. Im sonnenlosen Raume, barhäuptig und des Blumenschmukkes bar, enthüllte sich sein Bild zu dem eines schmalköpfigen, dünnbehaarten, eher kleinen Tüchtigen, der sich mit magerem, hinter den Ohren tiefgekerbtem Hals über die Briefschaften beugte, die er mit sommersprossigen Händen vor sich bereitgelegt hatte. All das Herrenhafte, Nonchalante war aus seinem Gesicht verflogen, als wäre es eine Maske gewesen; verkniffen, zielstrebig, schmal die Augenschlitze, mit Äderchen, die an der Schläfe hervortraten, einen langgespitzten Bleistift in der Rechten, machte er sich an die Arbeit. Bemerkungen, Ausrufzeichen, Unterstreichungen wurden an den Briefen angebracht, Rechnungen nachgeprüft, Offerten durchkalkuliert, in Katalogen geblättert, mit anderen verglichen, Planskizzen mit Maßstab und Zirkel überprüft, Lieferscheine kontrolliert – emsig, still, gründlich, mit sparsamen Bewegungen.

Mengs Schreibtisch gegenüber hing an der geblümten Tapete ein Plan der Stadt Zürich im Maßstab 1:25 000, die bekannte Ausgabe von 1893, dem Jahr der Stadtvereinigung. Nachdem er das Körbchen mit der bearbeiteten Post durch das kleine Schiebefenster in die Kontorräume hinübergereicht hatte, stellte er sich vor der Wandkarte auf, und seine Blicke wanderten aufmerksam und in gesammelter Nachdenklichkeit über die große hellgrüne Fläche hinweg, die sich jenseits der w-förmigen Schleife der beiden Eisenbahnlinien des Kopfbahnhofes ausbreiteten. Es waren dort in den unbebauten Quartieren der Unteren Hard, Außersihls und Wiedikons mit rotem und blauem Farbstift Kreuze, Ringe und handschriftliche Zahlen eingetragen, und das Ganze verriet ein gewisses System. Einmal, daß sie sich beidseitig der Bahnlinie Zürich-Dietikon, bis zum Förrlibuck verteilten, und dann namentlich dadurch, daß sie sich im Raume Hardau, Streuwied und Heuried bis an die neue Stadtgrenze und noch ein wenig darüber hinaus häuften. Die Zahlen bedeuteten die Landpreise.

Der wilden Bodenspekulation nach der Stadtvereinigung – der Umsatz betrug im Jahre 1894 allein über hundert Millionen Franken – war um die Jahrhundertwende eine Krise gefolgt. Die Bevölkerungszahl war in den folgenden Jahren zurückgegangen; die Bodenpreise sanken. Diese Preisbewegung war auf Mengs Plan sehr sorgfältig vermerkt, mit durchgestrichenen blauen Zahlen, die durch rote ersetzt wurden. Zwar gab es noch ganze Gruppen von Ziffern, die blau geblieben waren, eine Art von Inseln inmitten des roten Sumpfes der Baisse. Es handelte sich um Grundstücke außerhalb des sogenannten Sihlfeldes, zwischen den Häusergruppen ob dem Hohlweg, der den Feldweg mit dem kleinen Hardschulhaus verband, und sie zogen sich hin bis zum sogenannten Eicheinfang. Meng hatte dort oft gestanden, wo Wiesen, Baumbestand, einige Gräben und die Anlagen der Gemüsegärtnerei Wettstein sich ausdehnten.

Meng, der als Einjährig-Freiwilliger in Lübeck gedient, und den in jener Zeit selbst die Karriere eines Generalstabsoffiziers gelockt hatte, hielt sich auf seine Fähigkeit, in großen geographischen Vorstellungen zu denken, etwas zugute. Es gab wenig Stationen in seinem Leben, an denen er sich nicht über eine ausgebreitete Landkarte gebeugt hatte. Selbst damals, nach jener Mondscheinfahrt zur Halbinsel Au, anfangs der achtziger Jahre, als er, der Polytechniker und Vorsitzende des Deutschen Akademischen Ruderklubs, sich mit Marie Boßhart verlobt hatte, entfaltete er am Morgen als erstes, in seine Bude an der Culmann-Straße zurückgekehrt, die Eisenbahnkarte der Schweiz und maß die Luftlinie von Zürich bis zum Grenzfluß Rhein. Eine Bagatelle übrigens, fünfundzwanzig Kilometer.

Die blanke Platte seines Pultes vor sich, aufrecht und regungslos, blickte Meng zur Wandkarte hinüber. Die roten und blauen Kreise, die Kreuze und die Schraffierungen begannen unter seinen Blicken, Protoplasmakügelchen gleich, sich zu dehnen, zu verbinden, auszuweiten und zu wandern, Straßenzügen entlang, um Plätze herum, in einem trägen, aber beharrlichen Fluß, nach dem Prinzip des geringsten Widerstandes. Eingeklemmt zwischen den Höhen des Zürichbergs und der Albiskette, nach Süden beschlossen durch das Seebecken, standen dem Drängen der künftigen Stadt nur der Paß über den Milchbuck ins Gebiet der Glatt, westlich am Käferberg und an den Höhen von Höngg vorbei die linksufrigen Ebenen des Limmattals offen und allenfalls noch die lehmigen Moränenmulden am Fuße des Utos.

Vom Hofe herauf und von den Werkstätten herüber hörte Meng das vertraute Anschlagen eiserner Hämmer auf Röhren und Bleche. Sie begleiteten den stummen Monolog, den jeden Morgen, nach der Durchsicht der Post, sein Blick auf die Karte 1:25000 auslöste und sein Lebensgefühl einem geheimen Höhepunkt zutrieb.

Denn die großen Straßen folgen dem Gefälle des Wassers, den Sirenen der Häfen, dem Geschrei der Börsen, dem Sog der Meere. Sie enden an den Basteien der Baumwollballen, den Hügeln der Weizenkörner, den Schluchten der Kohlengebirge, den prallen Eutern gestapelter Säcke. Eine Stadt im Vorfeld der Alpen, das Mailand einer schweizerischen Lombardei, nördliche Schleuse zwischen Rheinsystem und Gotthardmassiv, ein Knäuel eiserner Stränge vor der gläsernen Halle seines Kopfbahnhofs; leise erfaßt vom Rhythmus summender Generatoren, stampfender Kolben und fallender Hämmer in der Oerlikoner Mulde und im Becken der Limmat, weht mit den Rauchfahnen der Vororte die Ahnung über Zürich, daß die Seldwyler Idylle ausgeträumt ist. Schon surren und humpeln auf hohen Gestellen, noch befangen in den Formen von Kutschen und Kaleschen, knallend, fauchend und hupend, gelenkt von bebrillten Gestalten in flachen Mützen und Staubmänteln, Kraftwagen, von Benzin getrieben, die beschotterten Straßen heran, von den Fuhrleuten mit Peitschenstielen bedroht und von Kindern mit Steinen beworfen.

Meng spürte die neue Zeit. Er wartete auf sie. Aber sie hatte für ihn noch ein eigenes, geheimes Gesicht. An der Wand, neben dem Fenster, hing eine kleine gerahmte Photographie, und darauf war zu sehen, wie 1880 in der Lüderitz-Bucht die deutsche Flagge gehißt wurde. Weiß uniformierte Gestalten, die Hand am Tropenhelm, grüßten mit durchgedrückten Knien das deutsche Hoheitszeichen. Auch er, Meng, Teilhaber der Installationsfirma, war stramm wie jene Männer und Jungens in Togo und Kamerun, auf einem Vorposten unter der Brustwehr des Reiches.

II. Kapitel

Von Zeit zu Zeit stand die Kuh still, mitten in der Ebene, unter dem blauen Himmel, über den, im leichten Föhn, flokkige Wölkchen dahintrieben, blickte mit ihren erschreckten Augen gegen die ferne Stadt, reckte den Hals und muhte mit vorgestrecktem Maul. Der Knabe Aaron Reiß, hinter dem das Tier mit leise schaukelndem Leib und kleinen, vorsichtig über den Schotter sich hintastenden Schritten hergegangen war, drehte sich dann um und begann aus Leibeskräften am Halfterstrick zu ziehen. «Komm jetzt», sagte er weinerlich. Aber er wußte, daß es vergeblich war. Die Kuh bedurfte dieser Halte, dieses nutzlosen Säumens und Sinnens über dem, was ihr geschah, und des dumpfen Ausbruchs ihres Stallwehs. Höchstens, daß sie dann aufhörte zu brüllen und sie dastand, schnaubend, mit nassen Nüstern und den kurzen Hörnern, die in der Sonne glänzten. Sie senkte den Hals und versuchte, nach den Wegwarten am Straßenrand zu schnuppern. Dann erhob der Knabe den Schirm und schlug ihr über die knochige Hinterhand. Vorsichtig, mit gespreizten Zehen, setzte sich das Tier wieder in Bewegung, der Stadt zu, mit ihrem Spitzenkranz der Alpen im Hintergrund.

Ein schmächtiges Bürschchen, sonntäglich gekleidet, in halblangen Röhrenhosen und unter einem steifen Strohhut, einem weißen Stehkräglein (das Krawättchen hatte er in die Tasche gesteckt), das von einem beinernen Knöpfchen über dem mageren Hälschen zusammengehalten wurde, das blasse Gesicht von Sommersprossen übersät, mit stechenden Augen von derselben Farbe, bewegte sich Aaron, die Kuh hinter sich herziehend, den Höngger Berg entlang, Wipkingen zu. In qualvoller Langsamkeit wanderte er zwischen Wiesen und Baumgärten die ansteigende Rotbuchstraße hinan, überquerte die Straßenkreuzung beim Schaffhauser Platz und bog, an den ersten Backstein-Villen vorbei, in die Rebhalden der Weinbergstraße ein. Es war ihm bänglich und schamvoll zu Mute. Was er seit Geroldswil befürchtet und erbangt hatte, traf ein: vor dem Reck, auf dem kleinen, kiesbestreuten Plätzchen beim Schulhaus, standen ein paar Buben in Hosenträgern und vor ihnen der Lehrer Wegmann, graubärtig, die Stahlbrille funkelnd, mit einem mächtigen Kropf, der aus dem flachen Kragen herausquoll, die Uhrenkette quer über der

Weste baumelnd, hemdärmlig, und am Pfosten, über den säuberlich nebeneinander in den Sand gestellten Manschettenrollen, hing sein Rock. Zu allem Unglück blieb die Kuh wieder stehen, hob den Schwanz und begann sich zu entleeren. Die Knaben lachten, Herr Wegmann wandte sich um, und alle blickten sie auf Aaron, der, verzweifelt am Halfterstrick zerrend und mit dem Schirme fuchtelnd, versuchte, das Tier von seinem Vorhaben abzubringen.

Auf Geheiß seines Vaters, des Viehhändlers Reiß, hatte er heute nachmittag die Schule auslassen müssen, um die gehandelte Kuh beim Landwirt Widmer in Geroldswil abzuholen und sie seinem Großonkel, Abraham Rottweiler im Merkur am Leonhardsplatz, zuzuführen. Und nun belachte über den eisernen Zaun hinweg die ganze Klasse, zu der er, Aaron, gehörte, den Schwänzer. «Aha, der Aaron», machte Wegmann, wandte sich aber sogleich wieder den Knaben zu, klatschte in die Hände, hob, einen von ihnen damit bezeichnend, den Bart, und Ernst Knabenhans trat vor und versuchte einen Klimmaufzug.

Der Knabe wußte sich nicht mehr anders zu helfen. Er spannte den Schirm auf, die Tränen der Scham und der Wut dahinter zu verstecken, machte mit seinen dünnen Beinen einen schlenkernden, übermütig sein sollenden Hopser und trottete dann unter der schwarzen, tief auf die Schultern gedrückten Kuppel davon. Schaurig muhte die Kuh im sonnigen Tag.

Ein schwarzseidenes Käppchen auf dem Kopf, das spitz zulaufende Ende seines Bartes zwischen den Fingern drehend, stand der Liegenschaftenagent Abraham Rottweiler an einem Fenster des Eckhauses zum Merkur am Leonhardsplatz und blickte auf die Bahnhofbrücke hinab. Der Luftraum über dem Limmatbecken flimmerte, und die Droschken, Lastfahrzeuge und Fußgänger, welche auf den acht Straßen, die in den Platz einmündeten, daherkamen, waren von kurzen, scharfen Schatten begleitet, die neben ihnen auf der Pflasterung dahinglitten. Lindengrün wipfelte es über den alten Dächern der Schipfe jenseits des Flusses; fern, hinter den Mansarden der Boulevardhäuser am Bahnhofplatz, blauten die Tannenhänge des Üetlibergs, und im leichten Föhn versilberten sich die Dampfwolken von Lokomotiven über dem Platanenhain auf dem Platzspitz, wo die Sihl und die Limmat sich vereinigten.

Die messingenen Märsche eines Promenadenkonzertes blitzten aus dem Blau der Schatten. Wie die Pfeiler eines nördlichen Stadttors ragten am diesseitigen Ende der Brücke aus den violetten Dämmerungen der einmündenden Straßen und Gassen die beiden sandsteingrauen Gebäudekomplexe des Hotels Central und des Merkurs in das Vergißmeinnichtblau des Himmels.

Es drang von außen herein kein Laut in das Schreibzimmer Rottweilers. Er stand zwischen den schweren Gardinen hinter der Glasscheibe in einem Rembrandtschen Dunkel, blaß, mit mandelförmigen Augen unter schweren Lidern. Dieses Haus war seine günstig gelegene Wohnstätte, diese Stadt sein Tätigkeitsfeld, in der er zu einem weitverzweigten Grundbesitz gekommen war. In den Fächern seines Rollpultes türmten sich die gelben aufgeschnittenen Briefumschläge mit den Siegeln der Notariatskanzleien, und sie alle enthielten Gülten, Schuldbriefe, Verschreibungen, Eigentumsrechte an Land, zusammen gut von der Größe eines mittleren Gemeindebanns und Heimatstätte zahlreicher Familien. Er verlieh Geld: er war dabei nachsichtig und geduldig. Sein Vorteil in diesem Kampf um ein kleines Geviert der Erdoberfläche, der sich in seinem Schreibzimmer abspielte, lag darin, daß alle diese Häuser, Bauplätze, Gehöfte, Heimetli, Wiesen und Äcker für ihn nur Werte darstellten, Ware, die man erwarb, veräußerte, belieh, vermittelte, aus der man Vorteile, Gewinne zog. Er lebte, wie er sich in der primitiven und treffenden Sprache des inneren Monologs manchmal ausdrückte, von der Differenz. Als Käufer kam es ihm zugute, daß keine Wurzel seines Wesens von diesem Boden genährt wurde, den er handelte, während er als Verkäufer hinwiederum den Landhunger, den Wunsch am Besitz heimatlicher Erde, sehr wohl preisbildend in seine Forderung zu stellen wußte.

Denn hinten, im Geheimnis seines Bewußtseins, war die Welt, in der er sich seit seiner Kindheit bewegte, feindlich und gebot ein Verhalten der Schweigsamkeit, des Argwohns und der List. Wohl hatte sich in diesem Lande vor einigen fünfzig Jahren die bloße Duldung der Israeliten in ein Gesetz verwandelt, das ihnen Freizügigkeit, Gewerbefreiheit und Bürgerrecht gewährleistete; wohl war in diesem Zeitraum aus dem schmächtigen Handelsmann Rottweiler, der mit seinem Hausiererkorb von Lengnau über den Berg nach Baden hinab wanderte, dort den Zug nach Zürich bestieg, und in dieser Stadt seinem mühsamen und verachteten Gewerbe nachging, ein ansässiger Liegenschaftenvermittler geworden, ein Sensal, wie man sagte. Aber dies war Oberfläche, Traum beinahe. In der Tiefe brodelten noch immer die Gefühle der Kränkung, der Angst, des Hochmuts, der Auserwähltheit und der Verachtung der Andersgläubigen – das Gepäck auf der ruhelosen Wanderung in der Zerstreuung über die Erde. Von Zeit zu Zeit senkten sich die dunkelpigmentierten Lider – orientalisch und so, wie es die Kamele tun – über Augäpfel herab, die sich unter ihnen anklagend und leidend nach oben drehten, strich eine blasse Hand über Schnurrbart- und Barthaare, den bitteren Zug eingekniffener Lippen zu verbergen.

Er komme, er sei da mit der Kuh, rief hinter dem Rücken Rottweilers durch die halb geöffnete Türe Rosalie in das Schreibzimmer hinein. Der Sensal hatte den Knaben schon gesehen. Der hellbeschienenen Kalksteinmauer der Weinbergstraße entlang, am Central-Theater vorbei – es hingen dort große Plakate mit der Aufschrift «Gastspiel Dany Gürtler – Stimmung, kein Applaus» – kam Aaron, den Schirm unter dem Arm und das müde trippelnde Tier hinter sich herziehend, herab und näherte sich dem Merkur. Er schickte sich an, die Kuh an der Vergitterung des Kellerfensters festzubinden.

«Er soll sie hinüber ins Schlachthaus bringen, zum Metzger Lenz», sagte Rottweiler, ohne sich umzuwenden. Die Frau – klein, die streng gescheitelte Perücke auf dem Kopf – huschte ins Zimmer, öffnete ein Fenster und gab die Anordnung Aaron weiter, der sein sommersprossiges Gesicht zu ihr emporwandte. Er sagte nichts, schien auf etwas zu warten. Es kam denn auch wirklich, in die Ecke eines Zeitungsblattes gewickelt – der Botenlohn, ein Fünfzigrappenstück, das der Knabe in seinem halbgeöffneten Schirm auffing, bevor er den Knoten des Halfterstrickes wieder löste und quer über den gleißenden Platz abging und in die Stampfenbachstraße einbog.

Vor dem eisernen Gitter des Schlachthauses senkte das Tier die Hörner und stemmte die Vorderbeine auseinander. Aaron zerrte am Strick, hob den Schirm, schlug zu. Hinter dem Gebäude hervor hörte er das Plärren der Kälber; jenseits der Limmat tremolierte eine Trompete. Es gab einen kleinen Auflauf von Leuten. «Das arme Tier», sagte eine Frau. Aaron stand da, unter seinem Strohhut, den Kopf gesenkt und das Gesichtsfeld beschränkt auf das Kugelpflaster zwischen den gesperrten Beinen des Tieres. Übergroß sah er Gräser und Moos zwischen den Ritzen, Kot, einen Kiesel und ein paar Blutstropfen. Der Form halber zog er noch einmal am Strick; aber dann blieb er völlig regungslos auf seinem Platz, ermüdet, mutlos. Er dachte an die versäumten Schulstunden, an das Gelächter der Knaben, den Blick des Lehrers, an den langen Weg, den er zurückgelegt hatte – und auf einmal wußte er: diesen Augenblick, in dem er dastand vor dem Gitter des Schlachthauses, den blankgescheuerten Strick in schmutzigen Händen – er würde – er wollte ihn nie mehr vergessen.

Der Metzgerbursche Gugolz trat aus dem Tor der Umzäunung, krauelte die Kuh hinter dem Ohr und an der Wampe. Dann führte er sie wortlos und den Blick ihrer Augen vermeidend dem Schlachthof zu.

III. Kapitel

«Das ist eine völlig idiotische Art, Anatomie zu lehren», sagte Bluntschli, während sie, die Hefte unter dem Arm, an der hellen Fassade des Kantonsspitals entlang schlenderten. «Mit der Kreide in der Hand … vor der schwarzen Wandtafel. Man könnte meinen, es handle sich um Geometrie, nicht um Muskeln, Gefäße, Nerven. Um Abstraktionen. Ich habe schon längst aufgehört, dieses Zeug abzuzeichnen.» Mager, hochgewachsen und trotz seiner zweiundzwanzig Jahre bereits ein wenig gebückt, eine schwarze Lavalière unordentlich um den hohen Stehkragen geschlungen, bereitete es ihm mit seinen langen Beinen etwelche Mühe, sich den Schritten des Mädchens anzupassen.

«Darauf kommt es gar nicht an, ob es idiotisch ist oder nicht», bemerkte Lydia, «du brauchst es einfach für das Examen. Du lernst es auswendig – fertig. Tel quel. Ohne zu denken, und du sagst am Examen, was du memoriert hast. Und nachher kannst du es vergessen. Examen sind nicht Intelligenzprüfungen – sind Gedächtnisprüfungen.» Sie sagte «Gedächtnisprifungen». Sie hustete ein paarmal trocken und strich sich eine Strähne des schwarzen, kurz geschnittenen Haares aus dem Gesicht; ihr Zeigefinger war gelb von Nikotin. Sie trug eine blaue, bis hoch zum Hals geschlossene Russenbluse, und während sie ausschritt, berührte der hintere Saum ihres schwarzen Rockes den Boden. Die Stirne war bedeckt von Simpelfransen, die bis an die dichten Augenbrauen hinabreichten. Die Haut ihres Gesichtes war braun; die schwarzen Augen lagen nahe beieinander.

Bluntschli blickte auf sie herab, auf das streng gescheitelte Köpfchen, das gesammelte Gesicht, die vollen Lippen, die zierliche, von ungewöhnlich soliden Stoffen bekleidete Gestalt. Im Gürtel welkte ein Sträußchen gelber Primeln.

«Arzt ist der Weg – nicht das Ziel», sagte Lydia Stepanowa, während sie, am Laden des Zigarrenhändlers Schrämli vorbei, in die Universitätsstraße einbogen. «Du willst ins Volk. Als Arzt kommst du.»

«Ich bin nicht ganz sicher», sagte Bluntschli. «Mich interessiert der Patient – ob Kapitalist oder Prolet, das ist mir egal.»

Die Studentin blieb stehen, blinzelte ihn an, mit gekräuselter Nase.

«Na, sag's schon», lachte er, «Bourgeois!»

Sie nickte. «Ihr werdet nicht gehängt – und deshalb wißt ihr nicht, was das ist – die Idee.»

Gemütlich, still, zwischen den Vorgärten kleiner Backsteinhäuser, zwischen Fliederbüschen, Kastanienbäumen und Ligusterhecken, granitenen Sockeln und gußeisernen Gartenzäunen, stieg vor ihnen die Universitätsstraße dem Strickhof zu. Blaßblau spannte sich der Maihimmel über den Dächern, die Schreie und Rufe spielender Kinder, das Gepiepse balgender Spatzen begleitete das Paar. «Die Idee», dachte Bluntschli, «die Idee, wie sie das sagt, wie sie das Wort vor sich herträgt mit einer Inbrunst, wie einen Schlüssel. Man hört geradezu die Samoware brodeln, sieht den Rauch ihrer Zigaretten sich kräuseln, Dostojewskij im Hintergrund, und die Zarenmörder aus dem Kreise der Perowskaja, die Ochrana, Sibirien und die Galgen. Aber all das, was um uns herum ist, die Kinder, die Spatzen, die roten Bäumchen der Kastanienblüten, den Himmel – all das sieht sie nicht.»

«Euere Idee», sagte er, «euere Idee, das ist genau das, was dieser Anatomie-Idiot mit seiner weißen Kreide auf die Wandtafel zeichnet – etwas Starres, ein Schema, etwas wie das Gitter einer chemischen Strukturformel – man kann sich nicht vorstellen, daß es etwas mit lebendigen Menschen zu tun hat.»

Er sah, wie sie zuerst blaß, dann weiß um die Nase herum wurde. Und dann schrie sie etwas, ganz rasch, auf russisch; er verstand es nicht, aber er sah, wie sie zitterte und ihr Wachstuchheft zwischen den mageren Fingern zerknüllte. In einem Fenster über dem Restaurant Palmhof erschienen die Köpfe zweier junger Männer. Einer von ihnen rief lachend etwas herunter, sie antwortete, der zweite mischte sich hinein – und plötzlich war hinauf und herunter eine Diskussion im Gange, von der sich Bluntschli ausgeschlossen fühlte.

«Daß du ein Kücken aus den weißblauen Ostereiern dieser Stadt bist, das kann man dir nicht übelnehmen, aber daß du absichtlich so dumm, so selbstgefällig tust, als sei das alles Belletristik, kurios, ein ästhetischer Genuß, Literatur – es macht mich rasend – du Pfeifenstopfer!»

Wie immer während solcher Gespräche hatte er tatsächlich die halbgefüllte Pfeife aus der Rocktasche gezogen und den Tabak mit der Kuppe des Goldfingers zu behandeln begonnen; aber er entzündete sie nie. Er stand da, am Randstein, und blickte auf sie herab, angeweht von dem Fremden, Großartigen und Leidenschaftlichen, das von ihr ausging und zu dem ihr in dieser stillen, von Bäumen beschatteten Straße der Rahmen fehlte.

Auf dem jenseitigen Trottoir kamen ein paar buntbemützte Turicenser die Straße hinab, auf dem Wege zum Abendschoppen im Tivoli, mit Muralt an der Spitze.

An diesem Mainachmittag empfand Bluntschli zum erstenmal, nur für einen ganz kurzen Augenblick, etwas, das ihn sein ganzes Leben hindurch begleiten sollte: eine Art Hülle, eine Aura, einen Schicksalsraum, unsichtbar, aber dicht und hart wie ein elektrisches Kraftfeld, ein in sich geschlossenes System, das die Menschen voneinander trennte wie ihn, den Zürcher Medizinstudenten, von den bebänderten Kommilitonen jenseits der Straße und dem Kosakenpferdchen an seiner Seite.

IV. Kapitel

«Meine größere Schwester, die wo in Mailand ist», sagte der Knabe Hans Ackermann, «hat gestern erzählt, es habe ihr ein Herr, ein Italiener, hundert Lire versprochen, wenn sie wolle.»

«Was wolle?» fragte Walter Abt.

«Ich weiß es nicht, sie hat es nicht gesagt.»

«Du hättest halt fragen sollen.»

«Ich habe gefragt; aber der Vater sagte, ich solle mich nicht immer hineinmischen.»

Ackermann trug einen leeren Blechkessel, und sie wanderten, den Schultornister auf dem Rücken, die Riedtlistraße aufwärts. Beim Brunnen, der auf seinem granitenen Sockel die Jahreszahl 1891 eingemeißelt trug, füllte Walter Abt den eisernen Becher und leerte ihn mit großen Schlucken, füllte ihn wieder und leerte ihn abermals. Er trug eine Brille; das Haar auf seinem runden Kopf war kurz geschoren, und bekleidet war er mit einer waschbaren Bluse im Matrosenschnitt.

«Ich weiß schon, was der Italiener wollte», bemerkte Ackermann.

«Ich auch – aber wie!»

Ackermann war ein breites, untersetztes Bürschchen; er trug die abgeänderten Hosen seines Vaters, des Dachdeckermeisters Ackermann, aus schwerem Tuch, und die Röhren hörten handbreit über den Schnürschuhen auf.

«Man sollte halt einmal jemand finden, der es einem sagt.»

«Vielleicht die Magd im Riedtli, wenn wir das Fressen holen für euren Barry», meinte Abt.

Die kindliche Kleidung, die er trug, stand im Widerspruch zu seinem Gesicht. Das breite Kinn, der große Mund mit den vollen Lippen, die fleischige Nase und die hinter den Gläsern zusammengekniffenen Augen gehörten bereits dem Erwachsenen an, der ihn erwartete.

«Frag du», sagte Ackermann, «vielleicht, wenn sie allein ist.»

«Das ist dem furchtbar gewesen, dem Aaron, als er mit seiner Kuh an der ganzen Klasse vorbei mußte, heute nachmittag», bemerkte Abt mit nachdrücklicher Betonung des Wortes «furchtbar», und Ackermann sagte: «Er hat sich geniert.»

«Frag sie doch einfach, ob sie auch schon –», fügte er nach ein paar Schritten hinzu, auf den vorangehenden Gesprächsstoff zurückkommend.

«Das geht doch nicht –»

Die Person, von der zwischen den beiden Knaben die Rede war, stand mit einem Eimer von Küchenabfällen und Fleischresten unter der Küchentüre, von der ein paar Steinstufen in den Wirtschaftsgarten hinabführten. Im grünen Dämmer der Kastanien saßen bereits einige zeitlose Gäste. Die beiden Knaben, die zwischen den eisernen Gartenmöbeln hindurch dem Hause sich näherten, blickten kritisch zu dem imposanten Frauenzimmer empor; breithüftig, mit nackten Armen und weitem Blusenausschnitt sich über das Geländer hinabbeugend, füllte sie Ackermanns Kessel mit dem Inhalt des Eimers. Dabei blinzelte sie zu Walter Abt hinüber, der müßig dabeistand, als wüßte sie um das Gespräch der beiden.

Über die Spielwiese hinweg, aus den geöffneten Fenstern des Schulhauses an der Turnerstraße, begleitet von den Klängen eines kleinen Harmoniums, hallten die immer wiederholten Strophen des Liedes «Das muß ein schlechter Müller sein, dem niemals fiel das Wandern ein». Der deutsche Schreinermeister Hiller in seiner blauen Schürze hob den Maßkrug und rief aus der hintersten Ecke des Gartens sein «Bier her». Vom neugotischen Turm der Kirche Unterstraß schlug es fünf Uhr, und der warme Glockenton erfüllte die Räume zwischen den Häusern. Die beiden Knaben wanderten die Kinkelstraße hinab. Bei der mannshohen Bretterbeige eines Neubaus schwenkten sie ab, Komplizen. Ackermann stellte den Kessel zwischen Löwenzahn und Huflattich nieder. Nebeneinander beugten sie ihre Köpfe zu ihm hinab, und dann begannen sie beide mit den Händen in dessen Inhalt zu wühlen, zu wählen. Walter zermalmte den Gelenkkopf eines Hühnerbeins zwischen den Zähnen, Ackermann sog das Mark aus einer Kalbshaxe; Lunge, Gekröse, Fettstücke, vergessene Würfel eines Gulaschs, abgenagte Schweinsrippchen und Koteletteknochen, alles mußte daran glauben. Versunken, mit safttriefendem Kinn, schlangen sie das Fleisch in sich hinein. Sie kauten, schmatzten, schlürften, holten mit fettigen Fingern zwischen den Zähnen hängengebliebene Fasern hervor, nagten an Knochen, zerbissen Knorpel, bliesen die letzten Reste von Mark aus den Röhren und leckten sie von der Hand.

Aber während sich Ackermann ernsthaft und ohne Worte der Lust der verbotenen Mahlzeit hingab, redete der Knabe Walter Abt und versuchte, frühreif, ungeschickt einer Empfindung Ausdruck zu verleihen. «Fleisch», sagte er, «das ist die Nahrung der Erwachsenen. Uns geben sie Milch, Grießbrei, gedörrte Zwetschgen. Ich könnte immer Fleisch essen. Ich kaufe nie Zeltli beim Beck. Wenn ich einen Zwanziger habe, kaufe ich einen Cervela. Das schönste an der Schulreise ist das kalte Kotelett in der Botanisierbüchse.»

«Fleisch ist halt teuer», meinte Ackermann.

«Ich glaube nicht deswegen. Fleisch ist sinnlich.»

«Was ist es?»

«Eben das, was der Italiener von deiner Schwester wollte. Ich habe es im Konversations-Lexikon gelesen. Wenn es Kinder gibt, weißt.»

Walter blickte den kauenden Kameraden an. Der wischte sich nun mit seinem roten, zerknüllten Taschentuch Fleischsaft vom Munde, aber es kam keine Antwort mehr. Er hat halt den Stimmbruch noch nicht gehabt, dachte Abt. Ausdrücken konnte er es nicht, aber er spürte es deutlich: er befand sich in einem Zwischenreich. Die eisernen Zäune der Vorgärten, der schiefe Blick der Magd, während sie sich über das Geländer beugte, dieser Fleischraub, Aaron, der mit seiner Kuh und dem aufgespannten Schirm an der Klasse vorbeiwanderte – es gehörte alles auf eine geheimnisvolle Weise zusammen. Er merkte es auf eine dumpfe, ungeduldige Art. Es lockte, es versprach, und es forderte zur Auflehnung heraus.

Als die Knaben hinter der Bretterbeige hervorkamen, füllte das, was für Ackermanns Bernhardinerhund übrigblieb, kaum noch die Hälfte des Kessels.

V. Kapitel

Aaron, seiner Kuh ledig, den Schirm in der Hand, den Strohhut aus der Stirne geschoben, wanderte, die linke Hand im Hosensack und mit dieser das Fünfzigrappenstück umschließend, über die Bahnhofbrücke, dem Panoptikum zu. Auf der Papierwerdinsel, in der Mitte der Brücke, über den Magazinen des Globus, befand sich dort in einem langen, schlauchähnlichen Saal das geheimnisvolle Etablissement. Eine steile eiserne Treppe, einer Feuerleiter nicht unähnlich, führte an der äußern Wand des Gebäudes empor. Die Fenster waren verhängt, Dämmer herrschte im Raum; die Schmetterlinge einiger Gasflammen zuckten in ihren Milchglaskugeln. Man begann den Rundgang links der verglasten Kabine, in der eine ältere, abenteuerlich gekleidete Frau das Kassengeschäft besorgte. Kopfgroße Glaslinsen waren in die Wand eingelassen. Blickte man durch sie hindurch, so sah man, beleuchtet von unsichtbaren Lichtquellen, auf das Schlachtfeld von Gravelotte, die Krönung des deutschen Kaisers Wilhelm des Ersten im Spiegelsaal von Versailles, eine Tigerjagd im Sudan, den Boxeraufstand, den Untergang von Herkulanum und Pompeji, den Frauenraub der Germanen, die Schauspielerin Sarah Bernhardt im Negligé und am Schluß noch die Schlacht bei Morgarten. Es gab dann noch hinten im Raum, von diesem durch einen olivenfarbigen Plüschvorhang getrennt, das medizinische Kabinett, nur für Erwachsene und deshalb der Traum jedes Knaben, in welchem in Glaskästen, an lebensgroßen Wachsmodellen, die Verheerungen der Syphilis, das Kind mit den zwei Köpfen, eine Leibesfrucht im sechsten Monat und ein Brustkrebs ausgestellt waren.

Unter dem Schutze seiner sonntäglichen Kleidung hoffte Aaron diesmal den Eintritt in das den Großen vorbehaltene Sanktuarium zu erlisten. Aber es sollte nicht dazu kommen.

Süperb, mit gekreuzter Weste, eine feine goldene Kette, die die beiden oberen Taschen dieses Kleidungsstückes miteinander verband, zur Schau tragend, den schwarzen, kurzrandigen Filzhut nach spanischer Art sorgsam auf das schwarzgelockte Haar gesetzt, mit dem kleinen aufgezwirbelten Schnäuzchen im mattgebräunten Gesicht, lachenden Auges, ein schwarzes Stöcklein mit silbernem Griff schlenkernd, kam ihm auf der Brücke in Begleitung einer Dame der Onkel Léon entgegen. Der jüngste Bruder seiner Mutter, der Grandseigneur und Nichtsnutz der Familie, bekleidete, aus Paris zurückgekehrt, eine vage Stelle in der Getreidefirma Bloch. Vor zehn Uhr des Vormittags und nach vier Uhr des Abends war er nie an seiner Arbeitstätte anzutreffen. Es waltete über dieser Anstellung eine unaufgeklärte, vom Hauptsitz der Firma, Paris, her wirkende Protektion.

«Wohin gehst du, Aaron», fragte er, verschmitzt lachend und dem Knaben, der am gußeisernen Brückengeländer entlang an dem Paare vorbeischleichen wollte, den Weg versperrend.

«Das ist mein Neveu, Madeleine», bedeutete er seiner Begleiterin, die im fliederfarbenen Schatten ihres Sonnenschirmes, das schillernde Kleid leicht gerafft, mitten aus anmutigem Schreiten heraus, stehengeblieben war und nun unter einer Holle duftig dunkler Haare hervor Aaron spitzbübisch zulächelte. Dabei drehte sie leise mit der behandschuhten Rechten den langen, mit Perlmutter belegten Stiel ihres Sonnendaches auf der Schulter, und die Federn ihrer Boa flatterten dabei schmeichelnd an ihrem Hälschen empor. Die Wangen flaumig gepudert, die Lider und das Bett der Augen zartblau gefärbt, inmitten eines Schleiers von Veilchenduft, war sie, wie Aaron sogleich erkannte, ein Wesen aus jener fremden Welt, die er zu Hause am Mittagstisch ahnte, wenn von den Lippen seiner Mutter warnend die Worte fielen «pas devant les enfants».

«Er ist lieb», sagte die Hübsche zu Aarons Onkel, und dann wechselten die beiden ein paar französische Sätze, als unbekümmerte Gruppe auf der sonnigen Brücke unter den Fußgängern etwelches Aufsehen erregend, die mit gedrehten Hälsen an ihnen vorbeizögerten.

Sie nahmen den Knaben in die Mitte, und dann wanderten sie über den Bahnhofplatz, dem Wiener Café im Hotel National zu. Dort glühten schon die Auerstrümpfe in den gläsernen Lüstern, obgleich es unter den Linden der Bahnhofstraße kaum zu blauen begann. Aaron saß unter der hohen Spiegelscheibe auf dem schwarzen Leder einer Nischenbank, und der Kellner Max stellte eine Tasse Café mélange vor ihn hin und ein Glas Wasser. Der Onkel und seine Begleiterin hatten sich ihm gegenüber niedergelassen. Behutsam hob Aaron mit dem kleinen Löffel eine Schicht geschwungenen Rahms aus der Tasse, und es zerfloß als die köstlichste Süße des Daseins auf seiner Zunge.

Unauffällig stopfte er unter dem Tisch den fettigen Strick, an dem er die Kuh von Geroldswil nach Zürich heraufgeführt hatte, tief in die Tasche, in der das papierumwickelte Fünfzigrappenstück ruhte.

Sein Onkel schien hier ein gewisses Ansehen zu genießen. Der Kellner brachte ein Bündel Zeitungen, von Nebentischen her wurde das Paar begrüßt, der alte Herr Bloch, der Chef der Firma, ging vorüber, zeigte, sich verneigend, die Glatze und machte eine halb ironische und halb großartige Bewegung mit der flach geöffneten Hand gegen die beiden hin, von den Billardtischen herüber kam ein hemdärmliger Herr, seine Queue kreidend und dabei einen Witz erzählend, über den Madeleine mit blitzenden Zähnen unbändig lachte. Später schoben sie dem Knaben die Meggendorfer Blätter und die Gartenlaube zu. Eine Weile blätterte er darin; aber dann tat er nichts mehr anderes, als durch die blanken Scheiben auf die dunkelnde Straße hinauszuschauen, wo jetzt die Gaslaternen brannten – geborgen, still und von einem merkwürdigen Entschluß durchrauscht: dieses, seines Onkels Leben, sei das Große und Wunderbare –, und nie, nie mehr wolle er zu jenem furchtbaren und unvergeßlichen Augenblick zurückkehren, da er dastand, auf dem sonnenbeschienenen Pflaster des Schlachthofes, und auf die Gräser, den Kot und den Blutstropfen hinabblickte.

VI. Kapitel

Rücken an Rücken mit dem Knaben Aaron Reiß saß in der Nachbarnische, um die gleiche abendliche Stunde dieses Maitags, ein junger bleicher Mann mit einem mächtigen Schopf krausen dunklen Haares und blickte mit leeren Augen durch die Gläser seiner Brille über die Rauchbänke hinweg, die sich zwischen den Köpfen der Gäste und den Lüstern durch das Lokal hinzogen. Er trug Röllchen-Manschetten, einen hohen steifen Kragen; vor ihm stand eine Tasse erkalteten Kaffees, eine leere Zigarettenschachtel, und neben ihm, auf dem ledernen Polster, lag ein schwarzes schäbiges Köfferchen. Das Glas Wasser hatte er ausgetrunken. Was in diesem Mann vorging, war folgendes:

Er sah das Gesicht des Kellners Max weit hinten beim stuckverzierten, nickelfunkelnden Buffet auftauchen, unter den Nebelschwaden des Rauches herankommen, sich niedersenken bei der Bedienung eines Gastes und dann wieder weit hinten im Dämmer der Ausschankzone verschwinden. Er sah an den Tapeten der Wände, zwischen den Fenstern, die mondweiß schimmernden Kugeln der Wandleuchter, unregelmäßig im Raume verteilt und perspektivisch verkleinert in den goldgerahmten Spiegeln sich wiederholend; er sah das Glitzern der Girlanden und Ketten aus geschliffenen Glasstücken. Er empfing das alles ohne Aufmerksamkeit. – Wenn er die Lider schloß, blieben ihm von dem Bild allein noch die stärksten Lichtpunkte, unregelmäßige und wie willkürlich verteilte geometrische Systeme, Dämmerungen mit flimmernden Höfen um glühende Kerne, als Hintergrund träg ziehender Gedankenströme …

Es war der Newtonsche Raum, in den er hineinblickte, der beschrieben wird durch die Massenpunkte und ihre Entfernungen voneinander, ein geschlossenes System physischer Kausalitäten, das in Gleichungen ausdrückbar ist und in dem man die Bewegung, die Ruhe, die Abstände und die Wirkungen der Kräfte wahrnehmen kann. Begabt mit einem Abstraktionsvermögen, zu dessen Entwicklung es Jahrmillionen menschlicher Generationen bedurft hatte, wurde es Newton gewährt, das einsame kosmische Schweigen der Sphären zu entziffern, das Wort und die Formel des Weltalls zu finden – nicht als Offenbarung, sondern durch die Mittel der Sinne und des logischen Denkens.

Der blasse Mann saß da, ein stiller, unbeachteter Gast, im Gespräch der Gäste des Wiener Cafés, und nichts unterschied ihn von ihnen, als daß sein Herz in höheren Rhythmen pochte, und daß er nicht hier war mit seinen Sinnen, sondern den Bahnen des Großen folgte, der einst wie er in einer Stunde seines Lebens in einem Lehnstuhl saß, in Woolsthorpe auf der Insel England, und es fiel ein Apfel von seinem Tisch, und er sah diesen Apfel fallen. Und längst als der Apfel gefallen, unter die Kommode gerollt und zur Ruhe gekommen war, folgte sein Geist der Bahn dieses Falls, nach abwärts, in den Mittelpunkt des Planeten, und aufwärts, aufwärts bis in die Sternräume hinein. Und er wurde sich der ewigen Anwesenheit der Kräfte bewußt, die den Fall der Frucht bewirkt hatten, und brach die Frucht der Erkenntnis aus dem Schweigen der kreisenden Gestirne. Und als er aufstand von seinem Lehnstuhl, da hatte sich der Menschheit Weltbild verändert.

«Noch eine Tasse, Herr Dr. Einstein?» fragte der Kellner Max. Der Krauskopf nickte.

Newton sah es. Er war der erste, der sie sah, die Gravitation, der erste, der aus der Blindheit des sehenden Auges erwachte, der erste, der das Licht sah und nicht bloß seinen Widerschein auf den Dingen. Er sah die Ordnung, die prästabilisierte Harmonie.

Unmerklich, ohne daß er es selbst spürte, glitten die Gedanken des stillen Rauchers in neue Bahnen. Aber, flüsterte es in ihm, damit Newtons Weltbild in sich selbst ruhte, dazu bedurfte es eines absoluten Raumes und einer absoluten Zeit. Hier hat er den Ausweis, das Zeugnis der Sinne verlassen. Das hat er gedacht, nicht gesehen, nicht beobachtet. Es liegt in seinen Gesetzen etwas, das nicht Gegenstand, nicht Wahrnehmung sein konnte nach dem damaligen Stand der Wissenschaft, etwas, das das Gegenteil jeder Wahrnehmung sein mußte: der leere Raum. Aber dieses Vakuum ist doch der Träger des Lichts, der Leiter der Kräfte, das Feld der Wirkungen, das Feld der Gravitation …

Ganz fern, in einem dunkeln Winkel seines Denkens, im Geklapper der Löffel und Tassen, tauchte, unerhört, atemlos ein Gedanke im Hirn des blassen Mannes auf: Newton war ein Augenmensch, ein Optiker. Vom Auge her bezog er seine Bilder, seine Beobachtungen. Wie wäre sein Weltbild, wäre er blind gewesen? Töne, Lieder, Gesänge, Symphonien sind eine Wirklichkeit auch in jenen Zeitspannen, da sie nicht auf Stimmbändern, Saiten und Luftsäulen zum Klingen kommen …

Alles war wirr, chaotisch in diesem Gedankengang des jungen Mannes. Der Gedanke suchte das Wort; er rannte dem Wort nach, das floh. Müdigkeit wie nach schwerem Tagewerk war in ihm; träge wie Lava wälzte es sich in unendlicher Langsamkeit in seinem Gehirn. Ich habe zuviel geraucht, ich bin vergiftet, dachte er. Es ist nutzlos. Ich werde nicht aufstehn, und man wird dereinst sagen, das Weltbild der Menschheit habe sich verändert.

Er winkte dem Kellner. Er bezahlte, abwesend, mit leeren Augen. Er griff nach seinem Hut, nach dem Köfferchen, und in diesem Augenblick fand der Gedanke sein Wort, ein ihm völlig unverständliches Wort, dessen Sinn ihm viel später, nach Jahren erst, bewußt werden sollte.

Raum und Zeit – Newton hat sie behandelt wie etwas, das man sehen kann. Aber sollte man die Sphären des Raumes und der Zeit nicht so begreifen, als ob man sie *hören* könnte? …

VII. Kapitel

Sie bildeten in der hohen dämmrigen Bahnhofhalle eine Gruppe, die auffiel: die drei bärtigen Russen, Lydia und, sie alle an Größe überragend, Bluntschli. Sie standen am Kopf des Perrons, rauchten Zigaretten und blickten gegen den Vorbahnhof hinaus, in ein Gegitter von Schienensträngen, Signalmasten, Passerellen und ein Feld von Weichenlichtern, das sich in der Dunkelheit verlor. Auf dem Nebengeleise schnaufte eine Lokomotive und sandte weiße Dampfwolken gegen die eisernen Träger des Gewölbes empor. Hinter den Scheiben der Billettschalter, die mit ihren Fassaden aus geschnitztem und gedrechseltem Holz wie Beichtstühle aussahen, brannten Gaslampen unter grünen Schirmen. Die Hotelportiers hatten sich in einer devoten Reihe aufgestellt, und die Dienstmänner in ihren blauen Blusen gesellten sich zu ihnen.

Der Eisenbahnzug, der vom Westen des Landes um diese Stunde durch die Nacht heranrollte, er ist wohl ein tägliches, doch stets mit Spannung erwartetes Ereignis. Es zieht die Leute der Stadt an. Es finden sich immer welche ein, die keinen erwarten, die nur da sein wollen, wenn es stattfindet. Es ist, wie wenn die Post ankommt in bäuerlichen Gemeinden. Es ist Nachricht, es ist Luft, Atmosphäre aus der großen Welt, die sie erwarten, fremde Menschen mit fremdem Gehaben und fremder Sprache, Reisekleidung und Mützen, mit umgehängten Taschen – die fauchende Internationalität der großen Überlandlokomotiven.

Aarons Onkel Léon fand sich ein mit der Dame Madeleine; es fanden sich ein der Rechtsanwalt Haupt mit seinem schwarzen Pudel, der Tapezierer Haubensack, der sein Metier in Paris erlernt hatte, der Detektiv Züst von der Kantonspolizei und, in Mütze, schepperndem Kavalleristensäbel, Lackstiefeln, aufgezwirbeltem Schnurrbärtchen, den Hals in den hohen karminroten Kragen gezwängt, die blendendweißen Adjutantenschnüre über der Achsel, der Oberleutnant Bringolf. Ein paar streikende Gipser standen auch herum, die Hände in den Hosentaschen, und spähten unter den herabgeschlagenen Krempen ihrer Filzhüte hervor nach deutschen Streikbrechern aus Bern.

All diese Leute bildeten hinter der eisernen Kette, die den Bahnsteig sperrte und die der beleibte Bahnhofportier Nievergelt bewachte, eine eindrucksvolle Gruppe, nicht unähnlich jenen Photographien, die der Photograph Meiner bei Kostümbällen anzufertigen pflegte.

Vom Platzspitz herüber wehten mit dem Duft blühender Kastanien die verwischten Klänge der unermüdlichen Bläsermusik, in den eisernen Trägern zwitscherten trotz der späten Stunde noch Spatzen, und die ganze Halle war von einem ununterbrochenen Brausen erfüllt.

Dann tauchten die erwarteten drei Lichter der Lokomotive auf, und langsam, mit kreischenden Rädern, näherte sich der Genfer Zug dem Prellbock, verpuffte und hielt mit lärmendem Gestänge. Sie kamen heran und durchschritten den eisernen Triumphbogen im Jugendstil, die Reisenden aus dem Welschland mit ihren Pelerinen und Havelocks, ihren gerollten, großkarierten Plaids, den flachen Reisemützen, die Frauen mit ihren Schleiern und Schirmen, dem Gekräusel im Nacken, den langen Wimpern und der zwitschernden Sprache. Es kamen die Passagiere der ersten Klasse, die ihre purpurnen Polster verlassen hatten, hinter den Dienstmannen her, die ihre Koffern schleppten und denen die Hotelportiers mit gezogenen Mützen entgegengingen, und die Reisenden der zweiten mit ihren Musterkoffern und den Zeitungsbündeln unter dem Arm, und das Fußvolk der dritten, erkenntlich am Gewande und dem Gepäck aus verschnürten Kartonschachteln und den leeren Weinflaschen, die aus den Manteltaschen hervorguckten.

Die Russen waren schweigsam geworden. Sie spähten dem Strom der Reisenden entgegen, der immer spärlicher floß und zuletzt nur noch ein Rinnsal war, das aus einer verschüchterten Bauernfrau, einem beschäftigungslosen Dienstmann, einem Pöstler und zwei unscheinbaren, dunkel gekleideten Männern bestand, die ein Köfferchen in der Hand trugen und in lebhaftem Gespräch dem Ausgang des Perrons zustrebten.

«Dort kommen sie», rief Lydia, und schon hatten die vier die beiden Ankömmlinge umringt, während Bluntschli, ein wenig abseitsstehend, die russischen Begrüßungsausbrüche mit ansah. Man hatte ihn offenbar völlig vergessen. Sie bildeten einen Knäuel, der in einer Hülle slawischer Laute, einem Meteor gleich, durch die Bahnhofhalle zischte. Sie nahmen nicht den geringsten Anteil an ihrer Umgebung. Nur der eine der beiden Reisenden, von schmächtiger Gestalt, mongolisch aussehend, mit den dünngeschlitzten Augen über den starken Wangenknochen und dem hängenden Chinesenschnäuzchen, blieb still und wie abwesend in der lebhaften Gruppe.

Das Stelldichein löste sich auf. Oberleutnant Bringolf schlenderte mit scheppperndem Säbel an der Seite des Militärattachés an der österreichischen Gesandtschaft in Bern, des Hauptmanns von Maltzahn, die lindenduftende Bahnhofstraße hinauf. Oben am See, im Speisesaal des Baur au Lac, erwartete sie ein kleines Souper, das Bringolf seinem ehemaligen Bonner Kommilitonen zu spenden gedachte. Zwei Damen waren dazu eingeladen, eine Wiener Soubrette, die in dem eben eröffneten Corso-Theater am alten Tonhalle-Platz auftrat, und sie sollte noch eine Kollegin mitbringen. In der klaren Brühe, mit der die Mahlzeit begann, würden echt goldene Pailletten schwimmen. So hatte es sich der Gastgeber ausgedacht.

Der Detektiv Züst stellte fest, daß sich die Gipser in der Richtung nach der Geßnerbrücke hin verzogen. Es waren offenbar keine Streikbrecher aus Bern eingetroffen. Eine Weile noch beobachtete er die Gruppe der Russen, die, am Springbrunnen vor dem Bahnhofportal vorbei, über den schwach erleuchteten Platz davonzogen; dann warf er den Stummel seines Bäumlistumpens weg und begab sich ins «Drahtschmiedli», ein Pilsner zu genehmigen.

Der Rechtsanwalt Haupt, gefolgt von seinem Pudel, verfügte sich ins Bahnhofbuffet und ließ sich von der Kellnerin Rosa einen Absinth servieren, während sich Prinz unter dem Tisch an den paar Cervelahäuten erlabte, die jeden Tag für ihn bereitlagen.

Haubensack, der Tapezierermeister, erwarb sich noch ein Journal de Genève, das er draußen auf dem Platz, unter einer flackernden Gaslaterne durchflog.

Das Paar Léon und Madeleine kehrte ins Wiener Café zurück, aber diesmal in den hinteren Teil, wo die Billardtische standen. Hier war es ruhig. Nur die elfenbeinernen Kugeln schlugen aneinander, während die Herren mit ihren langen Stöcken hemdärmlig um die grünen Banden huschten. Die Hübsche blätterte derweil an ihrem Tischchen im Scheine eines Wandleuchters in der «Vie parisienne» und dankte dem Kellner Emil lächelnd und in freundlicher Vertrautheit für den «Figaro», den er ihr herbeibrachte.

«Welcher von beiden war nun Plechanow?» fragte Bluntschli das Mädchen, als sie, vom Hotel Beatenhof herkommend, über die Bohlen des gedeckten Brückleins schritten.

«Der Große, Bärtige.»

«Und der andere?»

«Ulianow».

«Nie gehört.»

«Sie sind auf der Durchreise nach München. Sie haben nun eine Druckerei. Der Bruder von Ulianow wurde gehängt von der Ochrana – ein Publizist, weißt du – unter dem Namen Lenin.»

«Aha», machte der Student zerstreut und blickte auf das Mädchen hinab. Er legte ihm den Arm um die Schultern und drückte seine Lippen auf das glatte gescheitelte Haar, von dem ein wilder, bitterer Geschmack ausging.

Sie ließ es geschehen als etwas Nebensächliches. «Es wird ein Krieg kommen, hat Plechanow gesagt», erklärte sie, während sie über den Unteren Mühlesteg gingen, «weil beide ihn wollen, die Zaristen und die Partei.»

«Das verstehe ich nicht», erwiderte Bluntschli.

«Ist doch einfach, westlicher Dummkopf! Im Krieg wird jede Regierung Diktatur.»

«Schön. Aber wenn ihr den Krieg verliert?»

«Wir werden ihn verlieren – wir müssen – wir wollen. Dann kommt die Revolution und unsere Diktatur – die Diktatur des Proletariats.»

Unter den hochgezogenen Schaufelrädern umspülte das Wasser der Limmat dunkel und lautlos die Eichenbohlen. Hinter den beiden Türmen des Großmünsters stieg glasig, in einem Aufwand silberner Schleier, der Mond empor.

Bluntschli dachte an die Patienten der Poliklinik im Kantonsspital, die Männer und Frauen, wie sie geduldig dasaßen auf ihren Stühlen, der Wand entlang, und warteten, bis sie an die Reihe kamen, von ihren Gebresten erzählten, ihre Verwundungen vorwiesen. Sind sie das Proletariat? Arme Leute waren sie – aber Proleten? Die Bezeichnung wollte einfach nicht zu ihnen passen. Sie hatten alle die herkömmlichen Namen, wie sie ihm von der Schule her vertraut waren: Hiestand, Nievergelt, Müller, Wiprächtiger, hinter denen die Landschaft stand, aus der sie herkamen. An der Langstraße, der Badenerstraße, in Außersihl, da allenfalls mochte unter den Italienern, den Fabriklern, den Tschechen, den dicken Frauen mit ihren fettigen Haarsträhnen eine proletarische Luft wehen, ein Geruch menschlicher Körper, den die grauverputzten Backsteinhäuser ausströmten, mit ihren Aborten ohne Kläranlagen, den ewigen Fahnen feuchter Wäsche an den Schnüren vor den Küchenfenstern und den rotznasigen Kindern auf den ungepflasterten Straßen. Aber immerhin –

unsere Leute konnten lesen und schreiben und rechnen, und sie bekamen ihre Stimmzettel, und die Schule war unentgeltlich. Und daß sie hungerten, nun, das konnte man auch nicht behaupten.

Sie stiegen die Weinbergstraße hinan, denselben Weg, den heute nachmittag der kleine Aaron mit seiner Kuh herabgekommen war. Das kleine, eben erst erbaute Central-Theater war aus, und sie mußten durch einen Knäuel von Leuten hindurch, die eben einer Vorstellung des Berliner Bohemiens und Lautensängers Dany Gürtler beigewohnt hatten. Stimmung, kein Applaus, lautet seine Devise. Am Trottoir stand, eine frische Rose im Knopfloch und mit dem Stock einer Kutsche winkend, Meng. Ein wenig hinter ihm, eine schwarze Federboa über der gepuderten Brust, milchweiß das volle Gesicht und eine Reihe hübscher schwarzer Ringellocken auf der Stirn, seine Frau, geborene Boßhart. Der Droschkenkutscher Vögeli zog die Bremse an, kletterte vom Bock herunter, öffnete den Schlag und sagte: «Guten Abend miteinander. Heim?»

Meng wandte sich fragend seiner Gemahlin zu. Diese nickte, bestieg das Gefährt, der uniformierte Portier des Etablissements schloß, die Mütze ziehend, den Schlag, der Konsul wanderte um die Hinterräder herum, setzte sich, den Stock zwischen den Knien und beide Hände auf die elfenbeinerne Krücke gestützt, der schönen Frau zur Seite, Vögeli schnalzte, und während Meng mit der grau behandschuhten Rechten einen leichten Gruß andeutete, zog die Kutsche ab.

Als sie im Dunkeln die Treppe neben der Liebfrauenkirche emporstiegen, blieb Bluntschli stehen und blickte über die Dächer zum Uetliberg hinüber. Eine spärliche Saat von Lichtern schimmerte an dessen Fuß und zog sich nach Norden hin, gegen die Ebene des Limmattals, den Industriequartieren zu. «Das Bild meiner Welt», dachte er, «Schicht auf Schicht, ein stetiges Nacheinander, fällt es auf die Netzhaut meiner Augen und sinkt hinab in die Retorte der Erinnerung, das unfaßbare Material der Wirklichkeit, gegenwärtig aber ungestaltet. Ich stehe im Bahnhof unter diesen Russen, sehe andere fremde Menschen herankommen und an mir vorbeiströmen. Ich wandle über eine Brücke, und es kommen Leute aus einem Theater und fahren mit einer Droschke davon. Ich sehe jene Lichter am Fuße des nächtlichen Berges, und ich bin sogleich dort, auf den Straßen zwischen den Reihenhäusern, in deren Verputz sich dieselbe internationale Paste, zusammengesetzt aus Kohlenstaub, Metallteilchen und Öl niedergelegt hat, die ich in den Runzeln und Rissen der Hände wiederfinde, die mir in der Poliklinik kragenlose Männer zum Verbinden hinhalten. Chaotisch legt sich Bild auf Bild, wuchert Gedanke neben Gedanke, und mitten darin wie ein Trödler stehe ich und denke, daß es einen Zusammenhang haben muß, um einen Sinn zu bekommen. Es kommt mir vor, als sei dies mein Auftrag ...»

Lydia verharrte unter einer Gaslaterne, in einem Ei von Licht, und stöberte in ihrer Mappe. Auch ihr Anblick schien eine Deutung zu heischen.

«Die Städte, die Maschinen, die Schulen, die Straßen, die Spitäler», sagte er, «Versuche, aus der Vereinzelung herauszukommen.»

Sie lachte. «Gerade das Gegenteil – Begierde, aus der Masse herauszukommen.»

VIII. Kapitel

Hermine Maria Meng, ihres Schmuckes ledig, dem zu ihren Füßen gesunkenen Kleid aus dunklem Taft wie einem Nachen entsteigend, begann das tief über ihre Schenkel hinabreichende Korsett zu enthaken. Vom elastischen Zwang der Fischbeine befreit, setzte sie sich vor ihre Poudreuse mit dem kleinen ovalen Baldachin, zu dem, Gardinen gleich, hellblauer, mit Spitzen besetzter Damast emporstieg. Sie betrachtete sich im Spiegel, regungslos, die stahlgrau gesprenkelten Augen unter den schwarzgefärbten Wimpern und Brauen aufgeschlagen, das Gekräusel der dunklen Locken auf der niederen Stirne. Dann hob sie die vollen rosigen Arme und entnahm mit langsam ausschwingenden Bewegungen dem Haar Schildpattkämme, Nadeln und Chignons, bis ihr die Flechten, jeden Beiwerks bar, auf die Schultern fielen und den vollen Hals umrahmten.

Als sie den Reispuder und das Rouge entfernt, das Schwarz von den Wimpern gewischt und das lange, bebänderte Nachthemd übergeworfen hatte, war all das Genäschige, Frivole und Leichtsinnige, das sie während des Tages darstellte, von ihr verschwunden. Vollwangig, geruhsam, ein gesundes Reis vom Stamme eines einheimischen Geschlechts, neigte sie sich mit runden Nackenpölsterchen über das Haushaltungsbuch und übertrug darein die Zahlen aus dem blauen Lieferantenheftchen des Milchmanns und des Metzgers. Meng, in Hosenträgern und kragenlos, die beiden stiellosen Haarbürsten in den Händen, die Kopfhaut gerötet von der abendlichen Massage, erschien im Türrahmen des Schlafzimmers.

«Hast du das gewußt, Hermine?» fragte er.

«Was», machte sie schreibend und ohne aufzusehen.

«Diese absurde Geschichte von der Massentaufe im Hard unten?»

«Massentaufe? Was ist das?» Im Gegensatz zu ihrem Gatten bediente sie sich immer der heimatlichen Mundart.

«Ich vernehme das soeben von Frieda. Ein amerikanischer Sektenprediger, ein Baptist, glaube ich, ein gewisser Reverend Downie aus Chicago, hat im ‹Velodrom› zweihundert neue Gemeindemitglieder getauft.»

«6 Stück Marseillaner Seife zu 40 Rappen», schrieb Frau Meng in ihr Buch und fragte dabei über die Schulter zurück: «So, und was geht das uns an?»

«Das wirst du sogleich vernehmen. Unsere Tochter, die Kathi, war auch dabei, unter den zweihundert.»

Sie legte die Feder nieder, wandte sich ihrem Gatten zu. «Das Kätterli! Mach keine Witze!»

«Es ist ein Witz allerdings. Aber leider einer auf unsere Kosten.»

Die Frau erhob sich, ergriff im Vorbeigehen einen großgeblumten Schlafrock, legte ihn um, knotete energisch den Gürtel fest und ging zur Tür hinaus.

Das Kätterli saß angekleidet in seinem Mansardenzimmer an einem kleinen Tischchen – das Fenster war weit geöffnet – vor einem Heer von Sternen. Irgendwo aus dem Dunkel des Gartens herauf warnte aufgeregt eine Amsel vor Katzengefahr. Es brannte kein Licht im Raum. Des Mädchens Haare waren auf Halshöhe geschnitten und fielen glatt wie eine Glocke vom Scheitel über die Wangen hinab. Sein Kinn ruhte in der Höhlung der aufgestützten Hand.

«Was ist das?» rief Frau Meng unter der Türe. «Du seist der Gemeinde beigetreten? Du hättest dich wiedertaufen lassen?»

Kätterli blieb regungslos. Es hatte diese Auseinandersetzung erwartet.

«Es stimmt alles», sagte es und blickte in die flimmernde Sternensaat hinein. «Ich habe es Frieda berichtet, damit ihr es sogleich erfahren sollt.»

Mit einer robusten Bewegung drehte Frau Meng den Lichtschalter an. Kätterli stand auf und blickte, an das Tischchen gelehnt, der Mutter entgegen.

«Jetzt erklär mir das.»

Das Mädchen trug ein unschönes Reformkleid mit hohem Gürtel und aus dunklem Tuch.

«Wir werden getauft in einem Alter und in einem Zustand der Unselbständigkeit, ohne gefragt zu werden, und wo wir gar nicht wissen können, worum es geht. Wir sollen die Taufe als Erwachsene empfangen. Das ist alles.»

«Der Pfarrer Kunz hat ganz genau gewußt, was er tat, als er dich vor achtzehn Jahren in der Kirche Neumünster getauft hat», erwiderte Frau Meng. «Was soll denn das wieder bedeuten?»

Das Mädchen blickte vor sich hin auf den Boden, lange, still, und dann entschloß es sich.

«Ich will Missionarin werden.»

«Du willst fort, heißt das?»

«Ja.»

Frau Meng schloß die Türe hinter sich. Dann trat sie ans Fenster und zog den Flügel zu. Aber es war nichts Böses, nichts Heftiges in ihren Bewegungen. Sie war auf der Höhe der Anforderungen, die der Augenblick an sie stellte.

«Seit du aus der Charmille zurück bist, habe ich etwas kommen sehen. Ich wußte nur nicht was. Das also ist es. Komm, setz dich.»

Sie saßen nebeneinander auf dem schmalen Mädchenbett.

«Es geht gegen uns, nicht?» fragte die Mutter.

Kätterli suchte lange nach einer Antwort. «Nicht direkt», sagte es schließlich. «Ich bin nur nicht geeignet dafür.»

«Geeignet wofür?»

«Als Haustochter – als –», es hielt inne.

«Als Mädchen einer begüterten Familie», ergänzte Frau Meng. «Herrgott so red doch, sei doch nicht so verstockt!»

Das hat sie von ihm, dem Vater, dachte sie dabei. Das Nordische, Herbe, wie sie es nennen. Das Verdrückte, Hintergründige. Der Zorn, der in ihr hochstieg, galt ihr selbst, jener Faszination, der sie einst, das Zürcher Mädchen Marie Boßhart, dem Fremdartigen, Geheimnisvollen, Großräumigen des deutschen Polytechnikers erlegen war.

«Hör jetzt, Kind», sagte sie, «willst du denn einen Beruf erlernen, studieren oder so?»

Das Kätterli horchte auf das, was die Mutter sprach; aber fortwährend hatte es dabei die Empfindung, als sei das alles beiläufig, eine Art Hinstreichen von Winden und Tönen gläsernen Wänden entlang, hinter denen es in der Einsamkeit saß.

Kniend, in einer Reihe von Gestalten, Männern und Frauen, ekstatisch bewegt, das Gesicht dem geölten Wirtshausboden zugeneigt, das Geklirr von Gläsern und Geschirr in den Ohren, mit denen im Nebenzimmer hantiert wurde, hatte das Mädchen heute nachmittag von einem Mann mit angelsächsischer Aussprache die Taufe empfangen. Es hatte sich mit den neuen Brüdern und Schwestern erhoben und mit ihnen in das Halleluja eingestimmt. Aber jene Inbrunst, mit denen die andern sich zum Mahle niedersetzten, wollte sich bei ihm nicht einstellen. Es hatte Teller und Platten an sich vorübergehen lassen; es entrichtete der bebrillten Dame, die als Sekretärin waltete, seinen Beitrag, und dann war es davongegangen, durch die Außenquartiere zurück, gegen den Bahnhof zu, am Promenadenkonzert auf dem Platzspitz vorbei, und dann der Limmat entlang, dem See entgegen. Der Herr hatte es nicht begleitet dabei, der Herr war nicht zu ihm gekommen.

Kätterli fand, am elterlichen Hause angelangt, die Köchin Frieda im Gespräch mit dem Gärtner Friedel, einem Landsmann aus dem Badischen. Die beiden blickten der auf dem Plattenweg Herankommenden entgegen und waren dann ein wenig erstaunt, als das Mädchen ihnen die Hand zum Gruße bot, bei ihnen stehenblieb und nach der Mutter fragte. Die gnädige Frau sei in die Stadt gegangen; ob es, das Fräulein, einen Vesper wolle, einen Tee, es habe auch noch etwas kaltes Fleisch? Nein, es sei nicht hungrig. Als der Gärtner sah, daß das Mädchen keine Anstalten machte, ins Haus zu gehen, trottete er davon, dem Rasenmäher zu.

«Ist Ihnen nicht gut?» erkundigte sich die Köchin und sah dem Mädchen ins Gesicht. Es war blaß um die Nüstern und eine gewisse Starre lag ihm um Lider und Wimpern. Es hatte auch die Unterlippe eingezogen, und Frieda bemerkte, daß sich die Zähne des Mädchens darauf preßten.

Dann saß das Kätterli am Küchentisch, während Frieda Wasser obtat, geschäftig und mit ein wenig mehr Geräusch, als es die Verrichtung erheischte, die Teekanne, eine Tasse und einen Teller auf dem Wachstuch bereitstellte. Dazu redete sie fortwährend. Ein Vetter von ihr, auch aus Füßen, hätte ihr geschrieben; der sei doch ausgewandert, vor zwei Jahren, und von dem hätte sie nun eine Karte bekommen aus Amerika. Zimmermann sei er und fort aus gebrochenem Herzen wegen eines Mädchens aus der Nachbarschaft. Die hätte nun einen Stationsgehilfen geheiratet und schon zwei Kinder; aber eines davon, ein Bübchen, sei mit einem schiefen Mäulchen auf die Welt gekommen, einem Hasenrachen. Das kommt davon. Er, der Zimmermann, habe sich zu Hause nach ihrer Adresse erkundigt, und das sei jetzt wirklich komisch, daß er schreibe, denn sie habe vor einigen Wochen von ihm geträumt. So was gibt's, Gedankenübertragung. Aber sozusagen als Ersatz, nein, das komme gar nicht in Frage; vorher, wer weiß, vielleicht. Und trotzdem, der Karl sei immer schon aus der Reihe gefallen, – er schiele auch ein bißchen und getrunken hätte er auch. Wenn er noch groß und kräftig gewesen wäre, aber er sei ein Kleiner und Schiefer, gar nicht so wie ein deutscher Zimmermann. Allerdings arbeite er jetzt nicht mehr auf dem Beruf. Automobilchauffeur sei er. Aber ein Kleiner, welcher trinke; die hätten immer einen bösen Wein.

Das Mädchen hörte das Geschirrklappern und Schwätzen mit geschlossenen Augen, den Kopf leicht zurückgelegt, und einem leisen Zittern unter der Haut. Dann vernahm es die eigenen Worte: «Ich bin doch heute getauft worden und aufgenommen in die Gemeinde.»

Auf diesem Umweg über die Köchin Frieda kam also die Botschaft von ihres Kindes Wiedertaufe zu den Eltern.

«Einen Beruf?» wiederholte das Mädchen der Mutter Frage. «Zwei Wege hätten die Eidechsen im Sommer, auf heißem Geröll und unter dem Gestrüpp, dem Feind zu entkommen, hat der – sie wollte sagen ‹Prophet›, aber sie sagte – Priester es erklärt: die Flucht oder im Gegenteil ganz bewegungslos stillesitzen, bis der schillernde Leib sich ganz vermengt mit der Umgebung im Auge des Verfolgers und auflöst.»

«Was willst du damit ausdrücken?» fragte Frau Meng nüchtern.

«Sie verharren ganz bewegungslos mit leise pochendem Herzen mitten in der gleißenden Sonne unter dem gierigen Auge des Feindes – und sind geborgen, weil sie nicht fliehen», murmelte das Kind.

«Ich verstehe absolut nicht, was du da redest! Was heißt denn das alles? Was willst du? Was bedeutet denn das alles? Sprich doch!» In ihren Worten bebte bereits die Angst vor dem Unheimlichen, und dann sah sie mit tiefstem Schrecken, daß Kätterlis Gesicht sich wie zu einem Lächeln verzog, mit geschlossenen Lippen, herabgezogenem Mundwinkel und gehetzten Augen.

«Ich weiß doch nicht»; unvermittelt erschien das Grimäßchen eines kindlichen Greinens. Frau Meng legte ihren Arm um die Schultern des Mädchens; aber sie spürte nur das Zukken und Beben eines Körpers, es kamen keine Ströme herüber.

Zweites Heft

I. Kapitel

Die beiden Kater, der gelbe, der von der Winkelwiese herüberkam, und der angestammte, schwarz und weiß gefleckte, jaulten auf den Stufen der Trittligasse. Sie saßen einander gegenüber, kaum die Spanne einer Hand von Schnauze zu Schnauze, regungslos, Auge in Auge. Irgendwo im Dunkel kauerten die Weibchen und warteten das Ende der Auseinandersetzung ab. Von Zeit zu Zeit wurde der fremde Kater unsicher und versuchte zu fliehen. Das war der Augenblick, in dem der Herr des Hofes ihn ansprang. Ein kurzer Kampf – ein Zischen, Fauchen, und dann stellte sich der Gelbe wieder, und das Jaulen begann von neuem.

Karl Gebhardt, der Buchbinderlehrling, der in seiner Mansarde lauschte, blickte zum laut tickenden Wecker auf der Kommode – es ging gegen Mitternacht. Endlich kam es: im unteren Stockwerk wurde ein Fenster aufgerissen, dann klatschte Wasser auf das Pflaster hinab, und gegenüber, hinter den Latten der Jalousien, wurde das übliche «Bravo!» des Tanzlehrers Häusermann vernehmbar, mit dem er die energische Dusche des Coiffeurmeisters zu begleiten pflegte.

In der Dachkammer lagen überall sorgfältig geschichtete Zeitungen herum. Die nächtliche Tätigkeit des Jünglings bestand darin, daß er mit einer großen, der Werkstatt entliehenen Schere Schriftsätze aus den Blättern herausschnitt, deren Rückseite mit Kleister bestrich und sie in ein Wachstuchheft einklebte. Mit dem Raum der Seiten haushaltete er so sorgfältig, daß am Rande ein weißer Streifen freiblieb. In diesen hinein schrieb er mit säuberlicher Schrift Stichworte, die den Inhalt der Zeitungsausschnitte kennzeichneten.

Über die Blechböden der Zinnen vor dem Fenster fegten die ersten welken Kastanienblätter, die Diskussion einiger Männer vor der Wirtschaft «Zum Weißen Wind» an der Oberdorfstraße klang durch das Dunkel der Gassen herauf, in der Nachbarschaft klapperte ein Fensterladen, die kleine Flamme der Petroleumlampe bleckte.

In der Neujahrsnacht auf 1900, der die Zeitgenossen eine so große Bedeutung beimaßen, in jener Stunde, da Karl unter dem Gedröhn der Glocken unter dem offenen Fenster seiner Dachkammer gestanden hatte, entschied sich auch etwas im Geschick der Familie des Schneidermeisters Gebhardt. Lallend, «lorggend», wie man hierzulande sagte, war der Vater gegen zehn Uhr, geführt und gestützt vom Coiffeur Hippermann, nach Hause gebracht worden, und die Mutter war über die jämmerliche Art, wie der Schneidermeister in das neue Jahrhundert hineinzutorkeln sich anschickte, dermaßen ins Heulen und später ins Schreien gekommen, daß Karl in die Kirchgasse hinüber eilte und den Dr. Niederer herbeiholte. Der brachte den Betrunkenen zu Bett und verabreichte der Mutter ein Gläschen mit Baldriantinktur, während er, Karl, und die beiden Schwesterchen, Maly und Nora, unten bei Hippermanns in der Stube saßen und still in alten Bänden der Gartenlaube blätterten.

Als es dann ruhiger wurde, brachte man die beiden Mädchen ins Bett, und der Sekundarschüler stieg wieder in seine Kammer hinauf.

Kurz vor Mitternacht war es dann von neuem losgegangen. Der Vater sei plötzlich unter der Stubentüre erschienen, wurde später berichtet, das Feuerwehrbeil in der Hand, mit allen Anzeichen des Delirium tremens. Die Mutter hatte die Gefahr nicht sogleich erkannt, bis dann die Verwüstung begann, jenes Poltern und In-Scherben-Schlagen. Zitternd, gelähmt, in maßloser Angst, stand der Jüngling unter dem offenen Fenster im Gedröhn der Glocken. Es drangen aufgeregte Stimmen von unten herauf, Ächzen, Fluchen, Stöhnen, und dann war in der Schlucht der Gasse ein Durcheinander vernehmbar, das sich schließlich, als das neue Jahrhundert bereits begonnen hatte, in den Häusern verlor. Sie hatten den Schneidermeister Gebhardt in die Irrenanstalt Burghölzli verbracht.

In der ersten Woche des Jahres war dann der Amtsvormund Meier-Graf auf Besuch gekommen, ein rundköpfiger, bärtiger Mann, der mit der Mutter lange verhandelte. An zwei Sonntagen, einmal im Februar und am Tage vor Karfreitag, fuhren dann sie und Karl nach Ellingen hinaus, den Vater in der Anstalt, wohin er verbracht worden war, zu besuchen. Sie fanden ihn in der Schneiderei, auf dem flachen Tische sitzend bei seiner beruflichen Beschäftigung, sauber rasiert und wie fremd. Er hatte die heisere Stimme verloren. Er berichtete von seiner

Bekehrung, von seiner Wiedergeburt, von seiner Arbeit, von der Vertrauensstellung, die er errungen hatte – über das aber, worüber die Mutter zu erzählen hatte, von der Haushaltung an der Trittligasse, der mühsam aufrechterhaltenen Flickschneiderei, ihren Bemühungen, die Kunden zu vertrösten, den Anordnungen des Waisenamtes und ihrer Abmachung mit dem Buchbinder Goetschel am Großmünsterplatz wegen Karls Lehrstelle ging er mit freundlichem Lächeln, flüchtig nickend, hinweg. Man sah es ihm an, daß er sich dem Anstaltsleben völlig eingefügt hatte und der Außenwelt teilnahmslos gegenübersaß. Der Verantwortung enthoben, die Abstinenz vom Alkohol als das große und einzig wichtige Ereignis, ja geradezu als eine Tat empfindend, war er in ein neues, reines und schuldloses Leben eingetreten, das mit den Widerwärtigkeiten und Schwierigkeiten der Trittligasse, mit Schulden, Rechnungen und Klienten, dem Hausmeister und den Nachbarn, mit seiner Frau und mit seinen Kindern nichts mehr zu tun hatte, und in das je wieder zurückzukehren es ihm offenbar an jeglichem Antrieb gebrach.

Die Mutter weinte beidemal im Züglein, als sie nach Zürich zurückkehrten; dann verhärtete sie sich, Karl durfte die dritte Klasse der Sekundarschule nicht mehr besuchen, sondern trat nach Ostern beim Buchbindermeister Goetschel in eine dreijährige Lehre ein. Vom dritten Monat an betrug sein Lohn zwanzig Franken im Monat. Mit diesem Napoleon rechnete die Mutter.

In der kleinen Butike Goetschels erschien von Zeit zu Zeit ein jüngerer, glattrasierter, mit einer Lodenpelerine bekleideter Mann, nach dem die Leute auf der Gasse sich umwendeten, weil er keine Kopfbedeckung trug. Er war Engländer, und die Seitentaschen seiner hellen, handgewobenen Jacke waren immer mit Mandeln gefüllt, von denen er eine fortwährend aufzuknacken und mit lang dauernden Kaubewegungen zu verzehren pflegte. In die Buchbinderei brachte er große, weiße Bogen eines sehr starken Papiers, auf das sorgsam Ausschnitte aus englischen Zeitungen aufgeklebt waren. Diese Bogen ließ er bündelweise zwischen grauen Pappdeckeln binden und mit einer Etikette versehen. Die Zurichtung dieser Hefte war eine der ersten Arbeiten, die Karl anvertraut wurden. Als einmal dieser Mann, Bell mit Namen, in der Werkstatt erschien, um die Hefte abzuholen, und Goetschel war nicht da, erklärte er dem Lehrling freundlich und ausführlich, während er ihm eine Hand voll Mandeln darbot, den Sinn dieser Sammlung von Zeitungsausschnitten. Es handelte sich um Vegetarismus, um die Ernährung der Menschen ohne die Versündigung am Tier, als einer ebenfalls beseelten Kreatur – und in den Ausschnitten waren Beispiele, Begebenheiten und Bestrebungen aus dem Gebiete der Ernährungsreform zusammengetragen. Man lebe falsch, nicht wahr, erklärte Bell dem Lehrling; Roheit, Trunksucht, Unterdrückung, Kriege und Ungerechtigkeit hatten alle im Genuß des Fleisches ihren Ursprung, es würden mit dieser Sünde alle feineren Regungen des Menschen unterdrückt und seine Seele mit einer Schuld beladen, von der er sich zeit seines Lebens nie loskaufen könne. Eindeutig bewiesen die Handelsstatistiken, wie der zunehmende Fleischgenuß mit dem stetig sich erhöhenden Konsum an Bier und Branntwein und den gesteigerten militärischen Rüstungen Hand in Hand ging. Beinahe vierzig Prozent aller auf den Eisenbahnen und den Handelsschiffen ausgeführten Transporte beträfen tierisches Fleisch. Daher der Kampf um die Meere, der unweigerlich zu Kriegen führen müsse.

Karl verstand kaum etwas von dem, was der junge Engländer ihm in der biederen Werkstatt unter der Gasbeleuchtung erklärte. Aber die Sorgfalt, mit der der Kunde die Zeitungsausschnitte sammelte und aufklebte, binden und etikettieren ließ, kam seinem tiefen Bedürfnis nach Ordnung und Übersicht entgegen. Weil die Geschichtsbücher alle etwa hundert, im besten Falle fünfzig Jahre vor der Gegenwart abbrachen, keine Menschen, die noch lebten, keine Vorgänge, die wir selbst noch miterlebten, darin erwähnt seien, hätten die Menschen auch keine Gelegenheit, von der Entwicklung etwas zu lernen. Die Geschichte der Gegenwart aber stehe in den Zeitungen, und es bedürfe nur einer Ordnung und einer Auswahl aus dem Gewirr der gedruckten Meldungen und Berichte, so hätte man auch die Geschichte der Zeit, in der wir lebten, sofort zur Hand und nicht erst hundert Jahre verspätet, erläuterte Bell.

Karl schaute dem Pelerinenmann nach, wie er über das Kugelpflaster des Großmünsterplatzes ruhig, hutlos und offenbar mit sich selbst im reinen davonwandelte.

Was den Fleischgenuß anbetraf, war diese Frage, seit der Vater in Ellingen weilte, in der Gebhardtschen Familie gelöst.

Fleisch gab es in der Woche nur einmal, am Sonntag, und zwar Gesottenes, dessen Reste allenfalls noch bis zum Dienstag reichten. Außer der Brühe blieb manchmal noch ein Tellerchen Fleischsalat, das die Mutter ihm, Karl, als dem nunmehr einzigen männlichen Mitglied der Familie vorbehielt. Maly und Nora schauten ihm dann aufmerksam und nicht ohne einen Anhauch der Bewunderung zu, wenn er die kleinen Fleisch- und Fettklößchen am Abendtisch, der für die andern mit Zichorienkaffee und geschwellten Kartoffeln gedeckt war, verzehrte. Es war, als verstünden die Mädchen die sinnbildliche Bedeutung dieses Vorrechts.

Trotz den erschwerten Verdienstverhältnissen hatte sich, seit der Vater in der Trinkerheilanstalt weilte und damit die aufregenden Zwischenfälle ihr Ende genommen hatten, die seelische Lage der Familie verbessert. Schlenderte Karl nach Feierabend, wenn er die Werkstatt aufgeräumt, den Boden gekehrt und die Abfälle in den Jutesack gestopft hatte, der Trittligasse zu, so öffnete sich ihm während einiger Schritte an den Quadern des Großmünsters vorbei, über die Balustrade der Terrasse hinweg, ein Ausblick auf die Limmat und die jenseitigen Häuser der Wühre. Befreit von einer jugendlangen, dumpfen Bedrückung, betrachtete er die erleuchteten Fenster in den verdämmernden Fassaden, den ruhig dahinziehenden Fluß, in dem sie sich spiegelten, hörte er das Gekuschel, Gurren und Flügelschlagen der Tauben in den Nischen und Dachsparren des Münsters und manchmal einen bebenden Orgelton aus seinem Gemäuer. Es lag etwas in der Luft, das an Aufbruch und Abenteuer gemahnte. Eine neue Zeit, ein neues Jahrhundert hatte begonnen, und er, Karl, war dabei. Sinnvoll erschien es ihm, daß der Familie Ängste und Bedrückungen in jener Silvesternacht ihr Ende gefunden hatten und gleich hernach die Wendung eingetreten war.

Nun war schon wieder der Herbst da, wo in den Weststürmen die welken Blätter über die Blechböden der Zinnen vor seinem Fenster fegten, die Katzen jaulten und gaßauf, gaßab die Fensterladen klapperten.

Das Heft mit den Zeitungsausschnitten schwoll an; in ihm zu blättern und sich an der sauberen Buchbinderarbeit zu erfreuen, war Karl zu einer täglichen Gewohnheit geworden. Die ernsthaft und sorgsam betriebene Beschäftigung war ein Spiel, eine Nachahmung der Sammlung des jungen Engländers. Die ausgeschnittenen Schriftsätze hatten nichts mit dem Vegetarismus zu tun; bei ihnen handelte es sich einfach um kurze Meldungen und Nachrichten aus den lokalen Zeitungen, bei denen es vor allem darauf ankam, daß sie zehn Zeilen nicht überschritten und als beinahe quadratische Rechtecke sich in die Seiten des Wachstuchheftes einfügen ließen. Es ging um Handfertigkeit, den Umgang mit Schere, Papier und Kleister.

Im Laufe der Zeit, wenn Karl die beklebten Seiten überlas, tauchte hinter der Befriedigung des jungen Sammlers an der sorgfältigen Arbeit noch eine Empfindung auf, die von anderen Bezirken herkam. Las er beiläufig unter dem 31. Januar 1900: «Laut Mitteilung des statistischen Amtes beträgt die Bevölkerung der Stadt Zürich auf Ende Januar 162 388 Seelen», oder am 17. April einen kleinen Artikel über die Eröffnung des neuerbauten Corso-Theaters, oder unter dem 26. April einen Bericht über das Sechseläutenfest, am alten Tonhalleplatz, an dem der Böögg nicht brennen wollte, so wehte ihn aus dem wohlvertrauten Unternehmen etwas Unerklärliches an. Zwischen die Wirklichkeit der Stadt Zürich – des Corso-Theaters, der nicht brennenwollenden Wattepuppe auf dem symbolischen Scheiterhaufen – und ihn schob sich das dünne Blättchen mit gedruckter Schrift. Die Worte bezeichneten Bekanntes, Vertrautes, Örtlichkeiten und Dinge seines Lebensraumes; aber sie führten nicht zu ihnen hin, sondern sie hoben sich auf geheimnisvolle Weise von ihnen ab, lösten sich von ihnen und wurden eine Art Schirm mit ungreifbaren Schattenbildern. Was diese gedruckte, gelesene, vorgestellte Welt seiner Heimat an Gestalt, Fülle, Form und Bewegung verlor, gewann sie auf eine unerklärliche Weise an unzerstörbarem Dasein in einem geisterhaften Bezug.

Für den Jüngling war es nur eine Empfindung. Er schrieb sie dem neuen Leben zu, das mit des Vaters Verschwinden und dem neuen Jahrhundert begonnen hatte. Diese Zeitungsausschnitte, die er sammelte, waren sie nicht die Fortsetzung jener Geschichtswerke, von denen der junge Engländer behauptet hatte, sie hörten immer hundert Jahre vor der Gegenwart auf? Waren diese säuberlich aufgeklebten Drucksätze aus den Zeitungen nicht eben diese fehlende Geschichte, die Gegenwart selbst?

Es würde noch sehr viel Zeit vergehen, bevor Karl Gebhardt merkte, daß die stille und selbstgenügende Beschäftigung seiner Feierabende ihn formen und seiner Bestimmung entgegenführen sollte.

II. Kapitel

Über die entlaubten Mostbirnbäume strichen die Nebel hinweg, in Fetzen, Schleiern, und manchmal senkten sie sich so tief herab, daß die Äste nur noch wie ein kaum wahrnehmbares Geäder durch die Dünste schatteten. Den ganzen Novembertag über war der Reif nicht von den Wiesen gewichen; ein fröstelnder Wind wehte beharrlich aus dem Limmattal herauf.

Eine Schicht von Schweißdampf umhüllte den Gärtnermeister Wettstein, der weit oben am geneigten Hang unablässig die Stechschaufel in den Grund grub und die Schollen des Wirzackers wendete. Beim Beginn seiner Arbeit, vor Stunden, hatte er sich dabei noch allerhand überlegt; aber dann, vom Rhythmus seiner Bewegungen mehr und mehr überwältigt, war ihm jegliche geistige Tätigkeit entglitten, selbst das Zählen der Einstiche, und nur das eine, das Ziel seines Werkens, beherrschte ihn: fertig zu werden, bevor es eindunkelte. Dicke Bretter feuchter Erde hafteten an den Sohlen seiner Schuhe. Wenn sie von Zeit zu Zeit sich lösten und abfielen, so war dies wie eine Art von Belohnung, die von wohlig entspannten Beinmuskeln verdankt und als Aufmunterung empfunden wurde.

Durch den Nebel hörte er den Hund anschlagen und Stimmen. Nach einer Weile sah er den Bungert herauf seinen jüngsten, Gotthold, in Begleitung eines städtisch gekleideten Mannes kommen. Der trug einen dunkeln Überzieher, einen steifen, runden Hut und handhabte einen gewichtigen Spazierstock; ein schwarzer, eckig geschnittener Bart bedeckte sein Kinn. Mißtrauisch und eifrig ging der Knabe neben ihm her.

Wettstein wendete noch drei Schollen, dann stützte er sich auf den Stiel seiner Stechschaufel, wischte mit dem Handrükken den Schweiß von der Stirne und wartete.

«Landwehr-Kanonier Wettstein, es ist Zeit zum Hauptverlesen», lachte der Mann im Mantel und streckte ihm die Hand hin.

«Salü Reiß, wie kommst du da heraus?» machte der Gärtner unbewegten Gesichts, rieb die Hand am Kittel und reichte sie dann ohne Druck dem andern.

«Er will scheint's Lehrer werden, dein Jüngster? Ein helles Bürschchen.»

Gotthold stand da, ein wenig abseits, und seine Augen wanderten zwischen dem Vater und dem Besucher hin und her. An den Schnurrbärten beider glänzten Tropfen. Es kam dem Knaben merkwürdig vor, wie der Vater in seiner bis über die Ohren hinabgezogenen Wollmütze so gelassen vor dem leutseligen Herrn stand, mit dem er offenbar Dienst getan hatte.

«Geh jetzt nur wieder», machte der Gärtnermeister.

«Wart, da hast du noch etwas für dein Sparkäßlein», sagte der Herr und reichte Gotthold ein Zwanzigrappenstück.

Unter den Bäumen schaute der Knabe noch einmal zurück und sah die beiden, schon Schatten gleich, im Nebel stehen. Am Hauch, der seinem Munde entströmte, konnte er erkennen, daß es der Besucher war, der redete.

«Wieviel Land habt ihr jetzt eigentlich da draußen?» fragte er den Gärtner.

«Das kannst du ja auf dem Grundbuch nachsehen, wenn es dich interessiert. Wirst es auch schon getan haben», antwortete Wettstein und hieb die Schaufel in die Erde.

«Alte Bäume, die nichts mehr tragen, Wiesland und kein Vieh. Zu wenig Sonne für das Gemüse», machte der Mann im Melonenhut und schien das unfreundliche Gehaben des andern gar nicht zu beachten.

«Hast du den Viehhandel an den Nagel gehängt?» fragte der Gärtnermeister feindselig, «bist Güterschlächter geworden?»

«Es geht miteinander», sagte Reiß. «Jedenfalls war schon mancher froh, wenn er eine Hypothek abschütteln konnte und bekam noch bares Geld dazu in die Hand.»

«Es ist nicht so gefährlich mit den Hypotheken. Bis jetzt jedenfalls sind wir für die Zinsen immer noch aufgekommen; das wird dein Onkel wohl nicht bestreiten können! Aber wenn der Rottweiler etwa meint, er könne mir ein Krawättchen anlegen, dann ist er aber an den Lätzen geraten, diesmal!» Behutsam wendete dabei Wettstein eine dampfende Scholle, und der andere schaute ihm dabei zu. Er spürte schon, wie es gemeint war und was da noch alles mitschwang.

«Ich will dir jetzt etwas sagen, Johann. Wir sind zwei Artilleristen in derselben Batterie, und beide sind wir im Artillerie-Revolver-Schießverein, und wenn ich mit einem Geschäft zu dir da hinaus komme, so will ich dich nicht übers Ohr hauen.»

«Aber den Anschickmann machst du für den Rottweiler, das reicht gerade. Doch ich verkaufe nicht! Das kannst du ihm sagen.»

«Das hat schon mancher gesagt, Johann. Das kommt ganz einfach auf den Preis an.»

Der Gärtnermeister stieß die Stechschaufel in den Boden, zog ein rotes Tuch aus der Tasche, wischte sich den Schweiß vom Gesicht, schneuzte: «Meint ihr denn, wir seien so dumm, daß wir nicht merkten, wo es hinaus soll? Seit der Stadtrat den Kredit für den Ausbau der Industriestraße bis zum Gaswerk Schlieren bewilligt hat, kommt jeden Hundeschiß einer da heraus.»

«Ich weiß nicht, ob wir das noch erleben, du und ich, bis diese Straße fertig wird. Mit den 126 000 Franken, die sie eingesetzt haben, kommen sie auf alle Fälle nicht weit. Das aber kannst du mir glauben: für das, was du für den Plätz hier erhältst, kannst du in Zollikon, in der Sonne, ein dreimal größeres Stück Gemüseland kaufen, nebelfrei und mit einer guten Verbindung in die Stadt. *Das* rentiert dann, und zwar besser als da in dem Schattenloch. Das sag *ich* dir, Jakob Reiß!»

Das Argument blieb nicht ohne Wirkung auf den Gärtnermeister. «Damit ihr dann dort auch noch einmal verdient», lachte er.

«Selbstverständlich», antwortete Reiß, «aber du auch!»

Es begann zu dämmern. Die Äste hörten auf zu tropfen. Vom Limmattal herauf vernahm man das Hupen einer Lokomotive. Wettstein war mit seiner Arbeit am Ende des Kabisackers angelangt. Sauber und dampfend lag das Rechteck umgestochen. Der Gärtnermeister wischte mit einem Grasböschen den Spaten blank und schulterte ihn. Selbander wanderten sie unter den Bäumen hangabwärts, dem Hause zu.

«Also ein Tausch?» fragte er.

«Warum nicht, wenn es vorteilhaft ist», entgegnete Reiß.

«Wer tauschen will, will betrügen, sagt man», bemerkte Wettstein lachend.

«Also beide», behielt Reiß schlagfertig das letzte Wort.

Gotthold, der unter der Lampe am Stubentisch saß und an einem Kettensatz herumrechnete, war nicht wenig erstaunt, als er hinter dem Vater auch den Herrn im Überzieher ins Zimmer treten sah.

«So, mach Platz und sage der Mutter, sie solle einen Krug Most heraufbringen.»

Während der Knabe seine Sachen zusammenräumte, sah er, wie der schwarze, bärtige Gast sich seines Hutes und seines Mantels entledigte, ein großes gelbes Kuvert zum Vorschein brachte und dann einen Plan entfaltete.

«Und wie steht es mit dem Wasser?» hörte er noch den Vater fragen, bevor sich die Türe hinter ihm schloß.

III. Kapitel

Hector Voubrasse, Teilhaber der Installationsfirma Meng & Voubrasse, machte, als die Arbeiter und das Büropersonal gegangen waren, in seinem grauen Arbeitsmantel noch den üblichen Rundgang. Er wanderte durch das Magazin, zwischen den Stapeln emaillierter Badewannen, Gasöfen, Waschschüsseln und Toiletten, überzeugte sich, daß die Werkbänke geräumt, die Gashahnen ausgedreht und die Türen verschlossen waren. Dann schritt er über den gepflasterten Hofplatz und löste den Schäferhund von der Kette. Das Tier leckte ihm die Hände, stand an ihm auf, bellte, packte spielend mit den Fängen nach seinen Armen und raufte knurrend mit ihm. Der Regen trommelte auf den blauen blechernen Dächern der Schuppen.

Der Garten des Wohnhauses, eines roten Backsteinbaues mit hölzernen Giebeln, grenzte an das Werkstätteareal. Während der Hund sich im Windfang niederließ, entledigte sich Voubrasse seines Arbeitsmantels, wusch sich hemdärmlig im Badezimmer Gesicht und Nacken und ließ zuletzt noch den Wasserstrahl über sein kurzgeschnittenes borstiges Kopfhaar herabrinnen. Sich energisch mit einem rauhen Handtuch trocknend, trat er in die Wohnstube.

«Enfin», rief Andrée und lüpfte die wattierte Henne vom Kaffeetopf. Bevor er antwortete, schaute er noch rasch zum Körbchen hinüber, das auf der Kommode stand und in das hinein die Post gelegt wurde. «Von Krefeld», sagte die Frau, die seinem Blick gefolgt war. Er riß den Umschlag auf, überflog das Schreiben, legte es beiseite und setzte sich zu Tisch. «Das Gewöhnliche – eine Empfangsanzeige.»

«Er nützt dich aus, mon pauvre Hector.»

«Das darfst du nicht sagen, er ist sehr loyal. Ein wenig deutsch, einverstanden, aber ein Schaffer und korrekt.»

Sie schaute ihm zu, wie er sich einschenkte, nach welscher Art, in der einen Hand den Milchkrug, in der andern die blecherne Kaffeekanne, so daß sich das dunkle und das helle Getränk im Herabfallen mischten. Mit ernsthaftem Gesicht verfolgte er den technischen Vorgang. In seinem blonden, harten Haar glänzten noch Wassertropfen. Zärtlichkeit überflutete sie jedesmal, wenn sie sah, wie er mit seinen großen, geschickten Händen das Brot brach und es einzubrocken begann. So ein großer, genügsamer Mann.

Seit drei Jahren war Voubrasse Teilhaber der Firma, «Mädchen für alles, bonne à tout faire», wie Andrée zu sagen pflegte. Von einer mißglückten Installation im Spital von Lausanne weg, bei der sich der am Platz ansässige und herbeigerufene Mechaniker Voubrasse als einfallsreicher Helfer erwies, hatte ihn Meng Mitte der achtziger Jahre als Werkmeister engagiert. Der Chef hielt sich auf seine Führereigenschaft in der Wahl der richtigen Unteroffiziere etwas zugute. Während aber der Reisende und spätere Betreuer der kaufmännischen Abteilung, Aebersold, zur Konkurrenz hinüber gewechselt war, hatte Voubrasse als Leiter des Technischen ausgeharrt und war nach zwölf Jahren überraschend zur Teilhaberschaft aufgerückt. Es hörte sich an wie die übliche Geschichte erfolgreicher Männer, die sich durch Fleiß, Tüchtigkeit, nächtelange Selbstausbildung über einschlägiger Fachliteratur und unentwegte Treue das Vertrauen der Arbeitgeber errungen und sich zum Erfolg emporgearbeitet haben. In Wirklichkeit jedoch war das Avancement auf Überlegungen und Absichten Mengs zurückzuführen. Dieser war durch seine Heirat Nachfolger seines verstorbenen Schwiegervaters, des Stadtrates Boßhart, Inhaber der Installationsfirma und Nutznießer eines beträchtlichen Frauengutes geworden. Einige brachliegende Grundstücke, die zur Erbmasse gehörten, in Außersihl und in Wiedikon, und die plötzlich, einige Jahre vor der Stadtvereinigung, Spekulationswert bekamen, die optimistische Bautätigkeit der neunziger Jahre und der Zusammenbruch einiger Konkurrenzfirmen der Branche bescherten Meng eine Periode des

Aufstiegs und der Gewinne. Sie lagen in den Zeitläuften begründet. Seine eigentliche Bewährung erwies sich jedoch in der beginnenden Depression gegen das Ende des Jahrhunderts. Es gelang ihm, das ererbte und erworbene Vermögen intakt zu halten und die Firma so zu führen, daß die laufenden Aufträge die Unkosten deckten. In diesen Jahren erwies sich Voubrasse als seine beste Kraft. Woran es lag, war schwer zu erklären.

Offenbar an einem gewissen ingeniösen Zug, der dem jungen Welschen eigen war, eine Fähigkeit der Improvisation und der Vereinfachung, einer Arbeitsweise, die im völligen Gegensatz zu jener des theoretisch durchgebildeten Polytechnikers Meng stand. Die Detailpläne achtlos zerknüllt in der Seitentasche seines blauen Übergewandes, mit nichts anderem in der Hand als einem englischen Schlüssel, einem Gewindebohrer und einer Feile, pflegte Voubrasse bei jenen nicht funktionierenden Zentralheizungs- und Gasöfen aufzutauchen, um die sich die Arbeiter fluchend und diskutierend scharten. Und abends liefen dann von jenen Arbeitsstellen, an denen infolge fehlender Standard-Muttern, überdimensionierter Steigrohre oder falscher Gewinde Stockungen eingetreten waren, die Rapporte ein, die Installation sei erledigt. Es gemahnte an Magie.

Der Anlaß aber, der Voubrasse vom Vorarbeiter zum Mitarbeiter erhob, entbehrte einer gewissen Merkwürdigkeit nicht. War da an einem sommerlichen Feierabend, während Meng noch oben im Kontor die Einladungsliste zum Stiftungsfest des Deutschen akademischen Ruderklubs durchsah, der große Westschweizer unter der Türe erschienen mit der Frage, ob der Chef einen Augenblick Zeit habe.

Voubrasse führte ihn durch die Werkstätten hindurch, an eine abgelegene Stelle des Areals, hinter den Schuppen, und dort war aus Zinkblech ein Wändchen mit zwei halbkreisförmigen Nischen aufgebaut. Die eine der beiden Nischen war schwarz überstrichen, während die andere sich im rohen Zustand präsentierte.

«Mensch», lachte Meng, «an dieser Einrichtung fehlt es uns doch nicht!»

Voubrasse, in unberührter Ernsthaftigkeit, tauchte einen großen Pinsel in die dunkle Flüssigkeit, die in einem hölzernen Eimer bereitstand, und überstrich damit das rohe Zinkblech der anderen Nische. Das Gemisch strömte einen teerartigen, leicht süßlichen, doch nicht unangenehmen Geruch aus.

«Maintenant, Herr Meng», sagte er, «müssen Sie einmal sehen, wie es das Wasser abstößt, es ist eine Art Haut, wissen Sie, über der Grundfläche, und gar kein Harngeruch, der daran haften bleibt.»

«Sie wollen also, daß ich ...?»

«Sicher, was ist schon dabei?», und diskret wandte er sich zur Seite.

Meng, nachdem er der Aufforderung nachgekommen war, stand nachdenklich da und betrachtete die Installation. In der ebenfalls schwarz angestrichenen Mulde hatte sich das Wasser gesammelt und war beinahe spurlos abgeflossen. Die automatisch eintretende Reinlichkeit war in der Tat erstaunlich.

«Es ist», erklärte Voubrasse, auf den Kübel deutend, «ein teerhaltiges Abfallprodukt aus dem Gaswerk mit einigen Beimischungen von Petrol usw.; es ist ganz billig, und man kann davon bekommen, was man will. Wichtig ist, daß man die richtige Adhäsionsdichte erwischt. Man müßte es von Zeit zu Zeit erneuern, denn die Harnsäure frißt es mit der Zeit weg.»

«Sie meinen, man kommt also ohne Wasserspülung aus?»

«Ohne Wasserspülung geruchlos», prägte Voubrasse ein zur Berühmtheit bestimmtes Wort.

Es war dann just am Bankett des Deutschen akademischen Ruderklubs, inmitten der Festreden und eines rauschenden Damenflors, daß Meng dem eingeladenen Stadtrat Neidhart die versuchsweise Einrichtung einiger solcher Bedürfnisanstalten, ohne Kosten für die Stadt, anregte. Ein bißchen belacht und Anlaß zu rauhen Witzen am Stammtisch, erwies sich der Versuch über alle Erwartungen zukunftsträchtig. Die Patentanmeldung wurde geschützt, der hygienische Gedanke brach sich Bahn, eine Reform auf dem Gebiet trat ein. Die Bestellungen mehrten sich, und vielen ehrenwerten Männern prägten sich, während einer ihnen von der Natur aufgezwungenen Minute der Muße, die emaillierten Täfelchen der Erstellerfirma Meng & Voubrasse, reklametechnisch von unübertrefflicher Suggestibilität, unauslöschlich ein.

Daß von jener Zeit an des jüngeren Teilhabers Name in die Firmenbezeichnung aufgenommen und der Associé nicht einfach mit dem üblichen «& Cie.» apostrophiert wurde, hing mit gewissen Vorschriften im öffentlichen Submissionswesen zusammen, in dem natürlicherweise Schweizer Firmen gegenüber ausländischen einen Vorzug genossen. Durch eine solche Anordnung vereinigte Meng die Treue zu seiner deutschen Heimat mit seinen linksrheinischen geschäftlichen Interessen. Außerdem sei er froh, pflegte Andrée zu spotten, die Spenglerarbeit einem andern aufbürden zu können.

Hector Voubrasse nahm die Verbesserung seiner sozialen Stellung ohne Erstaunen hin. Ein Kind des neunzehnten Jahrhunderts, groß geworden in den Nachrichten von Edisons Erfindungen, der elektrischen Glühlampe, des Grammophons und des Telephons, der Epoche des Übergangs von der Handwerkerarbeit in den Fabrikbetrieb, der ersten Turbinen, Transformatoren und elektrischen Straßenbahnen, waren die neuen Denkformen der Mechanik sein natürliches Element. Die Natur kam ihm vor wie eine Anhäufung ungehobener Stoffe und Kräfte, und die Aufgabe der Menschen, sie durch die Wirkung des Verstandes, der Kombinationen und allerlei Tricks auf elegante Weise auszubeuten und zu nützen. Der Autodidakt spähte auch hinüber in das Gebiet des eben erst sich erschließenden Kontinents der anorganischen Chemie, der auftauchenden Inseln der Hygiene, der Bakteriologie, nahm die Hupfer und Schleifen der ersten Flugzeuge, schwerer als Luft, zur Kenntnis, sowie die immer rascher werdenden Kolbenbewegungen der mit Benzin betriebenen Viertaktmotoren: es war die moderne technische Welt, in der er sich von Hause aus eingeboren fühlte. Vor ihr, als knisterndem und rauchendem Hintergrund, spielte sich sein Leben ab. Sie verließ ihn nicht, wenn er mit Andrée am Tische saß, das Brot brach und in den Milchkaffee brockte, wenn er seinem früheren Chef und jetzigen Teilhaber gegenübersaß oder mit dem Hund an der Seite einen letzten Rundgang durch das Areal machte. Sie verlieh seinem Äußeren den Anschein gelassener Gleichgültigkeit. Ein Teil seines Wesens schien immer abwesend. Er war es auch. Er sah sich selbst in der Spitzengruppe einer aufbrechenden Menschheit, die neugierig und aufgeweckt auszog, den unerforschten Teil des physikalischen Planetenraumes zu ergründen und zu erobern.

«Gehst du noch hinauf?» fragte Andrée. Er nickte mit abwesenden Augen.

«Aber nicht zu lange. Tu sais ...»

Voubrasse stand auf, trat hinter ihren Stuhl, beugte sich hinab und küßte sie. «Eine Stunde vielleicht», sagte er. «Es ist mir noch etwas eingefallen. Geh jetzt schlafen, es ist besser. Ich wasch dir dann morgen früh das Geschirr.»

Er lächelte und legte ihr seine große Hand auf die Schürze, unter der ein Kind der Geburt entgegenschlummerte.

«Hinauf», das war eine Dachkammer im Giebel des Backsteinhauses, und das Fenster blickte über das Limmattal hinweg gegen den Höngger Berg hinüber.

Auf dem Tisch, unter der Gaslampe, stand das Modell eines Pferdefuhrwerks, einem Kinderspielzeug nicht unähnlich. Über der Brücke des Wagens erhob sich ein Gestell, eine Art Aufhängevorrichtung aus Eisenstäben mit aufklappbaren Deckeln. An der Tapete war ein großer Plan befestigt, ein Schema, aus dem ersichtlich war, auf welche Art die Abfallkübel gesammelt, in die Kehrichtverbrennungsanstalt verbracht und von dort wieder in die Quartiere verteilt wurden. Das System bedingte, daß jede Wohnung zwei der von Voubrasse geplanten normierten Kübel besaß.

Er stand vor dem Modell und tippte eines der Kesselchen an, das wie ein Glöcklein zu schaukeln begann, und dies erinnerte ihn sogleich an die Glocke jenes großen offenen Wagens, der ein- oder zweimal in der Woche durch die Straßen der Stadt fuhr und auf dem sich, von den ihn begleitenden Mannen mit Schaufeln zu einem mächtigen Kuchen zurechtgeknetet, der Unrat der Häuser offen anhäufte. Vor nicht allzulanger Zeit hatte das Absonderungshaus des Kantonsspitals noch Cholerakranke beherbergt; Pocken, Typhus und die Tuberkulose waren alltägliche Krankheiten. Hector Voubrasse, der überzählige Sohn eines Waadtländer Weinbauern, getragen von der Welle der Aufklärung und des Fortschrittes, die gegen das Ende des Jahrhunderts über die offenen Grenzen der westlichen Länder Europas hinflutete, angeweht von den Botschaften des großen Pasteur in Paris und des deutschen Bazillenvaters Koch, war nicht aus Zufall zu seinem Beruf als Installateur gekommen. Die Leitung der Abwasser in ungefährliche Regionen, ihre Klärung und Regeneration, der Zufluß reiner Quellen in die Häuser, der Umgang mit glasierten Porzellanschüsseln, rostfrei emaillierten Badewannen, schwer vernickelten Hahnen und Brausen, das war für ihn die Antwort auf die Forderungen, die die Pioniere der Wissenschaft aufgestellt hatten. Eine solche Tätigkeit entsprach so richtig seinem Ideal. Hier fand er, ahnungsvoll zuerst, dann immer bewußter, den Platz, auf dem er sich einreihen konnte in die Phalanx jener Männer, die die Menschheit einer neuen und gesunden Zeit entgegenführten. Nicht einmal mit Andrée sprach er davon, wenngleich sie mit der Intuition einer Frau hinter seiner Gelassenheit den Fragen des Verdienstes und des sozialen Aufstiegs gegenüber etwas von seinem inneren System erkannte.

Diese mit Hüst und Hott, Glockenklang und klirrenden Schaufelbrettern wöchentlich durch die Straßen der Stadt geführten Bazillenherde der Kehrichtabführungen erschienen ihm als ein eigentlicher Triumphzug der Unwissenheit. Mit Sorgfalt und Beharrlichkeit, fast wie in Erfüllung der Absichten böser Mächte, der geheimen Feinde der Menschheit, wurden die Tetanus-, Koli-Anthraxbazillen, die Keime der Diphtherie, des Kindbettfiebers täglich von Haus zu Haus geführt; statt sie zu vernichten, sorgten die Verblendeten für ihre Verbreitung.

Von solcher Art waren die Überlegungen des Installations-Fachmannes, wenn er Teile der Nacht vor seinem kindlichen Spielzeug und dem optimistischen Schemaplan an den vergilbten Tapeten der Mansarde zubrachte.

IV. Kapitel

Die ganze Familie bildete in der Ecke des Wartesaals einen Knäuel. Die Kinder saßen neben der dicken, schwarzhaarigen und hutlosen Frau – ein dickwangiger Knabe mit aufgeworfenen Lippen, der unter einem fremdartigen Käppchen hervor die Leute beobachtete, und zwei kleine Mädchen in roten, verschlissenen Mäntelchen. Auf dem Schoß hielt sie ein Wikkelkind. Rings um die Gruppe herum waren Bündel, Kartonschachteln, ein Henkelkorb und ein hölzerner Koffer mit gewölbtem Deckel aufgestapelt.

Draußen in der Bahnhofhalle irrte der Mann herum, klein, schmalbrüstig, mit einem langen, bis zu den Füßen herunterreichenden Mantel, einem schwarzen runden Hut, bärtig, blaß und Löckchen an den Schläfen. In der Hand hielt er einen Zettel, auf dem mit Bleistift eine Adresse aufgeschrieben stand. Er näherte sich Nievergelt, dem Bahnhofportier, und hielt ihm, etwas Unverständliches murmelnd, das Geschriebene hin. Der schaute auf ihn hinab, nahm ihm das Papier aus der Hand und klemmte sich seinen Zwicker auf die Nase. «Langgasse», sagte er, «das ist da unten, in Außersihl», und mit dem Arm machte er eine Bewegung, die Richtung andeutend, und der Mann schaute in dieser Richtung gegen die Geleise hinaus. «Da gehen Sie am besten da aus dem Bahnhof hinaus, über die Brücke, die Zollstraße abwärts bis zur Bahnunterführung.»

Der kleine, bärtige Mann lächelte gezwungen. «Verstehen Sie nicht Deutsch?»

«Doch, doch, aber habe ich Familie und Bagasch mit.»

«Aha! Dann nehmen Sie am besten einen Dienstmann, der Ihnen das Zeug hinführt.»

«Danke schön», sagte der Mann und lief weg, dem Wartesaal zu.

Die Art ihres Auszuges aus dem Wartesaal bewies Übung und Gewohnheit. Die Eheleute nahmen den Holzkoffer zwischen sich, jedes an einem Henkel. In der freien Hand trug die Frau eine Kartonschachtel und er ein Bündel. Der Säugling wurde mit dem Henkelkorb dem Knaben anvertraut. Die Mädchen nahmen sich an den Händen, und jedem von ihnen war noch ein Beutelchen angehängt; so zogen sie mit kleinen Schritten, die Kinder voraus, dem Ausgang gegen das Landesmuseum zu.

In kurzen Etappen, mit langen Zwischenhalten, während deren die Eheleute den Platz miteinander vertauschten, wanderten sie zwischen Leuten, die stehenblieben und ihnen mißtrauisch nachschauten, er immer wieder fragend und den Zettel vorweisend, die Zollstraße hinab. Sie brauchten über eine Stunde, bis sie anlangten. Es nebelte das Limmattal herauf, und die Straße war vereist; es ging gegen neun Uhr.

Dann bogen sie, von einem gutwilligen Manne geführt, in einen Hof ein. Vielstöckig, grau blickte das Geviert der Miethäuser auf sie hinab. Mitten darin stand noch ein ebenerdiger Schuppen, eine Malerwerkstätte. Hinter der, an einer Haustüre, blieb der Italiener stehen. «Ecco.» Fünf weiße Gesichter blickten an der Fassade empor; an eisernen Balkongeländern hing Wäsche.

Der Mann trat ins Haus; die Frau und die Kinder bildeten mit dem aufgestapelten Gepäck wieder ihre Gruppe. An einem der Briefkasten klebte ein Zettel, offenbar der abgeschnittene Teil eines Briefkopfes, «L. Gidionowics – Schürzen aller Art», und darunter, mit Bleistift, «samstags geschlossen».

Der Suchende stieg die paar Stufen bis zur ersten Wohnungstüre hinan, fand dort nochmals denselben Namen und trat in den Korridor. Es herrschte großer Lärm. Der Mann in dem kaftanähnlichen Mantel blickte in ein offenes Zimmer; eine Gaslampe brannte. Er sah eine Frau, über eine Nähmaschine gebeugt, und hinter ihr einige Mädchen, die sich mit Stoffballen zu schaffen machten; es roch nach Dampf, der beim Glätten entsteht. In der Küche lief Wasser; aus einem anderen Zimmer waren heftige Stimmen zu vernehmen. Dann öffnete sich hinten im Korridor nochmals eine Türe, und ein kleines Bübchen, nur mit einem Hemd und einem Halstuch bekleidet, rutschte, auf einem Töpfchen sitzend, über den Boden bis vor die Füße des Mannes. «Bist du der Isy?» fragte der, und eine Träne lief ihm dabei über die Backe. Mit offenem Mund schaute der Kleine zu ihm empor. Dann tat sich die Türe zur Linken auf; ein hemdärmliger Mann, glattrasiert, mit großer Nase, einer niederen Stirn über buschigen Augenbrauen, stand im Rahmen und starrte auf den kleineren Bärtigen.

«Ruben?» sagte er nur, ganz langsam, als sähe er bereits alles voraus.

«Leib», sagte der Mann im schwarzen Hut, «wir sind da.»

«Alle?»

«Die Sidia und die Kinder sind unten.»

«Mamme», schrie der Hemdärmlige, «Mamme, der Ruben ist gekommen und die ganze Familie.»

Es entstand nach diesen Worten sogleich ein unbeschreiblicher Wirrwarr; Türen wurden aufgerissen, Näherinnen mit geblumten Schürzenstoffen, die Glätterinnen mit Bügeleisen in den Händen erschienen in den Rahmen; von ganz hinten im Korridor kam, einen jüdischen Segensspruch auf den Lippen, eine dicke, energische Frau heran und legte dem Ankömmling eine Hand aufs Haupt. Schon polterte es im Stiegenhaus, und unter der Führung des Geschäftsinhabers vollzog sich der Einzug der Frau und der Kinder. Es ging zu wie in einer Retorte, in der sich unter Zischen, Wallen und Dampfentwicklung die Vermischung verschiedenartiger Elemente vollzog; in der Tat vermehrte sich um diese Stunde die Zahl der Zellen der Stadt um fünf Einheiten.

Dann aber, als sich alles ein wenig gelegt hatte, beugten sich im hintersten Zimmer die Mutter, die Großmutter und die beiden Männer über den vermummten Säugling. Er lag ganz still da, sein Gesichtchen war bläulich angelaufen. Von Zeit zu Zeit hustete, geiferte er, und seine Händchen zitterten dabei. Sidia hatte die blasse Brust entblößt, doch das Kind verweigerte die Nahrung. So groß der Lärm gewesen war, so tief war nun die Stille der vier Personen, die auf das Menschlein hinabblickten.

«Wir müssen den Doktor holen», entschied der Schürzenfabrikant, und so, hemdärmlig wie er war, barhäuptig, dampfend vor Tatkraft, eilte er die Treppen hinab und aus dem Haus.

«Ist es der?» fragte Bluntschli, im weißen Kittel, mitten aus der Sprechstunde heraus über die Straße geholt, und deutete dabei auf den dickwangigen Knaben, der sich mit seinem fremdartigen Käppchen im Korridor herumtrieb.

«Nein, nicht dieser ist es. Das ist David, der älteste meines Bruders», erläuterte Gidionowics.

«Den will ich dann nachher auch noch sehen», sagte der junge Arzt und betrat das Schlafzimmer. Die Frau hatte den Säugling ausgewickelt. Bluntschli betastete mit flüchtigen Fingern die trockene, gespannte Haut des kleinen Körpers, verlangte nach einem Löffel, hob das Kind, trug es gegen das Fenster, drückte ihm die Zunge nieder. Es dauerte nur ein paar Minuten.

«Der Knabe soll auch gerade hereinkommen. Sind noch mehr Kinder da?»

«Die beiden Mädchen», sagte die dicke Frau, «die Recha und die Rosel.»

«Ebenfalls her damit!»

Wortlos, aufgescheucht, mit verkniffenen Gesichtern, aber in einer Haltung, die eine merkwürdige Vertrautheit mit menschlichem Ungefäll ausdrückte, schauten die beiden Frauen und die beiden Männer dem hageren Mediziner zu, wie er, auf seinem Stuhle sitzend, die Kinder zwischen den Knien, in die aufgesperrten Mäulchen hineinspähte.

«Wo sind Ihre Kinder?» fragte er den Schürzenfabrikanten.

«Der Joseph und der Beni sind in der Schule», antwortete der. «Der Baruch sitzt auf dem Töpfchen, in der Küche», fügte die Großmutter hinzu.

«Hat es», fragte Bluntschli, «in der Wohnung einen Raum, in dem man die Familie Ihres Bruders unterbringen – ich meine, vollständig absondern könnte?»

Die vier Erwachsenen schauten einander an und wechselten rasch, auf jiddisch, Worte, Vorschläge und Gegenvorschläge offenbar.

«Wir haben gedacht, die Kinderchen könnten im Atelier schlafen», erklärte der Schürzenfabrikant schließlich, «und die Eltern mit dem Kleinen im Büro, bis sie was gefunden haben.»

«Das kommt natürlich gar nicht in Frage», entschied Bluntschli. «Die Familie muß sofort abgesondert werden.»

«Abgesondert?» fragte die alte Frau, «warum, Herr Doktor?»

«Die Kinder haben alle Belag, Diphtherie.»

«Schema Jisroel!» rief die Stammutter.

Mit Pack und Bündel, in eine Droschke verladen, wurde noch vor Mittag, über die Wipkinger Brücke hinweg, die eben zugewanderte polnische Familie Ruben Gidionowics in das Absonderungshaus des Kantonsspitals, oben beim Strickhof, verbracht. Der Säugling starb noch am selben Tag.

V. Kapitel

«Seit Wochen», dachte Schütz, «komme ich aus dem Dreieck nicht mehr heraus.» Er legte die Brille beiseite, zwischen die aufgeschlagenen Seiten der Bundesgerichtsentscheide, rieb sich die Augäpfel und starrte mit leeren Blicken zur Bücherausgabe hinüber. Im Lichte des spitzbogigen Fensters standen ein paar Studenten – auch Kosakenpferdchen waren dabei – und warteten auf den Bibliothekar. Ringsherum wurde emsig geschrieben und geblättert. Die Kartei war im ehemaligen Chor der Predigerkirche untergebracht, und der Raum verleugnete seine frühere Bestimmung nicht.

Mit dem Dreieck meinte der Doktorand die Wohnung am Neumarkt, sein Zimmer über der Werkstatt der Möbelschreinerei Schütz, die Universität und den Raum, in dem er sich augenblicklich befand, die Kartei der Kantonsbibliothek, in der er Material für seine Dissertation «Das Warenbörsen-Termingeschäft und die Bestimmungen über Spiel und Wette» zusammenstellte.

Er wehrte sich dagegen, er wollte es nicht wahrhaben, er wollte es beiseiteschieben, er wollte wieder zur Feder greifen und fortfahren mit den Exzerpten aus dem Reglement der Pariser Warenbörse und den Zuckerkontrakten; aber das, was er seit einer Woche auf dem kurzen Weg durch das Predigergäßlein, in früher Morgenstunde, wenn die Frauen die Schwellen ihrer Haustüren wischten, hatte herankommen sehen, war nun eingetroffen, wie es ihm Baldinger vorausgesagt hatte: er war beim toten Punkt angelangt.

Der Promotionsarbeit lag ein Jugenderlebnis zugrunde. Als er vor Jahren aus der Schule heimkehrte, saß die Mutter mit einem verweinten Gesicht am Küchentisch, und der Vater, der Schreinermeister, stand dabei, den Hobel vorn in der blauen Schürze, die verschwitzte Mütze auf dem Kopf, sägmehlbestaubt, wie er aus der Werkstatt heraufgekommen war, und sagte in einem fort: «Das kommt halt davon.» Es handelte sich um den Bruder der Mutter, den Metzger Klostermann. Er stand im Tagblatt. Er war in Konkurs gekommen.

«Ein Handwerker, ein Gewerbetreibender, ein Mann, der einen gutgehenden Laden besaß mit alter, solider Kundschaft und ein Haus an der Stüssihofstatt – nichts hätte er zu tun brauchen als sein Siedfleisch und seine Würste zu verkaufen, und so sicher wie zwei mal zwei vier hätte er im Alter seinen Betrieb abgeben und sich zurückziehen können. Aber nein, der Löl muß spekulieren», wiederholte der Vater immer wieder.

Der Knabe Ernst Schütz wußte nicht, was mit «spekulieren» gemeint war. Etwas später wurde dann bekannt, der Metzger Klostermann sei mit seinen vierzig Jahren noch ausgewandert, nach Südamerika, nach Brasilien oder Argentinien, und betreibe nun eine Geflügelfarm. Noch immer habe er seine alte Gewohnheit beibehalten und gehe um halb acht ins Bett. Aber in der Familie des Schreinermeisters Schütz hielt von dieser Zeit an das Wort «spekulieren» seinen Einzug. Wenn es der Vater aussprach, so war es nicht anders, als beschwöre er des Daseins dunkelste Mächte empor, die Sünde und die Verderbnis, für die unweigerlich die Strafe einer Hölle wartete, untilgbar und als die tiefste Schande, die über einen ehrbaren Menschen hereinbrechen konnte: der Konkurs. Da wurden einem die Möbel aus der Wohnung fortgetragen, mußte der Mann schmählich ins Ausland fliehen, die Frau spetten, die Kinder wurden versorgt und waren unter den Mitschülern verfehmt wie der Robert Klostermann und das Margritli, die jetzt irgendwo hinter dem Uetliberg, in Bonstetten, in die Schule gingen.

Oben im Estrich, von wo aus man durch die Dachluke auf die Unteren Zäune und das Schwurgericht hinuntersehen konnte, öffnete der Kantonsschüler auf der Suche nach Briefmarken an einem Sonntagnachmittag die Verschnürung von Aktenbündeln, Briefen, vorgedruckten Formularen und säuberlich geschriebenen Aufstellungen. Sie waren alle an einen Herrn R. Klostermann, Stüssihofstatt, Zürich I, gerichtet und stammten von einer Firma Corelli & Petzold, Kolonialwaren-Agentur, Tel.-Adr. Peco, Stockerstraße, Zürich 2. Die Ausbeute an Postwertzeichen war gering; ein paar Marken der Französischen Republik, das war alles. Aber auf einmal wehte es den Jüngling wie ein Schauer an. Er merkte, daß diese Papiere mit den unverständlichen Geschäften seines Onkels zu tun haben mußten – nicht mit der Metzgerei, denn da war ja alles so einfach, daß man es ohne weiteres verstehen konnte –, aber eben mit jenem Teuflischen, dem Spekulieren. Scheu, aber voll einer erregenden Neugierde, las der Jüngling diese zum Teil mit der Hand und zum Teil schon mit blauen Lettern auf der Maschine geschriebenen Geschäftsbriefe. Sie waren meist kurz und bewegten sich in Formeln «Zufolge Ihres heutigen Auftrages kauften wir für Sie an der Pariser Börse» oder «In der Einlage behändigen wir Ihnen den Kontrakt über Ihren Auftrag vom 5. Juni 1901», und dann folgte eine Aufstellung von zwei, drei Linien «500 S. Zucker per September» oder «150 S. Santos good average». Es gab auch Aufträge für die Börsen in Le Havre, in Hamburg, selbst New York. Einzig bei den Ordres für Schweineschmalz in Chicago war in diesen Käufen und Verkäufen noch ein entfernter Zusammenhang mit dem Beruf des Metzgers Klostermann zu erkennen. Der junge Ernst Schütz fragte sich, wo wohl in aller Welt sein Onkel die riesigen Mengen von Waren aufgestapelt hatte; er kannte das Haus an der Stüssihofstatt zu gut. Höchstens im Estrich vielleicht oder im Kühlkeller hinten heraus, aber er vermochte sich nicht daran zu erinnern, daß je einmal ein Kaffee- oder Zuckersack abgeladen worden wäre, geschweige denn die Hunderte, ja Tausende, von denen in diesen Briefen die Rede war. Und was hätte auch sein Onkel in seiner Char-

cuterie mit Kaffee und Zucker in solchen Mengen anfangen können? Selbst die Kolonialwarenhandlung Schwarzenbach an der Oberdorfstraße verkaufte ja sicherlich nur pfund- und kiloweise davon.

Erst einige Jahre später, im handelswissenschaftlichen Seminar Bachmanns, während eines Colloquiums über das Differenzgeschäft, erinnerte sich der Student wieder an das Aktenbündel des Notariats- und Konkursamtes Zürich-Altstadt, in dem er nach Briefmarken gestöbert hatte. Er fand es, ein wenig vergilbter und verstaubter, noch in derselben Kiste auf dem Estrich des väterlichen Hauses am Neumarkt vor. Er nahm es mit hinunter auf seine Bude, und noch einmal beugte er sich über diese Geschäftspapiere. Wieder durchlas er die formelhaften und unpersönlichen Briefe, aber nun konnte er sie entziffern; die Bedeutung jenes dunklen und geheimnisvollen Wortes «spekulieren» war ihm vertraut, und aus den Kontrakten und Aufstellungen konnte er sich ohne große Mühe eine Vorstellung davon machen, wieso es gekommen war, daß sein Onkel, der an der Stüssihofstatt ansässige Metzgermeister Klostermann, noch im fünften Jahrzehnt seines Lebens eine Fahrt über die Meere als Zwischendeckpassagier antreten und seine Frau und die Kinder der öffentlichen Hand überlassen mußte.

Begonnen hatte es wahrscheinlich damit, daß einmal im Sängerverein der Agent Louis Corelli beim Hock nach der Probe zu seinem Chorkollegen im 1. Baß etwas davon verlauten ließ, «in Kaffee wäre jetzt etwas zu machen», die Welternteschätzungen seien enttäuschend ausgefallen, der Konsum nähme ständig zu, und der brasilianischen Regierung sei die Aufnahme einer Anleihe geglückt, so daß sie in der Lage sei, ihre Ernte einzulagern. Jedenfalls lag in den Akten noch ein kleines handgeschriebenes Privatbriefchen: «Mein Lieber, ich habe also gestern abend noch telegraphisch 500 Sack Santos good average per September/Oktober zu... für Dich aufgegeben. Mit Gruß, Louis.» Schütz fand dann auch richtig den Kontrakt und die Abrechnung über diese Operation, die wirklich mit ein paar hundert Franken Gewinn für den Metzgermeister abschloß. Der Kaufkontrakt war einen Monat später durch einen Verkauf desselben Quantums an der Pariser Börse realisiert worden. Hätte der einfältige Onkel damals, statt Lehrgeld zu erhalten, Lehrgeld bezahlen müssen, wäre es wohl anders gekommen. So aber weckte der leichte Gewinn den Appetit, die Aufträge nahmen größeres Ausmaß an, dehnten sich auf andere Produkte des Terminhandels aus; es kamen Verluste, die Klostermann auf Anraten des Agenten durch Gegenoperationen doppelten Umfangs wieder wettzumachen versuchte. Käufe, Verkäufe und Reports wechselten in bunter Reihe ab, und aus einer Aufstellung am Anfang des Jahres 1903 war ersichtlich, daß der Metzgermeister Verkäufer einiger tausend Säcke Kaffee war, die er noch nicht besaß, und dafür in den nächsten Monaten Quantitäten von Zucker zu beziehen hatte, mit denen man den ganzen Konsum der Stadt während eines halben Jahres hätte zu stillen vermögen. Es war denn auch in den Briefen immer mehr von «Deckung» die Rede, und aus Quittungen war ersichtlich, daß der Metzger gute, mündelsichere Schweizer Obligationen bei der Firma Corelli & Petzold als Depot hinterlegte. Es kam dann die Periode der sogenannten Zwangsverkäufe, was heißen wollte, daß die Agenten von sich aus die Auflösung der Kontrakte durch Gegenaufträge durchführten, wie es ihr kontraktmäßiges Recht war, und sich für die Verlustdifferenzen aus den deponierten Wertschriften bezahlt machten. Bis dann der Tag kam, wo nicht nur die Hinterlagen aufgebraucht, die Wechsel und Bürgschaften eingetrieben waren, sondern auch Klostermann seine Liegenschaft an der Stüssihofstatt mit einer dritten Hypothek belasten mußte. Und dann brach, trotz allem, unabdinglich und unaufschiebbar, die Katastrophe herein. Kopfschüttelnd lasen dieselben Kunden, die sich eben noch im gutbesuchten Laden des Metzgers gedrängt hatten, im Tagblatt, daß derselbe große, rotbackige Mann hinter der Fleischbank, der beliebte Sänger und Schütze, in Konkurs geraten sei: nüchtern, häuslich, ein Frühschläfer, ein guter Familienvater und flotter Kamerad – unbegreiflich! Er hat halt spekulieren müssen, sagten die Leute; aber die wenigsten von ihnen konnten sich vorstellen, was damit gemeint war.

Der Doktorand Ernst Schütz löste seine Blicke von dem spitzbogigen Fenster, griff nach seiner Brille und schrieb, vorweg übersetzend, den Text aus dem französischen Gesetzeskommentar in sein Heft.

«Der Einwand des Spiels kann Börsenspekulationen gegenüber nicht geltend gemacht werden. Alle Termingeschäfte auf Wertschriften, alle Kontrakte auf Lieferung von Waren und

Produkten sind rechtsmäßig, selbst dann, wenn in den Vertragsschließenden zum vorneherein die Absicht besteht, die Abschlüsse durch die Bezahlung eines Differenzbetrages (also nicht durch Lieferung oder Entgegennahme der Ware) zu erledigen. Der Agent (Vermittler) haftet persönlich für den durch ihn vermittelten Kontrakt.»

«Sie werden», hatte Baldinger, der Handelsrechtler, Schütz vorausgesagt, « auf einen soliden toten Punkt stoßen», als dieser ihm sein Dissertationsthema vorlegte. «Wir befinden uns mit dem Börsengeschäft, insbesondere was den Warenterminhandel anbelangt, in einem Gebiete menschlicher Beziehungen, das so kompliziert ist, daß die Begriffe von Treu und Glauben nur noch in der Institution, in Ihrem Falle also der Börse, sichtbar werden. Die Börse ist der Markt, und zwar die Markthalle, ein Ort mit ganz bestimmten Gesetzen und Gebräuchen – und die Grundlage jeder Tätigkeit, die in ihr ausgeübt wird, ist das Recht gewordene Vertrauen. Wer sich in den Bereich ihrer durch Jahrhunderte hindurch gehärteten Gesetze begibt, muß sich der unpersönlichen Funktion dieser Institution bewußt sein. Die Börsen sichern die Ernährung und Kleidung der Bewohner des Planeten. Es geht da um viel mehr als um das Schicksal Ihres Metzgermeisters Klostermann, den Sie mir als Beispiel anführen. Aber versuchen Sie es nur. Es geht hart auf hart. Es geht um *das* Recht. Es kann Ihnen nur gut tun.»

Es ist Spiel, es ist Wette, was da dieser Agent Corelli meinem Onkel vorgeschlagen hat, dachte Schütz. Der Metzger hätte mit seinem Geld ebenso gut nach Monte Carlo gehen, auf Pferde setzen oder Lotterielose kaufen können. In der Tat hat ja der Anwalt des Konkursiten, als die ersten Betreibungen anhoben, den Einwand des Spieles, aus dem keine Forderung entsteht, gemacht – aber sowohl das Handelsgericht als auch das Bundesgericht haben sich eindeutig der französischen Jurisdiction angeschlossen. Nicht der den Operationen wesensfremde Beruf des Kontrahenten, noch seine Unwissenheit konnten in Betracht gezogen werden, sondern einzig seine Handlungsfähigkeit. Daß der Metzger Klostermann mit diesen Spekulationen sein blühendes Geschäft und seine Familie ruiniert hat, ist gewiß – aber das hat mit der Fragwürdigkeit seines Charakters, nichts aber mit der Fragwürdigkeit der Börseninstitution zu tun. Und wie steht es mit Corelli, dem

Agenten? Ist er der Mephisto, der böse Geist? Er ist ein Berufsmann, auf der Jagd nach Provisionen und Courtagen, Familienvater wahrscheinlich. Seine Klienten zu schädigen hat er gar kein Interesse; im Gegenteil, er mußte sich über den Erfolg der von ihm vorgeschlagenen Operationen noch freuen. Allerdings hätte er an einem gewissen Punkte der Entwicklung Einhalt gebieten sollen. Aber konnte er das? Durfte er dem Klienten verwehren, neue Operationen zu versuchen, um die Verluste zu verringern, wettzuschlagen oder gar in Gewinne zu verwandeln?

Der Morgen ging dahin, wurde mählich zum Vormittag, und bereits dröhnten vom Turm der Predigerkirche die Elfuhrglokken, widerhallten in den umliegenden Gassen und verliehen ihm aus unerklärlichen Gründen das Gesicht des Mittags. Vielleicht war es der Geruch der Speisen, die in den vielen Küchen in den Töpfen sotten, brodelten und schmorten, und wovon selbst in den Bibliothekraum eine Ahnung hineinwehte. Noch immer saß Schütz an seinem Platz neben anderen an dem langen schwarzgestrichenen Tisch und fuhr leise mit der Handfläche über die kurze Bürste seiner Haare.

Ich habe es falsch angefangen, dachte er. Mit einer These. Mit einem vorgefaßten Gedanken. Ich habe mir vorgestellt, es bestehe eine Lücke im Gesetz; ich habe mir eingebildet, am Schluß meiner Diss müsse ein einfacher, bescheidener, aber in der juristischen Welt aufsehenerregender Satz stehen, des Inhaltes etwa: «Die Bewilligung zur Ausübung des Berufes eines Agenten, Courtiers oder Unter-Vertreters von Firmen, die dem Termingeschäft an Warenbörsen obliegen, sollte an die Bedingung geknüpft sein, daß zu solchen Operationen nur beruflich qualifizierte Personen als Kontrahenten zugelassen werden.» Zugeschnitten auf den Fall des Metzgermeisters Klostermann, dem Eindruck entsprechend, den dieses Jugenderlebnis in mir zurückgelassen hat: der spekulierende Vater ausgewandert nach Südamerika, die Kinder in Bonstetten, und die Mutter, die ehemalige Metzgersfrau, neben einem Scheuerkübel in den Kontorräumen der Kreditanstalt kniend. Aber das hält ja alles nicht stand. Damit kämen wir ja sogleich in den Bereich der persönlichen Sphäre, der Verletzung der Handels- und Gewerbefreiheit, der Bevormundung, der Einmischung. Außerdem könnte eine solche Bestimmung nur für die Schweiz Gültigkeit haben und würde an den Börsenplätzen nicht geschützt. Deine Aufgabe ist es nicht, moralische Betrachtungen anzustellen, sondern es bleibt einzig und allein die Darstellung der Rechtsverhältnisse, unpersönlich, objektiv, als Jurist, als Wissenschaftler. Dein Onkel hat spekuliert, gespielt und verloren. Solchen Leuten ist nicht zu helfen. Oder nicht anders zu helfen vielleicht, als daß man ihnen den ganzen weltweiten, rücksichtslosen Apparat des Welthandels, der Börse, kalt und sachlich vor die Augen führt.

Der Vormittag war vertrödelt. Aber als der junge Doktorand seine Sachen zusammenpackte, war ihm leichter zumute. Ganz ferne, am Rande seines Denkens, tauchte der Horizont einer Landschaft empor, von der er ahnte, daß sie das Ziel seiner Wanderung war. Es waren keine Menschen darin. Sie ähnelte einer Mondlandschaft. Es war die Landschaft des abstrakten Rechts.

VI. Kapitel

«Die Natur interessiert mich nur insoweit, als sie der Mensch sich dienstbar machen kann», schrieb der Gymnasiast Walter Abt in sein Tagebuch. «Immer, wenn die Leute das Wort ‹Natur› im Munde führen, ist etwas Verlogenes dabei. Das sieht man schon daran, daß kein Dichter es wagen würde, Worte wie Velo, Automobil, Elektromotor oder Photographie in seine Gedichte aufzunehmen. Er fände es unter seiner Würde, er fände es profan. Dabei gehört das zum Leben so gut wie die Sonnenuntergänge, die Blümlein und das Bächlein.»

Seit etwa einem Jahr führte er ein Tagebuch. Manchmal ließ er das Wachstuchheft wochenlang liegen; dann kamen wieder Zeiten, wo er seitenweise die Blätter vollkritzelte und darüber Schulaufgaben vernachlässigte und gezwungen war, sich ganz auf die Abschreibeorganisation des «Bu», des Bundes der Unabhängigen, zu verlassen. Die Mitglieder dieses Klassenklubs zeichneten sich dadurch von den andern aus, daß sie den obersten Knopf ihrer Weste offenließen, sogenannte Papillons zu ihren Stehkrägen trugen und sich untereinander, als Ausdruck ihrer Verachtung gegen das Zensurnotensystem, verpflichteten, nie fehlerfreie Arbeiten und Klausuren abzugeben.

Aus dem unteren Stockwerk der Backsteinvilla an der Weinbergstraße klang Männergemurmel herauf. Im sogenannten

Herrenzimmer, eigentlich dem Hausbüro des Vaters, des Grundwasser-Experten Abt, war Besuch, Stadtrat Neidhart war da und Buchdrucker Weder. Auf dem Tisch, im Wohnzimmer, standen Gläser bereit, eine Chiantiflasche, und in der Küche hatte Frau Abt fünf Paar Wienerli obgetan und war eben dabei, Meerrettich zu raspeln.

Die Männer rauchten; Neidhart hatte seinen Rock angezogen, Abt trug einen braunen Ärmellismer, Weder einen schwarzen Gehrock, einen dunklen buschigen Schnurrbart und saß still in seinem Korbsessel.

«Wenn das so weiter geht», sagte Neidhart, «so haben wir in zehn, fünfzehn Jahren eine sozialdemokratische Mehrheit im Stadtrat, und dann Prost!» Immer wieder, während er durch das Zimmer schritt, warf er einen Blick auf den kleinen Zettel, der auf der Platte des Rollpultes lag. Darauf befand sich, mit Bleistift hingekritzelt, eine Art Tabelle:

Kreis	Freisinnige		Demokraten		Sozialdemokraten		Zusammen
I	16	(18)	4	(4)	2	(0)	22
II	8	(9)	2	(2)	1	(0)	11
III	7	(9)	11	(14)	31	(26)	49
IV	5	(4)	4	(5)	6	(5)	15
V	14	(16)	10	(12)	5	(1)	29
Stadt	50	(56)	31	(37)	45	(32)	126

Die eingeklammerten Zahlen bezeichneten offenbar die bisherige Vertretung der Parteien im Großen Stadtrat.

Abt, der, halb ins Zimmer gewendet, vor dem Rollpult saß, machte ohne sichtbare Erregung die Bemerkung: «Man kann halt nicht beides: eine Großstadt werden und kleinbürgerlich bleiben. Mit der Eingemeindung von Außersihl hat sich ganz selbstverständlich die soziologische und damit auch die politische Struktur des Gemeinwesens verändert.»

«Und der Russisch-japanische Krieg hat der Arbeiterbewegung einen mächtigen Auftrieb gegeben», sagte Weder, und es war, als zitierte er den Satz aus einem Leitartikel.

«Ich kann das nicht anhören», rief Neidhart und zerquetschte den Stummel seines Stumpens im Aschenbecher. «Ihr kommt mir beide vor wie angestochen. Wer macht denn den Sozialismus bei uns? Der deutsche Reichstagsabgeordnete Bebel, der ehemalige Deutsche Greulich, der Bluntschli mit seiner russischen Anarchistin als Frau! Das ist alles ausländische Importware! Wir können Gott danken, daß es im Nationalrat noch anders aussieht! Dort haben sie begriffen, daß der Sozialismus nichts Schweizerisches ist, wenn wir Zürcher auch die zweifelhafte Ehre haben, die meisten sozialdemokratischen Nationalräte zu stellen!»

Nach einem kurzen Schweigen meinte Abt: «Wer weiß, vielleicht ist es gerade die Aufgabe Zürichs, den internationalen Sozialismus in unserem Lande zu verschweizern.»

Walter, in seinem Zimmer, lauschte noch eine Weile den Stimmen, dann versorgte er sein Wachstuchheft in der Tischschublade, nahm seinen Hut und kam behutsam die Treppe herab. Aber er konnte das Haus nicht, wie er meinte, unbeachtet verlassen. Die Mutter, den Kneifer auf der Nase, stand unter der Küchentüre.

«Ich will nur noch rasch zum Aaron», erklärte der Gymnasiast. «Ich verstehe das einfach nicht», machte er und wies das aufgeschlagene Mathematikheft mit den Gleichungen vor.

«Zu der Zeit?» fragte die Frau, «das kann dir doch der Vater erklären.»

«Heute sicher nicht mehr», antwortete Walter mit einem Blick auf die Türe, hinter der die Männer redeten, «und morgen sollte ich es abgeben.»

«Das ist nur, weil du immer bis zum letzten Augenblick wartest. Aber um zehn bist du wieder drinnen.»

Die beiden trafen sich halbwegs bei der Villa Sumatra. «Ich habe natürlich zu Hause gesagt, ich gehe zu dir», lachte Aaron. Sie wanderten die von Gaslaternen spärlich erleuchtete, beinahe menschenleere Weinbergstraße hinab, am Central-Theaterchen vorbei, überquerten den Leonhardsplatz, wobei Aaron einen flüchtigen Blick zur Wohnung seines Onkels hinaufwarf. Dann bogen sie in das Niederdorf ein.

Im Halbdunkel der Gasse herrschte bewegtes Leben. Aus den Wirtschaften – es lag eine neben der andern – drang Lichtschein, Musik und Gegröl heraus; Gruppen von Männern und Burschen standen umher, und alle schienen auf etwas zu warten. Es roch nach Bier, Tabak, aber auch nach Linden und nassem Holz. Viele Läden waren noch geöffnet, kleine Zigarrengeschäfte und Trödelmagazine, und in schwach erleuchteten Schaufenstern waren Uhren und billiger Schmuck ausgestellt. In schweren dunklen Mänteln, den Tschako mit dem orangefarbenen Pompon auf dem Kopf, patrouillierte ein Polizistenpaar. In offenen Haustüren standen auch Frauenspersonen.

Was sie suchten, hätten sich die beiden Schüler nicht einzugestehen vermocht. Seit einigen Wochen erlisteten sie diese nächtlichen Wanderungen durch das berüchtigte Quartier, blickten an den Fassaden der Häuser empor, an verhängte Fenster, hinter denen Licht schimmerte, lauschten im Dunkel den Gesprächen, die in den Gruppen der herumstehenden Männer geführt wurden, beschauten sich die Postkarten und Broschüren, die ausgestellt waren, und erhofften ein Ereignis, ein Vorkommnis aus dem Bereiche des Geheimnisvollen, Verbotenen, Erwachsenen, das sie allenthalben rings um sich herum zu spüren vermeinten. Walter Abt hatte von seinem nachbarlichen Gespielen und ehemaligen Kameraden aus der Volksschule erfahren, dem Kaminfegerlehrling Hans Ackermann, der bereits in der Jugendriege des Turnvereins Unterstraß mitwirkte und lange Hosen trug, es gäbe im Niederdorf so Häuser, wo man, eben, er wisse ja schon. Es seien die Tabakgeschäfte, die als Aushängeschild eine große blecherne Zigarre zeigten, in Wirklichkeit eine Laterne, in der des Nachts, hinter einer roten Glasscheibe, eine Petrollampe brannte.

Vor eben einem solchen Laden in einer engen Nebengasse des Niederdorfes standen die beiden still. In der Auslage waren ein paar vergilbte Zigarettenschachteln zu sehen, bunte Juxpostkarten, keifende Frauen, die einen Maulkratten trugen, von einem torkelnden Mann im Zylinder ausgehöhnt. Photographien von bis auf einige Schleier um Brust und Hüften entkleideten Frauen, das sechste und siebente Buch Mose, schwarz versiegelt, die Zeitschriften «Vie parisienne» und «Wiener Madeln».

Das Schaufenster war nach innen durch einen halbhohen Vorhang, der an einer messingenen Gardinenstange hing, abgeschlossen, und die beiden Jünglinge stellten sich auf die Zehenspitzen, um über ihn hinweg in den Raum hineinzuspähen. Dort saß, hinter dem Ladentisch, einen Wust schwarzen gekräuselten Haares auf dem Kopf, in brandroter Seidenbluse, eine Frauensperson, über eine Zeitung gebeugt. Gegen hinten war der Laden durch einen zweiten, geblümten Vorhang abgeschlossen.

«Hast du Geld?» fragte Aaron. Walter nickte. «Einen Fünfliber.» «Geh doch hinein!» Während Aaron gespannt durch die Scheibe hineinlugte, betrat sein Kamerad den Laden. Aaron sah, wie die Frau ihren Blick von der Zeitung löste, lächelte, dann irgend etwas aus einer Schublade hervorholte und es auf den Tisch ausbreitete. Abt schien es zu betrachten, dann redeten die zwei wieder längere Zeit miteinander, die Frau stand auf und schlug den hintern Vorhang ein wenig zurück und stand davor, einladend, wie es schien, die Hand in die Hüfte gestützt.

Dann öffnete sich die Türe, und Walter stürzte heraus.

«Komm», sagte er, und selbander eilten sie davon.

Aaron wollte etwas fragen. Sein Kamerad kam ihm zuvor.

«Es hat mir gegraust», sagte er.

VII. Kapitel

Oben in der Backsteinvilla an der Weinbergstraße im Schreibzimmer Abts ging das Gespräch weiter. Es waren aber nicht die drei Männer, die es führten, sondern es, das Gespräch führte sie. Als Neidhart und der Buchdrucker Weder, Vorstandsmitglied der Demokratischen Partei, sich bei Abt, dem prominenten Mitglied der Freisinnigen Partei, einfanden, handelte es sich in der Vorstellung der drei um eine Art private Fühlungnahme von Mitgliedern der beiden bürgerlichen Fraktionen, die bei den letzten Erneuerungswahlen im April je sechs Sitze an die Sozialdemokraten verloren hatten. Es ging um die Besetzung des sogenannten Büros im Großen Stadtrat. Die Präsidentschaft gebührte den Freisinnigen und war unbestritten. Als zweitstärkste Fraktion erhoben die Sozialdemokraten ihren Anspruch auf den Posten des 1. Vizepräsidenten. Aber es war mehr eine Frage des Prestiges als der Macht. Sie machten einfach der schwächsten Partei, den Demokraten, den Sitz streitig. Anderseits hinwiederum konnten sie, gegen die Stimmen der beiden bürgerlichen Parteien, ihren Willen nicht durchsetzen. Es bestand aber kein Zweifel darüber, daß die Freisinnigen ihrem bürgerlichen Gegner, dem Demokraten, ihre Stimme geben würden. Aber sie wollten darum, in irgend einer Form und selbstverständlich im Hinblick auf ein entsprechendes Entgegenkommen bei passender Gelegenheit, gebeten werden. Das war nun durch Buchdrucker Weder geschehen. Erster Vizepräsident würde

Dr. Wettstein, der Demokrat, werden, den zweiten würde man Papa Greulich, dem Sozialdemokraten, überlassen. «Er trägt ja den gleichen Schlapphut wie ihr Demokraten», konnte Neidhart hinzuzufügen nicht unterlassen.

Der Buchdrucker steckte es mit einem «Merci» ein. Dann bemerkte er: «Es dürfte nicht mehr allzulange dauern, und wir haben eine vierte Partei, und dann seid ihr Freisinnigen wieder froh um uns.»

«Wegen der Katholiken meinen Sie?» höhnte Neidhart.

«Vom 11. bis zum 15. April fand im Gesellenhaus am Wolfbach ein sogenannter praktisch-sozialer Kurs katholischer Soziologen statt, und dabei wurde darauf hingewiesen, daß Zürich im Begriffe sei, sich zur größten katholischen Schweizer Stadt zu entwickeln.»

«Die Zwinglistadt Zürich?» lachte Neidhart.

«Wie steht es eigentlich?» fragte Abt sachlich.

«Nach der Stadtvereinigung, im Jahre 1893, standen 82 000 Protestanten etwa 34 000 Katholiken gegenüber; das Verhältnis war also weniger als eins zu drei», orientierte der Buchdrucker.

«Und jetzt?»

«Jetzt ist es nahe an eins zu zwei. Fast 60 000 Katholiken auf nahezu 120 000 Protestanten, und der Zuzug aus der Innerschweiz und die natürliche Vermehrung dauern an.»

«Ich habe auch so etwas gehört», sagte Abt, «es soll etwas im Tun sein mit einer neuen Partei.»

«Eine bürgerliche Partei auf alle Fälle», machte Neidhart.

«Ja?» sagte zögernd Abt, «keine marxistische auf jeden Fall, aber immerhin mit sehr ausgeprägten sozialen Tendenzen, christlich-sozial.»

«A la bonheur», meinte Neidhart. «Das kostet den Roten Stimmen.»

«Sicher nicht so viele wie euch», lächelte Weder vergeltungslustig.

«Wo am meisten?» fragte der Stadtrat gereizt.

«Schaut nur einmal eure Mitgliederliste durch. Sie hat bis heute geschwiegen, aber wenn sie ruft, die Kirche – es sind auf Zürcher Boden nicht wenig neue Kirchenbauprojekte in Vorbereitung.»

«Meine Herren, die Wienerli werden ja kalt», sagte Frau Abt unter der Türe.

«Ja nun», meinte Abt versöhnlich, «einen Sonderbundskrieg wird es deshalb nicht geben.»

Ganz am Schluß der Mahlzeit, als sie vor ihren Chiantigläsern um den runden Tisch herum saßen, schob der Buchdrukker Teller und Gläser beiseite und legte seine kurzfingrige Hand auf die Mitte der Platte unter die Gaslampe. «Zürich», sagte er, «liegt im Zentrum eines Kreises mit einem Radius von fünfhundert Kilometern. Auf der Peripherie dieses Kreises liegen sieben große Städte» – er stellte Teller und Gläser an die bezeichneten Plätze –, «Frankfurt, Stuttgart, München, Mailand, Turin, Lyon, Paris, und neun kleinere» – er bezeichnete sie durch Brotstücke und Bestecke –, «Dijon, Besançon, Mülhausen, Straßburg, Karlsruhe, Augsburg, Innsbruck, Salzburg.»

Die andern schauten ihm belustigt zu. Weder nahm nun zwei Teller und zwei kleinere Gegenstände vom Tisch. «Die zwölf, die noch bleiben, sind alle katholisch», schloß er.

Es herrschte eine Weile Schweigen und Kopfschütteln.

«Wir sind ja eine richtige reformierte Enklave», stellte Abt fest.

«Es fehlte nur noch, daß wir eine reformierte Partei gründen», murmelte Neidhart.

«Das kommt auch noch», versicherte Weder. «Wir gehen einem Regime der kleinen Parteien entgegen.»

Unter dem vorwurfsvollen Blick seines Fraktionskollegen Neidhart sagte Abt: «Das gefällt mir eigentlich nicht einmal so schlecht. Das ist föderalistisch.»

«Und wo bleibt dann die eidgenössische Zentralgewalt?» rief Neidhart grob.

«Schau, August», machte Abt und kratzte sich mit dem Daumennagel die Wange, «ich habe immer so das Gefühl, daß, wenn einem, es dem homo turicensis möglich wird, beiden Ansprüchen zu genügen.»

Mit dem auf unerklärliche Weise verlorengegangenen Schlüssel öffnete der Gymnasiast Walter Abt leise die Haustüre und schlich an der Türe des Eßzimmers vorbei, die Treppe hinauf. Er setzte sich an den Tisch, nahm nochmals sein Tagebuch hervor und schrieb die Bemerkung: «Sieg über die Trieb-Natur aus Ekel.»

Die Mutter hatte ihn wohl gehört.

VIII. Kapitel

Der «Salon de Coiffure pour Dames» befand sich im ersten Stock in der Wohnung eines älteren Hauses an der Stampfenbachstraße, und der Eingang lag an einer jener Treppen, die zur Weinbergstraße und von dort gegen die Liebfrauenkirche hinaufführten. Im geräumigen Korridor hing ein ständig brennender Gasleuchter, und auch der große, gegen die Straße zu liegende Raum war künstlich erleuchtet, denn die Fenster waren mit Plüschgardinen verhängt. An der Wand hingen drei große, goldgerahmte Spiegel, davor stand eine schmale, durchgehende Kommode voller kleiner Schubladen und ausgesparter Räume für die Füße der Klientinnen, wenn diese in den geflochtenen Lehnsesseln saßen. Auf der Platte standen die Gasrechauds für die Brennscheren, die Flaschen der Lotions und Tinkturen, lagen die Bürsten, Kämme, die Schachteln mit den Haarnadeln und den Bigoudis. In den Spiegeln steckten neben Ansichtspostkarten aus Paris die Abonnemente der Kundschaft und Papierblumen. In Vitrinenschränken aus mattiertem Mahagoniholz, mit Messingbeschlägen verziert, ruhten neben Parfumflaschen Chignons verschiedener Farbe, seidig glänzende Zöpfe, Schildpattkämme, Puderdosen und Quasten, aber auch seidene Wäschestücke, Dessous, und all das badete im milchig grünlichen Licht einiger Glaskugeln, in denen Auerstrümpfe glühten.

Madame Bariffi stand hinter Madeleine, die, in einen weißen Frisiermantel gehüllt, als einzige Kundin auf einem der Sessel saß, und während die Coiffeuse die Wärme der Brennschere an einem Stück Zeitungspapier erprobte, das Instrument abkühlend ein paarmal um die Achse des einen Handgriffes schwingen ließ, redeten die beiden Frauen durch den Spiegel miteinander.

«Ich langweile mich furchtbar», sagte die Freundin von Léon, Aarons Onkel. «Il est gentil, bien sûr, aber welch ein Leben! Ins Café, nach Hause, ins Café, nach Hause. Und Geld hat er auch keines.»

«Ich habe es Ihnen ja vorausgesagt, ma petite», machte die Coiffeuse und schob behutsam, mit leiser Drehung, die Brennschere in eine Haarsträhne der jungen Frau. «Ich kenne sie doch schon seit zehn Jahren, diese Zürcher. Sie müssen es ihm noch zugute halten, daß er sich mit Ihnen so affichiert.

Das ist sonst nicht ihre Art. Natürlich sind sie wie alle Männer, aber im Verborgenen.»

Es war ersichtlich, daß sie ihre Erfahrungen hatte.

«Ich denke, eines Morgens nehme ich den Zug, und dann adieu», sagte Madeleine. «Ich habe genug von der Provinz. Wissen Sie, was letzte Woche passiert ist? Die Polizei ist gekommen, ein Detektiv, Anzeige wegen – ich weiß nicht mehr, was er sagte.»

«Konkubinat», belehrte sie die Coiffeuse kopfnickend, «ich kenne das.»

«Ich mußte ihm mein Zimmer zeigen, zum Beweis, daß ich ein eigenes Bett habe, als Zimmermieterin. Ist es nicht lächerlich? Oh, la-la.»

Madame Bariffi gab es zu, aber nicht mit voller Überzeugung. Monsieur Léon sei ja sehr charmant, aber nicht wahr, doch eben «ein kleiner Monsieur, un camarade, un ami, bon», aber eine Zukunft habe das nicht. «Etwas müssen Sie bedenken: in Paris sind Sie eine unter vielen, sehr vielen. Aber hier, in Zürich, so als fremder Vogel, Parisienne. .. Sie müßten sich arrangieren.»

Die beiden Frauen blickten sich durch den Spiegel in die Augen. Die Kundin schob schmollend die Unterlippe vor, Madame Bariffi hielt ihre Lider weit und wissend geöffnet.

«Eigene Möbel«, sagte sie, «eine Rente, etwas auf der Seite, genug, um später etwas anzufangen – in solch puritanischen Gegenden muß man realistisch denken, ma petite.»

«Gibt es das?» fragte Madeleine.

«Es gibt nur das, sage ich Ihnen. Alles andere –» sie wirbelte energisch die Brennschere.

«Natürlich müßte es etwas Solides sein, Lederwaren, Schirme oder so. Mit dem Beschützer im Hintergrund.»

«Und dann, nicht wahr, für das Herz, mon dieu, il y a toujours un train et des vacances», fügte sie noch hinzu.

«Wie Sie reden, Madame Bariffi, als ob Sie es wissen müßten», lachte Madeleine.

«Wer weiß, vielleicht. Bitte beugen Sie ein wenig das kleine Köpfchen. So.» Sie wickelte eine Strähne um das heiße Eisen, und es entstand unter ihren geschickten Händen eines jener verwirrenden Nackenlöckchen, die sichtbar wurden, wenn die Hübsche das Puppengesicht mit gespitztem Mäulchen zu einer kleinen Gabel voller Süßigkeit hinabbeugte.

Eine Weile war nichts zu hören als das Summen der bläulichen Flammenzeile auf dem Rechaud, das Klappern der Brennschere und hie und da das Herabfallen von ein wenig Asche im Rost des eisernen Ofens. Es war wie eine Art Wettbewerb zwischen den beiden, wer das Schweigen länger aushielte.

«Wissen Sie, ich mag ihn gut leiden, den Léon», bemerkte Madeleine schließlich und suchte wieder im Spiegel die Augen der Coiffeuse. «Er ist fröhlich, lustig, leichtsinnig, ein hübscher Mann und chic mit mir – eben so weit er kann.»

«Bon, bon, reden wir nicht mehr davon.»

«Haben Sie denn eine Idee, Madame Bariffi?»

«Am Silvester, was macht ihr da?»

«Ich weiß nicht, ich glaube ins Variété, ins Corso, und nachher ein Souper im Restaurant mit ein paar Südamerikanern, Argentiniern, glaube ich, Freunde von ihm, von Paris her, so mit schwarzen angeklebten Haaren, Söhne von Weizenfirmen, junge Leute.»

Die Coiffeuse schüttelte wie mütterlich mißbilligend den Kopf. «Spreu, nicht Weizen», murmelte sie. «Ich mag Sie gut leiden, Madeleine, aber Sie machen mir Sorge. Das ist nicht das Richtige für Sie.»

«Hören Sie», rief Madeleine plötzlich. Mit erhobener Brennschere, das Gesicht wie ihre Klientin den verhängten Fenstern zugewendet, verharrte Madame Bariffi regungslos, und sekundenlang bildeten die sitzende Frau im weißen Friermantel und die Coiffeuse hinter ihr eine wächserne Gruppe, die sich noch einmal im Spiegel gegenüber wiederholte. Von der Straße herauf tönten in kurzen Abständen Hornstöße, das Getrappel von Füßen, Rufe «Fürio».

«Es brennt», sagte Madame Bariffi, «hoffentlich nicht im Haus!» Sie raffte die Röcke, rannte hinaus, öffnete die Wohnungstüre. Auch in den oberen Stockwerken war es lebendig geworden. Den messingbeschlagenen Feuerwehrhelm bereits auf dem Kopf, im Begriff, den rot paßpoilierten Rock zuzuknöpfen, den breiten Gürtel mit dem Beil daran in der anderen Hand, kam bereits der Kanzlist Mörgeli die Treppe herab.

«Wo brennt es?» fragte die Bariffi.

«Ich weiß nicht», rief der Davonstürmende.

«Gegenüber, ganz in der Nähe», schrie eine Frauenstimme vom oberen Stockwerk herunter. «Es muß die Neumühle sein, bei Escher-Wyß.»

Die Coiffeuse kehrte in ihre Wohnung zurück. Madeleine stand bereits am Fenster. Der Nachthimmel war gerötet, man hörte das Prasseln des Feuers, und dann schlug auch schon die Lohe aus dem Dach des langgestreckten Backsteinbaus an der Limmat unten. Aus dem Schlachthaus vernahm man das Brüllen von Rindern.

Rasch füllte sich die Straße mit Leuten. Die ersten Spritzenwagen rückten an.

Walter Abt war seinem Vater gefolgt, der bei der freiwilligen Feuerwehr den Posten eines Kommandanten bekleidete. Der Kaminfegerlehrling Ackermann gesellte sich zu ihnen. Beim Spritzenwagen-Depot an der Kinkelstraße verließen die Jünglinge den Offizier und eilten die Stampfenbachstraße hinab. In der Menge, die sich am jenseitigen Ufer der Limmat, unter den beschneiten Bäumen der Platzpromenade, gegenüber der Brandstätte ansammelte und der sich das im dunkeln Wasser des Flusses widerspiegelnde Feuer als ein eindrucksvolles Schauspiel darbot, stand auch der Schürzenfabrikant Leib Gidionowics und neben ihm sein Bruder Ruben, der bereits keinen Bart mehr trug.

Die Nachricht vom Brand der Maschinenfabrik am Abend eines der letzten Tage des Jahres verbreitete sich mit Windeseile durch die Stadt. Sie erreichte durch eine Hintertüre, aus dem Munde einer Kellnerin, die Teilnehmer eines Vortrages gegen den Kindersegen, den der Arzt Bluntschli im Saale der «Eintracht» am Neumarkt vor einer aus Mitgliedern der Gewerkschaften und seinen kommunistischen Freunden gebildeten Zuhörerschaft hielt. Ein nicht geringer Teil des Publikums verließ die Veranstaltung und folgte der Lockung des Feuers. Dem Buchbinderlehrling Gebhardt, der eben daran war, einige Ausschnitte aus dem «Winterthurer Landboten», «Die Entwicklung der Großstadt – Corresp. aus Zürich», in sein Wachstuchheft einzukleben, fiel das plötzliche Leben in der Trittligasse auf. Außerdem läutete es unten, und ein junger Feuerwehrmann wollte den Wendrohrführer, den Schneidermeister Gebhardt alarmieren, wie seine Instruktion lautete. Offenbar war vergessen worden, den Betreffenden aus dem Register der freiwilligen Feuerwehr zu streichen; denn er weilte ja noch immer in der Trinkerheilanstalt Ellingen. Aber sein Sohn kam noch rechtzeitig auf die Brandstätte, um den Zusammenbruch des Dachgebälks zu erleben. Der Doktorand Schütz erhielt die Kunde erst in später Nacht durch die Mutter, als sie ihm eine Tasse heißer Milch in seine Bude hinaufbrachte; er war eben dabei, seine Dissertation abzuschließen, mit der einzigen folgerichtigen Konklusion übrigens, daß der Differenzvertrag rechtlich keine Ausnahme darstelle, sondern schlicht unter die übrigen Lieferungsverträge einzureihen sei. Hector Voubrasse konnte vom Giebelbalkon aus, fern über der Stadt, den Feuerschein wahrnehmen; worum es sich dabei handelte, erfuhr er erst später. Der Gärtnermeister Wettstein befand sich in der Stunde des Brandausbruches ganz in der Nähe der Unglücksstätte, im Schreibzimmer des Sensals Rottweiler, und es wurde über den Verkauf seines Landes ob des Eicheinfangs verhandelt, beziehungsweise wegen des Austauschs dieser Grundstücke gegen Land in Zollikon, das sich zum Betrieb einer Gemüsegärtnerei eignete. Jakob Reiß als Vermittler nahm an dieser Besprechung teil. Sie waren aber so bei der wichtigen Sache, daß sie dem Horngetön keine Aufmerksamkeit schenkten.

Konsul Meng, der Seifenfabrikant Brüstlein und noch einige andere Mitglieder des Deutschen Kriegervereins feierten unter dem über ihnen hängenden Modell des Schlachtschiffes «Graf Waldersee» im ersten Stock des Restaurants «Pfauen» am Heimplatz die Erinnerung an den schweren Winter ihrer Väter vor Paris im Jahre 1870/71 und den Geburtstag des neuen Deutschen Reiches. Im Nebenraume lagen die Utonen ihrem Kommers ob. Weder die eine noch die andere Veranstaltung wurde durch die Nachricht vom Brand der Neumühle gestört. Nach Mitternacht allerdings besuchten die Studenten noch die rauchende Brandstätte und besahen sich den Schaden. Von den wachthabenden Polizei- und Feuerwehrmännern mußten sie davon abgehalten werden, die ausgebrannten Werkstätten zu betreten. Zum Gaudium des Publikums leerten sie die mitgebrachten Bierflaschen, auf dem Randstein des Trottoirs sitzend.

Aaron hatte an dem Ereignis keinerlei Anteil. Er war, diesmal allein, zu dem kleinen Zigarrengeschäft zurückgekehrt, vor dessen Fenster er gestanden und über dessen Vorhang er in den Laden hineingespäht hatte, während die kraushaarige Frau in der roten Bluse seinen Kameraden Walter Abt anlächelte.

Unglücklich und einsam, auf einem großen Umweg über das Künstlergütli und die Semperterrasse vor dem imposanten

Gebäude der Eidgenössischen Technischen Hochschule kehrte er nach der Wohnung seiner Eltern hinter der Liebfrauenkirche zurück. Wohl sah er den Feuerschein, wohl die Leute, die der Zeile der Gaslaternen entlang der Brandstätte zueilten, aber es ließ ihn ganz unberührt. Er kam sich ausgeschlossen vor. Nichts war geblieben von dem lockenden Flaum und Schimmer; steil war hinter dem Erlebnis des Jünglings alles in eine anatomische Nüchternheit ohne Trost und Schönheit hinabgesunken. Doch nicht genug damit, erhob sich das Haupt der Angst. Gelesenes, Gehörtes, Geraudtes, Angedeutetes, furchtbare Dinge von Ansteckung, Krankheit und Zersetzung begannen Gestalt anzunehmen, die Erinnerung an das Kabinett mit den Wachsmodellen im hinteren Teile des Panoptikums, das nur Erwachsenen zugänglich war. Aaron eilte dahin und lauschte in sich hinab, und mit rasender Eilfertigkeit liefen die Ereignisse einer imaginären Zukunft in ihm ab. Er biß sich auf die Lippen, hob die Hand zum Munde, biß in den Daumen, den Tränen nahe; aber kalt, entschlossen sagte ihm sein Verstand, der über alles hinweg, härter als je, seine Gewalt behielt, was er zu tun hatte. Er keuchte, stöhnte vor Scham und Demütigung. Aber es gab nichts, es mußte geschehen, der Lebensinstinkt, von der Vernunft geleitet, gebot es. Du mußt, morgen schon, vor Ablauf des Jahres noch, Scham hin oder her, zum Arzt, zu Dr. Schultheß in die Sprechstunde.

Drittes Heft

1. Kapitel

Es war noch früh am Tag, fahlblau der Himmel, still die Straßen und menschenleer, ein zarter Dunst lag in der Luft; die Knospen der Lindenbäume auf den Trottoirs der Bahnhofstraße waren feucht und begannen ein wenig Grün zu zeigen. Vom See her wehte leiser Wind. Ein Laternenanzünder wanderte mit geschulterter Stange heimwärts; irgendwo hantierte ein Milchmann mit Blechkesseln.

Durch die verlassene Allee der Stadthausanlage wanderte ein kleingewachsener, zierlicher Mann, grau gekleidet, sauber rasiert, gepützelt sozusagen wie ein helläugiges Katerchen, mit gesträubtem Schnäuzchen, weißen gestärkten Manschetten, einem Stehkragen mit gebrochenen Ecken, goldener Uhrenkette und einem ebenhölzernen Stöckchen mit silbernem Griff. Die Stiefeletten knarrten bei jedem Schritt. Von Zeit zu Zeit tat er einen Zug aus einem Zigarrchen, das er sorgsam mit noch intakter Asche zwischen Zeigefinger und Daumen seiner Linken hielt.

Bei der Hauptpost herrschte schon beträchtliches Leben. Die Briefträger fanden sich ein, die gelben Handwagen warteten am Randstein, die beiden Pferde vor der Postkutsche nach Witikon und Maur am Greifensee schüttelten ihren Harnisch und schnoben in die frische Luft des Morgens hinein.

Im Raum der Postfächer schloß der kleine Mann einen Kasten auf und entnahm ihm ein Bündel Briefe, das er an einem der Stehpulte durchsah. Er entnahm ihm jedoch nur zwei, drei Enveloppen, den Rest versorgte er wieder im Fach. Mit einem zierlichen Federmesser öffnete er die Umschläge, durchflog den Inhalt, dann steckte er sie ein und verließ das Gebäude.

Als er den Paradeplatz überschritt und den hohen Gittern der Villen der Bahnhofstraße entlang wanderte, blitzte es bereits oben in den Mansardenfenstern, an Gesimsen und Kapitellen, Schieferdächern und Kaminen vom Widerschein der aufgehenden Sonne. Am großen Trog des Brunnens am Rennweg, bei der Telephonzentrale, deren über dem Gebäude in einem Aufbau aus Eisenbalken zusammenlaufende Drähte ein feines Gitter in den blaßblauen Morgenhimmel legten, blieb der Herr stehen und schaute aufmerksam um sich, den Rennweg hinauf, in die Seidengasse hinein und schließlich das breite Boulevard hinab, das durch die Fassade des Bahnhofs abgeschlossen wurde. An der Abbruchstelle des alten Gefängnisses am Ötenbach hatte die Arbeit bereits begonnen; mit Schutt und Steinen beladene Pferdegespanne zogen knarrend vorüber; schon strebten Kinder mit ihren Tornisterchen dem Linth-Escher-Schulhaus zu.

Im Wienercafé standen die Stühle noch auf den Tischen, nur vorn gegen den Bahnhofplatz hin waren einige Nischen bereit; der kleine Herr setzte sich, und es wurde dem Habitué von einem verschlafenen, in seinem schwarzen Fräckchen und steifen Plastron etwas unzeitgemäß wirkenden Pikkolo ein Café complet serviert.

«Wie geht es, Oskar?» fragte der Herr, nicht leutselig, sondern mit einer, angesichts seiner Zierlichkeit, überraschend scharf wirkenden Stimme, während er sorgsam über der Kaffeetasse einen knusprigen Gipfel entzweibrach.

«Danke für die Nachfrage, Herr Neuwiller», antwortete der Jüngling angelernt.

«Tut es noch weh?»

«Nein, gar nicht mehr. Es ist völlig verheilt. Ich darf nur noch nichts Schweres heben.»

«Sowieso, du mußt dich ein wenig schonen, das ist so bei einer Blinddarmoperation.» Aber er sagte es schon zerstreut, ganz mit Kauen und der Durchsicht eines kleinen Büchleins beschäftigt, das er neben der Tasse auf die Marmorplatte gelegt hatte.

Der Pikkolo brachte ein paar Zeitungen herbei; sie waren frisch gefalzt, zum Teil noch unter Kreuzband. Offenbar gehörte es zum Vorrecht des frühen Gastes, sie lesen zu dürfen, bevor sie in die Halter verteilt wurden. Er durchflog sie jedoch nur, wendete mit raschen, präzisen Bewegungen die Blätter, ein Blick hierhin, dorthin, eine bestimmte Ecke des Handelsteils, einige Zeilen in den Kolonnen der Börsennotierungen, und schon lagen sie, beiseitegeworfen, neben ihm auf der Wachstuchbank; Oskar bemächtigte sich ihrer, spannte sie zwischen die Holzleisten der Halter und hängte sie an die Haken des Garderobeständers.

Neuwiller hatte aus der Seitentasche seines grauen Gehrocks ein paar blanke Telegrammformulare hervorgezogen, die er nun mit einem gespitzten Tintenstift sorgsam, fortwährend sein Büchlein konsultierend, zu beschreiben begann. Der Pikkolo, mit dem Bestuhlen der übrigen Tische beschäftigt, konnte jedoch, wenn er über die Schulter des Gastes blickte, nur Gruppen von Zahlen erkennen.

Neuwiller trug den Inhalt seiner Botschaften wieder mit seiner säuberlichen Schrift in das verschlissene Büchlein ein, winkte dem Jüngling, entnahm einer kleinen, am anderen Ende der Uhrenkette befestigten Kapsel, die sich mit einem Springdeckel öffnete, das oberste einer kleinen Säule von goldenen Zehnfrankenstücken, und der Pikkolo mußte mit den Depeschen zum Bahnhof hinüber und sie an dem kleinen Telegraphenschalter aufgeben. Dabei konnte er in Muße die Schriftstücke lesen; klüger wurde er dabei nicht, höchstens daß er feststellte, daß die Botschaften nach Paris und New York mit «Nestor» unterschrieben waren.

Zurückgekehrt, um das Herausgeld abzuliefern und seinen Zwanziger als Botenlohn in Empfang zu nehmen, fand er, Neuwiller gegenübersitzend, den anderen morgendlichen Gast, einen rundlich beleibten Herrn, der über einem Kranz grauer Härchen eine verlederte Glatze trug und dessen kleine Augen hinter den gedunsenen Wangen fast verschwanden. Es war Herr Louis Corelli, der Inhaber einer Kolonialwarenagentur. Er bestellte ein Glas lauwarmen Wassers und rührte darin mit dem Löffel, bis sich die Tablette aufgelöst hatte, dann schluckte er in einem Zug die weißliche Mischung hinunter.

Neuwiller schüttelte den Kopf. «Dummes Zeug», sagte er, «die Revolution ist schon vorbei. Der Zar wird seine Anleihe von den Franzosen erhalten. Bei dem Zinsfuß und der ungeheuren Sicherheit, die die Ressourcen Rußlands bieten! Dieser Pope Gapon, der die Demonstration in Petersburg angeführt hat, ist ja bereits in Genf. Geflohen. Was wollen denn diese Leute gegen die Kosaken und gegen die Maxim-Maschinengewehre!»

«Immerhin, die Japaner», bemerkte der Agent verdrießlich.

«Was ist das schon, dieses Korea! In London wird bereits verhandelt. Dem Regime kommt das Kriegsrecht zugute. Praktisch ist die Duma ausgeschaltet. Man sagt ja, das sei ja überhaupt der Grund gewesen, daß die Russen den Krieg wollten.»

«Sie meinen, es sei ein bißchen so gewesen wie im Jahr siebzig, als Bismarck –?»

«Auf alle Fälle», stellte Neuwiller fest, «sind die Börsen optimistisch. Das gibt Arbeit in Europa, diese Milliarde für Rußland. Agrarmaschinen, Waren, Munition. Die französische Rente hat bereits angezogen. Kohle, Stahl, alles ist fest. Wissen Sie, Herr Corelli, was die Sammlung für die ‹Opfer der Metzelei in St. Petersburg› bei uns ergeben hat? Ganze 1600 Franken!»

«Was hat das mit dem zu tun?» fragte Corelli und legte verstohlen die Hand auf den Magen.

«Das sagt mehr als alles! Ganze 1600 Franken! Die Gabensammlung für den Zwinger der beiden Löwen, die der Minister Ilg in Abessinien der Stadt schenkte, brachte 10 500 Franken!» Das Männchen kicherte amüsiert. «Der Große Stadtrat hat ja denn auch die Sympathie-Kundgebung für die russische Revolution, die der Pfarrer Pflüger beantragte, mit Gelächter bachab geschickt. Das ist doch typisch. Machen Sie sich keine Sorgen wegen der russischen Revolution. Was geht das uns an! Seit die Roten so stark sind bei uns im Stadtrat, bin ich völlig beruhigt. Auch die fangen an zu sparen, sobald sie ein besseres Einkommen haben. Und wenn einer ein bißchen Kapital auf der Seite hat, wird er doch sofort verbürgerlicht, und ade Genossen!»

Die Bäcklein Neuwillers waren gegen das Jochbein zu rot angelaufen. Corelli blickte an ihm vorbei auf den Droschkenstand vor dem Bahnhof. Die lackierten Hüte der Kutscher, die Wagenräder und die Pferdegeschirre blinkten in der Sonne, Spatzen tummelten sich herum, und am umzäunten Springbrunnen trieben ein paar Knaben, den Tornister auf dem Rükken, Allotria.

«Mir gefällt das alles nicht», sagte er; aber Neuwiller hatte das Gefühl, daß er damit seinen Magen meinte, auf dem immer noch seine Hand ruhte. Es gab dem grauen Männchen noch einen Zuschuß von überlegenem Optimismus. Mit einem lausbübischen Gesicht fragte er: «Hatten Sie nicht einmal einen Klienten mit Namen Klostermann, einen Metzger, glaube ich, an der Stüssihofstatt, der dann in Konkurs gekommen ist?»

Corelli kniff mißtrauisch die Lider zusammen. «Der ist ab, nach Argentinien. Ich habe jetzt noch für zwölftausend Franken Verlustscheine von ihm, wegen des Delkredere, das ich zu tragen hatte.»

«Nun, dann können Sie es jetzt wieder eintreiben. Er ist wieder hier», machte Neuwiller.

«Wieso?» fragte Corelli, und es war ihm anzusehen, daß es mit seiner Angriffigkeit nicht weit her war.

«Ich habe ihn gesehen, vor ein paar Tagen, im Metzgerbräu.» Neuwiller lächelte und blickte dem Agenten neugierig ins Gesicht.

Der Zusammenbruch des ehrbaren Gewerbetreibenden hatte seinerzeit beträchtliches Aufsehen erregt. In der Gläubigerversammlung wurde der Agent der Gewissenlosigkeit geziehen. Das «Volksrecht» bezeichnete ihn als Drohne, die sich am Honig der Arbeitsbiene mäste. Es gebühre ihm auch das Los der Drohne. Von welcher Art dies sei, sei bei jedem Imker zu erfragen…

Neuwiller dachte an eben diesen Zeitungsartikel und stellte, nicht ohne ein gewisses Wohlbehagen, fest, auch er, der andere Gast am Frühstückstisch, erinnere sich seiner.

II. Kapitel

Jenseits der Landzunge des Zürichhorns, in der flachen Uferbucht, zwischen den hohen Kieshaufen und dem Landeplatz der Ledischiffe, stand die Holzbaracke, in der der Maler Wepf sein Atelier eingerichtet hatte. Der hohe Baumbestand der Halbinsel und das rote Backsteingebäude des Kasinos verwehrten den Blick stadtwärts; aber nach Süden öffnete sich weit der See gegen Thalwil, die Albiskette und, wenn es föhnig war, wie an diesem Aprilmorgen, bis in die Schwyzer Berge hinein. Eine Lawine von Licht brauste durch das breite Tal herab, mehr, immer mehr, eine Verschwendung von Gold und blausilbernem Dunst, und glitt lautlos über die bewegungslose Haut des Wassers der Stadt zu. Nichts war zu hören, als die Tritte der Männer, wenn sie über die schwankenden Bretter ihre Schubkarren vom Schiff weg ans Ufer schoben, und das Gerassel der kollernden Steine, wenn sie auf der Gräte der Kieshügel die Griffe an ihrem Gesicht vorbei in die Höhe stemmten und die Bennen entleerten.

Von Zeit zu Zeit überquerte Wepf den Werkplatz, stellte sich an die Palisade und blickte die Bellerivestraße hinab, gegen die Stadt zu. Er trug einen Strohhut; sein Gesicht war von einem kurzgeschnittenen Bart umrahmt, und in seinem Mundwinkel hing eine erloschene Zigarette. Seinem Stande gemäß war er mit einer braunen Samtjacke bekleidet, und um den Stehkragen schlang sich eine schwarze Lavalière. Ebenfalls schwarz war die breite Bauchbinde, die den Bund seiner Hose bedeckte.

Nach einer Weile fruchtlosen Wartens und Spähens kehrte er wieder in sein Atelier zurück. Scheitelhoch über dem Bretterboden begann an der Nordwand des Raumes ein hohes, aus zwölf Scheiben zusammengesetztes Fenster, das nur Ausblick in den Himmel gewährte. Zwei Staffeleien, ein zerschlissener Teppich, eine eiserne Bettstatt neben der Türe, einige gegen die Wand gelehnte und nur ihre Rückseite zeigende Bilder waren die ganze Einrichtung des Raumes. Man sah es ihm an, daß er für den erwarteten Besucher hergerichtet worden war. Pinsel und Palette lagen, sauber gereinigt, auf einem niederen Tisch.

Ganz in der Ferne sah Wepf, als er sich erneut auf die Straße hinaus begab, einen kleinen, dunkel gekleideten Mann energischen Schrittes daherkommen. Er trug eine schwarze Melone, und sein Bart war unter dem Kinn waagrecht geschnitten.

«Ich habe Euch warten lassen», sagte Hodler. «Ich weiß, wie das ist. Eine typische Situation für junge Maler, die man in jeder Biographie wiederfindet. Der noch nicht Arrivierte erwartet das Arrivée der Arrivierten. Das sind die schweren, müßigen Minuten des Wartens, wo man alles in Frage stellt.»

Die kleinen Augen blitzten, zwinkerten und glitzerten von Malice und Freundlichkeit. Er trug Handschuhe aus dunkelgrauem Trikotstoff und schwenkte ein Stöcklein.

«Die Gegend ist mir wohlbekannt», machte er, während sie über den Sand des Werkplatzes schritten. «Dort drüben war doch der alte Koller zu Hause. Es erinnert ein wenig an den Genfer See.» Hodler blieb stehen und schaute den Italienern zu, die das Ledischiff entluden. Er kniff die Augen. «Wie das schreit, das Zinnober dieser Bauchbinden. Es tut fast weh in der zarten Geßnerlandschaft. Das wäre eines Versuches wert. Aber das habt Ihr gewiß schon dutzende Male gesehen. Mich interessieren eigentlich mehr die Konturen dieser Männer, diese senkrechten Arme, wenn sie den Karren schieben, und wie sie so steil hineinragen in den dunstigen Raum. Man müßte unten auf den Boden hocken, wenn sie so auf ihren Brettern herankommen.»

Clemens kam nicht zu Worte. Er ist chic, dachte er. Er will mir darüber hinweghelfen.

«Und hier also», sagte Hodler und stieß die Türe auf, und seine Blicke folgten der breiten Sonnenstraße, die quer durch das Atelier lief, «hier also keimen die Werke der neuen Generation.» Er lachte. «Und Sonntag hat er auch gemacht.» Mit Kennermiene blickte er um sich.

«Es sah aus wie ein Saustall», bemerkte Wepf.

Hodler hatte seinen runden Hut aus der Stirne geschoben und saß mit offenen Knien auf der Kiste, beide Hände auf den Griff seines Stöckleins gestützt, und betrachtete das Bild auf der Staffelei, eine Landschaft, das Zürichhorn mit dem roten Backsteingebäude des Kasinos, auf einem Hintergrund von besenartig in den Himmel ragenden, laublosen Bäumen, zwischen denen noch schmutzige Schneeflecken lagen. Er sagte kein Wort, und ebenso wortlos begann Wepf ein Chassis um das andere auf die Staffelei zu stellen. Nachdem zehn Bilder vorüber waren, hielt er inne. Er stand da und blickte auf Hodler herab, der nach einiger Zeit den Faunkopf zu ihm empor wandte. «Eh bien», machte er, «fahret weiter, junger Freund.»

Clemens biß sich auf die Lippe. Er hatte noch immer seinen Strohhut auf. «Das war das Konformistische, das Sie da gesehen haben, Meister», sagte er schließlich. «Um Ihnen zu zeigen, daß ich auch so könnte – konnte», fügte er noch hinzu. «Wegen der andern», er brachte kein Wort mehr heraus vor Herzklopfen.

«Jene sind es, die mich interessieren. Ich habe mich schon die ganze Zeit über gefragt, ob mich Favarger angelogen habe.»

«Zuerst», sagte Wepf, «zuerst möchte ich gerne …»

«Papperlapapp!» lachte Hodler, «gute Arbeit, bien vu – aber, wie Ihr sagt: konformistisch, Seurat à la Suisse. Allez, zeigt mir jetzt die Revolution. Habt keine Angst. Denkt doch an das Landesmuseum. Das war eine Meute!» Er lachte genießerisch.

Wepf nahm das letzte Bild von der Staffelei, dann verfügte er sich in den Hintergrund und begann dort in einer Beige von Bildern zu wühlen. Von Zeit zu Zeit wog er eine Leinwand in der Hand, schien schon entschlossen, dann stellte er sie wieder hin.

Hodler stand auf, nahm das erste beste Gemälde, trug es zur Staffelei, stellte es auf und blieb zwei Schritte weit davor stehen. Wepf entzündete nervös eine Zigarette.

Vor einem gleichmäßig weiß getönten Hintergrund stand ein Teller, nicht perspektivisch, sondern fast kreisrund, wie von oben gesehen; darauf war eine grasgrüne Birne, daneben eine Zitrone. Der untere Teil des Bildes war rot; es mochte eine Art Tuch sein, das über den Tisch herabhing. Auf dem mittelgroßen Bilde waren keine Schatten, in den Farben keinerlei Tönungen wahrzunehmen. Farbe stand neben Farbe, Frucht neben Frucht, umrahmt von der Kreisfläche des Tellers, mit einer kleinen Überschneidung. Die obere Hälfte des Bildes war weiß, die untere rot. Und das war alles.

Hodler verharrte regungslos vor der Staffelei, den Nacken ein wenig geduckt, die Melone auf dem Hinterkopf. «Aha», sagte er, und der kurze Akzent lag auf der zweiten Silbe. Und dann nochmals, gedehnter, «Aha». Ohne den Blick von dem Stilleben zu wenden, winkte er Wepf. «Die andern.»

Wepf krümmte sich ein wenig und wollte etwas sagen. Doch die Finger Hodlers zappelten so ungeduldig, daß der junge Maler gleich zwei neue Bilder herbeiholte. Hodler lehnte sie beide an den Fuß der Staffelei. Mit kleinen Veränderungen im Farbton und in der Komposition stellten sie genau dasselbe Motiv dar: den Teller, die beiden Früchte, das Tuch, nur gegenständlicher, plastischer.

«Ich habe wahrscheinlich gerade das jüngste erwischt?» fragte Hodler und deutete mit seinem Bart auf die Leinwand auf der Staffelei.

Wepf nickte. «Perspektive, Rundung, das gehört in das Gebiet des Bildhauers, wollt Ihr sagen», nickte Hodler. «Zurück auf die Fläche und Farbe! Weg vom trompe l'œil! Reine Malerei – ich verstehe.»

Er wanderte umher mit seinem Stöckchen, blieb wieder stehen, blickte mit erhobener Stirne durch das Fenster, kehrte wieder vor die Staffelei zurück.

«Kann man da drüben etwas bekommen, einen Aperitif oder so?» Er meinte offenbar das Kasino Zürichhorn.

«Ja», antwortete Wepf.

«Bon, dann gehen wir. Kommen Sie, Monsieur Wepf.»

«Was mir gefällt», sagte er, während er mit dem jungen Maler durch die offene Türe ins Freie trat, «das ist das Radikale.

Wir werden noch davon sprechen. Ein schöner Beruf, die Malerei! Ich will nicht sagen, es berühre mich nicht. Ihr könnt, Herr Wepf, auf meinen eigenen Helgen auch schon solche Gebilde vorfinden, aber –»

Er schwieg, und um seine Augen herum kräuselte und fältelte sich die Haut vor Wachsamkeit und Erregung. «Ich denke immer, wir müssen die Welt, die wir sehen, durch Konturen zusammenhalten, zusammenklammern –»

«Ich sehe keine Konturen», sagte Wepf, «keine Linien. Wo ich hinblicke, sehe ich nur Farbflächen, die aneinanderstoßen. Ich sehe keine Ferne und keine Valeurs, und es beschäftigt mich kaum noch, was für Gegenstände es sind, die ich sehe.»

«Keine Gegenstände mehr?» murmelte Hodler mißtrauisch, aber ohne Ironie.

«Keine Anekdoten, keine Illustrationen!»

Sie setzten sich im menschenleeren Garten des Kasinos an einen Tisch, nahe am Geländer. An der Grenze der Baumschatten gleißte und flimmerte der See.

«Kunst komme von Können, sagen die Leute», machte Hodler und schüttelte den Kopf. «Das ist doch nicht wahr. Kunst beginnt beim Nichtkönnen, beim Unmöglichen, beim Jenseitigen – da habt Ihr schon recht, Herr Wepf, nicht Bildli wollen wir machen von dem, was alle sehen, sondern von dem, was noch niemand gesehen hat ...»

III. Kapitel

«Das müssen Sie doch zugeben, Herr Konsul, das Städtle wächst. Nach meiner Schätzung haben wir jetzt in Zürich unsere dreißigtausend Schwabe, wie sie sagen, was bei etwas mehr als hundertsechzigtausend Einwohnern doch sagen will, daß jeder fünfte Mensch, dem wir begegnen, ein Landsmann isch», erläuterte der Seifenfabrikant Brüstlein.

Er und Meng durchschritten das große Tor aus hellem Eichenholz des neuen Verwaltungsgebäudes am Limmatufer, ein solides, stattliches Haus aus grauem Sandstein mit gotischen, durch Einflüsse des Jugendstils gemilderten Ausklängen. Hell war es nicht in den Korridoren, in denen das Publikum, dem der Neubau, bevor ihn die Kanzlisten bezogen, zur

Besichtigung freigegeben worden war, sich erging. Aber es brannten an der Decke in milchweißen Schalen elektrische Lampen, und ihr Abglanz spiegelte sich in den hellgelb gebeizten Holztäfern, Türen und Portiken, mit denen das Gebäude verschwenderisch ausgestattet war.

Meng nickte und zwirbelte sein rötliches Schnäuzchen. «Es gibt aber», bemerkte er, «außerdem noch stille Reserven, die Eingebürgerten nämlich und die deutschen Mädchen, die durch die Heirat Schweizerinnen geworden sind. Und auch deren Kinder darf man mit gutem Recht noch zu uns zählen.»

«Begreiflich, begreiflich – das Herz und das Blut entscheidet und nicht das Papier», bestätigte der Seifenfabrikant. «Und schauen Sie mal unsere Buchläden an und die Zeitungen, die gelesen werden. Kulturell gehört die Stadt zu Deutschland. Und wo werden die schweizerischen Dichter, der Zahn und der Heer, am meisten gelesen? Draußen – bei uns!»

Meng behandelte den ehemaligen Gerbermeister, der außerdem noch ein Württemberger war, mit Nachsicht, ein wenig von oben herab, etwa wie ein Offizier den tüchtigen Feldweibel. Daneben musterte er mit Aufmerksamkeit die Treppenhäuser, Korridore und Büroräume, die sie durchschritten. Hier herrschten jene Helligkeit, Sauberkeit und Ordnung, die nach seiner Vorstellung einer energischen Verwaltung entsprachen. Meng konnte es nicht verhindern, daß sich in seiner Vorstellung diese Räume mit noch anderen Gestalten bevölkerten, als mit jenen, für die sie bestimmt waren: mit strammen Ordonnanzen, die vor den Türen standen, einem Sergeanten, der unten, den Koppel an der Seite, am Tischchen beim Eingang saß, und es hätte ihn, wenn er so weit war, nicht verwundert, aus einer der halb geöffneten Türen die schnarrende Stimme eines Kommandanten zu vernehmen.

Abt, der Grundwasserexperte, und der junge Substitut am Bezirksgericht, Dr. Schütz, standen in einer Nische und blickten auf den Platz hinab, wo die Leiterwagen der Marktfahrer versammelt waren. Die Pferde hatten Habersäcke umgebunden, und vor den Hufen der Tiere lagen kleine Heuhaufen. Knaben in ländlicher Kleidung waren damit beschäftigt, leere Körbe und Harasse aufzuladen; hier und dort saß auf dem Bock, neben der Geißel, eine vermummte Frauensperson und schlief. Von der Bahnhofstraße her, wo der Wochenmarkt abgehalten wurde, war ein ständiges Kommen und Gehen.

«Das sind auch so zwei Vögel», bemerkte Schütz und schaute Meng und seinem Begleiter nach, die mit einer Gruppe von Besuchern durch die Kanzlei wandelten. Abt verstand schon, wie er es meinte. «Das ist *das* Problem der nächsten Jahre», nickte er, «die Überfremdung.»

«Die Verdeutschung», fügte Schütz bei.

«Das Gefährliche daran ist», bemerkte Abt, «daß sie an beiden Enden ansetzt, in den bürgerlichen Kreisen und bei den Arbeitern.»

«Die Sozialdemokraten rühmen sich doch ihrer Internationalität. Die Internationale –»

«Unsere schweizerische Sozialdemokratie ist ‹made in Germany›. Die führenden Männer sind Deutsche oder ehemalige Deutsche. Sie übernehmen alles von draußen. Aus dem deutschen Kulturkampf haben sie ihre Abneigung gegen die Religion übernommen, aus ihrem Haß gegen den preußischen Militarismus lehnen sie die Kredite für den freiwilligen Vorunterricht ab und gründen bei uns, in der Schweiz, eine antimilitaristische Liga. Ihre ganze Vorstellung einer sozialen städtischen Verwaltung ist deutsch. Und die deutschen Kapitalisten sind so wenig international wie die deutschen Sozialdemokraten. Das Alldeutsche – der Trieb nach einer zentralen Verwirklichung all dessen, was die deutsche Sprache erreicht – sie haben einfach diesen Drang nach dem Absoluten. Die Deutschen ertragen das Provisorische nicht – das macht sie so gefährlich.»

Im Lichthof hatte sich eine Traube von Besuchern angesammelt, offenbar einige Stadträte, und in ihrer Mitte, von einem Respektrand umgeben, gab der Stadtbaumeister Erläuterungen. Darauf ergriff ein anderer Herr das Wort. Obgleich es kein öffentlicher Anlaß sei und man hier während der Besichtigung des neuen Amtshauses quasi zufällig mit dem Schöpfer des Werkes zusammentreffe, glaube er im Namen aller Anwesenden zu sprechen, wenn er ein paar Worte des Dankes ausdrücke. Das Haus gereiche der aufstrebenden Stadt zur Zierde. Wie eine Art Bastion, doch nicht die militärischen, sondern die bürgerlichen Tugenden der Ordnung und der Sauberkeit, aber auch der Freude am Schönen verkörpernd, stehe es am Ufer der Limmat und verbinde mit seinem modern-gemäßigten Stil die alten Quartiere am oberen und rechten Ufer des Flusses mit dem Boulevard der Bahnhofstraße und dem Bahnhof selbst. «Unter dem ewig bewegten, wechselnden

Himmel dieser Stadt, lindendurchzogen, im Abglanz des blauen Sees, über dem die weißen Möwen kreisen, so auf die glücklichste Weise die Farben des Zürcher Wappens vereinigend, paßt dieses Gebäude –»

«Wie eine Faust aufs Auge!» rief einc crregte Stimme aus einer Ecke der Versammlung.

Gleich den Blättern einer Pappel, vom Winde angeweht, mit Säuseln und Raunen, wandten sich die Gesichter der Männer dem Störenfried zu. Ein junger Mann mit blassem, sommersprossigem Gesicht, rötlichen Haaren, ein flaches Hütchen auf dem Kopf, eine Kartonmappe unter dem Arm und an der anderen Hand ein kleines Mädchen führend, stand dort in einer Ecke, in der Nähe des eisernen Treppengeländers, und es bildete sich sogleich ein Kreis um ihn.

«Ja, schauen Sie nur», rief er mit zitternder Oberlippe und hielt den Blicken der Gewaltigen und Bärtigen um den Stadtbaumeister herum stand.

«Wie ein fremder Schandpfahl schlechten Geschmacks, ein Monument des Großhansentums erhebt sich dieses Amtshaus den armen alten Häusern des Niederdorfs gegenüber, den Giebeln der Wühre und der Schipfe, dem Barockbau des alten Waisenhauses. Ohne Beziehung, weder zum Lindenhof noch zum Semperbau des Polytechnikums dort oben. Fremd zu den beiden Mühlestegen, zum gedeckten Holzbrücklein zu seinen Füßen, fremd und feindlich auch zu den Großstadthäusern französischen Stils an der Bahnhofstraße! Eine Verschandelung! Ein Frankfurt, ein München, ein Stuttgart wollt ihr aus Zürich machen.»

«Wer ist das? Wer ist das?» murmelte es durcheinander. Das war offenbar wichtig, nicht, was der Aufgeregte hervorstieß.

Es fand sich denn auch gleich einer, der Bescheid wußte. «Aha, der Hirzel», machte der Betreibungsbeamte Weiniger, «den kennen wir schon, den Vogel.» Und ein anderer: «Der René Hirzel, ein Verbummelter, seine Schwester ist mit mir in die Schule gegangen, in Hottingen. Er hat eine Kellnerin geheiratet, drüben im ‹Du Nord›, die muß ihn jetzt erhalten.»

Es drängte sich denn auch bald ein Weibel durch die Menge, diensteifrig und energisch. «So, halten Sie jetzt die Klappe», sagte er, «und stören Sie den Anlaß nicht.»

«Was für einen Anlaß?» höhnte der junge Mann, und das kleine Mädchen blickte dabei an seinem Vater empor, und es sollte den Anblick des verkürzten Gesichts mit dem bebenden Kinn und den geblähten Nüstern nie mehr vergessen. «Das ist gar kein Anlaß. Das ist eine Besichtigung durch die Steuerzahler –»

Der Betreibungsbeamte räusperte sich vernehmlich, gedämpft durch das Berufsgeheimnis.

«– und die werden wohl ein Recht haben, ihre Meinung zu sagen.» Seine Stimme hatte sich wieder erhoben.

«Ein Kommunist», geisterte es durch die Versammelten.

«Wenn der Herr Stadtrat spricht, so sollen Sie schweigen», sagte der Weibel.

«Nein, wenn er spricht, so darf ich auch sprechen», rief Hirzel. «Er hat so wenig einen Auftrag wie ich! Wir schauen uns beide den Klotz an. Er findet ihn genial und ich einen Mist, jawohl, einen kunststeinernen Mist!»

Der Weibel schielte unter seiner Amtsmütze hervor unschlüssig zur Gruppe der Prominenten gegenüber, dem Stadtbaumeister, den die Herren wie eine Phalanx umstanden, und es erinnerte ein wenig an das vielumstrittene Fresko Hodlers im Landesmuseum, den Rückzug von Marignano darstellend. Er erhaschte ein Zeichen des Vorstehers des Bauwesens II und legte deshalb die Hand auf die Schulter des Rothaarigen.

«Gehen Sie jetzt, Sie können reklamieren, wo Sie wollen; aber das hier ist ein geschlossener Anlaß vor geladenen Gästen.»

«Sie sind ein übereifriger Schafskopf! Die ganze Stadt ist geladen !»

«Ich will Sie schon lehren, Schafskopf auszuteilen», entgegnete der Weibel grimmig, und man merkte nun, es ging ihn persönlich an. Mit breiter Pratze packte er vorn an der Brust die Weste des Schmächtigen zusammen und schickte sich an, die Ausstoßung zu vollziehen.

Abt legte ihm die Hand auf die Schulter. «Lassen Sie den Mann frei», sagte er ruhig. «Er hat das Recht, da zu sein, und hat das Recht, zu kritisieren.»

«Er hat Schafskopf ausgeteilt!»

«Dafür können Sie ihn vor den Friedensrichter nehmen», belehrte ihn Schütz.

Die Gruppe der Prominenten stieg langsam die Treppe empor, und ein Schweif von Besuchern folgte ihr nach.

«Das werde ich auch tun», sagte der Weibel. «Wie heißen Sie?»

«Hirzel, René Hirzel, Architekt», gab der Rothaarige bereitwillig und höhnisch Auskunft. «Und ich verklage Sie wegen Amtsmißbrauchs.»

Dem Weibel stand nun ein Schweißtropfen auf der Nase.

«Dummes Zeug», sagte Abt. «Schauen Sie, Weibel, wer baut auf den Straßen, der muß die Leute reden lassen. Macht doch keine Geschichten.»

Der Weibel trollte sich davon. Der junge Architekt zog seine Weste und seine Krawatte zurecht. Das kleine Mädchen blickte immer noch mit großen Augen zu den Erwachsenen empor. Es sah, und die beiden anderen sahen es auch, wie dem Vater eine Träne über die sommersprossigen Wangen herabrollte.

«Komm, Helenli», machte er, nahm das Mädchen bei der Hand und zog grußlos ab.

Als Abt und Schütz das Gebäude verließen, kamen sie nochmals an Meng vorbei. Lässig auf den Stock gestützt, die Nelke im Knopfloch, stand er mit seinen weißen Gamaschen in der Septembersonne und hörte sich ein wenig abwesend an, was der lebhafte Seifenfabrikant Brüstlein ihm erzählte.

«Die Spinner sind unbequem», sagte der junge Substitut nach einer Weile, an Hirzel denkend. «Aber sie haben oft einen richtigen Instinkt.»

«In diesen Hirzeln», bemerkte Abt, «hat es von jeher aller Gattung Leute gehabt. 1839, bei dem berüchtigten Straußenhandel, da war es ein Pfarrer Bernhard Hirzel, der im Kanton Sturm läuten ließ und dort oben, über die Münsterbrücke hinweg, ein paar tausend bewaffnete Bauern gegen die Regierung führte. Und es war merkwürdigerweise ein Oberst Hirzel, der von dieser Regierung mit den militärischen Maßnahmen betraut wurde, die Revolte zu unterdrücken.»

«Schließlich stammt ja auch der kommunistische Arzt Bluntschli aus einem alten Zürcher Geschlecht», sagte Schütz.

Der Grundwasser-Experte Abt hätte gerne noch etwas hinzugefügt, einen Gedanken, der dem Wort nachzueilen im Begriffe war. Aber er erwischte es nicht. Er blieb in der Region des Gefühls. Auf der Terrasse über den Giebeln des Niederdorfes erhob sich nach der Art eines wuchtigen Triumphbogens der Mittelbau der beiden Hochschulen, an den die beiden schlichten Flügel anlehnten. Auch er, Abt, wie der junge

Mann an seiner Seite, wie Bluntschli, wie der aufgeregte Rothaarige eben im Lichthof des neuen Amtsgebäudes, wie der Stadtbaumeister, wie dieser Meng übrigens, sie waren während einer gewissen Zeit ihres Lebens dort oben ein- und ausgegangen. Vor einigen Tagen hatte die Zahl der Studierenden die Tausend überschritten; fast die Hälfte von ihnen waren Ausländer, zum großen Teil Russen und Deutsche. Der Vergleich eines Tiegels drängte sich auf. Diese jungen Leute holten etwas, aber sie brachten auch etwas mit. Und zwischenhinein schliffen sie die Sohlen ihrer Schuhe auf dem Pflaster dieser Stadt ab, atmeten sie ihre Luft und kamen sie in Verbindung nicht nur mit den Schweizern an den Hochschulen, sondern auch mit dem kleinen Volk der Zimmervermieterinnen, der Briefträger und der Schalterbeamten der Kreisbüros. Wenn sie gingen, blieb in ihnen noch etwas mehr haften als der Lehrstoff, etwas, dessen sie nicht achteten, aber das sich vielleicht später zu einem Lebensgefühl verdichtete: die Vorstellung der bürgerlichen Freiheit und der Toleranz.

Es reichte zu Worten nicht, was der Ingenieur empfand; aber die Art, wie er, hinter seinem Zwicker hervor, mit stillen und zuversichtlichen Augen Schütz anschaute, als er mit einem Händedruck sich von ihm verabschiedete, war trotzdem etwas wie eine Mitteilung.

IV. Kapitel

An dem verschneiten Kirchlein Fluntern vorbei, die steile Zürichbergstraße empor, zog der Buchbinderlehrling Karl Gebhardt den Davoser Schlitten, auf dem das kleine Schwesterchen Maly saß. Gleich diesem in einen roten wollenen Schal vermummt, stapfte Nora, das andere Schwesterchen, das Händchen mit dem fingerlosen Handschuh in der großen warmen Hand des Bruders, nebenher. An der Kette vor der Scheune des Landwirts Bruppacher, der auch eine kleine Mostwirtschaft betrieb, bellte der Bernhardinerhund den warmgelaufenen Ankömmlingen entgegen. Weiter oben begegnete ihnen ein großer Mann, in einen Lodenmantel gehüllt, den Bart verschneit, in Begleitung zweier schwarzer Neufundländerhunde, der freundlich grüßte. Er war Kunde der Buchbinderei Goetschel und kannte Gebhardt wohl.

«So, das ist recht», sagte der Mann, «das ist gesund, frische Schneeluft, statt Kleister und Leim. Es ist schade, haben wir kein Geschirr, sonst könnten der Hektor und die Nora die beiden Kleinen den Berg hinaufziehen.»

«Ich heiße auch Nora», sagte das Mädchen und blickte freundlich auf die Hündin, die beim Vernehmen ihres Namens sich brav und lernbegierig, mit leise schlagendem Schweif, neben dem Fuß des Mannes niedergesetzt hatte.

Sie wollten einmal das neue alkoholfreie Kurhaus besuchen, erläuterte Karl, und dann hinüber zum Dolder und von da in die Stadt hinabschlitteln.

Das sei jetzt eben der berühmte Professor Heim gewesen, erklärte den Mädchen der große Bruder im Weitergehen, Geologe und Kynologe zugleich. Die Schwesterchen mußten nur staunen, daß Karl gleich zwei so schwere fremde Dinge auszusprechen wußte, und längst noch, als sie schon auf der Terrasse vor dem Backsteingebäude des «Alkoholfreien» angelangt waren, warfen sie sich pläuderlnd die Worte «Kologe» und «Küloge» immer von neuem wieder zu. Dann ahmten sie den Bruder nach, wie er mit den Schuhen gegen die Mauer schlug, den Schnee davon abzuklopfen, und wie er auf dem Scharreisen an Ort marschierte. Mit vor Kälte geröteten und von Erlebnishunger weit geöffneten Augen betraten sie hinter Karl den Gastraum.

Während sie brav an ihrem Tisch neben der Säule warteten, begab sich der Lehrling zum Buffet und kehrte bald darauf mit drei gewaltigen Keilen eines reichlich von Rosinen durchsetzten Gugelhopfes zurück, und hinter ihm drein kam noch eine Saaltochter mit drei dickwandigen Tassen heißen Kakaos – und der sofort zu erlegende Preis des Regals stellte sich auf 45 Rappen, und Trinkgeld durfte keines gegeben werden. Die drei Geschwister erlebten die segensreiche Wirksamkeit des Zürcherischen Frauenvereins für Mäßigkeit und Volkswohl, der diese paradiesische Gaststätte führte.

Viele Gäste waren nicht im Lokal. Hinten, in der Nähe des Ofens, saßen zwei bärtige Waldarbeiter und enthäuteten bei einem Glas Tee ihre Cervelas, nicht übermäßig zufrieden und am Platze, muß gesagt werden. Eine Flasche Hürlimann-Bier wäre ihnen lieber gewesen, aber immerhin, angesichts der Nähe der Gaststätte am Arbeitsplatz und der Unwirtlichkeit der Witterung mochte es ausnahmsweise angehen; der Hänseleien der Kollegen, die den weiten Weg zur Wirtschaft zum Klösterli hinüber, wo es Getränke «mit Religion» gab, nicht gescheut hatten, würden sie sich zu erwehren wissen.

Am Tische nebenan saß, in Pelzmütze, pelzverbrämter Jacke, ein Müffchen auf dem Schoß, ein Mädchen aus besseren Kreisen, wie Karl feststellte. Beim Fenster, von dem man über die verschneiten Tannen hinweg einen Blick auf den See hinab und die Albiskette hinüber tun konnte, diskutierten, angetan mit zerschlissenen Mäntelchen und dünnen Blusen, Zigaretten rauchend, Hefte und Bücher vor sich aufgestapelt, ein paar slawische Studentinnen. Auch sie trugen Pelzmützen, die Stirnen waren von Simpelfransen bedeckt. Sie sahen aus wie die Ponys im Zirkus, und deshalb nannte man sie auch Kosakenpferdchen.

Auf einmal stand Maly auf, begab sich zum Nebentisch hinüber, bückte sich und hob das Müfflein auf, das dem Fräulein vom Schoß gefallen war. Dessen Augen kamen von weit her, als sie des Kindes Bemühung gewahr wurden. «Ich danke dir», sagte es und schaute zu Karl hinüber. Die Augen waren tiefblau, aber ohne Botschaft. Der Buchbinderlehrling nickte, und dann las er, über dem Kopf des Fräuleins, an der Wand gegenüber, umrahmt von einer Girlande im Jugendstil, den Spruch:

Der Genius der neuen Zeit,
wie nennt er sich? – Enthaltsamkeit.

Die neue Zeit, sie hatte also wirklich begonnen; nicht nur er, auch die anderen hatten es bemerkt, es stand dort an der Wand. Sie hatte einen Genius, sie war edel und groß, enthaltsam vom verderblichen Gift des Alkohols, hart gegen sich selbst um des Zieles willen, das sie zu erreichen trachtete.

Auf dem Weg zum Dolder, im verschneiten Wald – die beiden Mädchen saßen auf dem Davoser Schlitten, und Karl zog sie hinter sich her – begegneten sie dem Fräulein noch einmal. Es saß, mit dem Rücken zur Straße, auf dem Stamm einer gefällten Tanne, das Gesicht der Lichtung zugewendet. Als es das Glöcklein des Schlittens hörte, wandte es den Kopf und legte den Finger auf den Mund. Am Wald, jenseits der Schonung, standen drei Rehe. Karl drehte die Köpfchen der beiden Mädchen der Lichtung zu, und während einer langen

Weile verharrten die vier als lautlose Gruppe im Anblick der drei anderen Lebewesen, die lauschend, sichernd und wie aus Holz geschnitzt, zu ihnen herüberäugten. Eines der Tiere bewegte sich, es fiel ein wenig Schnee vom Gehölz, und dann waren sie verschwunden.

«Wir haben», erklärte Maly von ihrem Schlitten aus dem Fräulein, «den Samiklaus gesehen mit seinen Hunden.»

«Es war Professor Heim», erläuterte Karl.

«Nein, nein, es war der Samiklaus, gell du», nickte das Fräulein, ohne zu lachen, Maly zu.

«Komm du mit uns», sagte dieses, «es hat schon noch Platz auf dem Schlitten.»

Es kam dann so, daß sie zu viert, in mäßiger Eile, denn die Fahrbahn war tiefverschneit und noch fast ohne Spuren, durch den Wald erst, dann zwischen Wiesen, die Straße hinabschlittelten. Vorn saß Karl und lenkte mit den Absätzen, hinten das Fräulein, und zwischen ihnen die beiden vermummten Mädchen. Karl strengte sich an, sowohl seine Geschicklichkeit als auch seine durch Vorsicht gemilderte Kühnheit zu zeigen. Zu einem eigentlichen Genuß der Fahrt kam er darob nicht, so lastete die Verantwortung auf ihm, und so pochte sein Herz. Wenn er ein bißchen seitwärts schielte, so konnte er die vorgestreckten Stiefel und, über dem Volant des Rockes, die Strümpfe des Fräuleins wahrnehmen, und überhaupt war der nahe Duft und die Wärme der jungen Person etwas so Neues und Betörendes für ihn, daß das ganze Unternehmen, als sie endlich bei einbrechender Dämmerung beim Römerhof anlangten, eine völlig neue Bedeutung gewonnen hatte.

«Das ist jetzt aber sehr schön gewesen», sagte das junge Mädchen auf dem Kreuzplatz und reichte allen die Hand. «Ich heiße Katharina Meng und bin Säuglingsschwester.»

Er sei der Buchbinderlehrling Gebhardt, und er arbeite beim Meister Goetschel an der Kirchgasse beim Großmünster, stellte sich Karl seinerseits vor.

«Gut, daß ich das weiß, ich habe just etwas zum Binden», sagte das Kätterli. «Ich komme dann einmal vorbei. Jetzt muß ich gehen, ich wohne im Seefeld.»

Als Karl, den spärlichen Gaslampen des Zeltwegs entlang, die beiden Schwesterchen heimwärts zog, kam ihm fortwährend der Spruch in den Sinn, den er an der Wand des Alkoholfreien gelesen hatte.

Der Genius der neuen Zeit,
Wie nennt er sich? – Enthaltsamkeit!

Karl wollte im Adreßbuch nachsehen, um herauszufinden, was das für ein Fräulein Meng sei, und wo es wohne.

V. Kapitel

Die Besprechung fand im Ostflügel des Stadthauses statt, im Amtszimmer des Stadtpräsidenten und unter dessen Präsidium. Anwesend waren der Polizeivorstand, ein Adjunkt des Straßenbauamtes, Gewerkschaftssekretär Angst, Stadtrat Greulich, Stadtrat Neidhart und der Fraktionspräsident der Demokratischen Partei, Buchdrucker Weder. Der Sekretär des Stadtpräsidenten führte das Protokoll. Auch Abt war da.

In der Mitte des ovalen Tisches, um den die stumpenrauchenden Männer versammelt waren, lag der Stadtplan von Zürich, und worum es ging, das war die Festlegung der Route des Umzugs und die Plätze der Versammlungen, die die Arbeiterunion am nächsten Sonntag zur Feier der russischen Revolution zu veranstalten gedachte. Über die Kreise III und IV sei wohl nicht nötig, zu verhandeln, bemerkte Greulich, worum es gehe, das seien die Enge und die Altstadt. Außersihl und Wiedikon betrachteten die Herren Genossen wohl als ihr ausschließliches Reservat, warf Weder ein, mit einem unpersönlichen Blick auf die beiden Wappenscheiben über dem Haupt des Stadtpräsidenten. Darüber habe ja das Volk anläßlich der letzten Abstimmung sich eindeutig genug ausgesprochen, entgegnete der Arbeitersekretär Angst sogleich bissig. Immerhin hätte Außersihl noch elf demokratische Vertreter in den Stadtrat gewählt, sagte Weder. Gegen einunddreißig Sozialdemokraten, fügte der andere bei. Also immerhin eine ansehnliche Minderheit, die nicht viel geringer sei als jene, die die Marxisten im gesamten Stadtrat stellten.

«Meine Herren», unterbrach der Stadtpräsident Pestalozzi, «es hat keinen Sinn, hier Wahlarithmetik zu treiben. Der kleine Stadtrat hat nicht die Absicht, Demonstrationsverbote zu erlassen.»

«Das fehlte grad noch», warf Angst ein.

«– Aber ebensowenig ist er gewillt, durch diese Feiern der Sozialdemokraten Ruhe und Ordnung gefährden» – und mit einem Blick auf den ihm zunickenden Polizeivorstand – «oder gar diese Versammlungen und Umzüge zu Mehrerem ausarten zu lassen.»

«Die Offiziere des Schützenbataillons 6 sind ja für diesen Fall bereits auf Pikett gestellt worden», murmelte Greulich in seinen Bart.

«Wir machen da gar kein Geheimnis daraus», sagte der Polizeidirektor, «im Gegenteil – wir sind absolut nicht gewillt, uns von den Ereignissen überraschen zu lassen.»

«Zur Sache», sagte Weder parlamentarisch.

«Geplant also ist, wie aus dem Gesuch der Arbeiterunion hervorgeht – abgesehen von den Kreisen III und IV», erläuterte der Stadtpräsident, indem er mit dem Finger auf der Karte der Route nachfuhr, «ein Umzug über die Sihlbrücke, an die Bahnhofstraße hinauf zum Paradeplatz, eine Ansprache in der Stadthausanlage, dann ein Abmarsch durch das Alpenquai, durch die Selnaustraße und über die Stauffacherbrücke –»

«– zurück ins Negerviertel», ergänzte Angst unter dem Lachen der anderen.

Nach einem Schweigen wandte sich Pestalozzi zu dem neben ihm sitzenden Greulich: «Muß das sein?»

«Warum nicht? Wir bewegen uns auf öffentlichem Grund und Boden, und es ist nicht einzusehen, mit welchem Recht man uns das verwehren will», entgegnete dieser.

«Wenn alles mit rechten Dingen zugeht, wenn die Herren von der Arbeiterunion, der Gewerkschaft und der Partei sich an den Wortlaut ihrer Eingabe halten, so besteht kein rechtlicher Grund, die Demonstration zu verhindern», sagte Abt ruhig. «Der wilde Streik der Maurer vor einem Jahr aber, gegen den Willen der Gewerkschaft, beweist jedoch, daß die Herren die Massen gar nicht so in der Hand haben, wie sie behaupten, und mich dünkt, da sei es die Pflicht der Behörde, auch solche Eventualitäten ins Auge zu fassen.»

«Ihr habt wohl Angst wegen des Bankvereins und der Kreditanstalt auf dem Paradeplatz», rief Angst.

«Präzis», sagte Weder.

«Mit ein paar zerschlagenen Scheiben kommen wir dem Kapitalismus nicht zu Leibe, wohl aber mit dem Stimmzettel», erklärte Greulich.

«Wäre es so, wie Sie sagen, Herr Stadtrat», machte der Polizeipräsident mit erhobenem Finger, «so müßten wir gar nicht hier sitzen ; aber seit dem russischen Revolutionsversuch weht auch in der zürcherischen Sozialdemokratie ein anderer Wind. Fragen Sie nur einmal Herrn Bluntschli!»

Er klopfte dabei mit dem Zeigefinger auf eine Broschüre, die vor ihm lag. «‹Der Hofhund des Kapitals›, so nennt dieser Genosse die schweizerische Milizarmee!»

«Der Bluntschli ist ein Anarchist, kein Sozialist», erwiderte Greulich.

«Es gibt in Zürich fast zehntausend ausländische Arbeiter, Deutsche, Österreicher, Italiener, Tschechen, und alle gehören zu der Antimilitaristischen Liga, in der die Genossen Bluntschli, Tobler und der Deutsche Erich Mühsam das große Wort führen. Es vergeht fast keine Nacht, daß nicht in sämtlichen Bedürfnishäuschen der Stadt solche Zettel angeklebt werden» – er wies ein ganzes Bündel davon vor und las die Inschriften laut vor – «‹Nieder mit dem Militär!›, ‹Schweizer Soldaten, schießt nicht auf eure Brüder!›, ‹Wenn du ein Aufgebot bekommst, wirf es weg›, ‹Es lebe die Internationale Revolution!› Sie kennen ja das alles!»

«Um das geht es nun hier nicht», rief Angst, «sondern einzig und allein um das Recht der Arbeiter, in einem geschlossenen und disziplinierten Umzug durch die Stadt spazieren und das welthistorische Ereignis der russischen Revolution feiern zu dürfen. Ob es der Regierung paßt oder nicht, wir lassen uns dieses Recht nicht mehr nehmen. So oder so!»

«Einverstanden, das Recht habt ihr. Aber wir haben keine Garantie, daß ihr dieses Recht dann nicht mißbraucht», rief der Polizeivorstand. «Uns ist nämlich nicht unbekannt, Herr Sekretär Angst, daß sehr viele eurer Genossen auf diesen geplanten roten Sonntag eine sehr große Hoffnung setzen, die Erwartung nämlich, daß diesem Sonntag ein Montag mit der Auswirkung des Generalstreiks folgen werde! Und was das bedeuten würde, die Stillegung sämtlicher privater und öffentlicher Betriebe, das muß ich Ihnen ja nicht erklären – der Versuch des Umsturzes – der Revolution. Das, meine Herren, steckt dahinter! Darüber aber besteht nicht der geringste Zweifel, daß die erdrückende Mehrheit des souveränen Zürcher und Schweizer Volkes absolut nicht gewillt ist, sich mit dem Zarenregime oder mit den preußischen Junkern auf eine

Stufe stellen zu lassen. Wehret den Anfängen – das ist die Pflicht der Regierung!»

Ein schwerer Hustenanfall unterbrach den untersetzten Mann, dessen breites Gesicht dabei rot anlief und dessen Stirnadern sichtbar pulsten.

«Es wäre doch viel einfacher», wandte sich Abt zu dem neben ihm sitzenden Arbeitersekretär,«man würde sich über die Route einigen. Dann seid ihr aus der Sache. Und ich bin ganz sicher, wenn ihr selbst für Disziplin sorgt und Ausschreitungen vermeidet, so ist der Stadtrat noch so froh, daß er es nicht tun muß.»

Die Männer beugten sich dann einträchtiglich, so daß sich ihre Köpfe fast berührten, über den Stadtplan. Mit einem Rotstift fuhr der Sekretär durch die Straßen, durch die sich der Umzug bewegen würde, und schließlich einigte man sich, daß auf der Bürkli-Terrasse, oben am See, Stadtrat Greulich seine Ansprache halten sollte.

«Aber ohne Militär und ohne Polizeikordon», sagte Angst.

«Nur eines möchte ich noch bemerken», machte der Polizeivorstand, der sich wieder beruhigt hatte, «gegen jeden Ausländer, der gegen unsere Armee hetzt oder der sich eine Ausschreitung zuschulden kommen läßt, werden wir rücksichtslos die Landesverweisung beantragen, sei es dann ein Sozialist oder ein Anarchist. Da kennen wir dann keine Nuancen mehr!»

Bis der Sekretär das Schriftstück mit der Vereinbarung über die Feier des kommenden Sonntags aufgesetzt hatte und den Anwesenden zur Unterschrift vorlegen konnte, verging eine Weile. Die Männer saßen oder standen in Gruppen beieinander, rauchten und plauderten.

«Was macht dein Ältester, der Emil?» fragte der Polizeivorstand den Arbeitersekretär.

«Er kommt jetzt dann aus der Gewerbeschule», erwiderte dieser.

«Will er auch Typograph werden wie sein Vater?»

«Nein, er kann beim Cäsar Muggli eintreten als Schreibmaschinen-Mechaniker.»

«Nicht schlecht, nicht schlecht», meinte der Vorstand des Polizeiwesens. «Das hat Zukunft. Es wäre höchste Zeit», meinte er, seine Uhr ziehend, zu dem hinzugetretenen Neidhart, «die Stadtverwaltung würde sich ebenfalls ein wenig auf

Schreibmaschinen umstellen, dann müßten wir nicht so lange warten, bis der Sekretär mit seinem Fackel kommt.»

«Vorläufig ist die Sparkommission noch dagegen», machte der Stadtrat achselzuckend.

«Hätte es mehr Sozialdemokraten in dieser Kommission, so wärest du jetzt schon beim Frühschoppen, Herr Polizeivorstand», bemerkte Angst trocken, und die drei lachten.

VI. Kapitel

Bluntschli saß an dem kleinen, gegen die Wand gerückten Tische und füllte den Unfallschein aus. Der Patient, Züger, ein bißchen bleich ob der ausgestandenen Schmerzen, die Hand mit dem Verband steif von sich weghaltend, stand mitten im Konsultationszimmer und gab Auskunft. Dreher, geboren 1880 in Zwillen, Kt. Aargau, verheiratet, drei Kinder; Arbeitgeber: Automobilfabrik Arbenz & Co., Albisrieden.

«Organisiert?» fragte der Arzt über die Schulter.

«Ja», antwortete der Patient schwach.

Bluntschli wandte sich um. «Ist es Ihnen schlecht?» Er erhob sich, langte nach einer Flasche auf dem Büchergestell, füllte ein Glas und reichte es Züger. «Da, nehmen Sie einen Kognak.»

Der Mann leerte es in einem Zug, und es wurde ihm sogleich besser. «Sitzen Sie einen Augenblick, da, auf dem Schragen, so.»

«Was verdienen Sie?» fragte Bluntschli. Der Patient gab Auskunft.

«Arbeitszeit zehneinhalb Stunden, nehme ich an. Wo wohnen Sie?»

«Badenerstraße, in den Häusern beim Dälliweg.»

«Aha», nickte Bluntschli. «Und am Sonntag, was machen Sie da?»

Züger lachte und zuckte die Achseln. «Was man halt so macht.»

«Wirtschaft», nickte der Arzt. «Waren Sie dabei, am Umzug, am 22. Januar?»

«Wegen der russischen Revolution?» Nein, da sei er nicht dabei gewesen. Er war zu müde, er hat es verschlafen. Und der Weg sei so weit in die Stadt.

«Ihr müßt euch nicht beklagen, wenn es nicht vorwärts geht», sagte Bluntschli. «Ihr meint, es genüge, wenn ihr in der Gewerkschaft eueren Beitrag bezahlt, und das übrige besorgen dann die Bonzen und der Sekretär. Und ihr wartet einfach, bis euch eines Tages der Briefträger einen Fackel ins Haus bringt, es sei dann alles in Ordnung, die Revolution sei ausgebrochen, der Neunstundentag eingeführt, und morgen finde die Verteilung der Vermögen der Reichen unter das arbeitende Volk statt. Ja Chabis! Wenn ihr auf eure Arbeitervertreter zählt, so könnt ihr alt werden und genau so arm, wie ihr jetzt seid, ins Grab steigen. Die sind so bürgerlich wie die andern mit ihrem fixen Salär aus den Beiträgen der Arbeiter! Sesselhocker sind das, aber keine klassenbewußten Sozial-Revolutionäre. Doch ihr wollt es ja so!» Er schlug mit der flachen Hand auf den Tisch.

«Aber was soll unsereins denn tun?» sagte Züger, dessen Wangen sich wieder zu röten begannen.

«Für was habt ihr Hände? Für was habt ihr einen Kopf? Nur zum Schuften für die andern? Nur um euch ausbeuten zu lassen?»

«Sie haben gut reden, Herr Doktor.»

Du machst es falsch, du machst es falsch. Du redest wie ein Dilettant. Wie ein blöder Hetzer auf der Seifenkiste. Da bildest du dir etwas ein auf deine Kenntnisse von Bakunin, Kropotkin, Lenin, und wenn es drauf und dran kommt, so plauderst du wie irgend ein Jüngling, der sich an halbverstandnen Traktaten und Klebzetteln berauscht hat.

«Ich will Ihnen einmal etwas erklären, Genosse Züger», sagte er ruhiger und legte ein Bein über das andere. «Natürlich müssen die Produktionsbetriebe, die Fabriken erhalten werden. Das ist klar. Das ist euer Brot, euer Verdienst. Die Frage ist nur, wem denn diese Maschinen gehören, denen, die sie gebaut haben und die sie im Betrieb erhalten, oder denen, die einfach in ihren Büros sitzen, eine Unterschrift auf das Papier setzen und den Profit einstreichen. Worum es geht, ist vorläufig einfach das: ihnen, euch selbst und der ganzen Welt zu zeigen, daß ohne euch die Maschinen nichts anderes sind als ein Haufen Schrott. Zu beweisen, daß sie denen gehören, die allein es verstehen, sie nutzbar zu machen. Und das könnt ihr nicht anders beweisen, als daß ihr sie anhaltet, stillsetzt und so lange mit verschränkten Armen dabeisteht, bis die Kapitalisten einsehen, daß sie euch gehören, weil ihr ja die einzigen seid, die damit etwas anfangen, damit etwas hervorbringen könnt.»

«So lang, bis die das einsehen, können wir nicht warten, wir verhungern vorher. Wir leben doch von der Hand in den Mund. Die Kapitalisten halten es lange aus mit Warten.»

«Das ist vollkommen richtig, was ihr da sagt, Genosse Züger. Aber ihr müßt halt etwas herausfinden, daß die Fabriken stillstehen und sie euch trotzdem den Lohn zahlen müssen.»

Der Patient öffnete den Mund und versuchte, in Bluntschlis Gesichtszügen zu lesen, wie es gemeint war. Aber der saß mit dem Rücken zum Fenster. «Sie müssen morgen wieder zum Nachsehen kommen», sagte er und deutete auf die verbundene Hand des Patienten, «jetzt habe ich das Wartezimmer voll Leute. Den Arm möglichst schonen, ruhig in der Schlinge tragen!»

Er geleitete Züger bis zur Türe. Kurz bevor dieser ging, sagte er noch: «Eine Handvoll Sand ins Schmieröl wirkt manchmal Wunder.» Und als der Mann etwas erwidern wollte: «Also morgen!»

Im Wartezimmer erhob sich, als Bluntschli den Kopf hineinstreckte, ein unscheinbarer Mann mit einem graumelierten Schnurrbart und bedeutete der Frau, die an der Reihe war: «Nur einen Augenblick, ich muß dem Herrn Bluntschli nur etwas sagen. Es geht nicht lange.»

Die beiden gaben sich wie alte Bekannte die Hand. «Und? Was bringen Sie wieder, Herr Züst?» fragte der Arzt freundlich.

Der Detektiv kramte in seiner Brieftasche und brachte den Schein zu Tage. « Ein Vorführungsbefehl zur Einvernahme.» Bluntschli nickte. «Muß das sofort sein? Sie sehen, ich habe das Wartezimmer voller Leute, Proleten, die der Hilfe bedürfen. Die Herren auf dem Bezirksgericht können doch warten, sie sind ja dafür bezahlt.»

Züst betrachtete das Zifferblatt seiner Uhr. «Sagen wir um elf.»

«Der am 22. September vorigen Jahres vom Bundesrat ausgewiesene Anarchist Johannes Holzmann, der sich Senna Hoj nennt, ist gestern vormittag im Bahnhofrestaurant III. Klasse wieder verhaftet worden», sagte Bezirksrichter Hofer, den Blick auf die vor ihm liegenden Akten gerichtet. «In der

Handtasche trug er ganze Bündel von antimilitaristischen, Klebzetteln, das Bundeslied von Erich Mühsam, Anleitungen zur Sabotage und Aufrufe zur Dienstverweigerung – alles Druckschriften, deren Verbreitung auf Schweizerboden laut Bundesbeschluß strafbar ist.»

Bluntschli saß auf einem Stuhl vor dem Pult, die Augen gegen das Fenster gerichtet, und hörte regungslos den Bericht an.

«Abgesehen davon, daß Sie, Herr Dr. Bluntschli, im Verdacht stehen, einen Teil dieser Schriften verfaßt zu haben, steht auch fest, daß Sie den ausgewiesenen Holzmann über eine Woche bei sich in Ihrer Wohnung an der Langstraße beherbergt haben.»

«Weder das eine noch das andere ist nach meiner Ansicht ein strafbares Delikt, hingegen stellt meine Verfolgung eine augenfällige Verletzung der in der Bundesverfassung niedergelegten Rechte dar», bemerkte der Arzt ruhig. «All das ist politisch – Mißbrauch der Organe der Staatsgewalt durch die herrschende Klasse.»

Der Richter nickte, und man sah es ihm an, er hörte Bekanntes und Erwartetes.

«Das», sagte er, «ist Gegenstand der Prozeßverhandlung. Was uns hier interessiert, ist die Abklärung eines kriminellen Tatbestandes gegen das Leben und die Sicherheit der Einwohnerschaft.»

«Eben – es ist ein politischer Kampf, und den zu führen ist ein Grundrecht und ein Prinzip der Demokratie.»

«Weder steht es Ihnen an, die Bundesverfassung noch die Demokratie anzurufen, nachdem es euer Bestreben ist, beide zu vernichten. Wir wollen hier aber keinen Austausch von Weltanschauungen treiben, sondern ganz einfach zum Gegenstand der strafrechtlichen Untersuchung zurückkehren. Im Besitze Holzmanns befanden sich nämlich auch eine Blechbüchse, Chemikalien, Nitroglyzerin unter anderem, Zündstoff – kurz Material zur Herstellung eines Sprengkörpers, einer Bombe.»

Bluntschli lächelte. «Das sind Kindereien. Mit dem ändern wir nichts. Der revolutionäre Syndikalismus will die Macht des Proletariats, die Macht der Mehrheit des arbeitenden Volkes, und da wir in einer Demokratie und nicht in einer absoluten Monarchie leben wie in Rußland, erreichen wir mit der Liquidation von Mitgliedern der Regierung oder Fürsten des Kapitals gar nichts. Aufklärung und Stimmzettel –»

«All das –» winkte Hofer ab. «Tatsache bleibt, daß durch die Existenz eines solchen Sprengkörpers das Leben von Einwohnern gefährdet wird. Das zu verhüten und die betreffenden Verbrecher festzunehmen und zu bestrafen, ist unsere Pflicht. Das ist ein strafrechtlicher und kein politischer Tatbestand.»

«Was habe ich damit zu tun?» fragte Bluntschli.

«Das will ich Ihnen jetzt gerade sagen. Teile der erwähnten Chemikalien, die Holzmann bei sich hatte, befanden sich nämlich in Glasfläschchen mit Etiketten, die Ihren Namen trugen.»

«Dann hat er sie halt aus meinem Apothekerschrank genommen, ohne mein Wissen.»

Wieder nickte Hofer ob der erwarteten Antwort. Bluntschli fügte, ohne die Stimme zu erheben, noch bei: «Sie kennen mich zu genau, Herr Doktor Hofer, als daß Sie nicht selbst innerlich vollkommen von der Wahrheit meiner Aussage überzeugt wären. Sie wissen, daß ich den ganzen Rechtsapparat hinter Ihnen nicht anerkenne, daß ich Sie als Vertreter einer Ordnung ansehe, die zu stürzen mein ganzer Wille ist. Würde ich diese lächerliche Bombe als ein geeignetes Mittel zur Realisierung dieses Willens ansehen, so hätte ich selbstverständlich nichts anderes zu tun, als mich als deren Urheber zu bezeichnen. Aber ich finde sie, für unsere Verhältnisse wohlverstanden, nicht für den Kampf wider den Absolutismus im Zarenreiche, eine so blödsinnige Spielerei, daß ich nie und nimmer deren Verwendung propagieren und fördern würde. Aber nur deshalb und nicht aus bürgerlich-moralischen Gründen. Aber das kann Ihnen ja gleichgültig sein. Doch zur Abklärung des strafrechtlichen Verfahrens genügt es.»

«Haben Sie diese Erklärung nachgeschrieben?» fragte Hofer über die Schulter zurück. Der Substitut Schütz an seinem Tische antwortete: «Ja».

«Kann ich jetzt gehen?» fragte Bluntschli, «es gibt noch eine ganze Menge von Leuten, die meiner im Knochenhandel mit den Versicherungsgesellschaften bedürfen.»

Ohne sich zu erheben, machte der Richter eine Bewegung mit der Hand, und der Arzt ging.

«Es kommt einem manchmal vor», sagte Schütz, «Stadt und Kanton seien diesen Leuten gegenüber juristisch wehrloser als der kleinste Verein. Sie werden es sehen, Herr Hofer, die Initiative des Bürgerverbandes zur Ergänzung des Strafgesetzes kommt nicht einmal zustande. Und wenn sie zustande kommt, lehnt sie das Volk ab.»

Der Richter saß immer noch beinahe regungslos auf seinem Platz und starrte durch die dicken Brillengläser hindurch ins Leere.

«Auch ich bin nicht sicher», meinte er schließlich, «ob das der richtige Weg ist. Wenn so ein Wettlauf einsetzt zwischen neuartigen Delikten wider den Staat und einer sich ihnen anpassenden Legislatur, dann wittert das Volk immer eine Bedrohung seiner Souveränität, einen Schritt in der Richtung nach der Diktatur.»

«Wohin aber die unglaubliche Toleranz führt, das sieht man ja!» ereiferte sich der junge Substitut.

«Schauen Sie, Herr Doktor», machte Hofer nebenbei, und wandte sich wieder den Akten zu, «die Toleranz ist nicht ein passives Gewährenlassen, sie verkörpert den aktiven Glauben an die Weisheit und die Gesundheit der geographischen Gemeinschaft. Und das ist eine viel bessere Abwehr als ein erweiterter Katalog der Delikte.»

VII. Kapitel

Karl Gebhardt begegnete dem ersten Tram, das mit Klingeln vom Depot Tiefenbrunnen her durch die stille Seefeldstraße dem Bellevue zurumpelte. Hinter den eisernen Gittern, in den Vorgärten der Sandsteinvillen mit ihren Karyatiden und hohen Spiegelfenstern, standen die Kirschlorbeersträucher mit taubenetzten Blättern in der verzauberten Luft des Morgens. Die gescheckten Stämme der Platanen schimmerten blau und violett im grüngesiebten Licht ihrer Kronen. Ein kleines Rasenplätzchen hinter einem niederen Zaun von zierlichen Achtern aus Rundeisen, überhangen von den Ästen bärtiger Kiefern und begrenzt von den Fontänen aufschießender Kotoneaster, war der Standpunkt, von dem aus der Buchbinderlehrling über die Straße zum Mengschen Hause hinüberblickte. Still lag es da, im Schatten noch; nur oben über den halben Säulen und Kapitellen goldeten sich die Zinne und das Kamin in der Morgensonne. Pochenden Herzens, angstvoll, er möchte gesehen werden, verharrte der Jüngling regungslos in dem schützenden Schatten. Die Zeit strich dahin mit Vogelgezwitscher und frühen Fußgängern auf dem Trottoir am Zäunlein vorbei und mit Atmen der frisch-feuchten Luft, kleinen Häuchlein, die seinem warmen Munde entrannen, und Warten in Bangigkeit und süßer Beklemmung. Seit Wochen erhob er sich beim Morgengrauen in seiner Dachstube an der Trittligasse und pilgerte ins Seefeld hinaus, stand da im Versteckten vor der Villa, in dem das Fräulein Meng wohnte, und verwartete die letzte Minute, um dann in einem Dauerlauf das Seefeld einwärts, das Sonnenquai hinab und die Münstertreppe hinauf noch rechtzeitig um sieben Uhr die Buchbinderei Goetschel zu erreichen.

Seine Hoffnung, Katharina Meng einmal zu sehen, hatte sich noch nie erfüllt. Es war auch nicht einmal ausgemacht, ob ihm so viel daran lag. Es genügte ihm, da im Schatten und im Duft der Kiefer zu stehen, an den Fenstern hinaufzublicken und es sich vorzustellen, wie dort hinter der reichverzierten Sandsteinfassade das Fräulein lebte und herumging. Er konnte auch jeden Morgen beobachten, wie das Mädchen die Haustüre öffnete und Meng, seine Nelke im Knopfloch, den Spazierstock wie einen Degen geschultert, heraustrat und, ein Räuchlein seiner Morgenzigarre hinter sich lassend, davonwanderte. Und er konnte sehen, wie die Köchin Frieda, die Hände in die Hüften gestützt, eine Weile mit nachdenklichem und untergebenem Blick dem Hausherrn nachschaute.

Aber an diesem Tage ereignete es sich, unwahrscheinlich und unvorbereitet. Kaum hatte Karl das niedere Zäunlein überstiegen und die schon ganz zertretene Stelle des Rasenplätzchens erreicht, auf dem er seit einigen Wochen die frühe Morgenstunde zu verbringen pflegte, als sich jenseits der Straße die Türe der Mengschen Villa öffnete und das Fräulein in einem dunkeln, fußfreien Rock, einer weißen, bis oben zum Halse geschlossenen Ärmelbluse, ein schwarzbebändertes Strohhütchen auf dem Haupt, mit hochgeschnürten Stiefelchen über die Steinplatten des Vorgartens schritt und die Straße überquerte. Ernst, aber nicht unfreundlich, eher beziehungsvoll, blickte es dem verlegenen jungen Mann geradezu in die Augen und wandte sich stadtwärts. Eine Weile stand Karl ungewiß da und spürte nur das eine: daß sein Warten hier sinnlos geworden war. Er verließ das Gärtchen, trat zögernd auf die Straße; aber dann, auf einem Weg hintenherum, rannte er pochenden Herzens in derselben Richtung davon, die das Fräulein eingeschlagen hatte. Die Feldeggstraße hinabeilend, sah er gerade noch, wie die helle Gestalt die Mündung der Straße kreuzte. Etwas später holte er sie ein. Sie hatte ihn offenbar kommen gehört, denn sie blieb stehen.

«Grüß Gott», sagte er und lüpfte sein schwarzes Hütchen.

Es ging der Anflug eines Lächelns über ihr Gesicht. «Sie müssen, Herr Gebhardt», sagte sie, «nicht mehr jeden Morgen kommen. Es ist im Hause aufgefallen, und mein Vater wollte Sie bereits einmal zur Rede stellen.»

Am liebsten wäre Karl in den Boden versunken, weil dieses sein Geheimnis so offenbar und Gegenstand von Familiengesprächen geworden war. Das helle Schnauzfläumchen auf seiner Oberlippe zitterte, und er spürte, wie sich unter dem Stirnband seiner Kopfbedeckung ein wenig Schweiß ansammelte. Er brachte kein Wort hervor und starrte, während er neben dem Mädchen herging, fortwährend vor sich hin auf den Boden. Aufdringlich und störend nahm er die taufeuchten Steinchen, Papierfetzen und abgebrannte Streichhölzer auf seinem Wege wahr.

«Es ist –» begann er schließlich mit heiserer Stimme; aber er kam nicht weiter, so würgte es ihn.

Das Kätterli nickte. «Ich will das auch nicht haben, daß man sich über Sie lustig macht.» Auch das Mädchen blickte jetzt starr vor sich hin in die Weite, wo in der perspektivischen Verjüngung der Häuserzeilen die flimmernde Helle des Bellevueplatzes sich auftat.

Auch als sie an den behelmten Kandelabern vorbei über die Quaibrücke schritten, sprachen sie noch nicht. Erst zwischen den Zedern der Stadthausanlage und den Balustraden der Bürkliterrasse, im vollen Licht des Morgens, löste sich Karls Verkrampfung.

«Sind Sie bös?» fragte er. Kätterli hob die hohe Stirne, über der das Haar glatt zurückgekämmt war, schaute ihn an und schüttelte den Kopf.

«Wenn Sie mich – wenn wir uns sehen wollen – müssen wir es anders anstellen», sagte es, als wüßte es viel mehr als Karl.

Im Park vor dem Hotel Baur au Lac rauschten und flimmerten die exotischen Büsche. Grün, dunkel, kühl und modrig duftend stand das Wasser unter dem Schanzengraben-Brücklein und kräuselte sich an den Spitzen der zartgrünen Zweige von Trauerweiden, die seine Haut ritzten. Die Kuppel des Tonhallepavillons und die Backsteine der beiden Ziertürme leuchteten ockergelb und kupfrig in der Morgensonne. An der Bastei des roten Schlosses, dem weißgezuckerten Palais Henneberg, den Balkonen der reichverzierten Kalksteinfassade des weißen Schlosses entlang, schritten die beiden dahin, und Karl war ängstlich darauf bedacht, das Stöffchen, das des Mädchens Arm bedeckte, nicht zu berühren.

«Die beiden Bücher sind längst gebunden», sagte er. «Warum sind Sie nicht mehr gekommen, sie zu holen?»

«Ich wollte nicht, ich dachte, es sei nicht recht», antwortete das Mädchen. «Ich bin ja älter» – halb Frage, halb Antwort.

Er werde im Herbst neunzehn, erläuterte Karl. «Und Sie?»

«Ich bin zwanzig gewesen. Aber ich hätte gedacht, Sie seien jünger. Sie sahen noch aus wie ein Kind damals, als Sie vom Dolder herunterschlittelten. Jetzt allerdings –»

«Es ist nicht das», machte Karl nach einer Weile auf dem Spazierweglein des Arboretums am Seeufer. «Ihre Eltern sind so reich – und wir –» Er dachte an die Mutter, die am Samstag auf den Knien in den Räumen der Kreditanstalt herumkroch und wichste, und an den Vater in der Trinkerheilanstalt.

«Ich bin Säuglingsschwester, im ‹Wiegeli›, der Krippe für uneheliche Kinder», bemerkte das Kätterli, und Karl verstand, wie es gemeint war.

Sie saßen auf der Bank neben dem mächtigen erratischen Block. In der Nähe ankerten drei abgetakelte Segelschiffe des Jachtklubs und schwenkten mit leisem Glucksen ihre Nase gegen den Wind. Von Bendlikon her kam eine Dampfschwalbe und steuerte hupend dem Haltesteg am Ende der Bahnhofstraße zu. Zwei Schwäne standen vor ihnen im Wasser, einander mit gesenkten Köpfen zugekehrt, und ihre Hälse bildeten zusammen zuerst eine Leier und dann, wenn sie sich so nahe kamen, daß sich die Schnäbel berührten, ein Herz.

Auf einmal fuhr Karl zusammen. Die Glocken der Stadt schlugen sieben. In der Tasche trug er den großen Schlüssel zu Goetschels Werkstätte an der Kirchgasse, und weder war der Leim auf dem Feuer noch der Vorplatz gewischt.

«Sie müssen gewiß gehen», sagte das Mädchen und nestelte aus dem schwarzseidenen Gürtel ein Ührchen hervor, dessen goldene Kette um seinen Hals geschlungen war. «Also, ich komme die Bücher abholen, und dann –»

Karl lüpfte sein Hütchen. «Adieu», machte er.

Sie reichte ihm die Hand. «Adieu, Karl.»

Das ganze Panorama des Alpenquais entlang, rückwärts den Weg, den sie gekommen waren, am weißen Schloß, am Palais Henneberg, am roten Schloß, der Tonhalle, dem Hotel Baur vorbei, trabte Karl der Münsterbrücke zu. Er sah schon in Gedanken Goetschel fuchsteufelswild vor der geschlossenen Butik stehen, und es erwartete den Lehrling allerhand. Aber er summte im Eilen, und seine Füße trugen Flügel.

VIII. Kapitel

Die Büroräume der Ingenieurfirma Abt und Uethold befanden sich im Entresol des bügeleisenartigen Gebäudes am Leonhardplatz, zwischen den Einmündungen der Stampfenbachstraße und der Weinbergstraße. Den Vormittag des Sonntags pflegte Abt in seinem kleinen Arbeitsraum zuzubringen, dessen niedere Fenster, beschattet vom Balkon des ersten Stockwerks, einen beschränkten Blick auf den Platz und den unteren Teil des Limmatquais gewährten. Der Raum war aber düster und bedurfte auch des Tags der Beleuchtung durch eine Gasflamme.

Zur vereinbarten Zeit läutete es, der Ingenieur nahm den Schlüsselbund, ging die paar Stufen im Treppenhaus hinab und öffnete die Haustüre. Die Mappe unter den Arm geklemmt, stand dort Hirzel und lüpfte den Hut über dem roten Haarschopf.

«Sie waren so freundlich», sagte der junge Mann oben, während ihm Abt einen Stuhl anbot und sich selbst in dem patentierten, leise nach rückwärts schaukelnden Lehnsessel vor dem Pult niederließ, «mir diese Unterredung zu gewähren. Ihr Auftreten zu meinen Gunsten im Lichthof des so unglücklich verbauten Amtshauses dem übereifrigen Weibel gegenüber hat mir Vertrauen gegeben.» Das blasse, knochige Gesicht des Besuchers verriet schon wieder eine mühsam verhaltene Spannung.

Abt nickte nur und ließ ihn reden.

«Es ist gerade noch Zeit», fuhr der junge Mann fort, «der wilden und planlosen Bauerei Einhalt zu gebieten. Aber höchste Zeit! In einigen Jahren ist das Stadtbild verschandelt, unwiderruflich; denn wenn einmal so ein öffentliches Gebäude steht, dauert es Generationen, bis es wieder abgerissen wird.»

«An was denken Sie denn im besonderen?» fragte Abt sachlich.

«Nur noch einen Augenblick, ich komme grad dazu. Schauen Sie, wenn Sie, vom Bellevue herkommend, das Sonnenquai und das Limmatquai hinabgehen und über den Fluß blicken, so haben Sie am jenseitigen Ufer eine ganze Musterkollektion der verschiedenartigsten Baustile, einen wahren Mischmasch. Neben dem Gebäude aus Glas und Stahl, dem Metropol, erhebt sich mit seinem Uhrtürmchen der Klotz der Hauptpost im phantasielosen eidgenössischen Bundesstil der neunziger Jahre. Daran schließt sich das neue Stadthaus gotisch-neurenaissance-altdeutsch, dann kommt das wunderbare alte Fraumünster, jenseits der Straße der herrliche Barockbau der Meise, dann die alten Giebelhäuser der Wühre und der Schipfe. Dann wieder der Barock des alten Waisenhauses, dann das Scheusal des neuen Amtshauses und nachher am Bahnhofplatz der Boulevardblock des Du Nord. Ein Kern echter, gewachsener Architektur, eingerahmt von mißglückten Nachahmungen fremder Stile, die, je weiter wir ins neue Jahrhundert kommen, immer scheußlicher werden.»

Abt hatte still und ernsthaft zugehört.

«Es ist», sagte er schließlich, «das Wesen des Städtebaus, daß jede Epoche ihre Monumente hinterläßt. So gut wie wir heute Barock und Gotik nebeneinander ertragen, so gut werden wir uns auch an die neuen Stile gewöhnen.»

«Für das Glas und das Eisen des Metropols gebe ich Ihnen recht», erwiderte Hirzel heftig, «das ist wenigstens Ausdruck und Material der Zeit, und schließlich auch das Du Nord mit seinen Blechtürmchen. Aber die öffentlichen Gebäude, die Post und die beiden Amtshäuser, das ist ja nur Nachahmung, aber kein Ausdruck der Zeit!»

«Da können wir jetzt nichts dagegen tun», meinte Abt.

«Aber verhüten, daß es in diesem Irrweg weitergeht, das können wir!» rief der junge Mann.

«An was denken Sie denn?» fragte Abt nochmals.

«An die Hochschule natürlich! An das Projekt der neuen Universität.»

«Das ist ja noch lange nicht spruchreif.»

«Gott sei Dank, darum bin ich ja bei Ihnen, Herr Abt.»
Mit fieberhaften Bewegungen öffnete Hirzel seine Mappe und breitete Blätter auf dem Tisch aus.

«Da sehen Sie, was geplant ist!» Und er erläuterte:

«Der Kanton hat bereits die Stockersche Liegenschaft am Hang vor dem Künstlergütli gekauft. Hier soll die Zentralbibliothek hinkommen, ein breitgelagertes Quergebäude, das nicht nur die geplante Universität, sondern auch das Sempersche Polytechnikum gegen die Stadt hin maskieren wird. Und das neue Kollegiengebäude der Universität, wie schaut das aus? Sehen Sie: ein langgestreckter Monumentalbau mit der Mittelachse auf dem steilen, schmalen Sempersteig, eine Art Schultempel mit Türmen und Türchen wie das Hirschengraben-Schulhaus. Daran schließt sich ohne Verbindung das Zoologiegebäude an, konventionell mit zwei Fassadentürmchen, und erdrückt das alte Bodmerhaus. Alles banal, ohne Rücksicht auf das Terrain.»

Der junge Mann schäumte wirklich, es zeigten sich Bläschen an seinen Mundwinkeln.

Abt verschränkte die Arme, lehnte sich zurück auf seinen Patentsessel und betrachtete Hirzel. Eine gewisse Rührung ob der Leidenschaftlichkeit des Jungen ergriff ihn. Alles kann man kaufen, dachte er, nur die Begeisterung nicht. Die ist gratis.

«Sie sind aber gut orientiert», sagte er dann. «So viel ich weiß, ruht die ganze Angelegenheit im Schoße der Staatskommission.»

Hirzel lachte. «Ich will Ihnen ganz offen sagen, ich habe einen guten Bekannten in der Lichtpausanstalt, wo diese geheimen Pläne vervielfältigt werden. Gottlob!»

«Aber das habe ich gezeichnet», fügte er, auf ein Blatt weisend, hinzu. «So sähe die Geschichte aus vom Lindenhof her.» Groß, deutlich, genau waren in das Stadtbild über den alten Giebeln der Altstadt die projektierten Bauten eingezeichnet, mit ihren langen, türmchenreichen Fronten, den Semperbau teilweise verdeckend und den Horizont durch lange und gerade Dachzeilen hoffnungslos abschließend.

Abt beugte sich über die Blätter. «Das wäre allerdings –» machte er.

«Sie sind, Herr Abt, Mitglied der erweiterten Expertenkommission.»

«So, das wissen Sie auch schon?» lachte der Ingenieur, «aber die Pläne haben wir noch nicht gesehen, dort handelt es sich eher um die Finanzen.»

«Eben, das ist gerade der richtige Punkt», sagte Hirzel.

«Nach Ihrer Ansicht, was sollte geschehen?» fragte Abt.

«Eine öffentliche Ideenkonkurrenz sollte ausgeschrieben werden, und alle, die sich daran beteiligen, sollten für ihre Arbeit ein Honorar erhalten.»

«Das ist bereits geplant, aber das kostet.»

«Es lohnt sich. Das ist immer noch billiger, als wenn so ein unwiderruflicher bodenloser Blödsinn gebaut wird auf Jahrhunderte hinaus», rief Hirzel.

«Wollen Sie sich denn an der Konkurrenz beteiligen?»

Der junge Mann schaute dem Ältern in die Augen. «Nein», antwortete er.

«Ja, warum denn nicht?» fragte Abt erstaunt.

«Warum? Weil ich eine Frau und ein Kind habe, und weil ich meine Tage damit zubringe, in der Dunkelkammer des Photographen Briner Porträts der Bewohner von Zürich in Kabinettformat zu kopieren und zu retouchieren. Darum!»

«Aber Sie sind doch von Beruf Architekt?»

Hirzel zuckte die Achseln. «Das ist eine Geschichte für sich», machte er und packte die Blätter zusammen.

«Könnten Sie nicht mit einem anderen Architekten zusammen etwas ausarbeiten ?»

«Und verhungern dabei!»

«Man müßte sich halt arrangieren.»

«Auch wenn ich den ersten Preis bekäme, es reichte niemals, die Schulden zu bezahlen, die ich auf dem Buckel habe», gestand er. «Es geht ja auch gar nicht darum.»

Abt dachte an jenen Pfarrer Hirzel, der das aufständige Landvolk nach Zürich auf den Münsterplatz geführt hatte und jenen Oberst Hirzel, der von der Regierung mit dem militärischen Schutz der Stadt vor seinem Namensvetter betraut worden war. Er bildete sich ein, hinter dem sommersprossigen Gesicht seines Besuchers jene anderen Gesichter des Geschlechts durchschimmern zu sehen. Es lag ihnen allen offenbar das Heil dieser Stadt leidenschaftlich am Herzen.

«Vielleicht», meinte er, «läßt sich doch etwas tun. Ihre Adresse habe ich ja.»

Hirzel grüßte fast hämisch und zuckte die Achseln. In Abt stieg der unbestimmte Verdacht auf, der junge verbummelte Mann begehre gar nicht aufrichtig, aus seiner Verbitterung herauszukommen.

IX. Kapitel

Die Schürzenmanufaktur L. Gidionovics an der Langstraße belieferte außer den kleinen Mercerien auch Zwischenhändler und Hausierer. Die Auslieferung der Ware fand in einem kleinen Laden statt am oberen Ende der Langstraße, in der Nähe deren Einmündung in die große Verkehrsader, die ins Limmattal hinabführte, der Badenerstraße. Das Lokal, ein ehemaliges Zigarrengeschäft, bestand aus einem großen Raum, in den man durch eine schmale Türe gelangte. Neben dieser Türe befand sich das einzige Schaufenster des Ladens; es war bis auf Augenhöhe mit Packpapier belegt, und auch durch die Milchglasscheibe der Türe konnte man nicht ins Innere blikken. Eine Firmenanschrift fehlte. Das Inventar des Lokals bestand aus einigen Holzblöcken, über die breite Bretter gelagert waren, ein paar Gestellen der Wand entlang und einer Auerlampe ohne Schirm. Die Ware, die Schürzen, füllten, offen aufeinandergebeigt, die Regale, und verklebte und verschnürte Ballen bedeckten den Fußboden.

In dieser Auslieferungsstelle pflegte sich der Inhaber der Manufaktur, Leib Gidionovics, jeden Vormittag bis etwa zehn Uhr aufzuhalten, mit Wiederverkäufern und Hausierern zu verhandeln, abzurechnen und ihnen neue Ware auszugeben. Sowohl er als auch die Kunden behielten dabei immer ihre Hüte auf dem Kopf; es wurde viel diskutiert, gefeilscht und auch geschrien. Weder wurden Rechnungen ausgestellt noch Quittungen, alles Schriftliche und Geschriebene schien von der Stätte verbannt; hier gab es nur Ware und bares Geld. All die Leute, die hier verkehrten, verfügten über ein unfehlbares Gedächtnis; jeder wußte dies vom andern, und darauf gründeten sich die Geschäfte und das Vertrauen. Der Inhaber der Manufaktur war es selbst, der jeden Morgen eigenhändig, vermittelst eines zweirädrigen Handwagens, die neue Ware der Auslieferungsstelle zuführte. Überstiegen die eingegangenen Gelder einen gewissen Betrag, begab er sich an den Schalter der Kantonalbankfiliale an der Badenerstraße und zahlte sie auf sein Konto ein.

Als Ruben mit seiner Familie zuwanderte, stand er dem Bruder in der Auslieferung bei; schließlich besorgte er sie allein und hielt sich den ganzen Tag in dem Lokal auf. Im Winter war es darin sehr kalt. Es bedurfte über eines Jahres, bevor der Inhaber die Aufstellung eines Zylinderofens bewilligte.

Frauen der Nachbarschaft und auch des Quartiers Unkundige, die über den Rand des Packpapiers hinweg die aufgestapelten Waren erspähten, stellten sich ein und fragten, ob auch einzelne der Schürzen zu erwerben seien. Es entwickelte sich daraus, so nebenbei, ein kleiner Detailverkauf, der Leib veranlaßte, das Packpapier von der Scheibe zu reißen und im Schaufenster die Erzeugnisse seiner Manufaktur auszustellen. Schließlich kam an die Milchglasscheibe der Türe auch eine Anschrift: L. Gidionovics, Schürzen en gros, en detail. Es war aber Ruben, der den Laden führte. Aufgewachsen in einer Rabbinerschule, ein ernsthafter und spitzfindiger Ausleger des Talmuds, ein Naturtalent des Schachspiels, vertraut mit der Angst, der Sorge und im Verkehr mit den judenfeindlichen Beamten des Zaren, entfaltete der noch junge Mann inmitten der wunderbaren Gewerbefreiheit der Stadt und der internationalen Atmosphäre des Quartiers eine stetig sich steigernde Geschäftigkeit. Hatte der Bruder, bereits ein wenig angesteckt vom Maß und der Zurückhaltung zürcherischen Geistes, jeweils nur einige besonders schöne und wohlgelungene Erzeugnisse seiner Fabrikation, ohne Preisanschrift, und mehr um deren Güte herauszustellen, in das Schaufenster gelegt, so änderte sich dies, sobald Ruben allein über den Laden verfügte. Wahllos, in großen Stapeln, einige der Schürzen aus ihren geglätteten Falten gerissen und voll ausgebreitet, auf Kartontäfelchen mit Rotstift und ungeschickter Schrift die Preise tragend, mit kleinen Ermunterungen, wie «enorm billig», «Restposten», «konkurrenzlos», versehen, füllte die Ware nun den ganzen Raum hinter der Scheibe, suggestiv durch ihre Menge zum Kaufe auffordernd. Es war ihm, wenn er über die Platte auf den zwei Böcken hinweg mit einer Frau sprach, eine Geste eigen, als wollte er sagen: «Nehmen Sie's, zahlen Sie, was Sie wollen, oder auch nichts, nur fort, nur fort damit! Sie sind eine kluge sympathische Person! Sie sollen die Schürze haben, gerade Sie! Es würde mich ärgern, wenn Sie sie nicht nehmen würden, ärgern für Sie!» Es kam ihm auch nicht darauf an, einmal einer Kundin, die eine Schürze gekauft hatte, noch eine zweite dreinzugeben, mit einem kleinen Webfehler, zum halben Preis.

Dieser Detailhandel bewährte sich so, daß Leib seine Auslieferung verlegen mußte, in ein Hintergeschoß derselben Straße, und daß Rubens Frau, Sidia, im Betrieb des kleinen Ladens mitzuhelfen begann.

Der Lebensraum der beiden Familien beschränkte sich auf etwa einen Kilometer im Geviert. Im Süden und Westen begrenzt durch den weiten Bogen der Badenerstraße, im Osten durch die Sihl und im Norden durch das Gewirr der Schienenstränge um den Güterbahnhof herum, bildeten die Wohnung und die Manufaktur des Schürzenfabrikanten, der Laden und die Auslieferungsstelle an der Langstraße, das Ämtlerschulhaus für die Knaben Joseph und Beni und die Kinder des zugewanderten Onkels, David und Recha, zusammen mit dem Betlokal der orthodox-jüdischen Gemeinde an der Bertastraße die Orte, zwischen denen sich das Dasein der beiden Familien abspielte. Dessen Mittelpunkt ruhte bei der Mutter der beiden Brüder, Rebekka, die die Wohnung sozusagen nie verließ. Dem Ghetto entflohen, gestaltete die Sippe auch in der Freiheit ihr Gehaben instinktiv wieder nach dem unauslöschlichen Bild ihrer Herkunft. In ihrem Privatleben zusammengehalten durch die starren Vorschriften ihrer Religion, der Pietät zu der Ahnin und das unablegbare Idiom der jiddischen Sprache, bestanden für die erste Generation der zugewanderten Familien zum Wirtsland keine anderen Verbindungen als die des Handels. Mit einer Präzision, die jener der schweizerischen Uhrenindustrie nicht nachstand, hatte sich Leib Gidionovics, nach einiger Zeit des Tastens, in das Wirtschaftsgefüge der Stadt eingeschaltet, den Hausfrauen und den Inhaberinnen kleinerer Merceriegeschäfte die Schürzen aus der Hand genommen und vermittelst einer primitiven Arbeitsteilung deren serienmäßige Herstellung aufgezogen. Das Grundprinzip war denkbar einfach: Zuschnitt der Stoffe nach einem einheitlichen Muster, doch in verschiedenartigen Farben und Dessins, die Beschränkung auf drei Größen und Verteilung der Näharbeiten auswärts, an Heimarbeiterinnen, Zurüsten und Herrichten für den Verkauf durch Glätterinnen am Geschäftsdomizil, Vertrieb durch Reisende, die auch hausierten. Zum Verpacken und Austragen wurde der Knabe David schon sehr früh herbeigezogen. Eine Erweiterung erfuhr das

Geschäft mit der Herstellung von Arbeits- und Laboratoriumsmänteln und etwas später durch die Angliederung des Rayons für Kinderschürzen und Lätze. Eine Ausdehnung jedoch auf das Gebiet der Überkleider erwies sich als Fehlschlag. Die Sparte war bereits besetzt.

In den ersten Tagen des Juli 1906 bildeten sich an den Straßenkreuzungen des Quartiers lockere Dolden von Männern. Ihre Struktur war stets von derselben Art; um den Kern von zwei oder drei Arbeitern, die miteinander diskutierten, bildete sich ein Kreis von Zuhörenden, die sich mit Zurufen und Argumentationen am Gespräch beteiligten. Gerieten zwei von diesen miteinander in Gegensatz, so bildeten sie einen neuen Kern, der den ersten aufsog oder sich von ihm abspaltete und mit einem neuen Chor von Zuhörern eine neue Dolde bildete. Nicht selten überbordeten diese Ansammlungen die Randsteine der Trottoirs, füllten die Straßen aus, zerflossen in ähnliche benachbarte Gebilde und verstopften einzelne Teilstücke der Lang- und der Badenerstraße. Es gelang den Polizeipatrouillen nicht immer, Rinnen für den Fahrverkehr aufrechtzuerhalten, denn dieses Bemühen führte sogleich zu neuen Aufläufen und heftigen Diskussionen, zu Knäueln von Männern, die mit Rufen und Schreien auf die Uniformierten eindrangen, und mit Windeseile pflanzte sich die Nachricht von solchen Zusammenstößen über die ganze Straße hin fort, neue Erregte herbeiführend. Man hörte dann auch das Geräusch von Schlägen und nahm heftige und harte Bewegungen wahr. Um den Posten bei der Kreuzung an der Militärstraße bildeten die Polizisten einen Kordon, einen leeren gepflasterten Respektraum vor sich, hinter dem sich die Streikenden und Neugierigen als eine dichte Masse ansammelten. Von Zeit zu Zeit wurde auch ein Stein geschleudert, und dann machten die Polizisten einen Ausfall, fischten irgendeinen jungen zappelnden Mann aus der Menge und brachten ihn ins Wachtgebäude.

Der Streik war in der Automobilfabrik Arbenz in Albisrieden, an der Stadtgrenze, ausgebrochen, weil der Dreher Züger, der Anstiftung zur Sabotage beschuldigt, entlassen worden war.

In einem stetig sich steigernden Rhythmus wiederholten sich in den folgenden Tagen die Vorfälle. Mitte Juli stand vor dem Plakat mit der Proklamation der Regierung, die am

Kreisgebäude angeschlagen worden war, bereits ein Unteroffiziersposten des Bataillons 64, um deren Herunterreißen zu verhindern; es kam dabei zu einer Schießerei ohne Opfer. Am 19. Juli erschien unter dem Bahnviadukt an der unteren Langstraße die erste starke Patrouille der Schwadron 17. Die Dragoner in ihren grünen Waffenröcken, die schwarzen Pinsel an der Stirnseite ihres Käppis, ritten auf ihren gestriegelten Pferden im Schritt, die entblößten Kolben der Karabiner in den Futteralen vor ihrem rechten Knie, unter den im Sommerwinde leise wehenden roten Fahnen dahin, die der Straße einen ungewohnten und fremdartigen Anblick verliehen.

Der Schürzenfabrikant hatte den Betrieb geschlossen, die Glätterinnen nach Hause geschickt, und die Familien der beiden Brüder waren bei geschlossenen Fensterläden in der Wohnung versammelt. Es ward den Kindern verboten, auf die Straße zu gehen. Ruben und Sidia waren blaß. Das Hufgeklapper der Pferde unter dem Fenster, die eine Schleppe der Stille hinter sich herzuziehen schienen, die heftigen Rufe aus der Ferne, weckten in ihnen Erinnerungen an die Lanzen- und Säbelkünste, mit denen die Kosaken des Zaren die Bewohner ihres polnischen Heimatstädtchens periodischerweise zu erschrecken pflegten. Wo immer mit ihrem knarrenden Lederzeug und dem eingefetteten Stahl die bewaffnete Macht auftrat, war es nicht gut für die Juden, lehrte sie eine vererbte Erfahrung. Nur auf Leib, mit den Verhältnissen länger vertraut, wirkte nach den unruhvollen Wochen, die das Quartier hinter sich hatte, die Erscheinung der Kavalleristen und der Milizen, die ja nichts Mongolisches und Gewalttätiges an sich hatten, sondern die gleichen Gesichter zeigten wie andere friedliche Uniformierte, die Briefträger, die Tramkondukteure und die Angestellten der Bundesbahnen, eher beruhigend. Diese Krawalle waren für den Schürzenhandel nicht günstig. Die Frauen selbst zeigten eine Neigung, ihre Hände an den Schürzen abzuwischen, sie hinter die Küchentüre zu hängen und sich auf die Straße zu stellen. Der Absatz ging zurück. Die Soldaten erschienen dem Fabrikanten als Boten der Regierung, ausgesandt zur Beruhigung des friedlichen Handels, es sei nun genug, und es werde für Ordnung gesorgt.

Den Kindern der beiden Familien, Joseph und Beni, David und Recha, die sich mit dem zweijährigen Baruch und der kleinen Rosel im Schlafzimmer um die Großmutter scharten und wie Kücken um eine Henne herumhockten, erschien der militärische Aufzug eher wie eine Fortsetzung der Tell-Aufführungen in Wiedikon, der sie mit ihrer Schulklasse beigewohnt hatten. Auf die gleiche Weise wie die Rosse von Geßlers Reisigen schwenkten und hieben die Pferde der Guiden und Dragoner mit ihren langen Schweifen um sich und kauten mit schäumenden Mäulern an den blanken Trensen. Die alte Frau hatte die größte Mühe, die drei Knaben an ihre Röcke zu fesseln. Weder die Stengel aus Bärendreck, wie die Süßigkeiten aus eingetrocknetem Lakritzensaft genannt wurden, noch die jiddisch-polnischen Geschichten, die sie zu erzählen wußte, erwiesen ihre gewohnte Anziehungskraft. Mit Macht, unverstanden, aber erregend wehte das Geschehen der Straße in die geschlossene Stube herein und brachte einen Unterbruch des gewöhnlichen Lebens, in dem auch manches Gehänsel, viel Hämisches und Gehässiges, das die Judenkinder zu erleiden hatten, unterging.

Immerhin, so ganz ohne Beziehung zu den Tumulten in Außersihl war ein Knabe der Familie nicht. Joseph, der Sechstkläßler, ein hochaufgeschossener und breitschultriger Bursche schon, dessen Kopf, im Gegensatz zu den übrigen Gliedern der Familie, mit dunkelblondem Kraushaar bedeckt war, gehörte zu einem kleinen Klan von Knaben des Quartiers, die sich am Mittwoch, ihrem schulfreien Nachmittag, an der Wohnungstüre Bluntschlis einfanden, dort einen Batzen und ein Päcklein mit dünnen Broschüren in Empfang nahmen, die sie, nach einer bestimmten Anweisung, in Briefkasten zu stecken hatten. Aber ungesehen und ohne sich erwischen zu lassen! Es war unter den Knaben ein gewisser Merkli, dessen Vater als Magaziner in der Benzin-Firma Kuhn arbeitete, der den ««Hofhund des Kapitals» und die «Friedensglocke», verfaßt von Kantonsrat Sigg, unter die Knaben weiterverteilte. Dieser August Merkli war sitzengeblieben, besuchte bereits zum zweiten Male die sechste Klasse und war demgemäß der älteste unter den kleinen Kolporteuren. Zu Hause hütete er die schwarze Fahne der Anarchisten, auf der sich ein weißer Totenkopf über gekreuzten Knochen befand, wurde behauptet. Das schaurig-süße Gefühl, die gefährlichen Broschüren unter der Bluse, an einem Polizisten vorbeizumarschieren, wog mehr als das Geldstück, der Botenlohn. Es verlieh Joseph eine Wichtigkeit, einen Anteil am geheimnisschweren Leben der Erwachsenen, die ihn mit seinem Namen Gidionovics aussöhnte, der, wo immer er ihn nannte, ein eigentümlich nachdenkliches Verhalten unter den Leuten auslöste.

Als aber dann gegenüber unter einem beträchtlichen Aufwand von Polizisten und dem Gejohle einer zurückgehaltenen Menge der Arzt Bluntschli verhaftet und abgeführt wurde – es schien ihm nichts auszumachen, denn er lachte dabei und winkte den Leuten mit dem Arm zu –, war es Joseph doch nicht ganz geheuer. Er war Zeuge der kleinen Szene gewesen, und von diesem Tage an hatte die Großmutter keine Schwierigkeiten mehr, ihren ältesten Enkel an das Haus zu fesseln.

Hingegen wurde die Familie in Beni, dem jüngeren Bruder Josephs, vom Unglück gestreift. Dieser Beni war eines Abends, beim Einbruch der Dunkelheit, dem Hause entwischt und hatte sich, zwischen den Beinen der Männer hindurch, die bis in die späte Nacht hinein irgend etwas zu erwarten schienen, bis zum Helvetiaplatz durchgeschlängelt. Es stand dort vor der Plakatsäule, an der ebenfalls die Proklamation der Regierung angeschlagen war, eine Gruppe von Soldaten. Die Tornister hatten sie unter den Platanen der kleinen Anlage um den Brunnen herum abgelegt, und so standen sie da, müßig, das Gewehr im Arm, und wurden von Zeit zu Zeit von anderen Milizen aus dem Wachtlokal im Schulhaus drüben abgelöst. Die Leute gingen an ihnen vorbei, sprachen sie an, riefen auch etwa ein Scherzwort oder kommentierten in kleinen Gruppen, mit einem Schielblick zu den Soldaten, den Aufruf der Regierung. Den Füsilieren war jedes Gespräch mit den Zivilisten untersagt; das verlieh ihren Gesichtern etwas Starres, beinahe Tragisches; sie ertrugen es aber, weil sie immer ihrer mehrere waren und so unter sich ein Gespräch in Gang halten konnten.

Von Zeit zu Zeit fluteten aus den umliegenden Straßen, irgendeinem Gerücht folgend, neue Massen auf den Platz, wonach jeweils Schütz, der diensthabende Leutnant, eine Ordonnanz ins Schulhaus hinübersandte, eine Verstärkung des Postens anfordernd. Dieser einfache Entschluß aber war immer die Frucht langer Überlegungen; denn sollte mit dem ausrükkenden Halbzug eine Überholung der Wache verhindert werden, so konnte die anrückende Verstärkung ebensogut der Grund zu neuen Ansammlungen und Provokationen werden.

In keinem Dienstreglement war eine Anweisung zum Verhalten beim innerpolitischen Polizeidienst zu finden, nur das Verhalten vor dem äußeren Feind. So zögerte Schütz immer lange, und die Folge war, daß es dann immer sehr pressierte. Mit solchen Überlegungen beschäftigt, stand der Leutnant, das Gesicht im Schatten des Käppis, die vernickelte Säbelscheide mit der linken Hand umschließend, bei jener Laterne, die plötzlich unter einem Steinwurf zerklirrte. Der Offizier steckte die Trillerpfeife in den Mund und gab das Alarmzeichen, das für den Fall vereinbart worden war, wenn sich die Absendung einer Ordonnanz als zu zeitraubend oder durch die Menge verunmöglicht zeigte.

Es kam dann zu einem jener raschen und gleich wieder verebbenden Zusammenstöße, sobald der blinde Schreckschuß losging und sich zwischen den Wachtposten um den Brunnen herum und der Menge eine breite, leere Fluchtzone bildete. Auf dem Pflaster lag ein Knabe; er versuchte, sich zu erheben, fiel aber gleich wieder zurück. Der Korporal begab sich zu ihm hin, und das eine, in unnatürliche Lage verbogene Bein fiel dem Mann, der Teilnehmer eines Samariterkurses war, sogleich auf.

Sie brachten Beni ins Schulhaus hinüber; der linke Oberschenkel war gebrochen, stellte der Bataillonsarzt fest. Als der Krankenwagen mit seinem Rößlein davonfuhr, war er die Ursache einer großen Welle von Gerüchten und Anlaß zur Beschimpfung der Milizen, die in ihrem Übermut ein wehrloses Büblein erschossen hätten.

Einen Tag später wurde der Knabe, in Gips geschient, vom Vater nach Hause geholt.

Nach Abschluß der Streikunruhen erstattete der Regierungsrat einen schriftlichen Bericht an den Kantonsrat; die von ihm getroffenen Maßnahmen wurden gutgeheißen. Die Kosten des Aufgebotes beliefen sich auf fünfundsiebzigtausend Franken zu Lasten des Kantons. Gegen das von der Regierung erlassene Verbot des Streikpostenstehens und der Demonstrationen wurde beim Bundesgericht ein Rekurs eingereicht.

Viertes Heft

I. Kapitel

Im Schreibzimmer des Sensals Rottweiler saß auf dem niederen, mit Wachstuch bezogenen Lehnstuhl neben dem Rollpult, die Ellbogen auf die Lehne gestützt, die Fingerbeeren beider Hände gegeneinander gelegt, die Beine übereinandergeschlagen und den Stoff der Hosen, der Bügelfalte wegen, ein wenig gerafft, Meng und hörte bewegungslos auf das, was der Liegenschaftenhändler ihm sagte. Die beiden Männer hatten sich ein wenig verändert; im Barte Rottweilers zeigten sich mehr graue Haare, und beider Schläfen wiesen mehr scharfe Krähenfüße auf.

«Ich würde», sagte der Liegenschaftenhändler, «dem Wettstein kein neues Angebot mehr machen. Es versteift ihn nur. Die Gärtnerei ist einträglich geworden, seit die Stadt wächst. Er hat im Laufe der letzten drei Jahre einige Hypotheken löschen können. Glauben Sie mir, in solchen Epochen kommt man nie zu einem Abschluß. Wenn die Leute bares Geld im Hintergrund haben, werden sie steif. Selbstverständlich hat er allmählich auch gemerkt, daß das Land baureif wird.»

«Tja», meinte Meng und blickte durch das Fenster auf die Brücke hinaus, «was machen wir da?»

«Warten, bis er von selbst wieder kommt und verkaufen will. Das meiste Geld wird mit Warten verdient. Wer dem Verkäufer nachreitet, kommt barfuß zurück.»

«Wir sind aber nicht die einzigen. Die Ortsliebs und die Schöller wollen arrondieren.»

«Sollen Sie! Aber dann müssen sie das Landstück auch haben, die Lehmgrube zwischen der Gärtnerei und der unteren Straße, und das gehört ja uns.»

Meng verzog sein Gesicht zu einem flüchtigen Lächeln. Er hatte vor Jahresfrist den ausgedienten Ziegeleibetrieb mit dem von Huflattich umstandenen Tümpel samt den Matratzenfedern, die die Leute der Nachbarschaft hineinwarfen, auf Anraten des Sensals aus dem Konkurs erworben, in Kippe mit ihm. Um ein paar tausend Franken und durch Übernahme der vorderen Hypothek.

«Die Stadt wächst, zugegeben», sagte Rottweiler, «aber doch nicht so rasch, wie man sich vorstellt. Die Leute fangen wieder mehr an, sich um die Bauplätze im Innern zu kümmern, um die alten Gärten, in denen die Villen stehen, die ehemaligen Patrizierhäuser.»

«Das ist alles viel zu teuer», winkte Meng ab.

Der andere stimmte zu. «Aber das rechte Ufer der Limmat ist interessant, Herr Meng, denn es ist vernachlässigt.»

«Die Städte wachsen nach Westen.»

«Und die Krawalle auch», meinte Rottweiler. «Und was Zürich betrifft, so gilt dies erst, wenn inwendig alles schon ausgefüllt und überbaut ist. Aber so weit sind wir noch lange nicht.»

Er wies auf den Stadtplan an der Tapete, denselben, den Meng in seinem Büro aufgehängt hatte. «Da, vom Pfauen weg, gegen den Kreuzplatz hin, und von der Gemeindestraße in Hottingen bis zum englischen Viertel, da hat es angefangen mit Mietshäusern, an der Neptunstraße, der Merkurstraße; aber sehen Sie, vom Kreuzplatz aufwärts und vom Römerhof, da ist ja alles noch grün, vorstädtisch, ländlich. Hier an der Sonne werden die Leute wohnen wollen, nicht da drüben am Friesenberg und am Kolbenhof im Schatten.»

Meng lachte. «Sie möchten wohl ein paar Ihrer Ladenhüter am Klosbach loswerden, was, Sie alter Fuchs?»

«Ich will nicht verkaufen – aber ich will kaufen für Sie, erschlossenes, baureifes Land, mit Gas und Wasser – eine Straße – eine ganze Straße in der Stadt Zürich.»

Vor den geschlossenen Fenstern, die von Tüllvorhängen verhängt und von schweren Gardinen eingerahmt waren, flimmerte ein Julitag dem Abend zu. Die Limmat und der Himmel über ihr waren tiefblau; wuchtig ballten sich die dunklen Kronen der Kastanien und Platanen auf der Platzpromenade, schiefergrau und mit gleißenden Glasdächern lag der Bahnhof in der Sonne; die Häuser warfen kobaltblaue Schatten auf das Pflaster, die Frauen trugen weiße Kleider und Schuhe, die Stroh- und Panamahüte der Männer gaukelten, Faltern gleich, über den Bahnhofplatz hin.

Es fiel Meng auf, wie sich die Leute auf der Brücke ansammelten, gestikulierten und in die Höhe wiesen, wie sich überall Fenster und Balkontüren zu öffnen begannen und wie sich auch drüben, auf der Zinne des Hotels Central, Zimmermädchen, weißbekleidete Köche und befrackte Kellner einfanden und in den Himmel hinaufstarrten. Er eilte ans Fenster, riß es auf, und dann sah auch er, was die anderen sahen: zerbrechlich, zart, die zitronengelbe Leinwand des großen geometrisch starren Rumpfes hell von der Sonne beschienen, zog mit summenden Motoren ein Luftschiff über die Dächer dahin; klein, aber deutlich waren die Insassen der beiden Gondeln sichtbar. Mit einer Schleife, surrte es just über dem Hause zum Merkur in der Richtung des Zürichbergs davon. Rufe und bewegte Reden begleiteten es.

«Das Luftschiff des Grafen Zeppelin», sagte Meng bewegt und leuchtenden Auges zu Rottweiler, der sich still an seiner Seite eingefunden hatte.

Meng war wie ausgewechselt. All das Beherrschte und Weltmännische war wie von ihm abgestreift, vergessen die Bügelfalte und unordentlich zerzaust sein sonst so sorgsam gescheiteltes Haupthaar.

«Was sagen Sie dazu!» rief er. «Das ist deutsche Beharrlichkeit, deutsche Erfindungskunst! Da fliegt dieser Mann seelenruhig über die Schweiz dahin, hierhin, dorthin, wo er will, gelenkt.»

Es verschlug ihm beinahe den Atem. Rastlos, fieberhaft arbeitete seine Phantasie. «Das sollen sie uns mal nachmachen, die Brüder!»

Gleich kam auch der militärische Aspekt des Ereignisses zum Vorschein. «Ein paar von diesen Luftkreuzern, und die Lausenester gehen in Rauch und Flammen auf. Jetzt sollen sie nur kommen, die werden was erleben!»

Er legte die flache Hand auf den Nacken und begann ihn zu reiben. Die stahlblauen Augen bekamen einen harten und verwegenen Ausdruck, sein Mund wurde spöttisch. Fortwährend erhob er den Arm und ließ ihn durch die Luft niedersausen.

Rottweiler, in seinem schwarzseidenen Käppchen, saß längst wieder vor seinem Rollpult. Die Lider bedeckten zur Hälfte die Pupillen. Jene alte Frage, die seinesgleichen bei jedem ein wenig aus der Reihe fallenden Vorkommnis, sei es die Einweihung einer neuen Eisenbahn oder die Entdeckung des Südpols, heimsuchte, beschäftigte ihn. «Ist das gut für die Juden?» Er war geneigt, daran zu zweifeln.

Meng, den Panama auf dem Haupt, die Gardenie im Knopfloch, den Stock in der wildlederbehandschuhten Rechten, war schon zum Gehen bereit, federnd und unternehmungslustig.

«Ich grüß Euch, Vater Abraham», winkte er unter der Türe. «Ich hab jetzt keine Zeit, muß gehen. Wir reden noch über die Sache.» Er zögerte einen Atemzug lang, dann fügte er noch bei: «Eine neue Zeit ist angebrochen.» Er hatte Durst, nicht nur nach einem Glas Bier, sondern nach der Aussprache mit seinesgleichen, am Stammtisch des Deutschen Kriegervereins im ersten Stock des Restaurants zum Pfauen am Heimplatz.

II. Kapitel

Unter den vielen Tafeln, die an dem grauen Gemäuer des Hauses an der Bahnhofstraße angebracht waren, entdeckte Madame Bariffi, die mit ihrer Lorgnette eine Weile die ganze Reihe durchmustert hatte, das kleine Messingschild mit der Aufschrift «Arnold Neuwiller». Sie stieß die schwere, doch leicht in ihren Angeln sich bewegende Türe auf und stieg das stille, teppichbelegte Treppenhaus empor. Es bereitete sich, wie sie an den Tafeln vor den verglasten Korridorwänden feststellen konnte, bereits auch in diesem herrschaftlichen Miethause eine Entwicklung vor, die im Quartier immer mehr überhand nehmen sollte: aus den feudalen Wohnräumen waren Büros von Aktiengesellschaften, Ordinationsräume von Ärzten und Zahnärzten, Kanzleien von Anwälten geworden. Doch war das Dekorum des Privaten und Vornehmen noch sorgsam gewahrt. Es glänzten die polierten Messingstangen, die den Teppich an den Stufen festhielten; auf den Gesimsen der Fenster im Treppenhaus standen Blattpflanzen, und eine helle, im Jugendstil gehaltene Tapete begleitete den Besucher die Stufen hinan.

Nur die oberste Wohnung war noch bewohnt, von einem Herrn José Romero y Salmas, wie eine diskrete Visitenkarte unter der Glocke anzeigte. Die danebenliegende und auf den Vorplatz führende Türe eines Separatzimmers zeigte den Namen Neuwillers.

Madame Bariffi klopfte und trat dann, als keine Antwort erfolgte, ein und befand sich in einem einfenstrigen Vorzimmer, mit seinem Afghan, den Stühlen und einem mit Zeitungen belegten Tischchen dem Warteraum einer Arztpraxis nicht unähnlich. Neuwiller, zierlich in seinem Gehrock, den Zwikker, dessen schwarze Schnur um seinen Kragen gelegt war, in

der Hand, fragte, sie zum Eintritt in sein dahinterliegendes Büro auffordernd, nach ihrem Begehr.

Sie verdanke, sagte Madame Bariffi, indem sie sich setzte, die Adresse Herrn Corelli. «Aha», sagte Neuwiller und musterte ein wenig mißtrauisch die Besucherin, die, mit ihrem blauen Tailleur und dem kleinen Schleierhütchen durchaus auf seriös aufgemacht, seinen Blicken ruhig standhielt.

Herr Corelli habe für sie schon verschiedene kleinere Termingeschäfte in Zucker und Kaffee bei Bodenheimer in Paris und Guillerot in Le Havre ausgeführt. Nun hätte sie aber eher die Meinung, sie möchte auf Effekten hinüberwechseln, für die ja er, Herr Neuwiller, kompetent sei.

Neuwiller hinter seinem Pult lächelte. Ob denn ihre Operation erfolgreich gewesen sei, fragte er. Frau Bariffi lächelte ebenfalls, verständnisinnig. Halb und halb. Jedenfalls hätte sie keine Verluste erlitten.

«Wissen Sie», erläuterte Neuwiller, «Privatkundschaft ist meine Sache eigentlich nicht.»

«Ich verstehe», sagte die Bariffi, «aber ich leiste Ihnen Depot.»

«Sind Sie Geschäftsfrau?» fragte Neuwiller.

Sie hätte bis vor einem Jahr ein Coiffeurgeschäft, pour Dames, innegehabt. Aber sie habe verkauft. Sie hätte allerdings Projekte.

Ob man fragen dürfe, welche? Bien sûr. Es hänge alles davon ab, ob sie ein geeignetes Lokal an dieser Straße fände. Aber nicht mehr für die Coiffure. Salon de beauté, Manicure, Pédicure. Es dürfe auch ein Etagengeschäft sein – sie würde es dann mit ihrer Nichte Madeleine betreiben. «En attendant», lächelte sie, «suche ich auf eine andere Weise, mein Budget auszugleichen, und ich hoffe, Sie helfen mir dabei, Herr Neuwiller» – sie sagte «Neuvillère ».

Dieser blickte die Kraushaarige amüsiert an. Dann fragte er, was für Papiere denn das seien, die sie zu erwerben gedenke. Die Frau öffnete weit, fast medusenhaft ihre Augen unter ihrem Schleier und schüttelte leise den Kopf ob dieser Frage.

«Rüstungspapiere selbstverständlich», antwortete sie.

Der Finanzagent blickte an ihr vorbei; er konnte von seinem Platz aus die neue Uraniastraße, die das alte Ötenbachareal durchschnitt, bis zum Ufer der Limmat hinüber verfolgen. Hinter den am jenseitigen Ufer still in der Sonne gleißenden Häusern des Limmatquais, aus einer Wolke von dichten Baumkronen, strebte die Fassade des Polytechnikums empor, ihrerseits wiederum bis zum Horizont von Wiesen und Wäldchen überragt. Beschaulich und in zufriedener Geschäftigkeit klang das Klingeln der Straßenbahnen von der Tiefe herauf. Lehrreich und optimistisch ragte die aufgebrochene Kuppel der eben eröffneten Volkssternwarte Urania in den flimmernden Julihimmel.

«Aha, Aktien der Rüstungsindustrie.»

Die Frau nickte. «Schneider-Creusot, Hotchkiss – was Sie mir empfehlen.» «Die Tendenz für solche Papiere ist nicht mehr so optimistisch, für den Augenblick wenigstens», erläuterte er. «Ich will nicht sagen auf die Länge. Aber wenn alles von Rüstung und Krieg spricht, so hat die Börse die Gewohnheit, die gute Tendenz zu Realisationen, zu Gewinnhereinnahmen auszunützen – und das drückt auf die Kurse.»

«Lange», antwortete die Frau, «werden die Franzosen seine Provokationen nicht mehr ertragen.»

Neuwiller verstand, daß sie mit «ihm» den deutschen Kaiser meinte. Aber er hatte keine Lust, sich mit der ehemaligen Coiffeuse in ein politisches Gespräch einzulassen. «Ich werde Ihnen, wenn Sie wollen, Börsenberichte zustellen.»

«Nein, nein», erwiderte die Bariffi und kramte dabei in ihrem Ridikül. Sie legte ein zerknittertes Kuvert auf das Pult, und Neuwiller konnte erkennen, daß es ein kleines Bündel Noten enthielt. «Das ist mein Depot für die Margen», erläuterte sie fachmännisch. «Natürlich hoffe ich nicht, daß Sie es gebrauchen werden, aber ich kenne die Usanzen.»

«Sie wollen also, daß ich etwas kaufe, à perte limitée, das heißt, wieder realisiere, sobald ein eventueller Verlust die Höhe ihres Depots erreicht?»

«C'est cela», nickte die Bariffi. «Sie geben mir einfach eine Quittung.»

Als der Austausch vollzogen war, die Frau das Papier in ihrem Sack versorgt und sich erhoben hatte, wandte sie sich unter der Türe noch einmal um. «Ich würde mich freuen, Monsieur Neuwiller, Sie, wenn ich mein Geschäft installiert habe, als Kunden begrüßen zu dürfen.» Sie betrachtete dabei die zierlichen, von mattglänzendem Chevreauleder dicht umschlossenen Füße des Agenten. «Meine Nichte», fügte sie hinzu, «hat bei einer Kapazität einen Kurs in Pediküre absolviert, Spezialität, schmerzlose Entfernung von Hühneraugen – und wer hat keine? Ich plane auch ein Abonnement pour se faire faire les ongles, régulièrement, vous savez. Ganz soignierter, hygienischer Service. Elle est diplômée.»

Sie sagte das sehr freundlich, geschäftstüchtig, ohne jede Zweideutigkeit. Aber als Neuwiller die Türe hinter ihr geschlossen hatte, blieb er für einen Augenblick stehen und blickte auf den roten Afghan hinab. In Wirklichkeit hatte ihn das hinter dem lila Schleierchen flüchtig aufgetauchte Medusenhaupt mit den starren, aufgerissenen Augen mehr beeindruckt als alle jene so optimistisch lautenden Berichte über eine allgemeine Beruhigung auf dem Sektor der Rüstungsindustrie. Diese Frau war ihm vorgekommen wie ein Bote aus der Tiefe der öffentlichen Meinung.

III. Kapitel

Am Südhang des Käferberges, auf dem Gebiet der Gemeinde Engstringen, gegenüber dem Gaswerk, hatte Meng für die drei Tage des Anlasses eine gemähte Wiese gepachtet. Arbeiter aus dem Betrieb hatten dort eiserne Stangen in die Grasnarbe getrieben und sie mit Seilen verbunden. Im Geviert standen einige Bänke unter den abgeernteten Birnbäumen, und die ganze Familie, der Konsul, Hermine Meng und Kätterli, sowie einige Herren vom Ruderklub und vom deutschen Kriegerverein waren dort versammelt, dem Abflug der Ballone beizuwohnen, die sich unten, neben den Kesseln des Gaswerks, als goldene Halbkugeln zu blähen begannen. Meng trug bei diesem Anlaß eine flache Stoffmütze, in der er klein und mickerig aussah, und vor seiner Brust baumelte ein Zeiß-Feldstecher. Unter einem Baum stand eine offene Kiste, in der Weinflaschen lagen, Brotlaibe und ein Kranz von Würsten. Die Gesellschaft saß um den ländlichen Tisch herum, vor halbgeleerten Gläsern, animiert, und eine warme, freundliche Herbstsonne beschien die ganze Gruppe. In den kleinen Rebbergen war Wümmet. Hinter den Seilen, in der Nähe des dort auf dem Feldweg stationierten, in einem reichen Aufwand von glänzendem Messing und roten Lederpolstern prangenden offenen Automobils, hatte sich eine große Menge von Leuten angesammelt, die ebenfalls dem Schauspiel beiwohnen wollten, und für die die Gesellschaft eine vordergründige Staffage zu den Vorgängen in der Tiefe bildete, und die sie, während die Füllung der Ballone im Talgrund langsam vonstatten ging, nicht wenig unterhielt.

Gegenstand besonderer Kontroversen bildete unter den Herren der lenkbare Ballon des deutschen Majors von Parseval, ein zigarrenähnliches Gebilde mit einer einzigen Gondel, und worum es ging, das war das Prinzip des starren oder halbstarren Luftschiffes. Nach der Katastrophe von Echterdingen, mit der letztes Jahr der Schweizer Flug des Zeppelins geendet hatte, waren die meisten eher geneigt, dem kleineren und geschmeidigeren Luftfahrzeug Parsevals den Vorzug zu geben. Einzig Meng vertrat mit Energie die Ansicht, dem starren Kreuzer des Grafen gebühre der Vorzug. Man werde das schon sehen, sobald das neue, sich im Bau befindliche Luftschiff, das die beispiellose Opferbereitschaft des deutschen Volkes ermöglicht habe, verbessert und, um kostbare Erfahrungen reicher, seine schwimmende Hülle auf dem Bodensee verlassen werde.

Hermine Meng, unterstützt von einigen Damen, das Jackett der herbstlichen Jahreszeit wegen bereits pelzverbrämt tragend, lag ihrer Pflicht als Wirtin ob. Nur das Kätterli saß, unberührt von dem Anlaß, abseits auf einer Holzbank und spähte zu den Leuten hinüber, die sich hinter den Seilen mit allerlei Allotria die Zeit vertrieben. Das Ganze war nicht unähnlich dem Treiben auf der Wollishofer Allmend, wenn Pferderennen stattfanden. Auch in der Mengschen Gesellschaft auf dem Engstringer Hügel stellte sich hie und da ein weibliches Wesen im fußfreien Kleid auf eine Bank, nicht, um die prallen Seidenkugeln besser sehen zu können, sondern mehr, um die sich abzeichnende Emanzipation der Frau durch diese burschikose Geste anzudeuten, und wohl auch ein wenig, eine hübsche Gestalt auf improvisiertem Podium zur Geltung zu bringen.

Einige der Ballone waren in ihrem Wachstum so weit gediehen, daß man an ihren Netzen bereits die Flagge ihrer Herkunft erkennen konnte: eine belgische, eine amerikanische, eine deutsche. Meng ließ es sich nicht nehmen, auch auf dem kleinen Geviert, das er gepachtet hatte, einen Mast zu errichten; an dessen Spitze wehte die Schweizer Fahne, darunter ein schwarzweißroter Wimpel.

Hector Voubrasse und Andrée, ebenfalls geladen, bildeten unten, an der äußeren Ecke des Plätzchens, zusammen mit dem Speditionschef Breitinger, eine Gruppe für sich. Sie hatten eine Wolldecke ausgebreitet und lagerten sich um einen verbesserten Spirituskocher von Voubrassens Erfindung und Konstruktion, der bei dieser Gelegenheit ausprobiert wurde. «Das hat uns jetzt gerade noch gefehlt», meinte Andrée mit einem Blick auf das deutsche Hoheitszeichen. Breitinger nickte, aber ohne Überzeugung; er hing der Vorstellung nach, es könnte jemand von der Gesellschaft zu ihnen hinüberkommen, in jeder Hand eine Weinflasche.

Karl Gebhardt stand still in der Reihe der Leute jenseits der Seile. Wohl hatte er bemerkt, wie das Kätterli manchmal herüberblickte, doch richtete er es immer so ein, daß er von den vor ihm Stehenden verdeckt wurde. Es war ihm traurig zumute. Hinter ihren ausgespannten Stricken erschien ihm die Mengsche Familie und ihre Gesellschaft ausschließlicher noch als hinter den Spiegelscheiben und der reichverzierten Sandsteinfassade der Villa im Seefeld draußen. Aus der Art, wie die Herren sprachen und lachten, wie die paar Damen in den behandschuhten Fingern ihr Brot und die Wurst hielten, erriet er, daß sie den ganzen Anlaß als ländlichen Scherz betrachteten und es einen Teil seines Reizes bildete, daß da hinter der Abschrankung die Leute zusehen konnten, wie die Gesellschaft ihr Picknick abhielt und mit Hurrarufen, schwenkenden Hüten und erhobenen Gläsern den Parsevalschen Lenkballon begrüßte, wenn er auf einer Rundfahrt mit knatternden Motörchen über den Hügel hinwegsteuerte. Geschäftig hantierten die Herrschaften mit Photographenapparaten und Ferngläsern, und ihre gehobene Sprache glich in ihrer Schärfe und Präzision den optischen Instrumenten. Sicher und unbekümmert bewegten sie sich auf ihrem Hügel inmitten des breit hingelagerten Volkes, das aus der näheren Umgebung und aus der Stadt hinausgepilgert war. Von Zeit zu Zeit war Karl in seiner Niedrigkeit daran, den Platz zu verlassen und sich still und unglücklich davonzumachen, gedemütigt unter der Ausschließung inmitten des Treibens, voll einer schwelenden Auflehnung. Aber dann erhaschte er zwischen den Köpfen hindurch wieder einen Anblick des Kätterli, das, abgesondert von den andern, am Ende seiner Holzbank saß und ins Limmattal hinabblickte, und er blieb wieder.

Immer mehr Ballone wuchsen auf dem Areal des Gaswerks zur Völle empor; bereits hatten einige von ihnen den Boden verlassen und schwebten über den Körben, ein optimistisches Geraune unter den Zuschauern verursachend und erneute Kommentare über die Richtung, die die weltweite Fahrt nehmen würde. Da schwirrte es durcheinander von Namen fremder Gegenden und Länder, von Flüssen und Ozeanen, selbst anderen Erdteilen. Die Aeronauten seien ausgerüstet für wochenlange Reisen, hieß es, mit Pelzen und Tropenkleidern, und es war ersichtlich, daß zu dieser Stunde das städtische Gaswerk in Schlieren zum Mittelpunkt eines Netzes von Gedanken wurde, die weit in eine friedliche und offene Welt hinausstrahlen, eine Vorstellung von glücklicher Völkerverbundenheit erweckend.

Als unter dem Jubel der Leute ein mit dem Schweizerkreuz behafteter Ballon sich langsam und lautlos aus dem Geviert des Werkareals löste und zart in der Bläue des Herbsthimmels fortzubewegen begann, spürte Karl eine Hand, die sich auf die seine legte. Das Kätterli stand vor ihm. «Komm», sagte es leise. Auch sie lösten sich von der Menge und wanderten über die Wiesen gegen die Senke hinunter, dem stillen und menschenleeren Hinterlande zu.

«Willst du nicht sehen, wie sie starten?» fragte Karl unbehilflich.

Das Mädchen zuckte die Achseln wegwerfend und antwortete ohne Lächeln: «Es ist mir doch so gleichgültig.»

«Mir auch», machte Karl.

Er hatte im Schreiten nach Kätterlis Hand getastet, und so gingen sie, beide vor sich auf den Boden blickend, dahin. Beide waren sie dunkel gekleidet; tiefer Ernst lag über ihren Gesichtern.

Als führe es ein Gespräch weiter, das sie schon lange gepflogen hatten, sagte das Mädchen nach einer Weile: «Wir könnten ein Zimmer mieten, eine Mansarde in Außersihl, sobald ich mein Diplom habe. Und dann könntest du die Matur machen. Mein Lohn würde schon reichen für uns beide.»

Sie blickten sich nicht an. Sie fühlten nur den Austausch der Ströme in ihren Armen und Händen, und eine süße Verwunderung über die Wendung, die ihre Dinge, gleichsam über sie hinweg und ohne ihr Dazutun, zu nehmen sich anschickten. Sie achteten es nicht, wenn neue Rufe hinter ihnen erklangen, sie stiegen den Hügel hinan, dem Kuppenwäldchen des Käferberges zu. Über dem Sträßchen, das stadtwärts führte, begannen sich die Kronen der Buchen zu lichten, die kupferfarbenen Blätter raschelten unter ihren Schritten. Verstohlen, als wollte er sich von der Wirklichkeit ihrer Wanderung überzeugen, wagte Karl manchmal einen Blick zu dem Mädchen hinüber, dessen Hand er in der seinen hielt. Auf der Wange Kätterlis lagen die Haare wie eine Girlande und erinnerten an einen Vorhang, der sich leise öffnete und ein ernstes, von innen her durchflutetes Gesicht enthüllte. Manchmal fiel ein schräges Band herbstlichen Sonnenlichtes über ihre Wangenhügel, die kräftig geformte Nase und den breiten Mund mit den aufgeworfenen Lippen herab. Kätterli war keine Schönheit zu nennen; der Ausdruck von Unbedingtheit und stiller Entschlossenheit verlieh dem Antlitz eine fremdartig aufrührerische Prägung.

Immer mehr sonnenbeschienene Kugeln, größer oder kleiner, je nach der Entfernung, die sie bereits zurückgelegt hatten, betupften den blaßblauen Himmel. Die jungen Leute achteten ihrer nicht. Auch am Waldrand, auf der Waid, das klassische Panorama der weiten Stadt zwischen den Hügeln des Seebeckens vor sich, verharrten sie in ihrer verschwörerischen Abgeschlossenheit.

«Man kann doch so nicht leben», sagte das Kätterli. «Alles an ihnen ist verlogen. Die Seile, hast du diese Seile gesehen?»

«Es ist typisch.»

«Hast du gesehen, wie sie lachen und dumm tun? So zufrieden?»

Karl hatte nur die eine Sorge, das Mädchen möchte die Hand aus der seinen lösen, die Hand, die er immer noch behutsam, fast ohne Druck umschloß und über deren Rücken er mit dem Daumen manchmal leise zu streicheln wagte.

«Glaubst du, daß du das könntest?» fragte er schließlich.

«Allein kann man es nicht», sagte Kätterli, «aber gell» – und nun schaute es ihn voll an. «Ich hätte noch ein Sparheft – aber ich will nichts mitnehmen von zu Hause, nichts, was von ihnen kommt. Wir wären nicht frei.»

«Der Genius der neuen Zeit», geisterte es dem jungen Mann durch den Kopf; das Bild eines reinen und schuldlosen Lebens, karg, hart, still, das sie beide gemeinsam in ihrer Dachkammer beginnen würden. Während er, Karl, tagsüber und bis tief in die Nacht hinein über seinen Büchern sitzen, die Lücken seiner Bildung schließen und sich auf die eidgenössische Maturitätsprüfung vorbereiten würde, ginge Katharina ihrem Beruf als Säuglingsschwester nach. Ihren freien Tag verbrächten sie jeweils gemeinsam mit Wanderungen, im Winter, indem sie eine Theatervorstellung oder ein Konzert in der Tonhalle besuchten, selbstverständlich auf den billigsten Plätzen. Nach der bestandenen Prüfung würde er sogleich mit seinem Studium als Historiker beginnen, dabei aber gleichzeitig Stunden geben.

Karls Vater war vor einigen Monaten wieder in die Trittligasse zurückgekehrt, nicht nur auf Besuch wie manchmal während der letzten Jahre, sondern wieder für immer und mit der Absicht, das Schneidergeschäft von neuem zu betreiben. Die Mutter hatte es nach langen Beratungen auf der Amtsvormundschaft eingehen lassen, und es waren ihr aushilfsweise Reinigungsarbeiten in den städtischen Amtshäusern vergeben worden. Dann erhielt sie die Stelle als Abwartsfrau in der Bedürfnisanstalt am Bürkliplatz. Die beiden Mädchen Maly und Nora konnte sie der städtischen Kinderkrippe an der Neuengasse anvertrauen, später betreute sie Fräulein Bänninger, die Leiterin der Kleinkinderschule am Krautgarten. Jetzt ging Maly bereits in die Primarschule am Hirschengraben. So umständlich auch das Leben der kleinen Familie durch diese Anordnungen geworden war, die friedlichen Abende, die sie alle wieder in der Wohnung an der Trittligasse versammelte, besonders aber die Sonntage, an denen die Mutter von einer anderen Frau abgelöst wurde, entschädigten sie für die Mühen der Woche.

Als der Vater mit seinem Köfferchen wieder anrückte, das Abzeichen des Blauen Kreuzes, welches sein Gelübde der Abstinenz vom Alkohol bezeugte, in seinem Knopfloch tragend, und einem rund geschnittenen Vollbart, behielt Frau Gebhardt auf des Amtsvormundes Meier-Graf Anraten ihre Stelle als Abwartsfrau noch bei. Der Vater richtete seine Schneiderwerkstatt wieder ein, und es gebrach ihm an Zuspruch nicht. Aber er war ihnen allen entfremdet infolge der Veränderung, die mit ihm vorgegangen war. Sehr schweigsam und in sich gekehrt für gewöhnlich, konnte er von einer fanatischen Beredsamkeit werden, sobald von Religiösem im allgemeinen und von Alkohol im besonderen verhandelt wurde. Das unglückliche Ende, das er nehmen sollte, war schuld daran, daß über die Art dessen, was in ihm vorging, nur Vermutungen bestanden. Ohne Aufhebens und Schwierigkeiten den vollen Verdienst seines Gewerbes der Mutter übergebend, fast nie mehr das Haus verlassend, ja, immer häufiger selbst die Nacht auf dem Diwan in der Werkstatt zubringend, war er für alle Dinge in der Familie von einer erschreckenden Gleichgültigkeit geworden. Es sei, als lebe er unter einer Glasglocke, pflegte die Mutter zu sagen, wenn sie, Karl und die beiden Mädchen im Lampenschein am Abendtisch saßen. Der Vater kam nur noch selten zu dieser Mahlzeit herauf. Die Mutter brachte ihm das Essen hinunter, und er verzehrte es bissenweise, während er, ohne aufzusehen, auf seinem Schneidertisch saß. Aber es wollte sich an diesen Abenden das Gefühl der stillen Zufriedenheit nicht mehr einstellen, seit der Vater im Hause war. Auf den vier Gesichtern lag ständig ein Ausdruck unerlösten Lauschens. Die Mutter und Karl kannten es wohl, von früher her, dieses Horchen auf ein Geräusch im Treppenhaus, einen Stiefel, der wider die Stufen anschlug, irgendeinen schwachen Ton, der genügte, ihnen den Zustand des heimkehrenden Vaters zu verraten. Doch nie mehr seit seiner Heimkehr aus der Anstalt geschah dies. Aber manchmal, uneingestanden und nie ausgesprochen, kaum bewußt vielleicht, wollte es ihnen scheinen, es sei vorher, als der Schneidermeister noch seine periodischen Anfälle als Quartalstrinker gehabt hatte, besser, menschlicher gewesen. Des geheilten Kranken stille und verbissene Anwesenheit lastete wie etwas Unheimliches und Widernatürliches auf ihnen. Das freie und heitere Gefühl, das Karl beim Anbruch des Jahrhunderts und mit des Vaters Internierung empfunden hatte, war vorüber.

«Denkst du jetzt wieder daran?» fragte Kätterli und griff nun auch mit der anderen Hand nach der seinen. «Du mußt nicht, Karl. Es geht mir ja gleich wie dir.»

Und dann, zum ersten Male, legte es den Arm um seinen Nacken und küßte behutsam, mit trockenen Lippen seine Wange.

Mit knatterndem Motörchen zog die pralle Zigarre des Luftschiffs über sie hinweg und verlor sich als ein immer kleiner werdender Punkt im silbernen Dunst auf dem See, den weit im Süden, vor einem blaublassen Horizont, die besonnten Spitzen des Alpenkranzes säumten.

IV. Kapitel

Die Ellbogen auf den Küchentisch gestützt, die kurzen, roten Finger tief in der gedunsenen Wange vergraben, das fettige Haar unordentlich zu einer Schnecke auf der Mitte des Hauptes gesteckt, hockte die Bucher mit breitgeöffneten Knien regungslos da, und es war ihr nicht anzusehen, ob sie zuhörte.

Es stehe nicht schlecht, berichtete Klostermann, der, den braunen Filzhut aus der Stirne geschoben, ihr gegenüber saß. Zwar hätten sie natürlich das ganze Personal des alten Schlachthauses an der Neumühle in den neuen Bau an der Herdernstraße herübergenommen, aber sie brauchten nun selbstverständlich mehr Leute, besonders in der Schweineschlächterei, und den Verwalter Gull kenne er ja von früher her. Nur eben, wenn man einmal eine eigene Metzgerei besessen habe, dann sei es nicht gerade leicht unter der jungen Ware. Er, der früher dem Gugolz manchen Franken Trinkgeld in die Hand gedrückt hatte, habe nun die Aussicht, daß dieser ihm zu befehlen habe. Aber was will man tun in so einem Fall?

Hinter ihm, am Schüttstein, spülte die Widmer, eine Frauensperson in den Vierzigern, eine Kaffeetasse und stellte sie vor ihn hin. Mager, groß, das mattblonde Haar straff gekämmt, nicht häßlich, aber die Blicke hart und zielbewußt, verriet sie mit ihren Bewegungen und der Art, wie sie hernach, die eine Hand in die Hüfte gestützt, neben dem Mann stand und auf ihn hinabblickte, ihren Beruf als Kellnerin.

Den Gugolz kenne sie wohl, bemerkte sie, vom Restaurant Stampfenbach her, er sei ein Zürcher Oberländer, soweit sei der schon recht, nicht gerade ein Kirchenlicht. Er habe doch die Dingsda geheiratet, die Dämpfle, eine Schwäbin, die Dienstmädchen beim Metzger Rosenthal gewesen sei.

«Mit dem werdet ihr schon fertig», meinte die Bucher, «mit dem andern, dem Corelli, sind wir ja auch fertig geworden.»

«Wieso?» fragte der Mann mit runden Augen.

«Habt ihr es nicht gelesen? Dem ist doch die älteste Tochter gestorben. An einer Blinddarmentzündung.» Sie wies auf die Todesanzeige im aufgeschlagenen Tagblatt neben ihrer Tasse.

«Ist nicht möglich», murmelte der Metzger.

«Ich habe es euch ja gesagt, und das ist der erste Anfang», machte die Bucher und zeigte dabei ihre Zahnprothese.

«Das sollte man eigentlich feiern», meinte die Widmer und streckte die flache Hand hin. Klostermann grübelte einen Zweifränkler aus dem Portemonnaie, und die Kellnerin huschte aus der Türe.

Die Bucher hatte ein Spiel alter Karten aus der Tischschublade hervorgeholt und begann sie auf der Zeitung, über der Todesanzeige der siebzehnjährigen Alma Corelli, auszulegen, rasch, geübt und offenbar nur zum eigenen Gebrauch. Es war derweilen ganz still in der Küche; vom St. Peter herab schlug es neun Uhr.

Nachher füllte die Widmer dem Metzger ein Glas mit violettem Wein und goß davon auch in die halbgeleerten Kaffeetassen. Während einer Weile hockten die drei faul, mit aufgestützten Ellbogen um den Küchentisch herum.

«Hat sie wieder dumm getan?» fragte die Widmer schließlich.

Der Metzger strich mit dem Handrücken über den Mund. Seit er aus Argentinien zurück war, trug er keinen Schnurrbart mehr, aber die Geste war ihm geblieben. Er nickte nur auf die Frage der Kellnerin.

«Man sollte halt», sagte die Bucher, offenbar gesprächiger geworden, «vorwärtsmachen. Man kann auch eine Scheidung beschleunigen.»

«Wenn sie nicht will!» erregte sich der Metzger. «Wir sind doch auf dem Bezirksgericht gewesen zusammen. Sie will nicht. Was kann man da machen?»

«Man kann schon», entgegnete die Frau. «Beim Corelli hat es doch auch eingeschlagen.» Sie kramte aus der Schublade eine kleine Kodakphotographie hervor, auf der der Agent, hemdärmlig, vor einem Gartentischchen, auf dem ein Flobertgewehr lag, zu sehen war. Hinter ihm konnte man in der Sonne ein weißgekleidetes Mädchen, eben die verstorbene Alma, und einige weitere Personen erkennen. Das Gesicht und die Brust des Mannes waren vom Stich einer Nadel durchbohrt.

«Bringt mir das Bild von ihr und fünf Haare und ein Fläschchen Urin», gebot die Bucher. «Mit Sympathie kann man alles.»

«Dann bist du frei», sagte die Widmer und schenkte ihm ein neues Glas voll.

Das sei doch alles dummes Zeug, Zufall. Wieso habe es denn die Tochter getroffen und nicht ihn, den Corelli, der ihn ausgesogen, an den Bettelstab und beinahe noch ins Gefängnis gebracht habe?

Weil sie eben doch auf dem Bild gewesen sei und dann manchmal der Bann weiter wirke, und überhaupt habe sie ja zur Familie gehört. Und wenn es ihn getroffen hätte, so wäre es jetzt schon vorbei, aus mit ihm, und so habe er es noch vor sich. Und das mit der Tochter, das komme ihm sicher in den Sinn, daß es seinetwegen, Klostermanns, sei, dem er es doch so himmeltraurig gemacht hatte.

Die Bucher griff in das Frankenthaler Zuckerpaket und fischte einen Würfel heraus, steckte ihn in den Mund und leerte die Tasse mit dem Gemisch von Wein und Kaffee darüber. Der Metzger, das breite Kinn in beide Hände gestützt, schaute ihr dabei regungslos zu und war offensichtlich begierig, Weiteres zu erfahren.

Auf einen Napoleon mehr oder weniger käme es ihm nicht an dabei, murmelte er träumerisch. «Abfahren, abfahren damit», machte die Kellnerin, legte ihren Arm um den Nacken des Mannes und kratzte ihm das Ohrläppchen.

Das sei wieder ein Theater gewesen, gestern, berichtete er. Nachmittags sei sie in Bonstetten gewesen, beim Gritli und beim Röbi, und wegen des Kostgelds, das sie den Kappelers gebracht habe. Den letzten Rappen hätte sie wieder dort gelassen, als ob der Staat nicht verpflichtet sei. Zu Fuß, über die Waldegg, sei sie zurückgekommen, mit Flickwäsche. Er sei ihr gerade in die Hände gelaufen, wie sie die Köngengasse herauf kam; aber wortlos, als sei er Luft, sei sie an ihm vorübergegangen. Er ihr nach, hinauf ins Zimmer. Die Kinder wüßten jetzt, was sie für einen Vater haben, hätte sie nur gesagt, so dreckig, wißt ihr. «Was für einen Vater haben sie?» hätte er gefragt. Einer, der die Familie verhungern lasse und den Weibern nachstreiche. Es wäre besser gewesen, er wäre in Amerika geblieben und nie mehr zurückgekommen. So solle sie sich doch von ihm scheiden lassen, hätte er erwidert. Sie darauf schreiend: «Das würde dir so passen!» Damit er sich dann von allen Verpflichtungen drücken und alles Geld dem Lumpenmensch geben könne!

Die Widmer fuhr ruhig fort, ihm das Ohrläppchen zu streicheln, als sei nicht von ihr die Rede; aber die Bucher sah wohl, wie sie es einsteckte. «Und Ihr seid dagestanden wie ein Totsch und habt Euch das sagen lassen?» schürte sie.

«Ach was», sagte Klostermann, «ich habe den Hut genommen und bin wieder gegangen. Habe ich nicht recht gehabt, Sophie?» wandte er sich an die Widmer. «Sowieso», machte diese. «Der Robert hat ganz recht. Hat sie ihm je nur einmal geschrieben, wie er fort war?» fragte sie zur Bucher hinüber. «Jetzt, wo er seine Anstellung im städtischen Schlachthaus bekommen soll, jetzt wäre er ihr wieder recht. Du hast sie ja auch nicht gefragt, was sie gemacht hat, als du in Argentinien warst.»

Das glaube er wieder nicht. In dieser Beziehung sei sie schon recht.

Die Widmer lachte. «Wer will die schon! Man muß sie ja nur anschauen, mit ihren Stecknadelkopfaugen und dem Rattenschwänzchen auf dem Kopf.»

Die Bucher füllte die geleerte Kaffeetasse mit Wein und trank sie aus. Ihre gedunsenen Wangen röteten sich, die Augen waren kaum mehr sichtbar hinter ihren Wülsten. «Mit Sympathie», sagte sie, «mit Sympathie, und wenn das nichts nützt, dann gibt es noch anderes.»

Über den vor sich hinstarrenden Mann hinweg wechselten die beiden Frauen einen langen Blick.

V. Kapitel

In die tiefe Stille der Klasse hinein skandierte Professor Wude den Satz: «Goethe war eine Totalität.» Gebannt und regungslos, kleinen, hellen, unbeschienenen Täfelchen gleich, gleichmäßig paarweise über die drei Bankreihen verteilt, hoben sich die Stirnen der achtzehn Gymnasiasten dem Dozierenden entgegen. Dieser, bartlos, mit kräftigen, fleischvollen Wangen und machtvoll geöffneten Augen, das braune, leicht gekräuselte Haar über der gewölbten Stirne zurückgekämmt, gemahnte selbst wieder an Goethe in den besten Mannesjahren.

In der vordersten Bank, zu Füßen des Katheders, saß Aaron Reiß, sommersprossig, die rötlichen Haare auf dem länglichen Schädel vermittelst nasser Bürste gescheitelt, und verfolgte mit beinahe atemloser Aufmerksamkeit jedes Wort, das aus dem Munde des Lehrers fiel. Der Vergleich des Ackerns und Säens war nicht übertrieben. Gleich der blanken

Schaufel eines Pfluges hob und wälzte Wudes Vortrag schwere Schollen aus dem geistigen Erdreich des Jünglings und hinterließ tief aufgebrochene Furchen. Und wie eine keimdurstige Saat empfing er die legendenhafte Erzählung von des Dichters Liebschaft mit der Pfarrerstochter Friederike Brion in Sesenheim und den Bericht, wie der Student im roten Sandsteingemäuer auf dem Turme des Straßburger Münsters sein Schwindelgefühl besiegt hatte. Ein mittelmäßiger Schüler sonst, besonders was die Mathematik und das Latein anbetraf, wurden Aaron die fünf wöchentlichen Deutschstunden Wudes Sinn und Inbegriff seines Schuljahres, von Feierlichkeit und dem Lehrstoff weit voraneilendem Eifer umbraust. Unbestrittener Primus dieses Fachs, in den Aufsätzen und Vorträgen die Tonart und das Gedankengut Wudes nachahmend, litt er unter einem sichtbaren Mißtrauen, das der Verehrte, ja Umworbene seiner Anstrengung entgegenbrachte. Natürlich hatte Aaron schon ein ganzes Heft mit eigenen «Gedichten» vollgeschrieben, und sein herzklopfender Traum war es, diese Erzeugnisse einmal dem Lehrer, der ebenso selbstverständlich selbst ein Dichter war, dessen Balladen in den Monatsheften von Velhagen und Klasing erschienen, vorzulegen.

Wenn Wude eine Frage an die Klasse richtete, so schoß, ehe sie zu Ende war, Aarons Arm pfeilgerade in die Höhe. Aber selten wurde er aufgerufen. Im Gegenteil schien es, als bemühe sich der Professor viel eher um die Anteilnahme des Schülers Hauser aus Wädenswil, den die ganze Biographie Goethes vollständig kalt und unberührt ließ. In Wahrheit hatte sich in der Klasse ein Klüngel gebildet, der spöttisch, widerwillig und mit einem ausgesprochenen passiven Widerstand dem Manne aus Kurhessen begegnete. Aaron empfand es als einen tragischen Zwiespalt, daß gerade sein Freund Walter Abt, durch manches Knabenerlebnis mit ihm verbunden wie mit keinem sonst, die Seele dieser Widerstandsbewegung war und selbst ihn, Aaron, um seines Eifers willen offen und bei jeder Gelegenheit schonungslos verhöhnte.

Es gab in der Klasse nur noch einen Jüngling, der mit Aaron in den Stunden der deutschen Sprache wetteiferte: Gotthold, den Sohn des Gärtnermeisters Wettstein in Wiedikon. Am Fuße und im Schatten des Uetliberges beheimatet, infolge des langen Weges bis zum Schulgebäude an der Rämistraße gezwungen, sich eine Stunde früher zu erheben als andere Gymnasiasten, der eigenen, von der Hände Arbeit bestehenden Familie bereits ein wenig entfremdet, aber im Kreise der lebhaften und städtisch gemodelten Schar in der Klasse nie recht Wurzel fassend, gebrach dem schwarzhaarigen und ernsten Jüngling in seiner dumpfen Strebsamkeit das Gefühl für den Comment, der als ein ungeschriebenes Gesetz unter den Klassengenossen herrschte. Bedingungslos nach dem Ideal des Musterschülers ausgerichtet, alle Aufgaben gewissenhaft lösend, nie abschreibend, aber auch jedes Abschreiben verwehrend, mit dem väterlichen Erbteil der Geduld und des Fleißes den Lehrstoff bewältigend, hatte Gotthold just der Deutschstunden wegen steten Kummer. In diesem einzigen Fach des Lehrplanes ging es nicht allein um zu Erlernendes und Lehrbares, sondern hier reichte die pädagogische Veranstaltung, besonders mit den Aufsätzen, in ein Gebiet hinein, wo nicht nur die Wiedergabe von Empfangenem, sondern die Herausgabe von Eigenem erwartet wurde. Hier zeigte es sich, daß der spöttische und ketzerische Ton, der in der Klasse Mode war und als Ausweis galt, und insbesondere die Haltung des Abtschen Klüngels die Federn beflügelte und selbst von unbeachteten Schülern eigenwillige, ja erstaunliche Erzeugnisse zeitigte. Gehörten nun zwar Aarons Aufsätze nicht zu diesen, denn diese bewegten sich alle in einer leicht gehobenen, der Welt Wudes gemäßen Sprache, so zeugten sie doch von einer leicht in Gang zu bringenden Phantasie und einer gewissen Fähigkeit, Zusammenhänge zu erkennen. Gottholds Bemühungen hingegen, erreichten sie auch in den Teilgebieten «Form», «Ordnung» und «Schrift» eine kaum zu übertreffende Stufe, so waren sie, was den «Inhalt» anbetraf, von der langweiligsten Durchschnittlichkeit. Wohl lauschte der Jüngling strebsam und verbissen herum, wenn ein Thema in den Pausen bekrittelt und bespöttelt wurde, notierte gewissenhaft die Bemerkungen der anderen und versuchte sie in heißer Nachtarbeit zu verwerten; aber selbst fiel ihm nichts ein. Nur daß er über Goethes Liebschaften Bescheid wußte wie keiner in der Klasse, den Inhalt und die zeitliche Folge der Werke aus zuverlässigem Gedächtnis herzusagen wußte und in den geistigen Strömungen der deutschen Klassik sich gewandt zurechtfand, kurz, daß er alles, was zu erlernen war, mit unbeugsamem Willen erlernte, verdeckte während Jahren das geheime, schwarze und trostlose Loch seiner Einfallslosigkeit. Trotzdem sollte er später, während mancher Jahre seines Lebens, gerade auf diesem Gebiet zu entscheidungsvoller Tätigkeit berufen sein.

«Mit Goethe», dozierte Wude, «hat das heitere Weltgefühl, die innere und maßvolle Freiheit des deutschen Menschen, des modernen Humanismus zum erstenmal Gestaltung gefunden.»

In der tiefen Stille, die der Verkündigung folgte, war ein leises, undeutliches Murmeln zu vernehmen. Wude wandte majestätisch den Kopf gegen jene Ecke hin. «Wenn jemand von Ihnen etwas zu sagen hat, wird sich in einem Colloquium Gelegenheit dazu bieten. Aber Zwischenbemerkungen kann ich nicht dulden. Wer war das?»

Es rührte sich niemand. «Sie, Wettstein, sagen Sie mir, wer es war.» Blutübergossen, sich windend zwischen der Pflicht des guten Schülers und dem Gesetz der Solidarität, saß Gotthold da. Abt, hinter ihm, legte beschwichtigend die Hand auf seine Schulter und erhob sich; stand da mit seinem kurzgeschorenen Rundkopf, die Augen hinter der Brille gekniffen.

«Ich habe etwas gesagt», machte er und hielt den Blick des Professors aus.

«Nun?»

«Ich bemerkte, Goethe sei ein Fürstendiener gewesen und sein Großvater ein Damenschneider.»

Wude ließ das brüllende Gelächter der Klasse verebben. Verschlossen und nicht ohne einen Anflug von Tragik stand er hinter seinem Katheder. «Und mit vollem Bewußtsein sage ich zu Ihnen, Abt, Sie sind ein Lümmel.»

Walter nickte und setzte sich. Aaron hatte seinen Kopf in beide Hände vergraben und starrte vor sich hin, auf die Pultplatte, zerrissen und unglücklich in seinem Gefühl der Bewunderung für Wude und seiner Freundschaft zu dem Ketzer. Beides traf ihn gleichermaßen, Walters Lästerung und das gemeine Wort aus dem Munde des deutschen Pädagogen.

VI. Kapitel

«Sie haben da, Herr Bluntschli», sagte der Kreischef und wies auf ein vor ihm auf der Pultplatte liegendes Formular hin, «Ihrer Anmeldung für einen Telephonanschluß an der Mörlistraße, Zürich V, ein Verbot beigefügt, die Nummer im Abonnentenverzeichnis aufzuführen und überhaupt diese Nummer bekanntzugeben.»

«Ich nehme an, das bereite keine besonderen Schwierigkeiten», entgegnete der Arzt, und die Haut an seinen Schläfen fältelte sich, während er aus halb zugekniffenen Augen den Beamten betrachtete.

«Es ist ein wenig ungewöhnlich, nicht wahr», meinte der. «Das Telephon ist schließlich öffentlich, und wenn sämtliche Abonnenten ihre Nummer geheimhalten wollten, so würde es seinen Zweck verfehlen.»

«Aber mir ist bekannt, daß die Verwaltung solche Ausnahmen zuläßt.»

«Ja, in einzelnen Fällen, wenn gewichtige Gründe vorliegen. Aber das muß Bern entscheiden.»

Bluntschli verharrte eine Weile regungslos in seinem Stuhl, den langen Oberkörper vorgebeugt. «Sind Sie», fragte er, «nicht im Linthescher in die Primarschule gegangen?»

Der andere lachte und nickte. «Zu Herrn Knüsli, mit Ihnen. Eine Zeitlang haben wir zusammen auf derselben Bank gesessen. Albiker ist mein Name.»

«Es hat mir doch sein wollen! Ernst Albiker, nicht? Dein Vater war Kantonspolizist», lachte nun auch Bluntschli.

«Ich habe dich natürlich schon erkannt, aber ich habe gedacht ...»

Bluntschli winkte ab. «So ein Revoluzzer», machte er.

«Nein, nein, aber ich habe gedacht, wenn du mich nicht wiedererkennst ...»

«Du mußt schon entschuldigen, aber weißt du, so viele Leute, wie ich sehe ... Wie geht es dir?»

«Soweit recht.»

«Verheiratet?»

Der Beamte nickte. «Und schon zwei Kinder, Buben. Und von dir hört man ja auch allerhand.»

«Weißt du noch, wie wir am Ötenbach schlittelten?»

«Aber du bist schon damals –»

«Nicht so gewesen wie die anderen», lachte der Arzt.

«Ja, was machen wir jetzt da mit deiner Anmeldung?» fragte Albiker nach einer Weile. «Was soll ich für einen Grund angeben?»

«Schreib hin, was du willst. Das ist mir gleichgültig. Wenn's nur bewilligt wird von den Herren in Bern.»

«Aber du hast doch deine Praxis an der Langstraße, über dem Restaurant Frohsinn, und soviel mir bekannt ist, wohnst du doch auch dort.»

Bluntschli machte mit seinem langen Arm eine schlenkernde Bewegung.

«Es geht nicht mehr», sagte er, «es ist zum Verrücktwerden. Die Leute fangen an, bei mir ein- und auszugehen, als wäre das ein Pissoir und nicht eine Arztpraxis. Ich habe kein Privatleben mehr. Und was für Leute!»

Der Beamte Albiker blickte den Arzt auf eine merkwürdige Art an, aber er verbiß die Bemerkung, die ihm auf der Zunge lag.

«Das hat man halt dann, willst du sagen. Wer nicht ist wie andere Leute, dem geht's auch nicht wie anderen Leuten. Einer, der verheiratet ist und dessen Frau in Rußland die Revolution betreibt, der alle paar Monate einmal verhaftet wird, ein Arzt, der den Patienten keine Rechnungen stellt und im Gegenteil nach jeder Konsultation von ihnen noch angepumpt wird, der politischen Flüchtlingen Obdach gewährt, Arbeiterbildung betreibt und öffentliche Vorträge zur Verhütung des Kindersegens hält, der muß sich dann nicht beklagen, wenn es so weit kommt.»

Warum erzähle ich dem da dies alles, dachte Bluntschli feindselig zwischenhinein und starrte auf die silberne Uhrkette, die sich friedlich über der Weste Albikers von einer Tasche zur anderen hinzog. Da saß er ja leibhaftig vor ihm, der Feind, der selbstzufriedene Spießer.

«Dann schreib ich da hin, ‹Um außerhalb der Sprechstunden nicht von den Patienten beansprucht zu werden›?» fragte der.

Bluntschli brachte es nicht über sich, zustimmend zu nikken. «Es ist nicht wegen der Patienten», sagte er schließlich. «Das sind arme Teufel, die immer Schwierigkeiten mit den Versicherungen und mit den Arbeitgebern haben. Für die bin ich immer da.»

«Ich verstehe schon, du willst dich einfach auf eine Art verkriechen.»

«Und wenn du meinst, es sei etwa so einfach für mich gewesen, eine Wohnung außerhalb Außersihls zu finden! Ich wirke ja auf die Leute, als rieche ich nach Schwefel wie der leibhaftige Satan.»

Albiker war drauf und dran, es sich leicht zu machen, das Formular auszufüllen und das dienstliche Gespräch damit abzuschließen. Aber es stach ihn der von seinem Besucher Erwähnte. Er lehnte sich auf seinen Stuhl zurück, kreuzte die Hände auf der Weste und betrachtete aufmerksam den großen Schädel Bluntschlis mit der hohen Stirne zwischen den schmalen Einsenkungen der Schläfen und dem stark hervortretenden Hinterkopf.

«Darf ich dich etwas fragen? Etwas Privates, das eigentlich nicht dazugehört?»

«Nur zu», machte Bluntschli, der erriet, worum es dem andern ging.

«Ich meine, wenn jetzt zum Beispiel die Revolution käme, zu uns, will ich sagen, und du und ihr kämet also an die Macht, würdet ihr dann alle, die gegen euch sind oder waren –», Albiker zögerte nun doch, so ungereimt und ungeheuerlich schien ihm diese Frage, hier im Amtszimmer der Kreis-Telephonverwaltung.

«Du meinst, ob wir dann konsequent –»

«Ob ihr dann die Gegner an die Wand stellen und kurzerhand erschießen würdet», ermannte sich Albiker.

«Das müßten wir wohl», antwortete Bluntschli freundlich, «es geht ja nicht um einzelne und nicht um unsere privaten Gefühle.»

Es folgte auf diese Worte ein längeres Schweigen ... «Aha», machte schließlich der Beamte und blickte vor sich hin ins Leere. «Darum seid ihr natürlich gegen das Militär.»

«Gewiß», bestätigte Bluntschli, «die Armeen sind nichts anderes als eine erweiterte Polizei, und ihre Aufgabe ist die Verteidigung der kapitalistischen Weltordnung und die Unterdrückung des Proletariats.»

«Eben, der Hofhund des Kapitals! Innenpolitisch also. Aber die Verteidigung des Landes nach außen?»

«Wenn in allen Ländern eine proletarische Regierung besteht, gibt es keine Landesgrenzen und demgemäß auch keine Aggressionen mehr», sagte der Arzt lehrhaft.

Albikers Wangen hatten sich nun doch ein bißchen gerötet. Er war ein einfacher Mann, ein fleißiger und gewissenhafter Beamter, und er fühlte sich in der Zeit, in der er lebte, und im Raum dieser Stadt konfliktlos daheim. Aber nun fragte er sich doch, ob der vor ihm sitzende Arzt und einstige Schulkamerad ihn nicht zum Narren halte oder ob es ihm ernst sei mit dem, was er sagte. Da stimmte doch etwas nicht. Ungeübt in solchen Dingen, hätte er seine Empfindung nicht in Worte zu kleiden vermocht. Was er fühlte, war dies: daß diesen Gedanken ein Bindeglied mit der Wirklichkeit fehle. Und das war, das spürte er deutlich, das Erschreckende und Unheimliche daran. Ordentlich gefügt, optimistisch und unternehmungslustig, voller technischer Fortschritte, Raum für Vergnügungen und Beschaulichkeit lassend, seit vierzig Jahren in tiefstem Frieden – abgesehen von den kleinen Kriegen auf dem Balkan –, gründete sich Albikers Weltbild am Ende des ersten Dezenniums des Jahrhunderts auf die Vorstellung von etwas Endgültigem. Die Zahl der Telephonabonnenten wuchs täglich; bereits waren die meisten Städte des Kontinents durch direkte Telegraphendrähte miteinander verbunden, die Automobile begannen die Pferdefuhrwerke zu verdrängen, bereits liefen in der Schweiz schon elektrische Eisenbahnen, versuchsweise, gespiesen von den Wasserkräften des Landes, ein neues Universitätsgebäude war geplant, in Dübendorf wurde ein Aerodrom für Flugzeuge schwerer als Luft vorbereitet, bereits gab es in Zürich zwei Kinematographentheater, Wohnkolonien, von der Stadt erbaut, die an der Limmatstraße entlangwuchsen, das arbeitende Volk erhielt ein eigenes geistiges und kulturelles Zentrum mit dem Volkshaus am Helvetiaplatz, die neue Militärorganisation und das neue Besoldungsgesetz für die städtische Beamtenschaft waren von den stimmberechtigten Bürgern angenommen worden, das große Albulawerk stand im Betrieb, Zürich zählte über 190 000 Einwohner – der Katalog erfreulicher Ereignisse ließ sich beliebig verlängern.

Gewiß, in den Zeitungen wurde die politische Lage wöchentlich einmal in einem Situationsbericht sorgfältig zergliedert, wurden Mächte und Kräfte gegeneinander abgewogen, außenpolitisch und innenpolitisch; es war von Spannungen, Rüstungen, Drohungen, diplomatischen Demarchen, aber auch wieder von Weltausstellungen, Kongressen, Entspannungen und Freundschaftsversicherungen die Rede. Er, Albiker, gewann davon den Eindruck des bewegten Hintergrundes vom europäischen Gleichgewicht, einem Spiel von gegenseitig sich aufhebenden Kräften, vor dem das Leben des Alltags sich abwickelte. Es war alles auf gutem Wege, vernünftigerweise konnte niemand wünschen, daß sich dies ändere – ausgenommen vielleicht die Franzosen, die wollten, daß das Elsaß wieder zu Frankreich komme, oder die Deutschen, die den Ehrgeiz hatten, eine größere Flotte zu besitzen als England, oder die Österreicher, die Aspirationen im Balkan zeigten, oder die Sozialisten, die die Monarchien stürzen wollten. Aber all das war sehr weit weg und nicht sehr ernst zu nehmen, und, was immer auch geschehen mochte, die Schweiz ginge es nichts an. Diese war garantiert neutral, hatte keinen außenpolitischen Ehrgeiz mehr und konnte sich deshalb ganz und ungestört der stetigen Vervollkommnung ihrer staatlichen, sozialen und industriellen Einrichtungen widmen. Die Uhrenindustrie, die Schokoladefabrikation und die Stickereiindustrie wiesen die stärksten Exportziffern in der Handelsbilanz auf, und das waren nicht lebensnotwendige, sondern ausgesprochene Luxusartikel. Damit bewies das Land sein Vertrauen in die Weltordnung und in die allgemeine Prosperität, daß es sich mit Fleiß und Geschicklichkeit auf die Erzeugung und die Lieferung so überflüssiger Dinge spezialisierte, wozu dann noch die Fremden- und Hotelindustrie kamen, die ebenfalls den paßlosen Reiseverkehr, die lateinische Münzunion, die festen Währungssätze und eine reiche Schicht erholungsbedürftiger, vergnügungssüchtiger und von ihren Unternehmungen und Zinsen lebender Ausländer zur Voraussetzung hatte. Es war keine besonders glanzvolle Rolle, die die Schweiz im europäischen Volkskonzert spielte; aber sie hatte sich ja seit der Niederlage von Marignano von der Weltpolitik zurückgezogen, doch zollte man ihr für dieses weise Verhalten allgemein Ehre und Anerkennung. War das Kühne, Heldische und Abenteuerliche aus ihrem Dasein verschwunden, so hatte sie dafür den Fleiß, den Erwerbsinn, die Liebe zur Ordnung, Genauigkeit und Zuverlässigkeit entwickelt, genoß den internationalen Ruf der Ehrlichkeit und der friedlichen Gesinnung und galt als ein humanes Asyl für Lungenkranke und politisch Verfolgte. Für Albiker stellte die Schweiz in ihrer Art nach seiner innersten Überzeugung etwas vom Vollkommensten dar, was sich denken ließ, mit manchen Dingen, die der Verbesserung bedurften – zugegeben –, in ihrer Vielfalt aber übersichtlich, geordnet und gerade durch ihre Kleinheit menschlichem Maß entsprechend; ihrem Bedürfnis nach Größe genügten die ewigen schneebedeckten Alpen im Hintergrund.

Dieser Arzt Bluntschli war ein Störenfried und Querulant, eine Absplitterung aus der Bewegung der russischen Revolutionäre, die den Zaren zu stürzen und zu ermorden trachteten. Einverstanden, die Zustände in jenem Reiche waren ja offenbar zum Himmel schreiend und mußten jeden Demokraten empören, Unbildung und Unfreiheit herrschten, und gewiß mußte da einmal etwas geschehen. Aber dann sicher nicht gegen die Schweiz und gegen die Stadt Zürich. Das, was der da trieb, das war ja nur eine Wichtigmacherei, eine besondere Art, von sich reden zu machen und sich zur Geltung zu bringen, und zudem noch völlig gefahrlos.

Albiker zog sein Taschentuch hervor und schneuzte den leisen Anflug des Unheimlichen, der von dem Besucher her ihn berührt hatte, energisch aus sich heraus. So! «Also, dann will ich das so weiterleiten», sagte er.

Der sieht auch nicht weiter als an seine Nasenspitze, dachte Bluntschli, er hat sich hoffnungslos verspießert. Albiker las ihm den Gedanken vom Gesicht.

«Du bekommst dann Bericht.» Bluntschli griff nach seinem Schlapphut, machte «Gut, also adieu» und wandte sich zur Türe. Albiker betrachtete einen Augenblick lang nachdenklich den Stuhl, auf dem der Mann gesessen hatte, der sich unbedenklich bereit erklärte, ihn erschießen zu lassen, falls es die Umstände erlaubten und erforderten.

Er wandte sich wieder seinen Akten zu. «Ja, ja», murmelte er, «es gibt wahrscheinlich nicht viele Städte, wo man so etwas ungeschoren zu einem Staatsbeamten sagen darf.»

VII. Kapitel

«Ich bin», sagte Rektor Kleiner, «eines Baumes wegen auf dem Lindenhof in einer gewissen Besorgnis, nach dem Sturm dieser Nacht und den Schneemassen, die gefallen sind. Haben Sie ein wenig Zeit, Kollege Einstein? Ich möchte rasch nachsehen, wie er es überstanden hat.»

Sie standen auf der obersten Stufe der Freitreppe vor dem Gebäude des Polytechnikums, Kleiner in seinem schwarzen Schlapphut und einem hochschließenden, mit einem Samtkragen versehenen Überzieher, und Einstein in einer grauen Lodenpelerine, zu der er eine Melone trug. Die Terrasse vor ihnen war tief verschneit; dort, wo sonst die bauchigen Säulchen der Balustrade die Landschaft mit einem zierlichen Ornament unterbrachen, erhob sich ein Wall schweren Schnees. Darüber hinweg sahen sie die Flucht der gestaffelten Dächer und dahinter, ungewohnt nah und wie von einem Leintuch überworfen, die Ostwand des Uetliberges.

Während sie die Stufen hinabschritten und sich der steilen Künstlergasse zuwandten, machte Kleiner den Begleiter, mit dem derben Stock herumdeutend, auf die Verwüstungen der Nacht aufmerksam; der Weg war übersät von geknickten Ästen. Es herrschte tiefe Stille, die Leute schienen auf Wolken zu wandern; alle Farben hatten sich für Schwarz oder Weiß entschieden. Schneeschaufler bemühten sich, der hüfthohen Massen Herr zu werden.

«Wenn Winter ist, mit so viel Schnee», meinte Kleiner, das bäuerliche Gesicht gerötet und die fleischige Nase schnaubend und schnuppernd erhoben, «so verschwindet mit einem Male all das Neuzeitliche und Moderne, und es bleiben nur noch die Konturen, die mit dem Bilde übereinstimmen, das wir von früher her in uns tragen. Der Winter ist so recht das Jugendparadies der Alten.»

Es kamen ihnen vom Neumarkt herauf ein paar Niederdörfler Buben entgegen, die Wollmützen über die Ohren, die Fäuste in den Hosentaschen, und zogen die einsitzigen Keßlerschlitten hinter sich her. «Sie können sich nicht vorstellen, was das Klingeln dieser Metallringe an ihren Eisenstäben alles in mir wachruft! Maschwanden, die ganze zürcherische Landschaft!»

Einstein lächelte und nickte höflich, aber es war ihm anzumerken, daß er anderswo war mit seinen Gedanken.

«Die dreißig Jahre, die ich älter bin als Sie, Einstein, kommen mir vor wie ein Jahrhundert. Wie ich so alt war wie Sie, da war die Physik noch eine Art Magd, eine praktische und nützliche Hilfswissenschaft. Moussons Verdienst war hauptsächlich die Einführung der Gasbeleuchtung, und das Schneebelis die Installation des elektrischen Lichtes in der Stadt, die Mansardenbeleuchtung, wie man damals sagte, der hohen Maste der Kohlenlampen wegen.»

«Und Sie vermuten, aus dem Aschenbrödel sei inzwischen eine Prinzessin geworden?» fragte Einstein mehr interessiert.

«Und im Begriffe, Königin zu werden», nickte Kleiner lebhaft. «Was diese Dame uns nur in den letzten paar Jahren alles beschert hat: die Röntgenstrahlen, die Elektronen, die Radioaktivität, die Zerfalls- und Umwandlungstheorie, den neuen Massenbegriff.»

Sie schritten am Rathaus vorbei über die Gemüsebrücke. Seewärts begann sich die Wolkendecke aufzulösen, und Fluten neuen, farbhaltigen Lichtes ergossen sich über die beschneite Stadt. Die beiden Männer verharrten eine Weile am Geländer.

«Was glauben Sie wohl», fragte Kleiner, «wird als mein Verdienst in die Annalen der Universität eingehen?»

«Meistens ist es etwas ganz anderes, als was man sich denkt, antwortete Einstein ernsthaft. «Ich würde sagen, Ihre Funktion sei diejenige eines Bindegliedes zwischen der antiken und modernen Physik gewesen.»

Bis sie oben auf der Bastei des Lindenhofs standen, sagte Kleiner nichts mehr. Sie stapften sich einen Weg bis zur Brüstung. Der Baum, um dessentwillen sich der Rektor sorgte, hatte wirklich gelitten; einer der Hauptäste war an der Gabelung abgespalten, und der Stamm zeigte eine splitternde Wunde. Kleiner betrachtete den Schaden mit dem Gesichtsausdruck des Landmanns. «Man wird den Baum noch retten können», murmelte er. «Ich will dem Stadtgärtner berichten. Vielleicht ist es ganz gut so. Es entlastet den alten Burschen ein wenig. Man wird ihm ein eisernes Korsett anlegen müssen.»

Er wischte mit dem Stock den Schnee von einer der Bänke, und sie setzten sich hin. In der Tiefe kreisten und kreischten die Möwen über dem schiefergrauen Fluß. Es begann allenthalben ein wenig zu tauen. Am Limmatquai unten schaufelten Männer weiße Hügel über die eisernen Geländer. Langsam gesellte sich immer mehr Blau zum Weiß der Stadt.

«Die Physik ist im Begriffe zu kalben wie der Grönlandgletscher», sagte Kleiner, «Eisberge, so groß wie Kontinente.»

«Die schmelzen schon wieder zusammen im Laufe der Zeit», lächelte Einstein.

«In ein paar Jahren wird man vielleicht wieder sagen, der Berg habe eine Maus geboren.»

«Noch viel kleiner als eine Maus.»

«Das Atom, meinen Sie.»

Der schmächtige junge Mann in seiner Pelerine nickte, abwesend, mit leeren Augen. Immer mehr verwischten sich die Grenzen zwischen dem, was man Stoff und Kräfte zu nennen gewohnt war. Die Materie wurde zu einer Zusammenballung elektrischer Phänomene, ein Sammelpunkt von sich kreuzenden Strömen.

«Sie werden es kindisch finden», sagte Kleiner nach einer Weile, als wäre er des anderen Gedankengängen gefolgt. «Seit einiger Zeit beginne ich das, was wir da in der Physik zu erkennen glauben, auf das tägliche Leben anzuwenden, auf unsere Umgebung, auf die Stadt beispielsweise. Ich sehe sie als ein Kraftfeld, uns selbst, die Menschen darin, als die bewegten Teilchen eines Stromes, nicht mehr als das eigentlich Seiende, sondern wie das bewegte Elektron, das ein magnetisches Feld mit sich führt, das wieder auf den Strom zurückwirkt. Unsere Gedanken wie Impulse, die wir aussenden, die wir empfangen. Sie verstehen mich schon, wie ich es meine, Sie besonders, mit Ihrer Relativitätstheorie. Es gibt keine absolute Beziehung mehr. So wie mit zunehmender Geschwindigkeit der Elektronen ihre materielle Masse ins Unbegrenzte zunimmt, so auch auf eine gewisse Art die Möglichkeiten des Menschen. Es ist alles in allem enthalten.»

«Die einzige Schwierigkeit, die sich einer solchen Übertragung der neueren physikalischen Konzeption in den Alltag entgegenstellt, läge im Religiösen», meinte Einstein.

«Wissenschaft ist Religion», rief Kleiner, «Kausalität heißt notwendige und vorbestimmte Zukunft!»

«Wir sind einig», nickte der Physiker. «Die Natur offenbart uns eine solche Gesetzlichkeit, eine solch überlegene Vernunft, daß man das, was wir tun, nämlich sie erkennen und begreifen wollen, nicht anders als Gottesdienst bezeichnen kann.»

«Und wenn eine Menschenansammlung, eine Stadt beispielsweise, ihr Gleichgewicht, ihre Harmonie sucht und damit zum Glied einer noch größeren Gemeinschaft werden will, so tut sie auch nichts anderes!»

«Ziel», lächelte Albert Einstein, «das Reich Gottes auf Erden.»

Kleiner kramte in seiner Brieftasche. Nach einer Weile brachte er ein Schriftstück hervor, das er dem anderen reichte.

«Dies», sagte er, «ist das Gutachten, das ich dem Dekan der philosophischen Fakultät II eingereicht habe, mit dem Vorschlag Ihrer Anstellung als Extraordinarius an der Universität Zürich.»

Es fielen von den überhängenden Lindenästen Tropfen geschmolzenen Schnees auf das Blatt hinab; Einstein erhob sich deshalb und trat lesend an die Brüstung, unter den freien Himmel. Obgleich von diesem Lehrauftrag die Rede zwischen ihnen gewesen war, blieb diese erste Professur seines Lebens nicht ohne Erschütterung auf den bisherigen Experten des Eidgenössischen Patentamtes in Bern.

«Danken Sie mir nicht», machte Kleiner trocken, als Einstein in seiner Pelerine lebhaft auf ihn zutrat, «ich vermute nämlich, es sei dieses Schriftstück, das mir dereinst als das größte Verdienst meiner vierzigjährigen Lehrtätigkeit an der Universität Zürich angerechnet werde.»

VIII. Kapitel

Unter der Menge, die das Schwurgerichtsgebäude am Obmannamt umlagerte, befanden sich trotz der frühen Vormittagsstunde fastnächtlich Maskierte, Frauenspersonen, in gelbes und rotes Satinette gekleidet, Tamburine und zerfetzte Fächer in der Hand, die schwarzen Halbmasken am einen Ohr baumelnd, mit übernächtigen, schminkeverschmierten Gesichtern und trüben Augen, Männer jeden Alters, mit winzigen Kartonzylindern auf dem Schädel und falschen Nasen. In ihren hohen, bis an die Waden hinauf über den schwarzen Seidenstrümpfen geschnürten Stiefeln waren diese Frauen mit ihren grölenden Begleitern in Rudeln durch den pflotschenden Schnee, unter den tropfenden Dachtraufen hin, von den Wirtstischen weg, aus dem Niederdorf heraufgekommen und gesellten sich zu den Leuten, die die Öffnung der Türen des Schwurgerichtes erwarteten. Die Urteilsverkündung im Giftmordprozeß Klostermann stand heute bevor und schien sich den Übernächtlern als eine Krönung der fastnächtlichen Belustigung darzubieten.

Aber der Kantonspolizist mit dem roten Pinsel und der Kokarde des zürcherischen Wappens auf dem Käppi verkündete, maskierten Personen sei der Eintritt in das Gerichtsgebäude verwehrt. Es wurde ihm mit Johlen aus der Menge geantwortet, doch verschwanden die künstlichen Nasen aus den Gesichtern und die humoristischen Kopfbedeckungen, und hier und dort konnte man bemerken, wie sich die Zigeunerinnen und

Pierretten in geliehene Mäntel und Pelerinen hüllten, die Papierblumen aus den gebrannten Kräusellocken rissen und Dominos sich aus ihren Kostümen schälten.

Auch das Erklettern der Gesimse vor den Fenstern sei untersagt, hieß es, und ganze Gruppen von Buben und Plöggen lösten sich und fielen wie reife Äpfel von den Mauern, als zwei uniformierte Männer den Fassaden des Gebäudes entlangwanderten, um der Anordnung Gehör zu verschaffen.

Es raunte und rauschte auf den Estraden der Tribüne, als die drei Angeklagten wieder in den Saal geführt wurden und Platz nahmen, der Metzger Klostermann als erster, gefolgt von der Widmer und der Bucher. Die Haft hatte alle drei verändert; etwas Ordentliches, beinahe Sonntägliches lag über ihren Gestalten. Klostermann war sauber rasiert, sein angegrautes Haar trug er gescheitelt; die beiden Frauen machten einen bürgerlichen, beinahe nüchternen Eindruck, wie der Bb.-Korrespondent der «Neuen Zürcher Zeitung» schrieb.

Es seien, verlas der Gerichtspräsident in der Rechtsbelehrung für die Geschworenen, Klostermann, Robert Gustav, geboren 1862, Metzger, Vater zweier Kinder, Fräulein Widmer, Amalie, geboren 1867, Serviertochter, und Bucher, Anna Therese, geboren 1852, geborene Kimmberger, geschieden, Mutter von vier Kindern, Spetterin, angeklagt des vorbedachten Mordes und der Beihilfe des Mordes, begangen an Klostermann, Christine, Spetterin, geboren 1863, Ehegattin des Erstgenannten, durch Verabreichung von Strychnin (Rattengift) am 19. November 1908. Am erwähnten Tage, vormittags 8 Uhr, hatten sich die beiden Frauen Widmer und Bucher an die Stüssihofstatt, in die Wohnung des Ehepaares Klostermann, begeben, angeblich, um Frau Klostermann zu bewegen, in die Scheidung von ihrem Ehemann, dem Angeklagten Klostermann, einzuwilligen. Frau Bucher hätte in ihrer Handtasche ein Päcklein weißen Pulvers bei sich gehabt, ein Sympathiemittel, wie sie aussagte, bestimmt, Frau Klostermann ein wenig «trümlig» zu machen. Frau Klostermann sei am Küchentisch gesessen und hätte geweint, während Klostermann dabei war, einen Koffer mit seinen Kleidern zu packen, weil er die Absicht hatte, ein eigenes Zimmer in der Nähe des neuen Schlachthauses an der Herdernstraße zu beziehen, wo er in provisorischer Anstellung war. Die beiden Frauen hätten längere Zeit auf Frau Klostermann eingeredet, um von ihr die

Zustimmung zur Scheidung zu erwirken. Frau Klostermann habe kaum geantwortet, sondern nur immer den Kopf geschüttelt und gemurmelt: «Nicht, so lange ich lebe.»

Die Widmer sei dann hinuntergegangen und hätte aus dem Konsumgeschäft am Rindermarkt eine Flasche Rotwein heraufgebracht, und es seien die drei vorhandenen Gläser und eine Tasse gefüllt worden.

Wer das Gift in die Tasse der Frau Klostermann geschüttet habe und zu welchem Zeitpunkt dies geschehen sei, darüber gingen die Aussagen der drei Angeklagten auseinander.

Frau Klostermann habe sich ein wenig beruhigt und schließlich auf das Zureden der Bucher hin eine Tasse des Weins leergetrunken. Wie es weitergegangen sei, sei nicht völlig abgeklärt. Übereinstimmung herrsche darin, Frau Klostermann sei einen Augenblick aus der Küche gegangen; ob dies bereits eine Folge genossenen Strychnins gewesen sei, konnte nicht festgestellt werden. Tatsächlich aber habe die Bucher während dieser kurzen Abwesenheit im Beisein der beiden anderen einen Teil des Päckleins in die Tasse der Frau Klostermann geleert und nochmals Wein nachgeschüttet. Jetzt gebe sie dann nach, hätte die Bucher gesagt. Es sei ein Sympathiemittel, das den Willen breche.

Sie seien dann, als Frau Klostermann in die Küche zurückgekehrt war, noch eine Weile zusammen am Tisch gesessen und hätten den Wein ausgetrunken. Zuerst sei Klostermann mit seinem Koffer gegangen. Frau Klostermann sei es dann schlecht geworden, und sie hätte sich nochmals auf die Toilette begeben müssen. Die Widmer habe während dieser Zeit die Gläser und die Tasse am Schüttstein gespült, und dann seien die beiden Frauen ebenfalls aus der Wohnung gegangen. Aus der Toilette im Treppenhaus hätten sie gehört, wie Frau Klostermann gestöhnt habe. Das gehe schon vorbei, habe die Bucher gesagt, es sei ihr jetzt nur ein wenig trümlig.

Eine Hausbewohnerin, Frau Zeidler, habe dann die Türe des Abtritts im Treppenhaus offen gefunden und Frau Klostermann stöhnend und in einem bemitleidenswerten Zustand auf dem Boden vor der Schüssel zusammengesunken. Trotz sofortiger Überführung in das Kantonsspital sei Frau Klostermann noch am selben Nachmittag verschieden; Todesursache eindeutig Strychninvergiftung.

Noch am selben Tage wurde Klostermann in einer Wirtschaft im dritten Stadtkreis verhaftet, ebenso, am selben Abend, während einer Vorstellung der Schlierseer, des «Amerikaseppls», im Corsotheater, die beiden Frauen Bucher und Widmer.

In der Duplik machte der Verteidiger des Angeklagten, Dr. Weisflog, noch einmal geltend, er, Klostermann, hätte in der ganzen Affäre die Rolle des Dummen und Übertölpelten gespielt; es sei ihm die Gefährlichkeit des Sympathiemittels der Kartenschlägerin überhaupt nicht bewußt geworden, und er sei völlig in den Schlingen der Widmer gewesen, mit der er seit seiner Rückkehr aus Argentinien intimen Verkehr gepflogen habe. Es könne ihm höchstens Mithilfe am Mord vorgeworfen werden.

Zur Entrüstung der Presse spielten sich auf den Bänken der Zuschauertribüne an diesem letzten Verhandlungstag des Schwurgerichtsprozesses beschämende Szenen ab. Unter dem Einfluß des während der letzten Nacht genossenen Alkohols mischten sich Frauenspersonen durch Zurufe und gellendes Gelächter bei der Darstellung von Frau Klostermanns Tod in den Lauf der Verhandlung und mußten durch Polizisten aus dem Saal entfernt werden. Trotz dem Verbote des Maskentragens tauchten die falschen Nasen und die kleinen Zylinderhüte wieder auf, und während einiger Zeit bot die Tribüne den grotesken Anblick des Bildes, das James Ensor 1880 gemalt hatte, des «Einzugs Christi in Brüssel», schrieb Willi Bierbaum in der «Neuen Zürcher Zeitung».

Während der Beratung der Geschworenen ließ der Gerichtspräsident die Tribüne räumen, so daß sich dann der Wahrspruch und die Urteilsverkündung eine Stunde später in einem würdigeren Rahmen vollzog.

Alle drei Angeklagten wurden des vorsätzlichen Mordes schuldig befunden und zu lebenslänglichem Zuchthaus verurteilt.

Während Stunden umlagerte eine immer dichter werdende Menge das Obmannamt, durch einen starken Kordon von Polizisten zurückgedrängt. Der Gefangenenwagen, der die drei Verbrecher nach Regensdorf zu verbringen hatte, wurde mit Luftschlangen und Konfetti bombardiert, und der Fuhrmann hatte Mühe, die scheuenden Pferde zu zügeln.

Es erwies sich als unmöglich, die Verurteilten unbemerkt durch eine Hintertüre zum wartenden Gefährt zu bringen. Gegen Abend entschloß man sich zu deren Verladung unter einer starken Eskorte, durch den Haupteingang hinaus. Sie vollzog sich unter einem unbeschreiblichen Geheul und Pfeifen; Schwärmer und Frösche wurden entzündet. Klostermann barg sein Gesicht in beiden Händen, die Bucher heulte; einzig die Widmer bot mit einem frechen Lachen der Menge Trotz. Die Polizei hatte die größte Mühe, zu verhindern, daß sich hinter dem abtrabenden Gefangenenwagen die Menge nicht zu einem schauerlichen Umzug formte.

Erst in der Nähe des Leonhardplatzes verloren sich die letzten Narren und Masken, angezogen von den Wirtschaften und Pinten des Niederdorfes, wo das Fastnachtstreiben seine Fortsetzung nahm.

Später dann, in der oberen Weinbergstraße, als die beruhigten Pferde in stetem Tritt ihre Fracht der Stadtgrenze zu zogen, verbreitete der dunkle Wagen unter den Kindern, die mit ihren Mäsklein und Kostümchen im Schnee und Pflotsch herumstanden, eine unerklärliche Beklemmung. Auf irgendeine geheimnisvolle Weise war die Nachricht des schauervollen Transportes unter sie gelangt. Sie säumten in ihrem Flitterwerk von bunten Fähnchen, Seidenpapier und müden Ballonen die Straße und blickten mit großen Augen aus bemalten Gesichtern auf die ungeschmückten Pferde, den besorgten Fuhrmann und den schwarzen Kasten, in dem die drei Mörder, an Händen und Füßen gefesselt, wie sie wähnten, aus der Fastnacht und aus dem bürgerlichen Leben heraus für immer davonzogen.

Walter Abt und Aaron, den einen Fuß auf dem Sockel des Zaunes, die Mappen auf dem Knie, standen, in eines ihrer nicht enden wollenden Gymnasiastengespräche vertieft, vor dem Gartentor der Villa. Sie achteten des Fuhrwerkes nicht. Sie beredeten die Zeit, die ihnen, je älter sie wurden, immer fragwürdiger erschien.

Fünftes Heft

I. Kapitel

Es dunkelte bereits, als Karl Gebhardt an der Endstation beim Kirchlein Fluntern den kleinen Tramwagen verließ. Er stellte das Köfferchen neben sich auf den Boden, schaute dem Kondukteur zu, wie er das Seil der Kontaktstange niederzog, damit um den Wagen herumlief, dann die Rolle wieder auf den Leitungsdraht gleiten ließ, das Seil befestigte und verstetete, die Bremse löste und mit einem Klingelzug dem Kollegen das Zeichen zur Abfahrt gab. Der Wagen humpelte davon, und der kleine Platz war wieder still und menschenleer. Die Wälder auf der Kuppe des Zürichbergs rauschten im warmen Märzwind.

Das Kätterli kam die Straße herab; Karl nahm sein Köfferchen auf und ging ihm entgegen. Sie reichten sich die Hände, beklommen, und mit heftigem, fiebrigem Zugriff, von der Bedeutung der Stunde ergriffen. Die Worte kamen ihnen erst, als sie langsam, von Windstößen umbraust, bergwärts schritten.

«Ist alles gut gegangen?» fragte Karl.

«Es war geheizt, als ich kam, und es standen Märzenglöckchen auf dem Tisch», antwortete das Mädchen.

«Zu Hause, meine ich.»

«Sie sind noch nicht zurück aus München; sie kommen wahrscheinlich erst heute abend. Ich habe der Mutter einen Brief auf die Poudreuse gelegt. Der Frieda habe ich gesagt, ich hätte Nachtdienst im Säuglingsheim. Nicht gerade sehr mutig, ich stellte es mir anders vor. Aber ich hatte mit der Frau Lenhoff auf heute abgemacht, und ich konnte ja nicht wissen, daß die Eltern länger wegbleiben würden.»

Karl sagte nichts. Er richtete seinen Schritt nach dem ihrigen und kämpfte gegen ein unbestimmtes Gefühl der Ernüchterung an, das von ihm Besitz ergreifen wollte. Von der heiteren Verantwortungsfreudigkeit aus der Zeit, da sie ihre Pläne schmiedeten, war während dieses Ganges durch die windbewegte Nacht wenig vorhanden. Eher etwas wie eine unbestimmte Angst, eine Art Verlorensein.

Aber das Mädchen wandte sich bereits den Einzelheiten zu. «Ich habe der Frau Lenhoff von dir erzählt. Sie hat es sofort richtig begriffen. Du kannst oben arbeiten, wann du willst. Weißt du, sie ist eine von denen, die damals mit mir die Taufe empfingen durch den Reverend Downie. Hast du alle Bücher bei dir?»

«Die wichtigsten vorläufig», sagte Karl.

«Freust du dich nicht?» fragte das Kätterli leise.

«Doch», antwortete er beklommen.

«Karl, du mußt doch keine Angst haben.» Sie schob ihre Hand unter seinen Oberarm. «Wir sind doch erwachsen, frei.»

«Meinst du?» sagte er kläglich.

Oben, nahe der Wasserscheide, stand das Haus, ein wenig verloren und ohne Beziehung zur Landschaft und zum nahen Wald, hochgegiebelt, dreistöckig, das voreilige Spekulationsobjekt eines Bauunternehmers, mitten im Felde, der frisch angelegte Garten von einem eisernen Gitter umzäunt.

«Siehst du dort oben das erleuchtete Fenster im dritten Stock, neben der Veranda? Das ist es. Ich habe absichtlich das Licht brennen lassen.»

Karl blickte hinauf, gerührt und zum ersten Male von einer fremdartigen Zärtlichkeit ergriffen.

Das Trinkglas mit den Märzenglöckchen stand auf der Plüschdecke unter der Lampe. Unbehelligt waren sie in das Zimmer gekommen. Das Mädchen, seit einigen Stunden mit dem Raum vertraut, übernahm die Rolle der Gastgeberin, hieß Karl den Hut am Haken hinter der Türe aufhängen, das Köfferchen neben dem Waschtisch abstellen, verschwand in der Küche und kam zurück mit einem Pfännchen voll Wasser, entzündete den Spirituskocher, schüttete Teeblätter in eine Kanne und brachte aus dem Schrank Tassen zum Vorschein. Alles wies auf überlegte Vorbereitung hin.

Karl saß hinter dem Tisch auf dem geschweiften Diwan und sah dem Kätterli zu, wie es emsig hantierte, und nicht ohne eine kleine Freude an der Schaustellung. Es galt offenbar auch für es, den unglaublichen und leicht erschreckenden Tatbestand zu überbrücken, daß sie sich zum erstenmal allein, hutlos und in der Eigenschaft von Bewohnern, nicht als durch Straßen und Felder Wandernde, unter einem Dach, in einem Raum zusammenfanden. Dieses Zimmer, mit dem sorgsam zugedeckten Bett in der Ecke, dem Waschtisch, der Schüssel und dem bauchigen Krug auf der Marmorplatte, dem Spiegel, mit dem Teller davor, auf dem das Wasserglas mit der Zahn-

bürste stand, der eintürige Schrank mit dem gedrechselten Aufbau, der Tisch und die Lampe und das Kanapee, die leis bleckende blaue Flamme des Spirituskochers – das alles war, Karl spürte es, ohne daß es sich zu einem sagbaren Gedanken formte, das Dekorum, die Bühne gleichsam jenes geheimnisvollen Lebens, die sie wie die Helden Ibsenscher Dramen als freie und erwachsene Menschen zu betreten sich anschickten. Die einfachen Verrichtungen Kätterlis, ihr Kommen und Gehen, die flüchtigen Blicke des Lächelns, die sie ihm, und die ernsten, die sie sich selbst im Vorbeihuschen im Spiegel hinter dem Waschtisch zuwarf, das Geräusch ihrer Schritte und ihrer Röcke, die Wärme, die der kleine Kachelofen ausstrahlte, all dies scheinbar so Normale und sich ohne Aufhebens in die Folge gewohnter Visionen Einfügende, es war in Wirklichkeit doppelschichtig, geheimnisschwer und voller Sinnbilder, ein mit den Tapeten und Möbeln des bürgerlichen Alltags bemalter Schleier, durch den das ernste, ja tragische Urepos der Menschheit hindurchschimmerte. Ein Mettwürstchen, Käse, Brot in einem flachen Körbchen, bereits zugeschnitten, grobkörnige Zuckerwürfel aus einem grauen Paket der Fabrik Frankenthal in der Rheinpfalz, auf ein Tellerchen geschüttet, fügten sich unter Karls Augen zum Gedeck unter der Lampe, und in den Ritzen des Fensters säuselte und pfiff leise der Märzwind, der über die Kuppenwälder des Zürichberges hinwegbrauste.

Karl packte die Lehrbücher und Hefte aus dem Fiberkoffer und versorgte sie in der mittleren Schublade der Waschtischkommode; unter ihnen lagen verschämt ein paar Wäschestücke, Kamm und Bürste, ein Frottierhandtuch, ein Stück Seife. «Leg das nur auch dazu», machte das Kätterli, das, während es den Tee eingoß, aus den Augenwinkeln heraus des jungen Mannes Zögern beobachtet hatte. «Das Waschzeug legst du unter den Spiegel, neben meines.» Es sagte dies sachlich, wie erfahrene Frauen reden, als wäre es sich der kühnen und herausfordernden Bedeutung der Anordnung gar nicht bewußt.

Immer noch wie auf Besuch, saß Karl dann wieder hinter dem Tisch, trank gehorsam Tee und versuchte, dem mit Mettwurst bestrichenen Brötchen einen Geschmack abzugewinnen.

«Den Zins habe ich ihr bezahlt, für zwei Monate zum voraus», erklärte das Kätterli. Der junge Mann blickte ihm überrascht ins Gesicht, und es war ersichtlich, daß ihn diese Mitteilung erleichterte. Es verließ den Stuhl, setzte sich neben ihn auf das quietschende Kanapee und nahm seine Hand zwischen die seinen.

«Hör jetzt einmal», sagte es, «ich habe das Sparbüchlein mit mir genommen. Es ist mein Geld, wir können damit machen, was wir wollen. Es kommt übrigens nicht alles vom Vater. Mein Götti und mein Onkel haben jeweils auch etwas eingelegt. Schließlich stamme ich ja nicht aus einer Bettlerfamilie. Wäre es anders zugegangen, so hätte ich ja auch etwas mitbekommen. Und wenn du willst, so können wir es ihnen ja später wieder zurückerstatten, wenn du fertig studiert hast und selber verdienst.»

«Wieviel ist es?» fragte Karl nach einer Weile.

«Es sind etwas über fünfzehnhundert Franken.»

«So viel?» entfuhr es ihm. In der Familie des Schneidermeisters Gebhardt an der Trittligasse war oft von Geld die Rede. Es drehte sich dabei meistens um zwei-, höchstens dreistellige Zahlen. Sobald mehr als hundert Franken erwähnt wurden, war es, als brächen aus dem Hintergrund furchterregende oder in seltenen Fällen auch wunderbare Dinge in die kleine Lebensgemeinschaft ein, Betreibungen für aufgelaufene Mietzinse, die der Vater nicht erlegt, sondern vertrunken hatte, oder wie damals, als der Tanzlehrer Häusermann beim Vater nicht nur einen Frackanzug sich hatte anmessen lassen, sondern wider Sitte und Brauch zum voraus auch schon bezahlte, indem es sich um eine Berufsausgabe handelte und um dem Schneidermeister zu ermöglichen, Tuch und Zutaten auch sogleich zu erwerben.

«Ich weiß schon», fuhr das Kätterli fort, «das ist nicht ganz so, wie wir es uns ausgedacht haben – aber anders geht es einfach nicht. Ohne Geld zum Anfangen und für dein Studium. Und weißt du, was es mir erleichtert hat?»

Die Stelle zwischen den Augenbrauen ein bißchen gefaltet, die Nüstern gespannt, die Unterlippe leicht vorgeworfen, das Kinn auffallend wider den Hals gedrückt und den Blick auf die gefalteten Hände im Schoß geheftet, sagte das Mädchen verhalten, aber sehr bestimmt: «Ich wollte uns beiden den Vorwand nehmen, unsere Sache sei wegen des Materialistischen, wegen des Geldes gescheitert. Weißt du, das würde ich nicht ertragen, daß all das, was wir uns gewünscht und auf unseren

Spaziergängen ausgemacht haben, nur eine Spielerei, eine Kinderei gewesen sei – nicht ernst.»

Es war eine Sprache aus einer anderen Welt, aus einem anderen Milieu, die Karl vernahm, Worte und Wendungen, die bei seinesgleichen nicht üblich waren; eine Entschlossenheit tat sich hier kund, von der er spürte, daß sie nicht von den Demütigungen und Enttäuschungen der Armut abgeschliffen war. In den Kreisen, aus denen das Fräulein Meng stammte, war, so schien es dem jungen Mann, das Kühne ebenso selbstverständlich beheimatet wie das Geduckte, Ängstliche, ja Feige bei den bescheidenen und listigen Handwerkern seiner Gasse.

«Hast du mit Tschulok gesprochen», fragte das Kätterli.

Das Ergebnis der Prüfung laute nicht ungünstig, berichtete Karl. Die großen Brocken seien natürlicherweise das Latein und die Mathematik; in zwei, vielleicht schon in anderthalb Jahren möchte er zur Maturität bereit sein, habe der Mann ihm gesagt, aber mit Büffeln, mit richtigem Büffeln, anders als in den öffentlichen Schulen. Das müsse er mir ja nicht besonders erklären, ich wisse selber, worum es gehe. Äußerste Ausnützung der Zeit, Konzentration, sei die Vorbedingung.

«Und was meinte er wegen der Rekrutenschule?» warf Kätherli sachgemäß ein.

«Ich solle sie um ein Jahr verschieben lassen. Das sei dann gerade die richtige Erholung nach der Prüfung. Das werde auch sicher bewilligt.»

Das Kätterli erhob sich und lief ein paarmal hin und her. «Das wäre in Ordnung», machte es. «Und jetzt, wie ist es bei dir zu Hause? Hast du ihnen klaren Wein eingeschenkt?»

Der junge Mann antwortete nicht sogleich. Das war die Frage, die er den ganzen Abend über schon befürchtet hatte. Er spürte etwas wie Haß in sich aufsteigen, ob der selbstverständlichen Art, mit der das Mädchen in seine Dinge eingriff.

Er habe nichts Bestimmtes gesagt. Dem Vater, so wie er seit seiner Rückkunft lebe, sei es ja sowieso gleichgültig, und die Mutter, nicht wahr, sie sei ja eine ältere Frau, und etwas verhindern, das könne sie ja nicht. Sie rechne natürlich mit dem Lohn, den er nun, nach bestandener Lehrprüfung als Buchbinder, verdiente. Aber man müsse halt versuchen, es einzurichten, daß man ihr von Zeit zu Zeit etwas zukommen lassen könne. Auch sei ja dann sein Zimmer zu vermieten, und es gehe nicht mehr lange, so könne die eine Schwester, das Maly, in die Lehre zu einer Coiffeuse.

Bekümmert und ohne Überzeugung reihte Karl seine Aussagen aneinander. Es klaffte da zwischen den Plänen auf ihren Spaziergängen und der Wirklichkeit, die sie zu gestalten sich anschickten, eine Lücke, die größer und nüchterner war als eine dreistellige Zahl.

Kätterli hatte sich im Anhören und Weitergrübeln in eine derartige Anstrengung hineinverstrickt, daß ihm die Worte hart und schonungslos von den Lippen fielen.

«Aber beim Buchbinder Goetschel hast du doch gekündigt?» fragte es und wandte ihm über den Tisch hinweg das voll von der Lampe beschienene Gesicht zu.

«Noch nicht», gestand Karl.

Es kam in das Antlitz Kätterlis mit einemmal jener eigenartige und fremde Zug, der damals, nach der Taufe im «Velodrom», die Mutter so erschreckt hatte. Es saß nun wieder vor einem Fenster auf seinem Stuhl; aber der Himmel war nicht maienbestirnt, sondern es fegten die Windstöße des Vorfrühlings mit dumpfem Geräusch an den Scheiben vorbei, und es säuselte und pfiff in den Ritzen. Abwesend, fern, trockenen und starren Blicks saß es da und achtete es nicht, daß Karl sich über es beugte, seine Arme ihm um die Schultern legte, dann niederkniete, seine kalten Hände ergriff und mit den seinen umschloß, sie wieder und wieder küßte – und vergebens auf die Antwort eines warmen Lebenszeichens wartete.

«Kätterli?» fragte er, «Kätterli?»

Über seinen Kopf hinweg blickte das Mädchen in den schwach leuchtenden Talkessel hinab, über den die geballten Wolken dahinglitten und sich in der Nacht verloren. Aber auch seine Bewegungen und die Worte, die er sprach, kamen Karl wie künstlich und gestellt vor, so als spielte sich die Szene auf einer Bühne vor einem einzigen, aber unsichtbaren Zuschauer ab. Es war ihm, als bemühte er sich um eine Holzpuppe, und er war selbst nicht mehr weit davon entfernt, sich als ein Gebilde aus gleichem Material zu fühlen. Mit linkischer Scheu, dann angeweht von einem urtümlichen Hauch aus Kätterlis Kleidern, umfaßte er des Mädchens Knie, legte er das Gesicht auf den Stoff ihres Rockes und zitterte und atmete, und es war, als sei der Duft, den er einatmete, eine Wolke, die schwebte und ihn zu tragen begann, und mit einem

Male spürte er ein zages Lösen ihrer Glieder, eine Antwort, ein Ja, ein Einfachwerden, und wie die dünne Schale des Harten und Strengen zerbarst.

II. Kapitel

Das Kinematographentheater an der Waisenhausgasse bestand aus einem langen, schlauchähnlichen Raum, dessen Boden leicht anstieg bis zur hinteren Querwand, in die einige kleine quadratische Fensterchen eingelassen waren. Vor der weißen Projektionsfläche am anderen Ende des Saales erhob sich eine brusthohe Balustrade, die den Kasten des Klaviers bis auf den oberen Teil verdeckte. Wenn die Lampen verlöschten, nahm man dort in einem schwachen Lichtschein nur noch den Kopf des Klavierspielers wahr, dessen Aufgabe einerseits darin bestand, durch sein Geklimper das Rauschen der absurrenden Filmspule zu decken, und anderseits, die stummen Vorgänge auf der Leinwand musikalisch zu untermalen.

Da die Leute, die das Etablissement besuchten, dies eigentlich mehr im geheimen und versteckten taten, als etwas Verpöntes und nicht gerne Zugestandenes gleichsam, besonders wenn sie den sogenannten gehobenen Klassen angehörten, trug die Direktion des Unternehmens diesem Vorurteil Rechnung. Der Eingang und die Kasse lagen nicht an der Straßenfront, sondern seitlich gegen die Hofeinfahrt zu, nicht größer als eine gewöhnliche Haustüre. Im Saale selbst herrschte fortwährend eine Dämmerbeleuchtung, in der man wohl die Gestalten, nicht aber die Gesichter der Besucher erkennen konnte. Dieses Hereinhuschen namenloser Schatten, die sich mitten aus dem hellen Tage heraus, in völliger Dunkelheit zu den Vorstellungen zusammenfanden, gehörte zu dem eigenartig prickelnden Reiz, den das Kinematographentheater auch auf Aaron und Walter Abt ausübte.

Während weit vorn der Klavierspieler unentwegt Salonstücke und Schlager aneinanderreihte, lauschten die beiden jungen Leute mit einem geheimen Entzücken dem Froufrou und Rascheln von Röcken zweier weiblicher Personen, die sich hinter ihnen auf ihren Sitzen niederließen. Aaron wollte etwas sagen; doch der Kamerad legte die Hand auf seinen Arm, ihm Schweigen bedeutend, denn die beiden Frauen waren mitten in einem Gespräch begriffen, das sie im Schutze des Klavierspiels und der Dunkelheit lauter führten, als sie wähnten.

«Er lebt absolut allein, als Junggeselle, hat keinen Anhang, keine Verwandte, und sicher ist er sehr reich. Ich spüre das, mein Gefühl trügt mich nicht», flüsterte die eine, offenbar ältere der beiden Besucherinnen. «Er hat ein süperbes Appartement, mit Teppichen, Lüstern, Bildern, und gehalten, weißt du, tipp topp. Eine alte Haushälterin, die ihm das besorgt. Ißt aber nie zu Hause. Das Frühstück im Café, mittags und abends in der Kronenhalle oder im Kropf.»

«Aber was macht er, wovon lebt er?» fragte die andere.

«Finance, Spéculations, affaires de Bourse, aber international, mit Paris, London und so. Alles per Telegramm, dutzendweise. Auch Häuser, vermute ich. Bien sûr, versteuern tut er fast nichts.»

«Du hast dich erkundigt?» lachte die jüngere.

«Darauf kannst du dich verlassen. Aber das täuscht mich nicht. Ich kenne die Art Vögel.»

Auf der Leinwand erschien ein flimmerndes Bild, Ministerkrise in Frankreich, Delcassé im Gespräch mit einem Admiral; die Bewegungen waren hastig; mit unwahrscheinlicher Schnelligkeit lüpften die Prominenten ihre Hüte und setzten sie wieder auf. Im Fingersatz des Klavierspielers geisterte ein paar Takte lang die Marseillaise auf. Die Frauen schwiegen eine Weile.

«Sie bereiten die Revanche vor», sagte die ältere der beiden Zuschauerinnen. «Das wird die Kurse wieder anziehen lassen.»

Die Aufmerksamkeit der beiden Gymnasiasten war geteilt zwischen den Vorgängen vor und hinter ihnen.

«Ein Schläuling, offenbar», nahm die jüngere das Gespräch wieder auf, «ein wenig mystérieux. Nicht sehr einfach.»

«Ça, mon petit», skandierte die andere. «Die Männer in einem gewissen Alter, das pflückt sich wie reife Birnen. Die Einsamkeit, la solitude. Sie bekommen plötzlich genug davon. Plötzlich suchen sie einen Unterschlupf wie Hunde im Regen. Laisse moi faire!»

Die Robben auf der verregneten Leinwand zeigten ein aufgeregtes Bestreben, immer aus dem Bild zu watscheln; kaum waren sie im Rahmen des Ausschnittes eingefangen, humpelten sie wieder davon. Ein schwaches Lachen begleitete das Bemühen des Operateurs, sie wieder ins Blickfeld der Beschauer zu bringen.

«Und Léon?» fragte die ältere nun.

Die beiden Freunde hörten ein verächtlich-resigniertes Blasen. «Von Zeit zu Zeit taucht er wieder auf. Sie haben ihn doch entlassen, trotz der Protektion aus Paris. Schulden, nichts als Schulden.»

«Was macht er denn jetzt?»

«Du wirst lachen, er ist da.»

«Wo? Hier?»

Sie hörten ein leises, melodisches Lachen.

«Dort vorn. Er ist es, der Klavier spielt.»

Aaron lief es heiß über den Rücken hinab. Schon einige Male während des Lauschens war es ihm gewesen, als müsse er die Stimme der jüngeren Frau doch kennen. Nun tauchte scharf und unmißverständlich das Bild jener Begegnung auf der Bahnhofbrücke vor ihm auf, an jenem morgendlichen Maientag in seiner Knabenjugend, da er mit der Kuh von Geroldswil herauf in die Stadt gewandert war, und wie er nachher seinem Onkel Léon und seiner Begleiterin, Madeleine, in die Hände lief.

«Ist das möglich? Dann muß es ihm aber schon sehr dreckig gehen.»

Es tänzelte Max Linder (Löndär), der französische Komiker, schwarzhaarig, mit hohem Kragen und steifem Strohhut, Noceur und Herzensbrecher, von rechts herkommend und sein Stöcklein schwingend, in das Bild und begann eine vollbusige Schöne im rüschenbesetzten Negligé zu betören. Sie reagierte mit abgewandtem Köpfchen, dem Händchen vor dem Mund und schlimmen Blicken aus den Augenwinkeln. Und es erschien der Hahnrei, ein Bonvivant, der im grauen Cutaway, in weißer Weste und den Feldstecher umgehängt vom Rennen in Longchamp kam und ausglitschte und Geschirr zerbrach, und Schlagsahne flog herum und lief über Gesichter hinab, und die Polizei kam, mit fürchterlichen Schnäuzen und lächerlich kleinen Pelerinen, und es riß der Streifen, und es wurde die Dämmerbeleuchtung über einem behaglich rauschenden Publikum eingeschaltet. «Puppchen, du bist mein Augenstern», intonierte Léon hinter seiner Bretterwand.

«Das ist blöd», machte Aaron, aber eher um die peinliche Empfindung wegen seiner Verwandtschaft zum Klavierspieler zu verbergen.

«Ich finde es noch ganz lustig», antwortete Abt und versuchte dabei, unauffällig nach hinten zu schielen, die beiden Damen, deren Gespräch sie fetzenweise belauscht hatten und die so einen diskreten Veilchenduft ausströmten, zu betrachten. Doch das Licht reichte gerade aus, den Schimmer einer Zahnreihe und das Glitzern eines Ohrgehänges zu erkennen. «Natürlich ist es blöd; aber die Franzosen machen sich nicht nur über sich selbst lustig, sondern über die Polizei, und daran erkennt man, daß sie ein freiheitsliebendes Volk sind.»

Aaron gab es zu. Immerhin könnte man sich denken, der Kinematograph sei auch für ernstere Darstellungen geeignet, meinte er altklug.

«Du kannst ja darüber einmal einen Hausaufsatz abliefern bei deinem Idol, dem Professor Wude aus Darmhessen», spottete Abt. Aaron schwieg, unglücklich und gekränkt.

«Du verstehst einfach nicht, worum es geht», erläuterte Abt, «und du bist ja nicht der einzige. Fast jeder fünfte Einwohner von Zürich ist ein Deutscher! Die Eingebürgerten und die durch ihre Heirat Schweizerinnen gewordenen deutschen Dienstmädchen nicht gerechnet!»

«Geht nicht die ganze Tendenz auf Internationalität, auf Vermischung der Völker, auf die Auflösung der Grenzen zu?»

«Sag das einmal zu den Deutschen! So reden sie bei uns! Bei den Sozialdemokraten so gut wie bei den Bürgerlichen und den Intellektuellen. Damit weichen sie das Schweizertum auf und bereiten es auf die pangermanische Expansion vor!»

Aaron lachte heraus. Das sei nun doch ein ganz unzeitgemäßer patriotischer Chauvinismus.

«Absolut nicht. Die führen sich bei uns auf, als seien sie hier zu Hause. Überfliegen mit ihrem Zeppelin schweizerisches Hoheitsgebiet, halten in Zürich ihre Kongresse ab, als sei es eine deutsche Stadt; die Versammlung des Deutschen Vereins für öffentliche Gesundheitspflege, die deutsche Neuphilologentagung, das deutsche Tonkünstlerfest – es fehlt nur noch, daß der deutsche Kaiser kommt und Inspektion abhält über die schweizerische Armee.»

Es war das erste Mal, daß Aaron etwas Derartiges dem Freunde gegenüber äußerte. Seit frühester Jugend hatte er es immer tief in seinem Busen bewahrt. Aber jetzt spürte er, es bedürfe seine Haltung einer Rechtfertigung. «Weißt du, Walter», sagte er leise, während der Saal sich wieder verdunkelte, «wir Juden haben ja keine rechte Heimat wie ihr andern, und ich denke, es müßte für uns leichter sein, wenn es nur Menschen und keine Nationalitäten mehr auf der Welt gäbe.»

«Die Pestalozzi sind auch Italiener gewesen, früher, und der Heinrich Pestalozzi ist ein Schweizer geworden, auf den wir stolz sind», entgegnete Walter Abt.

Es begann mit Asta Nielsen ein mimisches Drama auf der Leinwand; auch das Gezwitscher der beiden Frauen hinter ihnen verstummte, und Léons linke Hand fing an, in den dunklen Tasten zu wühlen. Aaron gewahrte die sich anbahnenden Verwicklungen wohl, aber in der Tiefe führte er das Gespräch weiter. Die Wendung, die es mit des Freundes hingeworfener Bemerkung genommen hatte – sie war auf irgendeine unausdrückbare Weise wie eine Hand, die ihm hingestreckt, wie eine Aufforderung, einzutreten, die an ihn ergangen war.

III. Kapitel

Es geschah immer häufiger, daß der Inhaber des Ladengeschäftes an der Langstraße, R. Gidionovics, Schürzen und Kurzwaren, an den Samstagnachmittagen, wenn der Betrieb geschlossen war, sonntäglich gekleidet und auf die Zigarette verzichtend, weil das Entzünden eines Streichholzes den religiösen Vorschriften widersprach, gegen den Stauffacherplatz vorstieß und die Sihlbrücke überschritt. Mit flinken und aufmerksamen Augen musterte er auf seinem Gang die Geschäfte der Konkurrenz, die Leute, die kamen und gingen, blieb stehen, blickte an den Häusern empor und machte sich seine Gedanken. Besonders zog ihn der Platz an, wo der Talacker vom Paradeplatz her, die Löwenstraße vom Bahnhof herauf und die Sihlstraße vom Boulevard der Bahnhofstraße herüber zusammenstießen. Zwar standen dort noch in Gärten, umgeben von lanzenbewehrten Gittern mit vergoldeten Spitzen, Landhäuser aus dem vorigen Jahrhundert und niedere Giebelbauten, ein stilles Quartier im Schatten der Katz-Bastion und des Botanischen Gartens. Aber der Brückenkopf war doch bereits von mehrstöckigen Mietshäusern besetzt, im

Stile nicht unähnlich jenen der vertrauten Langstraße. Irgendein vererbter Instinkt sagte dem Zugewanderten etwas von Zusammenhang von Brücken und Detailhandel. Umklammert und belagert gleichsam vom proletarischen Stadtteil Außersihl, angeweht vom Geruch der Kaserne und den Militärstallungen an der Geßnerallee, schlummerte die spärlich bewohnte, aber verkehrsreiche Gegend einer nahen Veränderung entgegen.

Es war hier an der Ecke der Selnau- und der Sihlstraße, fünfzig Schritte vor der Sihlbrücke ein Lokal zu vermieten, ein Eckladen mit drei Fenstern auf die zwei Straßen hinaus und dem Eingang quer zur Ecke. Die Frau, die das dort eingerichtete Damenhutgeschäft innehatte, mußte das Unternehmen aufgeben. Über dem Laden, im Entresol, befanden sich noch drei Räume, durch eine eiserne Wendeltreppe mit dem Erdgeschoß verbunden.

Im letzten Jahr hatte sich Ruben selbständig gemacht. Zwar blieb sein Bruder, der Schürzenfabrikant, nach wie vor sein wichtigster Lieferant; aber die Miete und der Betrieb des Ladens an der oberen Langstraße gingen jetzt vollständig auf seine eigene Rechnung. Er vertrieb nun auch Hemden, blaue für Arbeiter und weiße, mit gestärkter Brust für Bessere; Kragen und Trikotwaren kamen mit der Zeit ebenfalls dazu. Die Familie bewohnte eine eigene Wohnung an der Badenerstraße; David, der Älteste, bereits der Schule entlassen, half im Geschäft und besuchte die Abendschule des kaufmännischen Vereins.

Die beiden Brüder, der breite, untersetzte Leib mit den energischen, glattgeschabten Backenknochen und den buschigen Augenbrauen, und Ruben, der schmächtigere Blasse, standen an diesem Vormittag im Juni unter einer Platane an der Geßnerallee, dem in Frage stehenden Eckhaus gegenüber.

«Drei schöne große Schaufenster, eine Ecktüre, und oben im Zwischenstock könnte man das Lager einrichten», erläuterte Ruben. «Ein richtiges kleines Warenhaus, sage ich dir. Und ein Keller ist auch vorhanden und im Dachstock noch ein Estrichraum.»

«Aber die Miete», bemerkte Leib, «und der Betrieb braucht Leute!»

«Die Sidia, ich, der David, in ein, zwei Jahren die Recha – ein Laufbursche und ein Lehrmädchen», zählte der Kleine auf.

«Aber die Miete», wiederholte der andere.

«Wir machen doch dreimal den heutigen Umsatz.»

«Aber die Miete ist viermal höher, als was du jetzt bezahlst.»

«Der Raum ist auch größer – und man kann Artikel führen, die interessant sind. Kragen, Krawatten, Taschentücher, Strümpfe, Socken.»

«Du hast das Kapital nicht. Und bei mir steckt alles im Geschäft. Ich kann nicht mitmachen.»

«Du kannst schon, wenn du willst. Aber du willst nicht.»

Nein, er wolle nicht, bestätigte der Schürzenfabrikant. Das gehe ihm alles zu rasch. Statt sich mit dem gutgehenden Detailgeschäft an der Langstraße zufrieden zu geben, das der Familie nun Auskommen und Ersparnisse ermögliche, statt bescheiden, aber solid und ohne Schulden langsam zu wachsen, wolle er nun auf einmal oben hinaus, groß werden, Risiken und Verpflichtungen eingehen. Auch die Mutter sei dagegen, er wisse es wohl.

Sie redeten zusammen in der Sprache des Ghettos, mit vielen Gesten, und wanderten im Schatten der Platanen, dem Schanzengraben entlang, den Militärstallungen zu und wieder zurück, und die Einheimischen blieben stehen und machten ihre Bemerkungen.

Es war derweilen Mittag geworden, und es wurde die Frequenz des Verkehrsknotenpunktes ersichtlich. Von den Bankgebäuden um den Paradeplatz herum wanderten viele Angestellte über die Sihlbrücke in das Quartier Außersihl zurück, auch Mädchen aus den Warenhäusern der Altstadt. In der Gegenrichtung bewegte sich viel Volk, das in der Peripherie tätig war, im Baufach und in verschiedenen industriellen Betrieben.

Das seien die echten Käufer nicht, bemerkte Leib, sondern Leute mit hungrigem Magen und knapper Mittagszeit. Aber am Nachmittag, da kämen die Frauen des Volks, die Einkaufsfrauen, die das Quartier wechselten, weil ihnen alles besser und vorteilhafter erschien, wenn es aus den gehobenen Bezirken der inneren Stadt herrühre, entgegnete Ruben. Statt sich zu freuen, daß er den Absatz und den Umsatz seiner Waren steigern helfe, wisse er, der obergescheite Bruder, nichts Besseres, als ihm die Sache mies zu machen.

«Ich will dir nun einmal etwas sagen, Ruben» – die Hände in den Taschen, einen Stumpen zwischen den roten Lippen, leicht vornübergebeugt und die Krempe des schwarzen Filzhutes hochgeschoben und beinahe tückisch, so stand der Schürzenfabrikant neben dem schmächtigen Bruder –, «mehr als doppelt so lang wie du bin ich in dieser Stadt. Ich habe meinen Weg mit fleißiger Arbeit gemacht, weil ich bald herausgefunden habe – das lassen *sie* gelten, Jud hin oder her.»

«Ich will nichts Unrechtes.»

«Klettern willst du, über uns und die andern hinweg. Einen Corner shop willst du auftun wie der Samuel in New York, und die Sidia muß einen Pelzmantel haben und Ohrenringe, und die Recha muß Klavierstunden nehmen, und der David muß in die Tanzstunde – und wenn ihr ausgeht, du und die Sidia, dann geht ihr ins Wienercafé an der Bahnhofstraße. Meinst du, ich weiß nicht, daß du unter der Hand Mist und Ramsch zusammenkaufst, und daß du die Heimarbeiterinnen bemogelst mit Abzügen und Anständen? – Und vor ein paar Jahren noch seid ihr mit einem Bündel am Arm angekommen. Und schon bist du übermütig und frech.»

Ruben ließ es über sich ergehen. Mit leicht entzündeten Augen, immerfort den Rauch seiner Zigarette einziehend und durch die Nase ausstoßend, blickte er zu dem banalen Mietshaus hinüber, richtete er im Geiste bereits die Auslagen in den drei Schaufenstern ein, brachte er eine große, zweifach geknickte, über die ganze Fassade sich hinziehende Firmatafel an, «R. Gidionovics, Warenhalle zur Sihlbrücke», und sah Sidia mit den neuen Ohrgehängen an der verglasten Kasse sitzen, links neben dem Eingang. Außer der gründlichen, aber sterilen Schulung am Talmud jeglicher Bildung bar, der deutschen Sprache mächtig von einem Jahr in Wien her im Trödelladen eines Onkels, von manchen Demütigungen getroffen, hatte sich in dieser ordentlichen und toleranten Stadt in ihm ein ungeduldiger Ehrgeiz entwickelt. Heraus aus der Armut! Besitz bedeutete Freiheit in dieser Welt. Ohne eine andere Beziehung zu der Bevölkerung, in der er lebte, als jene einer möglichen und begehrten Kundschaft, ohne Verständnis für ihre Art, in seiner raschen Kombinationsfähigkeit und seiner Fixigkeit ihre nüchterne, etwas schwerfällige Lebensweise mißverstehend und ihre Intelligenz unterschätzend, verbarg sein flüssiges und wortreiches Gehaben eine verschwiegene Verachtung des Wirtsvolkes und ein nicht unbedeutendes Quentchen Hochmut. Die eigentliche Kraft aber in seinen Erfolgen auf dem Gebiete des Kleinhandels bestand in der steten Bereitschaft neuen Bedürfnissen gegenüber. Er wußte sie zu wecken, sei es durch die Billigkeit des Preises oder durch die Suggestion der großen Quantitäten, die er ausbreitete, ausschüttete, angeblich verschleuderte. Dieses Haus, dort drüben an der Ecke – wie ein voll mit Waren gehäufter und gekippter Korb würde es sich der Straße zu öffnen, und das Kaufen würde sich leicht wie ein Nehmen im Vorbeiweg gestalten. Dafür, daß immer mehr und immer Neues den Reiz wach erhalten sollte, dafür wollte er, Ruben Gidionovics, schon besorgt sein!

Als der Schürzenfabrikant den Bruder mit seiner Familie hatte kommen lassen, glaubte er, damit eine Hilfe im eigenen Betrieb gewonnen zu haben, Arbeitskraft aus der eigenen Sippe, am Gedeihen des Unternehmens Anteil nehmend. Wenige Jahre, ein halbes Jahrzehnt aber hatten genügt, ihre Verschiedenheit offenbar werden zu lassen. Leib spürte es bald: der jüngere Bruder liebte die Ware nicht, er hatte kein Verständnis für solid angenähte Knöpfe, akkurate Säume, ehrbares Material. Ware hatte für Ruben die Eigenschaft heißen Eisens, das man flüchtig berührte und rasch, rasch weitergab, bevor man sich daran die Finger verbrannte. Woher es kam, wohin es ging – das war völlig gleichgültig. Während Leib, seiner Mühe und Sorgfalt bewußt, starrköpfig den Preis seiner Produkte verteidigte und eher die Ware stapelte, als sie unter dem Wert zu verkaufen, war Ruben ihrer rasch überdrüssig. Kein pedantischer Rechner wie der Bruder, sondern auf eine fast abergläubische Art der Vorstellung des schnellen Umsatzes verhaftet, bemaß sich für ihn der Kurs der Dinge, mit denen er handelte, nur nach der Eigenschaft, wieviel Nutzen sich von ihnen abstreifen ließ. Zur Herstellung von Gebrauchsgütern, wie sie der Schürzenfabrikant besorgte, fehlte ihm nicht nur die Geduld – wie lange ging es doch, bis das hineingesteckte Geld wieder als bare Münze aus dem Prozeß herausfloß –, es fehlte ihm auch die Beziehung zur Stadt und zu ihren Menschen. Alles, was er unternahm, hatte den Charakter des Vorübergehenden. Innerlich war er stets aufbruchbereit, den Nomaden gleich, die ihre Zelte abbrechen und weiterziehen, sobald die Weideplätze abgegrast sind.

Ein Bazar aber in der Ecke jenes Hauses dort drüben, wo sich die Waren sammelten und in das sich die Leute hineindrängten, sie abzuholen, und wo er nichts zu tun hätte, als behende den Laich von den Goldfischchen abzustreichen, das entsprach seiner Vorstellung vom Handel und Wandel.

Der ältere Bruder stand neben ihm, bekümmert und zornig. Offen lag es vor ihm, wie der Jüngere es sich zurechtlegte. Ihm, Leib, war diese Stadt zu einem Endpunkt der Wanderung geworden, ein ehrenwerter und duldsamer Ort, wo man der Arbeit Achtung entgegenbrachte, Sorgfalt und Qualität schätzte, und jedem seinen Platz gönnte, wenn er sich einordnete und auf sein Wort Verlaß war. Ruben aber mit seiner Warenhalle war für diese Leute eine Gefahr; aus einem tief verankerten Instinkt heraus, der dem anderen abging, spürte er, daß gegen diese orientalische und nomadenhafte Art des Handels eine Abwehr der Einheimischen sich geltend machen würde, die auch ihm, dem Schürzenfabrikanten gleichen Namens, schadete.

«Die Mutter ist auch dagegen», sagte er nochmals – und er wußte, es war der stärkste Einwand, den er vorzubringen hatte; denn in diesen zerstreuten, aus dem östlichen Europa über den Kontinent hinwandernden Sippen ruhte der letzte Entscheid bei den Stammeltern. In ihnen war die Erfahrung als Weisheit niedergelegt. Mochte Recha, die Mutter der beiden Brüder, mit aufgekrempelten Ärmeln in der Küche hantieren, mit dem Marktnetz in abgetragenen Pantoffeln über die Straße schlurfen oder durch ihre rituelle Perücke, den «Scheitel», den Spott der Einheimischen erwecken – für die Familie, bis hinunter zu den Enkeln, war sie von einer Aura der Ehrfurcht umweht, einer unsichtbaren königlichen Würde. Ohne Bildung im Ghetto aufgewachsen, auf Grund einer Art Kaufvertrages durch einen Vermittler in den Stand der Ehe getreten, zahlreiche Kinder gebärend, früh gewelkt, war sie nach dem still wirkenden Gesetz der Zeit zur Stammmutter emporgewachsen. Aus der Bedeutungslosigkeit einer unter der Schar ihresgleichen kichernden Jungfrau mit weißer Haut und fettigen Haaren war auf der langen Wanderung durch die Zeit und nach Westen aus ihr die Trägerin der Überlieferung geworden. Jeden Erstaunens bar, immer von einer stetig wachsenden Zahl der Sippenmitglieder umgeben, Zellkern eines zähen, auch im Fluß der Wanderung unzerstörbaren Organismus, war sie jetzt der Herd, um den sich die zwei Generationen lagerten, der ruhende Mittelpunkt in der Heimatlosigkeit. Die Kochrezepte, die Riten, der Kalender, die Feste und die Jahrzeiten der Verstorbenen, die Weissagungen, die Familiengeschichte, die Sprichwörter, die weisen Sagen, der Aberglaube und das Geheimnis der Frauen, das Wohnen im Gedächtnis all der Ihrigen, das war ihr Teil – und das Bild der Stadt am See, das wie zufällig auf ihre Netzhaut fiel, änderte nichts daran. Es waren Nebelschleier und Wind, die über das lebenslang sich gleichbleibende Zelt hinwegstrichen.

«Die Mutter dagegen?» fragte Ruben zurück. «Ha, ha», höhnte er unecht und übertrieben. «Eine alte Frau.»

«Die Mamme», sagte der ältere nur.

Ruben langte in die Brusttasche und zog ein Papier hervor. «Ich habe unterschrieben», machte er bedrückt und frech zugleich. Mit großen runden Augen, ein Zucken in den Wangen, betrachtete der ältere Bruder Leib den Mietvertrag.

IV. Kapitel

Nach einigem Hin und Her, und nachdem sich der Polizist bei dem in Zivil anwesenden Vorgesetzten erkundigt hatte, wurde es Clemens Wepf gestattet, seinen Photographenapparat ein paar Schritte vor den wartenden Leuten, gegenüber dem Eingang des Kunsthauses aufzustellen. Die Menge der Neugierigen, die sich eingefunden hatten, um den Auszug der Offiziellen mitanzusehen, die augenblicklich noch drinnen am Einweihungsakt des neuen Museums teilnahmen, war nicht sehr groß. Viele von ihnen waren mehr von dem Park der blankpolierten Droschken, den glattgestriegelten Pferden und den glänzenden Zylindern der Kutscher angezogen worden. Sie wurden dann darüber belehrt, was drinnen sich abspielte, und hierauf ebenfalls von dem Begehren angesteckt, den zürcherischen Bundesrat Forrer, den Stadtpräsidenten und alle Magistraten und Delegierten zum offiziellen Bankett nach der Tonhalle davonfahren zu sehen. Der April zeigte sich, wie es sich gehörte, launisch.

Wepf hoffte auf einige zwanglose Gruppenaufnahmen der schwarzgekleideten Herren. Würden dabei noch einige Damen in kecker Frühjahrstoilette, der Bundesweibel in seinem weiß-roten Havelock und jener des Standes Zürich in Blau-Weiß anwesend sein, so durfte, besonders wenn es ihm glückte, noch eine der großen steinernen Urnen in den Bereich der Linse zu bringen, mit einigen kurzweiligen Bildern gerechnet werden. Abgesehen vom privaten Absatz dieser Erzeugnisse, mochte sich vielleicht noch eine illustrierte Zeitschrift bereit erklären, ein solches photographisches Dokument zu erwerben.

Wepf war darauf angewiesen. War es ihm in der Zeit, da er Hodler in seinem Atelier am Zürcher Horn draußen seine ersten Bilder in der neuen Art zu malen gezeigt hatte, noch hie und da gelungen, eine Leinwand «genre pompier» hervorzubringen und dafür einen Käufer zu finden, so erwies sich leider dieser Ausweg in den Konformismus während der kommenden Jahre als immer unmöglicher. Die Hand versagte sich diesem Dienst, sie wollte so malen, wie es ihr das zu neuem Sehen erwachte Auge gebot. Aber diese Lust, einfache kreidige Farbflächen von beinahe geometrischen Formen aufzutragen, die die Neigung zeigten, sich immer mehr von erkennbaren Dingen zu entfernen, führte den Maler, wie er sich eingestehen mußte, in einen bedenklichen Zustand der Unterernährung hinein. Sie gewann die Gewalt eines Lasters, das ihn körperlich zu ruinieren drohte.

In dem kleinen Wirtschäftchen zum «Hornbach», wo Wepf des Abends manchmal, als die einzige Mahlzeit des Tages, für vierzig Rappen einen Cervela, ein mächtiges Stück Brot und ein großes Glas Bier einzunehmen pflegte, wurde ihm, anläßlich einer Renovation der Gaststätte, die Bemalung einiger Wände vorgeschlagen. Als Bezahlung erhielt er, der bei den Wirtsleuten bereits in Schuld stand, einen Photoapparat mit Stativ angeboten, einen Gegenstand, der seinerseits wiederum den Gegenwert für wenig Speise und viel Tranksame darstellte, die der frühere Eigentümer schuldig geblieben war und deshalb den Apparat schließlich als Pfand und Bezahlung zurückgelassen hatte.

Mit diesem Apparat begann Wepf neben Gelegenheitsaufnahmen bei Vereinsanlässen und kleinen Familienfesten auch Brandstätten, dem Abbruch geweihte Häuser, Verwüstungen nach Sturm und Hochwasser, Umzüge und öffentliche Festakte auf die Platte zu bannen. Diese Nebenbeschäftigung des Malers erwies sich mit der Zeit als einem aufkeimenden Bedürfnis entsprechend und als eine Einfügung in die bürgerliche Ordnung. Wepf konnte damit die Miete für das Atelier und den Aufwand für seine Ernährung bestreiten. Sie machte das Malen zu einer zwecklosen Freude, die durch keinerlei Selbstvorwürfe mehr vergällt wurde.

Es traten dann, noch während Wepf unter seinem schwarzen Tuche lauerte, die ersten Herren aus dem Portal des Kunsthauses und bewegten sich gemessen, der Droschken gewärtig, auf der matten Milchglasscheibe einher. Er hatte während des Geschäftes des Einsteigens, Sichzurechtsetzens und des leutseligen Grüßens mit gelüfteter Kopfbedeckung, dem die Offiziellen oblagen, Zeit, die Platten mehrere Male zu wechseln und die Namen der also Konterfeiten aufzuschreiben. Als die Kutschen davongefahren waren, ergoß sich ein Strom geladener Gäste aus der Türe. Beschäftigt, den Apparat abzuschrauben und das Stativ zusammenzuklappen, wurde Wepf von einem untersetzten Manne in steifem Hut im breitesten Berndeutsch angerufen: «Ja, was machid denn Ihr da, Herr Wepf, Dir ghörit doch da ije, nit da use.»

Der Photograph, der den anderen um einen Kopf überragte, lachte.

«Grüß Gott, Herr Hodler. Und Sie gehören doch eigentlich auch in die Kutschen.»

Der Maler verzog sein gerötetes Gesicht zu einem listigen Lachen und schüttelte den Kopf. «Nicht sehr scharf darauf. Aber Ihr, Clemens Wepf, seid Ihr Photograph geworden? Fertig mit der Kunst?»

«So», machte Wepf und faltete das schwarze Tuch zusammen, «kann ich doch malen, wie ich will, und muß nicht immer an einen möglichen Käufer denken.»

Der berühmte Hodler betrachtete den jungen Mann mit einer Art Zärtlichkeit. «Wenn ich beim Bankette mit dem Bundesrat ins Gespräch komme... Warum seid Ihr nie nach Genf gekommen, mich besuchen, wie es abgemacht war, damals?»

Der junge Maler zuckte die Achseln. «Kommt», faßte ihn Hodler unter den Arm, «gehen wir ins Östli hinüber und trinken wir ein Gläschen Fendant.»

Über den ganzen Platz hinweg, auf den der Sängervater Heim von seinem Postament herab mit freimütigem Lächeln herabblickte, waren dunkel gekleidete Herren wahrnehmbar, die, ein mit weißem Papier umwickeltes Guezlipäckli am Schnürchen vor sich hertragend, dem Mittagstisch zustrebten.

Sie und die Kirchgänger, die Gesangbücher mit Goldschnitt in der Hand, zeugten für den zürcherischen Sonntag.

Die beiden setzten sich hinter den Tisch auf die Bank am Fenster, das auf das eben eingeweihte Kunsthaus hinausblickte.

«Wißt Ihr», meinte Hodler, «Museen machen mich traurig. Daran sieht man, daß die Kunst die Verbindung mit dem Leben und mit dem Volk verloren hat. Früher wanderten die Bilder hinaus in die Häuser der Leute, in die Kirchen, in die Schlösser. Jetzt sammelt man sie an einem Ort, und damit werden sie zu einem schwer zugänglichen hermetischen Besitz von Fachleuten und Eingeweihten. Eine Art Steckenpferd für Gebildete und bar jeder sozialen Funktion und Idee.»

«Eh», erwiderte Wepf, der, seit er sich als Photograph sein Brot verdiente, jede Scheu vor dem Großen verloren hatte, «Sie können sich nicht beklagen, Meister Hodler. Sie haben sich bei uns und in Deutschland schon eine ganze Anzahl von Wänden zurückerobert, die jeder ansehen kann, ohne Eintritt, ohne Katalog und ohne Gebühr für die abgegebenen Mäntel und Schirme. Das Landesmuseum, die Universität Jena, den Rathaussaal in Hannover, und jetzt ist ja wieder da drüben im Treppenhaus des Kunsthauses etwas geplant. Sie haben doch der Malerei den Weg zum Monumentalen wieder geöffnet.»

Hodler schlürfte von seinem Wein und blickte dabei dem Tischgenossen nachdenklich ins Gesicht.

«Ihr könnt das jetzt nicht verstehen, was ich Euch sage, und wenn Ihr es versteht, so werdet Ihr es nicht glauben: ich würde mit Euch tauschen, junger Mann, mit all dem sogenannten Ruhm und mit all den Moneten, die der Kunsthandel augenblicklich für jeden Fetzen, den ich hinschmiere, bezahlt.»

Wepf hielt den Blick ruhig aus. «Das weiß ich selbst», entgegnete er, «das haben Sie schon oft ausgesprochen.»

«Ich? Das hätte ich Euch schon gesagt? Damals am See in Eurem Atelier draußen?»

Wepf schüttelte den Kopf. «Nicht mir persönlich haben Sie das gestanden – aber allen. Sie schreien es ja in die Welt hinaus, mit den Greisen, mit den Enttäuschten, mit den Frauen um den Jüngling herum, mit den Kriegern, die sich geschlagen und trotzig zurückziehen, den Studenten, die aufbrechen in den Tod, den Frauen, die in die Unendlichkeit hineinblicken, schmerzhaft und resigniert, den Söldnern, die das Blut aus ihren Wunden davonfließen sehen. All das bedeutete doch etwas, das Sie angeht. Der Künstler hat doch kein Geheimnis vor der Welt. Er tut nichts anderes, als es immer und immer wieder hinauszubrüllen ...»

Der breite, untersetzte Mann mit der kahlen Schädeldecke und dem grauen Bart saß lauschend da, die vollen roten Lippen geöffnet und die schadhaften Zähne entblößt. «Ihr stammt aus einfachen Verhältnissen?» fragte er.

«Mein Vater war Schifflisticker im Rheintal, und ich war zum Zeichner bestimmt. Dann kam ich nach Zürich in die Gewerbeschule.»

Hodler nickte. «So, das ist Euch aufgefallen. Dann kommt wahrscheinlich auch Euch das alles ein bißchen verdächtig vor?»

«Was?»

«Eben, ich meine das alles, diese Betriebsamkeit, dieser Unternehmergeist, daß niemand erstaunt ist, dieser Materialismus, dieses europäische Gleichgewicht.»

«Ich bin nicht so gescheit und erfahren», meinte Wepf, «aber was das Malen anbelangt, so denke ich immer: so kann es nicht mehr weitergehen, und Sie selber –»

«Ich bin schon siebenundfünfzig. Und es fängt ja alles erst an», murmelte Hodler; mit weitgeöffneten Lidern starrte er vor sich hin, und er erinnerte Wepf an den verwundeten Krieger.

Ob er von ihm eine Aufnahme machen dürfe? fragte Wepf.

Hodler willigte ohne weiteres ein. Es entstand daraus die später so bekannt gewordene Photographie, aufgenommen auf dem Kies im Gärtchen des Cafés Ost, inmitten der eisernen Tische und Stühle, neben einem von Efeu überwucherten Lattenwändchen, der berühmte Maler en face, den steifen Hut auf dem Kopf und im Antlitz den Abglanz des Gesprächs.

V. Kapitel

Professor Wude und der Seifenfabrikant Brüstlein waren die letzten, die sich am Ende des sogenannten Herrenabends, einer von Zeit zu Zeit sich wiederholenden Veranstaltung im Hause des uruguayischen Honorarkonsuls Meng, verabschiedeten. Die Schiebetüren zum hellerleuchteten Speisezimmer waren weit geöffnet; über dem Tisch mit den Gläsern und den vielen Flaschen von Kulmbacher und Pilsner Bier schwebte eine Nebelschicht von Zigarrenrauch; ungeordnet, wie sie die Gäste verlassen hatten, standen die Stühle herum.

Meng, in einem dunkeln zweireihigen Anzug, die rosarote Nelke im Knopfloch, die Wangen nur um ein weniges stärker gerötet als sonst, wohnte korrekt und lachend, die letzte Zigarre zwischen Daumen und Zeigefinger, dem Aufbruch der beiden bei. Frieda, in weißer Schürze, das gestärkte Häubchen auf dem roten Haar, half den Herren in die Mäntel, reichte ihnen die Hüte und nahm mit einem leichten Knicks das Geldstück entgegen, das die also Bedienten ihr mit betonter Unauffälligkeit in die Hand drückten.

Noch einmal wandte sich Wude überschwenglich an den Hausherrn und schüttelte ihm die Rechte. «Es ist eine unendlich beglückende Nachricht, die Sie uns heute gaben, Herr Konsul», sagte er und blickte dabei Meng fest und innig ins Auge. «Was an uns, was in meinen Kräften liegt, das Ereignis würdig vorzubereiten und es auch in den Augen der mir anvertrauten Jungens zu jener Bedeutung emporwachsen zu lassen, die ihm eignet und innewohnt, wird geschehen.»

«Vorläufig schweigen», hob Meng warnend die Bremer Zwischenakt.

«Selbstverständlich – es handelt sich mehr darum, das Wesen, die Güte und die Friedensliebe Seiner Majestät, Ihre Verdienste um Wissenschaft, Technik und die schönen Künste in den Lichtkreis der begeisterten Betrachtung zu rücken, darzutun jenen Geisteszustand, dem Gottfried Keller mit seinen Strophen

Wo ungestört und ungekannt
Ich Schweizer darf und Deutscher sein

so unvergleichlich treffend Ausdruck verliehen hat.»

Brüstlein, dessen Atem vor festlicher Bedrängnis kurz und dessen Sprache undeutlich geworden war, sprudelte zum Abschied etwas von Zollverhandlungen und von der übernationalen und kulturellen Mission der Seifenindustrie hervor, und dann geleitete der Gastgeber die beiden noch bis zum Gartentor.

In das Haus zurückgekehrt, fand er bereits die Fenster geöffnet und Frieda geschäftig dem Abtragen des großen Tisches hingegeben. Ein frischer Luftzug wehte über die gemütliche Verwüstung hinweg. «Machen Sie's kurz, Frieda», gebot der Hausherr, zerdrückte die angerauchte Zigarre in einem von weißen Täubchen bewachten achatnen Aschenbecher und stieg dann gemessen die Treppe zum oberen Stockwerk empor, während hinter ihm, unter des Mädchens vorsorglicher Sparsamkeit, die Halle im Dunkel erlosch.

Maria Hermine Meng saß vor ihrer Poudreuse, im geblümten Kimono; sie hatte ihn offenbar erwartet.

«Ich war heute oben, beim Kätterli», sagte sie ohne Umschweife.

Der Gatte zeigte keine Überraschung; vor dem Spiegelschrank stehend und mit der linken Hand das dünne Haar auf den Schädel pressend, entgegnete er, scheinbar zu seinem eigenen Konterfei sprechend: «Das habe ich mir ja denken können.»

«Es ist schließlich unser einziges Kind.»

«Na – und, wie war's?»

«Sie saßen beieinander am Tisch, und sie hörte ihn ab. Sie trieben Latein.»

Meng kniff die Lippen zusammen und blies hörbar Luft durch die Nase. «Was ist es für ein Bursche?»

«Ein junger Mensch, was soll ich sagen? Er hat nichts Auffälliges an sich, ein bißchen schwer, verschlossen. Befangen natürlich vor mir – mit ein paar Härchen auf der Oberlippe. Sie waren völlig überrascht.»

«Schläft er dort?» fragte Meng brutal. Er hatte sich nun umgewandt.

«Ich weiß es nicht. Darauf kommt es ja auch nicht an», sagte Frau Meng still. «Die zwei gehören zusammen, das sieht man natürlich.»

«Der Schneidermeister war lange in einer Trinkerheilanstalt, und die Mutter ist Abortfrau», kramte Meng seine Auskünfte aus.

Hermine zuckte die Achseln. «Ja», sagte sie.

«Abortfrau», schrie der Konsul nun erregt.

Die Frau schaute ihm ins Gesicht. Und dann lachte sie und sagte auf ihre breit zürcherische Art etwas, das den Mann für einen Augenblick lang sprachlos machte.

«Ihr mit eurer ‹Ohne Wasserspülung geruchlos› seid ja auch nicht so weit von der Branche weg.»

Meng konnte sich der Komik der Antwort nicht entziehen. Auch er mußte lachen. «Du bist gut», prustete er heraus.

«Also, was machen wir da?» fragte er nach einer Weile.

«Sie haben mich so gerührt, weißt du, Gustav. So zwei junge Menschen.»

«Natürlich», nickte Meng entspannt, «Romantik.»

Die Frau schüttelte den Kopf. «Nicht Romantik, eher das Gegenteil. Sie haben beide so etwas Entschlossenes, Ernstes. Etwas, was an Ibsen gemahnt. So ein Zug ins Unbedingte. Ich sage dir, es rührte einen wirklich, wie sie so dasaßen und Latein büffelten.»

Meng war nicht so roh beschaffen, als daß er nicht verstanden hätte. An praktischer und wendiger Fähigkeit, sich den Verhältnissen anzupassen, fehlte es ihm nicht. Sie hing mit dem zusammen, was er im geheimen als sein strategisches Talent anzusprechen gewohnt war.

«Ich bin nicht gern der Dumme», erklärte er. «Wenn da von dem Burschen etwa ein Beutezug geplant sein sollte –»

Frau Meng machte mit dem Arm eine wegwerfende Bewegung. «Davon ist keine Spur. Sie sind so richtig hineingeschlittert. Ein wenig vertrotzt, zugegeben.»

«Tja, was machen wir nun?» fragte Meng noch einmal.

«Du solltest mit dem jungen Mann reden.»

Meng sah in Gedanken, wie Karl Gebhardt jeweils am frühen Morgen unter der Föhre im Garten gegenüber gestanden hatte. Er schüttelte den Kopf, so absurd kam es ihm vor, daß dies nun sein Schwiegersohn werden sollte.

«Also einfach Ja und Amen», fragte er.

Die Tochter des verstorbenen Stadtrates Boßhart, die einmal fern unten in der Zeit auf einer Studentenfahrt zur Halbinsel Au einem jungen deutschen Polytechniker, an die Reling des Salondampfers «Helvetia» gelehnt, erlaubt hatte, ihre Hand zu streicheln, schaute den forschen und erfolgreichen Mann an, der aus jenem Freier geworden war.

Sie ging wohl nicht fehl, als sie sich vorstellte, auch ihre Eltern hätten einmal ein ähnliches Gespräch miteinander gepflogen, und es gehöre diese Aussprache zum Bestand der immer wiederkehrenden und stets sich gleichbleibenden Gespräche bürgerlicher Ehegatten.

«Wir müssen mit den Kindern in Frieden leben», sagte sie.

Meng hatte begonnen, sich zu entkleiden. Ein wenig später hörte die Frau, wie das Wasser in die Badewanne rauschte.

VI. Kapitel

Madame Bariffi hatte endlich gefunden, was sie suchte. Auf der rechten Seite der unteren Bahnhofstraße, im Entresol eines jener Boulevardhäuser aus grauem Sandstein und mit nach französischer Art behandelter Fassade – Karyatiden, die den darüberliegenden Balkon trugen – waren die Räumlichkeiten ihres Etablissements eingerichtet. Nicht sehr hell, aber mit Fenstern, die bis fußhoch über den Boden reichten, durch die das Grün der Linden hineinspielte und durch die man schräg abwärts einen Blick auf das Trottoir werfen konnte, auf dem die Fußgänger dahinwandelten, was besonders an den sommerlichen Nachmittagen wie heute recht unterhaltsam war.

Auf den mit halbhohen Tüllvorhängen bespannten Scheiben war in maßvoll gehaltener Goldschrift zu lesen «F. Bariffi – Manicure, Pédicure, Soins de beauté». Mit einer weißen, bis oben an den Hals geschlossenen Arbeitsschürze bekleidet, doch auch diese nicht ohne Eleganz die Körperformen betonend, das Haar schlicht, beinahe streng an den Kopf gelegt, waltete sie, die Inhaberin, ihres Amtes. Die eine der beiden Angestellten war Madeleine. Bis auf einen zarten Hauch von Reispuder über den Wangen, jeder Aufmachung bar, ohne Lippenstift und ohne die bläuliche Tönung der Augenhöhlen, hatte die Hübsche die Gestalt eines jungen Mädchens, einer gepflegten Tochter mit schönen Zähnen zurückgewonnen, die Vorstellung schalkhafter Anmut erweckend. Vitrinen, angefüllt mit reizenden Parfümfläschchen, deren Inhalt opalinen, bernsteinfarbig oder topasgrün schillerte, Kollektionen von Puderdosen und Quasten, Glastöpfchen mit weißen und leicht rosa gefärbten Cremen, funkelnden Scherchen und Instrumenten zur Entfernung der Nagelhäutchen, mit Wildleder belegte Polisseure, winzige Flacons von Nagellack und Azeton, gläsernen Kugeln voll körniger Badesalze zeugten für Beziehungen, die das Unternehmen mit der tonangebenden Kapitale des Westens unterhielt. In den durch Vorhänge hergerichteten Nischen standen weißbedeckte Tischchen mit harten, sandgefüllten Kissen, auf die die Klienten ihre Hände legten, während sich die Töchter mit gesenktem Scheitel der Pflege deren Fingernägel hingaben. Ein wohl abgewogener Turnus von Abonnenten und Angemeldeten sorgte für einen hastlosen Ablauf in der Betreuung der Kundschaft, zu der auch, gleich von Anfang an, Arnold Neuwiller gehörte.

Auch an diesem Tage saß er an dem kleinen Tischchen, die Hand auf dem Kissen, an der mit einer Pinzette flink und geschickt Madeleine ihr Werk besorgte. Der Vorhang der Kabine war geöffnet, und Madame Bariffi, die lautlos ihren Verrichtungen nachging, konnte nicht nur nachdenklichen Blicks den Vorgang beobachten, sondern auch jedes Wörtchen hören, das der kleine Herr bestandenen Alters und das Fräulein miteinander wechselten.

O ja, antwortete Madeleine auf eine Frage Neuwillers, ohne aufzusehen und das Stäbchen mit dem Wattebäuschchen sachgemäß über das Möndchen an des Klienten Mittelfinger hinführend, sie habe sich nun sehr gut eingelebt in Zürich, spreche, wie er höre, sogar den einheimischen Dialekt, mit einem Akzent natürlich. Der übrigens drollig und scharmant anzuhören sei, warf Neuwiller ein. Ob sie sich denn nicht ein bißchen einsam fühle und verlassen – loin de Paris? Wie eine Mutter sei Madame Bariffi zu ihr. Natürlich, aber in ihrem Alter begehre man nicht nur der mütterlichen Liebe allein.

Der Blick, den die Hübsche von ihrer Arbeit weg Neuwiller zuwarf, war kandid und von einer leichten Trauer verschleiert. Zufrieden sei sie, durch eigene Arbeit jenen Zeiten der Abhängigkeit und der steten Angst während ihrer Freundschaft mit einem Manne ohne Verlaß und rechten Beruf entronnen zu sein. Eine erste Liebe und eine ganz schlimme Erfahrung, unwissend begonnen, habe sie reifer und klüger gemacht. Nie wieder! Wenn man so jung ist, dann weiß man ja nicht – Neuwiller lachte galant. Man könnte, höre man sie, glauben, wie alt und weise sie sei! Oh, sie habe das fünfundzwanzigste Altersjahr bereits überschritten, sei eine richtige Catherinette, gestand das Fräulein, einer Anweisung der Bariffi gedenkend, daß zu große Jugendlichkeit bei Herren von Monsieur Neuwillers Art nicht unbedingt ein Vorzug bedeute.

Über den von einer dünnen Haarschicht bedeckten Scheitel des Klienten hinweg ging der Inhaberin Blick nachdenklich durch die Scheiben hinaus in die Krone der Linde vor dem Fenster, deren hellgrüne Blättchen leicht im Winde spielten. Von Zeit zu Zeit drang das Klingeln der Trambahn herauf, das Grollen der Räder einer Kutsche, vom Geräusch flink klappernder Pferdehufe begleitet. Es ließ sich zart und lieblich an, das Idyll ihrer Eingebung. Die Zahl der Besuche, die Art, wie der Herr, sorgsam gekleidet und kosmetisiert, mit betonter Zurückhaltung und übertriebner Väterlichkeit an seinem Tischchen saß und mit Manieren seine Finger Madeleine überließ, jeden Druck und jede vertrauliche Berührung sorgsam vermeidend – all das waren Zeichen, die nicht trogen.

Es gab aber während dieser Besuche Neuwillers auch Minuten, in denen das nachsichtige und begünstigende Lächeln Madame Bariffis sich in ein leichtes Runzeln der Stirne wandelte, wo sie über irgendeiner Verrichtung innehielt und mit dem mandelförmigen Nagel ihres Goldfingers leise wider die Unterzähne klöpfelte, wie es ihre Gewohnheit war, wenn sie über etwas angestrengt nachdachte. In ihren Besprechungen geschäftlicher Art mit dem kleinen, ein wenig geheimnisvollen Manne, wo von ihren bescheidenen Transaktionen mit Rüstungswerten die Rede war, hatte sie den versierten Makler, der sich mit seinem Notizbuch, seinen Zettelchen und seinen Depeschen in der großen Welt der Finanz so sicher und gewandt tummelte, mit Papier und Bleistift, allein durch das bloße Lesen von Kotierungen und Nachrichten stete Bächlein von Geld auf seine Konten zu leiten wußte, auf eine gewisse Art bewundern gelernt. Nicht besonders originell und dem Modell aller Männchen entsprechend, sobald sie werbend das Pfauenrad schlagen, enthüllte sich bei ihm, sobald er aus dem Bereich der Gefühle heraus war, trotz seiner kleinen Gestalt, das Bild einer echten und kämpferischen Männlichkeit. Man konnte sich nicht gut vorstellen, daß er je von Ereignissen und Entwicklungen überrascht würde. Man war im Schutze seines Systems geborgen; wer mit ihm sein Leben teilte, würde für immer der Geldsorgen enthoben, immer auf der Seite der Klugen sein. Einen unauslöschlichen Eindruck hatte es Madame Bariffi hinterlassen, als Neuwiller, mitten in einer Hausse drin, ihr angeraten hatte, ihre Positionen zu lösen, aber leise und behutsam, so wie man die Stäbchen aus dem japanischen Mikadospiel herausziehe, ohne daß ein anderes im Häufchen sich verrücke. Und ein wenig bevor die anderen dasselbe täten. Wirklich, kaum hatten sie den Gewinn realisiert, wie man sagt, begannen die Kurse massiv zu weichen.

Er aber, der kleine Makler, bereitete die Kundin in dieser Epoche bereits wieder zum «Einsteigen» vor, gab ihr den Rat, von den zu niedrigen Angeboten der Angstverkäufer zu profitieren.

Sie konnte sich eines leisen Spottes nicht enthalten, sah sie das Gehaben des Mannes an seinem Tischchen, vor dem über seine Hand geneigten Köpfchen Madeleines. Sie warf sich selbst im Spiegel einen forschenden Blick zu.

Sie spürte eine tief von innen her aufsteigende Wallung bei dem Gedanken, es könnte eines Tags Madeleine schwebend und mit nachsichtigem Lächeln als Kundin in das Etablissement zurückkehren.

Die Flurtüre klingelte; das starre Lächeln über das Gesicht gebreitet, ging sie der Frau Konsul Meng entgegen und führte sie in den Raum mit den Kabinen.

«Es dauert nicht lange», sagte sie und bot der Kundin den Korbsessel an, «Fräulein Madeleine steht sogleich zu Ihrer Verfügung», laut, deutlich und mit einem Unterton, den die Hübsche sogleich verstand und den sie mit einem ganz raschen, flüchtigen und schelmischen Blick des Einverständnisses zu Herrn Neuwiller hinauf quittierte. Sie nahm die linke, stark geäderte Hand des Maklers zwischen die ihrigen, tupfte noch einmal leise mit einem weichen Tüchlein über die polierten Nägel und dankte auf den leisen, kaum wahrnehmbaren Druck mit einem ebensolchen ihrer schmalen Finger.

VII. Kapitel

Der Schneidermeister Gebhardt, die hochgebuckelte Stirn so tief über das Glättebrett gebeugt, daß sich der gesträubte Apostelbart an seiner Kehle knickte, besorgte stumm sein Geschäft, das darin bestand, die dunkeln, von hellen Streifen durchlaufenen Hosen sachgemäß auszubügeln. Ihr Besitzer, Léon, Aarons Onkel, saß derweil in langen, bis zu den Knöcheln herabreichenden Unterhosen, die unten von weißen Bändelchen zusammengehalten wurden, schräg auf dem Fenstergesimse und hielt zwischen den von Nikotin gelbgefärbten Fingern seine französische Zigarette. Er blickte durch die Scheiben auf das kleine Gärtchen hinaus, das da zwischen den Hinterfronten der Häuser an der Trittigasse, nur von Kohlweißlingen besucht, verträumt in der Nachmittagssonne dahindöste. Es war kein Laut zu vernehmen als von Zeit zu Zeit der dumpfe Aufschlag des Bügeleisens, mit dem der Schneidermeister hantierte.

Léon bückte sich, hob das in Zeitungspapier gewickelte Paket vom Boden, löste die Umhüllung und hielt das kleine, stark nachgedunkelte und rahmenlose Bild gegen das Licht. Es war in Öl auf ein harthölzernes Brett gemalt und stellte eine Landschaft dar, lichte Baumgruppen im Vordergrund, einen Weiher, über den hinweg man in eine weite duftige Gegend hinaussah. Auf dem Seelein, unweit des von Weiden gesäumten Ufers, war ein Boot zu erkennen, und der Insasse, eine weibliche Person, kaum nadelkopfgroß, trug ein rotes Tuch um das Haupt geschlungen. Außer diesem Tüpfchen war kein Rot mehr im Bild, sondern nur duftige und gebrochene Tönungen, die von Braun, gebrannter Siena zu Perlgrau und ganz hellem Topasgrün hinüberwechselten. Sorgsam strich Léon über die Stelle, wo mit dem Pinselstiel in die nasse Farbe an der unteren rechten Ecke, in ein dunkles Vermillon, des Malers Name, Corot, eingekritzt war. Die ganze Frage ging um die Echtheit dieser Unterschrift. Eine alte Frau, die Witwe eines Zigarrenhändlers, für die Léon den Verkauf einiger Möbel vermittelte – er gab sich zwischenhinein mit solchen Geschäften ab, die sich an den Marmortischchen eines Cafés erledigen ließen –, hatte ihm das kleine Tableau zum Verkauf überlassen. Heute, gegen Abend sollte er damit bei einem Doktor Goßweiler am Stadthausquai, bevor er seinen Klavierdienst im Kino an der Waisenhausgasse antrat, vorsprechen, und dies war auch der Grund, weshalb er seinen einzigen Anzug durch den Schneidermeister Gebhardt wieder aufdämpfen ließ. Sollte der Sammler sich von der Echtheit des Gemäldes überzeugen lassen, so war er, Léon, für absehbare Zeit aus der Misere heraus; denn seinerseits hatte er der guten Frau dreihundert Franken für das bemalte Brettchen versprochen. Gestaltete sich der Vorgang aber so, wie er hoffte, so würde er mehr als den doppelten Betrag dafür erhalten.

Nachdenklich sein dunkles Schnäuzchen zwirbelnd, schaute er dem Schmetterling nach, der flatterhaft und ohne rechten Eifer den Rosen im Gärtchen draußen flüchtige Besuche abstattete. Der Schneidermeister brummelte etwas vor sich hin, wunderliche, in ihrem Sinn dem schmucken Mann unverständliche Worte. Sie hatten offenbar mit dem Geschäft, das er besorgte, nichts zu tun. Es hörte sich an wie an die Oberfläche getriebene Bruchstücke eines inneren Monologs.

«Nicht wehren», murmelte er, «gehorchen, folgen, und zwar sofort. Sogar vorausrennen. Es ihm leicht machen. Nicht fragen, nicht fragen, auf keinen Fall. Die Tierchen fragen auch nicht und die Pflanzen. Sie kommen, sie gehen, sie nehmen es hin, ohne Erstaunen, ohne Angst, sie sind nicht traurig dabei, einfach so, Augen auf, Augen zu, eine Zeitlang hell, eine Zeitlang dunkel, aufwachen, einschlafen. Ihn machen lassen ...»

Léon, als alter Kunde an das Wesen des Mannes gewöhnt, grübelte ungestört seinem Corot nach. Sorgsam wickelte er ihn wieder in die Zeitung, verknüpfte die Schnur, öffnete das Fenster, warf den Stummel hinaus, blickte dem Rauch nach, der abzog und sich draußen über den Buchsbeeten, von einem Luftstrom erfaßt, als Schleier in die Höhe zog und auflöste.

Die Hosen fühlten sich noch ein wenig warm und feucht an, als er sie anzog; aber untadelig fielen sie über die Schäfte der Stiefeletten und hoben ihres Trägers Selbstgefühl.

«Kostenpunkt?» lachte er.

«Es kostet einen Franken», antwortete der Schneidermeister nebenbei und stellte das Bügeleisen auf den Ofen. Léon legte das Geldstück auf die Ecke des Schneidertisches, den Gebhardt bereits wieder bestiegen hatte, klemmte das Bild unter den Arm, setzte sorgsam seinen schwarzen Hut, nach spanischer Art, aufs Haar und ging leise pfeifend davon.

Er war der letzte Mensch, der den Schneidermeister noch lebend sah.

Die polizeilichen Feststellungen ergaben folgendes Bild:

Es lag eine Kohlengasvergiftung vor. Gebhardt saß, zusammengekauert, den Kopf vornüber, im Schneidersitz auf dem Tisch, den Stoff auf den Knien, die eingefädelte Nadel in das Tuch gesteckt. Die Ofenklappe war geschlossen, das Fenster war geschlossen, das Ofentürchen geöffnet. Die Eisen waren erkaltet, das Kohlenfeuer erloschen, als Frau Gebhardt von ihrem Dienst im Bedürfnishäuschen am Bürkliplatz gegen acht Uhr des Abends heimkehrte. Man schloß auf einen Unfall, obgleich erhebliche Bedenken bestanden.

Unter den Teilnehmern an der Abdankung in der Friedhofkapelle auf dem Sihlfeld, der die ganze Nachbarschaft beiwohnte – der Tanzlehrer Häusermann, der Coiffeur Hippermann, der Buchbinder Goetschel, der Amtsvormund Meier-Graf unter anderen –, befand sich auch Léon. Die Zeugenschaft hatte ihm ein paar Franken eingebracht, hingegen war das Geschäft mit dem Corot sehr zweifelhaft.

Erstaunen und Geraune aber erregte es, daß neben dem jungen Gebhardt nicht nur ein schwarzgekleidetes Mädchen erschien, sondern gemessen, im Zylinder und dunkelm Übergangsmantel, der Konsul Meng einer Kutsche entstieg, seiner Gattin den Arm bot und der ganzen Feierlichkeit bis zur Versenkung des Sarges unbewegt und ein bißchen stramm beiwohnte.

VIII. Kapitel

In einem Kopfbahnhof, wie Zürich einen hatte, vergißt man die Herkunft der Züge. Ob vom Osten oder Westen, vom Gotthard herab oder vom Rhein herüber einlaufend, ordneten sie sich auf dem Dutzend Geleisesträngen nebeneinander, dem Ausreisenden wiederum die Fahrten in die Welt zur Auswahl anbietend, hier Mailand und ein paar Schritte weiter Frankfurt. In Bluntschlis Jünglingsjahren war es ein beliebtes Spiel der Einbildung gewesen, sich vorzustellen, man schlendere, ohne Vorbereitung, wie man gerade war, eine auf dem ganzen Kontinent gültige Fahrkarte in der Tasche, an den Bahnhof hinunter und besteige den erstbesten Zug, dessen Lokomotive fauchend zur Abfahrt bereitstand. Seine späteren Reisen nach Paris und an die Riviera hinunter trugen ja dann auch noch den Stempel dieser jugendlichen Träume. Ein Mäppchen unter dem Arm und den Hut auf dem Kopf, keine anderen Bekleidungsstücke als jene, die er gerade auf dem Leib hatte, entrann der junge Arzt von Zeit zu Zeit seiner Praxis und der Politik auch. Wenn man ankommende Reisende erwartete, verhielt es sich ähnlich; man hatte die Auswahl unter denen, die sich unter den eisernen Bogen hervor in die Halle ergossen; es waren schließlich alles Menschen. Freilich, wenn man herkam, um eine bestimmte Person zu erwarten, änderte sich das; dann eilten die Gedanken dem heranbrausenden Zug weit in die Nacht hinaus entgegen, und mit gerecktem Hals, auf den Zehenspitzen, suchte man im Strome der Herankommenden das geliebte Antlitz möglichst früh zu erspähen.

All dies ging Bluntschli durch den Kopf, während er auf den Berliner Zug wartete. Ein im menschlichen Leben immer wiederkehrender Zustand, dachte er, dieses Warten in Bahnhöfen. Es kam ihm jener Maiabend am Anfang des Jahrhunderts in den Sinn, da er als Student, Lydia an seiner Seite, zusammen mit den Russen, die Ankunft Plechanows und Lenins abgewartet hatte. Und heute, nach Jahren, wartete er auf eben diese Lydia, seine Frau, die, kaum ein Jahr nach ihrer Vermählung, als Berufsrevolutionärin zu den russischen Bauern zurückgekehrt war, um sie aufzuklären, sie anzuweisen, die Gutsbesitzer zu verjagen und das Land unter sich zu verteilen. Fortwährend von der Verhaftung durch die zaristische Polizei bedroht, nach dem Zusammenbruch der Revolution selbst einem seelischen Zusammenbruch nahe, körperlich durch ihre Lungentuberkulose gefährdet, hatte sie sich, im Interesse der Sache, der sie diente, endlich zu einer Rückkehr nach der Schweiz bewegen lassen.

Bluntschli erschrak, als er zwischen den rundlichen und zufriedenen Gesichtern der Reisenden das schmale bleiche Antlitz seiner Frau auftauchen sah. Die schwarzen Augen lagen tief und wie fiebrig in dunkelpigmentierten Höhlen; unordentlich umrahmten Haarsträhnen die flachen Wangen, und die Begrüßung entbehrte jeglicher Freude und Feierlichkeit. Nein, sie habe kein anderes Gepäck als dieses Plaid, und was sie wolle, sei schlafen, nichts als schlafen.

«Sei mir nicht böse. Gib mir ein Bett und vierundzwanzig Stunden Ruhe. Es ist alles zu Ende. Die Dummheit, verstehst du, die Dummheit ist zu groß! Und die Feigheit», flüsterte sie, während sie in die Kutsche stiegen, die gemächlich über das noch warme Kugelpflaster des Bahnhofplatzes davonfuhr. Lydia lehnte sich zurück, mit geschlossenen Augen, ihre Hand auf der seinen, eine Dostojewskische Ära um sich verbreitend.

Am anderen Tag saßen sie im Garten vor der Tonhalle, unter dem dichten Gewölbe der Kastanien, deren Schatten sich, wenn die Bogenlampen baumelten, auf dem Kies und den eisernen Möbeln leise hin und her verschoben. Auf dem Podium, vor den beiden dem Trocadero nachgeahmten Türmen, spielte die Kapelle Offenbachsche Potpourris und deutsche Militärmärsche. Die Leute waren sommerlich gekleidet; bei den Flößen des Jachtklubs wurden späte Segel eingezogen; von Zeit zu Zeit träbelte eine Droschke den Alpenquai entlang, und die wenigen Automobile mit ihren Azetylenlaternen erregten immer noch Aufsehen.

Lydia trug ein weißes, halsfreies Blüschen – heute bei Spinner gekauft –, einen breitrandigen Strohhut, das dunkle Haar auf dem Hinterkopf geknotet. Bluntschli, hell gekleidet, ohne Weste, im Panamahut, saß neben ihr. Sie schwiegen, rauchten Zigaretten mit langen Kartonmundstücken; hie und da fanden sich ihre Blicke, und es war wie eine Antwort, wenn die junge Frau das Kinn unmerklich hob und ihre Lider sich während der Dauer eines Atemzuges über ihre Augen senkten.

«In dieser Atmosphäre zwischen Biergarten und Fremdenkurort, in dieser Mischung von Konstanz, Interlaken und Luzern, auf den unentgeltlichen Promenaden, dem eisernen Geländer eines Sees entlang und der wohlfeilen Konsumation unter Kastanien und Glühbirnen zwischen den Blättern, bei den Klängen der ‹Lustigen Witwe›, da fühlen sie sich wohl, die Bürger», sagte Bluntschli. «Es realisiert der ganze Dekor mit allem Drum und Dran für sie die beste aller möglichen Welten. Konflikt- und verantwortungslos dösen sie dahin. Es läßt sie die Ungerechtigkeit der menschlichen Einrichtungen vergessen, diese verdammte Tatsache, daß die einen Menschen in selbstverständlichem Reichtum und Sorglosigkeit geboren werden, und daß andere ihr ganzes Leben lang aus dem kleinlichen mühsamen Feilschen um die Existenz nicht herauskommen.»

Ein müdes, leicht spöttisches und melancholisches Lächeln Lydias antwortete ihm. «Ach», entgegnete sie, «wir wären schon froh und überglücklich, wenn wir nur einen ganz kleinen, winzigen Bruchteil von dem Zustand erreicht hätten, den du so sehr verachtest. Alle diese Leute sind doch im Besitz von Menschenrechten, können lesen, schreiben, sich frei dorthin bewegen, wohin sie wollen, sie werden nicht geschlagen, nicht gehängt, heiraten, wen sie wollen, können Bildung erwerben, ihre Behörden, ihre Richter, sogar ihre Polizei wählen, sie können Kredite gewähren oder ablehnen, sie können Anspruch auf Hygiene, Armenunterstützung und Krankenbehandlung machen, ihre Religion auswählen, und sie werden unentgeltlich und auf eine würdige Weise bestattet.» «Lieber», fügte sie nach einer Weile hinzu, und eine Träne schimmerte in ihren Augen, «es ist ein Paradies, wenn ich an unsere Bauern denke, die nichts, gar nichts haben als ihren Wodka-Rausch.»

«Du bist im Saratowschen Gouvernement westlicher geworden als wir hier alle in der Schweiz», bemerkte Bluntschli.

«Laß es mir für heute», lächelte sie. «Als wir am Vormittag bei Spinner an der Bahnhofstraße diese seidene Bluse kauften, da war ich zum erstenmal wieder seit langer Zeit nichts anderes als eine Frau, eine von eueren so dummen und ahnungslosen und putzsüchtigen Frauen, und, glaube mir, ich war glücklich dabei, und für eine ganz kurze Zeit sah ich in ein Leben hinein, in das ich hätte gehen können.»

«Bleib hier», rief Bluntschli, «bleib hier bei mir, als die Frau eines praktischen Arztes in Zürich, und du kannst an diesen Freuden schmecken, wann du willst. Wir werden von Zeit zu Zeit ausspannen, reisen, Paris, Rom, wohin du willst, und du kannst hier euerer Sache dienen wie die vielen Russen in Genf und in dieser Stadt!»

Lydia hatte die beiden Ellbogen auf die Blechplatte des Gartentisches gestützt, die weiten Ärmel waren bis zur Armbeuge zurückgefallen, ihr schmales Gesicht ruhte in der Schale ihrer beiden Hände, und sie blickte ihrem Mann ernst und fremdartig ins Gesicht. «Du spürst es in dir selbst, wie es ist», sagte sie leise. «Dort ist meine Heimat, die Bauern sind meine Brüder, und sie zu befreien ist mein Beruf. Alle Weibchen-Empfindungen sind ganz nebensächlich.»

«Wir sitzen da, nicht gerade unter Palmen, aber unter Roßkastanien, die verblüht sind, und wir scheinen auf etwas zu warten», sagte Bluntschli nach einer Weile, «unser Leben hat etwas Provisorisches, und es enteilt.»

«Ach», sagte die Frau, «lieber, ich warte mein Leben hindurch vergebens auf etwas, das nicht kommt, als ich sitze da, und ich habe nichts zu erwarten.»

«Theoretisch gesprochen, können wir nur von einer Katastrophe etwas erwarten. »

Lydia nickte in das friedliche Gewimmel des gastlichen Gartens hinein. «Zu viele spüren und erhoffen sie schon; deshalb wird sie auch kommen.»

Bluntschli lachte auf. «Die deutschen und die französischen und die englischen und unsere schweizerischen Sozialdemokraten werden brav marschieren, und patriotisch, wenn es Krieg gibt. Ein Schwindel, diese Internationalen! Schneider-Creusot und Krupp und Hotchkiss, die Börsen, die Banken, die Kirche, die Ölgesellschaften – das sind die echten Internationalen, und die werden funktionieren, du wirst es sehen, Krieg hin oder her, oder im Krieg erst recht. »

«Vielleicht. Neu ist es ja nicht, was du sagst. Aber unsere Bauern wissen nichts von Internationalität. Was wir mit ihnen vorhaben, ist eine russische Sache.»

In befeuertem Tempo überpurzelte sich der Offenbachsche Cancan bei der Kapelle auf dem Podium; zwischenhinein klirrten leise Löffelchen gegen Glacé-Schalen und Kaffeetassen, knirschte der Kies unter gehenden und kommenden Gästen. Unten am Quai, beim langen Landungssteg, kehrte soeben, hellerleuchtet, eine zum letzten Marsch ansetzende Blasmusik auf dem Vorderdeck, der Salondampfer «Helvetia» von einer Abendrundfahrt zurück.

«Warum», fragte Bluntschli, während sie an den verzierten und vertürmelten Fassaden der Rotes und Weißes Schloß genannten Mietshäuser, dem Palais Henneberg mit seinen Marmorfriesen und Palmkübeln entlangschritten, «können wir nicht so friedliche und harmlose Burschen sein wie alle diese Leute?»

«Das sollen wir doch nicht mehr fragen müssen», meinte sie, die ihm eingehängt hatte und das Hinschreiten auf dem langsam sich verkühlenden Asphalt, von Gasflamme zu Gasflamme, in der lauen Luft des Abends in wohliger Müdigkeit genoß.

«Dies meine ich nicht! Nicht die ‹Idee›. Was ist die seelische Grundlage unseres ‹Andersseins›? Warum zählt ein Mensch einfach zu den Zufriedenen oder den Unzufriedenen? Was ist die psychologische Ursache, will ich sagen!»

Die Berufsrevolutionärin Stepanowa gab ihm eine unerwartete Antwort. «Sie haben nicht nur ihren Schnaps, diese armen und rechtlosen Bauern bei uns. Sie haben auch die Ikonen mit den ewigen Lämpchen davor, das Weihnachts-, das Osterfest mit dem Versöhnungskuß, sie sind eingegliedert in den Rhythmus der Natur, eingehüllt in die stickige Luft ihrer Hütten, und auch ihre erbärmliche Armut ist noch wie eine Hülle, die sie zusammenhält und beschützt.»

«Ich verstehe nicht, was du sagen willst.»

«Sie haben das religiöse Gefühl, will ich sagen.»

«Und für dieses Opium geben sie den Popen noch ihre paar letzten Kopeken und ihre Gänse her!» spottete Bluntschli.

«Sie werden ausgenützt um ihrer Seligkeit willen, ja, aber siehst du, man kann nur etwas ausnützen, was echt ist.»

«Das wissen wir ja: damit wir die soziale Lage der Menschen verbessern, eine gerechte Ordnung einrichten können, müssen wir sie zuerst unzufrieden machen, müssen wir ihnen den Schwindel an ein besseres Jenseits nehmen», rief Bluntschli.

Nach einem langen Schweigen – sie waren längst vom festlichen Ufer in das stillere Dunkel der Stadt eingetreten und überschritten nun die Stauffacherbrücke – sagte die kleine, kranke Frau: «Es ist schrecklich; aber so sicher bin ich dessen nicht mehr. Alles, was wir uns im Westen ausdenken, so in der Enge, in der kleinen, übersichtlichen Ordnung von Europa, wo man wie in einem Spiel Gefühle und Ideen auswechseln kann ... da scheint das alles möglich. Aber Rußland ist so groß, so weit, ein Asien, daß nur die Gewalt ihres religiösen Glaubens seiner Größe angemessen scheint. Was wir ihnen dafür bieten wollen, kommt mir daneben manchmal so kläglich vor.»

«Du bist müde, abgehetzt, mutlos, Lydia. Wir werden ihnen schon etwas geben, daß sie in Bewegung geraten und aufhören zu beten! Es gab auch in diesem Lande Vögte und Äbte, und unsere Bauern haben sie vertrieben wie die Kulaken und die Bonzen, die sich an ihre Stelle gesetzt haben.»

Die Frau war stehengeblieben, hustend, und drückte ein Tüchlein wider die Lippen. «Blut?» fragte er. Sie zuckte die Achseln.

Das schwacherleuchtete Wartezimmer war voll von Leuten. Seine Türe war ständig offen, auch in Bluntschlis Abwesenheit, und die Patienten hatten es sich angewöhnt, einfach einzutreten und zu warten, bis der Arzt seine abendliche Sprechstunde abhielt.

Lydia stellte auf dem Gasherd in der Küche Wasser auf, dann ging sie in das Zimmer hinüber, das neben dem Ordinationsraum lag, hob den Florentiner Hut vom Kopf, knöpfte das neue Blüschen auf und hing es über die Stuhllehne, legte sich auf das Bett und wickelte sich spindelartig in die Wolldecke. So lag sie da, der Tapete zugekehrt. Uber dem zarten Hintergrund eines Walzers aus der « Lustigen Witwe» hörte sie Bluntschlis Stimme, der in der rauhen Sprache dieser Gegend mit einem Manne wegen eines Unfallscheins verhandelte. Dann schlief sie ein.

IX. Kapitel

Karl Gebhardt, in seinen besten dunklen Anzug gekleidet, den ihm sein verstorbener Vater noch letztes Jahr aus einem mangels Bezahlung liegengebliebenen Kleid eines weggezogenen Kunden angefertigt hatte, ein Papillonkrawättchen um den gestärkten Stehkragen gelegt, das vorn am selben Knopf befestigt war, der das Hemd zusammenhielt, wanderte in sauber gewichsten Schuhen langsam die Seefeldstraße hinaus. Es war ihm sehr einsam zumute. Von Zeit zu Zeit zog er die massive Uhr aus der Tasche, die ihm als väterliches Erbstück ausgehändigt worden war, und berechnete die Frist, die ihm noch blieb – etwas mehr als zehn Minuten. An der letzten Querstraße vor der Mengschen Villa bog er ab, gegen den See zu, dann nahm er auf der nächsten Querstraße wieder die Richtung zur Stadt bis zur folgenden Verbindung. Zweimal umwanderte er auf diese Weise ein Häusergeviert, bis er sich, kurz vor zwei Uhr, klopfenden Herzens dem Gittertor zuwandte, dem er so manches Mal am frühen Morgen auf dem Rasenplätzchen unter der Föhre gegenübergestanden hatte. Kaum hatte er auf den Klingelknopf gedrückt, öffnete sich auch schon die Haustüre, und Frieda stand da, in blendendweißer Schürze, das gestärkte Häubchen auf dem roten Haar, und der Blick aus ihren kleinen Augen zeigte eine Mischung von Neugierde, verschmitztem Einverständnis und betonter Freundlichkeit. Sie nahm Karl den Hut ab; dann ging sie dem ungewiß Wartenden durch die stille teppichbelegte Halle voran, öffnete die verglaste Schiebetüre zum Herrenzimmer und sagte: «Der Herr Konsul kommt sogleich», schloß die Türe hinter sich, und Karl hörte sie draußen die Treppe hinaufsteigen.

Es herrschte völlige Stille. Durch die Scheiben des kleinen Erkers fiel die Sonne in den Raum, auf das blanke Parkett, den schweren Teppich, auf die goldgeränderten Tassen und Porzellanfiguren hinter den Vitrinen. An den mit dunklem Holz getäferten Wänden hingen schwergerahmte Bilder; auf einer Konsole, die oberhalb der Täferung hinlief, standen Teller und Krüge aus Zinn, auch blinkende Gegenstände aus Kupfer und Messing, offenbar antik. Ein großer Gummibaum mit wie lackiert aussehenden Blättern wuchs in einer Ecke regungslos aus einem grünen Cachepot empor. Ein Lüster mit

Girlanden von geschliffenem Glas hing in die starre, museumsartige Stille hinein.

Karl verharrte immer auf demselben Fleck, auf einer Ecke des Teppichs, vor einem kleinen, weißgedeckten Tischchen mit Kaffeetassen und einer Zuckerdose, und nur seine Blicke wanderten befangen umher.

Dann öffnete sich die Türe, und Meng, weltmännisch korrekt, die Nelke im Knopfloch, trat ein, ging auf Karl zu und sagte, mit einer Handbewegung auf einen Fauteuil deutend: «Wollen Sie Platz nehmen, Herr Gebhardt.» Karl gehorchte wie im Traum. Hinter dem Hausherrn war Frieda mit dem Kaffeegeschirr aufgetaucht; sie stellte das Tablett neben die Tassen und verschwand sogleich wieder.

«Nehmen Sie Milch?» fragte Meng, einschenkend. «Ja», hauchte Karl. «Zucker? Einen, zwei?» Der junge Mann nickte, der Konsul ließ zwei Stücklein von der silbernen Zange fallen. «Rauchen Sie?», fragte er und bot dem Gast das Kistchen mit der kleinen Zwischenaktzigarre an. «Nein, danke», antwortete Karl. Er blickte dem Gastgeber zu, wie der sich seine Zigarre auswählte, mit einer kleinen Guillotine, die er aus der Westentasche hervorholte, die Spitze abknipste, den Tabak zum Glimmen brachte, ein paarmal paffte, dann aufmerksam die Glut betrachtete und mit einer Karl seltsam anmutenden Bewegung die Zigarre unter der Nase vorbeiführte. Dann lehnte sich Meng in seinen Polsterstuhl zurück und sagte: «Tja.»

Ein paar Atemzüge lang herrschte Stille, und Meng versuchte, an seiner Zigarre saugend, die fliehenden Blicke des jungen Mannes einzufangen. Er sah das kleine Schweißtröpfchen an dessen Schläfe wohl, aber er ließ sich Zeit. Karl starrte vor sich hin, auf das Muster des Perserteppichs, wie von Eis umgeben und jedes Gedankens unfähig.

«So, Sie wollen also meine Tochter ehelichen?»

Karl schluckte und brachte endlich heiser hervor: «Ja, ich …»

Mengs Stirne hatte sich nun doch ein bißchen gerötet, und die Farbe pflanzte sich fort bis in das schüttere Haar hinein.

«Der richtige Weg war das nicht, Herr Gebhardt», bemerkte der Gastgeber, fügte dann aber sogleich, sich offenbar eines Vorsatzes erinnernd, hinzu: «Na, lassen wir das.»

Karl wand sich auf seinem Polstersitz. Der Konsul saß da, vor ihm, die Hände zusammengelegt und mit dem Nagel des

Mittelfingers den anderen Handrücken kratzend. Es war so still, daß Karl das Schreien einiger Kinder draußen vor dem Garten vernehmen konnte, nicht ohne Neid und Sehnsucht.

«Frau und Kind können Sie natürlich noch nicht ernähren.»

«Ich … wir wollen nichts von Ihnen», hörte Karl sich sagen.

Er sah das Kätterli vor sich und ihre Abende droben in Fluntern. «Wir werden es uns selbst verdienen, das Kätterli und ich. Und wenn ich dann fertig bin …»

«Schön», machte Meng, «sehr schön, aber sagen Sie mir mal, Herr Gebhardt, was studieren Sie eigentlich?»

«Vorläufig mache ich jetzt die Matur bei Tschulok. Und dann entweder Jurisprudenz oder Nationalökonomie.»

Zum ersten Male begegneten sich ihre Augen. Karl bemerkte die Fältchen in der frischen, geröteten Haut um die Augenwinkel herum, das Pochen der geschwellten Adern an der Schläfe und hinter dem Kiefer die tiefe Rinne, die in den Kragen hinabführte. Dem jungen Mann wurde auf einmal das Alter des andern bewußt, und merkwürdigerweise erschien ihm alles nicht mehr so schwierig. Es stellte sich etwas Menschliches zwischen ihnen ein, als seien sie in einer gemeinsamen Sorge verschwistert. Meng lächelte.

«Mein lieber Junge», sagte er, «ihr habt uns, meiner Frau und mir, viel Kummer bereitet. Und glauben Sie mir: die Kathi ist kein einfacher Mensch.»

«Sie ist ein guter, wertvoller Mensch», sagte Karl fest.

«Na, also komm», machte Meng, stand auf und schüttelte dem ebenfalls sich erhebenden jungen Mann die Hand. «Und bevor die Mama kommt, wollen wir mal rasch unter Männern das andere erledigen.»

«Herr Konsul …»

«Du wirst doch deinen zukünftigen Schwiegervater … Na, das wird kommen … Also, bis du so weit bist, werden wir euch eine bescheidene Apanage aussetzen … Komm nur herein, Hermine. Er scheint ein rechter Bursche zu sein.»

Frau Meng stand unter der Türe. Sie kam auf Karl zu, streckte ihm die Hand hin und sagte: «Grüezi, Herr Gebhardt.»

«Ist Ihre Mutter», fragte sie, als die Begrüßung vorüber war und sie sich alle drei wieder gesetzt hatten, «nicht eine geborene Villiger und in Hirslanden aufgewachsen?»

Karl konnte es bestätigen. «Mit Hedwig zum Vornamen?»

«Ja.»

«Dann», stellte Frau Meng fest, «sind wir miteinander im Seefeldschulhaus in die Primarschule gegangen, bis zur dritten Klasse.»

So unwahrscheinlich schlaraffisch sich alles abzuwickeln schien, es war Karl, als er von seinem erkalteten Kaffee schlürfte, nicht so recht wohl dabei. Ausgezogen mit Kätterlis Anweisungen, hart, des Widerstandes gewärtig und zum Aufruhr bereit, würde er als ein Weichgewordener, Überwältigter, um nicht zu sagen als ein Überläufer, aus der Villa Meng in das Westzimmer in Fluntern zu seiner herben, entschlossenen Genossin der wilden Ehe zurückkehren. So ziemlich alles, dessen sie sich in ihrem verwegenen Unternehmen rühmten, die Armut, die wilde Unabhängigkeit, ihre Verachtung der Bürgerlichkeit, der kompakten Majorität, wie sie es nannten, hatte er in dieser Nachmittagsstunde von zwei bis drei preisgegeben. «Sie haben dich eingeseift», hörte er Kätterli sagen.

Sechstes Heft

I. Kapitel

«Zwei statistische Verhältniszahlen und was sie bedeuten», lautete der Titel des freigewählten Aufsatzes, den Walter Abt in der ersten Deutschstunde nach den Sommerferien dem die Hefte einsammelnden Professor Wude ablieferte. Es war darin zu lesen:

«Am 31. Dezember 1910 wohnten in der Stadt Zürich 121 724 Protestanten und 59 102 Katholiken. Am selben Stichtag kamen auf 126 470 Schweizer Bürger 63 622 Ausländer. In Prozenten ausgedrückt: 63,8 Prozent Angehörige der protestantischen und 31 Prozent Angehörige der katholischen Konfession; Schweizer Bürger: 66 Prozent, Ausländer: 34 Prozent. (Einwohnerzahl 190 092 Seelen.)»

«Was sagen diese Zahlen aus?» fuhr der jugendliche Aufsatzschreiber fort, «und ist es erlaubt, sie miteinander in Verbindung zu setzen und aus ihnen einige Schlüsse in bezug auf die Struktur des zürcherischen Gemeinwesens zu ziehen und vielleicht eine Prognose zu stellen?

Betrachten wir zuerst das Verhältnis in der konfessionellen Mischung der Wohnbevölkerung, so fällt uns das Gedeihen der katholischen Gemeinden in der Zwinglistadt auf. Abgesehen vom Zuzug aus den katholischen Kantonen, erklärt sich dieses Anwachsen durch den Anteil, den namentlich die Italiener, Österreicher und die Bayern an dieser Konfession haben. Dazu kommt, daß die katholischen Familien im allgemeinen kinderreicher sind als die protestantischen. Da die Glaubensfreiheit, ein Grundsatz der Schweizerischen Bundesverfassung, garantiert ist, bedeutet dieses Nebeneinanderbestehen der beiden Konfessionen im Gemeinwesen nicht etwa eine Gefahr, sondern ist ein Ausdruck der Toleranz und des Gerechtigkeitssinns des zürcherischen Geistes. Die neuen katholischen Kirchen sind eine Zierde des Stadtbildes. Im friedlichen, aber weltanschaulichen Wettkampf um die Priorität der Konfessionen müssen die Protestanten nur fest und aufrichtig zu ihrer Religion stehen, so bleibt das natürliche Gleichgewicht, das sich im Verhältnis 2:1 ausdrückt, bestehen. In Zürich können sich so beide Konfessionen zum Wohle des Ganzen gegenseitig befruchten.»

An diese Sätze schloß sich dann eine Betrachtung über die kulturellen und künstlerischen Einflüsse der katholischen Kirche auf die protestantische Stadt an, und dann wandte sich der Gymnasiast dem Überfremdungsproblem zu.

«Eine besondere Bedeutung erhält die Zahl der Ausländer in ihrem Verhältnis zu den Schweizer Bürgern Zürichs durch die Tatsache, daß von den 63 000 Fremden über 40 000 Deutsche sind, also 20 Prozent der gesamten Einwohnerzahl. Jeder fünfte Bewohner ist ein Deutscher. Nicht eingerechnet sind dabei alle jene deutschen Frauen und Mädchen, die durch ihre Heirat Schweizer Bürgerinnen geworden sind. Ihre Zahl beträgt seit 1902 nahezu 5000.

Von dieser Durchdringung Zürichs mit dem reichsdeutschen Element zeugt das viele Hochdeutsch, das gesprochen wird, sowie die Tatsache, daß sehr viele Berufe fast ausschließlich von Deutschen ausgeübt werden, z. B. die der Coiffeure, der Blumenhändler, Schreiner. In den Hoch- und Mittelschulen werden manche Lehrämter durch Angehörige unseres nördlichen Nachbarn ausgeübt, sogar die Leitung unseres Stadttheaters und große Teile unserer Orchester liegen in deutschen Händen.»

Der über zehn Seiten umfassende Aufsatz schloß mit den Worten: «Durch diese Überfremdung wird zwar die politische Struktur des zürcherischen Gemeinwesens nicht unmittelbar betroffen, wohl aber deren kulturelle Eigenart. Mit vielen Kongressen deutscher Verbände, die in Zürich abgehalten werden (Deutsche Journalisten- und Schriftstellertagung, Deutscher Verein für öffentliche Gesundheitspflege, Deutsche Neuphilologentagung, Allgemeines deutsches Tonkünstlerfest, um nur einige zu nennen) wird immer mehr der Eindruck erweckt, Zürich (und damit die ganze Deutsch sprechende Schweiz) gehöre ja eigentlich kulturell zu Deutschland. So weltoffen und so duldsam wir sind, dagegen müssen wir uns wehren. Nicht in den weiten Ebenen des Nordens, sondern in den Bergen im Süden, in den Alpen, deren Gletscher und Wildbäche unsere Seen und Flüsse, die Limmat und die Sihl speisen, liegen die Quellen unserer Kraft. Halten wir sie rein und unberührt.»

Der Schüler Walter Abt erhielt den Aufsatz mit einer ziemlich guten Note zurück; unter diese hatte Wude mit roter Tinte hingeschrieben: «Ein bißchen altklug. Und Schillers ‹Wilhelm Tell› und ‹Goethes Schweizerreisen›?»

Es erwies sich aber sehr bald, daß der Aufsatz Gegenstand einer Aussprache im Lehrerkonvent gewesen war. Sowohl vom Mathematiklehrer als auch vom Rektor, der Geschichte gab, wurde Walter Abt zur Rede gestellt und um seiner Unziemlichkeit Wude gegenüber zwar nicht öffentlich, aber während einer Pause einmal entrüstet und das anderemal milde getadelt. Nicht genug damit, stellte es sich heraus, daß über die kantonale Erziehungsdirektion auch eine Nachricht zu seinem Vater, dem Stadtrat, gelangt war, der dann den Aufsatz zu lesen begehrte. Das blaue Heft blieb jedoch einige Tage auf dem Pulte des Ingenieurs liegen. Bevor er dazu kam, den Aufsatz zu lesen, wurde der Zwischenfall durch einen anderen überholt, der entscheidender in die Laufbahn seines Sohnes eingreifen sollte.

Als Professor Wude an einem Dienstag, nach der großen Pause, das Klassenzimmer betrat, blieb er gebannt, mit runden Augen, rasch sich rötender Stirne und malmenden Wangen stehen. Der Schulraum war dekoriert. Unter zwei gekreuzten, schwarzweißroten Fahnen hing, am Rahmen der Wandtafel befestigt, das bekannte große Brustbild Kaiser Wilhelms II., mit aufgezwirbeltem Schnurrbart, ordengeschmückt. Darunter standen in großer Kreideschrift die Worte: «Deutschland über alles.» Den Wänden entlang liefen Bänder in denselben Farben, und auf dem Katheder lag, hinter einem hölzernen Säbel und von einem Lorbeerkranz umwunden, eine preußische Pickelhaube aus Papiermaché, wie man sie in Maskenverleihgeschäften erhalten konnte. Die Schüler verharrten in regungsloser Stille. Aaron hatte sein Gesicht in beide Hände vergraben, und Gotthold Wettstein saß aufrecht da, bereit, seine Unschuld an der Anordnung zu bezeugen.

Wude machte sofort kehrt und holte den Rektor. Dieser befahl die sofortige Entfernung des Unfugs. Es rührte sich keine Hand. Er gebe, versetzte hierauf der Vorsteher, der Klasse eine halbe Stunde Zeit, das Schulzimmer in seinen ordnungsgemäßen Zustand zu bringen, sonst werde er die schärfste aller möglichen disziplinarischen Maßnahmen anordnen. Damit verließ er in Wudes Begleitung den Raum.

In dem sich nachher entwickelnden Getümmel wurde die Partei der Lauen und Furchtsamen so stark, daß die Neutralen, die der Vernunft das Wort redeten, die Überhand gewannen und die Dekoration abgebaut wurde.

Obgleich sich in der nachfolgenden Untersuchung die Mitglieder der BU-Clique in edlem Wettstreit überboten und jeder als ein Winkelried sich opfern und die Verantwortung übernehmen wollte, wurde Walter Abt schließlich als zumindest geistiger Urheber der Demonstration bezeichnet.

Da nach dem beinahe einstimmigen Zeugnis der Lehrerschaft sowie der Schüler der übrigen Klassen und auch selbst eines Teils jener, die den Unfug in Szene gesetzt hatten, Wude nicht der leiseste Vorwurf in der Führung der Deutschstunden gemacht werden konnte und im Gegenteil sein eifriges Bestreben, den schweizerischen Belangen innerhalb der Darstellung der deutschen Literatur gerecht zu werden, noch besonders lobend hervorgehoben wurde, anderseits hinwiederum mit Rücksicht auf die Fähigkeiten Walters und der Stellung seines Vaters im Gemeinwesen von einer Ausstoßung des Rädelsführers aus der Schule Umgang genommen werden konnte, verblieb die Versetzung des Fehlbaren in eine Parallelklasse mit einem anderen Deutschlehrer.

In der entscheidenden Aussprache mit den Eltern erklärte Walter jedoch rund heraus, er setze keinen Fuß mehr über die Schwelle des Gymnasiums. Er sei bereit, auf jeden akademischen Grad zu verzichten und sich bei einer Zeitung als Volontär auf den Beruf eines Journalisten vorzubereiten. Man einigte sich schließlich dahin, daß Walter auf alle Fälle die Maturitätsprüfung hinter sich zu bringen und sich in der bis dahin noch verbleibenden Zeit auf einem Privatinstitut darauf vorzubereiten habe. Es wurde hiefür die Tschulokschule an der Plattenstraße gewählt.

II. Kapitel

«Was hat das alles für einen Sinn?» sagte Frau Hirzel und knöpfte über dem weißen Kellnerinnenschürzchen den Mantel zu. Barhäuptig, die blonden Haare über der Stirne gebauscht, die schwarze Ledertasche an den Arm gehängt, stand sie noch einen Augenblick unter der Türe und betrachtete ihren Mann, der, dem Zimmer den Rücken zugewendet, regungslos an seinem Tisch saß und durch die Scheibe hinausstarrte. «Vergiß wenigstens nicht, das Gas anzuzünden, damit die Kartoffeln gar sind, bis das Helenli aus der Schule kommt. Um drei Uhr habe ich meine Zimmerstunde.»

Hirzel hörte sie energischen Schrittes die Treppe hinunterstapfen, und dann war es völlig still in der Wohnung. Er blickte auf seine Hände hinab, die die erkaltete Pfeife umschlossen hielten, auf die Unordnung des Tisches, die Farbstifte, die transparenten Papiere, den zerbrochenen Unterteller, der als Aschenbecher diente: es war ein freudloses Bild.

Es kam die halbe Stunde, während der er auf den Briefträger wartete. Er sah ihn mit dem gefüllten Holzkasten über dem Magen in ein Haus treten, beim Herauskommen an den Klingelknöpfen drücken. Dann wurde er hinter den Fenstern des nachbarlichen Treppenhauses sichtbar – offenbar hatte er einen eingeschriebenen Brief zu bestellen. Nach einer Weile kam er heraus und überquerte die Straße, betrat das Haus des Lauschenden. Der hörte auch das Klingelzeichen in den verschiedenen Stockwerken, die Korridortüren, die daraufhin geöffnet wurden, die Schritte auf der Treppe, zu den Briefkasten hinunter, und begriff, daß für ihn keine Post gekommen war.

Er erhob sich, ging in die Küche hinüber, goß aus der emaillierten Kanne erkalteten Kaffee in eine Tasse, schluckte das bittere Getränk herunter und setzte sich wieder an den Tisch.

«Wenn man die Ostfassade gegen die Rämistraße des projektierten Universitätsgebäudes betrachtet, so wie sie sich in den letzten Plänen darbietet, so findet man darin die Elemente folgender Stile vor: Deutsche Renaissance, Barock, Klassizismus und Jugendstil. Es ist eine richtige Kakophonie, von einem einheitlichen Baugedanken keine Spur! Vollends lächerlich und von einer verlegenen Ideenlosigkeit zeugend stellt sich der zentrale turmartige Aufbau dar, dessen einziger Zweck zu sein scheint, die beiden Flügel auf irgendeine Weise miteinander zu verbinden. Von welcher Seite her man ihn auch betrachtet, bietet er sich mit seinem giebelartigen Aufbau als ein monotones und langweiliges Gebilde dar. Und dies um so eindringlicher, als die einzigartige Lage unwillkürlich die Blicke des Beschauers von allen Teilen der Stadt auf dieses Monument der Banalität hinlenkt. Freilich ist das Projekt ein Ausdruck unserer Gegenwart, einer geschichtlich unbedeutenden Zeit, deren stupider Unternehmergeist und Materialismus die Schönheit nicht mehr an sich, sondern nur noch im besten Falle als zweckmäßige Verzierung begreifen kann. An diesem Turm kann man geradezu die Überlegungen, die einerseits auf Sparsamkeit, anderseits auf einen Scheinprunk hinzielen, ablesen.»

Es ging auf diese Weise noch eine Weile weiter.

«Es gibt aus dieser offensichtlichen Ratlosigkeit unserer zeitgenössischen Architektur nur einen einzigen Ausweg», schloß der Aufsatz; «wir müssen versuchen, im Baugedanken die Funktion des Universitätsgebäudes zum Ausdruck zu bringen, aus der Gegenwart heraus und unter Verzicht auf alle althergebrachten und lediglich übernommenen Zier- und Schmuckelemente. Nicht schön, nicht prunkhaft, nicht repräsentativ sollte unsere Universität sein, sondern sich darstellen als eine bescheidene Forschungsstätte der einheimischen und übernationalen Wissenschaft, zweckmäßig, praktisch, geräumig, hell, leicht zu reinigen und zu lüften, ausbaufähig – mit einem Wort: sachlich.»

Nachdem Hirzel dies geschrieben hatte, zog er aus einer an der Wand lehnenden Mappe die Pläne hervor, die veranschaulichen sollten, was er meinte. Drei mächtige Kuben, ungleich in der Größe, aber zueinander in einem bestimmten Verhältnis stehend, ohne Dachstock flach endend, schmucklos die Fassaden, mit großen, aneinandergereihten Fenstern aus mächtigen Scheiben, einer sehr breiten, die Steigung des Geländes andeutenden Freitreppe, die durch eine luftige verglaste Halle mitten in das Gebäude hineinführte, erinnerte das Projekt an einen Komplex überdimensionierter Treibhäuser.

Er rollte die Pläne zusammen, steckte den Aufsatz zu sich und verließ das Haus. Einmal mehr konnte man ihn, die Rolle unter dem Arm, durch die Straßen wandeln sehen.

Er wünsche Professor Bovet, den Redaktor der Zeitschrift «Wissen und Leben», zu sprechen, erklärte Hirzel dem großen, leicht gebückt sich haltenden Manne, einer Art bärtigem Zeus mit einem Zwicker auf der Nase, dem er sich in einem düstern und schlauchähnlichen Zimmer gegenüber fand. Der sei er selbst; um was es sich handle? Um das neue Universitätsgebäude, antwortete Hirzel, und nannte seinen Namen. Er habe gesehen, daß die Zeitschrift sich verschiedentlich mit dieser Frage beschäftigt habe. Es gelte, bevor etwas Unwiderrufliches und Dummes geschehen sei, die Öffentlichkeit zu alarmieren.

Bovet – Hirzel sah, daß er hinkte – begab sich an sein Pult am Fenster und hörte sich, in seinem Sessel zurückgelehnt, an, was Hirzel vorbrachte. Er beugte sich auch neugierig über die Zeichnungen, blätterte zwischenhinein im Manuskript, das ihm der Besucher überreicht hatte, steckte sich eine Zigarette an, gab aber weder Zustimmung noch Zweifel zu erkennen.

Ob er, Hirzel, selbst Architekt sei, fragte er schließlich. «Je vois», sagte er, als dieser ihm seine Umstände erläutert hatte.

«Das alles müßte ich ja zuerst studieren», meinte Bovet. «Aber ich frage mich, ob das nicht schon überholt sei. Soviel ich weiß, sind die Pläne genehmigt.»

Nicht sei es zu spät, rief Hirzel, solange man mit dem Bau noch nicht begonnen habe. Er finde da, in dem Manuskript, ein paarmal das Wort «sachlich», bemerkte Bovet. Komisch, er könne im Welschen keinen entsprechenden Ausdruck dafür finden. Eine Umschreibung wohl, «conforme aux faits» oder allenfalls «objectif», aber beides gäbe, im Zusammenhang, wie Hirzel das Wort gebrauche, nichts her. Hirzels sommersprossiges Gesicht rötete sich. Daß die Intelligenz dieses Mannes just an der Stelle sich entzündete, erregte ihn.

In der Tat, gerade darum drehe es sich. Er, Hirzel, sei sich dessen gewiß, hierin liege der Ausweg aus der Stilverwirrung, der architektonischen Ratlosigkeit der Zeit, die ja in Wirklichkeit auch nichts anderes sei als die Verlogenheit des gegenwärtigen Lebensstils. Wogegen er ankämpfe, das sei ja gerade die durch alle Beziehungen hindurch sich geltendmachende Verlegenheit. «Wir sind materialistisch, vor allem technisch interessiert, mitten in einer Epoche der Entdeckungen auf allen Gebieten der Wissenschaft. Politisch und wirtschaftlich gründet sich unser ganzes System auf dem Begriff des Gleichgewichts, auf Kräften, die sich gegenseitig aufheben und im Schach halten – aber wenn man unsere öffentlichen Gebäude anschaut, so herrscht darin der Gedanke des Zierlichen, des Prächtigen, des Feudalen, des Hübschen vor. Fassaden, die verwedeln, was wirklich ist. Mit den Nudeln des Jugendstils glauben wir die tiefen Spannungen der Zeit auszugleichen. Es fehlt uns der Mut zu zeigen, was wir wirklich sind.»

Hirzel war in ein lautes, fast kreischendes Reden hineingekommen. Der Redaktor betrachtete fortwährend das unschöne, grimassierende Gesicht.

«Wissen Sie, Herr Hirzel, man darf den Faden nicht brüsk abreißen, alles ist Evolution ...»

Hirzel unterbrach ihn mit heftigem Kopfschütteln. «Eben nicht!» rief er. «Es entspricht nicht den letzten Erkenntnissen. Die Natur macht Sprünge, plötzliche Mutationen, bringt mit einem Male völlig neue, unbekannte Formen hervor – und, glauben Sie mir, wir leben in einer solchen Zeit. Es ist alles verdächtig. Was einst Inhalt war, ist bloße Form geworden. Darunter wartet etwas anderes, und wenn es kommt, wird es die morschen Schalen sprengen. Warum also noch weiter in diesen überlebten Formen bauen, die nur noch Schein sind. Ob wir besser oder schlechter sind als die Vorangehenden, das wissen wir nicht. Aber haben wir den Mut, uns selbst zu sein! Das ist sachlich.»

«So, wie Sie es sagen, wundert es mich nun nicht mehr, daß wir im Französischen keinen Ausdruck dafür haben. Es ist nicht romanisch. Es kommt mir eher germanisch vor. Es erinnert mich an die brüsken Aufbrüche der Teutonen in der Zeit der Völkerwanderung, an Kriege und Überfälle. Eben an diese Sprünge, von denen Sie reden.»

«Und die Französische Revolution? War das nicht der wichtigste europäische Vorgang, in dem morsche Schalen gesprengt wurden», rief Hirzel.

Bovet zog am schwarzen Bändchen seines Zwickers, so daß ihm dieser von der Nase glitt und in der freien Luft pendelte, während er sagte: «Wenn Sie wüßten, wie unbeirrt, wie traditionell das Leben in der französischen Provinz weitergegangen ist, als die paar administrativen und personellen Veränderungen vorgenommen worden waren, die die Kapitale in den zwei Jahren anordnete. Auf alle Fälle war die Französische Revolution nicht sachlich, sondern pathetisch ...»

Die Türe öffnete sich, ein Mann, mit einer Bürojoppe bekleidet, ein Faktotum offenbar, huschte herein und überreichte Bovet ein Kärtchen. Ohne einen Blick darauf zu werfen, sagte der Redaktor: «Ob ich Ihren Artikel mit den Skizzen bringen kann, weiß ich noch nicht, aber wenn Sie einmal versuchen würden, Ihre Gedanken, eben über das ‹Sachlich›, niederzuschreiben, so würde sich die Redaktion des ‹Wissen und Leben› dafür interessieren.»

Es wartete kein Mensch im Vorzimmer, und es kam Hirzel der Verdacht, es möchte das mit der hereingebrachten Karte ein alter Redaktorentrick gewesen sein, einem langfädigen

Besucher das Ende der Unterredung zu bedeuten. Trotzdem schritt er beschwingt den Bleicherweg stadtwärts.

Er kam gerade dazu, wie seine Frau im Kellnerinnenschürzchen dem verheulten Helenchen die Wohnungstüre aufschloß. «Das hätte ich mir ja denken können», bemerkte sie dabei, «und die Kartoffeln sind natürlich auch nicht gesotten.»

III. Kapitel

In den Räumen der Kolonialwaren-Agentur Corelli & Petzold an der Stockerstraße herrschte während dieses Sommers 1911 Hochbetrieb. Fortwährend kamen Telegraphenboten, und die beiden Stifte schossen, Weberschiffchen gleich, zwischen dem Domizil der Firma und der Fraumünsterpost hin und her. Die Einrichtung eines zweiten Telephonapparates hatte sich als notwendig erwiesen; die Gaslampen über den alten Pulten brannten bis spät in die Nacht hinein.

Der Grund dieser fieberhaften Betriebsamkeit lag in der ungewöhnlichen Hitze, die anfangs Juli eingesetzt hatte, bis in den September hinein andauerte und einen das übliche Maß weit übersteigenden Konsum von Limonaden und Brausen zur Folge hatte, insbesondere am kantonalen Turnfest in Winterthur, am Kantonalen Schützenfest im Albisgütli und am Eidgenössischen Schwing- und Älplerfest auf der Allmend. All dies führte zu laufenden Nachbestellungen von Stampfzucker seitens der Grossisten der Kolonialwarenbranche, und die Vertreterfirma hatte die Hände voll zu tun, diese Mengen von ihren deutschen und böhmischen Fabriken hereinzubekommen. Daneben entwickelte sich, angeregt durch die Wetter- und Ernteberichte, ein fieberhaftes Spekulationsgeschäft an den Terminbörsen sowie eine lebhafte sogenannte «Revente» im Inland.

Hatten seit 1864, dem Beginn der Beobachtungen der Schweizerischen Meteorologischen Zentralanstalt am Schmelzberg, die Niederschlagsmengen in den beiden Monaten Juli und August im Durchschnitt etwa 100 Millimeter betragen – im regenreichen Vorjahr 155, respektive 173 Millimeter –, so sanken sie in diesem Jahre der Dürre auf das absolute Minimum von 40 und 57 Millimeter hinab. Lag das Monatsmittel der Lufttemperatur für gewöhnlich während dieser Zeit um 10

Grad Celsius herum, notierte man in diesem Jahre für den Juli 20,8 Grad und für den August 20,9 Grad als Durchschnitt, was besagen will, daß während der Tagesstunden stets die tropische Hitze von über 30 Grad im Schatten herrschte.

Louis Corelli, durch immer dringender werdende Briefe und Telegramme mitten aus seinem Kuraufenthalte in Vulpera-Tarasp zurückgerufen, fand eine Stadt von völlig veränderter Atmosphäre vor. Wo immer möglich vermieden es die Leute, die sonnenbeschienenen Plätze zu überqueren, und waren sorgsam darauf bedacht, immer auf den auf der Schattenseite liegenden Trottoirs dahinzuwandeln. Mit Erstaunen konnte er das Überhandnehmen der offen getragenen sogenannten Schillerkragen auch bei Männern wahrnehmen, die sonst nicht einmal in den Kegelbahnen sich dazu herbeiließen, den gestärkten Kragen und die Umlegekrawatte vom Halse zu nehmen. Daß bessere Herren, hemdärmlig und in Weste, den Rock über den Arm gelegt oder am Spazierstock über die Achsel gehängt, auf der Bahnhofstraße einhergingen, bezeichnete das Ungewöhnliche der klimatischen Umstände zur Genüge. Der Frauenwelt hingegen brachten sie einen Zusatz an reizvoller Lieblichkeit. Die weißen Schuhe, die weißen Strümpfe, fußfreie Waschkleider, die ebenfalls blütenweißen wippenden breitrandigen Hüte verliehen ihnen etwas Lockeres und Verlockendes. Die Badeanstalten auf der Limmat und am See verzeichneten Hochfrequenz, und die Gartenwirtschaft auf der Bauschänzli-Insel wurde nie leer. Dolden von Maßkrügen in den roten Fäusten, eilten die schwitzenden Kellnerinnen umher, schlagfertigen Mundes, aus Bayern kommend, der Heimat des Biers. Nach Sonnenuntergang bis spät in die Nacht hinein herrschte in den Gaststätten ein lebhaftes Treiben. Selbst im Niederdorf waren alle Fenster sperrangelweit geöffnet, und man konnte, ganz wider die Gewohnheit, die hemdärmligen Gäste mit geöffneter Weste und roten Nakkenwülsten faul und zufrieden sich den besonderen Verhältnissen anpassen und die Erfolge der Turner, Schützen und Schwinger feiern sehen. Eine Welle zusätzlichen Verdienstes ging über die Stadt hin, angefangen bei den Überstunden leistenden Führern der Spritzenwagen bis hinauf in die Regionen des Großhandels. Die Nachrichten von Bränden im Stadtgebiet und auf der Landschaft schienen das Festliche und Außerordentliche der Zeit noch zu erhöhen.

Das Engequartier war wie ausgestorben. Vom Roten Schloß her, die Stockerstraße einwärts, die Tödi-, die Gartenstraße aufwärts bis zu den Villen des Parkrings und des Ulmbergs, konnte man an den bunten, mit viel Steinhauerarbeit und kunstvollen Balkongeländern verzierten Fassaden der besseren Mietshäuser entlanggehen, und man fand zeilenweise die Rolladen vor den Fenstern geschlossen. Die Familien weilten in den Ferien. Es war für die Köchinnen und Dienstmädchen eine schöne Zeit. Sie saßen des Abends auf den Küchenbalkonen, eine Lampe auf dem Tisch, und schmausten geruhsam, der Aufsicht und der Pflichten enthoben, aus den Tellern der Herrschaft, machten sich gegenseitig Besuche, gaben sich Einladungen, luden die Milchmannen, die Ausläufer der Metzgereien oder der Comestiblesgeschäfte ein und pflogen laut über die abendlichen Höfe der Häusergevierte hinweg lange Unterhaltungen. Blieben von den Familien einzig die Herren in der Stadt, weil es die Geschäfte erforderten, so hatte es damit keine Not. Sie nahmen des Morgens zu späterer Stunde als gewöhnlich das Frühstück ein, erlegten ohne Knausern und Rechnen das Haushaltungsgeld und kehrten erst spät in der Nacht in die leere Wohnung zurück. Es war die Luft eines forschen und unternehmungslustigen Strohwitwertums, die sich in diesem heißen Sommer über die besseren Quartiere lagerte, für zahlreiche Familienväter die willkommene und oft scheinheilig bedachtsam vorbereitete Wiederkehr einer Junggesellenzeit. Verständnisinnig und augenzwinkernd leisteten die weiblichen Dienstboten der gelockerten Ordnung Vorschub und Beihilfe, leiteten aber aus diesem stillschweigenden Einverständnis für sich selbst mehr Freiheit und eine laxere Tagesordnung her. Es gab deshalb unter ihnen des Tuschelns und Kicherns genug.

In diesem veränderten gesellschaftlichen Gefüge fühlte sich Louis Corelli ausgesprochen wohl. Zwar nicht mehr zu den Jüngsten gehörend, schon mitten im fünften Jahrzehnt seines Lebens, genoß er die geschäftliche Konjunktur des Tages und die unvermutete Freiheit seiner Abende aus vollen Zügen. Wie herrlich war es, wenn er den über die Zeit hinaus arbeitenden Angestellten ein Körbchen mit Bierflaschen, Aufschnitt und Semmeln freigebig hatte holen lassen, der gewohnheitsmäßigen Verpflichtung der Abendmahlzeit am Familientisch ledig zu sein und sich den Ort eines besonders ausgewählten Diners selbst nach Lust und Laune auswählen zu können! Einmal ein Gnagi bei dunkelm, malzduftendem Kulmbacher im Kropf in Gassen, oder ein andermal bei rubinrot funkelndem Bordeaux ein blutiges, zwei Finger dickes Filetbeefsteak im Grill des Baur au Lac. Und dazwischen die Depeschen zu lesen mit den hereinströmenden Ordres für neue Zuckerwagen aus der Pfalz und aus Mähren, prompte Lieferung. Dann ging's vielleicht mit einem Kollegen aus der Seidenbranche ins Corso-Variété, mit anschließendem Imbiß eines kalten Hühnchens oder eines Hummers im Bellevue oder Savoy. Seine Magenbeschwerden, Gegenstand steter Pflege und Kuren, waren wie verflogen. Beschwingt und von der Fülle des Leibes nicht behindert, mischte er sich noch in später Stunde unter die luftschöpfenden Spaziergänger am Quai, die, bestand auch ihre nächtliche Stärkung vielleicht nur aus Cervela oder einem Paar Wienerli und einer Flasche Hürlimannbier, nicht weniger der lockeren und duldsamen Spießgesellenschaft angehörten, die in diesem heißen Sommer von der Stadt Besitz genommen hatte.

An einem dieser Abende war es, daß der Agent, den dicken Strohhut aus der Stirne geschoben, vom Büro herkommend, dem Paradeplatz zuschritt, dort noch in der Zigarrenhandlung von Carl Julius Schmidt sein ledernes Etui mit ein paar Importen auffüllte und sich eben vor dem Tramhäuschen befragte, wonach sein Herz begehre, einen mit ländlichen, halblangen Hosen bekleideten Knaben bemerkte. Irgendein Zug in dem frischen, rotwangigen Gesicht des kleinen Burschen erweckte seine Aufmerksamkeit, eine vage Erinnerung. Er schien auf ein Tram zu warten. Er trug ein leeres Henkelkörbchen in der Hand.

Er müsse, antwortete der Junge freimütig dem leutseligen Herrn, ins Triemli und dann zu Fuß über die Waldegg nach Uitikon auf der anderen Seite des Uetliberges. Er habe Eier in die Stadt bringen müssen. Das sei aber ein weiter Weg für so einen kleinen Mann und um diese Stunde, versetzte Corelli. Den habe er schon oft gemacht, meinte der Knabe. Sogar im Winter.

Offenbar war er doch älter, als ihn Corelli eingeschätzt hatte. Vierzehn gewesen sei er. Nein, Landwirt wolle er nicht werden. Er gehe in die achte Klasse, und nachher suche er eine Lehrstelle in der Stadt, auf einem Büro. Aha, machte Corelli, ob denn die Eltern damit einverstanden seien? Die seien doch offenbar Landwirte, und die sähen es doch sicher nicht gerne, wenn er das Gewerbe nicht weiterführe. Das seien nicht seine Eltern, die Leute in Uitikon, erläuterte der Bursche. Er sei dort nur verdingt. Er habe noch eine Schwester, die sei bei Bauersleuten in Bonstetten. «Keine Eltern mehr?» fragte Corelli. Die Mutter sei gestorben, antwortete der Knabe mit einemmal verschlossen und abweisend.

Die große Bogenlampe warf einen weiten lichten Kreis auf den Asphalt, dessen Grenzen sich manchmal ein wenig verschoben. Irgendein Gefühl warnte Corelli, nach dem Vater zu fragen. Aufmerksam betrachtete er das Gesicht des Knaben, das im Schatten des viel zu großen Strohhutes lag. Am liebsten wäre er davongegangen, aber er war wie gebannt.

Mehr, um etwas zu sagen, meinte er, auf das Frühjahr könne er einen neuen Stift gebrauchen; wenn er dann einmal vorsprechen wolle. Er möchte schon, antwortete der Jüngling, aber da müsse man zuerst mit dem Vormund reden. Wer das denn sei. Geiger heiße er, ein Verwandter seiner verstorbenen Mutter, Gemeinderat in Bonstetten. Jetzt komme aber sein Tram, er müsse gehen; Adieu, sagte der Knabe und bestieg das Trittbrett des Straßenbahnwagens. Aber wie er denn heiße, rief ihm Corelli, wie unter einem Zwang und pochenden Herzens nach.

«Klostermann, Röbi Klostermann», sagte der Knabe noch und schwenkte sein Körbchen.

Corelli stand da, im Lichtkreis, biß sich auf die Unterlippe. Es schien ihm, als hätte er vom ersten Augenblick an, als er des Jünglings ansichtig wurde, gewußt, wen er da vor sich habe: den Sohn des Giftmörders Klostermann, der seine Frau umgebracht hatte und nun in Regensdorf seine lebenslängliche Zuchthausstrafe verbüßte, den Sohn jenes Metzgermeisters Klostermann an der Stüssihofstatt, der einst im Ersten Baß des Sängervereins sein, Corellis, Chorkollege gewesen war, und der bei ihm so lange à découvert in Kaffee spekuliert hatte, bis er in Konkurs kam und nach Argentinien auswandern mußte, dann zurückkam und jenes furchtbare Verbrechen beging.

Corelli fühlte sich unvermittelt von der leichtsinnigen Festlichkeit des Sommerabends ausgeschlossen. Er warf die Zigarre weg. Langsam und schwer wanderte er seiner leeren Wohnung zu. Zum erstenmal seit seiner Rückkehr aus Tarasp spürte er wieder den Druck auf dem Magen.

IV. Kapitel

Clive Lawrence Bell gehörte zu jenen über den ganzen Kontinent hin verstreuten Engländern, die ihre heimatliche Insel verlassen hatten, weil deren auf Konvention und Konformismus beruhender Lebensstil ihnen nicht entsprach. Sie bildeten die Ursache für die unter den Bevölkerungen des Festlandes weit verbreitete Meinung, die Engländer seien alle ein wenig exzentrisch. In Wirklichkeit war es so, daß diese die herkömmlichen Formen verachtenden Individualisten in ihrer Heimat als leicht verrückte Originale galten, Künstlernaturen und Lebensreformer, ganz unenglisch in ihrem Hang, von ihren Empfindungen zu sprechen, andere Leute mit ihren Meinungen zu belästigen und mit ihrer Philosophie zu erschrecken.

Ursprünglich als aquarellierender Dilettant und Verfasser lyrischer Sonette, mit einer kleinen Rente als Grundlage, zu Fuß, auf dem Fahrrad und als Drittklaßreisender den Ufern des Rheines entlang den Alpen zustrebend, war Bell in Zürich hängengeblieben und trug nun, während er als einer der ersten Bewohner dieser Stadt sommers und winters barhäuptig, in seinem hellen heimgesponnenen Wollanzug, Mandeln knackend und der Abstinenz frönend durch die Straßen wandelte, dazu bei, die Vorstellung, alle Engländer seien ein wenig überspannt, zu bestätigen. Er bewohnte beim Orthopädisten Lininger an der Lindenhofgasse ein Zimmer, nahm seine Mahlzeiten im alkoholfreien Restaurant des Zürcher Frauenvereins an der Zähringerstraße ein und gab in der Woche ein paar Englischstunden von völlig unpraktischer Art, indem er seine Schüler – Jünglinge an der Handelsschule, die der Nachhilfe bedürftig waren, und einige strebsame Angestellte, die es weiterbringen wollten – Gedichte von Shelley erlernen ließ. Walter Abt hatte Bells Adresse vom Institut Tschulok erhalten. Mehr einem Instinkt denn einer Überlegung folgend, der steten Hinwendung zur Vergangenheit, die die alten Sprachen voraussetzten, überdrüssig, erschien die angelsächsische Sprachwelt dem Jüngling der Inbegriff einer vibrierenden, abenteuerlichen Gegenwart von atlantischer Weite, pionierartig und zukunftsträchtig. Doch war der Gewinn dieser Sprachstunden von völlig anderer Art.

Der Engländer erteilte seine Lektionen auf einer Bank an der Brüstung des Lindenhofes, in der Nähe der gepanzerten

Jungfrau, die unter dem grünen Gewölbe der Baumkronen den großen achteckigen Brunnentrog bewachte. In der Tiefe, am jenseitigen Ufer des Flusses, flimmerte der Quai in der Hitze, trotz der sinkenden Sonne. Kein Luftzug wehte, der Himmel war stahlblau.

Die beiden hatten ihre Jacke ausgezogen. Unbekümmert um die Leute, die auf den Nachbarbänken saßen, die Buben, die mit der Brunnenröhre Allotria trieben, und die Spatzen, die um die Krumen balgten, die von den Händen der Vespernden fielen, rezitierte Bell laut seine Verse.

Walter saß neben ihm, blickte ein bißchen geniert über die steinerne Brüstung hinweg in die Mückenschwärme hinein, die im Luftraume zitterten, und dann wurde er auf einmal von der Gewalt der fremden Sprache angerührt.

Home is the sailor, home from the sea
And the hunter home from the hill.

Verlegen, mit zugekniffenen Augen, fast den Tränen nahe, horchte der Jüngling, eine spröde Schale der Nüchternheit bersten fühlend, den Worten nach. Er schluckte, räusperte sich, nickte. «Es ist ungeheuer», sagte er endlich.

Es dunkelte. Der Laternenanzünder kam mit seiner geschulterten Stange die Lindenhofgasse herauf, brachte die paar Lampen auf der Bastei zum Entflammen und trollte sich wieder, die Peterhofgasse hinab, davon. Aber die ganze westliche Hälfte des Himmels war noch hell von einem Gold, das nur zögernd in ein mineralisch anmutendes Grün hinüberzuwechseln begann.

«Wollen Sie mich, Walter», fragte Bell und warf die leeren Mandelschalen von sich, «ein Stück auf meinem abendlichen Rundgang um die Insel begleiten?»

«Die Insel? Welche Insel?»

«Ich pflege, bevor ich schlafen gehe, die dreizehn Brücken und Stege abzuschreiten, die sie mit dem Umland verbinden, als würden sie hochgezogen während der Nacht, die wir, um unseren Lindenhügel herum gelagert, zubringen.»

Sie stiegen zwischen den Mauern winziger Gärten zum Fluß hinab. Vor den Haustüren der stillen Ufergasse der Schipfe saßen auf hölzernen Stühlen Leute im Dunkeln und blickten zum erleuchteten Limmatquai hinüber. Eine große Weide neigte sich auf das Wasser. Eine winzige Flotte von Dampferchen und Motorbooten ankerte im Fluß vor dem schmalen Laubengang, in dem ihre Schritte widerhallten. Zwischen den kurzen runden Säulen hindurch sah man auf die ins Wasser hinausgebaute Fleischhalle hinüber mit ihren verglasten Kuppeln. An der Münsterbrücke vorbei wanderten sie unter Robinien dem Ufer entlang seewärts und überschritten den Bürkliplatz.

«Hier», sagte Bell, als sie auf der kleinen Schanzengrabenbrücke standen und auf das schmale Gewässer zwischen den alten Gärten hinabblickten, «sind wir am südwestlichen Ende unserer Insel. Es fehlt ein Weg, leider. Man müßte ein Boot nehmen, sie zu umfahren, bis hinunter zum zauberischen Ufer des Botanischen Gartens, unter der Bleicherweg- und der Selnaubrücke hindurch!»

Langsam begann der Jüngling das fremde Stadtbild zu verstehen. Auf stillen Straßen erreichten sie die Geßnerallee und überquerten die eiserne Passerelle vor dem Bahnhof. Es war völlig Nacht, als sie die Platzpromenade erreichten, an den zwei Stegen vorüberschritten, die sie, über die Sihl und die Limmat hinweg, mit den anderen Ufern verbanden. Dann wandten sie sich dem Flußweg entlang südwärts; oberhalb des gedeckten Holzbrückleins bogen sie wieder in die stille Ufergasse der Wühre ein.

Bell lächelte unter der Gaslaterne. «Man kann es nur erleben, wenn man einmal selbst den Weg gegangen ist. Haben Sie die Brücken gezählt?»

Nein, daran habe er nicht gedacht, antwortete Walter.

«Es sind dreizehn, die die alte Stadtinsel, die mindere Stadt, mit der Umwelt verbinden. Oh, es ist so aufregend, ich denke manchmal daran, des Nachts, wenn ich oben auf dem Lindenhof in meinem Zimmer liege. Es ist mir dann, als mündeten alle Straßen der Welt, vom Gotthard herab, vom Rhein, von der Rhone, von der Donau herauf, in dieser Insel. Als wäre hier ein Mittelpunkt, wo alle Wege von den Ufern der Meere, die den Kontinent umspülen, zusammentreffen, als habe der Schöpfer noch Großes mit euch vor. Vielleicht ist es deshalb, daß ich hier blieb und nicht mehr weiterkonnte.»

Der Jüngling hatte während ihrer Wanderung fast kein Wort gesprochen. Er war wie benommen, schüttelte von Zeit zu Zeit seinen Kopf. Wie oft war er durch seine Vaterstadt gewandert, auf vertrauten Wegen, aber an diesem Abend war alles anders, fremd, abenteuerlich und weltweit geworden.

Bell lächelte, deutete mit seinem Zeigefinger verschmitzt aufwärts, wo über den alten Dächern die Sterne funkelten und die Milchstraße hinlief, und dann vernahm der junge Mann noch einmal Stevensons Requiem:

Under the wide and starry sky
Dig me the grave and let me lie:
Glad did I live and gladly die
And I let me down with a will.

This is the verse you grave for me:
Here he lies, where he longed to the
Home is the sailor, home from the sea
And the hunter home from the hill.

Dieses war Walter Abts Begegnung mit der Poesie.

V. Kapitel

In der Elf-Uhr-Pause am Donnerstag wanderten die Schüler der A-Klasse jeweils in einem dichten Rudel die kurze Kantonsschulstraße hinab bis zur Turnhalle am Heimplatz, entledigten sich dort im Ankleideraum ihrer Röcke, Westen, Kragen und Krawatten und unterstellten sich in Hosenträgern und Turnschuhen dem Kommando Barbarossas. Der Turnlehrer Aebi verdankte diesen Übernamen seinem roten Vollbart. Hemdärmelig, die Weste mit ganz kleinem Ausschnitt bis oben zugeknöpft, in schwarzem Schlips, erteilte er mit viel Händeklatschen und Ruck-Zuck-Bewegungen seit Jahrzehnten die sich immer gleichbleibenden Turnstunden, unverstanden, unbeliebt, einer widerspenstigen, undisziplinierten und stets zum Spott bereiten Schar.

Es galt als eine stille Abmachung, daß diese Turnstunde am Ende des Vormittags von einigen Schülern der Klasse unter nichtigen Vorwänden – verstauchten Füßen, Blinddarmbeschwerden oder einfach, «es war mir schlecht» – geschwänzt werden durfte. Allerdings wurde dabei darauf geachtet, daß ein gewisser Turnus in den Absenzen eingehalten wurde, um Aufsehen und Weiterungen zu vermeiden.

Aaron, der erst diese Vereinbarung innehielt, hatte jedoch begonnen, sich regelmäßig gleich nach der vorangehenden Mathematikstunde unbemerkt davonzustehlen. Er wartete, bis der letzte der Klassengenossen in die Turnhalle getreten war, dann eilte er die Rämistraße hinab, überquerte, am neuen Kunsthaus vorbei, den Heimplatz, eilte die Krautgartengasse hinauf und über den Paß der Kirchgasse zum Großmünster hinunter. Hatte er Glück, so gelang es ihm, die drei Mädchen, Schülerinnen der Töchterschule, im Augenblick zu erwischen, da sie die Münstertreppe abwärtsstiegen, beim Helmhaus den Limmatquai überschritten und auf der Brücke gegen den Paradeplatz zu wanderten. Die mittlere der drei, die schlanke, mit den zwei hellblonden Zöpfen war es.

In angemessener Entfernung, pochenden Herzens, folgte er den drei Töchtern über das Pflaster des Fraumünsterplatzes, am Tramhäuschen beim Paradeplatz vorüber, den Bleicherweg hinaus. Bei der Barriere vor dem Ulmbergtunnel gab es einen längeren Halt, eines Schwatzes halber, den die drei Schülerinnen an dieser Stelle abhielten, bevor sie sich trennten, und während dessen Aaron sich vor der Auslage eines Spezereiladens herumdrückte und so tat, als betrachte er aufmerksam einen ausgestellten Teller mit ein paar Orangen darauf. Zwei der Mädchen wandten sich dann endlich der Seestraße zu, während jene, die er im Sinne hatte, brav die Ledermappe unter dem Arm, die Bederstraße auswärts, der Utobrücke zustrebte.

Auf dieser Strecke bestand die einzige, aber schon mehrmals verpaßte Gelegenheit, das Mädchen anzusprechen, denn jenseits der Brücke erreichte sie bereits heimatlichen Boden, das Areal der Installationsfirma Meng & Voubrasse nämlich, das sie durchquerte, um das dahinterliegende elterliche Backsteingebäude zu erreichen.

Immer wieder in dieser Vormittagsstunde von elf bis zwölf nahm sich Aaron vor, heute also müsse es geschehen, heute würde er sie ansprechen. Eilig voranschreitend, verringerte er nach dem Bahnübergang den Abstand, der ihn von dem Mädchen trennte, und näherte sich der ruhig und ahnungslos Davontrippelnden bis auf wenige Schritte. Aber dann blieb bis zur Brücke ein unüberschreitbarer Abstand, eine Aura der Scheu, eine Art Fluchtzone, die zu überschreiten ihm einfach nicht möglich war. Die Gedanken überstürzten sich, eine gänzliche Leere breitete sich in ihm aus, und es kam ihm unwahrscheinlich vor, daß er jemals ein Wort herauszubringen vermöchte. Allerdings, einmal hatte er in wilder Entschlossenheit einen Anlauf genommen, war so dicht bis zu dem Mädchen aufgeschlossen, daß er den Duft ihrer Haare und Kleider wahrnehmen, das Geräusch ihrer Schritte hören konnte, aber dann war er, starr voraus sehend und ohne auch nur die flüchtigste Kopfdrehung zu wagen, an ihr vorbeigegangen. Unter den Blicken, die er auf sich geheftet zu fühlen glaubte, hatte er seine Gangart immer rascher beschleunigt und wagte erst stillzustehen und rückwärts zu schauen, als er weit draußen auf der Ebene der Allmend sich befand. Wohl war er dann zurückgekehrt, war dem Gitter des Areals entlanggegangen und hatte nach dem Backsteinhaus hinübergespäht; aber stillzustehen hatte er auch jetzt nicht gewagt, sondern war weitergeeilt, der Sihl entlang, bis zu einem Punkte, an dem er, ohne aufzufallen, wieder umkehren und von neuem der Installationsfirma zuwandern konnte.

Auf diese Weise verbrachte er seit langer Zeit die Mittagspause der Donnerstage. Während dieser stillen Stunden stromerte er auf den menschenleeren Straßen rund um das Areal herum, unentschlossen, gedemütigt vor sich selbst, auf irgend etwas wartend, und dennoch, ganz in der Tiefe von einer namenlosen Glückseligkeit durchflutet, sich in solcher Nähe des geliebten Wesens zu wissen. Um halb zwei trat dann das Mädchen wieder aus dem Gittertor, strebte eiligen Schrittes der Utobrücke zu, und mit ihr, aber immer in gefahrlosem Abstand, kam Aaron, wieder auf demselben Weg, den er vor drei Stunden gegangen war, zum Großmünster und von da über den Paß der Kirchgasse ins Gymnasium zurück, ohne gespeist zu haben, müde und von einer an Schwindel grenzenden Leichtigkeit des Körpers, aber voll eines seltsamen Gefühls erfüllter Notwendigkeit.

Am letzten Donnerstag vor den Herbstferien – bereits hatte sich Aarons ständiges Schwänzen der Turnstunde zu einer Mitteilung Barbarossas an den Rektor ausgewachsen –, als Aaron mit einiger Verspätung die Münstertreppe hinabeilte und um die Ecke des Helmhauses in die Brücke einbog, stockte ihm das Herz. Am Geländer, vor dem Grün der mächtigen Trauerweide, die von der Schwanenkolonie herauf ihre mächtige Krone über die Brüstung des Quais erhob, stand das

Mädchen mit den zwei blonden Zöpfen und neben ihm, im Gespräch, ernst und alltäglich, sein Schulkamerad Gotthold, der Sohn des Gärtnermeisters Wettstein. Aaron drückte sich mit bleichen Lippen auf dem jenseitigen Trottoir an den beiden vorbei. Beim Zunfthaus zur Meise verlangsamte er die Schritte, blieb stehen, wartete. Wirklich hörte er dann auch die Stimmen der zwei. Er drehte den Kopf, grüßte. Das Mädchen hatte blaue Augen. Sich seiner Aufdringlichkeit schämend, aber ganz erfüllt von einer grimmigen Entschlossenheit, diese einmalig sich bietende Gelegenheit gehauen oder gestochen auszunützen, wandte sich Aaron an Gotthold mit der sinnlosen Frage, was eigentlich Walter Abt treibe.

Gotthold gab eine unbestimmte Auskunft, er sei ja beim Tschulok, und wollte weitergehen. Aaron schloß sich an; es entging ihm, in einem Weh unbekannter Art, der Blick nicht, den die beiden wechselten. Aber er ließ es über sich ergehen. Gotthold und das Mädchen schienen sich seit früher Zeit schon zu kennen. Es war von der Konfirmation, von einer Tanzstunde die Rede. Aaron trottete an Gottholds Seite neben ihnen her, ausgeschlossen, mit dem Blick eines verwundeten Rehs, aber wie gebannt von dem Profil der Töchterschülerin, das er von Zeit zu Zeit hinter dem des Klassengenossen wahrnehmen konnte. Gerne hätte er irgend etwas gesagt, um des unwahrscheinlichen Glücks einer direkten Antwort des Mädchens teilhaftig zu werden, aber er brachte nur heisere Ansätze heraus, die in der angeregten Unterhaltung der beiden kläglich und unbeachtet untergingen. Es drängte alles wie damals, als er mit seiner Kuh am Halfterstrick unter den spottenden Augen seiner Klassengenossen den Schirm geöffnet und einen komisch sein sollenden Hopser getan hatte, zu einer Tat. Es kam ihnen, voller Kisten und Flaschen, bespannt mit zwei mächtigen Brabantern in klingendem Geschirr, auf der Poststraße ein Fuhrwerk der Bierbrauerei Hürlimann in kräftigem Trab entgegen. Aaron trat vom Rinnstein herunter. Während er vom Harnisch der stampfenden Pferde gestreift wurde, das Fluchen des lederbeschürzten Fuhrmanns hörte und dann rasch, bevor die eisenbeschlagene Kante des Wagens ihn traf, wieder auf das Trottoir zurücksprang, hatte er für die Länge eines Herzschlags die selige Genugtuung, die erschreckten Augen des jungen Mädchens auf sich gerichtet zu sehen. «Jesus», rief es.

Was er auch mache, fragte Gotthold mit einem flüchtigen Seitenblick und nahm die Unterhaltung wieder auf. Er mußte aber dann am Paradeplatz sein Tram nach Wiedikon hinaus besteigen, und Aaron sah das Unwahrscheinliche auf die alltäglichste Weise verwirklicht: er schritt an der Seite der Schülerin Jacqueline Voubrasse den Bleicherweg auswärts, dem Uetliberg zu. Ob er ihr die Mappe tragen dürfe, fragte er. Belustigt und in völliger Kindlichkeit lachte das Mädchen ihn an, aber auch auf eine verschmitzte Art überrascht, galt doch unter den Halbwüchsigen dieser Generation der Brauch des Mappentragens als ein Zeichen der Gunst und eines stillen Einverständnisses. O nein, sie sei nicht schwer. Ihre Sprache war von einem ganz leichten welschen Akzent getönt.

Krampfhaft versuchte Aaron das Gespräch in Gang zu halten. Wieselartig huschten die Gedanken in seinem Kopf hin und her. Am Anfang der Bederstraße schlug er vor, sie möchten noch einen kleinen Umweg machen, gegen die Engekirche hinauf bis zur Bürgliterrasse. Gottfried Keller habe dort oben während langer Jahre gewohnt. Nein, also heute sei das nicht möglich, sie habe noch Aufgaben zu machen für den Nachmittag, und überhaupt, wenn man sie sähe..., antwortete Jacqueline. Aber es war in dieser Weigerung so etwas weiblich Komplizenhaftes enthalten, so ein verständnisvolles Durchschauen des Zustandes, daß der Jüngling sich mit einem Male wie gelöst fühlte. Dieser Keller, nicht wahr, dieser Zwerg, ein Gnom, ein Zweierlimann, die stählerne Brille an den Zeuskopf geheftet, ein geheimer Tränensimpel, wie er sich selbst genannt habe, Zeit seines Lebens mit einer häßlichen Schwester lebend, unerkannt als ein Verbummelter unter seinen nüchternen Mitbürgern hinwandelnd, sich ihren Gebräuchen und ihrem Gehaben immer mehr anpassend, habe er ein paar der schönsten Liebesgeschichten der Weltliteratur geschrieben. Träume eines Unerfüllten, schwer und schön von Sehnsucht und Verzicht. Ob sie, Jacqueline, den Grünen Heinrich, Romeo und Julia auf dem Dorfe gelesen habe? Nein, das noch nicht. Sie lese viel Französisch, der Mutter wegen, einer Welschen; deren Mädchenbücher, Lafontaines Fabeln, Alfred de Vigny, Gedichte, und Sully Prudhomme seien ihre Lektüre.

Jetzt aber müsse es gehen, sagte das Mädchen an der Utobrücke, und sein Blick war beziehungsvoll und nicht ohne Schelmerei. Sie reichte ihm die Hand. Natürlich dachte Aaron daran, sie zu fragen, wann sie sich wiedersehen könnten. Aber er brachte es nicht über sich; es wäre ihm unpassend vorgekommen. Er fürchtete auch die Antwort.

Er schaute ihr nach, wie sie davonschritt, über die Brücke und dann jenseits die Straße hinab. Er erlebte die atemlose Freude, daß sie, bevor sie das Gittertürchen öffnete, noch einen kurzen, verstohlenen Blick zurückwarf.

Er verbummelte die Mittagszeit auf sinnlosen Gängen durch die Stadt und kam wieder, ohne gespeist zu haben, zur Schule, aber prall angefüllt von einem Gefühl unbeschreiblicher Glückseligkeit. Es begann jene Zeit, da seine Hefte seitenweise mit dem Namen Jacqueline beschrieben waren.

VI. Kapitel

Es mochten etwa ihrer hundert sein, Männer ohne Kragen, in Schlapphüten und Mützen, die die ganze Straße versperrten, herumstanden, gleich wie auf den Marktplätzen ihrer Heimat, diskutierten, ihre Fäuste zum Wappenschild des italienischen Konsulats hinauf erhoben und «Abasso la guerra! Abasso il re!» schrien. Von Zeit zu Zeit stellte sich einer von ihnen auf den granitenen Sockel des Zaunes gegenüber und hielt eine Ansprache. Hinter ihren Vorhängen hervor lugten die Anwohner der Straße vorsichtig auf die Menge herunter, unter der in ihren Tschakos und Säbeln die Stadtpolizisten ruhig ihres Amtes walteten. Befehl, einzugreifen, hatten sie nur, falls es während der Demonstration zu Tätlichkeiten kommen sollte und Steine geworfen würden.

Bluntschli stand mit einem anderen Manne, der einen runden steifen Hut trug und dessen Oberlippe von einem schwarzen, lang ausgezogenen Schnurrbart bedeckt war, in der Hofeinfahrt des Häuserblocks, groß, ein wenig gebückt, die Hände in den Hosentaschen seines grauen Anzuges.

«Jetzt habt ihr ja eueren imperialistischen Krieg, macht etwas daraus!» sagte der Arzt. «Es gibt keine geeignetere Gelegenheit, Monarchien zu stürzen.» Aber es lag ein höhnischer Klang in seiner Stimme.

«Es geht darum», entgegnete der Redaktor des «Avanti», und seine pechschwarzen Augen funkelten im Schatten der Brauen, «dem italienischen Bevölkerungsüberschuß, den

Bauern vor allem, den tripolitanischen Boden zu geben, auf dem, unter dem Fuße der Türken, kein Gras mehr wächst! Wir bringen den nordafrikanischen Sklaven die Freiheit!»

«Mit Einwilligung der englischen Kolonial-Piraten und der französischen Hochfinanz», lachte Bluntschli zynisch. Der Typograph Weber, der bei ihnen stand, ein untersetzter Mann mit einem kropfigen Hals, nickte lebhaft.

«Warum sollen wir unsere überschüssigen Arbeitskräfte jährlich nach Südamerika und über die Alpen schicken, wo dicht vor unserer Türe eine nationale Aufgabe wartet? Italien hat das Recht auf einen Platz an der Sonne wie die anderen», entgegnete Mussolini emphatisch.

«Sozialistische Internationale hin oder her», grinste Bluntschli.

Vom Hof her bog mit lautem Peitschenknall der Lieferungswagen der Weinfirma Engelbrecht, die dort ihre Kellereien hatte, in den Hofdurchgang ein, und die drei Männer mußten sich dicht aneinandergedrängt auf das kleine Trottoir stellen, um das Gefährt vorüberzulassen.

«Warum sind Sie denn hier, Genosse Mussolini? Ihr Platz wäre doch am Redaktionstisch in Mailand, wo Sie mit flammenden Aufrufen die Rekrutierung von Freiwilligen befürworten sollten, statt an dieser jämmerlichen antimilitaristischen Demonstration teilzunehmen.»

«Ich nehme nicht daran teil, ich bin auf der Durchreise; ich war auf dem Konsulat, als die Burschen kamen. Addio.» Er lüftete seinen runden Hut und ging unbeachtet durch die Menge davon.

Bluntschli zuckte die Achseln. «Auch einer», murmelte er.

«Man sollte», bemerkte Weber, «eine kleine Mitteilung aufsetzen für das Bulletin. Zusammen mit den Demonstrationen in Berlin, Stockholm, Paris und Triest gäbe es doch immerhin das Bild eines internationalen Protestes der italienischen Antimilitaristen.»

«Macht, was ihr wollt», antwortete Bluntschli. «Das Geringste, was man ihnen vorwerfen kann, ist die Dummheit.»

«Was ist los mit dir?» fragte Weber.

«Ich will es dir sagen, August. Lydia ist bei ihrer Rückkehr nach Rußland an der Grenze verhaftet worden. Heute früh erhielt ich via Genf einen Brief von der Figner. Es ist zum Kotzen! Verrat natürlich. Asew, ein Mitglied des Zentralkomitees der Sozialrevolutionäre, war ein Spitzel der Ochrana. Du kannst dir ja ungefähr vorstellen, wie mir zumute ist. Ich konnte sie nicht halten. Und das Verrückteste ist, die Frau gehört gar nicht mehr zu uns, schert sich einen Teufel um das internationale Proletariat – es geht ihr nur noch um den russischen Bauern. Wir haben uns schwer gestritten das letzte Mal, wie sie da war, trotz unserem zweiten Honigmond. Sie höhnte über unsere westliche Vorstellung einer Weltrevolution. Sie ist eine richtige russische Nationalistin geworden, gar nicht so weit weg von dem Tschingg da.»

Draußen auf der Straße begannen die Polizisten die Demonstranten zum Weiterziehen aufzufordern. Bald war der Raum vor dem Konsulat leer. Die Männer stauten sich noch ein wenig, grölten, aber dann formte sich ein unordentlicher Zug, und das Häuflein wanderte ab, die Internationale singend.

Ob er, Bluntschli, das Communiqué redigieren wolle? fragte Weber mit zürcherischer Gründlichkeit. Was es da schon aufzusetzen gebe? Da genüge ein Satz: Am 27. September demonstrierten die italienischen Antimilitaristen vor dem italienischen Konsulat in Zürich gegen den Krieg mit der Türkei. «Ha, ha, ha.» Bluntschli lachte künstlich. «Du könntest ebensogut schreiben, eine Fliege habe an die Wand...»

Der untersetzte kropfige Typograph netzte seinen Bleistiftstummel und schrieb sich, unbeirrt vom Ausbruch des andern, den Satz auf. Ob man nicht wenigstens sagen sollte, wieviele es gewesen seien, fragte er.

Bluntschli schaute dem stillen, so bürgerlich anmutenden Manne zu, wie er schrieb. Plötzlich hatte er Mühe, die Tränen zu verhalten. Ich bin überreizt, dachte er. Und die Burschen da draußen, ich habe gelacht über sie. Und über den da auch. Über die letzten paar, die noch daran glauben, an eine bessere Welt ohne Krieg und ein bißchen Wohlstand für alle. Gelacht habe ich, ich Schwein. Das Leben ein Leiden, und sonst nichts? Ich glaube doch daran, tief in meinem Innern: es gibt nur eine Feindschaft in der Welt, die zwischen arm und reich. Gibt es keine Armen und keine Reichen mehr, so muß sie doch aufhören, die menschliche Selbstzerstörung...

Der kleine Umzug der Demonstranten bewegte sich stadteinwärts, aber nicht mehr geordnet, eher wie ein aus diskutierenden Männern gebildeter Klumpen, halb auf der Fahrbahn, halb auf dem Trottoir. Besondere Kerne darin bildeten ein paar junge, stellungspflichtige Burschen, Maurer und Erdarbeiter ihrer Berufskleidung nach, auf die die anderen einredeten, um sie von der Abreise abzuhalten.

Auf dem Paradeplatz kam es zu einigen Rufen wider die Banken. Neuwiller, der eben aus dem Portal der Kreditanstalt trat, ließ sie an sich vorbeigehen und sah ihnen nach, wie sie sich durch den Talacker gegen Außersihl zu bewegten. Er hatte soeben auf die freundliche diplomatische Konstellation hin, in der sich der italienische Feldzug vollzog, seinen Aktienbesitz mit Werten der lombardischen Schwerindustrie vergrößert.

An den Schaufenstern der blau in frischer Ölfarbe prangenden «Warenhalle zur Sihlbrücke» blieben einige der laueren Teilnehmer der Demonstration im Vorbeigehen hängen und betrachteten die Stapel der vorteilhaften Hemden, die darin ausgestellt waren. Der Besitzer des Magazins, Ruben Gidionovics, stand unter der Ecktüre und musterte sie. Aber er erkannte sogleich, daß es sich nicht um Käufer, sondern um Seh-Leute handelte.

Von den Militärstallungen der Geßnerallee her kam auf einem blanken Rappen, in der grünen Bluse des Kavalleristen, die Mütze nach französischer Art eingedrückt, die Zügel nachlässig in der Linken, Oberleutnant Bringolf geritten. An der Straßenkreuzung verhielt er sein Pferd, das mit dem Kopf nickte, schnaubte und mit dem Schweif um sich schlug, und ließ das Trüpplein an sich vorbeidefilieren. Er befand sich auf seinem Ritt den Sihlweg hinaus zur Allmend, wo er den Wallach ein paar Hindernisse nehmen lassen wollte. Allerdings war er nicht ganz bei der Sache. Er hatte Schulden. Er hoffte, vom Militärdepartement als Beobachter nach Tripolis gesandt zu werden.

Beim neuen Volkshaus am Helvetiaplatz, einem wuchtigen Gebäude mit rotem Verputz, lösten sich die Reste des Zuges auf. Das Komitee zog sich zur Aufsetzung der Protest-Resolution in eine Ecke der alkoholfreien Wirtschaft zurück.

Es begann ein feiner herbstlicher Regen zu fallen.

Die Stundenlöhne der Maurer betrugen zu dieser Zeit 63 Rappen, jene der Erdarbeiter und Handlanger 49 Rappen; die Tarife der Pflasterträger standen auf 37 Rappen. Die Mehrzahl der italienischen Demonstranten stammte aus dem Baugewerbe; sie hatten, um der Idee willen, an diesem 27. September ihren Tagesverdienst geopfert.

VII. Kapitel

Es entging die leise Veränderung in der Erscheinung Neuwillers den aufmerksamen Blicken Madame Bariffis nicht. Beinahe unmerklich begann der Zuschnitt seiner Kleidung zu wechseln, verlor einen gewissen Anhauch des Altväterlichen, und mählich wechselte die Farbe vom eintönigen Grau zum hellgestreiften Blau hinüber. Der Westenausschnitt wurde größer, Krawatten von passenden Nuancen bauschten sich unter den höher werdenden Stehkragen, den Hüten eignete etwas Forsches, nach hinten Geschobenes, Foulards stellten sich ein zu modisch zugeschnittenen Übergangsmänteln, Gamaschen von heller Farbe legten sich über den Rist der Stiefel, sorgfältig wurde im Sitzen der Knick der Bügelfalten geschont, und unter dem Hosenaufschlag wurden bunte seidene Socken frei. Das angegraute Haar gewann seine dunkle Farbe wieder; vor allem aber waren es die Augen, die Madame Bariffi auffielen: stets waren sie in betonter Lebhaftigkeit ein wenig geweitet und erinnerten an jene eines älteren, aber aufmerksamen Adlers.

Er erschien nunmehr in immer größer werdenden Abständen zur Behandlung seiner Fingernägel, und es fiel der Inhaberin des Etablissements auf, daß in der Kabine, in der sich Madeleine über die Hände des Maklers beugte, oft eine geraume Weile kein Wort gewechselt wurde, oder dann nur solche von einer auffallenden Förmlichkeit.

Es bereitete der erfahrenen Frau keine Schwierigkeit, die richtigen Schlüsse aus den Erscheinungen zu ziehen. Nachlässig pflegte die Hübsche den Arbeitslohn in ihr Handtäschchen zu stopfen, und die Patronin konnte dabei wahrnehmen, daß es an Geldscheinen der Kleinen nicht zu fehlen schien. Die Plauderstunden der beiden Frauen am Ende der Arbeit hörten auf; kaum war der letzte Kunde gegangen und aufgeräumt, stand Madeleine schon, sich mit der Puderquaste über das Näschen wischend, vor dem Spiegel und stöckelte bald hernach mit lächelndem Gruße davon.

Seit einiger Zeit trug Madame Bariffi, wenn sie abends die Kasse stürzte und die Buchhaltung besorgte, eine Brille. In diesen Tagen legte sie sie öfters mitten in der Arbeit beiseite, blickte mit starren Augen in den leeren Raum des Etablissements und suchte die Zukunft zu entziffern.

Offenbar hatten ihre Ratschläge und Andeutungen Früchte getragen. Die Hübsche hatte den Schatz von Liebebedürfnis und verschütteter Freigebigkeit, den sie, Madame Bariffi, in Herrn Neuwiller erraten hatte, gehoben und war nun dabei, sich der Ausbeutung zu erfreuen. Bon! Hier war wohl nichts zu tun, als mütterliche und welterfahrene Überlegenheit zu zeigen, abzuwarten und der Entwicklung ihren Lauf zu lassen. Ein stilles, verstehendes Lächeln von Zeit zu Zeit, Diskretion und spießgeselliges Einverständnis ausdrückend, andeutungsweise ein beglückwünschendes Spitzen der Lippen zum Erfolge des reifen Mannes – das war wohl die Haltung, die sich aufdrängte. Ihrem Ermessen nach und so, wie sie die beiden beurteilte, trug das Verhältnis den Keim des Zerfalls in sich. Johannis währt nicht lange. Und dann würde man wieder sehen.

Es hing in Neuwillers Büro, an der Wand neben dem Kassenschrank, ein kleines goldgerahmtes Bild, einen Waldweiher darstellend mit einer offenen sonnendurchfluteten Landschaft im Hintergrund zwischen den Bäumen, und rechts unten mit dem Namen Corot bezeichnet. Damit hatte es begonnen. Madeleine hatte während einer Behandlung der Nägel davon erzählt, ein Bekannter von ihr, ein Antiquar, sei bei der Liquidation einer Erbschaft auf das Gemälde gestoßen; unwissend um seinen Wert, doch baren Geldes begierig, hätten es die Erben dem Betreffenden abgelassen. Es sei verkäuflich, eine richtige Occasion, eine Kapitalanlage. Warum nicht, entgegnete der Makler, wenn er es einmal sehen könne. Der Herr möge bei ihm vorsprechen oder sie selbst, Madeleine, es ihm bringen, sofern dies nicht zu schwer und zu umständlich für sie sei.

So kam es zustande. Im Besitze des Kaufpreises und der Gewißheit ihrer Macht, traf Madeleine noch spät in der Nacht jenes Samstags an einem Marmortischchen im maurischen Billardsaal des Café Metropol mit Léon zusammen, der hemdärmlig das Queue über den Banden des grünen Tisches handhabte und die sechshundert Franken nachlässig in seiner Hosentasche versorgte. Die Summe gewährte dem Paare ein neues Idyll, verschwiegen diesmal, mit heimlichem Hereinhuschen der Hübschen und einem Sich-nicht-Kennen, wenn Madeleine, in Neuwillers weltmännisch sich gebender Begleitung am Sonntagmorgen in der Stadthausanlage, im Schatten der sacht welkenden Kastanien, geruhsam auf dem Kies dahinschreitend, dem Promenadekonzert der Bläsermusik beiwohnte und sie Léon begegnete.

Es blieb der Dinge Verlauf Madame Bariffi nicht lange verborgen. Schon nach einem Monat war sie im Bilde und nahm sie mit Genugtuung, doch ohne Erstaunen zur Kenntnis.

Als jedoch auf Ende des Jahres Madeleine ihre Stelle aufkündigte und Neuwiller endgültig ausblieb, gleichzeitig in der Nachbarschaft, gegenüber auf der Bahnhofstraße, ein kleines Ladengeschäft leer wurde, dort im kahlen Raum hinter dem Fenster der Makler in Begleitung Madeleines und eines das gelbe Metermaß schwingenden jungen Mannes, eines Architekten, auftauchte, wurde sich die Frau mit dem krausen, kastanienrot gefärbten Haar bewußt, von welch lernbegieriger Art ihre Schülerin gewesen war. Der alte Esel!

Im Grunde genommen, wenigstens anfänglich, waren es keine persönlichen Ziele, die sie verfolgte, als sie die Kampagne eröffnete. An jener oberen Grenze der Reife angelangt, wo sich die nüchterne Einsamkeit des Alters, die Müdigkeit und die Beschwernisse des Körpers und die Verlockungen der Resignation ankündigen, fühlte sie jedoch urgründigen Haß wider die mehr als zwei Jahrzehnte Jüngere in sich aufsteigen; eine Art Geschlechtsneid auch. Es war alles so rasch zu Ende gewesen, so unmerklich erloschen. Auf einmal ging man über sie hinweg, nachdem man sich die Früchte ihrer Weisheit und Erfahrung zu eigen gemacht hatte. Ein heißer, bitterböser Zerstörungstrieb nahm von ihr Besitz. Eh bien, mon petit! Ich hätte dir sogar noch geholfen. Aber wenn du meinst, du seist nun flügge, wenn du dir vorstellst in deinem Spatzengehirn, es genüge, in ein Bett zu steigen, um die Madame zu spielen …

Natürlich dachte sie sogleich an anonyme Briefe.

Madeleines Schiffchen brach in dieser Zeit zu großer Fahrt auf. Hatte Neuwillers Erscheinung eine Veränderung zum leicht Forschen, beinahe Lockeren erfahren, begann sich der Hübschen Gehaben und Garderobe sachte in einem gegenläufigen Sinn zu entwickeln. Das Froufrou von Seide, Taft und

Tüll wich strenger zugeschnittenen Tailleurs von gedämpften Tönen, das Wehende und Flatternde der Hüte kleinen, von schlichten Schleierchen gehaltenen Gebilden aus Filz und Stroh, höchstens, daß im Nacken oder an der Hüfte ein kunstvolles Rüschchen noch einen Hauch weiblicher Leichtsinnigkeit auf die dezent gewordene Toilette legten.

Nachdenklich und ernsthaft stand sie neben ihrem Begleiter vor den Schaufenstern der Möbelgeschäfte und der Teppichmagazine, abwägend, vergleichend und ganz bei der Sache. Spiegel, Garderobeständer und Küchenausstattungen, selbst Besen und Wischer, Cachepots und Konsolen, Buffets und Chaiselongues, selbst Bilder und kleine Statuen aus Bronze oder poliertem Marmor gewannen in ihren Augen eine tiefe Bedeutung. Denn Gaston, wie sie Neuwiller nun nannte, wollte sie mit eigenen Möbeln ausstatten, sie in ihre eigene Wohnung setzen, und dies war ein so wichtiger und entscheidender Vorgang, wie wenn herumziehende Nomadenvölker sich an einem Ort der Erde ansiedeln und beschließen, seßhaft zu werden. Nun, für sie war dieser Ort wohl die Stadt am Nordende des Sees.

Bei Neuwiller, dem späten Liebhaber, hatte sich, ohne Vorsatz und Plan zuerst, in die Freigebigkeit die spielerische und unterhaltsame Organisationsfreude des Geschäftsmannes zu mengen begonnen. Indem er der Hübschen Verhältnisse ordnete, sie auf eine solide und selbsttragende Grundlage zu betten sich anschickte, mit Grossisten der Quincaillerie und der Luxuslederbranche Gespräche führte, sich über Mieten, Unkosten und Absatzmöglichkeiten informierte, aufmerksamen Auges die Frequenz gewisser Straßenstücke überwachte und sich vom sozialen Stand, von der Kaufkraft und Kauflust der Passanten ein Bild zu machen versuchte, fand er sich selbst von diesem Spiel immer mehr gefesselt. Im Gegensatz zu seinen üblichen Geschäften, die sich in Telegrammen, Bordereaux und Briefen, mit Schriftstücken und Zahlen erschöpften, konnte er in der kleinen Welt, die er Madeleine aufbaute, in übersichtlicher Weise den Gegenwert seiner Zahlungen in einer Ladenausstattung und einem dreizimmrigen Ameublement um die Freundin herum sich gruppieren sehen.

Anfangs 1912 bezog Madeleine ihre Wohnung in einem der neuen Häuser an der Ottikerstraße im sechsten Stadtkreise, einer mäßig ansteigenden Straße, die das Weinbergquartier mit dem Universitätsviertel verband. Adrett gekleidet und gepützelt in ihrem blauen Schneiderkleid, bestieg die junge Frau täglich eine Viertelstunde vor acht Uhr das Tram an der Haltestelle bei der Kurvenstraße und fuhr in die Stadt hinunter bis zum Rennweg. Die Lehrtochter hatte, wenn sie anlangte, den Rolladen vor dem kleinen Geschäft bereits in die Höhe gezogen und mit dem Flaumwedel die Handtaschen und Koffer im Schaufenster und auf den Regalen von der nächtlich sich ansetzenden dünnen Staubschicht befreit. Nicht selten fand sie auch Neuwiller schon vor, der hinten am Pültchen über der Post saß, die er bereits geöffnet hatte. Er unterzog die Einnahmen des vorangegangenen Tages einer Kontrolle und verglich sie mit den Eintragungen im Kassenbuch, studierte die Offerten und erwog Bestellungen. Der Frühaufsteher und stille Teilhaber des Unternehmens hatte bereits eine Stunde ernsthafter Arbeit hinter sich, wenn die Inhaberin des Luxus-Magazins für Lederwaren und Damenschirme «Madeleine» eintraf. Die Hübsche zerrte ihre Handschuhe von den Fingern, versorgte die kleine Toque und das Fuchskollier im Schrank, lüsterte vor dem Spiegel ihre Haare, dann trat sie von hinten zu dem im Licht der Gaslampe über die Papiere geneigten Partner hin und drückte ihm mit einem hellen «Bonjour mon brave» einen Kuß auf die Schläfe.

In einer Mischung zwischen väterlicher Zärtlichkeit und veralteter Galanterie berührte Neuwiller mit seinen Lippen die hübsche Hand, und dann besprachen sie ernsthaft wie zwei Eheleute das Geschäftliche. Die Briefe, in denen Madeleine der Untreue bezichtigt und denunziert wurde, die Beziehungen mit ihrem alten Freunde Léon wieder aufgenommen zu haben, trug er dabei in seiner Brieftasche. Weder zweifelte er an der Wahrheit ihrer Aussage noch an der Hand, die sie geschrieben hatte.

An diesem Morgen warf er einen Blick über den Laden hinaus, sich der Beschäftigung des Lehrmädchens vergewissernd, dann sagte er ruhig und ohne Einleitung:

«Höre, Madeleine, du mußt klug und vernünftig sein. Wir wollen dir zusammen eine Existenz aufbauen. Aber du mußt auch loyal sein. Die Geschichte mit diesem Léon muß aufhören.»

Purpurübergossen, schwankend zwischen einem Tränenausbruch und zornigem Trotz, stand die junge Frau da. Mit einer raschen Bewegung seiner Hand verhinderte Neuwiller ihre Entgegnung. Er erhob sich von seinem Stuhle, marschierte, die Hände auf dem Rücken, in dem kleinen Raume, vor sich auf den Boden blickend, hin und her. Nur das Pochen der Adern an den Schläfen verriet seine Bewegung. «Wir sind nicht in Paris», sagte er, «wir sind in Zürich. Es ist eine seriöse, eine solide Stadt. Die Leute sind duldsam. Ich habe dich jetzt hier angesiedelt, und ich will dir helfen. Du bist nun in eine andere Schicht eingetreten. Du mußt dich anpassen. Sonst ist all das vergebens» – mit einem Rundblick auf die Regale –, «ich kenne sie.»

Madeleine konnte nun wirklich weinen. Er ließ es geschehen, schaute auf sie herab, wie sie am Tischchen unter der Gaslampe saß und mit einem winzigen Tüchlein die Wangen abtupfte. Aber sie war keine reuige Magdalena.

«Das ist eine blöde, langweilige Stadt», stieß sie hervor. «Die Leute sind verknorkt, nüchtern, moralisch, schwer. Man spioniert einander aus. Eine kleinliche Stadt!»

«Das ist möglich, Madeleine», sagte Neuwiller männlich, «aber sie hat eine gute Eigenschaft: sie gewährt den Leuten, die sie aufgenommen hat, das tägliche Brot, wenn sie es auf ehrenwerte Weise verdienen wollen.»

VIII. Kapitel

Wenn es regnete, huschten die Schüler des Instituts Tschulok in der Pause zwischen zwei Stunden über die Plattenstraße und erfrischten sich im Hinterraum der Konditorei Irmiger mit einem Glas Tee und einem Nußgipfel. Die Russinnen hatten ihre eigene Ecke, und ebenso die drei jungen Südamerikaner, die immer so tadellos gekleidet, gekämmt und rasiert waren und mit einer so bezaubernden Nachlässigkeit die schmalgefesselten Füße auf das eine Knie legten, seidene Socken und wunderbare Schuhe aus mattem Chevreauleder trugen, daß ihre ganze Haltung anzudeuten schien, dieser Studienaufenthalt in der Schweizer Stadt sei nichts anderes als eine belanglose Episode ihres durch märchenhaften Reichtum gesicherten Daseins. Walter Abt und Gebhardt pflegten sich an das kleine Tischchen neben der Eingangstüre zu setzen, ein Glas Milch vor sich, mit der sie ihre Salzgipfel sich vollsaugen ließen, bevor sie sie verzehrten. Der junge Ehemann – die stille Trauung im engsten Familienkreise hatte im vorigen Herbst stattgefunden – las dabei immer in einem Lehrbuch, das neben seinem Glas aufgeschlagen auf dem Tisch lag, während Walter kritisch und mit gekniffenen Augen das Gebaren der Ausländer beobachtete.

«Das ist eine pure Zeitverschwendung», spottete er, zu seinem büffelnden und manchmal stöhnenden Kollegen über das Tischchen hinweg. «Die Grundlagen unserer Kenntnisse, das Lesen, Schreiben und das Einmaleins, beruhen nicht auf Verständnis oder Erkenntnis, sondern einzig und allein auf dem Auswendiglernen von festen Erfahrungen. Die Maturität ist auch nichts anderes als eine Prüfung unseres Gedächtnisses. Mit diesem Gründlich-verstehen-Wollen von Dingen, die längst bewiesen sind und die wir nie mehr gebrauchen, verlieren wir unsere kostbare Zeit. Wir sollten uns darauf beschränken, genau wie Schauspieler unsere Rollen auswendig zu lernen und sie am Examen auf ein gewisses Stichwort hin einfach herzusagen.

«Das kann ich nicht», entgegnete Gebhardt erregt, «ich muß es verstehen, richtig in mir haben. Alles andere ist Scheinbildung.»

«Ganz richtig», nickte Walter, «und genau das wird auch verlangt. Die wahre Bildung wird nicht an den Schulen erworben.»

«Aber können Sie denn das? Einfach so öde auswendig lernen?»

«Worum es geht, ist dies: diese Zeit und diese Formalität möglichst rasch hinter uns zu bringen. Das ist auf eine Art das Tor zur akademischen Freiheit. Daß wir diesen Gedächtniskrampf wild entschlossen auf uns nehmen, das ist unsere Prüfung. Kein Wort, keinen Satz korrigiere ich von dem, was in den Lehrbüchern steht. Nachdem es einmal festgelegt ist, daß das, was in den Schinken da gedruckt ist, wahr sei und dessen Kenntnis von uns verlangt werde, haben wir gar keine andere Wahl. Rezeption, Repetition und Reproduktion werden von uns verlangt, nicht Invention und Produktion. Das kommt nachher.»

Gebhardt schüttelte immer wieder den Kopf. Es kam ihm frech und zynisch vor, was Abt vorbrachte. Die Sorgfalt, die ihn der Buchbindermeister Goetschel den Druckbogen gegenüber gelehrt hatte, die Ehrfurcht und die Scheu vor den aneinandergereihten Lettern, die Vorstellung, sie seien die Schlüssel zu den Geheimnissen der Welt, zum geistigen Dasein, das sich hinter ihnen auf einer höheren Ebene, in der klaren Luft der Intelligenz, ausbreite, er brachte sie nicht mehr aus sich heraus. Er wollte begreifen, verstehen, in Zusammenhängen, in einem unverrückbaren System. Nach seinem Glauben war alles schon gelöst und geordnet, war die Erkenntnis etwas Abgeschlossenes, eine sehr hohe Plattform allenfalls, die es auf steilem, mühsamem Weg zu erklettern galt. Er befand sich mitten im Bildungserlebnis. Der pythagoreische Lehrsatz, die Ilias, die Amöben und der Einsiedlerkrebs, die Spektralanalyse und die Punischen Kriege – sie waren seine persönlichen Entdeckungen und Erkenntnisse, Eroberungen im Niemandsland der Ignoranz, Stufen, die ihn immer näher zum Ziele der Vollkommenheit hinaufführten.

An diesem Abend lud Gebhardt Walter zum Abendessen ein. Sie stiegen im Regen die steile Zürichbergstraße hinan; der Westwind brauste wieder über der Stadt, und viel dürres Gestänge lag auf ihrem Weg.

Die beiden Frauen – das Kätterli und Gebhardts Mutter – saßen nebeneinander auf dem Kanapee, und der Tisch war schon gedeckt. Eine Bibel lag zwischen den Tassen, und Wollenknäuel – die junge Frau war in der Hoffnung.

Es senkten die drei, als der Tee und der Aufschnitt, die Schale mit dem Kartoffelsalat und der Teller mit dem Käse auf dem Tische standen, die Gesichter über die gefalteten Hände, und die Abwartsfrau sprach das Gebet:

Komm, Herr Jesus, sei unser Gast
Und segne alles, was du uns bescheret hast.
Amen.

Dann wurde eingeschenkt, und das Kätterli belegte Walters Teller mit Wurstscheiben.

Ob er, Walter, nicht der Sohn des Stadtrates Abt sei, fragte Frau Gebhardt. Sie kenne seinen Vater, sie habe schon mit ihm zu tun gehabt, am Bürkliplatz, beruflich sozusagen, er gehöre der Wasserkommission an, und die Herren hätten bei der Eröffnung der Anstalt eine Art Inspektion abgehalten, oder wie man dem sagen wollte. Und er habe ihr auch damals beim Tode ihres Mannes sein Beileid ausgedrückt.

Mit unbewegtem Gesicht saß das Kätterli neben ihr, in den festen Zügen, unter der Glocke seiner kurzgeschnittenen Haare etwas Eigensinniges und Abwesendes ausdrückend. Walter bemühte sich fortwährend, seinen Augen eine Richtung zu geben, daß er ihres Zustandes nicht gewahr werde, aber wider seinen Willen glitten seine Blicke immer wieder über ihren Körper. Es schien ihm, als setzte ihn die junge Frau noch besonders der Betrachtung aus. Sowohl für Gebhardt als auch für seine Mutter lag offenbar darin nichts Bemerkenswertes, der Jüngling aber, zum erstenmal in seinem Leben in der Nähe solcher Segnung, fühlte sich befangen, als wäre in dieser urtümlichen Leiblichkeit etwas Anstößiges. Der um ein Jahr ältere Gebhardt, den er in den Tschulokschen Schulräumen eifrig kreidige Inschriften von der Wandtafel abschreiben, die Zeigefinger in den Ohren, tief über Lehrbücher geneigt sich um Formeln und Lehrsätze bemühen gesehen hatte, erschien Walter in diesem Zimmer als ein ganz anderer Mensch. Verflogen war die Überlegenheit des Gymnasiasten dem ehemaligen Buchbinderlehrling gegenüber. Ihm war, als tue er durch eine halbaufgestoßene Türe einen Blick in das wirkliche Leben der Erwachsenen, in dem das Lernen und das ganze Getue um Noten und Klausuren auf die Bedeutung eines Tanzkurses herabsank.

Als abgeräumt war, die Frauen sich ihren Wollknäueln wieder zuwandten und Gebhardt sich anschickte, dem Besuche einen Einblick in seine Kollektion von Zeitungsausschnitten zu gewähren – es versprach eine friedliche Versammlung von vier Leuten unter der Hängelampe um den Tisch herum zu werden –, steckte Frau Lenhoff den Kopf durch den Türspalt. Es komme noch Besuch. Hinter ihr tauchte Herr Meng auf und Frau Meng, ein Paket im Arm.

«Laßt euch nicht stören», sagte aufgeräumt der Konsul. Er und seine Frau hätten, den neuen Benzwagen auf der steilen Zürichbergstraße mit Giuseppe, dem Chauffeur, ausprobierend, es sich nicht versagen wollen, rasch noch eine Stippvisite zu machen. Walter wollte sich sogleich verabschieden. Es wurde ihm von allen Seiten her verwehrt. Besonders Meng schien die Anwesenheit eines fremden Elementes willkommen, als würde dadurch die konventionelle Tonart gewährleistet und das Abgleiten des Gesprächs in die Regionen des Eigentlichen verhindert.

Das sei nun also alles geregelt, erklärte er leuchtenden Auges, den Hut auf den Knien und die Hände auf die elfenbeinerne Krücke seines Stockes gelegt, besuchsmäßig auf seinem Stuhle sitzend, Seine Majestät werde im Herbst mit großem Gefolge der Schweiz einen Staatsbesuch abstatten und an den Manövern teilnehmen. Ein mehrtägiger Aufenthalt in Zürich sei vorgesehen, mit Wohnsitz in der Villa Wesendonck. Ihm, Meng, seien von der deutschen Kolonie nicht unbedeutende Verpflichtungen überbunden worden: die Verbindung sozusagen zum hiesigen Generalkonsul. Es würden natürlich Empfänge stattfinden, mit persönlichen Vorstellungen, ungezwungen allerdings, in demokratischem Rahmen. Immerhin, den Hofknicks zu erlernen werde auch Kätterlis Mama sich wohl entschließen müssen.

«Da kannst du lange warten», bemerkte Frau Meng trocken und nebenbei, die auf dem Sofa mit der Tochter dem Auspakken eines Paketes mit Säuglingswäsche oblag. «Ich werde ihm ‹Grüezi› sagen, wie es bei uns üblich ist.»

An der anderen Seite Kätterlis saß Frau Gebhardt, Hedwig Villiger mit ihrem Mädchennamen und Schulkameradin der geborenen Hermine Boßhart von Hirslanden her. In ihren zerschundenen Händen hielt sie ein Kinderjäckchen, aus rosaroter Wolle gestrickt, und sie lauschte, ohne den grauen Scheitel zu heben, dem kurzen Zwiegespräch der Gegenschwäher. Was da ihrem Karl geschehen war, kam ihr so unwahrscheinlich und fragwürdig vor, daß sie im Innersten fortwährend befürchtete, es könnte sich alles wie ein Spuk auflösen und verflüchtigen. Es bedurfte schon eines Blickes zu ihrem großen Sohne hinüber, der neben Walter Abt am Tische vor den vollbeklebten Heften saß und einen Stumpen rauchte, um sich die unverkennbare Wirklichkeit der Ereignisse bestätigen zu lassen.

Walter seinerseits verspürte bei der Mitteilung Mengs einen Schock, weil er sich der eigenen Worte erinnerte, die er an jenem Nachmittag in Specks Kinematographentheater Aaron höhnisch zugerufen hatte, eben, daß es nur noch fehle, der deutsche Kaiser inspiziere die schweizerische Miliz. Zum erstenmal ahnte er in diesem Zimmer auf dem Zürichberg seine Fähigkeit, Vorgänge zu durchschauen. Den runden Kopf geduckt, blickte er durch seine Brille auf die Sammlung sauber eingeklebter Zeitungsausschnitte hinab und achtete der Erklärung des die Seiten wendenden Gebhardt nicht. Er verspürte die kaum zu dämmende Lust, die Melodie des alten Liedchens «Wir brauchen keine Schwaben in der Schweiz» vor sich hinzupfeifen.

Meng fühlte diese Feindseligkeit über den Tisch hinweg; von Kätterli und von seiner Frau kam ihm keine Zuversicht. Auch für sie blieb er, über Ehe und Vaterschaft hinweg, der Mann aus der Fremde. Nie konnte er mit ihnen reden wie mit Frieda, der Köchin.

Vom Fenster aus sahen die Abwartfrau und ihr Sohn zu, wie Meng die Türe des Automobils öffnete, wie Frau Meng einstieg und wie der Konsul dann selbst den Nacken unter dem Joch der niederen Türe beugte und sich zu ihr setzte. Die beiden Laternen warfen einen grellen Lichtschein auf die feuchte Straße, und welke Blätter wirbelten durch den hellen Kegel.

Walter Abt saß immer noch am Tisch, unter der Lampe. Kätterli hob den Kopf, blickte ihn an und lächelte ein wenig; es sah aus, als käme sie von weit her. Es verlieh ihrem Gesicht eine unerklärliche Schönheit.

IX. Kapitel

«Also, wir wollen uns doch nichts vormachen, Herr Arbeitersekretär Angst», sagte Neidhart, der Stadtrat, über die breite Pultplatte hinweg, «das alles hinterläßt doch den Eindruck eines strategischen Aufmarsches, wenn man es im Zusammenhang betrachtet. Am 18. März bricht der Streik in der Wagonfabrik Schlieren aus, kurz darauf beginnt der Malerstreik in Zürich und ein paar Tage nachher jener der Bauschlosser. Sofort und wie auf höhere Weisung hin kommt es überall zu Gewaltanwendungen. Am 24. April veranstaltet die Sozialdemokratische Partei einen hierzulande völlig ungebräuchlichen Demonstrations-Leichenzug bei der Beerdigung eines während der Ausschreitungen tödlich verletzten Streikenden – eindeutig in Notwehr übrigens, wie das Schwurgericht festgestellt hat. Darauf wieder eine Protestversammlung gegen den Gerichtsentscheid. Die Streiks gehen weiter. Trotz den Warnungen und trotz den Erklärungen der Kantonsregierung, alle Mittel des Staates zum Schutze der Arbeitswilligen einzusetzen, nehmen die Gewaltanwendungen zu, werden Familienväter, die ihrer Arbeit nachgehen wollen, geschlagen und mißhandelt. Bei all dem handelt es sich jetzt nicht mehr um Extratouren von Kommunisten und Anarchisten à la Bluntschli, sondern ganz offenbar um Parteidirektiven, um Beschlüsse von Genossen, die in Amt und Würde sitzen. Der Klassenkampf ist offenbar in eine neue Phase getreten. Ihr sucht eine Machtprobe.»

Angst hatte ihn reden lassen. Scheinbar ohne zuzuhören kramte er in seiner Mappe, zog er Schriftstücke hervor, ordnete er sie vor sich auf die Tischplatte.

«Der Postscheckverkehr ist seit 1906 von 126 Millionen auf über eine Milliarde gestiegen, über eine Milliarde Telegramme werden in Zürich aufgegeben und empfangen; vierzehn Millionen beträgt die Zahl der Telephongespräche; Wasser-, Gas- und Elektrizitätsverbrauch erreichen jährlich eine neue Rekordhöhe, die städtischen Straßenbahnen beförderten im letzten Jahr 35 Millionen Reisende auf 9 Millionen Wagenkilometern, 63 000 Tiere wurden im städtischen Schlachthof geschlachtet, die Steuereinnahmen der Stadt sind auf 10 Millionen im Jahr gestiegen, 80 Millionen Spargelder liegen auf der Kantonalbank, das Aktienkapital nähert sich der 1000-Millionen-Grenze.»

Neidhart unterbrach die statistischen Aufzählungen, die Angst von seinen Zetteln ablas. «Was hat das alles mit den Pflastersteinen zu tun, die auf die Arbeitswilligen geworfen werden?» rief er.

«Jetzt kommen die Stundenlöhne, die in dieser Zeit der Konjunktur bezahlt werden, die Arbeitszeit, die verlangt wird, und die jämmerlichen Ansätze der Unfall- und Krankenversicherung», entgegnete Angst unbeirrt.

«Ihr wollt also einfach, daß es zum Knallen kommt?» fragte Neidhart.

«Anders geht es ja scheint's nicht.»

«Auf alle Fälle teile ich Ihnen nun mit, Herr Angst, daß der Regierungsrat von uns, der Stadt, energisch verschärfte Maßnahmen zum Schutze der Arbeitswilligen verlangt. Solche Vorkommnisse wie gestern in Unterstraß bei der Firma Gauger werden sich nicht mehr wiederholen.»

Er klopfte mit der flachen Hand auf ein Schriftstück, das neben ihm lag. «Die Streikleitung wird morgen davon offiziell Mitteilung erhalten: Gültig ab 8. Juli erläßt der Stadtrat ein

Verbot des Streikpostenstehens, und wir werden diesem Verbot mit mit allen uns zu Gebote stehenden Mitteln Nachachtung verschaffen!»

Angst hörte sich die Erklärung ruhig an und nickte.

«Das haben wir natürlich erwartet», sagte er, «und die Antwort wird nicht ausbleiben.»

«Daß ihr das wolltet, provoziert habt, das wissen wir natürlich auch, das paßt euch in den Kram. Jetzt habt ihr ja euren Generalstreik, die große Abrechnung. Aber ich will Ihnen jetzt etwas sagen, Herr Angst, wenn ihr das meint, so habt ihr euch den lätzen Finger verbunden.» Er legte eine Pause ein, und dann fügte er noch hinzu: «Die deutschen Genossen, die sogenannten Aktivisten, die bei euch in der Parteileitung sitzen, möchten wohl etwas in Szene setzen, was sie draußen im Reiche nicht können: dem deutschen Kaiser anläßlich eines Besuches in der Schweiz eine in der Anarchie versinkende Stadt vorführen, unter dem Motto: ‹Alle Räder stehen still, wenn mein starker Arm es will›.»

Angst höhnte: «Auf alle Fälle, mit den paar christlichsozialen Gewerkschaftern haltet ihr den Betrieb nicht aufrecht! Adieu, Herr Stadtrat Neidhart! Vielleicht begegnen wir uns das nächste Mal – auf den Barrikaden!»

«Schafskopf», versetzte der Stadtrat gemütlich.

«Dito», entgegnete der andere freundlich. Trotz dem Ernste und der Erregung brauchte es eine Weile, bevor das Lachen auf dem Gesicht des Magistraten hinter seinem Pult und jenes des auf dem rotgeplättelten Korridor des Stadthauses davoneilenden Arbeitersekretärs verebbte.

X. Kapitel

Der 12. Juli war eher trüb, und die Temperatur lag unter dem sommerlichen Durchschnitt. Am Sihlquai, vor der Kaserne, beim Paradeplatz und im Stadthaus versahen in ihren rot passepoilierten dunkelblauen Waffenröcken, die bei anderen Truppen nicht üblichen ledernen Gabeltragriemen über den Schultern, die kurzen Gewehre bei Fuß, Festungskanoniere den Wachtdienst. Sie forderten müßig Herumstehende zum Weitergehen auf; die Gebirgler fühlten sich unbehaglich in diesem Dienst, das sah man ihnen an. Die meisten Straßen waren verödet. Die Straßenbahnen fuhren nicht; die Streikenden hatten deren Ausfahrt schon in der Morgenfrühe verhindert. Viele der bäuerlichen Wägelchen, die sich zum Wochenmarkt an der Bahnhofstraße einfinden wollten, wurden auf den Einfallstraßen schon zur Umkehr gezwungen; den wenigen, die ihren Stand beziehen wollten, wurden die Harasse und Gemüsekörbe kurzerhand wieder auf die Wagenbrücke geladen, und es ging nicht ohne Tätlichkeiten ab. Militär verhinderte die Einstellung der Arbeiten im Elektrizitätswerk an der Albula und die Besetzung des städtischen Gaswerks in Schlieren. Starke Trupps Streikender durchzogen den ganzen Vormittag die innere Stadt, und überall knallten die eisernen Rolladen vor den Geschäften herunter, deren Besitzer zum Schließen des Betriebes gezwungen worden waren. Um Mittag formte sich beim Volkshaus ein zu Tausenden zählender Demonstrationsumzug, der sich während dreier Stunden mit Fahnen und Spruchbändern durch die Stadt bewegte. Da sich die Polizei und die wenigen in der Kaserne stationierten Truppen außerstande zeigten, den zahlreichen Ausschreitungen zu begegnen, bot der Regierungsrat um 5 Uhr die Bataillone 62, 64 und 67 sowie die Schwadron 24 auf. Ferner wurde ein kantonales Verbot des Streikpostenstehens, der Veranstaltung von Versammlungen im Freien und von Demonstrationsumzügen erlassen.

Als die Truppen am Morgen des 13. Juli einrückten, war der vierundzwanzigstündige Generalstreik offiziell beendet, doch hatten die gewerblichen und industriellen Verbände eine zwei Tage dauernde allgemeine Aussperrung aller am Generalstreik beteiligten Arbeiter und Angestellten beschlossen, so daß die Situation gespannt blieb. Am 15. Juli fand in der Tonhalle eine bürgerliche Protestversammlung statt; die draußen auf dem Alpenquai und in den anstoßenden Straßen sich ansammelnde Menge wurde durch die Truppen zerstreut.

In derselben Nacht erfolgte im Volkshaus am Helvetiaplatz eine Hausdurchsuchung; einige Gewerkschaftssekretäre wurden verhaftet. 734 städtische Arbeiter und Angestellte, die sich freiwillig, ohne Nötigung oder Überredung, am Generalstreik beteiligt hatten, wurden teils durch Entlassungen, teils durch Lohnabzüge oder Rückversetzungen gemaßregelt. Einige deutsche Vorstandsmitglieder der Arbeiterunion, die an der Inszenierung des Generalstreiks maßgebend beteiligt gewesen waren, wurden durch einen am 18. Juli gefaßten Beschluß des Regierungsrates mit sofortiger Wirkung des Landes verwiesen. Die Vorstellung einer Deputation von Arbeiterführern beim Regierungsrat dieser Anweisungen wegen blieb fruchtlos.

Die aufgebotenen Truppen waren am 17. Juli wieder entlassen worden.

Nicht auf den Barrikaden trafen sich die beiden Politiker während dieser Ereignisse, sondern drei Wochen später, als sie vorüber waren, auf der Kleinen Allmend im Sihltal, auf dem Hang des Moränenhügels, Muggenbühl genannt, unter einer großen Menge Schaulustiger, die den Rundflügen beiwohnten, die der Flieger Maffei auf seinem zerbrechlichen Zweidecker ausführte. Deutlich sichtbar auf seinem luftigen Sitz, die Sportmütze verkehrt auf dem Kopf, zog der Pilot mit seinem knatternden Motörchen in geringer Höhe Kreise über den emporgewandten Gesichtern der Zuschauer und landete mit hoppelnder Maschine wieder an der Grasnarbe, ohne daß sich die weidende Schafherde in ihrer Beschäftigung stören ließ.

Angst war in Begleitung seines Knaben, des Mechanikerlehrlings im Schreibmaschinengeschäft Cäsar Muggli, und es ergab sich, daß sie beide während einer Pause neben Neidhart zu sitzen kamen, der, mit offener Weste und den Schlapphut auf den Knien, sich ebenfalls unter dem Mäuerchen der Gartenwirtschaft Muggenbühl niedergelassen hatte.

«So, bist du auch wieder da?» machte Neidhart trocken. «Arbeit habt ihr uns dann gemacht, mit eurer direkten Aktion der Masse», fügte er bissig und gar nicht humorvoll hinzu.

Angst sah müde aus; er hatte dunkle Schatten unter den Augen und eine tiefgekerbte Falte, die von der Schläfe her über die Wange lief. «An Arbeit hat es mir auch nicht gefehlt», sagte er.

«Das glaube ich dir», versetzte der Polizeivorstand grimmig. «Ihr müßt nur noch mehr deutsche Genossen importieren, die euch dreinreden und die Arbeiter gegen die eigene Parteileitung aufwiegeln!» Er lächte. «Ein Gutes hat ja der Krawall gehabt: Wir haben euch von diesen ausländischen Aktivisten befreit. Dafür werdet ihr uns noch einmal dankbar sein. Jetzt seid ihr doch wenigstens Meister in der eigenen Partei!»

Angst erwiderte nichts. «Geh nur», nickte er dem Lehrling zu, der sofort den Hang hinabeilte, zur Flugmaschine, die unten auf der Ebene, in der Nähe einiger Nußbäume, hinter einer Abschrankung von Seilen stand und von vielen Leuten umlagert wurde.

«Du hast ja gesehen, wie wir mit dem Bluntschli abgerechnet haben», sagte er nach einer Weile. «Wir haben ihn aus der Partei ausgeschlossen und Tobler aus der Redaktion des ‹Volksrechtes›».

«Es fängt an zu tagen», nickte Neidhart. «Glaubt doch nicht an den Zauber! Wenn die Deutschen von Internationalismus reden, so meinen sie Pangermanismus. Wenn es einmal einen Krieg gibt, so sind die deutschen Arbeiter plötzlich stramme Krieger für Gott, Kaiser und Vaterland. Und die Franzosen auch! Und zwar auf unserem Buckel, wenn ihr Schafsköpfe die Landesverteidigung ablehnt!»

«Und der Zauber da, der jetzt mit dem Wilhelm vorbereitet wird!» höhnte Angst. «Ist das etwa schweizerisch, daß unsere Füsiliere vor dem deutschen Kaiser das Männchen machen müssen?»

Neidhart verzog das Gesicht zu einer Grimasse. «Also das ...», machte er, ohne den Satz zu beenden, und blickte sorgenvoll in die Ferne.

«Räumt jetzt nur auch bei euch auf!» nahm Angst seinen Vorteil wahr. «Es gibt im Lande nicht wenig Leute, die behaupten, Zürich sei nur noch eine Schweizerkolonie im Großdeutschen Reich.»

Neidhart schaute dem ehemaligen Untersträßler Schulkameraden in die Augen. «So gefällst du mir besser, Heiri», sagte er. «Und unter uns gesagt: ich bin mit dir einig!»

Unten in der Ebene begann sich der Propeller der Flugmaschine wieder zu drehen und ging in ein Surren über. Der Apparat bewegte sich vorwärts, hopste ein paarmal, erhob sich meterhoch über die Erde, stieg, überflog die Schafherde, nahm Richtung gegen Leimbach, wendete gegen den Muggenbühl zu. Der Arbeitersekretär und der Stadtrat legten ihre Köpfe in den Nacken und blickten dem Aeroplan nach, auf dessen unteren Tragflächen ein weißes Kreuz im roten Feld zu sehen war.

Siebentes Heft

I. Kapitel

Jetzt ist es also so weit, dachte Bundespräsident Forrer, und warf einen flüchtigen Blick zu seinen Kollegen Hofmann und Motta hinüber, die wie er, in schwarzen Gehröcken, den Zylinder in der Hand, auf dem roten Teppich standen, mit dem der Perron belegt war. Hinter ihnen gruppierten sich die Herren von der Regierung und der Kleine Stadtrat. Zu seiner Rechten verharrte, bunt, malerisch und metallfunkelnd, die militärische Gruppe, die Attachés von der deutschen Gesandtschaft, ein hoher Ulane und ein Husar, der Generalstabschef von Sprecher mit seinen Adjutanten, und eine so große Zahl von Persönlichkeiten in Rang und Amt, daß sie bereits wieder wie eine namenlose Menge aussahen.

Von dem Augenblick an, da die Lokomotive mit leisem Fauchen angehalten hatte, herrschte tiefste Stille, und es vergingen einige Minuten, bis sich die Türe des Salonwagens öffnete, ein paar deutsche Offiziere herausflitzten und sich vor der Treppe aufstellten.

Forrer sah den Kaiser mit seinem Gefolge gemessenen Schrittes in einer jener der schweizerischen Schützenbataillone ähnelnden grünen Uniform, das Haupt von einem Tschako bedeckt, der ebenfalls an die eidgenössischen Milizen erinnerte, auf sich zukommen. Er war kleiner, als ihn der Bundespräsident sich vorgestellt hatte, das Gesicht eher schmal, von lebhafter Farbe, gefältelt um die Augen herum, und nicht so jugendlich glatt wie auf den Postkarten.

Mit einer gewissen Befriedigung stellte Forrer fest, daß er eigentlich nicht das geringste zu tun hatte; es würde sich nun alles wie am Schnürchen abwickeln, und in den paar folgenden Stunden wurde von ihm nicht mehr verlangt als die Fügsamkeit eines Paketes auf der Post.

Er und der Monarch wechselten während des Händedrucks die protokollarischen Formeln; Forrer hoffte, Seine Majestät sei gut gereist; der Kaiser seinerseits freute sich, heute seinen längst gehegten Wunsch, die Schweiz zu besuchen, in Erfüllung gehen zu sehen. Bereits setzte sich die ganze Maschinerie mit Vorstellungen und Weiterschreiten im Geklirr von Orden und Säbeln, knarrenden Stiefeln und Lederzeug dem Ausgang des Bahnhofs zu in Bewegung. Die riesige Menschenmenge, die den abgesperrten Platz umsäumte, machte auf Forrer Eindruck; die wohlvertraute Gegend kam infolge der getroffenen Anordnungen auch dem ehemaligen Zürcher Rechtsanwalt fremd vor. Die Ehrenkompagnie der Aspiranten, in ihren weißen Handschuhen und den sich während des Abschreitens langsam drehenden Köpfen, bot einen strammen, wenn auch ungewohnten Anblick.

Dann saßen sie also, Wilhelm II. und er, Dr. Ludwig Forrer, allein nebeneinander im Fond der Kutsche, geführt, umgeben und gefolgt von schweizerischen Guiden mit weißen Pinseln auf den Käppis, die Sturmbänder straff um das Kinn gezogen, und es ging in raschem Trab über den weißen Asphalt die dicht umlagerte, von Tribünen gesäumte Bahnhofstraße hinauf. Zu tun war für sie beide eigentlich dabei nichts, als für den Kaiser, zu nicken und zu salutieren, und für ihn, Forrer, mit einer langsamen Bewegung den Zylinder zu lüften und lächelnd zu schwenken. Tönten auch die Hochrufe nicht so ohrenbetäubend, wie man es sich vielleicht hätte denken können, so war doch das Geräusch der trabenden Pferdehufe, das Knarren des Lederzeuges und das Klingeln und Klirren von Metall so groß, daß an eine Unterhaltung zwischen den beiden Staatsoberhäuptern nicht zu denken war. Wohl warf der eine hie und da eine Frage hin, und der andere, der Einheimische, gab eine Antwort, aber das war, wie sie sich mit einigem Blinzeln stillen Einverständnisses und mit Lächeln zu verstehen gaben, mehr so eine Formsache, der brausenden Bevölkerung zuliebe, eine Haltung, die freundschaftlichen Gefühle der beiden Nationen zueinander versinnbildlichend, Protokoll und Pantomime, die von ihnen erwartet wurden und der sie sich, der Herrscher des einen und der erste Angestellte des anderen Volkes, unterzogen.

Zwischenhinein beobachtete Forrer mit Aufmerksamkeit, wie geschickt der Kaiser seinen verkürzten linken Arm handhabte, wie er in einer wohleinstudierten Bewegung die Hand auf den Knauf des blanken Säbels legte oder auf die Decke gleiten ließ, die seine Oberschenkel bedeckte.

Von Zeit zu Zeit, beim Hotel Elite, am Paradeplatz und vor der Einfahrt zum Baur au Lac, verdichtete sich das Rufen der Menge zu einem Hoch, und daran und am Schwenken von schwarzweißroten Fahnen und an den Dekorationen mit dem Reichsadler konnte man unschwer erkennen, daß der Zug einen Zellkern der deutschen Kolonie streifte.

Der See machte dem fremden Herrscher sichtlich Freude. Ständig schweiften am Alpenquai seine blauen Augen über die Köpfe der Leute hinweg in das gütige, in der milden Septembersonne sich spiegelnde Gewässer hinaus. Schließlich war er der Monarch einer seefahrenden Nation, und wo irgendwo Wasser sich ansammelte, stellte natürlicherweise das Heimweh nach den Weltmeeren sich ein.

Nur einmal, kurz vor dem Parkeingange der Villa Wesendonck Wagnerschen Angedenkens, konnten die beiden in ihrer Kutsche ein paar wirkliche Worte wechseln.

«Sie dürfen stolz sein, Herr Bundespräsident, auf Ihre schöne Vaterstadt», sagte der Kaiser. «Ich denke, Sie sind es auch.»

«Gewiß, Majestät», erwiderte Forrer höflich.

«Wir empfinden bei uns immer eine ganz eigenartige Zärtlichkeit für die Schweizer, Sie dürfen es mir glauben; vielleicht gerade deshalb, weil vieles so rätselhaft ist.»

«Rätselhaft, Majestät?» fragte Forrer richtig verwundert.

Der Kaiser lächelte mit Fältchen. «Es war doch ein Akt politischer Klugheit und Reife», sagte er, während er die wachthabenden Schützen des Bat. 6 grüßte, die soeben am Fuße der Freitreppe ihren Gewehrgriff klopften, «daß Ihre Vaterstadt vor einem Monat die roten Hetzer ausgewiesen hat.»

«Es waren leider auch deutsche Staatsangehörige darunter», bemerkte der Bundespräsident.

«Weiß ich, weiß ich! Recht so! Geschieht ihnen recht!»

Der Kutscher verhielt die tänzelnden Rappen. Der Wagenschlag wurde geöffnet. Dem Photographen Wepf gelang dabei das nachher so begehrte Bild, auf dem zu sehen war, wie der deutsche Kaiser nach diesen Worten auf dem Perron der Villa Wesendonck lachend und jugendlich elastisch aus dem Landauer stieg.

II. Kapitel

Die Israeliten feierten ihren 5673. Neujahrstag. An diesem Werktage konnte man sie in der milden Septembersonne, sonntäglich gekleidet, gruppen- und familienweise, die Gebetbücher in der Hand, inmitten der arbeitenden Bevölkerung ihren Bethäusern zuwandern sehen. Vor der aus rotem Sandstein in einem maurischen Stil erbauten Synagoge an der Löwenstraße sammelten sich nach der Beendigung des Gottesdienstes die Mitglieder der Gemeinde an, füllten das Trottoir und die ganze Fahrbahn mit schwatzenden und sich die Hände schüttelnden Gruppen, ähnlich wie es an Sonntagen auf den Plätzen vor den christlichen Kirchen zu geschehen pflegt.

Aaron sah die Anlässe stets mit Unbehagen herankommen. Er mußte an diesen Tagen der Schule fernbleiben und sich an der Seite seiner Eltern vom Zehnderweg hinab zu Fuß an den Ort des Gottesdienstes begeben, denn da an diesem hohen Feiertag die Handhabung des Geldes und die Verrichtung jeglicher Arbeit verboten war, durfte auch die Straßenbahn nicht beansprucht werden. Angetan mit dem schwarzen Anzug der Konfirmation, auf dem Kopf den steifen runden Hut, den seine Mutter, eine geborene Loeb, die aus der Westschweiz stammte, aus dem Warenhaus «La Samaritaine» in Paris hatte kommen lassen, wanderte er an diesem Dienstag, bleich und stumm, peinlicher Gefühle voll, zwischen Vater und Mutter die Weinbergstraße hinab. Es war vor allem das Göxlein, das er trug, das ihn mit der wildesten Wut erfüllte. Hierzulande ganz unüblich für Jünglinge seines Alters, erregte diese großstädtisch-zierliche Kopfbedeckung bei den ihnen begegnenden Passanten beträchtliches Aufsehen, Lachen und spöttische Bemerkungen. Sie schien ihm ein Sinnbild seines Andersseins, unter dem er Qualen erlitt. Oft nahm er sie vom Haupte und trug das vornehm mit weißem Satin gefütterte Ding in der Hand, unerträgliche Hitze vorschützend. Aber es wurde dadurch, wenn er barhäuptig neben dem ernst, mit einem glänzenden Zylinderhut geschmückten Vater und seiner modisch gekleideten Mama einherging, die Auffälligkeit nicht gemildert, sondern eher noch betont. Mit tiefster Mißbilligung erfüllte ihn auch die Toilette der Mutter. Sie trug einen großen, breitrandigen Hut voll eines Panasches rosarotgefärbter Straußenfedern, ein pelzverbrämtes Jackett und einen modernen, engen, weit über die Taille hinaufreichenden Rock aus Seide, der auf der Rückseite von einer unendlich langen Reihe kleiner Druckknöpfe zusammengehalten wurde. Es bedurfte, außer einem langen und fest geschnürten Fischbeinkorsett, der geduldigen und mit beträchtlicher körperlicher Anstrengung verbundenen Hilfe eines Dienstmädchens, dieses Kleidungsstück anzuziehen.

Die Eltern hießen ihn die Kopfbedeckung wieder aufsetzen, als sie am Hause zum Merkur vorbeikamen. Dort oben stand nämlich an der Seite seiner Gattin Rosalie, von der Gardine halb verdeckt, der alte Sensal Abraham Rottweiler, zu bresthaft, um sich zur Gemeinde zu begeben, und überwachte aufmerksam die Innehaltung des Feiertages durch seine Verwandten. Alle, die auf dem rechten Ufer der Limmat ihren Wohnsitz hatten, defilierten an solchen Tagen unter diesem Fenster vorbei; sie wußten es, daß der Alte dort stand und über ihre Gänge Buch führte, und vielen von ihnen war es auch auf eine gewisse Art das Auge Gottes selbst, das streng auf ihnen ruhte und von ihnen den Beweis forderte, daß sie in der Verstreuung über die Erde hin die alten religiösen Vorschriften und Gebräuche hochhielten.

Der Vormittag, mitten in der Arbeitszeit, brachte Aaron auf seinem Weg zur Synagoge noch nicht allzuviele Peinlichkeiten. Die Klassengenossen waren in der Schule, und Begegnungen mit Leuten, die er kannte und die der anderen Konfession angehörten, waren selten. Gut wäre es natürlich gewesen, wenn es geregnet hätte und er, wie weiland mit seiner Kuh am Halfterstrick, einen Schirm hätte aufspannen und sich darunter verstecken können. Aber es schien eine milde Sonne, in der die schwarzseidenen Revers am Gehrock des Vaters, die Ohrgehänge und die goldene Uhrkette an der Brust seiner Mutter selbstgefällig glänzten.

Als gegen zwölf Uhr, noch vor Beendigung des letzten Gebetes, Aaron aus dem Tempel an der Löwenstraße sich davonstahl, mit der Absicht, möglichst rasch allein den Heimweg anzutreten, begannen die Straßen sich bereits zu beleben, und der mittägliche Stoßverkehr kündigte sich an. Gesenkten Blikkes und eiligen Schrittes strebte Aaron die Löwenstraße hinab, den Häusermauern entlang dem Bahnhof zu. Es galt sowohl dem Strom der Glaubensgenossen als auch dem Zug der Gymnasiasten zu entrinnen, der sich nun bald über die Gegend ergießen würde.

Aaron hatte bereits mit seinem Göxlein den Löwenplatz erreicht, als sein Schritt stockte und sein Herz aussetzte. Lächelnd, die wohlbekannte gelbe Ledermappe unter dem Arm, das blonde Haar schimmernd unter dem kleinen Mützchen, kam in Gottholds Begleitung Jacqueline Voubrasse um die Ecke bei der Usteristraße gebogen. Aus irgendwelchen unerklärlichen Gründen nahmen die beiden heute den Weg über die Geßnerbrücke.

Aaron erwog, ob er in seiner ungewöhnlichen Bekleidung fliehen sollte, aber es war bereits zu spät. Die blauen Augen des Mädchens richteten sich groß und erstaunt auf ihn; Aaron vermochte nicht einmal zu nicken. Wie angewurzelt blieb er stehen, sah noch, wie Gotthold, auf eine Frage oder eine Bemerkung Jacquelines hin, mitten aus eifrigem Gespräch heraus, den Kopf wandte und ihn mit den Augen suchte, und dann gingen sie schon davon, fremd, normal, sorglos und unauffällig, Angehörige, ja Komplizen in einer anderen Welt, aus der er, Aaron, für immer und schicksalshaft ausgeschlossen war.

Bleich, erfüllt von Gram und Scham, die Zähne in die Unterlippe gegraben, den harten Rand des Hutes wie eine Dornenkrone deutlich auf seiner feuchten Stirne spürend und in seinem Unglück nicht mehr der Umgebung achtend, wanderte Aaron dahin. Er kam sich einsam und grotesk vor, als er das sonnenbeschienene Pflaster des Bahnhofplatzes überquerte, am Café National vorbeiging, auf dessen Polsterbank er einst als Knabe gesessen und die Fliegenden Blätter betrachtet hatte, derweil Madeleine und sein Onkel Léon sich in französischer Sprache miteinander unterhielten. Er wußte nun, was es heißt, wenn man sagte: das Herz blutet.

Als er der sonnenbeschienenen Kalkmauer entlang die Weinbergstraße hinaufstieg, kam ihm, in braunen Manchesterhosen, eine Leiter in der Achsel eingehakt, den Henkel eines eisernen Kübels in der Hand, braungebrannt das Gesicht unter seiner Kappe, auf der Oberlippe bereits den Anflug eines Schnurrbartes, sein ehemaliger Klassenkamerad, der Dachdeckergeselle Hans Ackermann, entgegen. Mit offenem Munde blieb er stehen und schaute Aaron an.

Dieser sagte Grüezi, riß sich das Göxlein vom Kopf und begann, es schlenkernd, zu rennen, das Trottoir hinab, und es sollte bedeuten, er hätte es so eilig, daß er befürchten müsse, es könne ihm in der Hast des Laufes der Windzug den Hut vom Kopfe wehen. Ackermann aber war so beschaffen, daß er sich weder über den plötzlichen Laufschritt seines Schulkameraden und folglich auch nicht über den Vorwand, den er darstellte, Gedanken machte.

III. Kapitel

An diesen letzten schönen Oktobertagen, wenn über der Stadt noch ein lilafarbener Dunstschleier lag, während hier oben das bunte Laub der Kuppenwälder in der milden Morgensonne im Lackglanz alter Geigen leuchtete, pflegte die junge Frau Gebhardt das Haus auf der Paßhöhe zu verlassen und langsam gegen das alkoholfreie Kurhaus emporzusteigen. Sie war barhäuptig; zu beiden Seiten des Scheitels fiel ihr das Haar glatt über die Wangen herab; sie trug einen weiten braunen Mantel, der ihren Zustand verhüllte. Sie setzte sich im Windschatten an die Backsteinmauer des Gebäudes auf die menschenleere Terrasse. Die Serviertochter brachte ohne Bestellung gewohnheitsmäßig die Tasse Milchkaffee heraus, und dann saß die junge Frau still da und blickte gegen Süden, wo über den Nebeln, klar, wie auf Glas geritzt, der ganze Alpenkranz vom Glärnisch bis zum Finsteraarhorn sich dehnte, so wie ihn Albert Heim in seinem berühmten Panorama im Sommer 1901 gezeichnet hat. Auf den Wiesenhängen unter dem Kurhaus weideten Kühe, und die Glocken bimmelten friedlich in unregelmäßigen Abständen herauf, überall in der Gegend schwelten Feuerchen, aus denen kaum vom Winde bewegte Rauchfahnen emporstiegen. Es war so still, daß das Kätterli das Summen der Stadt aus dem verhüllten Tal herauf vernehmen konnte, das Klingeln einer Trambahn oder vom Westen, vom Bahnhof her, das Hupen einer Lokomotive.

Diese Stunden, wenn Karl in der Schule war und Frau Lenhoff ihren Hausgeschäften nachging, waren der jungen Frau zu einem verschwiegenen Geschenk geworden. Seit sie getraut war, hatte sie begonnen, die einsamen Stunden ihrer Mädchenjahre zu vermissen. Es schien ihr, es sei alles so rasch gekommen, sie sei erfaßt worden von einem Strom des Geschehens, ohne eigene Entscheidung und ohne gefragt zu werden. Es stellte sich ihr ein Ablauf dar, der damals begann, als sie im «Velodrom» die Taufe empfing, und der in rätselhafter Weise sie an jenem Wintertag auf eben diesen Hügel führte, wo sie Karl begegnete, der einen Davoser Schlitten hinter sich herzog und von den beiden Schwesterchen Nora und Maly begleitet war. Und nun saß sie befruchteten Leibes hier und verdöste die Zeit bis zu ihrer Entbindung. Sie suchte diese Einsamkeit, und sie fürchtete sie zugleich, denn in diesen Stunden war es ihr, als wohne in ihr noch ein anderes Wesen, ein Teil ihrer selbst, der immerzu schlief, wenn andere Menschen um sie waren, und der sich erst zu rühren begann, wenn sie allein war. Seit sie sich Mutter fühlte, war es ihr jedoch, als hätte das ganze Schattenwesen ihres Daseins in dem werdenden Kinde körperliche Gestalt angenommen, und sie blickte seiner Erscheinung wie einer Offenbarung ihrer selbst entgegen. Nicht wie Karl, nicht wie sie selbst würde es sein, sondern das andere, das Besondere, das Berufene vielleicht, dem sie sich stets zu nähern versucht, aber das zu verwirklichen ihr nicht gewährt worden war, weil sie in der eigenartigen Schläfrigkeit ihres Wesens nie die Kraft und die Macht dazu gehabt hatte. Sie sprach auch mit Karl nie von dieser Erwartung; sie sprach nur hinab, in sich selbst hinein, zu dem Kind im Fruchtwasser, bewegungslos, mit Augen, die in die alpengesäumte Ferne gerichtet waren. Sie nahm es gleichsam schon jetzt beiseite, von den anderen weg, und es schwebte ihr vor, daß diese Zwiesprache nachher weiterdauern würde, immerdar, wenn sie es ab- und hinausgegeben haben würde, unter die Menschen und ihre Geschäfte.

In solcher Weise saß sie da in diesen Oktobertagen, bis sie Karl die Zürichbergstraße hinaufstürmen und schon von weitem den Hut schlenkern sah.

Die Nachricht, die er ihr heute brachte, war die: sein Gesuch um die Verschiebung der Rekrutenschule bis nach der Absolvierung der Maturitätsprüfung sei bewilligt worden. Nun also sei diese Schwierigkeit von ihnen genommen. In der Schule gehe es gut. Walter Abts Rezept bewähre sich. Nur noch auf das Ziel gerichtet, diese Zeit der Vorbereitung rasch hinter sich zu bringen, begänne er nun, den Stoff unbesehen auswendig zu lernen, es späteren Zeiten vorbehaltend, sich in jene Materie à fond und kritisch zu vertiefen, die er benötige.

Er war seltsam redselig und lebhaft. Kätterli betrachtete ihn mit leicht gerunzelten Brauen, schnupperte. Nun ja, mit einem der Südamerikaner sei er im Laufe eines Gespräches in den Garten des «Tivoli» geraten, und dort hätten sie unter den Bäumen etwas getrunken, einen Wermut, beantwortete er sogleich lachend die stumme Frage. Das Kätterli blickte eine Weile unbewegten Gesichtes vor sich hin, dann hob es die Augen und schüttelte leise den Kopf.

«Denke an deinen Vater, Karl!»

Es kam ihm wie ein Blitz aus heiterem Himmel.

«Was? Dummes Zeug», stotterte er. Aber es hatte ihn getroffen. Eine Art Hans im Glück, der Sorgen ledig, ein klares und ersehntes Ziel vor den Augen, im Vorgefühl seiner Vaterschaft, wie durch Zauberhand den engen Verhältnissen an der Trittligasse entronnen, gut genährt und gut gekleidet, seit Kätterli mit den Eltern wieder versöhnt war, kam ihm diese Heraufbeschwörung der schweren und angsterfüllten Stunden seiner Knabenjahre wie ein Pfeil aus dem Hinterhalt vor. Mitten in diesem sonnigen Oktobertag begannen aus einem dunkeln Winkel Dämpfe emporzusteigen, in denen sich die Schatten der Kindheit bewegten. Er wandte sich um, blickte durch das Fenster in den Gastraum des Alkoholfreien, und richtig stand dort noch immer der Spruch an der Wand:

Der Genius der neuen Zeit,
Wie nennt er sich? Enthaltsamkeit.

Den Kopf gesenkt, den Ellbogen seiner schwerfällig gewordenen Frau stützend, wanderte er den Weg hinab, ihrem Hause zu, das Herz ein wenig bang vor den Zusammenhängen, die das Schicksal auf dem Umweg über die Erbschaften aufzudecken liebt. Da rief dieser vielverspottete Frauenverein für Mäßigkeit und Volkswohl sein Wort von der Enthaltsamkeit in die zürcherische Landschaft hinaus, da hatte jener mandelknackende Engländer zu ihm, dem Buchbinderlehrling, vom Verzicht auf fleischliche Nahrung geredet. Sollte das bedeuten, grübelte der junge Ehemann, es sei den Menschen gegeben, die dunklen Machenschaften des Schicksals zu durchkreuzen? Will es sagen, die neue Zeit bestehe darin, daß dem Menschen die Macht verliehen sei, das eigene Schicksal zu lenken, ihm den Stempel seiner Erkenntnisse und seines Willens aufzudrücken? Und zwar nicht nur den Großen und Starken unter ihnen, auch den Kleinen und Unbedeutenden, wenn sie zusammenhalten und einander helfen?

Das Kätterli stieß mit der Spitze des Schuhs auf einen Stein und schob ihn beiseite, und diese kleine Bewegung gab der jungen Frau, die von ihrer eigenen Gedankenwanderung zum Gatten zurückkehrte, das Wort ein: «Du nimmst einen Stein aus der unendlichen Zahl aller Steine, die auf der Erde sind, und es sind alle Steine in dem einen drin.»

Ein paar Tage später konnte man im «Tagblatt der Stadt Zürich» unter der Rubrik «Geburten» lesen:

«Gebhardt, Karl Georg, des Karl, Buchbinders, von Zürich, und der Katharina Hermina, geb. Meng, von Zürich, 28. Oktober.»

IV. Kapitel

Man nannte die kleine dreieckige Anlage auf der stadtwärts gekehrten Seite des Hotels Bellevue, vor der Rotonde und dem Wirtschaftsgarten des Cafés Terrasse, gegenüber dem Bauschänzli, die Hungerinsel. Der Name kam daher, weil hier in diesem Straßenspitz auf den drei Bänken unter den acht Bäumen, im Schutze der eisernen Plakatsäule und des Wetterhäuschens mit den meteorologischen Instrumenten, die Vaganten und Arbeitslosen aus der Herberge «Zur Heimat» oben an der Köngengasse ihre Zeit zu vertrödeln pflegten. Zu zweit oder zu dritt saßen sie, Kurgäste der Armut, auf den Bänken, griffen von Zeit zu Zeit über die Holzlehne hinweg nach der Bier- oder Chiantiflasche, die unter dem Sitze stand, nahmen einen Schluck, wechselten karge Bemerkungen und ließen, als säßen sie hinter Glas, die Leute an sich vorbeiziehen. Einige gaben sich jenseits der Straße auf der Quaimauer der Beschäftigung des Fischens hin.

Bereits begann es kühl zu werden. Der Asphalt glänzte von der Nässe des Nebels, die Bäume waren kahl; die Schiffchenvermieter unten am Fluß hatten die Boote aus dem Wasser gezogen, und diese lagen nun kieloben aneinandergereiht auf den hölzernen Planken der Flöße. Nur gegen Mittag silberte es im Gewölk, in der Zeit, da die Straßen still und verödet dalagen.

René Hirzel, ohne Mantel, den Kragen seiner Jacke hochgeschlagen, setzte sich auf eine der Bänke. Rötliche Bartstoppeln bedeckten sein mageres Kinn, die Hosenstöße waren ausgefranst, die Socken hingen ihm über die Schuhe hinab, die weiße Haut seiner Beine enthüllend. Der Zerfall seiner Familie hatte sich nicht mehr aufheben lassen. Seine Frau, die Kellnerin, in einem verspäteten, herben Glückshunger, hatte sich mit einem Gast, einem Bauführer, einem ordentlichen Manne frischen Angesichts, in ein Verhältnis eingelassen, kurzerhand die Scheidung beantragt, die auch durchgeführt wurde, das Kind Helene zu sich genommen und stand nun vor der Trauung. Von Zeit zu Zeit gewährte sie ihrem ersten Manne, wenn er in der Wirtschaft auftauchte, auf ihre Rechnung eine Mahlzeit oder einen Kaffee crème, achselzuckend und in stummer Verbissenheit, schob ihm wohl auch ein paar Franken hin, aber sie hatte genug bis da hinauf, und sie ließ es ihn auch merken. Er wurde ein Gast der Suppenanstalt oben an der Zäune, ein Rösti-Esser in den alkoholfreien Wirtschaften des Frauenvereins und bewohnte ein kleines unheizbares Zimmer, hinten hinaus, am Rindermarkt beim Optiker Schlegel. Kleine journalistische Arbeiten bei der «Zürcher Post», am «Volksrecht» und am «Tages-Anzeiger», Referate über Neubauten im besonderen, und Aushilfsarbeiten in der Lichtpausanstalt am Central waren seine Verdienstquellen. Manchmal mußte er auch die Mahlzeitengutscheine der Armenbehörde an der Selnaustraße in Anspruch nehmen; um Geldunterstützung war er bis heute noch herumgekommen.

Die den eigentlichen Zustand der Verwahrlosung noch nicht erreichende Verarmung des nahezu Dreißigjährigen sei, so schrieb der Vorsteher der Amtsstelle, mit der Hirzel dieser Gutscheine wegen zu tun hatte, in seiner Erläuterung, nicht auf Arbeitsscheu oder Trunksucht, sondern auf eine eigentümliche Charakterveranlagung zurückzuführen. Die Ehe des aus seinem Studium herausgeworfenen jungen Mannes mit einer um einige Jahre älteren Serviertochter, die für den materiellen Lebensunterhalt der dreiköpfigen Familie praktisch allein aufgekommen sei, und die nach sieben Jahren vollzogene Scheidung bestätigten lediglich diese Feststellung. Hirzel sei ein Querkopf, ein Spinner, wie man hierzulande sage, intelligent, voll von eigenen Ideen, die sich aber mehr in abfälliger Kritik an allem Bestehenden zeigten. Ein ausgesprochener Eigenbrötler und Rechthaber, unfähig, sich in die Arbeitsgemeinschaft irgendeines Betriebes dauernd einzufügen. Wenn man ihn frage, was er eigentlich wolle, was er als Ziel seines Lebens betrachte, gewinne man aus den zerstreuten und ausweichenden Antworten den Eindruck, er wisse es selber nicht. Dabei sei er, wie gesagt, intelligent, und vielem, was er vorbringe, könne man eine gewisse Berechtigung nicht versagen. Zeichnerisch und journalistisch zweifellos begabt, wie er sei, könne man von einer eigentlichen künstlerischen Begabung nicht sprechen, eher von einer kritischen, die sich, halb spöttisch, halb bitter, wider den kulturellen Zustand der Zeit wende oder, besser, gegen das, was er die «Unkultur und den Ungeist der Epoche» bezeichne, richte. Einen ausgesparten Platz für Leute seiner Art gäbe es in der Gesellschaftsordnung nicht. Hätte der junge Mann sein Studium abgeschlossen und einen akademischen Grad errungen, so wäre eine Betätigung als Kulturschriftsteller oder etwas dergleichen denkbar gewesen. So aber wäre der Journalismus wohl der richtige Beruf für ihn, wäre er nicht außerstande, bestellte Aufträge auszuführen. Er könne, behaupte er, nur frei, von sich aus, sich mitteilen. Soviel er, der Berichterstatter, gemerkt habe, schwebe Hirzel so etwas wie ein Buch vor, das er einst verfassen wolle und in dem dann alles stünde, was er eigentlich meine. Ob aber der Mann je zu einer solchen konzentrierten Arbeit sich werde aufraffen können, sei ungewiß, schloß die längere Randbemerkung.

Die Hände in den Hosentaschen, die Beine weit von sich gestreckt, so saß René Hirzel an diesem Morgen auf der Bank in dem Anläglein und blickte an der Föhre bei der Wasserkirche vorbei den Fluß hinab. Schon unterhalb der Rathausbrücke verwischte sich das Bild der Stadt. Die beiden Ufer der Limmat stellten sich dar wie die Häuserzeilen einer gewundenen Straße, die sich westwärts zwischen den Kulissen vorgeschobener Gebäude im Nebel verlor. Trotz dem kühlen Winde und trotz dem kleinen Geldbetrage, den er noch sein eigen nannte, war es dem jungen Mann nicht unbehaglich zumute. Er erlebte, während er in kleinen Zügen seine billige «Milla»-Zigarette zerrauchte – es war ein beruhigendes Gefühl, deren noch eine kaum angebrauchte Schachtel zu besitzen –, einen jener so seltenen Augenblicke, da der Geist klar und lebhaft seine Wege wandelt, die Beschwernisse und das Dahingestellte des körperlichen Daseins vergessen läßt und von dem nach unten verlängerten Anhängsel des Gehirns nichts anderes als Bewegungslosigkeit und Müßiggang fordert.

Die Brücken, dachte Hirzel, wie haben sie sich in den letzten zwei Dezennien vermehrt! Mit den achtziger Jahren begann es: die Rathausbrücke, die große Quaibrücke, die den in die Stadt hineinreichenden See zum Fluß machte. Dann kam die Serie der Übergänge über die Sihl, die Geßnerbrücke, die Stauffacherbrücke, die neue Sihlbrücke bei der Porte, die Utobrücke; dann entstand wieder eine Serie von Limmatverbindungen, die Wipkingerbrücke, kürzlich die Uraniabrücke, morgen die Walchebrücke, und für die Zukunft ist noch ein weiterer Übergang geplant von der Nordstraße zur Badenerstraße hinüber, die Dreikönigsbrücke über den Schanzengraben nicht zu vergessen. Im Durchschnitt alle zwei Jahre ein Verkehrsweg über den Fluß. Was bedeuten diese fieberhaft erstellten Verbindungen von Ost nach West? Wohl einfach, daß jene von Nord nach Süd an Bedeutung verloren haben. Der Weltverkehr streicht dem Alpenwall entlang, von den Atlantikhäfen in den Donauraum, den Balkan, in das Wolgabecken hinab, Asien zu. Der Weg nach Norden und nach Süden, das war die Romantik, die Edda, Ibsen, Goethe, Winckelmann, Rom und der Nordpol. Von Westen nach Osten und von Osten nach Westen aber, das ist die neue Zeit, Korn aus Rußland, Technik aus Amerika, die Eisenbahnen, die Kraftleitungen, das Automobil und vielleicht morgen die Luftschiffe und das Flugzeug, die «Sachlichkeit».

Jedesmal, wenn Hirzel in seinen Meditationen bei seinem Lieblingswort anlangte, störten ihn die neuen Kirchen. Er kannte sie auswendig. Es waren ihrer sechs, in zwölf Jahren erbaut; die Engemer Kirche, die Liebfrauenkirche, die Kirche auf dem Bühl in Wiedikon, die St.-Jakobskirche, die Kreuzkirche, die Antoniuskirche, vier reformierte und zwei katholische; zwei andere, in Oberstraß und Fluntern, waren in Aussicht genommen. Paßten die Volkssternwarte Urania, mit ihrem phallischen Turm, am Ötenbach, das Kunsthaus am Heimplatz, das Volkshaus in Außersihl, das neue Hotel Glokkenhof, die soeben eröffnete Radrennbahn in Oerlikon und die kommunalen Wohnhäuser an der Limmatstraße in sein Bild hinein, nahm er die große Vermehrung der Friedhöfe, die Häufung der Toten, die um diese Stadt gelagert in die Ewigkeit eingehen wollten, noch nachsichtig zur Kenntnis – die neuen Gotteshäuser schienen ihm stilwidrig, unzeitgemäß, eine Verschwendung von Boden und Material. Wären die protestantischen Kirchen wenigstens wie die Münster und Kathedralen des römischen Bekenntnisses zu jeder Stunde des Tages geöffnet gewesen, ein Zufluchtsort, kühl im Sommer und geheizt im Winter für Leute wie seinesgleichen, er hätte sie allenfalls noch gelten lassen können. Aber überblickte er im Geiste den Plan der ständig sich dehnenden Stadt, so erschienen ihm, dem Freidenker, diese Gebäude im Haufen der Häuser oder auf den Hügeln, die sie vorzugsweise zu ihrem Standort wählten, wie ausgesparte Kuben der Leere, nutzlose Räume, die während der Woche keine andere Bestimmung zu haben schienen, als vom Klange der Glocken widerzuhallen, die auf ihren Türmen geläutet wurden.

An diesem Tage warteten die Schiffbrüchigen der Hungerinsel vergebens auf die Sonne; sie vermochte den Nebel nicht zu durchdringen. Immer neue und dichtere Dämpfe wallten vom Seetale herein und füllten das Bett der Limmat. Bald waren selbst die Möwen nicht mehr zu sehen, nur noch ihre Schreie hörte man aus dem Nebel heraus.

Hirzel erhob sich fröstelnd in den durchfeuchteten Kleidern und schlenderte dem gußeisernen Geländer entlang, den Limmatquai hinab. Roald Amundsen, der Entdecker des Südpols, würde am 7. November im großen Tonhallesaal einen Vortrag halten, las er auf einem Plakat. Hirzel hatte das Referat über diese Veranstaltung von keiner Redaktion erhalten können; es blieb den Koryphäen des lokalen Teils vorbehalten. An der Arbeitslosenversammlung im Volkshaus, zu der auf den 13. November aufgerufen wurde, würde er teilnehmen, allerdings nicht als Korrespondent.

Beim Rathaus wurde er Zeuge einer der üblich gewordenen Hausfrauendemonstrationen wider die Teuerung. Es mochten ihrer etwa zwei Dutzend sein, die sich, hutlos, in Mänteln und schwarzen Wollschals, unter den beiden goldenen wappentragenden Löwen des Portals angesammelt hatten, um die Rückkehr der Delegation abzuwarten. Das Gespräch zwischen ihnen und den Leuten, die um sie herumstanden, drehte sich um

Preise und Aufschläge. Wieder hatte die Milch um zwei Rappen aufgeschlagen, der Liter kostete nun 27 Rappen, gegen 23 Rappen vor nicht ganz drei Jahren. Das Mödeli Anken zu 43 Rappen war ein Luxus geworden, für Siedfleisch bezahlte man zwei Franken zehn das Kilo, für Importeier elf Rappen das Stück. Aufgeschlagen hatten das Brot, das Mehl, die Hafergrütze, das Brennholz, die Mieten, der Zucker. Wohl gab es Einwände: die Kartoffeln beispielsweise seien billiger als letztes Jahr, ebenso die Erbsen und die Rollgerste. Dafür koste der Käse zehn Rappen mehr, wurde erwidert. Die sauber gekämmten Frauen, die sich für den Anlaß beinahe sonntäglich gekleidet hatten, zeigten nichts Aufrührerisches. Nach dem Zug durch die Stadt von Außersihl herein fühlte sich das Häufchen, nun, da es mit den Umstehenden ins Gespräch gekommen war, behaglicher, das sah man. «Es ist doch wahr», hörte man die Familienmütter sagen, «und schauen Sie», und «unsereiner», und «gälled Sie», es waren Brücken, Fäden, die hinüber und herüber geworfen wurden. Allmählich begann ein feiner Regen zu rieseln, Schirme wurden aufgespannt, und darunter, im Schatten, spannen sich die Unterhaltungen weiter. Die Gruppe der Demonstranten war von den übrigen Leuten nicht mehr zu unterscheiden; vor dem Rathaus stand nur noch eine Menge von Einwohnern, die sich vor der Nässe schützten, auf etwas zu warten schienen und derweil miteinander über Existenzfragen redeten.

Hirzel zog sich unter die Lauben des Rathausquais zurück; noch eine Weile stand er, mit hochgeschlagenem Rockkragen und die Hände in den Hosentaschen, neben dem breit ausladenden Pfeiler des Zunfthauses zur Saffran. Es roch nach Fischen, die ein wenig weiter oben, um den runden Trog des Brunnens herum, verkauft wurden. Die Möwen flogen kreischend, in großen Bogen, von der Limmat herkommend, über die Tische mit den Auslagen der silbernen Läugel, Egli und Hechte hinweg. Drüben, am jenseitigen Ufer des Flusses, blickten aus den schmalen Fenstern des Storchenbasars Puppen und kleine Pferdchen unberührt auf das Treiben herab. Die blauweiße Fahne über dem Portal des Rathauses flatterte im Regen und zeigte, daß drinnen von den Vertretern des Volkes die Geschäfte der Allgemeinheit besorgt wurden.

Im Schaufenster eines Delikatessengeschäftes war eine Büchse mit russischem Kaviar zu sehen, ein angeschnittener, sein tiefrotes Fleisch zeigender westfälischer Schinken, Büchsen mit englischen Biskuits von Huntley & Palmer, Flaschen spanischen Portweins, eine Schale voll französischer Oliven, rotem Edamerkäse – «das ganze friedliche Wirtschaftsgebiet von Europa ist hier auf kleinstem Raume sinnbildlich versammelt», formulierte es Hirzel mit Wasser im Munde. Die Raschersche Buchhandlung zeigte bereits die Neuerscheinungen des Jahres. Gerhart Hauptmann, Arthur Schnitzler, Hugo von Hofmannsthal, Hermann Sudermann, Jakob Boßhart, Strindberg, Knut Hamsun, Ernst Zahn, J.C.Heer, der Freiherr von Ompteda, Rudolf Herzog – all die vertrauten und wohlbekannten Autoren deutscher Sprache legten die Früchte ihrer fleißigen Federn vor.

Hinter ihren Körben von Astern und Chrysanthemen, in einem Duft von Allerseelen, saßen ein paar strickende Weiblein am dunkeln Gemäuer der Lauben. Die Fenster der Zunftstuben waren geöffnet, und man erriet ein geschäftiges Treiben mit Geschirrklappern und Tischedecken der bevorstehenden Martinimahle wegen.

In der Kaffeestube des Frauenvereins an der Zähringerstraße, vor einem großen Teller dampfender Hafersuppe, in die er eine dicke Scheibe des weißen Brotes einbrockte, beendete René Hirzel den Vormittag. Die Mahlzeit kostete fünfzehn Rappen.

V. Kapitel

«Dieser Sonntag, dieser 13. Mai des Jahres 1913, ist ein Ehrentag für die Stadt Zürich, ein Tag der Freude für unsere Partei.»

Das Sälchen im ersten Stock des Restaurants Florentin an der Stampfenbachstraße bot den üblichen Anblick einer Vereinssitzung. Am Querbalken der U-förmig angeordneten Tische saßen die Mitglieder des Vorstandes; das Parteivolk hatte die übrigen Plätze inne. Rauch schwelte um die Glühbirnen, die kleinen Karaffen mit Wein, die hohen Gläser mit Kaffee gefüllt, die Aschenbecher, Zeitungen und die Flugblätter mit den ersten Wahlresultaten, Notizbücher und Bleistifte bedeckten die nußbaumene Tischplatte. Unter den Männern, die den Ausführungen Dr. Itens lauschten, trugen einige die bis oben unter das Kinn geschlossene Weste der Geistlichen.

«Zum erstenmal ist der Große Stadtrat Zürichs nach dem System des Proporzes gewählt worden, und es ist das erste Mal, daß die Katholiken in den Gemeindebehörden wieder eine Vertretung erhalten.»

Ein vielstimmiges «Bravo» unterbrach den Redner. Dann fuhr er in seiner innerschweizerisch gefärbten Mundart fort: «Jeder der acht Stadtkreise hat jetzt eine katholische Stimme im Rat, mit Ausnahme des Kreises 2; dafür haben wir im Kreis 3 zwei; der zweite kann dann aushelfen.» Die Zuhörer lachten.

Der junge Bezirksanwalt Schütz saß ganz unten am Ende des einen U-Balkens und lauschte mit unbewegtem Gesicht. Er befand sich in jener luziden und nüchternen Gemütsverfassung, die er wohl an sich kannte. Es erging ihm oft ähnlich bei den Gerichtsverhandlungen: er wußte, bis auf die Wendungen genau, was die Kläger und die Beklagten vorbringen würden. «Es geht auch nicht darum, daß dieses Mitglied des Parteivorstandes möglichst originelle, tiefsinnige oder witzige Gedanken zum Ausdruck bringt», dachte er, «sondern dies ist eine Zeremonie, ein Ritual, in dem der Offizielle genau das sagt, was die anderen von ihm erwarten. Er verleiht ihren Gefühlen Ausdruck, wie man sagt. Hier ist nicht die zart differenzierte Radierung am Platz, sondern die scharfe und eindeutige Kerbe des Holzschnitts.»

Das Erwachen und die politische Kristallisation des katholischen Elements in der Stadt war nicht ohne entscheidenden Einfluß auf sein Leben gewesen. Nahm er die Mutter aus, die durch alle Zeiten hindurch eine stille, aber beharrliche Kirchgängerin blieb, lebte Schütz, der auch keiner Verbindung angehörte, während der Jahre seines Studiums in einer Atmosphäre religiöser Gleichgültigkeit, ohne besonderen Verkehr mit Angehörigen seiner Konfession. Es hatte für ihn recht eigentlich eine Überraschung bedeutet, als er zufällig in einem Gespräch mit dem Stadtrat Abt erfuhr, es sei bei seiner Bewerbung um die Substitutenstelle beim Bezirksgericht sein katholisches Bekenntnis für die Aufsichtsbehörde von einiger Bedeutung gewesen, indem gerade die freisinnigen protestantischen Mitglieder dieses Gremiums es als ein Gebot der Billigkeit angesehen hätten, einen Katholiken in diesem Amte zu

wissen. Später, als es sich dann um die Besetzung einer freigewordenen Stelle als Bezirksanwalt handelte, war der Substitut, trotz seinem noch jungen Jahrgang, von der politischen Gruppe der Katholiken und mit Unterstützung der übrigen bürgerlichen Parteien portiert und gewählt worden. Es zeigte sich dabei, daß er damals bereits, ohne der jungen Christlichsozialen Partei anzugehören, ein Bäuerchen auf ihrem Schachbrett war.

Dieweil oben am Tisch die Rede in der erwarteten Weise weiterging und sich zu einer in die Zukunft hinüberreichenden Rosette zu runden begann, grübelte Schütz einem Gedanken nach, der in ihm geisterte. Er kriegte ihn nicht in Worte zu fassen. Es ging darum: Ob wir es wollen oder nicht, wir gehören einer Gruppe an. Wir führen ein zweites Leben, in dem wir nicht als ein abgesondertes Individuum bestehen, sondern als Teil eines Ganzen. Und zwar gehören wir verschiedenen solcher Gruppen an, als Soldaten der Miliz, als Juristen zur großen geistigen Familie des Rechts, als Katholiken der römischen Kirche. Es gibt Zeiten, da vergessen wir das vollständig über unseren privaten Geschäften, Wünschen und Zielen. Aber dann kommen Epochen, da die Gruppe wie selbstverständlich über uns bestimmt, und wir antworten oft zu unserer eigenen Überraschung mit Gefühlen, die wir selbst an uns gar nicht gekannt haben.

Der junge Pfarrer, der neben Schütz saß, mußte etwas gesagt haben. «Wie bitte?»

«Da möchte ich doch ein Fragezeichen dahintersetzen», wiederholte der dunkelhaarige Nachbar. «Ich meine, was da Dr. Iten soeben gesagt hat.»

«Ich habe nicht hingehört.»

«Der Internationale des Klassenkampfes stelle die Kirche die Internationale der Versöhnung entgegen.»

«Es ist eine Formel, eine Vereinfachung», meinte Schütz achselzuckend. «Aber ich verstehe schon, was Sie meinen; Ihnen gefällt das Internationale auch nicht im Zusammenhang mit einer zürcherischen Gemeinderatswahl.»

«Genau das.» Sie lächelten einander an. Es war das Band der gleichen Generation, das sie umschlang.

«Hausheer», stellte sich der Geistliche vor. «Alle diese Internationalen, und seien es Hygienetagungen, Neuphilologentagungen oder Musikfeste, sie haben so etwas Aufweichendes.

Ich habe immer das Gefühl, sie bedeuteten eine Gefahr für uns, als verberge sich etwas dahinter, als seien sie ein Angriff auf die Volkssubstanz, als seien wir nachher die Geprellten.»

«Das ist aber etwas sehr Ketzerisches und Unmodernes, was Sie da sagen», lachte Schütz.

«Es deucht mich einfach unheimlich, dieses Jonglieren mit der Internationalität, ich kann mir nicht helfen. Ich stamme aus dem Kanton Zug», fügte er noch hinzu, als sei dies eine Erklärung.

Im Grunde war Schütz an einem ernsthaften Gespräch wenig gelegen. Er hatte es als eine höfliche Pflicht betrachtet, daß er sich zu der kleinen Wahlfeier einfand. Die muntere Streitbarkeit des jungen Pfarrers verlockte ihn zu einer Antwort.

«Man kann sich die katholische Kirche gar nicht anders denken als mit universalem Anspruch», bemerkte er. «Das ist ihr Wesen; sie bezeichnet sich als alleinseligmachend; sie kann gar nicht anders. Das ist ihr Inhalt, ihre Inbrunst, ihr Glaube, ihre Überzeugung: eben ihr Wesen. Sie ist militant. Sie kämpft für die Weltgeltung ihres Dogmas.»

«Wollen Sie damit sagen, daß sie die Duldung der anderen Religionen nicht kennt?» fragte der andere.

«Theoretisch ist sie intolerant. Das Nebeneinander verschiedener Religionen muß ihr als ein Übergangsstadium vorkommen. Nicht aus Machttrieb und Herrschsucht heraus, sondern der Botschaft wegen, die zu verkünden ihr Auftrag ist. Die Ausbreitung des christlichen Glaubens unter allen Menschen der Erde ist ihre Mission.»

«Seit sieben Jahren bin ich Vikar in dieser protestantischen Stadt», sagte der junge Geistliche nach einer Weile. «Und ich will Ihnen etwas gestehen. Was Sie vom universalen Anspruch unserer Kirche sagen, ist sicher richtig. Aber ich bin zu der Überzeugung gekommen, daß es in der Schweiz eine besondere Form des Katholizismus gibt, eine demokratische Form, möchte ich sagen. Das Gefühl der aristokratischen Ausschließlichkeit des Katholizismus ist mir verlorengegangen. Gerade deshalb freue ich mich so, daß wir Katholiken nun im Gemeindeparlament der Zwinglistadt vertreten sind, als Gruppe, wie die anderen.»

Es wurde geklatscht. Ein anderer Redner erhob sich, einer der acht gewählten Stadträte der Partei.

«Sie sind mir ein sonderbarer Zögling», lachte Schütz, «ein wenig verzürchert, scheint mir.»

Hausheer nickte. «Ich verdanke das zu einem großen Teil einem Winterthurer Studenten, einem Tischgenossen im alkoholfreien Restaurant ‹Zur Tanne› beim Poly. Es hat mir einen unvergeßlichen Eindruck hinterlassen, was der immer und bei jeder Gelegenheit verkündete.»

«Und was sagte er?»

«Erst wenn alle, selbst die kleinsten Gruppen, in ihrer Ungleichheit sichtbar auch im Staat zum Ausdruck kommen, erfüllt die schweizerische Demokratie ihre Bestimmung.»

VI. Kapitel

Angetan mit ihrem grauen Tailleurkleid, das ihre Büste schlicht umschloß, ohne die Formen zu verwischen, und dessen Rocksaum gerade noch die Schnürstiefel freiließ, ein weißes plissiertes Jabot auf der hohen Brust, das Gesicht von einem malvenfarbenen Schleier, der vom breiten Rand des Hutes herabfiel, verhängt, gefolgt von der rothaarigen und weißbeschürzten Köchin Frieda, die den Korb trug, schritt Frau Meng den Gemüseständen an der Bahnhofstraße entlang. Der Besuch des Wochenmarktes diente im Grunde weniger der Beschaffung von frischem Frühgemüse, sondern war mehr der Vorwand zu einem morgendlichen Ausgang an einem schönen Frühlingstag, eine Art gesellschaftlichen Anlasses, an dem die Damen sich begrüßten, im zagen Schatten der Lindenbäume mit ihrem jungen Grün einen munteren Schwatz abhielten, während die sie begleitenden Mädchen in angemessenem Abstand gerne warteten und es sich in der milden Sonne wohl sein ließen. Sie wanderten zusammen den Boulevard hinab bis zum Bahnhof, dort überquerten sie die Straße und nahmen ohne Eile den Kilometer bis zum Paradeplatz unter die Füße. Mit ihren zwei Bünden Spargeln, dem Pfund zartem Spinat, den Frau Meng immer bei Gemüsegärtner Wettstein aus Wiedikon kaufte, der seinen Stand gerade unter den Fenstern von Madame Bariffis Schönheitssalon hatte, dem Dutzend frischen Landeiern, die aus Uitikon am Albis stammten, den zarten Kefen und der Kresse bestieg dann Frieda das Tram, während Frau Meng sich in den kleinen

Mahagonisalon der Konditorei Sprüngli setzte und bei einem Sherry ein trockenes Biskuit zu sich nahm.

Nebenan, in der Zigarrenhandlung von Carl Julius Schmidt, in der für die Stammkundschaft besonders hergerichteten Ecke maurischen Stils, saß Arnold Neuwiller und studierte die Bordereaux, die er soeben vom Bankverein herübergebracht hatte. Louis Corelli, der Kolonialwarenagent, trat in den Laden und füllte sein Etui mit den «Gustav Wasa» auf. Die beiden angegrauten Herren begrüßten sich jovial, indem sie mit steif erhobenen Händen einander zuwinkten. Neuwiller wurde nach zwölf Uhr von Madeleine in der Bodega bei der Hauptpost erwartet; Corelli bereitete das Weichen der Zukkerpreise etwelche Sorge. Es gab infolge dieser Preisentwicklung wieder einige seiner Kunden, deren Positionen neue Deckung erheischten.

Aus der Poststraße bog in Begleitung zweier anderer Mädchen Jacqueline Voubrasse. Sie trug, von der Botanikstunde her, einen Strauß von Bitterem Hahnenfuß (Ranunculus acer) in der Hand; das Näschen war von gelben Pollen bestäubt, und während des lebhaften Gesprächs blinzelte sie aus den Augenwinkeln zum anderen Trottoir hinüber, wo sich Aaron in gehörigem Abstand hinter den dreien herdrückte, den Augenblick erwartend, da er, nachdem die Schulkameradinnen sich von Jacqueline getrennt haben würden, das Mädchen die Bederstraße hinaus bis zur Utobrücke begleiten konnte.

Aber es sollte heute dazu nicht kommen. Auf der über den Schanzengraben hinwegführenden Brücke kam ihm, den niederen, aber breitrandigen Strohhut schräg über die Stirne gedrückt, sein Onkel Léon entgegen, nicht mehr so süperb, wie er damals vor Jahren, auch an einem Frühlingstag, auf der Bahnhofbrücke dem Knaben Aaron erschienen war. Unter dem Arm trug er ein in Packpapier eingehülltes Bild, sein Rücken zeigte eine Neigung, sich zu runden, die Weste rumpfte über dem Bauch, und der nicht mehr frische Kragen war ein wenig angefranst. Aber das gebräunte Gesicht verzog sich beim Anblick des Neffen, dessen Strohhut sich nun auf der selben Höhe wie jener des Onkels bewegte, zu dem alten verschmitzten Lächeln. «Te voilà», sagte er, «geht's gut? Was machen sie zu Hause? Die Madame (damit meinte er Aarons Mutter) ist böse mit mir.»

Aaron getraute sich nicht, davonzuwischen. Mit Bedauern sah er Jacquelines Köpfchen ferne unter den Fußgängern verschwinden und stand Rede und Antwort. Es sei ein authentischer Frank Buchser, den er da habe, ein Fund, unzweifelhaft echt, und wenn der Liebhaber darauf eingehe, so schaue eine hübsche Provision für ihn heraus, erläuterte der Onkel. Im Grunde wunderte sich Aaron über diese Konfidenzen am Eisengeländer der sonnenbeschienenen Brücke. Ob er mit ihm komme, ins Café Paradeplatz zu einem Porto? Nein, er müsse leider. ..

«Hör mal, Aaron, hast du, könntest du... Du bekommst doch sicher ein wenig Taschengeld. .. Ich sollte nämlich, die Bank ist jetzt geschlossen. . . ein Fünfliber.» Während er diese unzusammenhängenden Worte hervorbrachte, schaute der Onkel auf das träg ziehende Wasser des Schanzengrabens hinab. «Ich sollte etwas haben zum Mittagessen, verstehst du, ich habe...»

In heißer Scham für das Idol seiner Jugend und von einem wilden Mitleid durchflutet, den Blick in die Augen des anderen vermeidend, suchte Aaron in seinem Knabenportemonnaie das Geld zusammen und legte es in die tief unten geöffnete Hand Léons. Er sah wohl, wie es der Onkel rasch in die Westentasche gleiten ließ und dann fröhlich, den Hut auf dem Ohr, mit einem Schüttelgruß der Finger in die Luft hinaus abzog. Im Grunde genommen, dachte Aaron, habe ich ihm nur die Konsumation, jenen Café mélange, mit Zinsen zurückgezahlt, den er mir einst anbot und von dem ich mit zagem Löffelchen den geschwungenen Nidel abhob und die Süße des Daseins schmeckte.

Ruben Gidionovics und sein Bruder Leib, der Schürzenfabrikant, traten mit sorgenvoller Miene aus dem prunkvollen Portal des Schweizerischen Bankvereins auf den Platz heraus. Nur gegen eine neuerliche Bürgschaft des älteren Bruders war dem Inhaber der Warenhalle an der Sihlbrücke ein weiterer zusätzlicher Kredit gewährt worden.

Mit leisem Summen hielt das Elektromobil Mengs, ein zweisitziges Cabriolet, das an Stelle des Lenkrades nur einen vernickelten Hebel aufwies, vor dem Mahagonisalon der Konditorei Sprüngli. In weißen Wildlederhandschuhen, hellen Gamaschen, den Stock aus Malakkarohr und die rosarote Nelke auf dem Revers seines ockerfarbenen Anzugs, entstieg der

Konsul dem federnden Gefährt und stieß die dicke Glastüre halb auf. Frau Meng erhob sich sogleich von ihrem kleinen Kanapee, und dann fuhren sie zwischen den abziehenden Gemüsewagen auf lautlosen Gummirädern die Bahnhofstraße aufwärts, dem Seefeld zu.

Auf dem mit schwarzem Wachstuch überzogenen Diwan im Sprechzimmer an der Langstraße, auf dem er die Patientinnen zu untersuchen pflegte, lag, bäuchlings hingestreckt, die Zähne in den Handrücken vergraben, Bluntschli. Die Hand barg das zerknüllte Telegramm, das ihm den Tod Lydia Stepanowas anzeigte. Er glaubte zwar nicht an Gott, aber er lag so da, als hadere er mit Gott.

Oben am Westhang der Terrasse, über den Giebeln der Altstadt, standen der Ingenieur Abt und Rektor Kleiner und blickten in die Baugrube hinab, aus der die Fundamente der neuen Universität emporzuwachsen begannen.

«Mit dem Nobelpreis für Chemie an Werner ist der zürcherischen Hochschule eine große Ehre erwiesen worden», bemerkte Kleiner, «und ich müßte mich sehr täuschen, wenn uns nicht in den nächsten Jahren in der Physik, mit Einstein, dieselbe Ehrung zuteil würde.»

Abt schaute den Maschwandener Bauernsohn, der nun im siebten Jahrzehnt stand, von der Seite her an. Er hatte nichts Geniales an sich, eher etwas Nüchternes, vom Schlage der im Amte grau gewordenen Volksschullehrer dieser Landschaft. Seine Haltung drückte anspruchslose Bescheidenheit aus. Er gehörte nicht zu den ragenden Giebeln der Wissenschaft. Wie diese Fundamente zu ihren Füßen, würde er einst unter dem Zierwerk der Mauern völlig verschwinden. Nur die Handwerker und Ingenieure würden es wissen, daß er zum Tragenden des stolzen Baus gehörte.

Sie saßen unter den weit ins Wasser hinaushängenden Ästen der Kastanien im Garten der Wirtschaft zum Drahtschmiedli; Hodlers Landsknechtsgesicht mit dem stumpfen Bart war von den Runen der Jahre gezeichnet, die Augen über den Säcken waren kleiner geworden, lauernd und wie gehetzt unter dem Gestrüpp der Brauen. Clemens Wepf war auch kein Jüngling mehr. Ordentlich gekleidet und breit in den Schultern, zielbewußt und solid im Auftreten, trug der Photograph nur noch die schwarze Lavalière, die an seine künstlerischen Jugendträume erinnerte. Er arbeitete nun immer häufiger auf dem

Gebiete des farbigen Steindrucks, und die Reproduktion der Hodlerschen Bilder war seine Spezialität geworden. Auf diese Weise setzte sich die Bekanntschaft mit dem Maler fort, die einst, weit unten in der Zeit, im Atelier auf dem Zürichhorn draußen mit Herzklopfen begonnen hatte.

Hodler saß auf dem Gartenstuhl und hatte beide Arme breit auf das eiserne Geländer gestützt; er blickte, den steifen schwarzen Hut tief in die Stirne, südwärts, der Stadt zu.

«Seht Ihr, Wepf?» fragte er und machte mit dem Bart eine Bewegung gegen die Platzpromenade hinüber, «sie ist anzusehen wie der Bug eines Schiffes, diese Insel zwischen den beiden Flüssen, die sich hier vereinigen, ein Schiff, das von den Alpen herkommt und nach Norden fährt.»

Wepf blickte hinüber und an den mächtigen Platanen empor, die auf dem Platze jenseits der Limmat standen, und wirklich rauschten sie wie geblähte Segel im Fahrwind. Es schien, als müßte diese Parkinsel auf einmal zu gleiten beginnen, zwischen den Häusern und Hügeln heraus, und mit ihr der alte Stadtkern, dessen nördlichste Spitze sie war.

Sie waren die einzigen Gäste und saßen verloren und klein an ihrem eisernen Tischchen.

«Mit dem ‹Rückzug von Marignano› drüben im Landesmuseum hat meine Arbeit in dieser Stadt begonnen«, sagte Hodler, «und mit dem Fresko im Kunsthaus, dem ‹Blick in die Ewigkeit›, wird sie wohl enden.» Er seufzte. «Es isch glych donners schön gsy», fügte er grimmig hinzu; es war nicht ersichtlich, was er meinte, diese Arbeiten oder das Leben überhaupt.

«Ein Maler wie Sie», sagte Wepf zögernd, «befindet sich immer zuvorderst, ins Ungewisse gerichtet; er kann sich an niemanden mehr wenden um Rat, er hat keine Vergleiche mehr, nur noch das Neue, Unbekannte vor sich, das er erobern will, für die, die nach ihm kommen. «

Hodler nickte, ohne sich vom Geländer zu heben. Er blickte mit leeren, hellen Augen vor sich hin, den Bart auf den Handrücken gequetscht.

«Der Meister ist immer allein», sagte er.

VII. Kapitel

Leonardos Gioconda, geraubt und wiedergefunden, ist ins Louvre zurückgekehrt. Es werden die Leute nicht satt, davon zu reden und um ihr hintergründiges Lächeln herumzurätseln, dazu auch die Augen gehören, die blickten, als wüßten sie um die Zukunft. Aber mit dem Jahre dreizehn ist auch der Balkankrieg zu Ende gegangen, und die Besorgnisse einiger Auslandsredaktoren und Bankfachleute, Europen betreffend, haben sich als unbegründet erwiesen. Die Welt ist groß und frei. Die Inserate des Norddeutschen Lloyds schlagen Reisen vor nach Ägypten und Algerien, und Fahrten den Nilstrom aufwärts bis nach Assuan. In zwei Jahren wird in San Franzisko die Weltausstellung eröffnet, die größte und prächtigste aller Zeiten, die technische Hymne dieses Jahrhunderts.

Ergriffen besingt, kann man sagen, in der «Neuen Zürcher Zeitung» Ada Negri, die italienische Dichterin, die neue Pflegerinnenschule an der Carmen- und Samariterstraße, in der der kleine Georg Gebhardt das Licht der Welt erblickt hat. In den Tanzschulen Semmler-Rinke und Traber-Amiel lernen nun die jungen Leute neben dem Walzer, der Polka und der Mazurka auch den sogenannten Two-Step und den aus Argentinien kommenden Tango, der bei gedämpfter Beleuchtung und in orangefarbener Krawatte getanzt wird. Mit Spott verfolgen die Leute die wahnwitzige Zerstörungstätigkeit der englischen Suffragetten; die Zwischenfälle in Zabern (Elsaß) und der Ritualmordprozeß in Kiew beschäftigten die öffentliche Meinung, ohne sie zu erregen.

Als ein Ereignis von kultureller Bedeutung erster Güte wird die Freigabe des Wagnerschen Parsifal gewertet; am Stadttheater sind die Proben zur Premiere des mystischen Bühnenweihfestspieles bereits im Gange. Das Winterprogramm des Lesezirkels Hottingen sieht Rezitationsabende von Wüllner aus Berlin und von Lia Rosen vom Deutschen Theater vor, Vorlesungen aus eigener Dichtung durch Ludwig Hardt, Berlin, Alfred Huggenberger, Frauenfeld, Thomas Mann, München, und Karl Kraus aus Wien. Bruno Wünschmann, der Komiker, steht auf der Höhe seines Ruhmes.

Auf den März des kommenden Jahres ist das Röseligartenfest des Lesezirkels geplant, in sämtlichen Räumen der Tonhalle, kurz darauf werden die Festlichkeiten anläßlich der Einweihung des neuen Universitätsgebäudes stattfinden, verbunden mit dem historischen Umzug am Tage des Sechseläutens. Im Sommer öffnet die Landesausstellung in Bern ihre Pforten.

Auf dem Gebiete der Balneotherapie ist ein großer Fortschritt zu verzeichnen; dank der Erfindung des Sprudelbades, Patent Meng & Voubrasse, ist es möglich, in jeder Badewanne einen Apparat anzubringen, der weiten Volkskreisen die unbeschränkte Wohltat der moussierenden Bäder beschert. Mit dem Winter ging eine Welle der Influenza über die Stadt. In der Chirurgie sind Blinddarmoperationen die große Mode. Dank der Psychoanalyse erfreut sich die menschliche Seele einer zunehmenden Popularität.

Im Corsotheater gastiert das Schlierseer Bauerntheater, Robert Saitschiks Rathausvortrag behandelt das Thema «Nietzsche und der Übermensch». In einem deutschen Staatsverband mit süddeutschem Schwergewicht ließe sich auch für einen Schweizer im Großen mitexistieren, äußert sich der Dichter Jakob Schaffner in einem Artikel.

Am Nachmittag des ersten Januar 1914 konzertiert im großen Saale der Tonhalle die Kapelle des Badischen Leibgrenadier-Regimentes aus Karlsruhe und erntet besonders mit der Wiedergabe der Gralsszene aus dem Parsifal großen Beifall.

Optimistisch, aber ohne Leichtsinn, vertrauend dem Rhythmus der gelebten Jahrzehnte, tüchtig und duldsam gediegener Arbeit zugetan, nicht ohne Sinn für Humor, blicken die Leute der Zukunft entgegen. Coryzol gegen Schnupfen, die neuen amerikanischen Waterman-Füllfedern aus vierzehnkarätigem Gold, die Schokolade Lindt & Sprüngli, die Bayrische Bierhalle Gustav Krugs am Bellevueplatz, die großen Seidenfirmen an der Bahnhofstraße, die Reiseagenturen und die ersten Abzahlungsgeschäfte der Möbelbranche bedienen sich in zunehmendem Maße der Werbung durch das regelmäßig erscheinende Zeitungsinserat.

Ein wenig Zeit ist ihnen noch gegeben, ein paar Feste zu feiern, ihre kleinen Händel auszutragen, Steuern zu verheimlichen und etwas auf die Seite zu legen. Die meisten Leute sehen aus, als wüßten sie, wie es weiter geht. Nur unter den Jungen gibt es welche, die fragen «warum?» und «wohin?». Aber das hat die Jugend schon immer getan.

In der Beuge des ruhenden Arms der Albiskette, im Wechsel der Monde, unter verschleierten Sonnen, strahlenden

Himmeln, stiebenden Wolken ziehen die Wasser des Sees nordwärts. Nur in den schneeduftenden Nächten, im Flimmern der Wega, im Schimmer der galaktischen Straße ist ihr leises Rauschen zu hören, wenn sie den Mauern der schlafenden Stadt entlang streichen. Unter den sieben Brücken hindurch, an den Hügeln des Großmünsters und des Lindenhofes vorbei strömt die Limmat den Auenwäldchen und den Kiesbänken beim Einfluß der Sihl zu. Und schon liegt sie hinter ihr, die Stadt, in ihrem Schlaf, der Zeit anheimgegeben und mancher Ahnungen voll.

ZWEITES BUCH

1914–1918

Erstes Heft

I. Kapitel

Unter ihren blechernen Helmen und hinter dem Schleier des Regens war das Licht der Gaslaternen so schwach, daß zwischen den Kandelabern dunkle Zonen sich ausbreiteten, in denen nur der nasse Granit der Randsteine schimmerte. Die Straße war menschenleer; das Rieseln des Wassers in den Röhren der Dachkännel und der Widerhall der eigenen Schritte waren die einzigen Geräusche, die an diesem Januarabend den Kolonialwaren-Agenten Louis Corelli begleiteten, während er unter seinem seidenen Schirm, mit einem hellen Regenmantel bekleidet, die Stockerstraße stadteinwärts schritt. An der Ecke, bei der Dianastraße, hob er sein Gesicht, und er konnte am Lichtschein zwischen den Rolljalousien hindurch erkennen, daß das vordere Zimmer der Eckwohnung im ersten Stock offenbar schon hell erleuchtet und die Gesellschaft beisammen war.

Frau Dr. Ruggli kam selbst an die Türe, als er läutete, begrüßte ihn mit gedämpfter Stimme, nahm ihm den Schirm aus der Hand und verstaute diesen unter dem bereits mit Mänteln und Hüten behangenen Garderobeständer. Es standen in dem großen, teppichbelegten Raume ein paar Leute herum, aber trotzdem war es eher still, und niemand schien von dem Neuankömmling Notiz zu nehmen. So hell, wie er geglaubt hatte, war es auch nicht; nur zwei matte Glühbirnen schimmerten im Gestrüpp des Kristall-Lüsters. Der Raum war auf eine besondere Art hergerichtet worden, die Stühle und Fauteuils gegen die Wände gerückt, und nur ein kleines ovales Tischchen ohne Decke stand kahl und seltsam in der Mitte des Zimmers und des löwenfarbenen Teppichs unter dem Leuchter. Alles drückte Erwartung aus. Behutsamen Schrittes wandelte die Gastgeberin, damenhaft, mit raschelnden Rüschen, den Hals mit fischbeinernen Stäbchen gestützt, durch den leeren Raum zwischen den Wartenden und schob einen zierlichen Stuhl gegen den Tisch hin. Corelli ahmte die übrigen nach, die nun ebenfalls Sitzgelegenheiten der Mitte zuschoben.

Die sieben Personen – außer der Hausherrin kannte Corelli nur das Fräulein Spieß, die Inhaberin eines winzigen Posamenterieladens drüben an der Selnaustraße – setzten sich um das Tischchen herum, und einige von ihnen stützten auch sogleich die gespreizten Hände vor sich auf die lackierte Platte. Doch Frau Dr. Ruggli deutete mit einer Handbewegung an, daß sie noch etwas zu sagen habe. Offenbar galt das vor allem ihm, Corelli, der zum erstenmal einer solchen Séance beiwohnte.

«Also, nicht wahr, gar keinen Widerstand, alle Gedanken ausschalten –? *sie* sind sehr scheu, und wenn sie nur das leiseste spüren, so ziehen sie sich zurück. Sie können dann nicht bis zu uns vordringen. Gedanken sind für sie wie Mauern. Und jetzt wollen wir die Kette bilden, damit sie wissen, daß wir da sind.»

Auch sie legte nun ihre mageren Hände sachte vor sich hin, und alle andern taten wie sie. Corelli schielte ein bißchen nach links und nach rechts, spreizte dann ebenfalls seine kleinen fleischigen Hände vor sich aus, spürte, wie seine Nachbarn mit dem kleinen Finger den Kontakt mit den seinen herstellten, und dann ward es so still, daß das Aufschlagen der Regentropfen an den Jalousien hörbar wurde.

Zu Corellis Rechten saß eine ältere vollbusige Frau, die einen Kneifer trug, hinter dem sie ihre Augen in energischer Versenkung geschlossen hielt; zu seiner Linken jenes Fräulein Spieß, auch schon ein wenig angegraut und einen faden, an Zelluloid gemahnenden Geruch um sich verbreitend. Corellis Bekanntschaft mit ihr rührte von einem beinernen Mantelknopf her, den er verloren und für den er in dem kleinen Laden an der Selnaustraße im Vorbeigehen einen Ersatz gefunden hatte. Und in der Tat erinnerte er sich, daß dort auch Säuglingsspielzeuge, Luller, Schellen und Glöcklein, feilgeboten wurden, eben Gegenstände mit Bestandteilen aus elfenbeinfarbenem Zelluloid.

Die Anweisung der Gastgeberin zu befolgen, alle Gedanken auszuschalten, fiel dem Kolonialwaren-Agenten schwer. Im Gegenteil schienen diese auf die Stille und Regungslosigkeit nur gewartet zu haben, um ihn heimzusuchen und zu bestürmen. Daß er, der erfolgreiche und leutselige Geschäftsmann, sich an diesem trostlosen Regenabend in diesem eher kärglich erleuchteten Zimmer mit Unbekannten um das kahle Tischchen setzte, einen Ring gespreizter Hände vor sich, unter denen sich auch seine eigenen befanden, stumm, einen

Kitzel an der Nase, den durch Kratzen zu beheben ihm verboten war, kam ihm absurd und ein wenig unheimlich vor. Er konnte es sich einfach nicht mehr erklären, wieso er in eine solche Situation hineingeraten war. Es schien ihm in dieser Stille auf einmal, als sei da über seinen Kopf hinweg über ihn verfügt worden, und jetzt erst, mitten in der Absonderlichkeit des Unternehmens, sei er wieder zu sich selbst gekommen, fähig, sich Gedanken zu machen über das, was mit ihm geschehen war.

In Wirklichkeit hatte sich dies alles auf die natürlichste Weise gefügt.

In der großen Pause während der über sechs Stunden währenden Vorstellung des Bühnenweihfestspiels «Parsifal» war Louis Corelli im Foyer des Stadttheaters nach fünf Jahren dieser Frau Dr. Ruggli wieder begegnet. Zum letztenmal vor dieser Zeit hatte er sie in der Abdankungshalle des Krematoriums gesehen, anläßlich der Feuerbestattung ihres Gatten, des Arztes Dr. Carletto Ruggli, Corellis Kollegen beim Faustfeuerwaffen-Verein und der Gilde der Bombenwerfer. Seither hatte er sie völlig aus den Augen verloren. Schon daß der Kolonialwaren-Agent an jenem Sonntag zu Beginn des Jahres seine Frau in das großangelegte musikalische Unternehmen begleitete, war im Grunde genommen etwas, das seiner Lebensart widersprach. Der beleibte Mann kam sich in seinem mit rotem Plüsch bezogenen Parkettsitz, an der Seite seiner Ehegattin, inmitten der andachtsamen Zuhörerschaft, fehl am Platze vor. Ergeben, die Hände über dem Bauch gefaltet, ließ er die spärlichen und, wie ihm schien, übermäßig gedehnten Ereignisse auf der Bühne, die von einem verschwenderischen Aufwand von Musik begleitet waren, über sich ergehen. Er wurde aus den symbolischen Handlungen mit Speer, Helm und Gralsbecher nicht klug; nur die königliche, hochgebrüstete Gestalt der Sängerin Emmy Krüger als Kundry hielt ihn noch einigermaßen wach. In den Zwischenakten, wenn es hell wurde, entdeckte er unter den Zuschauern mit diebischer Genugtuung einige Berufskollegen und Konkurrenten, die gleich ihm sich bemühten, ihrem Gesicht den Ausdruck ernster Ergriffenheit zu verleihen, und von ferne jenen sich unbehaglich fühlenden Kirchenbesuchern glichen, die sich ein- oder zweimal im Jahre aus Gründen der Schicklichkeit den regelmäßigen Besuchern des Gottesdienstes beigesellten.

In der großen, halbstündigen Pause dann, während sich seine Frau im Foyer in einen ekstatischen Gedankenaustausch mit zwei anderen hektisch geröteten Damen verwickelte, gelang es Corelli, unauffällig davonzuschlendern und das unten im Keller des Kunstinstituts gelegene Restaurant zu erreichen. Hier befand er sich sogleich in einem Kreise Gleichgesinnter, einer Gesellschaft bestandener und besser situierter Herren aus der Geschäftswelt, die ihr Martyrium gelassen, augenzwinkernd oder mit heuchlerischer Ernsthaftigkeit trugen. Sie standen, dunkel gekleidet, das Bierglas in der einen, das Schinkenbrötchen in der anderen Hand, auf den kahlen Fliesen der Schwemme herum und schienen einander zu belauern. Ähnlich wie bei einem Totenmählchen belebten sich mählich ihre Lebensgeister an Speise und Tranksame, was sich dann schließlich in einer vorsichtig geäußerten Meinungsbildung über das Wagnersche Kolossalwerk kundgab. Den meisten von ihnen war es ähnlich wie dem Kolonialwaren-Agenten ergangen: der Besuch des Bühnenweihfestspiels war sozusagen das Ergebnis eines während der Weihnachts- und Neujahrszeit gefaßten Vorsatzes, sich wieder ein wenig mehr der Gattin und der Familie zu widmen, und hierzu hatte das große gesellschaftliche und tonkünstlerische Ereignis in den ersten Tagen des Januar einen naheliegenden Anlaß geboten. Alle aber sehnten sie sich nach der frischen und kämpferischen Luft des ersten Montags im neuen Jahre.

Als Corelli, gestärkt und die Weste prall über dem Bauch, aus dem nüchternen Treppenhaus des Kellers in die goldverzierte Stukkatur des Foyers emportauchte, erklangen die Bayreuther Fanfaren, und die Abwanderung in den rauschenden Theaterraum war bereits in vollem Gange. Auch er schickte sich an, der bereits entschwundenen Gattin zu folgen, da stieß er auf die Witwe seines Schützenkameraden Dr. Ruggli. Es war aus der schwarzverschleierten und leidgeschüttelten Frau im Krematorium eine herbgeschnitzte Dame mit ungenügendem Rentenauskommen geworden, wie er sogleich feststellte. Man müsse sich eben, nicht wahr, in das Unvermeidliche schicken, bemerkte sie. Ja, noch immer bewohne sie dieselbe Wohnung an der Dianastraße, unverändert sei alles geblieben; Carletto, der Verstorbene, müsse immer alles so vorfinden, wie er es verlassen habe, wenn er um sie sei, sie besuche, ihr Nachricht und Ratschläge gebe. Corelli maß diesen Äußerungen der Witwe im Gang des Foyers keine besondere Bedeutung bei; es war dies ein gebräuchlicher Ausdruck Trauernder, die sich über das Grab hinaus mit Hingeschiedenen noch verbunden wissen. Erst als die in dunklen Taft Gekleidete ihn fragte, ob er, der Freund, nicht auch den Wunsch verspüre, mit Carletto sich zu unterhalten, nicht anders, als es zu dessen Lebzeiten möglich gewesen sei, Bericht von dessen Befinden, Zeugnis von seiner Anwesenheit zu empfangen, begann er aufzuhorchen. Ein- oder zweimal des Monats, erläuterte die Frau, erfreue und erhebe des Verstorbenen Geist eine kleine Gesellschaft in ihrer Wohnung mit seiner Gegenwart. Ja, wie das? wollte Corelli wissen. Sie schlössen die Kette und warteten, und noch nie seien sie enttäuscht worden. Sie wolle sagen: mit Tischchenrücken? Frau Dr. Ruggli nickte ernst.

Waren es die mystischen Vorgänge auf der Bühne, war es der hohe, nun beinahe leere prunkvolle Raum des Foyers, in dem Corelli mit der dunkelgekleideten Dame jetzt stand, während die Klänge des Vorspiels bereits gedämpft hörbar zu werden begannen – es machte ihm dieser seltsame Bericht einen tiefen Eindruck. Vor Jahren hatte ihn mit dem Tode Almas, seiner Tochter, hingeschieden an den Folgen einer zu spät erkannten Blinddarmentzündung, das Unglück getroffen. Er hatte sich, verschleiert und verwischt, bei der schmerzhaften Sehnsucht, sich nur noch ein einziges Mal mit seinem Kinde unterhalten zu dürfen, ertappt, im Halbtraum und auch in hellwachen Stunden des Nachts. Nie hätte er davon gesprochen; es hätte dem lebensfreudigen und wirklichkeitsbesessenen Agenten ein solch absonderliches Begehren auch niemand zugemutet. Er selbst verwies es in jene Bezirke des Leides und der Trauer, in die der unbeaufsichtigte Geist sich gerne mit Wünschen verirrt, die im Lichte des geschäftigen Tages zerfließen. Wie vielen seiner Zeitgenossen, waren natürlich auch ihm Berichte von spiritistischen Unternehmungen zu Ohren gekommen, von Zeichen, Stimmen und Materialisationen, und sie waren auch von ihm mit Achselzucken als Hirngespinste oder Betrug abgetan worden.

Mit jener solchen Personen eigenen Intuition hatte die Witwe sogleich die widerwillige Bereitschaft Corellis wahrgenommen. Es bedürfe des Versuches, der eigenen Erfahrung, des Erlebnisses, um sich in diesen Dingen ein Urteil zu bilden, sagte sie mit einem bedeutungsvollen Blick. Vorurteilslos möge er doch selbst einmal an einer Séance teilnehmen.

So kam es, daß dieser rundliche Mann seine kleinen Hände der Kette der anderen zufügte, seinen feisten Nacken beugte und vor sich hin auf die polierte Platte des Kirschholztischchens starrte, zwiespältiger Empfindungen voll, aber mit einem ihm selbst befremdlichen Ernst. Die Minuten verhaltenen Atems verstrichen, und es geschah nichts. Der Regen schlug an die Läden, hie und da bewegte sich ein Fuß mit leisem Geräusch auf dem Teppich, raschelte ein Kleid.

«Es ist noch zu hell», flüsterte nach einer Weile leerer Erwartung Frau Dr. Ruggli, und eine dunkle Gestalt, ein magerer junger Mann, löste sich vom Tisch und begab sich auf den Zehenspitzen zum Lichtschalter neben der Türe. Die beiden Kohlenfadenbirnen im Leuchter erloschen, und nur ein verhülltes Nachttischlämpchen, das auf dem Sitz eines Stuhles stand, verbreitete von einer Ecke her noch ein wenig fahles Licht, in dem die Gesichter der sieben Personen kaum noch wahrzunehmen waren.

«Ist jemand da?» fragte die Gastgeberin mit lauter Stimme in den Raum hinein, und dann nochmals: «Ist jemand da?»

Es begann dem Kolonialwaren-Agenten unerträglich zu werden; er hatte die Absicht, seine Hände vom Tische zu lösen, aber er konnte es nicht. Deutlich fühlte er sich wie durch einen fließenden Strom mit seinen Nachbarn verbunden, und als er näher zublickte, sah er, wie die Tischplatte den Fingerbeeren seiner sich lösen wollenden Hände folgte, sich leise ihm zuneigte, dann aber mit einem dumpfen Laut wieder zurückfiel. Und dies wiederholte sich nun einige Male, begleitet von den Buchstaben des Abc, das die Witwe des Arztes vor sich hinflüsterte.

«Er ist da», murmelte Fräulein Spieß aus dem Dunkel an Corellis Seite. «Es ist Carletto.»

«Wie geht es dir?» fragte Frau Dr. Ruggli.

Der Tisch begann zu antworten. Corelli zählte mit, von dem Unfaßbaren ergriffen. Doch nun folgte sich das Klopfen des Tisches nach der Art von Morsezeichen so rasch, daß es beinahe einem Beben oder Zittern glich, und die Botschaft verwirrte sich für ihn.

«Er ist nervös heute, der fremde Gast macht ihn scheu», erläuterte die Witwe leise.

Dann aber stellte sich eine gewisse Regelmäßigkeit ein, und auch Corelli gelang es nun, sich in den Empfang der Botschaft einzuschalten und sie zu entziffern.

«Es geht uns gut hier oben», lautete ein Satz.

Herzklopfend, in maßlosem Erstaunen, rief der Kolonialwaren-Agent unbedacht in die Stille hinein: «Wo oben?»

Atemlos warteten sie alle, lange, aber der Tisch rührte sich nicht mehr. Schwer, wieder bewegungsloses Holz geworden, stand er vor ihnen, nüchtern, und der Agent spürte Feuchtigkeit unter seinen Fingern.

Die Witwe brach den Zauber. Sie nahm ihre Hände vom Tisch, stand auf, drehte das Licht an: «Sie haben ihn erschreckt, Herr Corelli», sagte sie, und es war ein Vorwurf in ihrer Stimme.

Er entschuldigte sich. Es sei so aus ihm herausgefahren.

«Es ist *ihnen* nicht möglich, auf solche Fragen zu antworten. Es sind ihnen Grenzen gesteckt. Für heute ist nichts mehr zu wollen.»

In seinem Innersten aufgewühlt, des Stürmens und des Regens nicht achtend, wanderte Corelli durch die Straßen. Es gab ein Jenseits, es gab eine Welt der Geister, es gab ein Oben. Im Café Orsini am Münsterhof war noch Licht. Aber es befanden sich fast keine Gäste mehr im Lokal. Er setzte sich an den runden Ecktisch. Der Beaujolais schmeckte ihm nicht; er hatte keine Blume. Er rann ihm wie Sprit über die Zunge.

II. Kapitel

Sie fanden sich ein, einzeln oder in Grüppchen, im fröstelnden Morgen; es rieselte. Die symbolischen Schießscharten am Dach der Kaserne hoben sich kaum mehr vom Himmel ab, so tief und düster lag die Wolkendecke. Die Sihl führte trübes, schmutziges Wasser; die Stämme und die kahlen Äste der Platanen glänzten schwarz vor Nässe. Eine größere Gruppe von Jünglingen stand bereits vor dem großen Torbogen des Gebäudes, Reiseköfferchen und Kartonschachteln neben sich hingestellt, blickten an der fünfstöckigen Fassade empor oder betrachteten die beiden weiß und blau gestrichenen Schilderhäuschen; andere, vereinzelt oder in Begleitung ihrer Väter, standen noch jenseits der Straße und warteten die Zeit ab.

Fortwährend gesellten sich Neue zu ihnen, manchmal waren es ganze Trupps, die vom Bahnhof herkamen, schon ein bißchen angebiedert und etwelchen Korpsgeist verratend. Es standen auch Neugierige herum, bestandene Männer vor allem, die erinnerungsfreudig Kasernenluft witterten, einige von jenen Milizen, die es anläßlich der Manöver des III. Armeekorps Anno 1905 «ruch über Adlikon» gehauen hatten.

Es kam dann, als kurz vor neun Uhr ein Korporal mit breiten Bändeln an den Ärmeln seines blauen Waffenrockes erschien, Bewegung in die Wartenden, ein Sog dem Torbogen zu, der aus ihnen schon eine Marschkolonne machte, die sich in das düstere Gebäude hineinschleuste.

Später standen die Jünglinge in den kahlen, laut hallenden Gängen herum, mißtrauisch die einen, übermütig die anderen, blickten durch die hohen Fenster auf den kahlen Kasernenhof mit seiner spärlichen Grasnarbe hinab, bis geschäftige Unteroffiziere, Papiere in der Hand, sie aufzurufen und zu sortieren anfingen.

«Äberli, Gustav, Spediteur, fünfundneunzig ... Affeltranger, August, Schreiner, vierundneunzig ...», und mehr oder weniger überzeugt antworteten die Aufgerufenen mit einem «Hier», nahmen ihr Körbchen hoch und stellten sich in die Reihe.

Mitten in einem Knäuel, an der Wand, auf einen Gewehrrechen gestützt, stand auch Aaron Reiß, bleich, unbehaglich, mit wachsamen Augen um sich spähend; kein Wort war mehr über seine Lippen gekommen, seit er mit seinem Köfferchen das väterliche Haus am Zehnderweg verlassen hatte. Es war ihm elend zumute. Der Geruch von Gewehrfett und gesottenem Kohl, die nassen Kleider, das ungewohnte Gefühl eines über dem kahlgeschorenen Schädel tief bis über die Ohren herabgerutschten Hutes, das wollene Leibchen, das er unter dem Hemde trug, die neben ihm stehenden Altersgenossen aus einer ihm fremden Welt, die nüchterne Häßlichkeit des Gebäudes und die bellenden Aufrufe der Korporale: dieses wehrlose Hineingezogenwerden in eine unüberblickbare Veranstaltung, all das war ohne Licht und Trost. Von eher «pringer» Gestalt, wie man hierzulande sagt, ernsthafter Händearbeit ungewohnt, mit einem Brustumfang, der knapp noch zur Militärtauglichkeit reichte, hatte er eine Maturandenklasse eben verlassen, in der es als schick galt, die Dinge körperlicher Kraft zu belächeln; sein Widerwillen ruhte auf der

Angst vor anstrengenden Anforderungen, denen er sich nicht gewachsen fühlte. Das Ganze kam ihm wie eine Rache Barbarossas, des Turnlehrers, vor, dessen Stunden er als eine bloße Schindluderei angesehen, wenn er sie nicht um Jacqueline Voubrasse' willen in massiven Serien geschwänzt hatte. Außerdem aber, «geistig gesehen», wie er sich vor sich selbst ausdrückte, schien ihm dieses Soldatenwesen jeglichen Sinnes bar.

Seit dem letzten deutsch-französischen Waffengang Anno 1870/71 hatte sich ein bleibender Friede über Europa hinabgesenkt. Die moderne Zeit war angebrochen, die nationalen Grenzen begannen sich zu verwischen und aufzulösen. Unbehelligt reiste man von Land zu Land; die Armeen mit ihren bunten Uniformen waren zu bloßen Symbolen herabgesunken, überflüssig im Grunde, teure Paradestücke, von Offizierskasten aufrechterhalten, denen sie als Ausweis für eine standesgemäße Nichtstuerei dienten. Eine geschäftige und um Lösungen nie verlegene Diplomatie fing keimende Konflikte im Vorfeld von Verhandlungen, Verträgen und Konferenzen auf, und die Parlamente besiegelten sie. Die Waffengewalt war ausgeschaltet: nur sinnbildlich noch waren die behelmten Kürassiere gemeint, die zu Füßen des Thrones von Wilhelm II., dem Friedenskaiser, strammstanden oder hoch zu Pferd die Kutsche des Präsidenten Poincaré zu den Revuen in die Champs-Elysées begleiteten. Das sogenannte europäische Gleichgewicht, durch eine Art Zweikammersystem, die Entente cordiale und den Dreibund, gewährleistet, funktionierte ausgezeichnet. Insbesondere die Schweiz, mit ihrer auf ewig beschlossenen und von den Mächten garantierten Neutralität, ein friedliches, gemütliches Land, das keinem übelwollte und von allen geduldet und geachtet war, längst schon war sie aus der politischen Weltgeschichte ausgetreten. Sie hatte ihre wirtschaftlichen und sozialen Probleme, gewiß: es ging um Handelsbilanzen, Zollverträge, Eisenbahnlinien und was dergleichen Dinge mehr sind; aber wie die Schützen- und Turnfeste, war im Grunde genommen ihre Milizarmee eigentlich nicht mehr als eine traditionelle Volksbelustigung, ernst und gewissenhaft betrieben, aber doch nur ein romantisches Spiel, gerade recht, die Kameradschaft zu fördern und Erinnerungsstoff an Rekrutenschulen und Truppenzusammenzüge zu liefern. So dachte der Rekrut Reiß, während er im Dachstock der Kaserne mit seinen Kameraden eingekleidet wurde, sein Gewehr und das Lederzeug in Empfang nahm und ihm ein Arbeiter der Zeughausverwaltung das mit schwarzem Lackleder verzierte Käppi auf den kahlen Schädel drückte.

Sie schauten sich gegenseitig an und mußten lachen. Der viel zu weite Waffenrock schlotterte an Aaron, das Schirmdach seiner Kopfbedeckung begrenzte seinen Blick; bleich, schmal und wie verängstigt schaute er darunter hervor, wanderte mit einer Gruppe Gleichgekleideter den endlosen Lattenverschlägen des Magazins entlang, einen mit roten Tierhaaren bedeckten Tornister unter dem Arm und einen blauen, schweren Kaput, und alles roch nach Naphtalin, und das Leder war steif und neu, und fortwährend schlug ihm der eisenbeschlagene Kolben des ungeschickt angehängten Gewehrs um die Beine. Sie kamen kaum mehr zum Schnaufen. Treppauf, treppab – kurze, hohe Granitstufen – endlose Gänge – hin und wieder zurück – so ging es den ganzen Morgen, bis sie sich schließlich vor ihren eisernen Feldbetten befanden, ihre Zivilkleider in den Körbchen zu verstauen, die heute noch aus dem Hause mußten.

Erst am Abend, als er in seiner Rekrutenmütze und in seinem Waffenrock mit rotem Kragen, den Ceinturon umgeschnallt, vom Zehnderweg wieder in die Kaserne zurückkehrte, empfand der Jüngling etwas vom Zauber der Uniform. Eine Gruppe deutscher Dienstmädchen, die sich am Sihlquai ergingen, lachte ihn an, und Aaron hörte, wie eine von ihnen sich äußerte, der da stehe im selben Regiment wie ihr August. Es war zum erstenmal, daß Aaron diesen befremdlichen Ausdruck hörte. Ihm schien, als habe er mit dem Waffenkleid seine Persönlichkeit verloren und sei zu einem Typ geworden. Wehrte sich auch alles in ihm gegen diesen Verlust und erkannte er darin eine Ursache seines Unbehagens, so mußte er, während er langsam, gespannt und widerwillig zugleich der Kaserne zustrebte, doch zugeben, daß dem Stand des Rekruten offenbar auch wohltätige Empfindungen innewohnten. Namenlos, normal, uniformiert, gleich gekleidet wie die Kameraden und von den Leuten auf der Straße von Blicken des Wohlwollens begleitet, das war ein Zustand, der ihn von der wachsamen und stets abwehrbereiten Vereinzelung erlöste. Er kam sich vor wie aufgenommen. Er leistete Dienst. Diese Stadt, das Land forderten etwas von ihm, eine körperliche

Leistung, seine Zeit – und schon an diesem ersten Tag spürte er unbestimmt, daß ihm aus dieser Pflicht auch neue Rechte und Ansprüche zukamen.

Sein Feldbett stand am Fenster. Sein Schlafkamerad zur Linken war der Rekrut Gidionovics, Josef, ein hochaufgeschossener kraushaariger Jüngling von ausgesprochen jüdischem Typus. Trotz seinem polnischen Namen redete er in der reinsten Außersihler Mundart. Er war der Sohn des Schürzenfabrikanten L. Gidionovics an der Langstraße und betätigte sich im väterlichen Geschäft als Reisender.

Bereits am ersten Abend, während am langen Tisch in der Mitte des Schlafraumes ein sich ankündigendes Kompaniekalb, der Rekrut Hanselmann, Coiffeur von Beruf, eine lachende Schar von Kameraden um sich versammelte, packte Gidionovics, auf dem Rand seines Bettes sitzend, vor Aaron sämtliche Fragen und Probleme aus, die ihn beschäftigten. Ob er, Reiß, auch jüdischer Konfession, glaube, sie bekämen am Samstag Dispens vom Dienst? Das sicher nicht, erwiderte Aaron, es fiele ihm auch nicht im Traume ein, ein solch absurdes Begehren zu stellen, insbesondere da er ja auch im Zivil diese Vorschriften nicht halte. Worauf der andere mißbilligend den Kopf schüttelte, einen unergründlichen Blick auf die lachende Gruppe am Tisch warf und einen jiddischen Satz vor sich hinmurmelte, den Aaron nicht verstand. Ein Segensspruch war es keinesfalls. Das alles, sagte der junge Schürzenreisende, sei doch nur Frondienst in der Verbannung, in der Zerstreuung des jüdischen Volkes, im Galuth. Ihre Heimat aber sei Erez Israel, das Land Israels, Palästina, in das sie einst alle nach der Wanderung durch die Wüste der Schmach und der Erniedrigung zurückkehren würden, wie es der große Herzl, der neue Moses, verkündet habe. So sei er also Zionist, fragte Aaron. Was anders man denn sein könne, antwortete der andere. Dies sei doch die einzige Hoffnung der unter der russischen Knute, der österreichisch-ungarischen Beamtenschaft und der Verachtung der preußischen Soldateska gedemütigten Judenheit. Hier, in diesem Lande, entgegnete Aaron, herrschten doch Glaubens- und Religionsfreiheit, fänden die Juden ihr Auskommen und seien gleichberechtigte Bürger geworden. «Ubi bene, ibi patria», höhnte der andere. Er, Aaron, sei offenbar auch einer jener Assimilationsjuden, die Herkommen und Mission ihres Volkes vergessen hätten und aufgehen wollten in der Masse der Andersgläubigen. Der Unterschied zwischen Ostjuden und Westjuden sei ja noch größer als zwischen Deutschen und Franzosen. Und sie, diese Westjuden, aus dem sephardischen Arm des semitischen Stromes, seien fast noch die größeren Widersacher der armen Ostjuden askenasischer Herkunft als die Christen.

Aaron erriet aus der Sprache seines Schlafkameraden die Dialektik der zionistischen Vereinigungen, die sich unter den galizischen Zuwanderern in Außersihl gebildet hatten. Er mußte zugeben, daß er und die Kreise, aus denen er stammte, die Berührung mit diesen Glaubensgenossen mieden und daß der Ausspruch, das seien «Polnische», den sein Vater und andere aus dem Aargau stammende Israeliten gebrauchten, einen verächtlichen Beiklang enthielt.

Längst schon lag Aaron im Feldbett, die Hände unter seinem Kopf verschränkt, und betrachtete die hohen hellgrauen Rechtecke der Fenster, als Gidionovics noch immer redete, leidenschaftlich und hektisch. Es waren aber nicht die Worte, die den Zuhörenden mit Erstaunen und Befremden erfüllten, sondern die Art, wie der andere den Ort, an dem sie sich befanden, und diese erste Nacht als Rekruten wie etwas völlig Natürliches und nicht der Erwähnung Wertes hinnahm. Aaron spürte: Auf der Geschäftsreise, in der Eisenbahn, an einer Straßenecke, im Café würde Gidionovics in derselben Weise loslegen. Er war überall sogleich ohne Aufhebens und Verwunderung zu Hause. Der Wechsel der Umgebung und der Umstände machte ihm keinen Eindruck. Er brauchte nicht wie er, Aaron, Zeit, sich zurechtzufinden; sofort war er, lebenstüchtig und hellwach, gegenwärtig.

Noch im Entschlummern, als es auch in den anderen Betten still zu werden begann, hörte er Gidionovics argumentieren, bis aus dem Dunkel eine grobe Stimme herüberrief, er solle nun einmal das Maul halten, er könne dann morgen wieder weiterlafern.

Ohne ein Wort der Erwiderung, wie abgeschnitten mitten im Satz, endete der Redestrom. Aaron hörte noch, wie sein Nachbar das Kissen zurechtknetete. Von der St.-Jakobs-Kirche herüber schlugen die Glocken eine späte Stunde an, mütterlich, heimatlich.

III. Kapitel

Die Fechtschule des italienischen Florettmeisters Garcia befand sich in der Parterrewohnung eines villenähnlichen Mietshauses an der Olgastraße, hoch über dem schluchtähnlichen Einschnitt des Trassees der rechtsufrigen Seebahn. Nach der Art einer Untergrundbahn verließen die Züge den Lettentunnel, hielten vor dem im Stile eines italienischen Landhauses erbauten Bahnhof und verschwanden nach ihrer Abfahrt sogleich wieder im anschließenden Stadelhofer Tunnel. Vom Fenster des Fechtbodens konnte man während dieses Vorgangs die weißen Dampfwolken der Lokomotiven aufsteigen sehen, die für einen Augenblick die kahlen Platanen und die Firste der Häuser um die Stadelhofer Anlage in Dunst hüllten, bevor sie sich im winterlichen Himmel auflösten.

Die Drahtmaske über den Kopf gestülpt, im weißen, enganliegenden Tenue des Fechters, sich der Schmalseite des Körpers zuwendend, ein Bein vorgestellt, in den Knien leicht gebogen, die Klingen des Floretts gezückt und den freien Arm in einem schönen Bogen hinter sich erhoben, standen sie sich gegenüber. Oliviera war klein, von zierlicher Gestalt, Walter Abt eher schwerfällig mit rund unter dem Leinenstoff der Hosen sich abzeichnenden Waden und steifem Nacken. Sie plänkelten ein wenig, mit kaum angedeuteten Ausfällen, kleinen Rückwärtsschritten des Ausweichens, dann machte der Spanier eine Terzfinte, Abt parierte, empfing auf seine Klinge einen kurzen, trockenen Schlag, daß ihm die Waffe beinahe aus der Hand sprang, und schon spürte er die wattierte Spitze des gegnerischen Floretts auf seiner Brust. «Touché», sagte er; beide grüßten, den Korb des Degens auf Augenhöhe, hoben die Masken vom Gesicht und gaben sich lächend die Hand. Die zuschauenden Fechter klatschten gedämpft Beifall, und schon stand ein anderes Paar zu einem neuen Gang bereit.

In einer Fensternische, gegen die Stadt hinabsehend, setzten die beiden jungen Leute ihr durch den Assaut unterbrochenes Gespräch fort. Alfonso de Oliviera studierte Maschinenbau am Polytechnikum, er bewohnte zusammen mit seiner Freundin eine Wohnung an der Scheuchzerstraße. Adrett, gepützelt, «wie aus dem Drückli», pflegte das hübsche Fräulein jeden Morgen ihren Gebieter bis zur Hochschule zu begleiten, und wenn er aus den Kursen kam, konnte man sie auf ihren hohen Stöckelschuhen bereits wieder auf ihn warten sehen. Walter Abt kannte den Spanier von der Tschulok-Schule her. Weltmännisch, nervig, einen steten Ernst auf dem olivgrün pigmentierten Gesicht, oblag der junge Ausländer mit gelassener Beharrlichkeit seinen Studien. Seine Lebensweise entsprach in nichts dem, was man als Maitressenwirtschaft zu bezeichnen pflegte, konnte Walter feststellen, wenn er hie und da einen Abend bei Oliviera zubrachte. War auch die möbliert gemietete Wohnung persönlichen Charakters bar, so herrschte doch darin Sauberkeit und Ordnung. Freundlich, ein buntes Schürzchen umgebunden, waltete Sissy ihres Amtes, brachte den beiden Tee ins Arbeitszimmer und verschwand sogleich wieder still und unauffällig.

«Ist das Polytechnikum», fragte Oliviera, «nicht eine Art Enklave, ein Einsprengsel in Ihrer Stadt?»

Er verstehe nicht recht, wie er das meine, entgegnete Walter.

«Nun, eidgenössischer Boden innerhalb des kantonalen. Die Eidgenossenschaft als solche besitzt kein Territorium. Jedes Stück Boden in der Schweiz ist kantonal.»

Walter lachte; so hätte er es noch nie gesehen. Aber das habe ja nur eine administrative Bedeutung. Der andere schüttelte den Kopf. «Nicht nur. Sehen Sie, die Professoren an der Technischen Hochschule sind eidgenössische Beamte, Leute aus der ganzen Schweiz, Welsche, Tessiner. Sie werden nach völlig anderen Gesichtspunkten ausgewählt als jene der Universität, die des Standes Zürich ist. Es ist ein anderer Geist.»

«Gewiß, mehr Schule als Akademie», meinte Walter.

«Nicht das allein», versetzte der junge Fechter, den Schild des Floretts in der Beuge seines Armes, «Dozenten an der ETH stehen ganz anders zu eurer Stadt als die Professoren der Universität. Sie sind etwas wie Offiziere in einer Garnison. Man hat das Gefühl, sie hätten ihre eigenen Gesetze, ihren besonderen Kodex, eine andere Hierarchie.»

In tiefster Aufmerksamkeit lauschte Walter diesen Worten. Wieder war es ein Fremder, ein Ausländer, wie damals jener Bell, der ihn auf eine Besonderheit seiner Vaterstadt hinwies.

«Wieso», fragte er, «kommen Sie, Oliviera, der Sie erst ein Jahr hier studieren, zu solch erstaunlichen Beobachtungen?»

Der Spanier lächelte. «Wir haben bei uns, in der Monarchie Alfonsos, einen besonderen Sinn für das Zentralistische, das in die Regionen vordringt. Der König ernennt seine Leute und schickt sie hinaus in das Reich … Natürlich, ihr in der Schweiz seid Republikaner mit demokratischem Wahlrecht. Aber», er hob dabei den Zeigefinger, «im eidgenössischen Schulwesen, im Reiche der Pädagogik, habt ihr euer Madrid, Bern, meine ich, mit dem Departement des Innern.»

Walter konnte sich der Faszination dieser eigenartigen Schau nicht entziehen. In seinem Geiste verglich er die Gestalten der Dozenten an den beiden Hochschulen. Wer an der Universität lehrte, unterstand dem vom Volk gewählten Regierungsrat. Und dieser Regierungsrat, diese sieben Direktoren der Volkswirtschaft, der Polizei und der Justiz …, des Erziehungswesens, das waren ehemalige Bauern, Handwerker, Juristen, Lehrer und Typographen aus der Landschaft, Leute des zürcherischen Bodens, und die Dozenten, die sie auf die Lehrstühle ihrer zürcherischen Universität beriefen, sie waren der Ausdruck ihres Weltbildes, ihrer Vorstellung vom Wesen der Bildung, ihrer Sehnsucht. Wer aber am Eidgenössischen Polytechnikum lehrte, wurde von Bern hergeschickt, wurde von eidgenössischen Magistraten ernannt und war ein Beamter wie sie. Hie eidgenössische, hie zürcherische Welt! Und wenn es sich Walter überlegte, so wollte es ihm wirklich scheinen, diese eidgenössischen Professoren, Bourquin, Wander, Vuillemier, Galotti, Schenker und wie sie alle hießen, hätten viel weniger Beziehungen zum Volke als die Professoren der Universität des Standes und Staates Zürich. Fremde waren sie nicht in dieser toleranten Stadt, aber auch keine Bürger – sondern Niedergelassene, Hergesandte, Hierherversetzte. Es hätte nicht viel gefehlt, er hätte gefunden, sie kämen ihm spanisch vor.

«Jetzt sagen Sie mir einmal», rief er, «woran ist Ihnen das aufgefallen, dieser Unterschied zwischen beiden Hochschulen? Ich finde das überraschend, was Sie da sagen!»

«Das ist sehr einfach», sagte der Spanier: «Durch das katholische Element. Bruder Niklaus von der Flüe war ein großer Eidgenosse, der Reformator Zwingli ein großer Zürcher! Die Lehrer am Polytechnikum sind eidgenössische Ambassadoren.»

«Wenn die Herren wieder antreten wollen», forderte der Florettmeister die beiden auf und zwirbelte dabei das dunkle Schnäuzchen in dem imposanten männlichen Gesicht. Sie stülpten die Masken über, streiften den Handschuh an; dann standen sie einander wieder gegenüber, in ihrem weißen, enganliegenden Fechttenue, mit leicht gebogenen Knien, die freie Hand in einem hohen Bogen hinter sich erhoben und die zitternden Klingen gezückt.

IV. Kapitel

Das Eilboteninstitut «Gelbe Radler» hatte seinen Sitz im ersten Stock eines Hauses an der Schützengasse, zweihundert Schritte vom Bahnhof, wie es im Prospekt hieß. In dem schmalen, dunkel tapezierten sogenannten Direktionszimmer war es so düster, daß es bis spät in den Vormittag hinein durch eine Gasflamme erleuchtet werden mußte.

Ob er ein eigenes Fahrrad besitze, fragte hinter seinem hohen Pult hervor Moeldinger, der Leiter des Unternehmens, Merk, der barhäuptig in seiner regennassen Pelerine vor ihm stand.

Ja, antwortete dieser, es gehöre zwar nicht ihm, sondern seinem Vater, und der hintere Pneu müßte ersetzt werden, die alten Flicke hielten nicht mehr dicht.

Moeldinger trug einen hohen Stehkragen, dessen gestärkte Ecken die Haut seines Halses unter dem Kinn an zwei Stellen mit rötlichen Narben gekennzeichnet hatten. Das Kleidungsstück zwang ihn, den Kopf stets ein wenig hoch zu tragen, was ihm etwas Tüchtiges und Zielbewußtes verlieh. Auch den Rükken hielt er sehr steif, und mit seinen Bewegungen ging er sehr sparsam um.

«Die Gesellschaft stellt Ihnen nach einer Probezeit von drei Monaten ein Rad. Bis dahin müßten Sie sich mit dem eigenen behelfen. Aber einen neuen Schlauch können Sie beziehen, falls wir einig werden. Immerhin bleibt der unser Eigentum.»

Merkli antwortete nichts darauf. Er stand nur da und schaute mit seinem unerschrockenen Außersihlerblick zu dem Herrn hinüber, der sich auf seinem Drehhocker herumwarf, aus einem Gestell hinter sich ein Formular hervorholte, einen randlosen Zwicker auf die Nase klemmte und dann vermittelst eines Tintenstiftes in zackiger deutscher Schrift die Personalien des Bewerbers aufnahm. «Merkli, August, geboren 1896, Ausläufer, wohnhaft Kanonengasse, Zürich 3.»

Zwischenhinein klingelte das Telephon. «Gelbe Radler, Eilboteninstitut», meldete Moeldinger und schrieb dann, die Worte des Kunden wiederholend, auf einen vorgedruckten Block: «Zwei Karten für heute abend, gewiß, ich habe verstanden, ‹Lulu› von Wedekind, im Pfauen, und sollen in Ihre Wohnung gebracht werden ... danke, Frau Konsul. Sie können sich darauf verlassen.» Er drückte auf einen an der Wand angebrachten Klingelknopf, und im Rahmen der Türe erschien das blasse Abbild eines jener schneidigen Messenger-Boys, die auf den Plakaten des Unternehmens zu sehen waren. Statt eines in eine prall anliegende Uniform gekleideten Jünglings, dessen runde schirmlose Mütze tief über die Stirne geschoben war und einen runden pomadisierten Hinterkopf freiließ, stand dort ein untersetzter Mann vom Typus eines arbeitslosen Familienvaters, und ein rötlicher Schnurrbart hing ihm über den Mund. Nur die Mütze erinnerte noch an die Uniform; im übrigen aber war er in einen verschlissenen Wintermantel gekleidet. Die ehemals feurig kanariengelbe Kopfbedeckung war zu einem fahlen Ding geworden, das, ausgeweitet von Schweiß und Regennässe, dem Boten bis über die Ohren herabgerutscht war und entfernt einer Torte ähnelte.

Der Direktor reichte ihm den Zettel, den der Mann mit geneigtem Gesicht aufmerksam entzifferte; daraufhin entfernte sich der Mann wieder, wortlos.

«Diskretion, Dienstfertigkeit, Disziplin verlangen wir von unseren Angestellten», erläuterte Moeldinger hierauf.

«Und wie hoch ist der Lohn?» fragte August Merkli. Unbeirrt und klassenbewußt richtete er seine hellen Augen auf den blinkenden Zwicker Moeldingers, war er doch schon in seinen Knabenjahren Kolporteur der Schriften und Flugzettel des kommunistischen Arztes Bluntschli gewesen, und es hatten die Kameraden sich zugeraunt, sein Vater hüte zu Hause die schwarze Fahne der Anarchisten mit dem Totenkopf und den gekreuzten Knochen.

«Sie bekommen reichlich Trinkgeld bei Ihren Botengängen», antwortete Moeldinger, «und außerdem für jede beschäftigte Stunde achtzig Rappen.»

«Ja, und wenn ich warten muß da draußen?» Merkli meinte damit den Korridor der ehemaligen Wohnung, an dessen Wänden entlang die Bänke liefen, auf denen die «Gelbe Radler» benannten Gestalten ihre Präsenzzeit verbrachten.

«Für jeden Tag Anwesenheit erhalten Sie außerdem noch eine Vergütung von zwei Franken.»

«Und die Arbeitszeit, wie lange geht diese?»

«Das, Herr Merkli, hängt ganz von den Umständen ab. Wir haben einen Abenddienst, der bis zehn Uhr dauert.»

Nachdem Merkli ein Jahr in der sechsten Klasse sitzengeblieben war und dann widerwillig noch die siebente und die achte Klasse der Volksschule an der Ämtlerstraße durchlaufen hatte, war er beim Velomechaniker Gutknecht am Seilergraben in die Lehre getreten. Außer dem Flicken von Schläuchen, der Reparatur von Freiläufen, Rücktrittbremsen, dem Einziehen von Felgen, der Reinigung von Karbidlaternen und was dergleichen in einer Fahrradwerkstätte übliche Dinge mehr sind, betreute er auch die in einem besonderen, gegen die Predigergasse hinaus gelegenen Kellerraum aufgestellte Apparatur, auf der das Velofahren erlernt werden konnte. Sie bestand in der Hauptsache aus vier frei laufenden Walzen, auf die das Fahrrad gestellt wurde und auf welcher Einrichtung der Schüler dann mit seinem Vehikel an Ort treten und das Geheimnis des Gleichgewichts erlernen konnte. Der kräftige, hochgewachsene Lehrling hielt dabei das Velo unter dem Sattel in aufrechter Lage, während der Lernbeflissene unentwegt in die Pedale trat. Hatten dann Räder und Rollen eine gewisse Schnelligkeit erreicht, stellte Merkli, unbemerkt vom Klienten, seine stützende Hilfe ein, und, einem Eichhörnchen in der Trommel gleich, radelte der Schüler frischfröhlich los, allerdings ohne sich vom Platze zu bewegen. Diese in der Stadt einzig dastehende Einrichtung erfreute sich großer Beliebtheit, und es gab nicht wenig Damen aus besseren Kreisen, die sich in Pumphosen, Canotier und das Schleierchen unter dem Kinn geknüpft, zu regelmäßigen Fahrstunden an der bescheidenen Stätte des Velomechanikers Gutknecht einfanden.

In der freien Zeit, und wenn der Meister nicht anwesend war, schwang sich Merkli mit seinem Velo selbst auf den Apparat und trainierte. Ein an der Wand angebrachter Geschwindigkeitsmesser zeigte mit zuckendem Zeiger auf einem großen Zifferblatt die Schnelligkeit und ein Zählwerk die Strecke der theoretischen Fortbewegung an, und mit Befriedigung konnte der Lehrling feststellen, daß er ein Tempo von zweiunddreißig Kilometern in der Stunde durchhielt. Denn sein Ziel war, ein Rennfahrer zu werden, einer von jenen, die an den Sonntagen immer größer werdende Massen sportbegeisterten Volkes auf die Rennbahn Hardau hinaus lockten.

Wäre nicht die Geschichte mit dem schutzblechlosen Condor-Fahrrad, einem sogenannten Halbrenner, passiert, stände heute Merkli in seiner nassen Pelerine nicht im fahlen Lichte des Auerglühstrumpfs vor dem Direktor des Eilboteninstituts «Gelbe Radler». Er hatte sich dieses wunderbare Vehikel an einem Samstagabend ohne Erlaubnis ausgeborgt und sich damit auf eine Fahrt um den See begeben. Kurz vor Tiefenbrunnen schon erwischte ihn das Unglück; er wollte einem Bierfuhrwerk ausweichen und kam dabei mit dem Vorderrad in eine Tramschiene. Er mußte das teure Velo mit verbogenem Gestänge, einem sogenannten Achter, auf der Schulter in die Werkstätte zurücktragen. Obschon er in aller Heimlichkeit bis tief in die Nacht hinein sich um dessen Wiederherstellung bemühte, blieb das zierliche Rad rettungslos verloren. Der Meister kündigte ihm ohne weiteres.

Indem er sich bei den «Gelben Radlern» um eine Anstellung bewarb, blieb er, wie er sich zurechtlegte, im Sattel und im Training.

Der erste Auftrag, den der Eilbote August Merkli am Nachmittag zu erledigen hatte, führte ihn zu einer ehemals besseren Dame, die nun eine Familienpension betrieb, ins Selnauquartier, an die Dianastraße, zu einer Frau Dr. Ruggli. Der Direktor hatte auf das erste der drei D, was Diskretion bedeutete, besonders hingewiesen.

Was es damit für eine Bewandtnis hatte, wurde dem aufgeweckten Außersihler Jüngling sogleich klar, als er vor der Frau stand. Er müsse für sie auf die Bank, ja auf die Kantonalbank, nein, nicht an die Bahnhofstraße, an die Löwenstraße. Es sei eine Ablage für Belehnungen von Wertgegenständen. Man könne dort Schmuck und dergleichen hinterlegen und bekomme dafür Geld, eben, wenn man es vorübergehend benötige. Frau Dr. Ruggli saß an ihrem kleinen Sekretär im Biedermeierstil, während sie dies, ohne Merkli anzusehen, erläuterte.

«Aha, auf die Pfandleihanstalt», sagte der junge Mann, «Sie wollen etwas versetzen?»

Mit einer gewissen Erleichterung nickte die Auftraggeberin. Dann legte sie einen rotgoldenen Ring mit einem kleinen Diamanten und einem Rubin, eine goldene Schützenuhr und zwei mit Perlen besetzte Ohrringe vor sich hin auf die Platte des Sekretärs. Dafür bekomme er eine Quittung, einen Schein und eine Summe Geldes, wieviel, das wisse sie allerdings nicht.

August Merkli lachte. Wie das zugehe, das wisse er schon. Sie solle sich deshalb keine Sorgen machen. Das sei das erstemal nicht, daß er in jene Bude komme. Schon einige Male hätte er für die Mutter, damals, als der Vater stellenlos war und zudem noch Unfall hatte, sich dorthin begeben müssen, allerdings nicht mit solchen Schmuckstücken, sondern mit einem Drehbänkli, einem Kinderwagen und einem Regulator mit dem Westminsterschlag.

Es sei ja auch nur eine vorübergehende Notwendigkeit, sagte die Frau an ihrem Sekretär, verursacht durch einen Pensionär, der, ohne seine Schuld zu begleichen, abgereist sei, und bald werde sie Merkli von neuem anfordern müssen, den erhaltenen Betrag zurückzubringen und die Pfänder einzulösen.

Als der junge Mann in seiner Pelerine auf dem schätternden Velo davonfuhr, das Kuvert mit den Schmuckstücken in seiner Brusttasche, erfüllte ihn der diskrete Auftrag mit einer Art von Stolz, so als sei er damit in die Bruderschaft der Erwachsenen aufgenommen worden.

V. Kapitel

Die Besprechung fand im Restaurant «Weingarten», an der Endstation des sogenannten Fluntermer Trams, statt, bei der kleinen Kirche, wo der Kondukteur des gelben Straßenbahnwagens die Kontaktstange vom Leitungsdraht zu ziehen und, um das Gefährt herumgehend, sie um hundertachtzig Grad zu schwenken hatte, worauf dann die Spitzkehre vollzogen und das Tram wieder bereit war zur Abfahrt in die Stadt hinunter.

Am Schiefertisch, bei der niederen Fensterreihe, saß vor seinem großen Glas Most der Landwirt Zollinger, den Stumpen im Munde, den Hut auf den Hinterkopf geschoben, und zwischen seinen gekniffenen Lidern hervor betrachtete er aufmerksam und mißtrauisch die beiden Herren, die ihm gegenüber saßen.

Es war eben eine Pause in dem Gespräch eingetreten. Durch die Mitte des Tisches, zwischen den beiden Tassen Kaf-

fee und dem Drei-Deziliter-Mostglas, zog sich eine unsichtbare Grenze, die ihn in ein Hüben und Drüben trennte, die Grenze der Stadt in Wirklichkeit, die die beiden Herren versuchten gegen das Land hinaus zu erweitern, in die Hangwiesen und Baumgärten hinein, die Zollingers Besitz waren. Weder Pläne noch sonst ein Papier lagen auf dem Tisch; aber jeder der drei hatte den Gegenstand, um den es ging, wie auf die Schieferplatte eingeritzt vor sich: den Quartierplan mit den bestehenden und den geplanten Straßen und das große Dreieck der Parzelle am Krähbühl.

Über das Land, das zwischen den drei Männern im Handel lag, führte um die gleiche Stunde der junge Zollinger mit Hüst und Peitschenknallen den Jauchewagen, vor den die beiden «Eidgenossen», der sechzehnjährige Wallach «Bismarck» des Vaters und die fünfjährige Fuchsstute «Freya» des jungen Dragoners, gespannt waren. Noch lag der Boden von einer dünnen Schicht Schnee bedeckt, aber er war bereits naß und schwer, und die Jauche fraß sich sogleich schwarz in ihn ein. In den kahlen Kronen des Baumgartens lärmten die Buchfinken und Meisen, die Rosse dampften, und von der Albiskette her wehte ein warmer Westwind über den Talkessel. Der junge Zollinger trug eine schwarze Zipfelmütze, aber nur noch hoch oben auf dem Hinterkopf, und die Ohren lagen frei, und er war hemdärmlig. Wohl standen bereits an den ansteigenden Straßen vereinzelte Villen in Gärten mit ortsfremdem Gesträuch, dehnte sich weiter oben der Park der Dürlerschen Besitzung, aber die Giebeldächer der Häuser und Scheunen des alten Dorfes Fluntern mit ihren stattlichen Misthaufen und den Hunden, die mit ihrer Kette rasselten, waren noch in der Überzahl. Hier begann das Land, das Hinterland der Stadt, die zürcherische Landschaft, die sich hinauszog bis über den Greifensee, den Pfäffiker-See, bis an den Bachtel und ihre natürliche Grenze, die bewaldete Kette des Schnebelhorns.

Der junge Heinrich Zollinger war darin zu Hause, als wäre es die Wandkarte des Kantons Zürich, die unten im Schulhäuschen hing, und auf der er als Knabe mit dem Lineal den heimatlichen Flußläufen nachgefahren war: der Sihl, der Limmat, der Reppisch, der Glatt, der Töß, der Thur, die alle ihre Wasser nordwärts dem Rhein zutrugen. Auf ihren sonntäglichen Ritten stießen die paar Fluntermer Landwirtssöhne auf ihren Dienstpferden in alle Gegenden des Kantons hinaus, bei

Tag und auch bei Nacht, Kavalleristen des Volkes und seiner Miliz, und mit den Hufen ihrer Rosse zeichneten sie das Bild ihrer Heimat. Ihrer zehn bildeten den Fluntermer Reitklub, dessen Becherkästchen mit den Trophäen der Rennen und Springkonkurrenzen unten in der Wirtschaft zum Weingarten an der Wand hing, just über dem Schiefertisch, an dem jetzt die drei Männer saßen und im Begriffe waren, die Grenzen zwischen Stadt und Land festzusetzen.

Alle drei, der Liegenschaftenvermittler Reiß, der Vertreter der Kaufgruppe, Rechtsanwalt Fineisen, und der Landwirt Zollinger, waren geschäftstüchtig, vorsichtig und mißtrauisch. Jeder der drei hatte Gedanken, die in die Zukunft hinausgingen, sie versuchten sich eine Vorstellung von dieser Zukunft zu machen, sie versuchten sie zu formen nach ihrem Willen und nach ihren Wünschen. Sie spekulierten. Aber von den dreien war es nur Gerold Fineisen bewußt, daß dieser Ausdruck, der gemeinhin für die Planung gewagter Geschäfte angewandt wurde, philosophischen Sprachgebrauchs war. Indem er, Abgesandter einiger nicht genannt sein wollender Herren, sich mit diesem Grundbesitzer an den Schiefertisch setzte – Reiß war ja nur der provisionsberechtigte Vermittler bei diesem Vorgang – und sie miteinander um den Eigentumswechsel des Landstücks handelten, erprobten sie die Kraft zweier Zukunftsbilder. Zollinger fragte sich fortwährend, ob dies der richtige Zeitpunkt zum Verkaufe sei. Natürlich hatte er es längst kommen sehen. Immer mehr Straßen zogen sie von der Stadt den Berg hinauf, in breiten Kurven und Windungen. Von zwei Seiten schon führten sie am Krähbühl vorbei, und manchmal, wenn er mit der Leiter in der Krone eines Birnbaumes stand und einen Rundblick über sein Besitztum tat, fühlte er sich durch die Villen an diesen Straßenzügen umstellt und eingekreist. Es war ein Lappen bäuerlichen Lebens, der in den sich aufwärtsfressenden Rand der Stadt hineinreichte. Aber die Bedrohung der bäuerlichen Enklave stellte in Tat und Wahrheit einen Zustand äußerster Reife dar, das Versprechen eines Ertrages dieses Bodens, der weit, weit über das hinausging, was er unter schwerster Bearbeitung an natürlichen Früchten hervorzubringen hatte. Eine sechsstellige Summe Geldes. Aber – und das war die harte Nuß – mit diesem letzten hohen Ertrag des Bodens ging zugleich sein, Zollingers Anteil am Eigentum an der heimatlichen Erdoberfläche verloren. Hinter all dem Feilschen und dem Suchen nach immer neuen Vorteilen stand uneingestanden und unbewußt immer diese Tatsache. Er gab sein Land hin gegen Geld. Ewiges und Unzerstörbares gegen Vergängliches, naturbedingte, immer sich erneuernde Fruchtbarkeit gegen Stille und Stillstehendes, Organisches wider Unorganisches, Lebendiges gegen Totes. Fineisen verstand seines Vertragspartners seelischen Zustand mit einer Einfühlung, die seine Auftraggeber nicht gerne gesehen hätten.

«Wir können», sagte er mit seiner leisen und gemessenen Stimme, «nicht weiter gehen. Es ist ein Rekordpreis, wie er noch nie für Land an diesem Hang bezahlt wurde. Wir müßten verzichten, hielten Sie, Herr Zollinger, Ihre Forderung aufrecht.»

Reiß sah das befreite Aufatmen des Landwirts wohl. Auch er wußte, was es zu bedeuten hatte. Mit der alten, untrügerischen Erfahrung des Vermittlers fürchtete er nichts so sehr wie ultimative Sätze. Sobald sie fielen, kam etwas in den Handel hinein, das nichts mehr mit der Sache zu tun hatte, ein Gefühl, eine Art Ehrenstandpunkt, das Prestige, das die Widerrufung so schwer machte. Ihm war es nur wohl, solange noch alles offen und im Fluß war. Mengte sich der Stolz ein, kam das Entweder-Oder, das endgültige Ja oder Nein, auf den Tisch – dann sah es nicht gut aus mit der Vermittlerovision.

«Sie müssen», hatte er am Nachmittag auf der Plattform des kleinen Tramwagens, der sie auf den Zürichberg hinauftrug, zu Dr. Fineisen geäußert, «die gebündelten Banknoten vor sich auf den Tisch legen. Er muß das Geld sehen. Es fehlt diesen Leuten an Phantasie.»

Er warf einen Blick auf die Mappe, die neben Fineisen auf dem Tisch lag. Sie war allerdings gebaucht, aber es schienen einfach Akten und keine Banknoten darin zu sein.

Zollinger hatte den Hut abgenommen. Er strich sich mit der Hand über das graugesprenkelte, kurzgeschnittene Haar, hob sein Mostglas zum Munde, wischte sich mit dem Daumenballen den Schnauz, zuckte die Achseln und blickte an den beiden vorbei ins Leere.

«Das ist harzig», sagte Reiß. «Teilt doch die zwei Franken. Schauen Sie, Zollinger, bis Sie wieder so eine perfekte Käuferschaft finden, kann es lange gehen.»

Zollinger entgegnete darauf genau das, was seiner Empfindung entsprach. «Ich habe Zeit. Ich kann warten.»

«Ich will Ihnen etwas sagen, Herr Zollinger», sagte Fineisen, «selbst wenn ich Ihnen jetzt Ihren Preis, also die zwei Franken mehr bewilligte, ich wäre nicht überzeugt, daß Sie dann zuschlagen würden. Sie würden sich nochmals besinnen, und dann kämen Sie nochmals mit einer anderen Forderung.»

«Nein», nahm Reiß die neue Wendung wahr, «nein, also das glaube ich nicht. So ist der Herr Zollinger nicht.»

Aber die beiden anderen saßen wieder da wie Holzböcke mit leeren, nach einwärts gewendeten Blicken, und auch der Agent wußte, es ging gar nicht um die zwei Franken Differenz im Preise für den Quadratmeter. Zollingers Entschluß brachte eine Entscheidung über seine ganze Sippe.

Wohl besaß er weiter aufwärts gegen das Klösterli und den Adlisberg zu noch genug Grasland für sein Dutzend Häupter Vieh, auch noch eine Sommerscheune und Acker und Wald. Und mit einem Teil des Erlöses für das Krähbühlgrundstück würde er auch noch neues Grasland dazu erwerben können. Gab er aber die Hektaren, um die gehandelt wurde, dahin, so standen Wohnhaus und Scheune mit einem Male fernab vom Boden, den er bebaute, und nicht lange mehr würde es dauern, und der alte Riegelbau und die Ställe wären Einsprengsel inmitten von Villen. Und weißbeschürzte Dienstmädchen und Köchinnen blickten aus blanken Küchen auf seinen Misthaufen und die Güllenpumpe herab. Bald würde es so kommen, daß sich die Frau und die Tochter genierten, den sonntäglichen Hahn auf den Holzbock zu legen und ihm mit der Axt den Kopf abzuschlagen. Bald würden sie sich ihrer verkoteten Holzschuhe schämen, ihrer gerafften Röcke und der wollenen Strümpfe. Bald wären sie nicht mehr zu Hause in ihrem Anwesen, und es wäre nur noch eine eigenwillige Sonderlichkeit in der mit allem Komfort sich aufwärtsschiebenden Villenstraße. Eines Tages würde er das Haus und die Scheune aufgeben und verlassen müssen, mit allem Hausrat und allen Erinnerungen. Würde er dann, der jetzt Fünfzigjährige, noch die Kraft haben, neu aufzubauen, weiter östlich, hinter der Wasserscheide? Und würden der Sohn und die Tochter ihm folgen, aus dem magischen Talkessel dieser Stadt heraus ins Gefälle der Glatt hinüber?

Aber noch ein anderer Gedanke schwelte still und nie ausgesprochen in ihm: die Milch, die Butter, das Schlachtvieh. Je näher die Stadt rückte, um so kostbarer und leichter im Absatz wurden sie. Schon jetzt, wenn in der Frühe des Tages Heinrich mit den Brenten im oberen Fluntermer Quartier herumfuhr, kam er des Mittags mit leeren Behältern und dem Bericht zurück, es hätte nicht für alle gereicht. Und das würde noch besser werden, je näher die Stadt kam.

Sollte, was manchmal in den Zeitungen zu lesen war, was sie, die Bauern an den Rändern der Stadt, andeutungsweise miteinander beredeten, einmal Wirklichkeit werden – es gäbe Krieg, nämlich –, dann rückte der Bauernstand plötzlich hinan auf der Stufenleiter der allgemeinen Achtung. Dann enthüllten die Urprodukte der Nahrung ihren wahren Wert, und es flössen die Franken anders als bisher zur Kantonalbank und löschten die Brände der Hypotheken und Gülten und tilgten die Last der Zinsen – und alles, was der Krähbühl hervorbrächte, würde barer Gewinn.

Er mußte sich nicht beeilen, das wußte nun Zollinger. Sein eigenes Wort hatte ihn aufgeklärt. Bis sie unten vor dem Notar fertigten, würde noch viel Zeit vergehen, und nichts Rechtliches war geschehen, bevor seine Unterschrift im Grundbuch stand. Die zwei Franken mehr waren ihm sicher, das wußte er nun; er mußte nur ja sagen, und er bekam sie. Und das hatte den Hock mit den beiden Herren immerhin gelohnt.

«Wir wollen sehen», sagte er.

Fineisen und der Agent spürten sogleich, daß sie den kürzeren gezogen hatten.

«Ja, wißt Ihr, Zollinger», versuchte Reiß noch zu retten, was zu retten war, «Dr. Fineisen bleibt Euch nicht ewig im Wort. Bis am Samstag vielleicht?», wendete er sich fragend an den Anwalt.

Aber dieser gab sich nicht einmal mehr die Mühe zu nicken. Über den Kopf des Vermittlers hinweg waren sich die beiden auf eine unerklärliche Weise und wie befreit einig geworden, der Handel komme nicht zustande. Zollinger behielt den Krähbühl, und die Käufer zogen sich zurück.

Etwa eine Stunde später bereits, in einer Ecke der «Bodega» an der Fraumünsterpost, vor einem Glas bernsteinfarbenen Sherrys, erstattete Dr. Fineisen seinen Klienten, dem Konsul Meng und Oberst Schreiber, Bericht über das Scheitern seines Auftrages. Sie saßen um ein Fäßchen herum, das als Tisch diente.

«Wir haben also drei Monate mit Verhandlungen verplempert», stellte der Oberst grob fest. Meng, wie immer seine Nelke im Knopfloch, die grauen Wildlederhandschuhe an den Händen, den Malakkastock zwischen den Knien und den grauen Filzhut aus der Stirne geschoben, hob beschwichtigend den Arm ein wenig. Er habe es in Wirklichkeit nicht anders erwartet. Die Lage sei gut, aber noch nicht erschlossen, die Entfernung noch zu weit vom Stadtzentrum, die Straßen zu spärlich und die Höhendifferenz zu groß. Das sei kein Zufall, daß seinerzeit das Guhlsche Konsortium die Konzessionen für die beiden Drahtseilbahnen vom Central zum Polytechnikum hinauf und jene von der Winterthurer Straße zum Rigiblick erworben und die Verbindungen ausgebaut habe. Das kleine Tram bis zur Fluntermer Kirche sei ganz ungenügend und böte keinen Anreiz, oberhalb der Endstation zu bauen, und bis die projektierten Hügelstraßen wirklich gebaut würden, könne noch viel Zeit vergehen.

«Und das Automobil?» warf Schreiber ein. «Das ändert doch den ganzen Aspekt.»

Das glaube er auch, entgegnete Fineisen, doch erst viel später. Heute sei der Benzinmotor noch nicht in die allgemeine Lebenshaltung eingetreten. Eine Garage, einen Chauffeur zu halten und eine Maschine zu besitzen, die mindestens zweimal im Tage die steilen Straßen anstandslos hinauffahre – das gehöre noch in den Bezirk von besonders Begüterten. Diesen hinwiederum entsprachen die sieben- oder achtzimmrigen Einfamilienhäuser, deren Erstellung sie projektierten, nicht. Teilte das Konsortium aber die Krähbühlparzelle in größere Stücke auf, für eigentliche herrschaftliche Landhäuser mit drei Diensten und parkähnlichem Umschwung, dann sei die Rendite, die sie sich versprächen, zu klein.

«Was wir wollen, das sind zwanzig oder dreißig Villen für den gehobenen Mittelstand, nicht für Millionäre», sagte Fineisen.

«Und inzwischen hocken wir da und können das freie Kapital im Sparbüchlein anlegen, mit drei Prozent», höhnte Schreiber grimmig und trennte in einer gewohnheitsmäßigen Bewegung mit Daumen und Goldfinger auf der Mitte der Oberlippe den weißen Seehundschnauz.

Fineisen drehte nachdenklich sein Sherryglas. Fortwährend versuchte er, einer unausrottbaren Neigung gemäß, die wahre

Bedeutung der Gespräche, die er an diesem Tag an zwei so verschiedenen Wirtstischen geführt hatte – jenem schieferbelegten im «Weingarten» oben und nun an diesem Fäßchen in der «Bodega» –, herauszufinden. Scheinbar war es offensichtlich, was diese Männer, dieser Landwirt Zollinger, dieser Vermittler Reiß, diese kapitalkräftigen Konsul Meng und Oberst Schreiber, wollten. Sie nahmen ihre Interessen wahr, suchten Gewinn und Rendite, Ertrag. Aber es war hinter all diesem Tun, hinter all diesem Handeln und Handel noch ein anderer Wille, eine andere Kraft spürbar. Sie mußte im Gegenstand selbst liegen, um den sich alles drehte. Mochten sie, die Menschen, noch so planen und zwängen: der Boden selbst mußte bereit sein, seine Bestimmung zu ändern, statt Früchte zu tragen, Zins abzuwerfen.

Fineisen fand für das, was er empfand, als das banale Ergebnis eines langen Denkvorganges, nur den Satz: «Das Projekt ist noch nicht reif», mit dem er die Unterhaltung abschloß.

VI. Kapitel

Die beiden großen Ereignisse des Frühjahrs, das Röseligartenfest des Lesezirkels Hottingen und die im April stattfindende Einweihung des neuen Universitätsgebäudes, brachten dem Landesmuseum, den Schneidern, den Theatercoiffeuren, den Zeichnern und Graphikern sowie den Inhabern der Kostüm- und Maskenverleihinstitute eine ungewöhnliche Geschäftigkeit. Die Bibliothekare, die Historiker und die Wissenschafter der Volkskunde wurden an ihren stillen Arbeitsstätten aufgestöbert und mußten an Sitzungen von Vorständen, Ausschüssen, Kommissionen in Zünften und Vereinen teilnehmen. Die Blicke der Bürgerschaft waren in die Vergangenheit gerichtet. Sollte am Röseligartenfest das alte Volkslied in der bezaubernden Vielfalt der schweizerischen Trachten seine Wiedergeburt erleben, war es die Absicht der Zünfte, am Sechseläuten in einem historischen Umzug die Entwicklung der zürcherischen Künste und der Wissenschaften von der geschichtlichen Urzeit bis zur Gegenwart zur Darstellung zu bringen. Alle Schichten des Bürgertums waren von einer festlichen Stimmung durchpulst, geheimnisvoll und unerklärlich.

Es hatte in den letzten paar Jahren eine Reihe von Naturereignissen gegeben, die sich tief in das Gedächtnis der Zeitgenossen eingegraben hatten: jene großen Überschwemmungen im Jahre 1910, als die Limmat über die Ufer getreten war, der tropische Sommer 1911, jener Schneefall im Mai des folgenden Jahres, der zahllose Bäume im Saft entastete, jene Erdbebenstöße, die so stark waren, daß viele der neuen, leicht gebauten Häuser im sechsten Stadtkreise Risse zeigten; der Halleysche Komet, der am Himmel erschienen war. Ein mächtiger Ozeandampfer, die «Titanic», war im Nebel auf einen Eisblock gestoßen, der hatte mit seiner messerscharfen Kante den Rumpf des Schiffes wie eine Konservenbüchse aufgeschlitzt, und unter den Klängen eines heroischen Orchesters, das den Choral «Näher, mein Gott, zu dir» spielte, waren tausend Menschen in die kalte Tiefe versunken.

Karl Gebhardt – er trug nun eine randlose Brille – saß droben im Hause an der Fluntermer Wasserscheide, blätterte in seinen mit Zeitungsausschnitten vollgeklebten Heften und versuchte, die Zeichen der Zeit zu deuten. Die kleine Familie Gebhardt war nun Mieter der Wohnung, und jene Frau Lenhoff, die den jungen Leuten seinerzeit ein Zimmer abgetreten hatte, war zur Untermieterin geworden, hinten hinaus, gegen Norden.

Unter dem Tisch, umgeben von leeren Fadenspülchen, winzigen Leiterchen und den lädierten Figuren eines Humpty-Dumpty-Zirkus, saß der kleine Schörschli Gebhardt, ein blondhaariges, ernsthaftes Bürschchen, in viel Wolle verpackt, und untersuchte mit seinen Fingerchen die abstehenden Kartonöhrchen eines kreideweißen Clowns, der zu diesem Spiel gehörte. Durch die Tischplatte herauf hörte der Vater das nie abbrechende, aber unverständliche Selbstgespräch seines Sohnes, das Geräusch der auf dem Boden hin und her geschobenen Spielsachen; von Zeit zu Zeit spürte er, wie ein Ärmchen seine Beine umschloß und eine warme Kinderwange sich an sein Knie legte, eigenartige Botschaften aus der winzigen Welt unter dem Tisch hervor, auf dem die Hefte lagen, in denen der studierende Vater jene aus der großen Welt gesammelt hatte.

Dann ging draußen die Korridortüre, und zwischen Tag und Dämmerung trat das Kätterli ins Zimmer, das Marktnetz am

Arm, barhäuptig, die Haare ein wenig zerzaust und Regentropfen auf dem geröteten Gesicht. Aus dem schlanken Mädchen war, wie man in dieser Gegend sagte, ein richtiges junges Fraueli geworden. Es hatte dieser Stand dem Antlitz eine ruhige Schönheit verliehen; noch immer waltete darin Ernst, aber das Renitente war daraus entschwunden, die Haut war satt gespannt, und die Brauen zeichneten ebenmäßige Bogen unter der klaren Stirne. Man spürte, die Gedanken kehrten selten in die Vergangenheit zurück, die Zukunft barg keine Drohungen mehr, und sie lebte in natürlicher Sicherheit der Gegenwart. Sie machte sogleich Licht, und ihr erster Blick galt dem Kleinen unter dem Tisch.

«Es ist mir vorhin noch etwas eingefallen, Karl», sagte sie, während sie begann, ihr Netz auszukramen, eine ultramarinblaue Rolle Spaghetti, einen Salat, Käse, Aufschnitt und das Bankbüchlein. Sie legte alles auf den Tisch, es war immer noch derselbe Tisch, den sie damals, in der Zeit ihrer wilden Ehe, in diesem Westzimmer vorgefunden hatten und der des Studenten mit Büchern und Heften belegter Arbeitsplatz geblieben war. Alle Requisiten ihres Daseins waren nun darauf versammelt, das junge Paar lehnte sich an seine Kante, und unter der Platte spielte das Kind. Es war, in der Tat, dieser Tisch ein magisches Möbelstück geworden.

«Das ist doch auch etwas Neues», erklärte das Kätterli, «dieses Wort ‹Psychologie›, das seit etwa zehn Jahren in den Titeln kulturgeschichtlicher, historischer, nationalökonomischer und soziologischer Arbeiten und Werke erscheint. Schau nur einmal diese Liste der seit 1910 erschienenen Dissertationen durch. Ein wahrer Einbruch der Seelenkunde!»

Karl blickte mit der Aufmerksamkeit und Beflissenheit, die die Jahre seiner Entpuppung aus dem Stande des autodidaktischen Buchbinderlehrlings in den des Studenten der Philosophischen Fakultät kennzeichneten, seiner Frau ins Gesicht. Es kamen immer wieder Impulse von ihr, die ihn aus der Schwerfälligkeit aufschreckten. Hatte sich auch in den vergangenen Jahren sein Geist geformt, seine Arbeitsweise war jene des Handwerkers geblieben, dem Material verhaftet, der Akkuratesse, dem Fleiß und der Geduld, die die exakte Lage der Druckbogen und der Fälze in der Buchbinderei erforderten. Die gelassene und sorgfältige Abschrift der Exzerpte, die Sammlung der Referenzen und Hinweise, die Marginalien und Kommentare hatten die wild ausschlagenden Bogen und Schleifen seiner Schrift gebändigt, ihren Rhythmus verlangsamt, den Duktus verkleinert, und der Fluß der Schrift wurde bei jedem Umlaut unterbrochen, der Punkte und Tremas wegen, die auf ihn gehörten. So war auch der Vorgang seines Denkens geworden.

Wenn das Kätterli mit solchen Einwürfen wie eben kam, war ihm allemal unbehaglich zumute. Es war, als ob ein Stecklein im Grunde eines stillen und wohlausgewogenen Aquariums stocherte, das saubere Wasser trübte und die dahindösenden Fische aufscheuchte. Er müßte nicht in dieser Stadt und unter ihren Studenten gelebt haben, wären nicht am Rande seines Geschichtsstudiums von Zeit zu Zeit die Anpreisungen der neuen Psychologie aufgetaucht und hätten versucht, die einfachen und klaren Tatsachen, die exakten Relationen von Ursache und Wirkung in das Abenteuer seelischer Gründe hinüberzulocken. Er hatte ihnen, einer materiellen Denkweise verpflichtet, widerstanden, den Blick auf die Lehrer der bewährten Schule gerichtet.

«Ich weiß es wohl», sagte er, «aber ich mag davon nichts hören. Ist die Psychologie für die Gegenwart schon ein schwankender Boden, so ist sie für die Geschichte ein richtiger Sumpf, in dem hundert wurzellose Erklärungen wie Algen zwischen Grund und Oberfläche zur beliebigen Auswahl herumschweben. Alle psychologischen Deutungen kommen aus dem Deutenden selbst; sie sind der Inbegriff des Subjektiven – aber das Ziel der Geschichte ist die objektive Wahrheit. Oder das Eingeständnis, daß wir sie nicht verstehen.»

«Und wie soll man denn das verstehen», entgegnete das Kätterli, die Spaghettirolle wie ein Zepter im Arm und zum Gang in die Küche bereit, «daß jede Zeit die ganze Geschichte neu schreiben muß?»

«Mit neuen Tatsachen, neuen Forschungsergebnissen, mit neuer Übersicht, neuen Zusammenhängen und Gruppierungen!»

«Aus einem neuen Standpunkt heraus, neuer Auswahl der Fakten – das ist eben Psychologie, Herr Dr. Gebhardt in spe», erklärte sie zwischen Ernst und Lächeln und räumte die übrigen Viktualien vom Tisch.

Karl befand sich auf der Suche nach seinem Dissertationsthema. Nachdem er eine Zeitlang mit der Jurisprudenz angebändelt hatte, vom freien und hinweisenden Vortrag eines Baldinger begeistert, und gleichzeitig mit der Nationalökonomie, war er unmerklich über die Rechtsgeschichte und die Geschichte der wirtschaftlichen Systeme zur Geschichte schlechthin zurückgekommen. Es hatte dieses Abgleiten von einem geplanten Weg einige Verwirrung in ihm angerichtet. Es kam ihm manchmal ein wenig unheimlich vor, dieses Walten und Wählen eines «Es», das über die scheinbaren Einsichten und Entscheidungen eines «Ich» hinweg unvorhergesehene und überraschende Entschlüsse traf. Es machte ihn mißtrauisch. Es fügte sich nicht ein in das System unbeirrbarer Strebsamkeit der Lebensgestaltung, das er sich in der Tschulokzeit nach der Ordnung seiner zivilen Verhältnisse zurechtgelegt hatte. Er begann die Abenteuerlichkeit zu spüren, die in den geistigen Räumen herrscht, jene Ballungen, Wirbel und Ströme, den Sog und Schub, das Gefälle und den Auftrieb in der Nachbarschaft elektrischer Zyklonen, einem meteorologischen Geschehen gleich, das nicht vorausgesagt werden kann, weil die Gesetze, denen es gehorcht, noch nicht entwirrt sind. Sie waren über ungeheuren dunkeln Ozeanen beheimatet, über den weiten unerforschten Gebieten der menschlichen Seele. Dort wurde das Schicksal gebraut. In manchen Stunden vermeinte man das Raunen zu vernehmen. Offensichtlich aber wurde ihr Walten erst in den seltsamen Entschlüssen bemerkbar, die wir scheinbar ohne Überlegung treffen. Gerade weil er selbst in seiner eigenen Entwicklung von Zeit zu Zeit, wenn auch widerwillig, Spuren des Wirkens dieser allgemach Mode werdenden Psychologie wahrnehmen konnte, wo sorgsam erwogene Programme umgestoßen, Entschlüsse in ihr Gegenteil verkehrt wurden, wehrte er sich gegen derartige Einbrüche in sein Arbeitsgebiet, die Geschichte. Mochten sie darüber in den Nachbargebieten, der Philologie, der Literatur- und Kunstgeschichte, der Philosophie, der Nationalökonomie und gar in der Rechtslehre, das Solide und Gesicherte von dieser sogenannten Seelenkunde dilettantisch ankränkeln und in Frage stellen lassen, die Historik mochten sie damit verschonen. Einwandfreie Tatsachen, durch Dokumente und Zeugnisse gesichert, in immer größerer Zahl gesammelt und gesichtet, sie genügten vollauf zur Erkenntnis der großen Vorgänge. War die menschliche Seele so ein fluides und wandelbares Element, wie sie behaupteten, dann war die Seele des heutigen Menschen sowieso kein Maßstab für die Nomaden der Völkerwanderung, den Renaissancemenschen, die Mitglieder der Tagsatzungen der dreizehn Alten Orte oder die Teilnehmer am Wiener Kongreß. Wo käme man hin mit hypothetischen Seelenanalysen eines Metternich, eines Niklaus von der Flüe, eines Papstes, eines Stauffacher? In die Mythologie ganz einfach, ins Märchenland, ins Gewäsch.

Der Westwind trug den Klang der Betzeitglocken hangan. Aus der Küche herüber drang der fade Duft kochender Teigwaren. Unter dem Tisch war es dem Schörschli gelungen, das Kartonöhrchen vom Kopfe des kreideweißen Humpty-Dumpty-Clowns zu lösen. Aber nun war es ein so unansehnliches, sich in seine Fasern auflösendes Gebilde geworden, daß der Vater, als das Büblein es ihm auf das Heft legte, mit allem Scharfsinn nicht mehr herausbrachte, woher es stammen mochte. Nur daß es naß war und daß es der Schörschli offenbar schon in den Mund gesteckt hatte, das konnte er sehen.

VII. Kapitel

Im Arm den sorgsam in Zeitungspapier eingeschlagenen Hortensienstock, den er in aller Heimlichkeit aus dem Treibhaus der väterlichen Gärtnerei entwendet hatte, angetan mit dem dunkeln Sonntagskleid, stand Gotthold Wettstein, blaß und pochenden Herzens, vor der Türe der Pension «Thalia» an der Dufourstraße und konnte sich nicht entschließen, den Klingelknopf zu drücken. Hinter der Milchglasscheibe hörte er Stimmen, das Geräusch von Schritten und von Zeit zu Zeit das Übungsträllern eines Tenors.

Begonnen hatte es, als Gotthold von seinem älteren Bruder Anton, der als Feuerwehrmann zum Pikettdienst im Stadttheater aufgeboten worden war, eine Eintrittskarte zur Vorstellung von Hebbels «Maria Magdalena» erhielt. Schon zweimal war der Seminarist einer solchen Gunst teilhaftig geworden; nachher pflegten die Feuerwehrleute noch in einer kleinen Wirtschaft bei einem Glas Bier zusammenzusitzen, und Gotthold war beide Male bei diesem über Mitternacht dauernden Hock dabeigewesen. Erst gegen die dritte Morgenstunde traten sie den langen Heimweg ins Triemli hinaus an.

Jenes Mal aber, als der Vorhang über den Worten Meister Arnolds «Ich verstehe die Welt nicht mehr» gefallen war, stürmte Gotthold davon, aufgewühlt, mit würgender Kehle, westwärts in die regnerische Nacht hinaus, dem menschenleeren Seeufer entlang, die Bürgliterrasse hinan, der Sihl zu, in die Allmend hinaus, an deren Rand die Wälder rauschten. Seine Augen brannten, und in das Brausen der Winde hinein sprach sein Mund Worte des Jammers und des Mitleids im Tonfall und Rhythmus der Hebbelschen Tragödie. Er sah Klara, das schmächtige, schwanke Mädchen mit seinen großen zerquälten Augen vor sich, geschüttelt und zertreten unter dem unbegreiflichen Schicksal, zermalmt von dem übermenschlichen Räderwerk des bürgerlichen Ehrbegriffs und der Bedingungslosigkeit der Liebe. Alle Vorhänge waren zerrissen, alle Quellen blutheiß aufgebrochen – er sah mit einem Male das Große, Wahre, Edle des Menschentums durch die Nebel des Alltags und der Dumpfheit hindurchschimmern. Es war ihm, als sei er ein völlig anderer geworden, als hätte er alle die Jahre hindurch geschlummert und ein Scheinleben geführt; jetzt aber sei er, seiner Verpuppung entschlüpft, ein neues Wesen. Entschlüsse durchbrausten ihn, ein Ziel, eine Sehnsucht, eine einzige Sonne glänzte nun über seinem Dasein, und ein anderes Glück konnte es von nun an für ihn nicht mehr geben, als unter ihrem Glanze rein und fleckenlos zu bestehen. Und jenes Wesen, jene, die die Klara des Dichters verkörpert, nein, die in ihr ihren zutiefst innerlichen, eigentlichen Ausdruck gefunden hatte: die Schauspielerin Annie Ernst. Stieß er in den Zeitungen, in den Programmen, in Gesprächen auf ihren Namen, so pochte sein Herz in harten Schlägen, und es durchrann ihn als ein heißer Strom der Widerhall der Gefühle, die ihn in jener Nacht auf der regen- und winddurchbrausten Ebene der Allmend heimgesucht hatten. Es gab keine Vorstellung mehr, in der die Schauspielerin auftrat, die er nicht besucht hätte. Er wußte es einzurichten, daß er dafür immer Geld hatte. Er verkaufte Bücher, Blumenstöcke aus seines Vaters Treibhaus; selbst ein Wintermantel verschwand im Zyklus der Hebbelschen Tragödien aus seinem Schrank. Über die Brüstung des zweiten Ranges hinausgelehnt, empfing Gotthold die Worte der Kriemhilde, der Mariamne als eine Offenbarung, die an ihn gerichtet war, die Botschaft des großen und eigentlichen Lebens. Er verbrachte viele Stunden damit, um das Stadttheater herumzulungern und vor der Pension «Thalia», verzehrt von der Sehnsucht und der Hoffnung, aber der Angst auch, die Ernst zu sehen. Zweimal hatte er ihr auch, nachdem er sich gewissenhaft nach der Technik dieses Vorgangs erkundigt hatte, Blumen auf die Bühne schicken lassen, elfenbeinfarbene und karmoisinrote Gladiolen, früh getrieben, wie der Vater sie auf den Markt an der Bahnhofstraße zu bringen pflegte, aber ohne irgend etwas Schriftliches. Es war für ihn einer der erhabensten Augenblicke gewesen, als die Künstlerin, blaß, ohne zu lächeln, sich im Rampenlicht neben Herodes verbeugte, seine, Gotthold Wettsteins Blumen in den Arm geschmiegt. Es schien dem Jüngling, als wanderten dabei ihre großen dunklen Blicke suchend im Zuschauerraum umher, den ungenannten Spender des Blumenstraußes zu suchen, und es war in ihm ein süßes Erschauern, daß dieses hohe Wesen ihn suchte.

So kam es dann, nach vielen Nächten fieberhafter Schreibtätigkeit, die nichts mehr mit dem mühsamen Ringen um die Hausaufsätze in Professor Wudes Stunden zu tun hatten, zu jenem in fünfter Reinschrift auf elfenbeinglattes Luxuspapier geschriebenen Brief, in dem der junge Mann sein ganzes Fühlen und Erleben dem Idol selbst anvertraute. Noch vergingen nach dieser Niederschrift Tage über dem Schwanken, ob er darunter seinen Namen und seine Adresse hinsetzen oder ob der Brief wie seine Gladiolen eine anonyme Botschaft aus dem aufgewühlten Meer eines begeisterten Auditoriums bleiben sollte. Gotthold trug ihn in seiner Brusttasche mit sich herum und gefiel sich im Gedanken, es werde, falls ihm ein Unglück zustoße, er beispielsweise von den Pferden eines Bierfuhrwerks zermalmt würde, dieses testamentarische Bekenntnis bei ihm gefunden und der, für die es bestimmt war, zugestellt. Und diese herb trauernde Kriemhilde würde sich dann, einsam und verschleiert, an seiner Beerdigung einfinden und lange, inmitten einer scheu und sie mit großem Abstand umstehenden Menge, die ihren Schmerz respektierte, an seinem offenen Grabe verweilen, in tragischer Qual und unendlichem Mitleid mit diesem Jungen, der die Erfüllung ihres Lebens hätte sein können.

Und dann, in einer Februarnacht, warf er den doch mit seinem Namen unterzeichneten Brief in den großen Kasten mit der metallnen Klappe an der Fraumünsterpost. Er hörte ihn dumpf aufschlagen, er lehnte sich mit pochendem Herzen an die Mauer, mit geschlossenen Augen, und wähnte den Flügelschlag des Schicksals zu spüren.

Es vergingen Tage, ja Wochen, ohne daß etwas geschah. Während der kommenden Vorstellungen spähte Gotthold fiebrig nach einem Ausdruck im Gesicht der Schauspielerin, lauschte er auf den Tonfall ihrer Worte, darin einen Nachhall, ein Zittern, ein Erschüttertsein durch sein Bekenntnis herauszuhören. Er war durchaus geneigt, die von der Kritik gerühmte stets sich noch vertiefende Innerlichkeit der Hebbel-Darstellerin als eine Folge seines Briefes anzusehen. Aber dann kamen ihm wieder schwarze Zweifel, ob der Brief überhaupt in ihre Hände gelangt sei. Vielleicht ward sie von einem wilden Othello überwacht, der die Epistel gelesen und sie, ihrer Wirkung bewußt, heimtückisch unterschlagen hatte. Und zuletzt fing Gotthold sogar an, die Zuverlässigkeit der Postverwaltung in Zweifel zu ziehen.

Bis er dann, als er eines Abends nach Hause kam, in dem kleinen Körbchen auf der Kommode, in dem sich die spärlichen an den Gärtnermeister Wettstein gerichteten Postsachen anzusammeln pflegten, jenes längliche steife Kuvert vorfand, auf dem in hohen Buchstaben mit violetter Tinte sein Name geschrieben war. Unter den leicht neugierigen Augen der Mutter und des Bruders nahm er scheinbar gelassen den Brief an sich und raste dann damit in seine Dachkammer hinauf.

«Sehr geehrter Herr Wettstein», stand darin, «haben Sie vielen Dank für Ihren Brief. Vielleicht besuchen Sie mich einmal in der Pension ‹Thalia› zu einem Plauderstündchen, am besten so gegen halb fünf Uhr, am kommenden Montag oder Mittwoch, da habe ich keine Probe. Mit freundlichem Gruß Annie Ernst.»

Gotthold rätselte an diesen paar Zeilen herum, zwischen Jubel und Ernüchterung hin- und hergeworfen wie ein Segelschiff zwischen Sturm und Flaute. Jedes einzelne Wort, ja jeden Buchstaben der kurzen Einladung untersuchte er nach seiner Bedeutung. Hatten sie einen geheimen, nur ihm geltenden Sinn, oder sagten sie wirklich nur das, was in ihnen von jedermann zu lesen war? Auf alle Fälle, die Tragödin bat um sein Kommen. Er war nicht mehr ein namenloser Irgendwer, sondern ein sehr geehrter Herr Wettstein, auserwählt unter Tausenden, die kein Zeichen von ihrer Hand besaßen.

Endlich läutete er. Im Vorübergehen öffnete ein kleiner zierlicher Mann, wild krauses Schwarzhaar auf dem Haupt, sogleich die Korridortüre. Er kam Gotthold bekannt vor.

Er möchte zu Fräulein Ernst, flüsterte der Jüngling.

«Na kommen Sie 'rein», sagte der Zierliche ohne Erstaunen und rief dann mit metallner Stimme über die Schulter, «Besuch für dich, Annie».

«Komme!» wurde von irgendwoher langgezogen geantwortet.

Der kleine Mann stieß die Türe zu einem größeren Zimmer auf, dem Eßraum der Pension offenbar, denn es standen darin ein langer weißgedeckter Tisch und gegen die Fenster zu noch zwei kleinere, und überall Vasen und Gläser mit welkenden Blumen.

Bei Gottholds Eintritt erhob sich von seinem Stuhl ein beleibter Mann mit starrem, beinahe mürrischem Blick und schlurfte, den Hortensienstock über den Rand seines Kneifers hinweg musternd, zur Türe, und der Besucher wurde sich, nicht ohne einen leichten Schauder, bewußt, daß dies der berühmte Komiker Bruno Wünschmann gewesen war.

«Fräulein Ernst wird gleich kommen», bedeutete der Kraushaarige und wies mit eleganter, theatralischer Gebärde auf einen Peddigrohrsessel hin, auf den sich Gotthold, den Hut in der einen und den Blumenstock in der anderen Hand, und nur das vordere Viertel der Sitzfläche benutzend, niederließ. Noch einen Atemzug lang weilten die dunkeln Augen des zierlichen Mannes auf denen des Jünglings, ernst, ohne Spott und mit einer eigenartigen Verständnisinnigkeit, dann ging auch dieser mit einem freundlichen Nicken zur Türe, und Gotthold vernahm bald darauf von neuem durch die Wände hindurch das Trällern der Tenorstimme. Schwieg sie, so konnte Gotthold das Klappern von Geschirr aus einer fernen Küche hören. Zwischenhinein kam auch einmal ein Dienstmädchen, das vor dem gedrechselten Büfett niederkauerte und Geschirr versorgte.

Dann öffnete sich brüsk die Türe, und herein trat mit Windeseile, noch ein wenig am Miederband des Rockes nestelnd und schon wie bei einem Auftritt im Theater während des Herankommens sprechend, die Schauspielerin.

«Zu lieb, daß Sie gekommen sind», sagte sie und streckte dem sich erhebenden Gotthold die kleine Hand hin, der, darnach greifend, seinen Hut fallen ließ. «Oh, und diese Blumen!

Warten Sie, ich helfe Ihnen.» Sie nahm ihm den Hortensienstock ab, stellte ihn auf den großen Tisch und begann das Papier zu lösen. «Wie herrlich! Aber nein, das dürfen Sie nicht, Sie ruinieren sich ja.»

Gotthold stand da und blickte auf sie hinab. Sie trug das schlicht gescheitelte Haar zu einem großen Knoten gebunden, das schmale, zart gepuderte Gesicht war, namentlich um die Nase herum, von kleinen Sommersprossen betupft, die Augenhöhlen waren bläulich beschattet, ihr Mienenspiel war lebhaft, der Mund sehr fein geschnitten, mit voller Unterlippe. Trotz seiner Verschüchterung wurde es dem jungen Manne bewußt, daß sie ihm mit theatralischer Lebhaftigkeit über die ersten Augenblicke hinweghelfen wollte.

«Aber bitte, nehmen Sie doch Platz», sagte sie und setzte sich selbst jenseits des Tischchens nieder. «Ich danke Ihnen, Herr Wettstein, für die wunderbaren Blumen und» – dabei warf sie ihm einen ernsten und doch auch schelmisch verweisenden Blick zu – «auch für Ihren schönen Brief.»

Gotthold, rotübergossen, die Zähne auf der Unterlippe, blickte seitlich vor sich auf den Boden und fand keine Worte. Es kam ihm alles so gläsern und vereist vor, und es hatte nicht die leiseste Ähnlichkeit mit den Bildern seiner Vorstellung «Ich bin ... ich habe ...» setzte er ein paarmal zum Sprechen an, dann sogleich wieder in ein hoffnungsloses Schweigen versinkend. Am liebsten wäre er auf und davon gegangen in seiner Scham.

Da legte die Schauspielerin, quer über das weiße Tuch, ihre Hand auf die seine und sagte freundlich: «Sie müssen sich doch nicht schämen. Sehen Sie, das ist für uns allemal ein schönes Erlebnis, wenn wir in einer fremden Stadt, unter fremden Menschen, solche Gefühle erwecken.»

Zum erstenmal wagte Gotthold aufzusehen. Noch immer gelang es ihm nicht, die in faltenreichen Gewändern dahinschreitende Tragödin mit dem hochdeutsch sprechenden Fräulein, das vor ihm saß, in Einklang zu bringen. Ihren Augen fehlte das Tragische und Hintergründige völlig. Die Iris war dunkelbraun, von bernsteinfarbenen Splitterchen gesprenkelt, und der Ausdruck eher schelmisch.

«Wie alt sind Sie, Herr Wettstein?»

Er sei zwanzig gewesen.

«Und Student der Philologie also?» Er nickte.

«Und etwa ein heimlicher Dichter gar?» fragte sie mit einem Blinzeln.

Gotthold wand sich auf seinem Stuhl. Er hatte in der Tat seinem Brief ein paar Verse eigener Herkunft eingeflochten, etwas von einem verwundeten Reh und einem dazugehörenden Reim mit «Weh». Daß ihrer in diesem Eßzimmer der Pension und von jenem Wesen, an das sie gerichtet waren, Erwähnung getan wurde, nicht gerade nüchtern, aber als eines beinahe alltäglichen Vorgangs, das war furchtbar. Wie glücklich, nein selig geradezu war er in der Zeit des Bangens und Plangens auf eine Antwort gewesen!

«Ich möchte», sagte er endlich, «daß Sie meinen Brief vernichten!»

«Aber nein, Herr Wettstein, den werde ich aufbewahren. Er wird mich immer an Sie und diese Stadt erinnern. Aber ich werde ihn niemandem zeigen, das bleibt ganz unter uns, soll unser Geheimnis sein, gell?»

Ob sie denn Zürich verlassen werde, fragte er. Ja, leider, sie komme zu Reinhardt nach Berlin, an das Deutsche Volkstheater.

Vor einer Stunde vielleicht noch hätte diese Nachricht auf den Gärtnerssohn einen niederschmetternden Eindruck gemacht, aber jetzt vernahm er sie mit einer ihm selbst unerwarteten Erleichterung, mit einer Art befreitem Aufseufzen. Fertig, zu Ende war die Zeit der verkrampften Sehnsüchte, des nächtlichen Herumstreichens im Schatten des Stadttheaters, der geflüsterten Monologe und der zwanghaften Orakel. Es fiel etwas von ihm ab, und schon zeigte sich ihm im Hintergrund all das als ein entscheidendes Erlebnis, aus dem er in Schmerz und Verzicht männlich gereift hervorging, eine bedeutsame Seite in seiner Biographie.

Die kluge Frau mußte etwas dergleichen gespürt, vielleicht gar beabsichtigt haben.

«Komm nur, Bernardo», rief sie, als der kraushaarige Sänger seinen Kopf hereinsteckte. Natürlich, fiel es Gotthold nun ein, das war ja Bernardo Bernardi, jener in Polen geborene und in Italien aufgewachsene Tenor, der während Jahren mit Teppichen hausiert und in den Wirtschaften des Niederdorfs gesungen hatte, bis er von einem Mitglied des Verwaltungsrates des Stadttheaters entdeckt und zu Reucker gebracht worden war, vor dem er mit der von seiner prachtvoll kernigen und schmerzerfüllten Stimme vorgetragenen Bajazzo-Arie einen Kontrakt von hundertachtzig Franken monatlicher Gage ersang. Jedermann in der Stadt kannte den romantischen Beginn dieser Künstlerlaufbahn.

«Junger Mann», rief Bernardi und reichte Gotthold in einer Weise die Hand, daß dieser sogleich begriff, der lyrische Tenor sei durchaus im Bilde, was den Besuch und den blaßroten Hortensienstock anbetraf. «Paß mal auf, Annie, nun sollt ihr was hören!» Er eilte durch das Zimmer, hinüber an die Querwand, wo ein schwarzlackiertes Klavier stand. Ohne viel Umstände räumte er Noten, einen Blumenstrauß und ein gehäkeltes Deckchen von dessen oberer Fläche und öffnete die Klappe. Dann stellte er sich davor und begann mit heller, schmetternder Stimme einige wortlose, aber vokalreiche Passagen zu singen. Wieder und wieder. «Aa-a-a-a-.» Unvermittelt brach er ab. Und dann hörten sie, wie in die entstandene Stille hinein die Saiten des Instruments nachklangen, vibrierten, als ein süßes, ganz fernes Echo, das erst nach geraumer Weile verstummte.

Es war der Ton dieses Artistenstückes, der Gotthold begleitete, als er rüstig, seines entwendeten Blumenstocks und seiner wochenlangen Beschwernis ledig, über die lehmige Allmend hinweg, auf der die jungen Rekruten ihre Gewehrgriffe klopften, der väterlichen Gärtnerei in Wiedikon wieder zustrebte.

Einer unter den Rekruten, am Rande des Wäldchens, erkannte ihn trotz der Ferne nur zu gut. Zu oft hatte ihn Aaron an der Seite von Jacqueline Voubrasse durch die Straßen der Stadt gehen sehen. Unter dem Schild seines Käppis hervor schaute er ihm nach, während er einmal mehr das klobige Gewehr hochriß, mit Neid und in stiller Verzweiflung des schönen Zivillebens gedenkend, wo einer tun und lassen konnte, was er wollte.

VIII. Kapitel

Schon seit Jahren erlebte es Bell: nirgends begann in den ersten Märztagen der Frühling mit solch erregender Zartheit wie an der westlichen Bastion «seiner» Insel, über den Quadern der Ufermauern des Botanischen Gartens am Schanzengraben. Von jungem Laub hing noch kaum ein grüner Hauch im rötlichen Gespinst der Zweige, aber die Knospen der Forsythien waren gesprungen, die winzigen Quasten der Mimosen stäubten, und alle Kraft der blassen Sonne sammelte sich im Gold der kleinen Blüten, die sich unter den Blicken unablässig zu vermehren schienen. Gegen den Mittag zu trockneten die Steine der Brüstung und die Trottoire zur Farbe ungebrannter Siena, die Dunstschleier verwehten und enthüllten die Seide des Zürcher Himmels. In den dunklen Kiefern begannen die Rinden rot zu glühen, und die spitzen Blätter exotischer Büsche stachen silbern in die regungslose Luft.

In den Rinnsteinen schmolz schmutziger Sulzschnee, aber trotzdem oblagen die Buben schon eifrig dem Marmelspiel, und es machte ihnen nichts aus, die Kugeln und gläsernen Bummen aus den Pfützen zu fischen. Hinter dem Schanzengraben-Schulhaus auf dem Kiesplatz warfen die Mädchen Bälle und die Rollen des neuaufgekommenen Diabolospiels in die Luft, das Zwitschern und Kreischen der Kinder erfüllte den ganzen Raum über den still ziehenden Wassern des Flusses. Dann aber schrillte die Pausenglocke, und mit einemmal wurde es wieder so still im Quartier, daß Bell, der am Geländer der Selnaubrücke lehnte, das Wiehern der Pferde aus den Ställen der Fuhrhalterei Welti-Furrer herüber hören konnte.

Verträumt und menschenleer zog sich die Straße gegen den Pelikanplatz hin, auf der rechten Seite noch immer gesäumt von den niederen Giebelhäusern der ehemaligen Vorstadt aus biedermeierlicher Zeit. Ihnen gegenüber, jenseits der Straße, reihten sich mannshoch die goldbronzierten Lanzen der Gartenzäune alter Landhäuser, mitten in großen Grundstücken, von Rasen und Büschen umgeben, und Wäldchen von Eiben und alten Zedern.

Der Engländer hatte sein in grobes Leinen gebundenes Skizzenbuch aufgeschlagen und begann mit ruhigen Strichen die Perspektive der Straße aufzuzeichnen. Es waren nur ein paar kaum sichtbare Andeutungen, die der Graphit auf dem rauhen Papier hinterließ, dann langte er aus der Rocktasche ein kleines Aquarellkästchen, entkorkte eine winzige Apothekerflasche und setzte mit spitzem, weichem Pinsel die Farben auf: das dunkle Geäst der Zedern, das sich hoch über der sonnigen Straße in das blasse Blau des Himmels hineinschob, die braunvioletten Schatten, die sie über das Ocker des Trottoirs warfen, die chromgrünen Jalousien an den niederen Häusern gegenüber und das mit Sepia gebrochene Siena der alten Ziegel. Tief unten in der Straße tauchte ein Velofahrer in einem gelben Trikot auf, und als dieser, sein «Puppchen, du bist mein Augenstern» vor sich hinpfeifend, auf der Brücke angelangt und an Bell vorübergefahren war, hatte der im Zentrum seines Bildes bereits seine Kontur mit einem hellen Vermillon hingetupft. Noch eine Weile stand er in der milden Vormittagssonne und ließ die Farben trocknen, dann trat er durch das Tor des Botanischen Gartens, stieg hinter den Treibhäusern den Hang hinan und setzte sich oben auf der Bastion der «Katz» auf die Bank neben dem Stamm einer Platane, Mandeln knackend, den letzten stillen Rest des Morgens zu genießen. Gleich näherten sich ihm auch, aufbegehrend piepsend und mit den Flügeln schlagend, die Spatzen und Buchfinken.

Es dauerte nicht sehr lange, und da kam, auch schon ohne Mantel, René Hirzel das Weglein herauf und ließ sich neben Bell nieder; es war ersichtlich: dies war eine gewohnheitsmäßige Begegnung. Er legte das runde Hütlein mit den aufgeworfenen Rändern neben sich, schloß die Augen und bot die hohe Stirne und das schmale, gezeichnete Gesicht der wärmenden Sonne dar. Es hatte nicht ausbleiben können, daß diese beiden sich immer wieder an den stillsten Orten der Siedelung begegneten, gehörten sie doch inmitten der zielstrebigen Bewohner dieser Stadt zu jenen Randexistenzen, die sich über keine regelmäßige und nützliche Beschäftigung ausweisen konnten.

Von Zeit zu Zeit mußte Hirzel beim Amtsvormund Meier-Graf im Gebäude des Wohlfahrtsamtes an der Selnaustraße vorsprechen; es handelte sich um die Unterhaltsbeiträge für das Helenli, die ihm bei der Scheidung überbunden worden waren; aber diese Audienzen endeten meistens damit, daß er von der Amtsstelle Gutscheine für Mahlzeiten in einem alkoholfreien Restaurant des Frauenvereins oder für ein dringend benötigtes Paar neuer Schuhe erhielt. Wenn er dann, mit solchen Papierchen sowie den mit Vernunft und unter Mißbilligung seiner Lebensweise verabfolgten Ratschlägen der Amtsperson ausgestattet, über die kleine Brücke stadteinwärts schlenderte, konnte er meistens der Versuchung nicht widerstehen, die Bank im menschenleeren Garten aufzusuchen.

Dann saß er auf der Bastion, der schmerzlichen und demütigenden Umstände seines Daseins bewußt, sie bitter und nicht ohne eine Beimischung von Selbstbemitleidung auskostend, aber sie auch auf eine uneingestandene Weise liebend, und im Tiefsten durchdrungen, daß er daran nichts ändern könne.

Bell, einer Aufforderung von Hirzels Hand folgend, reichte ihm das Skizzenbuch hinüber.

«Sie sehen es», sagte der, und es war für den Engländer erfreulich, wie sich der melancholische Ausdruck im Gesicht des anderen unter kritischer Zuständigkeit verlor. «Gott sei Dank gibt es noch Müßiggänger wie wir in dieser Stadt!» rief der Verbummelte, «sonst wäre all diese stumme Schönheit verloren und vergeblich, besonders an so einem arbeitsamen Vormittag zwischen zehn und elf wie heute!»

«Ich glaube, Sie tun ihnen Unrecht, Mr. Hirzel. Diese Leute haben es doch geschaffen, und sie leben darin. Vielleicht hängt es nicht als Bild an den Wänden ihrer Zimmer, aber sie erblicken es durch die Rahmen ihrer Fenster, wenn sie aus ihren Stuben auf den Schanzengraben hinausgucken.»

Mit einer wilden Bewegung strich sich Hirzel die Haare aus der idealistischen Stirne. «Ach», rief er in höhnischer Verzweiflung, «die steigenden Preise der Grundstücke sehen sie, die Ordnung und die Sauberkeit und die Zweckmäßigkeit, die Hygiene und die Rendite! Was man berühren, aufbauen, abreißen und verändern kann, das sehen sie, aber was still und zitternd und schwebend darum herum ist, das sehen sie nicht.»

«Aber sie spüren es wie wir – sie bewegen sich darin, und es macht einen Teil ihres Wohlbehagens aus, ihres ‹behaviour›. Daß man es noch mit Worten oder mit Wasserfarben herausholen kann, das ist nur ein Sonderfall.»

Sie saßen eine Weile nebeneinander, mit geschlossenen Augen, zurückgelehnt in der Sonne; aus den Wipfeln schlugen die Amseln, ganz ferne hörte man das Summen der Stadt.

«Nicht dies war es, was ich eigentlich sagen wollte», sagte Hirzel. «Nicht die Schönheit meinte ich.»

«Ich verstehe Sie schon. Die Gegenwart meinten Sie. Die Gegenwärtigkeit. Dieses Stillestehen der Gegenwart, wovon die Schönheit der Ausdruck ist. Diese Sekunde, die uns die Schönheit schenkt.»

«– und deren Ruhm und Größe ihre Vergänglichkeit ist, die wir gelebt und verloren haben, indem wir sie lebten.»

In ihr Reden hinein tönte vom Schanzengraben-Schulhaus herüber das Klingeln der Pausenglocke, und gleich darauf hörten sie das Schreien und Lachen der Kinder, in das sich das Bimmeln des Elfuhrgeläutes von den Kirchtürmen herab mischte.

Es schwebte zwischen den Flaneurs noch ein Gedanke in der Luft; sie spürten ihn beide, und sie suchten ihn zu erhaschen.

«Man sagt immer, der Künstler sollte die Dinge betrachten, als sähe er sie zum erstenmal», meinte Bell schließlich zögernd, «wie ein Kind, das die Augen aufschlägt.»

Als wäre ein Stichwort gefallen, fuhr Hirzel auf. «Falsch», rief er, «falsch! Nicht, als hätten Sie die Sonne und die Luft über dieser Straße zum erstenmal gesehen, sieht Ihr Bildchen aus, Mr. Bell, aber zum letztenmal, bevor es, vom Geläute dieser Glocken begleitet, vom Strom der Zeit in das unwiederbringlich Gewesene hinausgeschwemmt wird.»

IX. Kapitel

In einem jener auf eichenen Bohlen errichteten Häuser inmitten der Limmat, an denen der Untere Mühlesteg entlanglief und unter denen noch die mächtigen Schaufelräder hingen, zwischen der Pestalozzi-Bibliothek und der Hoferschen Druckerei, hatte Clemens Wepf sein Atelier eingerichtet. Zu ebener Erde, mit Schaufenstern auf die Brücke hinaus, befanden sich die Velohandlung Hildebrand und das Coiffeurgeschäft Hippermann, welch letzteres seit etwa einem Jahr auch den amerikanischen Sicherheitsrasierapparat «Up to date» vertrieb, ein Unternehmen, das den Barbier bei seinen Kollegen in Verruf gebracht hatte, weil diese auswechselbaren Stahlklingen, wie in der Coiffeurzeitung zu lesen war, recht eigentlich den Lebensnerv des ehrbaren Handwerks durchschnitten.

Die Fenster von Wepfs Arbeitsraum gingen nach Norden gegen die Bahnhofbrücke zu, doch konnte der Photograph ihrer nicht ansichtig werden, weil die große Plakatwand mit der riesigen Erdbeere der Konfitürenfabrik Henckell & Roth nur den oberen Teil der Fenster freiließ. Das ganze Haus war aus Holz gebaut, die Schritte dröhnten auf dem sachte schwankenden Bretterboden, und immer hörte man das Rauschen der Wasser, die die Pfähle umspülten.

Ein stetig sich steigerndes Bedürfnis nach billigen Photographien in Postkartenformat, auf denen möglichst viele Teilnehmer an öffentlichen Anlässen und Umzügen zu sehen waren und die bereits vierundzwanzig Stunden nach dem Ereignis erworben werden konnten, hatte Wepf fast gegen seinen Willen vom Handwerk des Lithographen weggezogen. Von den zünftigen Photographen mit ihren salonähnlichen Ateliers unter Gläsdächern im fünften Stock vornehmer Stadthäuser, zu denen man vermittels eines Aufzuges gelangte, die Porträts im Kabinettformat für Familienalben und größere Stücke zum Aufhängen an der Wand herstellten, wurde er als Eindringling bekämpft. Aber es stellte sich bald heraus, daß sich auch in diesem Berufe ein Wandel vollzog. Mochten die alten Photographen, die ihre Tätigkeit von der Kunst der Bildnismalerei herleiteten, ihre sonntäglich gekleideten Kunden noch so durch Vornehmheit und leicht zauberhaftes Gebaren mit schwarzen Tüchern, gemalten Hintergründen, Balustraden, schweren Plüschvorhängen und gedrechselten Möbelstücken einschüchtern und beeindrucken, die Kodak-Apparate der Amateure begannen den geheimnisvollen Vorgang der Lichtbildaufnahme zu enträtseln und zu popularisieren. Immer breitere Schichten der Bevölkerung sahen ihre Sehnsucht nach Verewigung ihrer Gestalt in den Bereich wohlfeiler Möglichkeit gerückt. Der fünfzig Jahre alte Nimbus der Photographie enthüllte sich als ein im Grunde genommen sehr einfacher technischer Vorgang. Davon zeugten auch die serienmäßigen Aufnahmen in Postkartengröße, die Wepf unten im Hausgang am Mühlesteg, auf große Kartonstücke geheftet, ausstellte. Entzückt und wie auf eine Art ausgezeichnet, entdeckten sich die Leute auf diesen Photographien, und es genügte, die angebrachte Nummer herauszuschreiben, um schon nach wenigen Tagen in den Besitz einer beliebigen Zahl von Abzügen zu kommen. Jetzt hingen im Hausgang die Bilder vom Röseligartenfest des Lesezirkels Hottingen, und die Bestellungen all der trachtentragenden Teilnehmer dieses Anlasses liefen in solchen Massen ein, daß Wepf sich gezwungen gesehen hatte, Arbeit auszugeben, um der Nachfrage Herr zu werden.

In seinem weißen Mantel, schon ein wenig zur Fülle neigend, saß der Inhaber des Photographengeschäftes an seinem Arbeitstisch und studierte das umfangreiche Programm der drei Tage dauernden Festlichkeiten anläßlich der Einweihung des neuen Hochschulgebäudes. Es ging darum, dem Ereignis möglichst viele photographische Gesichtspunkte abzugewinnen. Aber es waren nicht die geschäftlichen Erwägungen, die ihn leiteten, eher war es ein berufliches Spiel zu nennen, so, als wäre ihm die Aufgabe überbunden worden, die Veranstaltungen mit seiner Kamera und seinen Magnesiumblitzen zu umkreisen und ihrem Fluß Bruchteile in Form starrer Lichtbilder zu entreißen. Das Zeitalter der Photographie war angebrochen; die schwarzen Kästchen mit ihren Blitzverschlüssen, Linsen und lichtempfindlichen Platten waren die technische Replik des menschlichen Auges mit seinem Lid, der Pupille und der Netzhaut. An die Stelle des Wortes und des Stiftes, gehandhabt von mehr oder weniger talentierten Leuten, um Vorkommnisse in geschichtliche Dokumente zu verwandeln, war die optische Apparatur getreten, unberührt von Gefühlen und Stimmungen. Sie lieferte vom Trubel der Ereignisse unbestechliche Ausschnitte, berufen, diese zu überleben und der Geschichtsforschung späterer Generationen einwandfreies Material zu überliefern. Von solcher Art war die Vorstellung, die sich Wepf von seinem Berufe machte, wenn er auf seiner Bockleiter stand, den neuen Apparat an sein Auge drückte und auf der Mattglasscheibe im Fluß der Gestalten jene Sekunde wählte, die vor allen anderen ausersehen war, langsamer zu verblassen.

Wepf legte ein weißes Blatt vor sich hin und begann die bevorstehenden Ereignisse zwischen dem siebzehnten und dem zwanzigsten April auf seine Weise zu ordnen. Er schrieb:

Außenaufnahmen am Freitagabend: Fackelumzug der Studentenschaft (mein Standpunkt am westlichen Ende des Bellevueplatzes, seewärts, wenn sie über die Quaibrücke kommen). Am Samstagmittag Studentenumzug im Wichs mit Fahnen und Kutschen (beste Gelegenheit für die Aufnahmen während des Kontremarsches auf dem Bahnhofplatz, möglichst die Erstchargierten aller Verbindungen. Sonne nahe am Zenit, mein Rücken gegen die Limmat). Montag nachmittag historisches Sechseläuten. Umzug der Zürcher Zünfte (Aufstellung am Limmatquai, eventuell Balkon der Museumsgesellschaft, Blick gegen die Gemüsebrücke und das Rathaus und ganz Richtung Süd gegen das Helmhaus. Abwart fragen.)

Aufnahmen vor dem Eingang von Gebäuden: Freitag abend

vor dem Hotel Victoria (Ankunft der auswärtigen Gäste). Am Samstag: Auf der großen Treppe vor der Universität. Die Regierung und die Behörden mit den Delegationen der fremden Universitäten finden sich zum Festakt ein. Am Mittag: Die Ehrengäste zum Festbankett in der Tonhalle. Am Sonntag: Vor dem Westportal der Fraumünsterkirche: Eintreffen der Teilnehmer am Festgottesdienst. Mittags vor dem Zunfthaus zur Schmieden: Bankett der auswärtigen Gäste. Nachmittags am Landungssteg am Bürkliplatz. Abfahrt des Salondampfers Helvetia zur Rundfahrt. Vor dem Stadttheater. Festvorstellung.

Innenaufnahmen mit Blitzlicht: Samstag, im Lichthof der Universität. Einweihungsakt (Redner und Ehrendoktoren), Festkantate mit Hegar. Festbankett in der Tonhalle (von der Galerie aus). Abends: Festkommers der Studentenschaft, Festchor. Sonntag: Im Fraumünster, im Zunfthaus-Saal der Schmieden (Bankett).

Wichtige Persönlichkeiten: Stadtpräsident Billeter, Regierungsrat Mousson, Dr. Keller, Dr. Locher, Dr. Egger (Rektor). Auswärtige: Ritter Georg von Mayer, München, Prof. Cotton, Paris, Prof. Macon, Oxford. Ferner: Werner (Nobelpreis), Kantonsratspräsident Dr. Oscar Wettstein, Prof. Karl Moser (Erbauer der Universität), Oberst Ulrich Meister.

Als er dies niedergeschrieben hatte, begann eine Berechnung anderer Art: die Zusammenstellung des benötigten Platten- und Kopiermaterials, der Stunden, Tage und Nächte, deren er bedurfte, die Bilder zu entwickeln, die Abschätzung der zu erwartenden Bestellungen.

Es war noch früh am Vormittag; trotz seiner Lage nach Norden und trotz der Plakatwand vor den Fenstern war der große Raum wie von einer prickelnden und abenteuerlichen Luft erfüllt. An den Balken der Decke spielten vom Widerschein der Wellen fortwährend zarte Schatten und Lichter. Es war noch kühl, aber man spürte, daß die seeseitige Fassade des Hauses voll im Licht stand, und als sich die Türe öffnete und Frieda, die Köchin bei Mengs, eintrat, fiel eine gleißende Bahn über den Bretterboden, und das krause Haar der Person war von einer kupfernen Aura umgeben. Wepf, der sich umgewandt hatte, betrachtete die Erscheinung im hellgrün gestrichenen Türrahmen mit den Augen des Malers.

Ihr Begehr war, die Bilder vom Lesezirkelfest abzuholen für ihre Herrschaft. Wepf suchte den Umschlag hervor und, über den Korpus gebeugt, betrachteten sie die vom Magnesiumblitz leicht erschrockenen Gruppen.

«Des in der Wehntalertracht ist die Frau Konsul», erläuterte Frieda, «und des sind die Jungen, der Herr Gebhardt und die Kathi. Sie tragen die alte Zürcher Sonntagskleidung aus dem achtzehnten Jahrhundert. All das ist echt, wissen Sie, die Leute haben sich's was kosten lassen. Sogar dem Bübchen, dem Georg, haben sie noch ein Trächtle machen lassen, die Großeltern; so ein kleines Bäuerchen, wissen Sie, mit einem schwarzen Dreispitzhütle, blauem Fräckle und weißen Pumphöschen und weißen Strümpfle. Natürlich war der nicht am Fest dabei, aber am Sonntag war er bei uns draußen im Seefeld und ist überall herumstolziert. Der war süß, sag ich Ihnen.»

Wepf war derlei Erklärungen gewöhnt, er ließ sie mit freundlichem Nicken und leicht geheuchelter Anteilnahme über sich ergehen. Sie gehörten nun einmal zum Geschäft.

«Und des, im grauen Zylinder und Vatermörder, ist der Herr Konsul selbst, ein Biedermeier, aber nicht aus der Schweiz, aus dem Badischen. Ich glaub, es ist der Johann Peter Hebel oder der Scheffel, der das Lied vom Trompeter gedichtet hat, ich weiß nicht mehr so recht. Aber stattlich sieht er aus mit der hellen Weste und dem hohen Stock, nicht?»

Der Photograph bestätigte es, in der Tat, er stelle etwas vor.

«Aber unter uns gesagt», sprach die Köchin, und sie hatte keine Eile, «ich bin froh, daß alles vorüber ist. Die ewigen Sitzungen und Besprechungen und Kaffeekränzchen, mit Auswählen und Anprobieren, das hat mir schon angefangen nachzulaufen. Das mußte doch alles stilrein sein, Heimatschutz, verstehen Sie, und da wurden Bücher herbeigeschleppt und alte Stiche, und so Doktoren kamen, die was von der alten Kunst verstehen, und denken Sie nur, die Herren sind sogar eigens an Ort und Stelle hingereist, ins Wehntal, ins Badische, andere ins Bündnerland und in die italienische Schweiz, um alte echte Kleider aufzutreiben. Und die mußten dann erst noch gewaschen, desinfiziert und neu geschneidert werden. Na, ich sag Ihnen, so etwas hätte man nicht für möglich gehalten. Der Associé von Herrn Meng, der Herr Voubrasse, und seine Frau sind extra ins Waadtland gefahren, wegen der Winzerkleider – und das Töchterchen, die Jacqueline, die kam in einer Genfertracht, aber die war süß, sag ich Ihnen, wie aus einem Bild herausgeschnitten.»

Ihn, den Herrn Wepf, hätte sie wohl gesehen, mit seinem Photoapparat, wie er herumgehupft sei, mal da, mal dort.

Ob sie denn auch am Fest gewesen sei? Nein, das natürlich nicht, aber sie sei doch mitgekommen und mußte den Damen helfen bei der letzten Herrichtung in der Garderobe, und da sei sie dann oben auf der Galerie lange an der Tür gestanden und habe in das Gewimmel hinabgeschaut. «Das ist doch einmalig, das kommt doch nie wieder, so ein Fest.»

Endlich machte sie Anstalten, den Gemüsekorb und das Marktnetz wieder an sich zu nehmen.

Wepf kehrte wieder zu seinem Plan zurück, von der beruflichen Aufgabe durchdrungen, möglichst viele Aspekte des kommenden Ereignisses festzuhalten. Unbestimmt und unbeachtet hatte er dabei immer noch den letzten Satz im Ohr. «Das ist doch einmalig, das kommt doch nie wieder.» Aber es sollte noch eine geraume Weile vergehen, bevor der ehemalige Maler des orakelhaften Beiklangs im Geplauder der schwäbischen Köchin inne wurde.

X. Kapitel

Sie trafen sich, wie es abgemacht war, um sechs Uhr dieses Maiabends vor dem Wartehäuschen beim Dampfschiffsteg am Bürkliplatz. Aaron war der erste. Er lehnte sich an das Geländer, in einem hellen sommerlichen Kleid, einen steifen, breitrandigen Strohhut mit schwarzem Band auf dem seit der bestandenen Rekrutenschule wieder nachwachsenden Haar, eine Gianaclis-Zigarette im Munde und an der Oberlippe den Anflug eines rötlichen Schnäuzchens. Es war unwahrscheinlich schön, in dieser leichten Kleidung im Licht und in der Wärme der sich neigenden Sonne zu stehen. Die rissigen Hände begannen zu vernarben, und der Geruch des Gewehrfettes war endlich verflüchtigt, seit er die Uniform abgelegt hatte. Wie konnte Schopenhauer sagen: Glück sei die Abwesenheit von Schmerz, etwas Passives also, dachte er. Glück ist ein wirkendes, aktives Gefühl, ein Bewußtsein von Fülle und Erlebnisbereitschaft, die Empfindung einer stillen Kraft, die uns gelassen ausfüllt, wachsam auf die kleinsten Dinge, deren wir gewahr werden, der Farben und der Laute, dem lauen Strömen der Luft um unsere Glieder, ein Spüren des Körpers bis an seine äußerste Oberfläche hinaus.

Als eine gleißende Lichtung lag der Platz vor ihm, am Saume des künstlichen Wäldchens der Stadthausanlage; die Ulmen, die Kastanienbäume, die große Zeder warfen ihre Schatten darüber hin. Im blau verdämmernden Boulevard der Bahnhofstraße standen die zarten Linden. In den Kringeln des Lichtes blitzten die hellen Kleider der Frauen, wenn sie im grünen Gewölbe der Alleen einherwandelten, den Abglanz des festlichen Himmels über dem Seebecken im Gesicht. Im Biergarten auf der Bastion der Bauschänzli-Insel, am Fuße der Riesenpappel, spielte eine Kapelle das Charakterstück «Auf einem persischen Markt», auf der Brücke verweilten die Leute und blickten flußabwärts in die verglühende Stadt hinein und alpenwärts über den kobaltblauen See, und die Möwen kreisten über der blechernen Helmzier der Kandelaber. Schon trugen die Droschkenkutscher die dunkelblauen lackierten Strohhüte der Sommersaison und die Pferde die roten Fliegennetze über den Stirnen. Die fremden Gäste aus dem Baur au Lac lehnten an den Säulchen-Balustraden der Aussichtsterrasse, Romain Rolland, der französische Dichter, war unter ihnen, am Arm einer greisen Dame, und Gotthold Wettstein, der vom Alpenquai her sich dem Treffpunkt näherte, konnte die Schauspielerin Annie Ernst in Begleitung der Wagner-Sängerin Emmy Krüger erkennen. Außer einem leichten Herzklopfen hatte er weiter keine Beschwerden mehr.

Walter Abt kam über die Brücke heran, in einem dunklen Anzug, der ihm schon wieder knapp zu werden begann, so wuchs er in die Breite. Mit etwelcher Herausforderung trug er einen jener runden steifen Hüte, deren einer Aaron vor Jahren, an den jüdischen Feiertagen, viel Pein bereitet hatte. Die goldgefaßte Brille vor den spöttischen Augen, der doppelte Stehkragen und das knappe Ansteckkrawättchen schienen die ironische Kampfbereitschaft und das Auflüpfische seiner Lebensgestaltung zu unterstreichen. Die drei gaben sich lachend die Hand, als käme ein jeder von ihnen von einer großen Reise zurück, so fernab schien ihnen die gemeinsame Schulzeit schon. Ein jeder von ihnen spürte die leichte Entfremdung, die zwischen ihnen eingetreten war. Die Stimmen hatten einen anderen Klang bekommen, und es brauchte einer geraumen Zeit Weile, bis sie unter der Verkleidung des Erwachsenen wieder den Jüngling und Altersgenossen zu erkennen vermochten, von dem sie am Tage der Maturitätsprüfung Abschied genommen hatten.

Gotthold schlug vor, sie möchten vorerst ein Boot mieten und ein bißchen im Seebecken herumgondeln. Ohne Mädchen sei das zwar einigermaßen blöd, meinte Walter lachend, aber sie stiegen dann doch zum Floß des Verleihers hinab und ruderten mit lässigen Schlägen in die stiller werdende Bläue des Beckens hinein. Es entfernte sich die Stadt wie ein festliches Ereignis in dem sich sachte weitenden Himmel von der Farbe blasser Teerosen. Bald waren sie so weit in der Stille draußen, daß die Türme der beiden Münster nur mehr wie spitze Nadeln in den Horizont hineinstachen und der See sich als ein breiter Strom darstellte, der den westlichen Ebenen zufloß.

Aaron, in den Wochen der Rekrutenschule muskelfest geworden und körperliche Anstrengung gewöhnt, war es schließlich, der das Boot allein in einem selbstgefälligen Kraftgefühl immer weiter hinaustrieb, während die beiden anderen es sich wohl sein ließen.

Es konnte ein jeder von einer bevorstehenden Abreise berichten, und dies war ja auch der Anlaß, daß sie sich noch einmal getroffen hatten. Zwei Semester in Berlin waren Gotthold gewährt worden, dem Hauptfach seines Studiums, der Germanistik gemäß, auf Adolf Freys Anraten und Empfehlung und nach einem langen Gespräch des Professors mit dem Gärtnermeister Wettstein. Der berühmte Dozent der deutschen Literatur hatte in seinen Seminarien das gründliche Wissen des jungen Studenten, seine Unverdrossenheit im Lesen und Exzerpieren günstig begutachtet, und er war der Ansicht, es gehöre zum Plane natürlich auch ein Aufenthalt an der Quelle der deutschen Kultur, in deren Bannkreis die alemannische Schweiz nun einmal liege.

Mit gekniffenen Augen suchte Walter die Blicke des rudernden Aaron, und dieser erinnerte sich auf einmal wieder der Vorfälle und Umtriebe in Wudes Stunden, aber es schien ihm alles so weit und ohne Bedeutung, durch das Erlebnis der Gewehrrechen hindurch gesehen.

Walter Abt wollte nach London. Aha, wegen des Britischen Museums, der Börse, des Welthandels, der Schiffahrt, des Versicherungswesens, alles Elemente zum Studium der Nationalökonomie, vermutete Gotthold. Nein, berichtigte der andere, wegen der Settlements, der Elendsquartiere, des Lebens des Proletariats. Nicht Museen interessierten ihn, nicht Bücher und Dokumente, sondern der Mensch in seinen schwersten Lebensbedingungen, in seinem Dasein als Masse, wie wir es in unserem Lande nicht kennen, in den Docks, den Kohlengruben, den Baumwollspinnereien, im Bas-fond der Weltstädte. Aaron hielt mit Rudern inne. Es ist, wie wenn man ein Buch liest, dachte er, und man bemerkt plötzlich, daß man Seiten überschlagen, Entwicklungen übersprungen hat. Wohl hat er sich von Zeit zu Zeit mit Walter getroffen, von seinem Florettfechten, seinen Reitstunden in der Manege Girardet bei der St.-Jakobs-Kirche gehört, von dem Umgang, den er mit Ausländern suchte, und dem Eifer, mit dem er dem Studium moderner Sprachen oblag; aber es war ihm alles mehr zufällig, einem ihrem Alter gemäßen neugierigen Schmecken an allen Dingen vorgekommen. Aber heute, an diesem Maiabend auf dem See, wollte ihm scheinen, es runde sich dies alles zu einem Plan. Er spürte in des ehemaligen Schulkameraden Worten eine weitgespannte Lebensneugierde, der nichts ohne Bedeutung war und in deren Blickfeld er alle Erscheinungen einzufügen sich bemühte. Daß Aaron dieser Zielsicherheit besonders gewahr wurde, hing mit seinem eigenen Schwanken und Tasten zusammen.

Er selbst, sagte Aaron – ihr Boot lag nun still, und die Stimmen trugen weit über die glatte Wasserfläche –, habe es nach der Entlassung aus dem Dienst und angesichts des ohnehin schon angebrochenen Semesters zu Hause durchsetzen können, für einige Monate und vielleicht noch länger nach Frankreich, nach Paris gehen zu dürfen, zu einem Onkel, einem älteren Bruder der Mutter, einem Agenten und Kommissionär in der Alimentationsbranche. Aber sie hätten es als Bedingung gestellt, daß er dort im Geschäft sich betätigte, als Volontär sozusagen, gegen ein Taschengeld, und er hätte eingewilligt, gehe es doch vor allem darum, die Sprache zu erlernen. Walter fand das sogleich sehr gut; was er am Studium verliere, werde zehnfach aufgehoben durch den Kontakt mit dem wirklichen Leben, durch die Erschließung eines neuen Horizontes und vor allem namentlich durch die Einsicht in das Wesen des Erwerbs. Denn diese Tätigkeit sei ja für Schüler und Studenten völlig schleierhaft, ein richtiges Geheimnis, und bevor jemand darüber Erfahrung habe, sei er auch noch kein Mensch.

Gotthold seinerseits, als Sohn eines Gärtners und eines Mannes, der vor allem durch seiner Hände Arbeit, mit Beharrlichkeit und Muskelkraft, im Rhythmus der Jahreszeiten, unter freiem Himmel und bei jeglicher Witterung seine Sippe aufzog und ernährte, hörte sich das Gespräch der Kameraden mit Verwunderung und Mißtrauen an. Er wußte seit seinen Knabenjahren, was Sorgen und Kummer um den Erwerb waren. Jahrelang war er sich unter den Mitschülern, Söhnen von Vätern, die Akademiker, Industrielle und Kaufleute waren, und den Pädagogen, die sich ihm als eine Mischung von Wissenschaftlern und Beamten darstellten, wie ein Eindringling vorgekommen. Nie war in dieser Welt von Geld und Verdienst die Rede. Das schien hier eine Selbstverständlichkeit, nicht der Erwähnung wert. Schulgeld, Taschengeld, Geld für die Bücher und Hefte, das hatten die Kameraden einfach und legten es hin, wo es gefordert wurde. Einmal, als bekannt wurde, der Vater eines Schülers namens Boller sei in Konkurs gekommen, da tuschelten sie untereinander als von etwas Unerhörtem, Anstößigem und Unehrenhaftem, und jener Knabe sah sich auf eine gewisse Art verfemt. Er verließ dann auch leise die Schule, war einfach eines Morgens nicht mehr da. Daß er, Gotthold, eines Stipendiums teilhaftig war, wurde vom Sekretariat mit solcher Schonung und Verschwiegenheit behandelt, daß Gotthold die ganzen Jahre hindurch ein schlechtes Gewissen hatte und ein Gefühl wohlwollender Duldung nicht los wurde. Es sollte noch viele Jahre dauern, bis er herausfand, daß in diesem Zustand die Ursache zu suchen war, wenn ihm bei den Hausaufsätzen «nichts einfiel». Bis er aber in der Beurteilung seiner Umstände so weit war, hatte er noch ein großes Stück Wegs zu gehen. An diesem späten Frühlingsabend kam ihm das Gespräch der beiden andern mit seiner Verherrlichung des «eigentlichen», des Erwerbslebens wie eine knabenhafte Wichtigtuerei vor. Von diesem kleinlichen und oft schäbigen Dasein weg, hinein in die warme, sichere Glasglocke des geistigen Lebens, in die Welt des Wissens, Forschens und Dichtens, in den Umgang mit den Großen und Einsamen, die das Geschick dieses Planeten geprägt hatten und von denen sich jeder einzelne an ihn, Gotthold Wettstein, besonders wandte, wenn er sich, die Fäuste über den Ohren, über ihre Bücher beugte, das war sein Ziel. Hier und heute also schieden sich die Wege, dachte er. Sie, die beiden ande-

ren, wollten jene Welt erkunden und erfahren, die auf immer zu verlassen er sich anschickte. Sein Erlebnis mit der Schauspielerin Annie Ernst hatte ihn gefestigt. Zu nah und vertraut war ihm das Speisezimmer der Pension «Thalia» erschienen, in dem sie ihm gegenüber gesessen hatte. Dieses Büfett und diese Stühle hätten ebensogut draußen in Wiedikon im väterlichen Hause stehen können. Fern der dunklen Pfeiler und schweren Vorhänge, der Reliefbühne mit ihren breiten, teppichbelegten Stufen, die sie hoheitsvoll, mit todwunder Gequältheit herabstieg, in ehernen und bebenden Jamben sprechend, sich vor Gotthold der Sprache des Alltags bedienend und von Bruno Wünschmann, dem Komiker, geduzt, hatte die Verehrte und hoffnungslos Geliebte ihren Nimbus verloren. Aber sein Umgang mit den Lebensläufen und Werken der deutschen Dichter der Klassik und der romantischen Epoche, die Kollegien, die er hörte, in denen die Beziehungen von Erlebnis und Dichtung erläutert und durch die Zwischenwerke, die Tagebücher und die Briefe nachgewiesen wurden, hatten zur Folge, daß Gotthold anfing, seinen eigenen Lebenslauf mit literarhistorisch geschulten Blicken zu betrachten. «Aus Ernüchterung und Resignation zu männlicher, entschlossener Ruhe gereift, verließ der junge Wettstein seine Vaterstadt, um seine Studien in Berlin, dem deutschen Zentrum geistigen und kulturellen Lebens, fortzusetzen.» Eine solche Wendung mochte sich in seiner Biographie nicht übel ausnehmen. Es beherrschte ihn die Vorstellung einer Pyramide, an deren Flanke nach jeder schmerzlichen Enttäuschung man das Recht sich errang, geläutert eine Stufe weiter zum Gipfel der inneren Vollkommenheit, aber auch der Einsamkeit emporzuklettern.

Ob er Nachricht von ihrem gemeinsamen Schulschatz, von Jacqueline Voubrasse, hätte, fragte Aaron, der die Ruder ruhen ließ und mit seinem hellen Anzug, ein Knie über das andere geschlagen, seine Zigarette im Munde und das Gesicht im Schatten seines breiten Strohhutes, nach der Art eines Herrschers auf der mittleren Bank Gotthold gegenüber saß. Seine Stimme war laut, wie sie es ihm in der Rekrutenschule angewöhnt hatten, und er bemühte sich, ihr einen unbekümmerten Ton zu verleihen. In Wirklichkeit aber verhielt es sich so, daß er eines Abends, ganz am Anfang seiner Dienstzeit, nach dem Hauptverlesen gegen die Utobrücke und die Binz hinausgeschlendert war, der alten melancholisch-vertrauten

Landschaft seiner Seele, in der er als Schüler so manche Mittagszeit der Donnerstage verbracht hatte. Vom Fenster des Kasernenzimmers aus auf die trübe dahinfließende Sihl hinabsehend, war es ihm während der ersten Zeit seiner Beschwernisse manchmal ein Trost gewesen, sich auszudenken, daß dieses Gewässer an Jacquelines Haus vorbeifloß, von ihr herkam und ihm auf diese Weise ein paar heitere Gedanken zuführte. Aber das Werkareal der Installationsfirma lag öde und verlassen da im Regen und in der Dämmerung. Der Rekrut in seinem schweren Kaput marschierte dem Gitter entlang und spähte nach dem Backsteinhaus hinüber, betrat schließlich das Feld und schlug einen großen Bogen um die ganze Anlage, obgleich es ihm von Anbeginn an völlig unwahrscheinlich schien, daß sich aus dieser Gegend rostenden Eisens, leis plätschernder Pfützen und zähen Lehms die zarte Gestalt des Mädchens heraus zu destillieren vermöchte. Und so war es auch, er wurde überhaupt keines Menschen ansichtig. Als er, auf dem Rückwege in die Kaserne begriffen, wieder am Gittertor des Werkareals vorbeikam, wurde er von seinem eigenen, unvorhergesehenen Entschluß überrascht, einem Verhalten, das er offenbar dem männlichen Geist, der in der Rekrutenschule herrschte, zu verdanken hatte. Er drückte nämlich entschlossen die Klinke des Portals nieder, öffnete das Gitter, wanderte stracks und ohne weiteres Besinnen quer über den Platz dem Voubrasseschen Hause zu, das Vortreppchen hinauf und läutete. Ein Hund schlug an, eine Männerstimme gebot ihm Schweigen, dann flammte über Aaron eine Lampe auf, die Türe wurde geöffnet, und Jacquelines Vater, hemdärmlig, ohne Kragen und mit ungeknöpfter Weste, stand vor ihm.

«Eh, ein Soldat», begrüßte er ihn freundlich. «Entrez!»

Aaron kratzte mit seinen kotigen Schuhen über die Matte, zog die Mütze vom rundgeschorenen Kopf und folgte der Einladung. Gleichzeitig erschien auch Frau Voubrasse unter der Zimmertüre.

«Das ist ja Herr Reiß, wenn ich mich nicht irre», sagte sie mit ihrem welschen Akzent, und schon stand Aaron im Wohnzimmer, am runden gedeckten Tisch, über dem eine Gaslampe brannte.

«Sie wollten sicher zu Jacqueline und sich ihr in der Uniform zeigen», lachte die Frau. «Aber sie ist nicht hier, sie ist in Genf, in einem Töchterinstitut, für ein Jahr.»

«Sie nehmen doch sicher einen Kaffee», sagte Voubrasse, brachte eine Tasse und schenkte ein.

Aaron sah sich selbst im Spiegel über dem Sofa, die Mütze in der Hand, mit dem langen, dünnen Hals, der aus dem viel zu weiten Kragen seines Mantels herauswuchs und oben sein rötlich überhauchtes Köpfchen trug. Ein eher komischer Anblick, kam ihm vor. Ja, er sei da nach dem Hauptverlesen ein bißchen herausgebummelt, und da hätte er gedacht, er wolle einmal Jacqueline guten Abend sagen. Er hätte in der Tat schon lange nichts mehr von ihr gehört. Es kam ihm dabei selbst ganz eigenartig vor, daß er auf so natürliche und alltägliche Weise sprechen konnte. Es mußte, ohne daß er davon wußte, etwas mit ihm vorgegangen sein in der Kaserne.

Mit Hector Voubrasse war ganz gut reden gewesen. Er erkundigte sich vor allem über das neue Gewehr, Modell 1911, mit der Spitzpatrone, dem Revolvergriff am Schaft und der gestreckten Flugbahn, und es entstand daraus noch ein leidlich angeregtes Männergespräch. Hätte Frau Voubrasse aus ihrer Ecke heraus, wo sie etwas häkelte, nicht von Zeit zu Zeit blinzelnd und ein klein wenig kritisch zu ihm hinübergeschaut, hätte man das Ganze eine belanglose Höflichkeitsvisite nennen können.

Sie versprachen, Jacqueline seine Grüße auszurichten, als Aaron sich zum Gehen anschickte. Die einzige Trübung, die der junge Rekrut auf dem Rückweg zur Kaserne, der nächtlichen, gleich einem Wildwasser dahinstürmenden Sihl entlang, empfand, war eine kurze Bemerkung, die Frau Voubrasse hatte fallen lassen. Es gehe Jacqueline gut. Sie zeige eine große Neigung zur Naturwissenschaft, zur Botanik vor allem. Sie habe interessante Studienkolleginnen. An zwei Schwestern scheine sie sich besonders angeschlossen zu haben, Natanson mit Namen, des israélites russes. «A vrai dire, je n'aime pas beaucoup cela.»

Sie sei einmal für ein paar Tage dagewesen, im März, zum Lesezirkelfest, antwortete Gotthold auf seines Gegenübers Frage. Gesehen habe er sie allerdings nicht. Aber wenn es ihn, Aaron, interessiere: sie sei ausgestellt mit der Waadtländergruppe beim Photographen Wepf, am Unteren Mühlesteg.

«Sagt es selbst», rief Aaron, «wenn die Koffer gepackt und wir bereit zum Aufbruch sind, zählt das alles noch? Kann man sich *einen* Mann nur vorstellen, der dahockt und einer platonischen Liebschaft nachspinnt, wenn die Türen zur Welt sich geöffnet haben und er die Luft der ersten wirklichen Freiheit schnuppert? Mein Gott, wenn man sich das vorstellt, zuerst die Schule und das enge Elternhaus, dann die Kaserne ...» Er hatte den Hut vom Kopf genommen und machte damit eine Bewegung, als wollte er ihn, einem Diskus gleich, auf das dunkle Wasser hinausschiefern.

Als wäre ein Stichwort gefallen, dehnte hinter ihm Walter Abt die Arme so wie am Morgen, wenn man aus dem Bett steigt, und auch sein Mund öffnete sich weit, wie zu einem Gähnen, aber es wurde jenes röhrende Löwengebrüll daraus, eine Art Urlaut, wie ihn die Jünglinge während des letzten Schuljahres ein oder zweimal jeden Monat gemeinsam bei irgendeiner Gelegenheit plötzlich auszustoßen pflegten. Es gemahne dieser Unfug an das Verhalten von jungen Raubtieren, die an ihren Eisengittern rüttelten, äußerte sich darüber, nicht ohne Verständnis, Professor Wude zu seinen Kollegen.

Auch Aaron und Gotthold stimmten sogleich in den vertrauten Ruf ein, und minutenlang verhallte es schaurig-schön über dem schieferdunklen Wasser des Seebeckens, während in den Kandelabern auf der Quaibrücke und dahinter in der Stadt und an den Hängen des Zürichberges die ersten Lichter und im lilablauen Himmel über den drei Jungen im Boot die ersten Sterne aufzublitzen begannen.

XI. Kapitel

In den Wandelgängen der neuen Universität, die um den Lichthof herumführen, herrschte um diese Zeit zwischen acht und neun Uhr des Vormittags tiefe Stille. Die ockerfarben getünchten Wände und das gegen das Bläuliche sich hinziehende Korn des Sandsteinwerks der Friese und Sockel gemahnten an die Kreuzgänge italienischer Klöster. Die Bogen und Säulchen warfen ihre Schatten auf die roten Fliesen, und das Gesicht Karl Gebhardts, der langsam mit kraus gespannter Stirne dem Dozentenzimmer Bovets zustrebte, wechselte alle paar Schritte vom Hellen zum Dunkeln und vom Dunkeln ins Helle.

Er befinde sich in Tat und Wahrheit, erklärte Karl Gebhardt, als er dem gewaltigen Manne gegenübersaß – so müßte Zola ausgesehen haben, mit seinem Zwicker und der schwarzen Schnur, die daran befestigt war, dachte er immer –, in einer großen Verwirrung und Unordnung. Und dies sei ja just, oder vielleicht eben, in der Zeit ausgebrochen, da er sich für ein Dissertationsthema entscheiden müsse. Dabei gehe es in Wirklichkeit gar nicht nur um den Stoff, um eine Epoche, sondern die Schwierigkeiten lägen darin, daß er nun, nach einigen Semestern, überhaupt gar nicht mehr wisse, von welchem Gesichtspunkt, von welcher Ebene aus man geschichtliche Vorgänge zu betrachten und zu beurteilen habe.

Zwischen dem Schnauz und dem Bart Bovets hing eine Zigarette hervor, die Lider seiner Augen waren gekniffen, und er blickte, abgewandt von seinem Besucher, durch das hohe Fenster in die Baumkronen hinaus. «Warum und zu welchem Ende studieren wir Universalgeschichte?» murmelte er.

Nein, es sei nicht die Schillersche Fragestellung, warf Karl lebhaft ein. Es sei viel platter, viel primitiver. Er zog ein Blatt aus seiner Mappe. Er habe es in ein paar Sätzen niedergelegt – ob er es lesen dürfe? Bovet nickte.

«Erstens: Am liebsten möchte ich Geschichte der Gegenwart schreiben. Über unsere Epoche. Mit Material, das sozusagen noch ganz warm ist. Zweitens: Es verbirgt sich dahinter meine Vorstellung, Geschichte habe einen völlig anderen Aspekt, seit die menschliche Gesellschaft Organe besitzt, die vorweg, aber nebenbei, nicht als Hauptzweck, Geschichte produzieren, mechanisch sozusagen, durch die Zeitungen und die Photographie nämlich. Drittens: Ich wehre mich aber gegen den Einbruch, das Hineintragen der Psychologie in die Geschichtsschreibung, als einer zu stark vom subjektiven Verhalten des Historikers beeinflußten Wissenschaft ohne objektive Resultate. Viertens: Man sagt, wir leben in einer geschichtslosen Epoche. Mir scheint das so falsch, wie wenn man sagen würde, der Winter sei eine Zeit, in der die Natur stillstehe. Im Gegenteil ist der Winter mit seinem angeblichen Stillstand die wichtigste Zeit des naturhaften Geschehens: es wird in dieser Zeit alles vorbereitet und angelegt, was im Frühling, im Sommer und im Herbst in der Natur geschieht. Auf die Gegenwart, unsere Zeit bezogen, würde das heißen: die Handelsverträge, die Zollverträge, die Staatsbudgets, die Bilanzen der Banken, der Industrie, des Handels, die Werke der Dichter, die Bilder der Maler, die Theatervorstellungen, die Bevölkerungsstatistiken, der Beschäftigungsgrad, die technischen Erfindungen seien die Keime künf-

tiger geschichtlicher Entwicklungen. Fünftens: Aber niemals läßt sich Geschichte völlig aus materialistischen Elementen allein erklären. Viel wichtiger sind die großen unterirdischen geistigen Strömungen, wie zum Beispiel Nationalität oder Internationalität, Parlamentarismus und Diktatur, Gottesglaube oder Atheismus, Opportunismus und Idealismus.»

Karl hielt inne und biß sich auf die Unterlippe. Für was für einen elenden Dilettanten wird er mich halten, dachte er ernüchtert. Ich muß ihm wie ein Wirrkopf vorkommen. «Es ist so chaotisch, verzeihen Sie», fügte er nach einer Weile hinzu.

Bovet hatte sich die ganze Zeit über nicht gerührt, nur gepafft. «In der Tat», antwortete er. «Aber das macht nichts. Im Gegenteil. Jeder Kosmos war einmal ein Chaos. Ich habe lieber solche Studenten als so problemlose Konformisten. Es steckt sicher ein Dissertationsthema drin, in dem, was Sie mir vorgelesen haben, vielleicht sogar mehrere. Aber Sie müssen sich halt entscheiden, beschränken, nicht zu viel wollen und nicht zu fern voneinander liegende Dinge vermischen. Geben Sie einmal her.»

Er legte das Blatt vor sich hin, und Karl sah, wie seine Augen hurtig über den Text glitten.

«Ich sehe in Ihrem Text einige Titel. Zum Beispiel: ‹Die Zeitung als geschichtliches Dokument.› Oder: ‹Die sogenannte geschichtslose Zeit.› Oder: ‹Soll der Geschichtsforscher ein Psychologe sein?› Vielleicht auch: ‹Gegenwart, geschichtlich betrachtet.› Aber ich muß Ihnen schon sagen, am liebsten hätte ich etwas ganz Konkretes, Konzises. Weniger Geschichtsphilosophie als ein Beispiel, einen Fall. Etwa so: ‹Die Schweiz während des Krieges 1870/71› oder ‹Die neutrale Zone in Hochsavoyen›. Glauben Sie mir, Herr Gebhardt, es ist eine wahre Wohltat, wenn man festen Boden unter den Füßen hat und sich nicht noch mit eigenen Thesen und Hypothesen herumschlagen muß.»

Bovet bemerkte die Enttäuschung seines Besuchers wohl. Der Studiengang des einstigen Buchbinderlehrlings war ihm bekannt; ein Sproß des Zürchervolkes, aus einfachen Verhältnissen stammend, hatte den naheliegenden Weg des Lehramtskandidaten und die den schweizerischen Hochschulen eigene Möglichkeit, ohne Matura studieren zu können, verschmäht. Er war ein «eigentlicher» Student geworden, aber es zeichneten ihn jene Eigenschaften aus, die den bis vor kurzem wenig geachteten Auditoren eigen waren: ein solider Fleiß, etwas Gesundes und Ursprüngliches und eine warme Begeisterung. Es kamen Bovet die eigenen Worte jenes Aufsatzes in den Sinn, den er im Aprilheft von «Wissen und Leben» zur Einweihung des neuen Universitätsgebäudes geschrieben hatte. Dieses Gespräch im Dozentenzimmer war ein alltäglicher Vorgang. Der Schüler fragte den Lehrer um Rat. Der junge Mensch stammte aus dem eigentlichen Volke, und Bovet nahm davon die akademisch Gebildeten und die Reichen aus. Dieses kleine Zürcher Volk von vierhunderttausend Seelen hatte freiwillig und in direkter Abstimmung den großen Betrag von sechs Millionen Franken für die Erstellung dieses Hochschul-Gebäudes beschlossen. Mochten in vielen dieser Jasager ungenaue oder falsche Vorstellungen über das Wesen und die Funktion der Universität herrschen, so meinten sie doch alle im Grunde von ihr das Richtige: sie war auf der Stufenleiter der Schulen die Höchste, und es ging von ihr ein Segen aus über die Stadt und die Landschaft.

«Sie scheinen nicht recht zufrieden mit meiner Meinung?» fragte Bovet und nahm den Zwicker herunter.

«Wohin soll das alles führen?» hörte Karl mit Erstaunen sich ausrufen. Es war ihm einfach so herausgerutscht.

«Was meinen Sie?», fragte Bovet zurück, mehr durch den unerwarteten Ton der Leidenschaftlichkeit als durch die Frage selbst angerufen.

«Dies», antwortete Karl Gebhardt, «daß uns die Geschichte nicht die leiseste Andeutung über das Morgen gibt! Vom großen Ganzen völlig zu schweigen, aber nicht einmal vom Kleinsten im Kleinen! Über alles reden sie mit solcher Sicherheit und Selbstverständlichkeit: über die Wandbilder von Bodmer und Huber, über Bergson, über das europäische Gleichgewicht, über die Seele, über die sozialen Zustände: Wir analysieren, will ich sagen, aber nirgends wird der leiseste Versuch einer Synthese gemacht ...»

«Es ist Ihnen nicht wohl im Fließenden, Provisorischen. Sie möchten für die Gegenwart klare und übersichtliche Verhältnisse wie für eine abgeschlossene Epoche», murmelte Bovet.

Die Bemerkung tat Karl wohl. Er schaute auf, gerötet, und zum erstenmal freimütig. «Es ist wohl ein Gemütszustand», meinte er.

«Eine Krise», lächelte Bovet.

Karl bestätigte es mit lebhaftem Nicken. «Wäre ich doch der einfache Buchbindergeselle geblieben!» Er dachte dabei an jene Abende, wenn er Goetschels aufgeräumte Butike jeweils verließ, die Kirchgasse hinabwanderte und am Großmünster vorbei einen Blick auf die Limmat und die gegenüberliegenden Häuser tat, und das Bild war begleitet vom leisen Summen einer Orgel aus dem Gemäuer der Kirche. Eine neue Zeit sei mit dem Jahrhundert angebrochen, hatte er damals gewähnt.

Bovet betrachtete mit zunehmender Nachdenklichkeit den jungen Mann. Es ist die Generation, die uns folgt, dachte er dabei. War es nicht ein bißchen voreilig, als ich sie gesund und ursprünglich nannte? Dreizehn Jahre amte ich nun hier. Aber in der jüngeren Zeit mehren sich doch in diesen Gesprächen die Zeichen der Unsicherheit, der Unzufriedenheit. Oder eigentlich: der Ton hat sich geändert, mit dem sie zu uns sprechen. So, als hätten wir etwas von unserer Autorität verloren. Nun, ich habe ja nie viel darauf gegeben. Demokratie und Gedankenfreiheit vertragen sich schlecht mit Autorität. Als wären wir Väter, mit denen sie nicht zufrieden sind, so reden sie mit uns. Generationenkonflikt? Ungeduld? Nachdrängen? Verdrängen? Vordrängen? Drüben, in der theologischen Fakultät, ist ja auch allerhand los. Und in der Kunsthistorik auch. Man würde sagen, sie suchen Händel, die jungen Leute. Aus Langeweile, aus Abenteuerlust, weil sie aus dem Tramp herauswollen. Oder ist es einfach eine Art von Erlebnishunger? Etwas Aufgestautes? Geschichtslose Zeit, das ist ja sein Ausdruck auf dem Blatt.

Ganz am Rande seiner Reflexionen glitt noch ein anderer Gedanke vorüber. Wenn man die Empfindungen dieser jungen Leute multipliziert, vervielfacht, vertausendfacht, vermillionenfacht, entsteht da nicht ein recht eigenartiger, gefährlicher Zustand? Eine potenzielle Bereitschaft zur Tat, eine strukturelle Veränderung der Masse, der Übergang in einen anderen Aggregatszustand vom Festen zum Flüssigen, Fließenden? Man sollte dem einmal nachgehen. All das Ökonomische, Soziale, Nationale aus dem Spiel lassen, die ganze materialistische Auffassung.

«Da hätten wir ihn ja, den berühmten Einbruch der Psychologie in die Geschichte», sagte Bovet plötzlich. «Ja, schauen Sie mich nur an, Herr Gebhardt! Das überrascht mich selbst. Im Punkt drei wehren Sie sich ausdrücklich dagegen. Das ist sie, Ihre Krise, unsere Krise!» Er erhob sich vom Stuhl, hinkte ein paarmal durch das Zimmer, stellte sich an das Fenster, stand da, das Gesicht im Schatten vom Grün der Bäume umrahmt, auf Hochtouren mit seinen Gedanken.

«Die Mythen» – er sprach leise vor sich hin –, «die Mythen als geschichtlicher Faktor, verstehen Sie, die Vorstellungen, die Spiegelbilder der Seele, diese Sehnsucht nach dem anderen. Die Völkerwanderung, die Kreuzzüge, die Hunnenzüge, die Seefahrer – alle diese Aufbrüche, alle diese Übergänge, vom Statischen ins Bewegte, Dynamische –, wir bemühen uns, sie mit dem Verstande zu rechtfertigen, zu verstehen, zu erklären mit abgegrasten Weideplätzen, mit ökonomischen Notizen, mit Absichten des Handels, der Bereicherung. Aber es reicht ja nicht aus. Es bleibt immer ein rätselhafter Rest. Und den verlegen wir dann in einen Einzelnen hinein, in eine Persönlichkeit, in einen Alexander, einen Hannibal, einen Kolumbus, einen Napoleon. Und wir wollen es nicht wahrhaben, daß es keine einzelne Seele gibt, sondern nur eine gemeinsame Massenseele, an der alle teilhaben, und daß allenfalls der, den wir Persönlichkeit nennen, nur ihr Exponent ist.»

Gebhardt saß auf seinem Stuhle, den Kopf gesenkt, und nahm die Worte Bovets bewegt in sich auf. Sie sickerten in ihn hinein wie Regentropfen in spröde Erdrinde. Es wehte etwas durch den Raum, ein Erkenntniswind, unter dem er erzitterte.

«Die Kriege?», machte er schüchtern.

«Davon reden wir ja, von nichts anderem», rief Bovet.

«Sie wollen sagen, friedliche Zeiten seien nichts anderes als Inkubationsfristen des Krieges?»

Bovet starrte abwesend unter den buschigen Brauen hervor in das Dozentenzimmer hinein. Dann zog er seine Uhr aus der Westentasche. «Ich habe jetzt Kolleg. Wir wollen im nächsten Seminar darüber reden, mit den anderen. Da gehört es hin. Das ist unser Laboratorium. Möchten Sie, Herr Gebhardt, über unser Gespräch referieren? Ja? Ganz ungezwungen, ohne Niederschrift, einfach berichten?»

Karl Gebhardt erhob sich.

«Vielleicht, nein, wahrscheinlich», sagte Bovet, «wird das Ihnen helfen in dem, was Sie suchen.»

Der Student stand still und benommen auf der sonnenbeschienenen Freitreppe, die von der Universität hinabführte. Herrlich und zart verharrten die Baumkronen im blauen Maitag. Von der Stadt herauf klang das Geläute der Elfuhrglokken. Kommilitonen, barhäuptig oder in bunten Mützen, Hefte unter dem Arm, junge Mädchen und Dozenten stiegen die Stufen hinan und hinab, bildeten kleine Gruppen: Bienen vor dem neuen Stock, in dem der goldene Honig des Wissens aufgespeichert war. Alles, was das Auge erblickte, war klar und übersichtlich im Blickraum verteilt, mit ruhigen Umrissen und milden Farben. Vom See her zog sich das Tal, am Uto und an den Hängen des Zürichbergs vorbei, der offenen Mulde des Westens zu, weit, aber dem Maße der Menschen gemäß, die es bewohnten: Raum eines Daseins, das fern und unberührt schien von den Dingen des aufgeschobenen Gesprächs.

Zweites Heft

I. Kapitel

«So fangen Sie halt in Gottes Namen an», sagte Stadtpräsident Billeter und wanderte mit gemessenen Schritten, die Hände unter dem Gehrock auf dem Kreuz zusammengelegt, leicht professoral, die eher kleine Gestalt aufgerichtet und nicht ohne natürliche Würde, mitten durch den Raum. Am runden Tisch, auf der Eckbank, wo der Magistrat sich während der Audienzen mit den Besuchern niederzulassen pflegte, saß die Kanzlistin, Fräulein Bertschinger, in einer schwarzen Ärmelschürze, die leicht angegrauten und nicht sehr üppigen Haare zu einem Chignon geknotet, und handhabte ein Wachstuchheft in großem Format, dessen Seiten von ihr sorgsam in Kolonnen aufgeteilt und seitenweise je mit einem Datum überschrieben waren. In der vordersten linken Kolonne wurden, auf Wochen und Monate voraus, in säuberlicher Schrift die Anlässe eingetragen, bei denen die Vertretung der Stadt durch ihren Präsidenten erwartet, gewünscht, erhofft oder auch als unumgängliche Pflicht notwendig wurde. Die nicht sehr beliebte, sich jeweils am Anfang eines Monats aufdrängende Beschäftigung des Magistraten und der Kanzlistin des Vorzimmers bestand im Entscheid über die Erledigung dieser Repräsentationspflichten.

«Am 6. Juni», las das Fräulein Bertschinger von ihrem Hefte ab, «Eröffnung der schweizerischen Arbeiter-Dilettanten-Kunstausstellung im Kunsthaus», und hielt dann mit gezücktem Bleistift inne.

Billeter war am Eckfenster, unter der farbigen Wappenscheibe stehengeblieben und blickte in die regnerische Flußlandschaft hinaus. Der Sommer ließ sich schlecht an, mit einer Lufttemperatur von 10,8 Grad und einer Niederschlagsmenge von 191 Millimeter im Durchschnitt für den vergangenen Monat Mai, wie die Meteorologische Zentralanstalt meldete, deren Bulletin der Stadtpräsident studiert hatte.

«Das ist etwas für den Kollegen Vogelsanger», entschied er, ohne sich umzuwenden, und die Kanzlistin setzte die entsprechende Notiz ein. «Eine sozialdemokratische Veranstaltung», brummte er noch hinterher.

«7. Juni: Kantonaler liberaler Parteitag in Pfäffikon. Unter anderem ein Referat von Nationalrat Dr. Bissegger wegen der Errichtung einer Zentralbibliothek in Zürich.»

«Ja», diktierte der Stadtpräsident. «Teilnahme inoffiziell, eventuell kurzer Diskussionsbeitrag. Machen Sie mir die Akten parat.»

«15. bis 18. Juni: VIII. allschlaraffisches Konzil in Zürich. Es haben sich etwa 1500 Teilnehmer gemeldet.»

«Man wird, denke ich, müssen. Schreiben Sie: Teilnahme am Bankett, kurze Begrüßung. Es ist zwar eine Art Loge. Lassen Sie mir das Mitgliederverzeichnis heraussuchen. Ein bißchen alldeutsch. Auf alle Fälle sehr rheinländisch, mit Zentrum Köln. Aber item, sagen Sie zu.»

«21. bis 23. Juni: IX. Tagung deutscher Berufsvormünder.»

«Das geht die Amtsvormundschaft an. Aber warum die gerade nach Zürich kommen! Die sollen doch im Reiche bleiben.»

«24. Juni: Versammlung des Zürcher Ingenieur- und Architektenvereins, Referat Pfleghard wegen des Umbaus der Linksufrigen Zürichseebahn.»

«Ja. Legen Sie mir die beiden Resolutionsentwürfe zu den Akten.»

«Am gleichen Tage: Gemeinnützige Gesellschaft des Kantons Zürich. Referat vom Gesundheitssekretär Schazmann über die Wohnungsnot in Zürich und die kantonale Wohnungsfürsorge.»

«Kollision. Da wird ja Dr. Brüschweiler sowieso dabei sein. Soll in meinem Namen ein paar Worte sprechen.»

«29. Juni: Ausschußsitzung der Überfremdungskommission. Herr Stadtschreiber Bolliger hat mich noch extra gebeten, ich möchte Sie daran erinnern.»

«Ich weiß», sagte Billeter. «Es kommt dann vom Statistischen Amt noch der Auszug für den Monat Mai.»

«Er ist schon da, Herr Stadtpräsident.»

Bei sich nannte Billeter diesen monatlichen Rapport des Statistischen Amtes den Pegel, auf dem er den Stand der Flut ablas, die seine Stadt mit der Überfremdung bedrohte. Der Rapport, die sogenannte Fortschreibung, lag wirklich auf seinem Pult; nichts als ein paar Zahlen: Ende Mai 1914 Wohnbevölkerung 200 632, Schweizer 133 654 Ausländer 66 978, davon Deutsche 42 022.

«Mit den Schlaraffen, den Berufsvormündern und den Frauen und Verwandten, die die Herren in die schöne Schweiz mitbringen, werden wir ja in diesem Monat Juni wieder reichlich Gelegenheit haben, unseren rauhen Dialekt durch Hochdeutsch zu verbessern», brummte der Magistrat.

Als das Fräulein Bertschinger, die Agenda unter dem Arm, davongehuscht war, setzte sich der ernste Mann auf das Bänklein im Erker, ein wenig verloren und wie auf Besuch im stillen Raum. Der Regen klöpfelte gegen die Scheiben, der Parkettboden glänzte vor ihm in makelloser Sauberkeit. So, wie ihm im summenden Gehäuse des Amtshauses dieses behütete und bewachte Zimmer ausgespart war, gewährte ihm der Tag in der Kette der Audienzen und Besprechungen eine Pause. Diese Zeitabschnitte der Muße ergaben sich scheinbar von selbst und wie zufällig im Stundenplan des Magistraten. Der Verwaltungsapparat funktionierte, und es würde eine Weile dauern, bis er von neuem Papiere ausstieß, die er mit seinem Namenszug zu versehen, Besucher in sein Zimmer geschleust wurden, deren Begehren er anzuhören hatte. Oft aber kam es ihm in diesen Pausen vor, als seien sie die Folge einer Art von Verschwörung, eine stille und bedeutungsvolle Abmachung der Verwaltung und der Verwalteten, die ihn in diese Stille hineinsperrten, fast wie einen Gefangenen oder wie einen Mönch, der einem Orden angehörte, dessen Regeln Stunden der Einsamkeit, der Meditation und der Versenkung vorschrieben. Hier, in dem großen Eckzimmer im Herzen der Stadt, die sich in ihrer ganzen emsigen Betriebsamkeit darum herumlagerte, an dem der Strom vorbeifloß, im Anblick des alten Helmhauses gegenüber dem Rathaus flußabwärts, und den beiden behelmten Türmen des Großmünsters, wurden von ihm Eingebungen und Vorausdenken erwartet, zum Gedeihen und Wohlergehen der Siedelung. Er durfte für eine Weile außerhalb des Getriebes stehen, sie ließen ihn in Ruhe – aber er spürte es wohl, welche Erwartung damit verknüpft war. Wäre das Wetter besser, sommerlicher gewesen, er hätte aus der untersten linken Schublade seines Schreibtisches seine wachstuchene Baderolle hervorgezogen, wäre unter dem Gruß des Weibels die Treppe hinabgestiegen und hätte sich in die Männerbadeanstalt am Bürkliplatz begeben und sich, ein würdiger, bärtiger Herr, ein kleines Maträtzchen auf der Brust, über dem gefalteten Bäuchlein, in seiner rotgestreiften

Badehose eine kurze Schwimmtour bis zum Fäßchen geleistet. Und er wäre dann noch ein wenig am Holzgeländer an der Sonne gestanden und hätte freundlich genickt, wenn andere Herren im gleichen Tenue ihn als Herrn Stadtpräsidenten begrüßt hätten. Aber heute war er wirklich in der Klausur – und damit jenem geheimsten Gefühle ausgeliefert, das ihn von Zeit zu Zeit heimsuchte: einem Erstaunen, einem Verwundern. Da war er, aus komplizierten, unübersehbaren Umständen und Parteikonstellationen heraus von dieser Stadt wie ein Tröpfchen abdestilliert und mit einer im ganzen Gebiet nur in einem einzigen Exemplar verkörperten Funktion bekleidet worden. Er täuschte sich nicht, es war, auch wenn es demokratisch zuging und er durch keinerlei äußere Merkmale in der Kleidung und im Gehaben als Besonderheit auffiel, eine fürstliche Investitur. Es war ihm Macht verliehen. So ausgewogen und der Kontrolle von Rat und Volk unterstellt auch sein Amt sein mochte, es blieb ein Rest der Entscheidung und des Einflusses, der weit über das hinausging, was ein Bürger im Laufe seines Lebens normalerweise erreichen konnte. Es blieb ein magischer Raum, der sich aus all jenen Teilen der Freiheit gebildet hatte, die diese zweimal hunderttausend Seelen abgegeben, von sich abgespaltet, auf die sie verzichtet hatten um der Funktion willen, mit der er beauftragt war. Im Getriebe der Sitzungen und Konferenzen war er so in das Gebilde der Administration eingefügt, daß alles jenen normalen und selbstverständlichen Aspekt bekam, wie die Stimmbürger es meinten und wie es sich gehörte. In den Stunden der Einsamkeit auf dem Bänklein im Erker unter den alten Wappenscheiben aber verspürte der Magistrat das leise Wehen und Weben höherer Ordnungen, das Raunen der Gemeinschaft und das Walten jenes mystischen geschichtlichen Wesens, das einmalig war auf dem Planeten und das sich die Stadt Zürich nannte. Da schien es ihm oft, als sei seine ganze Tätigkeit ein Forschen und Fragen, was sie eigentlich wolle, diese Stadt, deren Siegel in seine Hand gelegt waren, und welchem geheimnisvollen Ziele sie zustrebe.

Der Herr Hirzel sei nun da, meldete das Fräulein unter der Türe. Er sei bestellt, die Akten lägen auf dem Pult.

Als der Besucher eintrat, saß der Stadtpräsident wieder hinter seinem Schreibtisch, wies mit der Hand einladend auf den davorstehenden Sessel und schlug sogleich das Faszikel auf.

«Ich habe Sie kommen lassen, René», begann er. Doch als er, von den Papieren aufsehend, gewahr wurde, wie sich die Lider des Angesprochenen sogleich zu schmalen Schlitzen verengten, aus denen heraus ihn die Augen wachsam und schon zum Widerspruch bereit anblickten, verbesserte er: «Ich habe Sie gebeten herzukommen, weil wir ja auf eine gewisse Weise miteinander verwandt sind und mich – wie soll ich sagen? – Ihre Familie darum ersuchte, ich möchte mit Ihnen reden.»

Das bleiche und schmale, durch zwei bittere Falten von den Nasenflügeln zu den Mundwinkeln gefurchte Gesicht Hirzels blieb völlig regungslos auf die Wappenscheibe über des Magistraten Kopf gerichtet. «Eine Familie habe ich nicht mehr, Herr Dr. Billeter», murmelte er beiläufig, «eine Sippe allenfalls ...»

«Eine Sippe, auch gut, ganz richtig, eine Sippe. Eine angesehene, alteingesessene zürcherische Sippe, deren Namen Sie tragen. Also hören Sie jetzt einmal, so kann es nicht mehr weitergehen mit Ihnen.»

«Wieso», fragte Hirzel in einer Tonlage, die seine Spannung verriet.

Der Stadtpräsident hatte jenen ausführlichen Bericht unter den Augen, den seinerzeit der Vorsteher der Armenbehörde über seinen Besucher verfaßt hatte, und in dem dessen Verarmung nicht auf Arbeitsscheu oder Trunksucht, sondern auf eine eigentümliche Charakterveranlagung zurückgeführt wurde.

«Sie haben vor Jahren einmal etwas davon verlauten lassen, Sie beabsichtigten ein Buch zu schreiben, kulturgeschichtlichen Inhalts, wenn ich es recht verstanden habe, oder kulturkritisch. Sie gehen jetzt gegen die Vierzig. Besteht das Projekt noch immer?»

Mit einer Mischung von Mißtrauen und Erstaunen schob Hirzel den Kopf ein wenig vor. «Das kommt vielleicht noch einmal», antwortete er, «aber ...»

«Natürlich müßten Sie dazu ein wenig Ellbogenfreiheit haben, ein paar Monate keine Sorgen materieller Art, keinen Schnickschnack mit Journalismus und so.»

Wo will er nur hinaus? dachte Hirzel fortwährend. Was wollen sie von mir?

«Man hat also in der Sippe beraten, und es bestände eine gewisse Möglichkeit, einen Betrag zusammenzubringen, der es Ihnen erlaubte, eben sich während einiger Zeit dieser Arbeit zu widmen, und ich habe mich bereit erklärt, die Sache an die Hand zu nehmen. Man hat da an monatliche Raten gedacht ...»

Hirzel lehnte sich zurück, hob das spitze Kinn, blickte zum Dach, zur Decke empor, schlug sich mit der Hand auf den Schenkel und begann nervös zu lachen.

«Jaso, ich verstehe. Jetzt verstehe ich! Der Sippengeist! Der verlorene Sohn! Das räudige Schaf! Die konformistische Hürde! Der Name! Das Ansehen!»

«Richtig», sagte der Stadtpräsident, ungerührt von des andern Gehaben. «Man will nicht, daß Ihr Name unter den Armengenössigen figuriert. Das ist ein durchaus ehrenwertes Bestreben und gehört auch zur Kultur.»

«Ich will niemandem Dank sagen.»

«Darum will man es eben unpersönlich machen, durch mich. Es geht Sie gar nichts an, woher die Mittel kommen. Man will Ihnen eine Chance geben, Herr Hirzel, die Möglichkeit, ein vages Versprechen einzulösen, oder Sie zur Einsicht zwingen, daß es damit nichts ist und daß Sie halt in Gottes Namen zu einem bürgerlichen Beruf zurückkehren müssen, wenn Sie nicht verwahrlosen und der öffentlichen Hand zur Last fallen wollen. Schließlich haben Sie ja auch noch für ein Kind, für Ihre Tochter Helene, zu sorgen.»

Die Sprache des Magistraten war nun bestimmter geworden. Es redete da auf einmal nicht mehr der eher kleine, professorale Herr. Es hätte nicht viel gefehlt und es wäre Hirzel vorgekommen, die Stadt lasse sich selbst vernehmen durch dessen Mund. Es war ihm, als verlöre der Raum das Familiäre und Unverdächtige, das darauf angelegt schien, den Besucher zu beruhigen und ihn hinwegzutäuschen über die Macht, die hier versammelt war. Hirzel blickte durch das mit Butzenscheiben belegte Fenster, und plötzlich stellte sich ein Bild ein aus früher Jugendzeit, eine Xylographie aus einem volkstümlichen Geschichtswerk. Es zeigte einen Erker und jenes berüchtigte Fenster im Louvre zu Paris, von dem aus ein französischer König mit einer Büchse auf Fußgänger schoß, zum Zeitvertreib, aus Jagd- und Mordlust, wie auf Spatzen. Er konnte es straflos tun, so groß war seine Macht. Mochte es der Erker im Zimmer des Stadtpräsidenten gewesen sein, der zuerst diese merkwürdige Gedankenverbindung hergestellt hatte, entpuppte sie sich als ein Vorbote der bizarren und schaurigen Vorstellung, es könnte sich dieser würdige Herr, der Stadtfürst über zweihunderttausend Seelen, in gleicher Weise mit einem Gewehr in seinem Erker betätigen und vom Stadthaus auf die Passanten hinunterschießen. Hirzel, vertraut und ohne Erstaunen im Umgang mit sich selbst, ward sich des sinnbildlichen Inhalts des absurden Gedankens sogleich bewußt: verschoß der Stadtpräsident auch nicht Bleikugeln und bedrohte das Leben des Volkes, größer als nach gemeiniglicher Vorstellung war seine Macht immerhin, seine Worte wogen schwerer und waren bedeutungsvoller als die der meisten anderen Bewohner der Siedelung, und er, Hirzel, mochte er sich noch so dagegen wehren, er spürte ihren Einschlag. Es wurde von ihm etwas erwartet; die Stadt selbst rief ihn an mit seinem Namen geschichtlichen Geschlechts, und sie erwartete, forderte etwas von ihm. Sie kannte ihn; sie kannte jenen Teil von ihm, der nicht nur ihm selbst gehörte, sondern ein Teil der Gemeinschaft war, nicht den verbummelten und versponnenen René Hirzel, sondern einen Hirzel schlechthin, einen aus der Sippe derer, die die Stadt gestaltet, ihr ihre Prägung aufgedrückt hatten.

Es waren nur wenige Atemzüge der Stille nach den letzten Worten des Magistraten, und mochte sich der Besucher auch steif und linkisch verabschieden, mit einem Murmeln, er wolle sich dies alles durch den Kopf gehen lassen – als Hirzel langsam die Treppe hinab- und den von administrativer Emsigkeit summenden Lichthof durchschritt, so war er in seinem abgetragenen Kleid doch wie von einem Gefühl von Würde und Verantwortung umgürtet. So, als wäre aus der Berührung mit der Aura der Macht und höherer Beziehungen etwas an ihm haftengeblieben.

II. Kapitel

Der Arzt Franz Theodor Bluntschli, gekleidet in einen hellen Anzug, die hohe Gestalt leicht gebückt, einen zerknüllten Panamahut auf dem Kopf, einen Regenmantel über dem Arm, ein kleines Köfferchen in der Hand und ein zerlesenes Bündel von Zeitungen in die Achselhöhle geklemmt, stand unter dem zwei Stockwerke hohen Portal des Hauptbahnhofes. Er hatte soeben den Pariser Nachtzug verlassen, und sein Gesicht trug noch die Spuren des Schlafes. Er blickte auf das Becken des Monumentalbrunnens zu Füßen der Stufen hinab und dann am Rücken der ehernen Gestalt Eschers empor. Das Denkmal lag genau in der Achse der Bahnhofstraße, und der Angekommene mußte ein wenig beiseite treten, wollte er deren lindengesäumte Flucht seeaufwärts verfolgen. Es herrschte in dieser Morgenstunde ein mäßiger Verkehr von Straßenbahnen und einigen Automobilen; Droschken und Taxameter standen friedlich nebeneinander, die Schuhputzfrau war augenblicklich beschäftigungslos und fütterte ein paar Spatzen mit Brotkrumen, die Dienstmänner in ihren blauen Blusen lehnten an ihren zweirädrigen Handwagen, einer von ihnen lag sogar auf der schräggestellten Brücke und schlief. Am Himmel liefen Wolken einher, der Asphalt war noch naß, Blätter lagen herum – es hatte in der Nacht geregnet und gestürmt, aber nun stand ein leidlich schöner Tag bevor, man spürte es.

Bluntschli überquerte den Platz, betrat das Restaurant «Du Nord», nahm an einem Fenstertisch Platz und bestellte einen Kaffee. Er gähnte, es war ihm unbehaglich zumute. Seit Lydia Stepanowas Tod waren nun nahezu zwei Jahre vergangen, und wenn er sich von dem mit Wachstuch überzogenen Sofa in seinem Ordinationszimmer, auf dem er bäuchlings hingestreckt gelegen, als hadere er mit Gott, längst wieder erhoben hatte – diese Gegend um den Bahnhof herum war immer noch von ihrer Erscheinung durchgeistert. Immer sah er sich selbst wieder, wie er mit ihr, im Kreise der russischen Studenten, die Ankunft Plechanows und Lenins erwartet hatte, wie er später die Blasse und Müde bei ihrer Rückkehr aus Rußland am Berliner Zug empfing, und jenen Abend, da sie abreiste und nichts mehr von ihr zurückkam als jenes Telegramm, das ihren Tod meldete. Und von da an war es ja mit aller wünschenswerten Deutlichkeit vorwärtsgegangen, dachte er mit einer Art grimmiger Genugtuung, während er den heißen Kaffee schlürfte und durch die breiten Spiegelscheiben auf den Bahnhofplatz hinaussah. Da war einmal jenes öffentliche Scherbengericht, jene tumultuöse Versammlung im Volkshaus, da er aus der Sozialdemokratischen Partei ausgeschlossen worden war, dann die Sperre, die die Presse über ihn verhängt hatte und die Inhaber der öffentlichen Lokale, und schließlich noch sein Boykott als Arzt. Nun, was das letztere anbetraf – die

Kranken und Verunfallten blieben ihm treu, auch wenn die Partei sie vor ihm warnte. Schließlich gab es außer der Städtischen Poliklinik nicht viele Ärzte, die einen armen Teufel unentgeltlich behandelten, auch wenn er nicht versichert oder mangels regelmäßiger Prämienbezahlung ausgesteuert war. Und dann sein Buch über Marx und Bakunin! Wie hatten sie aufgeschrieen gegen den Ketzer, der es wagte, wider den heiligen Marx und für die syndikalistische Revolution einzutreten!

Und nun würde er also ganz einfach und ohne viel Aufhebens nach diesen drei herrlichen Monaten in Paris zu seiner Praxis an der Langstraße zurückkehren. Er sog, mit zugekniffenen Lidern, an seiner Zigarette. Habe ich etwas voraus, das die meisten Zeitgenossen nicht haben, oder fehlt mir etwas, was die meisten haben? Bin ich eine Art Rabenmutter, der die Liebe fehlt zum Kind, das sie geboren hat, oder bin ich einer jener einsamen, ins Niemandsland verstoßenen Führer der Menschheit, denen die vorausahnende Kraft der Gestaltung verliehen ist? Wurzellos, gottlos, ganz auf mich allein gestellt, zynisch aus Mitleid, luziferischen Geistes aus Wahrheitsliebe, das Nichts erkennend und ohne Angst vor ihm, beheimatet allein in dieser kurzen Frist eines jämmerlichen Daseins – ziehe ich meine Kraft und meine Würde einzig aus der Freiheit meines Willens. Setzt euch an den Tisch des Lebens, wann und wo ihr könnt, die Erde gehört allen, ihr armen Brüder! Eigentum und Besitz sind nur möglich auf Grund von Mythen und Lügen! Alles, was man euch lehrt, alles, was ihr um euch herum seht, der Staat, die Kirchen, die gesellschaftlichen Ordnungen, die Gesetzgebungen, die Schulen, es sind nur Organisationen, die keine andere Bestimmung haben, als diese Mythen und Illusionen aufrechtzuerhalten und dauern zu lassen zum Nutzen und im Dienste der besitzenden Minderheit. Ach, Revolution ist nichts anderes als Technik, Organisation des Aufstandes zwecks Zerstörung der sozialen und religiösen Illusionen, denen die Herrschenden ihre Macht verdanken!

Bluntschli kannte diese Morgenstunde beim Kaffee wohl, in der sich die wiederbelebten Geister euphoristisch in solchen Ausschweifungen ergingen, wo er ein Faust war, bereit, den Pakt mit dem Teufel einzugehen, und Prometheus, der sich anschickte, den Göttern das Feuer zu stehlen.

Er blickte um sich, in das Lokal hinein, und er sah sie dasitzen, die morgendlichen Gäste, ländlich gekleidete Männer,

Marktleute, in ihren dicken braunen Joppen, die Hüte aus der Stirne geschoben, den Stumpen unter dem Schnauz und das Bierglas vor sich. Sie blickten stumm ins Leere und verrieten nichts von dem, was in ihnen vorging. Auf dem Beatenplatz drüben, beim neuen Amtshaus, warteten ihre Fuhrwerke, die Pferde hatten ihre Habersäcke umgebunden, und ein wenig Heu lag auf dem Pflaster. Zweimal in der Woche, am Dienstag und am Freitag, kamen sie am frühen Morgen strahlenförmig aus dem Hinterland, das Limmattal herauf, aus dem Glattal über den Milchbuck, von Fluntern herunter, über die Forch, die Seestraße herab, über die Waldeck, aus dem Knonauer Amt, mit Kartoffeln und Kabis und Salat und Rüben und Spinat und Zwiebeln und Bohnen und Schnittlauch und Peterli und Äpfeln und Zwetschgen und etwa einem Rosmarinstöcklein und Blumen, je nach des Jahres Zeit. Es war ein nie abreißender Strom von Früchten der Erde, und er versickerte in den Tausenden von Haushaltungen auf dem Platze Zürich.

Das Bild dieser Leute und ihrer Tätigkeit fügte sich nicht leicht in seine Tagträume, das spürte Bluntschli wohl, wenn er sie betrachtete. Die Bauern sind ein Kapitel für sich, gestand er sich ein. Lydia hatte das immer behauptet. Er denke zu städtisch, sei von der Vorstellung industrieller Verhältnisse befangen, sehe nur freudlose Arbeiter und kapitalistische Ausbeuter. Aber fernab von den Ansammlungen der Menschen, Maschinen und stählernen Tresore, unter freiem Himmel, wie seit der Menschheit Urbeginn, beuge sich der größere Teil der Erdenbewohner über Pflüge und Hacken, und jene, die einander bekämpften, die Herren und die Proleten, sie seien beide gleicherweise genährt von den Früchten des Bodens, die die Bauern, fernab und unbeteiligt an den politischen und sozialen Kämpfen, seit Jahrhunderten und unter jedem Regime jahraus, jahrein aus dem Boden zögen. «Alles kommt, alles geht», pflegte Lydia Stepanowa zu sagen, «nur der Bauer bleibt. Wenn er verschwindet, fällt alles zusammen, zerbröckeln die Mauern der Städte und rosten die Maschinen.» Er glaubte sie zu hören, wie sie es melodisch aussprach: «Die Bauern, siehst du, sie sind die wahre und natürliche Internationale.»

Bluntschli spürte, wie seine verwegene Stimmung abzuklingen begann. Die Müdigkeit nach einer durchfahrenen Nacht meldete sich, seine Augen brannten ihn, und auf der Zunge hatte er einen Geschmack wie von Messing herrührend. Als sich seine Gestalt der Türe zu bewegte, sah es aus, als habe er einen Buckel.

Er überquerte den Platz und schlenderte der Sihl entlang, der Geßnerbrücke zu. Still lagen die Häuser hinter ihren Vorgärten, und die Platanenallee auf der Flußseite hüllte die Straße in ein beschauliches Dämmerlicht. Von den Militärstallungen her wehte ein Geruch von Lohe und Ammoniak, zwei Ordonnanzen, die Tiere an den Halftern führend, kamen über die Brücke. Das Quartier erinnert an eine provinzielle Kavalleriegarnison in Frankreich, dachte Bluntschli.

Als er jedoch, von der Lagerstraße herkommend, in die Langstraße einbog, blieb er wie angerufen stehen. Er schaute in die nicht sehr breite, aber von hohen, unschönen Mietshäusern gesäumte Straße hinein. Laden an Laden, nur unterbrochen von Wirtschaften und Bars, zog sich an den Trottoirs dahin, Kleider, Blechkessel, Haushaltungsgegenstände, Gemüsekörbe, Schürzen, Damenkleider, Schuhe hingen, standen und lagen vor den Magazinen in freier Luft, und überall lungerten sie herum, die wohlbekannten Gestalten, die Männer in ihren flachen Mützen, Regenmänteln und kragenlosen Hemden, die Hände in den Hosentaschen, Zigarette im Mundwinkel. Hutlose Frauen in Schürzen über den Unterkleidern schlurften in Pantoffeln über die Straße, überall wurden Gespräche geführt in den Gruppen, von der Straße zu den offenen Fenstern hinauf, die Vorhänge der Wirtschaften wehten, Handorgelmusik war vernehmbar, Feilträger und Gemüsehändler, Glaser und Scherenschleifer verrichteten mit ihren eintönigen Rufen ihr Gewerbe. Es fehlten auch die patrouillierenden Polizisten nicht. Es könnte die Rue du Temple in Paris, die Fliederstraße in Berlin, der Bloomsburry Square in London sein, dachte Bluntschli, es sind die gleichen Leute, die gleichen Häuser, die gleiche Art des Zusammenlebens. Diese Langgasse in Außersihl, das ist die einzige internationale Großstadtstraße in dieser Stadt. Da ist der Geruch von Gummi, Zwiebeln, Öl und menschlichen Ausdünstungen, der Armeleutegeruch, der mich allein heimatlich anweht. Das ist der Geruch aus den Schichten der Menschheit, auf denen die Masse gedeiht und unter denen die weißen, lichtlosen Sporen der Hallimasch-Pilze keimen, die dereinst die Kiefern und Tannen fällen werden, die dem niederen Volke das Licht wegnehmen.

Er schloß die Wohnungstüre auf, trat sogleich ins Ordinationszimmer und ließ den Rolladen hochschnellen. Auf dem verstaubten Schreibtisch lag noch eine alte Nummer des «Volksrechts» aus dem Jahre 1913. Neugierig, den Panamahut noch auf dem Kopf, drehte er die Seite, bis er die rot angestrichene Stelle fand. Es war ein Auszug aus der Festrede, die der Direktor des «Avanti» in Mailand, Benito Mussolini, am Arbeiterfeiertag gehalten hatte.

III. Kapitel

Auf dem von Rottannen umsäumten Platz hinter dem Hotel «Uto Kulm» rief Professor Schinz die Teilnehmer an der pflanzengeographischen Exkursion noch einmal zusammen. Die Studenten in Kniehosen, Wadenstrümpfen und Berghüten bildeten um den kleinen lebhaften Herrn einen dichten Kreis.

«Damit wäre also unser kleiner Spaziergang zu Ende. Ob Sie davon etwas profitiert haben, hängt ganz von Ihnen ab, meine Herren. Jedenfalls empfehle ich Ihnen, den Aussichtsturm noch zu besteigen. Zwar ging es ja heute nicht um die Geologie; aber es kann nichts schaden, wenn Sie sich die allgemeine Erdformation in Erinnerung rufen. Zwischen Uetliberg und Albis, um 800 Meter über Meer herum, erkennen Sie dann deutlich das Altrelief, das unter der präglazialen Oberfläche liegt, mit den jüngeren Taleinschnitten der Sihl und der Reppisch, ausgeglichene flachhügelige Formen mit Reliefenergien von 200 bis 300 Metern. Pflanzengeographisch bemerkenswert an diesem zum Buchen- und Tannengürtel gehörenden Gebiet ist die Durchdringung mit Inseln des Pulsatilla-Waldsteppen-Gürtels, nämlich mit Föhrenwaldsteppe und Föhrenwaldheide. Ganz besonders aber erinnere ich Sie noch an die Waldparzelle aufrechter Bergföhren, die wir südlich von Sellenbüren angetroffen haben, ein letztes Rudiment des Lärchen-Arven-Gürtels.»

Die meisten Zuhörer kritzelten eifrig in ihre Notizbücher hinein; es ging von Schinz die Sage, daß er an den Prüfungen mit besonderer Vorliebe auf solche Randbemerkungen während der Exkursionen zurückzukommen pflegte.

«So, das wär's», machte er, hob den Schlapphut ein wenig, und dann sahen sie ihn der Gaststätte zustreben.

Der Kreis löste sich auf; eine besonders eifrige Schar wandte sich sogleich dem eisernen Aussichtsturm zu, während die übrigen um das Hotel herumgingen und sich bierdurstig und mit Hallo an die eisernen Tische auf der Terrasse setzten.

Schinz fand die Kollegen Wehrli und Lang am Stammtisch des SAC in der Westecke des Lokals in einem behutsamen Gespräch über die Föhn-Theorie. Der Botaniker machte mit der Hand ein beschwichtigendes Zeichen, als Lang zu einer förmlichen Begrüßung ausholte, und setzte sich still an den Tisch. Man könne, erläuterte Wehrli, und dröselte dabei mit seinen nervigen Fingern einige Haare seines mächtigen Bartes, diesen südlichen Wind mit einer Art atmosphärischen Golfstroms vergleichen, der den quer zum Alpenzug stehenden Tälern ein Klima verleihe, das ihnen, geographisch gesehen, eigentlich gar nicht zukomme. Den drei Talschaften des oberen Rheins, der Linth, dem Walensee und dem Zürichsee und der Reuß bis zum Vierwaldstättersee und hinaus bis Basel brächten die drei Föhnzungen ähnliche vorteilhafte Phänomene wie der mexikanische Strom dem Erdteil Grönland. Man solle sich nur einmal überlegen, wie es in diesen Gebieten ohne Föhn aussehen würde, botanisch, zoologisch und in bezug auf die menschlichen Siedelungen! Bis weit in das Jahr hinein hielten die winterliche Abkühlung und Vereisung an, und die Siedlungsdichte begänne viel weiter im Norden des Mittellandes. «Und wer weiß, vielleicht hätten wir ohne den Föhn einen ganz anderen Volkscharakter, in Zürich zum Beispiel.»

Unbewegten Gesichtes, den großen weißhaarigen Kopf gegen das Täfer gelehnt, hörte der Zoologe Lang zu; aber über Schinzens Gesicht kräuselte es bereits von Erwiderungen und Einwänden. Er sei zwar weder Meteorologe noch Physiker, warf er ein, aber schon als Botaniker mache man sich ja auch gewisse Gedanken, wenn in den von eisigen Nordwinden überspülten Südtälern des Alpenmassivs sich vegetative Erscheinungen zeigten, als sei der Biswind ein warmer Föhn, Nordföhn, wie man sage. Da könne doch nicht von Golfströmen gesprochen werden. Er, Schinz, sei davon überzeugt, die Quelle der Wärme liege eben im Hindernis selbst, in den viertausend Meter hohen Kämmen, diesen eisbedeckten und eiskalten Barrieren, über die der Luftstrom infolge der plötzlichen Abkühlung hinabstürze und sich infolge der ungeheuren Reibung am Fels und an der stehenden Luft erwärme und so, aufgeheizt, über die Talsohlen hinweg den Ausgängen zuströme.

Die beiden Debatter wandten sich unwillkürlich dem schweigenden Dritten, Lang, zu, dessen Gesicht selbst unnahbar, massiv und von Runen durchzogen wie ein Gebirgsprofil über ihrem Gespräche thronte. «Man weiß es halt noch nicht», meinte er schließlich schlicht. «Es sind beides Theorien.»

Schinz blickte an seinen Kollegen vorbei durch das geöffnete Fenster auf die Terrasse hinaus, wo die Teilnehmer an der Exkursion nun in einem lärmenden Knäuel bei ihren Getränken saßen. Es schoß ihm ein abwegiger Gedanke durch den Sinn. Es sind fast alles Auswärtige, keine Zürcher, diese Burschen, dachte er: Ostschweizer, Thurgauer, St. Galler, Bündner, Gäste, Aufenthalter, die kommen und wieder gehen, ländliche Menschen zum größten Teil, künftige Landwirtschaftslehrer, Förster, wenig reine Wissenschaftler. Aber was hat das nun mit diesem Gespräch über den Föhn zu tun?

Er sah, wie Wehrli auf einer Seite seines Notizbuches die drei Föhnzungen mit Schraffuren darstellte, deutlich konnte man auf der Skizze die Föhnstädte Zürich, Luzern und Basel erkennen. Auf einmal mußte Schinz herauslachen.

Diese Ansammlung junger Gehirne, die da auf den Hügeln der beiden Hochschulen in den zürcherischen Raum hineinragten, waren wie eine Art Gebirgsmassiv, an dem sich der Geistesstrom erwärmte, um dann als Fallwind gegen die Stadt zu abzufließen. Man konnte es ja geradezu sehen, wenn sie die Rämistraße, die Künstler-, die Schienhutgasse, die Leonhardstraße hinabeilten und mit ihren jungen Ideen in der Siedelung versickerten. Schinz schüttelte nur den Kopf, als die beiden Kollegen ihn fragend ansahen. Das war einer jener spielerisch-dilettantischen Gedankengänge, die man im Kreise von Wissenschaftlern besser für sich behielt.

Es komme ihm dieser Ausflug oder vielmehr diese Exkursion wie eine Befreiung vor, meinte Reto Arquint zu seinem neben ihm sitzenden und sich an die warme Schindelwand lehnenden Bündner Landsmann Stiffler, gleich ihm Student an der Landwirtschaftlichen Abteilung der Eidgenössischen Technischen Hochschule. Wissen hätte er es ja können, aber eigentlich realisiert habe er es nicht, daß man, kaum eine Wegstunde von ihrem Paradeplatz entfernt, in eine richtige voralpine Gegend gelangen könne, eben hier auf diesen Uto-kulm, mit authentischen Bergmatten, Föhren, Enzian, Heidelbeersträuchern, immer wehenden Winden, weidendem Braunvieh mit bimmelnden Glocken und Gartenzäunen aus geschälten Tannen. «Es ist eine richtige Überraschung für mich, weißt, nach diesem ersten Semester Schulstuben und Wandtafeln, dem Budenbetrieb an der Bolleystraße und dem Bierrummel im Plattengarten, und der Bahnhofstraße, von der sie so viel Wesens machen. Da geh ich jetzt jede Woche hinauf. Das gefällt mir, das paßt mir.»

Er fuhr sich mit der Hand über die Stirne und das dunkle, zurückgekämmte Haar, das ihm das Profil eines Wiedehopfs verlieh. «Fast ist es so, als säße man vor einer Alphütte, am Abend, von einer Tour zurück.» Und wirklich saß er auch so da, das schmale Gesicht mit geschlossenen Augen der Sonne zugewandt, und der Wind brachte ihm den Geruch von Heu und Harz.

Der andere, der Sohn des Weinhändlers Stiffler aus Chur, nahm es mit seinen vier Semestern gelassener, schon mehr als Routine. Bei ihm war die Angewöhnung und Einverleibung in diese Stadt schon so weit fortgeschritten, daß bei seinen Angehörigen in Alt Fry Rätien oben bereits der Verdacht aufkam, er verlängere die Studienzeit wider Gebühr. Sie hatten damit nicht einmal so Unrecht. Möge der Staat und Kanton Graubünden auch wirklich frei sein im Bunde der Eidgenossenschaft, was persönliche und unkontrollierte Freiheit sei, das erfahre auch ein Bündner erst in der Anonymität unter den zweimalhunderttausend Bewohnern und Bewohnerinnen Zürichs, pflegte er zu sagen. Dieser Reto Arquint, ein Sohn des reformierten Pfarrers von Igis-Landquart, war ein bißchen seiner Obhut anvertraut worden, aber so richtig wollte es damit nicht klappen. Der Schützling verkehrte ihm zuviel mit den Brüdern von der Universität, von der Theologischen Fakultät im besondern, und er war ihm auch dahintergekommen, daß er, der künftige Landwirtschaftslehrer, Professor Ragazens Vorlesungen besuchte.

Ein wenig später, als die andern in Rudeln den ausgetretenen Spazierweg hinab der Stadt zuwanderten, standen die beiden noch am Geländer der steil abfallenden Nagelfluhkuppe, die Nasen im Wind und die Blicke dem so oft beschriebenen Bilde hingegeben. Diese vierhundert Meter des Utos über den Tälern, Runsen und Tobeln, die alle der Stadt zumündeten, bedeuteten gerade die äußerste Grenze menschlichen Maßes. Sie machten, daß der Anblick nicht zu großartig wurde und doch im Kleinen sich nicht verlor. Hier vermochte Übersicht noch mit Einsicht sich zu paaren. Die Wipfel der Tannen unter ihnen reichten nicht mehr in das Bild hinein. Sie waren Uferspritzer eines dunkel gewellten Waldstromes, der sich über die Albiskette, über den Rücken des Zimmerberges hin am westlichen Rande der Stadt entlang und an ihr vorbei gegen Norden in das Limmattal hinunter, dem Rhein zu bewegte. Gegenüber, über die Kuppen des Pfannenstiels, den Zürich-, den Käferberg hinweg, zog ein gleicher Strom von Wäldern in derselben Richtung. Eine Stadt, ein Tal zwischen Wäldern, so konnte man es erkennen – mochte es von den östlichen Hängen dem See entlang und über dem hingewürfelten Sande der Häuser, von Wiesen, Weinbergen und Baumgärten grüßen und schimmern –, die Wälder des Buchen-Tannen-Gürtels umschlossen die Siedelung. Die weißen Segel, die seeaufwärts luvten, die Straßen und Quartiere, die sich über den Milchbuck hinauf mit blitzenden Mauern in der Abendsonne ins Glattal hinüber dehnten, und die Industriebezirke in der weiten Mulde der Limmat – immer waren sie von rauschenden und flüsternden Forsten begleitet, und weit unten im Norden, am Horizont, schloß die Lägern als bewaldeter Riegel das Bild. Es war, als hätten alle diese Waldströme eine Heimat, der sie zuwanderten, ein Waldmeer im Herzen Europas, in das sie einmündeten, Schwarzwald genannt.

Es war Reto Arquint, der sich mit vom Winde zerzaustem Haupthaar in solchen Vorstellungen erging. Stiffler, die Brissago in der, wie er behauptete, eigens dazu hergerichteten Zahnlücke, meinte, es sei dies eine Wälder-, eine Hinterwäldler Phantasie.

«Diese Stadt umfaßt ein Gebiet von 8500 Hektaren, die Gewässer nicht gerechnet, und über 2000 Hektaren, ein Viertel davon, ist Wald – aber, nicht wahr, dieser Wald setzt sich rund um das Stadtgebiet, über den ganzen Kanton hinweg fort. Es könnte einer zwischen Bachtel, Etzel und Irchel leben, ohne jemals aus den Wäldern herauszutreten!» rief Reto.

«Wie die Rehe», machte Stiffler.

«Wie die Rehe, ganz richtig, ihre Rudel können im ganzen Kanton unter Tannen herumspazieren, höchstens daß sie einmal über eine Straße wechseln müssen, wie man das ja im

Kempttal, an der Limmat unten oder an der Glatt manchmal sehen kann.»

Noch einmal blickten die beiden jungen Leute auf die sich unter ihnen ausbreitende Welt hinab. Hinter dem schwebenden Dunstschleier und den Rauchfahnen im westlichen Industriebecken sank rosenfarben die Sonne, ihre Strahlen streiften noch die Vorsprünge und Buckel des Berges, aber dicht bei den smaragden aufleuchtenden Wäldern lagen schon die violetten Schatten der Runsen und Schrunden, und aus den Schluchten des Sihltales stiegen langsam die milchigen Nebel, der See bekam die Farbe blühenden Eisenhuts, die südliche und östliche Ferne verblaßte lilablau, und als die Lichter rund um das Seebecken sichtbar wurden, war das ganze Himmelsgewölbe glasig grün wie ein mächtiger Topas.

«Ich glaube, dich hat's, bist du eigentlich verliebt, Reto?» fragte Stiffler, als Arquint ein paar Alpenjauchzer ausstieß.

Als sie dann mit langen, sprungähnlichen Schritten im zunehmenden Dunkel durch den Wald zum Albisgütli abstiegen, kam es heraus, daß Stiffler richtig geraten hatte. Ja, er habe eine kennengelernt, ein liebes Mädchen, eine Coiffeuse, sie schaffe in einem großen feinen Geschäft an der Poststraße. Er hatte sie schon immer gesehen in ihrer weißen Bluse, und dann, neulich auf der Straße, an einem Abend, ergab es sich, da hatten sie Bekanntschaft gemacht, und sie seien selbander auf der Bürkliterrasse gesessen. «Also ganz etwas Rechtes, weißt», sagte Reto, «eine ehrbare Tochter», er hätte sie dann noch heimgeleitet, in die Altstadt hinein, an die Trittligasse. «Ein Kind des Volkes von hier», hätte auch schon allerhand durchgemacht, mit dem Vater namentlich, wie er andeutungsweise erraten habe. Aber der sei tot. Sie habe einen Bruder, der studiere. «Und die Mutter schafft. Aber du kannst sie dir nicht vorstellen: sie hat so eine Mischung von Lustig und Ernst. Ein ganz, ganz braves Mädchen.» Und am Sonntag, da werde er mit ihr hier heraufgehen, das habe er nun ausgemacht bei sich.

«Du, bleib nur nicht hängen», machte der Weinhändlersohn prosaisch. «Da hätten sie nicht gerade Freude bei dir zu Hause in Igis. Und zuletzt müßte ich noch schuld sein daran. Gleich heißt's dann, ich hätte nicht aufgepaßt auf dich.»

Ein wenig ärgerlich und sein rasches Geständnis im Überschwang der Gefühle bereuend, beschleunigte Reto die

Sprünge ins Dunkel des Tobels, bis der andere Mühe hatte, noch mitzukommen, und der Heimweg sich schließlich zu einer Art heimlich verbissenen Wettlaufs auswuchs.

Als sie aus dem Bleicherweg in den Bereich der großen Lampen auf dem Paradeplatz einbogen, fiel ihnen eine gewisse Veränderung des Straßenbildes auf. Nicht daß mehr Leute als an anderen sommerlichen Abenden sich um das kleine Wartehäuschen eingefunden hätten, aber sie waren anders gruppiert. Unter den Bogenlampen bildeten sie lockere Knäuel, und die Köpfe waren geneigt über die hellen Blätter, die sie zwischen ausgebreiteten Armen hielten; die beiden Freunde konnten auch einen kleinen Tumult bemerken, der unter dem Dach, wo der Zeitungsverkäufer stand, sich abspielte.

«Es ist etwas passiert», stellte Stiffler fest, der sich in den städtischen Physiognomien bereits auskannte. «Ach komm», machte Reto, «wir werden es schon noch erfahren im Plattengarten oben.»

Es war dem Weinhändlersohn im Vorübereilen gelungen, über die Schulter eines lesenden Passanten hinweg einen flüchtigen Blick auf das Blatt zu werfen. «Ein Attentat», sagte er im Weitergehen, «der serbische Thronfolger ist scheint's erschossen worden oder so etwas.»

IV. Kapitel

Madeleine, in einem hellen Tailleur mit fußfreiem engem Rock, ein glockenähnliches Toque-Hütchen auf dem Haar, stand auf dem Randstein des Trottoirs vor der Konditorei Sprüngli und wartete mit ungeduldigem Fußwippen, bis Neuwiller zurückkam. Er war von ihr weg rasch über die Straße gegangen, um das am Abend erscheinende Morgenblatt zu holen. Sie sah ihn, wie er sogleich die Zeitung entfaltete, einen Blick hineinwarf – statt aber, wie es sonst seine Gewohnheit war, nach einem raschen Überfliegen der Effektenkurse das Blatt zusammenzufalten, verharrte der zierliche Mann ungebührlich lange in der Stellung des Lesenden.

«Quand même, il exagère», murmelte die junge Frau, «läßt mich hier stehen – und schon schleicht so ein Dummkopf um mich herum.»

Ohne sich die Mühe zu nehmen, das Blatt zu falten, mit abwesenden Augen kam Neuwiller langsam über die Straße zurück.

«Enfin», machte Madeleine betont.

«Der österreichische Thronfolger und seine Frau sind in Sarajewo erschossen worden», sagte Neuwiller.

«Du darfst mich nicht so lange allein warten lassen», begann Madeleine, aber der kleine Mann achtete gar nicht darauf, er stand neben ihr und blickte fortwährend ins Leere. Sein Herz pochte. Es erging ihm wie vielen Leuten seines Berufes. Sie verbrachten ihre Zeit damit, in die Zukunft hinein zu forschen, die Möglichkeiten kommender Entwicklungen abzuwägen, mit hypothetischen Ereignissen oder mit deren Ausbleiben zu rechnen, und daraus zogen sie ihren Lebensunterhalt. Sie werteten die Konstellationen aus, die erfreulichen und die bedrohlichen. Sie eskomptierten sie zum voraus, wie sie sagten. Aber kam es so, wie sie gehofft oder befürchtet hatten, so waren sie mit ihren Geschäften an den Börsen längst nicht mehr dabei, denn nicht aus den Ereignissen selbst zogen sie ihren Gewinn, sondern aus der Spekulation auf ihre Möglichkeiten hin. Ihr Lebenselement waren der Raum und die Zeit vor den Ereignissen, im Gegensatz zu der Masse der andern, die von den eingetretenen Ereignissen überrascht und gelenkt wurden.

Neuwiller machte mit der Hand eine rasche, grobe Bewegung, deren Sinn die junge Frau sogleich verstand. «Ich muß aufs Büro», sagte er. «Willst du mitkommen? Es dauert nicht lange. Ein paar Telegramme ...»

Madeleine zog ein Grimäßchen, aber dann ging sie mit ihm die Bahnhofstraße hinab, auf der im Dunkel unter den Linden und in der Helle der Bogenlampen die Luft von Fiebrigkeit zu erzittern schien. Es wurde mehr und lauter geredet von den Leuten, als es üblich war. Es schien, als sei das Maß gestört; die Schritte vieler waren rascher geworden, andere waren wie von einem Zögern gehemmt.

Neuwiller begleitete Madeleine bis zum Café des Banques, wo er sie der Obhut und der Sorge des Kellners Emil anvertraute, der ihr an ihrem gewohnten Tischchen bei der emporgeschobenen Spiegelscheibe den Café mélange servierte und ein paar illustrierte Zeitungen herbeibrachte. Die kleine Kapelle an der hintern Wand spielte den Schlager «Es war in Schöneberg im Monat Mai».

Der Börsenmakler saß dann an seinem Schreibtisch, bei offenem Fenster, und die Geräusche der Straße summten herauf. Der Himmel war bestirnt, die Luft unbewegt; es fanden sich auch sogleich ein paar Mücken und Falter ein, vom Lichtkreis unter der Stehlampe angezogen. Neuwiller versuchte es mit jener Napoleonischen Klarheit, zu der er sich, im geheimen Umgang mit sich selbst, berufen fühlte.

Dieser Mord in Sarajewo war ein schwerer Zwischenfall, das stand fest. Er griff ans Herzstück der Donaumonarchie. Aber war er schwerer als der Zwischenfall von Agadir? Es kam darauf an, in welche Kategorie von Zwischenfällen er einzureihen war. Blieb er, konnte er im Bezirk des Diplomatischen bleiben? War er erwünscht, befürchtet, und von wem? Füllte dieses Ereignis nun jenen ausgesparten Zwischenraum aus, mit dem sämtliche in der internationalen Verflechtung Berufstätigen immer gerechnet hatten, oder blieb es in der Kolonne der «faits divers»? War er der Katalysator, der die chemisch-diplomatische Reaktion in Gang setzte, oder einfach ein ganz gewöhnliches Schmutzstäubchen auf der Suppe? Krieg? Kaum. Eine symbolische Strafexpedition vielleicht. Ein begrenzter Balkankonflikt. Bereit zu einem richtigen Krieg war von den Großen bestimmt noch keiner. Dieser Sättigungspunkt konnte erst in einigen Jahren erreicht werden. Das Spiel der Allianzen funktionierte noch in der Richtung des Friedens. Vernünftigerweise war nicht anzunehmen, daß um dieser Schüsse willen das Vorzeichen ändern würde.

Neuwiller blätterte in seinem zerschlissenen Notizbüchlein und überprüfte seine Positionen an den Effektenbörsen. Auf alle Fälle jetzt heraus aus den Rüstungswerten, gebe es nun Krieg oder es bleibe Frieden. Gab es Krieg, so würden die Rüstungswerke verstaatlicht oder die Gewinne vom Staat weggesteuert. Blieb Frieden, so würden die Rüstungswerte sowieso flauer. Er schrieb mit äußerster Aufmerksamkeit, zusammengekniffenen Lippen und die Hand zu deutlichen großen Schriftzügen zwingend seine Telegramme. Es gab ein ganzes Bündel von Verkaufsorders. Dann begann er, die Chiffrierungen noch einmal zu überprüfen. Er wurde dabei vom Klingeln des Telephons unterbrochen.

Er möge bitte entschuldigen, der späten Stunde wegen, aber sie habe gedacht, er sei noch im Büro: es war Madame Bariffi, die sprach. Trotz ihrem Zerwürfnis mit Madeleine war sie mit dem Makler in geschäftlicher Beziehung geblieben; sie beschränkte sich auf telephonische Gespräche, Briefwechsel und die Überweisung von Schecks. Zwei- oder dreimal hatten sie sich auch gesehen; es wurde dabei der privaten Umstände keinerlei Erwähnung getan.

Die Hotchkiss, Schneider-Creusot und die Standard-Oil seien sofort zu verkaufen. Ja, bestmöglichst, ohne Limite. Dafür seien zu kaufen – sie las es offenbar von einer Liste ab – Royal Dutch, General Motors, Baltimore und Ohio, ja, bestmöglichst ebenfalls. Wieso sie darauf komme? Sie wolle nur noch amerikanische Papiere, Dollarwerte – fern von Europa. Er verstehe sie schon. «Geben Sie es dringend auf, ich bezahle die Spesen.»

Es schoß Neuwiller einen Augenblick lang durch den Kopf: Ich wollte, Madeleine hätte etwas von dieser Frau, als der Apparat wieder läutete. Es begann nämlich in dieser lauen Nacht, während die Leute unten auf der Straße noch immer promenierten und das Ereignis besprachen, jenes unterirdische und unsichtbare Leben, dessen Nerven die kupfernen Drähte waren, die sich auf unwahrscheinliche Weise vermehren und diese unvorbereitete Stadt zu einem Zentrum kommerzieller und finanzieller Abenteuer inmitten des schwelenden Kontinents machen sollten.

Gegen ein Uhr bestieg Madeleine einen Taxameter und ließ sich hinauf in ihre Wohnung an der Ottikerstraße führen, bleich, mit bösen Lippen und großen harten Augen, der Überzeugung voll, so könne es nicht weitergehen.

Über den Häusern im Osten begann es bereits aufzublassen, als Neuwiller, sein Bündel von Telegrammen in der Hand, vor dem winzigen Nachtschalter des Telegraphenamtes im Hauptbahnhof stand und geduldig wartete, bis der Beamte die Worte seiner Botschaften gezählt und die Taxe ausgerechnet hatte. Er hatte nahezu hundert Franken dafür auszulegen.

Die Straßen und Plätze standen menschenleer im fahlen Dämmer des neuen Tages. Es war so still, daß der kleine Mann das Brausen der Wasser hören konnte, die über das Wehr unter der gedeckten Brücke herabstürzten.

V. Kapitel

Die Geldsendungen an die Amtsvormundschaft «zu Gunsten von Robert und Margrit Klostermann» besorgte Louis Corelli immer persönlich und immer auf einem anderen Postamt; er war auch immer darauf bedacht, einen Augenblick zu erwischen, da er allein am Schalter stand. Die Anweisung trug auch nicht seinen Namen als Absender, sondern einfach den Vermerk «anonym».

Es hatte sich während einer der spiritistischen Séancen in der Wohnung der Frau Dr. Ruggli, an denen der Kolonialwarenagent an Stelle des üblichen Kegelabends teilnahm – der aber weiterhin als Ausweis diente – ein Klopfgeist des Namens «Christine» gemeldet. Eine Frau mittleren Alters offenbar, vor nicht allzulanger Zeit verschieden, eine arme geplagte Seele, die ruhelos im Raume herumschwebte und von dem magischen Kreis in der Eckwohnung an der Dianastraße angezogen worden war wie ein Falter vom Licht in dunkler Nacht. Eine Mutter vielleicht, meinte das Fräulein Spieß, in Sorge um ihre Kinder, die sie zurücklassen mußte. Es konnte sich niemand unter den Anwesenden an eine Verstorbene des Namens erinnern. Aber dies ereignete sich öfters, belehrte die Leiterin der Veranstaltung.

Es traf dann Corelli auf seinem Weg ins Café Orsini, in dem er gewohnheitsmäßig bei einem Glas Rotwein sich von den Emotionen der Beschwörung zu erholen pflegte. Christine, so hieß doch die Frau des ehemaligen Metzgers Klostermann. Durch einen wirren Knäuel trauriger und furchtbarer Begebenheiten schimmerte der Name hindurch, schwach und von einem leisen Wimmern begleitet. War er es, den sie suchte?

Der Findigkeit und der Energie des lebenskundigen Geschäftsmanns bereitete es dann bei Tageslicht keine Schwierigkeit, in kurzer Zeit die derzeitigen Verhältnisse der Familie Klostermann klarzulegen. Die beiden noch unmündigen Kinder des Sträflings unterstanden der amtlichen Obhut. Das Mädchen Margrit war in der Lehre als Verkäuferin auf der Filiale der Landwirtschaftlichen Genossenschaft Knonau; Robert, dem Corelli an einem Sommerabend Anno elf einmal begegnet war, besuchte die Gewerbeschule und arbeitete in der Mechanikerwerkstätte Boßhard an der Äußeren Birmens-

dorfer Straße. Beide wohnten sie noch immer in Bonstetten im Hause des Landwirts Korrodi.

Auf den übersinnlichen Anruf antwortete Corelli als diesseitiger Realist durch Handlungen. Er begann an die Strafanstalt Regensdorf und an die städtische Amtsvormundschaft Geldmandate zu versenden. Er probierte die Höhe der Beträge aus, und er hatte die Genugtuung, feststellen zu können, daß bei einem monatlichen Aufwand von fünf Napoleons sowohl die paraphysischen Erscheinungen des Klopfgeistes «Christine» als auch das leis unheimliche Gefühl der Bedrohung, das ihn von Zeit zu Zeit heimsuchte, aufhörten. Er fühlte sich dann allerdings nach Ablauf einer bestimmten Frist wieder wie am Ärmel gezupft; am Stempel der letzten Postquittung konnte er dann ablesen, daß die Zeitspanne eines Mondwechsels wieder vorüber war. Dieses geheime System bewährte sich; es bändigte sowohl die unterirdischen als auch die überirdischen Geister.

An diesem Nachmittag im Juli, als der Kolonialwaren-Agent eben aus dem kleinen, etwas abgelegenen Postbüro an der Seefeldstraße heraustrat, wo er wieder eine jener anonymen Zahlungen geleistet hatte, begegnete er Meng. Ganz wider die sonstige Gewohnheit trug dieser seinen Stock nicht geschultert, sondern bediente er sich dessen in der herkömmlichen Weise, indem alle zwei Schritte die eiserne Spitze energisch in den Boden stieß. Auch die Nelke am Revers war verschwunden.

«Na, was sagen Sie dazu?» rief er Corelli schon von weitem entgegen. «Diese verlauste Bande, diese Serben! Aber diesmal ist das Maß voll! Das kann sich Österreich nicht gefallen lassen! Diesmal kracht's! Haben Sie das Ultimatum gelesen?»

«Ultimatum?» fragte Corelli gedehnt, und dabei spürte er in der Magengrube jenen vertrauten Schmerz, der sich immer einzustellen pflegte, wenn unübersichtliche und unerquickliche Nachrichten sein Ohr erreichten. Dieses bekannte, aber so lange Zeit schon aus dem Sprachgebrauch verschwundene Wort Ultimatum war in seiner Vorstellung mit dem Bilde heraldischer Boten verknüpft, die einen Fehdehandschuh hinwarfen, mit ritterlichen und diplomatischen Gebräuchen der Kampfansage, in diesen Breitengraden, wie er sich zu erinnern glaubte, zum letzten Male zu Bismarcks Zeiten Anno 70 in Bad Ems angewandt. Ultimatum hieß doch das Unwiderrufliche, das Entweder-Oder, jene Art des Verkehrs unter

Leuten, die man besonders im Geschäftsleben auf alle Fälle zu vermeiden suchte, weil sie keine Möglichkeit des Ausweichens und Verhandelns mehr ließ.

«Es wird nicht so heiß gegessen wie gekocht», meinte er.

«Diesmal wird so heiß serviert, daß sich die Burschen das Maul daran verbrennen, darauf können Sie Gift nehmen!»

Corelli kannte den Konsul Gustav Wilhelm Meng schon seit langer Zeit, aber in dem blitzenden Manne mit den zitternden Kiefermuskeln erkannte er ihn fast nicht wieder. Er kam ihm in gewisser Hinsicht wie verjüngt vor, anderseits aber auch wieder fiebrig und fremdartig.

Auf der dreieckigen Traminsel beim Bellevueplatz umdrängten die Leute den Zeitungsverkäufer wie ein Bienenschwarm die junge Königin auf ihrem Hochzeitsflug. Dem überbordeten Manne wurden die Blätter aus der Hand gerissen, und der brausende Knäuel machte jeden Schritt mit, den er tat. Weit entfernt aber, sich der anstürmenden Menge zu erwehren, stachelte er sie mit seinen durchdringenden Rufen «Extrablatt, Extrablatt!» zu immer wilderer Begehrlichkeit auf.

Dann hörte Corelli ein anderes Wort, auf das sein Plexus solaris mit einem krampfartigen Reflex antwortete: Mobilisation.

«Was denn sonst?» rief Meng. «Natürlich muß Österreich mobilisieren!»

«Nicht Österreich, Rußland mobilisiert», berichtigte der Kolonialwaren-Händler, der ein Blatt erwischt hatte.

«Rußland? Was geht das Rußland an? Wenn Rußland mobilisiert, dann kann doch der Kaiser nicht zusehen. Dann muß doch Deutschland auch mobilisieren.»

«Und wenn Deutschland, dann Frankreich und Belgien.»

«Und wenn Deutschland und Österreich, auch Italien, das zum Dreibund gehört, und dann –»

«Und dann haben wir den Salat» – schloß Corelli pomadig. Der ältliche und rundliche Mann stand da, unter dem freien Himmel, im nüchternen sonnenlosen Tag, und all die Nachtschatten seines geheimen Systems waren zerstoben. Es kam ihm vor, als erwachte er plötzlich und stelle fest, wieviel Zeit er vertrödelt und verschlafen hatte.

Er lüftete den Hut, überquerte energischen Schrittes den Platz und bestieg den vordersten aus der Reihe der dort am

Flußufer unter den Robinien stationierten Taxameter. Das erste würde sein, daß die Terminbörsen geschlossen wurden. Die funktionieren ja nur bei normalen internationalen Beziehungen. Damit würde es aus sein für einige Zeit. Aber darum ging es jetzt nicht, das war schließlich alles nur Papier, Differenzgeschäfte, Luftgeschäfte. Worum es jetzt ging, das war Ware, richtige, greifbare Ware, Rohstoffe, Nahrungsmittel. Das kaufmännische Geschäft wurde wieder zum einfachen Warenhandel. Jetzt gab es nichts mehr anderes, als Waren heran-, hereinzubringen, rasch und zu jedem Preis. Zu jedem Preis, ja, denn mit Geld kann man niemanden ernähren. Auf der kurzen Fahrt bis zur Stockerstraße hatte sich bereits in Louis Corellis Kopf alles so klar geordnet, daß er, kaum in seinem Büro angekommen, den Hut in den Nacken geschoben, an einer nicht angezündeten Zigarre kauend und fortwährend auf dem Teppich hin- und herschreitend, dem Angestellten Schwarz die Telegramme diktieren konnte. Was in erster Linie drohte, das waren die Ausfuhrverbote, die Sperrung der Grenzen und Häfen. Alles, was rollte oder auf dem Zoll lag, mußte unverzüglich hereingebracht, die Spediteure in Buchs, Basel und Chiasso aufgescheucht, die Vertreter in den Häfen des Kontinents zu höchster Anstrengung und Eile angetrieben werden. In Böhmen und Mähren und in der Rheinpfalz an Zucker zu kaufen, was erhältlich war, darin bestand die zweite Notwendigkeit, und die dritte in Genua, Le Havre und Antwerpen sich jedes irgendwie noch greifbare Quantum von Kaffee zu sichern. Kaum hatte der Kaufmann sich auf diesen Weg des Aufkaufens und Zusammenraffens begeben, so lokkerten sich auch schon alle Usanzen der sorgsamen Auswahl und des Feilschens: die Güte der Ware und die Höhe des Preises spielten schon keine Rolle mehr. Noch würde es einige Tage dauern, bevor die große Masse der Konsumenten sich aufgeschreckt in Bewegung setzte, und diese Frist galt es zu nützen.

Ähnlich wie im Hitze-Sommer des Jahres 1911 verwandelten sich die Büros der Kolonialwaren-Agentur Corellis in eine Art ständigen Hauptquartiers, in dem die Telephone fortwährend schrillten, Schreibmaschinen klapperten, Telegraphenboten sich bis in die Nacht hinein meldeten, die Gasstrümpfe glühten, auf einem improvisierten Rechaud Teewasser brodelte und heiße Würstchen verzehrt wurden. Aber der Erfolg dieser fieberhaften Tätigkeit war gering. Der internationale Handel war das empfindlichste aller Organe. Die Beunruhigung allein schon genügte, daß sich die Schienenstränge an den Grenzen wie nervöse Gefäße zusammenzogen und verstopften, sich die Warenströme, die bisher frei über den Kontinent geflossen waren, an den Grenzen stauten, die Lagerhäuser füllten, dann überbordeten, so daß sich die Baumwollballen, die Getreide-, die Kaffee- und die Zuckersäcke im Freien, den Rampen entlang zu Hügeln zu türmen begannen, beinahe schon so mächtig wie die Berge von Kohlen, die ständig wuchsen, weil sie nicht mehr abgebaut wurden.

Es war bei den älteren Leuten, daß es begann, bei den Greisen und Bestandenen, zwischen Fünfzig und Sechzig. In diesen und den Frauen besonders hatte im Verborgenen und Vergessenen noch eine schwache Erinnerung gelebt über das Verhalten in Kriegszeiten, der bäuerliche Begriff von Vorratsscheunen und Speichern inmitten eines winterlichen Landes, das ausgehungerte Armeen überfluteten, das Bild kleiner Städte, über die hinweg die glühenden Eisenkugeln der Mörser flogen, und die Vorstellung des steinernen Familienhauses, das während unruhiger Zeitläufte zur Zitadelle wurde. Es fing denn auch unter den Handwerkern und Gewerbetreibenden der alten Stadtteile an der Limmat, am Fuße des Lindenhofhügels und im Niederdorfquartier zuerst an, daß die Frauen die kleinen Spezereiläden, die Filialen des Konsumvereins und der Genossenschaften zu füllen und ungewöhnliche Mengen von Mehl, Reis, Hafergrütze und Zucker und Kartoffeln und Rosinen und Salami und Nudeln und Sardinen und Konfitüre und Schokolade und und und was es überhaupt noch gab an dauerhaften Nahrungsmitteln zu erwerben und nach Hause zu schleppen begannen. Wer bares Geld zur Hand hatte, war eilig bemüht, es sogleich in Eßwaren umtauschen zu können, und wer keines mehr hatte, suchte sein Sparbüchlein hervor und stellte sich in die unruhige Menge, die die Bankschalter umlagerte.

Als es Abt endlich gelungen war, sich durch die Leute hindurch bis an das große Tor des Gebäudes der Kantonalbank durchzudrängen, wurde ihm von dem dort stehenden Stadtpolizisten erklärt, der Schalterraum sei so angefüllt, daß man sich gezwungen sehe, die Türe jeweils so lange zu schließen, bis ein Teil der Kunden abgefertigt sei. Der Herr möge sich gedulden. Er wolle ja gar nicht an den Schalter, erklärte der Ingenieur, er wolle hinauf in die Direktionsräume, es handle sich um eine schon längst anberaumte Sitzung in der Hypothekenabteilung, einer wasserrechtlichen Frage wegen. «Aha», sagte der Polizeimann und machte durch die Scheibe hindurch dem Weibel im Innern ein Zeichen, der daraufhin die schwere Türe fußbreit öffnete. Sofort wurde unter der Menge auch schon aufgeregt gemault, da sehe man es wieder, es gäbe immer solche, die mehr Recht hätten als andere. Der Beamte aber in der Mütze unterrichtete Abt davon, daß alle Sitzungen und Besprechungen abgesagt seien, das sei ja begreiflich bei dem Betrieb und dem Getue der Leute.

Abt stand noch eine Weile unter den Linden auf dem gegenüberliegenden Trottoir. Bis in die Straße hinein erweiterte sich die schwarze Dolde der Einlaßbegehrenden, und es fiel dem nachdenklichen Manne auf, wie sich die Gesichter dieser Leute verändert hatten. Verschlossen, entschlossen blickten sie unter ihren Hüten hervor; man spürte, sie waren mit einer grimmigen Geduld gewappnet, und sie würden sich nicht heimbegeben, bevor sie das Geld, ihr Geld, in den Händen hielten. Etwas urtümlich Selbstisches und Rücksichtsloses, genährt von einem plötzlichen Mißtrauen gegen das Institut, dem sie ihre Spargelder anvertraut hatten, kam in ihrer ganzen Haltung zum Ausdruck. Sie hatten Angst, ihr Geld zu verlieren. Das ist die Panik, dachte Abt. Die sind nicht mehr von der Vernunft geleitet, und sobald die Vernunft fehlt, schwindet auch das Gefühl der Gemeinschaft. Jeder glaubt sich allein. Jeder hat nur noch seine Rechnung vor Augen, sein Guthaben. Jeder will sein Geld haben, heraushaben.

Abt durchschritt den Torbogen, der in das innere Geviert der Häuserblocks, Kappelerhof genannt, hineinführte: ein Rasenplatz, von Ulmen gesäumt, Bänke, eine winzige, von Hinterfassaden umschlossene Parklandschaft, wo der Kies unter den Schritten knirschte und Buchfinken zwitscherten, schattig, mit Sprenkeln von Licht, doch ohne Bläue im regnerischen Tag. Von irgendwo in der Höhe fiel die mühsam zusammengehaltene Tonfolge einer Klaviersonate in die Anlage herab, am eisernen Geländer eines Küchenbalkons wurde eine Türvorlage ausgeklopft. Doch dann war es schon vorbei mit dem friedlichen Hinterhof, den die Nachrichten noch nicht erreicht zu haben schienen – denn als der Stadtrat durch den anderen Torbogen auf die Fraumünsterstraße hinaustrat, wimmelte es ameisenartig um das Postgebäude herum. Es kam Abt auch vor, als würde schon leidenschaftlich und rechthaberisch diskutiert, aber er hielt sich nicht auf, sondern strebte nun eilig dem Stadthaus zu.

Zu seinem Erstaunen sagte der Weibel im Lichthof, die anderen Herren seien schon oben im Konferenzzimmer des Stadtpräsidenten, er möge nur eintreten, und es stellte sich heraus, daß man ihn angerufen und zu einer Besprechung gebeten hatte. Nicht so förmlich, wie es sonst bei den Kommissionssitzungen zu sein pflegte, saßen die Fraktionspräsidenten und Ratsmitglieder am Hufeisen der Tische, vielmehr standen sie in Gruppen beieinander und schienen auf etwas zu warten, wobei sich ihre Köpfe immer wieder dem einen Winkel des Raumes zudrehten. Als Abt ebenfalls hinüberspähte, sah er dort den Stadtpräsidenten im Gespräch mit einem Offizier in dunkelblauem Waffenrock.

Diese Zusammenkunft, zu der er auch den voraussichtlichen Stadtkommandanten gebeten habe, sei durchaus inoffiziell, erklärte der Stadtpräsident. Die Herren kennten sich ja alle untereinander. Das Gremium setze sich im wesentlichen zusammen aus Fraktionsvertretern der Parteien im Großen Stadtrat, den abkömmlichen Mitgliedern der Exekutive, einigen Abteilungschefs. Von der Presse sei niemand geladen worden, und es wäre begrüßenswert, wenn die Blätter, was die städtischen Maßnahmen anbelange, sich auf diejenigen Publikationen beschränken würden, die von den zuständigen Amtsstellen ausgehen. Man stände angesichts der sozusagen stündlich sich verschlechternden internationalen Beziehungen vor einer Situation, die für alle Zeitgenossen ohne Präzedenz sei, die weitere Entwicklung sei unbekannt, aber auf alle Fälle bedrohlich. In solchen Zeiten gingen die Befugnisse und die Entscheidungen automatisch an die nächsthöhere Instanz über, von den Gemeinden an den Kanton, von den Kantonen an den Bund, und das habe natürlich auch sogleich eine Beschränkung der individuellen Persönlichkeitsrechte zur Folge. Ein bißchen professoral, dachte Abt, aber als Einleitung mag es angehen. Die Aufgabe einer Stadtverwaltung in solchen Zeiten müsse es sein, daß sich das Gemeinwesen möglichst reibungslos in das große Ganze einfüge oder, um nun konkret zu werden, die wirtschaftlichen und militärischen Maßnahmen des Bundes in Ruhe und Ordnung in seinem Bannkreis ausführe.

«Wir müssen uns also für den Augenblick von allen politischen und sozialen Gegensätzlichkeiten befreien, um ganz einfach das Zunächstliegende und Notwendige zu tun.»

«Ich kenne keine Parteien mehr», konnte es sich der Arbeitersekretär Angst nicht verkneifen, den Ausspruch des Deutschen Kaisers vor sich hinzumurmeln.

«Ganz richtig», machte der Stadtpräsident, «das gilt auch für uns.»

Angst heftete seinen Blick auf den neben dem Stadtpräsidenten sitzenden Obersten Reiser, der eben dabei war, die schwarzen Bänder eines kleinen Kartonmäppchens aufzuknoten. Ohne in seiner Beschäftigung innezuhalten und ohne aufzusehen, sprach er in die erwartungsvolle Stille hinein: «Wann der erste Mobilisationstag ist, wissen wir noch nicht. Auch nicht, welche Einheiten aufgeboten werden. Immerhin stehen die Landsturmbataillone 54, 57 und 58 bereits auf Pikett.»

Es begann mit diesen Worten die bis weit über die Mittagszeit sich hinziehende Konferenz. Vom Obmannamt, dem Sitz der Kantonsregierung herüber kam der Text des Verbots der öffentlichen Aufzüge und Straßendemonstrationen, den die Polizeidirektion in Anbetracht der ernsten politischen Lage und zur Aufrechterhaltung der öffentlichen Ordnung zu erlassen sich anschickte. Die Anwesenden nahmen auch Kenntnis vom bevorstehenden Aufruf des Stadtrates, in dem er sich gegen die unnütze Aufstapelung von Geld und Lebensmitteln wendete. Als eine sehr entscheidende und den Ernst der Zeit so richtig unterstreichende Maßnahme wurde es betrachtet, als verlautete, der Regierungsrat ziehe die Schließung aller Wirtschaften, einschließlich Hotelrestaurants, auf elf Uhr nachts in Betracht.

Obwohl Abt an all diesen Vorgängen aufmerksam Anteil nahm, mit seinen Nachbarn, dem jungen Bezirksanwalt Schütz und Emil Angst, dem Gewerkschaftssekretär, Bemerkungen austauschte, hatte er fortwährend die Empfindung, es stimme etwas nicht, als sei er gar nicht richtig und eigentlich da, sondern eher so beiläufig und oberflächlich. Er blickte über das gute Dutzend, in regelmäßigen Abständen um den Tisch herum verteilter Männer hin, von denen einige sich zurücklehnten, andere die Ellbogen auf die Kanten stützten, die

Lider hoben oder senkten, die Köpfe drehten, mit ihrem Bleistift spielten und mit unbewegten, ausdruckslosen Gesichtern lauschten. Wäre nicht der Offizier in seiner Uniform an ihrem Tisch gesessen, man hätte an irgendeine der üblichen Sitzungen denken können, die ein Quartierplanverfahren oder das Abfuhrwesen zum Gegenstand hatten. Sind wir, dachte der Ingenieur, auf der Höhe der Ereignisse? Fällt denn kein Wort aus dem Bezirke des Geistes, wird des Ungeheuerlichen, das sich da vorzubereiten scheint, keine Erwägung getan? Es ist doch alles auf einmal in Frage gestellt. Es rüsten sich doch ganze Völker zum Töten. Er blickte zum Stadtpräsidenten hinauf am Quertisch, der mit seiner gemäßigten parlamentarischen Stimme redete, etwas hinschrieb auf den Papierblock, den er vor sich hatte, einem, der die Hand hob, das Wort erteilte, sich nach rückwärts neigte, einem sich zu ihm hinabneigenden flüsternden Sekretär sein Ohr lieh, dem neben ihm sitzenden Offizier ein Schriftstück zuschob – alles so selbstverständlich. Aber all dieses Normale war doch nur noch künstlich, Form und Ritus, dem, worum es ging, gar nicht angemessen. Wie anders diese Form hätte sein müssen, Abt hätte es nicht zu sagen vermocht, aber daß es in anderen Landstrichen leidenschaftlich, stürmisch gar zugegangen wäre, mit Parteinahme und dem Drang nach Auseinandersetzung, das schien ihm gewiß. Entweder, dachte er, ist es noch gar nicht durchgedrungen, noch gar nicht realisiert, oder es sind Leute von stoischem Ausmaß. Wahrscheinlich ist keines von beidem richtig. Es hält sie das Äußere zusammen, das Gebäude, das Zimmer, die Tische, die Kleider und Kragen, die nüchterne Sprache, die überlieferte Art, wie sie am Hufeisen saßen, und wie alles, noch eingefuchst, seinen Weg ging in diesem Amtshause, mit seinen Treppen, Korridoren und Schalterstunden, dem Weibel und dem auf leisen Zehenspitzen hereinhuschenden Fräulein Bertschinger. Sie machen es richtig, alles in allem genommen; weises Vorausdenken führte sie in ein Gestrüpp von Zögern und Mutmaßungen; vorausdenken auf die nächsten Tage, so ist es richtig, das können sie, das ist ihr Auftrag nach menschlichem Maß. Nicht Titanen des Geistes wählte das Volk, vielleicht nicht einmal Männer der Tat, aber Mitbürger, die Anordnungen treffen, tun, was das Heute, die Stunde gebietet, vernünftig und nüchtern, und Gewähr leisten, daß dieses, das wenige, das getan werden konnte, auch sicher getan wurde.

Verstohlen musterte Abt aus solchen Gedankengängen heraus die Männer am Tische, die Vertreter der Parteien und die Vorsteher der Ämter, und er mußte sich sagen, wenn er sie alle so dasitzen sah, so übel hatte das Volk nicht gewählt.

VI. Kapitel

In dem kleinen Hinterraum des Coiffeur-Geschäftes Studer, dessen ebenerdiges Fenster auf den sogenannten Posthof hinausschaute – ein von kreidefarbenen Säulenkolonnaden umsäumtes Viereck mit einem eisernen Springbrunnen in seiner Mitte und ein paar Buchsbäumen –, saß in seiner weißen Ärmelschürze das Mädchen Maly Gebhardt. Vor ihm, auf einem kniehohen Tischchen, stand ein gesichtsloser Holzkopf, auf den vermittelst eines starken Nagels eine dunkle Haarsträhne befestigt war. Die Kundinnen des Frisier-Salons brachten die in zerknitterte Seidenpapiere eingewickelten Haare, die während eines Jahres in den Bürsten und Kämmen zurückgeblieben waren. Diese wurden dann in winzigen Ösen aus biegsamem Draht zusammengefaßt, gewaschen, gestrählt, mit der Schere gleichmäßig gestutzt, gebräunt und onduliert und den betreffenden Damen als Postiches aus eigenem Haar wieder geliefert. Diese Arbeit lag der jungen Maly ob, wenn nicht gerade Kundschaft zu bedienen war. Sie saß am geöffneten Fenster, die strahlende, abendliche Sonne, die schräg über die Firste der gegenüberliegenden Häuser in den Hof hereinfiel, erreichte das Mädchen nicht mehr, nur noch die Sandsteinplatten des Laubenganges, auf die die Säulen ihre violetten Schatten warfen. Außer dem Plätschern des dünnen Wasserstrahls, der nach einem kurzen Aufflug in den Bereich der Sonne in das moosige Rund des Beckens zurückfiel, war kein Laut zu hören. Es war wie Sonntag, so saugten die Ereignisse die Leute auf die Straßen außerhalb des Gevierts hinaus. Mit einem seidenweichen Stielbürstchen strich Maly über eine von grauen Fäden durchzogene Strähne Haares, das vom Haupte der Frau Konsul Meng stammte und bestimmt war, wieder dorthin zurückzukehren.

Die Zweige der Buchsbäume mit den zierlichen Löffelchen ihrer Blätter verdeckten den Hofeingang, der zur Bahnhofstraße hinausführte, aber Maly kannte bereits den Rhythmus der Schritte, die sich im Laubengang näherten. Sie beugte sich eifrig, doch in rührend schlechter Verstellung über den keulenförmigen Holzkopf hinab.

«Guten Abend», sagte in seiner metallischen Bündnermundart Arquint und blieb stehen. Das Mädchen schielte über seine Schulter hinweg hurtig hinter sich nach der Türe zum Laden, klopfte mit dem Bürstchen ein paarmal warnend auf den Mund, nickte, und der junge Mann zog weiter, den attischen Säulen entlang, ein schwebendes Wölkchen von Pfeifenrauch hinter sich lassend.

Eine halbe Stunde könne sie heute zugeben, sagte Maly, als sie unter den Robinien am Flußufer entlang der Quaibrücke zuwanderten. Nora habe Dienst im Spital und die Mutter sei oben bei Karl in Fluntern, der kleine Georg habe die Masern, und da müsse sie natürlich dabei sein. Und komisch, grad vorhin habe sie der anderen Großmutter, Hermine Mengs, Haare in den Händen gehalten. Ob die Welt nicht klein sei und nicht alles zusammenhänge, wenn manchmal auch nur mit einem Haar? Ausgemacht war es nicht, ob der Student dem Geplauder folgte; er ging hoch neben dem Mädchen her, dessen Gesicht ihm vom Gekraus der Haare bis auf das Näschen mit seinen paar Sommersprossen darauf verdeckt wurde. Aber er wußte, es war wichtig, daß geredet wurde, es durfte die Stille und das Nachdenkliche zwischen ihnen nicht aufkommen, das junge Mädchen ertrug es nicht; nur so im Plaudern und Tun, als wäre nichts weiter dabei, fühlte es sich behütet und zu Hause. Was weiter ging, in Schweigen und zagem Tasten seiner Hand nach der ihrigen, erschreckte es und führte zu jenen brüsken Abschieden: «Ich muß nun gehen!»

Ein bißchen eigentümlich sei es ja schon, das Verhältnis zwischen den beiden Familien, den Eltern des Kätterli, eben des Bruders Frau, und ihnen, der Mutter Karls und den Schwestern. Wohl, man sage sich du und treffe sich manchmal zufällig; doch nur ein einziges Mal in den Jahren seien Nora und es, Maly, draußen im Seefeld in der Mengschen Villa gewesen, obwohl Frau Meng es ja an Aufforderungen nicht fehlen lasse. Sie fühlten sich einfach nicht wohl. Hingegen wenn Tante Hermine als Kundin in das Studersche Geschäft komme und frage, wie's gehe, und mit ihr plaudere und sich auch an sie wende beim Einkauf, mache es ihr, Maly, dann gar nichts aus, da fühle sie sich frei und am Platze, und da könnten sie lachen zusammen und von dem kleinen Georg berichten, dem jüngsten Sproß der beiden Familien, in dem wohl die richtige Vereinigung der Sippen sich erst richtig vollziehe.

Reto, den Hut in der Hand, wanderte in stillem zärtlichem Entzücken neben dem zierlichen Mädchen einher. Der Wohllaut der Stimme und die leichte Art, wie sie ihre Sätze drechselte, so auf geschickte und städtische Weise, erinnerte ihn an jene St. Galler Stickerinnen, die sich in ihren Trachten im Fenster des Spinnerschen Seidenhauses zu Reklamezwecken über die bespannten Rahmen beugten und mit flinken Fingern zarte Monogramme in die Batisttüchlein zauberten.

Auf der Sandbahn, neben dem Spazierweg dem Utoquai entlang, schnaubten Kavalkaden von Reitern einher, Schwäne lugten mit schrägen Köpfen aus dem Wasser empor, die Möwen umklammerten mit roten Krallen die eisernen Ufergeländer und wippten mit den Schwänzen, fremde großstädtische Leute ergingen sich im grünlichen Dämmer der Kastanien; langsam verblaßten die rötlichen Quadern der Ufermauer, die Ginsterblüten der Segel wehten über den blaudunklen See dahin.

Es sei nach den dumpfen Trommelwirbeln der letzten Tage eine gewisse Beruhigung eingetreten und sehe nun eher wieder aus, als werde alles verhallen wie auch schon nach solchen Alarmen, erklärte der Student der gelehrsam und nicht ohne Schelmerei zu ihm aufblickenden Begleiterin. Es sei nun die Welt warnend aufgeschreckt worden, und es flitzten auf den Drähten des Kontinents die Beruhigungen der Diplomaten hin und her, das Loch zu schließen, das die Kugeln des serbischen Attentates in das zarte Gewebe des Friedens gerissen. «Sie wollen es wiefeln», meinte das Maly, «wie man bei uns sagt.» Es wäre ja auch absurd, wenn um eines solchen Verbrechens willen ganze Völker zu den Waffen griffen, es stehe in keinem Verhältnis. Aber all das Sprächeln war eigentlich nur äußere Hülle, schützende Schleier über der leisen und verschmitzten Zwiesprache, die sie hielten, mit fragenden Blikken und sachtem Dürsten der Lippen, wenn sie schwiegen. Er selber müßte natürlich auch einrücken, wenn es etwas gäbe, sagte Reto, sich des alten männlichen Bildes des ausziehenden Kriegers bedienend, das in solchen Gesprächen nicht ohne Vorteil war. Bei der Artillerie sei er, Fahrkorporal, und ob es Krieg gebe oder nicht, die Aspirantenschule stehe ihm bevor. «Und dann sind Sie Offizier?» fragte das Mädchen.

Sie hatten im Dahinwandern die bewegte Zone der Promenade mählich verlassen, das Laubwäldchen des Zürichhorns dunkelte vor ihnen empor und zog sie sachte hinein in die verschlungenen Wege zwischen den alten Stämmen der Buchen und Pappeln. Am Landungssteg flimmerte die rotverglaste Laterne, regungslos standen die Büsche der Eiben in den Ellipsen der Rasen, und im Rund der Dämmerung schimmerten die Birken. Unter dem japanischen Brücklein über dem Hornbach quakte leise eine Ente.

Dann saßen sie brav nebeneinander auf dem südlichsten Bänklein der Landzunge und hatten vor sich, dunkel eingerahmt von den Büschen und dem Blätterdach über ihnen, einen Ausblick auf den See. Den Mond konnten sie nicht sehen, aber das Licht, mit dem er den Raum über dem Wasser versilberte, und den blitzenden Flitter seines Widerscheins auf dem Wellengekräusel. Sie spürten beide, es war die Wirklichkeit weiter vorangeschritten mit ihnen, über die Worte hinweg, mit Feierlichkeit und Hineinstaunen nebeneinander in die opalene Ferne und dem alten stillen Gebrauche, daß der Mann seine offene Hand um den Schulterapfel des Mädchens legte und daß sein Köpflein hinabsank und sich schmiegte in die Beuge zwischen Hals und Achsel und daß aus Wärme und Wangenflaum die Münder sich fanden.

Es sei, als bewegten sie sich wie in einem Zwischenreich, noch nicht vergangen und noch nicht geworden, murmelte Reto. Es sei ihm, als stehe die Zeit still und es könne nicht enden, dieses Dasein mit ihm, Maly, dem Mädchen. Sie sei trotzdem gewandert, er solle nur sehen, nun stehe der Mond schon näher über dem Albis, es müsse schon elf gewesen sein, sie hätte vorhin die Schläge der Glocke gezählt über den See hin, flüsterte ihr Mund unter seinem Kinn. Was sie nur sagen solle zu Hause; aber sie lächelte dazu. Sie solle es sagen, wie es sei, die Wahrheit, er komme mit ihr, sogleich, und er könne es dann der Mutter erklären, sie hätten sich gefunden, seien verlobt, das wisse er innig und auf immer, er lasse sie nie mehr, was auch geschehe, ein Krieg oder was sonst. Noch anderthalb Jahre, und er habe sein Diplom als Landwirtschaftslehrer, und, gehe es gut, auch alsbald die Anstellung an einer Schule, daran könne es nicht fehlen mit dem eidgenössischen Ausweis. Dann könnten sie heiraten.

Maly spürte weder Staunen noch Zweifel. So mußte es sein, das war der Weg, so eilig und richtig liefen die Dinge zwischen liebenden Leuten, man hörte täglich davon. Wenn das Wunder vollzogen, den Namen des andern die Lippen nun vernehmlich formen und mit dem Du verbinden dürfen und als Antwort der eigene Name verzaubert aus dem Munde des andern zurückkam, dann stand die Welt still unter gläserner Glocke und fügten der Mond und die plätschernden Wellen und der Glanz auf der Stirne des Geliebten und das Diplom und die Anstellung und die Hochzeit und alles sich zusammen zu Dasein, Zukunft und Vollendung.

«Es ist eine Zwischenzeit, gell», sagte das Mädchen Maly Gebhardt leise und wußte nicht, wie wahr es sprach.

VII. Kapitel

In der Mitte des Geflügelmarktes auf dem Augustinerplatz erhob sich ein kleines, auf drei Seiten von rötlichen Zeltblachen bedecktes Gerüst, eine Art Kabine mit offenem Himmel, und darin stand ein Scheitbock. Hatten die Kunden, die spähend zwischen den flachen Gitterkörben einhergingen, auf eines der Tiere ihr Auge geworfen, öffnete Frau Esposito rasch den Deckel, griff hinein, raffte die beiden Flügel in eine Hand zusammen und zeigte den Vogel vor, mit dem Bauch nach oben; die Krallen waren geschlossen und die gelben Beine regungslos angezogen. Das Blut lief dem Scheitstock entlang in die Rinne und von dort in die Dole, wenn der flinke Beilhieb der Italienerin den Kopf des Tieres vom Halse trennte. Kaum hörte das rote Bächlein zu fließen auf, saß sie auch schon mit geöffneten Knien, einem Sack über den Schenkeln, auf ihrem Hocker, und es stoben die Federn, so rasch rupfte sie das Geflügel. Über dem Plätzchen mit dem Sägemehl und den Teilen tierischen Gewebes auf dem Kugelpflaster um das kleine Schaffott herum, den Kuben aufeinandergetürmter Körbe voller Hühner, Enten und Tauben, dem Flügelgeflatter und Rufen, dem Rascheln warmer Federleiber hinter Holzgittern schwelte der Geruch von Stall und Hof, und es gemahnte das Gehaben der Händler und Käufer an eine Kermesse. Die Kunden spielten Schicksal mit ihren Blikken im Reiche der Tiere; wurde auch getötet zum Zwecke der Ernährung, es blieb im Vorgang ein Rest von Ritual des Opferns und der Entsühnung durch fließendes Blut.

Die Köchin Frieda wählte einen weißen Hahn mit strotzendem Kamm und drei schiefergraue Tauben mit grünschillernden Schwanzfedern, derweil Frau Meng in der Metzgerei nebenan als besonders geschätzte Kundin, vom Fräulein der Wurstabteilung ein wenig beiseite genommen, von ihrem Zettel die große Bestellung ablas: zwei ganze Salami und eine schwere Gothaer Dauerwurst, geräucherten Speck, luftgetrocknetes Bindenfleisch in einem ganzen und unversehrten Laib, den Kessel Schweineschmalz und von den unbeschränkt haltbaren Landjägern ein Dutzend Paare. Sie hätten zwar Weisung, die Dinge ein wenig zu verteilen auf die Kundschaft, doch werde sie sorgen, daß es sich richten lasse, selbstverständlich, erklärte flüsternd die Verkäuferin.

Seit drei Tagen, einen entschlossenen Ausdruck um den Mund, Morgen für Morgen, durchzog und durchkämmte, versehen mit Geld und das ganze Gewicht ihres Ansehens in die Waage werfend, Frau Hermine Meng Laden um Laden ihrer Lieferanten. Im Keller an der Seefeldstraße begannen die Vorräte sich zu stapeln: sackweise der Kaffee und der Reis, die Zuckerstöcke in blauem Papier, auf den Tablaren Konservenbüchsen und in einer hölzernen Truhe, extra und in Eile angefertigt vom Schreiner, das weiße Mehl. Ein wenig vor den übrigen Leuten, mit genaueren Nachrichten aus Deutschland ausgestattet, hatten Mengs mit den Käufen begonnen. Es brachte der Konsul, ganz wider sein Prinzip, viel bares Geld nach Hause, Goldstücke und Noten, und unter dem hausbakkenen Vorwand der Vorsorge genoß Hermine die frauenhafte Lust schrankenlosen Einkaufens. Wollte sich leise ein Gefühl der Scham einstellen, so dachte sie an den Haushalt der Jungen, oben in Fluntern, und an den Sproß, den kleinen Georg, und sie fühlte sich sogleich wieder im Recht als Mutter der Sippe und kaufte Kindermehl und Kondensmilch, ausreichend, ein Säuglingsheim während Monaten zu versorgen. Sie dachte an alles. Im Wäschezimmer auf dem Kasten schichtete sie eine Burg von Marseillanerseife, und auf den Plättchen der Veranda, gegen den Garten mit den Rhododendronbüschen hinaus, dörrten Bohnen. Einen Ballen von Baumwolle und einen von Leinen hatte sie ebenfalls erworben, und von Dosenbach kamen zehn weiße Schachteln mit Schuhen in fünf verschiedenen Größen.

Als sie mit Frieda an ihrer Seite die Bahnhofstraße aufwärtsschritt, konnte sie mit Ruhe und einem Gefühl der Überlegenheit sehen, wie die Leutchen mit ihren Päcklein und Netzen auf ihre beschränkte Weise und bereits ein wenig zu spät dem gleichen Triebe frönten. Bereits leerten sich die Schaufenster, und es war als ein Zeichen der Panik zu werten, daß in den Warenhäusern, bei Brann und Jelmoli, die Nachfrage auf die Rayons der Quincaillerie, der Lampenschirme und der Parfumerie sich auszudehnen begann.

Von einem Tag auf den anderen hatten sich die bemützten Männer vermehrt, die Zeitungen feilboten. Nicht genug der Aushängeschilder an ihren Bäuchen, schrien sie sich nun auch an Hiobsbotschaften heiser, und es konnte Frau Meng sich des Eindrucks nicht erwehren, es hätte der vornehme Paradeplatz zwischen den verzierten Fassaden der Banken mit einem Male einen Aspekt gewonnen, der an den Geflügelmarkt erinnerte. Auch hier herrschte nun die seltsam fiebrige Luft und war ein Zentrum, ein kleiner Kiosk, vorhanden, von dem das Unheimliche und Gefährliche ausging mit den Stößen bedruckten Papiers, die fortwährend eintrafen und, in einzelne Blätter zerflattert, unter die Menge stoben. Nur schien es ihr, die Leute, die in Gruppen als Wartende herumstanden, hätten die Rolle des eingesperrten Geflügels inne, über dem ein spähendes Auge Schicksal spielte, und es bedurfte nur eines kleinen Anstoßes der erhitzten Phantasie, und man hätte auch schon den Geruch von Blut wahrnehmen können.

Vom nahen Peterturm herab dröhnten die Elfuhrglocken wie eine Mahnung zum Aufbruch. Frieda, wippend vor Ungeduld und mit geröteten Wangen, bestieg mit den Netzen das Tram ins Seefeld hinaus; sie erwartete Post aus Füssen und die Nachricht, nun ginge es los. Was hätte sie darum gegeben, unter den Klängen der Regimentsmusik dem Auszug der Truppen, eichenbekränzt und mit wehenden Fahnen, den goldenen Reichsadlern an der Spitze, beiwohnen zu dürfen! Ach, nun hatte sie es: ein rundes Sparguthaben auf der Zürcher Kantonalbank und eine gute Stelle im Hause der Mengs, aber verpaßt, auf immer verpaßt die große Zeit in ihrem Vaterlande, die historische Stunde, die einzige, die zählte und von der man sagen konnte dereinst: ich war dabei.

Hermine Meng setzte sich in das kleine humpelnde Trämchen, das an den Zürichberg hinauf nach Fluntern führte. Sicher bedurften die «Kinder», daß man zum Rechten sehe. Man sollte ihnen ein Telephon einrichten, dachte sie. Und etwas anderes noch: daß sie, die Tochter des Stadtrats Boßhart, ein Kind dieser Stadt, kraft ihrer Heirat Deutsche war. Nie in all den Jahrzehnten war ihr das zum Bewußtsein gekommen. Sie, eine Deutsche, zum Lachen! Sie nahm sich vor, es nun heftiger zu betreiben, daß Meng endlich sich einbürgere. Aber grad jetzt? Ihr schwante, das wäre nun schwerer als je. Sie saß in der Ecke des Wagens, der langsam gegen die Platte hinankroch. Ihre vollen weißen Wangen waren ein wenig schwerer geworden im Laufe der Jahre, und es eignete ihrem Gesicht ein gewisser neronischer Ausdruck, während sie mit unbewegten Wimpern vor sich hinstarrte.

Sie fand im Korridor den Sanitätsgefreiten Gebhardt, in seiner blankpolierten Uniform, das große Faschinenmesser mit dem messingnen Knauf bereits gegürtet, über dem gepackten Tornister stehen und Riemchen schlaufend. Der kleine Georg stand dabei und nahm jenes Bild in seine Augen auf, das er lange Zeit später als eines seiner ersten Jugenderlebnisse bezeichnen sollte. Das Kätterli kam aus der Küche, munter, den Brotsack des Soldaten in der Hand. «Das Besteck hätte ich beinahe vergessen, und hier lege ich noch die Tube mit den Pantopon-Pillen hinein, falls du wieder nicht schlafen solltest wie in Basel während der Rekrutenschule.»

«Du bist ja ganz aufgekratzt», machte Frau Meng, «und ich erwartete so etwas wie eine verheulte Kriegersgattin.»

Karl Gebhardt schaute nicht auf und fuhr fort, mit Sorgfalt den blauen gerollten Kaput über den quadratischen Tornister zu schnallen. Man konnte es ihm ansehen, wie unbehaglich ihm zu Mute war. Es hatte ihn das Aufgebot getroffen mitten in der Arbeit und aus der Vorstellung heraus, die Sanitätstruppen kämen erst nach längerer Zeit an die Reihe. Statt dessen war er detachiert zum Landsturmbataillon 58, das heute um zwei Uhr auf dem Kasernenplatz einrückte, vor der allgemeinen Mobilisation und um diese zu decken, wie es seine Aufgabe war.

«Der Vater meint, in ein paar Wochen, spätestens bis zum Herbst sei alles vorüber, man mache sich ja bei uns keine Vorstellung von der Organisation und der wahren Stärke des deutschen Heeres», sagte Hermine. Die Begeisterung müsse unvorstellbar sein. Sämtliche sozialdemokratische Abgeordnete hätten den Treueeid abgelegt. «Jetzt hast du deine lebendige Geschichte, Karl.»

Es war ein sonderbarer und rätselvoller Blick, mit dem die Tochter die Mutter streifte, während sie nochmals in die Küche zurückeilte. Es schien, als sei die Türe hinter ihr von selbst zugefallen, aber die junge Frau stand gegen sie gelehnt, mühsam gebändigter Gefühle voll. Wäre das nur schon alles vorbei, dachte das Kätterli, Karl und die Mutter fort und es allein mit dem Schörschli in der stillen Wohnung. Es wartete etwas auf sie, eine Zwiesprache mit sich selbst. Es stand ihr etwas bevor, Tage der Stille, der Ruhe, Ferien müßte sie sagen, Einsamkeit, Alleinsein, Freiheit, so mußte sie es benennen. Dieser Krieg oder was daraus werden wollte, später, davon später. Jetzt ging es ihr um etwas anderes, um eine Art Geschenk, das ihr hingeworfen wurde, nebenbei, von dem großen Schicksal, eine Aussicht, die sie fiebern machte, die Lösung für ein schwebendes Empfinden, das seit Monaten in ihr mottete, eine Wendung, ein Aufschub, ein Zwischenstück. «Laß es dauern, laß es ein bißchen dauern», flüsterte sie, den Handrücken gegen die Zähne gepreßt, «nimm es mir ab, damit ich es nicht sagen muß, daß es höhere Gewalt ist, die uns für einige Zeit trennt. Ich muß, ich muß wieder einmal mich selbst sein können, ohne Karl, ohne die Mutter, ohne die Schwiegermutter, nur mit dem Schörschli. Es ist höchste Zeit.»

Sie kam mit einem in Pergamentpapier eingewickelten Stück Käse zurück, und sie konnte ruhig und nicht ohne Wärme sagen: «Gehst du jetzt, Karl? Also mach's gut», und ihm die Wange bieten und unter der Türe lauschen, wie er mit der Mutter die Treppe hinabging. Und sie konnte sie vom Fenster aus sehen, den Soldaten mit seinem Tornister und die bessere Dame, wie sie aus dem Gartentörchen heraustraten und nochmals winkten und dann selbander die Zürichbergstraße hinab verschwanden.

Es war ganz still in der Wohnung, es roch nach Kampfer und nach parfümiertem Reispuder. Kätterli öffnete die Fenster. «Komm, Schörschli, komm», rief sie leise, «zieh dein Schürzchen ab, wir gehen ein wenig spazieren, in den Wald. In den Wald, weißt du, der jetzt ganz menschenleer ist, denn alle Leute mobilisieren jetzt unten in der Stadt.»

«Molibisieren», echote das Büblein.

VIII. Kapitel

Bluntschli ergriff die mit Asche und Zigarettenstummeln gefüllte Emailschale und schüttete sie aus dem ebenerdigen Fenster seines Ordinationszimmers auf den Hof hinaus; mit dem Fuß scharrte er ein paar auf dem Boden liegende Handtücher und blutgetränkte Wattebäusche der Ecke zu, wo der Kotkübel stand, mit wilden, nachlässigen Gebärden raffte er die Instrumente auf dem Glastisch zusammen und schmiß sie wahllos auf die Tablare des Glaskastens in der Ecke neben dem Pult. Mit einer letzten heftigen Bewegung riß er das befleckte Leintuch vom Wachstuchdivan und warf es in die Ecke, dann öffnete er sperrangelweit die Türe zum Wartezimmer. Eine Frau und zwei Männer saßen noch dort auf ihren Stühlen.

«Schluß für heute, ich kann nicht mehr, es ist sieben Uhr. Ihr müßt das verstehen. Seit heute vormittag um neun Uhr bin ich an der Arbeit. Ich habe nichts gegessen. Ich muß aussetzen, es geht nicht mehr!» Er schrie es fast.

Die beiden Männer erhoben sich sogleich folgsam von ihren Sitzen; nur die Frau sagte: «Jetzt warte ich schon seit drei Uhr.» Es war eine unscheinbare, blasse Person mit strähnigem Haar, glatt zurückgebürstet; ihr Gesicht schien leicht gedunsen, die Haut war fleckig, die Lidfalten reichten bis zu den Wimpern hinab.

«Mein Mann mußte einrücken, in den Krieg, er ist Deutscher und –»

Bluntschli winkte ab, mit einer müden, verächtlichen Bewegung.

«Mußte?», höhnte er. «Kein Mann muß müssen. Er hätte ganz ruhig und ungeschoren dableiben können.»

«Wir verlieren doch sonst den Paß, es war ja angeschlagen auf dem Konsulat, und damit das Vaterland. Es steht Tod auf Desertion.»

«Und das wollen Proleten, Sozialisten sein! Ergreifen das Gewehr, den Kaiser, den Kaiser zu schützen! Ach, geht doch, geht doch, ihr patriotischen Schafsköpfe, geht doch und schießt auf die anderen Arbeiter vis-à-vis!»

Die beiden Männer waren unter der Türe stehengeblieben und betrachteten stumm den Aufzug. Das Kinn der Frau zitterte. «Was sollen wir denn tun?», murmelte sie.

Ich bin ja verrückt, überreizt, dachte Bluntschli. Was die Frau will, das springt ja in die Augen. «Wieviel Kinder habt Ihr?», fragte er ruhiger.

«Drei.»

«Also, bitte, kommen Sie morgen früh um acht. Ich nehme Sie dann sofort dran.»

Nun rannen ihr die Tränen herab. «Nochmals so eine Nacht –»

Bluntschli war ins Sprechzimmer gegangen, nun kam er wieder zurück, ein paar weiße Tabletten in der Hand. «Da, nehmen Sie das, und schlafen Sie. Morgen wollen wir dann sehen.»

Die Frau ging hinter den beiden Männern her, der Arzt blickte den dreien nach, bis die Türe ins Schloß fiel, dann streifte er die weiße Schürze ab, nahm Kittel und Hut vom Haken und ging durch dieselbe Türe davon, die er unverschlossen ließ wie das Fenster zum Untersuchungsraum auch, in dem es von Karbol und kaltem Tabakrauch roch.

Der Schlauch der Langstraße war prall von Leuten angefüllt; sie standen bis auf den Fahrdamm hinaus und traten nur langsam bei Seite, wenn die Wehrmänner mit ihren mit Wolldecken, Lederzeug und Uniformstücken vollbeladenen Leiterwagen vom Zeughaus daherkamen, auf dem Weg zu den Schulhäusern. Am lautesten diskutierten die Italiener; sie standen in kleinen Landsgemeinden zusammen, und es knallte nur so aus ihrer Mitte von sonoren Perioden. Vor dem Bäckerladen an der Ecke zur Militärstraße stand ein Polizeimann und ordnete den Knäuel andrängender Hausfrauen. Jene, die ihren Brotlaib erhalten hatten, verließen das Gebäude durch die Haustüre, zerzaust und erhitzt. Eine kleine Gruppe deutscher Zimmerleute zog mitten auf der Straße, die Köpfe unter den Schlapphüten bereits kahlgeschoren, die roten Bündel am Hakenstock über die Schulter gehängt, bereits zu einer kleinen Marschkolonne geordnet, markig die «Wacht am Rhein» singend, dem Bahnhof zu. In ihren hellen, flachen Radfahrermützen standen die Polen und Böhmen herum, sie redeten nicht viel. Hie und da sah man auch schon einen einheimischen Auszüger in voller Packung und angehängtem Langgewehr der Kaserne zustreben. Alle Wirtschaften waren gestoßen voll.

Bluntschlis Gefühle waren nicht eindeutig. Unter dem Toben und Höhnen über die allgemeine menschliche Dummheit, die sich auf ein paar längst erwartete Stichworte hin explosionsartig mit den lächerlich antiquierten Begriffen von Patriotismus und Nationalismus ausbreitete, die Entlarvung des internationalen Proletariats, der kindischen Vorstellung eines Klassenkampfes, der keine Grenzen der Himmelsrichtung, nur noch solche in der vertikalen Schicht der Menschheit, im sozialen Oben und Unten kannte, machte sich etwas wie eine Genugtuung bemerkbar. Zwar war er einer von denen, die diesen Krieg immer hatten kommen sehen und ihn seit Jahren schon voraussagten; aber als er eintrat, wurde er davon überrascht wie alle anderen. Innerhalb dieses Treibens aber, in dieser kaum verhüllten Angst um Existenz und Besitz, genoß er mit der hämischen Schadenfreude des Außenseiters den Vorteil, daß er, der Gott- und Vaterlandslose, nichts zu verlieren hatte. Je wilder und verwirrter es zuging, je ratloser die Leute in ihrer Panik waren, um so mehr fühlte er sich vor sich selbst gerechtfertigt. Das war sein Weizen, der blühte. Wenn je es zur Ernte kam, dann auf diesem Chaos. Nun durfte er wieder neugierig sein, nun wurde es wieder interessant. Ein bißchen mochte er noch austoben, den Humanismus und die Kultur beklagen und verspotten; aber ganz innen in der Tiefe ahnte er die nie mehr wiederkehrende Chance: es begann etwas Neues, Veränderung war das Zeichen dieser Zeit – und er, Bluntschli, war dabei, und nicht unbeteiligt würde er dabeistehen, dessen war er gewiß.

Mit neun ärztlichen Zeugnissen militärischer Untauglichkeit – vier Österreicher, zwei Deutsche und drei Tschechen – und zwei Eingriffen zum Zweck der Interruptio graviditatis hatte er heute, an diesem ersten August, dem Tage der abgesagten Nationalfeiern, auf seine Weise die neue Aera eröffnet und zu der zu erwartenden Apokalypse das Seine beigetragen.

Es trieb ihn wie oft bei seinen Gängen zum Bahnhof hinüber, als dem Ort der Verknotung im Netz seines Weltbildes. Aber der Zugang zu den Perrons war gesperrt, nur noch Reisende, keine Müßiggänger mehr wurden geduldet. Wohlbeleibte, bärtige Landwehrmänner bewachten Geleise und Weichenanlagen, die Halle erdröhnte von Rufen und Schreien, bereits stauten sich die Koffer und Gepäckstücke zu kleinen Bergen, und fortwährend kamen neue dazu, von aufgeregten Leuten in allen Sprachen herbeigetragen, als gelte es, einen babylonischen Turm zu erbauen. Von den ankommenden Zügen des Auslandes sah man verschwitzte und lachende Schweizer steigen, die sich reckend umsahen und frohgemut, ihr Köfferchen in der Hand, dem Bahnhof-Restaurant 3. Klasse zusteuerten, um sich von den Strapazen einer langen und denkwürdigen Reise zu erholen. Ein jeder behauptete, dies sei gerade der letzte Zug gewesen, der die Grenze passierte. Die anderen, die Fremden, die abreisten, hatten Gesichter wie aufgerissene Äcker, in denen die Saat der Gerüchte zu keimen begann. Mit verständnislosen Augen kreuzten sie ein biederes Jahrgängervereinlein, das soeben von einem Besuch der Landesausstellung aus Bern zurückkehrte, bestandene Männer, die hinter einem hergingen, der ein gerolltes Fähnlein geschultert trug und sich wie ein Marignanokrieger den Weg durch die Menge bahnte, weil sie noch drüben im Du Nord, Krieg her oder hin, den Ausflug in die Hallen des Ruhms von eidgenössischer Tüchtigkeit mit einem gediegenen Trunke beschließen wollten. So jung kämen sie nicht mehr zusammen, und wer weiß, ob das Bier nicht verboten würde, mangels Gerste und Malzes.

Bluntschli stand am Eingang des Wartesaals, in dem schon die Lichter brannten, und er sah durch die Scheiben hinein, wo sie saßen und kauerten in Knäueln, die armen Leute, das Volk schlechthin, die Einrückenden und Frauen und Kinder, zwischen den ewigen Kartonschachteln, den verschnürten Paketen, Heimreisende, Heimgetriebene, Heimgerufene, Heimbefohlene, deutsche und österreichische Familien, die von Marseille heraufkamen, eine französische Schauspieltruppe, die aus Karlsbad über den Arlberg geflohen war, italienische Maurer, die ihre zürcherischen Arbeitsplätze verließen, und ratlose Slaven und Russen, denen die zentraleuropäischen Schienenstränge und der Weg über den Balkan bereits verriegelt waren und die nicht wußten, ob sie es wagen durften, das italienische Königreich zu betreten. Es ist ihnen, dachte Bluntschli, ein letztes Stelldichein gewährt. Ja, schaut euch nur noch einmal an, ihr armen Schafsköpfe, noch einmal ohne Haß und in der allgemeinen Misere, denn nun ist's damit vorbei. Heute noch seid ihr Genossen auf der gemeinsamen Holzbank im Wartesaal von Zürich; doch lange braucht ihr nicht zu warten, schon in wenigen Tagen wirst du vielleicht dort drüben den Schaft deines Schießprügels an deine Wange heben und abdrücken auf jenen andern, der dort steht und schon zum zehnten Male das Plakat von Ostende, dem belgischen Seebad, betrachtet und liest, und die Frau wird heulen, wenn sie's erfährt – und dein Kind darf unter Anleitung des Lehrers in seinem Aufsätzlein schreiben: Mein Vater fiel im Krieg und starb den Heldentod. Ach, man müßte unter sie treten und schreien. Geht nicht von der Stelle, bleibt da, verweigert dem Fetzen in eurer Tasche den Gehorsam, überschreitet die Grenze nicht, denn dann ist's zu Ende. Es kommt keiner zurück. Auf grünem Pferd, die flatternde Schweizer Fahne in seiner Faust, kräftig und optimistisch, hemdärmlig, blumengeschmückt, ohne Waffe und Wehr, saß der Bauernbursche des Cardinauxschen Landesausstellungsplakates und blickte über das Magma des europäischen Vulkans hinweg in die friedliche Welt hinein, aus der hinwegzureiten er sich anschickte.

Hier in dieser Bahnhofhalle, an einem sommerlichen Abend, wie dies einer war, hatte er, Bluntschli, vor zehn Jahren gestanden, mit Lydia Stepanowa an seiner Seite, und sie hatten auf Plechanow und Lenin gewartet, die von Genf kamen, um am andern Tage nach München weiterzureisen, in revolutionärer Mission. Der russisch-japanische Krieg war ausgebrochen, wie Plechanow es vorausgesagt hatte, und er war schon vorüber und die russische Revolution niedergeschlagen. Luft, alle Prophezeiungen! Und so würde es wieder sein, dachte der Mann an der grauen Mauer bitter. Trotzki, Bebel, Kropotkin, Guillaume, Jaurès – diese großen Figuren auf dem Schachbrett der internationalen Revolution, auf die man so gezählt hatte: Nieten! Patrioten, die nach dem Gewehr griffen, den nationalen Erbfeind alter Ordnung zu bekämpfen, statt sich zu wenden und den Kolben herabzuschmettern auf den natürlichen internationalen Feind, der hinter ihnen saß an seinem Pult und die Marschbefehle ausfertigte!

Bluntschli stellte fest, daß er in diesem Gewühle nicht der einzige unbeteiligte Zuschauer war. Es stand ein Mann mit länglichem bartlosem Gesicht an seiner Seite, in einem hellen handgesponnenen Anzug, und er betrachtete mit regungslosen, aber aufmerksamen Augen die beiden sich durchdringenden Ströme von Menschen. Es war Bell, und der Arzt kannte ihn wie viele Bewohner der Stadt. Sie schauten sich an mit dem verstehenden Lächeln der Außenseiter.

«Haben Sie schon so etwas wie einen Stellungsbefehl erhalten von Ihrem Konsulat?» fragte Bluntschli.

«Das Britische Königreich befindet sich noch nicht im Kriegszustand», antwortete Bell, «außerdem ist bei uns der Soldatenstand ein Beruf auf der Grundlage der Freiwilligkeit und der allgemeinen Geringschätzung.»

«Das wird sich rasch ändern», machte Bluntschli trocken.

«Ich fürchte nicht», entgegnete der andere.

«Komisches Gefühl, nicht, für euch Inselnaturen.»

Inselnaturen? überlegte Bell, und es war ihm wie eine blitzartige Erleuchtung: selbst in dieser Binnenstadt hatte er, in der Tat, noch die Möglichkeit gefunden, seine Wohnstätte auf einer Insel aufzuschlagen.

«Unser Beitrag an dieser Veranstaltung», sagte er, «wird, so viel ich es sehen kann, aus Unternehmungen auf dem Wasser bestehen.»

Bluntschli lachte hämisch. «Mehr kommerzieller und kolonialer Art meinen Sie? In der Vernichtung der noch mit der Aufrüstung im Hintertreffen stehenden deutschen Flotte, der Besetzung der Dardanellen, der Annektion von Togo und Kamerun ...»

Bell langte eine Mandel aus der Rocktasche und knackte sie geschickt zwischen den Knöcheln auf und nickte ja mit dem Kopfe. «Ich mache nicht mit», fügte er dann hinzu. Bluntschli traute seinen Ohren kaum. «Sie wollen damit sagen, Sie würden, Mr. Bell, wenn seine Königliche Majestät Georg V. Sie zu den Fahnen ruft, diese Ehre zurückweisen? Habe ich Sie richtig verstanden?»

«Vollkommen richtig.»

Der Zyniker hatte etwelche Schwierigkeiten, ein ihn warm überflutendes Gefühl, das drohte, ihm das Wasser in die Augen zu treiben, zu meistern. Es war in den Tagen des Dahintreibens und der instinkthaften Automatismen, denen er überall begegnete, das erste Nein, das er vernahm. Er verspürte die Lust, irgendetwas zu tun, Bell auf die Schulter zu schlagen, zu lachen. Es gab es also noch, er war nicht allein! Völker setzten sich in Bewegung, ein wilder ondulierender Herdenstrom, mit Leittieren und belfernden Hunden, die an seinen Rändern dahinjagten; aber da trat einer still und ohne Aufhebens bei Seite, so wie sie beide da an der verrußten Mauer standen, und ließ die Artgenossen vorüber und von dannen ziehen. «Auf diese Weise, genau und nicht anders», rief Bluntschli, «muß der erste homo sapiens geboren worden sein: indem er aus der Horde der ihre Keulen schwingenden Neandertaler austrat und sie ziehen ließ!»

«Hallo, Mr. Bell», ertönte eine Stimme neben ihnen, und als sie sich wandten, sahen sie den breitgewachsenen rundköpfigen Schweizer Jüngling vor sich, ein Hütchen auf dem Kopf, das ihm eine Spur zu klein war, grinsend über das ganze feiste Gesicht trotz den schweren Koffern, die er in seinen Fäusten hangen hatte. «Home is the sailor, home from the sea!»

«Oh, Walter», rief Bell, «es hat noch gereicht, Sie haben Glück gehabt?»

«Allerdings», lachte Walter Abt hinter seiner Brille hervor, «allerdings. Der Kanal ist gesperrt. Und Paris! Vierundzwanzig Stunden bin ich unterwegs, davon acht allein im Wartesaal der Gare de l'Est. Und Sie gerade muß ich als ersten wieder auf Zürcher Boden treffen!»

«Müde und froh?» fragte Bell.

«Sie sind doch Herr Dr. Bluntschli?» fragte der Student. «Abt ist mein Name.»

«Der Sohn des Stadtrates?»

Walter lachte, er wußte wohl, was die Frage zu bedeuten hatte. Es war sein Vater, natürlicherweise, einer von Bluntschlis Feinden. Aber der Arzt war Weltmann genug. «Wohl überall das gleiche Bild wie hier», machte er mit einer Bewegung zur Menge hin.

Walter schüttelte ernst den Kopf. «Im Hydepark, in den Docks, in den Settlements stehen junge Pastoren auf den Seifenkisten ...»

«Und beten für die königliche Familie und den Sieg», ergänzte Bluntschli voreilig.

«... und fordern im Namen Jesu Christi das Volk auf, keine Waffe zu erheben. Und dann knien welche nieder und beten und singen.»

«Das ist englisch», sagte Bell.

Walters Gesicht war schwarz von Ruß und Schweiß, sein Kragen war zerknüllt. Er blickte Bluntschli gerade in die Augen, ohne ein weiteres Wort, und der verstand ihn wohl.

«Sie wollen damit sagen, es gebe noch eine andere Art von Pazifismus als den sozialen?»

«Ja, das glaube ich», antwortete Walter mit Festigkeit.

«Und Sie messen ihm irgendeine reale Bedeutung bei?»

«Eine große Bedeutung! Daß er irgend etwas von dem, was sich jetzt tut, verhindere, das glaube ich allerdings nicht.»

«Also was dann?» spöttelte Bluntschli.

«Er bringt in das menschliche Zusammenleben eine neue Note hinein.»

«Ach was, was für eine denn?»

«Die religiöse», antwortete Walter und ließ keinen Blick mehr vom Auge des stadtbekannten Atheisten.

Bell stand dabei, und über seinem Gesicht war ein Schimmer von Freude und Stolz ausgegossen. «Kommen Sie, ich helfe Ihnen tragen», sagte er und griff nach einem der Koffer. «Here he lies, where he longed to be», rezitierte er.

Bluntschli sah sie davonhülpen mit ihrer Last. Sein Blick streifte noch einmal den optimistischen Bannerträger auf seinem grünen Roß. Er gleicht ein wenig dem jungen Abt, ging es ihm durch den Kopf. Dann trat auch er auf den Platz hinaus. Von der Kaserne herüber klangen die Rhythmen des Zapfenstreiches.

IX. Kapitel

Es hatte eben sechs Uhr geschlagen, als der Dragoner Zollinger Heinrich, auf seiner Fuchsstute «Freya», in voller Ausrüstung, mit blankgewichstem Lederzeug, vollen Satteltaschen und hell in der Sonne blinkender Säbelscheide, langsamen Schrittes von Fluntern herkommend, die Gloriastraße hinab der Stadt zuritt. In angenehmer Tonlage klapperten die Hufe des Pferdes in dem stillen Quartier, und dieses Geräusch lockte trotz der frühen Morgenstunde schon allerlei Leute an die Fenster und die Gartentürchen, Dienstmädchen und hemdärmlige Männer mit Spritzkanne und Rosenschere, und sie blickten dem jungen Kavalleristen nach, der da mit geradem Rücken, sich leise im Sattel wiegend, und dem wippenden schwarzen Pinsel auf dem Käppi, so ruhig und selbstverständlich seinem Sammelplatz zustrebte.

Hie und da konnte der Dragoner auch schon Zeuge von kleinen Abschiedsszenen sein, die sich vor den Haustüren abspielten, wenn Wehrmänner in ihren blauen Uniformen heraustraten und unter den Fenstern die Ehefrauen und die Kinder ihnen nachwinkten, während sie bereits, ein wenig vornübergeneigt unter der Last des vollbepackten Tornisters und die rechte Faust um den Gewehrriemen geschlossen, mit ihren genagelten Schuhen davonmarschierten. Je mehr er sich der Stadt näherte, um so stärker wurde der historische Charakter des Tages augenfällig, sozusagen hinter jeder Häuserecke hervor kamen die Milizen, lachend oder ernsthaft sich gebärdend, wie aus dem Drückli heraus, mit gesalbtem Schuhzeug, glänzenden Knöpfen am Waffenrock, säuberlich gerolltem Mantel und geschlauften Riemlein, rasiert und mit gestutztem Kopfhaar. Man glaubte es geradezu zu sehen, wie sie sich unter den Blicken der Bürger in Milizen verwandelten. Zwar hatten sie das zivile Gehaben noch nicht völlig abgelegt, man merkte ihnen, so lange sie allein waren, den kaufmännischen Angestellten, den Handwerker und den Gemeinderat noch ein wenig an; aber wenn sie bei den beiden Turnhallen der Kantonsschule durch das Gittertor getreten waren und sich auf dem Kiesplatz und unter den Kastanien der Hindernisbahn gegenseitig begrüßten, so verlor sich das bereits, und aus der Ferne gesehen bildeten sie schon eine militärische Gruppe. Bei den Feldküchen an der Backsteinwand räuchelte es, und einige Soldaten hantierten schon ohne Kittel und die Policemütze auf dem Kopf, als sei es die selbstverständlichste Sache der Welt, daß eine ganze Division in der Bannmeile dieser Stadt mobilisiert wurde.

Es zottelte, um dieselbe Stunde, hochaufgeschossen, scharfnasig und ein wenig verdrossen, der Füsilier Gidionovics Josef über den Platz des Ämtlerschulhauses, auf dem er noch einige Jahre zuvor als Schüler mit seinen Klassengenossen sich gerauft hatte. Vor wenigen Stunden erst, im Morgengrauen, war er nach Hause gekommen. Zigaretten rauchend und Tee trinkend hatte die zionistische Ortsgruppe die ganze Nacht hindurch diskutiert und versucht herauszufinden, ob die Ereignisse dem verstreuten Volk der Juden die Heimkehr in das Gelobte Land bringen würden. Nicht genug damit, daß sich die Mitglieder des Vereins in Aktive und Passive trennten, solche also, die bereit waren auszuziehen und in Jerusalem ein neues Leben zu beginnen, und andere, die sich begnügten, ihren Jahresbeitrag zu bezahlen, im übrigen sich aber damit abgefunden hatten, ihr Leben in der Verstreuung zu beschließen, spalteten sich diese beiden Gruppen wieder in Religiös-Orthodoxe, Sozialistische, Westliche und Östliche, Materialistische und Idealistische mit allen Einschlägen der Berufe und der Nationalitäten auf. Es ging denn auch an solchen Diskussionsabenden darnach zu und her. Josef, dem es an Klugheit und Unterscheidungsvermögen nicht mangelte, fragte sich im stillen oft, ob dieses Reden, dieses Argumentieren und Widersprechen, dieses Höhnen und Anklagen, dieses Schäumen und Blitzen im Grunde genommen nicht Selbstzweck sei, so, als würde einem Spiele gleich nur in Worten und Sätzen das Reich gestaltet, an dessen wirkliche Errichtung im Tiefsten keiner zu hoffen wagte. Josefs Vater, Leib Gidionovics, der Schürzenfabrikant, war ebenso ein Passivmitglied der Ortsgruppe. Seinem Jahresbeitrag wohnte die Bedeutung inne: ihnen, den armen Glaubensgenossen aus den östlichen Rändern Europas, geknechtet unter der russischen Knute und verhöhnt von der Beamtenschaft der Habsburgischen Monarchie, möge der Auszug in das Gelobte Land gewährt werden – er aber, Leib, hatte in diesem Land und in dieser Stadt Wurzel geschlagen. Dachte er an sein Herkommen und an jene ihm heute noch wie ein bares Wunder vorkommende Zeiten zurück, da die ersten von ihm und seiner verstorbenen Frau hergestellten Schürzen Abnehmer fanden, an die nüchterne, in Nachbestellungen sich äußernde Anerkennung der mißtrauischen Kundschaft, an den kleinen Handwerkerkredit, den ihm, dem Niedergelassenen, die Kantonalbank gewährte, so durchflutete ihn jedesmal ein beinahe mystisches Gefühl der Dankbarkeit für dieses Land, das ihn und die Seinen aufgenommen hatte. Im Korridor der Wohnung an der Langstraße brannte noch Licht, als Josef von seinem Diskussionsabend in der Zionistischen Ortsgruppe zurückkehrte. Er fand seinen Vater dabei, wie er mit einem jener Holzkohlebügeleisen, die die Frauen in der Manufaktur benützten, des Sohnes Uniformhose, die sogenannte Hose B, glättete. Der Füsilier hatte dieses mit einer tadellosen Falte versehene Kleidungsstück an, als er sich zu den Kameraden beim Stemmbalken gesellte.

Es saß in dem kahlen Raum, der über der mechanischen Werkstätte Schmiedheiny an der Ceresstraße als Kompaniebüro eingerichtet worden war, Hauptmann Schütz und verglich die Korpskontrolle mit der Präsenzliste, die der Feldweibel ihm soeben vom Seefeldschulhaus herübergebracht hatte. Wie manchen Abend war der junge Kommandant, der seine Einheit noch nie gesehen hatte, über diesem Buch gesessen und hatte sorgsam die Urlauber, die Versetzten, die neu Hinzugekommenen aus den Rekrutenschulen nachgetragen, immer das Bild des sogenannten Ernstfalls vor Augen. Was sich heute, am Tage der Mobilisation ihm darbot, machte den Eindruck eines hoffnungslosen, chaotischen Zustandes. Wohl standen dort drüben auf dem Turnplatz die Mannen in ihrer vollen Ausrüstung, aber weder an Zahl noch was ihre Namen anbetraf, wollten sie mit der Registratur übereinstimmen. Da waren Leute erschienen, die sich überhaupt nicht vorfanden in den Papieren, und andere wieder, die richtig vorgemerkt und eingetragen waren, fehlten. In einer Art starrköpfiger Verzweiflung blätterte er in dem Kartonmäppchen, das mit der Aufschrift «Mutationen» überschrieben war – auf dem Tisch lagen seine Mütze mit der Öffnung nach oben, seine Handschuhe und seine Pistole –, aber immer zerstreuter, nachlässiger, kaum mehr hinsehend. Zuletzt machte er nur noch die Bewegung des Blätterns und Suchens und begann zu merken, daß dies sozusagen nur der sinnbildliche Ausdruck für ein anderes Suchen war. Es bestand nicht viel Hoffnung, daß daraus ein in Worte gefaßter Gedanke wurde. Er hatte nicht geschlafen in dieser Nacht. Gegen zwei Uhr war er zu Bett gegangen und hatte dagelegen, im Dunkeln, und wie unter einem Zwang den Ablauf dieses Tages vorausbedacht, immer und immer wieder. Doch auf eine höchst unzweckmäßige Weise, nicht die Anordnungen und Befehle, die von ihm erwartet wurden hinsichtlich des Korpsmaterials, der Munition, der Verpflegung, der Ausrüstung und was noch alles unter die Verantwortung eines Kompanie-Kommandanten gehörte, sondern auf völlig andere Art. Die zweihundert Männer im Alter zwischen zwanzig und dreißig Jahren, diese «Einheit», wie man sagte, sie war organisiert, aber sie bestand noch nicht. Sie fing erst an zu leben in dem Augenblick, da er, ihr Vorgesetzter, zu denken, vorzudenken begann. Er mußte sie zuerst in Gedanken gestalten, schöpfen, sich ein Bild von ihr machen. Von ihm, von seiner Essenz mußte sie ihr Leben erhalten. Eine große Kraft wurde ihm mit der Betreuung der Befehlsgewalt zugemutet, eine Versammlung, ein Konzentrat von Willen. Ich bin nun eine Art von Elektrizitätswerk, eine Transformatorenstation, ein Knäuel von Drähten, die zu mir kommen und die von mir weggehen. Was für ein Weg liegt vor mir, von diesem schmalen nüchternen Raum mit seinen aus Holzbökken und Brettern gebildeten Tischen, diesem Büromaterial und dem vielen Papier bis zum Augenblick, da ich auf dem

Schulhausplatz die Zügel meines Pferdes zwischen die Finger der linken Hand nehme, den Fuß hebe, mich in den Sattel schwinge, den Säbel aus der Scheide ziehe und an der Spitze der Kompanie aus der Stadt reite. Aber es war nicht das Übermaß an Arbeit, das er damit meinte – es war die Auflehnung dagegen, in diesem Ablauf nicht die kleinste Spanne von Zeit mehr ausgespart zu finden, deren der denkende Mensch behufs eines Überblicks bedarf. Etwas Automatisches, Selbsttätiges war ausgelöst worden, das ablief und damit den Eindruck der Selbstverständlichkeit erweckte, obgleich dergleichen nie gesehen ward bis zur Stunde. Das ist der Kunstgriff, daß wir sogleich in ein Netz von dringenden, notwendigen, in die Augen springenden Pflichten verstrickt werden, dachte der Hauptmann.

Der Radfahrerkorporal Wepf drehte den großen Schlüssel im Schloß, betrachtete noch einmal den Zettel, den er an der grüngestrichenen Türe befestigt hatte – Wegen Militärdienstes geschlossen –, kam dann die Treppe herunter und trat in die Werkstätte Hildebrandts. Der sagte: «So, sind Sie parat?», und schob ihm eigenhändig das Velo vor die Türe. Wepf übergab ihm den Schlüssel; sie schüttelten sich die Hand, lachten, dann trat der Unteroffizier energisch auf die Pedale und schwenkte am Ende des Mühlesteges gegen den Leonhardsplatz zu. Er mußte sich beeilen, in einer Stunde mußte er auf dem Kasernenplatz in Winterthur stehen.

Auf dem Pult des Telephondirektors Albiker häuften sich die Weisungen, Verordnungen und Erlasse zu kleinen Bündeln. Mit einem dicken Rotstift strich der Mann Drucksätze an, machte sich auf dem neben ihm liegenden Block eine säuberliche Notiz und blätterte weiter. Es war im Grunde genommen einfach genug: das sich so schön anlassende vielsprachige europäische Gezwitscher über die Grenzen hinweg war im Begriff zu verstummen. Von Stunde zu Stunde liefen die Nachrichten von unterbrochenen Leitungen ein. Unten im Hofe hatte ein Unteroffizier sein Wachtlokal eingerichtet; die Füsiliere zeigten ein nicht ganz eindeutiges Interesse für die Arbeit des Fräuleins an ihrem Stöpselkasten. Die Überwachung der Gespräche durch die Telephonzensur hatte einige zusätzliche technische Anordnungen nötig gemacht.

«Du mußt, Madeleine, diese französischen Flägglein aus dem Schaufenster entfernen», rief Neuwiller, der aufgeregt in den Laden hereingeflitzt war. «Was fällt dir ein, wir sind in der Schweiz und neutral.»

Madeleine kam ohne Hast hinter dem Korpus hervor; sie trug ein schlichtes, gut sitzendes Jackettkleid, das Köpfchen steif wie ein Hähnchen gereckt, und am Revers steckte ein blau-weiß-rotes Wäpplein. «Neutral?» fragte sie und blitzte den kleinen Makler an, der mit seinem geöffneten Sommerüberzieher vor ihr stand. «Ich sehe nichts von Neutralität, ich sehe nur, wie alle dem Deutschen Kaiser zujubeln.»

«Schwatz keinen Unsinn. Wir wollen jetzt nicht politisieren. Nimm die Fähnchen aus dem Schaufenster, basta!»

«Das wirst du nicht erleben, daß ich mit eigener Hand die Trikolore wegnehme, wo ich sie einmal hingesteckt habe. Das werden die Leute vor meinem Schaufenster nicht sehen.»

«Bist du toll geworden?» schrie Neuwiller unbeherrscht; es wehte und brauste etwas durch ihn hindurch, das er selbst nicht kannte. Es mußte an Madeleines Haltung liegen, wie sie da, wie von einer fremden Macht umgürtet, dastand. «Dann nehme ich sie selbst heraus!»Und schon schickte er sich auch an, mit fahrigen und ungeschickten Bewegungen das schwere Schiebefenster zu heben.

«In meinem Laden befehle ich», machte Madeleine.

«In deinem Laden», mitten aus seiner gebückten Stellung heraus blickte Neuwiller auf, rot, mit geschwollener Stirnader, und ein paar Atemzüge lang sahen sie sich in die Augen. Auf einmal begriff er, daß es ja gar nicht um diese Flägglein ging. Er nahm seinen Hut vom Korpus und stürmte hinaus.

Es hatte mit diesem Auftritt nichts zu tun, als ein weniges später der grauschnäuzige Detektiv Züst in den Laden kam und die Inhaberin mit ein paar freundlichen und vernünftigen Worten auf die Verordnung hinwies. Es müsse alles unterlassen werden, was die Gefühle einer mit der Schweiz befreundeten Nation verletzen könnte. Auch bei der Siemens-Schuckertschen Niederlassung habe er um die Entfernung von deutschen Hoheitszeichen ersuchen müssen. Schweizerfarben so viel sie wolle.

In stummer und verbissener Zähigkeit begann Madeleine, ihre Schaufenster umzubauen. Ihre Schirmchen und Taschen lagen nun auf einem Grund von weißen und roten Tüchern, aber mitten drin stand in einer großen Vase der mächtige Strauß blauer Kornblumen, den sie sich aus dem Blumengeschäft hatte kommen lassen.

Der Arbeitersekretär Angst, der sich soeben von seinem Sohn Emil, dem Telegraphen-Pionier, am Eisengitter vor dem Schulhaus Limmatstraße verabschiedet hatte, wanderte mit offenem Kittel, das ewige Ledermäppchen unter dem Arm, die Zähne auf den erloschenen Stummel seines Stumpens gepreßt, unter der Kastanienallee das Limmatufer aufwärts. Als er des Platanenhains am Platzspitz ansichtig wurde und des eisernen Stegs über den Arm der Sihl, dachte er, er könnte eigentlich diese Abkürzung benützen; in Wirklichkeit war es aber das Bedürfnis nach ein paar Schritten im Schatten und in Einsamkeit, denn er war zwiespältiger Gefühle voll. Der Park war nahezu menschenleer. Um den leeren Musikpavillon herum spielten ein paar kleine Mädchen, auf einer der Bänke saß eine Bonne in voller Tracht und bewegte mit der linken Hand einen Kinderwagen hin und her; in der andern hielt sie ein Buch nahe an ihre bebrillten Augen. Angst setzte sich, legte den Hut neben sich, breitete beide Arme über die Lehne und blickte zu den Kronen empor. Zwischen den Kulissen der Äste und Blätter bot sich der grün schimmernde Raum wie eine tiefe Bühne dar, von goldflitterigen Netzen durchzogen, und die Vögel leuchteten auf, wenn sie die Sonnenschnüre streiften. Je länger er hinaufblickte, um so deutlicher hörte er ihre Duette und Chöre, und es vermochte ihr Treiben mit Hin- und Herfliegen, Kreischen, Pipsen, Zanken und Flöten in seiner Umständlichkeit den Mann so zu fesseln, daß er die eigenen Schwierigkeiten für eine Weile vergaß. Aber es war eine große Last, die er trug. Gewiß, vor zwei Jahren schon, am Kongreß der Arbeiter-Internationale in Basel, hatte man es kommen sehen. Aus allen umliegenden Ländern waren die Abgeordneten des Proletariats gekommen und hatten nebeneinander im Münster gesessen – und das Thema war der Friede. Das arbeitende Volk hielt ihn in den Händen, hieß es; der Weigerung lediglich bedürfe es, Waffen zu tragen und sie zu erheben wider den Bruder in der anderen Nation, und es gingen zuschanden die finsteren Pläne. Aber unvergeßlich blieb es dem Schweizer, wie der französische Delegierte, Grumbach mit Namen, in einer Kommissionssitzung erklärt hatte, ja, auch er und seine Genossen seien für den Frieden, aber Friede sei erst möglich, wenn Unrecht gutgemacht worden sei. Ob das heiße, rief der Delegierte Platten aus Zürich, daß zuvor Elsaß-Lothringen zurück müsse an Frankreich?

Eben, das heiße es, bestätigte der Franzose. Und die deutschen Arbeitervertreter fingen an, vom zu engen Raume ihres Volkes zu sprechen, der Abschnürung ihres Handels durch England, dem Recht auf Kolonien. Ach, dachte Angst, es war keine Kappeler Milchsuppe, jener Kongreß. Sie haben versagt, es war vorauszusehen. Und wir, hier in diesem Lande, haben wir auch versagt? Wenn die Schweiz ihre Miliz aufbietet und die Grenze besetzt, das ist doch, wie wenn meine Frau am Abend das Küchenfenster schließt, der Katzen wegen, damit sie nicht an den Fleischsalat kommen im Küchenkästchen. Das sei eben patriotisch und nicht klassenkämpferisch gedacht, schreiben dann Leute wie der Bluntschli. Wie wenn man nicht für die Arbeiter *und* für die Heimat sein könnte. Wir wollen eine sozialistische Stadt, grad weil wir sie so gern haben. Ärgerlich über den Monolog in Streitform, stand er auf und warf den Stummel seines Stumpens fort. Um was es bei uns geht, das sind praktische Dinge. Daß die eingerückten Arbeiter ihren Lohn ausbezahlt erhalten, daß sie, wenn sie zurückkommen, ihre Stelle wiederfinden, daß man ihnen, solange der Krieg währt, die Wohnung nicht kündigen darf, daß die Familien der Wehrmänner unterstützt werden – immer schneller wurden des Mannes Schritte. Diese Deutschen, die sich immer als die Erfinder des Sozialismus ausgaben, wie marschieren sie heute gegen Frankreich! Die sollen uns nur wieder einmal kommen! Jetzt sind wir ihrer Vormundschaft ledig. Jetzt wollen wir einen Sozialismus machen, wie wir ihn verstehen. Schließlich ist ja das Genossenschaftswesen eine schweizerische Errungenschaft und schon über fünfhundert Jahre alt. Wir brauchen die Form gar nicht zu ändern, wir müssen ihr nur unseren Geist einhauchen! Wie schwebend wandelte Angst im grünen Dom der Platanenallee einher. Als er die kleine Tuffsteinkolonnade am Ende des Parks durchschritten hatte, fand er die Straße von einer dichten Menschenmenge gesäumt. Das Schützenbataillon 6 verließ bereits die Stadt; die Musik und die Fahne waren schon vorbei, im eintönigen Takt der Schritte zogen die Männer einher mit geschultertem Gewehr. In der Luke zwischen zwei Leuten vor ihm konnte Angst die Gesichter der rechten Flügelmänner im Glied für eine Sekunde auftauchen und verschwinden sehen, vorbeigeschoben und sogleich wieder ersetzt, alles junge Burschen, die Landskraft; nicht gerade lachend und fröhlich und

mit Blumen behängt, wie es die Legende wollte, in guter und ernster Haltung jedoch. So wie sie Angst aus eigener Erfahrung kannte, waren sie des Befehls des Freimarsches mit angehängtem Gewehr und geöffnetem Kragen doch schon ungeduldig gewärtig. Hob er sich ein bißchen auf die Zehen, so konnte er die wellenden Tornister und die grauen Käppiüberzüge der Kolonne weit unten, am Ende der Brücke, in die Limmatstraße einschwenken sehen. Dort, gegen Baden und das Fricktal zu, würden sich nur wenig Leute noch am Straßenrand einfinden, würde der Adjutant seine Fahne zusammenrollen; verstummen würde die Musik, und nur noch die eintönige Trommel würde die Kolonne anführen auf ihrem langen, ungewohnten Marsche der Grenze zu; die Marschierenden von einer Wolke heißen Straßenstaubes eingehüllt.

Vom Fenster seines Zimmers im dritten Stock des Hauses zum «Merkur» am Leonhardsplatz konnte der Sensal Rottweiler den Auszug des Bataillons sehen, eine große, schwarzgeränderte Schleife, die sich von der Mündung der Bahnhofstraße weg über den Platz und in einem großen Bogen um die limmatseitige Fassade des Bahnhofs herumzog, auf der während mehr als einer Stunde mit Blitzen und mit immer sich gleichbleibendem Rhythmus das bewehrte Fußvolk nordwärts zog. Hie und da war darin einem Hauptmann auf seinem Pferde eine Lücke freigelassen, und wie einst, weit unten in der Zeit, klangen Fetzen messingener Märsche herüber, aber sie kamen nicht mehr aus dem Wäldchen der Platzspitzpromenade, dessen Kronen als dunkle grüne Wolken den sattblauen Horizont säumten. Rottweiler stand auch nicht mehr zwischen den Gardinen hinter der Scheibe; er saß in einem großen Ohrenstuhl, klein, zusammengesunken, das schwarze Seidenkäppchen auf der blassen Stirne, weiß das Barthaar und wächsern durchschimmernd die Nase. Über seinen Knien lag eine Decke; nur das Auge, dunkel verschleiert, hortete noch Kraft und Aufmerksamkeit. Es spiegelte sich darin das aufgescheuchte Leben, das sich unten auf dem Platz und auf der Brücke vor den beiden Pfeilern des Hotels Central und dem «Merkur» abspielte, das Strömen der Leute, die Kolonnen militärischer Fuhrwerke, die die Weinbergstraße hinaufzogen, das Geflatter der weißen Blätter um die Zeitungsverkäufer herum. Er hörte das Schreien der Kinder, das Hupen der Automobile, aber all das war schon sehr ferne, im Begriff, sich zu verlieren wie die Dampfwölklein der Lokomotiven über der Wölbung der Bahnhofhalle im Blau des Himmels. In seinen schmalen, knöchernen Fingern hielt er das städtische Amtsblatt, in dem das Moratorium bis zum Ende des Monats August angezeigt wurde, und mehr als all das, was sich vor seinen Augen abspielte, gaben ihm diese Druckzeilen einen Begriff von den Ereignissen. Er konnte zurückdenken, so weit er wollte, es hatte sich Ähnliches in diesem Lande noch nie ereignet: daß alle Schuld, jede Zahlungsverpflichtung aus Wechsel oder Hypothek, Kauf, Zins oder Provision, schriftlich oder mündlich vereinbart, aufgeschoben, jede Betreibung, jede Pfändung, jeder Konkurs verunmöglicht wurde. Es stellte sich die Macht des Staates vor den Schuldner, frei und unberührbar war er geworden, des Vertrages und der Abmachung ledig, gefeit vor jeder Bedrohung des Besitzes und der Ehre, wenn er seine Verpflichtung nicht einhielt. Der natürliche Strom, der Soll und Haben, Schuld und Guthaben ausglich, war unterbrochen, das geheiligte Recht des Besitzes in Frage gestellt, und es wankte damit, wie der Sensal es sah, der Urgrund der gesellschaftlichen Ordnung. Rottweiler faltete die Zeitung sorgsam und legte sie auf das Gesimse; bewegungslos, die schweren Lider halb über den Augapfel gesenkt, saß er da, vollendet in der Sparsamkeit seiner Kräfte. Über den weitverzweigten Umfang seiner Geschäfte bestand kein Buch, keine Aufstellung, keine Zusammenfassung. Die Auszüge der Bankkonten zerriß er nach der Überprüfung. Was er in seinem Rollpult verwahrte, das waren die nackten Kaufbriefe, Hypotheken, Schuldverschreibungen, gültige Verträge und Abmachungen, in ihrer Gesamtheit eine siebenstellige Zahl. In wie manche größere und kleinere Posten diese auch zerfallen mochten, sie waren mit unverwischbaren Kerben in seinem Gedächtnis eingegraben. Der alte Mann wäre fähig gewesen, sie mit jener selben eintönigen Stimme vor sich herzusagen wie die Gebete am Versöhnungstag in der Synagoge, der vom frühen Morgen bis zum Sonnenuntergang dauerte. Heute aber glich er einem Feldherrn in einer belagerten Festung, der weiß, daß er vor Monatsfrist auf keinen Entsatz, keine Unterstützung hoffen darf. Kam sie jedoch, die Hilfe, am 1. September, nach Ablauf des unerhörten Rechtsstillstandes, so würde er bereit sein und keinen übersehen, der unter dem Schutz der Ereignisse zu zahlen, was er schuldete, unterließ.

Für ihn, Rottweiler, war Schuld Schuld; wer Geld schuldete, war nicht nur Geld schuldig, sondern er wurde schuldig – und Zahlung war mehr als nur Ausgleich, Zahlung war Sühne und der Zins Buße. Es waltete hier das eherne Gesetz von Aug um Auge, Zahn um Zahn, und für die Schuld auf Land haftete die Sippe, die es bewohnte, bis ins dritte und vierte Geschlecht. In stummen Stunden des Grübelns an seinem aussichtsreichen Fenster im Hause zum «Merkur», im Anblick der blühenden Stadt zu seinen Füßen, erschienen dem alten Güterhändler das Obligationenrecht und das Zivilgesetzbuch nicht unähnlich jenen Tafeln, die Moses vom Sinai herabgebracht hatte, Ehrfurcht erheischend in ihrer Weisheit, graniten und für die Ewigkeit gemeißelt. Daß dieses Recht nun schlief, und war es auch nur für die Dauer eines Monats, das erschien ihm von derselben Ungeheuerlichkeit, wie wenn von einem Tag auf den andern die Banknoten der Schweizerischen Nationalbank keinen Kurs mehr gehabt hätten.

Die Magd Seline öffnete ohne anzuklopfen die Türe mit der sichtbarlich robusten Vertrautheit alter Bedienter einer hinfällig werdenden Herrschaft gegenüber. Der junge Herr Reiß sei da, und schon ließ sie auch Aaron an sich vorüber ins Zimmer. Schlank, in einen hellgrauen modischen Anzug gekleidet, den breitrandigen, schwarzbebänderten Strohhut unter den Arm geklemmt, trat der junge Mann vor seinen Großonkel Abraham. Der blickte aufmerksam, mit müder Würde und nicht ohne den Anflug eines schwer zu deutenden Lächelns an ihm empor. Nur ein wenig brauchte Rottweiler den Kopf zu wenden, und es trat dieselbe hohe Kalksteinmauer in sein Blickfeld, der entlang, die Weinbergstraße herab, der kleine Aaron, die Kuh am Halfterstrick hinter sich herziehend, vor einem guten Dutzend Jahren sich dem Hause genähert und aus dem Fenster aus Rosalies Hand den Botenlohn, ein in Zeitungspapier gewickeltes Fünfzigrappenstück, empfangen hatte. Und nun stand er da, ein Elegant, und der gefaltete «Matin» guckte aus seiner linken Rocktasche.

Gestern nacht sei er nach Hause gekommen, über Lyon, Genf, denn der direkte Weg über Basel sei schon lange gesperrt, berichtete Aaron, und morgen müsse er einrücken zu seiner Kompagnie, die schon an der Grenze stehe. Schade, er habe eben erst sich eingewöhnt in den paar Monaten. Aber des Onkels Geschäft an der Rue Caumartin sei geschlossen worden und dieser ebenfalls eingerückt, als Territorialer mit roten Hosen. Ihn, den Jungen, hätten die Leute bereits mit scheelen Augen angesehen, als Drückeberger, weil er ja nicht jedem seine Nationalität hätte auf die Nase binden können.

«Und du siehst ja auch aus wie ein Pariser», nickte der Alte und musterte, den Preis abschätzend, das Schneiderwerk. Das habe eben sein müssen, antwortete Aaron, die Tante habe es so gewollt, und er hätte im Kreise der jungen Leute etwelches Aufsehen erregt im abgebrauchten Anzug des Vaters nach schweizerischer Art.

«Ein Stöcklein und Handschuhe aus weißem Wildleder fehlten nur noch», meinte der Alte, und Aaron errötete. Er besaß in der Tat auch die Requisiten, aber er hatte es doch für besser gehalten, sie heute zu Hause zu lassen.

«Und wie soll es nun weitergehen?» fragte der Greis. Jetzt müsse er einrücken und nachher werde er wieder sein Studium fortsetzen. Überzeugend klang es nicht. Die dunklen Lider Rottweilers legten sich über die Augen. Da saß er nun, im letzten Abschnitt seines Lebens, und dies war also die dritte Generation, und es hatte begonnen mit einem Hausierer, der aus dem Siggental in das Tal der Limmat hinüberwechselte. Pioniere waren sie gewesen auf ihre Weise, im harten und listigen Kampf um die Existenz, und dieser nun, sein Großneffe, in seinem grauen Stutzerkleid, zwanzig gewesen, und was er selbst zu seinem Lebensunterhalt bis heute verdient hatte, betrug nicht viel mehr als das Halbfrankenstück, das ihm Rosalie zugeworfen hatte. «Was meint denn dein Vater?»

Er wolle, Aaron möchte hinüberwechseln in das kaufmännische Berufsleben, in sein Geschäft, in den Güterhandel, in die Gütervermittlung, und das Studium an den Nagel hängen.

In Wirklichkeit war dem alten Rottweiler dies alles bekannt, und die Unterredung war nicht so zufällig, ein Höflichkeitsbesuch des Heimgekehrten, wie Aaron glaubte. Die beiden Männer waren sich einig; nur Aarons Mutter hatte es groß im Kopf, wie sie es untereinander ausdrückten. Das wäre das Vernünftigste, sagte der alte Sensal und rückte sich zurecht. Wenn er einmal die Augen schließe und es ans Verteilen der Erbschaft gehe, so bleibe, auch wenn die beiden Brüder ausbezahlt seien, für Aarons Mutter, und damit für Jakob Reiß, ein tüchtiges Stück, das zu verwalten und zu mehren kein Junger dereinst in der Familie sei als eben er, Aaron. Selbst aus einer kinderreichen Sippe stammend, war es des Alten stetige Kümmernis gewesen, zu sehen, wie von Generation zu Generation die Nachkommenschaft spärlicher sproßte. In den Familien gab es früher keine dramatischen Entscheidungen der Berufswahl wegen; es stand Menschenmaterial in der Vergeudung zur Nachfolge bereit. War aber nur ein Knabe da, auf den die Erbschaft des Aufgebauten und Erworbenen überging, so drohte dem Werke der Väter Gefahr, und oft hatte man es gesehen, wie im dritten Geschlecht zerrann, was das erste und zweite gesammelt und gespart hatten.

Größer konnte die Kluft der Entfremdung nicht sein zwischen ihm und dem Jungen, der mit hellen, ausdruckslosen Augen über ihn hinweg durch die Scheibe blickte, dachte der alte Mann unter seinem seidenen Käppchen. Er mochte es wenden, wie er wollte: der ganze Reichtum an Weisheit und Erfahrung war machtlos, gemessen an der Fülle der ungelebten Jahre der Jugend. Immer war Abschied zwischen alt und jung, ein Kreuzen am Wege, das eine Gesicht dem Hellen, das andere dem Dunkel zugewandt. Wenn er, Abraham Rottweiler, mit dem Schma Isroel, Höre Israël, der Ewige ist euer Gott, Amen, auf den verblassenden Lippen hinüberwechseln würde in das Reich des Vergangenen, so würde dieser junge Mensch noch neugierig, durstig und hungrig hinter seinen Wünschen und Sehnsüchten hereilen, und lange noch würde es dauern, bis er anfing, der Worte des Ahnen sich zu erinnern, und viel zu spät. Man konnte das Wissen der Jungen vermehren, aber die Weisheit mußte ein jeder sich selber erringen.

Jetzt müsse er einrücken, und es sei ja Krieg, wiederholte Aaron – und es war ersichtlich, er meinte damit, nun sei sowieso alles anders und in Frage gestellt. Er hatte den Taumel in der französischen Hauptstadt erlebt, die Boulevards vom Efeu der Trikoloren überwuchert, und er trug noch den schrillen Ton der Clairons in seinen Ohren, einer Marseillaise, die ganz anders klang als jene, mit dem das Orchester im Corso-Theater die Maske des Präsidenten Fallières begrüßte, in der sich ein Verwandlungskünstler produziert hatte. Bereits kannte er auch schon das Schimpfwort, mit dem die Franzosen den deutschen Feind bezeichneten, und heute früh hatte es am Frühstückstisch schon eine kleine Auseinandersetzung mit seinem Vater gegeben, der die hier landläufige Meinung von der Unbesiegbarkeit der deutschen Armee vertrat.

Rottweiler hatte auf einmal ein Goldstück, einen Napoleon, in der Hand. Aaron solle das nehmen, aber nicht ausgeben, sondern immer auf sich tragen. Man könne nie wissen. Er solle es auch nicht in das neue Papiergeld umwechseln, denn außer Grund und Boden sei Gold das einzige, das Kriege unversehrt überdauere. Es kam dann, was Aaron die ganze Zeit über genierlich befürchtet hatte. Der Alte erhob sich aus seinem Ohrenstuhl, der junge Mann mußte unter seinem ernsten und wie abwesenden Blicke den Kopf neigen, und dann spürte er die Hand auf seinem Haar und hörte den leise gemurmelten Segensspruch, mit dem Rottweiler ihn entließ.

Drittes Heft

I. Kapitel

Hector Voubrasse entriegelte die beiden schmalen Fenstertüren und trat auf den kleinen Holzbalkon hinaus, der sich dicht unter dem breit ausladenden Giebel vor seiner Dachkammer befand. Er setzte sich, mit Hemd und Hose bekleidet, wie das seine Gewohnheit war, auf den zerschlissenen, vom Tau der Nacht noch feuchten Korbstuhl, grübelte das graue Tabakpäcklein aus der Tasche, drehte mit sorgsamer Bewegung die erste Zigarette und blickte über das hölzerne Geländer hinweg in den Morgen hinein, in den sich das Räuchlein verflüchtigte. Es war so still, daß er das Plätschern der Sihl vernehmen konnte; der weiße Rauch aus dem Kamin der Brauerei Hürlimann trieb zögernd nordwärts, um sich den Dunstwolken über der Stadt zuzugesellen, das Wäldchen auf dem Moränenhügel jenseits des Flusses flirrte im Wind, der dem Aufgang der Sonne voranging. Hinter dem Höngger Berg und der Lägernkette entnachtete sich der Horizont, über dem Plateau der Stadt zerflossen die ersten herbstlichen Nebel, die der Limmat entstiegen.

Voubrasse hörte unten die Haustüre gehen, und als er zwischen den Stäben des Holzgeländers hindurch auf das aufgeräumte und menschenleere Werkareal hinabblickte, sah er schon Jacqueline am Gittertor.

«Eh, wohin willst du in dieser Morgenfrühe?» rief er hinab, und dann, als das Mädchen unter seinem Strohhut hervor das Gesicht zu ihm emporwandte, «du kannst nicht hinaus, es ist geschlossen; warte, ich komme.»

«Quelle idée! Was ist los?», lachte er, als er bei der Tochter stand, die, gepützelt und offenbar zu einem längeren Ausgang bereit, ein rechteckiges Lederköfferchen in der Hand, auf ihn wartete.

«Ich hoffte, ich könne ohne Aufsehen davonschleichen», lächelte Jacqueline, «ich muß doch zu Fuß gehen, es fährt noch kein Tram.»

«Aber wohin denn, um Himmelswillen?» fragte der große Mann mit dem angegrauten Haar und dem frischen Gesicht.

«An den Bahnhof hinunter doch, der Zug wird um fünf Uhr erwartet.»

«Was für ein Zug?»

«Aus Stuttgart, mit den Verwundeten, die ausgetauscht werden.»

«Oh, das ist heute. Ich hatte es ganz vergessen.»

Voubrasse begann den großen Schlüssel im Schloß zu drehen.

«Ich frage mich, ob das etwas für dich ist», sagte er dabei und hielt mitten in der Bewegung inne. Es kam ihm auf einmal vor, als ginge der Vorgang über das Augenfällige hinaus und es wohne dem noch eine andere Bedeutung inne, daß er, der Vater, in der Morgenfrühe dieses Tages der Tochter das Gittertor aufzuschließen geheißen werde.

Vor wenigen Tagen war Jacqueline aus Genf zurückgekehrt, unangemeldet und wider die Abmachung. Sie war einfach hereingekommen, ins Eßzimmer, während der Abendmahlzeit. Nein, nein, es sei nichts passiert. Sie habe einfach genug von diesem Leben in einem Pensionat für bessere Töchter. Es lag etwas Fremdes auf ihrem Gesicht, das Kindliche, das ihr im März noch, am Röseligartenfest des Lesezirkels so wohl angestanden hatte unter dem Strohhut ihrer Waadtländertracht, war daraus verschwunden. Sie wolle sich hier immatrikulieren, Medizin studieren. Ja, sie sei hungrig, sie habe nichts gegessen während der Reise.

Das sei nun sicher auf den Umgang mit diesen emanzipierten Slawinnen zurückzuführen, diesen Revolutionärinnen, von denen sie geschrieben habe, vermutete Andrée in der Nacht, während die Ehegatten das Ereignis miteinander beredeten. Und dann natürlich dieser Krieg. Das Mädchen sei ja ganz verändert, wie abgekapselt und auf eine Art renitent. Ja, antwortete Voubrasse im Dunkeln, das Räupchen habe sich verpuppt, und was man jetzt erblicke, sei das Gespinst, eckig und sackähnlich, nicht gerade eindeutig und schön anzusehen, und man wisse nicht, was da noch ausschlüpfen werde, ein bunter Schmetterling oder ein großer Falter. Aber es mißfalle ihm im Grunde nicht. Es sei eine Überraschung, gewiß, und sie hätten es sich ein bißchen anders vorgestellt – eben so ein Töchterchen aus gutem Hause –, doch daß Jacqueline nun auf einmal einen eigenen Willen zeigte, etwas vorhabe: er sei es zufrieden. Das ist ja, dachte er bei sich, eine Art Fortsetzung meines Weges. Es geisterten durch seinen Sinn die Vorstellungen vom idealen Ziel seines Berufs als Installateur, der in den

Siedelungen und Wohnstätten der Menschen hygienische Einrichtungen schuf, um die Krankheitskeime zu vernichten und die Volksgesundheit zu heben. Unerwartet und auf eine Weise, die er Andrée nicht einmal zu gestehen wagte, fühlte er sich durch Jacquelines Entschluß wie belohnt, als sei dies eine geheime, zustimmende Antwort des Schicksals.

Die Tochter lächelte ihn an. Doch, doch, das sei schon das richtige für sie. Er solle nur aufschließen und sie ziehen lassen.

«Bien, bien», sagte er und lachte auch. Und als er Jacqueline durch das geöffnete Gittertor treten und der Sihl entlang auf der morgendlichen Straße der Stadt zuwandern sah, war es wirklich, als sei ein kleiner Vogel dem Käfig entflogen.

Der Bahnsteig war abgesperrt, der Wartesaal geräumt, Tragbahren und Fahrstühle standen bereit; trotz der frühen Stunde drängte sich eine große Menge von Leuten hinter den Seilen. Eine dunkelhaarige Dame, Brillanten im Ohr, als Krankenschwester verkleidet, das rote Kreuzchen auf dem Häubchen, flatterte mit duftig wehender weißer Schürze ein paarmal nutzlos und geschäftig über den ausgesparten Raum der Bahnhofhalle. Um die Gruppe der Ärzte versammelt, harrten die jugendlichen Helferinnen der Ankunft des Lazarettzuges. Jacqueline war unter ihnen. Sie stand hinter einem kleinen mit einem Leintuch belegten Tischchen, Rosensträuße, mit Bändern in den Farben der Trikolore zusammengebunden, vor sich. Durch die verrußten Scheiben in der Wölbung der Halle drang rötlich das Licht der frühen Sonne; fern, vor dem Eingang der Halle, im Gewirr der Weichen, gleißten die Schienen.

Von Zeit zu Zeit verstummte das Summen der Gespräche wie auf Befehl, und alle schienen zu Lauschen. Man hörte dann das Klingeln einer Straßenbahn draußen auf der Straße, das leise Fauchen einer Lokomotive und das Zwitschern der Spatzen hoch oben im eisernen Gestänge. Aber dann zerbröselte das Schweigen wieder, der Soldat hängte sein Gewehr wieder an und begann einen neuen Rundgang den Seilen entlang.

Fast unbemerkt und lautlos bog der Zug mit den verhängten Fenstern, von einem abseits gelegenen Geleise herkommend, in die Halle ein, ganz langsam, und man spürte, er führte eine zerbrechliche Last. Sogleich setzte, und ganz wider die Anordnung, ein eiliges Strömen zum Fahrsteig ein, mit rasselnden Fahrstühlen, geschulterten Tragbahren, Büfetten, jungen Mädchen und Frauen, die Arme voll Rosen. Plötzlich klirrte auch eine Blechmusik auf, verstummte aber sogleich wieder, irgendeinem aufgeregten Befehle folgend.

Sie standen da, die Ärzte, die Schwestern, die Helferinnen, und immer noch fuhr der Zug mit den verhängten Scheiben ein, langsam, langsam, zentimeterweise, gespenstisch; kein Gesicht zeigte sich hinter den Fenstern und Türen. Endlich hielt er an, so sachte, daß man den Übergang von der Bewegung zur Ruhe kaum wahrnahm. Und immer noch keine Menschen, nur die eisernen Wände ausländischer Wagen, blaugestrichene Scheiben und die weißen Tafeln mit dem roten Kreuz darauf.

Es waren die Blinden, die zuerst den Wagen entstiegen, Soldaten mit leichtsinnigen Käppis auf dem Kopf, geöffneten Waffenröcken von fremdartigem Zuschnitt, schwarze Brillen vor den Augen, mit tastenden Händen und unsicheren Schrittes. «Non!» rief eine Frau hinter Jacqueline, und dann nochmals kreischend «non!». Sie schrie so laut, daß einige Leute sich ihrer annehmen und sie wegführen mußten. Und während die blinden Soldaten, von helfenden Händen geführt, langsam den Bahnsteig hinab schritten, hörte man noch immer in der Ferne verhallend das «Non!» der Frau.

Jacqueline war von einer Dame des Komitees die Betreuung der Rosensträuße übertragen worden; sie sollte den armen Blessierten entgegengehen und ihnen als ersten Gruß nach ihrer Rückkunft aus dem Felde der Ehre die mit den schweizerischen und den französischen Farben geschmückten Blumen überreichen. Das junge Mädchen stand denn auch da, die Arme um die duftenden Garben geschlungen und sie gegen die Brust drückend, anzuschauen als ein liebliches Bild und ein wenig noch an das Fest im Märzen gemahnend; aber jene, denen es bestimmt war, konnten es nicht sehen. Sogleich fiel auch das Empfinden von der Nutzlosigkeit der Schönheit in ihren Armen auf Jacqueline. Über die schwellenden Knospen der «Coburg» und die rosazarten Muschelblätter der «Contesa Speranza» hinweg blickte ein blaß gewordenes Gesichtchen mit übergroßen Augen dem unbegreiflichen Aufzug entgegen, der sich den dunklen Wänden des Zuges entlang, unter dem verrußten Rot der Bahnhofhalle ihr entgegentastete. Umgeben von einer Aura der Stille und einer Zone der Scheu kamen die Wägelchen daher, an Kinderwagen mit kleinen Drahtspeichenrädern gemahnend und von ernsten Sanitätern langsam gestoßen, und es saßen oder hockten oder lagen darin, das leichtsinnige Käppi französischer Soldaten auf dem Kopf und ein Uniformstück über sich gebreitet, Männer, oder besser zu sagen Teile von Männern: es fehlten ihnen Arme oder Beine, eines von jedem, oder beides von jedem oder beides von beiden. Jacqueline nahm es wahr, das Unbegreifliche, durch das Gegitter ihrer Rosensträuße hindurch, die Wägelchen, einen Rumpf nur noch als Last führend, und ein bleiches Haupt, über das der lederne Schirm des Käppis herabrutschte, von einer sorgenden Hand wieder hinaufgeschoben, weil der Blessierte aus der Marne-Schlacht dies nicht mehr selbst besorgen konnte. Es pochte dem Mädchen das Herz bis zum Halse hinauf in rasender Eile; es spürte, wie sich auch in ihm dieser furchtbare Anblick zu einem kreischenden Nein formen wollte, wie vorhin bei der Frau, die sie hinweggeführt hatten. «Aber geben Sie Ihre Blumen doch den Helden!» hörte sie neben sich eine Stimme, und sie erblickte die als Krankenschwester verkleidete Dame, deren Ohrringe mit jeder Bewegung blitzten. Die Patronnesse nahm ihr ein Bündel von Rosen weg aus der Last, und Jacqueline konnte sehen, wie sie, damit hinschreitend, mit gutturalen Worten die Wägelchen zu zieren begann. «Tenez, mon brave.» Und es lagen die Rosen an den Stümpfen der Beine, den Stummeln der Arme, und also hielten sie Einzug, diese Teile von Männern, in die große Halle mit den Seilen, hinter denen die Leute dieser Stadt standen und an diesem Morgen zum ersten Male die Wirklichkeit des großen Krieges in ihre gestrige Welt hineinschreiten sahen.

II. Kapitel

Die beiden Kinder, Isi Gidionovics und seine um ein Jahr jüngere Kusine Rosel, bogen faulen Schrittes, ihre Mäppchen mit der silbernen Aufschrift «Musik» schlendernd, in die stille Florhofgasse ein. Das Gebäude des Konservatoriums stand ein wenig zurück, hineingestellt in den wundersamen Garten des Rechbergs, am Hang des Künstlergutes. Eine milde Oktobersonne rötete die Pflastersteine des kleinen, von ehemaligen Ökonomiegebäuden im Barockstil umstandenen Platzes. Von Zeit zu Zeit fielen von den Fenstern der Musikschule Töne von Klavieren, einzeln oder zu Triolen und Tonleitern geordnet, in das menschenleere Geviert hinab, gemischt oder abwechselnd mit dem Kratzen eines Geigenbogens auf unsicherer Saite.

«Es ist noch nicht drei», sagte Isi, «ich mag nicht hinauf.»

«Doch, doch, komm», drängte das kleine Mädchen. Die Kinder waren sonntäglich gepützelt, der Knabe trug einen blauen Matrosenanzug und dazu ein Schirmkäppchen, eine Art Velomütze; die dunklen Haare Rosels waren in der Mitte gescheitelt und eng am Kopf, und unten am Ende der Zöpfchen saßen die Schmetterlinge roter Maschen. Beider Gesichter waren blaß und dicht von Sommersprossen übersät.

Er hätte die größte Lust, überhaupt nicht zu gehen, murmelte der Knabe. Er habe noch fünfzig Rappen, und dafür könnten sie miteinander hinunter in den Kinematograph an der Mühlegasse; auf dem dritten Platz, vorn in den Bänken, koste es fünfzig Rappen und für Kinder die Hälfte, und es würde es niemand merken; die Entschuldigung schriebe ihm Beni, der Bruder, und darunter setzte er dann den Stempel des Vaters, L. Gidionovics, Schürzen-Manufaktur. «Und für mich?» fragte das Mädchen. «Wir setzen auch deinen Namen hinein.»

Das sei jetzt schon zu spät, meinte es endlich, vom Fenster herab habe das Fräulein Lüthi sie schon sicher gesehen. Sie stießen die schwere Türe auf; in der kühlen Treppenhalle perlte es nun von allen Stockwerken herab von Tönen und Arpeggien. Das Musikzimmer war noch leer; es glich mit seinen vier Instrumenten, die im Halbkreis herumstanden, einem Klaviermagazin.

Rosel setzte sich sogleich auf einen Drehstuhl, entblößte die Zähne des Pianos und begann ihre Fingerübung zu spielen, doch tonlos, ohne daß die Hämmer die Saiten berührten. Isi wanderte derweil zwischen den Kasten umher, beschrieb Kreise und Achter um sie herum, als ginge er durch eine Stadt. Hinten in der Ecke war ein Flügel. Der kleine Bursche stellte sich davor, und plötzlich war der ganze Raum von Tönen erfüllt.

«Hör auf», rief das Mädchen erschreckt und lief herzu. Isi schlug immer noch in die Tasten, aber leiser, und es fing an, sich zu ordnen. Mit dem Fuße angelte er nach dem Stuhl, setzte sich hin, hielt inne, lehnte sich vor, als überlege er etwas, und dann, in diesem Atemzug, vollzog es sich. Es glitt seine linke Hand, wie von Geisterfingern geführt, schwebend über die Klaviatur, und die Rechte folgte ihr nach; er kniff die Augen, und das sommersprossige Näschen legte sich kraus. Die Kakophonie war verhallt wie ein Spuk, und was jetzt kam, war Spiel, richtiges Klavierspiel; das Mädchen begriff es sogleich mit offenem Mund. Isi drehte ihm das Gesicht zu, lachte, lächelte, kniff die Augen, und während all dieser Mimik erklang das Instrument von Musik, aufgezogen gleichsam und voller Effekte gefälligster Art, gehört und wiedergegeben offenbar, aber geordnet, mit Anfang und Ende, und abgespielt wie im Bann eines Zaubers.

«Wer hat dir erlaubt, den Flügel zu öffnen?» fragte das Fräulein Lüthi unter der Türe. «Ich will dich lehren!» Sie trug einen Kneifer, spärliches blondes Haar hing ihr unordentlich im Nacken, und hinter den blutleeren Ohren begannen zwei tiefe Kerben, die in das von Fischbeinen gestützte Kräglein der Bluse hinabliefen. Es ging ein Geruch von Zelluloid von ihr aus.

Die Kinder setzten sich fügsam an die Klaviere und schlugen das Heft des Czerny vor sich auf. «Eins und, zwei und» kommandierte die Lehrerin, und im Takte hämmerten die kleinen Finger auf die Tasten. «Mach keine Knötchen», sagte sie und hieb mit dem Bleistift auf Isis Hände. «Gis, gis, nicht g, fangt nochmals an. Geübt ist wieder nicht worden!» Müde vor unsagbarer Verachtung sagte sie das. Isi hatte nötig, sich die Nase zu schneuzen, es biß ihn, aber er getraute sich nicht.

Von allen nur möglichen und ausdenkbaren Qualen war diese Klavierstunde für den Knaben Isidor Baruch Gidionovics die größte. Vor zwei Jahren war, dröhnend mit seiner Muskelkraft und mit den schmalen Dollarnoten spielend, Onkel Samuel aus New York aufgetaucht, hatte die greise Mutter, die Brüder und Sidia, die Schwägerin, umarmt und gleichen Tags noch die Neffen und Nichten durch die Warenhäuser der Stadt geschleust, aus welchem Vorgang die junge Generation von Kopf bis Fuß funkelneu bekleidet hervorging und mit lärmendem Stolz bei den Brüdern wieder abgeliefert wurde. Aufgestiegen vom Badeanzugsvermieter im Vergnügungspark von Coney Island zum Besitzer einer Kette von Eckläden in

Manhattan, hatte er für die kleine Schürzenfabrik Leibs und die schüttere Warenhalle Rubens nur großsprecherisches Mitleid übrig, und der blitzartige Besuch zwischen zwei Dampfern endete mit Krach und Verstimmung. Außer den neuen Ausstattungen der Jungen blieb davon nichts zurück als ein eichenes, grün gebeiztes Klavier, ein Danaergeschenk, das der Davonrauschende auf Sidias Betreiben in letzter Stunde noch über Bord warf und das als Strandgut in die Wohnung an der Grüngasse geschwemmt wurde. Rosel, die Jüngste der Familie, ward auserkoren, das Spiel auf dem Instrument zu erlernen; es war dies, nach der Vorstellung der Frau, ein weiteres Merkmal des Aufstiegs, das jene des Pelzmantels und des Ohrgehänges aus Perlen sinnvoll ergänzte. Über Isi wurde durch seinen Vater kurzweg verfügt, daß er an den Stunden teilhaben solle. Mit eigener Hand und nach sorgfältiger Messung stellte Leib aus weißem Papier und mit schwarzer Tusche einen Streifen, die Klaviatur versinnbildlichend, her, und dieser wurde mit Reißnägeln dicht an der Kante des großen Eßtisches in der Wohnung an der Langstraße befestigt. Darauf mußte Isi dann seine Fingerübungen ausführen. Aber zweimal wöchentlich, am Montag- und am Donnerstagabend, wurde ihm Gelegenheit geboten – so war die Vereinbarung zwischen den Brüdern –, am richtigen Klavier in Rubens Salon den Erfolg der Pantomime zu überprüfen und zu vervollkommnen. Es zog sich auf diese Weise durch des kleinen Burschen Woche ein martervolles pianistisches Bemühen hin, das ihn mit dumpfem Haß wider die Musik im allgemeinen und das grüne Klavier im besonderen erfüllte.

Isi hatte Tränen der Wut und der Demütigung in den Augen, als er und Rosel am Ende der Stunde wieder vor dem Portal des Konservatoriums standen. Noch immer tropften die Töne auf das stille Plätzchen herab, aber das ganze Geviert war nun kühl und blau, nur gegen den Florhof zu und am Eingang der Gasse waren noch rosige Teppiche ausgebreitet. Rosel war gelobt worden, Isi hingegen von dem Fräulein ein Simpel genannt. In gehobener Stimmung belehrte das Mädchen den Knaben, aufs laute Zählen komme es an beim Üben, auch habe es Zahlen unter die Noten geschrieben, von eins bis fünf, und diese seien der Finger Bezeichnung. Nicht auf die Noten, auf die Ziffern schaue es, beim Spielen. «Eins, fünf drei, zwei, so», und es machte es auf der Mappe vor. Sie solle mit dem dummen Geschwätz endlich aufhören, entgegnete Isi grob. Mit Klavierspiel habe das nichts zu tun, mit den Ohren müsse man spielen. Überhaupt ... Es waren düstere Pläne, die Isi unter seinem Velokäppchen wälzte.

Sie gediehen nach Wochen, nach dem Zeitraum, derer die Milben zu reifen bedürfen. Es klängen, behauptete eines Tages Rosel wichtig auf ihrem Stühlchen, mit den vier Schmetterlingen auf dem Kopf und am Rücken, seit einiger Zeit die Töne gewisser Tasten so dumpf und verhalten, sie könne sich nicht erklären, so als sei das Klavier kaputt. Es stand Sidia, die Mutter, an ihrer Seite, im Hauskleid, ein wenig unordentlich und nicht zusammengehalten durch das Korsett. Immer wieder schlug das Mädchen in die Tasten, sie klangen an, aber in der Tat, verhalten und des Wohlklanges bar und fielen wie auf feuchten Samt. Einmal beim Niederdrücken blieb eine von ihnen, das Fis, unten stecken. Und dann, mit Entsetzen sahen es die beiden, das Mädchen und die Mutter, ringelte sich leise ein weißes zierliches Würmchen ans Licht, krümmte sich und hob das Köpfchen.

Es habe hier drinnen, sagte der Mann von der Firma, eilig herbeigerufen und von der ganzen Familie umstanden – Ruben, der Mutter, Rosel und David, und auch der Isidor war dabei, doch ein wenig abseits –, einen Fremdkörper im Gehäuse und lüpfte die Seite des Kastens hinweg. Es war ein Käse – ein Stück Emmentaler, verschimmelt und wimmelnd von einer Kolonie weißlicher Milben, an die Töne gewöhnt, aber erschreckt offenbar vom Licht, denn sie krabselten eilig über alle Saiten und Filzhämmerchen davon.

Es war dies das Ende von Isis Klavierstunden; der Käse, von ihm oben in die Klappe hineingeworfen, hatte seine Wirkung getan. Es gab einen Zwist über die Kostenfolge zwischen den Familien und natürlich ein Strafgericht, aber am Ende selige Freiheit für Isi, Schlendern am Abend unter den Kastanien auf dem Platz beim Ämtlerschulhaus, wo allerlei wieder sich tat, Bänke sich türmten und Ballen von Stroh vor der Turnhalle; wieder winkten Tage ohne Schule, weil das Bataillon vom Grenzdienst heimkehrte, abgelöst, und die Mannen dem Zivilleben zurückgegeben.

III. Kapitel

Als sich die beiden braunen Plüschvorhänge der Pfauenbühne nach den letzten Worten des Herzogs über dem auf dem Grasteppich eben anhebenden Schlußtanz schlossen, wurde es hell im Zuschauerraum. Noch einmal spalteten sich die Draperien, und auf die Brücke, die von der Bühne über das Orchester zum Parkett geschlagen war, sprang vergnügt, im kurzen Röckchen, die hohen wohlgeformten Beine in die zartesten und durchsichtigsten Strümpfe gespannt, Rosalinde, und sagte anmutig und schelmisch: «Es ist nicht hergebracht, die Heldin als Epilog zu sehen; aber es ist nicht unziemlicher, als den Helden als Prolog zu erblicken.» Es war, als ginge ein leiser Seufzer der Befriedigung durch das Publikum, ob dieser angenehmen und für viele unerwarteten, gleichsam privaten Verlängerung des Stückes, in der sich das liebenswürdige Wesen vom Rahmen der Szene löste und in aller Helle mitten in die Zuschauer hinaustrat. Alle hoben sie ihr lächelnd und verzaubert die Gesichter entgegen und fühlten sich persönlich angesprochen: «Ich beschwöre euch, o ihr Frauen, bei der Liebe, die ihr zu den Männern tragt, ich beschwöre euch, ihr Männer, bei der Liebe, die ihr zu den Frauen tragt.» Und nach den letzten Worten: « … werden für mein freundliches Anerbieten, indem ich meine Verbeugung mache, mir Lebewohl sagen», hub jener denkwürdige Beifallssturm an, dem, wie die Umsitzenden augenzwinkernd sich gegenseitig aufmerksam machten, Hans Trog, der bekannte Kritiker, sich in aller Öffentlichkeit beigesellte.

Aaron wartete das Verebben der immer wieder aufbrausenden Salven klatschender Hände nicht ab, sondern stürmte durch den noch leeren Gang in das Foyer zu den Garderoben, dann stellte er sich im Mantel, den Hut in der Hand, neben der Türe auf, aufmerksam und mit pochendem Herzen in den von allen Seiten hereinbrechenden Strom der Besucher luchsend. Der hatte sich schon ein wenig gelichtet, als er Jacqueline still, die Gestalt in ein dunkles Taftkleidchen gehüllt, ein schleierartiges Gebilde um Schultern und Hals, die Treppe herabkommen und der Frau hinter dem Korpus ihre Marke hinreichen sah. Flugs eilte er hinzu, ergriff den Mantel über ihren Kopf hinweg und hielt ihn ihr zum Hineinschlüpfen bereit. Die Augenbrauen leicht runzelnd, wandte sich das Mädchen um. «Oh … Sie … Du bist es. Vielen Dank.» Aaron lachte. «Ich hatte dich leider erst ganz am Schluß der Pause entdeckt und beinahe nicht mehr erkannt.» Er warf einen Blick auf Jacquelines Haare, die, über der Stirne und in der Mitte der Wangen beschnitten, ihr Gesicht auf eine fremdartige Weise umrahmten.

Vor dem Portal bellten die Zeitungsverkäufer in kurzen Sätzen eine Zusammenfassung der letzten Heeresberichte, ein lauer Westwind fegte über den Pfauenplatz, von den Linden über dem Denkmal des Sängervaters Heim troff das Schmelzwasser des letzten Schnees.

Ob sie das Tram nehme, fragte Aaron, sonst begleite er sie gerne bis zur Utobrücke wie einst vor Jahren. Sie war einverstanden. Mit viel Raum zwischen sich, schritten sie die Rämistraße hinab. Im Bereich der schaukelnden Lampen um den Bellevueplatz herum wurden die Leute wie Feilenspäne von den Magneten der Gaststätten angezogen und ausgestoßen und verknäuelten sich vor der «Kronenhalle», dem «Odeon» und dem Café «Terrasse», zogen sich hin gegen die «Mascotte-Bar» im Corsotheater oder den Quai abwärts, den Zunfthäusern zu. Gruppen neuigkeitsgieriger Zeitungsleser füllten die dreieckige Insel mit dem eisernen Wartehäuschen in ihrer Mitte bis an die Randsteine hinaus, und viele von ihnen führten miteinander – hatten sie die Nachrichten aus den entfalteten Blättern entnommen – einen Gedankenaustausch in fremder Sprache und in hierzulande nicht üblicher Gestik.

Jacqueline zeigte keine Neugierde nach Aarons Lebensumständen; sie nahm es mit höflicher Aufmerksamkeit zur Kenntnis, daß er zwischen Aktivdienst und lässigem Kollegienbesuch hin und her pendle, unschlüssig des Weges und auf das Provisorische eingestellt. Er kam ihr ein bißchen windig vor, in seiner entlehnten Eleganz und der spöttischen Art zu reden, die er sich angewöhnt hatte. Aber das ging sie ja auch alles nichts an. Sie gab ihm bereitwillig Auskunft, daß sie zur Medizin sich entschlossen habe und sie hoffe, im Herbst das erste Propädeutikum zu bestehen. Sie schritten durch die stillen Alleen der Anlagen am Alpenquai, aber es wollte kein richtiges Gespräch entstehen. Nüchternheit und Kühle lagen um das Mädchen, nicht einmal Abwehr. Aber auch ich bin ja völlig erkaltet, dachte Aaron, ohne Gefühl. Er ertappte sich dabei, wie er mit einem Anflug frivoler Gedanken ihre Gestalt musterte, sie – den Schatz seiner Knabenjahre –, und sich recht liederlich und schäbig vorkam dabei und die Empfindung hatte, nichts sei ihm mehr heilig, seit er aus Frankreich zurück war.

«Hat dir die Aufführung gefallen?» fragte er, eine lästige Pause überbrückend. Es sei diese stilisierte Inszenierung des Lustspiels, mitten in diesem Krieg und mit beschränkten Mitteln zweifellos ein Erfolg Reuckers. Meisterlich habe er den pausenlosen Ablauf, den epischen Fluß, der dem Stück den duftigen Reiz verleihe, durch die lautlosen, blitzschnellen Verwandlungen bei verdunkelter Bühne gelöst. Die Einbeziehung des Orchesterraumes, die Treppen, auf denen die Meisterringer, der Narr, der böse Herzog, die Boten guter und schlimmer Botschaften zur Bühne emporstiegen, die Brücke in den Zuschauerraum hinaus, auf der Rosalinde ihr Epilogsprüchlein gesagt habe – all das künde einen neuen und verheißungsvollen Theaterstil an; es sei diese Aufführung der Komödie «Wie es euch gefällt» etwas Erfreuliches, etwas Positives, Gläubiges, ein Jasagen in dieser düsteren Zeit.

Aus den Augenwinkeln heraus musterte Jacqueline während des Hinschreitens ihren Begleiter, wider willen angerührt von dessen Redfertigkeit. Es zeugten diese Worte immerhin, daß der junge Mann über dem stutzerischen Getue nicht alles, was ihn früher bewegt hatte, verleugnete. Sie erinnerte sich auf einmal wieder des Bildes, das er damals, auf ihrem Jugendwege, bei der Bürgliterrasse von Gottfried Keller heraufbeschwor, des einsamen Zweierlimannes, der eine der schönsten Liebesgeschichten der Weltliteratur geschrieben hatte …

Sie hätte, sagte Jacqueline nach einer Weile, beim Anblick der romantischen Waldlichtung und der silberweißen Birken im Bogen der Reliefbühne, eben dem letzten Schauplatz des Lustspiels, immer an die Bezeichnung dieses Ortes denken müssen. Aaron verstand nicht, was sie meinte. «Im Ardenner Wald», heiße es doch in Shakespeares Text. «Und?» fragte er. «Dans la forêt des Ardennes», wie es in den Heeresberichten verlaute, antwortete sie leise in den Westwind hinein. « Das? Aha.» Sei dies nun nicht eine abwegige, eine unzulässige Verbindung? Eine aus dem Lande des Märchens in die Wirklichkeit hinüber? Wollte man so, auf diese Weise …

«Ach, schweig», rief das Mädchen heftig und wie in wiedergefundener Vertraulichkeit. «Du hast sie ja nicht gesehen, die Männer, die heute aus dem Ardenner Wald zurückkommen!»

«Du vielleicht?»

«Ja, ich! Viermal war ich an den Austauschzügen, und eigenhändig habe ich ihnen mit dem Löffel das Süppchen des Zwischenhalts in die Lippen geführt, diesen Torsen von Menschen, ohne Arme und Beine, die aus den romantischen Lichtungen weggetragen wurden. Von den andern, die darin liegen blieben, nicht zu reden!»

Jetzt ist mir alles klar, dachte Aaron, das ist die Veränderung, die ich auf ihrem Gesichtchen wahrgenommen habe. Nicht die Haare, nicht das Kleid sind es. – Was für einen Begriff muß sie von mir haben!

«Dies ist vielleicht unsere Art, wider diesen mörderischen Blödsinn zu protestieren», warf er hin, «mit der Shakespeareschen Weisheit und Heiterkeit ...»

«Ach, hör doch auf damit! Von Protest ist da gar keine Spur! Es geht um unser Vergnügen, um unsere Unterhaltung, um Zerstreuung, seien wir doch wenigstens so ehrlich.»

«Um ewige künstlerische Werte könnte man auch sagen. Und dann? Ist das ein Verbrechen, verantwortungslos? Was sollen wir denn tun? Was können wir tun? Immer noch lieber ein Boskett der Heiterkeit inmitten der Schlachtfelder und Friedhöfe als das Monument einer Lehrgotte mit erhobenem Zeigefinger.»

Er hatte sie bös getroffen, das sah er sogleich. Ihre Lippen waren aufeinandergepreßt, und die Art, wie sie neben ihm hinschritt, glich einem Abschütteln seiner Begleitung.

«Ich meine nicht dich damit, Jacqueline, aber solche Stimmen lassen sich ja allenthalben vernehmen. So sagt doch, was wir tun können!» rief er, nun selber zornig geworden.

«Wir», antwortete sie, «wir ist sowieso falsch. Wir können nichts tun, nur jeder allein und für sich. So wie Romain Rolland, der sein ‹Au-dessus de la mêlée› schreibt, oder wie Spitteler, der als Privatmann seine Meinung über den deutschen Vertragsbruch mit Belgien heraussagt. An Massenpsychosen haben wir übergenug. Wessen es bedarf, das sind einzelne Männer und Frauen, die an ihrem Platz ganz einfach durch ihr Verhalten ausdrücken, was sie denken.»

Ein bißchen akademisch, dachte er, der kategorische Imperativ, Paul Häberlin, Leonhard Ragaz. Angenommen, sie hätte recht, ich frage mich, was ich an meiner Stelle tun könnte.

«Ich frage mich, was ich an meiner Stelle tun könnte», sagte er wirklich.

Jacqueline blieb stehen, mitten auf der menschenleeren Bederstraße, der Wind hatte ihre Haare zerzaust, und zum erstenmal an diesem Abend blickte sie ihn voll und herausfordernd an. «Das, Aaron, kann dir niemand raten, das mußt du selbst herausfinden.»

Er sah ihr nach, wie sie ohne Hast über die Brücke schritt, im Lichtkreis einer Laterne auftauchte, dann wieder ins Dunkel hineinging, noch einmal, ganz in der Ferne, von einem Lichtstrahl getroffen wurde und dann endgültig entschwand. Er schaute auf seine Uhr, Mitternacht war vorbei. Er dachte an den weiten Weg, den er noch zurückzulegen hatte, den Randsteinen entlang, hellwach und verdrossen.

IV. Kapitel

Er müsse da zu einem Herrn Hollberger an der Bahnhofstraße, erläuterte Frau Moeldinger, die an Stelle ihres zum deutschen Heeresdienst eingezogenen Gatten dem Eilboten-Institut der «Gelben Radler» vorstand, und zwar wahrscheinlich für den ganzen Vormittag. Das Büro hüten während der Abwesenheit des Inhabers oder etwas dergleichen; ob er auch anständig angezogen sei, er solle einmal die Pelerine öffnen. August Merkli willfahrte diesem Wunsche! Na ja, sagte die feste Frau, blütenweiß sei nun gerade sein Kragen nicht. Sie zupfte auch ohne weiteres noch ein wenig an dem Krawättchen herum, nicht anders als eine Mutter, die die letzte Hand an einen Sohn legt, der sich um eine Stelle beworben hat und nun sich vorstellen muß. Die ewige Gasflamme flackerte in dem kleinen Raum, der mit seiner schäbigen Kanzleieinrichtung noch immer das ehemalige Wohnzimmer an der Schützengasse verriet, das er einmal gewesen war, und in dem sich nichts verändert hatte als dies: Statt daß der Direktor hinter dem Stehpult, nun seine gerahmte Photographie neben dem Tintenfaß stand: in Uniform, als deutscher Feldweibel, die schirmlose Mütze mit der Kokarde genau über der Nase tief in die Stirne hineingezogen. Von dort aus schien er noch darüber zu wachen, daß den Grundsätzen des Unternehmens – Disziplin, Diskretion und Dienstfertigkeit – nachgelebt wurde.

Frau Moeldingers Schwierigkeiten lagen auf der Seite des Personals. Die Mobilisation hatte auch unter den Arbeitslosen, aus denen sich die Boten zu rekrutieren pflegten, aufgeräumt, während anderseits sich ein ausgesprochenes Bedürfnis nach Hilfeleistungen, die auf dem Programm des Unternehmens standen, bemerkbar machte. Allenthalben hatten sich nach Art dieses Herrn Hollberger Firmen aufgetan, die nach aufgeweckten und flinken Laufburschen suchten, Boten, die wie Weberschiffchen zwischen den Geschäftsdomizilen und den Telegraphenämtern hin und her zu fliegen, mit Frachtbriefen, Dokumenten an den Güterbahnhof hinunter, auf die Banken und zu den Spediteuren zu eilen, Warenmuster zu holen und zu bringen hatten.

In dem weitläufigen Korridor, zu dem man durch die immer geöffnete Glastüre vom Treppenhaus her gelangte, schritt August Merkli den Türen entlang und suchte nach dem Namen des Klienten. Er fand denn auch die vermittelst eines Reißnagels befestigte Visitenkarte mit der Aufschrift I. Hollberger, Import-Export. Als er auf sein Klopfen hin keine Antwort erhielt, trat er ein und befand sich in einer Art Vorzimmer, das bis auf einen einzigen fabrikneuen Tisch aus heller Eiche völlig leer war. Durch die geöffnete Türe zu einem anderen Raum hörte der junge Mann den diesseitigen und hochdeutschen Teil eines Telephongesprächs. «Machen wir … machen wir … nein, ausgeschlossen … hier die Ware … hier das Geld … Na, schön … kommen Sie mal ’rüber … Zug um Zug … Zwei Wagen, wenn ihr wollt. Gut, auf nachher.»

Merkli besaß ein gutes Gefühl für Situationen. Der Mann, der soeben den Hörer auf die Gabel legte, war beinahe so fremd in dem großen Raum wie er selbst. Das Pult, die Stühle, der Teppich und der Kleiderständer an der Türe waren so neu und ungebraucht wie die Ausstellung im Schaufenster eines Spezialgeschäftes für Büromöbel. An den leeren Korrespondenzkörbchen neben der Schreibunterlage mit ihrem makellosen Fließblatt in grüner Farbe war noch die Etikette mit der Preisaufschrift zu sehen, der Papierkorb war leer, die Wände kahl. Auf dem Rauchtischchen in der Ecke lagen ein heller Mantel und ein grüner Hut aus Plüsch; der Anzug des Herrn zeigte noch keine Falte persönlicher Eigenart; selbst die Perle in dem sich bauschenden Binder aus bordeauxroter Seide sah aus, als sei sie eben erst geliefert worden.

«Da sind Sie ja, junger Mann», begrüßte er Merkli jovial. Sein Haar war in der Mitte gescheitelt, umschloß, wie frisch aus der Hand des Coiffeurs, mattglänzend den Hinterkopf, ließ aber die gebuckelte Stirne frei. Frisch rasiert und gepudert, wie er war, hatte das breite Gesicht einen Anflug ins Napoleonische. «Wie heißen Sie denn?» Merkli nannte seinen Namen.

«Also, August, hören Sie mal, die Sache ist so ...» Er habe sich draußen im Vorzimmer an den Tisch zu setzen, Auskunft zu erteilen, falls Leute sich meldeten, und die Gegenstände und Briefschaften entgegenzunehmen, die eventuell abgeliefert würden, und das während der Stunden dieses Vormittags, da er, der Inhaber der Firma, nicht da sei. Auch das Telephon sei zu bedienen. Der Name der Firma sei «Alimpex, Allgemeine Import- und Export-AG.» «Sofern nach mir gefragt wird, so antworten Sie: ‹Herr Generaldirektor Hollberger ist nachmittags wieder zurück.›»

Merkli nickte. Mit unverhohlener Sympathie betrachtete er den flotten Geschäftsherrn. Alles, was der da sagte, die ganze Umgebung kamen ihm so verlogen, theaterhaft, unwirklich, wie zum Gaudium, ohne eigentlichen Bestand und ohne irgendwelche Zukunft vor, ein richtiger fauler Zauber, daß er sich sofort mit Feuereifer in die Komödie einfügte. Mit naiv vor Bewunderung geöffnetem Munde und mit vor Erstaunen leuchtenden Augen lauschte er den Ausführungen seines Arbeitgebers, nickte heftig und begann sogleich in linkischer Dienstbeflissenheit, ein Lineal auf den leeren Tisch im Vorzimmer hinüberzutragen. Es werde dann eine Schreibmaschine abgegeben werden, erläuterte Hollberger, der schon dabei war, in seinen Mantel zu schlüpfen – mit Windeseile war Merkli hinzugeeilt, ihm dabei zu helfen –, der Mann bringe eine quittierte Rechnung mit, hier in der Pultschublade liege dann das Geld – und wirklich, es befand sich in dem neuen, sonst völlig leeren Schubfach ein ganzes Bündel von Hunderternoten, und dabei war der Behälter nicht einmal mit einem Schloß versehen.

«Na, August, machen Sie's also gut. Sollte ich bis um zwölf nicht zurück sein, so schließen Sie die Bude zu, hier sind die Schlüssel, und um zwei kommen Sie wieder.»

Der junge Mann setzte sich zuerst wie versuchsweise an den Tisch im Vorzimmer, verrutschte einige Male das Lineal, bis es in der wirkungsvollsten Stellung lag, dann stand er auf und ging ins Büro hinüber, marschierte, die Hände auf dem Rükken, über den großen Teppich. An der Wand stand ein mächtiger, aber nicht mehr neuer Kassenschrank, der Schlüssel steckte. Merkli drehte den Griff, und mit einem pneumatischen Geräusch öffnete sich die dicke Panzertüre. Alle Fächer darin waren leer bis auf ein paar Zeitungen, ebenso das obere Stahlfach. Merkli wollte die Türe eben wieder schließen; mitten in der Bewegung erstarrte er vor Staunen. Er konnte die Tapete der Zimmerwand sehen, denn die hintere, zwei Finger dicke Eisenplatte des Schrankes zeigte ein kopfgroßes Loch mit schwarzen Rändern. Es schüttelte Merkli vor Lachen. Auch der durch einen Einbruch entwertete Kassenschrank mit seiner zwanzig Zentimeter dicken Panzertüre und dem komplizierten Schloß war offenbar nur ein billig erworbenes Dekorationsstück. Er rieb sich die Hände und fühlte sich außergewöhnlich wohl. Er setzte sich an das Pult des Direktors und zog die seitliche Schublade heraus. Das Geld war richtig; alte, gebrauchte Noten, mit einem Papierstreifen von der Bank darum, fünftausend Franken. Er unterhielt sich damit, die Scheine zu zählen und wieder zu bündeln; noch nie hatte er so viel Geld in seinen Händen gehalten. Es kam ihm alles ein wenig verrückt vor, der Einbruch einer abenteuerlichen Welt in diese nüchterne und wohlanständige Stadt, in der man für gewöhnlich Geld nur an den Schaltern der Post und der Bank auf so schamlose Weise zu sehen bekam.

Die Schreibmaschine kam denn auch wirklich, mit der Rechnung, sechshundertzweiundachtzig Franken, und Merkli bezahlte, legte das Herausgeld zum andern in die Schublade, und schon fing diese an, ein wenig gebraucht und unordentlich auszusehen. Dann wurde Papier abgegeben, bedruckte Bogen mit der Firma oben daran, der Telephonnummer und dem Bankonto, und Kuverts; ein paar Schuhe wurden gebracht, neu, in einer weißen Schachtel, von der Firma Doelker, die waren schon bezahlt, und dann kamen noch Hemden von Gabarski an der Bahnhofstraße und ein Paket von einem Zigarettengeschäft, dann verpackte Flaschen und nochmals ein Teppich. Zu guter Letzt wurde noch ein Gemälde abgeliefert, aber Merkli konnte nicht sehen, was es darstellte, es war mit Packpapier verschnürt; nur daß es einen schwer vergoldeten Rahmen hatte, das konnte er feststellen.

Er vergnügte sich damit, die Gegenstände in den Räumen zu verteilen, die Effekten auf den Rauchtisch, mit den Zigarren und den Flaschen, die Papiere in die Schubladen, die Schreibmaschine auf den Tisch draußen im Vorzimmer; aber all das geschah nicht nach praktischen Gesichtspunkten, sondern mehr nach dekorativen, wie die Versatzstücke auf einer Bühne, berechnet für noch unsichtbare Zuschauer und Besucher. Mit unfehlbarem Instinkt hatte Merkli den spektakulären Sinn der ganzen Anordnung begriffen, wenn er auch über den Zweck des Unternehmens sich noch keine rechte Vorstellung machen konnte.

V. Kapitel

In den frühen Stunden des Morgens, wenn der Talwind durch die Kronen der Linden säuselte und auf der Bastei nichts zu vernehmen war als das plätschern des Brunnens, pflegten sie sich zu treffen. Kam Reto die Pfalzgasse herauf, sah er das Mädchen schon an der Brüstung stehen vor der zarten Helle des Raumes über der Limmat und überdeckt und gerahmt vom Gezweig der Bäume ihm entgegenlächeln, kaum daß sein Gesicht über die letzte Wölbung der Gasse emportauchte.

Die Stunde, bis Maly hinunter zum Posthof an ihre Arbeit mußte, verbrachten sie immer auf derselben Bank nahe am Gemäuer der alten Pfalz, Retos Arm um ihren Hals gelegt, Wange an Wange, schweigend, die Blicke hinausgerichtet auf die Dächer der ansteigenden Altstadt jenseits des Flusses, wo die Räuchlein kreiselten und auf den Zinnen weiße Wäschestücke in der Morgensonne flatterten. Und so verharrten sie, auch wenn sie sprachen; es schien, als sendete jedes die Worte in die schimmernde Ferne hinaus und dann erst kämen sie zurück, mit der Kühle und dem Duft des Morgens beladen.

«Man sieht es der Stadt nicht an», sagte Reto. «Sie steht da im Morgen mit ihren Dächern, Türmchen und Türmen, den Drähten, dem Poly, der Uni, dem Zürichberg dahinter, und der Fluß fließt der Straße entlang, wo sie jetzt die Läden öffnen, und das blaue Tram fährt den Quai hinauf, und die Leute wandeln einher, die einen im Schatten der Häuser und die andern in der Sonne am Flußgeländer hin, und die Kirchen schlagen ihre Viertelstunden, und die Tauben am Großmünster drüben flattern auf vom Pflaster und kreisen ein paarmal zwischen den Giebeln umher ...»

«Was sieht man der Stadt nicht an?» fragte Maly nach einer Weile, nicht anders, als wäre dies leise Reden Wange an Wange ein Spiel, eine Freude, sich selbst genügend und ohne Bedeutung der Inhalt der Worte.

Er sei, sagte Reto, seit seiner Entlassung aus der Offiziersschule ein schlechter Polytechniker, ein Schwänzer geworden, um der Schwesterschule willen daneben, der Uni; er verkehre als Auditor bei den Theologen, sie möge es nun glauben oder nicht.

«Auditor, was ist das?» fragte das Mädchen. «Zuhörer, freiwilliger Besucher von Vorlesungen.» «Bei denen, die Pfarrer werden wollen, also?»

«Das liegt dir im Blut», lachte Maly, «dein Vater ist es doch auch.»

Es war nicht verwundert und ungeduldig darüber, wenn keine Antwort kam, gehörten die langen Pausen zwischen Frage und Antwort doch mit zu der Stunde am Morgen. Aber dann spürte es doch an Retos Hals und in der Beuge des Armes, wie heftiger sein Puls zu schlagen begann; es richtete sich auf und blickte ihm ins Gesicht. Es war voller Spannung und weiß über den Nüstern, und die Augen zeigten einen ernsten und fremden Ausdruck.

«Es ist doch Krieg ringsum, Maly», sagte er. «Sie töten einander, zu Tausenden, Millionen, organisiert zu diesem Behufe, und wir sitzen da und schauen zu und schieben die Rolladen vor unseren Läden in die Höhe und lassen die Wäsche im Winde flattern.»

«Es ist schrecklich», antwortete Maly, «aber was sollen wir tun?»

«Was sollen wir tun? Das fragt ihr alle», rief Reto feindselig und fremd. «Etwa dasitzen, zuschauen und es uns wohl sein lassen? Uns selber noch ausbilden und vorbereiten im Metier des Mordens?»

Maly begriff nur, daß die schönste Stunde des Tages vorüber war. Natürlich wurde auch im Studerschen Coiffeurgeschäft vom Kriege gesprochen, wie wäre es anders möglich, standen doch von einem Tage zum andern selbst in diesem biederen Gewerbe die vielen Fläschchen in den Vitrinen miteinander im nationalen Kampfe. Wider die behelmten milchweißen Phiolen des Odols, die roten Hähnchen des Eau de Botots, gegen Drallés Birkenwasser das mandarinenduftende Portugal, der englische Lavendel wider die deutsche Mandelmilch. Hier, wenn Frau Studer hinter dem Kassentischchen hervor den Kunden begrüßte, zeigte sich die einheimische Diplomatie in der Handhabung der Neutralität auf dem Gipfel des Könnens. Immer wieder schärften sie und ihr Gatte dem Stabe der Angestellten ein, sie hätten sich politischen Unterhaltungen zu entziehen, um Fährnisse und unliebsame Zusammenstöße unter der Kundschaft zu vermeiden. Natürlich, allein in der Kabine durfte man zweideutig lächeln, wenn Madame Favarger hinwarf: «Was sagen Sie zu unserem Succès an der Somme?», oder auch nicken, wenn Herr Brüstlein, der Seifenfabrikant, seine neue fettarme Kollektion unterbreitete und es dabei nicht unterlassen konnte, der welthistorischen Schlacht an den Masurischen Seen zu gedenken, wo der große Hindenburg die russische Dampfwalze aufs Haupt geschlagen. Man durfte auch, kamen Besucher aus dem Reiche, ohne weiteres die französischen Parfums hervorholen und lobend erwähnen, denn diese zu kaufen waren diese Leute in den Laden getreten, begierig der fremden und im Reiche des Eisens immer seltener werdenden Produkte des gallischen Erbfeindes. Aber nun dauerte dies schon über ein Jahr; das Leben ging weiter, ein wenig verändert, gewiß, mit Uniformen auf der Straße, dem Oberstenprozeß und den steigenden Preisen, aber, alles in allem genommen, in den Kreisen des kleinen Gewerbes nur um einen neuen Gesprächsstoff bereichert. Und, wenn man die Entwicklung des Ladens an seiner guten Lage betrachtete, nicht ohne gesteigerten Umsatz und bessere Kundschaft aus dem nahen Hotel Baur en Ville. Malys Lehre war beendet und sogleich in eine feste Anstellung im Betrieb umgewandelt worden, und vom Ernst des Geschehens kam zu ihr und der Mutter in die Wohnung an der Trittligasse nur durch Nora, die Schwester, Nachricht, wenn sie Urlaub hatte in der Diakonissenanstalt. Der Amtsvormund Meier-Graf hatte ihr die Ausbildung in der Krankenpflege angeraten. Jetzt war sie schon vom Geschirrabwaschen in der Küche und vom Scheuern mit eisernen Kübeln in den Korridoren zur Betreuung der Kranken und zu den Nachtwachen aufgerückt und konnte erzählen von Militärpatienten in der Baracke im Garten des Spitalgebäudes, den Kranken und Verwundeten der stillen und ruhmlosen Armee, die an der Grenze stand.

Der schrille und unerwartete Fanfarenstoß Retos in den zauberischen Morgen hinein – Maly fürchtete es sogleich –, er war eines Idylles Ende. Als sei das Bild ihrer Welt nur auf zartes Seidenpapier hingehaucht, das sich nun von einem andern Hintergrunde löse, blickte das Mädchen erschrocken um sich. Auf einmal erschienen ihm die Stadt und der Fluß so nüchtern und gläsern, und die Horizonte brodelten von Drohungen.

«Reto», sagte es leise, «ich habe es schon lange gespürt, daß du etwas mit dir herumträgst; ich wollte es nicht sehen, nicht wahrhaben. Schon damals, als du zurückkamst als Leutnant. Ich glaubte, es seien die Uniform, der hohe Kragen, die fremde Mütze und der schwere Dienst.»

Die Ellbogen auf die Knie, den Kopf in die Hände gestützt, saß er da und blickte vor sich auf den Boden.

«Irgendwo, irgendwann und bei irgendwem», sprach er vor sich hin, «muß es sich einmal entscheiden. Keiner ist zu gering, keiner zu klein, als daß er nicht würdig wäre, davon angerührt zu werden. Kannst du das verstehen, was ich sage, Maly?»

«Wenn man sich gern hat, kann man alles verstehen, Reto.»

«Weißt du, Maly, da reden sie zusammen, da diskutieren sie, da sind sie alle einig, der Krieg ist ein Wahnsinn, eine Entfesselung der niedersten Instinkte, ein Einbruch des Luziferischen in die Welt, eine Verhöhnung Gottes – aber bedeutet das alles etwas anderes als pazifistisches Geschwätz!»

«Aber was soll man tun?» fragte das Mädchen nochmals unbedacht. Doch diesmal nahm er es nur unbehilflich nickend hin.

Da kamen sie, die jungen Leute aus den kleineren Städten in den Tälern am Fuße der östlichen Alpen, bäuerlicher Herkunft zumeist, doch ausgestattet schon mit der soliden Bildung ihrer Bezirksschulen, und ihre Herfahrt während eines ganzen Tages oft, hatte die Bedeutung einer Reise aus dem Angestammten und Vertrauten hinaus. Wie die Gebirgszüge mählich zurücktraten, sobald sie die Tuggener Ebene erreichten und einschwenkten in das Tal dieses Sees, so verschoben sich auch die Kulissen auf der Bühne ihres Daseins. Was sicher, begrenzt und zusammengehalten erschien von den kristallenen Graten des Alpenmassivs, es löste sich, je weiter nach Westen sie kamen, in flimmernden, grenzenlosen Fernen. Und da war dann diese Stadt am Ende des sich öffnenden Tales, mit den verebbenden Hügelwellen, die sich durch die Weite des Häuserfeldes hinzogen und sich im westlichen Bekken verloren. Den Kirchen, Spitälern und den Hochschulen gehörten die Terrassen auf den Moränen – und alle hatten sie den gleichen Ausblick, den nach Süden, der Abschied war vom Ruhenden, Geborgenen, der alpinen Heimat, und den nach Westen und Norden, wo das Fremde, die Verlockung und das Abenteuer wohnten. Jene, die hier hausten seit Lebzeiten, eingenistet und vertraut mit den Winden, die wechselweise talaus und talabwärts wehten, merkten es nicht. Sie aber wohl, die aus den kleineren Siedelungen, aus den östlichen Tälern kamen, die jungen Studenten ländlichen Blutes: hier war eine Stelle der Entscheidungen. Hier, in dieser Stadt, waltete die große Macht der Zeit; es waren keine Wälle mehr da, sie abzuhalten. Manchmal nannten sie es Heimweh, aber es war ungewiß, ob ihre Heimat das Geborgene unter den Graten oder ob es die Lockung hinter der schimmernden Ferne war. Es wehte herein und über sie hinweg in der alten, geheimnisvollen Bedeutung, die das Wort für die Jungen hat: es tat weh.

Als Maly, die Haare des Hinterhaupts von neuem in die Beuge von Retos Arm geschmiegt, das leise Beben seiner Stirne an ihrer Schläfe spürte, ahnte sie die Wendung, die ihre Liebschaft genommen hatte.

VI. Kapitel

Kätterli Gebhardt, das Marktnetz mit den Büchern in den linken Arm gehängt, an der Rechten das Büblein führend, verließ das Gebäude der Lesegesellschaft. Im Fenster des gegenüberliegenden Comestibles-Geschäftes stand ein großer, von aufsteigenden Luftblasen bewegter Wasserbehälter, in dem sich, Leib an Leib, rotgesprenkelte Forellen drängten. Obgleich sie bereits einmal schon, vor ihrem Eintritt in die Bibliothek, längere Zeit bei dem Aquarium verweilt hatten, war der Schörschli auch jetzt nicht an der Einrichtung vorbeizubringen, und die Mutter mußte ihm den Gefallen tun, sich mit ihm noch einmal hinzustellen. Der Kleine sagte kein Wort; mit runden Augen, die ein Gemisch von Entzücken und Furcht ausdrückten, verharrte er vor der Scheibe und ahmte mit seinem Mündchen die regelmäßige Bewegung des Unterkiefers der Fische nach. Es ging gegen Abend, die kleine Seitengasse war ohne Sonne, es roch nach Tang und Wein, und es schauten auch andere Leute noch durch die Spiegelscheiben nach den Fischen, den gerupften Hühnern und den Hummern, die ganz leise noch ihre Scheren bewegten. An der Türe hing ein Reh mit dem Kopf nach unten, aus seinen Lefzen fiel von Zeit zu Zeit ein später Tropfen Blutes auf das Pflaster.

«Wir müssen jetzt heim», sagte Kätterli leise. Aber es war, als hätte sie nichts gesagt, denn es senkte sich von oben her langsam ein Netz in den Behälter, suchend, zögernd, wählend, dann wurde es über das Wasser emporgehoben, und das war etwas so unwahrscheinlich Seltsames für das Kind, zu sehen, wie der Fisch, seinem Element entzogen, sich veränderte, wie aus dem moorig dunklen Wesen, das sich mit leise zitternden Flossen soeben noch im Spiel der Blasen gelassen geschaukelt hatte, ein perlmutterweißes und wild zappelndes Tier wurde. Kätterli, die begriff, was nun folgen würde, versuchte das Büblein noch einmal wegzuziehen, allein es war schon zu spät: stumm, aber mit vor Entsetzen weit geöffnetem Munde, sah Schörschli, wie der Mann mit einem Knebel auf den Kopf des Fisches niederhieb und wie das Tier in seiner Hand augenblicklich regungslos wurde.

«Warum?» fragte der Schörschli und blickte zu seiner Mutter empor.

«Komm jetzt, ich will es dir erzählen», sagte das Kätterli und gab sich Mühe, durch den Ton ihrer Stimme den Vorgang zu bagatellisieren. Aber sie hatte ihn mit den Blicken ihres Kindes erlebt, und was tränenerstickt in dem Bürschchen schwang, zitterte auch in ihr. Sie hatte eigentlich die Absicht gehabt, just in diesem Geschäft ein paar seltene Leckerbissen – Oliven, Thon und Orangen – zu kaufen, aber nun machte sie, daß sie davonkam.

Oben, wo die Marktgasse in das Niederdorf einmündete, spürte sie einen solchen Schmerz, daß sie, stehenbleibend, sich die Unterlippe blutleer biß. Sie verharrte ein paar Atemzüge lang auf dem Rande des Trottoirs, während Schörschli, immer noch an ihrer Hand, zu dem Comestibles-Geschäft zurückblickte. Kätterli wußte, es würde rasch vorübergehen; sie mußte nur diese Minute überstehen. Aber es wollte und wollte nicht. Die Schmerzensstöße folgten sich ununterbrochen.

«Oh», sagte eine Frau neben ihr mit ruhiger, wissender Stimme und legte ihr die Hand unter den Ellbogen. Sie war dunkel und fast ärmlich gekleidet, ihr Gesicht war breit, ein wenig gedunsen um die Augen herum. Was für einen sonderbaren Kittel sie trägt, dachte Kätterli und ließ sich dankbar die Stütze gefallen. Es verschaffte ihr dieser Zusatz an behutsam tragender Kraft auch sogleich Erleichterung. «Ich danke Ihnen vielmals», sagte das Kätterli, und das ernste Nicken der anderen entband sie einer Erklärung, das sah sie schon. «Haben Sie noch einen weiten Weg?» Die Frau sprach mit einem slawischen Akzent.

Hinüber zum Heimplatz, dort habe sie das Tram. Die Frau nahm ihr das Netz aus der Hand, und langsam gingen sie selbdritt die Spiegelgasse hinan. «Bald?» fragte die Begleiterin. Eigentlich noch nicht, aber eben ... Im Wohlsein der Schmerzlosigkeit konnte Kätterli lächeln. «Soso», nickte die andere, aber schon eher abwesend und mit eigenen Dingen beschäftigt. Und wirklich kam auch von der Paßhöhe herab ein kleiner, gedrungener Mann mit einer flachen Radfahrermütze und einem Spitzbärtchen, mit einem dunklen Überzieher bekleidet. Kätterli hatte sogleich die Vorstellung, der Mann gehöre zu der Frau. Weder er noch sie zeigten eine Miene des Erkennens, bis sie beieinander standen. Kätterlis Begleiterin gab ihm ohne Hast eine Erklärung in russischer Sprache; er blickte mit flinken dunkeln Augen in tiefliegenden Höhlen nach ihr. Obschon er die Zähne zu einem Lächeln entblößt hatte, wirkte sein Gesicht ernst und unbeteiligt, nach der Art chinesischer Höflichkeit.

Mit langsam sich hin und her drehendem, aufwärts gebogenem Köpfchen verfolgte Schörschli das Gebaren der drei Erwachsenen in der höheren Region. Er sah, wie die Mutter plötzlich die Augen schloß, wie an den blassen Nüstern ein Schweißtröpfchen erschien, wie die Frau wieder ihr unter den Arm griff, wie die beiden Fremden miteinander in fremder Sprache Worte wechselten, der Mann zweimal «njet, njet» sagte, aber dann trottete er hinter ihnen, die sich um die Mutter bemühten, eine schmale Holzstiege empor und fand sich in einem kleinen, einfenstrigen Zimmer, und die Mutter saß in einem Korbstuhl und preßte die Zähne in die weiß geworde-nen Lippen.

Die Frau hatte einen Spirituskocher, der auf dem Waschtisch stand, entzündet und ein Glas mit Tee zubereitet. Es wurde dann zwischen den Erwachsenen etwas verhandelt vom Telephonieren und eines Wagens wegen, der an der Ecke zu halten hatte, weil die Gasse zu eng war. Trotz der Heimfahrt im Automobil konnte sich später der Schörschli nur zweier Dinge an diesem ereignisreichen Nachmittag erinnern: des Knebels, der auf den Kopf des Fisches niedersauste, und des Antlitzes des Mannes mit den breiten Backenknochen, der, mit seiner Velomütze auf dem Haupte, im Rahmen der Türe stand. Es sollten nur wenige Jahre vergehen, und es gehörte das Bild dieses Mannes in dem kleinen Zimmer an der Spiegelgasse zum Inventar der Weltgeschichte.

Das zweitgeborene Kind des Ehepaares Gebhardt-Meng war ein Mädchen und erhielt den Namen Vera.

VII. Kapitel

Das mittelalterliche Rund der Stüßihofstatt glich einem brodelnden Kessel; auf seinem Grunde, um den alten Brunnentrog herum, wimmelte es von dunkeln Gestalten, jungen Leuten zumeist, die hier unter dem nächtlichen Himmel eine Landsgemeinde abzuhalten schienen. Laut widerhallten die Stimmen an den vom Mondlicht überfluteten Fassaden der Häuser ringsum. Immer noch strömten die Besucher aus dem Tor des Zunfthauses zur Schmieden und bildeten streitbare Knäuel bis in die angrenzenden Gassen hinein. Es mischten sich aber auch Wirtshausbesucher unter sie, bestandene Männer, die sich auf gut Glück an den Gesprächen zu beteiligen versuchten, obgleich sie nicht wußten, was die jungen Menschen bewegte.

Aaron und Walter Abt standen ein wenig abseits, am Gemäuer des Hauses, in dem sich ehemals die Metzgerei Klostermann befunden hatte. Jetzt beherbergte es eine Tierhandlung. Durch die Scheibe hindurch konnte man die Käfige sehen, in denen, aufgeplustert und eng aneinandergeschmiegt, Wellensittiche und winzige japanische Nachtigallen saßen und mit runden, bewegungslosen Augen das Treiben jenseits der gläsernen Wand zu betrachten schienen.

«Es ist schon merkwürdige», sagte Aaron, «daß wir heute wieder miteinander hier stehen.» Er gedachte dabei jenes Abends vor Jahren, da sie beide als Jünglinge, eines kleinen Ladens wegen, vor dessen Türe eine rotverglaste Laterne in der Form einer Zigarre gebrannt hatte, durch die Gassen des Niederdorfes geschlichen waren.

Walter nickte abwesend, mit runden Augen hinter seiner Brille. Ob er, Aaron, es sich nicht bewußt sei, daß das, was sie soeben oben im Zunftsaal zur Schmieden aus dem Munde des Theologen Ragaz vernommen hätten, in seiner Bedeutung für das Land der berühmten Rede Spittelers beizugesellen sei, fragte er. «Vielleicht, auf dem religiösen Gebiet», meinte Aaron auf eine etwas oberflächliche Weise.

Des Freundes Entgegnung war heftig, brutal: «Auch du gehörst zu denen, die noch nicht begriffen haben, worum es geht!»

So wie er es verstanden habe, drehe es sich im Vortrag von Ragaz bei der Auseinandersetzung zwischen Zwingli und Calvin einerseits und Luther anderseits um eine Angelegenheit innerhalb des reformierten Glaubensbekenntnisses, und hier stehe es ihm wohl nicht an, sich einzumischen, sagte Aaron.

Alle Schweizer gehe das an, auch die katholischen, auch die jüdischen Glaubens; gerade eben dies sei das Großartige an der Rede gewesen, rief Walter, und Aaron konnte bemerken, welche Mühe es den Freund kostete, einen Ansturm von Gedanken und Empfindungen zu ordnen. Die Grundlage der Schweizerischen Eidgenossenschaft sei Religion. Das zu erkennen, brauche es nicht viel. Die Bundesverfassung beginne mit den Worten «Im Namen Gottes des Allmächtigen», und das weiße Kreuz im roten Feld sei das Landeswappen. Indem die Theologie der protestantischen Schweiz in eine Abhängigkeit von Deutschland, vom «deutschen» Gott gekommen sei, habe das Land, ohne es zu merken, neben seiner religiösen auch seine geistige und kulturelle Selbständigkeit eingebüßt. Von neunundzwanzig Dozenten der Theologie seien zwölf Reichsdeutsche, was unsere Theologiestudenten läsen, komme aus dem Deutschen Reiche, Marburg, Heidelberg, Berlin, Tübingen seien die Universitäten, an denen unsere jungen Leute mit dem neudeutschen religiösen Geist infiziert würden. Aber all dies, dieser scheinbar theologische Streit, das sei ja nichts anderes als Andeutung und Präludium zu dem

Gedanken, den Ragaz am Schluß seiner Rede ausgesprochen habe: das Problem der schweizerischen Unabhängigkeit schlechthin.

Wie Schuppen sei es Walter während dieses denkwürdigen Vortrages von den Augen gefallen. Die Frage der Überfremdung, die geistige und materielle Unabhängigkeit, sie werde niemals durch Gesetze und Maßnahmen gelöst. Bei uns, in uns müsse die Erneuerung beginnen – und jede Erneuerung sei zuerst ein Ordnen des Verhältnisses zu Gott, zum Absoluten. Das sei es, was Ragaz gemeint habe, als er sagte: Nicht darum geht es, die Wahrheit in den Dienst der Nation, sondern darum, die Nation in den Dienst der Wahrheit zu stellen.

Aaron blickte um sich. Rings um sie standen im Mondlicht junge Leute in Gruppen und in ähnliche Gespräche vertieft wie sie beide. Auch zu ihnen gesellten sich bald aufmerksame Zuhörer. Kaum hatte Walter den Satz beendet, schoß einer vor mit ausgestrecktem Zeigefinger: jawohl, aber dann müsse die Schweiz aufhören, Granaten zu drehen und damit die kriegführenden Länder zu beliefern, denn so machten wir uns mitschuldig an dem Greuel, der hereingebrochen sei über die Menschheit, und dies noch auf eine ganz schäbige und feige Weise, indem wir nicht einmal unsere eigene Haut zu Markte trügen, sondern auf bequeme und ungefährliche Weise Geld verdienten dabei. «Aber wie schauen Sie jetzt das an?» sagte ein anderer unter dem Schatten seines Hutes hervor, «wir müssen doch leben. Ohne solche Dienste bekommen wir keine Lebensmittel herein. In zwei Monaten ist das Land verhungert, eingeschlossen wie wir sind!» Doch statt zu antworten, hob ein anderer zu spotten an, es gehe eine tiefe Kluft durch das Volk, sie, die Studenten hätten überhaupt keine Vorstellung von den Problemen der Arbeiterschaft. Herrenbüblein seien sie, die mit des Papas Geld studierten, die nicht wüßten, was es heiße, mit der Hände Arbeit sein Brot verdienen. Nein, das sei nicht mehr wahr. Seit über einem Jahr lägen sie alle zusammen und nebeneinander auf demselben Stroh und verdienten ihre achtzig Rappen Sold, der eine wie der andere, und der Tornister sei gleich schwer für alle und von gleicher Länge die Märsche, und zudem seien die, die an körperliche Arbeit gewöhnt seien, noch im Vorteil, wurde ihm entgegnet. «Oh, gehen Sie mir doch weg», höhnte es im Kreise, die bekämen ja ihre Mandätchen jede Woche von zu Hause, und sei eine Ablösung, so kehrten die Herrchen in ihre Villa zurück und ließen sich's wohlsein, während sie, die Kameraden, froh sein müßten, den Arbeitsplatz wiederzufinden.

Ach, das seien ja alle keine echten und schweren Probleme, mischte ein Neuer sich ein. Es gehe nur mehr oder weniger ums Essen, um eine etwas bessere oder schwierigere Existenz, nicht aber um Leben oder Tod wie draußen in den Ländern, wo der Bahnhof das Tor zu den Grabstätten sei. Von all dem hätte man hier ja keine Ahnung, was das heiße, ein Abschied auf ewig und niemals Wiedersehen, oder auch eine Heimkehr, verstümmelt oder zerstörten Geistes ob dem Grauen, das die Augen gesehen draußen auf den Schlachtfeldern, im Trommelfeuer der Gräben.

Aaron hatte Walter am Arme gepackt. Das sei eine Stimme, die sie doch kennten. Sie drängten sich vor und hin zu dem Manne – längst war es vergessen, daß sie beide des Kreises Zellkern gewesen waren –, und trotz des hohen Kragens, den er trug, dem Schnäuzchen und dem schwarzgeränderten Kneifer erkannten sie Gotthold Wettstein.

Ja, seit einigen Tagen sei er wieder zurück aus Berlin, erklärte er ihnen, als sie mit ihm, die Versammlung verlassend, die Marktgasse hinabschritten. Er war noch gewachsen; es war etwas Fremdes an ihm. Nicht nur war seine Sprache auf das Hochdeutsche hin gefärbt; er schritt auch anders dahin, ein wenig gebückt, und es fiel den Freunden auf, daß er ein starker Raucher geworden war.

Er habe, erklärte er, noch eine Verabredung im Café «Odeon», mit Otto Flake, dem deutschen Dichter – sie wüßten doch, wer das sei – einen Gruß zu bestellen und Nachricht zu geben von einem Stammkreis im Romanischen Café zu Berlin. Dort, in der Gesellschaft von Schriftstellern und Journalisten pflege er nämlich zu verkehren; es hätte sich so ergeben, seit er bei Ullstein tätig sei.

Ob er denn nicht mehr studiere, fragte Walter. Für den Augenblick wenigstens nicht. In seiner Eigenschaft als Schweizer habe es sich ergeben, daß er als Journalist sich betätigen könne an Stelle kriegspflichtiger Redaktoren. Welcher Art denn seine Schriftstellerei sei? Gotthold gab eine unklare Antwort: im Feuilleton, unter dem Strich. Und da sei er also nun sozusagen mit den Koryphäen der Literatur per du, forschte Walter hinterhältig. Das wolle er nicht gerade behaupten, immerhin gäbe es nicht wenige von ihnen, mit denen er zu tun hätte. Ja, dem Ragazschen Vortrag hätte er beigewohnt, bestätigte er auf eine neuerliche Frage Walters. Und worum es sich dabei gedreht habe, das sei sonnenklar. Das sei ja eindeutig antideutsche Propaganda, der Mann sei von den Alliierten gekauft. Wenn eine gerechte Sache es in diesem Kriege gebe, so sei es die deutsche. Und wenn Gott auf der Seite des Rechtes stehe, so müsse Deutschland diesen Krieg gewinnen und es werde ihn auch gewinnen.

Sie wanderten dem Geländer entlang, den Quai aufwärts. Viele Scheiben an den Häusern und viele Wellen auf dem Fluß blinkten im Mondlicht. Hinter Gottholds Rücken warfen sich die Freunde einen Blick zu. Über diesen Vortrag werde man sich im Deutschen Reiche seine Gedanken machen, hinsichtlich der Frage besonders, ob er mit der schweizerischen Neutralität in Einklang zu bringen sei.

Bei der Wasserkirche auf dem kleinen Plätzchen, wo die Föhre sich über das Wasser hinabbeugt, kam der Streit zum Ausbruch.

«Uli, Uli – Ullstein, ich kenne dich nicht mehr», hatte Walter in einer Mischung von Ernst und Spott gesagt, und dann stand Gotthold unvermittelt still, bleich, mit bebenden Nüstern. «Geht euch denn jedes Gefühl für Größe und Ehrfurcht ab?», schrie er so laut, daß jenseits der Straße einige Schatten auf ihrer Wanderung innehielten. «Da kämpft ein Volk opfermutig und todbereit den größten Kampf der Weltgeschichte, und ihr Banausen und Spießbürger steht dabei und spöttelt!»

«Du mußt gar nicht so schreien», sagte Walter, «deine Deutschen haben ja diesen Krieg angefangen.»

«Aufgezwungen ist er ihnen worden ...»

Es bildete sich auch sogleich wieder ein Kreis von Leuten, als handle es sich um einen Brauch der Zeit, und es dauerte nicht lange, so wurden unter dem ehernen Standbild Zwinglis, der über ihre Köpfe hinweg nach Süden blickte, einmal mehr mit gehobener Stimme die alltäglichen und belanglosen Formeln ausgetauscht, von denen die Zeitgenossen Übersicht und Befreiung erwarteten. So äußerte sich Walter Abt, als sie sich, Gotthold in eifriger Uebereinstimmung mit einem bärtigen Herrn lassend, davonmachten.

Sie setzten sich auf eine der Holzbänke auf der Hungerinsel. Die entlaubten Kastanien auf dem Plätzchen legten ein wirres Gitter vor die beleuchteten Spiegelscheiben des Terrasse-Cafés, unter der Lichtkette ihrer Kandelaber setzte die Brücke mit fünf gelassenen Bogensprüngen über den malvenfarbenen Fluß; schieferblaß verlor sich jenseits der See in mondmilchener Ferne.

Was ihm, und in immer zunehmender Bedrängnis, zu schaffen gebe, sagte Walter nach einer Weile, das sei die Inkongruenz, das völlig mangelnde Verhältnis zwischen den Ereignissen und dem persönlichen Verhalten. Es sei fast nicht möglich, sich dem Sog der Banalität zu entziehen. Fortwährend ertappe er sich dabei, daß er Ausdrücke und Wendungen gebrauche, die man in jeder Zeitung lesen könne, gerade jetzt, in einer Zeit, wo es doch besonders und vor allem darauf ankomme, selbständig zu urteilen. «Au-dessus de la mêlée – Über dem Kampfgetümmel», mit diesem Titel habe Romain Rolland schon in den ersten Monaten nach dem Ausbruch des Krieges genau das getroffen, worauf es dem denkenden Menschen ankommen müsse: daß man sich nämlich von den großen Maschinerien und Organismen, die in Zeiten der Gefahr in Bewegung gesetzt werden müssen, nicht auch geistig erfassen lasse. «Der Staat, das Militär, das wirtschaftliche Leben – ihre Ansprüche sind richtig, notwendig, und es hat keinen Sinn, daß wir in unserem Lande uns ihnen widersetzen. Sie funktionieren so, wie wir es gewollt und geplant haben. Wir müssen ihnen geben, wessen sie bedürfen: einen Teil unserer Güter, unserer Zeit, unserer Freiheit. Aber ihnen alles bedingungslos zu geben, ist genau so gefährlich und sinnlos wie ihnen alles zu verweigern. Der Geist muß frei und unabhängig bleiben. Er muß darüber stehen. Der wahrhaft freie Mensch hat nicht eine unendliche Ebene vor sich, sondern nur einen schmalen Grat und links und rechts die Abgründe der Unfreiheit.»

Aaron saß da und hörte zu, vornübergeneigt, die Ellbogen auf den Knien, das Gesicht im Schatten des Hutes. Er spürte, wie sein Herz heftiger zu schlagen begann, widerwillig gleichsam wie damals, als der alte Rottweiler ihm die segnenden Hände auf das Haupt gelegt hatte, wie damals, als Jacqueline mit einem rätselhaften Wort auf den Lippen über die Brücke davongegangen war. Es ist etwas geschehen, dachte er, es ist etwas geschehen mit mir. Man liest, man hört von dergleichen. Einer wird angerührt. Angesprochen von einer Stimme. Es ist ein biblischer Vorgang. Oder wie auf einer verdunkelten

Bühne, wenn bei geöffnetem Vorhang die Szenerie gewechselt wird. Man hört ein Rauschen, Rollen, leise Schritte, Wispern, schattenhafte Versatzstücke, die vorbeiwandern, ahnt Kulissen, die auseinandergeschoben, Hintergründe, die emporgezogen werden – plötzliche Stille – und dann Licht, eine Fülle strahlenden Lichtes, und es ist eine weite Gegend, österlich, wie es im Textbuch heißt. Er sah sich selbst, wie er aus Paris zurückgekommen, in seiner modischen Kleidung, den Strohhut ein wenig schief auf dem Kopf, ein bißchen seinem Onkel Léon gleichend, in seiner guten Zeit, damals, als er ihm an der Seite Madeleines auf der Bahnhofbrücke begegnet war. Und jetzt saß er da in dieser milchigen Mondnacht, zurückgekehrt in diese Stadt, in engere, steinerne Verhältnisse, und auf einmal konnte man nicht mehr so dahinleben, plötzlich wurden Entscheidungen gefordert, als ob man gefragt würde, willst du dieser, willst du jener Mensch sein. Ein eherner Reformator stand da auf seinem Sockel, ein Schwert zwischen sich und der Welt, und blickte nach Süden zum Alpenkranz, von woher die Ströme kamen. Man konnte es sich leicht machen, sich der Verantwortung entschlagen, niemand würde sich darum scheren, man ließe ihn gewähren. Es wäre ein Untertauchen ins Namenlose. Das Leben ist Selbstzweck, basta. Wären sie maßgebend, die zwei, drei, die einen mit nachdenklichem Blicke ziehen ließen, Jacqueline etwa, der Freund?

«Höchstes Glück der Erdenkinder ist doch die Persönlichkeit», zitierte Walter neben ihm.

«Und das ist von jenem Goethe, von dem du sagst, sein Großvater sei ein Damenschneider und er selbst ein Fürstendiener gewesen», fügte Aaron hinzu.

«Trotzdem ist es ein maßgebendes Wort.»

Ich lebe offenbar einen jener Augenblicke, wo sich alles zusammenfügt, dachte Aaron. Wessen es bedürfe, das seien Einzelne, hatte Jacqueline gesagt. Nannte sie nicht Spitteler, Romain Rolland? Sicher gehörte auch Ragaz dazu.

Vom Limmatquai herüber erklang der Ruf eines hurtig dahineilenden Zeitungsverkäufers. «Extrablatt – Extrablatt – Heeresbericht!» Es war so suggestiv, daß Aaron unwillkürlich in seiner Westentasche nach einem Zehner zu suchen begann. «Laß doch», winkte Walter ab. Sie standen dann noch eine Weile unter den Bögen vor der Rascherschen Buchhandlung. Im Schaukasten waren die beiden Bücher ausgestellt, die sich des größten

Erfolges erfreuten, «Menschen im Krieg» des Ungarn Andreas Laszlo und «Das Feuer» von Henri Barbusse, einem Franzosen.

VIII. Kapitel

«Ich bin ein simpler Arbeitersekretär, Genosse Nobs, kein Schreiber, kein Redaktor», rief Angst in den Telephonhörer hinein, «ich habe keine Zeit für solche Ergüsse – es ist genug andere Arbeit zu verrichten. Suche einen anderen, ich kann es nicht übernehmen.»

Dann saß er hemdärmlig da, die Muschel an das Ohr gedrückt, und lauschte mit runden, ausdruckslosen Augen auf die bedächtigen berndeutschen Sätze, die an sein Trommelfell klöpfelten. Einige Male wollte er unterbrechen, etwas einwenden, aber gelassen reihten sich die Argumente des anderen aneinander. Es sei niemand da, im Militärdienst zwei Mitarbeiter, Platten ungeeignet, ihm, Angst, liege das. Viel brauche es nicht zu sein, zwei drei Schreibmaschinenseiten, ein knappes Resumé, einfach so ein Überblick. «Die zürcherische Sozialdemokratie im Jahre 1916» oder so etwas. Alles Material finde er ja auf seinem Sekretariat. Er, Nobs, habe bimeid keine Zeit, und irgend so einem Jungen das anvertrauen, das könne er nicht, das koste nachher noch mehr Aufwand, als wenn er es gerade selber unternehme. Das schüttle Angst ja nur so aus dem Ärmel, er wisse alles auswendig. Also, er solle jetzt doch nicht bocken und ihm die Gefälligkeit tun.

Bis wann das sein müsse, fragte Angst. «Ja, sagen wir bis morgen mittag.» «Du bist ja gut», machte Angst. «Also, abgemacht, Dank heigisch», tönte es noch, dann ließ der Arbeitersekretär den Hörer auf die Gabel fallen, hieb zweimal mit der Faust ganz sachte auf die Tischplatte, griff in die Schublade neben seinem linken Knie und legte einen großen gräulichen Bogen Aktenpapier vor sich hin.

Dieses sind die Notizen, die nach etwa einer Stunde des Stumpenrauchens darauf zu lesen waren:

Wahlen vom 25. März 1916 in den Großen Stadtrat:

Freisinnige 38 (letzte Amtsperiode 38), Demokraten 15 (17), Bürgerverband 4 (9), Christlichsoziale 8 (8), Sozialdemokraten 60 (53), total 125. Die Sozialdemokraten gewinnen 7 Sitze auf Kosten der Bürgerlichen.

Stimmenverhältnis gegenüber 1913:

Bürgerverband und Bürgerpartei 1913	*91 000*	*1916*	*64 000*
Christlichsoziale	*41 000*		*49 000*
Demokraten	*71 000*		*76 000*
Freisinnige	*98 000*		*116 000*
Sozialdemokraten	*208 000*		*258 000*

Nach den Mandaten und nach den Stimmen stehen wir also knapp vor dem absoluten Mehr. In drei Jahren wird Zürich eine sozialistische Stadt sein!

Die zürcherische Staatsrechnung (36 Mill. Einnahmen, 39 Mill. Ausgaben) schließt mit einem Defizit von 3 Millionen.

Einiges über die Erste eidgenössische Kriegssteuer.

Interpellation Genosse Sigg, wegen der von der russischen Regierung gewünschten Liste armer, unterstützungsbedürftiger Russen, die in der Schweiz leben. Ablehnung des angeblich humanitären Begehrens durchgesetzt.

Wir setzen die Maßnahmen gegen die Preistreiber und Lebensmittelwucherer durch. Kontingentierung des Schweinefleisches.

Hinweis auf den bezeichnenden Aufruf des Regierungsrates, betreffend die Kriegssteuer-Einschätzung. Der Satz «Niemand, der sich für die Kriegssteuer höher einschätzt als bisher für die Staats- und Gemeindesteuer, soll wegen der sich aus dieser Einschätzung ergebenden ungenügenden bisherigen Versteuerung Nach- oder Strafsteuern irgendwelcher Art zu gewärtigen haben.» Ha, ha. (Warum gibt es kein Satzzeichen, das Lachen bedeutet?)

Parteibeschluß: Wirtschaftsschluß um 12 Uhr, auch an Samstagen. Wahl von Genosse Nobs zum Parteipräsidenten.

Gärtner-Lohnerhöhung 10% bis 15%, durch Streik erzwungen.

Interpellation durch Sigg, betr. Sicherstellung der Lebensmittelversorgung.

Am 1. August gehen die zürcherischen Stadt- und Kantonspolizisten mit blanker Waffe gegen den Umzug der sozialdemokratischen Jugendorganisationen vor, 30 Verhaftungen. Protestversammlung im Sihlhölzli. Redner: Platten und Grimm. Interpellation im Stadt und Kantonsrat usw. Polizeivorstand verschanzt sich hinter das längst überfällige Verbot öffentlicher Umzüge und Straßendemonstrationen. Die sozialdemokratischen Bemühungen um Aufhebung dieses Verbotes scheitern.

24. August: Eingabe der Arbeiterunion, betreffend die Teuerung. Augenfällige Verschlechterung der drückenden Lage der Arbeiterschaft. Unsere Forderung: Festsetzung von Höchstpreisen, Bestandesaufnahmen der Lebensmittelstapel in den Haushaltungen, Recht auf Enteignung. Unsere Massenkundgebung gegen die Teuerung und den Wucher auf dem Stauffacherplatz, am 25. August: Ansprache von Genosse Nationalrat Grimm. (Von dem sich anschließenden «Spaziergang» der Teilnehmer an die Bahnhofstraße nichts erwähnen, da nicht offiziell angeordnet, sondern durch die Jungburschen unter Plattens Führung auf eigene Faust durchgeführt. Diese Tumultszenen und die Beschimpfung von Offizieren schaden der Sache der Sozialdemokratie.)

2. Sept. Interpellation im Großen Stadtrat durch Genosse Dr. Balsiger und Genosse Greulich bezüglich der Vorgänge am 1. August. Der Antrag auf Gutheißung des stadträtl. Berichtes wird angenommen. (Die Grütlianer stimmen gegen die Sozialdemokraten. Soll ich das erwähnen, ist es opportun? Am 10. Sept. ist der Grütliverein von Zürich I aus der Sozialdemokratischen Partei ausgetreten.)

Ende November: Genosse Nobs interpelliert im Großen Stadtrat über die Wohnungsnot.

Angst war so in seine Arbeit vertieft, daß er sich mit einem zürcherischen «Hä?» nach rückwärts wandte, als der Besucher bereits im Zimmer stand.

«Du mußt mich entschuldigen, Emil», sagte Neidhart und suchte einen Platz für seinen triefenden Schirm, «im Vorzimmer war niemand.»

«Ich bin allein, Gusti, alle meine Leute sind im Aktivdienst, und die Lehrtochter ist in der Schule. Überhaupt ist es ja schon halb sieben», stellte Angst mit einem Blick auf die Wanduhr fest. Er nahm Neidhart den Schirm aus der Hand und trug ihn hinaus. Als er zurückkam, saß der große Mann schon auf dem Stuhl neben dem Pult im Schein der Tischlampe, und sein Gesicht bot einen erschreckenden Anblick. Anläßlich des großen Harmonie-Balles in der Tonhalle vor fünf Jahren hatte sich der damalige Stadtrat den Schnurrbart wegrasieren lassen, denn er erschien an dieser Veranstaltung als der römische Kaiser Vespasian, in mächtiger Toga und den goldenen Lorbeerkranz auf der Glatze, neronischen Profils. Es war die Wahl dieser Maske von den übrigen Teilnehmern des Festes schmunzelnd verstanden worden. Hatte doch dieser Imperator dem Vernehmen nach in Rom jene nachmals unter dem Namen «Vespasienne» bekannt gewordenen Bedürfnisanstalten eingeführt, als Fiskalmaßnahme sozusagen, als eine Einnahmequelle des Staates, Geld, über das er den unvergänglichen Ausdruck des «non olet» prägte. Und der ehemalige Bauvorstand Neidhart, der damals in des Tyrannen Verkleidung durch die Räume der Tonhalle wandelte, schrieb sich nicht zu Unrecht das Verdienst zu, der Hygiene-Einrichtung der Firma Meng & Voubrasse, «Ohne Wasserspülung geruchlos», ebenfalls zum siegreichen Durchbruch im Limmat-Athen verholfen zu haben.

Von diesem übermütigen und kraftvollen Auftreten des freisinnigen Magistraten in jener glückhaften Zeit war nur noch die kahle Oberlippe übrig geblieben, denn Neidhart hatte seinen Schnurrbart nicht mehr nachwachsen lassen nach dem erfolgreichen Feste. Sein Antlitz hatte die Völle und Frische verloren; über die Kanten der Kieferknochen hingen die nicht mehr gefüllten Wampen der Wangen hinab, von zwei tiefen, runden Furchen rings um die Mundwinkel durchschnitten. Die ehemals strahlend blauen Augen waren trübe, und ihnen vorgelagert wie Moränen vor einem sich zurückziehenden Gletscher dehnte sich die Verwüstung der dunklen Säcke. Vor zwei Jahren hatte Neidhart alle seine Ämter niedergelegt.

Nein, es gehe ihm nicht besonders gut, machte der Besucher. Mit Hämorrhoiden hätte es begonnen, aber es seien Magenblutungen gewesen, und dann sei die ganze Regimentsmusik gekommen, zweimal schon eine Resektion, einen Billroth, wie sie es nach dem ehemaligen zürcherischen Chirurgen nannten, und jetzt düsele er halt so dahin, mit all den Einschränkungen von Tabak, Wein, Essen, die ein solcher Eingriff im Gefolge habe. Und dennoch, man sei zufrieden und dankbar für jeden Tag, der einem noch geschenkt würde. So wichtig sei das ja schließlich auch nicht, wenn man sehe, was da ringsum vorgehe, im Ausland – und auch bei uns, fügte er noch hinzu.

«Was macht dein Fils?» fragte Neidhart schließlich.

«Füsel», antwortete Angst lakonisch, «oder besser Telegraphen-Pionier.»

«Du, Emil», forschte der kranke Mann aus vergrämter Besorgnis heraus, «du bist doch für die Landesverteidigung? Das kann doch nicht sein, daß du, der Emil Angst aus Unterstraß, tatenlos zuschauen würdest, wenn sie kämen?»

Es war in Wirklichkeit eine furchtbare Frage, die dem übermüdeten Arbeitersekretär am Ende dieses naßkalten Tages in dem ungenügend geheizten und von kalten Stumpenstummeln riechenden Raume von dem todkranken politischen Gegner und Schulkameraden gestellt wurde. Eine richtige Falle.

«Es ist nicht alles so einfach, wie ihr meint», antwortete er.

«Doch, ganz einfach ist es, ja oder nein. Mehr braucht es nicht!»

«Ich will dir jetzt etwas sagen, August. Probier jetzt einmal die ganze Sache anzusehen mit den Augen eines armen Teufels, eines Handlangers zum Beispiel, eines Mannes mit vier Kindern und einem Stundenlohn von fünzig Rappen, ohne feste Anstellung, ohne Möglichkeiten, eine bessere Arbeit zu bekommen, denn er hat keine Berufsausbildung, ohne Versicherung gegen Krankheit, Unfall, ohne einen einzigen Rappen Vermögen – ach, das brauche ich dir ja alles nicht zu erklären. Wo ist das Vaterland eines solchen Mannes, das er verteidigen soll gegen einen Franken oder zwei Sold im Tag? Es kann doch so einem Mann passieren was will, eine Besetzung, ein Krieg – er hat nichts zu verlieren dabei als sein Leben.»

«Er gehört doch auf alle Fälle zu einem freien Volk –»

«Gehört er zum Volk?», rief Angst nun. «Was tut ihr denn, um dieses Zusammengehörigkeitsgefühl zu zeigen? Freiwillig nichts. Jeder Rappen, jede Verbesserung seiner materiellen Lage müssen wir euch abluchsen, abkämpfen. Da, schau, seit Jahren, seit über einem Jahrzehnt mache ich gar nichts anderes, als mit Drohung, List, Organisation um ein kleines Vörteli zu feilschen. Wenn's ihnen nicht paßt, so können sie ja gehen! Das ist der Refrain dieser Volksgenossen, August. Die Italiener sind froh um die Arbeit!»

«Ihr schaut also den Krieg als eure Chance an?» fragte Neidhart.

«Wir haben sie weiß Gott nicht gesucht, diese Chance. Aber jetzt nützen wir sie aus. Jetzt habt ihr die armen Teufel nötig. Ohne sie könnt ihr sie nicht machen, eure Landesverteidigung. Das ist keine Arbeit, wo man Italiener einstellen kann. Dazu braucht es Einheimische, und viele, alle!»

«Du kannst doch nicht, wo es um den Militärdienst geht, die gleichen Prinzipien anwenden wie bei einer Anstellung in einer Fabrik», keuchte der kranke Mann.

«Warum nicht, auf einmal? Mit was für einem Recht verlangt ihr plötzlich idealistische Opfer von den Leuten, die ihr vorher als eure sozialen Feinde angesehen habt?»

«Das ist Dialektik, marxistische Dialektik. Was ich wissen will von dir, Emil Angst, ist, ob du für oder gegen die Vaterlandsverteidigung bist!»

Angst blickte seinem Besucher ins Gesicht, und dann antwortete er pomadig:

«Ich bin dafür, August, ich bin dafür, daß unsere jungen Leute mit der Waffe in der Hand monatelang draußen an der Grenze stehen und viel, viel Zeit haben nachzudenken über den Lauf der Welt und miteinander zu reden, die Studenten mit den Arbeitern und die Arbeiter mit den Bauern und den Handwerkern und den Herren, denn, woher sie auch gekommen sein mögen – sie werden als Sozialisten zurückkehren.»

Ein paar Herzschläge lang saßen sie sich schweigend gegenüber. «Wie es mit dem Lande sein wird, das kann ich nicht sagen», fügte Angst bei. «Aber daß wir bei den nächsten Wahlen ein neues, ein rotes Zürich haben werden, und daß wir versuchen werden, aus dieser schönen Stadt einen Ort des sozialen Fortschritts und der sozialen Gerechtigkeit zu machen – das darfst du mir glauben, August!»

«Daß ihr es mit dem Stimmzettel in der Hand durchsetzt – und nicht mit Jungburschen und Straßenkrawallen – gell, Emil, dafür sorgst du doch, du und deinesgleichen – gegen diese Radek, Münzenberg, Platten und wie sie alle heißen, diese – diese heimatlosen Gesellen!»

Angst übersah geflissentlich das Gletscherbächlein, das über die zerrunsten Moränenhänge in dem ehemals so imposanten Antlitz des Kaisers Vespasian herabrieselte. «Auch dafür sind wir da», machte er, «die verrufenen Arbeitersekretäre und Bürgerschrecken.»

Er geleitete den Besucher hinaus und reichte ihm den Schirm. Er schaute Neidhart nach, wie er die Stufen des schwach erleuchteten Treppenhauses hinabstieg, langsam, die Hand immer auf dem Geländer. Unten, schon fast im Dunkel, schritt er über das Mosaik des Vorplatzes, dann fuhr die Türe mit einem leisen pneumatischen Seufzer in das Schloß zurück, und für ihn, den ehemaligen Magistraten, war es unwiderruflich, denn wenige Wochen später trat auch er aus der Zeit heraus.

I. Kapitel

Im Strahl des Scheinwerfers verdichtete sich der Rauch zu einem richtigen, massiv anzusehenden Balken, der längs durch das verdunkelte Lokal hinlief und an dessen Ende, auf dem Podium, nichts zu sehen war als das schneeweiße Gesicht der kleinen Diseuse. Ihre Lippen waren feurig rot bemalt, die großen Augen von dunklen Kreiden umrandet, ihre Stirne bedeckten die glatten Fransen schwarzen Haares; schmächtig stand sie in ihrem topazgrünen Pullover neben dem ebenholzfarbigen Klavier. Ein großer, ernsthaft aussehender Mann saß vor dem Instrument, auffallend lang war sein schmales Gesicht; auch er trug das Haar in der Stirne. Mit seinen großen Händen präludierte er eine Weile in den Tasten, bis das Gemurmel und Klirren in den opalenen Nebeln des Zuschauerraumes verstummte, dann warfen die beiden sich einen Blick zu, und unvermutet ging die Melodie in den Rhythmus des bekannten Trinklieds über:

So leben wir, so leben wir,
So leben wir alle Tage.

Deutlich konnte man auch bereits das Wiegen einiger von Reminiszenzen angerührter Gäste wahrnehmen. Aber dann öffnete die kleine Frau ohne eine weitere Bewegung den Mund und sang unbewegten Gesichts, mit munterer, leicht scherbelnder Stimme:

So sterben wir, so sterben wir,
So sterben wir alle Tage.
Weil es so gemütlich sich sterben läßt.
Morgens noch in Schlaf und Traum,
Mittags schon dahin,
Abends schon zu unterst im Grabe drin.

Mäuschenstill war es im Lokal geworden; das rhythmische Wiegen hatte aufgehört. Hart, als wäre es ein Marsch, hackten die großen Hände des Begleiters auf die Zähne des Pianos, und die Sängerin gab die zweite, die dritte Strophe zum besten:

So morden wir, so morden wir,
So morden wir alle Tage
Unsere Kameraden im Totentanz …

Und dann ging es ohne Übergang und Pause immer weiter:

Wir murren nicht, wir knurren nicht,
Wir schweigen alle Tage …
Wir danken dir, wir danken dir,
Herr Kaiser für die Gnade,
Daß du uns zum Sterben erkoren hast.

Und das Lied endete gedämpft, als ein höhnischer Wiegengesang:

Schlafe nur, schlaf sanft und still
Bis dich auferweckt
Unser armer Leib, den der Rasen deckt.

Bewegungslos, geschlossenen Auges stand Emmy Hennings am Ende des Lichtbalkens und wartete in die Stille hinein. Es herrschte offenbar Unsicherheit im Publikum, ob Beifallsklatschen angebracht sei. Der Wirt hinter dem Büfett machte dem Zögern ein Ende; er drehte entschlossen das Licht an, und sogleich, während die Kellnerinnen schon ausschwärmten, wurde auch geklatscht, und die beiden auf dem Podium durften sich mit ernsthaften Verbeugungen bedanken. Das grüne Vorhänglein der Bühne wurde zugezogen, und jemand rief: «Pause.»

Es saßen da im rötlichen Dunste der Lampen die üblichen Niederdorfgäste, Männer mit aus der Stirne geschobenen Hüten und das große Helle in Reichweite, aber nicht mehr so unangefochten wie üblich an ihrem Platz, denn gesprenkelt gleichsam über das Lokal hin waren da auch Gruppen von Leuten aus anderen Schichten, Studenten, den erkalteten Café crème vor sich, und auch Besucher in abendlicher Kleidung, die aussahen, als wären sie am Ende eines besseren Essens hinabgestiegen ins niedere Volk, trotz der gehobenen Sprache, die sie führten. Da gab es an den Wänden ganze Tische, geschlossene Tafelrunden gleichsam, mit Eiskübeln und fremdem Gebaren, rauchende Frauenzimmer und originelle Köpfe, und sie führten über die Häupter der beeindruckten Einheimischen hinweg laute Gespräche in hermetischen Jargonen.

Das kleine Treppchen herab, das seitlich am Podium angebracht war, kam die kleine Frau in ihrem grünen Pullover, und in ihrer Hand hielt sie einen Fächer von Postkarten, auf denen die Strophen des Liedes von Hugo Ball, das sie soeben vorgetragen hatte, aufgedruckt waren. Still, ein wenig müde, mit Schweißtröpfchen in der Schminke, ging sie von Tisch zu Tisch und verband auf ihrem Gang die Leute mit einem unsichtbaren Faden.

Herr Hollberger, der in Begleitung zweier ratzekahl geschorener Herren an einem Tischchen saß, winkte ab, er wolle keine Karte, aber er drückte ihr trotzdem ein Geldstück in die Hand. Auch die intellektuelle Tafelrunde, in der ein ein Monokel tragender Herr im Reitdreß eine tonangebende Rolle zu spielen schien, war eher zu geistreichen und ironischen Repliken denn zu Barauslagen aufgelegt. Die Einheimischen hingegen, die Handwerker aus der benachbarten Trittligasse und der Kirchgasse, der Tanzlehrer Häusermann, der Buchbindermeister Goetschel und der Coiffeurmeister Hippermann, wußten, was sich in den Wirtschaften des Niederdorfs gehörte. Ein jeder von ihnen erwarb von dem Fräulein eine der gereimten Pasquillen wider den Krieg und versorgte sie sorgfältig in der Brieftasche, die er über der Herzgegend trug. Auch Aaron und Walter Abt lächelten der kleinen tapferen Frau freundlich und beifällig zu und kauften ihr mehrere der Karten ab. Gotthold aber, der bei ihnen saß, hob mit einer lässigen, aus der fernen und fremden Stadt Berlin stammenden Bewegung diskret abweisend die Hand. Hingegen konnte er, der in den geistigen Bewegungen des deutschen Sprachbereiches durchaus Bewanderte, die fremdartigen großstädtischen Originale im Lokal mit Namen benennen. Die ganze extreme Limite der deutschen Literatur sei offenbar vom Kurfürstendamm und aus dem Romanischen Café in die Meierei an die Spiegelgasse hinübergesiedelt; freiwillige Exilanten, Frondeure und Pazifisten, Verzweifelte und Aufschreiende seien das, die unter weltmännischer und snobistischer Haltung das tiefe Menschenleid verbärgen, von dem sie zerfressen würden. Allerdings, die, die hier unter den Zuschauern zu finden seien, ständen in einem unüberbrückbaren Gegensatz zu jenen, die jetzt hinter dem wehenden Vorhänglein den zweiten und entscheidenden Teil des Programmes vorbereiteten. Man nenne die hier an jenem Tisch die Moraliker unter der den Krieg ablehnenden Richtung der modernen deutschen Literatur; Leonhard Frank, der Elsäßer René Schickele, Ehrenstein, der Maler Oppenheimer – «Mopp» genannt, jener im Reitkleid –, Ludwig Rubiner, Otto Flake, die Werefkin gehörten zu ihnen. Die Darbietungen der anderen, der sogenannten Ästhetiker, würden sie nun sogleich sehen, erklärte der mit den Gebräuchen der Örtlichkeit offenbar längst Vertraute den Freunden.

Und in der Tat, noch bei voller Beleuchtung begann auf der Bühne ein Grunzen und Brüllen, ein Pfeifen und Plappern, untermischt mit den rasenden Schlägen eines Hammers, der auf ein hohles Faß hinunterfiel. Der Vorhang flog zur Seite, das Licht verlöschte, grüne Scheinwerferstränge fielen auf die kleine Bühne, auf der sich vor einem kubistisch bemalten Hintergrunde vier vermummte Gestalten auf hohen Kothurnen, halbmeterlange Masken vor den Gesichtern, mit rhythmisch täppischen Gesten im Kreise herum bewegten. Die Larven waren unheimlich anzusehen, von leichenhafter Blässe, mit kreisrunden Löchern an Stelle der Augen, lippenlosen Mündern, Schlangen als Löcklein über den turmhohen und polierten Stirnen gekräuselt und die Wangen mit dem Zeichen des Roten Kreuzes so beschmiert, daß die Farbe wie Blut über die schubladenartigen, vorstehenden Kinnladen herabtroff. Jeder der vier gab einen Laut von sich, nur einen, aber immer mit stärkerem Stimmenaufwand wiederholt. Einer zischte wie eine Dampfmaschine ein nicht abreißendes Sssss, der zweite knurrte ein ununterbrochenes Prrrr, der dritte heulte ein markdurchdringendes Muuuh, und der letzte sang in hohem Falsett Ayaayayay. Immer ekstatischer wurde der tanzähnliche Vorgang; der eine von ihnen hob plötzlich den dunklen Mantel in die Höhe, und es wurden darunter zwei schwarzbestrumpfte Beine sichtbar, von Spitzenhöschen oben gesäumt und an die Can-Can-Tänzerinnen im Pariser Tabarin erinnernd. Ein anderer riß den Kittel vorn auseinander, und er trug ein holzgeschnitztes Kuckucksührchen auf der Brust, umgeben von einem wächsernen Frauenarm.

Zwischen Lachen und einem Gefühl des Erschauerns hin- und hergerissen, gerieten die Zuschauer in eine Art Wut, die sich in Zurufen, Stampfen und Klopfen kundgab. Vollends als die vier sich auf dem Podium nebeneinander in einer Reihe aufstellten und mit Fäusten und Füßen, ein ohrenbetäubendes Gebrüll ausstoßend, das Publikum auf eine unerhörte Weise zu treten und herauszufordern schienen, sprang neben den drei Freunden mit einem Mal ein kraushaariger Bursche fremdländischen Aussehens auf und krapselte zitternd und ungeschickt auf das Podium. Er trug ein schwarzes Fräcklein, und über den zierlichen Schühlein weiße Gamaschen und einen schwarzgeränderten Kneifer auf der Nase. Er hob angesichts des vierfachen bebenden Ungeheuers wie bittend die zierlichen Hände, und mit übertriebenen Verbeugungen verzogen sich die vier Masken ein wenig nach rückwärts und bildeten, hoch aufgerichtet und bewegungslos, wie sie verharrten, etwas wie die vier Säulen eines Tempelchens, in dem das zierliche Herrchen französische Verse sinnlosen Inhaltes zu rezitieren begann:

Ambripiotta et antipirine
Attaque imprévue dans un souterrain
Esope et la belle Isabelle
Triste pressentiments …

Und dann, als Responsorium, erklang aus den runden Löchern der Larven heraus

Adieu ma mère, adieu mon père.

Wie in einer Trance fuhr der Kleine fort:

Femme à la guitare
la joie enorme
se prélasse en suçant
la waterman pen.

Und wieder kam die Antwort:

Adieu ma mère, adieu mon père.

Das groteske Oratorium setzte sich so lange fort, bis schließlich die ganze Zuhörerschaft ebenfalls in den Refrain einfiel, so daß man bis weit in die braven Gassen hinaus hören konnte, wie in der Meierei eine hektische Gemeinschaft

Adieu ma mère, adieu mon père

skandierte.

Die Vorführung auf der Bühne endete damit, daß der kleine Mann eine Papierrolle, die er aus einer Brusttasche gezogen hatte, unter das Kinn hielt, wobei die beschwerte Kante abwärts rollte und eine weiße Fläche freigab, auf der groß und deutlich ein anstößiges Wort zu lesen war. Mit dem aufgedrehten Licht setzte der Beifall ein.

Es war den Freunden erstaunlich, wie Gotthold, der Gärtnersohn aus Wiedikon, bewandert in Namen und mit der Deutung der Veranstaltung sich zeigte. Der kleine Schwarze, das sei der rumänische Dichter Tristan Tzara gewesen, und unter der Maske, neben dem Deutschen Hugo Ball und seiner Frau, der Diseuse Hennings, hätten sich der Maler Janko und der Berliner Dichter Hülsenbeck verborgen, und das sei nun eben die Gruppe der Ästhetiker, die im Gegensatz zu den Moralikern stehe, die ihren Stammsitz im Café Odeon hätten. Im Grunde genommen seien sie alle Refraktäre und Deserteure, vaterlandslose Gesellen; Gefängnis und Tod erwarte sie jenseits des Rheins. Hm, meinte Aaron, ihm komme das Ganze künstlich und forciert vor, weniger einer Empfindung oder Gefühlen entsprechend als dem Trieb, um jeden Preis etwas Ausgefallenes zu produzieren. Aber das sei doch nichts anderes, als wenn im Kantonnement nach dem Lichterlöschen die Soldaten «das Kalb machten», einer ein Nachthemd überziehe, sein Gesicht mit Wichse beschmiere und mit dem Bajonett herumfuchtle. Verlegen und ratlos sei der eine Teil des Publikums vor diesem Getue, es lache wie vor etwas Unverständlichem, während der andere eine Art wilde Wut in sich spüre – wie er, Aaron – und am liebsten mit Bierseideln nach der Bühne schmisse. Gerade darum gehe es, meinte seinerseits Walter Abt, der Sinn dieser Darbietungen – den Akteuren vielleicht selbst nicht einmal ganz bewußt – sei die Herausforderung, die Provokation. Die amorphe Masse zu schütteln, zu erschrecken, zu ärgern – das sei der erste Schritt, aus ihr ein Instrument des Protestes zu formen – und sei dieser Protest auch zuerst nur gegen die Anmaßung des Gezeigten gerichtet. So sinnlos und dumm sei das nicht, wie es aussehe. In solchen Zeiten habe es immer Manifestationen ähnlicher Art gegeben – Krieg, Pest, Hungersnot hätten immer zu Mysterienspielen, Teufelfarcen, Veitstänzen und Prozessionen geführt – Veranstaltungen, die man rational nicht erfassen und begreifen könne, in denen aber das Verschüttete und Unheimliche, das in jedem Menschen schlummere, nach einem gemeinsamen Ausdruck suche. Außerdem sei es als eine Demonstration wider das entwertete Wort aufzufassen, die Sprache, die ihrer inneren Wahrheit so entleert worden sei, daß man mit ihr scheinbar alles Gegensätzliche so und so erklären könne. «Hier kommt die absurde und verdrängte Welt an die Oberfläche, die uns allen seit frühester Kindheit her vertraut ist und die wir verdrängen, weil wir uns ihrer schämen, da sie doch offenbar gar nicht in unseren Alltag hineinpaßt.»

Im Häusergewürfel der nächtlichen Altstadt verliefen sich nach der Vorstellung noch viele Leute unter ähnlichen Gesprächen. In den engen Gassen brachen sich die Worte am Gemäuer, verloren sich hinter den Kanten, zerbröselten. Es kreuzten sich auf dem dunkeln Grunde der Schächte die dunklen Gruppen als ein Zufälliges und Ungefügtes. Es war eine Art Herumtappen am Rande von Ereignissen, von denen man verspätete und ungereimte Nachrichten erhielt und die man mit dem der Tatkraft dieser Bevölkerung widerlichen Gefühl zur Kenntnis nahm, es sei einem der geringste Einfluß auf ihren Verlauf abhanden gekommen. Aaron war es, der diesen Gedanken ausspann, als er mit Walter die Spiegelgasse hinanstieg. «Wie frei, wie offen war die Welt noch vor kurzem, wie war dieses Zürich hineingestellt in ein Netz lebendiger Beziehungen von Geben und Nehmen! Und jetzt sind wir allein, ohne Austausch, nichts empfangen wir mehr, nichts geht mehr von uns aus! Davon haben wir doch gelebt!»

Auf dem Plätzchen am Brunnenturm brannte, der Gasrationierung wegen, nur noch eine Laterne, und ihre Flamme zuckte unter den Windstößen, die sich im Geviert verfingen. Klirrend trockene Eiszapfen hingen an der eisernen Röhre des Brunnens. Aber seiner alten Gewohnheit gemäß konnte es sich Walter Abt nicht versagen, von dem Wasser zu trinken.

Dann standen die Freunde, trotz der Kälte, die vom ausgestirnten Himmel hereinfiel, noch hellwach und keines Schlafes bedürftig, am plätschernden Trog, in eines ihrer nicht endenwollenden Gespräche vertieft. Sie achteten des stummen Ehepaares nicht, das langsam auf dem schmalen Trottoir seiner provisorischen Behausung jenseits der Paßhöhe der Spiegelgasse zuschritt. Sie waren auf dem Stadthaus unter dem Geschlechtsnamen Ulianow angemeldet, aber es würde nur noch zwei Monate dauern, und der wahre Name des Mannes, dessen Gesicht der Schatten der Pelzmütze verhüllte, würde über den Kontinent hinwegbrausen.

«Adieu ma mère, adieu mon père», gröhlte es aus dem Niederdorf herauf.

II. Kapitel

Gustav Wilhelm Meng trug keine Nelke mehr im Knopfloch; auch den Stock hielt er nicht mehr wie einen Degen geschultert, wenn er durch die Straßen ging, sondern er bediente sich seiner nun nach der Art jener älteren Generäle, wenn sie waffenlos, im schlichten Feldmantel, in gehörigem Abstand von einer respektvollen Suite begleitet, unbewegten Gesichtes über die Schlachtfelder schritten, wie man es in den illustrierten Zeitungen sehen konnte. Er stapfte mit diesem Stock auf eine gewisse aufrechte Art dahin, entschlossen, ernst und wortkarg, ein tiefes, gehetztes Glühen in den blauen Augen, Feinde ringsum, gepanzert und furchtlos. Die Perle in seiner Krawatte hatte er abgelegt, die goldenen Manschettenknöpfe mit solchen aus Horn vertauscht, und statt des komfortablen blauen Überziehers bevorzugte er einen Mantel aus moosgrünem Lodenstoff von leicht militärischem Zuschnitt. Vorbei war die Zeit der zarten Chevreauschuhe; derbe doppelsohlige Schnürstiefel trugen ihn nun voran.

Trotz den großen Vorräten, die Hermine in den Kellern und auf dem Estrich der Villa an der Seefeldstraße aufgestapelt hatte, war er zu einer spartanischen Lebensweise zurückgekehrt. Mit äußerster Sparsamkeit gönnte er sich nur noch hie und da eine Zigarre, trank er den Kaffee ohne Zucker – und hatte er es sich zur Pflicht gemacht, solange der Krieg dauerte, kein neues Kleid sich anfertigen zu lassen, sondern die alten auszutragen und müßte er sie selbst wenden lassen, daß die äußere Brusttasche auf die rechte Seite zu liegen käme. Den englischen Rasen in seinem Garten hatte er umstechen und die Fläche mit Kartoffeln bepflanzen lassen. Er wollte es nicht besser haben als seine Landsleute draußen im Reich, die unter Entbehrungen und Gefahren heldenhaft und treu einen Kampf auf Leben und Tod bestanden.

Am Morgen des Februartages, von dem hier die Rede ist, als Meng vor seinem frugalen Frühstückstisch saß, blieb Frieda, die Köchin, das Servierbrett wie ein Schild über der Hüfte, wider die Gewohnheit am Tische stehen. Meng, der soeben das Kreuzband der «Frankfurter Zeitung» hatte springen lassen, blickte auf und empfing mitten ins Gesicht die entscheidende Frage: «Sagen Sie, Herr Konsul, glauben Sie, Deutschland kann diesen Krieg noch gewinnen?»

Aber nicht sie war es, aus der der Hauch der Zeit wehte, sondern aus dem Vorgang kam er her, daß Frieda auf diese Weise das Wort an ihren Brotherrn richtete. Nie hatte er sie anders gesehen denn als dienstbeflissenes Schwabenmädchen aus Füßen, aufgewachsen in den Hierarchien der wilhelminischen Ära, das jeden Morgen vor ihm niederkniete, den Staub von seinen Schuhen zu wischen. Nun aber hatte sie die Vierzig überschritten, und die zwei Jahrzehnte zürcherischer Luft waren auch an ihr nicht spurlos vorübergegangen. Sie stand da, von jener unbotmäßigen Würde gegürtet, die die demokratischen Sitten des Landes zeitigten, und stellte des Reiches Schicksalsfrage.

«Unsere Pflicht zu tun, das wird von uns gefordert, und nicht, müßige Fragen zu stellen», antwortete der Herr mit dem Blick in die Zeitung hinein. Roten Kopfes machte sich Frieda davon und gedachte der beiden Ringe, die sie letztes Jahr auf dem deutschen Generalkonsulat abgeliefert hatte. Sie trug nun dafür am kleinen Finger ihrer linken Hand einen Reif aus Aluminium, auf dem zu lesen war: «Gold gab ich für Eisen.»

Wie viele Kunden des Bankinstitutes benützte auch Meng an diesem Vormittag nicht das große schmiedeeiserne Portal mitten in der reichverzierten Fassade, die den Paradeplatz beherrschte, sondern den kleinen, unbeachteten Eingang an der Bahnhofstraße, neben der Wechselstube, um in das Gebäude zu gelangen. Doch als er eine halbe Stunde später, eine schwarze Ledermappe unter dem Arm, die Kreditanstalt wieder verließ, schritt er ernst-heiteren Gesichtes an dem uniformierten Portier vorbei, der ihm den Flügel des Tores öffnete. Seine Wangen waren gerötet, im Blau seiner Augen lag ein tiefer Friede, geruhsam, wie von einer Tat geadelt, wanderte er im kalten Morgen den Bleicherweg auswärts. Gewohnheitsmäßig las er bei der alten Wirtschaft zum Schanzengraben den an die Mauer gemalten Spruch:

«Ein jeder baut nach seinem Sinn,
doch keiner kommt und zahlt für ihn.»

Es schien ihm heute nur eine ihm, Meng, erkennbare Bedeutung innezuwohnen. Mit zusammengepreßten Lippen blickte er dann an dem gegenüberliegenden Hause empor, das eine Tafel als den Sitz der Redaktion von «Wissen und Leben» kennzeichnete. In dieser Zeitschrift hetzten angebliche Deutsche, wie dieser Herrmann Fernau, gegen ihr eigenes Vaterland, maßten sich an, als Vertreter des deutschen Gewissens Schuldbekenntnisse abzulegen und Versprechungen der Wiedergutmachung, forderten eine Reform der deutschen Verfassung, wenn nicht gar die Abdankung des Kaisers. Da stehe der deutsche Recke da, behelmt und geschient, ein Nibelung mitten im Kampf, von den Feinden umgeben, hatte Otto Erich Wude ausgerufen, und ausgerechnet in dieser Not kämen die angeblichen Freunde und forderten von ihm, er solle sein Hemd wechseln! Mit fester Hand, als sei es Notung, das Schwert, umklammerte Meng seine Mappe, und die Wallung ging vorüber. Gefaßten Schrittes, im Rhythmus eines Mannes, der mehr als seine Pflicht zu tun im Begriffe war, als eines Deutschen in Tat und Wahrheit, an dessen Herz der Ruf um das Opfer nicht ungehört ergangen war, schritt er seiner Arbeitsstätte zu.

Hector Voubrasse, der dabei war, für einen Kunden am Zürichberg eine Heißluftheizung zu entwerfen, um die wegen des Kohlenmangels nutzlos gewordene Zentralheizung zu ersetzen, spürte an der Weise, wie Meng in das Büro trat und die Mappe auf das Pult legte, daß etwas Besonderes sich ereignet haben mußte. Seines Teilhabers Wangen waren himbeerfarben gerötet, und die Art, wie er den grünen Lodenmantel aufhängte, hatte etwas Feierliches.

«Mein Lieber», sagte Meng, «es ist ein bedeutungsvoller Tag für Sie heute. Sie können, sagen wir einmal bis auf hunderttausend Franken, meine Kommandite übernehmen. Ich ziehe mich zurück. Sie werden damit praktisch der alleinige Inhaber der Firma.»

Hector Voubrasse trug seit einiger Zeit eine große randlose Brille, über der sich die Brauen heller zu buschen begannen. Auch der eigensinnige Haarwirbel auf der linken Vorderseite seines Schädels glich mehr und mehr einer trockenen Silberdistel. Jedes Jahr, weniger aus eigenem Antrieb, als von Andrée beharrlich geschoben, hatte er seinem Teilhaber eine gleichmäßigere Verteilung am Besitze des Unternehmens nahegelegt. Aber Meng sah in ihm immer noch den tüchtigen und unentbehrlichen Untergebenen, den es an das Geschäft zu fesseln galt, den Kapitän, nicht aber den Reeder des Schiffes. Längst hatte Voubrasse die Kapitalien bereit, einen größeren Anteil an der Kommandite der Firma zu übernehmen; er war aber immer auf einen unüberwindlichen Widerstand aus Watte gestoßen. Mißtrauen lag nicht in seinem Wesen, aber der Ankündigung Mengs wohnte etwas wie das Beben einer unterirdischen Katastrophe inne.

Meng hatte sein zerschlissenes Bürokittelchen angezogen, das in einem herausfordernden Widerspruch zu seiner üblichen soignierten Bekleidung stand, und saß nun Voubrasse gegenüber. Er sprach gemessen, ohne Schärfe, aber mit neuen Schwingungen in der Stimme.

«Ja, mein Lieber, den Stadtplan da drüben an der Wand können wir weghängen. Ich habe alle die Grundstücke in Wiedikon abgestoßen, aus dem Konsortium Fluntern habe ich mich zurückgezogen; vorige Woche habe ich mit dem alten Rottweiler abgerechnet. Es bleiben mir noch das Haus im Seefeld und eine Liegenschaft an der Klosbachstraße.

«Aber», fragte Voubrasse, «wie haben Sie denn das Geld aus diesen Verkäufen angelegt?»

«In baren Schweizer Franken, auf dem Konto bei der Kreditanstalt, und dazu wird nun noch jener Teil meiner Kommandite an der Firma kommen, sobald Sie sie abgelöst haben.»

«Ich schätze», meinte Voubrasse nach einer Weile nachdenklich, «der Betrag wird sich damit der Million nähern.»

«Nicht schlecht gerechnet, mein Lieber», lächelte Meng.

«Doch kann ich nicht glauben, daß Sie sich auf die Länge mit den zwei Prozent Zins begnügen, die Ihnen auf dem Kontokorrent vergütet werden.»

«Dieses Geld wird mir sieben bis acht Prozent eintragen, bei der höchsten Sicherheit, die es überhaupt gibt.»

Es wird doch nicht ..., dachte Voubrasse, den eine Vorahnung zu beschleichen begann. Meng drehte schon ein kleines vernickeltes Schlüsselchen im Schloß der Ledermappe, dann legte er die Klappe zurück und zog mit nervigen Fingern, aber bedächtig, blanke, druckneue Bündel von Wertschriften hervor, die er sorgsam vor sich hinschichtete. Sie waren nicht sehr zahlreich, denn es handelte sich offenbar um große Werte von fünftausend und zehntausend Einheiten, wie Voubrasse feststellen konnte.

«Deutsche Kriegsanleihe?» fragte er leise.

«Jawohl, mein Lieber», bestätigte Meng ernsten und glühenden Blicks, «eine runde Million, gesetzt auf die sichere Karte des deutschen Sieges.»

Es ist geschehen, dachte Voubrasse, es ist zu spät, und sinnlos, ein Wort darüber zu verlieren. Er war ein einfacher Mensch, ohne Verwicklungen, aber es gebrach ihm nicht an Sinn für Tragik und Größe. Er saß da, noch immer den harten Bleistift in der Hand, und sah zu, wie Meng in seinem blauen verschlissenen Bürokittelchen, dessen linker Ärmel am Ellbogen sogar bis auf das Futter durchgescheuert war, sich erhob, die Wertpapiere zusammenraffte, die Türe des Kassenschranks öffnete und die Siegesanleihen methodisch in das obere Fach des Tresors einzuräumen begann. Es war ein ganz einfacher, stiller Vorgang, der einer gewissen Feierlichkeit nicht entbehrte. Hätte es Voubrasse auszudrücken vermocht, was er bei diesem Anblick verspürte, so hätte er sagen müssen, daß ihn zum erstenmal seit dreißig Jahren mit seinem ehemaligen Chef und jetzigen Teilhaber eine tiefere menschliche Beziehung verband. Ihr Name war Mitleid.

III. Kapitel

Reto Arquint, der Leonhard Ragaz nur immer im überfüllten Hörsaal der Universität, auf dem Katheder, aufgerichtet, einen strengen Glanz auf den Gläsern seiner Brille, gesehen hatte, war ein wenig betreten gewesen, als er sich in der bescheidenen Wohnung an der Gloriastraße einem Manne gegenüber fand, den er fast um Haupteslänge überragte. Aber es bot sich keine lange Zeit zu solcher Betrachtung, denn der schmächtige, dunkelgekleidete Theologe kam ohne Umschweife und ohne sichtbare Anteilnahme persönlicher Art sogleich auf den Zweck des Besuches zu sprechen. Reto bemerkte, daß sein eigener vierseitiger Brief auf dem Pult lag. Ragaz überflog ihn noch einmal. Reto konnte den Professor dabei ganz nahe im Profil sehen: den leicht über die Mundwinkel hängenden schwarzen Schnurrbart, die starken Brauen, die die Augenhöhlen beschatteten, die scharfe Raubvogelnase. Ohne den Besucher anzusehen, lehnte Ragaz sich dann in seinem Sessel zurück und deutete mit seiner sehnigen Hand auf ein kleines gerahmtes Bild an der Wand, ein Aquarell, das Innere eines einfachen Raumes darstellend, mit einem einzigen, hochliegenden Fenster, das vergittert war und durch das man, über ein paar Baumkronen hinweg, einen schmalen ockerfarbigen Landstrich und einen weiten blauen Himmel erkennen konnte.

«Dieses Bildchen habe ich von dem Soldaten Schläpfer erhalten», sagte Ragaz, «der seit vier Monaten in der Strafanstalt Regensdorf sitzt, wegen Dienstverweigerung.»

Eine geraume Weile verharrten beider Blicke auf dem genau, aber ungeschickt und ohne jede künstlerische Absicht hergestellten Aquarell. «Nach Beendigung seiner Strafe wird er wahrscheinlich sogleich von neuem inhaftiert werden, weil er auch einem neuerlichen Aufgebot keine Folge leisten wird», erläuterte Ragaz.

Reto verstand, was der kleine dunkle Mann ihm sagen wollte.

«Herr Professor, was mich erwartet, weiß ich genau, und die Gründe glaube ich Ihnen dargelegt zu haben.»

«Warum sind Sie denn zu mir gekommen, Herr Arquint? Was erwarten Sie von mir?»

Der große Bursche schaute hilflos vor sich hin, die kräftigen Hände auf den Knien, in einem Gefühl von gläserner Einsamkeit.

«Ich wollte Sie um Rat fragen, Herr Professor Ragaz», antwortete et leise.

Zum erstenmal hob der Theologe den Blick, aber was der Student darin lesen konnte, war kein Rat, sondern nur eine harte und unpersönliche Strenge und der Anflug einer Not, die sich dahinter verbarg. Und dann sprach es der Mund auch aus:

«Ich habe kein Recht, Ihnen zu raten, Sie in einem Entschluß zu bestärken. Was ich darf und kann, ist einzig dies: Sie hinzuweisen auf Ihr Gewissen. Das Gewissen allein ist unfehlbar, durch es spricht Gott zu uns.»

«Aber was will denn Gott?» rief Reto Arquint auf seinem Stuhl. «Gott ist wie ein Meer, das anbraust, unentwegt, Tag und Nacht, Welle auf Welle, gegen die Felsen der Vernunft, gegen die Dämme und Deiche, die wir errichtet haben, das bißchen Land, das bißchen Wohlstand, das selige Stück Freiheit, das wir geerbt haben, zu beschützen. Was will denn Gott damit sagen, daß er unser Gewissen erst flüstern, dann rufen, dann schreien läßt, wir sollten die Waffen niederlegen? Auch Sie, Herr Professor Ragaz, müssen sich doch glücklich schätzen, daß es mitten in dem von Krieg und Verwüstung überzogenen Kontinent noch eine Stelle gibt, wo Sie frei und ungehindert aussprechen dürfen, was Ihr Gewissen gebietet!»

«Ich glaube nicht, daß es eine irdische Macht gibt, die mich jemals daran verhindern würde», antwortete Ragaz. «Sie kamen eines Rates wegen zu mir, Arquint. Ich kann Ihnen darauf nur eines antworten: Solange Sie eines Rates bedürftig sind, solange Sie schwanken und zweifeln, dürfen Sie es nicht tun.»

«Sie sind ein Angestellter des Staates, Herr Professor, und darum wagen Sie es nicht, das Wort auszusprechen, das Sie aussprechen müßten und das aus Ihrem Munde zu vernehmen ich gekommen bin. Leget die Waffen nieder, Menschen, und trauet auf Gott, der eure Sachen ordnen will! Aber das wagen Sie nicht. Das trauen Sie Gott nicht zu! Sie glauben nicht an diesen Gott!» Der junge Mann hatte sich von seinem Stuhl erhoben und stand in unbehilflicher Erregung mitten im Zimmer.

«Gott ist nicht da, uns die Verantwortung abzunehmen», sagte der Theologe und blickte vor sich hin, unberührt von des Jungen Aufruhr, «Gott ist im Gegenteil *die* Verantwortung.»

Später, während des Prozesses vor dem Divisionsgericht, hatte es Arquints Verteidiger so dargestellt, als sei der folgenschwere Schritt des jungen Offiziers das Ergebnis eines mit allen Argumenten der Ethik und der Logik ausgefochtenen Gewissenskampfes, mit voller Überlegung und Hinnahme aller Folgen. Aber so war es nicht.

Als der junge Mann das Gartentörchen hinter sich schloß und im regnerischen Abend die Gloriastraße hinabschritt, beherrschte ihn ein Gefühl schaler Ernüchterung. Er hätte nicht auszudrücken vermocht, was er von dieser Unterredung erwartet hatte. Aber daß ihn Ragaz ohne Zustimmung, ohne ein Wort der Ermutigung, ohne die leiseste Andeutung eines Einverständnisses, ja nicht einmal des Verständnisses entließ – es gab ihm einen Begriff von den eisigen, lautlosen Fernen, in denen sich die Entscheidung des göttlichen Willens vollzog. Hier war nichts mehr von menschlicher Wärme zu spüren. Es wurde in diesen Regionen Leiden und Not so wenig in Rechnung gesetzt wie in den Generalstabsquartieren, wenn sich die Marschälle mit Zirkel und Bleistift über die Karten beugten und den Einsatz militärischer Einheiten beschlossen.

Arquint betrat den kleinen Raum des Postbureau' Fluntern. Er stellte sich an das Pult seitlich der Türe, langte in seine Brieftasche und legte die weiße Karte mit dem Aufgebot für den folgenden Tag vor sich hin. Sorgsam überlas er noch einmal den Text. Dann tauchte er die zerdrückte Feder in das Tintenfaß und schrieb quer über den Text: «Ich verweigere den Militärdienst. Reto Arquint, Lt.» Dann steckte er die Karte in einen Umschlag, der an seinen Batteriechef gerichtet war. Ohne sich von seinem Platze zu bewegen, ließ er den Brief in den Kasten daneben gleiten.

Wir, die Menschen, müssen etwas tun, dachte er dabei. Gott hat uns verlassen.

Am Abend stand er auf dem Trottoir gegenüber dem Studerschen Coiffeurgeschäft. «Was gibt es?», fragte Maly, «Du siehst so gut und zufrieden aus.»

Sie wanderten den vertrauten Weg, dem Stadthausquai entlang, über den Bürkliplatz und dann hinaus bis an das Ende des langen Landungssteges, wo eine Laterne brannte. Aus der Dunkelheit brandeten die Wellen heran mit weißen Krönchen, zerschlugen sich an den Pfeilern, und Gischt spritzte herauf. Sie konnten das helle Pfeifen des Windes über ihren Häuptern hören und wähnten, sie stünden am Meer, auf einer Mole. Immer, wenn es gestürmt hatte in diesem Winter, waren sie über diese Brücke geschritten, die kein jenseitiges Ufer hatte, nur eine quere klirrende Kette dort, wo sie endete. Und immer standen sie auf dieselbe Weise dort, Reto den Arm um ihre Schulter geschlungen, und lauschten dem Brausen.

«Du hast es getan, nicht wahr?» sprach Maly in den Wind hinaus.

Sie bedurfte einer Antwort nicht. Sie spürte sie aus dem Druck seiner Hand an ihrem Schulterapfel. Als sie zu ihm aufblickte, sah sie, daß seine Augen geschlossen waren. Über das ebenmäßige Gesicht fiel das Licht der Laterne.

«Was wird nun geschehen?» fragte Maly ruhig.

«Ich weiß es nicht. Es ist ihre Sache. Sie werden mich holen, denke ich.»

«Morgen?»

«Morgen, oder übermorgen. Es geht mich nichts mehr an. Was zu tun war, habe ich getan.»

Welle auf Welle kam heran, sachtere wechselten mit stürmischen. Es gab Pausen zwischen ihnen, wo es so still war, daß sie das Klingeln eines Tramwagens auf der Bahnhofstraße vernehmen konnten.

«Ich will dich in dieser Nacht nicht allein lassen, Reto», sagte Maly.

IV. Kapitel

Im Raum zwischen den hintersten Bänken und dem Kirchenportal, unter den nicht eingeladenen Leuten, stand René Hirzel, sein rundes Hütchen in der Hand, und blickte durch den von schwarzen Trauergästen gemauerten Mittelgang altarwärts, wo auf einem Kissen von Blumen und blau-weißen Schleifen, unter einer Mitra diffusen Lichtes der Sarg des Stadtpräsidenten Billeter stand. Es hallte und widerhallte von den Pfeilern und Spitzbogen herab das Lob seiner Verdienste und die Trauer der Stadt, die die Redner an seiner Bahre verkündeten.

Vor diesem Manne hatte er gestanden, der, gegürtet mit der magistralen Macht dieses Gemeinwesens, mitten an einem von Geschäften befrachteten Morgen sich an ihn, Hirzel, gewandt hatte. Deutlich erinnerte er sich der absurden Vorstellung, des Vergleiches mit jenem französischen König, der von seinem Erker aus auf die Passanten schoß, die ihn damals während der Unterredung heimgesucht hatte.

Und was habe ich nun getan mit der Hilfe, die die Sippe mir durch seine Hand zukommenließ? Ich habe die Rente verzehrt von Monat zu Monat; eine bessere Bekleidung und ein dünnes Heft beschriebener Blätter, das ist alles, was ich ausweisen kann. Aber das andere, die Wanderungen, das Schlendern durch diese Stadt, zu jeder Stunde des Tages und der Nacht, Jahre und Jahreszeiten hindurch, und die Worte des immerwährenden Selbstgespräches, meine Freude und mein Erzittern vor der nimmerendenden Fülle ihrer Schönheit, meine Versuche, dem Wunder, diesem Gewordenen und immer neu Werdenden Menschensprache zu verleihen, dieses Seiende, dieser Schauplatz des Daseins, der uns geschenkt wurde – sie werden dereinst mit mir zu Grabe getragen, und keiner wird an der Bahre stehen, von ihnen zu künden.

Leise schlüpfte er aus dem Portal und wanderte auf die Mitte des Münsterhofes hinaus. Er blickte zum Turme empor. Im Winde trieben helle Wolken am blaßblauen Himmel dahin; dann standen sie still, und es war der gewaltige Mast des Turmes, der ostwärts segelte, das Schiff voller Trauergäste und den Sarg des Magistraten hinter sich herziehend, in stürmischer Eile und völlig regungslos.

Wie klein und zeitlich machen uns Gefahr und Krieg! Eng wird der Kreis der Worte. Sagen sie Gott, so meinen sie Schutz und Brot. Und die Schönheit haben sie bedenkenlos, vom ersten Tage an, als das Selbstverständlichste, das Nichtigste hingegeben, und nie werden sie wissen, daß sie damit die einzige wahre Errungenschaft der Menschen hingeopfert haben.

Es waren Sätze aus seinem dünnen Heft, die Hirzel vor sich hin sprach, als er dem Fluß entlang, die stille Wühre abwärts schritt. Zwischen den Häusern hindurch, von der Bahnhofstraße herüber, klangen die Fetzen eines Militärmarsches, vor der Möbelhandlung am Wasser standen zwei Männer in blauen Schützen und unterhielten sich über die Russische Revolution. Drüben am Limmatquai schaufelten Straßenarbeiter Stücke vereisten Straßenbelags ins Wasser. Auf dem niederen Geländerchen vor der Fleischhalle hockten Knaben, die Fischrute in den Händen.

Je länger Hirzel die Dinge um sich betrachtete, um so mehr verstärkte sich in ihm die Empfindung von ihrer Regungslosigkeit, die sich mit unheimlicher Geschwindigkeit zum Zustande völliger Erstarrung zu steigern schien. Nur noch der schieferblaue Fluß zwischen den vergilbten Kalkwänden und den Sandsteinfassaden der Häuser war lebend, aber auch ihn teilten die Brücken noch in längliche Rechtecke, und am Ende verlor er sich unter den Häusern der Mühlestege. Der Tod des Stadtpräsidenten hatte Hirzel nicht auf menschlich schmerzhafte Weise getroffen; aber es bemächtigte sich seiner die Empfindung derselben Verlassenheit, die sich auf diese Stadt herabzusenken schien, deren Strom zwischen Mauern und Pfählen versickerte. Aus allen Fenstern blickte die Siedelung auf ihn herab und mußte ihn ziehen lassen, blieb zurück und abgesondert von der Welt wie unter einer gläsernen Glocke, nichts war zu tun, kein Austausch zu erwarten. Unversehrt und in guter Ordnung lag die Stadt da an ihrem Ort, und alle Dinge gingen ihren gewohnten Weg, und wenige ihrer Bewohner spürten es noch, daß die Luft, in der sie lebten, schwer und träge geworden war, weil eines der Elemente fehlte, die ihre Bedingung war: die Winde der freien Welt, in der die blau-weißen Fahnen flatterten. Was war davon zu erhoffen, daß sie von allen Seiten ihre Komödianten und Musiker, ihre Tänzerinnen und Tenöre, ihre Akademiker und ihre Dichter über unsere Bühnen, Konzertsäle und Auditorien trieben, diese Deutschen und Franzosen, diese Österreicher und Italiener, die miteinander im Kriege lagen? Blieb Gewinn und Bereicherung zurück von den Galas der Comédie-Française, den Wiener Operettenbühnen, den Reinhardtschen Inszenierungen, der Stagione italiana, diesen Moissi, Furtwängler, Klingler, der Sarah Bernhardt und wie sie alle hießen, solange der Unsrigen Stimme, der Stamm, Moeschlin, Bänninger, Weilenmann, Steinberg, nicht die Weite erreichten? Unfruchtbar schien Hirzel das Leben dieser Stadt geworden, die vordem in ihrer nüchternen Duldsamkeit eine frohe Herberge der friedlichen Welt gewesen war. Strom und Austausch, ein Mailand des Nordens, Handel der Güter und Verkehr der Geister, das war ihr Sinn.

René Hirzel war an die Stelle gelangt, wo zwischen der Stützmauer des Lindenhofs und den Häusern der Schipfe wie ein Hohlweg die Fortunagasse zum Fluß abfiel. Er stieg sie hinan und überquerte einmal mehr den menschenleeren Lindenhof. Aber auch die kahlen, tropfenden Bäume hatten ihm keinen Trost zu spenden. In seiner Niedergeschlagenheit blieb er stehen und zog ein Spiegelchen aus der Tasche und betrachtete sich darin, indem er das runde Hütchen auf den Hinterkopf zurückschob. Über den Schläfen reichten zwei Buchten fahlweißer Kopfhaut in das rötliche Haar hinein, und ringsherum war eine ärmliche Broderie grauer Fäden wahrzunehmen. Die Augen eines allwissenden Bekannten blickten ihn mit leisem, bedenklichem Nicken an. Es dämmerte ihm auf, daß auch das tatenlose und selbstgenügsame Bummeln und Schlendern, das Träumen und Dahingleiten, mit dem er die letzten Jahre verbracht hatte, Zeichen und Zeugnis einer Kraft gewesen waren. Empfängt nicht Schönheit und genießt das allgegenwärtig wirkende Leben als Geschenk und Gnade, wer will? Es bedarf dazu eines Überschusses an Energien eines mutvollen Herzens. Bereitschaft und Verzicht auf die Ehren, Erfolge und Ordnungen der zweckhaften Welt. Jetzt aber näherte er sich, dachte Hirzel vor seinem Spiegelchen, dem Ende der Verschwendung, der Zeit, da die andern ein Werk vollendet haben, aus dem ihnen der Lohn und die Zuversicht der Selbstbestätigung zufließt. Er hatte kein solches Werk zu nennen. Als ein fruchtloser Zweig am mächtigen Stammbaum der Sippe würde er dorren und abfallen.

Gerade als er sich im Weiterschreiten daran erinnerte, hier müsse in der Nähe, über dem Laden eines Orthopäden, Bell irgendwo nisten, kam ihm dieser barhäuptig in seiner Pelerine entgegen.

Es sei ihm von dem Manne, um dessentwillen die Glocken am Fraumünster eben zu läuten begannen, über den Tod hinaus noch ein großer Dienst zuteil geworden, sagte Bell sogleich in seiner wachen Art. Die bürgerliche Abteilung des Großen Stadtrats sei eben dabei, ihn anzunehmen als Bürger der Stadt, und der Magistrat, den sie eben zu Grabe trügen, hätte ihm empfehlend gutgestanden. Er sei kein Gewinn, kein Zuwachs für die Stadt, und dennoch wollten sie es tun, in unbegreiflicher gütiger Weise, auf keinen andern Fürspruch hin als die anderthalb Jahrzehnte liebenden Flanierens in diesen Mauern.

Aber nun sei es genug des selbstischen Genießens an dieser Erdenstätte, rief er über die Mauer der Bastei hinweg in den

Limmatraum hinaus. Es sei ihm eine Pflicht der Vergeltung überbunden worden. Seine Lebensweise wolle er ändern, da Zürcher zu werden er im Begriffe sei. Einfügen in die Gemeinschaft als ein nützliches Glied müsse er sich nun und ausweisen mit einer zweckhaften Betätigung wie alle andern, die Reichsten selbst der Stadt; gebe es doch keine größere Schmach hierzulande, als nichts zu tun, dem Herrgott den Tag abzustehlen, wie man sage.

Hirzel hörte ihn, und je eifriger und leuchtender Bell sprach, um so schwerer wurden in ihm die Trauer und die Beklemmung. Es ging ihre Gemeinschaft der Käuze in die Brüche. So einsam sein Leben auch immer gewesen war in dieser strebsamen und tüchtigen Siedelung – eine flüchtige Marginale am Rande ernsthafter Protokolle –, von Zeit zu Zeit hatte er Bells Nähe suchen müssen, um sich stärken und aufrichten zu lassen an der unbekümmerten Art, wie dieser durch die geschäftigen Straßen schlenderte, des Abends die Insel umwanderte und an den Brückengeländern lehnte. Immer war es ihm ein Trost gewesen, daß einer wenigstens da war, für den die verborgene Poesie nicht ungesehen und ungefühlt verschwendet sei.

«Ach», sagte er leise, «ich beglückwünsche Sie nicht um Ihres Entschlusses willen, Clive. Es muß an einem Menschenort wie diesem, der wächst und sich weitet in seinen Unternehmungen, Leute geben von Ihrer, von unserer Art, fruchtlose Blüten am kräftigen Stamme. Wenn Sie mich fragen, was das Schwerste in diesen Zeiten für mich geworden sei, so antworte ich dies: daß ich am langsamen Sterben der nutzlosen Schönheit schon lange das Kommen der Zeiten gespürt habe. Und heute, da Sie in der Freude über Ihre Aufnahme ins Bürgerrecht auf einmal so vernünftig und nach *ihrem* Maße zu reden beginnen, ist mir, als hätte es sich vollendet: es gebe es nicht mehr und nirgends, das selig-genügsame Gefühl des bloßen Daseins in den Klängen und Lauten und Düften und im Spiele der Farben und der demütigen Pathetik der Formen. Ich selbst, auf dem Wege zu ihnen, habe sie anströmen gespürt auf mich, die Stimmen der Sippe und die drängende Gewalt der vernünftigen Stadt, die aus dem Munde des toten Magistraten zu mir sprach, der mir noch Hilfe reichte durch seine Hand, nicht einmal das Werk fordernd, nicht die Leistung, aber die Anstrengung, das Tun nach ihrer Weise und Sorgen nach Sorgen ihrer Art. Aber nun ist es mir, über Ihren Worten, Bell, zur plötzlichen Gewißheit geworden: Wir gehören zu ihnen, aber nicht auf ihre, doch auf unsere Weise, so, wie wir sind. Daß diese Männer in der bürgerlichen Abteilung des Stadtrates Sie aufnahmen, sie mochten auf ihre gesetzte und vernünftige Weise es vor sich selbst begründen, aber glauben Sie mir, es war die Stadt, die durch ihre Protokolle und Schriftsätze hindurch einen ihnen selbst unverständlichen Sinn kundgab: daß sie fremder, liebender Augen bedarf, um mit ihrem Geheimsten und Abenteuerlichsten Gestalt zu werden.»

Sie waren unter den triefenden Bäumen zwei-, dreimal um den Platz gewandert. Bells Gesicht war regungslos geblieben, und die Schale der Mandel, die er in der Hand hielt, hatte dem Druck seiner Finger widerstanden.

«Ich glaubte heimgekommen zu sein», sagte er endlich.

«Unsereiner», antwortete Hirzel, «ist immer *unterwegs* daheim.»

V. Kapitel

Die Gittertüre zum Liftschacht schlug hinter ihnen zu; der Polizeigefreite Blöchlinger, in Zivilkleidung, läutete. Von einem Diener in einem weißen Jäckchen wurde die Wohnungstüre geöffnet; sie traten in den hallenähnlichen Korridor, nahmen ihre Hüte vom Kopf und setzten sich nebeneinander auf zwei Korbsessel im bunten Licht eines mächtigen Glasfensters, während das glattrasierte Wesen, das ihnen geöffnet hatte, lautlosen Schrittes davonwandelte und um eine Ecke des Ganges herum verschwand.

«Ein eigenartiger Kauz», bemerkte Blöchlinger; Reto Arquint nickte höflich und unbeteiligt. «Überhaupt», fügte der Polizeigefreite hinzu, indem er sich, die Blicke herumschweifen lassend, am Hinterkopf kratzte. Der Raum erinnerte an das Vestibül einer Familienpension, aber es befanden sich darin außer der geflochtenen Möbelgarnitur einige überlebensgroße Statuen nackter Männer, alle ungefähr in ähnlicher Stellung, sitzend, die muskulösen Arme seitlich nach rückwärts gestützt und die Schenkel geöffnet. Beide Besucher empfanden eine gewisse Verlegenheit bei diesem Anblick, weil das Künstlerische an diesen Gipswerken durch den Rea-

lismus der Darstellung überschattet wurde. An den Wänden hingen ausgebreitet geistliche Kleidungsstücke, Stolen und Meßgewänder, violette und rote Seide, von goldenem und silbernem Brokat durchwirkt.

Da es nun bereits der dritte Vormittag war, da die beiden, der Häftling Arquint und der Gefreite Blöchlinger, sich in die Praxis des Psychiater-Ehepaars Ramseyer begaben, machte ihnen das theatralische Dekorum schon fast einen vertrauten Eindruck, und Blöchlinger konnte nicht mehr umhin, beruflich sozusagen, an der schillernden Oberhaut zu kratzen, sinnbildlich natürlich, indem er im Vorbeigehen nach den Schriftstücken und aufgerissenen Enveloppen schielte, die auf einer Konsole in einem Körbchen angesammelt waren, Rechnungen älteren Datums, von ehrbaren Comestiblesgeschäften, und mit der Anzeige von Nachnahmen, ein nicht unbeträchtliches Bündelchen, untermischt mit den grünen, aber unbenutzten Einzahlungsscheinen für den Gas- und Elektrizitätsverbrauch. Aber was ging ihn das schließlich an; er war bestellt, den Dienstverweigerer Leutnant Arquint zur psychiatrischen Untersuchung und Begutachtung in diese Praxis zu begleiten und ihn am Mittag wieder abzuholen, obgleich angesichts der Haltung des jungen Mannes selbstverständlich nicht die geringste Fluchtgefahr bestand und man ihn ruhig diese Gänge allein hätte machen lassen können. Aber es war nun einmal Vorschrift, und ihm, Blöchlinger, konnte es recht sein. Was seine Neugierde den Doktores Ramseyer gegenüber anbetraf: das war eigentlich nur so ein Erbteil des Volkes, zu dem er gehörte, man wollte gern wissen, was dahintersteckte, und ob alles, was sich so eindrucksvoll und prächtig gab, auch so solid begründet sei.

«Frau Doktor lasse bitten», kam der Diener zurück; Blöchlinger verabschiedete sich, und Reto folgte dem weißen Kittelchen den Gang hinan und um die Ecke herum.

«Fein, daß Sie gekommen sind!» rief Frau Dr. Ramseyer hinter ihrem Pult hervor, «bitte machen Sie es sich doch bequem, nehmen Sie Platz, hier, ja. Rauchen Sie?»

Arquint setzte sich in den tiefen Lederstuhl, der ihn mit den breiten Seitenlehnen gleichsam umarmte und gefangennahm. Er schüttelte den Kopf, nein, er rauche nicht. Die Frau trug ein gelbes Tuch turbanartig um den Kopf geschlungen, nach unten eine hohe schmale Stirne, nach oben einen Pilz krauser

Haare freilassend. Als Bekleidung diente ihr eine Art von Kimono, lilafarben berändert. Sie hätte einen munteren und vertraulichen Eindruck machen können, wären nicht die großen und stets geblähten Nüstern gewesen, die sie wie saugende Öffnungen dem Besucher entgegenstreckte.

«Also, nun sagen Sie mal, sind Sie glücklich, Herr Arquint, haben Sie das Gefühl der Befriedigung, der Erleichterung, der Erlösung, das Sie von Ihrem Schritt erwartet haben?»

Ratlos und wie gepanzert von Einsamkeit blickte der junge Mann vor sich hin. Was hatte dies alles, die Gänge durch die sommerliche Stadt mit Herrn Blöchlinger an seiner Seite und das Frage- und Antwortspiel mit dieser Fremden, mit dem zu tun, was er getan hatte? Wie anders hatte sich alles abgespielt, als er erwartet hatte! Bereit und gewärtig, die brutale Härte der Militärjustiz zu erdulden, Einkerkerung, Entehrung, Ausstoßung aus der Armee, unbegriffen und zum Leiden bereit, sozusagen einem Peloton mit erhobenen Gewehrläufen gegenüber, das ihn als Deserteur aus diesem bürgerlichen Leben hinausspedierte, hatte er sich gleich nach seiner Verhaftung einem väterlichen Justizoberst gegenüber befunden, der nickte, als er ihm die Gründe seiner Dienstverweigerung auseinandersetzte, Verständnis zeigte, ja Achtung, und die Lauterkeit seines Gewissens überhaupt nicht in Frage zog. Einen Verteidiger hatte er bekommen, einen jungen Juristen, und sogleich wurde auch der Antrag gestellt, es möchten die seelischen Zusammenhänge aufgeklärt, nach möglichen psychiatrischen Gründen gesucht werden. Dabei war doch alles so einfach.

Er habe nach so einer Erlösung und Befreiung nicht gesucht, antwortete Reto.

«Aber vielleicht nach dem Gegenteil?» fiel die Ärztin rasch ein, «das Leiden, das Unverständnis, das Martyrium?»

Der junge Mann wurde blau vor Zorn und Scham; er mußte an sich halten, einen Ausbruch zu dämmen. Es gehe ihm hier um eine Sache, um eine heilige Sache, um es herauszusagen, um einen Ruf, den er vernommen habe, um ein Gebot, von dem er angerührt worden sei, um ein Einssein mit dem göttlichen Willen – und es könne nirgends auf dem langen Weg bis zu diesem Entschluß, um den er gerungen habe wie Jakob mit dem Engel, wie Jesus am Ölberg, sich um persönliche Genugtuung, um einen seelischen Vorteil und Gewinn zu seinen Gunsten sich handeln.

«Jakob mit dem Engel, Jesus am Ölberg», nickte die Psychiaterin nachdenklich. «Im Bewußten vielleicht nicht», murmelte sie, «aber unbewußt, aus der Verdrängung heraus. Wie stehen Sie eigentlich mit Ihrem Vater, dem Herrn Pfarrer Arquint in Landquart?», fragte sie weiter, nach einem Blick in die Akten.

«Weder er noch irgend einer meiner Angehörigen wußte etwas von meinem Entschluß», antwortete Reto, «aber vor wenigen Tagen habe ich einen Brief von zu Hause bekommen!»

«Und?», ermunterte sie den Zögernden.

Mit einem plötzlich auftauchenden Haß gegen diese mit fremdem Akzent sprechende Frau sagte Arquint: «Das geht niemanden etwas an.» Dann, milder, fügte er noch hinzu. «Er ist Feldprediger in einem Bündner Regiment.»

«Aha, ich verstehe», machte Frau Dr. Ramseyer eilfertig. «Lassen wir das, wenn es Ihnen unangenehm ist. Nur noch eine Frage –»

«Für seine Überzeugung, für seinen Glauben zu handeln, sollte in der Stadt Zwinglis so etwas Unbegreifliches nicht sein» – unterbrach sie Reto.

Während des Bruchteils eines Atemzuges wurde es dem jungen Manne offenbar, welches System von Vorstellungen die Begutachterin leitete, denn unbedacht ließ sie entschlüpfen: «Zwingli auch noch – ein Glaubenskämpfer, ein Held, ein Mann, der von sich reden macht – alles, nicht wahr, Herr Arquint, nur nicht unbeachtet, unbedeutend bleiben – Geltung, Geltungstrieb – kompensieren –»

«Was für eine schieche, materialistische Lehre ist eure Psychoanalyse!» sagte der Student bitter und ruhig, den Blick in die ausdruckslosen Augen der Ärztin gerichtet. «Es gibt also keine anderen Beweggründe für die menschliche Seele als den Machttrieb und die Variationen um den Kopulationsvorgang!»

Unter den Lidern der Frau blitzte es auf vor erregter Neugierde. «Ich mache Sie darauf aufmerksam, Herr Arquint, daß Sie es waren, der das Thema in unser Gespräch geworfen hat», sagte sie geschwind. «Wir kommen damit zur Frage, die ich Ihnen noch stellen wollte. Haben Sie – haben Sie eine Freundin?»

Das Blut stieg Reto hoch, mit einer Lust zuzuschlagen, über den Mund der taktlosen Fragestellerin hinweg. Er sah das kleine Gesicht Malys vor sich mit dem drolligen Streusel von

Sommersprossen über der Nase, ihre langen, mit Bleistift geschriebenen Briefe, die ihm ausgeliefert wurden im Bezirksgebäude unten, voller vernünftiger sorglicher Berichte, ohne Liebesworte, der fremden Blicke wegen, die auf die Blätter fielen – und ohne ein anderes Ende als ein unterstrichenes «Deine» vor ihrem Namen, voll von tiefster Beziehung mit jenem Abend, da er das Aufgebot eingeworfen hatte. Trostlos, in einer Mischung von Grimm und Spott, hielt er den forschenden Blick der Frau Dr. Ludmilla Ramseyer-Woschkine aus, und diese begriff, daß sie am Reduit angelangt war.

Zwischen zwei buntbemalten Wandkasten unter einem japanischen Schwert, das wie die schmale Sichel eines abnehmenden Mondes über der Türe hing, war Ramseyer, der Gatte, in das Zimmer getreten, mit dem hoheitsvollen Gesicht des alternden Goethe.

«Er ist nicht homosexuell», rief ihm die Frau entgegen.

Reto saß da, auf seinem tiefen Ledersessel, gepeinigt, den Tränen nahe, in Einsamkeit, mit einer bebenden Sehnsucht nach menschlicher Wärme im Herzen, und er horchte gar nicht hin, was die beiden ihrer Sache so gewissen Seelenforscher in russischer oder polnischer Sprache, über ihn hinweg miteinander verhandelten, das Versuchskaninchen, den interessanten Fall eines schweizerischen Dienstverweigerers, den sie auf seine Zurechnungsfähigkeit zu begutachten hatten.

Es war für Reto Arquint wie eine Erlösung, als er draußen in der Halle auf dem Strohsessel, im bunten Licht des Glasgemäldes, flankiert von den überlebensgroßen Gipsathleten, des guten Gesichtes des Polizeigefreiten Blöchlinger wieder ansichtig wurde, der auf ihn wartete, um ihn in Empfang zu nehmen und durch die sommerliche Stadt in seine Zelle an der Stauffacherstraße zurückzugeleiten.

VI. Kapitel

In der durch die Hänge des Uetlibergs und seiner Ausläufer und den großen Bogen der Sihl und der Limmat begrenzten Ebene, vorzugsweise aber südlich und rittlings der Eisenbahnstränge, die nach Westen laufen, kam es in den Bäckereien und Milchgeschäften der quadratisch und schachbrettartig angelegten Straßen Außersihls und des Industriequartiers zu den ersten Auseinandersetzungen. Es waren die Hausfrauen mit ihren Marktnetzen und Tragtaschen, in Pantoffeln, Arbeitsschürzen und flüchtig aufgesteckten Haaren, die den Händlern verbittert und unguten Blickes statistische Wahrheiten über den Ladentisch hinweg zuriefen. Daß innert zweier Jahre das Brot von einundfünfzig Rappen auf siebenzig das Kilo aufgeschlagen hatte, der Liter Milch nun einunddreißig Rappen kostete gegen fünfundzwanzig, das Mehl achtzig, um zwanzig Rappen mehr als im Jahre fünfzehn, Zucker doppelt soviel, und selbst die einheimischen Kartoffeln fünfzehn Rappen mehr das Kilo, von Kohle, Holz und Fleisch überhaupt nicht zu reden. Und all das in einer Zeit, da die Männer mit einem Tagessold von zwei Franken an der Grenze standen und viele unter ihnen ohne irgendwelche Lohnvergütung durch die Fabrik. Und zudem noch ohne Gewißheit, ob sie nach der Entlassung aus zwei- oder dreimonatiger Dienstperiode ihren Arbeitsplatz noch vorfinden würden.

Diese Frauen standen nach der Besorgung ihrer Einkäufe auf den Trottoirs beieinander und legten sich kein Blatt vor den Mund. Man solle nur einmal hinüber an die Bahnhofstraße gehen und schauen, was für eine Bagage sich breitmache, diese Schieber mit Bügelfalten, und die Hände voll Ringen, vollgefressene Säcke, die in den Cafés herumlungerten und nichts zu tun hätten, als alle Freßwaren aufzukaufen, einzulagern und zu warten, bis sie noch seltener würden und sie dafür noch mehr verlangen könnten! Oder hinauf an den Zürichberg, in die Villenquartiere von Fluntern und unter den Dolder solle man gehen: da seien die Keller voll von Schinken und Fressalien, Weinen und Kohle, belagerten Festungen gleich, und ihre Jagdhunde hätten es besser als die Kinder der Familienväter, die im Dienste an der Grenze ständen, dieses Schmarotzerpack zu beschützen.

Weder lag es in der Gewohnheit noch im Temperament der Bewohner, noch eignete sich der Witterungscharakter dieser Stadt besonders dazu, daß Angelegenheiten auf offener Strafe verhandelt wurden. Aber für die Frauen war das Trottoir der einzige Ort, wo sie ihrem häuslichen Kummer und ihrer Entrüstung ein wenig Luft machen konnten. Es gewährte ihnen Erleichterung, ihre häuslichen Sorgen über die Schwellen ihrer Wohnungen hinaus mit jenen anderer Familien vereint zu sehen; gefangen im selben Netz, erlebten sie die Gemeinschaft. Aber es bedurfte des männlichen Elementes, die Ansammlungen zum Fließen zu bringen.

Angst kannte sie wohl, wenn er sich des Morgens, die Bäkkerstraße einwärts, auf das Sekretariat begab, diese barhäuptigen jungen Burschen in ihren Windjacken und roten Halstüchern, die, mit den Händen in den Hosentaschen, die aufbegehrenden Frauen umstanden. Der Schule entlassen und noch nicht dienstpflichtig, ohne Lehrstellen und ohne feste Arbeit, süchtig nach Abenteuer und Veränderung, waren diese jungen Leute die ersten Menschen, die ihre Augen in dieser Stadt öffneten, ohne um ihr Werden und ihren Wert zu wissen. Sie war ihnen Inbegriff der Ungerechtigkeit, ein Werk der Alten und der Reichen jenseits der beiden Flüsse, die von ihren Villen an den sonnigen Hängen auf die graue und rauchende Ebene hinabblickten, in der das proletarische Volk in Fron und Knechtschaft für sie arbeitete. Nur sie zu beschützen, wachte die Armee an der Grenze; aber sie war auch ihr Werkzeug, die schwelenden Kräfte der Empörung zu überwachen und Jahr für Jahr die junge Generation abzurahmen, ihrer Freiheit zu berauben und sie in jene bunte Kleidung zu stecken, in der für jeden, der sie trug, nicht bürgerliches Recht mehr galt, sondern nur noch das drakonische und unwiderrufliche des Militärstrafgesetzes. Was sie Patriotismus nannten, war anderes nicht als das System ihrer kapitalistischen Ordnung, die auf der Ausbeutung des arbeitenden Volkes beruhte. In der Vereinigung der Proletarier der ganzen Welt lag die einzige Hoffnung auf Erlösung. Nieder mit dem Krieg, nieder mit der Armee; auf die Grenzen! Hüben und drüben sind dieselben Armeen, Geknechtete und Entrechtete – Verblendung und Irreführung durch die herrschende Klasse war es, die sie die Gewehre gegeneinander anschlagen, sich mit Handgranaten bewerfen und mit Kanonen gegeneinander schießen hieß. So, wie das russische Volk das Joch abgeschüttelt und sein Geschick in die Hände der Arbeiter- und Soldatenräte gelegt hatte, so soll es auch hier werden.

Angst kannte die Texte des «Revoluzzers», des Blattes der extremen Jugendorganisationen, nur zu wohl, und in der Art, wie diese Burschen die Hausfrauen umlagerten, sie mit Zurufen aufmunterten, anfeuerten, und wie sie allmählich aus der Rolle des Chores in jene der treibenden Kraft hinüberwechselten, selber das Wort ergriffen, die Ansammlung erweiterten und sie von Ecke zu Ecke den größeren Straßenzügen zuzusteuern wußten, spürte er die Lehre einer Regie, die nicht auf diesem Boden gewachsen war.

Als er den Helvetiaplatz erreichte, sah er sogleich, daß wieder ein Tag der Unruhe bevorstand. Es gab ein Zeichen, das nicht trog: die magische Grenze der Randsteine, die Sinnbilder des geordneten Verkehrs, wurden überbordet. Die Frauen und die jungen Leute liefen auf dem Fahrdamm einher, verknäuelten sich mitten auf der Straße, zwangen die Fuhrwerke zu Umwegen und grundlos die Straßenbahnen zum Anhalten. Dem Klingeln der Glocken wurde mit Johlen geantwortet. Aus den Seitenstraßen flossen wachsende Ströme von Leuten, wie auf der Suche nach großen Plätzen. Unübersichtlich und wirr, noch ohne Mittelpunkt, aber auch ohne Grenzen, ohne Führung und ohne erkennbare Absicht, standen sie herum, barhäuptig, trotz dem herbstlichen Winde. Als hätte es sich herumgesprochen, kamen fortwährend aus dem Limmatquartier herauf neue Gruppen, Arbeiter von den Werkstätten her, Ausläufer, die ihre Botengänge unterbrachen, Schüler, die Mappen unter dem Arm, und bald war der Raum zwischen dem Volkshaus und dem Bezirksgebäude angefüllt, Kopf an Kopf. An den Rändern, den Häusern entlang, unter den Coiffeuren, die in ihren weißen Mänteln auf den Schwellen ihrer Türen standen, den Papeteriewarenhändlern und den Inhabern der andern kleinen Ladengeschäfte wußte niemand, was eigentlich los war. Es werde demonstriert, hieß es. Gegen die Teuerung, gegen den Wucher. Aber die meisten Gesichter waren verschlossen. Die Leute standen einfach da, hoben die Köpfe, stellten sich auf die Zehen und warteten, ob etwas geschehe. Nur die jungen Burschen bildeten allmählich kompakte Gruppen, in deren Mitte gesprochen und diskutiert wurde.

Auf einmal, und es war nicht ersichtlich, wo es begonnen hatte, begann ein Fließen einer bestimmten Straße zu, gegen den eisernen Zaun vor dem Langstraße-Schulhaus. Angst überließ sich dem Sog, grimmig und pflichtbewußt. Er wurde rasch hinausgetragen. Auf dem granitenen Sockel, an die Gitterstäbe gelehnt, die Menge um Haupteslänge überragend, stand ein Mann und sprach. Der hat just noch gefehlt, fluchte der Arbeitersekretär. Was er redete, konnte Angst nicht vernehmen, der Lärm war noch zu groß. Zwischen den Köpfen hindurch konnte er das lange und blasse Gesicht Eidenbenz' sehen, die sich bewegenden Lippen des breiten Mundes im roten Gestrüpp des Schnauzes und des Prophetenbartes. Den Finger gehoben und das blaue Auge spöttisch und überlegen auf die Menge gerichtet, ließ er den Strom seiner Rede dahinfließen. Langsam, von Rufen um Ruhe aus den hintern Reihen beschwichtigt, verebbte der Wirrwarr der Laute. Mit hohnvoller Bitterkeit hörte sich Angst unter der Krempe seines alten Hutes hervor die wohlvertrauten Sätze des Mannes an: Daß dieser Krieg Gottes Strafe sei für die Mißachtung des Bibelwortes. Die tiefste Sünde wider das Gebot des Tötens habe die Kirche selber auf sich geladen, deren Priester sich in den weltlichen und teuflischen Dienst der Kriegsherren und der Munitionsfabriken stellten. Größer als alle Schuld aber sei jene der Schweiz, die, selbst außerhalb des Krieges und von keinem angegriffen, in ihren Fabriken Granaten herstelle und sie an die Kriegführenden verkaufe. So ermögliche und wünsche sie die Fortführung des Krieges, dessen schändliche Früchte sie genieße, ohne ihre eigene Haut zu Markte zu tragen. Verblendet und irregeleitet sei die Arbeiterschaft, die sich zu solchem Werke hergebe, und schuldhaft, unverzeihlich schuldhaft sei jeder Soldat, der an der Grenze stehe, das Funktionieren dieser Todesfabriken zu beschützen und zu bewachen. Einen Weg der Umkehr nur könne es geben, das Wort der Bibel zu verwirklichen: Schleifen müsse man die Munitionsfabriken und wegwerfen Waffe und Wehrkleid. Auch wenn er keinen Schuß aus seiner Flinte abgebe: jeder Schweizer Soldat sei ein Mörder.

Die wenigen Polizisten, die zirkulierten, hatten sich bald wieder auf ihren Posten zusammengefunden, aber vom Stauffacherplatz her kam Verstärkung, eine doppelte Kette, und fing an, die Straße zu räumen. Mit Pfeifen und Johlen wich langsam die Menge. Bald stand der Redner unbeachtet auf seinem Sockel, weil die Verknäuelung sich vor den geleerten Raum auf der Strafe verlagerte und dort staute. Einige Burschen, von den Polizeimännern aus der Menge gerissen, wurden abgeführt. Halb getragen, schlugen sie wild um sich und verloren dabei ihre Jacken. Es dauerte auch nicht lange, so wurden die schrillen Pfiffe von Steinwürfen begleitet; die Geschosse prasselten auf das Pflaster des Niemandslandes, das sich zwischen den Leuten und den Uniformierten gebildet hatte. In der Menge um Angst herum begannen sogleich Gerüchte aufzutauchen. Eine Frau sei erschossen worden. An der Badenerstraße sei eine Bombe explodiert. Dann hieß es, Eidenbenz sei verhaftet worden. Das letztere erwies sich als wahr. Zu dem einsam im Rücken der Menge auf dem Sockel stehenden Friedensapostel waren zwei Männer getreten, der Detektiv Züst und sein Kollege Zellweger, und hatten den keinen Widerstand Leistenden in ihre Mitte genommen und ins Bezirksgebäude hinübergeführt. Er lächelte, und auf seinem Gesicht lag die Genugtuung des Märtyrers. Der Vorgang wurde aber erst beachtet, als das große Portal sich hinter den dreien geschlossen hatte. Dann aber verbreitete sich die Nachricht wie ein Lauffeuer, und sogleich war auch eine gewaltige Schwenkung in der tobenden Masse wahrzunehmen. In breiter Front brandete sie nun gegen die Fassade des neuen Baus der Bezirksverwaltungen. Angst konnte sehen, wie der große Platten sich über die Köpfe weg erhob und schrie: «Heraus mit Eidenbenz!» Der Ruf wurde aufgenommen und weitergetragen bis in die hintersten Reihen. Er wirkte wie eine Erlösung. Endlich hatte die brodelnde Masse ihr Losungswort und damit ihren Sinn und ihre Seele gefunden und die Steine ihr Ziel. Jede klirrende Scheibe wurde von einem Johlen der Freude begleitet. Unter sich, in der Masse der Männer, der Hausfrauen, der Burschen und der Herumsteher selbst, die aus Neugierde mit in die Bewegung hineingezogen worden waren, herrschte wortreiche Einigkeit. Dem Manne Eidenbenz geschähe Unrecht, er sei für den Frieden, wider die Waffengewalt, und dies auf offener Straße in dieser Stadt auszusprechen, sei kein Verbrechen. Noch gelte das zivile, nicht das martialische Recht. Weit vorn am Eisengitter wurde gerüttelt, man hörte den dumpfen Laut fallender Schläge.

Blaß, eingekeilt in die Menge, die Lippen zusammengepreßt in ohnmächtigem Grimm, stand Angst auf der Straße. Kein vertrautes Gesicht konnte er erkennen, wenn er unter seinem alten Hut hervor um sich blickte. Die Arbeiter waren in den Fabriken oder standen an der Grenze; was da johlte und sich gebärdete, das waren halbwüchsige Burschen, kreischende Frauen, Arbeitslose, Drückeberger und Nichtstuer, Radaubrüder, politische Dilettanten und Abenteurer, die in der Unordnung nur zu gewinnen hatten. Der Arbeitersekretär sah im Geiste die Kartothek der Parteimitglieder vor sich: nur wenige unter denen, die ihn umstanden, würden darin zu finden sein. Aber in all diesem Trubel und Zorn beschäftigte ihn unaufhörlich der Gedanke, sie hätten in der Partei ein paar unverzeihliche Fehler begangen in den Jahren vor dem Krieg, daß es ihnen nicht gelungen sei, die großen dräuenden Kräfte der Jugend, die da vertändelt und mißbraucht würden, zu nutzen und politisch zu werten. Wider die einfachsten Grundsätze hatten sie verstoßen. Hatten es nicht verhindern können, daß da, am Rande der Arbeiterbewegung, proletarische Jugend in drei Jahren des Krieges führungslos heranwuchs, Brachland und Beute der Kommunisten, der Anarchisten. Auf dem rechten Flügel splittern die Grütlianer ab, weil wir ihnen zu international sind, und auf dem linken diese da, weil wir unseren Sozialismus auf diesem Boden und auf unsere schweizerische Art verwirklichen möchten – also überlegte Angst in der Menge, an deren Rändern mit Steinen geworfen und gesäbelt wurde.

Gegen zehn Uhr rückte Militär an, Landsturmsoldaten und ein Zug Mitrailleure aus der Kaserne und machten die Straße frei. Die Polizisten auf den Trottoirs forderten die Leute zum Weitergehen auf. Es trat etwelche Ruhe ein, aber sie erinnerte, mit ihren Patrouillen und den unnatürlich leeren Straßen, durch die die blauen Tramwagen verloren dahinfuhren, bereits an die Ruhe eines Belagerungszustandes.

VII. Kapitel

«Die zum großen Teil verworrenen und ungenauen Darstellungen der letzten Ereignisse in Zürich durch die verschiedenen Tageszeitungen veranlassen die unterzeichnenden Augenzeugen, ihre Feststellungen über die Vorgänge, die sich am 16. und 17. November 1917 abspielten, mit diesem Flugblatt zu veröffentlichen. Sie glauben damit einen sachlichen Beitrag zur gerechten Beurteilung zu leisten. Sie wollen damit weder anklagen noch verteidigen. Ihre Absicht ist, eine objektive Wahrheit auszusprechen. Sie sind der tiefsten Überzeugung, diese und nur diese allein weise unserer Stadt und dem Lande den Weg aus der Gefährdung der Zeit.

Nach einer kurzen Einvernahme war Eidenbenz am Freitagnachmittag wieder entlassen worden. Inzwischen aber war durch Flugblätter und Anschläge zu einer Versammlung auf dem Helvetiaplatz aufgerufen worden, um wider diese Verhaftung zu protestieren. Es hatten sich gegen acht Uhr abends etwa zweihundert Personen eingefunden, als unvermutet, von allen bejubelt, Eidenbenz auftauchte und erneut gegen den Krieg und die Munitionserzeugung zu sprechen begann. Kaum hatte er einige Sätze gesprochen, erschienen plötzlich im Rücken der Zuhörer sechzig bis achtzig Polizisten und bahnten sich gewaltsam einen Weg durch die Menge bis zu Eidenbenz durch. Er wurde von seinem Standort herabgezerrt und abgeführt. Es kam zu einem Zusammenstoß zwischen der Polizei und dem aufs heftigste gereizten Publikum. Eine immer größere Volksmenge strömte von allen Seiten herbei. Auch der jugendliche Sozialist Herzog wurde verhaftet. Die Polizei hatte blankgezogen. Sobald einzelne Redner versuchten, zur Versammlung zu sprechen, oder sobald ein Wort der Entrüstung aus dem Publikum ertönte, machten die Polizeimänner von ihren Säbeln Gebrauch.

Auf einmal wurde eine Bewegung bemerkbar, und die Menge drang durch die Ankerstraße gegen das Kreisgebäude 4 vor und verlangte dort stürmisch die Befreiung der verhafteten Eidenbenz und Herzog. Mit unglaublicher Härte hieb die dort bereitstehende und einen Kordon um das Kreisgebäude herum bildende Polizei auf die Herbeieilenden ein, um sie auseinanderzutreiben. Die Manifestanten schoben sich von Zeit zu Zeit gegen die Kette der Polizisten vor, wobei diese mit Schimpfworten überhäuft und mit Steinen beworfen wurde. Die Kommilitonin Hardmeier, stud. jur., die durch einen Säbelhieb an der Hand verletzt worden war, suchte einige Worte an die Menge zu richten. Sie wurde von drei Polizisten auf den Posten geschleppt. Sie wurde dabei geschlagen. Es folgten Ansprachen uns Unbekannter, teils aufreizender, teils zur Vernunft und Gewaltlosigkeit auffordernder Art. Man hörte aber auch offene Drohungen, man werde morgen bewaffnet wiederkommen. Allmählich jedoch ließ das stürmische Hin und Her nach, und man durfte hoffen, es werde nicht zu weiteren Zusammenstößen kommen. Da wurde gegen 11 Uhr nachts die Stadtpolizei durch ein Aufgebot der Kantonspolizei verstärkt, und gemeinsam räumten sie rücksichtslos den ganzen Platz vor dem Polizeiposten und dem Bezirksgebäude. Es gab dabei auf beiden Seiten Verletzte. Unter ihnen auch Frauen und leider auch Kinder, die sich um diese Zeit noch unbeaufsichtigt in der Menge herumtrieben. Gegen Mitternacht verlief sich die Menge allmählich. Die ganze Umgebung war die ganze Nacht hindurch von Polizeiposten besetzt.

Auf Samstag, den 17. November, wurde durch Flugblätter zu einer Protestversammlung auf dem Helvetiaplatz wider das Vorgehen der Polizei aufgerufen. Dahin begaben sich auch die Unterzeichnenden. Eine gewaltige Menge fand sich dort um 8 Uhr abends ein und hörte verschiedene Redner an, die gegen das gestrige Vorgehen der Polizei und die unwahren Darstellungen der Vorgänge in einem Teil der Presse protestierten. Dabei wurde mitgeteilt, daß die Polizisten mit scharfer Munition versehen worden seien. Der letzte Redner forderte die Versammlung auf, am nahen Bezirksgebäude vorbei zur Neuen Zürcher Zeitung zu ziehen und dort gegen falsche Berichterstattung zu protestieren. Unter dem Absingen der ‹Internationale› setzte sich der Zug durch die Ankerstraße in Bewegung. Vor der Kreiswache 4, gegenüber dem Bezirksgebäude, staute sich die Masse. Der größte Teil jedoch setzte seinen Weg zur Zürcher Zeitung ohne weiteres fort, während ein anderer, kleinerer, den Polizeiposten umstellte und die Verhafteten stürmisch herausverlangte. Die Polizeilaterne und ein Fenster samt dem geschlossenen Laden wurden durch Steinwürfe zertrümmert. Da kamen von der Ankerstraße her etwa 30 Polizisten, die sofort blankzogen, ausschwärmten und von der Waffe Gebrauch machten. Sie hieben auf die Zunächststehenden ein und drängten die Menge zurück. Wir bezeugen, daß wir mit eigenen Augen sahen, wie Polizisten auf wehrlos am Boden Liegende einhieben. Der folgende Vorfall wurde von zweien der Unterzeichnenden gesondert beobachtet. Ein älterer Mann, der langsam und etwas gebückt wegging, wurde – ohne vorgängigen Warnungsruf oder Aufforderung zu schnellerem Gehen – durch einen Polizisten von hinten mit dem Säbel über den Kopf geschlagen. Er stürzte vornüber auf das Pflaster, verlor den Hut. Während der Polizist mit dem Säbel auf seine Glatze einhieb, erhob er sich mühsam vom Boden, drehte sich um und gab einen Schuß ab. Es gab nur einen schwachen Knall. Wir hatten den Eindruck, es sei ein blinder Schuß. Im nächsten Augenblick wurde der Mann von mehreren Polizisten zu Boden geworfen und mit Säbeln geschlagen.

Es war dies der berüchtigte erste Schuß, abgegeben durch den Zivilisten Peter aus Luzern. Es mochte ungefähr neun Uhr sein.

Die Menge wurde mit der blanken Waffe immer weiter zurückgetrieben bis auf die Höhe des Betreibungsamtes an der Badenerstraße. Jetzt zog auch ein großer Teil der zurückgebliebenen Demonstranten ab, Richtung Neue Zürcher Zeitung. Auf der Quaibrücke stießen sie auf die bereits von dort zurückkehrenden Haufen, die, als sie von den Vorgängen in Außersihl gehört hatten, durch die Badenerstraße zurückfluteten, gegen die Kreiswache 4. Was inzwischen während einer halben Stunde dort vorgegangen war, entzieht sich unserer Kenntnis. Auf der Höhe der St.-Jakobs-Kirche hörten wir plötzlich Schüsse fallen. Beim weiteren Vorgehen konnte man vom Zweierplatz aus die schießenden Polizisten auf der Höhe der Evangelischen Buchhandlung, zum Teil auf der Badenerstraße selber, zum Teil auf der einmündenden Werdgasse feststellen. Auf dem Zweierplatz fiel das erste Opfer, der in die Herzgegend getroffene Mechaniker Ernst Züger. Durch die Menge hindurch wurde er weggetragen. ‹Tot! Mord! Hut ab!› und ähnliche Ausrufe tönten aus der Menge. In äußerster Erregung stürmten die Demonstranten vorwärts. Die Polizisten antworteten mit Schüssen. Hinter den Vordersten errichteten die anderen auf der Höhe eines dort im Bau befindlichen Häuschens am Zweierplatz eine notdürftige Barrikade aus Brettern und Steinen. Auf weiteres Schießen hin, wobei das Einschlagen der Kugeln an den Mauern und Rolläden deutlich wahrnehmbar war, zog sich alles hinter die Barrikade zurück.

Jetzt erschien von der St.-Jakobs-Kirche her eine Gruppe von Rekruten, die von der Menge mit Schimpfworten und Steinwürfen empfangen wurde. Bald darauf rückten Mitrailleure und Landsturmsoldaten an, geführt von Oberst Reiser. Sie vereinigten sich mit der Polizei, und die Menge zog sich bis zur St.-Jakobs-Kirche zurück. Die Barrikade wurde von den Soldaten beseitigt, und dort, wo sie gewesen war, ging ein Maschinengewehr in Stellung, Front St.-Jakobs-Kirche. Es wurde jedoch bald wieder aufgepackt. Der Platz wurde durch Landsturmsoldaten abgesperrt. Die Menge flutete nach und begann friedlich, mit den alten Soldaten zu unterhandeln. Ihre Haltung war völlig anders als jene der Polizei.

Einige von uns begaben sich zum Helvetiaplatz. Auf dem Wege dorthin hörten wir Maschinengewehrfeuer, das von den Mitrailleusen herstammte, die dort aufgestellt worden waren, was wir später feststellten. Der ganze Platz war von Soldaten gesperrt, und in der Mitte hatten zwei Maschinengewehre Stellung bezogen. Vor dem Soldatenkordon staute sich eine große Volksmenge. Die Maschinengewehre gaben einige Salven ab gegen das Postgebäude gegenüber dem Volkshause. Die Einschläge konnten nachher in geringer Höhe über dem Boden festgestellt werden. Auch hier wurden Personen verletzt.

Nach einiger Zeit, etwa 11 Uhr nachts, wurden die Maschinengewehre aufgepackt, das Militär in die Einmündung der Ankerstraße zurückgezogen und der Platz freigegeben. Die Leute strömten nach. Die Polizei war schon früher zurückgezogen worden, was offensichtlich viel zur Beruhigung beitrug. Oberst Reiser richtete an die Menge eine Ansprache, in der er sie aufforderte, heimzugehen; er werde dann das Militär zurückziehen. Einzelne Stimmen verlangten die Entlassung Eidenbenz'. Die Demonstranten machten Miene abzuziehen, während Oberst Reiser seine Truppen auf dem Amtshausplatz vor dem Kreisgebäude zusammenzog. Das Volk folgte trotzdem durch die Ankerstraße nach. Um 11.30 Uhr marschierte das Militär gegen die Badenerstraße ab, und die letzten Polizisten zogen sich in das Kreisgebäude zurück.

Nun belagerte die Menge von neuem den Polizeiposten und bewarf ihn mit Steinen. Es wurden Rufe laut: ‹Die Läden aufreißen!› Einzelne rissen dann auch wirklich die Fensterladen aus den Riegeln, ein Mann stieß mit einem Brett die Fenster ein. Die Polizei verhielt sich ruhig. Bald kam aber auch die Badenerstraße herunter etwa 40 Mann Verstärkung für die Polizei, die von der das Kreisgebäude umlagernden Menge nicht bemerkt wurde. Bei deren Ankunft machte die Polizeimannschaft im Kreisgebäude einen Ausfall und vertrieb, vereint mit der Verstärkung, die Menge die Badenerstraße auf- und abwärts. Von einem der Unterzeichnenden wurde gesehen, wie ein Polizist ein Mädchen, das zu Boden gestürzt war, mit dem Säbel schlug.

Das sind die Feststellungen der Augenzeugen, von denen jeder einzelne von verschiedenen Standorten aus einen Teil der Vorgänge beobachtete. Aus innerster Überzeugung kommen wir zu folgenden Konklusionen:

Die Vorkommnisse sind in keiner Weise eine vorbereitete und planmäßig durchgeführte Aktion. Es waren eine Reihe von spontanen Ausbrüchen, die freilich eines inneren Zusammenhanges nicht entbehrten. Wir sehen sie als Ausdruck jener Kreise, die materiell und seelisch am schwersten unter dem Kriege leiden. Das Auftreten des Friedensapostels Eidenbenz ist mehr der zufällige Anlaß für die Auslösung einer Proteststimmung gegenüber der Behörde, aber auch gegenüber der Sozialdemokratischen Bewegung, wo diese Leute nicht das richtige Verständnis für ihre Lage zu finden glaubten. Die gewaltsame Unterdrückung Eidenbenz' war der Anlaß, der ihre Entrüstung hervorrief. Beim größten Teil der Menge war kein Vorsatz zu Gewalttätigkeiten vorhanden; die nicht zu leugnenden Ausschreitungen durch sie sind auf die massenpsychotische Erregung zurückzuführen. Keiner der Unterzeichnenden hat, mit Ausnahme des erwähnten Peter, einen Zivilisten schießen gesehen oder auch nur eine Waffe in Zivilistenhänden wahrgenommen. Allerdings ertönten die Rufe nach Waffen und die Drohung, man werde mit Waffen wiederkommen, einige Male von dem Augenblick an, als die Polizei in die Menge hineinschoß. Daß sich diese aber, angesichts der erbitterten und erregten Masse bedroht fühlen mußte, kann ebenfalls nicht geleugnet werden. Wir haben trotzdem den bestimmten Eindruck, daß die Art ihres Vorgehens am Freitagabend provozierend, die Leidenschaften steigernd, statt sie zu beruhigen, wirken mußte. Es bestand von Anfang an ein großes Mißverhältnis zwischen den tatsächlichen Vorgängen und den Mitteln, sie zu bekämpfen.

Sorge und Trauer darüber, daß in unserer Stadt Bürgerblut fließen mußte, die Hoffnung, daß die Vorgänge an den maßgebenden Stellen als ein Kennzeichen gewertet werden, wie schwer große Kreise der Bevölkerung leiden, und der Glaube, es werde über alle Parteien und Klassen hinweg im Aufbau der neuen Schweiz die Jugend sich finden, haben uns zur Veröffentlichung dieses Flugblattes veranlaßt. Sein vollständiger Abdruck ist uns erwünscht.

Zürich, den 20. November 1917.»

Unter den zehn Studenten, die ihren Namen unter die Publikation setzten, figurierten auch jene des Abt Walter, stud. oec. publ., und Reiß, Aaron, stud. phil. I.

VIII. Kapitel

An Tagen wie diesen eilte das Kätterli, das kurze Haar glatt an den Kopf gebürstet, mit raschen Schritten und wehendem Morgenrock durch die Wohnung oben an der Fluntern-Wasserscheide und zog eine Schleppe der Ordnung hinter sich her. Mit raschem Griff raffte die junge Frau im Vorbeigehen herumliegende Gegenstände, Bürsten, kleine Eisenbahnwagen, Wäsche, Schuhe und all den Schnickschnack, der sich normalerweise unversehens immer wieder ansammelt, zusammen, und war sie vorüber, befand sich alles an seinem Ort. Ihr besonderer Kampf galt den alten Zeitungen und den Kartonschachteln; sie behauptete, alles könne ein Zimmer ertragen, nur diese beiden Dinge nicht. Etwas Unsolides, jämmerlich Ärmliches brächten sie in jeden Raum, einen Schmerz dem Auge. Karl hingegen, aus der Gewohnheit und der Überlieferung von der Trittligasse her, brachte es nicht über das Herz, die Bündel alter Zeitungen und erst gar die Kartonschachteln kurzerhand dem Abfuhrwesen der Stadt zu übergeben. Immer, wenn das Kätterli einen der à la faux-bois bemalten, auf Eiche oder Buche maserierten Wandschränke öffnete, stieß sie auf solche Kartonschachteln, die ihr Mann in einem unwiderstehlichen Trieb hinter den Kleidern aufstapelte, in der Meinung, man könne sie einmal brauchen. Mit den alten Tagblättern der Stadt Zürich und der Zürcher Zeitung allerdings hatte er in diesem Winter recht behalten. Mit einer jener primitiven Einrichtungen, die man jetzt in der Stadt kaufen konnte, einem auf einem Brett montierten Hebel, an dessen einem Ende ein schuhförmiger Holzklotz befestigt war, der in eine entsprechende, auf dem Brett befestigte Hohlform aus Blech hineinpaßte, einer sogenannten Brikettpresse, konnte man in einem Zuber aufgeweichtes Zeitungspapier zu länglichen Laibchen formen, die, einmal an der Sonne ausgetrocknet, ein lang glimmendes, wenn auch nicht besonders wärmendes Brennmaterial für die Zimmeröfen abgaben, mit dem man die rationierte Kohle strecken konnte. Den ganzen Sommer über, während der Arbeit an seiner Dissertation, hatte sich Karl unten im Keller dieser Herstellung von Papier-Briketts hingegeben, getreulich von dem Knaben Schörschli verbeistandet.

Mit einem Staublappen und einem Pinsel in den Händen durchmaß das Kätterli denselben Weg durch die Wohnung –

sie bewohnte sie nun ganz; Frau Lenhoff hatte auch das letzte Zimmer geräumt und war weiter nach Osten in das Dörfchen Gockhausen jenseits der Paßhöhe verzogen –, und mit einer Art fieberhafter Wut nahm sie Gegenstand um Gegenstand in die Hand, entstaubte ihn mit dem Pinsel und den Standort mit dem Lappen. Der Schörschli war unten im Kindergarten bei der Kirche Fluntern, Karl auf der dieses Jahr neueröffneten Zentralbibliothek am Predigerplatz, und die kleine Vera döselte, in Wolle vermummt, auf der Veranda. Obgleich sie um diese Stunde des Vormittags völlig normal war, diese Stille und Verlassenheit der Wohnung, fiel der jungen Frau während ihres Tuns immer wieder die trockene, mit Lachen hervorgebrachte Bemerkung ihres Mannes ein, während dieser Anfälle einer Staub-Psychose lege Kätterli ein unmenschliches Vakuum um sich, eine von keinem Wort zu durchdringende Zone der Gefühllosigkeit – und dann sei es am besten, man lasse sie austoben. In den aufgeräumten und entstaubten Räumen sei dann für sie, die andern Mitglieder der Sippe, nichts anderes zu tun, als die Unordnung wieder einigermaßen herzustellen, die das Zeichen der Bewohntheit sei. Nicht ohne Schärfe pflegte dann das Kätterli schlagfertig an seine Hefte zu erinnern, in denen er säuberlich, in der Form von Zeitungsausschnitten, die wirren und unübersichtlichen Zeitereignisse zu Geschichte zu formen unternommen habe, früher allerdings; jetzt, wo es der Mühe Wert gewesen wäre, ruhten sie, richtig verstaubt, in einer seiner geliebten Kartonschachteln auf dem Boden eines Wandschrankes.

Gebhardts hatten nun auch ein Telephon; es diente hauptsächlich der Verbindung mit der Mengschen Villa an der Seefeldstraße, regelmäßigen Anrufen der Großmama Hermine, die der Betreuung der beiden Enkel durch Kätterli einfach nicht recht traute. Sie hatte stets das Gefühl, es geschähen da oben auf der Wasserscheide eigensinnige und unvernünftige Dinge. Schon wie das Kätterli nach der Art südlicher Frauen Vera herumzutragen pflegte, im Arm, aufrecht, und das Gesichtchen nach außen, ging ihr auf die Nerven. Und Karl, der Schwiegersohn, der sich im Schutze des Wohlstandes von einem linkischen Burschen zu einem großen, pausbäckigen Manne von beträchtlicher Gestalt durchgemausert hatte, schien die Nachkommenschaft von seiner Höhe herab mehr mit dem nachsichtigen Wohlwollen zu betrachten, mit dem man junge Kätzchen gewähren läßt. Aus dem Dienst als Sanitätssoldat, der ihn schon über zweihundert Tage von seinem Studium hinweggerufen hatte, war ihm eine gewisse fatalistische Wurstigkeit geblieben, ein Sichfügen, ein gewisses Wohlbehagen im Provisorium. Die höhere Gewalt hatte entschieden etwas für sich; sie enthob der Verantwortung, und die Widerwärtigkeiten und Mißgeschicke, die sie verursachte, ließen einen ohne Schuld. Ja man konnte ihr füglich noch einen Teil der persönlichen Nachlässigkeit aufhalsen, es merkte es keiner. Behäbig und regelmäßig wie ein Beamter begab Karl sich in der Zeit zwischen zwei Dienstperioden in den Lesesaal der Bibliothek, als ein richtiger Habitué, und ganze Vormittage gingen über der Lektüre von Büchern hin, die mit seiner Arbeit nichts mehr zu tun hatten.

Als das Kätterli auf der Veranda das Staubtuch in den nebligen Morgen hineinschüttelte, sah es die Zürichbergstraße herauf den Vater kommen. In seinem weiten Lodenmantel, dem grünen, mit einer geringelten Feder aus dem Kick einer Ente gezierten Hut und dem derben Hakenstock, den er bei seiner Tochter Anblick sogleich grüßend erhob, machte er den Eindruck eines Försters auf dem Reviergang. Immer hatte er in seiner Bekleidung einen gewissen Hang zum Schaustellerischen gezeigt, das die augenblickliche Beschäftigung, das Ziel seiner Wanderung, sozusagen andeutete. Kätterli erinnerte sich noch gut der Mützen, die er beim Gordon-Bennet-Fliegen oder bei den Anlässen der Jachtklubs zu tragen pflegte. Geröteten Antlitzes und gesträubten Schnurrbarts stand er in der Wohnungstüre. Den Vormittag zu einem ausgedehnten Marsch benützend – es sei ja im Geschäft augenblicklich so wenig zu tun –, habe er nur rasch im Vorbeigehen guten Tag sagen wollen. Die Gesundheit und Spannkraft zu bewahren, das sei das Wichtigste in diesen Zeiten, die Ruhe der Nerven und klaren Kopf, meinte er, als er sich auf der Veranda über die schlafende Vera beugte. Die einfache Lebensweise und der Aufenthalt in endlich nicht mehr überheizten Räumen, das behage ihm; seit der Benzwagen aufgebockt und das stromfressende Elektromobil abgestoßen sei – an einen Arzt, Dr. Mende –, werde er sich der Wohltat gesunder Glieder erst wieder völlig bewußt. Und, Gott sei es gedankt, die Dinge fingen an, eine für Deutschland unzweifelhaft günstige Wendung zu nehmen. Rußland sei erledigt, die Revolution und der Friede von Brest-Litowsk erlösten die Zentralmächte vom Druck aus dem Osten und, bald würden nun die freiwerdenden Divisionen nach Westen strömen und die Alliierten zum Frieden zwingen. Natürlich, das könne man ja voraussehen, ohne Einfluß werde der Bolschewismus auch für den Westen nicht sein, das habe man ja schon an den Zürcher Krawallen gesehen; aber eine entschlossene und wachsame Regierung –

Stumm und mit unbeteiligten Augen horchte das Kätterli zu. Das Echo jener Schüsse auf dem Helvetiaplatz war kaum bis hier herauf gedrungen; das Leben in den anderen Quartieren ging geruhsam weiter; längst war ja auch dieser Krieg etwas geworden, das sich ganz außen am Rande abspielte. Von dem ehernen Marsch der Ereignisse war hier nichts zu spüren als die kleinen Widerwärtigkeiten, die die Rationierungen einiger Lebensmittel, des Kochgases und der Brennstoffe im Gefolge hatten. Doch unter dem Schutze der Vorräte, die Frau Meng im Seefeld draußen aufgestapelt hatte, und der regelmäßigen Auszahlungen durch die Bank, die Meng angeordnet hatte, steuerte der Haushalt der Jungen nahezu unbehelligt durch die Zeit.

Wie es nun eigentlich mit Karl stehe, wollte Meng wissen. Ob seine Dissertation bald beendigt sei? Und ob man daran denken dürfe, daß in absehbarer Zeit der Gebhardtsche Haushalt einen Teil seines Aufwandes aus eigenem Verdienst zu bestreiten sich in der Lage sehe? Selbstverständlich, es eile ja nicht, aber immerhin wäre es schön, wenn sich am Horizont so etwas Ähnliches abzuzeichnen begänne.

Kätterli war des im väterlichen Hause üblichen, leicht auftrumpfenden Tones, mit dem wichtige Dinge eingeleitet wurden, von der Jugend her gewohnt. Es war keine Ironie in der Stimme Mengs, aber die junge Frau biß sich bei dieser leicht hingeworfenen Frage auf die Lippe. Wie weit waren sie und Karl abgetrieben worden von den herben und spartanischen Vorsätzen, mit denen sie ihre freie Ehe untermauert hatten! Wie eingelullt von der Leichtigkeit, mit der sich mit Hilfe der «Apanage» das Leben gestaltete, waren sie dahingetrieben, Karl in seinem Studium und es, Kätterli, mit den beiden Kindern. Nie in den Jahren war von den Eltern an diesen Punkt gerührt worden; als selbstverständlich und ohne das leiseste Gefühl der Dankbarkeit unterschrieben sie jeweils Ende eines Monats die Quittung, die ihnen der Bankausläufer vorwies, der das kleine Notenbündel ins Haus brachte. Auch unter sich sprachen die Eheleute kaum mehr von diesem Geld, das in Karls Tischschublade gelegt wurde und von dem sie nahmen, was sie brauchten.

Es gehe vorwärts, Karl arbeite, aber eben, die vielen Dienstleistungen brächten immer wieder Unterbrüche, antwortete die junge Frau und machte sich mit abgewandtem Gesicht am Kinderwagen zu schaffen. Wenn es einmal so weit sei, so dürfte für Karl eine entsprechende Anstellung nicht lange auf sich warten lassen, im Lehramt an einer Privat- oder Mittelschule oder in der Presse, im Feuilleton.

Meng nickte mit nachdenklichen runden Augen vor sich hin. Er kam Kätterli, die, über das Kind gebeugt, zu ihm hinüberschielte, eigenartig gealtert vor, mit an den Schläfen hart hervortretenden Adern und der bläulichen Tönung der Bäckchen über dem Jochbein. Er sagte dann auch etwas Sonderbares: «Sie schießen auf einen, weißt du, Kätterli. Wer im Leben draußen steht, empfängt täglich eine Breitseite. Scheinbar wird man nicht getroffen, aber so auf die Länge merkt man doch, daß es einen nicht unversehrt läßt. Und sei es auch nur der Schreck und das Getöne.»

«Geht es dir denn gesundheitlich nicht gut?», fragte das Kätterli.

«Alles in Ordnung», antwortete Meng, «aber nicht wahr, man hat auch so seine Sorgen, natürlich, wie alle.»

Unbehaglich, unbequem, unheimlich war das anzuhören. Das ist die Vergeltung, dachte die junge Frau, daß wir uns nicht treu geblieben sind. Hätten sie uns doch damals verflucht und verstoßen, wir stünden heute auf eigenen Füßen da. Dieser teuflische Weg des geringsten Widerstandes hat uns gelähmt. Jetzt zittere ich wegen Dingen, auf die wir keinen Einfluß haben, wie Höflinge, die sich um den Bestand der Dynastie sorgen!

«Geht denn das Geschäft schlecht?», forschte nun das Kätterli entschlossen.

«Flau, natürlich, es wird ja nicht gebaut. Aber ich bin ja nicht mehr drin, oder nur noch dem Namen nach, sagen wir mal.»

«Nicht mehr drin? Wieso?»

«Liebes Kind, ich habe in den Zeiten der Blüte des Reiches Stolz und Größe immer verkündet. Ich mußte in der Zeit eiserner Not auch meine Pflicht tun. Ich bin doch kein Schweinekerl», sagte Meng leise.

«Soll das heißen –?» fragte das Kätterli.

Der Vater nickte. «Kriegsanleihen.» Dann fügte er noch hinzu: «Dir wollte ich es sagen, die Mutter weiß nichts davon. Auf Gedeih und Verderb, verstehst du.»

Aber dieser Vormittag war noch nicht zu Ende. Kätterli sah von der Veranda aus den Vater nach Försterart in der Richtung nach dem Dolder durch den Wald davonstapfen, kleine Dampfhäuchlein bei jedem Schritt ausstoßend, dann lief es mit Lappen und Pinsel noch einmal durch die Wohnung, abstaubend, grübelnd und die Empfindung einer tonlosen nüchternen Leere unter sich. Die Glocke schlug an, zweimal, leise. Sie öffnete. In ihrem kurzen, vom Fell eines Kaninchens verbrämten Mäntelchen stand Maly da, blaß und mit einem eigenartigen Ausdruck in den Augen. Heute ist so ein Tag, dachte die junge Frau.

Vornübergelehnt, die Knie angezogen, kauerte das Kätterli in der Ecke des Stubensofas und lauschte der Erzählung ihrer jungen Schwägerin von den Vorkommnissen um den Studenten Arquint. Er war vom Militärgericht der Division zu vier Monaten Gefängnis, Entsetzung vom Grade und Einstellung im Aktivbürgerrecht für die Dauer eines Jahres verurteilt worden. Darüber hatte das Kätterli gelesen, auch mit Karl davon gesprochen. In einer ihr selbst nicht verständlichen Erregung nickte die junge Frau ungeduldig, Maly möge weitererzählen.

Reto stehe im letzten Kurs der landwirtschaftlichen Abteilung der Eidgenössischen Technischen Hochschule und sollte nach Absolvierung des Semesters die Diplomprüfung bestehen. Deshalb habe er ein Gesuch an die Staatsanwaltschaft gerichtet, den Aufschub des Strafvollzuges zu erlangen, damit er seine Diplomarbeit beendigen könne.

«Warum hat er das getan?» entfuhr es Kätterli.

«Eben damit er sein Studium abschließen kann», antwortete Maly.

«Nicht das meine ich. Warum ist er ihnen wieder nachgelaufen nachher?»

Maly verstand auch diese Frage; zu oft war in den letzten Wochen davon gesprochen worden. Das wolle sie nachher erklären. Kurz, dieses Gesuch sei bewilligt, der Antritt der Strafe aufgeschoben worden. Aber – und nun komme das

Schwerste, Unerwartete – der Schulrat habe Reto von der ETH ausgeschlossen.

«Das ist richtig, das ist konsequent», rief das Kätterli mit geröteten Wangen aus seiner Sofaecke und stellte die Füße auf den Boden. «Oh, warum hat er das Gesuch gestellt? Warum mußte er seine Tat durch so eine kleinliche, nachträgliche Bettelei wieder zerbröseln!»

Kätterli befand sich sogleich mitten in der Verstrickung dieser Vorkommnisse. Sie atmete die Luft des Aufruhrs und des Unbedingten, die sie und Karl vor beinahe einem Jahrzehnt selbst umweht hatte, damals, als sie vom Ballon-Wettfliegen hinweg über die Engstringer Hügel davongewandert waren, Hand in Hand, harter und mutiger Entschlüsse voll. Diesen zweien, dem Coiffeurmädchen und diesem Studenten, wurde wie ein Glücksfall die Entscheidung zu einer jener großen einmaligen Taten zugespielt, eine jener einmaligen Möglichkeiten, die den Menschen über die träge Masse erheben und ein ganzes Leben überstrahlen – und schon waren sie wieder im Begriffe, mit kleinlichen Zweckmäßigkeiten und Vernünfteleien sie zu entwerten. Wie sie, die Eheleute Gebhardt, mit der Mengschen Apanage, die sie auf dem Wege des geringsten Widerstandes, langsam und unbemerkt, in das Kraftfeld der kompakten Majorität zurückgeführt hatte.

Kätterli blickte das blasse Mädchen auf seinem Stuhle mitten im Zimmer an. «Bekommst du etwa ein Kind?», fragte es leise. Maly schüttelte nur den Kopf. Es könnte sein. Aber das sei es nicht. Auszuwandern hätten sie die Absicht gehabt, nachher, wenn Retos Studium zu Ende sei, nach Kanada. Eine Anstellung am Agrikulturellen Institut in Ontario sei ihm angeboten worden, aber nun, dieser gewaltsamen Ausschließung halber, sei natürlich alles zu Ende. Die Kommilitonen hätten schon protestiert, Flugblätter verteilt, Resolutionen gefaßt, Eingaben. Selbst Professoren seien dafür, anerkennten die Lauterkeit von Retos Gesinnung. Aber Fleiners Argument überzeuge: es dürfe einer aus einer solchen Tat keine Vorteile ziehen, die Dienstverweigerer könnten nicht weiterstudieren, während ihre Kollegen Dienst tun müßten an der Grenze.

«Richtig! Vollkommen richtig!», rief das Kätterli, «wenn man so etwas tut, muß man alles aufs Spiel setzen, die ganze Existenz, das persönliche Glück. Ach, warum hat er sich noch gedemütigt um einer Milderung willen.»

Das Mädchen Maly konnte nicht wissen, daß die junge Frau damit sich selber anklagte. «Alles und unwiderruflich, sonst ist es sinnlos», wiederholte sie nochmals, und nicht anders, als ginge es sie selbst an. Nicht einmal nach Malys Begehr zu fragen kam ihr in den Sinn. Es war, als würde ihr mit dieser Geschichte ein Labsal verabreicht, nach dem sie während Jahren gelechzt hatte.

Als Karl Gebhardt groß, breitschultrig, rosig angehaucht, den kleinen Schörschli an der Hand, ins Zimmer trat, fand er seine Schwester Maly noch immer wie einen fremden Besuch, in Hut und Mantel, auf dem Stuhle sitzend, während das Kätterli mit geröteten Wangen, die kurzen Haare über der Stirne von wilden Fingern durchstrählt, mit großen Schritten herumlief. Aber erst später und rückschauend würde es gewahr werden, daß dieser Morgen zu einem jener Tage gehörte, an dem sich das Klima eines Lebens verändert.

Fünftes Heft

I. Kapitel

Madame Bariffis Salon de Beauté im ersten Stockwerk des Hauses an der Bahnhofstraße erfreute sich zunehmender Beliebtheit. Mitten in dem ein wenig über einen Kilometer sich hinstreckenden Boulevard des einzigen vom Kriege verschonten Landes Europas, innerhalb des fünfundvierzigsten und des fünfzigsten Breiten- und des fünften und des zehnten Längengrades gelegen, bis nun ohne eine nennenswerte Konkurrenz, erfüllte das Institut außer dem der Gesichts-, Hand- und Fußpflege noch einige andere, weder der leicht angegrauten Inhaberin noch deren Klientschaft völlig bewußt werdende Zwecke.

Je mehr sich die Berichte über den unbeschreiblichen Morast vermehrten, in dem die Armeen in den Schützengräben Rußlands, des Balkans, Frankreichs und am Isonzo versanken, verlaust und verkrustet, in blutbefleckten und beschmutzten Kleidern und Unterkleidern, in der Verrichtung der Notdurft zu den primitivsten, von keinerlei Schamgefühlen mehr belasteten Einrichtungen der «Misère humaine» zurückkehrend, je mehr in den Hauptstädten des Kontinents der Schaum des Luxus, des Überflüssig-Schönen, die Freude an der Sauberkeit, die frischen Wohlgerüche eines gepflegten Körpers verschwanden, um so größer wurde in dieser Stadt das Bedürfnis, der verlorengegangenen Genüsse teilhaftig zu werden. Ja viele der in immer dichteren Wellen aus den Ländern des Deutschen Reiches, der Donaumonarchie herangeschwemmten Leute entdeckten und lernten in den großen Hotels und auf den Trottoirs der Bahnhofstraße diese ihnen bis jetzt unbekannt gewesene Seite des Wohlstandes erst kennen. Vor wenigen Tagen noch in den Kaffeehäusern, den Amtsstellen und Schalterräumen der Banken schäbig herumlungernd, vertauschten sie, endlich im Besitze ihrer Visa und Ausreisebewilligungen, kaum in der Stadt angekommen, ihre aus Ersatzstoffen angefertigten Konfektionskleidungen mit Maßanzügen aus besten englischen Stoffen, ließen sich von den Chemisiers seidene Hemden anfertigen und streckten jeden Vormittag mit Behagen ihre von neuen Doelkerschuhen umschlossenen Füße unter die porzellanenen Waschbecken der Coiffeursalons, dieweil ihre Köpfe friktionniert, massiert, pomadisiert, ihre Gesichter rasiert, mit heißen Kompressen belegt, mit Eiswasser gekühlt, mit Cremen eingefettet und mit flaumigen Quasten eingepudert wurden. Befriedigt betrachteten sie sich in den Spiegeln, zogen die flache platinene, eben erst erworbene Schweizer Uhr aus der Tasche, kargten mit Trinkgeldern nicht und begaben sich hinaus in den wundersamen, Bahnhofstraße genannten Korridor. Auf einer Strecke von etwa fünfhundert Metern, um den Paradeplatz herum, mündeten hier zwischen Seiden- und Bijouteriegeschäften, Unternehmungen der Bekleidungs- und Lederwarenbranche auf höchster Ebene die Schalterhallen und Wechselstuben der ganzen Finanzmetropole auf den Asphalt hinaus, Börse und offener Markt des Handels mit fremden Noten. Paket- und koffernweise brachten Schmuggler und diplomatische Kuriere deutsche Mark- und österreichische Schillingnoten über die Grenzen in diese Straße, wo sie bei stetig weichenden Kursen in bare Schweizer Franken, englische Pfunde und amerikanische Dollars umgewandelt wurden. Diese vergriffenen, verfetteten, oft zerfetzten und wieder geflickten Geldscheine, hundertmal des Tages von fieberhaft angefeuchteten Fingern gezählt, zu Bündeln geheftet, wieder getrennt und verteilt, auf Schalterplatten hin und her geschoben, hinterließen beschmutzte Hände mit dunkeln Rändern unter den Nägeln. Es wurden deshalb die Stühle vor den kleinen Tischchen in den Kabinen von Madame Bariffis Schönheitssalon nie leer. Einer zahnärztlichen Praxis gleich, waren die vorgemerkten Stunden der Behandlung abgezirkelt; aber selbst das Warten der Klienten erwies sich noch als vorteilhaft für die Unternehmung. Ans Kaufen und Geldausgeben gewöhnt und vor den Blicken auf gläsernen Tablaren zum Greifen nah die phantasievollen Flacons jener sagenhaften französischen Parfums, erwarben diese Herren gerne, sozusagen zum Zeitvertreib, die Erzeugnisse der Duftstoffindustrie des feindlichen Landes. Es waren dies vielbegehrte Geschenkartikel, die sie in ihrer eingekreisten Heimat mit dem Nimbus und dem Geruch der internationalen Geschäftswelt umgaben.

Eines Tages war, von ihrem Laden herauf, auch Madeleine wiedergekommen, ohne Hut, in einem dezenten Tailleur, als Nachbarin sozusagen, eine Sängerin des Theaters an der Wien begleitend, das auf einem seiner Gastspiele in der Stadt weilte. Die Kundin, die schon eine Krokodiltasche erworben hatte, begehrte ein Parfum darin unterzubringen. Nur für die Dauer eines Wimpernschlages hatte Madame Bariffi gezögert und dann die beiden in den Verkaufsraum vor die Vitrine hingeführt. Mit der jungen Frau war eine Veränderung vorgegangen, das sah sie sogleich, während sie mit flinken und behutsamen Händen die irisierenden, opalisierenden und bernsteinfarben funkelnden Phiolen vor der Kundin anordnete. Madeleine stand am Fenster und blickte auf die Straße hinab, mit einem Blick, so wollte es Madame Bariffi scheinen, als durchmesse sie den Weg, den sie durch die Zeit zurückgelegt habe. Sie stand aufrecht da, ihre Bewegungen waren gemessen, und die Worte fielen ruhig, in einem angenehmen Wohllaut von ihren Lippen. Seit einem Jahr trug sie Neuwillers Namen. Es war aber nicht, wie man hätte denken können, nur eine stille, unauffällige Ziviltrauung gewesen, sondern eine in der Eglise française an der Hohen Promenade; von Neuwillers Seite waren die Verwandten aus dem Schaffhausischen und aus Außerrhoden erschienen, und von Paris Madeleines Mutter und noch zwei männliche Mitglieder ihrer Familie ferneren Grades, zwei Sippen von weither, bemüht, den ungeschriebenen, aber beharrlichen Gesetzen dieser ordentlichen und wohlmeinenden Stadt Genüge zu tun. Neuwiller hatte seine Wohnung an der Bahnhofstraße, Madeleine die ihrige im Ottikerquartier verlassen, und sie bewohnten nun ein Appartement mit hohen Zimmern in einer jener stillen, von schmalen Vorgärtchen gesäumten Straßen der Enge. Ein kleiner, jedoch nicht ganz einwandfreier Corot, eine duftige Landschaft mit Tal und einem Durchblick in die Ferne, hing über der massiven Kredenz des Eßzimmers.

Alle diese Veränderungen im Leben ihrer ehemaligen Angestellten waren der Inhaberin des Schönheitssalons wohlbekannt, wenn sie auch in ihren geschäftlichen Beziehungen mit dem Börsenmakler jede Berührung persönlicher Verhältnisse vermieden hatte. Im Grunde aber war es ihre Saat, die hier auf so ersprießliche Weise aufgegangen war.

Die Sängerin aber konnte sich nicht entschließen. Sie wollte ja schon, aber ach, die Devisen, doch wolle sie nochmals vorbeikommen. Mit vollendeter Freundlichkeit geleitete sie Madame Bariffi hinaus. Als sie zurückkam, stand Madeleine noch immer am Fenster, doch dem Zimmer zugewendet.

Einen Augenblick lang blickten sie sich wortlos an, dann trat die Bariffi zu der jungen Frau hin, küßte sie auf die Wange und empfing von ihr auf unerwartet heftige Weise dieselbe Liebkosung. Während draußen, in den Kabinen, die Klienten sich ablösten und das zierliche Geklapper der Instrumente und die Stimmen durch die geöffnete Türe zum Verkaufsraum herübertönten, verplauderten die beiden Frauen im Hochgefühl der Versöhnung eine angenehme Stunde. Es konnten beide nur Gutes berichten. Leise getragen von den letzten schaumigen Säumen der Flutwellen, die den Kontinent heimsuchten, hatten sich zu ihren Füßen schon so viele Körnchen reinen Goldes ausgespült, die Neuwiller sachte zu ernten wußte, daß sie der Zukunft mit einer Art ruhiger Gemütlichkeit entgegensehen konnten. Die ganze ehemalige Wohnung Neuwillers an der Bahnhofstraße hatte sich in eine Privatbank verwandelt, mit zwei Angestellten und einem Schalter, der in eine den großen Raum abtrennende Glaswand eingelassen worden war. Davor waren stets ein paar Leute zu finden, die fremde Noten wechselten. Doch waren es nicht jene eleganten Herren, die zu Madame Bariffis Kundschaft zählten, sondern bärtige Männer in dunkeln Hüten und kaftanähnlichen Mänteln, der deutschen Sprache kaum mächtig, Flüchtlinge und Herangeschwemmte aus den großen Städten Galiziens, Auf- und Verkäufer jenes dicken und unbehilflichen Mannes, Porches mit Namen, der seit über einem Jahr in der Familienpension der Frau Dr. Ruggli an der Dianastraße sein Quartier aufgeschlagen hatte. Man konnte ihn manchmal sehen, wie er, die Gehilfen um Haupteslänge überragend, in einer Seitenstraße, den Hut aus der Stirne geschoben, Daumen und Zeigefinger an den tiefroten Lippen netzend, Dollarnoten an seine Anschickmänner verteilte, die dann unter den Blicken der erstaunten Einheimischen in die Wechselstuben ausschwärmten. Auf der untersten Stufe der Achtung sich bewegend, ja von haßvollen und hämischen Blicken verfolgt, fremd mit ihren traurigen und scharfen Augen inmitten des Jahrmarktes an dieser Straße, Parasiten am Rande der legalen Finanzgeschäfte, waren sie es, denen die Devisenabteilungen der komfortablen Bankinstitute die interessanten Abschlüsse jener Jahre zu verdanken hatten.

Als Madeleine sich endlich, hübsch aufgerichtet und gemessen, zu verabschieden anschickte, gab es noch einen kleinen

Zwischenfall. Es waren Kisten angekommen. Man hörte es auf dem Korridor draußen poltern, und Männerstimmen verhandelten miteinander. Die Türe wurde halb geöffnet, ein graumelierter Mann, hemdärmelig und angetan mit einer blauen Schürze, eine Zigarette hinter dem Ohr, rief, ohne Madeleine zu bemerken, herein: «Die Sendung von Roger & Gallet ist eingetroffen. Auf den Estrich?»

«Ja», antwortete Madame Bariffi. Die beiden Frauen schauten sich in die Augen, Madeleine fragend, und die Inhaberin des Schönheitsinstitutes einigermaßen belustigt. «Sie haben richtig gesehen», nickte sie. «C'est lui, Léon. Was wollen Sie, er mußte doch auch leben.»

Sie konnte es Madeleine ansehen, wie fern ihr das alles geworden war. Nun blitzte es auch in deren grauen großen Augen wie von einem verschmitzten Lachen, und es war, wie wenn auf ihrer unerreichbaren Höhe, über den Kopf des draußen eifrig mit den Kisten hantierenden Faktotums hinweg, zwei Parzen verständnisinnige Blicke wechselten.

II. Kapitel

«So schlecht war das nicht für den Anfang, was sich da im November am Helvetiaplatz und um das Bezirksgebäude herum abspielte», bemerkte Bluntschli, sog, die Augen halb zugekniffen, an seiner Zigarette, und schon klopfte er auch mit seinem langen, von Nikotin gefärbten Zeigefinger nervös und mit viel zu großem Kraftaufwand die Asche ab. «Gar nicht so schlecht», wiederholte er noch einmal, «mit überraschenden und sehr lehrreichen Aspekten.»

Sie saßen, eine Tafelrunde von etwa zwei Dutzend jüngeren Männern und einigen Mädchen, in dem ungeheizten Lokal des Arbeiterveloklubs Friesenberg im Restaurant Andreotti an der Badenerstraße. Es war auch ein Soldat unter ihnen.

«Man kann mit dieser raschen Fernwirkung durchaus zufrieden sein», fuhr der Arzt fort. «Am 9. November reißt Lenin in Petrograd die Macht an sich, verhaftet die Minister, setzt Kerensky ab, die Sowjets besetzen mit Hilfe der Truppen das Telegraphenamt, die Staatsbank und das Marineministerium, und kaum acht Tage später zeichnet sich hier eine proletarische Bewegung auf der Straße ab, von der sich, und das halte ich eigentlich für das Ausschlaggebende daran, die Bonzen der Sozialdemokratie in einer Proklamation distanzieren.»

Er ließ das verächtliche Gemurmel versickern. «Sehr gut finde ich, daß sich, trotz dem, was die bürgerlichen Blätter behaupten, eine eigentliche Organisation der Bewegung nicht erkennen ließ und daß alles wie eine durch die stupide Brutalität der Polizei provozierte spontane Revolte der Masse wirkte. Das aktive Ferment der Jugendtruppen nach Münzenbergs Ideen hat sich ausgezeichnet bewährt, wie eine Art Hefe, die das amorphe Gemengsel von Neugierigen und Unzufriedenen zusammenknetete und in Bewegung brachte. Also, das war ganz gut. Die Polizei hat gesäbelt und geschossen, es hat Tote, Verwundete, sogar eine Barrikade gegeben, die Leute sind erbittert – das ganze endete mit gewaltsamer Niederknüppelung –, mehr konnten sie für den Augenblick gar nicht erhoffen.»

«Aber den Münzenberg haben sie ausgewiesen», rief einer dazwischen.

«Das ist ein großer Verlust», nickte Bluntschli. Eine richtige Katastrophe für die Jugendbewegung. Er war der einzige, der verstand, die endlosen Diskussionen in geschlossenen Räumen unter den freien Himmel auf die Straße zu verpflanzen und von dort in die Bewegung und die Tat überzuführen, dachte er, sprach es aber nicht aus.

«Gut ist es anderseits wieder, wie die Vorkommnisse bei den Studenten, den Theologen namentlich, gewirkt haben. Zusammen mit den sich häufenden Dienstverweigerungen, den Diskussionen um die Fälle Klaiber und Arquint, den Schieberprozessen und dem schamlosen Gehaben der Neureichen gibt das auch dort oben an den Hochschulen einen ganz anderen Nährboden. Sie verstärken auch in den oberen Schichten das Gefühl, wir stünden vor einer Umwälzung, und das ist eminent wichtig, denn eine Revolution kann nur gelingen, wenn sie von allen erwartet wird.»

Doktrinär, theoretisch, ein wenig so, wie er sich den kalten Robespierre vorstellte, dozierte Bluntschli in den dichten Rauch hinein.

«Aber wie soll es nur weitergehen», fragte ein junger Mann, dessen dünner Hals stengelartig aus einem Schillerkragen herausragte, ein kleines kraushaariges Köpfchen mit stark gewölbter Stirne tragend.

Als wüßte er das Rezept, sagte Bluntschli: «Arbeitslosigkeit und dann der Generalstreik.»

Er blickte über die Leute hin, die da vor ihm um den Tisch herumsaßen, ein wenig unterernährt. Einige von ihnen schrieben eifrig nach, was er sprach, wie sie es sich in diesem Arbeiterbildungsverein angewöhnt hatten.

Wie soll aus diesen braven und armen Leuten mit den Gewohnheiten lernbegieriger Gründlichkeit, die sie in den zürcherischen Volksschulen angenommen haben, eine aktive revolutionäre Minderheit, eine Führerschicht des Proletariats werden? Wir sind in Gottesnamen auf das Ausland angewiesen, auch darin, dachte Bluntschli, und ob diese ordentlich gekleideten Leute überhaupt Proleten sind, ist auch nicht sicher, schoß es ihm durch den Kopf.

Ganz hinten im Sälchen, unter dem Glaskasten, der die Standarte und die Trophäen des Veloklubs beherbergte, saß, das Kinn in den Teller ihrer Hand gelegt, Jacqueline Voubrasse und blickte unentwegt, ohne einen Wimpernschlag, dem Redner ins Gesicht. Ihr helles Haar war kurz geschnitten und fiel ohne Zierde und Umstände vom Scheitel auf die beiden Wangen hinab. Ihre Gesichtszüge hatten das Zarte, Kindliche, das ihrer waadtländischen Tracht am Frühlingsfest des Lesezirkels Hottingen so lieblich angestanden hatte, verloren. In ihrer dunkelgrünen langärmeligen Bluse aus grobem Gewebe tat sich eine völlige Vernachlässigung des Schönen kund. Vor sich auf dem Tisch hatte sie eine zerschlissene Ledermappe liegen, aus der die Schläuche eines Stethoskops und ein Perkussionshammer hervorlugten, und in der sie von Zeit zu Zeit nach einem zerknüllten Taschentuch kramte. Ihr rechter Zeigefinger war von der Tinte der Füllfeder bekleckst, die vor ihr auf einem geöffneten Kollegienheft lag und mit der sie manchmal eine hastige Bemerkung hinkritzelte.

«Die Lehre, die wir aus den Vorgängen in Rußland ziehen müssen, ist ganz klar», sagte Bluntschli nun. «Das Bürgertum ist überhaupt kein Hindernis mehr. Es ist mürbe, bereit zum Umfallen, von seinem eigenen schlechten Gewissen, von seinem Schuldgefühl gegenüber dem Proletariat unterhöhlt. Sie sind ja gar nicht mehr recht bei der Sache. Den wahren Bürger gibt es nicht nur in Rußland, sondern auch in Deutschland und in Frankreich nicht mehr, seit die Kapitalien und Vermögen hinzuschmelzen beginnen, fortwährend abgeschöpft von den

Kriegssteuern. Diese Bürger gehören schon zum Proletariat. Aber gerade das ist die Gefahr. Sie brachten ihren bürgerlichen Geist, ihre zweckmäßig-egoistische Denkweise in die Sozialdemokratie hinein. Damit die Revolution gelingt, müssen wir die verspießte und verbürgerlichte, die verbonzte Sozialdemokratie auflösen und sprengen, jene Massen freimachen, die vermittelst sogenannter demokratischer Methoden mit Versicherungsbeiträgen und Mitgliederheften geknebelt werden.»

Es öffnete sich in diesem Augenblick die Glastüre zum Lokal, und Angst, in Hut und Mantel, trat ein und setzte sich ohne weiteres auf den nächsten Stuhl an der Wand, unter eine gerahmte Ehrenmeldung des Veloklubs Friesenberg.

Die Leute am Tisch blickten zu ihm hin und dann zu Bluntschli, von dem sie offenbar eine Antwort erwarteten.

«Es ist dies zwar eine geschlossene Veranstaltung, Genosse Bonzonigo Angst», sagte dieser, «aber das, was ich hier sage, dürfen Sie ruhig hören.»

Angst zog bedachtsam einen Stumpen aus dem Päckchen, und während er die Wicklung genau betrachtete, um das Mundstück festzustellen, antwortete er: «Das wollte ich einmal sehen, wer in diesem Stadtkreis einem Arbeitersekretär verbieten will, dem Kurs eines Arbeiterbildungsvereins beizuwohnen.»

«Einverstanden, das kann Ihnen nur gut tun», meinte Bluntschli so nebenbei, unter dem Gelächter der jungen Leute.

Angst schaute in der Reihe herum einem jeden wortlos in die Augen. Dann verschränkte er die Arme und lehnte sich zurück.

Angeregt und aufgestachelt durch des ungeladenen Gastes Anwesenheit, nahm Bluntschli seine Belehrung wieder auf. Was sich heute in Rußland abspiele, die maximalistische Revolution, an deren Spitze Lenin und Trotzki stünden, sei von diesen Männern in diesem Lande, ja in dieser Stadt geplant worden. Das kleine Zimmer an der Spiegelgasse habe die Bedeutung einer weltgeschichtlichen Keimzelle. An der proletarischen Jugend und ihrer Intelligenz liege es, sich dieses Durchgangs des Kometen würdig zu erweisen, den Helvetiaplatz ebenso in einen Roten Platz umzuwandeln, wie es die Bolschewisten mit dem Kreml getan hätten. Eingeweiht mit Arbeiterblut sei er ja bereits …

Wie es gewesen sei, fragte Aaron, der gegenüber dem Restaurant Andreotti im Dunkel und im Regen auf Jacqueline gewartet hatte. «Ein bißchen blöd eigentlich», antwortete sie. Dieser Angst, dieser Arbeitersekretär, der da gekommen sei, habe sich in die Diskussion eingemischt, Bluntschli als einen zynischen Dilettanten hingestellt, als eine Art Ästheten der Revolution und damit nicht als einen Freund, sondern als einen Feind der Arbeiterschaft. Mit Beschimpfungen und Drohungen, mit gegenseitiger Verhöhnung und Verspottung hätte es schließlich geendet, und Angst sei davongegangen, die Türe hinter sich zuschlagend. Sie erzählte es wie abwesend, während sie unter ihrem Schirm die dunkle Waffenplatzstraße hinauswanderten.

«Was hast du eigentlich bei diesen Leuten verloren?», fragte Aaron.

Das frage sie sich manchmal auch, antwortete sie. Aber sie hätten es doch so ausgemacht, in der Studentengruppe, daß sie hinausgingen aus ihrem Kreis, zu den Arbeitern, unter das Volk. Man müsse doch mitmachen, Anteil nehmen. Eine Front der Jugend müsse sich doch bilden, wolle man aus diesem Elend, aus dieser Hoffnungslosigkeit heraus. Er, Aaron, habe doch auch jenes Flugblatt, den Augenzeugenbericht unterschrieben.

Jacqueline schritt mit ihrem Mäppchen, ohne seinen Arm zu nehmen, unter ihrem gemeinsamen Schirm dahin, und manchmal blickte er zu ihr hinüber. «Was haben sie aus dir gemacht?» dachte er. «Wie lange ist es her, daß ich dich lachen gesehen habe! Eine Art Blaustrumpf bist du geworden. Keine Freude, keine Wärme geht mehr von dir aus. Nur noch Kummer und Grübeln. Alles ist so nüchtern, so anklägerisch um uns her geworden! So verdreht und so verkrampft! So verzweifelt! Wir sehen uns täglich, oben in der Uni, und abends warte ich auf dich, komme dich abholen von den Kursen und Vorträgen, du läßt es dir gefallen, daß ich dich heimbegleite in die Binz hinaus, und dann wandere ich durch die Stadt nach Hause, zu den unmöglichsten Stunden, wo kein Mensch mehr auf der Straße ist, kein Tram mehr fährt. Immer denselben Weg, die Bederstraße herein über den Paradeplatz, nicht anders als in der Schulzeit, wo ich auf diese Weise die Mittagsstunden hinbrachte.»Jede Nacht nahm er sich vor, das müsse nun ein Ende nehmen, das sei ja völlig sinnlos, und jedesmal,

wenn er ihrer wieder ansichtig wurde, pochte sein Herz, und dann gab es nichts anderes mehr, als daß er bei ihr, in ihrer Nähe sein mußte, solange es ging.

«Manchmal frage ich mich», sagte er, «was ist es eigentlich, das, was wir suchen? Was ist es, das dich und mich so herumtreibt? Ich meine hinter all diesem Sozialen und Ethischen, das wir immer im Munde führen?»

Er hatte keine Antwort erwartet. Doch dann antwortete Jacqueline auf einmal und schaute ihn dabei im Schatten des Schirmes mit großen Augen an: «Ich habe auch darüber nachgedacht, ich weiß es jetzt.»

Er blieb stehen. Sie hörten den Regen auf das gespannte Tuch tröpfeln, so still war es in der nächtlichen Straße.

«Du weißt es? Was ist es, das du suchst?»

Es traf ihn wie ein ganz feiner Stich einer stählernen Nadel mitten ins Herz, als sie sagte: «Größe.»

III. Kapitel

Hodler ist tot. Der große Hodler ist tot.

Auf halber Höhe des Treppenhauses, den einen Fuß bereits auf der obern Stufe, blieb Wepf stehen und senkte langsam die Zeitung. Er trug seinen weißen Arbeitsmantel und die große Hornbrille, deren er zum Lesen nun bedurfte. Er war, als er die Post läuten hörte, heruntergekommen, hatte den Briefkasten geleert, und im Hinaufsteigen war sein Blick inmitten all der Heeresberichte und politischen Nachrichten, wie magisch angezogen, auf des Meisters Namen gefallen, auf die kleine Agenturmeldung, die den Hinschied des Malers meldete.

Der Photograph Wepf, in seinem weißen Mantel und das weiße entfaltete Blatt in der gesunkenen Hand, stand im luftigen grüngestrichenen Treppenhaus des Gebäudes auf dem Steg über der Limmat, selbst wie eine jener Gestalten, die Hodler in seinen letzten Lebensjahren zu malen pflegte, und das Wasser rauschte tief unten zwischen den Eichenbohlen. Er stand nun da und blickte vor sich hin. Der große Hodler ist tot.

Was treiben wir für eine Schindluderei mit dem Leben! Wie böseln wir durch das Leben! Wie verlassen wir uns auf die Großen, daß sie das Geschäft besorgen für uns, daß sie sehen mit ihren Augen durch die Dinge hindurch, die einfachen, gewaltigen Konturen des menschlichen Daseins, daß sie für uns staunen, daß sie für uns anklagen, daß sie für uns hoffen. Und dann, eines Tages, schließen sie die Augen und sinken zusammen, schrumpfen, zerfallen – und wir bleiben verwaist zurück, des Meisters beraubt, der für uns lebte, an unserer Stelle sah. In ihm war das Bild unserer Welt aufgehoben, und nun, da er die Augen schloß, erlöscht es, und wir sind wieder blind geworden.

Langsam, müde, als kehrte er von einer weiten Reise zurück, betrat Wepf sein Photographenatelier. Wie ein Fremder betrachtete er den großen Apparat auf seinem Stativ, den Stuhl, auf den die Kunden sich zu setzen pflegten, den Tisch mit den Schalen und Behältern, die Dunkelkammer in der Ecke, die Kopierrahmen und die mannshohen Kartonplatten, die er, war das Wetter gut, mit den Lichtbildern in Postkartenformat zu bestecken und unten in den Hausgang und vor die Haustüre am Mühlesteg zu lehnen pflegte. Immer wieder betrachtete er diese Gegenstände seines täglichen Handwerks, schaute sie an, schüttelte den Kopf, befremdet, als sei er soeben nach einem langen Schlaf in ihrer Mitte erwacht, und nun wisse er nicht mehr, was das alles sollte, dieses Spielen und «Gevätterlen» mit diesen lichtempfindlichen Platten und Papieren, diesen Linsen und den optischen Tricks, die man mit ihnen vollführen konnte, Utensilien eines Lebens minderen Grades.

Langsam wanderte er durch die Werkstätte; der Bretterboden wankte und knarrte unter seinen Schritten. In einer fernen Ecke des weiten Raumes ruhte unter einer schweren Wagenblache ein kleiner Hügel von Gegenständen aus Wepfs früherer Zeit, ein Stativ, von bemalter und unbemalter Leinwand überzogene Holzrahmen, Farbkasten, Pinsel, aufgeräumt, gereinigt, aber verstaubt. Er drückte an den Tuben herum; einige von ihnen waren noch nicht vertrocknet. Wepf löste die Deckel, drückte, die Farbe quoll und strömte jenen für den Maler so berauschenden Terpentingeruch aus. Er setzte sich auf einen Hocker und begann die vertrockneten Tuben auszusondern; es blieben ihm noch ein Dutzend brauchbarer. Die Pinsel waren hart; Wepf spürte eine vergessene Freude, wenn er ihre Elastizität prüfte.

Nach einer Stunde verließ er den Raum, den Malkasten, eine große Leinwand, einen Feldstuhl unter dem Arm. Aber er ging nicht die Treppe abwärts, sondern stieg das Treppenhaus hinan und stieß die Estrichtüre auf. Das große gegiebelte Fenster mit der Seilrolle aus der Zeit, da man mit ihr Holz auf die Bühne hinaufbefördert hatte, blickte nach Süden. Spinngewebe lagen über den Scheiben. Wepf öffnete beide Flügel, stellte die Staffelei schräg, setzte den Rahmen mit der Leinwand auf, nahm den Kohlenstengel zur Hand, und dann verharrte er, aufrecht, den rechten Arm vorgestreckt, den Blick hinaus gerichtet, zum erstenmal seit mehr als zehn Jahren wieder in der Haltung des Malers.

Der große Hodler ist tot. Es gibt ein Bild von dieser Stadt, das er gemalt hat. Aber damals hatte er sich selbst noch nicht gefunden. Wie manchmal habe ich ihn daran erinnert. So müßte man sie sehen, wie er in der letzten großen Zeit seines Lebens sehen konnte, einfach, männlich, furchtlos, alles vergessend, die Fülle der Schau eingeklammert zwischen dem ruhig geöffneten Auge und dem ausgestreckten Arm, mit der Hand an ihrem Ende, die in ihren Fingern hart das Kohlenstück hält und schonungslos, bedachtsam, aber ohne Zögern ihre großen Linien über die rauhe Fläche zieht.

Beim ersten Strich, den Wepf zog, durchbebte ihn eine Gewißheit: Mochte sein Körper geschlafen und traumgewandelt haben in den vergangenen Jahren, mochte er seine Tage hingebracht haben in einem vordergründigen Leben der Beschäftigung, in seinem Berufe als Photograph, ein Teil von ihm mußte immerzu gemalt haben, immerzu mit malendem Auge einhergewandelt sein. Dieser erste Kohlenstrich verriet es. Nur eine links oben beginnende Linie war es, die sich langsam bis hinab zur Mitte senkte und wieder anstieg nach rechts, ein halber Bogen, hinabgesenkt und wieder aufsteigend, das untere Lid eines voll aufgeschlagenen Auges, aus dem das strahlende Licht des Morgens golddurchfunkelt hineinfiel in die blauschattige Kulissenlandschaft zwischen den Türmen des Großmünsters und dem Hügel des Lindenhofs. Schon war es zu Ende, das Hilfswerk der Striche, mehr brauchte es nicht. Vor dem Auge des Malers fügte sich Stufe um Stufe, Kubus an Kubus hinein in die Weite des Bogens. Mit breitem Pinsel wuchsen die Brückenköpfe der neuen Uraniabrücke, tiefblau in der Substanz, zur Linken vorspringend, in den Raum, in die Ränder des Bogens hinein. Es galt, den Verführungen des Kleinen zu entgehen, nicht sich aufzuhalten im Flimmern der ziehenden Wasser, zu vermeiden die Versuchung des lockenden Effekts der Ufer am Fuße der Mauern. Die großen, breiten Pinsel mit steifen Borsten, die Flächen hineinpflügten in die weiße Wand, Konturen ohne Zögern und ruhend im Maße des Ganzen. Nicht Töne, Nuancen: Farbe, eindeutige Farbe, indisches Gelb in den Himmel, ein durch Rot und Ambra gebrochenes Blau für die Massen, die außerhalb der blendenden Strahlung standen, und das jubelnde Fließen schiefriger Bläue des Flusses hinein in die erwachende Kammer der Stadt. Kaum angedeutet die Bogen der Brücken, Vorwände, es heller noch gleißen zu lassen aus den Schatten des Gemäuers hervor, fünf pralle Kugelflecke, die Bäume am Hange des Hügels, ein paar ockrige Reflexe über den Dächern und Mauern der Schipfe und das weiche Blaugrün des Morgens in den einmündenden Gassen des Quais zur Linken, wo die Fassaden der Uferstraße in Gold und Lila zu schimmern begannen.

Vergessen die Stadt und ihre Not, und keine Menschen sind da, nur das Bild, die Botschaft der Farbe und die makellose Form der Fläche, ein mächtiges Auge, das hineinblickt und die Blicke des Beschauers bannt.

Nach zwei Stunden fühlte Wepf das unentschlossene Flimmern der Müdigkeit. Er legte die Pinsel hin, wandte sich ab, schloß die Lider und zog eine zerknüllte Zigarette aus der Tasche seiner Schürze. Er setzte sich auf das Feldstühlchen, blickte vor sich auf den verstaubten Bretterboden wie ausgeleert. Der große Hodler ist tot. Er wagte es nicht, sein Auge zur Staffelei zu erheben, auf der die Leinwand lehnte. Überallhin wanderten seine Blicke, in den hohen Räumen des Estrichs umher, über die Stützbalken hin, in die Giebel des Fensters hinauf, wo die Spatzen nisteten. Unten summte die Stadt. Seine Hände waren voll Farbe, sein Mantel beschmutzt. In Girlanden zog der Rauch seiner Zigarette aus dem gründämmrigen Dachraum in die rosigen Dünste des Frühlingsvormittags. Der große Hodler ist tot, wie sollte er es wagen, seinen Blick zu erheben auf das Werk seiner Hände, die es im Flehen der Trauer und der Anklage erzeugt hatten. Es war seine Weise gewesen, den Schlag entgegenzunehmen, den Fliegern gleich, von denen man sich erzählte, daß sie sogleich ihre Maschinen besteigen und in wildem, verzweifeltem Trotz über die Frontlinie flogen, sobald sie den Absturz eines Kameraden vernahmen.

Dann endlich hob er sein Gesicht dem Bilde zu. Es stand da, schräg im Vorbau des Giebels, und das Licht fiel voll auf die Leinwand. Es stand da und zeugte. Es zeugte für eine Kraft in ihm, die gewachsen war, da sein Körper in lebhafter Tätigkeit geschlummert hatte während all der Jahre. Wepf spürte, wie sein Herz pochte. Hier stand das einfache, klare Bild dieser Stadt, wie er sie nie gesehen hatte bis jetzt, da er vor dieser Leinwand, seinem Werke, stand. Es durchschauerte den einsamen Mann im Dachstock des Hauses am Unteren Mühlesteg. Durch ihn hindurch, mit seinen Händen, so schien es ihm, hatte der Geist dieser Stadt sich zum Bilde gestaltet. Einer ihrer Erscheinungen war es gelungen, dem Fluß der Zeit zu entrinnen, sich festzuklammern an ein bißchen Stoff und Farbe, dem Schicksal jener unnennbaren Zahl der Visionen zu entrinnen, die unwiederkehrbar versank, wenn das Licht in den Augen der Leute erlosch. Es bedurfte eines Menschen, damit es möglich wurde, und der Gnade einer Stunde. Für ihn, Wepf, war es die Stunde gewesen, da ihn die Botschaft von des Meisters Tod erreichte.

Langsam stieg er die Holztreppe hinab, und dann begann er sogleich, als gelte es einen Auszug vorzubereiten, die Entwicklerschale zu leeren, den großen Photographenapparat abzubauen und alle Gegenstände seines Brotberufes in jener Ecke aufzustapeln, in der sein Malzeug während Jahren unter der grauen Wagenblache verstaubt gelegen hatte.

IV. Kapitel

Der außerordentliche Bezirksanwalt Dr. Ernst Schütz blickte vom Fenster seines Arbeitszimmers nicht ohne Neid auf den Schulhausplatz hinüber, wo unter den Kastanien eine Feldküche, von Kindern umlagert, in Betrieb war. Hemdärmlig, in weißer Schürze, die Policemütze schräg auf dem Kopf, hantierten dort zwei Wehrmänner, abwechslungsweise Brot und Suppe unter die Kleinen verteilend, oder sie dann wieder wie zudringliches Spatzenvolk mit übertriebenem Geschimpfe verscheuchend. Aber auch das gehörte zum Vergnügen der schulfreien Jugend und wurde nicht ernst genommen. Zum fünftenmal rückte die Brigade 14 ein, und damit würden die meisten dieser Milizen ihr halbes Tausend Tage Aktivdienst geleistet haben.

Ohne lange Überlegung und gar nicht in der kalten und gemessenen Art, wie man es einem Untersuchungsrichter für Kriegswucherdelikte hätte zumuten dürfen, wandte er sich um und blickte dem gemütlich die kleinen Hände auf dem Bäuchlein verschränkt dasitzenden Kolonialwaren-Agenten Corelli in die Augen.

«Ich wäre auch lieber bei denen da draußen», sagte Schütz. «Das wäre eine schöne Aufgabe. Aber während diese Leute zu zwei Franken im Tag an der Grenze stehen, ohne einen anderen Lohn, ohne Gewißheit, ob sie nachher, wenn sie heimkommen, Arbeit finden werden – gibt es Mitbürger, die zu Hause, im Hinterland, sich ungeniert, schamlos, durch das Verbrechen des Sozialwuchers bereichern.»

Corelli rührte sich nicht. Wie ein verkleinerter, leicht angegilbter Buddha saß er da und drehte kaum den Kopf; nur sein stechendes Auge im Lidwinkel verriet seine Wachsamkeit, als er erwiderte: «Seit zweiunddreißig Jahren bin ich im schweizerischen Kolonialwarenhandel tätig – und ich lasse mich nicht als Schieber und Kriegswucherer titulieren.»

Schütz setzte sich an sein Pult. Als Knabe hatte er im Estrich des elterlichen Hauses am Rindermarkt in alten Aktenbündeln des Notariats und Konkursamtes Zürich-Altstadt, die seinen Onkel, den Metzger Klostermann, betrafen, nach Briefmarken gestöbert. Später waren dem jungen Doktoranden dieselben Papiere Anlaß zu seiner Dissertation über das Warenbörsen-Termingeschäft geworden. Und nun also saß dieser Louis Corelli, bei dem dieser dumme Metzger mit Zucker und Kaffee spekulierte, bis er sein ganzes Vermögen verloren hatte, vor ihm, des Wuchers, des Kettenhandels, der verbotenen Ausfuhr von Waren und wahrscheinlich der Urkundenfälschung angeklagt. Eigentlich müßte ich als befangen die Durchführung der Untersuchung ausschlagen, denn ich bin ja überzeugt, daß das furchtbare Verbrechen Klostermanns, der Mord an seiner Ehefrau, auf die finanzielle Katastrophe zurückzuführen ist, dachte der Bezirksanwalt. Aber ich darf nicht, es war auch juristisch nicht stichhaltig. Schutzobjekt ist die Existenz des Landes und seiner Bewohner. Es ist meine unabdingbare Pflicht, die ungenügenden und lückenhaften Gesetze zusammenzufügen und alle staatlichen Machtmittel zu mobilisieren, um unsere Leute vor Verarmung und damit auch vor politischem Untergang zu bewahren. Auch ich stehe an der Grenze.

«Über die Bedeutung der SSS-Klausel muß ich Ihnen, da Sie schon so lange im Handel tätig sind, Herr Corelli, keinen Vortrag mehr halten. Alle für die Schweiz lebenswichtigen Waren aus den Ländern der Entente, also auch Reis und Schweineschmalz, nicht wahr, werden durch die Société suisse de Surveillance eingeführt und unterliegen der schweizerischen Konsumbestimmung, das heißt, sie müssen hier verbraucht und dürfen unter keinen Umständen an die Zentralmächte ausgeführt werden. Wer diese Bestimmungen umgeht, hinterzieht dem Lande lebensnotwendige Verbrauchsgüter und verhindert die Einfuhr neuer Lebensmittel, weil die Entente sich weigert, diese Waren hereinzulassen, wenn die SSS-Klausel umgangen wird. Sind es Ausländer, die diese Schiebungen besorgen, Leute, die das Gastrecht des Landes mißbrauchen und verhöhnen, so haben sie immerhin noch die moralische Entschuldigung, daß sie irgendwie ihrem Lande helfen möchten, sich zu ernähren. Was aber Schweizer Bürger anbelangt, die solche Geschäfte ermöglichen, so stehe ich nicht an, sie als Landesfeinde zu bezeichnen, die um des Gewinnes willen die Allgemeinheit schädigen. Das wollte ich nur vorausschicken, damit Sie gleich wissen, unter welchem Vorzeichen diese Untersuchung geführt wird. Und jetzt wollen wir einmal miteinander ausbeineln, wie die SSS-Klauseln aus den sieben Wagen Reis und den zwanzig Tonnen Schmalz verschwanden, die Sie diesem Herrn Hollberger von der Firma Alimpex-AG verkauft haben.»

Es war nicht das erstemal, daß der Agent wegen kriegswirtschaftlicher Verfehlungen einvernommen wurde. Auch das, was dieser Dr. Schütz vorbrachte, bestürzte ihn nicht. All das stand auf schwachen Füßen. Die sogenannten Wucher-Verordnungen des Bundesrates vom August 1914 und vom April 1916 waren richtige Improvisationen, auf einzelne Fälle zugeschnitten, laborierten mit Begriffen von «üblichem Geschäftsgewinn», «wahrem Wert» und «gerechtem Preis» einer Ware, ein Dorado für juristische Spitzfindigkeiten – darüber mochte dieser Herr sich dann mit dem Anwalt herumschlagen. Bis es zu einer stichhaltigen Begründung der Anklage kam, würde noch viel Zeit vergehen, und sie würde dem pflichteifrigen und von Patriotismus erfüllten Herrn manche knauserig mit Schlaf bedachte Nacht kosten.

Nicht dies also war es, das Corelli so wachsam machte und mit einem unbehaglichen Gefühl erfüllte. Er spürte über das Pult hinweg und durch das amtliche Gespräch hindurch etwas strömen, das ihn nicht als Sünder wider die kriegswirtschaftlichen Erlasse des Bundesrates, sondern als den Mann Corelli betraf, etwas wie persönlichen Haß und Verachtung des Richters. Es lag im Tonfall, in der Art, wie die Worte fielen, so nebenhinaus wie an eine Instanz gerichtet, die schräg hinter ihm stand und die als Zeugin angerufen wurde. Immer wieder schielte der Agent aus zerknitterten Lidern hervor zu Schütz hinüber – aber er konnte sich nicht erinnern, dem Manne jemals begegnet zu sein. Instinktiv spürte er, es mußte aus der Zeit des Schwurgerichtsprozesses im Mordfall Klostermann herrühren, als auch sein Name in gewissen Zeitungen herumgeschleift wurde.

Die spiritistischen Sitzungen in der Pension der Frau Dr. Ruggli an der Dianastraße hatten im ersten Jahre des Krieges aufgehört. Die Beschwörungen der ratenden und helfenden Geister schienen ihren Zweck erfüllt zu haben. Die Pension war voll besetzt, selbst das Wohnzimmer war vermietet, eben an jenen Mann aus dem österreichischen Galizien, Porches mit Namen, einen starken Esser, der am Nachmittag mit geöffnetem Hosenbund, leise schnaufend, einem Seehund auf dem Trockenen nicht unähnlich, auf dem Kanapee lag und seine schmächtigeren Landsleute wie zur Berichterstattung empfing. Längst hatte die Pensionsinhaberin ihren Schmuck, den der junge Merkli für sie auf das Versatzamt getragen hatte, wieder eingelöst. Carletto hatte vom Jenseits her eingegriffen und die Dinge gelenkt; ihn durch den Aufwand einer geschlossenen Kette aus Menschenhänden zu bemühen, bedurfte es nun nicht mehr. Die Witwe wußte ihn nun nahe, und sie pflog stille Zwiesprache mit ihm ohne die Anwesenheit anderer Leute.

Hingegen hatte das Fräulein Spieß, die Inhaberin des kleinen Bonneteriewarengeschäftes an der Selnaustraße, sozusagen die okkulte Praxis übernommen. Im Hinterstübchen ihres Ladens fanden sich regelmäßig ein paar Getreue zusammen, dem Schauer des Übersinnlichen zu frönen. Sie hatte, angeregt durch die Lektüre okkulter Literatur, die Veranstaltungen ausgebaut. Zwar wollte die schleierhafte Materialisation der Geister, wie sie der große Meister Schrenck-Notzing beschrieb, nicht recht gelingen: es mußte am Mangel eines entsprechenden Mediums liegen. Hingegen ballten sich im Innern einer kürbisgroßen Glaskugel, blickte man lange und in selbstvergeßner Konzentration hinein, milchige Wolken zu Gesichtern mit lautlos sich bewegenden Lippen, und geduldige Übung führte dazu, daß man ihre Ratschläge vernehmen und Teile der Zukunft entziffern konnte. Es war auch dazu die Versammlung einer größeren Anzahl von Personen nicht nötig, im Gegenteil, es schien nur zu stören. Ein einziger Ratsuchender genügte, dem es, das Fräulein Spieß, das Orakel in die Menschensprache zurück übersetzte.

Corelli, der flotte Geschäftsherr und Weltmann, war zum treuen Besucher der Wahrsagerin geworden. Die Zeit war so wirr, die menschlichen Beziehungen wurden so schwer zu übersehen, das viele Sterben ringsherum übervölkerte das Reich der Geister dermaßen auch in der Schweiz, daß man ohne eine regelmäßige Verbindung mit dem Jenseitigen und Irrationalen nicht mehr auskam. Saß Corelli im Dunkel zu des Fräuleins Seite, den starren Blick auf die Kugel gebannt, so spürte er die Kräfte, die das Glasgebilde in die diesseitige Welt herüber filtrierte. Sie waren aber ihren Geschäften nicht fremd und feindlich gesinnt. Im Gegenteil bewiesen sie großen Anteil und überraschende Klugheit für den Lauf ihrer Dinge. Kauf und Verkauf, Einsteigen in ein Unternehmen oder Enthaltung davon, Nutzen und Gefahren einer Transaktion – Corelli entzifferte sie aus den Worten von Fräulein Spieß noch dann, wenn ihr selbst deren Sinn verschlossen blieb.

Daß sich im oberen Teile der Kugel in letzter Zeit eigenartige dunkle Gebilde zu bewegen begonnen hatten, die nicht mit den bisherigen Methoden zu deuten, aber zweifellos als eine Bedrohung auszulegen waren – heute, im Gespräch mit diesem Dr. Schütz, erwies es sich, wie sie gemeint waren. Gut, daß man nun wußte, wo der Feind saß. Man würde dem Manne einen jener dienstbaren Geister auf den Hals schicken, nicht einen neckischen Kobold, der Schabernack trieb, Akten verlegte, der Uhrzeiger verrückte und Füllfedern bei entscheidenden Unterschriften zum Überfließen brachte, sondern Rapunzel von jener Art, die während einer Stunde der Nacht die Luftröhre verholzten, übermäßige Mengen von Blut in die Adern des Hirns pumpten und die Glieder des Leibes in eisiger Kälte fühllos erstarren ließen, wie es ihm, Corelli, geschehen war, als er selbst das Opfer eines solchen Bannspruches war. Nun, mit Fräulein Spießens Hilfe und ihrer Kugel hatte er die Sache in Ordnung gebracht – zwei Schüsse mit geweihten Patronen aus einem Revolver hinter dem Uetliberg in stürmischer Nacht gegen Osten gefeuert und ein Fünfzigernötchen als Beitrag an die Kosten – ein Verfahren, das diesem Herrn hinter dem Pult ewig verschlossen sein würde.

Zwei Herren in einem Zimmer des Bezirksgebäudes an der Badenerstraße, im zweiten Stock, angetan und bekleidet wie alle anderen Bürger dieser Stadt, ein Untersuchungsrichter und ein Beschuldigter, von Reis und Schmalz, Klauseln und Paragraphen redend, dem Kodex höflichen Verkehrs unterstellt – aber in einem von ihnen, unerkannt und ungeahnt, brodelt und schwelt, gemischt aus den Dünsten der Schuld, der Dummheit und der Leere von Gott, sinnloses Schicksal, wie eingebettet in die wattigen Wolken der Zeit, die rings über allen Horizonten lagern.

V. Kapitel

«Es bedürfte eines übermenschlichen Geistes», sagte der Buchdrucker Weder, «all das zu übersehen und zu verstehen, was in dieser Stadt geschieht. Es ist, wie wenn der ganze Organismus vergiftet wäre und es brächen an den unerwartetsten Stellen des Körpers Geschwüre auf.»

«Immerhin, wenn man es so sieht, so hat man sich doch wenigstens zu dem Standpunkt durchgerungen, daß diese Furunkel und ‹Eißen› nicht zufällige und lokale Erscheinungen sind, sondern daß sie einen Zusammenhang und damit auch eine gemeinsame Ursache haben», entgegnete der Stadtrat Abt.

Gebückt, die Hände über dem Kreuz verschränkt, stiegen die beiden dunkelgekleideten Herren auf dem sonnenbeschienenen Trottoir der Rämistraße bergan, und es war, als zögen sie gemeinsam einen schweren Schlitten voller Sorgen hinter sich her.

«Und so furchtbar schwer zu deuten, was sich da tut, ist es auch wieder nicht», fügte Abt nach einigen Schritten hinzu. «Ich muß immer an einen Ausspruch des verstorbenen Rektors Kleiner denken: Die Stadt sei ein Kraftfeld. Überall, wo sich große Mengen von Leuten ansammeln, wo sich Ströme treffen und kreuzen, entsteht mehr als die einfache Addition der Kräfte, etwas mit anderen und neuen Eigenschaften als jenen, die die Komponenten aufwiesen.»

«Ich bring es nicht fertig», sagte Weder bekümmert und mit Kopfschütteln, «mich zu einem so philosophischen oder naturwissenschaftlichen Standpunkt aufzuschwingen. Die politischen und sozialen Unruhen, die Demonstrationen gegen die Teuerung, die Frauendelegationen, die Einlaß in die Ratsstuben begehren, diese drohenden Spaziergänge von Streikenden und Arbeitslosen durch die Bahnhofstraße und in die Villenquartiere des Zürichbergs hinauf, diese Bewegung unter den Jungen bei den Arbeitern und den Stadtleuten, ja selbst die Dienstverweigerungen, das kann ich alles noch verstehen. Die Leute sind müde, unzufrieden, sie sehnen sich nach dem Frieden und nach normalen Verhältnissen, und es blüht der Weizen für die Extremisten. Das alles kann ich noch verstehen. Man kann es sich ja gar nicht vorstellen, daß es anders wäre.»

«Ich frage mich, was Sie dann nicht verstehen können», meinte Abt mit einem Seitenblick und nicht ohne gutmütigen Spott.

Weder blieb stehen. «Das Fremde, das Neue, wie Sie sagen, das ist das Bedenkenlose, die Tonart, wie man miteinander verkehrt, oder besser gesagt, nicht verkehrt. Früher, wenn man mit den politischen Gegnern zusammensaß, walteten über allem das Vertrauen, eine gemeinsame Verantwortung, es ging darum, das Nebeneinanderleben im gleichen Hause zu regeln. Das ist doch nicht möglich, daß wir über Nacht plötzlich Todfeinde geworden sind – es sieht ja auf einmal aus, als seien wir alle geisteskrank, ohne Vernunft!»

Stadtrat Abt hatte eine Art, das linke Auge, wie beim Schießen zielend, zu schließen, wenn er über etwas nachgrübelte. «Das Fremde, das ist nicht nur das, was von außen kommt, von Rußland her, von den Deutschen, die auch ihre Revolution vorbereiten, den Italienern», meinte er, «es ist, wie wenn das Klima sich verändert hätte. Das Gutmütige und Duldsame, das Nachsichtige und Verständige scheint weggeschmolzen. Die Leute haben keine Geduld, kein Vertrauen mehr, daß etwas in Ruhe und Überlegung, in einem ordentlichen Gedankenaustausch reifen könnte, sie verlangen nach sofortigen Lösungen. Es muß etwas gehen, coûte que coûte. Es ist wie eine Art Panik.»

Beide standen nun still, und es schien, als verschnauften sie von der Last ihres Sorgenschlittens.

«Ich glaube, das sind die Soldaten, die Wehrmänner, die das nach Hause bringen», sagte Weder. «Da stehen sie nun zu Zehntausenden an der Grenze, gut ausgerüstet, gut ausgebildet, trainiert, monatelang, mit ihren Sorgen und mit ihrer Langeweile. Es ist ein Freizeitproblem, sage ich Ihnen. Man füllt ihre leeren Stunden mit Drill aus, Gewehrgriffen, Achtungstellungen links um, rechtsumkehrt, Taktschritt. Und dazu noch das unglückliche System mit der Auswahl und der Ausbildung der Offiziere! In den Rekrutenschulen, in den Wiederholungskursen, da fiel es nicht so auf, aber jetzt, in den langen Perioden des Aktivdienstes, da wird es sichtbar: die Vorgesetzten gehören alle der gleichen sozialen Schicht an, den Begüterten den Besitzenden. Die Maturitätsprüfung wird gefordert, ein bestimmter Lebensstandard – glauben Sie mir, das ist ein ganz, ganz großer Fehler. Offiziere, die kein Päckli tragen, die Braut nicht mit einem Schirm bedecken dürfen, wenn es regnet, nur zweite Klasse in der Eisenbahn fahren, nur im Bahnhofbuffet zweiter Klasse ihren Kaffee trinken, die immer Handschuhe anhaben, nicht mit der Mannschaft essen und nicht mit ihr schlafen dürfen, die dienstlich nur hochdeutsch untereinander reden – dieses ganze künstliche Herrentum, das ist nicht demokratisch. Und das rächt sich einmal.» Es liefen dem kleinen Manne Schweißtröpfchen über die Nase, so hatte er sich ereifert.

Abt hatte manchmal genickt, aber zuletzt schüttelte er leise den Kopf.

«Und jetzt unterschätzen Sie wieder unsere Leute. Wenn wir in unserem Land, in unserer Stadt und in unseren Außersihlern im besonderen etwas haben, das sie von den Deutschen unterscheidet, so ist es das Differenzierungsvermögen. Die Weigerung, die Leute nur als Typen und nicht als Persönlichkeiten anzuerkennen, liegt uns im Blute. Unsere Soldaten sehen in ihren Offizieren die Rekruten, die sie selbst waren, Schulkameraden – und das bißchen Geflitter, das fremden Ursprungs ist, durchschauen sie wohl. Genau so ist es auch mit dem arbeitenden Volk. Unsere Arbeiter haben doch alle einen Sinn für politische und wirtschaftliche Zusammenhänge. Nur wenn die Leute von Sorgen geplagt und deprimiert sind, unterliegen sie den Verlockungen der Simplifikation, wie sie die Hetzer für ihre Zwecke gebrauchen.»

Die beiden Männer setzten ihren Marsch fort. Die Türen und Fenster verschlossen, stand das Gebäude der Kantonsschule als ein grauer Würfel in der Sonne; auch von der Ober-Realschule kam kein Schüler die Stufen herab, und auch weiter oben, an der Straße vor der Universität, war es totenstill.

Am großen Eingang zum Kantonsspital hingegen wartete eine dunkle Dolde von Einlaß Begehrenden. Aber es hing eine Tafel am Portal, und es wurde ihnen von einem weißbeschürzten Wächter erläutert, es seien der Ansteckungsgefahr wegen alle Besuche verboten. Ja, das gelte auch für die Militärpatienten in der hinteren Baracke, wurde dem Stadtrat Abt zur Antwort. Doch, Auskunft einholen, wie es dem Füsilier Abt Walter gehe, das wolle er schon. Die Herren möchten sich gedulden.

Inmitten der Leute, die gleich ihnen den Schatten der Alleen verschmähten und in der Sonne vor der großen Türe verharrten, warteten die beiden Herren. Männer mit jener starren Ausdruckslosigkeit im Gesicht, die hierzulande das Zeichen der Sorge ist, Frauen mit verweinten Augen, kleine Mädchen mit straff gezöpfelten Haaren standen herum, saßen auf den Stufen der breiten Freitreppe, und dunkle Botschaften machten die Runde.

Es habe ein Arzt, aus einem der Säle tretend, zufällig auf seine Finger geblickt, dort unter den Nägeln die schwarzen Flecken gesehen und sogleich einem Kollegen gewinkt, er möge mit Schreibpapier und Bleistift ihm folgen; in seinem Zimmer habe er sich aufs Bett gelegt und den letzten Willen diktiert, wissend, es sei das Ende, und, wirklich, wenige Stunden später sei er schon tot gewesen. Eine Art Seuche sei diese Krankheit, die wie eine Influenza beginne und die Lunge zerstöre. Die Großen und Kräftigen seien die Anfälligsten, glücklich die leicht kränklichen, mit einer leichten Tuberkulose und so, die seien gefeit. Es sei ein Bazillus, der von den Schlachtfeldern her von ihren verwesenden Leichen herüberwehe, die Pest, im Gefolge des Krieges. Nicht der Ansteckungsgefahr wegen seien die öffentlichen Leichengeleite verboten worden, sondern um den Leuten den Umfang des Sterbens zu verheimlichen. Nacht für Nacht und in Heimlichkeit, kaum daß sie erkaltet, würden die Leichen der Erde übergeben, mit Chlorkalk begossen. Alles sei abgesagt, die Feiern zum 1. August, die Gottesdienste selbst, und die Schulen geschlossen. Da helfe, wie seinerzeit bei der Cholera nur eines, der Schnaps, und wirklich konnten die Wartenden auch sehen, wie im Schatten der Platanen eine Flasche die Runde unter den Männern machte.

Walter war auf zwei Tage Urlaub vom Dienste nach Hause gekommen. Jenes jedem Wehrmann bekannte, nahezu unbeschreibliche Wohlbefinden, wenn er nach einem Bad in den leichten Zivilkleidern engelsleicht durch die Straßen wandelt, wollte sich nicht einstellen. Die Zigaretten schmeckten nicht mehr, und der Untergrund alles Tuns war eine sture Gleichgültigkeit. Walter schrieb es der Müdigkeit zu, daß er zu nichts anderem Lust hatte, als mit weit vorgestreckten Beinen in einem Korbsessel zu sitzen und zu warten, bis ihm die Lider zufielen. Dann hieß ihn die Mutter die Temperatur messen. Wie es die Vorschrift wollte, mußte der während des Urlaubs Erkrankte sich in das Kantonsspital begeben.

Gar nicht so unangenehm, so eine Pleuritis, dachte Walter in seinem Spitalbett. Man hat gewissermaßen seine Ruhe, man kann sich ins Privatleben zurückziehen, ohne Tagwache, ohne bellende Korporale, ohne das ewige Pressieren. Auch das andere geht einen nichts mehr an, die Studentenversammlungen, die großen ethischen Probleme. Wäre es nur nicht so heiß, und gäbe es nicht dieses Daliegen, wo man nicht weiß, ob man wach ist oder ob man schläft. Dieses idiotische Zählen. Eins, zwei, drei. Zwei gilt nicht. Und einmal liegt man in sich selbst, und dann liegt man wieder neben sich. Rasieren könnten sie einem auch gestatten. Die Schwester kommt mir bekannt vor. Sie hat einen Zug im Gesicht, der mich an jemand erinnert. Am Blick muß es liegen. So etwas Elsterhaftes, Lebhaftes, Aufmerksames und Wißbegieriges. Man kann nicht sagen, sie sei schön. Natürlich, jetzt weiß ich es. Sie muß eine Verwandte jenes Gebhardt sein, mit dem ich an die Tschulok-Schule ging.

Sein Vater sei unten, beim Portier, und lasse ihn fragen, wie es ihm gehe, sagte die Schwester. Heraufkommen dürfe er nicht, wegen der Ansteckungsgefahr. Es gehe ihm gut, er lasse die Eltern grüßen, Fieber habe er fast keines mehr. Sie sollten sich keine Sorgen machen seinetwegen. Die Füllfeder möchten sie ihm schicken, ein wenig Schreibpapier und etwas zum Lesen, etwas Erheiterndes, Mark Twain oder Wilhelm Busch. Sie werde es ausrichten. Als sie schon bei der Türe war, rief ihr

Walter durch den Saal nach: «Und einen Coiffeur zum Rasieren.»

Wirklich, sie sei die Schwester Gebhardts, Nora mit Namen, bestätigte sie, als sie mit dem Gruß des Vaters und einem Zwanzig-Franken-Nötli an das Bett Walters zurückkehrte. Aufmerksam musterte sie die Tafel und die Kurven über dem Kopf des Militärpatienten, dann schaute sie ihm forschend in die Augen. «Sie fühlen sich also besser?» Und als der junge Mann nickte: «Gut, dann ziehen Sie Ihre Hosen und den Waffenrock an, Sie können draußen den Gang aufwaschen. Kessel und Schrubber finden Sie im Abtritt. Es fehlt halt an Personal.»

Die beiden Stadträte umschritten die Mauern des Universitätsgebäudes. Hier an der Baugrube dieses letzten großen zürcherischen Werkes aus der Zeit des Friedens sei er mit dem verstorbenen Rektor Kleiner noch gestanden, erinnerte Abt. Die Wandgemälde Bodmers und Hubers in den Gängen und im Senatszimmer hätten im Jahre vierzehn noch wilde Polemiken entfacht, Kunsthistoriker und Laien, Professoren, Maler und Schriftsteller, Redaktoren und Leser seien einander in den Haaren gelegen um einiger Quadratmeter farbiger Wände willen – und man habe sich aufgeführt, als ginge es um die letzten Dinge.

Von der Brüstung der Künstlergasse blickte man in die Stadt hinein, als sei sie eine Stube. Aufgeräumt standen die öffentlichen Gebäude, die Amtshäuser und die Kirchen bei Seite und ließen die weißen Plätze frei. Achtsam hoben die Brücken die Volants ihrer Roben, damit die Limmat sittsam unter ihnen wegfließen konnte. Die Linden umsangen in lieblichem Grün das gesetzte Gemäuer der Bastionen und Höfe, die Rauchschleierchen und die Wäschestücke über den Zinnen fügten sich im leichten Föhn der Richtung des Flußtales ein, und die gleißende Sonne sorgte dafür, daß jedes Ding und jedes Menschlein, das dort unten einherwandelte, von einem genauen violetten Schatten begleitet wurde.

Als ein Hut über ihren Hüten hoben sich die Äste der Platanen in den flimmernden Raum vor den beiden besorgten Männern hinaus. Stille und Schatten verlangten Verweilen. Noch hielt alles zusammen. Geordnet, gefügt und im Winkel ruhten die Quadern der Steine übereinander, die Scheiben blinkten, und es blakten die Flämmchen über den Herden, es plätscherten die Brunnen unter dem Strahle kühlen Wassers, die Zeiger der Turmuhren erschienen pünktlich zum Rendezvous mit den goldenen Ziffern, die blauen Trämlein bogen mit Schellengebimmel in die schönen Kurven, und stets noch wurden die Himmel über dem Tale von den Strömen der Luft gespeist, die den kühlen Gletschern und dem heißen Gemäuer des Alpenmassivs entlang gebraust war.

«Den Winter noch müssen wir überstehen, dann sind wir gerettet», sagte Abt.

«Nein», fügte er hinzu, als er sah, wie Weder eifrig nickte, «nicht wegen des Brennstoffes, nicht wegen der Nahrungsmittel meine ich dies. Es geht nicht um Kalorien. Auf diesem Gebiete ertragen die Leute ungeahnt viel an Mangel.»

«Wegen des Politischen, meinen Sie, den sozialen Spannungen.»

Abts Blicke hafteten am Uetliberg, dessen Tannenhänge sich im Dunst des Mittags grau und silberglitzrig jenseits des Tals hinzogen.

«Daß wir allein in unserer Stadt und auf unsere Weise damit fertig werden. Nicht rühmlich, nicht mit Gewalt, aber vernünftig, unter uns!»

«Nicht unter Anrufung einer eidgenössischen Intervention, das wollen Sie sagen?»

«Ja, das meine ich. Es käme mir vor wie die Anrufung einer fremden Macht, würde uns der Bund kantonsfremdes Militär senden. Ein Hieb an den Stolz über unsere Souveränität! Zürich unter Vormundschaft, ließe Sie das vollständig gleichgültig, Kollega Weder?»

VI. Kapitel

Gotthold Wettstein, einen Bund Bücher und einige Zeitschriften vor sich aufgeschichtet, saß in einer Nische des Cafés Odeon. Der Tisch vor ihm und die Wand, an die er sich lehnte, indem er sich langsam den Rauch einer Zigarette aus dem Mund gleiten ließ, waren aus buntgeädertem, hochpoliertem Marmor. Die blanken großen Scheiben, die Kristalleuchter, der gedämpfte Ton, der um diese Zeit des Vormittags in dem an ein entweihtes Kirchenschiff gemahnenden Raume herrschte, ja selbst das leise Klingeln der Löffelchen, die an die Tassen anschlugen, fügten sich zu jener ihm seit seiner Berliner Zeit unerläßlich gewordenen Umgebung, in der er der halbberuflichen Beschäftigung – dem Lesen und der Besprechung neu erschienener Bücher – oblag. Eigentlich war es unter der Wirkung des Kaffees eine Art von Zelebrieren. Ausgebreitet vor ihm und sich in seinem Geiste wie von selbst in ein System von Familien einfügend, lagen die letzten deutschsprachigen Erzeugnisse der Literatur. Das war die Welt, in die er sich zurückgezogen hatte und in der er lebte, seit es auch ihm zur Gewißheit geworden, es stehe das Schicksal des Deutschen Reiches und der Habsburgischen Monarchie auf des Messers Schneide mit einer immer deutlicher werdenden Neigung zum Unheilvollen. Von Zeit zu Zeit langte er hinüber in den Stoß der Bücher und griff eines heraus, genäschig die unberührten Bände aufbrechend, daß sie leise im Gebinde knackten, und dann auf gut Glück einige Seiten lesend, es dem Zufall und dem Geschick des Verfassers überlassend, ob er sich festhakte an den Sätzen wie ein Fisch am Köder.

Doch die sich ankündigende Niederlage des Adlerpaares erlebte der junge Literat nicht in den kleinbürgerlichen Bezügen seiner Herkunft, sondern, wie es sich gehörte für einen, der zu Füßen der Großen gesessen hatte, im Abglanz der wabernden Lohe, die der Nibelungen Ende überrötete. Es erzittert die Krone der Weltesche Ygdrasil, da die Axt nach ihren Wurzeln hieb. An ihren Stamm gelehnt, unbesiegt, wenn auch aus tausend Wunden blutend, Sinnbild des deutschen Trotzes und deutscher Treue, stand Hagen ohne Schild, nur das Schwert noch in der Hand – fiel er, wenn die Esche stürzte, so würde sie mit ihm die Feinde und das ganze Abendland unter sich begraben. Wahrlich, groß und gewaltig war die Aufgabe der Dichter dieser Zeit. Nicht ihres Amtes konnte es sein, den Untergang aufzuhalten, wohl aber konnten sie sein Künder sein.

Es war den weitgeöffneten Augen des jungen Mannes im Café hinter den Milchstraßen der Zigaretten-Räuchlein nicht anzusehen, von welchen Visionen sie heimgesucht wurden. Von Nietzsche hinweg über Strindberg und Wedekind bis zu Sternheim, der alle Geschlechtsworte aus seinen Sätzen strich, wuchs eine Familie der Anklage und der Verneinung empor. Sie rechneten ab mit den Überlieferungen, entthronten Gott, verspotteten die Ehe, die Gemeinschaft der Nationen, die Gesellschaftsordnung – ihre Moral war immer das Gegenteil des Bestehenden. Sie waren die Boten der Götterdämmerung. Zehn Millionen Männer sind bereits gefallen und legen Zeugnis ab mit ihren Leichen für die Wahrheit der Bilderstürmer. Was da die Schweiz an Erzeugnissen der Literatur hervorbrachte! – wehleidiges Zeug, antiquierte Humanität, Klagemauergeleier, gerade noch recht als Propaganda für die Bestrebungen des Roten Kreuzes! Sie waren Nachzügler und Versprengte am Rande der großen Ereignisse, lächerlich wimmernde Mäuschen in den Trümmern, die die Pflugschaufeln des apokalyptischen Geschehens zu wenden im Begriffe waren. Auch in der Malerei zerbarsten die Formen. Die Abbilder der Wirklichkeit versanken hinter den Kraftlinien und den zirrenden Versammlungen von Licht und Dunkel. Indem man die bemalten Kulissen der Scheinwelt von hinten zeigte mit ihren Stützen, Gerüsten und Skeletten, entlarvte man die Wirklichkeit. In einer Wohnung an der oberen Bahnhofstraße, über der Konditorei Sprüngli, in den Räumen der Galerie des Herrn Coray, inmitten einer Stadt, die das Stelldichein klassischer Musik und klassischer Dramatik geworden zu sein schien, hatte sich das Auge des sterbenden Europas noch einmal geöffnet, und es spiegelte sich in ihm das verlorene Paradies der Urzeit in kultisch-ekstatischen Tänzen, den Zeichnungen der Kinder und dem lallenden Dada der Dichter. All das war nur Anfang und Andeutung. Ging ihm, dem Gotthold Wettstein, nicht in Erfüllung, was er in Nächten schauernd geahnt, befürchtet und uneingestanden sich auch gewünscht hatte: Zeuge des Untergangs zu sein, die einzige Art eines Todes, der kein Bedauern hinterließ, weil alle mitkamen?

«Ich habe heute Ihren Vater, den Gärtnermeister, gesehen», sprach der Kellner Emil in diese Weltuntergangsorgie hinein, die sich hinter der Stirne des einsamen Gastes abspielte.

Auf einem stillen, unbeachteten Weg, hinten herum sozusagen, war der Mann im Smoking, Emil Leitner, der, nachdem das Wienercafé am Bahnhofplatz eingegangen war, schon seit Jahren im Odeon seines Amtes waltete, zu einem gewissen Wohlstand gelangt. Er besaß am Westfuß des Uetliberges, hinter der Waldeck, im Gebiete der Gemeinde Uitikon, ein kleines landwirtschaftliches Gewerbe, mit einigen Häuptern Vieh und einer ausgedehnten Gemüsezucht. Jede Nacht um zwölf Uhr, ein leichtes Mäntelchen über das Berufskleid des Kellners geknüpft, wanderte er quer durch die Stadt, um nach einer Stunde das aus sparsam und umsichtig verwalteten Trinkgeldern erworbene Gehöft zu erreichen. Niederösterreicher von Geburt, selbst aus bäuerlichen Kreisen stammend, in Wien als Kellner ausgebildet, als junger Mann in die Schweiz kommend, der Mobilisationsordre keine Folge leistend, dann in Zürich eingebürgert, vereinigte dieser Emil Leitner alle Eigenschaften seines Berufes in sich. Dienstfertig, ausgerüstet mit einem unfehlbaren Gedächtnis, nie erstaunt, höflich, aber nicht vertraulich, zuverlässig, fleißig und vor allem vollkommen unempfindlich gegen launische und demütigende Schikanen durch die Gäste, hatte er sich im Laufe der Jahre eine große Menschenkenntnis erworben. Von den Stammgästen nicht zu reden, gelang ihm nach kurzem Blick sogleich die Einreihung der Leute in ein System von Kategorien, das sein Berufsgeheimnis war und das zu erläutern er selbst unfähig gewesen wäre. Es gab für ihn eine soziale und eine geistige Rangordnung der Gäste; eine Erfahrung hatte ihn gelehrt, daß sie beinahe unverrückbar war. Je nach der Tagesstunde war die Gaststätte ein Aufenthaltsort für Intellektuelle oder ein Familiencafé. Nur nachmittags und abends nach dem Theater waren beide Elemente gleichzeitig vorhanden. Allerdings gab es oben, im ersten Stock, noch das Volk der Billard-, Karten- und Schachspieler, aber für ihn, Leitner, zählten diese Leute nicht. Die Spiegelscheiben des nach Art einer eckigen Klammer geformten Raumes gingen auf die Rämistraße hinaus, den Sonnenquai und die Torgasse, und mit einigen Stufen war auch die äußere Topographie im Innern noch angedeutet. Der erhöhte, der Hochschule näher gelegene Teil war der Schauplatz der bedeutenden Gespräche, während an den Tischen dem Quai entlang eher der Geist des Boulevards vorherrschte. Der unterste, hintere Teil war geeignet für geschäftliche Besprechungen, für Architekten, die ihrer Bauherrschaft Pläne unterbreiteten, und Reisende, die ihre Bestellungen durchsahen. Vorübergehend auftauchende Persönlichkeiten von Namen allerdings konnten die angestammte Ordnung stören; so hatte beispielsweise der Dichter Franz Werfel in der Zeit, da er in der Stadt weilte, sein Zelt im unteren Teil aufgeschlagen und damit wie ein Magnet die Intellektuellen die paar Stufen herab in die Familienabteilung gezogen. Emil konnte den Leuten ansehen, woher sie kamen und wohin sie gingen. Er identifizierte sogleich die Theater-, Kino- und Kabarettbesucher und wußte sofort, ob die Gäste in der Kronenhalle, zu Hause oder gar nicht gespeist hatten. Geld mache nicht glücklich, war einer seiner Leibsprüche, aber es beruhige so, und wirklich war auch der Grund für seine würdige Haltung den Gästen gegenüber in der Tatsache zu finden, daß er vielen von ihnen, was Einkommen und Vermögen anbelangte, ebenbürtig, wenn nicht überlegen war.

Mit dem Gärtnermeister Wettstein in Wiedikon verband ihn ein Abkommen. Dieser übernahm seine gesamte Gemüseproduktion und brachte sie zusammen mit den eigenen Erzeugnissen auf den Wochenmarkt, der jeden Dienstag und Freitag an der Bahnhofstraße abgehalten wurde. Daß Gotthold, seit er aus Berlin zurück war, nicht mehr draußen bei der Familie wohnte, sondern im Seefeld in einem möblierten Zimmer, nicht mit seinen Angehörigen entzweit, aber ihnen entfremdet, war dem Kellner Emil natürlich bekannt. Brummte auch der Gärtnermeister etwas von der Faulenzerei, ja Entartung seines Sohnes, so nahm er die Nachrichten, die ihm sein Gemüselieferant Leitner von Gotthold bringen konnte, doch mit etwelcher Beruhigung zur Kenntnis. Der junge Literat scheine recht fleißig zu sein; pünktlich um 9 Uhr nehme er sein Frühstück ein, und nie anders als umgeben von einem Wall von Büchern. Aus Gründen der beruflichen Diskretion ließ er vom Verhältnis des Germanisten mit einer Choristin des Steiner-Kaiserschen Operettenensembles im Corso nichts verlauten, daß er hingegen mit Professor Otto Erich Wude, der wieder im Lande sei – «der Hölle von Verdun entronnen» – öfters zusammen gesehen werde, dies zu verschweigen bestand kein Grund.

Der in der milden Euphorie des Kaffees und im Genuß der Zigaretten hinträumelnde Rezensent nahm die Störung durch den älteren Kellner mit Augen, die aus mythischer Ferne zurückkehrten, entgegen. Es stellte sich dann heraus, daß der aufmerksame Mann ihm etwas mitteilen wollte, nämlich die Kenntnis von einer Stelle, um die der junge Wettstein sich bewerben könnte. Ohne die durch die berufliche Stellung gebotene Haltung dem Gaste gegenüber zu durchbrechen, erläuterte Herr Leitner, was er erfahren. Es handelte sich um das in den letzten Jahren die Ausmaße eines Großbetriebes annehmende pädagogische Institut «Aurora», eine Privatschule zur

Vorbereitung auf die Maturität, der kaufmännischen und verwaltungstechnischen Ausbildung, das von einem Kreis jüngerer Akademiker gegründet worden war und das seinen Aufschwung seinen modernen Lehrmethoden und einem stetig steigenden Bedürfnis verdankte. Es werde dort eine Kraft gesucht, die neben administrativen Arbeiten auch in der Lage sei, wöchentlich in Ausländerklassen einige Deutschstunden zu erteilen, und ihm, Leitner, der solches während der Bedienung der Herren aufgeschnappt habe, sei dabei sogleich Herr Wettstein in den Sinn gekommen.

Gotthold, wortlos zurückgelehnt, hatte ein unbehagliches Gefühl. Er fühlte sich durchschaut. Noch so sehr mochte er mit seinen Büchern und Broschüren, den Notizen, die er eifrig in ein Notizbüchlein eintrug, dem mit hochgezogenen Augenbrauen Auf-die-Uhr-Schauen, dem Reiben der Augenhöhlen mit Daumen und Goldfingern und den heftigen Aufbrüchen gegen das Ende des Vormittags zu, eine angestrengte geistige Tätigkeit vortäuschen, es schien bei dem erfahrenen Mann im Smoking nicht verfangen zu haben. Während Wochen war der Kellner Emil sozusagen der einzige Zuschauer gewesen, auf den es ankam, nämlich in den Vormittagsstunden, die im unauffälligen Müßiggang zuzubringen in dieser Stadt so schwer war. Eingeklemmt in der Verpflichtung, sein Zimmer an der Seefeldstraße vor neun Uhr als ein geschäftig seinem Berufe nachgehender Journalist zu verlassen, und einer unüberwindlichen Lust, nichts anderes zu tun, als vor sich hinzudösen in euphorischem Wohlbefinden, hatte sich ihm das Café Odeon als ein Refugium angeboten. Hier ertrug er sein schlechtes Gewissen über seine Lebensweise noch am besten. War einmal der Morgen vorüber, so konnte er sich ungeschoren unter alle jene anderen Leute mischen, die den Rest des Tages in Besprechungen, Diskussionen und Zeitungslesen verbrachten, und am Abend war es sowieso kein Problem mehr.

Durch des Kellners schonungsvoll vorgebrachte Anregung fühlte er sich entlarvt. Die ganze Zeit über also war sein Verhalten an diesem Tische für den welterfahrenen Mann nichts anderes gewesen als das, was es wirklich war: ein Tanz, eine Komödie, die er vor sich selbst aufführte.

«Wissen Sie, Herr Wettstein», sagte Leitner nun und blickte dabei diskret über den Kopf des jungen Mannes hinweg, in das Netz der Vorhänge, die über der Spiegelscheibe hingen, «eine feste Beschäftigung ist etwas sehr Gutes. Das muß der Mensch haben.» Noch immer hatte seine Sprache eine österreichische Tönung. «Das andere muß ja auch sein für die Intellektuellen», machte er mit einer Bewegung des Kinns, aus der Gotthold erriet, daß damit das Kaffeehausleben gemeint war, «der Einstein, der berühmte Professor Einstein, saß ja auch stundenlang bei einem Kaffee. Ich habe ihn oft bedient im ‹National› unten.»

Gottholds dankbares Lächeln wurde jedoch sogleich wieder abgebremst, als der Kellner noch gutmütig hinzufügte. «Aber gell, jeder kann ja nicht ein Einstein sein.»

VII. Kapitel

Am zehnten August, um zehn Uhr herum – während der Sitzung des Großen Stadtrates, in der die Nachtragskredite für 1918 behandelt wurden, kam der Weibel herein und bedeutete Abt, er werde ans Telephon gebeten. «Von der Generaladjutantur», fügte er noch hinzu, um die ungewöhnliche Störung zu rechtfertigen.

Ein Hauptmann Feller richtete ihm aus, der General weile heute in Zürich, und wenn es dem Herrn Stadtrat passe, könnte er ihn empfangen, nach dem Mittagessen. Ja, das gehe. Gut, abgemacht, vierzehn Uhr, in der Villa Rietberg. Abt sah es geradezu, wie der Offizier es sich notierte.

Um die angegebene Zeit stieg er im Park den Kiesweg empor, der das große herzförmige Rasenstück säumte. Ein älterer Wachtmeister führte ihn durch die Halle zu einem auf ebener Erde liegenden Raum, dessen einziges hohes Fenster die Kronen alter Platanen beschatteten. Fast gleichzeitig betrat auch Wille das Zimmer, streckte Abt die Hand hin, und sie setzten sich nebeneinander auf ein breites Ledersofa. Der mächtige Torso des Offiziers wurde von einer blauen Kavalleristenbluse knapp umschlossen, der Kopf mit der breiten gebuckelten Stirne schien übermäßig groß. Abt, der dem Oberkommandierenden der Schweizerischen Armee zum erstenmal begegnete, spürte sogleich, noch ehe ein Wort gefallen war, die Strahlung seiner Persönlichkeit. Es mußte im Blick der blauen Augen liegen, deren Rundung sich aus den Lidern zu drängen schien.

«Herr Decoppet hat mir den Brief, eigentlich müßte man schon sagen das Exposé, das Sie, Herr Abt, an ihn, als Ihren einstigen Studienkameraden, gerichtet haben, übergeben. Ich habe ihn mit dem größten Interesse gelesen.»

Abt nickte, Decoppet habe ihn das wissen lassen.

«Es handelt sich tatsächlich um eine Frage», sagte der General, «die binnen kurzem aktuell werden könnte. Ich darf Sie versichern, daß ich mich mit ihr schon eingehend befaßt habe. Und gerade deshalb war es mir wertvoll und willkommen, die Ansicht Ihrer Kreise zu kennen.»

«Es ist nur die private Meinung eines einfachen Bürgers», berichtigte Abt.

Der Offizier schien ihn nicht gehört zu haben, er blickte in den Parkschatten hinaus. «Rauchen Sie?», fragte er dann und langte vom Tisch ein Stumpenpäcklein. Sie halfen einander beim Anzünden.

«Sehen Sie, Herr Abt, für mich ist das Ganze nicht ein politisches, sondern ein militärisches Problem. Ich muß es so ansehen und nicht anders. Das ist mein Auftrag. Also nehmen wir einmal an, an einem in nicht mehr allzuweiter Ferne liegenden Tag geht der Krieg mit dem Zusammenbruch des militärischen Widerstandes der Zentralmächte zu Ende. Was dann in jenen Ländern zu erwarten ist, sind Unruhen, freiwilliger oder gewaltsamer Wechsel der Regierungssysteme, die Ausrufung der Republik – kurz, die Revolution. Es besteht nach den Erfahrungen des letzten Jahres bei der bolschewistischen Revolution in Rußland kein Zweifel, daß die Ausstrahlungen solcher Vorgänge in unserem Lande noch viel größer sein werden als bis anhin.»

«Ja», sagte Abt.

«Daß im extremen Flügel der schweizerischen Sozialdemokratie nicht nur eine latente sondern eine aktive Tendenz zu einem Umsturz nach russischem Muster besteht, dürfen wir als erwiesen betrachten.»

«Ja!» sagte Abt.

«Und mit dem Brennpunkt Zürich. Schön. Und jetzt wollen wir uns einmal vorzustellen versuchen, was am Tag oder in der Nacht Ypsilon geschieht, wenn die Führer die Auslösung des Türks beschlossen haben.»

«Voraussetzung ist die vollständige Lähmung des Verkehrs, der Versorgung mit Lebensmitteln, die Niederlegung der Arbeit – der Generalstreik», antwortete Abt.

«Das ist die passive Seite der Bewegung. Nun die aktive: Gefangennahme der Regierung, Entwaffnung der Polizei, Besetzung der Banken, der Lebensmittelgeschäfte, der Post, der Telephon- und Telegraphenämter, der Bahnhöfe usw.»

«So stelle ich es mir auch vor», nickte der Stadtrat.

«Für mich also, den Befehlshaber der Armee und des für die Sicherheit des Landes Verantwortlichen, heißt das einfach: eine neue Gefahrenzone im Innern des Landes. Eine neue Front. Und der neuralgische Punkt: unsere Stadt Zürich.»

«Ja», nickte Abt.

Beide Herren stäubten zu gleicher Zeit ihre Asche in die Schale auf dem kleinen Tischchen. Der General paffte mit kugeligen Augen ein paar Züge.

«Militärisch gesehen ist das Problem von primitivster Einfachheit: dasein bevor es anfängt.»

Jetzt, dachte Abt, kommen wir zu meinem Schäfchen. «Ich kann es eben nicht nur militärisch sehen», sagte er. «Eine Besetzung der Stadt mit Truppen, mit kantonsfremdem Militär – ich glaube, nein, ich bin sicher, das würde das, was wir befürchten, noch heraufbeschwören.»

«Lieber, daß disziplinierte Milizen in den Straßen patrouillieren als unverantwortliche Burschen, Herr Stadtrat.» Der General schaute dem neben ihm Sitzenden ins Gesicht. «Ich kann Ihre Besorgnis nicht verstehen. Wir wollen doch nur dafür sorgen, daß der Betrieb ungestört weitergeht, daß die Regierung und die Verwaltung unbehelligt ihre Geschäfte besorgen können.»

Es wird immer schwerer, dachte Abt bekümmert. «Das wollen wir auch. Aber im Auftrag und im Einverständnis aller, wie soll ich sagen, im Schutze der Vernunft, nicht im Schutze der Waffen.»

«Das ist der normale Zustand», stimmte Wille bei, «aber wir müssen doch mit der Realität rechnen. Diese Platten, Traber befinden sich doch in hellem Aufruhr wider die eigene Partei, sie denken doch nur noch russisch, träumen von Arbeiter- und Soldatenräten und der Diktatur des Proletariats.»

«Ich bin», warf Abt ein, «nach Herkunft, Beruf und Weltanschauung ein Gegner des Marxismus – aber das hat mich noch gar nie daran gehindert, daran zu glauben, daß die Einheimischen, die Zürcher in den Gewerkschaften und in der Partei sich der ausländischen Einflüsse selbst zu erwehren und ihren politischen Kampf mit den loyalen Waffen der Demokratie zu führen wissen. Und daß wir dies glauben, müssen wir ihnen beweisen. Dieses Vertrauen, diese Chance müssen wir ihnen geben. Sobald Militär erscheint, ist es damit vorbei. Wir müssen Unwiderrufliches vermeiden, Herr General.»

«Das wollen wir ja eben, Herr Abt!» Wille hatte sich erhoben und stand am Fenster, den Rücken dem Zimmer zugekehrt. Jetzt drehte er sich um und sagte langsam: «Ich will nicht in die Lage kommen, Zürich zurückerobern zu müssen! Dabei gäbe es das Unwiderrufliche, das Sie befürchten, Herr Stadtrat.»

Es schwiegen beide. Der General zog ein Taschentuch und schneuzte sich, wischte sich den Schnurrbart mit der Maus des Daumens; Abt betrachtete das Muster des Parketts.

«Gouverner c'est prévoir. Vorausdenken, das gilt auch für uns. In der Kaserne sind Räumlichkeiten für die Regierung bereit, auf alle Fälle. Und Truppen werden auch da sein.»

«Zürcher?» fragte Abt.

Der General setzte sich wieder neben den Zivilisten.

«Nein», antwortete er. «Darauf wollen wir es nicht ankommen lassen. Gewiß, es hat unter den Stadtbataillonen unzuverlässige Elemente, Hitzköpfe und Irregeleitete, Moskauer Gruppen, wie sie sich nennen. Aber nicht deswegen. Wir wollen den anderen, den Vernünftigen, den Gewissenskonflikt ersparen, notfalls in der Straße, in der Stadt, in der sie wohnen, von ihrer Waffe Gebrauch machen zu müssen.»

«Jeder Schweizer Soldat hat seine Waffe bei sich zu Hause», sagte der Stadtrat, und Wille verstand, was er damit meinte. «Daran habe ich auch gedacht. Aber sehen Sie, da ist nun meine Überzeugung größer als die Ihrige: es wird sich keiner in Zivil sein Gewehr anhängen. Und würde er es», fügte er pomadig hinzu, «dann würden wir es ihm rasch abnehmen.»

Wie einfach ist das alles für ihn, dachte Abt, weil er militärisch denken darf. «So ist also das, was ich Herrn Decoppet schrieb, ohne jede Wirkung?», fragte er.

Der General verzog sein Gesicht zu einem freundlichen Lachen, schüttelte leise das große Haupt und hob den Finger. «So dürfen Sie es nicht sehen, Herr Stadtrat. Das ganze ist eine Frage der Psychologie, der militärischen und staatspolitischen Psychologie, wenn Sie wollen. Eine Frage des Zeitpunktes, an dem die Befehle zu spielen beginnen. Der «heure H», wie die französischen Generalstäbler zu sagen pflegen. Wir müssen den Tag «Y» zum voraus erraten. Und, natürlich, lieber ein blinder Alarm zu früh, als ein richtiger zu spät.»

Er las die Zwiespältigkeit und die Besorgnis auf seines Besuchers Gesicht.

«Ihr seid ein wenig hochmütig in Zürich, eifersüchtig auf euer ‹farà da sè›». Eure Stadt hat dem Lande schon so viel gegeben, daß ihr euch nicht zu schämen braucht, wenn euch nun die Eidgenossenschaft ein bißchen nachhilft, um aus den Schwierigkeiten herauszukommen.»

«Ich habe die Hoffnung noch nicht aufgegeben, daß diese Demütigung uns erspart bleibt», antwortete Abt ernst und bekümmert.

VIII. Kapitel

Wieder bimmelten an den Wieshängen unter dem alkoholfreien Restaurant am Zürichberg die Glocken der weidenden Kühe, wieder schwelten über den Äckern und an den Waldrändern die Staudenfeuerchen, und langsam wurden die Rauchschleier über die Paßhöhe hinweg in die lichten Räume des Glattals hinausgetrieben. Der Niederschlag des weichenden Nebels holte alles, was sie an Farbe noch zu vergeben hatten, aus den welkenden Blättern hervor, und als die steigenden Dünste blau und dann silbern zu flimmern und ein wenig später im Goldstaub zu gleißen begannen, erzitterte die ganze Kuppe in der festlichen Veranstaltung des herbstlichen Morgens.

An diesen Tagen folgten Kätterlis Blicke verstohlen dem Gehaben des kleinen Schörschli, der am Geländer der Veranda stand, unverwandt gegen das Backsteingebäude des Kurhauses hinaufblickte und es nicht müde wurde, die Häupter der Herde zu zählen und der Mutter ins Zimmer Bericht zu erstatten über die Vorgänge, die sich auf der Weide abspielten. Jetzt sei die Große in wilden Sprüngen bis ganz unten an die Umzäunung gesprungen, habe gestutzt, und nun stehe sie da mit schlagendem Schweif und muhe, daß ihr der Dampf aus dem Munde ströme. Sicher sei sie ganz heiß inwendig, siedend, gell? Und wenn sie das tue, so sprängen auch sogleich zwei andere auf und davon, und kurze Zeit sei es wie ein Karussell, besonders wenn der Hirtenbube in der Mitte unter dem Baum noch mit der Peitsche knalle. Und die Kleinen, die Kälber, ständen da und schauten zu und machten schließlich auch ein wenig mit.

Mit dir bin ich dort oben an der besonnten Backsteinmauer auf der Terrasse gesessen, vor Jahren, und habe Zwiesprache gepflogen mit dir, denn noch waren wir eins, du zusammengekugelt in mir, in der Wärme, und ich wiederum hineingebettet in einen solchen Tag, dachte das Kätterli. Was du heute siehst, habe ich damals gesehen, mit meinen Augen, für dich, und jetzt, da du es siehst, muß es dir sein wie eine Erinnerung an etwas, das du schon einmal erlebtest. Das wundert mich nicht, daß deine Blicke immer wieder dort hinaufwandern. Dort hast du ja begonnen, an jenem Wintertag, Jahre vorher, da dein Vater seine zwei Schwesterchen mit dem Davoser Schlitten den Weg hinanzog und das Maly mir das Müffchen aufhob, das mir vom Schoße geglitten war, und ich dabei zum ersten Male des Buchbinderlehrlings ansichtig wurde. Deine Tante Maly, Schörschli, aus der Lehre beim Coiffeur Studer im Posthof aufgerufen von dem unerforschlichen Schicksal als Gefährtin des jungen Bündners, der Gott des Irrtums bezichtigte, da er gebot, dem Cäsar zu geben, was des Cäsars sei. Und jetzt sind sie schon Mann und Frau geworden, mit gleichen Pässen, auf den schönen Namen Arquint lautend, und sie gehen herum, hin und her, auf die Kanzleien und Konsulate, der Stempel und Visa wegen, die ihnen den Weg bereiten sollen übers Meer, in das junge und ferne Land Kanada. Auch wir hätten fortgehen sollen, Karl und ich, über die Meere, wo wir die Heimat vergessen hätten und neu einander gewesen wären, zwei Menschen einfach, und es wäre kein Unterschied mehr gewesen von Herkunft und Milieu, nichts mehr von Abortfrau und Schneidermeister, von deutscher Herkunft und zürcherischer Bürgerlichkeit. Wie haben wir uns einlullen, einfangen lassen, vom Sichern und Häuslichen, von dieser «Apanage», in deren Schutz wir hindösten und auch noch die kleine Vera zeugten. Ach, Schörschli, du bist das Kind unseres Mutes und Trotzes gewesen; in diesen Räumen habe ich dich empfangen im Ungewissen – blick nur hinauf zu den bimmelnden Herden, möchte doch etwas geblieben sein in dir von den schimmernden Horizonten, die wir verrieten …

In unregelmäßigen Rhythmen fiel das heiße Bügeleisen auf die ausgebreiteten Hemden und Wäschestücke, in dumpfen Schlägen, die die Sätze des innern Monologs der jungen Frau begleiteten. War ein Stück beendet, legte sie es sorgsam auf die rechte Seite, beugte sich zur Linken hinab und fischte ein neues, zerknülltes aus dem Korb, und auch dieser Vorgang, dieses Vorbeiwandern von Wäschestücken, die aus dem Zustand der Unförmigkeit sich unter ihren Händen zu ordentlichen, duftig geplätteten und gefalteten Gebilden verwandelten, schien das Bemühen Kätterlis zu versinnbildlichen. Das Zischen und Dampfen des feuchten Gewebes unter dem Gewicht des heißen Eisens, das sanfte Dahingleiten auf den Stoffen hatte etwas Befriedigendes in sich, es dämpfte den Ansturm unguter Gedanken, die vernickelte Spitze des Gerätes stach wie der Bug eines Schiffes in die Wellen der Wäsche und hinterließ eine breite, beruhigte Bahn im Heck.

Es gab Serien von Gedankenbildern um den Ehemann Karl, die Kätterli mit einer Art wortloser Raserei erfüllten. Seine Ahnungslosigkeit, die Selbstverständlichkeit, mit der er die Entwicklung der Dinge hinzunehmen schien, so nach einer Art von Klischee: die belohnte Strebsamkeit. Wie der Ausschnitt aus einer vorbildlichen Biographie. Der Aufstieg eines Knaben aus einfachen Verhältnissen in den Stand des Gebildeten, aus eigener Kraft und eigenem Fleiß. Aber es ist ja alles nicht wahr, es ist alles Täuschung. Der Scheck, das Geld, Vaters Geld, mein Geld und was ich zu erwarten habe, das ist ja das Skelett, um das herum wir unsere Familie angeordnet haben. Dieser innerste Teil sind nicht wir. Aber außen herum ist reiner Trug. Wir können ja nicht selbständig gehen, wir werden getragen und gestützt von den Eltern, alle die Jahre hindurch. Kein Vergleich mit Reto und Maly. Nie wäre Karl fähig gewesen, so etwas zu tun. Immer späht er vorsichtig und ängstlich unter seinen Augenbrauen hervor, der große Mann; der richtige Rentner ist er. Ginge es nach ihm, sein Leben lang wanderte er hinunter in die Zentralbibliothek und zerblätterte zufrieden die Stunden über den Büchern.

Der Mann Karl, an den das Kätterli auf diese Weise dachte, stand hinter ihr in der geöffneten Türe, den Hut auf dem Kopf. Er hielt einen länglichen Zettel in seiner Hand. Die junge Frau wandte sich um, und es fiel ihr sogleich ein sonderbarer Zug im Gesichte des Gatten auf.

«Nicht eingelöst», sagte Karl, und schwenkte den Scheck.

Jetzt ist es so weit, dachte das Kätterli sogleich. Vater ist ruiniert mit seinen Kriegsanleihen; die Deutschen haben den Krieg verloren.

«Ich habe das schon lange erwartet», sagte sie.

«Schon lange erwartet? Du? Erwartet, daß die Bankbeamten in den Streik treten werden? Ausgerechnet heute, am 1. Oktober, zum Monats-, zum Quartalsanfang? Daß der ganze Geld-, Zinsen- und Zahlungsverkehr stockt, die Schalter geschlossen, die Unterschriften entwertet werden? Das hast du erwartet? Daß die Schuldner ihre Last abschütteln, die Gläubiger mit wertlosen Fetzen Papier in den Händen dastehen werden? Das hast du erwartet?» Er schrie, bleich ob des Ungeheuerlichen, in seinem Innersten aus der Beschaulichkeit aufgerüttelt.

«Das ist es nur?» sagte das Kätterli.

«Nur. Du bist ja originell. Weißt du, was das heißt? Das Land in seinem Lebensnerv getroffen, in seiner Struktur, in seiner Gesellschaftsordnung, in seiner Arbeit, seiner Industrie, seinem Reichtum? Der Staatsbankrott, nicht mehr und nicht weniger. Die Vernichtung von Treu und Glauben, wenn die Bankbeamten in den Streik treten – die Bankbeamten! Das ist in der sozialen Ordnung dasselbe, wie wenn in der religiösen die Pfarrer in den Ausstand träten!»

Das Kätterli mußte laut herauslachen. Es schaute seinen Mann an, der da vor ihm stand, den Scheck in der Hand und die Empörung auf dem vollen Gesicht, und es stellte das heiße Eisen hin und legte die Hand auf den Mund und lachte, unwiderstehlich mußte es lachen wie in einem Krampf.

«Die Banken sind also Kirchen und Kathedralen und die Schalter Beichtstühle, und die Noten sind Hostien, und die Gläubiger sind Gläubige!»

«Das verstehst du nicht, Kätterli! Seit die Schweiz besteht, ist das noch nie vorgekommen!»

Die junge Frau Gebhardt hatte sich hingesetzt. Sie lachte nicht mehr. Ihre Hände lagen in ihrem Schoß. Dann sagte sie ruhig:

«Dieses Geld hat uns ja sowieso nie gehört.»

Karl runzelte die Augenbrauen: «Was sagst du da?»

«Das ist ja alles geschenktes Geld, was wir am Ersten jeweils holen. Wir haben kein Anrecht darauf. Es war ein Almosen. Es ist der Grassamen, den die Meinigen über den Skandal meiner Verirrung zu säen glauben mußten. Und indem wir es angenommen haben, machten wir ihre Art, es zu sehen, zu der unsern. Wir gaben zu, es sei eine Mésalliance.»

«Was erzählst du da?» fragte Karl nochmals, und er sah aus wie ein treibendes Wrack, auf das ein hohes Schlachtschiff mit voller Breitseite schoß.

Bleich, hochatmend, mühsam verhalten saß das Kätterli da. Durch die Türe der Veranda herein vernahmen sie das Bimmeln der Herdenglocken.

«Es wird einem nichts geschenkt, Karl. Aufgeschoben höchstens. Magst dich nicht erinnern, was wir besprachen, am Käferberg oben, als die Ballone über uns wegflogen? Und was haben wir getan? Gerade das Gegenteil.»

«Was hat dies mit diesem Streik zu tun?»

«Der Streik geht vorbei. Aber das, was ich dir eben sagte, bleibt.»

Die junge Frau entfaltete ihre ganze Macht vor dem ehemaligen Buchbinderlehrling, und es schien, als stände sie mit der Lanze der unbequemen Wahrheit vor ihm und stäche nach ihm. Aber zu seinem maßlosen Erstaunen stellte sich heraus, daß dies das Ende der Wirrnis noch nicht war, denn scheinbar ohne jeden Zusammenhang ließ die junge Frau noch einen Satz fallen, dem man nicht nur ihre Beschäftigung mit der Psychoanalyse anmerkte, sondern der den töricht Dastehenden einen Blick in die Welt jener Dinge tun hieß, die im Busen einer Frau schlummern und die für das Licht des Tages nicht bestimmt sind.

«Darum ist meine Libido zu kurz gekommen», sagte sie und begann zu weinen.

IX. Kapitel

In der Nacht auf den Mittwoch, den 6. November, wurden in den kleinen Bahnhöfen des Reppischtales bis hinab gegen Dietikon sowie in den Ortschaften am östlichen Ausgang des Albistunnels, im Sihltal und in den Gemeinden des linken Seeufers, von Thalwil an abwärts bis nach Rüschlikon hinüber die ersten Truppen des Luzerner Infanterie-Regimentes 19 ausgeladen. Zur gleichen Zeit überschritten die Vorhuten des Regiments 31, Milizen des Thurgaus, die Paßhöhen der Forch, des Milchbucks in Staffelungen, danach die Einheiten, die dem Glattal entlang mit ihrem ganzen Troß von Roß und Wagen den Militärtransportzügen entstiegen. Es war ein richtiger, tadellos funktionierender Aufmarsch, und die Kantonnemente der Brigade 10 umschlossen in zwei großen Bogen, die sich in Dietikon berührten, die Stadt. Die Militärstallungen an der Geßnerallee wurden jedoch sogleich von der Kavallerie belegt, und der Wacht- und Patrouillendienst aufgenommen, denn die Kantonsregierung war in der gleichen Nacht noch vom Obmannamt herab in die Kaserne übersiedelt.

In derselben Nacht wurde in der Buchdruckerei Heuberger das unter Bluntschlis Mithilfe von Fritz Platten und Herzog verfaßte Flugblatt abgezogen und gelangte bereits am Abend des gleichen Tages zur Verteilung. Es war dem Jahrestag der Krawalle im Jahre 1917 gewidmet und lautete:

Arbeiter!

Vor einem Jahre erzwangen sich die russischen Arbeiter, Bauern und Soldaten den Frieden und legten den Grundstein zum Bau der russischen Sozialistischen Republik. Das weckte in einem großen Teil der zürcherischen Arbeiterschaft den Willen, ebenfalls etwas zur Beendigung des Völkermordens beizutragen. Man schloß einige Munitionsfabriken, Mordwerkstätten, dazu da, um schnöden Mammons willen Mordwerkzeuge für den Weltkrieg herzustellen. Granaten, die man den Deutschen und den Franzosen lieferte, mit denen wir Schweizer Arbeiter übermorgen selbst zusammenkartätscht werden könnten. Der Schließung der Munitionsfabriken folgten große Demonstrationen.

Die Antwort der Regierung an das friedensdurstige Volk waren «demokratische» Polizeisäbelhiebe, blaue Bohnen aus «demokratischen» Polizeirevolvern, Kugeln aus Maschinengewehren der «demokratischen» Eidgenossenschaft, Hunderte von Verhaftungen und Einkerkerungen in die Gefängnisse unserer «Demokratie». Blut floß in den Straßen der schweizerischen Industriemetropole.

Und heute, wo selbst monarchistische Regierungen, zitternd vor dem Volkszorne, den politischen Gefangenen, einem Zuchthäusler Liebknecht, einem Tyrannentöter Friedrich Adler, die Kerkertüren öffnen, machen unsere Regenten der schweizerischen «Demokratie» keine Miene, die teilweise noch seit den Novemberkrawallen in den Gefängnissen schmachtenden politischen Gefangenen zu befreien. Keine Miene machen sie, um die gestohlene Pressefreiheit zurückzugeben, die verfassungsmäßigen Rechte und das Asylrecht wiederherzustellen.

Zum Jahrestag der Novemberkrawalle verlangen wir:
Die Befreiung aller politischen Gefangenen;
die Sistierung der militär- und zivilpolitischen Prozesse;
die Aufhebung des Verbotes der «Forderung», der «Freien Jugend» und der «Jugend-Internationale»;
Herstellung des Asyl- und des Versammlungsrechtes.

Oder wollen die ungekrönten, aber um so mehr bezopften Regenten der «demokratischen» Schweiz so lange mit dem Abbau der Diktatur warten, bis die schweizerischen Arbeiter und Soldaten den Herren die obigen Forderungen und noch mehr dazu aufdiktieren, bis diese Herren gezwungen werden, den gleichen Weg zu gehen, den ein russischer Zar, ein bulgarischer Ferdinand, ein Ludendorff gehen mußten, und den über kurz oder lang alle Menschenschlächter, vom deutschen Kaiser bis zum Heuchler Wilson, gehen müssen.

Im Namen der Novembertoten, der Verwundeten und Eingekerkerten verlangen wir die sofortige Erfüllung obiger Postulate. Die herrschende Klasse der Schweiz kann heute noch wählen zwischen der friedlichen, aber schleunigen Umgestaltung der politischen und wirtschaftlichen Zustände oder der Revolution. *Kommunistische Partei Zürich*

NB. Der Beschluß der Zürcher Unions-Delegiertenversammlung und der Sozialdemokratischen Partei Zürich 8 auf Ausschluß der internationalen revolutionären Sozialisten aus der Sozialdemokratischen Partei und die unverbesserliche, opportunistische Politik der Sozialdemokratie bedingte die Gründung der Kommunistischen Partei.

Auf der Rückseite wandte sich die sozialistische Soldatenorganisation ihrerseits mit einem Aufruf an die Soldaten.

Der Einmarsch der Brigade 10 unter dem Kommando von Oberst Sonderegger und die Belegung der Schulhäuser erfolgte am Vormittag des 8. Novembers.

Am folgenden Samstagmorgen wurde der Generalstreik proklamiert. Unter dem Schutze von Militär zirkulierten noch einige Wagen der Straßenbahn. Auf den beiden Plattformen standen Füsiliere mit aufgepflanzten Bajonetten. In der Bade-

nerstraße stürzten Demonstranten einen Kieswagen auf die Geleise, und daraufhin wurde der Trambetrieb völlig eingestellt.

Die ersten Schüsse fielen am selben Tag auf dem Paradeplatz, etwa um 10 Uhr des Morgens: die in die Luft geschossene Salve eines Füsilierzuges, der mit der Zerstreuung der sich vor den Banken stauenden Menge beauftragt war. Dann wurde es ruhig. Die Rolladen vor den Geschäften fielen herunter. Außer dem Bulletin des «Volksrechts» erschienen keine Zeitungen mehr. In der von allem Eisenbahn- und Drahtverkehr abgeschnittenen Stadt wurde das weltgeschichtliche Ereignis vom Abschluß des Waffenstillstandes erst einige Tage später bestätigt.

Als Walter Abt am Samstag mit Bell die Weinbergstraße herabkam, bot die Stadt zwischen den beiden Pfeilern ihres nördlichen Ausgangs, dem Hause zum «Merkur» und dem Hotel Central, ein Bild der Düsternis. Trübe flackerten im leisen Regen die Gasflammen in den Kandelabern der Bahnhofbrücke, und ihr Widerschein auf dem Wasser der Limmat wurde von den Windstößen, die über den Fluß hinwegfegten, sogleich verwischt. Es fehlte das Licht, das die erleuchteten Tramwagen durch die dunklen Straßen zu kutschieren pflegten, als wäre auch dies ihre Aufgabe. Kein Gefährt war zu sehen, und es war so still, daß man das Rauschen des Wassers hören konnte, das sich zwischen den alten Wehren und Schleusen vor der Brücke durchzwängte. Die wenigen Leute eilten als dunkle, gegen den Wind gebeugte Gestalten dahin. Der rosarote Lichtglanz über dem Bahnhof war erloschen, und es fehlten am Himmel die hellen Dampfwolken der fauchenden Lokomotiven. Der einzige Puls dieser Stunde war das Aufschlagen der genagelten Schuhe von Patrouillen, die mitten in der leeren Straße aus dem Dunkel auftauchten und deren nasse Stahlhelme schimmerten, wenn sie vom Licht der Laternen erreicht wurden. Sie verschwanden wieder stumm auf ihrem Rundgang, von einem ungewohnten Geräusch von Leder und Stahlzeug begleitet.

«Der reinste Belagerungszustand», sagte Walter, «unheimlich. Als müßten wir bestraft werden. Als hätten wir den Krieg verloren.»

Bell, in seiner Pelerine und barhäuptig, schien sich zu Hause zu fühlen. In zu vielen Nächten war er durch die Straßen der Siedelung gewandert. «Laute und Lichter verwirren», meinte er, «im Dunkel und ohne Geräusche enthüllt sich ein anderes Wesen der Stadt. Ich will nicht sagen, es sei das wahre. Aber es gibt ein Zürich ohne Lichter und Blau, ein Zürich, das in Düster und Dunkel durch die Zeit dahinfährt, an seinen Lindenhügel gedrängt mit der Standarte des Peterturms, um den die Winde stieben und die Dohlen kreisen.»

«Wollen wir noch hinüber, nach Außersihl?» fragte Walter.

Am Ende der Brücke blieb Bell stehen und schüttelte den Kopf. «Was auch dort drüben geschehen mag», sagte er, «es entscheidet nichts. Es ist am Rande, im Außenbezirk. Das Schicksal der Stadt waltet hier, auf der Insel. So war es immer, zu allen Zeiten. Der Raum um den See die Lungen, die Bahnhofstraße die Schlagader und der Paradeplatz und der Münsterhof die beiden Herzkammern. Wie auch getobt und gewütet werden mag drüben am Limmatquai oder jenseits der Sihl, hier, auf den Plätzen der Insel endet der Kampf um die Seele der Stadt. Sie werden es sehen.»

Walter Abt sah es.

Am Sonntag von ein Uhr an strömte den Bleicherweg, den Talacker herein, die Bahnhofstraße herauf eine dichtgedrängte Masse von Männern aus den Kreisen jenseits der Sihl dem Paradeplatz zu und floß von allen Seiten in den Münsterhof ein, durch die Poststraße, die Waaggasse, die Storchengasse und auch, aber weniger dicht, über die Münsterbrücke, über die der Student daherkam. Tatsächlich, dachte er, sie haben die Herzkammern gefüllt. Von den Pfeilern der Fraumünsterkirche, umfangen vom Rund der Häuser von der «Meise» bis zum Zunfthaus «zur Waag» hinüber, harrten sie, Kopf an Kopf, des angekündigten Redners, den Jahrestag der Russischen Revolution zu feiern und wider das Aufgehot von Militär zu protestieren. Sie standen da, ordentlich und sonntäglich gekleidet, spähten herum mit erhobenen Gesichtern und heraustretenden Adamsäpfeln, in Tuchfühlung, bedeckten den Boden des weiten Kessels, der nur dann wieder sichtbar wurde, wenn sich Gruppen und Kreise bildeten um einen, der sprach. Walter überließ sich einem der träppelnden Ströme, der ihn in einer Art Kontremarsch, an Stehenden vorbei, bis in den Platz hineinspülte. Er sah die vertrauten Gesichter der Leute, alle sehr ernst und gespannter, als man sie des Tages auf der Straße, im Tram und an öffentlichen Orten sonst sehen konnte. Wohl gab es die Zornigen und Hämischen mit blassen Nüstern und harten Blicken – aber die meisten dieser Männer drückten in ihrer Haltung etwas aus, das man etwa mit Worten «es ist doch wahr» hätte übersetzen mögen. Sobald man diesen Leuten gegenüberstand, konnte man sich nicht mehr vorstellen, daß sie Revolutionäre sein sollten, Entfesselte und Empörte, die ausgezogen waren, die Stadt zu zerstören, die aufzubauen sie geholfen hatten. Es eignete den meisten dieser Männer jener Zug, den sie an Abstimmungssonntagen im Gesichte trugen, wenn sie zur Urne schritten. So fassen sie es auf, dachte Walter, als eine Art Plebiszit: sie wollen mit ihrer Gegenwart bezeugen, wie viele sie seien, welche Menge im Staat, die den Lauf der Dinge geändert haben wollte. An der Nordmauer des Fraumünsters allerdings hatte sich eine Dolde von Jungen gebildet, Burschen und Mädchen, mit viel Rot und Verwegenheit, Windjacken und offenen Kragen, und immer und immer wieder sangen sie die «Internationale», und es war ihnen wohl und erwartungsvoll dabei, das sah man; sie kamen sich abenteuerlich, drohend und bedeutend vor. Sie standen mitten im Herzen der Stadt, beschützt von den breiten Ringen der Älteren, und sie konnten aus voller Kehle ihr Lied singen. Aber die Zeit wurde der Menge lang. Immer wieder verkündeten die Glocken vom Fraumünster- und vom Petersturm herab, wie sie dahinfloß im grauen Novembertag. Sie sehnte sich nach einem Mittelpunkte, nach einer Anleitung, nach einer Rede, nach einem Worte, das ausdrückte, weshalb sie hier waren. Geraune von Ungeduld machte sich geltend. «Anfangen!» rief es in der Menge. «Schlaft ihr?» Und es wurde von Lachen begleitet. Es war keine Tribüne vorhanden, um die man sich scharen konnte, die Blicke wanderten empor, den Fassaden des Häuserrunds entlang, wo in den geöffneten Fenstern die Anwohner standen und herabblickten.

Aber dann begann, von einer unbekannten Stelle aus, ein Drängen und Stoßen, das sich über den ganzen Platz hin fortsetzte, schrille Pfiffe, Johlen setzte ein, und dann konnte Walter zwischen den Köpfen hindurch und über sie hinweg die silbernen Lilienblätter der Bajonette erkennen, und mit der Menge fühlte er sich Schritt für Schritt rückwärts gedrängt, den Blick aber immer in die Gegend des Geschehens gerichtet. Bereits konnte er die Stahlhelme, die grauen Uniformen erkennen, die Gesichter der Soldaten; Schulter an Schulter kamen sie daher, vier Reihen tief, die Gewehre schräg vor sich und mit den flachen Kolben wider die Leute drückend.

Oben, an den Fassaden der Häuser, begannen plötzlich Scheiben zu splittern und Mörtel herabzufallen, und durch das Schreien der Menge knatterten Schüsse. Die Leute schauten sich an, bleich, und Walter spürte, wie sein Herz ungestüm hämmerte. Von einer Sekunde zur andern war die Panik da. «Sie schießen», riefen die Leute. In der Mitte des Platzes entstand ein leerer Raum, von dem eine zentrifugale Kraft auszugehen schien, der die Menge gegen die Häuser und den Mündungen der Gassen zufegte. Von einer unbezähmbaren Gewalt erfaßt, fühlte sich Walter den Mauern des Münsters entlanggefegt und gegen den Stadthausquai hinausgeschleudert, just in dem Augenblick, da über die Münsterbrücke eine neue Kolonne von Füsilieren ausrückte, die im Marschieren aus aufrecht erhobenen Gewehrläufen Salven feuerte. Wo es eben noch schwarz von Köpfen gewesen war, erschien das Pflaster in weiten Flecken, die sich ständig vergrößerten und sich in die Leere eines Niemandslandes verwandelten, auf das Schutt und Glas hinabsplitterte. Es lagen auch ein paar Menschen darin, zusammengeknäuelte Gestalten, unter diesen, mit einem Bauchschuß, der Soldat Sales Vogel aus der zweiten Kompanie des Bataillons 42, der fröhlich mit seinen Kameraden vor wenigen Tagen in Frauenfeld eingerückt war, «um in Zürich Ordnung zu schaffen». Oben in den Häusern, unter der Brüstung der offenen Fenster, in denen sie eben gestanden, dem Schauspiel beizuwohnen, lagen die Leute flach auf dem Boden und hörten schreckensbleich die Schüsse knattern, das Trampeln der Schuhe auf dem Pflaster, die Pfiffe und das Brüllen der Menge – das Beben und Pulsen in der Herzkammer ihrer Stadt.

X. Kapitel

Im halbverdunkelten Übungssaal der Tonhalle, der auf die Claridenstraße hinausging, wo zu gewöhnlichen Zeiten der Chor des Sängervereins «Harmonie» seine Proben abzuhalten pflegte, und der in ein Lazarett für grippekranke Soldaten umgewandelt worden war, saß neben dem Feldbett des Füsiliers Ineichen die Medizinstudentin Jacqueline Voubrasse. Sie trug eine weiße Spitalschürze, und um ihr Köpfchen war ein Tuch straff geknotet. Sie sah unschön, übernächtig aus. Vor sich, zwischen den Knien, hielt sie ein verbeultes Emailbekken, und aus dem Schnabel einer hocherhobenen Kaffeekanne ließ sie Wasser in das Gefäß hinabplätschern. Sie blickte dabei unentwegt auf das gerötete Gesicht des Soldaten, der dalag, mit einem roten, buschigen Schnurrbart, der sich ein wenig bewegte, wenn der Mann etwas vor sich hinmurmelte. «Noch nicht?» fragte Jacqueline. «Ihr müßt Wasser lassen, Herr Ineichen, es ist wichtig, unbedingt.» Der Patient drehte ihr das Gesicht zu, unbehilflich, und ein wenig wie aus weiter Ferne. «Tun Sie sich ganz entspannen, Sie müssen das Wasser lösen.» Sie hob ein wenig die Decke, um sich davon zu überzeugen, daß der Fieberkranke das gläserne Auffanggeschirr noch vor sich habe, und dann oblag sie wieder aufmerksam ihrem Geschäft, das darin bestand, durch das Geräusch des herabplätschernden Wassers den Urinabfluß des Patienten hervorzurufen. Als die Kanne leer war, stellte das Mädchen sie auf den Boden, und mit Hilfe eines Trichters leerte sie das Wasser des Emailgefäßes von neuem in die Cafetière zurück. Dann begann sie von neuem. Zweimal fielen ihr dabei die Augen sekundenlang zu. Es ging gegen Mitternacht. Die Lüsterlampen an den mit Gold und Stukkatur verzierten Wänden des Saales waren mit Packpapier verhängt. Sie sah die Gestalten der Schwestern und der Sanitäter als Schattengestalten durch den Raum wandeln; die meisten Patienten schliefen. Einige schnarchten. Am Westende des Raumes, hinter einem Paravent, herrschte eine gewisse Bewegung, mit Schatten an der Decke, dann fuhren sie den Toten auf einem Wagen hinaus, und ein Sanitäter raffte die Bettwäsche zu einem Bündel zusammen.

Auf einmal stöhnte Jacquelines Patient, und auf seinem Gesicht ward ein verlegenes Lächeln bemerkbar. «Jetzt», flüsterte er, «jetzt kann ich.»

«Gut, gut, Ineichen», sagte Jacqueline, «je mehr, je besser. Es muß fort, das Zeug.» Noch eine Weile ließ sie das Wasser plätschern, dann, als sie sah, wie der Mann seine gefältelten Lider schloß, stellte sie die Gefäße hin und zog die gefüllte Retorte unter der Decke hervor. «Das ist gut, Ineichen», sagte sie – «jetzt geht es dann besser.» Der Mann machte eine Bewegung mit seiner Landwirtehand, und Jacqueline trug das

Geschirr hinaus. Auch in den Gängen und im Treppenhaus des Konzertgebäudes brannten nur vereinzelte Birnen; in ihrem dämmrigen Licht standen Gruppen von Hilfspersonal und Ärzte herum, und das Geräusch ihrer Gespräche widerhallte laut in den Fluchten.

Von seinem Stuhl an der Türe der Toilette erhob sich Aaron, als er Jacqueline mit der Retorte herankommen sah. Er war hemdärmlig und trug eine Küchenschürze, mit einer Schnur an den Leib gebunden. Sein Kinn war voll rötlicher Stoppeln. «Endlich», lachte er und nahm dem Mädchen das Gefäß aus den Händen. «Warte, ich will es dir leeren und spülen», sagte er und verschwand hinter der Türe. Jacqueline trat in den Waschraum nebenan und begann sich die Hände zu seifen. Im Spiegel sah sie hinter sich Aaron wieder auftauchen, ein Glas mit der violetten Lösung von Kaliumpermanganat in der Hand. «Da», sagte er, und Jacqueline gurgelte mit hintübergelegtem Kopf, und die weiße, entblößte Kehle war ihm lieblich anzuschauen. Er nahm das halbgeleerte Glas und füllte sich selbst den Mund mit dem faden Gemisch, aber es dünkte ihn köstlich.

«Bist du abgelöst?» fragte er. Sie nickte, schlüpfte aus der weißen Ärmelschürze und nahm das Regenmäntelchen vom Haken hinter der Türe. Sein eigener Mantel hing daneben. Er zog ihn über seine Schürze an und stellte den Kragen hoch. «Komm, es ist Zeit, daß du in die Klappe kommst.»

Jacqueline hatte noch kein Wort gesprochen. «Das ist immer so schwer, dieses Fortgehen», sagte sie nun, «schon zweimal ist es mir nun passiert, daß ich zurückkam am Morgen, und er lag schon drüben, im Solistenzimmer, aufgebahrt neben dem Klavier, auf dem der vergessene Lorbeerkranz liegt.»

«Einverstanden, Jacqueline, es ist scheußlich. Aber komm jetzt. Es hat keinen Sinn, darüber zu grübeln.» Es war etwas Energisches, beinahe Fröhliches in sein Wesen gekommen, seit sie sich miteinander zum Dienst im Notspital gemeldet hatten. Es oblag ihm eine unschöne Aufgabe, in der Waschküche unten, wo die Leintücher gebrüht wurden, und manchmal hatte er mit Kübel und Bürste in den Aborten zu werken. Es vergingen darüber die acht, die zehn Stunden, bis er Jacqueline wiedersehen konnte. Manchmal ließ es sich einrichten, daß sie im leeren Pavillon drüben, wo ein Eßraum eingerichtet worden war, die Mittagsverpflegung miteinander einnehmen konnten, an langen Tischen, zwischen den Sanitätssoldaten und den Schwestern. Suppe und Spatz wurden aus Kesseln geschöpft, und dann saß man noch vor den leeren Tellern, rauchte und lauschte den Gesprächen, und trotz dem Ernst des Ortes, wo Soldaten starben, war auch ein sogenanntes Kompagniekalb anwesend, ein Sanitätsgefreiter, Lismer mit Namen, der die Ereignisse draußen in der Welt auf seine Weise kommentierte. Der abgedankte Wilhelm der Zweite komme in die Schweiz, in die Villa Wesendonck, er wisse es aus bester Quelle, wahrscheinlich sei er sogar schon in Zürich, er habe ihn gesehen, im Café Schlauch an der Münstergasse, bei einem kleinen Hellen, und einen Cervela essend, in Zivil natürlich und inkognito. Österreich löse sich auf, und Vorarlberg komme zur Schweiz, das sei schon ausgemacht, und was dergleichen Unsinn mehr war.

Erst hatte sich Jacqueline entrüstet über das alberne Gelächter, mit dem, von Ärzten selbst, solche Schindludereien begleitet wurden. Pfarrer Hausheer, der sich mit den heiligen Geräten irgendwo im Hause eingerichtet hatte, die sterbenden Innerschweizer in der schweren Stunde zu versehen, schüttelte nur leise den Kopf über den unabgeräumten Tisch hinweg. Es sei dieses Lachen und dumme Getue in der Nähe des Todes ein menschlicher Trieb und keine Blasphemie. Es müsse der Mensch nach seinem Maß vor dem Unbegreiflichen, Großen bestehen. Dieser Gefreite, er wurde getragen, für eine Stunde, von einer geheimen Übereinkunft der Gäste an diesem Tisch. Nicht in dumpfer Verzweiflung werde die Hilfe an diesen armen Soldaten geleistet, sondern mit der frohen Zuversicht von Menschen und Mitbürgern, die sich in schweren Stunden freiwillig in den Dienst gestellt hätten. Es war fast eine kleine Predigt aus dem Zuspruch geworden – mit völliger Stille der Tafelrunde an ihrem Ende. Mit einem «Nie wieder Krieg» quittierte der Gefreite Lismer des Pfarrers Worte. Und auch Jacqueline mußte lachen.

Möchte es doch so bleiben, dachte Aaron, während sie in der trüben Nacht den alten Weg, die Bederstraße auswärts, der Utobrücke zuschritten. So ist es am besten, in einem gemeinsamen Werk kameradschaftlich verbunden, ohne Seelenknorks. Vielleicht kommt eine Stunde, in der die Schale der Knospe sich sprengt. Aber so sicher seines Wunsches, daß dieser Vorgang sich bald erfüllen möge, war er nicht. Es schien ihm manchmal, als könne er nur in dieser Zwischensphäre, da er geduldet und als eine natürlich gewordene Erscheinung in den Kreis von Jacquelines Dasein aufgenommen war, des Besten, das sie zu geben vermochte, teilhaftig werden.

August Merkli, mit einer seinem Chef abgeguckten Bewegung des Fußes, wendete den wippenden Drehstuhl der Türe zu und rief «Herein». Das Haar gescheitelt wie die Flügeldekken eines Maikäfers, im Glanz schimmernd an den Kopf gelegt, bekleidet mit einer eng um die Taille geschnittenen blauen Jacke und gutgebügelten Hosen von derselben Farbe, bauschig das zarte Popelinhemd, bauschig die grüne Krawatte, selbst die Augenbrauen wahrhaftig glatt gebürstet, war das ehemalige Mitglied der Radfahrertruppe des Moeldingerschen Eilboteninstituts nicht mehr zu erkennen.

«Eh, Meister Corelli», begrüßte er ohne Begeisterung den Kolonialwaren-Agenten, der, verkniffen und sonderbarlich, ohne den Hut vom Kopfe zu nehmen, sich ins Zimmer hineinschob und sich auf den Stuhl neben der Türe setzte.

Nein, Herr Hollberger sei noch nicht zurück, er habe es ihm ja bereits gesagt, Bericht hätte er, Merkli, seit einigen Tagen keinen mehr bekommen. Er werde ihm sogleich anläuten, sobald der Chef zurück sei. Zwischenhinein klingelte das Telephon, und Corelli konnte sich nur darüber wundern, wie der junge Bursche antwortete. Nein, für Reis hätten sie augenblicklich kein Interesse. Was er denn kosten sollte? Camolino? Sofort greifbar. Lagerhäuser der Zentralschweiz, Aarau, aha. Den Hörer ans Ohr drückend, die Zigarette im Mundwinkel, das linke Auge ob des aufsteigenden Rauches gekniffen, schrieb der Kommis die Offerte mit einem Bleistift auf den Block. «Ich will mal sehen, ob etwas zu machen ist.»

«Haben Sie Interesse für Reis?» fragte er den Besucher sogleich, den Hörer auf die Gabel werfend.

«Kommt er überhaupt noch zurück?» beharrte Corelli, dessen Gesicht aussah wie ein älterer Kinderballon, der schon viel Gas verloren hat.

«Wieso nicht?» Im Gegenteil, jetzt, wo der Krieg zu Ende, ein großes Warendefizit in Deutschland und ein großer Stock von Konserven aus den Heeresbeständen der amerikanischen Armee zu liquidieren sei, komme doch das Geschäft erst richtig in Schwung. Er könne es ihm ja nun auch sagen, Herr Hollberger sei bereits in Paris und verhandle.

Er, als Deutscher, in Paris? Kaum einen Monat nach dem Waffenstillstand? Das solle er einem anderen, aber nicht ihm angeben, krächzte Corelli. Ein Deutscher sei er ja nicht, entgegnete Merkli, sondern in Brünn geboren, folglich ein Tscheche, auch wenn er in Berlin gelebt habe. Und während des Krieges hier schmarotzte und ehrbare Kaufleute mit den Behörden in Konflikt gebracht habe, fügte der Kolonialwaren-Agent wütend hinzu.

Es war ein Standard-Gespräch, das der junge Mann seit einigen Tagen mit dem Besucher führte und dessen Verlauf er zum voraus kannte. Und wirklich kam auch der erwartete Satz: «Aber wir werden schon dafür sorgen, daß dieses Pack des Landes verwiesen wird!»

Der alte Mann erhob sich, Merkli sprang auf und öffnete die Tür. «Ich telephoniere Ihnen sogleich, sobald er retour ist.»

Und dann kam die sonderbare, halb komische und halb unheimliche Antwort aus Corellis Mund: «Schitte bön», sagte er im Hinausgehen.

Seit einigen Tagen passierte dies dem Agenten, daß er, nach der Art von Schüttelreimen, die Anfangsbuchstaben von Worten miteinander vertauschte. Es hatte während einer Konsultation bei Fräulein Spieß an der Selnaustraße begonnen. Er saß in seinem Fauteuil, ein wenig abseits des Tischchens mit der Glaskugel, und die Seherin war in Trance und beugte sich darüber, die Fingerspitzen beider Hände in das gräuliche Haar gekrallt. Es war völlig still im Zimmer; auch von der Straße herauf drang kein Laut durch die Vorfenster, hinter denen die Kugelkakteen standen. «Schütz, Untersuchungsrichter», dachte Corelli, und dann «Rütz, Untersuchungsschichter». Es gefiel ihm so, daß er es einige Male wiederholte, «Rütz, Untersuchungsschichter». Dann tastete er sich an dem neuen Vergnügen weiter. «Ein Sadist», dachte er, und dann «Das ist» und formte mit Entzücken den Satz «Das ist ein Sadist». Auf das hin stellten sich dann die geeigneten Worte freigiebig ein, «Fandesleind», «Kammelsauf», «Hettenkandel», «Tieberschum», «Flauselkrei», und er amüsierte sich damit, sie zu ganzen Sätzen zusammenzustellen. «Der Biescher ist im Fandesleind, der durch Kammelsäufe und Hettenkandel die Rawe flauselkrei macht.» Er mußte an sich halten, um durch sein Gelächter Fräulein Spießens Versenkung nicht zu stören.

«Dieser Schichter Rütz hare in die Fölle.» «Schobolä ist das reste Bezept gegen die Prigge.»

Auf seinem neuen zweizylindrigen Harley-Davidson-Motorrad raste der junge Heinrich Zollinger die steile Zürichbergstraße hinauf, hemdärmlig, trotz dem Winter; mit der einen Hand hielt er die Lenkstange, der andere Arm lag über den Milchkannen auf der Brücke des Seitenwagens, und so stieg er, der Erbe des väterlichen Gewerbes, mit einer Geschwindigkeit von sechzig Kilometern in der Stunde von der Tiefe der Plattenstraße bis zum Kirchlein Fluntern empor, vorbei am Restaurant «Weingarten», in dem er dem von Dr. Fineisen präsidierten Konsortium das Landstück an der Krähbühlstraße abgetreten hatte. Die erste Grippewelle hatte den Vater im Sommer hinweggerafft und damit Platz gemacht für den Jungen, der kein Hindernis mehr war für die Stadt, die die Westhänge des Zürichbergs hinan drängte.

In seinem Lehnstuhl in der Fensternische, im dritten Stockwerk des Hauses zum «Merkur» am Leonhardplatz saß der Sensal Rottweiler, sein seidenes Käppchen auf dem Haupt. Sein weißer Bart war seidig und wohlgepflegt, aber die Haut seines Gesichtes und seiner Hände war blaß wie Kerzenwachs. Seine Geschäfte ruhten. Statt der Gülten und der Notariatsurkunden lagen in Reichweite, auf dem Gesimse, die hebräischen Gebetsbücher und der Talmud, die von rechts nach links, von der Gegenwart nach rückwärts, in die biblische Vergangenheit hinein gelesen werden. Darin gab es auch das Gebet, das gesprochen wird nach einer überstandenen Gefahr, und wenn es der alte Mann gelesen hatte, blickte er den Fluß hinauf, den alten Quartieren um den Lindenhof entlang, über die Brücke, den Bahnhof und die kahlen Bäume zum Platzspitz hinüber – und er sah die Leute dahineilen, ein jeder mit seinen Dingen beschäftigt, ein Stelldichein von viel Sorgen und wenig Freude. Aber die Atemzüge fingen an, kostbarer und Ereignisse zu werden. Daß er noch dasitzen durfte und von den Silhouetten dieser Stadt umgeben war, in der Mitte einer menschlichen Siedelung, die ihn hinübergetragen hatte, unversehrt, durch diese Zeit der Kriege, mit jungen Soldaten, die auch ihn, sein Leben und Gut beschützten – es gab ihm in der Späte seines Daseins eine Empfindung der Verbundenheit. «Was wir besitzen, es ist uns nur geliehen von Gott», und ein Teil dessen, was er, Rottweiler, in Härte und Verbitterung, mit List und Tüchtigkeit erworben hatte, er wollte es nach seinem Tode nicht der Sippe hinterlassen, sondern der größeren Gemeinschaft, die sie umschloß. Die «Abraham-Rottweiler-Stiftung für blinde Bürger der Stadt» sollte für die Dankbarkeit seiner Augen zeugen. Von Zeit zu Zeit holte er die Urkunde aus seinem Rollpult und las sie durch. Als man sie später entsiegelte, fand man darin eine Nummer der «Neuen Zürcher Zeitung», in der die Meldung angekreuzt war, daß die Banken der Verlängerung von Krediten, die die Stadt von ihnen erbat, nur gegen die Garantie des Kantons zustimmten.

In der Nacht vom 18. zum 19. Dezember fielen in der Morgartenstraße zwei Schüsse, und die herbeigeeilten Anwohner fanden im Liguster des Vorgärtchens den leblosen, von zwei Kugeln durchbohrten Körper des Bezirksanwaltes Dr. Ernst Schütz, der, von einer Fraktionssitzung heimkehrend, an der Schwelle seines Hauses von einem ihm Auflauernden meuchlings ermordet worden war. Der um seiner Schonungslosigkeit wider die Wucherer vielgehaßte Mann war offenbar einem Racheakt zum Opfer gefallen. Die Untersuchung ging von der Liste der hängigen Fälle aus, unter denen sich auch das Verfahren gegen den Agenten Corelli befand. Aber bei diesem war keine Auskunft mehr zu holen, denn in der Frühe des 20. Dezember war dieser, eine unverständliche Sprache redend, von einem Gehirnschlag getroffen, dahingegangen.

Einige Blätter waren, der vielen Erkrankungen im Personal wegen, der aushilfsweisen Dienste froh, die ihnen René Hirzel leistete. So war er den ganzen Tag unterwegs, «trieb sich auf den Friedhöfen und im Krematorium herum», wie er zu Bell im Vorbeigehen sagte, und mußte sich recht tummeln mit seinen Nekrologen, gab es doch Tage, da die Beerdigungen auf dem Gebiete der Stadt die Zahl fünfzig nahezu erreichten. Schätzungsweise betrug die Durchseuchung drei Viertel aller Bewohner, und die auf die Grippe zurückzuführenden Todesfälle wurden mit neunhundert angegeben. Allerdings sei die Zahl der eines öffentlichen Nachrufes würdig Befundenen bedeutend geringer. Wie es bei solchen epidemischen Ereignissen nicht selten vorkommt, hatte sich bei den Berufsleuten, die damit zu tun hatten, dem Personal des Gesundheitsdienstes und der Presse vor allem, ein gewisser herausfordernder Zynismus breitzumachen begonnen, dermaßen, daß es Journalisten gab, die sich des Morgens auf den Redaktionen mit der Frage meldeten, was heute auf dem Grill sei, womit sie das Krematorium meinten. Die andauernde Berufspflicht unter schwarzverhängten Kanzeln und im Hintergrunde von Trauerzeremonien hatte es mit sich gebracht, daß Hirzel selbst in seiner dunkeldezenten Kleidung wie ein Hinterbliebener aussah; die leicht verbitterten Gramfalten brachte er sozusagen von Hause aus mit. Aber tapfer, mit Eifer und Gewissenhaftigkeit oblag er seiner Arbeit, notierte er behend die Daten, Lebensabrisse, die Verdienste der Verblichenen und lieferte seine Manuskripte pünktlich ab. Seine Vorliebe galt nach wie vor den Magistraten und den Architekten. Lag einer derer, die da mitgeholfen hatten, diese Stadt zu bauen, zum letzten Gang bereit, so sah Hirzel wie die Züge in einem Antlitz die Häuser und Straßen vor sich, die den armen Mann noch einige Zeit überdauern und für seine Tätigkeit als Gast auf dieser Erde zeugen würden. Es umwitterte etwas Geheimnisvolles das Bauen des Menschen. Da rissen sie ihre Pläne, stellten ihre Berechnungen an, wogen Aufwand und Rendite, Zinsen und Amortisation gegeneinander ab, waren sie Kodexen von Proportionen und ästhetischen Formeln untertan, schalteten sie mit dem Material und mit dem Grund wie Herren der Erde, suchten sie einen Ausgleich zwischen den Bedürfnissen der Bewohner und ihrem Lohn und Nutzen; und all das schien sich einzuspannen in den Bezirk der Berechnungen. Aber der Boden, auf dem sie standen, die Luft, in die sie hineinbauten, die Wasser, die sie ab- oder zuleiteten, und mochten sie tun und formen nach ihrem Willen und Wissen, wie sie meinten: es stand die Stadt am Nordende des Sees, zwischen den Hügeln des Tales allgegenwärtig hinter ihnen und hob mit sanfter, unwiderstehlicher Gewalt ihr stets sich wandelndes Gesicht aus der Molasse der Zeit. Nie war sie beendet, nie stand sie fertig da, nie hatte sie ihren endgültigen Ausdruck gefunden. «Auch ihre Heimat ist das Unterwegs», dachte Hirzel. «Gebe uns das Schicksal, daß wir des Provisorischen nie überdrüssig werden. In ihm ruht das friedliche Streben des Menschengeschlechts. Immer sind wir gefährdet, wenn wir das Endgültige wollen.» Im Nachruf für den ehemaligen Kantonsstatistiker Emil Kollbrunner standen die Sätze zu lesen: «Wie Basel und Bern, hat nun auch Zürich seinen Totentanz. Quer durch alle Schichten der Bevölkerung wandelt in diesen Tagen der dunkle Freund und holt die Leute von ihren Plätzen weg. Es muß wohl so sein. Es liegt ein tiefer Sinn darin. Moses führte sein Volk während vierzig Jahren durch die Wüste. Es ist die Zeit, die es braucht, bis eine Generation stirbt. Erst die neue, junge Generation sollte das gelobte Land betreten.» Selbstverständlich wurden diese Betrachtungen des Verfassers, als unpassend und nicht zum Thema gehörend, von der Redaktion gestrichen.

XI. Kapitel

Schon in der ersten Woche des Januar brach der Föhn mit solcher Gewalt herein, daß sich die Wellen an den Quaimauern in haushohe Geiser verwandelten und nachher als Sturzseen in die Anlagen ergossen. Die Floße der Bootsvermieter wurden von ihren Bojen und Ketten hinweggerissen und sammelten sich als zerschellte Wracks in der Beuge zwischen der Brücke und dem Quai; die Dampfschwalben, die die Leute vom See herab in die Stadt führten, konnten nicht landen und mußten weiter oben, im Windschatten von Buchten des linken Seeufers, Schutz suchen. Ein paar alte Bäume wurden geknickt, und viele Straßen waren übersät von den Splittern geborstener Fensterscheiben und herabgeschleuderter Ziegel. Der Winter erholte sich von diesem Schlag nicht mehr. Schon im Februar gab es Tage, die nach Lenz rochen.

In Kögls Automatenrestaurant an der unteren Bahnhofstraße, zwischen Arbeitslosen, Ausläufern, Lehrlingen und Händlern aus der Branche der sogenannten Luftgeschäfte, standen, die beiden Koffer zu ihren Füßen und ein Schinkenbrötchen in der Hand, die Eheleute Arquint. Die Nässe und der Schmutz des Trottoirs zogen sich ungehindert durch die offene Fensterwand in die Halle der Gaststätte hinein. Gläserne Waben und vernickelte Schankröhren, eingelassen in ein Getäfer von falschem Mahagoni, lieferten nach Einwurf eines Geldstückes belegte Brote, in denen die dünne Schicht älterer Butter bereits versickert war, und Getränke, die lahm, ohne Druck und genau abgezirkelt in die unterstellten Gläser tröpfelten. Die jungen Leute blickten wortlos nebeneinander auf die Straße hinaus, wo die Leute unter Schirmen und in Regenmänteln einhergingen. Reto lächelte ein wenig; dann ergriff er die beiden Koffer, und so schritten sie, unbeachtet, über den

Platz zum Bahnhof hinüber. Als sie sich den eisernen Torbogen der Bahnsteige näherten, stockte Malys Schritt, und sie berührte mit der Hand ihres Mannes Arm.

Aufgebaut wie eine Familienphotographie, in einer Menge anderer, die warteten, harrte dort groß, einer leicht gealterten Helvetia nicht unähnlich, in einen dunkeln Mantel gehüllt unter einem glockenähnlichen Hut, Kätterli an ihrer Seite und den Schörschli an der Hand, Hermine Meng vor einem leeren Raum, den der Portier Nievergelt freihielt.

«Nur das nicht», sagte Reto, der Malys Zögern verstanden hatte. «Sollten sie es tatsächlich erfahren haben?» Maly schüttelte den Kopf. «Nein, es ist nicht unser Bahnsteig. Es muß etwas anderes sein. Sie erwarten jemand. Komm.» Auf einem Umweg, hintenherum, drückten sie sich an der Menge vorbei zum Basler Zug. Sie setzten sich still in einen Nichtraucherwagen der dritten Klasse und bewegten sich nicht, bis das leise Rollen und Abgleiten der eisernen Bahnhoflandschaft begann. Die Pappelalleen das Limmattal hinab waren noch kahl, die Schrebergärten scharten sich naß und verlassen um die verschlossenen Puppenhäuser, über die brachen Äcker stob der Wind.

Maly wechselte rasch auf die andere Seite hinüber, und sie konnte noch sehen, wie der Rücken des Uetlibergs langsam zu einem Kegel zusammenschrumpfte, und über ihm war ein blaues Loch, das der Föhn in die Wolkendecke gerissen hatte. Reto war zu ihr getreten. Er legte seinen Arm um ihre Schultern. «Dort oben, unter dem Aussichtsturm, war es, da ich dem Stiffler zum erstenmal von dir gesprochen habe. Als wir hinunter in die Stadt kamen, erfuhren wir, daß es Krieg gebe. Wie hängt alles zusammen!» Maly schaute zu ihm auf. Aus der Lehrtochter des Coiffeurs Studer im Posthof war ein richtiges Fraueli geworden. Vielleicht war ein bißchen mehr Ernst und Grundsätzliches in ihr Leben eingebrochen, als es ihre Bestimmung zu sein schien. Aber sie trug es gut, dem zuverlässigen Durchschnitt gemäß, den diese Stadt hervorbringt. Die Heimat glitt unter ihnen hinweg. Noch eine Weile würden sie die Tannen begleiten, bevor sie sich abwandten, ihrem Stelldichein im Wäldermeer des Schwarzwaldes zu. Aber dann würden die beiden bereits aus der Zone des Harzes in jene des Salzes hinübergewechselt sein, mit dessen Geruch die Winde der Wassermeere behaftet waren.

«Man läßt doch immer viel Unerledigtes hinter sich, wenn man so abreist», sagte der junge Mann.

«Die Zeit erledigt es für uns», meinte Maly.

Clemens Wepf wollte gerade das Kunsthaus verlassen, als sich die schwer aus Eisen und Kristallglas gebaute Türe vor ihm öffnete und ein Schwarm von Männern sich in die Halle ergoß. Es seien die amerikanischen Journalisten, die, aus Italien kommend, die Städte des Landes besuchten und heute, unter der Führung einiger Magistraten, auch die städtische Gemäldesammlung, konnte ihn die Frau an der Kasse belehren. «Also, das muß ich sehen», dachte der Maler und schloß sich der Gruppe an. Er stieg mit ihnen die breite Marmortreppe empor; dann, im hellen Zwischenstock, wie es zu erwarten war, wendete sich der Kustos um und deutete auf das Hodlersche Wandgemälde, das an der Südwand des Lichthofes hing. Mit pochendem Herzen betrachtete Wepf die Gesichter der Reporter. Höflich und wißbegierig blickten sie zu der monumentalen Gruppe der blaugekleideten Frauen empor, und ein Rothaariger sommersprossigen Gesichts begann auch sofort, eifrig Notizen zu kritzeln. Jetzt, dachte Wepf, jetzt muß es kommen. Sie werden ihre Augen erheben, und dann werden sie angerührt von der Urgewalt dieser Kunst, diesem Durchbruch neuer Visionen, diesem «Blick in die Unendlichkeit». Aber behutsam setzten die fremden Gäste ihren Anstieg über die marmorne Treppe empor fort, und Wepf erkannte, sie würden die Botschaft Hodlers nicht über das Meer tragen. Bell, der bei solchen Besuchen aus dem angelsächsischen Sprachgebiet von der Stadtverwaltung gern mit eingeladen wurde und sich als freiwilliger Dolmetscher einen Platz an der Bankettafel abverdiente, kam langsam und als letzter im Kometenschweif die Stufen hinan. Er blieb neben Wepf stehen und schaute auch zu den blauen Frauengestalten empor. «Es scheint ihnen keinen besonderen Eindruck gemacht zu haben», meinte er dabei. «Nicht den geringsten», bestätigte Wepf. Bell lachte. «Das Format ist ihnen zu groß. Sie sind an kleinere gewöhnt, Genre ‹Schmücke dein Heim›. Mehr, als die Bilder an einem trockenen Orte hängen zu lassen, bleibt uns nicht zu tun.»

Walter Abt und Aaron standen in der Kolonnade an der Poststraße und warteten mit triefenden Mänteln, bis der Regen ein wenig nachließ. Sie hatten sich im Schalterraum des

Kreiskommandos an der Fraumünsterstraße getroffen, und beiden war der Auslandurlaub ins Dienstbüchlein gestempelt worden. «Das wäre also vorüber», meinte Aaron, «wir sind schon ganz schön drangekommen. Fünf Jahre, und nicht mehr nachzuholen.»

Walter lachte. «Was man sich in der Jugend wünscht, hat man im Alter in der Fülle. Schau nur!»

Über spiegelnden Asphalt trippelten in Schuhen mit hohen Absätzen, daß die Muskeln der Waden wie Federn sich spannten, Frauen und Mädchen. Ihre Röcke waren so kurz, daß die Beine bis zu den Knien hinauf frei waren. «Was hätten wir vor Jahren für einen solchen Anblick gegeben!» meinte Walter. «Es ist, wie wenn sie uns entschädigen wollten. Heraus endlich aus diesem Seelenknorks! Du wirst es sehen, eine Welle der ungeheuersten Lebensfreude wird nun über uns hereinbrechen. Die Frauen haben es zuerst gemerkt. Die Haare und die Röcke haben sie abgeschnitten, und es macht ganz den Eindruck, als wollten sie nun die Initiative an sich reißen.» Er grinste und zog Luft in die Lunge.

«Ich bin noch nicht so weit», sagte Aaron. «Wir sind nicht mehr die gleichen. Sie schreiben von Zeitenwende. Sie stellen sich alles gleich vor wie Kapitel in einem Geschichtsbuch, Mittelalter, Renaissance, Neuzeit. Aber so ist es ja gar nicht. Magst du dich noch erinnern, wie wir durch das Niederdorf schlichen, in Specks Kinematographentheater saßen? Das können wir alles wieder tun, und es kommt trotzdem nie mehr. Mir scheint, wir seien furchtbar alt geworden und um unsere Jugend betrogen.»

«Altklug, ja», höhnte Walter. «Das ist doch auch nur so ein Schlagwort. Jetzt fängt es doch erst an. Ein Student ist doch noch kein Mensch.»

«Gotthold ist wieder in Berlin», sagte Aaron. «Es hat ihn nicht mehr gehalten.»

«Für ihn bleibt Berlin das Lebenszentrum», antwortete Walter. «Das Bildungserlebnis, verstehst du? Und das, was du da erzählst von ‹alt geworden› und ‹um die Jugend betrogen› das kommt auch schon wieder von dort her. Das ist jetzt ihre große Mode, der steile und zackige Expressionismus, der Untergang des Abendlandes, der Ödipuskomplex, der Zarathustra. Sofort wollen sie wieder, daß die ganze Welt in ihren Pessimismus einstimmt. Es ist wieder genau dasselbe, nur sagen sie jetzt ‹Europa› statt ‹Deutschland›! Und wir plärren das schwarze Gejammer nach, statt in Jubel und Dankgebete auszubrechen. Und manche machen wieder eifrig mit von unseren Künstlern und Schriftstellern, wetteifern mit den Koryphäen des ‹Germanischen Aufschreis› und lauschen angstvoll auf ihre Anerkennung oder ihre Kritik. Es wird nicht lange dauern, das sage ich dir voraus, so werden sie uns lehren wollen, was Demokratie ist! Wenn wir doch das aus diesem Krieg gelernt hätten, wie gleichgültig uns ihr Lob und ihr Tadel sein können!»

Da standen sie also da, diese zürcherischen Frauen, in ihren Mänteln und Schirmen, hinter dem Seil der Abschrankung, Frau Meng und das Kätterli und der kleine Schörschli unter ihnen; der Portier Nievergelt ging in dem freien Raum hin und her, und herum eilten ein paar Herren und Damen mit Rosetten an der Brust und bunten Bändern am Arm. Der Zug ließ auf sich warten, und immer mehr Leute, die mit dem Ganzen gar nichts zu tun hatten, sammelten sich an und hoben sich auf die Zehenspitzen, den leeren Bahnsteig hinunter zu sehen, wo die Milcheimer dampften und die Weggli sich in den Zainen häuften.

Dann fuhr die Lokomotive ein, langsam und verpuffend, und einige Atemzüge lang war es ganz still. Dann auf einmal ging ein Raunen und dann etwas wie ein Wimmern und Klagen durch die Menge der Frauen, denn nun kamen sie heran, zu zweit, zu dritt, verschüchtert, mit großen Augen in schmalen Gesichtchen, mit Hälschen wie aus Porzellan, in seltsame Kleider gehüllt, Wollschals und Männerjacken, Turnschühchen an den Füßen – die ersten Wiener Kinder. Die Frauen waren nicht zu halten, das Seil und der Portier Nievergelt zählten nicht mehr ob der Explosion des Mitleids und der Mütterlichkeit. Sie stürmten vor, sie beugten sich herab über die verschüchterten Kinder, sie nahmen sie in den Arm, sie hoben sie hoch, sie drückten sie an sich, an ihre Brust, sie ließen die Schirme fallen, die Hüte verrutschten auf ihrem Haar, es baumelten die dünnen Ärmchen und Beinchen der Kleinen an ihnen herab, und sie hoben die Milchkacheln an die blassen Mündchen, und sie lachten und schwatzten und weinten in einem. Und stritten sich um den Schatz, den sie hielten. «Das ist meines, meines», schrien sie einander zu und wollten es einander entreißen, und die, die welche hatten, flohen über die Geleise durch die Bahnhofhalle davon. Und dann traten sie mit den eroberten Kindern hinaus auf den Platz, und die großen Augen schauten am Rücken des ehernen Escher empor, der da stand wie an der Spitze eines Aufruhrs der Barmherzigkeit und gegen den See hinaufblickte, an dessen Nordende die Stadt lag, die während Jahren zu kurz an Liebe gekommen zu sein schien und jetzt alles auf einmal nachholen wollte. Die Gruppen der Frauen und unterernährten Kinder, die durch die Straßen gingen, zeugten dafür, daß der gefesselte Friede endlich ausgebrochen war.

XII. Kapitel

Präsident Wilson ist in Paris, die «Rose von Stambul» im Stadttheater zu Gast.

Wir müssen etwas für die Möwen tun, ein weiter Weg nach Norden steht ihnen bevor; sind nun auch Hafer, Gerste und Mais noch rationiert worden, so gibt es doch immer noch Küchenabfälle, diese Wappentiere der Stadt zu ernähren.

Zwei neue Bände einheimischer Lyriker sind soeben erschienen, Karl Stamms «Aufbruch des Herzens» und «Der Weg ins Weite» von Max Geilinger.

Angesichts der Fleischnot spricht sich der Metzgermeisterverband für die Ansetzung einer fleischlosen Woche aus.

In den Gasthöfen Zürichs sind im Monat März 20268 Fremde abgestiegen; an vielen Türen hangen Tafeln mit der Aufschrift «Alles besetzt».

Zwei Uraufführungen stehen bevor: Robert Faesis Lustspiel «Die Fassade» im Pfauentheater und Othmar Schoecks komische Oper «Don Ranudo» auf der Bühne des Stadttheaters.

Peter Altenberg, der liebenswürdige Dichter Wiens, sei gestorben, kommt die Nachricht, zusammen mit jener vom Treiben der Spartakusbewegung in Berlin.

Kola-Dultz, das Mittel gegen Ermüdung und Abspannung in bewegter Zeit, beginnt eine neue Inseraten-Kampagne.

Zwiespältiger Gefühle voll, kommentiert der Kritiker Hans Trog die Dramatisierung der Novelle «Johannes Apro» des Romanciers Ernst Zahn.

Auch die Delegierten der Freisinnigen Partei sprechen sich für die ungesäumte Einführung der Achtundvierzig-Stunden-Woche in der Industrie aus.

Der Exkaiser Karl von Österreich und Zita, seine Gemahlin, steigen in Zürich ab.

Im Neumünster-Asyl erliegt am 21. März der junge Dichter Karl Stamm der Grippe; sein Herz ist aufgebrochen.

Die Stadtratswahlen zeigen folgendes Ergebnis: Freisinnige 39 Vertreter, gegen 42 im Jahre 1916, Sozialdemokraten 60 (60), Christlichsoziale 8 (8), Demokraten 10 (15), Grütlianer 8 (0).

Professor Einstein erhält einen Lehrauftrag an der Universität Zürich.

Vor vollbesetztem Tonhallesaal liest Gerhart Hauptmann aus der «Versunkenen Glocke».

Das Initiativbegehren Lang betreffend das Frauenstimmrecht wird an eine Kommission überwiesen.

Eine Versammlung der zürcherischen Seidenindustriellen macht in einer Resolution darauf aufmerksam, daß, wenn die Einfuhrbeschränkungen der Entente-Staaten nicht sofort gemildert werden, 25 000 Angestellte und Arbeiter entlassen werden müssen.

In seiner Zeitschrift «Wissen und Leben» schreibt Bovet:
Die Zeit der Legenden ist noch immer nicht vorbei, trotz dem kritischen modernen Geist, der Schnelligkeit und der Präzision der Nachrichten. Liest man die schweizerischen Zeitun-

gen, so könnte man glauben, in Zürich herrsche die Anarchie, und eine eingeschüchterte Bürgerschaft und eine laue Regierung kapitulierten täglich entweder vor den Schiebern oder vor den Bolschewisten.

Gewiß, wir haben in dieser Stadt schwere Stunden erlebt. Das Proletariat ihrer großen Industrien hat Forderungen erhoben, die berechtigt sind trotz den Fehlern und den Ausschreitungen, die sie begleiteten. Sind auch Tausende von Bürgern dieser Siedelung bereit, dafür zu sorgen, daß die herrschenden Gesetze respektiert werden, so sind sie ebenso bereit, für ein besseres Recht des arbeitenden Volkes einzutreten. Sie wissen, daß die Bajonette keine Lösung darstellen. Die berüchtigten «Jungburschen» sind von einem Ideal beseelt, das sich von jenem einer sich stets vergrößernden Elite unter den Studenten aus bürgerlichem Hause nicht im Wesen unterscheidet.

Zürich, die größte Schweizer Stadt, steht in einer Krise europäischen Ursprungs. Sie steht als Pionier an der Schwelle einer Zeit sozialer Gerechtigkeit, an der Schwelle einer neuen Schweiz. Zürich leidet, aber es hat den Glauben. Und der Glaube wird siegen.

In der Halle des Bahnhofs, unter dessen Eisensträngen im Frühjahr, zur Zeit der Schneeschmelze, die aufgeregten Wasser der Sihl ihrer Vereinigung mit der Limmat entgegenstrudeln, werden die Fahrpläne für die Entlastungszüge während der Pfingstfeiertage angeschlagen.

DRITTES BUCH

1920–1932

Erstes Heft

I. Kapitel

Es war wenig nach Mitternacht, als der Schafhirte Christoffer Nauli an der Spitze seiner Herde hinter der Wasserscheide der Fluntermer Allmend auftauchte und die Zürichbergstraße hinabzusteigen sich anschickte. Zögernd, mit leisem Träppeln und zagen Bählauten folgten ihm die Tiere; das Auge des schwarzen Widders an seiner Seite glühte rot, die Wolle der Schafe leuchtete im Mondschein. Hinter der Spitze wurde der wogende Strom immer breiter, überbordete die Randsteine und füllte die ganze Straße aus bis an die Sockel der Gartenzäune vor den Villen, wo auch im Dunkel der Bäume und Sträucher es dampfte und blökte und roch von dahinziehendem tierischen Leben. Als die letzten versprengten Tiere, von der stupfenden Nase des Appenzeller Hundes getrieben, die Paßhöhe überschritten, war der Hirte schon unten beim Kirchlein von Fluntern angelangt, wie getragen und geschoben von der Kraft der nächtlichen Herde. Durch den steilen Hohlweg hinab ergoß sie sich unaufhaltsam der innern Stadt zu.

Den späten Heimkehrern bot sich das Schauspiel einer zwischen den Eckblöcken der Rämistraße hervorbrechenden und über den mondbeschienenen Asphalt des Bellevueplatzes sich ergießenden Lava wolliger Leiber und nickender Köpfe, die mählich den weiten Raum überflutete. Auf dem rauschenden Untergrund der träppelnden Hufe schwammen die hellen und klagenden «Bäh»-Laute wie Signale, die aus den dunklen Massen zwischen den hohen Mauern jenen nach vorne zugerufen wurden, die hinter dem Hirten bereits mit mißtrauisch vorgestreckten Mäulern die breite Brücke betraten. Die Stadt schlief. Flußabwärts standen im milchigen Schimmer die steinernen Häuser und Kirchen an der stillen Straße der Limmat; im Dunstkreis des Uetliberges fing der sinkende Mond an, sich sachte zu röten; ohne Eile wallten die Schafe an den Gußgeländern und verzierten Kandelabern vorbei über die städtische Brücke.

Unter der Krempe seines Filzhutes blickte Nauli vor sich hin und bereitete mit den Augen seiner Herde den Weg. Nun kam zur Rechten das Wäldchen der Stadthausanlage, das mit seinen Rhododendronbüschen bis an die Pflastersteine des Bürkliplatzes vorstieß, und zur Linken, zwischen dem See und der Straße, der Park des Arboretums mit seinen Lichtungen im Mondschein, und Arbeit für die Hunde, die ausbrechenden Tiere zur Herde zurückzuführen. Neunmal auf seinen Nomadenzügen von Allmend zu Allmend war Nauli schon diesen selben Weg gegangen, nächtlich, bei Regen und Mondlicht. Noch nie hatte er die Stadt bei Tag betreten, und nie noch ohne das Blöken der Schafe im Ohr. Immer nur erschien sie ihm als diese fremdartige, lautlos zu Stein erstarrte Siedelung mit den seltsamen Gestalten, die am Saume seines Weges standen und ihm zusahen, wie er mit seinen Schafen an ihnen vorbeizog: Herren in dunkeln Mänteln und weißen Halstüchern, barhäuptige Frauenzimmer, flaumige Pelze über den Schultern, Polizisten im Tschako und schweren Kaputen, Lampenanzünder mit langen Stangen und Milchmänner auf dem Bock ihrer grüngestrichenen Pferdewägelchen. Schritt für Schritt ging der Hirte unter seiner Pelerine voran. Es war wie ein Gesetz, daß er nicht zurückblicken, nicht zögern in seinem Schreiten durfte, denn es würde Verwirrung und Auflösung in die Reihen der Tiere tragen, den Rhythmus der Herde brechen auf ihrem Zug nach neuen Weideplätzen. Solange er ausschritt, blieb sie beisammen, magisch gehalten vom Ziel und vom Gang des Hirten, und ohne Erstaunen.

Als sie beim Ulmbergtunnel die Geleise der Gotthardlinie überquert hatten und die Rudel sich in die Bederstraße ergossen, begannen die alten Böcke und die Muttertiere eifriger zu stoßen und zu blöken. Sie witterten hinter den dunklen Häusern schon die große Grasebene der Wollishofer Allmend im Schattenkegel des Berges; unter der schmalen Utobrücke stieg aus der Mulde des Sihlbettes der kühle Hauch des Bergwassers empor, die Eschen rauschten im Morgenwind, weiter wurden die Abstände zwischen den Gebäuden, schon gab es Ställe, in denen Ketten rasselten und Kühe muhten, vergitterte Laternen, die an den Armen der Knechte baumelten, den Geruch von Heu und Dung.

Dann, hinter dem Moränenhügel der Brunau, jenseits der Schienen der Sihltalbahn, brachen die Schafe unter den Nußbäumen hervor und galoppierten über die Grasnarben, hinein in das waldgesäumte Rund unter den verblassenden Sternen.

Die Pferche standen am Rande der Ebene, nahe den Erlengehölzen am Fuß der Hänge. Nauli stieß einen Stock in die Erde und wartete. Die Hälse der Tiere waren nun alle nach abwärts gebogen, die Mäuler rauften und rupften im kurzen Gras. Einmal mehr erlebte es der Hirte, wie die Herde sich um ihn scharte und niederzulegen sich anschickte, daß er zur Mitte eines Heerlagers wurde, eine ragende Kathedrale zwischen dicht gedrängten wolligen Rücken. Von der Brunau herüber war noch immer das Blöken und Träppeln der letzten Tiere des heranströmenden Zuges zu hören; aber dann wurde es allmählich stiller, und auch an den Rändern der Herde verlor sich die Bewegung. Es waren wieder alle beisammen auf dem Weideland, der großen Allmend, die die aus dem Sihltal langsam hervorquellenden Nebel sachte einzuhüllen begannen.

II. Kapitel

Die beiden jungen Leute, die in der stillen Vormittagsstunde am Brunnentrog auf dem Hechtplatz sich in der Septembersonne rekelten, laut und unbekümmert miteinander redeten, sich mit Wasser bespritzten, manchmal sich boxten und spaßhaft rauften, waren nach der neu aufkommenden Mode bekleidet. Der Architekturstudent Laubscher, seit einem Semester von Burgdorf an das Eidgenössische Polytechnikum übergesiedelt, trug schwarze Stiefel, über die, nach russischer Art, Pluderhosen herabfielen und unter der hellen Jacke einen Pullover, der bis zum Adamsapfel emporstieg. Sein Kamerad, Zott, war ganz ähnlich gekleidet, nur daß er noch, lässig um den Hals geschlungen, ein geranienrotes Tuch zur Schau trug. Wie sie da, Laubscher mit seinem Bergsteiger-Filzhut, und Zott das kurzgeschnittene Haar von einer Art Sportmütze bedeckt, ihre Allotria trieben, während die andern Leute nüchtern und dunkel gekleidet ihren Alltagsweg gingen, schien es, als führten sie miteinander eine Szene auf. Der städtische Straßenarbeiter Wagner, der am Brunnen seinen Reisbesen reinigte, und der Schirmfabrikant Sütterlin, der durch sein Schaufenster hindurch schon eine Weile dem Treiben zusah, dachten beide dasselbe: die machen ein anderes Theater.

Vor wenigen Monaten, an einem regnerischen Aprilmorgen, war Adrian Laubscher, in einen ehrbaren Wintermantel gehüllt, einen mächtigen Rucksack am Buckel und an jeder Hand einen schweren Koffer tragend, durch den galerieähnlichen Hauptausgang des Bahnhofs gekommen. Bevor er die Stufen zum Platz hinunterstieg, blieb er, einem sichernden Berggänger gleich, stehen und lusterte aufmerksam, mißtrauisch, bemüht sich zu orientieren, in die städtische Arena hinein. Seine Blicke, gewohnt die Horizonte abzutasten, wanderten den Zinnen und Firsten der Boulevardhäuser entlang, die den Platz säumten, vom Hotel Habis Royal zur Rechten zum Victoria und zum Schweizerhof, übersprangen die Schlucht der Bahnhofstraße, glitten hinüber zum Restaurant Du Pont, am Warenhaus Globus vorbei, zur Brücke und hafteten zuletzt am sepiafarbenen Block des Polytechnikums, der sich über den Zinnen der Altstadt erhob und seiner Reise Ziel war. Unter den glänzenden Blasen der Regenschirme schien es, als bewegten sich die Leute auf Rollen aneinander vorüber, Zusammenstöße geschickt vermeidend und wie auf unsichtbaren Fahrbahnen, was ihren Wanderungen etwas von den Zügen disziplinierter Ameisenvölker verlieh. Quer und rund um den Platz, hinein und hinaus aus dem Areal des Bahnhofs, hinauf und hinab die nassen Trottoirs der sagenhaften Bahnhofstraße, zwischen den blauen Straßenbahnen, den Pferdefuhrwerken und Automobilen hindurch grumselte im warmen Regen ein Verkehr völlig anderer Art, als ihn der junge Mann von Bern her gewohnt war. Nichts war da von Laubengängen und Barockfassaden, von gemütlicher Bauernsame mit Zwiebelkränzen, von bemalten Brunnenfiguren und warmen Glockenschlägen vom Zeitglockenturm herab, nichts von taftenen Trachten und silbernen Westenknöpfen; wohl aber der Geruch von nassen Kautschukmänteln, von Benzin und Ruß und Rauch, von nassem Stein und nassen Hunden, dampfenden Pferden. Schmucklos standen die Häuser da, geschwärzt die Fassaden mit verregneten Fenstern, tropfenden Traufen, und mit viel Zinkblech und eisernen Geländern auf den Zinnen. Es wehte ein anderer Wind, ein wärmer und höher dahinstiebender als in den Gassen und Gevierten der Bundesstadt; von anderer Art waren die Geräusche, weniger geteilt in Klappern und Träppeln, mehr wie ein immerwährendes Gleiten und Sausen, verschwommen und ohne Übergänge, und wenn Adrian flüchtig die Augen schloß, so glaubte er ganz im Hintergrund etwas wie ein leises, zirpendes Rufen zu vernehmen, eine Aufforderung, ein Versprechen, etwas Weltweites und Abenteuerliches. Der junge Mann spürte die Regentropfen auf seinen geröteten Wangen, und jener wachsame und schnuppernde Zug in seinem Gesicht sollte ihn, der sich anschickte, sich in dieser Stadt einzunisten, nie mehr verlassen.

Während Tagen und Wochen, nachdem er oben in der Bolleystraße, in der Nachbarschaft der Hochschulen, sein Zimmer bezogen hatte – eine Bude von geschichtsloser Banalität, wie er zu sagen pflegte –, verbrachte er seine Zeit mit Spazierengehen. Dem Wasser gleich folgte er dabei immer dem Gefälle der rechtsufrigen Limmathalde, den vielen Treppen und Weglein, die von der Universitätsstraße herab die Weinbergstraße und die Stampfenbachstraße kreuzten, so verwickelt und verborgen, daß er sie zuerst entdecken mußte, ungewiß, ob ihn dabei der Ortssinn des Berggängers oder die Einsicht des Architekten lenkten. Wenn er aus dem Hohlweg der Stampfenbachstraße heraus den Leonhardsplatz betrat, in die Lichtfülle hineinschritt, die über den Limmatraum hereinwallte, hatte er immer das Gefühl, den Ort gefunden zu haben, der ihm gemäß war: Häuser am Wasser, Wege einem Fluß entlang, Brücken, sichtbare Grenzen vom Festen und Flüssigen – für den Laubscherburschen waren es magische Zonen, die immer, auch im nüchternsten Tag, von einem Hauch des Abenteuerlichen umgeben waren. Mit einem Gefühl des Neides, mit einer fast schmerzhaften Neugierde blickte er zu den Fenstern der Wohnungen am Quai empor. Die Leute waren begnadet, bevorzugt, die dort wohnen durften. Zu jeder Stunde, des Nachts, im Morgengrauen, bei den Gewittern, die mit bleiernen Wolken von Westen heraufzogen, an den heißen Sommertagen in Blau und Gold, wenn der Lindenhügel gegenüber und die Fahrdämme von wattigem Schnee eingehüllt waren, wenn blecherne Dachkännel von Schmelzwasser überliefen und die Stunden mit ihrem eintönigen Rieseln erfüllten – immer war es den Bewohnern dieser Flußstraße erlaubt, an ihren Fenstern zu stehen. Ob sie hinter Fenstern über blühende Zyklamenstöcke, ob aus offenen Scheiben in die milden Abende hinausblickten – sie wohnten. Für den jungen Architekten verkörperten sie den Inbegriff des seltsamen Wortes:

das Stete, Festgefügte, das Gefühl eines unnahbaren Behütetseins und dennoch hineingestellt, nein, hineinragend mit ihrem Raum der Stille in den Herzstrom dieser Stadt, der Limmat hieß. Diese aneinandergebauten Häuser, von denen einige hinter einstöckige Vorbauten mit Zinnen, Andeutungen von Dachgärten mit Efeugerank und Oleanderkübeln, zurücktraten, waren ohne Schmuck und bar modernen Komforts, mit finstern Hinterzimmern und Badewannen aus Zink, knarrenden engen Treppenhäusern, ausgemuldeten Schüttsteinen in der Küche und mit Böden, die leise wankten, wenn man darüber schritt, mit Kachel- und Zylinderöfen, über deren Rohren die Decken sich schwärzten – ihr einziger Prunk war die Fensterfront auf den Quai hinaus. Aber alles zählte nicht und wurde vergessen ihretwillen. In diesen Stuben, an deren Decken der Widerschein der Wellen spielte, in die das Summen der Straße bei Tag, das leise Murmeln des Flusses heraufdrang bei Nacht, wo man beim Lampenschein einen Blick hinauswerfen konnte in das samtene Violett des Himmels, über den kurzweiligen Horizont des jenseitigen Ufers, in diesen Zimmern, unter denen die Sechseläuten-Umzüge und die Maidemonstrationen vorbeizogen, die Karren, Wagen, Automobile und Tramzüge zwischen dem Bahnhof und dem See auf- und abwärts kollerten, da wurde das Wohnen zu einem prickelnden Fest, eine echte Erfüllung menschlichen Daseins, gemischt aus Dabeisein und unberührtem Abstand. Des jungen Architekten Herz pochte jedesmal heftiger, wenn er dem gußeisernen Geländer des Flusses entlang wanderte und zu den Fenstern dieser Häuser hinaufspähte. Natürlich, es müßte alles niedergerissen und neu, nach sinnvolleren Plänen erbaut werden. Verschwinden müßten die Abstände zwischen den Fenstern, in weite hohe Reihen aus blanken Spiegelscheiben, die nach Art einer Guillotine nach oben geschoben werden konnten, mit niederen Gesimsebänken davor und gelben Sonnenstoren darüber müßte der letzte Rest der Fassade aufgeteilt werden, und die Dachstöcke ausgebaut, mit flachen Dächern darüber, Licht- und Sonnengärten für die Bewohner. Vom Centralplatz bis hinauf zum Bellevue sah er im Geiste die gewölbte Front, eine Straße aus Glas, ein Solarium, Wabe an Wabe von tiefen Zimmern, von dem diffusen Licht erfüllt, das die exotischen Pflanzenstöcke auf den Gesimsen durch ihre mächtigen Blätter hereinließen.

Man hatte Adrian davon erzählt, wie die Altstadt sich entvölkere und zu einem Armutsquartier hinabzusinken im Begriffe sei, während am Rande, in den Außenbezirken, die Schrebergärten in Siedelungen sich zu wandeln begännen. Ihn aber, den jungen Architekten, selbst aus ländlicher Gegend stammend, hatte in früher Kindheit schon der Zauber der Städte, der wunderbare Vorzug, in ihnen wohnen zu dürfen, mit Leidenschaft ergriffen und seine Laufbahn bestimmt. Als Knabe, wenn er ein- oder zweimal des Jahres von seinem Vater, einem ländlichen Lehrer, nach Bern mitgenommen worden war, hatte er es selbst erlebt, wie sein Herz aufbrach in festlicher Herrlichkeit, wenn das Züglein den Türmen und Dächern, den Zinnen und Brücken, dem Knäuel von Schienen und Straßen zueilte. Aber tiefer noch waren der Schmerz und das Heimweh, wenn sie selbander des Abends im knarrenden Drittklaßwagen, die Stirnen an die locker sitzenden Scheiben gepreßt, die Lichter und den Feuerschein hinter ihnen verblassen und im Dunkel eines novemberlichen Bauernlandes versinken sahen. Ein Losreißen war es für den Knaben, ein Ausgestoßensein von den erregenden Begebenheiten, die sich dort auf den Plätzen zwischen den Mauern abspielten. Wie mußten diese Bewohner des Niederdorfes und der Limmatufer leiden, wenn sie aus dem Herzen der Stadt hinaus in die Zonen geschwemmt wurden! Welche Sehnsucht mußte an ihnen nagen, wenn sie nächtlich im Regen über dem dunklen Vordergrunde weit in der Ferne den rosigen Abglanz des städtischen Festes am Saume des finsteren Himmels wahrnehmen konnten! Er, Adrian Laubscher, er würde, wenn seine Träume sich erfüllten, dieser Vergeudung an städtischem Glück ein Ende bereiten. Dieses alte, der Verachtung und dem Verfall anheimgegebene Quartier würde er wieder seiner herrlichen und einzigartigen Bestimmung, Wohnstätte städtischer Menschen zu sein, zurückgeben. Wie den Aufbau eines weißen Ozeandampfers, mit Deckpromenaden und Reihen von Fenstern, die auf den Strom hinausblickten, so sah er den Quai vor sich, nach den Ideen des Meisters, des Architekten Jeanneret aus La Chaux-de-Fonds, gestaltet. Aufbrechen würde er den kahlen Asphalt der Trottoirs dem Flusse entlang, verschrotten die gußeisernen Geländer, und nur eine niedere Brüstung würde dort im Schatten junger Linden Straße und Fluß voneinander trennen. Und indem er auf diese Weise den alten verwinkelten Uferweg weitete, die Häuser zurücknahm, Arkadengänge und breite Treppen ihnen vorlagerte, die an das fließende Wasser hinabführten – kleine Strande mit steinernen Ruhebänken – würde er das moderne Leben verwirklichen. Denn er gehörte der neuen, illusionslosen Jugend an, die über dem Trümmerfeld, das ihnen die Väter zurückgelassen hatten, mit klaren wissenden Augen in die Zukunft blickte. Vorbei war die Zeit der Hosenträger, mit denen die bärtigen Männer ihre Beinröhren an den Schlüsselbeinen aufhingen, der Korsette, mit denen die Frauen ihre Wülste zurückzwängten, vorbei die Zeit, da die Liebe in Scham, heimlich und verlogen ihre Erfüllung suchte. Neu, sachlich, von fanatischer Ehrlichkeit getragen, materialecht nicht nur die Formen der Gegenstände, sondern auch der Ausdruck der Gefühle – so entstieg die neue Generation, nachdem die Wasser der Sintflut sich verlaufen hatten, der Arche – ein strahlendes, furchtloses Geschlecht.

Innert kurzer Zeit war aus dem schweigsamen und mißtrauischen Berner Studenten ein wild-trutziger Naturbursche geworden, der den obersten Knopf seines Hemdes nicht mehr benötigte, in dessen Nacken sich das rötliche Haar kräuselte und der mit tappigen Schritten die Fliesen und Hallen des Polytechnikums durchmaß. Der heimatliche Brauch, alle Leute mit «Ihr» anzureden, selbst aber von den Zürchern mit dem ortsüblichen «Sie» bedacht zu werden, verlieh ihm einen weiteren Zuschuß von Ansehen und Originalität. Als er dann anfing, das rote Halstuch zu tragen, der Gesellschaft der Freunde der Sowjetunion beitrat und die großen Buchstaben aus seiner Schrift verbannte, da ward es augenscheinlich, daß man es mit einem von Grund auf unbürgerlichen, ja, bürgerfeindlichen Menschen zu tun hatte, geschnitzt aus dem Holz und der unbekümmerten Furchtlosigkeit der Revolutionäre.

All dies kam in dem Gehaben mit dem Kameraden Zott, wenn sie sich auf dem Hechtplätzlein balgten, zur Darstellung. Ihr Tun und Gebaren hieß, dies alles sei nur noch vorübergehend zu verstehen: die Brunnenfigur über dem achteckigen Trog, die Giebelhäuser und die Blechzinnen über den schmalen Gassen – Erscheinungsformen einer überlebten, auf den Privatbesitz sich gründenden Epoche. Gleichermaßen wie sie, urwüchsig und bestaunt, aus den bernischen Landen in diese Stadt hinabgezogen waren, die sie mit ihrem auffälligen

Wesen erfüllten, so würden auch, wenn die Grenzen sich öffneten, die Träger der neuen Zeit in ihre Mauern einziehen. Alle Nationen östlich des Rheins befanden sich im Aufruhr, hinweggefegt waren die Monarchien der Habsburger und der Hohenzollern, die künstlichen Reiche zerfielen in Republiken; alles wies daraufhin, daß die Grenzen sich aufweichten, die Nationen verschwanden, die Epoche der horizontalen Kriege vorüber war, und die entscheidenden Kämpfe in der Vertikalen begonnen hatten, die mit dem Sieg der entrechteten Massen enden würden.

Im Fenster der Wirtschaft zum «Hadlaub», dessen Gesimse beinahe ebenerdig zum Hechtplatz lag, hing eine Tafel aus Karton mit der Inschrift «Pensionäre werden angenommen», und als es von den Türmen Mittag schlug, stellte es sich heraus, daß die beiden, Laubscher und Zott, auf dieses Zeichen gewartet hatten, um die paar Stufen in die Wirtsstube hinabzustolpern. Ihr Eßplatz befand sich an einem der niederen Fenster, und die Leute, die draußen vorbeigingen, konnten dort, wo sonst bestandene Männer aus dem Quartier, der Metzger Vogel oder der Schirmmacher Sütterlin, oder auch ein Kundi aus der nahen Herberge zur Heimat bei einem Becher hell zu sitzen pflegten, die zwei befremdlich gekleideten Vögel mit breit aufgestützten Ellbogen hingepflastert sehen. Aber wenn sie ihre Hörnli mit Haché untermischt in den Mund gabelten, die Sauce austunkten und den Teller am Ende der Mahlzeit mit dem letzten Rest der Brotrinde reinfegten, dann sah man sogleich, daß sie hiesigen Geblütes waren, währschaften Hungers und landesüblicherweise nicht gesonnen, dem Wirt etwas zu schenken. Gesättigt, an der Pfeife ziehend Laubscher, und den Rauch der Parisienne aus der Nase stoßend der andere, bewegte sich auch ihr Gespräch nicht in aufrührerischen Bahnen, sondern drehte sich um die geschuldete Zimmermiete, um die Berechnung des Badewannenwirbels, eine beliebte Prüfungsaufgabe des Physikprofessors, und um die Mädchen der Tanzschule von Trudi Schoop. Zu der geplanten Ausstellung im Kunstgewerbemuseum «Baustoffe und Bauweisen» waren Zott einige graphische Darstellungen über die Verwendung der neuen Eternitplatten übertragen worden. Umstürzlerisch und übereifrig hatte der junge Mann, statt sich an die Anweisungen der Fabrikanten zu halten, den neuen Baustoff zu einem Symbol der modernen Sachlichkeit erhoben und die Ansicht einer Kirche gezeichnet, deren Dach und Außenwände aus bemaltem Eternit bestanden. Die Weigerung der Firma, für diese nicht bestellte Arbeit ein Honorar zu vergüten, und die Vergebung des Auftrages an einen anderen Techniker, das war der Gegenstand, den Zott beschäftigte.

Als sie ihre Mahlzeit beendet hatten, schlenderten sie in ihren Pluderhosen und Russenstiefeln über das still in der Mittagssonne liegende Hechtplätzlein zum Flußufer hinüber, Zott immer ein wenig schräg hinter Laubscher her. Sie sprachen nicht mehr miteinander. Glasig, mit Litzen aus Silber und Gold standen die Häuser am jenseitigen Ufer in bläulichem Septemberdunst; ohne Schaukeln hingen die Ruderboote an ihren Ketten, die Bänklein auf der Hungerinsel waren mit den schlafenden Stammgästen aus der Herberge zur Heimat belegt, das Tempelchen mit den Instrumenten des Wetterdienstes flimmerte unter den gelichteten Linden in einem Netz von Zitronengelb und Malvenblau. Das Barometer stand hoch, die Temperatur auf 17 Grad, stellten die beiden fest, das Hygrometer war defekt und verrostet.

«Wohin gehen wir jetzt?» fragte Zott, nachdem sie eine Weile regungslos auf das Wasser hinabgeblickt hatten. Laubscher kniff die Lider und biß so kräftig auf das Mundstück seiner Pfeife, daß an seinen Wangen zwei brutale Wülste hervortraten. Mit einem Male ward er sich der ohnmächtigen Wut bewußt, die den ganzen Morgen über in ihm gemottet hatte. Er stand da in der milden, bewegungslosen Mittagsstunde, im Glanz der offenen Stadt, verkleidet; hochgewölbt zog sich der Himmel nach Norden hinab, gelassen kräuselte sich der Fluß unter ihm dahin, und alles würde so sein, ob er, Adrian Laubscher, dastand oder nicht. Es wurde keine Notiz von ihm genommen. Es war diesen Gebäuden, den Leuten völlig gleichgültig, wohin er sich nun wenden würde, mit seinen fünfzig Rappen im Geldbeutel, seinen lächerlichen Stiefeln, seinem roten Halstuch und dem Dummkopf an seiner Seite. Einen Viertausender zu bezwingen, geduldig und verbissen unter glühender Sonne, den Sack auf dem Rücken, das baumelnde Seil hinten dran und das heiße Metall des Pickels in der Faust, über endlose Geröllhalden und trockene Bergflanken hinanzusteigen mit großen, gelassenen Schritten, wie einfach war das. Aber diese offene, tolerante Stadt, die dastand, und jeder konnte in sie hineingehen und sich in ihr umtun, wie unbe-

rührbar war sie, wie unnahbar, wie versagte sie sich dem Ehrgeizigen! Einen jeden ließ sie gelten und gewähren, aber die Geltungssüchtigen und Maßlosen beschämte sie mit lächelnder Gleichgültigkeit. Adrian Laubscher fühlte es wohl. Mochte er unter den Kommilitonen, in den Seminarien, in der Wirtschaft zum Hadlaub oder in den Versammlungen der Jungarchitekten noch so sehr die Zuhörer verblüffen mit seinen kühnen Visionen und den Weisheiten aus der Zeitschrift «Esprit nouveau», und fehlte es nicht an Beifall und nickenden Köpfen – nachher gingen sie davon und ließen ihn allein mit seinen Russenstiefeln und seiner Charakterpfeife. Nur Zott, einer armen Mutter Sohn, die irgendwo im Bernischen von einer kleinen Witwenrente lebte, erwies sich als ein treuer Bewunderer, ein Jasager, Mitmacher und Besitzer einer Kosakenmütze aus Astrachan, mit der er Laubscher eines Tages mitten im Hochsommer überraschte. Allerdings lachten darob die Leute auf eine solch einfältige Weise, daß er sie wieder zu Hause ließ und für den Winter aufsparte. Laubscher bedurfte dieses Bewunderers und Jüngers, und manchmal lief er, der Bewunderte, ihm nach – aber dann gab es wieder Tage, da ging ihm das ewige Einigsein mit ihm, die servile Widerspruchslosigkeit des Komplizen, auf die Nerven. Da wurde dann, wie vor dem Essen, zuerst scherzhaft gebalgt und geboxt, mit harten Püffen und läppischen Faustschlägen, des anderen Widerstand zu wecken, und ihn vielleicht einmal auch in Wut zu bringen. Aber der lachte nur, geschmeichelt fast, ob der Hiebe, die er erhielt, ein Meister im Hinnehmen von Schlägen. Ein bißchen aus der Nase blutend und in das Taschentuch spuckend, nahm er vor dem Tisch im Hadlaub Platz und schob seine Hörnli hinein, als wäre nichts geschehen. Und klebte nachher an des Kollegen Ferse, wie eben wieder.

«Wohin gehen wir jetzt?» äffte Laubscher des andern Frage nach, und hatte nicht übel Lust, damit als Schicksalsfrage zu jonglieren, mit Anworten wie «das frag ich mich eben auch» oder «zum Teufel». Aber er lief einfach, mit so unmißverständlich breitem Rücken davon, daß selbst der arme Zott begriff, und nach einigem Dastehen und Nachsehen in der entgegengesetzten Richtung davonzottelte.

III. Kapitel

Auf dem grüngebeizten eichenen Bücherschrank in Mengs Herrenzimmer stand ein Panther aus Bronze; ein Pfeil stak in seinem Rücken. Die Hinterhand des Tieres war zusammengebrochen, nur die Vorderläufe stützten noch den Körper; Hals und Kopf gereckt, blickte die getroffene Katze starren Auges dem Tode entgegen. Seit zehn Jahren schon, seit dem Jahre 1910, da der Konsul diesen Raum und den daran anstoßenden Salon mit den Mahagonivitrinen durch eine bekannte Firma für Innendekoration, zum Teil auf Gegenrechnung, hatte neu einrichten lassen.

Karl Gebhardt, der auf dem breiten, mit Gobelin überzogenen Lehnstuhl am wuchtigen Schreibtisch saß – vier geschnitzte Löwen, die nach den vier Himmelsrichtungen blickten, walteten als Karyatiden –, kannte diese Räume nur zu gut. Hier war er zum ersten Male seinem Schwiegervater entgegengetreten, hier hatte die ihn heute noch unglaublich dünkende Unterredung stattgefunden, in der er, der Sohn des Schneidermeisters Gebhardt an der Trittligasse, die einzige Tochter des Konsuls zu ehelichen begehrte. Es hatte eine Zeit gegeben, da er dieses Ereignis in einer dumpfen Selbstverständlichkeit hinnahm, wie halb nur erwacht, in Unkenntnis der wahren Verhältnisse in der Welt und ihrer Ordnungen. Er hatte von ihr eine Märchenvorstellung gehabt; solche Dinge, wie sie ihm widerfahren waren – daß ein armer Sohn des Volkes ein besseres Mädchen erringt, und daß ihm damit zugleich das Tor zu höherer Bildung, zu sorgenfreiem Studium aufgestoßen wird –, schienen ihm durchaus im Bereiche des Möglichen, beinahe Alltäglichen zu liegen. Erst in jenen Tagen, am Ende des Krieges, als es ruchbar wurde, daß Wilhelm Gustav Meng den beträchtlichsten Teil seines Vermögens in deutschen Kriegsanleihen angelegt und verloren, sich dessen Teilhaberschaft an der Installationsfirma Meng & Voubrasse auf eine Kommandite von etwa hunderttausend Franken vermindert hatte, begann er des inneren Gefüges der märchenhaften Vorgänge inne zu werden. Die leichten Lösungen, die vernünftigen und ohne Hast getroffenen Entscheidungen, das maßvolle Gewährenlassen der «Kinder», die Ausstattungen des kleinen Schörschli und der Vera mit Wäsche und Spielzeug, deren ärztliche Betreuung, die diskreten Überraschungen an Weihnachten und an den Geburtstagen mit blauen Sparbüchlein, die vorgezeigt, aber wieder lächelnd in Verwahrsam genommen wurden, die Ferienaufenthalte der Familie Gebhardt in den Flumser Bergen – all das beruhte auf der festen Struktur des Mengschen Vermögens. Als die Niederlage der Zentralmächte offenbar und das Kriegsopfer des Konsuls sich nicht nur als heldische Verbrämung einer aussichtsreich scheinenden Kapitalanlage, sondern als ein richtiges Opfer an finanzieller Substanz herausstellte, da sah sich Karl in seiner Vorstellung bereits wieder in die Trittligasse zurückversetzt: er saß am Tische bei der Petrollampe, und mit Kätterli rechnete er die kümmerlichen Reste ihres Bargeldes zusammen, am Rande tauchte schon der Ausweg auf, daß er, der gelernte Buchbinder, sich nach einer Stelle umzusehen hätte, um seine Familie auf ähnliche Weise durchzubringen, wie seine Mutter nach des Vaters Hinschied ihn und die beiden Schwestern durchgeschleppt hatte. Aber dann, vor dem, was der Konsul in einem ernsten Gespräch mit dem Schwiegersohn als die Trümmer seines einstigen Vermögens bezeichnete, ging es Karl auf, welcher Größen Ausdruck dieser Mengsche Lebensstil überhaupt war. Das, was Meng als künftige bescheidene Lebensweise und Notgroschen bezeichnete, berührte das Äußere und Sichtbare seiner Haus- und Lebenshaltung noch kaum. Natürlich, es würden in der Villa weniger Feste gefeiert, es würde weniger gereist und der Wagen würde veräußert werden, der geplante Bau der Garage unterblieb – aber eine solche Haltung gebot sich schon angesichts der großen Not, die über das deutsche Volk hereingebrochen war. Anderseits würde er, Meng, sich wieder in die Stränge legen, draußen in der Firma, um bei dem vorauszusehenden Aufschwung der Bautätigkeit wieder mit dabei zu sein, und nicht zu knapp. Sie, die jungen Leute, dürften noch mit einer, wenn auch um ein weniges verkleinerten Apanage rechnen – aber das müsse er als Haupt der Sippe nun erwarten, daß Karl vorwärts mache, seine Dissertation endlich schreibe und sein Studium abschließe. «Die Losung heißt Arbeit, mein lieber Karl!»

Es sei ihm eben, hatte Karl gemeint, in der kleinen Wohnung oben an der Fluntermer Allmend, mit den beiden Kindern und dem betriebsamen, ihn für allerlei Handreichungen und Kommissionen beanspruchenden Kätterli nicht ganz leicht, konzentrierte Arbeit zu leisten, ohne ein eigenes Studierzimmer, am Familientisch, inmitten des Trubels. Das verstehe er, entgegnete der Konsul; aber daß Karl dessen jetzt erst inne werde, sei sicher auch ein bißchen darauf zurückzuführen, daß der Doktorand sich in dieser Familiennestatmosphäre ganz wohl gefühlt und sich nicht sehr beeilt habe. Doch dem könne ja leicht abgeholfen werden. Hier im Hause stehe ihm das Herrenzimmer zur Verfügung, ein großes Pult, sonntägliche Stille den ganzen Morgen über, und um zehn Uhr könne ihm die Frieda noch einen heißen Tee kredenzen, die ermüdeten Geister zu erfrischen.

So kam es, daß Karl Gebhardt sich jeden Morgen in der Villa im Seefeld einfand und vier lange Vormittagsstunden in dem prunkvollen, aber einen unbenützten und unbewohnten Eindruck hinterlassenden Raume zubrachte. Ihm erschien dieser morgendliche Gang als eine Variante jener Wanderungen in der Jugendzeit, da er in der Frühe des Sommermorgens, vor dem Beginn seiner Arbeit in der Butik des Buchbindermeisters Goetschel, hierher gewandert war, um vor dem Hause eine hoffnungsbange Stunde zuzubringen. Von seinem Platze aus konnte er durch die brodierten Vorhänge hindurch das Rasenplätzchen hinter dem niederen Zaun zierlicher Achter aus Rundeisen erkennen, auf dem er, der Buchbinderlehrling, unter den Ästen bärtiger Kiefern gestanden und zur Mengschen Villa hinübergespäht hatte, deren Kamine sich in der Morgensonne zu golden begannen. Jener Herr, der mit seiner Nelke im Knopfloch, den Spazierstock wie einen Degen geschultert, aus der Haustüre trat, die die Köchin Frieda vor ihm öffnete, und das Räuchlein der Morgenzigarre hinter sich lassend, davonwanderte, war nun sein Schwiegervater, und das Fräulein, dessen Walten hinter der reichverzierten Sandsteinfassade ihn so bewegt hatte, war seine Frau und die Mutter der beiden Kinder, die sie zusammen hatten. In diesem Jahrzehnt war die große Geschichte über den Erdteil gekommen, waren gewaltige Schlachten geschlagen, mächtige Herrscher gestürzt worden; Revolutionen hatten sich vollzogen, neue Staaten waren entstanden, und die neue Zeit, die er in der Neujahrsnacht zum zwanzigsten Jahrhundert erwartet hatte, war wirklich angebrochen, mit vierzehn Jahren Verspätung allerdings und auf eine ganz andere Weise, als er es sich vorgestellt hatte. Der Genius der neuen Zeit hieß nicht Enthaltsamkeit, wie es oben im alkoholfreien Restaurant an der Wand geschrieben stand. Ihm einen Namen, einen Nenner zu finden, dies war ja in einem gewissen Sinn gerade die Beschäftigung, der der nun nahezu dreißigjährige Doktorand hinter dem von vier Löwen getragenen Schreibtisch seines Schwiegervaters oblag.

Geschichte! Da saß er an ihrem äußersten Punkt, in der Gegenwart, in der Stille, unter den starren Blättern der Zimmerpalme, und immer noch, wie in der frühen Jugendzeit, betörten, beglückten, berauschten ihn die selben Antworten. «Geschichte hat es immer mit den Menschen zu tun. Erst seit es Menschen gibt, gibt es Zeit. Zeit ist eine menschliche Erfindung. Alles was vor den Menschen war, ist zeitlos; alles was nach dem Menschen kommt, ist zeitlos. Alle Geschichte hat zum Inhalt den Menschen als soziales Wesen.»

Die Hefte mit den säuberlich und fachmännisch eingeklebten Ausschnitten aus den städtischen Zeitungen waren zu Stapeln angewachsen. Diese Sammlung war das Geländer, dem entlang Karl sich durch die Jahre bewegte. Mit der Zeit hatte er, wie ein Philatelist, mit dessen Tätigkeit sein Unternehmen eine gewisse Ähnlichkeit hatte, sich zu spezialisieren begonnen. Seit dem Ende des Krieges war es die Stadt, das Lokale, der beschränkte und übersichtliche Raum der vertrauten Siedelung, in dem er das Wesen geschichtlichen Seins am deutlichsten knistern zu hören vermeinte. Die Kenntnis der Orte und der Leute fügte den belanglosesten Nachrichten jenes Etwas hinzu, das erst sie verständlich machte.

Das letzte der hochformatigen Faszikel aus braunem Packpapier war zu einem soliden Bande gebunden und trug auf der Etikette die Jahreszahl 1920. Säuberlich waren die steifen Blätter auf beiden Seiten unter sparsamer Ausnützung des Platzes mit den Zeitungsausschnitten beklebt; nur selten noch betrafen sie Dinge, die sich außerhalb der Stadt ereignet hatten. In einem besonderen blauen Schülerheft hatte Gebhardt die Vorgänge zudem noch chronologisch geordnet, und sein Vorhaben war der Versuch, der Geschichte auf den Fersen zu bleiben, sie sozusagen als zuständiger Zeitgenosse in flagranti zu ertappen.

Zwei Jahrzehnte des Jahrhunderts sind nun vorüber. Ich habe sie miterlebt. Wo stehen wir jetzt? Welche Ereignisse des Jahres waren geschichtlicher Art, was war Alltag und Zufall?

Mit einem Bleistift kreuzelte Karl, während er solches dachte, Zeilen seiner Chronik an. So sah sein Jahr aus:

… Gloria in excelsis Deo, die Kantate Bachs, und Beethovens Neunte im großen Tonhallesaal durch den gemischten Chor aufgeführt. Das steuerbare Einkommen in der Stadt Zürich beträgt vierhundertsiebzehn Millionen Franken, das steuerbare Vermögen zweitausendfünfhundertzweiundachtzig Millionen. Dreihundertundfünf Steuerpflichtige versteuern ein Vermögen von mehr als einer Million. Zürich zählt 209530 Einwohner. Der Stadtrat erließ der Grippe wegen ein allgemeines Fastnachtsverbot. Adolf Frey ist gestorben. Liquidation der Leihkasse Enge. An Sonn- und Feiertagen wird vom 1. Mai bis 30. September der Verkehr von Motorfahrzeugen von 12 Uhr mittags bis 6 Uhr abends verboten. Flugmeeting in Dübendorf. Einweihung der neuen Kirche in Fluntern. Grundsteinlegung der Herz-Jesu-Kirche in Wiedikon, der fünften katholischen Kirche der Stadt. Die städtischen Suppenküchen werden geschlossen. Ferruccio Busoni spielt zu Gunsten notleidender russischer Studenten (im Baur au Lac). Demonstrationsversammlung am ersten Mai auf dem Bahnhofplatz wider die Teuerung. Das Schweizervolk beschließt den Eintritt in den Völkerbund; Stadt und Kanton Zürich jedoch lehnen die Vorlage ab. Kauf des Kaspar-Escher-Hauses, als Sitz der Kantonsregierung. Im Juli durchbricht die Sihl den Staudamm und ergießt sich in das neue Bett zwischen Selnau und Gießhübel; sie führt, wie es ehemals ihre Bestimmung war, ganze Baumstämme aus den Sihltal stadtwärts. Mein Lehrer, Dr. Gerold Meyer von Knonau, tritt nach fünfzigjähriger Tätigkeit als Dozent für allgemeine Geschichte zurück. Freilichtaufführungen der Operette «Der fidele Bauer» im Dolderpark. Ein Christlichsozialer Arbeiterkongreß tagt. Absturz zweier Wasserflugzeuge in den Zürichsee. Am 10. September waren 168 Eheversprechen angeschlagen; am 10. August wurde niemand beerdigt. Zwei neue Großbanken kommen an die Bahnhofstraße: die Volksbank und das Comptoir d'Escompte de Genève. Die Stadt Zürich nimmt in Amerika ein Anleihen von sechs Millionen Dollar auf (demütigende Bedingungen: 8%, Übernahmekurs 92½%, Rückzahlung 107½%). Betriebseinschränkungen infolge großer Trockenheit. Die Volkshochschule des Kantons Zürich wird gegründet. Das Kriegsschuldenkonto der Stadt beträgt 24 Millionen. Das Jahr 1920 hat seit 60 Jahren die geringste Regenmenge, 400 mm weniger als der Durchschnitt …

In der Stille des prunkvollen Herrenzimmers beugte sich der junge Mann über seinen Index. Er mußte gegen ein Gefühl der Hoffnungslosigkeit, gegen etwas Nüchternes und Schales ankämpfen, das von ihm Besitz ergreifen wollte. Was war aus diesen banalen und unzusammenhängenden Tatsachen herauszulesen? Welches war die zusammenhaltende, die ordnende Kraft, die diesem Wirrwarr einen Sinn verlieh? Welches unter all diesen Ereignissen, die er, der Zeitgenosse, der Niederschrift würdig befunden hatte, würde sich keimkräftig und bedeutungsvoll für die Zukunft erweisen, und was würde zurückfallen in die Vergangenheit und vergehen mit jenen, die selbst vergingen?

Karl Gebhardt drehte die Kappe seiner Füllfeder, dann schrieb er auf einmal, wie unter einem Diktat, jene paar Sätze nieder, mit denen er später seine Dissertationsschrift «Der Versuch, Gegenwart geschichtlich zu betrachten» begann.

«Würde sich ein Historiker im Jahre 1950 vor die Aufgabe gestellt sehen, aus einer Liste von Ereignissen, die sich im Jahre 1920 auf einem genau begrenzten Gebiete, der Stadt Zürich zum Beispiel, abgespielt haben, diejenigen herauszuziehen, denen nach seiner Ansicht ein geschichtlicher, oder besser ein geschichtsbildender Wert beikommt (Hinweis auf die chronologische Aufstellung 1920), so könnte er das Ergebnis folgendermaßen zusammenfassen: Im ersten Jahre nach dem Frieden von Versailles herrschte in der größten Schweizer Stadt eine Teuerung; innerhalb von sechs Jahren waren die Preise für die wichtigsten Lebensmittel um nahezu das Dreifache gestiegen. Die Zahl der Arbeitslosen war beträchtlich. Zur Deckung ihrer großen Schuldenlast mußte die Stadt in Amerika teures Geld borgen, nachdem sie von den einheimischen Banken nur mit der Garantie des Kantons kurzfristige Vorschüsse bekommen konnte. Damit hatte sie ihre finanzielle Autonomie verloren und stand unter der Vormundschaft des Kantons. Die durch den Generalstreik Ende achtzehn und die Unruhen im Jahre neunzehn gekennzeichnete soziale Konfliktsituation dauerte an, wenngleich es in diesem Jahre zu offener Gewaltanwendung nicht mehr kam. Die Gegensätze konnten im parteipolitischen Gebiet lokalisiert werden. Hier zeigte sich ein ausgesprochener Zug nach links.»

Es klopfte an der Türe, und in weißer Schürze, ein wenig füllig geworden, weiße Fäden im rötlichen Haar, huschte die

Köchin Frieda mit ihrem Servierbrett ins Zimmer, stellte die Porzellantasse auf die Ecke des Schreibtisches und machte sich sogleich wieder davon. In all den Jahren hatte ihr Blick, wenn sie Karl begegnete, den selben Ausdruck verschmitzten Einverständnisses beibehalten, mit dem sie vor Jahren den kühn-schüchternen Freier Kätterlis begrüßt und ihm die Türe des Hauses geöffnet hatte. Der junge Buchbinder war ihr damals als ein Sinnbild des niederen, aber kräftigen Volkes erschienen, das über die Schranken des Reichtums hinweg sich die Bräute aus den oberen Ständen holte. Sie sah ihn noch immer so.

Karl überlas das Geschriebene ohne Zufriedenheit. Es ist der entlehnte Ton aus den Büchern, dachte er. Es ist die statistische Wahrheit, es ist die Geschichte aus zweiter Hand. Ich, der ich das Jahr zwanzig erlebt habe, müßte anders darüber berichten können. Nicht die Ereignisse sind entscheidend, sondern die Stimmung, in der man sie erlebt. Man müßte eine Weltgeschichte der Stimmungen zu schreiben versuchen. Die Wahrheit ist, daß wir, trotz dem düster anmutenden Katalog der Schwierigkeiten, dieses Jahr zwanzig in einem Hochgefühl erlebt haben. Die Finanzen der Stadt, die Teuerung, die Arbeitslosigkeit und die sozialen Gegensätze, das war doch alles am Rande. Schon gehörte es wieder, wie ehedem, der engeren Politik an. Wir aber saßen in der Tonhalle und hörten die «Neunte». «Freunde, nicht diese Töne ... Freude, Freude! ... Seid umschlungen, Millionen ...» Der Krieg war vorbei. Nie mehr würde es Kriege geben! Der Völkerbund war erstanden. Aus der Katastrophe, aus der dräuenden Gefahr, aus dem provisorischen Leben der vier Jahre waren wir hineingetreten in die Ära des Endgültigen, in die Zeit der Demokratien. Die militärischen Störenfriede waren entwaffnet, Elsaß-Lothringen zu Frankreich zurückgekehrt, Polen wieder erstanden, alle Konflikte waren liquidiert, jetzt konnte die neue Zeit wirklich beginnen. In jedem von uns war ein wenig das Gefühl, als hätten wir ein Verdienst daran, daß es so gekommen war. Lebenslust, Lebensfreude, das war die Stimmung dieses Jahres! Zwei neue Kirchen wurden erbaut; der Tag wurde gezählt nach vierundzwanzig Stunden, nicht mehr in zwei mal zwölf geteilt. Das große Kraftwerk in Heidsee wurde in Betrieb genommen, der internationale Baumwollkongreß in der Stadt abgehalten, der erste internationale Fußball-Ländermatch nach dem Krieg mit der deutschen Nationalmannschaft ausgetragen und von den Schweizern gewonnen, die Preiskontrolle aufgehoben. Mitten in der Stadt, an der Bahnhofstraße, an der Sihlstraße, am Talacker, der Löwenstraße stauten sich die Leute vor den Veranstaltungen neuer Unternehmerfirmen, die mit Traktoren und Drahtseilwinden sich dem Geschäfte des Niederreißens und des Abbruchs alter Häuser widmeten. Der Durchstich des Ulmbergtunnels für die neue Linie der linksufrigen Zürichseebahn würde im nächsten Jahre erfolgen, der neue große Bahnhof Enge war im Entstehen begriffen, eine zweite Telephonzentrale war nötig geworden, die geistige und künstlerische Elite des Kontinents begegnete sich anläßlich der Internationalen Festspiele in dieser Stadt. Ach, es stoben die Wogen am Bug des Schiffes, das mit prallen, pausbackig geblähten Segeln einer frohen Zukunft entgegenrauschte.

So sollte man die Geschichte schreiben können, dachte Karl und blickte mit leeren Augen zu dem zusammengebrochenen Panther hinüber, dessen Todesstunde in Bronze verewigt war.

IV. Kapitel

Wo sie da aussteigen müsse, fragte das Fräulein den Tramkondukteur Füglistaller, und las von einem zerknüllten Zettel die Adresse ab «Weichengasse 9». Der große, im Gegensatz zu seinen Kollegen glattrasierte Mann, dessen Gesicht zwei von den Nasenflügeln bis zu den Mundwinkeln sich hinabziehende Falten etwas Geistiges, beinahe Tragisches verliehen, blickte auf das kleine und adrett gekleidete Persönchen hinab und antwortete: «Da müssen Sie beim Schönegg aussteigen, und dann immerzu rechts hinab, ich sag's Ihnen dann, Fräulein Jerger.»

«Sie kennen mich?» fragte die Soubrette mit einem kandiden Wimpernaufschlag zu dem uniformierten Trämler empor.

«Natürlich, gerade am letzten Sonntag habe ich Sie gesehen, in der ‹Rose von Stambul›, wo sie als Midili im Duett mit Herrn Oelkens beinahe den Einsatz verpaßt hätten. Aber sehr schön ist es Ihnen dann gelungen, das *‹Geh, sag doch Schnuggi zu mir›*.»

Der Straßenbahnwagen, der an der Kaserne vorbei, die Militärstraße hinabrumpelte, war beinahe leer; Füglistaller lehnte an der Schiebetüre und nickte kennerisch.

«Ich hatte nur einmal geprobt, ich mußte doch einspringen für die Smeikal, die die Grippe erwischt hatte», erläuterte das Fräulein.

«Herr Oelkens war auch ein wenig indisponiert», fügte der Straßenbähnler fachmännisch hinzu.

«Wir konnten noch froh sein, daß die Vorstellung nicht abgesagt werden mußte. Das ganze Personal –»

Füglistaller zog energisch die lederne Klingelleine, die an der Decke hinlief; der Wagen hielt. «Da müssen Sie aussteigen, Fräulein Jerger.»

Die Soubrette dankte, hüpfte vom Trittbrett und lächelte noch einmal dem Kondukteur zu, der unter der Türe des Wagens mit der Hand an der Mütze grüßte. Sie bog in die nächste Querstraße ein. Menschenleer, lief diese zwischen niederen Häusern mit verrußten Fassaden hin und endete an einem mannshohen Palisadenzaun, hinter dem der breite Strom der Schienenstränge sich hinzog. In den grauen Himmel stoben die weißen Dampfwolken von Lokomotiven, die irgendwo vor einem Remisengebäude manövrierten; die Luft roch nach Ruß; hie und da war der Pfiff einer Trillerpfeife zu vernehmen. Die Häuser schienen unbewohnt, viele Fenster waren mit Jalousien verrammelt oder blind unter Staub und Spinnweben. Hier spielte sich das Leben in Werkstätten und Höfen ab, mit viel rostigem Eisen und Blech. Die junge Person folgte eine Weile dem Palisadenzaun, an Kohlenlagern und Haufen von Schrott vorbei, hinter den Brettern fauchten unsichtbare Züge dahin; zur Linken ragten wieder einige hohe Mietshäuser gegen den grauen Himmel, vor den Fenstern flatterten Wäschestücke im Winde. An einer Stelle war der Lattenzaun durchbrochen; ein Weg mit kärglichem Gras an den Rändern führte einem niederen Hause zu, das wie eine Halbinsel in das unmenschliche Territorium der Bundesbahnen hineinragte. Es war das einzige Gebäude der Weichengasse und trug neben der von einem blechernen Dache geschützten Haustüre die Nummer neun. Zwischen zwei wackeligen Geländern führten die Stufen zu ihr empor.

Die Soubrette zog am Griff der Glocke, sie hörte es ferne irgendwo bimmeln. Aber es war kein Mensch zu sehen. Minutenlang wartete sie auf der kleinen Plattform unter dem zinkenen Baldachin. Wie Geisterhände griffen die weißen Dampfwolken der Lokomotiven in den grauen Himmel hinein und zerstoben; an der Hinterseite des Hauses rasselten fortwährend Wagenzüge vorbei. In einem schon beinahe entblätterten Holunderbusch, der sich über den Lattenzaun hinweg auf die Eisenwüste hinausbeugte, balgten Spatzen. Adeline Jerger drehte den Knauf der Haustüre und fand sich zu ihrem Erstaunen einer Anzahl von Personen gegenüber, die ganz still in dem Gänglein herumstanden, drei Frauen und einem jüngeren rotbärtigen Manne, der als einziger hinter einem Tischchen auf einem Hocker saß. Als sich im hinteren Teile des Korridors eine Türe öffnete und eine bäuerlich gekleidete Frau heraustrat, die mit geröteten Wangen das Haus sogleich verließ, während der junge Mann einer der Wartenden zunickte, die durch die offene Türe verschwand, wurde der Soubrette bewußt, daß sie sich an diesen zu wenden hatte. Er warf denn auch dem hübschen Fräulein aus tief in den Höhlen liegenden Augen einen beziehungsvollen Blick zu und sagte mit leiser Stimme gemessen: «Es wird leider noch eine Weile dauern, wir haben Freitag, wissen Sie, Markttag, und viel auswärtige Kundschaft.»

Das Fräulein stellte sich an das rückwärtige Fenster des Korridors. Vor ihr dehnte sich eine von Rost und Ruß bestäubte Landschaft mit Signalmasten, Weichenhebeln, Leitungen und gebündelten Schienensträngen und den Schloten des Industriequartiers als Hintergrund. Schwarz standen die Wälder auf der Hügelkuppe jenseits des Tales vor dem schiefergrauen Himmel. Es kam der Jerger bei diesem Anblick vor, als habe sie in dem Jahr, da sie dem Operetten-Ensemble des Stadttheaters angehörte, sozusagen nur vorneheraus gewohnt, im Schatten der Linden an der Bahnhofstraße und der Platanen um das Theatergebäude herum, in den sonnigen Anlagen des Alpenquais, im Terrassegärtchen und im Café Odeon, und hätte das hiesige Leben nur vom Zuschauerraum aus erlebt. An diesem regnerischen Vormittag hatte sie sich auf die Hinterbühne, in den Keller und auf den Schnürboden verirrt und konnte einen Blick in das unschöne aber starke Eisengerippe tun, das die Kulissen trug.

Das Fräulein Spieß saß auf dem Kanapee, hinter einem großen Tisch, über den eine tief herabhängende Plüschdecke gebreitet war. Die Utensilien ihres Berufes, die Kristallkugel und einige Bündel von Karten lagen vor ihr. Sie selbst war etwas voller im Gesicht als zu jener Zeit, da sie noch ihr kleines

Bonneterielädelchen an der Selnaustraße führte. Der neuen Mode entsprechend war ihr gekräuseltes Haar kurz geschnitten, der Nacken ausrasiert, und die Frisur bildete eine Art von Struwelpeter-Perücke. Der randlose Kneifer, der fest auf dem schmalen Nasensattel klemmte, und die weiße, bis unter das Kinn geschlossene Bluse verliehen ihr entfernte Ähnlichkeit mit einer im ärztlichen Berufe tätigen Dame.

Der rotbärtige Famulus hatte dem Fräulein Jerger einen Stuhl angewiesen und war behutsamen Schrittes wieder verschwunden.

Es sei Frau Oertli, die Garderobière, die ihr die Adresse gegeben habe, erläuterte die Soubrette, denn sie sei des Rates bedürftig und eben ...

Mit der Bewegungslosigkeit einer Schlange, undurchdringlicher Miene, ohne einen Wimpernschlag, saß die Wahrsagerin da und schien ihren Blick auf ein Wesen zu heften, das hinter der Besucherin stand.

Fräulein Jerger hatte den Handschuh von ihrer Rechten gestreift und machte eine unschlüssige Bewegung, als wollte sie die offene Fläche der anderen unter die Augen legen.

Doch diese schüttelte verneinend den Kopf. Dann erhob sie sich, trat an das Fräulein heran und schob ihm ohne ein Wort der Erläuterung die blonden Haare erst über das eine, dann auch über das andere Ohr zurück. Jetzt erst betrachtete sie das Gesicht ihrer Klientin mit einem Lächeln nach menschlicher Art.

«Wissen Sie», sagte sie, «das muß ich immer tun, wenn jemand zum erstenmal zu mir kommt. Ich muß die Ohrmuscheln sehen. Sie sind der Teil im Gesicht der Leute, den sie wohl verbergen, aber nicht verändern können. Die Ohren sagen immer die Wahrheit, über die Herkunft und einiges mehr.»

In einem grünen Tailleurkleid und dem kleinen Toquehütchen saß mit den entblößten, sehr hellen Ohrmuscheln die Soubrette in der Tat da, wie ein nicht nach seinem Stande gekleidetes Fabrikmädchen, ein Arbeiterkind aus der Ruhrgegend, das sie in Wahrheit auch war.

Das Fräulein Spieß hatte nun alles Geheimnisvolle und Unheimliche verloren; es tat ein paar Schritte zum Fenster hin, unter dem eine Reihe von Güterwagen mit Rasseln und Signalblasen manövriert wurden. Es nickte vor sich hin, wie zufrieden mit sich selbst, dann setzte es sich wieder auf das Kanapee und sagte ohne Umstände, bar jeden Hokuspokus': «Wenn ich den Kontakt habe, ist das wie ein Kanevas, ein Stramingewebe, dann erscheint mir das Muster, und bin ich gut disponiert, dann kann ich das Bild einer Zukunft in großen Umrissen hineinsticken. Nein, erzählen Sie mir gar nichts, das stört nur. Ich bin schon im Bild.»

Eine Weile noch saß sie da, recht bürgerlich, mit sinnenden Zügen im Gesicht, und dann redete sie.

«Was Sie jetzt beschäftigt, Fräulein –»

«Jerger.»

«vom Stadttheater, ich weiß, Sie haben sich ja bei dem Herrn draußen genannt, was Sie jetzt beschäftigt, hat nichts mit Sorge und Kummer zu tun. Es macht Ihnen auch keine Angst, die Pupille ist ganz rein, und die Lider sind nicht geknittert. Aber es macht Sie wahnsinnig neugierig, oder wißbegierig, besser gesagt. Es könnte wichtig sein für Sie, oder wichtig werden. Aber Sie sind unschlüssig, ob Sie es wichtig lassen werden sollen. Ihr Herz ist auf eine gewisse Art noch frei, und im Verstand neigen Sie, was das Vorkommnis anbelangt, mehr zum Spott. Sie spotten, weil Sie es sich verwehren wollen, zu glauben.»

Mit runden Augen, einer lernbegierigen Schülerin nicht unähnlich, lauschte Adeline Jerger den leichthin gesprochenen Worten. Es schien ihr unglaublich, wie das alles zum Bild der Ereignisse paßte, von denen die andere auf natürlichem Wege keine Kenntnis haben konnte.

«Ein Theater in einer Stadt», fuhr Fräulein Spieß fort, «hat eben noch eine andere Bedeutung als die Besucher zu erbauen oder zu unterhalten, wissen Sie, Fräulein Jerger. Das Theater bringt das Fremde. Fremdes Blut, verstehen Sie, fremdes Blut, das sich mit dem einheimischen manchmal mischt. Mit dem Theater lockt die Stadt fremdes Blut heran. Und sie bietet es auf eine gewisse Art, kann man sagen, den Einheimischen feil. Wenn man es so ansieht, ist das Theater etwas wie ein Heiratsmarkt, eine Zurschaustellung schöner Menschen, die singen und tanzen und manchmal von der Bühne herab an den Altar und in die alte Bewohnerschaft hineingeführt werden als Grundstock einer neuen Sippe. Wenn ich wollte, könnte ich Ihnen aus der Geschichte unserer Bühne eine ganze Liste zum Beweis anführen, aus allen

Schichten des Volkes, vom einfachen Handwerker bis hinauf zu den Akademikern, ja Regierungsbeamten, Ärzten, Rechtsanwälten, aber auch Metzgern oder Bäckern oder einfachen Bühnenarbeitern, die Primadonnen, Wagnersängerinnen, Soubretten, aber auch Chormädchen, Tänzerinnen und unscheinbare Statistinnen geehelicht haben, und die heute unter den bürgerlichen Namen der Stadt als ehrbare Frauen und Mütter im Zivilstandsregister angeführt werden. Das gehört zum Theater, das ist eine seiner Bedeutungen, von denen man nie spricht.»

In tiefem Erstaunen hörte sich Adeline Jerger diese Worte an. Sie schienen ihr wie ein Wehen des Schicksals. Zwar waren sie keine Antwort mit ja oder nein, wie sie es erhofft hatte, aber es war ihr trotzdem etwas zuteil geworden. Ihr war, als hätte sich ein Hüllblatt entknittert.

Um die selbe Stunde dieses von unruhigen Winden durchstöberten Tages saß der Bäckergeselle Jonas Baumgartner am hinteren Tischchen der väterlichen Kaffeestube an der Unteren Zäune vor einer Tasse heißer Milch. Er trug die weiß und blau gewürfelte Kleidung seines Berufsstandes und las, bevor er sich schlafen legte, das Tagblatt. Um den Hals hatte er ein weißes Tuch geknotet; sein Gesicht zeigte eine gesunde Röte, wenn ihm auch die harte Morgenarbeit anzusehen war. Auf der anderen Seite des Glasverschlags stand die Mutter hinter dem Ladentisch und reichte der Kundschaft die Brote von den Gestellen herab; der junge Mann konnte die üblichen Worte hören, die dabei gewechselt wurden, das leise Klirren der Geldstücke, und in Abständen das Klingeln der Ladenglocke. Er trank seine Milch aus, wischte sich den Mund, öffnete eine Art Schranktüre und stieg in seinen Filzpantoffeln die schmale Holztreppe zum oberen Stockwerk empor, wo sich, gegen die Straße hinaus, seine Schlafkammer befand. Nebenan hörte er den Vater schon schnarchen. Jonas stand noch eine Weile unter dem niederen Fenster. Am hinteren Eingang des Schwurgerichtsgebäudes standen ein paar Tribünenbesucher herum und rauchten. Unter den Papieren in seiner Brieftasche, die er, auf dem Rand des Bettes sitzend, gewohnheitsmäßig vor dem Schlafengehen noch einmal durchblätterte, befand sich auch das Bild der Operettensängerin Adeline Jerger in Postkartenformat, wie man es in den Papeterien beim Theater kaufen konnte. Aber es war signiert und es stand zu lesen «für Herrn Baumgartner». Er blickte das Bild nicht besonders an, sondern überzeugte sich nur, ob es noch vorhanden war. Dann entkleidete er sich, stopfte mit ein paar energischen, knetenden Bewegungen das weiche Daunenkissen unter seiner roten Wange zurecht, und schon schlief er seinem beherzten Schicksal entgegen, das sich soeben in der Weichengasse, in der Wohnung des Fräulein Spieß, für ihn entschieden hatte.

V. Kapitel

«Warum», fragte der Dichter Carl Sternheim, der im mittleren Teil des Café Odeon auf dem breiten Ledersofa neben den drei Stufen, die in den südlichen Schenkel des Lokals hinaufführten, unter den Blättern eines Philodendrons aß, «warum tragen Sie sich schwarz, Wettstein? Das haben wir in Deutschland längst verlernt. Es wurde während des Krieges behördlicherseits wenn nicht verboten, so doch als unzeitgemäß, als unpatriotisch verpönt. Na, später, da haben die Leute ihre besseren Anzüge sowieso gegen Butter und echten Bohnenkaffee eingetauscht. Zum Trauern war keine Zeit mehr, nicht mal zum Erstaunen – nur noch ans Fressen dachten wir.»

In einer Mischung von respektvoller Scheu und schüchtern angedeuteter Kollegialität saß Gotthold an der schmalen Stirnseite des Marmortischchens, und in der Tat war er schwarz gekleidet. Es war der Anzug für feierliche und festliche Anlässe, den er trug, ein Kleidungsstück, das ihm seine Mutter auf seine Reise hin aus dem Hochzeitskleid des Gärtnermeisters hatte zurechtschneidern lassen. Es war ein Tuch, nicht zum Umbringen, wie man sagte, dicht gewoben und von einem matten Glanz, ein einheimisches Werkstück, für Generationen berechnet. Und wirklich war ja der Sohn Gotthold von Berlin an das Grab seines Vaters herbeigeeilt und trug nun in Trauer das ehemalige Feierkleid des Verstorbenen. Daß er diesen Anzug in Deutschland nicht nur zu ernsten, sondern auch bei heitern Anlässen getragen hatte, war einigen Leuten der Trauergemeinde offenbar geworden, als Gotthold, um die Tränen von den Augen zu wischen, das weiße Taschentuch aus der Hosentasche zog und dabei ein paar bunte Konfettischnitzel auf die Erde fielen.

«Ich bin begierig», meinte der berühmte Literat zu dem Jüngern gewendet, der sich von Zeit zu Zeit mit flüchtigem Finger vergewisserte, ob der auf einer stählernen Zwinge montierte Schmetterlings-Schlips noch richtig am hohen Stehkragen saß, «wie Sie sich nach dem Tode Ihres alten Herrn entfalten werden. Nun hat sich ja Ihr Ödipuskomplex auf die natürlichste Weise selbst erledigt, und den hohen Plänen sind keine Schranken mehr gesetzt. Haben Sie schon welche ?»

Es läge beim Verlag Erich Reiß in Berlin eine Sammlung kleiner Erzählungen, von denen er, Sternheim, eine ja kenne, «Der Moloch», jene, die im « Querschnitt» erschienen sei, und es bestehe berechtigte Aussicht, daß der Vertrag zustande komme. Allerdings, die Inflation mache eine Berechnung schwierig, wie ihm Herr Reiß geschrieben habe, erläuterte Gotthold.

«Das sollte Ihnen ja angesichts der neuen Situation keine Schwierigkeiten mehr bereiten», sagte Sternheim und blickte durch die Gläser seiner Brille zu dem zusammengedrehten jungen Mann hinüber. Er spielte damit auf dessen vertrauliche Mitteilung an, er habe diesen Vormittag zusammen mit seiner Mutter und seinen beiden Geschwistern, dem älteren Bruder Anton und seiner Schwester Elisabeth, im Bezirksgericht der Eröffnung des Testaments beigewohnt. Allerdings handelte es sich dabei um eine bloße Formalität, denn der Inhalt dieses Schriftstückes war den Beteiligten längst bekannt. Der Verstorbene hatte es ihnen eines Abends selbst vorgelesen; ein Rechtsanwalt hatte das Schriftstück aufgesetzt, und weisungsgemäß war es vom Vater eigenhändig abgeschrieben worden. Es kamen übrigens in diesem Vermächtnis keine Zahlen vor, sondern die üblichen formelhaften Bestimmungen des Zivilgesetzes: Nutznießung des Erbgutes durch die Ehefrau, Vorwegnahme deren Frauengutes, ihre Befreiung von der Pflicht der Sicherstellung. Während Antons Anteil in der Teilhaberschaft an der Gärtnerei bestand, die er mit der Mutter weiterführen würde, erbten Gotthold und Lisbeth, nach Anrechnung der Gelder für ihren Anteil am Haushalt und jenen zur Bestreitung des Studiums, je einen Betrag von etwa zwölftausend Franken in Obligationen, wie sich herausstellte. All das hatte Gotthold in einer ihn selbst nachträglich reuenden Mitteilsamkeit dem fremden Literaten brühwarm erzählt.

Einige Male war der Kellner Emil Leitner, der in einer anderen Gegend des Lokals bediente, mit bewegungsloser aber bedeutungsvoller Miene an dem Sohn seines Geschäftsfreundes Wettstein vorbeigestrichen, und Gotthold hatte dieses Mißbilligung ausdrückende und zur Vorsicht mahnende Verhalten wohl verstanden. Aber er war wie hypnotisiert: er vermochte den Strom der Konfidenzen nicht zu dämmen. Wie ein klägliches Hühnchen angesichts einer unbeweglichen Schlange wurde er vor Sternheim und packte seine Familiengeheimnisse aus. In dessen Nähe schien alles auf eine unerklärliche Weise sogleich literarisch zu werden, das Erlebnis sein Gewicht an menschlichem Inhalt zu verlieren und der Geist nur noch aufgerufen zur Darstellung im Worte, distanziert, entfernt, mit kühler Ironie und womöglich mit Witz.

Als Gotthold am Bahnhof von Anton abgeholt und an des Vaters Sarg in der Abdankungshalle geführt wurde, ertappte er sich fortwährend bei der Überlegung, es ermangle der Ausdruck des Schmerzes und der Trauer auf den Gesichtern seiner Mutter und der Geschwister der Natürlichkeit und der Größe. Die Art, wie sie diese Gefühle zum Ausdruck brachten, kam ihm wie künstlich und stümperhaft vor. Auch als er einen Blick auf das Schiebefensterchen warf, unter dem wächsern, mit einem etwas struppigen Bart, sein Vater ruhte, hatte er die Empfindung, er unterliege einer Täuschung, es sei dieses Antlitz eine künstliche und nicht völlig gelungene Nachahmung seines Vaters, eine Maske aus anorganischem Material, und auf alle Fälle hatte, was er sah, mit dem Gärtnermeister Wettstein, diesem behenden Manne in grüner Schürze, der im Regen und Wind die Gemüsekörbe und Harasse auf den Brükkenwagen lud und auf den Wochenmarkt führte, gar nichts mehr zu tun. Es fehlte ein langes Verbindungsglied zwischen diesen beiden Erscheinungen, und selbst die ausführlichen Erzählungen am Abend, beim Lampenschein, am Tage der Bestattung, wo noch der Bruder des Vaters, der Gemeindeschreiber von Regensdorf und seine Familie dabei waren, vermochten die Lücke kaum auszufüllen. In jenem Baumgarten, unter dem Kolbenhof, unweit des Kabisackers, zu dem hinaus der Sekundarschüler Gotthold den Liegenschaftenvermittler und Dienstkameraden aus der Batterie, Jakob Reiß, zum Vater geführt hatte, war es geschehen. Der Gärtnermeister entastete einen zum Fällen bestimmten Birnbaum. Um einen halb durchsägten Ast hatte der Vater ein Seil geschlungen, doch bevor er dazu kam, in sicherer Distanz das armdicke

Stück herunterzureißen, krachte das morsche Holz, und der Mann erzählte am Abend, er habe eins an die Schulter bekommen. Die Mutter behandelte die geschwollene Stelle mit Arnika, aber in der Nacht wurden die Atembeschwerden so groß, daß Anton nach Wiedikon hinabeilte, den Dr. Sturzenegger an der Birmensdorferstraße zu holen, der auf eine Pneumonie diagnostizierte. Nach einem leidlich guten Tag trat das Unbegreifliche ein: die Mutter, die mit dem Tee ins Zimmer trat, fand einen leblosen, kaum bedeckten Körper vor, aus dem still und ohne viel Aufhebens die Seele entwichen war.

Auch dieser schlichten Erzählung lauschte Sternheim unbewegten Gesichts und ohne ein Zeichen der Anteilnahme; nur an jener Stelle, wo Gotthold von der Stümperhaftigkeit im Ausdruck der Gefühle sprach, hatte des Literaten scharfes Auge hinter der Brille interessiert aufgeblitzt. Und als Gotthold dann stumm vor sich niederblickte und alter Gewohnheit gemäß im Gemaser der marmornen Tischplatte nach einer versteinerten Muschel Ausschau hielt, hörte er des anderen Worte: «Darin liegt der Stoff zu einer Novelle, Wettstein, etwa unter dem Titel ‹Tod eines unbedeutenden Mannes›. Da haben Sie einiges sehr richtig gesehen. Es bedürfte natürlich noch der Überlegung, von welchem Gesichtspunkt aus Sie das Ereignis zur Darstellung bringen wollten, etwa vom Blickfeld des Moribunden aus, vom Augenblick an, da der Ast auf ihn niederfällt, sein Weg ins Haus und dann die lange Passage, wo er allein im Zimmer liegt und auf den Tee wartet und dann von der Embolie erreicht wird. Hier käme ein langer innerer Monolog, die heraufdämmernde Ahnung des Unumkehrbaren ... Natürlich könnte man das Ganze auch ganz neutral, ganz sachlich schildern ... nur Tatsachen, keine Gefühle, verstehen Sie, ‹Der Hingang des Gärtnermeisters›. Banal und unheimlich ... überlegen.»

Gotthold hatte wirklich unter der Untertasse eine Versteinerung gefunden, ein nach links gedrehtes, von der Marmorsäge aufgeschnittenes Schneckengehäuse unter blanker Politur. Er zeichnete mit dem Finger die Spirale nach, von außen nach innen, und er war dabei zwiespältiger Gefühle voll. Einerseits fühlte er einen wilden Haß wider den Literaten, der den Ausdruck ‹unbedeutend› im Zusammenhang mit seinem verstorbenen Vater gebraucht hatte, anderseits war in Berlin seine berufliche Verbildung schon so weit fortgeschritten, daß er die Verlockung, das Ereignis in der von Sternheim angedeuteten Weise literarisch auszuwerten, nur zu deutlich verspürte. So war es ja bei den Großen immer gewesen, die Berührung mit den Urerlebnissen, wie Tod und Liebe, hatte sie geadelt und gefördert. Sie hatten mit der Feder in der Hand den Schmerz überwunden und sich dergestalt eine Stufe höher zur eigenen Erfüllung emporgeschwungen.

«Wissen Sie, Herr Doktor», sagte er schließlich kläglich, «auch ich habe Augenblicke der Schwäche gehabt.»

«Klar», entgegnete Sternheim, «wem sagen Sie das, junger Mann. Aber nicht wahr, das Leben ist eines, mit Zufälligkeiten und Banalitäten beladen, und das andere ist die Kunst, kühl, distant und vom Zufall gereinigt.»

«Na, und was werden Sie tun, Sie freier, mit einer Erbschaft ausgerüsteter Mann?» fügte er hinzu.

Aus einer Stube herkommend, wo vom staatlich garantierten Sparbüchlein, mündelsicheren Obligationen und Zinsen immer die Rede gewesen war, wenn Geldsachen behandelt wurden, gab Gotthold ohne lange Überlegung zur Antwort, er möchte versuchen, das kleine Kapital zusammenzuhalten und dessen Erträgnisse zur Aufrundung des Verdienstes verwenden. Er beabsichtige so zu leben, als wäre die Erbschaft überhaupt nicht vorhanden, er wolle sie dort belassen, wo sie war, und als ihre Frucht einzig das Gefühl einer gewissen Sicherheit und Unabhängigkeit genießen. Es war sein Vater, der aus ihm sprach.

«Und an Ihr Manuskript bei Reiß denken Sie nicht?» lispelte Sternheim. «Mensch, nun können Sie doch die Geschichte befördern. *Den* Verleger in Deutschland möchte ich kennen, der den harten Schweizerfränkli widersteht. Wagen Sie doch mal einige Tausender, und dann haben Sie den Fuß im Steigbügel. Das ist doch das Wichtigste für Sie, daß Sie mit einem Buch Ihren Einzug halten im deutschen Parnaß.»

Gotthold fühlte, wie ihm die Wärme ins Gesicht stieg. An eine solche Beförderung seiner Wünsche hatte er gar nicht gedacht.

«Ich, an Ihrer Stelle, Wettstein, ich würde die Papiere alle versilbern, und von dem Gelde zehren und leben, solange es reicht. Das ist doch die Art, wie wir Künstler leben. Nach uns die Sintflut!»

VI. Kapitel

Aaron ließ sich Zeit. Im breiten Rechteck des Fensters, dessen Scheibe ganz herabgelassen war, sah er die Karawane der Reisenden dem Ausgang des Bahnsteigs zustreben; Schwälle heißer Luft drangen, trotzdem es bereits Abend war, von außen in das verwüstete Abteil mit den übervollen Aschenbechern und den Bündeln von Zeitungen, die überall herumlagen. Die Lampen im Zug waren schon erloschen, und bereits erschien im Gang ein blaublusiger Bähnler mit seinem Putzzeug, als Aaron endlich sein leichtes Köfferchen aus dem Netze hob und ebenfalls dem Wagen entstieg. Er schlenderte in seinem in die Hüften geschnittenen Anzug aus grauem fil-à-fil-Gewebe und dem grauen Stetson-Hut mit breitem schwarzem Band, genau dem Vorbild der herrschenden Herrenmode entsprechend, den wohlvertrauten Perron entlang. Das Köfferchen und den Trenchcoat übergab er der Obhut des Handgepäckbeamten, und dann wanderte er die sanft ansteigende Halle hinan und über die paar Stufen unter dem Triumphbogen des Haupteinganges auf den Bahnhofplatz hinaus. Geruhsam und friedlich umflimmerte ihn die Luft des warmen Juliabends. Nein, eine Großstadt ist es noch nicht geworden, dachte er. Da bogen noch immer wie ehedem die Tramwagen in die Lindenallee der Bahnhofstraße ein, da promenierten die Leute auf den abendlichen Trottoirs unter den Gaslaternen dahin, und die meisten Schaufenster lagen brav und sparsam im Dunkel. Hie und da knatterte auch ein Automobil daher, aber es war ein vereinzeltes Ereignis und nicht zu vergleichen dem Karussell auf der Etoile oder der Place de l'Opéra, wie es in Aarons Erinnerung haftete. Zu Füßen des ehernen Escher plätscherten die Fontänen in den Teich, und wahrhaftig, stand da nicht der stadtbekannte Rechtsanwalt Haupt, der trotz des Verbotes seinen alten Pudel im Brunnenbecken baden ließ, und der sich gleich hernach hinüber ins Bahnhofbüfett begeben würde, seinen Schlummertrank zu genehmigen, während der Hund von der fürsorglichen Kellnerin Rosa die bereitgestellten Wursthäute verabreicht erhielt. Im wild dahinfließenden Strom der Zeit hatte sich diese kleine Gruppe wie eine unberührte Aueninsel erhalten.

Sollte er anrufen, überlegte sich Aaron. Aber es kam nicht zum leisesten Anlauf eines solchen Vorhabens; träge und gleichgültig scheinbar, in Wirklichkeit jedoch wie von einem beharrlichen Sog erfaßt, trieb es den jungen Mann über die alte Bahnhofbrücke, am Gebäude des ehemaligen Panoptikums, dessen Kabinett für Erwachsene ihm einst Herzklopfen und geheimnisvolle Schauer verursacht hatte, an der riesigen Reklame-Erdbeere des Unteren Mühlestegs vorbei zum Leonhardsplatz hinüber. Er blickte am Gemäuer des Hauses zum «Merkur» zu den Fenstern der Wohnung empor, in der der verstorbene Sensal Rottweiler gehaust und über die Innehaltung der religiösen Vorschriften seiner Sippe gewacht hatte. Es kam Aaron vor, als stünde er noch immer dort oben hinter den Gardinen und beobachte ihn mit stummer Mißbilligung. Und dann war ja da noch immer, hell im Mondschein, die hohe Kalksteinmauer der Weinbergstraße, der entlang er einst, weit unten in der Zeit, mit einer Kuh am Halfter, gewandert war. Er warf im Vorbeigehen auch noch einen flüchtigen und scheuen Blick in den Zehnderweg hinein, der mit seinen alten Gärten im Schatten der großen Kirche sich still und menschenleer im Dunkel verlor. Jetzt war in der Wohnung ein Bureau eingerichtet, und die Eltern wohnten jenseits des Tales, in der Enge drüben. Wenn sie wüßten, daß er, den sie in Paris wähnten, sich in dieser Sommernacht in der Stadt herumtrieb!

Er erreichte die Universitätsstraße, und mußte sich einen Augenblick besinnen, in welcher Richtung er zu gehen hatte, um an den Haldenbachweg zu kommen; aber dann fand er sogleich hinter einem eisernen Gitter, eingeschattet von niederen Platanen, die Backsteinvilla, in der Assistenzärzte und Schwestern der Frauenklinik einlogiert waren. Die Haustüre stand offen, und rechter Hand war das Zimmer, das er suchte.

Jacqueline Voubrasse war nicht allein. Vor dem kleinen Schreibtisch am Fenster saß ein junger Mann im weißen Arztmantel, und sie selbst kauerte mit angezogenen Knien auf einem Bettsofa in der Ecke. Die beiden wandten dem Ankömmling ihre Gesichter zu; über ihren Köpfen lagerten Rauchbänke.

«Aaron?» fragte Jacqueline mit erstaunten Augen. «Wie kommst du da her?» Und dann: «Das ist mein Kollege, Herr Dr. Fries – das ist Aaron, du weißt ja.»

Die beiden jungen Männer schüttelten sich die Hand, während Jacqueline ihre Füße auf den Boden stellte.

Du erstaunt: Studenten sagten sich Sie bis in die 60er Jahre

Er habe, erläuterte Aaron, für ein paar Tage hierher reisen müssen, und da habe er ihr rasch ein Besüchlein machen wollen, aufs Geratewohl, aber selbstverständlich, wenn er störe …

«Gar nicht, gar nicht», tönte es ihm einhellig aus beider Munde entgegen. Er habe sowieso jetzt Dienst, machte der Mann im weißen Mantel und blickte auf seine Armbanduhr. Sein Gesicht war schmal; auf dem länglich nach hinten gezogenen Schädel wucherte ein wilder Schopf hellen krausen Haares. Er ist fast um Haupteslänge größer als ich, stellte Aaron mit einer Art Unbehagen fest. Und duzen tun sie sich auch.

Dann saß er auf einem Hocker aus Stahl allein Jacqueline gegenüber, und eine Weile herrschte Schweigen. Woran es lag, wagte er sich nicht einzugestehen, aber ihr Gesicht trug einen ihm unbekannten Ausdruck, gleichsam als sei ein Flaum daraus entschwunden. Die Augenbrauen schienen ihm schärfer gezeichnet, als er sie in der Erinnerung hatte, und einander nähergerückt, die Haut über den Schläfen blasser und durchsichtiger, mit einer Andeutung blauer Äderchen darunter. Ihre Haare waren fraulich nach oben gekämmt, auf dem Hinterkopf geknotet und ließen elfenbeinfarbene Öhrchen frei.

«Willst du ein wenig Tee?» fragte Jacqueline und deutete zum elektrischen Siedetopf hinüber, der auf dem Pult stand. Er schüttelte den Kopf und ließ kein Auge von ihrem Gesicht.

«Ja, Aaron», sagte sie unvermittelt, als beantworte sie seine Frage und reckte beide Arme. Es war eine Art lächelnden Seufzens, und ihre Augen hielten den seinen ohne Wimpernschlag stand.

«Es weiß niemand, daß ich hier bin», bemerkte Aaron, «gestern nacht, als ich an der Gare de l'Est vorbeiging, kam mir der Gedanke, und da habe ich heute morgen den Frühzug genommen.»

«Um mich zu sehen?»

«Ja», antwortete er und bemühte sich um jenen sachlichen Ton, der unter ihnen Mode war. «Ich habe dir geschrieben, wie es steht.»

Keines von beiden rührte sich. Die Fenster standen offen. Im schwarzen Gezweig der Bäume waren Lücken, in denen der monddurchschimmerte Nachthimmel sichtbar wurde. Es hatte zu kühlen begonnen.

«Es macht mich traurig», sagte Jacqueline und blickte vor sich nieder. «Wie geht es dir, ich will sagen, was treibst du?» fügte sie bei.

«Du wirst lachen», machte Aaron, «ich sitze in einem neuen Bureau in den Champs-Elysées, ich telephoniere, ich telegraphiere, ich bin bei einer französisch-amerikanischen Firma angestellt, der Franco-American Trading-Corporation, Waren-Termin-Handel, weißt du. Ich verdiene Geld.»

«Deshalb brauchst du doch nicht ein Gesicht zu machen wie ein verwundetes Reh», lachte Jacqueline, und ihr Lachen hatte einen künstlichen Beiklang. Sie betrachtete ihren Besucher, der da mit übergeschlagenen Beinen, großstädtisch und elegant gekleidet, vor ihr auf dem Hocker saß. Noch immer liefen ihm die Sommersprossen quer über die Nase, unter den hellen, leicht stechenden Augen vorbei, und noch immer trug er den geraden Scheitel auf der rechten Schädelhälfte und das kurzgeschnittene Haar aus der Stirne gebürstet. Aber das lebhafte Spiel der Lippen und der Mundmuskulatur, das seinem Sprechen früher immer so etwas Unterhaltsames und Leidenschaftliches verliehen hatte, war verschwunden. Offenbar versuchte er sich darin, ohne Mimik zu reden. Aber Jacqueline täuschte sich nicht: es ging ihm nicht gut, seine Augen verrieten es.

«Man kann nicht beides, Jacqueline», sagte er, «nicht Courtagen verdienen, Differenzgeschäfte machen, und das andere.» Mit dem anderen meinte er das Werk. Dieses Werk war seit Jahren immer wieder in ihren Unterhaltungen aufgetaucht. Von welcher Art und Gestalt es sein würde, blieb unbestimmt. Es handelte sich um etwas, das Aaron schreiben würde, eine Übersicht, eine Art Bilanz, die die Summe aller Erfahrungen und Erlebnisse, aller Auflehnungen und Unzufriedenheiten wie eine Abrechnung aufweisen würde. Es war als eine Rechtfertigung, als ein Ausweis, als eine Art Gutmachung gedacht, als eine Spur der Dauer, die über das Verpaßte und Vertrödelte hinaus in den Bezirk der Gültigkeit reichen würde. In ihren besten Stunden war es immer dieses imaginäre Werk gewesen, von dem gar nichts in der Wirklichkeit bestand, das sie mit dem Gefühl einer fiebrigen Gemeinschaft verbunden hatte. In ihm würde sich jene «Größe» erfüllen, von der Jacqueline einst gesprochen hatte. Nun also tauchte es wieder auf. Es ist also trotzdem noch nicht gestorben, dachte das junge Mädchen.

«Wollen wir es nicht versuchen?» fragte Aaron. Trotz seines neuen, von den Angelsachsen entlehnten Systems weltmännischer Gelassenheit konnte der junge Mann ein Zittern seiner Lippen nicht verhindern.

Jacqueline schaute über ihre Knie hinweg auf den Teppich, und eine Weile war es so still, daß sie das Rascheln der Blätter in den Kronen vor dem Fenster vernehmen konnten.

«So genau habe ich es mir nicht ausgedacht», erläuterte Aaron ein wenig freier. «Aber nach deinem Staatsexamen könntest du eine Praxis auftun und deinen Beruf ausüben, und ich glaube, dann könnte ich endlich auch an die Arbeit gehen.»

In Jacquelines Blick war vieles enthalten, auch eine Art Zärtlichkeit. «O du !» sagte sie ganz leise und schüttelte den Kopf.

«Es ist wahr, den Dienst habe ich nicht verweigert, das Studium habe ich unterbrochen, und ich bin ein wenig in das Familienfahrwasser geraten, mit einer gewissen Geschicklichkeit im Materiellen. Zu meiner eigenen Überraschung und Unterhaltung. Aber es ist mir nicht wohl dabei. Es ist nicht recht, dieses Verdienen von Geld auf diese Weise. Ich habe etwas anderes zu tun, ich spüre es. Und es kommt, Jacqueline, es kommt ganz sicher. Ich könnte es nicht ertragen, auf diese Weise durch das Leben gegangen zu sein. Hast du Proust gelesen?»

Jacqueline nickte. «A la recherche du temps perdu.»

«Das ist auch so einer, und dann hat er es gefunden, verwirklicht in der Stille seines verhängten Krankenzimmers, mit seinen Schulheften auf der Bettdecke, nach einem langen vertrödelten Leben im Abendcape, und er wird etwas hinterlassen, eben ein Werk. Man hat ihn immer nur so als einen ästhetischen gringalet angesehen.»

«Es macht mich traurig und es macht mir Kummer, Aaron», wiederholte Jacqueline, «aber ich glaube daran. Ich halte es für möglich, daß du es eines Tages tun wirst. Schon, daß du immer noch daran denkst. ..»

«Aber?» fragte Aaron.

Als Jacqueline eine Weile geschwiegen hatte, machte er mit dem Kinn eine Bewegung gegen die Türe. «Ist es wegen? ...»

«Ja», antwortete sie.

«Bon, bon, bon», wiederholte Aaron ein paar Male auf eine leicht lächerlich wirkende weltmännische Weise. «Sprechen wir nicht mehr davon. Könnte ich heute Nacht auf deinem Diwan schlafen?»

«Das geht gut», antwortete Jacqueline, «ich habe von elf Uhr an Dienst im Kreißsaal I, und nachher kann ich auf der Schwesternstation bis zum Morgen ausruhen. Aber willst du? ...»

«Ich habe keine weiteren Geschäfte mehr in Zürich, und morgen nehme ich den Frühzug zurück. Es war ein heiteres Wochenende.»

«Man würde es dir nicht ansehen, daß du so verrücktes Zeug machen kannst», sagte Jacqueline, während sie ihre weiße Schürze anzog. «Das habe ich immer an dir mögen, schon damals, als du die Turnstunden schwänztest und auf das Mittagessen verzichtetest wegen dem Heimweg durch die Bederstraße.»

Aaron machte eine Grimasse. «Komm mir jetzt nur nicht mit dem Spruch von der Freundschaft!»

«Und warum nicht, Aaron? Schon stehen wir beide näher den Dreißig als den Zwanzig. Ziehe doch deine Schuhe aus, und hier hast du noch eine Kamelhaardecke. Das Fenster lasse ich offen. Tee und was nötig ist, findest du im Schrank.»

Er lag schon da, die Hände unter dem Kopf verschränkt, und Jacquelines Gesicht war weit oben über ihm, dunkel im Gegenlicht; nur eine schwache Aura züngelte um das Köpfchen der fraulichen Figur.

Dann hörte er noch ein paarmal die Stunden von den Türmen schlagen. Das Lärmen der Vögel im Gezweig der Platanen weckte ihn vor Sonnenaufgang. Die Straßen waren noch menschenleer, und der Klang seiner Schuhe widerhallte laut in den schlafenden Hausschluchten, zwischen denen die steinernen Treppen zum Fluß hinabführten.

VII. Kapitel

Clemens Wepf blieb nie lange allein, wenn er seine Staffelei am Kieselstrande, in der Beuge zwischen dem Alpen- und dem Mythenquai, am Fuße der Pappeln und Kiefern aufrichtete. Mochte es noch so früh am Morgen sein, um die fünfte Tagesstunde herum, von den Banken und aus den Schatten der Büsche erhoben sich sogleich einige jener Männergestalten, die seit Monaten zum Bilde dieser Stadt gehörten: kragenlose Burschen, halb sonntäglich gekleidete Fabrikler, Mechaniker und Bauleute, Handlanger und Ungelernte, die mit ihren Händen, wenn die zerknüllten Zeitungen zerlesen waren, nichts besseres mehr anzufangen wußten, als Steine zu werfen, Zigaretten und Stumpen zu halten oder eine Fischrute in die rosa und golden flimmernde Luft dieses nicht endenwollenden Sommers hinauszustrecken. Es waren Angehörige jener bereits auf fünftausend Männer angewachsenen Legion Arbeitsloser, von denen die Stadt wohl den bitteren Notstand abzuwenden, nicht mehr aber die Betätigung ihrer Hände zu sichern vermochte. Sie lehnten an den Brückengeländern, den Brüstungen der Quaimauern, den Pfählen der Dampfschiffstege, auf eine unerklärliche Weise vom Wasser angezogen, das auch müßig und eben deshalb nicht ohne einen geheimnisvollen Trost war. Die Magistraten und die Parteileitungen suchten sie zu beschäftigen, sie mußten sich regelmäßig an Schaltern melden, es wurden ihnen Umschulungskurse und Vorträge geboten, und von Zeit zu Zeit unternahmen sie gemeinsame Spaziergänge durch die Villenquartiere des Zürichbergs, in stummer Drohung, hämisch, verbittert, fremdländisch wirkend und an Vorbilder aus Ländern jenseits der Grenze erinnernd. Doch blieb den Ledigen unter ihnen noch viel freie Zeit zum Müßiggang an den in Sand und Kies versickernden Uferwellen, wo sie die Auswanderung nach Übersee oder die Anwerbung in die Fremdenlegion miteinander erwägen konnten.

Dem frühen Maler zuzusehen, vertrieb manchem von ihnen die Zeit, bis die Badeanstalten geöffnet wurden. Nachher konnten sie auf den warmen Latten in der Sonne liegen, ins Wasser springen und sich wieder trocknen lassen bis zur Mittagszeit, und der schlimme Zustand nahm für Stunden das Gepräge eines Ferienmorgens an. Bis dahin war es eine geschenkte Unterhaltung, im Halbkreis hinter dem Künstler zu stehen, die Ferne zu prüfen und zu sehen, wie sich der gleißende See und die glasige Weite, Farbe an Farbe, im Viereck der Leinwand sammelte.

Es hatte aber seine besondere Bewandtnis, daß Wepf in diesem Sommer an frühen Morgenstunden sich vor das Rund des Alpenkranzes stellte. Mit 37 Grad Celsius im Schatten wurde die höchste Temperatur des ungewöhnlich warmen Sommers gemessen; die Badeanstalten kreideten die Wärme des Wassers mit 27 Grad an. Seit Wochen hatte es nicht mehr geregnet. Die Wiesen an den Hängen des Seetales waren braungebrannt, in den Wäldern rings um die Stadt zeigten sich überall breite Risse, der Bergstrom Sihl schlängelte im steinigen Bett als ein harmloses Bächlein dem Platzspitz zu. Aber es war etwas anderes, das den Maler ergriffen hatte: von den Alpen war aller Schnee geschmolzen.

Blickte man an diesen Tagen des ewig blauen Himmels südwärts, so bot sich dem Auge ein befremdliches Bild. Alle die weißen Flächen, alle die schneebedeckten Gipfel, die lieblichen Himmelssäume über den Tälern und Wäldern der Vorgebirge, waren verschwunden. Dunkel und düster starrten die kahlen Felswände, schwarz unter der glühenden Sonne, auf die Stadt am Nordende des Sees. Nicht mehr kamen von ihren Graten die kühlen, von Schneestaub geschwängerten Winde, sondern es standen die Berge wie die Randmassive indischer Hochebenen im sengenden Glast.

Wenn in seinem Rücken die steifen Blätter der Pappeln leise klirrten und vom Strande des niederen Sees die fauligen Gerüche verwesender Algen und angeschwemmten Unrats aufstiegen, wurde des Malers Pinsel immer zwingender von den Farben des Ockers, der Umbra, der schiefrigen Bläue und den Tönen stumpfen Basaltes getränkt, und das Bild, das unter den Augen der Arbeitslosen entstand, war eine fast gespenstisch anmutende Landschaft der Düsternis unter dem starren Gefüge eines geschlossenen Kuppelgewölbes. Wohl brachte der vorschreitende Tag ein wenig Karmin und Tupfen von Krapprot in die Ränder des Ufers, aber es dunkelten auch die Flächen der versengten Wiesen bis in die Nachbarschaft des Bräunlichen hinein.

Alles, was in diesem Sommer an Sorge und Unbehagen über der Stadt schwelte, es lag wie beschlossen im Bilde: die Dürre, die versiegten Stromquellen der Stauseen, die stetige Abnahme der Bevölkerung seit dem Ende des Krieges, die andauernde Ohnmacht, die Bleibenden zu beschäftigen und zu ernähren. Noch immer forderten fremde, schleichende Seuchen ihre Opfer, die Spanische Grippe, die Pocken, die Schlafkrankheit.

Aber vielleicht war all dies nur Vorwand für Clemens Wepf, denn in Wahrheit trieb ihn nicht die große, doch die kleinere eigene Beschwer, in der Morgendämmerung von seinem Lager und aus seinem Zimmer. Sein Entschluß, nach des großen Hodlers Tod auf den Beruf des Photographen wieder zu verzichten, war natürlich, was seine äußeren, materiellen Lebensumstände anbetraf, von den erwarteten Folgen begleitet gewesen. In seiner Dachkammer und dem Windenverschlag oben im Hause des Neumarkts häuften sich die Bilder zu Stapeln. Es war ein Wunder, wie er sich in den paar Jahren hatte durchbringen können. Zehrte er zuerst noch von einigen Ersparnissen aus der Lichtbilderzeit, so flossen später seine kleinen Einnahmen nur noch aus der Hilfe, die er als gelernter Lithograph befreundeten Inhabern von Steindruckereien leisten konnte. Doch er nahm es hin als ein Mann, der mit sich im Reinen ist. Was ihn beschwerte, war auch nicht, daß er nur selten und wie aus Zufall ein Bild zu verkaufen vermochte. Es war dies: daß ihm seine frühere Beschäftigung als Postkartenphotograph wie ein Makel anhaftete. Weder hatte der Verband der Maler ihn deshalb in seine Gemeinschaft aufnehmen wollen, noch zeigte sich aus dem gleichen Grunde eine der privaten Galerien bereit, seine Bilder auszustellen. Er komme von der Photographie und von der Graphik her, so hieß es von ihm, und es war auch schon in der Zeitung gestanden, als er in seinem kleinen Atelier eine Ausstellung veranstaltet hatte, und es ihm mit viel List und gegen Entgelt eines Stillebens gelungen war, einen im Journalismus tätigen Kunstkritiker, Dr. Knorbel, die steile Treppe ins fünfte Stockwerk hinaufzulocken. Einzig jenes Bild, das er oben aus dem Estrichfenster des Hauses am Unteren Mühlesteg bei der Nachricht von des Meisters Tod wie im Fieber und in wenigen Stunden auf die große Leinwand gebürstet hatte, fand einen Abnehmer. Der Velohändler Hildebrandt hatte es für vierzig Franken erworben, und es hing in der Stube der Wohnung am Seilergraben über dem Sofa, neben dem Mechanikerdiplom, und wenn Wepf die Beziehungen mit dem Handwerksmeister noch aufrechterhielt und von Zeit zu Zeit einen Abend an dessen Tisch verbrachte, so war es aus der Sehnsucht nach diesem Bild, das geheimerweise, und nur ihm, dem Maler, verständlich, die Botschaft des toten Meisters enthielt. Und die Erinnerung an eine hohe Zeit und das Siegel seines Gelöbnisses, dem treu zu sein, seine Seele so freigemacht, doch seinem Leib so manche Entbehrung gekostet hatte.

«Das ist halt schön», meinte der Kernmacher Schmid hinter dem Rücken des pinselnden Malers zu einem Kollegen, der an Stelle des Kragens seine Badehose um den Hals geschlungen hatte. «So ein Künstler ist nie arbeitslos.»

«Aber auch ohne Verdienst», brummte Wepf und trat mit zugekniffenen Augen ein wenig von der Staffelei weg.

«Ohne Verdienst?» lachte Schmid. «Aber dann erlauben Sie mir, warum machen Sie denn das, wenns doch nichts einbringt?»

Wepf wandte sich um. Sein breiter Kopf unter dem pilzähnlichen, zerschlissenen und verregneten Filzhut stand beinahe schwarz im Gegenlicht vor der golddurchflimmerten Luftkugel über dem See und den dunkeln gefletschten Zähnen des Alpenkranzes am Horizont. Er zog einen Cervela aus der Seitentasche seines Rockes und den Anschnitt eines Brotes. Mit einer die lange Vertrautheit mit dieser Art von Speise verratenden Bewegung zog er die Haut von der Wurst, dann klemmte er sie zwischen Daumen und Zeigefinger, während der untere Teil der Hand das Brot umklammerte. Und so, während er einmal oben von der Wurst ein Stück abbiß und dann, nach einer Drehung der Hand, etwas vom Brot, antwortete er, energisch kauend: «Weil man machen muß, was man will, und wozu man Lust hat.»

«Können mußt du vor lachen», sagte der Kollege von Schmid, und wies seinen zerknüllten und verfetteten Arbeitslosen-Ausweis mit den Stempeln vor.

Clemens Wepf nickte und sagte kein weiteres Wort. Es war eine Art von Genugtuung in ihm, die zu äußern er sich scheute. In Worte gefaßt hätte sie ungefähr so gelautet: das ist eine der Belohnungen der Kunst; sie ist jenseits von Krise und Konjunktur. Sie genügt sich selbst. Es ist so, wie wenn man im Dienst, während die anderen im Verband exerzieren müssen, einen Spezialauftrag erhält, ein gelbes Kuvert, mit dem man, als Ausweis unter dem Arm, an den anderen Füsilieren, die in Achtungstellung ihre Gewehrgriffe klopfen, grinsend und leichtfüßig vorübergeht.

VIII. Kapitel

Die Besitzer von Grundstücken in Wollishofen, insbesondere die Anstößer an die äußere Albisstraße, die Lettenholzstraße, die Reginastraße und die Moosstraße waren zu einer Orientierung und Befragung auf das Stadthaus, ins große Vorzimmer des Bauvorstandes eingeladen worden. Es handelte sich um die Abänderung des Quartierplanes von 1890.

Man hatte in dem großen, holzgetäferten Raum, dessen Fenster auf die Limmat hinausblickten, eine lockere Konzertbestuhlung eingerichtet, doch standen die Leute, vorab bäuerliche Gestalten, in grünen und rotbraunen Kitteln, «gesunntiget», wie man an den weißen Ablegekragen, den schwarzen Krawättchen und ihren Hüten erkennen konnte, an der Wand herum und studierten die Pläne. Es waren auch Frauen da, die Gattinnen aus den kleinen Häusern der Frischknechtischen Kolonie an der Reginastraße, und sie hatten keine andere Aufgabe, als im Auftrage ihrer Männer wider das Verfahren Einspruch zu erheben, da sie davon keinen Vorteil mehr erwarten durften, hingegen die Kosten für den eventuell vorgesehenen Ausbau der Straßen befürchteten. Ihnen sei es lange wohl, so wie es sei, bestätigten sie sich von Zeit zu Zeit gegenseitig. Es waren aber auch städtische Gestalten anwesend, unbeteiligte Prokuristen aus den Hypothekarabteilungen der Banken, der Sensal Reiß, zwei stille Herren, die die Zeitung lasen, ferner der Rechtsanwalt Fineisen und Anton Wettstein, der Gärtnermeister aus Wiedikon, eines Grundstückes unterhalb des Entlisberges wegen, das der Vater selig aus dem Konkurse eines Kollegen hatte ziehen müssen. Es mochten etwa zwanzig Leute sein, die aufmerksam und mißtrauisch den Ausführungen des Stadtrates Angst folgten, der mit einem Lineal in der Hand die Situation darlegte.

Nach seiner Wahl in den Stadtrat war dem ehemaligen Gewerkschaftssekretär das Bauamt übertragen worden. Die beiden stillen Herren hatten ihre Zeitungen niedergelegt, und mit bewegungsloser Miene lauschten sie den Worten des gedrungenen, dunkelhaarigen Mannes, der nun eine blanke, randlose Brille trug. Es war nicht das Quartierplanverfahren, das sie interessierte, sondern sie nahmen, als politische Gegner dieses in die Exekutivbehörde gewählten Sozialdemokraten, eine Gelegenheit wahr, Angst in der Ausübung seiner Funktionen am Werke zu sehen. Obgleich der Gegenstand, um den es ging, sich zu weltanschaulichen und parteipolitischen Auseinandersetzungen wenig eignete, mußte, in der Art der Darlegungen, sich doch irgendwie erkennen lassen, wie Fragen des privaten Grundbesitzes auf marxistische Weise behandelt wurden. So hatte es sich Siegrist zurechtgelegt, als er den gelegentlichen Mitarbeiter Hirzel am lokalen Teil der Zeitung aufforderte, mit ihm zusammen an der Orientierung teilzunehmen. Angst hatte selbstverständlich den Mann mit der scharfen Feder sogleich gesehen und ihm auch verständnisinnig zugenickt, und während er sprach, bereitete es ihm einiges Vergnügen, den Spähern aus dem anderen Lager mit ein paar verfänglichen Formulierungen zu dienen. Es spielte sich so, über den Köpfen der Anstößer hinweg, ein Gespräch unter eingeweihten Gegnern ab.

Es komme der Albisstraße, als natürliche Fortsetzung der Mutschellenstraße, führte Angst aus, nach der Erstellung des neuen Bahnhofes Enge eine vermehrte Bedeutung zu: einmal habe sie von der Seestraße her den Verkehr nach der Innerschweiz als südliche Ausfallstraße aufzunehmen, anderseits sei sie die Hauptader zur Erschließung des Quartiers Wollishofen. Es sei also in absehbarer Zeit mit einer Straßenbahnlinie zu rechnen, ferner sei eine ständige Zunahme des Automobilverkehrs vorauszusehen. Ihre Verbreiterung und ihr Ausbau bedinge eine Veränderung des Quartierplanes, eine Zurückverlegung der Baulinien auf den anstoßenden, unbebauten Grundstücken namentlich, und eine teilweise Beanspruchung dieser Grundstücke bei der neuen Führung des Straßentrassees.

Er zeigte mit dem Lineal das Projekt.

«Mit anderen Worten heißt das, wir müssen Haare lassen», rief ein Mann unter den Zuhörern.

«Immer selbstverständlich nach dem im Gesetze vorgesehenen Verfahren, der Einschätzung und der Vergütungen.»

«... die dann aufgehen mit den Beiträgen am Straßenbau und dem errechneten sogenannten Mehrwert des Landes», höhnte derselbe Mann.

Jetzt, dachte Angst, ist der Augenblick gekommen, den beiden Herren dort unten einen Happen zuzuwerfen.

«So weit sind wir noch lange nicht. Das wird ja auch an einem anderen Orte ausgemacht. Hier handelt es sich lediglich um die allgemeine Orientierung der Anstößer. Aber immerhin muß gesagt werden, daß die Besitzer von Land zwischen dem Butzen-Entlisberg und der Albisstraße wohl kaum zu kurz kommen, wie immer, wenn ehemalige Äcker sich in baureifes Land mit Straßenanstoß, Wasser und Strom verwandeln ... Sie profitieren vom Wachstum der Stadt und von den sehr großen Aufwendungen, die der Ausbau der Straße bedingt ... Es ist» – jetzt blickte er möglichst unbeteiligt über die

Köpfe der kleinen Gesellschaft hin – «wie wenn einer unter seiner Erbschaft ein Papierchen findet, das sich als das große Los entpuppt.»

Das vernehmliche Räuspern Siegrists verriet ihm, daß die kleine klassenkämpferische Anspielung ihren Bestimmungsort erreicht hatte.

Zu Siegrists Überraschung erhob der neben ihm sitzende René Hirzel die Hand. Ob er etwas fragen dürfe. Sowieso, wenn es zur Sache gehöre, dazu seien sie ja da.

Wie es denn stehe mit den Gebieten östlich der Albisstraße? Es verlaute, für die Gebiete unterhalb der Filtrieranlagen, knapp an der Stadtgrenze, auf der Kuppe, welche die Straße nach dem Nidelbad übersteige, bestünde das Projekt einer modernen Architektengemeinschaft für eine große Wohnkolonie. Und dieser Plan stoße auf ganz große Widerstände wegen der Flachdächer dieser Einfamilienhäuser, die von der Dachziegelindustrie auf jede Weise bekämpft würden.

Angst hatte auf diese Frage hin ein wenig Mühe, das Lachen zu verbeißen, und wirklich runzelte Siegrist ob der unerwarteten, und, wie er fand, ein wenig vorlauten Frage seines Begleiters, die Stirne und schielte mißbilligend zu ihm hinüber. Hatten sich doch einige dieser Ziegeleibesitzer und Backsteinfabrikanten auch politischer Argumente wider das Projekt bedient. Diese moderne Bauweise sei der Ausdruck einer kommunistischen Geisteshaltung, behaupteten sie, und man könne an der Art, wie unter der Führung des Rechtsanwaltes Ackerfeldt-Duplain die Genossenschaft aufgezogen würde, voraussehen, daß da eine Brutstätte der intellektuellen Freunde der Sowjetunion geplant sei. Und es gab unter der Partei Siegrists manche, die diese Furcht teilten.

Nun, erwiderte Stadtrat Angst über die Köpfe der Anstößer hinweg, von denen nicht alle nachkamen, worum das Gespräch sich drehte, das gehöre eigentlich nicht zum Traktandum, aber immerhin könne er dem Fragenden versichern, es befänden sich unter den Befürwortern des neuzeitlichen serienweisen Bauens von Wohnhäusern angesehene Ingenieurfirmen und bedeutende Leute aus der Zement- und Betonindustrie, die sicher dem Begleiter des Herrn Hirzel wohlbekannt seien, säßen doch zwei von ihnen im Nationalrat als Angehörige der Partei und des Verwaltungsrates der Zeitung, die Herr Dr. Siegrist vertrete. Das Bauamt allerdings, das könne

er, Angst, versichern, lasse sich bei der Beurteilung des Projektes weder von parteipolitischen noch industriellen Interessen leiten, sondern die Baubewilligung sei einzig und allein davon abhängig, ob sie den geltenden gesetzlichen Bedingungen entspräche. Rieche daran, dachte er, und blickte durch seine blanke Brille mit betonter Neutralität zu Siegrist hinüber.

«Den Hasen hätten Sie nicht aufzuscheuchen brauchen», meinte Dr. Siegrist zu René Hirzel, als sie das Stadthaus verließen. «Das hat ihm natürlich eine diebische Freude gemacht, daß er mir die Betonherren unter die Nase reiben konnte!»

In den Jahren seiner immer regelmäßiger werdenden Arbeit bei der Zeitung hatte René Hirzel das Aussehen des hektischen Kämpfers, der er gewesen war, verloren. Von dem Auflüpferischen und Protestierenden her war eigentlich nur noch sein kreisrundes Fladenhütchen und die Gewohnheit geblieben, seine am Hemde befestigten und zugeknöpften Kragen ohne Krawatte zu tragen. Sonst eilte er, mit seinem Ledermäppchen unter dem Arm, fleißig und fortwährend seine Texte für den Lokalteil im voraus überlegend, an die Gemäldeausstellungen, zu den siebzig- und achtzigjährigen Geburtstagskindern, die Dahlien- und Kakteenschauen, die Beerdigungen und Kremationen, und nur selten noch fand er Gelegenheit, sein besonderes Steckenpferd, Baufragen und Stadtplanung, zu reiten. Dazu kam es eigentlich nur dann, wenn man auf der Redaktion seiner Feder als «enfant terrible» bedurfte, das unter seinem Namen und in eigener Verantwortung mit dem Fuß in den Brei trat, und so als Ausgangspunkt für eine Polemik dienen konnte, die die Zeitung mit einem alle Möglichkeiten noch offen lassenden «Sowohl-als-auch»-Schlußwort beendigte. Er bewohnte ein ordentliches Zimmer an der Seefeldstraße, zahlte regelmäßig seine Beiträge am Unterhalt und für die Erziehung seiner Tochter Helene, die im Haushalt des Baumeisters Kellerhals, des zweiten Mannes ihrer Mutter, wohnte und die Kunstgewerbeschule besuchte. Die ihm seinerzeit von dem verstorbenen Stadtpräsidenten Billeter im Auftrag der Sippe angebotenen Unterhaltsbeiträge bezog er nicht mehr, ja, er hatte bereits begonnen, sie wieder zurückzuerstatten, weil sie seine Unabhängigkeit gefährdeten.

Es war auch dieses Gefühl, das ihn dem wohlbestallten Begleiter antworten ließ: «Mit Bremsen und Kritteln allein erhält man weder eine Partei noch eine Zeitung am Leben. Daß nun die Stadt der Albisstraße entlang nach Süden wächst, mit neuen Formen des Bauens und Wohnens, ist nicht nur städtebaulich, sondern auch soziologisch ein bedeutungsvoller Vorgang. Das Vorurteil wird gebrochen, als ob es am Zürichberg allein Sonne hätte.»

«Kein Stadtbürger, der die meteorologischen Verhältnisse kennt, wird dort hinausziehen», prophezeite Siegrist.

Sie standen am Eingang der schmalen Münsterbrücke. Hinter dem Helmhaus wuchsen die beiden Türme des Großmünsters wie Gesetzestafeln in den Himmel.

«Aber die Hergezogenen, die keine vorgefaßte Meinung haben, und denen das Wort Eigenheim Eigenleben bedeutet, die werden die Gelegenheit wahrnehmen, auf dieser sonnigen Moräne zu leben», antwortete Hirzel. «Ich selbst besitze bereits einen Genossenschaftsanteil.»

«Desto besser», lachte Siegrist, «so haben wir schon unseren Chronisten in dem neuen Zürich!»

IX. Kapitel

Am 23. Februar des Jahres zweiundzwanzig erließ der Regierungsrat des Kantons Zürich an die Statthalterämter sowie an den Stadtrat die Einladung, es möchte im Hinblick auf die außergewöhnliche Ausdehnung und die lange Dauer der gegenwärtigen Wirtschaftskrise, die tägliche Zunahme der Arbeitslosen und die daraus entstehende Notlage zahlreicher Familien, die Bewilligung zum Tanz sowie zum Maskentreiben nur in beschränktem Umfang erteilt werden. Aber in der Ausgabe des «Tagblattes und städtischen Amtsblattes» vom 4. März waren nicht weniger als neun Seiten mit Anzeigen von Tanz- und Maskenbällen ausgefüllt.

Am Samstagabend, dem Tage der Bauernfastnacht – es ging gegen neun Uhr und es war noch immer empfindlich kalt – stand auf dem Bellevueplatz vor dem Eingang des Café Odeon, in einen dunklen Mantel mit Pelzkragen gehüllt, eine rote damastseidene Halbmaske vor dem Gesicht, eine unschlüssige Frauensperson. Sie versuchte durch die Ritzen der zusammengezogenen Vorhänge hinter den großen Spiegelscheiben einen Blick in die Gaststätte zu tun, die an diesem

Tage den feierlichen und gediegenen Aspekt des Marmors und der Kristallleuchter mit bunten Behängen von Seidenpapier und Luftschlangen zu mildern versuchte. Wenn sich die Türe vor eintretenden Gästen öffnete, konnte die Frau sehen, daß in dem von Rauch erfüllten Lokal ein großes Gewimmel herrschte, und hören, daß in der sonst so stillen Gaststätte Klavier gespielt wurde. In ihren schwarzen Lackschühlein trippelte die Maske auf dem Trottoir hin und her und wandte sich wie beleidigt ab, wenn eine muntere Herrengesellschaft sie mit einem Scherzwort ansprach.

Endlich aber faßte sie einen Entschluß und betrat, sich einer Gruppe von Besuchern anschließend, ebenfalls das Lokal. Sie wurde von dem träge fließenden Strom der Ankömmlinge die schräg in das obere Stockwerk hinaufführende Treppe emporgeschoben und sah sich bald an den breiten Tisch einer Garderobe gedrängt. Nur zögernd entledigte sie sich ihres Mantels und stand dann in ihren langen schwarzen Strümpfen, den roten, eng anliegenden Höschen, dem kaum die Kreuzgegend bedeckenden Bolerojäckchen aus gelbem Satin, dem nickenden Reiherfederchen im aufgesteckten Haar und dem ausgeschnittenen Mieder ein wenig verloren und geniert am Rande des ausgesparten Tanzplatzes. Sie nagte an der grell rot geschminkten Unterlippe und spähte durch die Schlitze der Larve herum. Die Kostümierten waren in der Minderzahl und gehörten fast ausschließlich dem weiblichen Geschlechte an. Die Tische waren scheinbar alle von Familien und Sippen belegt, und die Rotweinflaschen und die Cafés crèmes zeugten von deren ehrbarem Charakter; das Überschäumende und Dionysische war offenbar den späteren Nachtstunden vorbehalten, trotz der von Künstlerhand an die Wand gemalten Devise: «Bis luschtig und fröhli mit jedem Löli!» Die meisten Leute waren offenbar zum Sehen gekommen, und unwillkürlich machte der weibliche Torero eine Bewegung mit dem Vorderteil des Jäckchens, als wollte er damit die in der leichten Maskerade gut sichtbaren Konturen des Körpers ein wenig verbergen, die die Herren mit Interesse betrachteten. Ein kleines, scheinbar ebenfalls einsames Böögglein – ein weißer Pierrot mit einer hohen, tütenförmigen Kopfbedeckung – schob seinen Arm unter den der Rotmaskierten und sagte: «Komm, wir bleiben ein wenig zusammen, bis wir Anschluß gefunden haben.»

Sie drängten sich durch die Türe des Barraumes, aus dessen violettem Dämmerlicht die weißen Wappenschilde von Hemdenbrüsten hervorleuchteten. Ganz hinten in der Ecke saßen um einen niedern Tisch herum zwei Herren in Zivil, nicht mehr die jüngsten; der eine hatte das Gesicht des alternden Goethe, um eine Nuance feister vielleicht, und der andere in einem grauen Straßenanzug, hochgewachsen, sah wie ein Engländer aus. Zwischen ihnen thronte, ein einer Tiara gleichendes perlenbesticktes Gebilde auf dem Haupt, im offenbar echt antiken Kostüm, eine russische Fürstin, rosig und milchweiß das Gesicht, und winkte den beiden Mäsklein zu, hier sei noch Platz.

«Komm wir gehen einmal, so sind wir wenigstens irgendwo daheim», murmelte der Pierrot und rief dann sogleich mit der unnatürlich hohen Fistelstimme, die bei solchen Anlässen hierorts Brauch war: «Salü, salü! So, habt ihr noch ein Stühlchen für uns?» und schlug dabei mit der Pritsche dem Graugekleideten neckisch auf den Arm.

Am Abend des dritten März, am Freitag, war die alte Frau Gebhardt bis zur Endstation Fluntern hinaufgefahren, und trotz Frost und Glatteis, behutsam, geduldig, ohne viel Aufhebens, die Zürichbergstraße emporgestiegen, um Karl und Kätterli den Brief lesen zu lassen, den sie aus Kanada von Maly und Reto erhalten hatte. Die Arquints zeigten die Geburt ihres Knäbleins Toni an; es war alles normal verlaufen, und dem jungen Lehrer an der Landwirtschaftlichen Schule in Ontario ging es gut. Die Mutter fand aber in der Stube im Hause an der Wasserscheide nur das Kätterli mit dem achtjährigen Knaben Schörschli und dem kleinen Mädchen Vera um den alten Familientisch herum versammelt; ihr Sohn Karl war nicht da. Da ihr Vater, der Konsul Meng und seine Frau, für zwei Wochen nach Lugano gereist seien – der Konsul hatte dieses Jahr seine Koketterie, beim ersten Sonnenstrahl ohne Mantel herumzulaufen, mit einer Brustfellentzündung bezahlen müssen, und der Rekonvaleszent bedurfte der Erholung – hätten sie Karl, der ja jeden Vormittag im Herrenzimmer der Villa im Seefeld arbeitete, angeboten, er möge während ihrer Abwesenheit unten wohnen bleiben. Auf diese Weise spare er Zeit und hüte zugleich das Haus.

«So lebt Ihr also seit einiger Zeit getrennt?» fragte die alte Abwartsfrau und blickte wie aufgescheucht über den Rand ihrer altmodischen Stahlbrille hinweg zu Kätterli hinüber.

Sie könnten sich ja telephonieren, antwortete die junge Frau, ohne von ihrer Beschäftigung aufzusehen, die darin bestand, daß sie dem Schörschli einen Farbstift zuspitzte.

Aber wer denn in der Küche sei; sie höre es doch rumoren, forschte die alte Frau Gebhardt. Es sei dies Frau Lenhoff, eben jene, die ihnen seinerzeit das Zimmer und später die Wohnung abgetreten hätte. Sie komme manchmal von Gockhausen herüber, ihr ein wenig zu helfen. Ja, sie wohne dann da und beaufsichtige die Kinder, wenn es, Kätterli, abwesend sei.

Bekümmert, weil sie mit dem Instinkt einer erfahrenen Frau aus diesen Anordnungen etwas Unerfreuliches erriet, kehrte die alte Frau an die Trittligasse zurück, und als sie am anderen Abend im Laden des Coiffeurs Hippermann, inmitten von weiblichen Dominos, die sich die Haare brennen ließen, und Männern, die vor dem Spiegel falsche Nasen und Schnurrbärte anprobierten, nach Fluntern hinauftelephonierte, antwortete ihr Frau Lenhoff. Nein, die junge Frau Gebhardt sei nicht da, sie komme erst nach elf Uhr. Sie sei ins Theater, ins Stadttheater, «Orpheus in der Unterwelt». «Allein oder mit Karl?» fragte die alte Frau inmitten des Lärms, den die aufgekratzten Masken in der kleinen Bude veranstalteten. Das wisse sie nicht, erwiderte Frau Lenhoff, aber sie solle sich keine Sorge machen, die Kinder seien bereits zu Bett gebracht, und sie wache ja schon.

Nachdem es am Morgen aufmerksam und ein wenig fiebrig das Tagblatt durchstöbert hatte, nahm sich am Nachmittag Kätterli ein Herz und begab sich in das Maskenverleihgeschäft der Frau Cattani an der Sihlstraße. Inmitten einer Menge von Leuten, die in der nahezu ausgeräumten Wohnung herumgingen, bunte Kostüme von Bügeln nahmen, sie vor den Spiegeln im Schlafzimmer und im Korridor beim Scheine von Gaslampen anzogen, wieder weglegten und schon allerlei Hallotria trieben, begann auch die junge Frau zaghaft dieses und jenes bunte Stück aufzunehmen und vor sich hinzuhalten, Modernes, an die Erzeugnisse der Wiener Werkstätte Gemahnendes, und all das Klassische – Zigeunerinnen, Spanierinnen, Neapolitanerinnen und was dergleichen südliche Wunschträume mehr sind –, bis die ergraute Inhaberin des Unternehmens sich persönlich ihrer annahm. Sie solle doch etwas Praktisches nehmen, wo es ihr wohl sei darin in dem Gewühl, praktisch und doch vorteilhaft. «Sie, mit Ihrer Figur, müssen sich ja nicht in so plumpen Pumphosen verbergen. Da habe ich zum Beispiel eine Ballettratte mit kurzem, abstehendem Tüllröckchen und Höschen aus rosarotem Satin, mit einem kleinen Korsett und tiefem Ausschnitt zu tragen, und nichts als ein schwarzes Halbmäskchen dazu, und einen Schönheitsfleck am Kinn, das hat immer großen Erfolg.»

Kätterli sah sich nicht als Ballettratte. Was ihr vorschwebte, war ein möglichst einfaches und unauffälliges Kostüm, mehr so zum unerkannten Dabeisein und Hinsehen als zum Mittun berechnet. Sie sei halt überhaupt noch nie an einem Maskenball gewesen, gestand sie Frau Cattani. Das habe sie sich gleich gedacht, wie sie die Dame gesehen habe. Ja, und sie gehe hin, ohne daß jemand es wisse, und eben, sie habe auch fragen wollen, ob sie sich eventuell hier umkleiden dürfe. Nun ja, im allgemeinen gehe das ja nicht, aber sie wolle das dem Fraueli gern zuliebe tun, antwortete die Inhaberin und tätschelte Kätterli mütterlich auf die Hand. Sie könne sich hier in ihrem Schlafzimmer ausziehen, und da in der Nacht vom Samstag auf den Sonntag der Verleih durchgehend geöffnet sei – es gebe ja Damen, die zweimal während der rauschenden Ballnacht ihre Masken wechselten –, könne sie auch am Morgen noch kommen und ihre Straßenkleidung wieder abholen.

Für die junge Frau Gebhardt war die entgegenkommende Vertraulichkeit wie ein Vorhang, der vor einer geheimnisvollen Unterwelt gelüftet worden war. Das gab es also, solche Bequemlichkeiten und Erleichterungen für die Abenteuerlustigen. Das Ungehörige wurde hier als etwas Natürliches und Selbstverständliches erlaubt. In dieser Weise mußte sich auch der Vorgang der Kuppelei abspielen, dachte das Kätterli. Wegen der Kostüme wurden sie dann rasch einig; und als das Kätterli in dem mit Möbelstücken und Textilien angefüllten Schlafzimmer sich im Spiegel des Wäscheschrankes in der Maskierung – einem Zwischending von weiblichem Torero und mittelalterlichem Pagen – erblickte, mußte es zugeben, es komme sich selber fremd und wie aus einem ihm selbst unbekannten Lebensbezirk stammend vor, so daß wohl keine Gefahr bestand, es könnte in dieser Person mit den schwarzen Seidenbeinen und dem roten Höschen die Tochter der Familie Meng aus der Villa im Seefeld erkannt werden.

So saß das Kätterli also im violetten Dämmerlicht der Odeonbar, in der Gesellschaft des Psychiater-Ehepaares Dr.

Ramseyer-Woschkine und des bekannten Arztes Bluntschli, den die junge Frau vom Sehen und Hörensagen kannte, und neben ihr trank der kleine weiße Pierrot ungeniert und ohne Zimperlichkeit aus einem der Gläser, die auf dem Tische standen, ein Mädchen aus dem Volke offenbar, mit heiserer Stimme und zerstichelten Fingern, das sie duzte. Aus dem großen Raume klangen die Rhythmen der Foxtrotts und Jimmies herüber, und die Begleiterin flüsterte unter ihrer Larve hervor Kätterli ins Ohr: «Du, aber bei denen am Tisch übernachte ich nicht, ich brauche etwas fürs Gemüt», und schon sprang sie auf und drängte sich durch die Türe hinaus. Geniert in ihren Höschen, die Knie geschlossen, saß Kätterli da, lehnte sich zurück und gab sich Mühe, mit seiner Haltung irgend etwas auszudrücken.

«Du bist, meine ich, noch nicht in der rechten Fastnachtsstimmung», sagte Bluntschli menschenfreundlich, erhob sich in seiner ganzen Länge aus dem Klubfauteuil und nahm das Kätterli beim Arm. «Komm, tanz einmal mit mir, faute de mieux!»

Die perlenbehängte Psychiaterin rief ihnen lachend noch etwas Russisches nach, und dann fühlte sich die junge Frau von dem hohen Manne sicher geführt im wilden Gedränge des Tanzplatzes. ‹Ist das alles?› dachte sie.

«Das ist der einzige Sinn dieser Fastnachtsanlässe», bemerkte Bluntschli lehrreich von oben herab, «daß die Leute aus allen Klassen und Schichten dabei wieder einmal durcheinandergewürfelt werden. Wenn sie vorbei sind, ist alles wieder ein wenig anders als vorher. Führt es auch selten zu Ehen, so mischt der Eros doch für einige Stunden fremde, ja feindliche Ströme des Geistes und des Blutes.»

Ich darf ihm darauf gar nicht antworten, dachte das Kätterli unter seiner roten Satinlarve mit dem entstellenden Nasenbuckel, und in einem Anflug von wildem, verzweifeltem Humor fistelte es, sich an die Ausdrucksweise der verschwundenen Begleiterin erinnernd: «Sie sind, meine ich, ein Schlimmer!»

«Noch viel schlimmer als du denkst», antwortete der Arzt.

Später, als es schon erwog, ob es nicht seinen Mantel bei der Garderobe einlösen und sich nach der Sihlstraße, in die Wohnung der Frau Cattani begeben solle, änderte sich – es hatte einen sogenannten Gin-Fizz getrunken – seine Stimmung ein wenig. Ein junger Mann, ein Fußballspieler, wie sich herausstellte, zog das Kätterli in einen großen Kreis junger Leute. Es saß auf einem Tisch und wühlte im vollen braunen Haar des Burschen, der sein Gesicht auf seine Knie gelegt hatte und mit den Händen seine beiden Schenkel umfaßte. In der Ferne zogen die Ramseyers bereits ab, und Bluntschli winkte lachend herüber. Zwar war es noch weit entfernt von dem Dionysischen und Libidinösen, das es sich im geheimen versprochen hatte, aber immerhin war die Scheu und Geniertheit von ihm abgefallen, und zum ersten Male in seinem Leben war es von einem anderen Manne als Karl auf die Lippen geküßt und umarmt worden.

Gegen drei Uhr machte es sich davon. Frau Lenhoff wachte noch, als es nach Hause kam. Sie berichtete vom Anruf der Schwiegermutter, dann klopfte sie vom Balkon die Konfetti in die frische stille Fastnacht hinaus, die sich im Pelzkragen von Kätterlis Mantel festgesetzt hatten.

Die junge Frau nahm noch ein Bad.

X. Kapitel

Es war in den Augen des Stadtrates und Grundwasserexperten Abt ein gutmütiger, fast zärtlich zu nennender Spott zu sehen, als sein alter Ratskollege, der zwar nicht seiner Partei, aber seinem Freundeskreise angehörte, mit seiner Sorgenrede zu Ende war. Sie standen – es war noch im frühen Vormittag – vor der aus krugähnlichen Säulchen gebildeten Balustrade der Bürkliterrasse, und sie hatten miteinander eine lange Weile stumm dem Schauspiel beigewohnt, das die berstende Eisdecke des Seebeckens bot. Die Dampfschwalben hatten seit Tagen schon tiefblaue Rinnen in die erstarrte Fläche gezogen, die nachts jeweils wieder leicht zufroren. Aber jetzt, in der gleißenden Sonne dieses Föhntages, wo die Wälder und die aperen Stellen im Alpenkranz über keine andere Farbe mehr verfügten als dieses nahe Enzianblau, zerbrachen die Platten und schoben sich übereinander, und ein unaufhaltbares Ziehen und Wandern von Wellen und Eisschollen setzte ein, unter den Bögen der Quaibrücke hindurch, limmatabwärts. In grellem Weiß flimmerten die Gletscher, der Schnee und die Schaumkronen der Wellen, golden leuchteten die Brüste der schreienden Möwen über dem Aufruhr des Eisgangs, und von allen Wolken gereinigt wuchs ein zürichblauer Himmel in die endlose Tiefe. Nur wenige Male in einem Leben wurde den Bewohnern dieser Stadt ein solcher Anblick gewährt, ein Kehraus, ein drängender Übermut der Natur, dem Fastnachtstreiben zu vergleichen, das vorüber war.

Aber der Buchdrucker Weder, der kleine, lebhafte, Ratsmitglied und Präsident einer Kreisschulpflege, hatte sich bald abgewandt, dem Freunde von seinen Sorgen zu berichten.

Für siebzig neue Polizeirekruten, die eingestellt wurden, hatten sich nicht weniger als fünfhundert Bewerber gemeldet; für die sieben benötigten Mannen der ständigen Brandwache über achtzig, und für die drei frei werdenden Plätze der Schuhputzer im Bahnhofgebäude nicht weniger als einhundertundfünfzig Bewerber! Es sei ein Jammer um die brachliegenden Arbeitskräfte, denen die Stadt kein verdientes Brot mehr sichern könne. Schon seien seit Jahresfrist über sechstausend Menschen wieder abgewandert, und nur noch wenig über zweihunderttausend Bewohner zähle nun wieder die Siedelung, und noch sei ein Ende des Niedergangs nicht abzusehen. Betreibungen, Konkurse und Nachlaßstundungen nähmen ständig zu, ein Sterben der kleinen Banken setze ein, und selbst große Geldinstitute müßten gestützt werden, und immer noch ständen die Finanzen der Stadt unter der Vormundschaft des Kantons. Ach, er habe das Ende des Krieges sich anders gedacht – es klaffe da eine Lücke zwischen der Lebenslust vieler Leute und den düsteren wirtschaftlichen Aspekten. Das alles, er sehe es voraus, mit Kummer, es werde immer weiter nach links führen, politisch gesehen, und es scheine, als stehe das Bürgertum überall auf verlorenen Posten, zum Rückzug bereit, schöpferischer Parolen bar.

Abt mußte zugeben, ja, es bereite sich allerlei vor, das sei nicht zu bezweifeln, eine Umschichtung, eine Umwälzung vielleicht, aber es seien nicht die Parteien, die politischen Kreise, die es hervorriefen, sondern ein anderes, tieferes, wofür die Parolen zu finden nicht leicht sei. Er, Abt, würde einfach sagen, es habe diese erzwungene Muße der Arbeitslosen, dieses Leerlaufen der Produktion, dieses Fallen der Preise bei den Rohstoffen und Nahrungsmitteln, irgendwie die Bedeutung, die Menschen sich auf ihren Körper, ihr physisches Dasein besinnen zu lassen. Man beginne der Luft und der Sonne, des Schreitens und Wanderns, des Sich-Bewegens, der Haut, der Arme und Augen sich zu erinnern. Er könne es so deutlich nicht sagen, aber er spüre es, in der Kleidung, den verschwindenden Hosenträgern und Westen bei den Männern, den aufkommenden Ledergürteln, den freien Hemdenbrüsten, den kniehohen Röcken der Frauen, den kurzen Haaren, der hutlosen Mode. Da sei nun die dritte Turnstunde in den Schulen eingeführt worden, mit Spielen, Wandern und Schlitteln, da hätten sich die Vertreter von siebzig Turn- und Sportvereinen mit über zwanzigtausend Mitgliedern allein aus dieser Stadt zu einem mächtigen Verband für Leibesübungen zusammengeschlossen, und nun sei auch der Kredit für den Bau eines öffentlichen Strand- und Sonnenbades am Mythenquai drüben von allen Parteien bewilligt worden.

Er, Abt, sei überzeugt, *das* eigentlich, nicht das Politische, sei die große Neuerung nach diesen Jahren des Krieges. «Das Muffige, die Lismer und die steifen Kragen, die Korsette und die Baumwollstrümpfe sind vorüber – und ich will es dir gestehen, Herr Weder, ich bin nicht traurig darob. Daß sich die Wohnungslage durch die Abwanderung von selbst reguliert, ist ja gar nicht so übel. Die kommen alle wieder, wenn wir mit Bauen begonnen haben, und daran wird's nicht fehlen, das kannst du mir glauben, ich weiß es.»

Er blickte durch seinen altmodischen Kneifer in den blau und weiß aufgewühlten Raum über dem Seebecken hinaus, als ein Mann jenseits der Paßhöhe, der des Lebens Weite endlich vor sich ausgebreitet sieht. Er gedachte der sorgenvollen Stunde, die er mit dem General in der Villa Rietberg verbracht hatte – und es war alles vorübergegangen.

Hinter ihm, an den Ufern und auf den Hügeln jubelten die Türme der Kirchen und des Münsters in den seidenen Himmel über dieser begnadeten Stadt. Ihre Jugend war voll Drängen und Aufbegehrlichkeit, aber ihre bestandenen Männer waren nicht störrisch und stur, nur manchmal ein bißchen langsam, und bald, er spürte es, würden auch die Frauen sich endlich zu ihnen gesellen.

«Mach dir keine Sorgen», sagte er, jetzt ernsthaft und ohne Spott, «wir sind unser zu viele, die diese Stadt lieben, über alles hinweg.»

Zweites Heft

I. Kapitel

Barhäuptig, gekleidet in einen seiner dauerhaften heimgesponnenen Wollanzüge, stand Bell an diesem Sommermorgen ein wenig unschlüssig vor der Türe des Hauses an der Lindenhofgasse, in dem er noch immer beim Orthopädisten Liniger sein Zimmer bewohnte, und überlegte sich, ob er den Brief Walter Abts aus Boston, den er im Briefkasten vorgefunden hatte, oben auf der Bastion des Lindenhofs, auf der Bank unter der geharnischten Zürcherin, lesen sollte, oder ob es vielleicht angezeigt sei, erst in der Kaffeestube der Bäckerei Baumgartner am Rennweg unten sein Frühstück einzunehmen. Die Technik des freischweifenden Müßiggängers erforderte solche Überlegungen, denn es handelte sich darum, sich möglichst unauffällig in den Rhythmus dieser arbeitsamen Stadt einzugliedern. Es fehlte ihm merkwürdigerweise, obschon er sich im Schatten seiner kleinen englischen Rente und trotz den Vorsätzen anläßlich seiner Einbürgerung nicht sonderlich darum mühte, an Arbeit nicht. Es waren in dieser Stadt die Leute, die das Englische und die deutsche Sprache beherrschten und über eine gewisse Bildung verfügten, bekannt und immer gesucht, um Texte industriellen und literarischen Inhalts zu übersetzen. Als eine Art Spezialität hatte es sich bei Bell ausgebildet, Herren in gehobener Stellung, Generaldirektoren und Verwaltungsräte, die sich auf eine Reise nach den Vereinigten Staaten begaben, unauffällig und rasch mit der angelsächsischen Umgangssprache vertraut zu machen. Lesen konnten sie meistens schon, doch entsprachen das Ohr und die eigene Zunge dem fremden Worte nur kümmerlich. So ließ man dann Bell kommen, mitten im Tage oft, schickte die Sekretärin hinaus und vertraute sich dem geduldigen und freundlichen Manne an, der es nicht müde wurde, stereotype Gespräche mit diesen Großen zu führen.

Als Bell in den Laden mit den duftenden Broten trat, stutzte er. Statt der alten Frau Baumgartner, die sonst hinter dem Ladentisch stand, sah er sich einem jungen Wesen in blütenreiner weißer Schürze gegenüber, das lächelte wie die Dame einer Mundpasta-Reklame, und mit einem nur leicht durch die Mundart getrübten Deutsch die Bestellung seines Frühstücks in den «Paß» hinunter rief. Er hatte doch dieses Gesicht schon gesehen, in einer anderen Beleuchtung und unter den Begleitumständen eines Orchesters, das der Kapellmeister Conrad anfeuerte: als Zigeunerprinzessin in der Kalmanschen Operette. Die junge Frau hatte offenbar den Ablauf dieses Gedankengangs vom Gesicht des Gastes abgelesen, wie oft schon in diesen Tagen, wo manche Leute sich einfanden, um festzustellen, wie sich die ehemalige Soubrette Adeline Jerger in der Rolle der Frau des Bäckermeisters Jonas Baumgartner anlasse. Bell hätte sich am liebsten entschuldigt, so sehr schien ihm, dem geborenen Engländer, sein leichtes Stutzen als eine Verletzung der persönlichen Sphäre gewesen zu sein.

Nachher stieg er die Schlucht zwischen den Mauern der Lindenhofgasse zur Bastion empor. Die Pfalz lag als ein kühles Gelaß im Dämmer und in der Stille ihrer Bäume über der Stadt.

«Ich gehöre offenbar auch zu den Leuten», schrieb Walter Abt, *«die kurz vor der Heimkehr ihre Briefe schreiben, sie quasi als Herolde vorausschicken, damit nachher der Kontakt gleich wieder hergestellt ist, wenn man selber kommt. Denn ich gehöre zu den Kontaktmenschen, und deshalb gefiel es mir in diesem Lande so gut, während man bei uns zu Hause wohl mehr der Gattung der Distanzmenschen zugehört, zu den Leuten, die gerne einen unberührbaren Kreis um sich legen, ihre kleinen Gärten mit granitenen Sockeln und eisernen Lanzen von der Umwelt abschließen, und sich selbst mit einer dicken Schicht von Tabus wattieren.*

Von all Ihren Nachrichten, lieber Herr Bell, hat mich Ihr Bericht von der geplanten Wohnkolonie in Wollishofen und besonders die Botschaft von der Eröffnung des Strandbades am meisten interessiert. Da sieht man es wieder einmal, daß die vielgeschmähten Freß- und Saufreisen unserer Magistraten sich reichlich bezahlt machen, wenn sie nur eine solche Idee davon zurückbringen. Daß die Männlein und Weiblein vorläufig noch getrennt sind, wundert mich nicht; aber die werden den Weg zueinander schon finden – das sehe ich voraus –, und sollte es nur im Wasser vor dem Strande sein, dem Wasser, das ja alles läutert und die Erotik entgiftet, ihr das Muffige nimmt, das eben durch die künstlich aufrecht erhaltene Distanz entsteht. Was mich be-

sonders freut: daß diese Institution enorm beitragen wird zur Erhaltung der Schönheit und Jugendfrische des Körpers, weil die Herren mit den Bäuchlein sich in dieser Umgebung geniert und deplaciert vorkommen werden. Hier entdecke ich endlich ein Anzeichen, daß das neue Lebensgefühl sich auch offiziell bemerkbar zu machen beginnt.

Sie fragen mich nach meinen Plänen. So weit bin ich noch nicht, daß ich von etwas Greifbarem erzählen könnte. Ich habe, was hier nichts Besonderes ist, und einem infolge der wohlwollenden Vorurteilslosigkeit der Leute leicht gemacht wird, in allen möglichen Berufsarten gearbeitet, als Buchhalter und Statistiker in einem Geschäft der optischen Branche, als Autowascher, als Reisender einer Fabrik für künstliche Bausteine, als Deutschlehrer in einem College, als Übersetzer von Reklametexten in einer Firma, die Badeanzüge exportiert und noch vieles andere mehr. Geradezu erfrischend finde ich, daß hier um die Frage des Geldverdienens nicht so ein Geheimnis gemacht wird, wie bei uns. Es ist aber nicht nur die Angst vor der Steuer, die bei uns bewirkt, daß man die Höhe des Einkommens mit einem Mythos umgibt. Es ist etwas Moralisches. Eine falschverstandene Moral. Gewinn gilt bei uns beinahe als etwas Anstößiges, Sündhaftes – und es belastet die Erfolgreichen mit einem schlechten Gewissen, ähnlich wie die Erotik. Irgendwie sehe ich meinen Platz darin, zu versuchen, die Leute von ihrem schlechten Gewissen zu befreien. Wie das geschehen soll, das liegt alles noch unbestimmt in der Zukunft.

Daß es in Zürich über fünfzig Wahrsagerinnen gibt – und das sind ja nur die offiziellen –, ist ein Ausdruck der religiösen Krise, scheint mir. Religion ist ein Urgefühl, ein Urbedürfnis, und wenn die Leute nicht an Gott glauben, so müssen sie dafür selbstverständlich nach einem Ersatz suchen.

Hier, in New York, auf dem Konsulat, habe ich übrigens auch einen Mann aus Zürich kennengelernt, einen gewissen Josef Gidionovics, der auch im Bataillon 68 Dienst tat und dessen Vater eine Schürzenfabrik an der Langstraße betreibt. Er arbeitete im Geschäft seines Onkels Samuel, der eine Reihe von Eckläden besitzt. Wir haben uns ein paarmal getroffen, und er hat mir eine greuliche Geschichte von einem Neger in Harlem erzählt, der mit einem offenen, rückwärts über die Faust geklappten Rasiermesser am hellichten Tage durch das Quartier Amok lief und dann, nachdem er einigen Leuten das Gesicht zer-

schnitten hatte, von der Polizei jämmerlich niedergeknallt wurde. Dieser Josef ist ein militanter Zionist, und trotzdem er einmal die prosperierende Firma seines Vaters übernehmen soll, träumt er von nichts anderem, als nach Palästina auszuwandern, sobald dieses Land seinem Volke wieder zurückgegeben sei. Als er mir die Negergeschichte erzählte, fügte er noch hinzu, das sei eben die Verzweiflungstat eines Heimatlosen und Verachteten, und ihnen, den Juden, sei es manchmal auch so zumute, wenn sie die Feindseligkeit und Verachtung ihrer Mitmenschen spürten. Das ist etwas sehr Merkwürdiges und Kompliziertes, die Entstehung und Fixierung des Heimatgefühls. Die Gemeinschaften nehmen offenbar jene, die sich ihnen anschließen wollen, erst auf, wenn sie gewisse Proben bestanden haben, zum Beispiel Ungerechtigkeiten, wie auch bei den Handwerkergilden, den Studenten, den Schulklassen und in den Kompanien die Neuen und Jungen allerlei Prüfungen, Taufen im Brunnen, Mensuren und dergleichen Quälereien erdulden müssen, bevor sie auf- und angenommen werden. Der Gemeinschaft ihre Fehler verzeihen: ich glaube, dies ist der erste Schritt zur Assimilation.

Wenn ich an Zürich denke, so kommen mir immer wieder die Möwen in den Sinn, die auf dem Geländer der Quais sitzen, eine neben der andern, aber immer mit einem gewissen Abstand zwischen sich, über den sie eifersüchtig und fast zänkisch wachen. Sie sind Distanztiere. Deshalb fühlen sie sich in unserer Stadt so wohl!

Bald wird es wieder so weit sein, daß ich an einem Abend mit Ihnen zusammen die von der Limmat, dem See, dem Schanzengraben und der Sihl gebildete Insel, in deren Mitte sich der Hügel mit dem Lindenhof und dem St. Peter erhebt, umschreiten kann. Wo ich auch sein mag, das ist der Nabel, der mystische Ort meiner Welt!

Ihr W. Abt.»

II. Kapitel

Als der Maler Clemens Wepf, aus dem hellen Atelier in das dunkle und schmale Stiegenhaus tretend, bei der obersten abgewetzten Stufe abgeglitten und in einem Zug die vierzehn Tritte hinabgekollert war, blieb er am Fuße der kleinen Zwischentüre, die in das eigentliche Treppenhaus hinausführte, liegen und mußte trotz seiner Benommenheit lachen. Doch wie er der eigenartigen Stellung seines rechten Beines gewahr wurde – an einer Stelle unterhalb des Knies lag es abgewinkelt unter dem linken Oberschenkel –, verging ihm das Lachen, und obgleich er noch keinen Schmerz verspürte, begriff er, daß es gebrochen war. Mit der Faust schlug er so lange und heftig gegen die Türe, bis die dort wohnende Frau Zingg herbeikam. Nein, sie solle ihm nicht aufhelfen, sie solle ihn nur so liegen lassen, sagte der vom Aktivdienste her mit der Situation vertraute Radfahrerwachtmeister; aber sie möchte so freundlich sein und dem Sanitätsauto telephonieren, es sei offenbar etwas mit dem Knochen passiert. Ja, eine Decke und allenfalls ein Kissen könne sie ihm bringen, aber sie solle ums Himmelswillen kein Geschrei machen.

Er hörte die Frau die Treppe hinabhasten und in die Hintertüre des Spezereiladens eindringen, wo sie ein Telephon hatten, und dann stellte er fest, wo es langsam zu surren begann und der Schmerz seinen Einzug hielt.

In der Zeit, da er in seinem Gipsverband in den Gängen und im Garten des Kantonsspitals herumhumpelte, vertrieb er sich die Langeweile mit Zeichnen. Er porträtierte seine Zimmergenossen auf der Abteilung; während einer Visite fiel der Blick Professor Clairmonts zufällig auf eines dieser Konterfeie, einen älteren Mann mit einer frischen Kropfnarbe darstellend. Ob er, fragte der Chirurg, bereit wäre, ihm ein paar anatomische Zeichnungen anzufertigen, möglichst genau und koloriert, zu Lehr- und Demonstrationszwecken und geeignet zur Illustration eines medizinischen Werkes? So kam es, daß Wepf den Rest seiner Heilungszeit im Obduktionssaal zubrachte, sich über geöffnete, ausgeleuchtete Brust- und Bauchhöhlen beugte und sich bemühte, das, was er sah, exakt festzuhalten.

Es hatte sich während dieser Beschäftigung schon einige Male ereignet, daß die Operationsschwester Nora, mit dem bürgerlichen Namen Gebhardt, sich hinter ihn stellte und, an den nachbarlichen Marmortisch gelehnt, ihm zuschaute. Aus ihrer Erfahrung heraus, und mit den großen anatomischen Kenntnissen, die sie sich in ihrer Tätigkeit erworben hatte, konnte sie Wepf mit mancherlei Hinweisen behilflich sein. Sie ergriff gerne eine Pinzette oder einen Ecarteur, einen geöffneten Herzbeutel noch ein wenig zu erweitern, eine deformierte

Kranzpulsader, die zum Tode des Patienten geführt hatte, besser freizulegen. Delikat und präzis verstand sie es, den Zeichner auf den Verlauf der Nervenstränge aufmerksam zu machen, eine Blase hochzuheben und umzuschlagen, um die inneren Beckenarterien freizulegen oder das komplizierte Gewebe der Lymphgefäße und Lymphdrüsen in der von ihrer Haut und Muskeln befreiten Achselhöhle zu erklären. Es steckten die beiden oft noch spät in der Nacht unter dem kalten Lichte der Lampen, das sich in den marmornen Tischen spiegelte, in dem stillen Raume zusammen, wie von einer seltsamen Passion ergriffen, wenn sie sich so tief über die Leichen beugten, daß sich ihre Stirnen berührten.

Clemens Wepf hatte mit seinen zeichnerischen Darstellungen einen solchen Erfolg, daß ihm der Chirurg allen Ernstes eine honorierte Anstellung vorschlug.

Sie standen, der Maler und die Schwester, den Körper eines armen jungen Mädchens zwischen sich, das einer schwärenden Darmfistel zum Opfer gefallen war, im Saale, in dessen dunkler Ferne ihr Murmeln verhallte, und sie besprachen zusammen die Aussichten, die Clairmonts Angebot dem Künstler zu eröffnen schien.

Schon einmal, bemerkte Wepf, hätten Brotarbeit und Verdienst ihn von der Kunst hinweg in das Getriebe der bürgerlichen Sicherheit und von der Ungebundenheit malerischen Schaffens gezogen. Die Botschaft vom Tode des großen Hodler aber habe ihn wieder zur Leinwand zurückgeführt, und obgleich es vom Ökonomischen aus gesehen eher kläglich bestellt sei mit ihm, so möchte er sein gegenwärtiges Leben mit dem früher geführten nicht mehr vertauschen.

Immerhin, wandte die Schwester Nora ein, böte Clairmonts Offerte ihm die Möglichkeit, die Kosten des Spitalaufenthaltes zu bezahlen, sie sozusagen mit Arbeit abzuverdienen und vielleicht noch eine kleine Summe zu erübrigen, um später wieder einige Zeit ungesorgt künstlerisch schaffen zu können. Und das sei ja auch nicht zu verachten. Dies eigentlich sei die rechte Unabhängigkeit: niemandem danke sagen zu müssen. Sie selbst, fügte sie nach einer Weile hinzu, habe die Bedrükkung der Armut in ihrer Kindheit erfahren, an der Trittligasse, als Kind eines armen, trunksüchtigen Schneidermeisters, und früh schon hätte sie sich gelobt, es solle ihr solches im Leben nicht mehr widerfahren. Reich zu werden, daran liege ihr nichts, aber etwas auf der Seite zu haben, Zusammengespartes, das mache ja auch nicht glücklich, aber es beruhige das Gemüt und gebe ein sicheres freies Auftreten, möge passieren was wolle.

Wepf blickte ihr zu, während sie ruhig und wie abwesend ein Linnen über den Körper des jungen Mädchens deckte und es säuberlich bis zum Haaransatz über der blassen Stirne emporzog. Die Schwester Nora war nicht hübsch zu nennen; das weiße Häubchen jedoch, das zwischen straff gebürsteten Haaren einen Scheitel freiließ, die weiße Schürze, die ihren Körper eng umschloß und das Entschlossene, Ruhige ihres Schreitens und ihrer Bewegungen verliehen ihr etwas Überlegenes, das für den Mann nicht ohne eine lockende Heimlichkeit war. Es war aber auch noch etwas anderes im Hintergrund zu spüren, etwas fast Unheimliches, irgendeine Verwandtschaft zu Unaussprechlichem, besonders wenn sie mit spitzen Fingern und leicht geröteten Wangen die Wunden freilegte. Sie ist eine Frau, mit der man über alles sprechen kann, dachte der Maler, und er fühlte dabei das Wohlige, das eine solche Feststellung für einen Mann enthielt. Noch eine andere Empfindung stellte sich ein: wie nah bei uns liegt doch das Unversehene, die dunkle, man möchte sagen, die mittelalterliche Seite des Alltags. Da stand er zu nächtlicher Stunde mit einem Weibe an einem marmornen Tische, auf dem der Körper eines toten Menschen lag, und der war geöffnet, und sie hatten damit etwas zu tun, man konnte es begründen. Wie wenig brauchte es doch, welch eines winzigen Vorwandes, daß solche seltsamen Vorgänge und Zustände sich unbemerkt und wie selbstverständlich ins Leben einschmuggelten!

Als seine und der Schwester Nora Augen sich begegneten, begriff er, daß sie längst vor ihm in dieser Empfindung heimisch war und ihn jenseits des Tisches zu erwarten schien. Während sie bemerkte, er, Wepf könne des Professors Angebot ruhig annehmen, es verpflichte ihn nicht für immer, er könne nach der Verheilung des Bruches ja jederzeit wieder seiner Wege ziehen, ging zwischen ihren Blicken ein anderes Zwiegespräch weiter. Es war ein Fragen, ein Forschen von seiner Seite, das sie ohne Wimpernschlag und Zimperlichkeit, mit einem verständnisinnigen Spottlicht in der Pupille sich gefallen ließ. Es schwelte ein süßlicher Geruch von Formalin und von Leichen in dem kühlen Raume zu dieser nächtlichen Stunde.

Der Maler knüpfte die leinenen Schleifen seiner Zeichenmappe zusammen; es sei zu überlegen, sagte er dabei; dann griff er nach seinem Krückstock und erhob sich von seinem Hocker. Er humpelte mit seinem eingegipsten Bein um den marmornen Tisch herum, bis er dicht vor der Schwester stand, und dann legte er seinen freien Arm um ihre Schulter; und als er sie zu küssen begehrte, erkannte er, daß sie ihn erwartet hatte.

III. Kapitel

Zwar raste, nach dem Verkauf des Krähbühlgrundstückes, der junge Zollinger, die Hand auf die Milchkannen gestützt, mit seinem Harley-Davidson-Seitenwagen noch immer die steile Zürichbergstraße empor und bediente bei jedem Wetter pünktlich und entschlossen den sich täglich erweiternden Kundenkreis im Villenquartier. Aber es war längst nicht mehr die Milch der eigenen Kühe, die er ausschenkte. Unten an der Plattenstraße, in der Nähe des Fluntermer Postbüros, hatte er einen kleinen Laden für Molkereiprodukte eröffnet, und die Milch wurde ihm geliefert, von Gockhausen, über den Berg, und der Käse und die Butter von den Großhandelsfirmen der Stadt. Die Schwester Regula stand dem Unternehmen vor, während die Mutter das bäuerliche Haus betreute, das nun, wie es der Vater vorausgesehen hatte, zu einem letzten Einsprengsel früherer Zeiten zwischen den Ziergärten der neuen Einfamilienhäuser herabgesunken war: im Stall standen nur noch das alte Dienstpferd, die Stute Freya, und eine Kuh, und es blieb dem Roß nicht mehr viel anderes zu tun, als den Brükkenwagen zu ziehen, neben dem taubstummen Hufenus her, dem ledrigen Knechtlein, das seit fast dreißig Jahren zum Hofe gehörte. Ganz oben, hinter der Wasserscheide, besaßen die Zollingerschen Erben noch Wald, einige Aren Wiesland und einen Baumgarten, gerade genug, den Knecht und die beiden Tiere bei der Arbeit zu halten. Aber es war nur noch so ein Auslampen, ein Nach- und Verklingen bäuerlichen Wesens, denn der Familie Besitz und Reichtum hatte sich fast ganz nach Westen verlagert, in das Gebäude der Kantonalbank unten an der Bahnhofstraße. Dorthin begaben sich, ein paarmal im Jahre, die Mutter, mit einem schwarzen Mantel städtischen Zuschnitts bekleidet, einem drahtigen Hut auf dem Kopf, eine solide Handtasche aus Leder am Arm, und Heinrich, die struppigen Haare naß an den Kopf gebürstet, mit roten runden Gesichtern und dem entschlossenen und mißtrauischen Zug um die Münder. Sie hatten dort in der Hypothekarabteilung, an den Depotschaltern zu tun, mit Zinsen und Schuldbriefen und den Coupons der Obligationen, kleine Papierbündelchen, mit Stecknadeln zusammengeheftet, denn es waren mit den Landverkäufen große Summen, sechsstellige Zahlen baren Geldes in den Besitz der Familie gelangt, die es zu verwalten und ertragreich zu machen galt. Völlig heimisch waren sie noch nicht in dieser neuen Form des Besitzes; noch immer verwahrten sie in der unteren Schublade der Kommode im Schlafzimmer der Mutter, in einem flachen blechernen Behälter, Bündel von Tausendernoten, nahezu zweihunderttausend Franken, die bare Auszahlung des letzten Landstückes, und darum ging in Wahrheit ein verbissener Streit zwischen der Witwe des Landwirts und dem Sohn. Er, Heinrich, wollte es nicht zulassen, daß diese Summe in Obligationen angelegt würde, wie die Mutter drängte. Man müsse über bares Geld verfügen, das es ermögliche, rasch zuzugreifen, wenn etwas Günstiges und Lukratives sich biete; die Zinsen, deren man verlustiggehe, würden zehnfach aufgewogen, wenn man das Geld vorübergehend in rasch sich abwickelnde Geschäfte mit großen Gewinnen stecken könne. Außerdem sei es auf diese Weise den Blicken der Steuerbehörde entzogen, und man müsse nicht immer Rechenschaft ablegen, warum und weshalb man Papiere wieder verkauft und was man mit dem Geld angefangen habe. Sie, die Mutter hingegen, dachte nicht nur an Brände und Diebe, die den Schatz in der Kommode bedrohten, sie war sich auch der Verlockung bewußt, die die bequemen Zahlungsmittel darstellten. Schon zweimal hatten sie so auf viel zu rasche und unbedachte Weise eine Tausendernote vom Haufen genommen, einmal des Teppichs wegen, den ihnen ein Händler kurzerhand in die Stube hatte legen lassen, und die andere wegen des Büfetts, einer Kredenz besser gesagt, einem breiten niederen Möbelstück, nußbaumen fourniert, um dessentwillen der alte Wellenschrank, in eine Bretterbeige zerlegt, auf den Estrich hatte wandern müssen. Nun ja, das gab die Frau zu, die beiden Stücke, der Teppich und das Büfett, sie verliehen der Stube einen fremdartigen Glanz, wenn auch der Tisch und die Stühle nicht mehr recht dazu passen wollten; aber man brauchte sich doch nicht zu genieren, wenn ein Herr aus einer der nachbarlichen Villen vorsprach wegen Eiern oder Butter. Der große Misthaufen vor dem Hause war längst verschwunden, der gepflasterte Platz vor der Scheune immer blank gewischt und der Knecht angewiesen, mit den Wagen künftig immer von hinten her über die Wiese sich dem Stalle zu nähern. Jetzt erwog Heinrich bereits, ob man das Tenn nicht in eine Garage umbauen solle, für einen eigenen Wagen eventuell, aber auf alle Fälle zur Vermietung an einen der neuen Nachbarn geeignet.

Mit dem Tode des Vaters, dem Verkauf der Landstücke, dem Teppich und dem Büfett in der Stube, und seitdem die Banknoten in der Kommode lagen, hatte sich etwas in der Familie verändert. Alle spürten es, die Mutter und die beiden Kinder, und auch Hufenus, der Knecht, mit seiner Appenzeller Pfeife zwischen den Zahnstummeln. Es war nicht unangenehm, im Gegenteil, es war ein gewisses Wohlbehagen, das sich ausbreitete, welches Gefühl jedoch Frau Zollinger und ihr Sohn unter einer eher mürrischen Miene zu verbeißen suchten. Ohne daß sie es merkten, drehten sich ihre Gespräche, im Gegensatz zu Vaters Zeiten, nicht mehr darum, wie man mehr lösen könne aus Stall, Feldern und Garten, wie diese oder jene Ausgabe zu ersparen sei, sondern um Dinge, die man eventuell anschaffen könnte, weil sie praktisch und notwendig seien und eben in Wirklichkeit Ersparnisse darstellten. Bereits wurde von einem elektrischen Herd in der Küche, an Stelle des alten Kochplatzes, gesprochen und den dazu gehörenden Aluminiumpfannen, von einer Schwinge in dem alten Waschhäuschen, und Regula hatte auch bereits etwas von einem Staubsauger verlauten lassen, den Teppich in der Stube sachgemäß zu pflegen. Es ging von dem Haufen Geld ein magischer Zauber aus, der die täglichen Beschäftigungen der Familienmitglieder ihres praktischen Sinnes entkleidete und sie mehr und mehr in einen pantomimischen Tanz verwandelte, nutzlos im Grunde, und nur mehr als Kulisse, als Paravent dienend vor der uneingestandenen Erkenntnis, dies hätten sie eigentlich gar nicht mehr nötig, weder der Mutter Arbeit im Hause, Regulas Hüten des Ladens, noch Heinrichs Fahrten auf dem Motorrad am frühen Morgen. Zum erstenmal tauchten auch die fremden Worte von Ferien und Reisen auf, und wirklich hatten sich auch flugs bei der Mutter rheumatische Schmerzen eingestellt, die einen dreiwöchigen Kuraufenthalt in Baden, im Hotel Rößli, bedingten. Die Woche vorher war ausgefüllt gewesen mit der Anschaffung neuer Kleider, in denen die Frau sich unter den andern Gästen nicht zu schämen brauchte. All dies ging ja nun so einfach wie durch Zauberei vonstatten, und wenn auch einige Noten vom Bündel in der Kommode gewechselt werden mußten, sie wurden durch die Zinsen und die Erträgnisse der Hypotheken und Obligationen unten an der Bahnhofstraße bei weitem wieder wettgemacht. Eine Art Ferienzeit war angebrochen. Wohl hatte die Mutter hie und da Aufwallungen mit «wenn das der Vater noch erlebt hätte», oder «wenn die Katze fort ist, tanzen die Mäuse»; aber Heinrich konnte es mit den Notenbündeln und den Zahlenreihen, die er mit einem Bleistiftstummel auf dem Zeitungsrand zusammenzählte, klipp und klar beweisen, daß dies alles des Vaters nachgelassener Wille sei.

Dann, im September, eben während die Mutter in Baden sich ihrer Schwefelkur unterzog und dazu eines vom Arzte in ihrer Nase entdeckten Polypen wegen noch inhalierte, geschah es. Ein Herr, ein Österreicher, Leigast mit Namen, ein Refraktär, der im Jahre vierzehn nicht eingerückt war und dann die Niederlassungsbewilligung bekommen hatte und an der Plattenstraße, bei einer Witwe Nagler, ein Zimmer innehatte, war ein täglicher leutseliger Kunde des Milchgeschäftes geworden. Er pflegte auf eine biedere, gemütliche Weise mit Regula zu plaudern, bevor er mit seinem Milchkännchen und der Butter davonzog, immer in einen grauen zweireihigen Anzug gekleidet, proper und mit sorgsam gewichsten Schuhen, über denen er graue Gamaschen trug. Er mochte so gegen die fünfzig gehen, war ein schlankes, beinahe zierliches Männchen und hatte in seinem Wesen so etwas freundlich und überlegen Spöttisches. Einige Male allerdings hatte er kein Geld auf sich, die Einkäufe zu bezahlen, und ein paar Tage hindurch ließ er die kleine Schuld durch weitere Bezüge auflaufen, und es war wirklich nicht zu erkennen, ob dies nicht nur aus Zerstreutheit geschehe, bis er dann mit großen Ausrufen im Laden erschien: «Aber, Fräulein Regula, warum haben Sie mir auch nichts gesagt, ich bin Ihnen ja eine ganze Menge Geld schuldig. Also nein, das dürfen Sie nicht einreißen lassen, erinnern Sie mich doch bitte jeweils ungeniert daran» und streckte der Tochter eine Fünfzigernote hin.

Einmal kam er dann auch mit Heinrich ins Gespräch, der am Rande des Trottoirs hemdärmlig mit seinen Milchkannen hantierte. Er bewunderte die Kraft des Dragoners, der die volle Tanse hob und die Milch ohne Zittern und ohne den Verlust eines Tropfens in freier Armhaltung überschüttete. Natürlich hatten die Geschwister, besonders während der Zeit der unbezahlten Rechnung, unter sich gewerweist, welcher Art von Beschäftigung dieser Herr Leigast wohl nachgehe und wovon er lebe. Man konnte nur berichten, er begebe sich täglich in die Stadt hinunter, verbringe den Vormittag im Lesesaal der Museumsgesellschaft, esse mal da mal dort, meistens jedoch im alkoholfreien Restaurant zum Olivenbaum am Stadelhofer Platz. Das Frühstück und die Abendmahlzeit bereite er sich selbst in der Küche seiner Zimmerwirtin zu. So etwas Richtiges konnte sich der Milchhändler dabei nicht vorstellen, als der Herr lächelnd erwähnte, er sei mineralogischer Kaufmann oder kaufmännischer Mineraloge, sein Gebiet seien die Edelsteinmineralien der mittleren Härtegrade, nicht gerade der Diamant, aber die Glieder der Granatgruppe, Zirkon, Beryll, Turmalin und so weiter, die Objekte eines weitverbreiteten Handelns darstellten, weil sie geeignet seien für Schmuckstücke zu mittleren oder minderen Preisen. Hier sei es ja ähnlich wie mit den berühmten Parfüms, die gleichen bekannten Firmen stellten meistens unter dem Namen einer andern Gesellschaft noch populäre Varianten für das Volk her. «Ach, wissen Sie, Herr Zollinger, es ist oft ein wahrer Jammer, zu sehen, wie man Geld, viel Geld verdienen könnte, und es mangelt nur des Anlaufkapitals. Es wird halt viel, viel geschwindelt auf diesem Gebiet – und warum ist das möglich? Deshalb, sehen Sie, weil die Leute keine Fachkenntnisse haben und sich scheuen, Fachleute beizuziehen, Experten, die etwas verstehen. Schauen Sie mal her!»

Herr Leigast langte in seine Rocktasche und holte ein zerknülltes Seidenpapier hervor, in dem, als er es öffnete, ein Häufchen bunter Kristalle lag, die in der Sonne funkelten. Das seien nun sogenannte Edelberylle, durchsichtig und prachtvoll gefärbt, aquamarinblaue, smaragdgrüne, bernsteinfarbene.

Mißtrauisch beugte sich Zollinger über die geöffnete Hand; es sehe wie Glassplitter aus. «Glassplitter», lachte der Herr. «Nein, nein, schauen Sie nur genau hin, dann bemerken Sie deutlich den hexagonalen, den sechseckigen Charakter dieser Kristalle. Warten Sie mal, warten Sie mal, sagen Sie nichts, fragen Sie nichts, da, nehmen Sie die Ware, nein, nein, nehmen Sie sie, ich werd' doch Vertrauen haben zu Ihnen. Jetzt gehen Sie zu einem Bijoutier, irgendwo unten in der Stadt, und legen sie ihm hin auf den Ladentisch, und fragen Sie ihn, was das wert ist. Bitte tun Sie mir den Gefallen, ich sag jetzt gar nichts weiter, und wenn Sie dann zurückkommen, werde ich Ihnen etwas erzählen. Aber erst nachher, ich will Sie nicht beeinflussen!»

Während einiger Tage trug der junge Milchhändler im innern Fach seines abgenutzten Portemonnaies die bunten Steine mit sich herum, und dann, eines Nachmittags, faßte er sich ein Herz und leistete der Aufforderung Leigasts Folge. Er hatte sich eine kleine Geschichte zurechtgelegt, von einem Freund, der die Steine als Zahlung entgegennehmen müsse, von einem Fremden, der kein bares Geld habe, und der Freund möchte nun wissen, ob das echte Steine und was sie wert seien. Der Goldschmied Bolt war nicht weniger mißtrauisch als er. Das Stielauge einer Uhrenmacherlupe vorgebunden, betrachtete er die Steine, verschwand mit ihnen hinten in der Werkstatt und kam dann nach einer Weile wieder mit dem Bescheid, nein, er habe kein Interesse an der Ware. Er wolle sie ja gar nicht verkaufen, entgegnete Heinrich, er wolle nur wissen, ob das echte Steine, Berylle, seien und was sie wert wären. Nun ja, meinte der Bijoutier und schied mit dem Mittelfinger ein paar größere Stücke von den Splittern, so drei, vierhundert Franken könnte man ja für das ganze Los geben, aber man müßte sie vorerst wiegen, doch das kleine Zeug da lohne die Fassung nicht.

«So drei- bis vierhundert Franken hat er gesagt», lächelte Leigast, als ihm Heinrich vor dem Laden, am gleichen Platz wo ihr erstes Gespräch stattgefunden hatte, und wo noch immer der Harley-Davidson-Seitenwagen mit den Milchkannen stand, die Steine wieder aushändigte. «Nun ja, er ist halt ein Händler, und er dachte, Sie seien eine Wurzen. Ich will Ihnen sagen, das Los ist weit über tausend Franken wert, unter Brüdern. Aber sehen Sie, darum geht es gar nicht. Bleiben wir mal bei den vierhundert Franken. Nehmen wir an, das sei der Preis. Aber was meinen Sie nun, was *mich* die Sache kostet?»

Davon habe er natürlich keine Ahnung, antwortete Heinrich.

«Ich werd's Ihnen erzählen, aber nicht hier. Ich werd's Ihnen belegen, die Papiere auf dem Tisch. Haben Sie Zeit heute abend?»

Sie trafen sich dann wirklich selben Tags noch im «Olivenbaum», im unteren Lokal, wo die einfachen Leute dem hellgebeizten Tannenholztäfer entlang an ihren Tischen bei Milchkaffee und Cervelasalat saßen.

Dieses Häufchen Steine, diese Berylle, für die der Bijoutier ihm, Herrn Zollinger, drei- bis vierhundert Franken angeboten habe, «ein richtiger Wurzenpreis, aber schön, nehmen wir einmal an, es sei so, wissen Sie also, wie hoch sie mich zu stehen kommen, inklusive Zoll und Transport?»

Herr Leigast ließ eine kurze Pause verstreichen, bevor er, leicht über den Tisch gebeugt, und sich mit einem raschen Seitenblick ihrer Unbelauschtheit versichernd, dem mit rund offenen Augen dasitzenden Milchhändler ins rote Gesicht hauchte: «Sechzig, oder genauer einundsechzig Franken neunzig Rappen!» Und dann lehnte er sich wieder zurück, wie von einer großen Last befreit, nickte ein paarmal, und es war leicht zu erkennen, das hieß: «Was sagen Sie nun dazu?»

Der junge Zollinger war immerhin ein Geschäftsmann und kein schlechter Rechner, und die angebliche ungeheuerliche Gewinnvermehrung dieser Edelsteinmineralien, wenn sie von der Hand seines Gegenüber in jene des Goldschmiedes übergingen, machte ihm Eindruck; aber er war auch bäuerlichen Gemütes, und die Vorgänge zwischen Saat, Reife und Ernte hatte er zu Vaters Lebzeiten von Kind auf miterlebt. Und er fand auch über diesen Eröffnungen die trefflichste, vererbte Antwort seines Standes: er schwieg.

Als hätte dieses Schweigen in Leigasts Innern übermäßig gespannte Federn gelöst, sprudelte er nun Sturzbäche von Beweisen über den Tisch. Einem kleinen Ledermäppchen entnahm er ein Bündel von Papieren, Briefen, Rechnungen, amtlichen Quittungen und was dergleichen bei solchen Anlässen vorgelegt wird.

Diese Steine also kämen aus Brasilien. «Hier, da sehen Sie die gestempelten Marken aus Rio de Janeiro, und hier, da ist der Firmastempel des Absenders, Alfredo Leigast, ein Vetter von mir.» Und die Geschichte lautete folgendermaßen: dieser Freddy, im Weltkrieg in Gefangenschaft geraten bei den Engländern, nach dem Waffenstillstand aber nicht mehr in die

Heimat zurückgekehrt, sei dann nach Südamerika ausgewandert, und längere Zeit hätte man von ihm nichts mehr gehört. Und da ereignete es sich letztes Jahr, daß er, Leigast, geschäftlich in der Bijouterie Meister am Paradeplatz vorgesprochen hatte, wegen Verkaufes einiger Schmuckstücke aus fürstlich-österreichischem Besitz, und dort einem exotisch aussehenden Herrn begegnet sei, der ihm trotz seines dunklen Teints und dem nach südamerikanischer Art gestutzten Schnurrbärtchens bekannt vorkam. «Was soll ich Ihnen da lange erzählen, es war mein Vetter Freddy, und er war im Hotel Savoy abgestiegen, und er unterhandelte mit einer Bankengruppe wegen des Anleihens einer Minengesellschaft in La Plata, seiner Gesellschaft, verstehen Sie.» Nun, die Sache hätte sich dann zerschlagen, «die verlangen ja in der Schweiz so viel Sicherheiten und verstehen es nicht, rasch zuzugreifen», und er sei wieder abgereist. Dann, nach einiger Zeit hätte er, Leigast, die ersten Sendungen von Beryllen aus der Mine erhalten, und alle Stücke hätten schlanken Absatz gefunden, in der Westschweiz namentlich.

«Und nun hören Sie mal zu, Herr Zollinger, ich hab das Zeugs immer gleich bar und postwendend bezahlt, Zug um Zug, und mit ein paar tausend Fränklein Einsatz habe ich mit absoluter Sicherheit, ohne jedes Risiko, zwei-, dreihundert und mehr Prozent Gewinn herausholen können. Aber jetzt überlegen Sie sich einmal ganz nüchtern: wie hätte die Geschichte ausgeschaut, wenn ich die Mittel besessen hätte, die ganze Jahresproduktion der Mine zum vorneherein fest zu übernehmen, sagen wir mal hundert- oder zweimalhunderttausend Franken? Ein Akkreditiv, verstehen Sie, ratenweise abhebbar pro Quote der Lieferungen, immer erst zahlbar, wenn die Ware hier eingetroffen. Heute, wo ich hier vor Ihnen sitze, hätte ich meine dreiviertel Millionen auf der Bank liegen. Bitte keine Übertreibung, hier, sehen Sie, da hab ich zum Beispiel für das Los siebenhundertzehn Franken bezahlt – und da, schauen Sie, sind die Fakturen meiner Verkäufe, zählen Sie ruhig zusammen, wie ist die Endsumme dieses Erlöses? Na? Dreitausendsiebenhundertundzwölf Franken, glatter Gewinn: dreitausend!»

Nicht nur der kleine angegraute Herr hatte nun rote Wänglein, auch des jungen Zollinger Gesicht glühte. Er war angekurbelt, eingespritzt, wie man in Fachkreisen sagte.

Er ließ es, als sie sich erhoben, nicht zu, daß der andere sein Glas Milch bezahlte, er erlegte die fünfundzwanzig Rappen mit dem Betrag für seinen Café crème, und dann wanderten sie hinaus in den kleinen Stadelhofer Park im Geviert der Häuser, wo unter dem Dom von acht mächtigen Platanen, vor einem Boskett blühender Rhododendron von einem Springbrunnen herab das Wasser in das weite Becken plätscherte. Sie setzten sich auf eine Bank, neben ein eng verschlungenes Paar. Es war beinahe schwarzes Dunkel um sie, nur an den Rändern der Anlage schimmerte das Licht der Straßenlaternen durch das Laub.

Selbstverständlich könne es auch weniger sein, bemerkte Herr Leigast, fünfzig- oder sogar nur zwanzigtausend. Aber es wäre schade um jeden Tausender, den man nicht in das Geschäft hineinstecke – der Jungen wegen, die er macht.

Sie wanderten dann selbander über die Passerelle zur Hohen Promenade empor, an dem stillen, ausgedienten Friedhöfchen vorbei und nahmen ein wenig später an der Plattenstraße voneinander Abschied. Unter dem ausgestirnten Septemberhimmel stieg der junge Zollinger zwischen den letzten Weinbergen, die sich dort noch erhalten hatten, die steile Zürichbergstraße hinan, auf der er sonst auf seinem Harley-Davidson und den Milchkannen emporzurasen pflegte. Ihm rauschte der Kopf. Er dachte an die Banknotenbündel, die unfruchtbar in der unteren Schublade der Kommode im Schlafzimmer der Mutter ruhten.

IV. Kapitel

Trotzdem es bereits gegen neun Uhr ging, saßen, als der Mechaniker die Türe zu Bluntschlis Wartezimmer öffnete, noch zwei Frauen auf der Bank an der Wand im Lichte einer kugelförmigen Lampe, die an der Decke befestigt war. Es herrschte tiefe Stille, keine sprach ein Wort. Der junge Mann setzte sich an den Tisch, und nachdem einige Minuten verstrichen waren, langte er nach einer der herumliegenden Zeitschriften und begann darin zu blättern. Aber es war mehr, um irgend etwas zu tun; die Artikel über Volksgesundheit, die Statistiken über den Alkoholismus und die Abhandlung von den Ursachen des Rheumatismus interessierten ihn nicht. Der

Titel «Die Haftpflicht des Arbeitgebers bei Betriebsunfällen» vermochte ihn zu fesseln, aber der Text hielt nicht, was die Überschrift versprach, denn er begann mit einem historischen Rückblick und einer vergleichenden Darstellung der gesetzlichen Vorschriften in den verschiedenen Ländern.

Aus dem Nebenzimmer war von Zeit zu Zeit das Geräusch eines Instrumentes hörbar, das auf eine Glasplatte gelegt wurde, das Gemurmel von Stimmen, ein Husten. Es schlug zehn Uhr, als Bluntschli den jungen Mann ins Sprechzimmer rief. Er setzte sich in seinem weißen Mantel sogleich wieder an den Schreibtisch und blickte wie abwesend vor sich hin, während er sagte: «Wo fehlts?»

Erst als er keine Antwort erhielt, schaute er auf und musterte, indem er die Augen zu zwei fältchenreichen Schlitzen zusammenzog, das Gesicht des Besuchers. Es war völlig ausdruckslos, rundlich, sauber rasiert, ohne Anzeichen eines Schmerzes oder einer Krankheit. Die Haare waren über der niederen Stirne nach rückwärts gebürstet, und die Ohren strotzten vor Blut wie Hahnenkämme.

«Was sind Sie von Beruf?» fragte der Arzt. «Automechaniker.»

Er solle doch sagen, was er wolle, machte Bluntschli, deshalb sei er doch wohl da. Müsse er ihm denn jedes Wort abbetteln? Das Sprechen fiel dem Burschen offenbar schwer, denn erst nach einer Weile bemerkte er, es fehle ihm nichts, es sei wegen etwas anderem. Er habe gehört, Dr. Bluntschli sei in Rußland gewesen, und deshalb sei er gekommen.

«Aha, wollen Sie etwa selbst hin?»

Ja, wegen dem sei es.

«Sind Sie Mitglied der KP?»

Nein, er gehöre keiner Partei an, auch der kommunistischen nicht. Es sei nicht politisch. Er wolle einfach fort, nach Rußland. Dort müsse doch Beschäftigung sein für einen gelernten Mechaniker.

«Ja, guter Mann», antwortete Bluntschli, «wer heute nach Rußland will, der muß sich über eine gewisse politische Gesinnung ausweisen.»

Eben, das habe er schon gedacht, und er glaube, die habe er, wenn er auch nicht in der Partei sei.

«Wissen Sie, darüber entscheidet bei denen nur die Mitgliedkarte, besonders beim Ausländer und beim Schweizer obendrein.»

Der Arzt gähnte ungeniert, nahm den Klemmer vom Nasensattel und rieb sich die Augenlider. «Am besten ist es, Sie erzählen ein wenig.»

Aber dann kam wieder das Schweigen. Bewegungslos blickte der junge Mann vor sich hin, sein Kiefer zitterte, aber er fand den Anfang nicht.

Des Arztes Blicke fielen auf die Schuhe des Besuchers. Im Gegensatz zu seiner Kleidung waren sie, obwohl offenbar notdürftig gereinigt, verstaubt und arg mitgenommen.

«Haben Sie Arbeit?» fragte er.

Nein, augenblicklich arbeite er nicht, er habe die Stelle verlassen, freiwillig. Er könne nicht beides, mit den Händen werken und –

«Und was?» forschte Bluntschli.

«Denken.»

«Denken? Was denken?»

Eben über alles nachdenken, erläuterte der junge Mann, ein Jahr wolle er mit der Arbeit aussetzen, so habe er beschlossen, um zuerst einmal völlig ins klare zu kommen. Er lese nämlich sehr viel. Orison Swett Marden zum Beispiel. Und jetzt habe er sich vorgenommen, Kant zu studieren, die Kritik der reinen Vernunft.

«Aha», machte Bluntschli, und wieder betrachtete er, wie angezogen, des Burschen Füße. Da sah er, daß zwischen der Sohle und dem Oberleder des rechten Schuhs ein breiter Spalt klaffte, so daß der wollene Socken sichtbar wurde. Er war von Blut getränkt.

«Sie sind ja verletzt, Sie bluten ja», sagte der Arzt und erhob sich.

Das sei nichts, kaum der Rede wert. Er sei weit gelaufen heute, nach Dornach ans Goetheanum, und wieder zurück, und das Blut, das komme von einem Nagel in der Schuhsohle, der durchgebrochen sei und der ihn bei jedem Schritt in die Ferse gestochen habe.

«Warum haben Sie dann diesen Nagel nicht entfernt?»

Der junge Mann wandte Bluntschli voll sein gesundes Gesicht zu und sagte ruhig: «Das mußte doch so sein, das war eben der Sinn.»

«Aha», machte Bluntschli nochmals. «Und was wollten Sie in Dornach bei den Anthroposophen?»

«Auskunft. Aber als ich dort war, dachte ich, es sei doch nicht das Richtige. Ich ging ein wenig um das Gebäude herum, und nach einer halben Stunde machte ich mich wieder auf den Heimweg. Am Bötzberg fing ich an, den Nagel zu spüren.»

«Ein schöner Marsch», lachte Bluntschli.

«Vom Dienst her sind wir ja trainiert.»

«Und gegessen haben Sie nichts?»

«Das Obst lag am Straßenrand. Und in Weiningen bei einem Kameraden aus der Kompanie bekam ich Brot und Käse und neuen Most. Den Rasierapparat hatte ich bei mir, ich schabte mir noch den Bart am Brunnen.»

All das erzählte er ganz ruhig und im Tone der Selbstverständlichkeit.

«Und gleich daran anschließend, von der Badenerstraße abbiegend, sind Sie zu mir an die Langstraße gekommen?»

«He ja.» Gleich darauf kam der junge Mann einer Frage zuvor, die sich Bluntschli überlegt hatte. «Im Burghölzli, da stehen die Irren am offenen Fenster und umfassen mit den Fäusten die Gitterstäbe und reden in die Unendlichkeit hinaus.»

«Waren Sie denn schon einmal dort oben?» fragte Bluntschli beiläufig.

Nur so vorbeigestrichen sei er jeweils, antwortete der Mechaniker auf die gleiche Weise, wie zwischenhinein. Aber auch dort sei ja alles nur Frage, nicht Antwort.

«Von Rußland also erwarten Sie Auskunft? Darum wollen Sie hin? Wegen Lenin?»

«Wegen Tolstoi und Dostojewskij, wegen Sibirien. Und zwar bald. Vor dem nächsten Jahr noch.»

«Warum dieses Datum?»

«Nächstes Jahr», antwortete der junge Mann ruhig, «wird mein Vater aus Regensdorf entlassen, und dann muß ich fort sein.»

«Was hat denn Ihr Vater angestellt?»

Mit runden blauen Augen schaute der Mechaniker dem Arzt ins Gesicht und sagte mit einer erschreckenden Ruhe: «Er hat doch meine Mutter ermordet.»

Bluntschli lehnte bewegungslos an seinem Schreibtisch und blickte auf den Burschen herab. Ein paar Herzschläge lang war es ganz still in dem hellen Raum. Da haben wir den Salat, dachte er. Da gehen wir so unter den Leuten herum in dieser ordentlichen Stadt, mit ihrem neuen Ochsnerkübelsystem, mit ihrem Strandbad und ihren Kommunalwohnungen, gehen wir unseren Geschäften nach und schwatzen und räsonieren und lachen, und auf einmal ist da einer unter uns, der lebt mitten in einer Tragödie von griechischem Ausmaß, eine Art von Orestes, der nicht mehr darauskommt, ein armer Teufel, der Auskunft heischt von den Philosophen, den Anthroposophen, den Verrückten, den Russen.

«Wie ist Ihr Name?» fragte er leise, und der nonchalante, leicht zynische Beiklang seiner Stimme war völlig verschwunden.

«Klostermann, Robert Klostermann.»

Bluntschli entsann sich noch gut jener Schwurgerichtsverhandlung um die Fastnachtszeit herum, einige Jahre vor dem Krieg, und des Artikels des Berichterstatters Willi Bierbaum. Der hatte doch etwas von James Ensors Bild, dem «Einzug Christi in Brüssel» geschrieben, wenn er sich recht erinnerte. Da hatten sie gemahlen mit ihren Mühlen der göttlichen Gerechtigkeit und hatten gerichtet und gestraft und das Maß der Sühne abgewogen. Aber hatte denn keiner an jenen Knaben gedacht, vom Mörder und seinem Opfer gezeugt, der heute in der Verkleidung eines von Gesundheit und Kraft strotzenden Burschen als ein bejammernswertes Wrack an den Schreibtisch in seinem Sprechzimmer angeschwemmt wurde? Fieberhaft, mit pulsenden Kopfadern dachte der Arzt darüber nach, was zu tun sei. Es war höchste Zeit, er spürte es. Dieser ruhige Bursche Klostermann war dicht vor einer Kurzschlußlösung, auch wenn er es selbst noch gar nicht wußte. Es konnte auf-, es konnte ausbrechen in der Minute, da er diesen Raum verließ, und es war nicht auszurechnen in welcher Richtung, gegen sich oder andere sich richtend. Flüchtig tauchte, aber sogleich wieder verworfen, der Gedanke an das Ehepaar Ramseyer in ihm auf. Die Ludmilla würde ihn erledigen, dachte er zynisch, der würde ihr aus dem Fenster springen nach der ersten Analyse. Als ein Film zogen die Köpfe und Gesichter von Leuten, die hier hätten helfen können, an ihm vorüber. Er dachte sogar an seinen alten Widersacher, den Stadtrat Angst, dann erwog er einen Augenblick, ob er nicht Leonhard Ragaz anrufen sollte. Hier wär's nun einmal am Platze, ihren Gott herzubemühen, ob es ihn gibt oder nicht, lästerte er. Für den armen Teufel ist er wie gemacht. Als Opium meinetwegen, gerade so ein Einlullungsmittel muß her. Ob ich als Kommunist und Atheist darüber lache, spielt gar keine Rolle. Für mich als Arzt ist er einfach ein Mittel, das Mittel. Aber nicht so ein abstrakter, ein bilderloser, ein transzendentaler Gott dürfte es sein, für solch komplizierte Umwege ist keine Zeit mehr, ein handgreiflicher, ein sichtbarer, ein sofort wirksamer Gott müßte es sein, mit Pomp und Pracht und Räucherkerzen. Ein Katholischer! Das wärs! Das ist unmittelbar, das wirkt sofort aufs Gemüt und die Phantasie, das verdrängt alles andere. Die haben Erfahrung mit der Volkspsyche...

Er möge so freundlich sein und sich einen Augenblick ins Wartezimmer hinübersetzen, sagte Bluntschli zu dem jungen Manne, und, wie er glaubte, unbemerkt von diesem, verschloß er die Türe zum Korridor. An seinen Schreibtisch zurückgekehrt blätterte er im Telephonbuch, dann drehte er energisch die Kurbel am Apparat und rief in die Muschel hinein: «Fräulein, geben Sie mir Hottingen. ..» Kurz darauf fand dieses Gespräch statt.

V. Kapitel

Vom Besuch des Kinderheims Frohberg in Elgg an der Forch, dessen seelsorgerische Betreuung ihm oblag, war Pfarrer Hausheer am späten Abend in sein Zimmer im Gesellenhaus an der Wolfbachstraße zurückgekehrt und eben dabei, die tagsüber für ihn eingetroffenen Briefschaften zu lesen, als der Hausbursche an seine Türe klopfte. Er werde am Telephon verlangt. Der Apparat befand sich unten im Verwaltungsbüro, einem großen, holzgetäferten Raum im Erdgeschoß. Da die Straßenlaterne vor dem Hause das Zimmer schwach erleuchtete, nahm sich der Priester die Zeit nicht, das Licht anzudrehen, sondern ergriff sogleich den Hörer.

Dr. Bluntschli sei am Telephon, ob er mit Pfarrer Hausheer spreche? Jawohl, aber wer spreche bitte?

«Dr. Bluntschli, Arzt, ja, ja, Sie haben es richtig verstanden, der Kommunist.»

«Ich bin im Bilde, Herr Doktor – Sie wünschen?»

Ihr persönlicher Streit hatte seinen Anfang bei jener Versammlung der Gottlosenbewegung im hinteren Saale des Casinos Außersihl genommen, die Pfarrer Hausheer in voller priesterlicher Kleidung besucht hatte. Unter dem Vorwand, es handle sich um einen geschlossenen Anlaß, wollte man ihm zuerst den Eintritt verwehren, doch mit Hilfe des Inserats im

Tagblatt, in dem zu lesen war, der Eintritt sei frei und Gäste willkommen, konnte es der Geistliche durchsetzen, daß man ihn schließlich duldete. Übrigens war auch der Friedensapostel Eidenbenz anwesend, und was auch kommen mochte, der Abend versprach für die Freidenker auf alle Fälle recht unterhaltsam zu werden. Unberührt von den höhnischen und hämischen Seitenblicken, mit denen ihn die Mitglieder der Bewegung bedachten, saß Hausheer auf seinem Stuhle, die Arme über der Brust gekreuzt und hörte sich den Vortrag eines hageren Mannes mit scharfen Gesichtszügen an, der dartat, wie sich der Mensch von der Amöbe zu einem Wesen freien Willens und freier Entscheidung empor entwickelt hatte. Es wurde auch darauf hingewiesen, wie sich mit jedem neuerfundenen Fernrohr der Weltraum ständig weite und wie man festgestellt habe, daß sich Millionen von Sternen und ganze Milchstraßensysteme mit einer Geschwindigkeit von zwanzigtausend Kilometern in der Sekunde im unendlichen Raume fortbewegen, und dies schon seit Milliarden von Jahren. Wo bleibt da noch ein Platz für Gott, fragte der Redner in das rauchige Lokal hinein, und viele der Zuhörer wandten sich dabei fragend und spöttisch nickend dem Pfarrer unter dem Diplom des Veloclubs ‹An der Sihl› zu.

In der anschließenden Diskussion stand Hausheer dann auf und bemerkte kurz, er sei keineswegs gekommen, um sie, die anwesenden Heiden, zu bekehren, diesen Vorgang besorge ein anderer, über kurz oder lang, dessen sei er zuversichtlich; an zu vielen Betten Kranker und Sterbender habe er schon gestanden. Hingegen müsse er gestehen, die Ergebnisse der naturwissenschaftlichen Forschung, die der Referent des Abends auf eine so leicht faßliche Weise vorgetragen habe, hätten ihn tief beeindruckt und ihn tatsächlich eine ganze Reihe neuer Dinge gelehrt, Erkenntnisse vermittelt, die erstaunlich und überwältigend seien. Nur müsse man ihm erlauben, zu gestehen, daß diese intelligenten Amöben und die unvorstellbare Weite des Universums mit seinen planetarischen Gesetzmäßigkeiten für ihn nichts als neue Beweise für die Allmacht Gottes seien und ein Zeugnis dafür, daß ein wenig Wissen von Gott weg, viel Wissen hingegen zu ihm hinführe. Worauf er freundlich lächelnd sich wieder setzte.

Ganz hinten im Saal entstand ihm dann der erste und einzig ernsthafte Gegner in der Person des Arztes Bluntschli, der hierauf den Disput auf eine ganz andere Weise anpackte. Den Ethos, so bemerkte er wie beiläufig, hätten die Erdenbewohner nicht als göttliche Offenbarung empfangen, sondern er sei ein Erzeugnis ihrer autonomen Vernunft, das geistige Mittel, der Menschen Zusammenleben zu regeln und erträglich zu gestalten. Die Kirche sei nichts anderes als die Nutznießerin dieses Menschheitsgedankens, und ihr Bestreben sei es, ihn zu monopolisieren, um daraus Macht und Nutzen zu ziehen. Er leugne weder Jesus noch Mohammed als Philosophen, die erkannt hätten, daß einzig ein fester, aber imaginärer Punkt in der Transzendenz imstande sei, das gemeinsame Streben der Menschen zu zentralisieren. Dieser Punkt sei aber nicht irgendwo draußen im Weltall, sondern im Geist, sei der Geist selbst, der Geist in uns. «Einverstanden» nickte Hausheer. Und das wirkte wie ein rotes Tuch.

«Nein, sie sind nicht einverstanden damit, die Söldner der Ecclesia militans», rief Bluntschli. «Der freie und unabhängige Mensch ist ihnen nicht genehm. Er entzieht sich ihrer Kontrolle und damit dem Tribut an Geld und Gütern, die sie von ihm zu fordern sich berechtigt fühlen. Feinde der Aufklärung, Feinde des Volkes, Einluller und Feinde der Freiheit, das sind sie, die Pfaffen!»

Lachen, Klatschen und Jubel belohnte den Angriff.

Hausheer heftete seinen Blick unentwegt auf die Augen des Arztes, über die ganze Entfernung hinweg, und ohne die Stimme zu erheben antwortete er: «Man kann es auch gerade umgekehrt ansehen. Was Sie, Herr Dr. Bluntschli, mit solchen Reden unter diesen armen Leuten anrichten, das ist ein Verbrechen. Und Sie wissen es!»

Es war sogleich ganz stille geworden. Bluntschli hatte jedes Wort verstanden. «In Rußland wären Sie schon längst gehängt!» rief er. Hausheer nickte. «Daß Sie, hier, in diesem christlichen Lande, so sprechen dürfen, ohne daß Ihnen ein Haar gekrümmt wird, das ist eben der Unterschied», sagte er und ging aus dem Saal.

So also standen sie, als sie an diesem Abend, durch die Drähte der Telephonverwaltung miteinander verbunden, nach einem Jahr wieder die ersten Worte miteinander wechselten.

«Herr Pfarrer Hausheer», sagte Bluntschli, «ich rufe Sie an als Arzt. Nein, es handelt sich nicht um mich, weder um Beichte noch um Bekehrung. Es handelt sich um einen Patienten. Um einen Mann, der Ihrer, der Ihres Gottes bedarf. Es ist ein Fall von äußerster Gefährdung. Sie mögen nun lachen und triumphieren, das ist mir ganz gleichgültig. Aber Sie sind der Mann, der das Opium in Verwahrung hat, und ich muß es als Arzt nehmen, wo ich es finde, wenn ich dem Blessierten helfen will!»

«Machen Sie sich eigentlich über mich lustig?» fragte Hausheer.

«Blödsinn!» tönte es zurück. «Jetzt reden Sie mit mir einmal einfach als Mann, als Bürger dieser Stadt, mit einem anderen Bürger, der einem dritten Mitbürger helfen will. Lassen wir doch alles auf der Seite, unsere Liebhabereien und Spezialitäten! Ich sage Ihnen, es ist notwendig, daß Sie kommen, zu mir in die Praxis an der Langstraße, jetzt, sogleich. Spielen Sie jetzt nicht die gekränkte Leberwurst. Es ist ein medizinischer Fall.»

«Ist der Patient jetzt bei Ihnen?» fragte Hausheer nach einigem Schweigen.

«Ja, nehmen Sie ein Taxi.»

Als Bluntschli ins Wartezimmer zurückkehrte, fand er den jungen Mann am Tische, den Kopf auf den verschränkten Armen, schlafend. «Das wundert mich nicht nach diesem Gewaltsmarsch», murmelte er, löschte das Licht und ging ins Sprechzimmer zurück.

«Das ist in knappen Worten die Situation», beendete er den kleinen Vortrag, den er Hausheer, der auf demselben Stuhl saß, den vor zwei Stunden der junge Mechaniker eingenommen hatte, soeben gehalten hatte. «Mit dem Lorbeer, den Sie daraus ernten, können Sie Ihren Sonntags-Kalbsbraten würzen», fügte er noch mit einem grimmigen Lächeln hinzu. Der Pfarrer achtete gar nicht darauf. Bekümmerte Wülste liefen über seine niedere Stirne, und er erinnerte an einen Bernhardinerhund.

«Da drüben schläft er», machte Bluntschli und deutete mit dem Daumen auf die Türe zum Wartezimmer. «Gehen Sie nur hinein.»

Es ging auf Mitternacht, als Hausheer, Robert Klostermann vor sich herschiebend, wieder in den Ordinationsraum trat. Bluntschlis Aschenbecher war randvoll mit Zigarettenstummeln angefüllt. Der Arzt saß mit übernächtig scharfen Gesichtszügen noch immer am Pult, ein Buch vor sich.

«Herr Klostermann», erläuterte der Pfarrer, «schläft heute Abend im Gesellenhaus am Wolfbach. Morgen können wir dann weiter sehen. Er kann vielleicht Gartenarbeiten im Kinderheim Frohberg besorgen. Das sagt ihm zu», und dann, nach einer kurzen Pause: «Für einen Gottlosen war das eine ganz schöne Leistung von Ihnen, Herr Dr. Bluntschli.»

Verschlafen, mit verquollenen Augen, den braunen Hut auf dem Kopf, stand der junge Mann dabei, und ohne ein Wort ging er durch die Türe hinaus, von Hausheer gefolgt. Bluntschli lief ihm nach. «Da, geben Sie ihm diese Tabletten, zuerst eine, maximal zwei, falls er unruhig werden sollte. Und telephonieren Sie mir, wie die Nacht war. Man darf ihn während der nächsten Tage nicht aus den Augen lassen. Was haben Sie sonst noch vor, außer dem Kinderheim, meine ich?»

«Beten», antwortete Hausheer und nickte zum Abschied.

VI. Kapitel

Zwei der großen Spiegelscheiben des Passage-Cafés an der Bahnhofstraße gingen auf den Durchgang hinaus, der in den Gebäudekomplex des St.-Anna-Hofes hineinführte. Es drang von dort her kein Licht in das Lokal, deshalb waren die schweren Vorhänge auch immer gezogen, und zu jeder Tageszeit brannten unter den Kaskaden von Rhomboedern aus geschliffenem Glas die Glühbirnen. Von halb ein Uhr des Mittags an fand sich dort täglich in jener durch die Kleiderständer und die Wand gebildeten Ecknische, von den Stammgästen die «Höhle» genannt, eine Gesellschaft von Kartenspielern zusammen, drei oder vier Herren verschiedenen Alters und Berufs, umlagert von einer Masse von Kiebitzen, die ihren Kaffee auf den Nebentischen stehen hatten, und die stumm oder mit Kommentaren das Spiel verfolgten.

Der junge August Merkli, immer flott und modisch gekleidet, die schwarzen Haare vermittelst eines Fixativs in lückenloser Glätte an den Schädel geklebt, eine silberne Zigarettenspitze zwischen den Zähnen, verteilte mit flinken, Übung verratenden Fingern, die Kartenblätter, wobei er zwischen hinein mit einer kurzen Bewegung die Musketiermanschetten seines seidenen Hemdes, die von goldenen Knöpfen zusammengehalten wurden, zurückschob. Seine gewöhnlichen Partner waren Ruben Gidionovics, der Inhaber der Warenhalle an der Sihlbrücke, Maxi Kipferl, ein Schauspieler an der Operettenbühne des Corso-Theaters, und manchmal gesellte sich noch zu ihnen Jonny Morf, der mit Occasionsautomobilen handelte. Auf der Polsterbank, neben Kipferl saß immer der alte Herr Bloch, früher in der Getreidebranche tätig, jetzt aber ein von der Umwelt nicht mehr berührter Greis, der mit kleinen, behutsamen Schrittchen täglich ins Passage schlurfte, von der Kellnerin seine Tasse heißer Milch vorgesetzt bekam, eine schwarze Brasilzigarre entzündete, aber einschlief, bevor deren Kopf zu Asche verbrannt war. Ein wenig abseits, den Stuhl andeutungsweise zwischen jene zwei Spieler geschoben, über deren Lehne er beide Arme legte, saß Léon Loeb, Faktotum und Buchhalter im Schönheitssalon der Madame Bariffi und immer noch gelegentlicher Kunsthändler. Unter dem krausen, leicht angegrauten Haar eignete seiner Gesichtshaut noch immer jene exotische Bräune, die ihm, zusammen mit seinem buschigen Schnurrbart, den Ruf eines schönen Mannes verliehen hatte; aber die Farbe zog sich doch bereits gegen jene gelbliche, fast olivgrüne Tönung hin, die eine Erkrankung der Leber vermuten läßt. Er bekam denn auch immer ein Glas lauwarmen Wassers, mit dem er zwei dunkle Pillen hinabspülte.

Das Spiel war nicht der landläufige Jaß, sondern das sogenannte Romé, das mit dem Ende des Krieges von Wien her in das Land eingedrungen war. Die Partner bekamen je zehn Karten aus zwei Bünden, und es ging darum, solange die Blätter abzuwerfen und durch neue von einem Stock zu ersetzen, bis eine komplette Dreier- oder Viererserie das Ablegen der Handkarten erlaubte. Wer zuerst ablegte, hatte gewonnen und durfte sich die Kasse, bestehend aus der Einlage eines Frankens durch jeden Spieler, aneignen. Es wurde nicht viel gesprochen, und die Spannung bei den Kiebitzen war ebenso groß wie bei den Spielern. Die täglichen Gewinne und Verluste der Partner bewegten sich in der Höhe von zehn bis zwanzig Franken.

Mit Jonny Morf spielten die andern nicht gerade gerne, denn nicht selten stellte es sich heraus, daß er bei der Abrechnung nicht über genügend Geld verfügte, die Spielschuld zu begleichen, und dann löste er die Armbanduhr vom Gelenk und überließ die dem Gewinner als ein zweifelhaftes Pfand, denn in Tat und Wahrheit handelte es sich um ein altes, abgebrauchtes Stück aus Nickel. Meistens verschwand er dann auch für einige Tage aus der Höhle, bis die Provision aus einer Vermittlung ihm wieder die Begleichung seines Verlustes und die neuerliche Teilnahme an der Partie erlaubte.

An dem Abend, von dem hier die Rede ist, regnete es in Strömen, die Stürme der herbstlichen Äquinoktie hatten die Linden an der Bahnhofstraße entlaubt, und im schwarzen Asphalt spiegelten sich schon früh die Lichter der Laternen. Keiner der Spieler war aufgebrochen, das Behagen hatte sich leichtsinnig und pflichtvergessen unter den Männern ausgebreitet; die Glatze des kleinen Herrn Gidionovics glänzte durch den Rauch hindurch unter dem Lüster, der Schauspieler Kipferl war im Gewinn, es lag bereits eine Zwanzigernote vor ihm auf dem Tisch, und er übersprudelte nur so von Zitaten aus der Operettenliteratur. Er nahm eine Karte auf, es war ein As, und er konnte sein ganzes Blatt von neuem mit einem lauten «Stop» niederlegen. «Schwein muß der Mensch haben», sagte er, wie die andern sich ihre Punkte aufkreideten, und dann sang er noch:

… Mein idealer Lebenszweck
ist Borstenvieh, ist Schweinespeck …

August Merkli war nicht besonders guter Laune. Der französische Franken zeigte eine unerwünschte Stabilität. Er hatte gestern noch bei der Bank Neuwiller eine Kiste, das wollte bedeuten, eine Million à découvert verkauft, in der Erwartung, sich vor dem Abrechnungstermin billiger eindecken und die Differenz als Gewinn buchen zu können. Nun lag ihm diese Million ein wenig auf dem Gemüt. Viel konnte ja nicht passieren, ein Verlust von einigen Tausendern, wenn Neuwiller den Kontrakt realisierte. Aber sein Wertschriftendepot, das der Bankier als Sicherheit und Grundlage solcher Aufträge forderte, war infolge einiger ähnlich verlaufener Transaktionen bereits bedenklich zusammengeschmolzen. Jonny Morf hingegen sah einige Wochen des Nichtstuns voraus, denn vor wenigen Tagen war es ihm gelungen, einen durchfrisierten Talbot, Sportkarosserie, gegen bar zu verkaufen. Eigentlich hätte er den Ertrag dieses Geschäftes, abzüglich seiner Provision, dem Garagisten Döbeli abliefern müssen; allein, da er den Verkauf noch nicht gemeldet und angeblich den Wagen noch immer in Kommission hatte, eilte es damit nicht, und die acht Tausendernoten in seiner Brieftasche taten ihm so wohl und erhöhten sein Selbstgefühl nicht anders, als ob er ihr Eigentümer, nicht bloß ihr vorübergehender Besitzer sei.

Bereits war jene Stunde zwischen vier und fünf Uhr vorüber, in der sich auch Frauen und selbst Kinder in der Gaststätte einfanden, und Anwohner der Vororte, die während dieser Tagesstunden das Lokal mit einer familiären und mittelständischen Atmosphäre erfüllt hatten, und schon begannen sich die Tischchen und Nischen mit vereinzelten Paaren zu füllen, denen die Kellnerinnen die Speisekarte vorlegten. Aber all diese Ebben und Fluten draußen in der Weite des Cafés gingen unberührt an der Spielergesellschaft in der Höhle vorüber, höchstens daß nach Geschäftsschluß noch der eine oder andere Stammgast, der sich nach zwei Uhr an seine Arbeitsstätte zu begeben hatte, wieder zum dichten Knäuel der Kiebitze gesellte und an der Sitzordnung und den vollen Aschenbechern feststellen konnte, daß heute das Spiel keinen Unterbruch erlitten hatte. Auch der alte Herr Bloch saß noch immer auf der Polsterbank neben dem Schauspieler und schlief, das Kinn gegen die von Asche bestäubte Weste gestützt. Einem geheimen Gesetze folgend, waren die Spieleinsätze im Laufe des Regennachmittags gestiegen. Das sogenannte «Klopfen» oder «Stoppen», das Niederlegen der Karten, kostete nun den Besiegten einen Fünfliber, die angesammelten Münzen unter der Schiefertafel, die Kasse, erreichte schon eine zweistellige Zahl, nahe der Hundert, und die Einkäufe der Partner, die aus dem Spiel geschieden waren, erhöhten sich entsprechend. Das übliche Spötteln und die humoristischen Aussprüche waren verstummt, die gereizten und mit stechenden Augen auf ihre Blätter blickenden Spieler ertrugen es nicht mehr, und auch die Kiebitze verhielten sich mucksstill, weil die leiseste Bemerkung als Spielverrat angesehen und zum Ausbruch von Streit hätte führen können. Kipferl war weiter im Gewinn, und bereits hatte er sich eine Platte mit kaltem Roastbeef bestellt, deren Scheiben er an der Zinke seiner Gabel aufspießend ohne Brot in seinem ausdrucksvollen Munde verschwinden ließ. Als er kein Kleingeld mehr besaß, ließ Jonny Morf durch die Kellnerin an der Kasse eine seiner acht Tausendernoten wechseln, und kurz darauf ahmte ihn Merkli, allerdings nur mit einem Hunderter, nach. Ruben Gidionovics konnte sich auf einer mittleren Linie halten, seine Gewinne und Verluste hielten sich die Waage.

Gegen acht Uhr wurde August Merkli vom Chasseur ans Telephon gerufen; er schaute sich, die Karten in der Hand, um, sah Léon Loeb hinter sich und drückte ihm die Blätter in die Finger. Er möge doch bitte, bis er wiederkomme, für ihn weiterspielen. Es war dies ein üblicher Brauch, um die Partie nicht stocken zu lassen. Für den alternden schönen Mann, den das Leben, wenn auch nicht schonungslos, doch eher nachlässig behandelt hatte, war dies ein erfreulicher Augenblick: er konnte Spieler ohne Einsatz sein. Denn die Usanz in solchen Fällen der Aushilfe wollte es, daß der Einspringende Verluste vom zurückgelassenen Gelde des Abgerufenen begleichen, von erzielten Gewinnen jedoch seinen Teil sich nehmen durfte. Und kaum hatte Léon sein Spiel betrachtet, die einzige nicht in eine Serie passende Karte abgelegt und dafür eine neue vom Haufen genommen, so konnte er ‹stop› rufen, und das kaum begonnene Spiel war schon zu Ende, der große Einsatz flog ihm zu, und Gidionovics löschte mit dem Schwämmchen die Kreiderechnung auf der Tafel.

Unbeachtet aus der Telephonkabine zurückgekehrt – Neuwiller konnte ihm eine gewisse Schwäche des französischen Frankens melden, und der junge Schieber hatte dem Bankmann den Auftrag gegeben, al pari seines Kontraktes sofort zu kaufen, er wolle die Kiste liquidieren – blieb Merkli hinter dem Rücken Léons stehen. Zwei zerknäuelte Hunderternoten lagen vor dem Ersatzmann; er befand sich offenbar mitten in einer Glückssträhne. Gerade als sich Merkli bemerkbar machen und Léon bedeuten wollte, er solle nur noch weiter spielen, sah er eine behandschuhte Damenhand, die an ihm vorbei mit energischer Bewegung gegen die Schulter des Spielers stieß. Der wandte sich um, und auch Merkli: groß, das aschgraue Haar in vollendeten Wellen unter dem Toquehütchen vorquellend, das hoheitsvolle und unbewegte Gesicht zart gepudert, eine leichte Tönung von Rot auf der Höhe der Wangen und auf den Lippen, eine goldene Kette über der plissierten Seidenbluse, stand da Madame Bariffi. Er komme sogleich, sagte Léon schuldbewußt. Wortlos und unbeteiligt in das Lokal blickend, blieb die Frau stehen. Während Léon sich anschickte, dem lächelnden Merkli seine Karten wieder zu übergeben, öffnete ihm gegenüber, auf der andern Seite des Tisches, der alte Herr Bloch seine Augen und hob den Kopf. Er blickte Léon ins Gesicht, und es mußte ihm in dieser Minute der Verfall zweier Jahrzehnte völlig verlorengegangen sein, denn nicht anders als damals, weit unten in der Zeit, im Wiener Café, deutete der Greis seinem ehemaligen Angestellten gegenüber eine ironisch großartige Grußbewegung an und sagte heiser: «Bien des choses à votre bonne amie Madeleine.»

Verwirrt und überflutet von einer namenlosen Trauer stand Léon auf und folgte der vor ihm herschreitenden Gestalt Madame Bariffis. Sie traten aus der Drehtüre und blieben in der Passage stehen. Draußen im Regen zogen, unter ihren schräg gehaltenen Schirmen, auf dem spiegelnden Asphalt, die schwarzen Gestalten der Fußgänger, im Sturm vornüber gebeugt, am Ende des Tunnels vorbei.

«Das noch einmal und es ist fertig», sagte Madame Bariffi und öffnete ihren Schirm.

«Einem Mann von fünfzig Jahren wird es wohl noch erlaubt sein, eine Tasse Kaffee zu trinken», antwortete Léon kläglich. Er sah sich selbst, süperb, mit gekreuzter Weste, in Begleitung Madeleines über die besonnte Bahnhofbrücke gehen. Leise drehte sie in der behandschuhten Rechten den perlmutterbelegten Stiel ihres Schirmchens, und die Federn ihrer Boa flatterten dabei an ihrem Hälschen empor. Aaron, sein Neffe, kam ihnen entgegen, ein verschlossener, sommersprossiger Knabe ... Was hatte er mit seiner Lebenszeit getan? Nichts anderes, so schien es ihm, als Jahre hindurch auf diese Minute unaussprechlichen Jammers gewartet. Er blickte mit seinen schwarzen Augen so stumpf und bankerott vor sich hin, daß es selbst dieser Frau auffiel. Sie machte eine Bewegung, als wollte sie ihn wachrütteln; aber dann schob sie nur ihre Hand unter seinen Arm, und so traten sie, wie ein älteres Ehepaar, das schon allerlei hinter sich hat, unter dem nach Münchner Art mit stilisierten Rosen verzierten Sandsteinbogen der Passage in den plätschernden Regen hinaus.

VII. Kapitel

Als Adrian Laubscher in seinen Russenstiefeln und mit dem bis zum Halse zugeknöpften schwarzen Wachstuchmantel aus der Wirtschaft zum Hadlaub in den Regen hinaustrat, mußte er nach wenigen Schritten den schützenden Dachvorsprung der Häuserzeile verlassen, denn aus der Traufe des Nebengebäudes ergoß sich ein wilder Sturzbach auf das Pflaster herab. Es war aber nicht nur der Kännel verstopft, sondern es hing, wie der junge Architekt feststellen konnte, die Röhrenleitung abgebrochen ins Leere hinaus, und es hatte den Anschein, als sei auch das Dach selbst defekt. Nachdem er sich eine Weile die Bescherung angesehen hatte, öffnete er die Ladentüre des Kräutergeschäftes Reutishauser und fragte, ohne einzutreten, die Frau hinter dem Ladentisch, wer der Besitzer des Hauses sei. Ihnen selbst gehöre die Liegenschaft, antwortete Frau Reutishauser, warum? Sie solle nur einmal kommen und sehen, da sei etwas kaputt, und sicher laufe das Wasser schon in den Estrich hinein. «Jesses», sagte die Frau, nahm die Brille ab, rannte in den Laden zurück und rief: «Mathias, komm schnell.» Der Drogist in seinem grauen Arbeitsmantel kam, eine Blechkanne in der Hand, aus einer Hintertüre hervor und fragte: «Was ist?» Dann standen die drei unter der Türe und betrachteten den Wasserfall.

«Der Wind», erläuterte Laubscher, «sehen Sie nur, das Blech des Zinnendachs ist ganz aufgebogen und dort sind ein paar Ziegel herabgerutscht.»

«Sind Sie Fachmann?» fragte der Drogist.

«Mehr oder weniger.»

Sie stiegen dann selbander eilig das dunkle Treppenhaus empor, und oben hastete Reutishauser in seinem Arbeitsmantel sogleich an den Lattenschlägen vorbei der kleinen Dachleiter zu und hob den Zinnendeckel.

Es war das erstemal, daß Laubscher die Stadt auf solche Weise erblickte. Die Albiskette war von Nebelfetzen teilweise verhüllt, schwarz standen die Gerippe der Bäume auf dem glänzenden Asphalt, der vom Winde gepeitschte Regen hinterließ dunkle Striemen an den Fassaden der Häuser, schmutziger Schaum trieb auf der Limmat dahin, an den Mauern der Bauschänzli-Insel stob die Gischt bis an die Brüstung empor, die Bänke auf der Hungerinsel standen in großen Pfützen, und es war lustig anzusehen, wie die Regenschirme, Amöben gleich, sich kreuzten, einander auswichen und sich den Häusern entlang fortbewegten, während die leeren Fahrbahnen nur von den blauen Schiffchen der Tramwagen benützt wurden. Die ganze blecherne Zinnenwelt schimmerte fremdartig unter dem weißen Himmel.

Dort drüben müsse es sein, sagte der Drogist besorgt, und zeigte mit der einen Hand gegen die Dachluke an der Wetterseite, während er mit der andern den schweren Deckel über ihren Köpfen emporhielt. In der Windenkammer erwies es sich dann, daß der Schaden bedeutend war. Hinter dem Schindelzug floß Wasser und sammelte sich auf dem hölzernen Estrichboden. Laubscher riß ohne weiteres aufgestapelte Kisten und Koffern beiseite, und das völlig durchnäßte Mauerwerk wurde sichtbar. «Haben Sie eine Gelte oder einen Kübel?» fragte er, «wenn wir das Wasser aus diesem Leck wenigstens auffangen, so können wir das Schlimmste verhüten. Und viel Lumpen und einen Schrubber!» rief er dem hastig davoneilenden Drogisten nach.

Der Regen trommelte auf dem Dach, und im Gebälk pfiff der Wind. Der junge Mann hob eine Dachluke und blickte noch einmal auf den kleinen gepflasterten Platz mit seinem achteckigen Brunnenbecken hinab und über die Dächer der Quartiere jenseits des Flusses hinweg, die sich in den Nebelfetzen an den Hängen des Uetliberges verloren. Es dünkte ihn ein unvergleichlicher Ausblick. Die Spitzen der Kirchtürme, die aus dem Häusergewürfel emporragten, schienen den Himmel zu ritzen, so tief jagten die Wolken dahin. Über dem Bahnhof und aus den Ebenen des Industriequartiers gesellten sich zu ihnen Dampfschleier und Rauchfahnen, alles brauste mit Pfeifen und Singen quer über das Tal. Es ist ein Jammer, dachte der Architekt und schaute um sich, in die verstaubte Verlassenheit der Winde. Welch ein Wohnen müßte dies sein, hier in dieser Höhe, mit breiten Spiegelscheiben auf die Limmat und die Stadt hinaus!

Es sei doch eigentlich schade, bemerkte Laubscher zu dem Drogisten, während sie einträchtig mit den Lumpen die Wasserlachen aufsogen und auswrangen, daß diese Dachstöcke nicht ausgebaut und für Wohnzwecke hergerichtet würden. Erstens stehe dem die Bauordnung entgegen, bemerkte Reutishauser, und dann, was das kosten würde. Da das Haus sowieso die Firsthöhe der Nachbargebäude nicht erreiche, wäre eine Aufstockung bei der Behörde sicherlich durchzudrücken, entgegnete der junge Architekt, und rentieren würde es sich angesichts der Nachfrage. Mindestens zwei kleine Wohnungen brächte man hier oben unter, und könne es ein schöneres Hausen geben, als mitten im Herzen der Stadt und in dieser Stille? Er malte dann, aus dem Stegreif, mit einem Meßband im Estrich herumstreifend, dem Drogisten das Bild seiner Vorstellung mit so überzeugenden Worten und Gesten in den Raum, daß dieser, als sie sich unten in der Wohnung mit einem Hagebuttentee eigener Marke von der Anstrengung stärkten, ihn aufforderte, er solle doch einmal eine Berechnung aufstellen, unverbindlich natürlich.

So kam es, daß Laubscher sich während einer Woche im Dachstock des alten Hauses herumtrieb, Maße nahm, den Kopf aus allen Luken herausstreckte und auch etwa sich im Windschutz der Kamine auf den blechernen Zinnenboden setzte und sich von der zagen Sonne des Martinisömmerchens bescheinen ließ. Zwar war er von den kühnen Visionen einer Häuserfront von Halmen aus Beton und breiten Spiegelscheiben dem Flußufer entlang noch weit entfernt, aber immerhin bot sich hier vielleicht die Gelegenheit, auf einer Straßenflucht von nahezu zwanzig Metern ein Musterbeispiel moderner Raumgestaltung zu erstellen. Sorge bereitete ihm natürlich die Verbindung des ausgebauten Dachstocks mit dem unteren Teile des alten Hauses, sollte sein Aufbau nicht wie künstlich aufgeklebt wirken. Es kam von selbst, daß er die untere Wohnung allmählich in seine Pläne einbezog, womit sich aber dasselbe Problem, nur ein Stockwerk tiefer, von neuem stellte. Aber als er an einem Abend in der Wohnstube den Eheleuten Reutishauser sein Projekt erläuterte, ergab es sich von selbst, daß er den Umbau des ganzen Hauses vorschlug, den Laden inbegriffen.

Das komme gar nicht in Frage, erklärte der Drogist sogleich, das wäre noch schöner, wenn die Reparatur eines undicht gewordenen Daches zu einer in die Hunderttausende gehenden Um- oder besser gesagt Neubaute führen sollte. Die strickende Ehefrau auf der anderen Seite des Tisches lächelte ob des Ansinnens, ohne von ihrer Arbeit aufzusehen, nur nachsichtig vor sich hin. Es kam auch Laubscher der eigene Vorschlag in dieser kleinbürgerlichen Wohnung über dem

Hechtplatz so abenteuerlich vor, daß er ihn nur als eine der Möglichkeiten hinstellte, aber dann ganz vernünftig das architektonische Problem auseinandersetzte, eben, daß ein bloßer Aufbau unorganisch wirken würde und ihm schon aus ästhetischen Gründen die Bewilligung durch die Baubehörde versagt bliebe. Eine Renovation der Fassade wenigstens, eine Vereinfachung, und neuer Verputz des Mauerwerkes dränge sich auf, damit der Unterschied zwischen alt und neu verschwinde und das oberste Stockwerk unauffällig sich dem Gebäude einfüge. Aber auch das schien den Reutishausers so bedenklich, daß sie auf die neuen Wohnungen an Stelle des Estrichs verzichten und es bei der Dachreparatur bewenden lassen wollten.

Der junge Berner sah seine Felle schon bachab schwimmen, als Dinge eintraten, die dem Ganzen ein völlig neues Gesicht verliehen.

Es hatte Laubscher, als er mit seinen Plänen auf dem abgeräumten Wohnungstisch unter dem Lampenschirm aus rosarotem Tüll herumhantierte, schon mehrere Male geschienen, es werde diese Wohnung nicht von diesen zwei älteren Leuten allein bewohnt. Den Ursprung eines herben, nicht unangenehmen Geruchs, der durch das Zimmer wehte, schrieb er dem Kräutermagazin im Erdgeschoß zu; aber dann waren da noch ein paar verstreute Gegenstände, die zu der kleinbürgerlichen Atmosphäre der niederen Stube nicht recht passen wollten: ein Tuch von der ziegelroten Farbe, wie sie der Maler Paul Basilius Barth auf seinen Bildern bevorzugte, hing am Türhaken; auf der Kommode lag ein Buch, auf dessen Schutzumschlag das Tanzpaar Clothilde van Derp und Harald Kreutzberg in einer Photographie dargestellt war, und auf dem Bodenteppich, neben einem Nähtischchen, stand eine bauchige, fast meterhohe Vase, fast schon eine Urne zu nennen, aus gebranntem Ton. Außerdem war im Gespräch der Eheleute ein paarmal ein Name gefallen, der sich ebenfalls fremdartig anhörte: Corinna. Irgendein Wesen, von dem er noch nichts wußte, mußte da noch vorhanden sein.

Gegen zehn Uhr, als er seine Pläne zusammenrollte und sich anschickte, aufzubrechen, trat ein Mädchen ins Zimmer, das er von einigen Vorführungen der Trudi-Schoop-Schule her sogleich wieder erkannte. Irgendwie glichen sich diese Tanzelevinnen ja alle ein wenig: das blonde, glatt gescheitelte Haar endete am Nacken und über der Stirne zeigte es jenen Zuschnitt, den man Simpelfransen nannte. Ihre Schneiderkleider waren aus rohem Wollstoff, von hellbeiger Farbe, leicht männlichen Zuschnitts, und alle trugen sie zitronengelbe oder zinnoberrote Halstücher aus Rohseide. Ihre Sprache war laut, unbekümmert, und sie sahen recht frisch und gepflegt aus, als sei das Wasser das ihnen gemäße Element. Ihre Füße standen in naturledernen Halbschuhen mit niederen Absätzen. Sie galten als die Boten der modernen Zeit. Eine Verwandte, eine Nichte vielleicht, die bei ihnen wohnt, der Sprache nach aus dem Thurgau stammend, wie die Reutishauser, dachte Laubscher, als das Fräulein die braune Baskenmütze vom Kopfe nahm und «Grüß Gott miteinander» sagte.

«Sie wollen schon gehen?» wandte sie sich ohne weiteres an den jungen Architekten, «ich habe extra so pressiert, um Ihre Pläne zu sehen. Reicht es noch zu einem Atelier oder zu einem Tanzstudio?»

Es war leicht zu sehen, wie die Eltern Reutishauser, auf der Hut und doch wieder fasziniert, im Banne dieser Tochter standen, die sich wie ein fremder Kuckuck in der braven Stube ausnahm. Nach Kriegsende hatten sie, von Frauenfeld zugezogen, die Drogerie und den Kräuterhandel – in Wahrheit ein darniederliegendes und nicht rentierendes Geschäft – mit Lager und Mobiliar erworben. Es war dafür nicht gerade viel Geld nötig, insbesondere da zum Laden die darüber liegende Wohnung gehörte. Aber es war an den Kauf die Bedingung geknüpft gewesen, daß sie zugleich eine auf dem Hause lastende, hintere Hypothek zu übernehmen hatten. Die Liegenschaft kam aber kurze Zeit nachher schon auf die Gant, und Reutishauser mußte sie ziehen, um sein Geld zu retten. Da sie nicht unvermögend waren, es ihnen an Fleiß und Geduld nicht fehlte und sie sparsam lebten, überstanden die Reutishauser die Zeit der Defizite, und bald stellten sich die Lieferanten wieder ein, die den konkursiten Vorgänger gemieden hatten. Der Laden begann recht ordentlich zu gehen. Aber erst mit der heranwachsenden Tochter Corinna hielt die Stadt ihren Einzug in die zugewanderte Familie.

Laubscher begriff es sogleich: in diesem Mädchen knisterte die selbe Neugierde, die selbe Lust an diesem städtischen Leben, die ihn, den jungen Berner, erfüllte, wenn er dem Limmatquai entlang schlenderte. Die Art, wie sie ihn anblickte, stellte denn auch alsbald eine Art Spießgesellenschaft zwischen ihnen her. Beide Kinder der Landschaft, bäuerlichen Ursprungs, und aus Verhältnissen der Bodenbebauung stammend, war ihnen diese Ansammlung steinerner Häuser und bituminöser Straßen, stählerner Schienen und Spiegelscheiben, dieses Emporstreben und Übereinandergetürmte der Wohnstätten, die fortwährende Begegnung mit unbekannten und unbenannten Menschengesichtern, diese künstlichen Fassungen der Natur in Anlagen und kleinen Parks, dieser leichte und unverbindliche Umgang mit den Leuten, dieser Bahnhof, der an die Pulsadern des Weltverkehrs gelegt war, die Leichtigkeit, wie Auge und Ohr mit Neuem und Abwechslungsreichem gespiesen werden konnten, in Tat und Wahrheit ein festliches, ferienhaftes Vorkommen. Beide waren sie immer in der Bereitschaft, prickelnd und lebensgierig. Es lief etwas. Sie, die von außen kamen, empfanden diese Stadt als eine ununterbrochene Ausstrahlung von Reizen und Impulsen.

Statt aufzubrechen, mußte der Architekt seinen Plan von neuem aufrollen; die Anwesenheit des jungen Mädchens, das sich Schulter an Schulter mit ihm über den Tisch beugte, befeuerte seine Beredsamkeit, und noch einmal gab er der Familie Reutishauser seine Vision zum besten. Es dürfe, erläuterte er, das Anwachsen der Außenquartiere darüber nicht hinwegtäuschen, daß der erste Stadtkreis, die Gegend am Ausfluß der Limmat, Mittelpunkt und Herzkammer aller Ereignisse bleiben werde. Was die Leute vertreibe und sie sozusagen zur Auswanderung zwinge, das seien die überalterten Einrichtungen dieser Wohnstätten. Wer aber den Mut aufbringe, sich weitsichtig und großzügig modernen Anforderungen anzupassen, mit hellen Ladenlokalen, Büroräumlichkeiten und kleinen, komfortablen Wohnungen, der werde es nicht zu bereuen haben. Die Denzlerhäuser an der Rämistraße und der Torgasse, der Komplex des Zürcherhofes am nahen Sonnenquai bewiesen dies schlagend. Ausweiten, ausbauen, aufstocken sollte man das Haus, nur die Grundmauern und die Fassaden belassen, und es würde sich hier bald ein Zentrum modernen Lebens entwickeln. Er denke allerdings nicht an ein Geschäftshaus im üblichen Sinne, sondern mehr an eine Stätte liberaler Berufe, einen Arzt oder Zahnarzt, einen modernen Reformladen an Stelle der Drogerie, an ein zukünftiges Tanzstudio für das Fräulein Tochter, ein helles Atelier für eine Architekturfirma oder so. All das brachte er, angefeuert durch den augenblinzelnden Beifall Corinnas, vor. Der Drogist seinerseits wiederholte die Einwände, die darauf hinausliefen, dazu bedürfe es größerer Kapitalien; solche Unternehmen seien jüngeren Leuten gemäß. Er und seine Frau begehrten solcher Umtriebe nicht mehr. Es genüge ihnen die Verwaltung der Liegenschaft, so wie sie jetzt sei, und der Betrieb des kleinen Ladens, den sie bewältigen könnten, ohne fremde Hilfe. Jetzt müsse vor allem das Dach repariert werden, und damit könne er, Laubscher, sich befassen, wenn seinen hochfliegenden Plänen dies nicht zu wenig sei.

Während Reutishauser dies sagte, spürte der junge Architekt wie unter dem Tische das junge Mädchen ihn anstieß, mit flinkem Fuß gegen seinen Russenstiefel, und sogleich erklärte er sich auch bereit, schon morgen mit den Handwerkern reden zu wollen, dem Dachdecker, dem Spengler und einem Zimmereigeschäft, einem Maurer auch, denn es bedürfe das Mauer und Balkenwerk einer gründlichen Instandstellung. Und einen detaillierten Kostenvoranschlag werde er Herrn Reutishauser, als seinem Auftraggeber, in wenigen Tagen vorlegen.

Als er sich dann, nahe der Mitternacht, zum zweitenmal und endgültig verabschiedete, fand das Mädchen im Korridor draußen noch Gelegenheit, ihm wie einem alten Vertrauten rasch und von den Eltern unbeachtet in ihrer hellen thurgauischen Mundart zuzuflüstern: «Das wegen den Kosten ist nicht wahr, sie haben über eine halbe Million auf der Seite.»

Laubscher stand mit seiner Planrolle noch eine Weile auf dem Plätzchen. Der Metzger Vogel stieg aus der Wirtschaft zum Hadlaub empor, und hinter ihm wurde die Glastüre verriegelt. Durch die geöffneten Fenster konnte man sehen, wie die Serviertochter in einer bläulichen Atmosphäre die Stühle auf die Tische stellte. Am Quai entwickelte sich der übliche Verkehr von laut redenden Männern, die von der Polizeistunde aufgescheucht worden waren. Der junge Berner blickte am Gebäude des Drogisten empor, die kalte Pfeife zwischen den Zähnen. So hatten also seine architektonische Begeisterung und seine Auflehnung wider das Herkömmliche einen Sinn! Aha, so geht das zu, dachte er. Es war ihm, als habe das Schicksal «Klick» gemacht.

VIII. Kapitel

Während es nach acht Uhr, als die Beamten, Angestellten und die Bureaufräulein den Platz hinter ihren Schaltern, Pulten und Maschinen wieder eingenommen hatten, auf dem weiten Bellevueplatz stiller wurde, sammelten sich im diesigen Morgen auf dem Floß des Bootsvermieters Hafner unterhalb der Hungerinsel ein paar Männer, in grüne Loden gekleidet, die Schrotflinte angehängt, zerknüllte und verwitterte Hüte auf dem Kopf, in deren Band die Bürzelfeder eines Erpels steckte. Im Wasser des Flusses schaukelte, noch vertaut, mit leise brummendem Motor, ein großes Boot mit einer verglasten Kabine im Mittelteil, und einer nach dem andern bezogen die Jäger darin ihre Plätze: der Wirt Eppensberger, der Metzger Vogel aus der Köngengasse, der alte Rechtsanwalt Haupt, der andere Metzger, Gugolz, der Sensal Jakob Reiß und Dr. Zumbacher, der Orthopäd und Rheumaspezialist. Die meisten von ihnen gehörten dem Faustfeuerwaffenverein an, dessen Stammlokal sich im Restaurant Fédéral an der Schützengasse befand, das von der Familie Eppensberger geführt wurde.

Der Nebel hing tief über dem Wasser, als das laut pulsierende Boot unter dem Bogen der Quaibrücke hervor in das Seebecken hinein schoß. Ihre Feldstecher an die Augen gedrückt, spähten die Männer, auf den Randbänken kauernd, auf die graue Fläche hinaus. Der Bootsbesitzer Hafner steuerte nach Westen und zog dann in Steinwurfweite vom Ufer entfernt eine rauschende Schleife dem Alpenquai, dem Arboretum und dem Engemer Hafendamm entlang bis gegen die Schiffswerften von Wollishofen. Dr. Zumbacher war der erste, der den Schwarm der Enten inmitten der Bläßhühner entdeckte. Die Narbe seines Schmisses, der sich quer über die linke Wange hinzog, lief rot an, als er mit gedämpfter Stimme die Jagdgenossen auf die Tiere aufmerksam machte. Hafner richtete die Spitze des Bootes sogleich in jene Richtung, und als das Schiff mit voller Kraft dem Schwarm entgegenrauschte, geschah, was damit beabsichtigt war: schnatternd und flatternd erhoben sich die Vögel vom Wasser und flohen seeaufwärts, und die Bewegung pflanzte sich fort zu anderen Schwärmen, die still und unsichtbar in der Nähe gelegen hatten. Nach einiger Zeit ließen sich die Enten wieder auf das

Wasser, doch das Boot gewährte ihnen keine Ruhe; in wilden Bogen hin- und herschießend, scheuchte es die Schwärme der Enten vor sich her, immer südwärts, von der Stadt weg, denn es galt, sie aus dem Schutzgebiet des unteren Seebeckens heraus in das Gebiet zu treiben, wo der Abschuß erlaubt war.

Hatten sich die Männer, die mitten in der Woche im Herzen der Stadt vom Werktag sich wegstahlen, eher schweigsam und verschlossen wie Verschwörer verhalten, so löste nun der frische Luftzug auf dem stiebenden Boote, der Anblick der Beute und die wachsende Entfernung vom Ufer den Bann einer uneingestandenen Geniertheit. Verwegen lugten sie nun unter den verwaschenen Krempen ihrer Hüte hervor, entriegelten ihre Flinten, schoben die Kartuschen in die spiegelblanken Läufe, und bald bellten die Schüsse über das Wasser. Von Beute zu Beute kreuzte das Schiff, und es ging nicht lange, so türmten sich die Erpel in ihrem grünschimmernden Hochzeitskleid und die unscheinbaren Weibchen in der Mitte des Bootes zu einem Haufen. Es roch nach Benzin, Öl, Blut und Pulverdampf; die Kognakflasche wurde hervorgezogen und machte die Runde. Ein herrliches Waidmannsleben hub an. Immer weiter nach Süden im breiter werdenden See dampften sie davon, zwischen den nebelverhängten Ufern dahin. Es lichtete nicht, im Gegenteil senkten sich die weißen Wolken immer tiefer über das Wasser, und ein leichter Regen setzte ein. Der Wirt Eppensberger hatte in der Kabine ein Tischchen gedeckt mit Würsten und Brot, Flaschen entkorkt und Stumpenpäckchen bereitgelegt, und von Zeit zu Zeit trat einer der Jäger unter die Türe, genehmigte einen Happen und einen Schluck aus silbernem Schützenbecher, und dann ging er wieder nach vorn an die Spitze und spähte kühn und voller Jagdfieber nach neuer Beute aus.

Es wurde nachher nie ganz aufgeklärt, wie es gekommen war. Sie hatten am frühen Nachmittag, zwischen Horgen und Wädenswil, beim Gasthof Freihof gelandet, einen warmen Imbiß zu nehmen, und es wurde noch reichlich getrunken. Es stürmte, regnete und begann bereits zu dämmern, als die Gesellschaft mit lauten Reden und allerlei Späßen unter den kahlen Platanen des Wirtshausgartens über den nassen Kies dem kleinen Landungssteg zuschritt, an dem das Boot wartete. Mit Holla und Hoppla sprangen die schweren Mannen über den schaukelnden Bordrand auf die Planken hinab, und schon hatte der ungeduldig zum Aufbruch mahnende Hafner die Taue gelöst, als Dr. Zumbacher bemerkte, es fehle ja noch der Jakob Reiß. Sofort hob ein lautes Rufen der Männer an, er solle kommen, man fahre sonst ab ohne ihn. Die Wirtsfrau, die unter der Türe dem Abschied der Jagdgesellschaft hatte beiwohnen wollen, eilte ins Haus, den Säumigen zu holen, allein sie kam unverrichteter Dinge zurück. Inzwischen hatten sie das Boot nochmals festgemacht und einige stiegen wieder aus. Sie begannen im Hause zu suchen, auf der Toilette, im Keller und später sogar in den Zimmern; vielleicht mochte es sein, daß er sich auf einem Bette niedergelegt hatte und eingeschlafen war. Sie fanden ihn nirgends. Darauf begannen sie zu überlegen, wann eigentlich sie den Sensal zum letzten Male gesehen hatten. Er hatte doch mit ihnen allen am Tische gesessen. Gewiß, alle hatten sich das eine- oder anderemal erhoben und waren verschwunden, wie man sagte, auch Reiß. Dann erinnerte man sich, daß einmal von Paprikaspeck die Rede gewesen war und etwas davon, daß Reiß solchen in seinem Rucksack verwahrt hatte. Es fand sich denn auch ein Küchenmädchen, das berichtete, wie der Herr mit dem Bart hinten hinaus durch die Küche in den Wirtshausgarten hinabgestiegen sei und durch den Regen unter den kahlen Platanen gegen den Landungssteg gegangen war. Sie begannen bei einbrechender Dunkelheit bereits mit Laternen unter die Bretter des Pontons zu leuchten, aber sie sahen nur Schlick und spitze Wellen, die gischtend an glitschrigen Holzpfählen emporleckten. Mit Stangen und Hakken suchten die Ernüchterten den Ufermauern des Gartens entlang und weiter hinab bis zur Färberei; aber es war alles vergeblich, die schwarze Nacht und der wütende Sturm machten ein weiteres für heute unmöglich. In Begleitung der beiden Metzger und Eppensbergers, des Wirtes, fuhr der Bootsvermieter Hafner mit dem Zug zur Stadt hinab, die Erpel und Enten in ihren Rucksäcken, und besprachen den Fall. Sie gedachten bei dieser Gelegenheit der anderen verstorbenen Kollegen aus dem Faustfeuerwaffenverein, des Dr. Ruggli und des Kolonialwarenagenten Louis Corelli. Dr. Zumbacher war oben geblieben, um mit der Polizei die weitere Suche zu leiten.

Sie fanden den Verunfallten in der Frühe des folgenden Tages, dicht an der Landungsbrücke, unter den überhängenden Ästen der Platanen. Ein Telegramm rief den jungen Aaron Reiß aus dem fernen Paris in die Vaterstadt zurück.

IX. Kapitel

Es gab für René Hirzel, den Journalisten, Zeiten, in denen er das, was er bei sich die magischen Aspekte dieser Stadt nannte, auf Schritt und Tritt erkennen konnte. Aber sie waren selten, und es stellte sich dieser Zustand des schauenden Auges nur unregelmäßig, ungerufen und unerwartet ein.

An diesem Morgen, in den ersten Tagen des Dezembers, stand er vor dem großen Schaufenster der Musikalienhandlung Hug am Sonnenquai und betrachtete die wundersam geformten Geigen, die da ausgelegt waren. Aber er sah sie nicht als Instrumente, nicht als Einrichtungen, um Töne zu erzeugen. Denn so begann es meistens: die Dinge erhoben sich zu zwecklosen Formen, zu Spielarten von Gestalten, die noch eine andere Bedeutung, noch eine andere Botschaft zu verkünden hatten, als jene ihres Gebrauches. Wundervoll gewelkte Blätter, mit Stielen, deren Enden sich zu Schneckenspiralen gebogen hatten, waren sie, diese Geigen, von unsichtbaren Riesenbäumen fallend, hinter den Spiegelscheiben dieses Hauses niedergesunken und bedeckten nun als ein dürres, lackglänzendes Laub den Boden des großen Terrariums. Hier würden sie liegen eine lange Zeit, bis die eine oder andere von ihnen ein sanfter Wind erfaßte und sie hinausstoben aus der Türe, auf krausen Wegen durch die Stadt, in andere Häuser hinein- und wieder hinauswirbelten, um sich auf seltsame Weise, wie es ihre Bestimmung war, irgendwo in weiten Sälen für Stunden mit ihresgleichen zu treffen. Und das Leben mancher von ihnen war um vieles länger als jenes der Menschen, die sie herumtrugen und sie zeitweilig zum Erzeugen von Klängen benützten.

Wenn solches Hirzel sich ereignete, dann entstand in ihm eine fremdartige Behutsamkeit, die nicht wollte, daß er dachte. Ohne Wille und Absicht lösten sich seine Augen wieder von den Gegenständen, trugen und trieben ihn seine Füße über die Straßen und an den Leuten vorbei. Es war ein kurzer, flüchtiger Zauber, den es zu verlängern und durch keinen Gedanken zu brechen galt. Mit geschlossenen Augen irgendwo stehend, konnte er dann die Stimmen der Stadt vernehmen, ein immerwährendes Rauschen und Lispeln, das Klingen eiserner Räder, das Saugen der Pneus auf dem Asphalt, die Synkopen der Schritte, ein Orchester von Geräuschen wie für andere als menschliche Ohren bestimmt. Oder ging er am Fuße der hohen Quadermauern entlang, in den Runsen auf dem rechtsseitigen Ufer der Limmat, die Weinbergstraße, den Seilergraben, die Rämistraße oder durch die Straßenschluchten in der Ebene zwischen dem Fluß und dem Uto, und seine Augen folgten den Firsten der lückenlosen Häuserzeilen, so war es ihm, als seien die eisernen Zinnengeländer und die Blitzableiter Instrumente eines Versuches angstvoller und sehnsüchtiger Wesen, die Weltenwinde aufzufangen, die über die Siedelung hinwegbrausten. An solchen Tagen konnte sich der Journalist seines Berufes freuen. Es gelang ihm dann, die Dinge auf eine besondere Art zu sehen.

Leise trat René Hirzel, von einem lächelnden Zunicken der Leiterin empfangen, in den grau gestrichenen Saal der Schoopschen Tänzerinnenschule an der Brotgasse im Seefeldquartier. Ein paar blau und rot gestrichene Holzmöbel standen herum, ein niedriger Tisch und ein paar Stühle, doch kauerte die junge Frau, bekleidet mit einer wollenen Jacke und bis zu den Knöcheln reichenden Hosen, auf dem Boden und schlug auf einem messingenen Gong den Rhythmus zu den Übungen des Dutzends Schülerinnen, die barfuß und in leichter Bekleidung im Halbkreis den Wänden entlang standen. Sie hoben die nackten Arme, reckten sich auf den Zehen, knickten im Kreuze zusammen, legten den Kopf in den Nacken mit geschlossenen Augen, wendeten, drehten und bückten sich, schnellten empor, im Schwunge gehemmt von einem unvollendeten Schritt, und jede Bewegung war begleitet vom Schlag des filzernen Hammers auf die zitternde Metallplatte. Man konnte es Tanz nicht nennen, fand Hirzel, und sogleich wachsam und aus der magischen Bereitschaft aufgeschreckt, zwang er sich, kein Denken zuzulassen und die Botschaft nur mit den Sinnen, ohne Erklärung und Kontrolle, zu empfangen, schauenden Auges und nur von den Rhythmen berührt.

Es saßen die Männer mit runden Köpfen und starken Nakken in den Bierkellern im Rauch der Stumpen, in Kleidern aus starken dunklen Stoffen, es werkten die Mütter in dampfenden Küchen und strichen mit den Handrücken feuchte Haarsträhnen aus der Stirne, es welkten ewiglich Disteln und knisternde Strohblumen in der blauen, wasserlosen Glasvase auf dem Vertikow in der guten Stube hinter den zugezogenen Gardinen. Unter gestärkten Hemdenbrüsten, unter steifen Kragen, Korsetten mit fischbeinernen Stäben, wollenen Unterkleidern muffte die Haut der Menschen über blassen Fettschichten; die Funktionen ihrer Notdurft und ihres Geschlechtes waren von Gefühlen der Scham und der Sünde begleitet; Neugierde, Verschlossenheit und die Abneigung vor dem Danke-Sagen beherrschte ihr Dasein, ihre Späße gründeten auf dem Spott und der Schadenfreude, ihre Umsicht galt der Sicherheit und der Ordnung ohne Überraschung; die zwecklose Schönheit und die Heiterkeit des Vertrauens waren ihnen fremd. Und dennoch wuchsen in ihren festgegründeten Häusern, zwischen ihren Mauern ohne Risse, in diesen Kuben wohltemperierter Luft, auf einmal, wie ein Wunder, diese elfen- diese ephebenhaften Wesen heran. Sie waren nicht fremd, sie trugen Namen wie alle, sie waren verhüllt, unscheinbar gewesen wie alle anderen, aber es hatte nur des zauberischen Gongschlages dieser jungen Frau bedurft, und wie aus gesprengten Hüllen sprangen die Knospen ans Licht. So also war es: allüberall auf den Menschen war Hülle aus wetterbeständiger Borke, stark, zweckdienlich und häßlich, die sich dem Auge darbot; aber unter ihr schlummerte und war immer vorhanden die Schönheit. Es genügte, einige Stoffgewebe von ihren Körpern zu nehmen, sie vom zwanghaften Mieder des Nützlichen zu befreien, sie in kleineren Gruppen im Rhythmus des Gongschlags zu sammeln, und schon glichen sie den Reigen auf griechischen Vasen. . .

Es war die Stimme der eigenen Tochter, des Helenlis, die Hirzel aus seiner Verspinnung aufschreckte. Während die übrigen Schülerinnen in der kleinen Pause sich in einen schwatzenden Mädchenschwarm zurückverwandelten, nicht anders als in der Alltagsschule, war die Tochter zu ihrem Vater hinübergegangen, der, auf dem Balken des Balanciergerätes sitzend, ihren Übungen zugeschaut hatte.

«Grüezi Vater!» In seinen blauen Turnhöschen machte das Mädchen einen komischen Knicks, der nicht ohne Anmut war. Über ein Jahr hatten sie sich nicht mehr gesehen. Der Mutter, der jetzigen Frau Kellerhals, Baumeisters, war es jeweils zuwider, wenn das Helenli berichtete, es habe den Vater getroffen, vor der Kunstgewerbeschule. Sie erriet, daß Hirzel gewartet hatte. Von diesen Begegnungen, deren Höhepunkt ein Café crème bildete, den sie zusammen im Bahnhofbüfett einnahmen, kam die Tochter immer mit einem Hauch aus jener väterlichen Welt behaftet zurück, die der Mutter ein Greuel war. Die frühere Serviertochter hatte sich zu einer jener Frauen entwickelt, die sie immer beneidet hatte, wenn sie sie im «Du Pont» bediente. Sie war fest geworden, wie man hierzulande sagte, bevorzugte dunkle, schwere Mäntel und ein Schleierchen über der oberen Hälfte des Gesichtes. In ihrer zweiten Ehe war sie noch einmal Mutter geworden, Erika hieß das Kind.

Ja, seit einigen Monaten nehme es an diesen Kursen teil, sagte das Helenli. Es habe sich so ergeben, weil ihr Stiefvater, Herr Kellerhals, hier in der Nähe seinen Werkplatz habe und mit dem Umbau der ehemaligen Malerwerkstätte in ein Tanzstudio betraut worden sei. Die Mutter hätte natürlich zuerst geglaubt, es handle sich um einen der üblichen Tanzkurse mit Walzer, Schottisch und so, und nachher habe sie ein wenig aufbegehrt, er, der Vater, wisse ja schon wie. Aber es sei einfach wunderbar, dieses Tanzen. Es löse so alles, man sehe sich und die Menschen mit anderen Augen, mit den Augen Trudy Schoops wahrscheinlich. Ach, letzthin im Tram, als einer unserer wohlbeleibten Kondukteure mit seiner Billettasche von Passagier zu Passagier gegangen sei, ihn nach dem Ziel seiner Fahrt befragt und dann mit seinen großen Händen das Zettelchen vom Block gelöst und mit seiner Zange so würdig zwei-, dreimal geknipst habe, da hätte sich ihm, dem Helenli, dieser alltägliche Vorgang wahrhaftig zu einer Tanzpantomime verwandelt, und das nächstemal in der Stunde hätte es sie dann den andern vorgetanzt. Und das sei dann so lustig und aufregend gewesen, daß Frau Schoop wahr und wahrhaftig den Gedanken aufgenommen und ihm, Helenli, eine Nummer für die nächste Aufführung daraus gemacht hätte. Wirklich, als der Gongschlag die Schülerinnen von neuem in die Arbeit rief, lachte die Leiterin mit ihren starken Zähnen zu Hirzel hinüber. Es stellten sich die Mädchen in zwei sich nach vorne weitenden Reihen auf, kauerten nieder, und Helen Hirzel begann, unter den Klängen des Klaviers tanzend, den Schaffner zu parodieren. Schwerhörig und schwerfällig fragte er die Fahrgäste nach ihrem Begehr, machte Einwände, forderte Präzisionen, gab Ratschläge, feuchtete die Finger, löste das imaginäre Blättchen vom Block, knipste kurzsichtig die Löcher. Dann aber hielt er mit dem Unterfangen inne, horchte, lauschte, die Hand hinter dem Ohr, und aus den Mienen der

Passagiere und seiner eigenen, und an ihrem Gebaren erriet man, daß es etwas besonderes war, was sie vernahmen. Aus den Melodien des Klaviers verstand man, es mußte der Frühling sein, und was sie hörten, war einer Amsel schluchzender Schlag. Und der Schaffner begann sich zu wiegen, den Schnauz zu streicheln und langsam in würdigem Rhythmus zu tanzen mit seiner Tasche am Bauch. Und siehe, er lächelte, und die Passagiere, sie lächelten auch, und in seinem Überschwange verteilte er wahllos und zahllos die Billette und wies entrüstet das Geld zurück. Und schließlich begaben sich alle auf eine phantastische Reise mit dem Tram in den Frühling hinaus und winkten und winkten den armen im Regen Zurückgebliebenen einladend und abschiednehmend zugleich, noch einmal zu.

Es hängte Corinna, die Tochter des Drogisten Reutishauser am Hechtplatz, dem Helenli ein, als sie mit dem Vater selbdritt die Seefeldstraße stadtwärts zogen, Hirzels Einladung zu ein paar Stücklein in der Konditorei Schurter Folge leistend.

Im Schaufenster der Musikalienhandlung Hug glänzten noch immer die herbstlichen Blätter der alten Geigen, Laub von den Zweigen einer magischen Welt. Wir dürfen nicht verzweifeln, Schönheit und Heiterkeit werden nie aussterben, dachte der schmächtige Mann mit dem zerknitterten, idealistischen Gesicht unter seinem Fladenhütlein, der zwischen den beiden federnden Mädchen durch den diesigen Tag schritt.

X. Kapitel

Aaron wartete immer ab, bis das Foyer des Kinos leer war und die Vorstellung schon begonnen hatte, bevor er sich an die Kasse begab, das bereitgehaltene Geld auf die Platte legte, und dann rasch die Seitentreppe empor zu den Logen huschte. Es kam ihm unpassend vor, kaum vierzehn Tage nach seines Vaters Beerdigung, mitten im Tage, in einem Vergnügungsetablissement gesehen zu werden.

In Wahrheit jedoch bedeuteten die zwei Stunden, während denen er sich aus der Kanzlei der väterlichen Firma davonstahl, den Versuch, den ungeheuerlichen Klumpen fremdartigen und feindlichen Lebens, der sich plötzlich vor ihm auftürmte, zu vergessen. In seinem schwarzen, in aller Eile angefertigten Anzug, den schweren Überzieher und den schwarzen Filzhut vor sich auf den Knien, saß er an der mit Plüsch belegten Brüstung und blickte mit leeren Augen in den dunklen Saal hinab, dem Balken von Lichtstrahlen entlang, der aus der Kabine neben ihm, begleitet von einem flatternden Maschinengeräusch, gegen die weiße Wand am fernen Ende des Saales stieß und sich beim Aufprall in flimmernde Bilder verwandelte.

Wie viele junge Menschen, so hatte auch er sich in stillen Stunden, mit schlechtem Gewissen und mit dem Gefühl des Vorwurfs gegenüber der eigenen Verworfenheit, vorzustellen versucht, wie es sein würde, wenn der Vater starb. Er sah ihn dann daliegen, auf dem Sofa im Wohnzimmer, auf dieselbe Weise wie er hingestreckt lag nach dem Essen, entschlummert, den randlosen Kneifer noch auf der Nase und die Zeitung seiner kraftlosen Hand entfallen. Es war kein erschrekkender Anblick. Er bot sich dem jungen Manne dar, als eine einfache und natürliche Lösung, und es waren damit, im Spiel der Gedanken, keinerlei Gefühle verbunden. Aaron kam sich erschreckend herzlos vor, wenn ihn solche Vorstellungen heimsuchten. Ja, wollte er ehrlich sein, so mußte er sich eingestehen, es würde dieser Vorgang in gewissem Sinne einer Befreiung gleichen. Wie durch Zauberhand wäre dann eine bestimmende Gewalt über ihm verschwunden, und er wäre vorgerückt zum männlichen Haupt der Familie, zum Erben, Eigentümer von Gütern und Geldsummen, über die er nach seinem Willen und in völliger Gesetzlichkeit frei verfügen könnte. Dann würde sein eigentliches, sein Leben als Erwachsener erst wirklich beginnen. Es endeten solche Gedankengänge in Euphorien, in Straßen, auf denen er am Steuer eines Automobils fremden Städten und erregenden Abenteuern entgegenfuhr. Von einem Werk, einer Aufgabe oder einer Verantwortung war dabei keine Rede mehr. Die Zukunft schimmerte unter dem Begriff der Freiheit, doch war sie ohne Gestalt.

Wie völlig anders war die Wirklichkeit gewesen. Schon das Telegramm, das ihm die Frau des Concierge hinaufgebracht hatte: «Herr Jakob Reiß heute verunfallt – todt. Dr. Zumbacher.» Auf einem faserigen Papierstreifen, wie von der ungeschickten Hand eines Mannes, der der deutschen Sprache nicht mächtig war, zusammengefügt, reihten sich die Worte aneinander, und das ganze war auf ein blaues Formular hingeklebt. «Todt» schreibt man doch nicht mit «dt», das war Aarons erster Gedanke, als er diese Botschaft in seinen Händen hielt.

Die überstürzte Heimreise, dieses Hinausstarren durch die Scheiben des dahineilenden Zuges auf eine merkwürdig veränderte, wie jenseitige Landschaft, die zwei schwarzgekleideten Verwandten am Perron, die Wohnung an der Gartenstraße voll fremder Leute, die theatralische Bewegung des Schmerzes, mit der ihm die Mutter entgegenkam und ihn auf die Stirne küßte, und dann der Anblick des gebräunten und ganz verwandelten Antlitzes seines Vaters vor der Einsargung, die Beisetzung und die Trauergottesdienste – dies alles erlebte er nur noch wie nebenbei, wie außerhalb seiner eigenen Körperlichkeit. Er mußte sich nur über festgelegte Geleise hinschieben lassen und den Automatismen der Gesellschaft gehorchen. Die Leute wandten sich mit den Worten und Kondolenzen nicht an ihn, Aaron Reiß, sondern an den Sohn, den Hinterbliebenen, den Statthalter, er war ja zu eben diesem Zwecke aus dem fremden Lande herbeigeholt worden und wurde vom Rabbiner auf die Seite genommen, nach Osten gewendet, das Totengebet zu sagen, nachdem er mit der kleinen Schaufel den ersten Schollen lehmiger Erde in die Grube auf dem Friedhof Friesenberg geworfen hatte. Was ihn immer wieder erstaunte und bedrückte, war seine offenbare Fühllosigkeit, das Unvermögen, Äußerungen des Schmerzes und der Trauer von sich zu geben. Er stand da, blaß, inmitten der Leute, ließ sich schieben, die Hand schütteln, aber wie verstört, aufgestört in Wirklichkeit aus einem Dasein, das ihm, blickte er über die schwarzen Ansammlungen hinweg zum Hönggerberg hinüber, wie spielerisch und tänzerisch vorkam.

Wie wohltuend war die Geborgenheit im Dunkel eines Lichtspieltheaters! Still und namenlos saß man in einer namenlosen Masse, und eines war gewiß: bis zum Ende der Vorstellung würde nichts mehr geschehen mit einem. Es fehlte nicht viel und Aaron hätte diese Vergnügungsstätten dem Asyl gleichgestellt, das die katholischen Kirchen zu jeder Stunde des Tages den Bedrückten und Bedrängten gewährten. Mit einem leisen Bangen, mit dem Gefühl tiefsten Aberwillens dachte er an seine Verpflichtung, um fünf Uhr nochmals in jenes Haus am Anfang der Stockerstraße zurückkehren zu müssen, in dessen Erdgeschoß sich das Büro der väterlichen Liegenschaften-Agentur befand. Zu Lebzeiten des Vaters war Aaron selten dort erschienen; dieser nüchterne Ort des Geldverdienens, mit seinem Fenster auf den häßlichen Hof eines Häusergevierts hinaus, wo ein paar verstaubte Buchsgebüsche zwischen Teppichstangen, abgestellten Handwagen und Kehrichtkübeln ihr kümmerliches Dasein fristeten, dem zerkratzten und mit Tinte bekleckst en Stehpult, dem großen tannenen Wandschrank, in dem die Akten und Pläne verwahrt wurden, die das grauhaarige Fräulein Bumbacher verwaltete, die Kranzschleifen und gerahmten Ehrenmeldungen des Pistolenschützen an den Wänden, der Feldstecher am Fensterhaken, der ausgestopfte Eberkopf über der Türe und das Käppi, Façon 1881, des ehemaligen Kanoniergefreiten Reiß, das auf dem Wandschrank thronte – all dies mutete den jungen Mann befremdlich an. Es war wie ein Blick hinter die Kulissen des Lebens, ähnlich jenem, den er damals beim Einrücken in die Rekrutenschule hinter die kriegerische und frischfröhliche Fassade des Militärwesens getan hatte, wo sich die Kaserne mit ihren Küchen und Latrinen, den kampferduftenden Lattenverschlägen im Dachstock, als nichts anderes als ein von uniformierten Männern betriebener Haushalt entpuppte. Das also war er nun, der Ernst des Lebens, von dem die Leute mit verständnisinnigem Unterton sprachen: diese amtliche Inventarisation, diese Konferenzen im Beisein der Mutter mit dem Rechtsanwalt Dr. Fineisen, wo von Erbschafts- Nach- ja sogar Strafsteuern die Rede war, die peinlichen Unterhandlungen mit einem Herrn Sandmeier, dem Vertreter der Versicherung, der den Tatbestand eines Unfalls als nicht erwiesen betrachtete und deshalb die Zahlungspflicht seiner Gesellschaft bezweifelte, alle die eingeleiteten oder vor dem Abschluß stehenden Geschäfte, die zum Teil noch auf die Tätigkeit des verstorbenen Sensals Rottweiler im «Merkur» zurückgingen. Da erschienen vor Aaron knappe Herren mit harten Blicken und erzählten von Versprechungen, die Herr Reiß gemacht haben sollte, da war von geschuldeten Provisionen, von Rückvergütungen, Fertigungsgebühren, Marchzinsen und dergleichen Dingen die Rede. Alle, die kamen, wollten etwas, und nach den üblichen Beileidsformeln wurde von Obligos, Arresten, Betreibungen und Prozessen gesprochen. Aaron sah vor sich einen verworrenen Knäuel geschäftlicher Beziehungen, der sich ständig vergrößerte. Fräulein Bumbacher war, wie sich herausstellte, gar nicht auf dem Laufenden; ihr hatte lediglich obgelegen, die erledigten Abschlüsse in Ordnung zu halten, der historische Teil sozusagen des Unternehmens. Das Archiv und die Buchhaltung, die sie führte, gaben keinerlei Aufschluß über die mündlichen Abmachungen und von Vorgängen unter der Hand. «Ein typisches Einmanngeschäft», bemerkte Dr. Fineisen, «stehend und fallend mit dem Inhaber». Aber es schien ihm und all den Besuchern, auch den Herren von der Bank, mit denen Aaron zu tun hatte, als ausgemacht und selbstverständlich, daß er, der Sohn, die Agentur übernehmen und weiterführen werde, wenigstens so lange, bis die laufenden Geschäfte abgewickelt waren. Wohl schwante Aaron, daß er sich an einem Kreuzweg seines Lebens befand, wo es der Überlegung, des Rates, der Versenkung und des Hinabhorchens in die murmelnden Brunnenstuben bedurft hätte, um die richtige Entscheidung zu treffen. Noch stak, wenn er mit den Mannen vom Lande und den Geschäftsherren aus der Stadt verhandelte, die dreifach, nach französischer Art gefaltete Nummer der «Nouvelles Littéraires» in seiner äußeren linken Rocktasche, noch konnte er in stilleren Stunden einen broschierten Band von Prousts «A la recherche du temps perdu» unter dem Deckel des Stehpultes hervorziehen und sich in den Mäandern dieses dichterischen Geistes verlieren, noch schwebte hie und da verschwommen wie eine Ausrede und eine Beschwichtigung die Vorstellung eines Werkes, das er schreiben wollte, am fernen Horizonte vorüber – aber es trugen diese Beschäftigungen dieselben Merkmale des Provisorischen wie die Tätigkeit in der Kanzlei seines verstorbenen Vaters. Das Verharren in diesem Zwischenreiche wurde allerdings erleichtert und verlängert durch den Zuwachs an stofflicher Macht, den ihm seine Stellung verlieh. Ausgerüstet mit der Prokura seiner Mutter in der Führung des Geschäftes, beim Postscheckbüro und bei den Banken, ansehnliche Summen baren Geldes empfangend und weitergebend, spürte Aaron deutlich die Achtung, die solche Manipulationen ihm in den Augen der anderen eintrugen. Ein Bündel von Noten, das er auf seinem Gang zur Hypothekarabteilung der Kantonalbank in der Brieftasche verwahrte, schwellte nicht nur äußerlich seine Brust. Wie gepanzert wider Zufall und Unbill des Lebens kam er sich auf dem kurzen Weg vor. Meistens war es ja nicht sein Geld, nur geliehen auf gewisse Weise, aber selbst geliehen verlieh es ihm Selbstbewußtsein. Es war auch ein neues, ihm unbekanntes Gefühl, durch die Straßen zu gehen, die eben anfingen, ihre Schaufenster mit Weihnachtsgeschenken zu füllen, und mit den Blicken eines möglichen Besitzers über die Dinge zu gleiten, spielerisch deren Erwerb zu erwägen, nur mehr zu prüfen, ob der Wunsch des Besitzes wirklich lockend genug sei, um als Käufer einzutreten, denn die andere, die übliche Überlegung, die Höhe des geforderten Preises betreffend und der Überschlag der verfügbaren Mittel, war völlig verschwunden, verfügte er doch über Kasse und Konten nach eigener Kür. Bereits hatte er auch schon seine Gedanken der Automobilbranche zugewendet; ein kleiner zweisitziger Citroën oder ein Fiat-Cabriolet, wie sie nun angeboten wurden, das stand nun durchaus im Bereiche des Möglichen, und der Besitz eines solchen Fahrzeugs ließe die Fortführung der väterlichen Liegenschaften-Agentur in erträglicherem Licht erscheinen. Es verhielt sich mit ihm nämlich so: Verdienst und Gelderwerb verbanden sich in seiner Vorstellung mit dem Begriff einer niederen, nicht ganz einwandfreien Tätigkeit, die mit List, Schlauheit und dem Willen nach Übervorteilung verbunden war, notwendig, gewiß, aber immer irgendwie schuld-, ja sündhaft, besonders die Ausübung des Handels. Ging es ihm noch ein, daß ein Handwerker, ein Gewerbetreibender, ein Angestellter oder ein Beamter, ein Arbeiter, ein Landwirt für seiner Hände Arbeit, für die Hingabe seiner Zeit Entlöhnung fordern durften, so schien ihm gerade die Tätigkeit der Vermittlung, in die hinein es ihn verschlagen hatte, beinahe anrüchig. Hier wurde, so wie er es sah, Gewinn ohne produktive Arbeit erzielt, es wurden nicht Werte geschaffen, sondern lediglich Zuschläge auf Werten, die in die Tasche der Vermittler flossen. Er glaubte, wenn er den Kunden seines Vaters gegenüber saß, in ihnen eine gewisse Verachtung, ja Feindseligkeit zu spüren, so als hätten sie sich mit der Einrichtung dieses Geschäftsbetriebes wohl, wenn sie ihn prinzipiell auch nicht billigten, abgefunden. Einmal hatten sich zur Festlegung des Vertrages – es handelte sich um ein Geschäft, das der Verunfallte schon beinahe zum Abschluß geführt hatte – der Käufer der Liegenschaft und ihr Verkäufer bei ihm getroffen. Als sie zum Passus kamen, wo von der Teilung der Vermittlerprovision gesprochen wurde, wechselten sie einen Blick. Aaron verstand seine Bedeutung. Dieses Geld hätten wir uns ersparen können, wollte er besagen, hätten wir uns vorher schon persönlich gekannt. Viel fehlte nicht, und Aaron hätte ihnen vorgeschlagen, auf diese zwei Prozent Vermittlergebühr zu verzichten, nur um die feindselig-verächtliche Strömung, die von den beiden ausging, nicht spüren zu müssen.

Von solchen Gedanken wurde der junge Mann heimgesucht, während er im dunklen Saale des Lichtspieltheaters den Vorgängen auf der Leinwand folgte, kläglich vor Einsamkeit. Mit Bangen hatte er nach der Beerdigung die Kristallschale mit den schwarzgeränderten Beileidsbriefen durchstöbert. Es war wirklich auch eine Karte von Jacqueline Voubrasse dabei, eine Visitenkarte, mit dem Vermerk cand. med. unter ihrem Namen und zwei freundliche Zeilen, etwas mehr als eine Formel, doch ohne Wärme. Es gab in diesen zwei dunklen Stunden auch Minuten, wo ihm Tränen in die Augen stiegen, doch es blieb nicht ausgemacht, ob die unabsehbaren Massen der Turner am Eidgenössischen Turnfest, die die Wochenschau während der gemeinsamen Freiübung zeigte, deren Ursache waren, oder das Gefühl seiner Verlassenheit oder wirklich am Ende das durch die Verkrustung durchsickernde Gefühl der Trauer um seinen mitten aus der Freude und Betriebsamkeit vom Tisch des Lebens abgerufenen Vater. Er ließ in der wohltuenden Dunkelheit die Bächlein fließen und wurde des Trostes teilhaftig, den tränende Augen verschenken.

Als er blinzelnd, ein wenig leer und seit dem Ereignis zum erstenmal ein wenig entspannt wieder auf den Bellevueplatz hinaustrat, wo die ersten zagen Schneeflocken des Winters die Lichtkugeln der Kandelaber umtanzten, stand er auf einmal vor Walter Abt. Der Freund, ein bißchen voller und runder geworden im Gesicht, lachte, doch sofort, beim Anblick des Schwarzgewandeten sich des Trauerfalles erinnernd, nahm er den Ausdruck der ihr Beileid bezeugenden Leute an, den Aaron nur zu gut kannte. Er mußte sich auf die Lippe beißen, um nicht wider Willen herauszulachen, und Walters Augen blinzelten sogleich verständnisinnig zurück. Das hatte mit einer Verspottung nichts zu tun, und Aaron machte mit seiner Hand denn auch sogleich ein kleines Zeichen, er habe es schon verstanden und der Freund solle sich über die unwillkürliche Heiterkeit keine Gedanken machen. Gemeinsame Jugend macht viele Worte überflüssig.

Seit einer Woche zurück, habe er noch keine Zeit gefunden, sich zu melden, sagte Walter, aber jetzt solle er, Aaron, sie doch an einem Abend, am liebsten zum Nachtessen, besuchen, sie wohnten im äußeren Seefeld, an der Hornbachstraße. Jetzt seien sie eingerichtet.

«Ja, wohnt ihr nicht mehr an der Weinbergstraße oben?» fragte Aaron erstaunt.

«Doch, die Eltern schon», antwortete Abt, und bemühte sich, die große Nachricht im Tone einer Nebensächlichkeit anzubringen, wie es früher zwischen ihnen der Brauch gewesen war, «aber das Elsbeth und ich, wir wohnen am Hornbach.»

«Das Elsbeth?» staunte Aaron.

«Meine Frau.»

«Ja, du bist verheiratet? Von dem wußte ich nichts. Seit wann? Ich gratuliere.»

«Danke, seit über einem halben Jahr, die Trauung war in Boston.»

«Kenne ich deine Frau?»

«Ich weiß es nicht, ich glaube es nicht. Komm uns besuchen, dann könnt ihr es ausmachen miteinander. Aber sag einmal, wie geht es denn dir, den Umständen angemessen?»

Wie er damals, weit unten in der Jugendzeit, als er, mit seiner Kuh von Geroldswil heraufkommend, an der auf dem Turnplätzchen vor dem Weinbergschulhaus versammelten Klasse vorbeigehen mußte und sich vor Scham und Verlegenheit unter dem aufgespannten Schirm versteckte und dazu noch einen komisch sein sollenden Hopser machte, so endete Aaron auch jetzt die Begegnung.

«Entrelardé», antwortete er, «mit Bohnen und ein wenig versalzen.»

Drittes Heft

I. Kapitel

Es war am Ende einer der üblichen Sitzungen der städtischen Baukommission; die übrigen Mitglieder waren bereits gegangen, der Sekretär hatte die Akten vor Angsts Platz zusammengelegt und in der Kartonmappe versorgt, der Weibel war von Fenster zu Fenster gegangen und hatte die Flügel aufgesperrt und war nun dabei, die vollen Aschenbecher zu leeren. An der Türe erschien bereits Frau Bietenholz, die Abwartsfrau, mit dem Wischer; Angst half dem ein bißchen umständlich gewordenen Abt in den Mantel, und selbander stiegen die beiden Herren unter den gotischen Spitzbogen der Treppe hinab und durchquerten den rotgeplättelten Lichthof, den die Schalter umsäumten.

Unter der Laube des Vorbaus, wo die Hochzeitskutschen zur Ziviltrauung anzufahren pflegten, blieben sie stehen und blickten unter den Torbogen hervor in den flimmernden Frühlingstag hinaus. Im Turm des Fraumünsters summten die Glocken noch leise unter dem letzten Anschlag des Klöppels vom Elf-Uhr-Läuten her, die Robinien dem Flußufer entlang waren von Schleiern zartgrüner Knospen überhängt, die Wasserkirche, das Großmünster und das Rathaus jenseits der Limmat standen lavendelblau und mit akkuraten Umrissen, wie auf Mattglas geworfen, im Dunst, die Trauerweide bei der Schwanenkolonie bauschte sich über dem wellenlosen Wasser, unter den weiß und gelb gestreiften Marquisen der kleinen Läden am Fuße der Münsterterrasse verschwanden die Leute im violetten Schatten; die schwache Bise hatte im blaßblauen Himmel über dem ganzen Raum vom See herab bis an den Saum des Horizontes über Oberstraß jegliche Wolken zerblasen.

«Jetzt habt ihr es also erreicht», machte Abt; Angst konnte seine Augen nicht sehen, denn sie waren von den zwei winzigen Bildchen dieser Stadt, die sich auf den Brillengläsern spiegelten, verdeckt. «Im Kanton müßt ihr zwar noch ein wenig warten, aber in der Gemeinde habt ihr sie nun zusammen mit den Kommunisten, euere marxistische Mehrheit!»

«Fehlt nur noch die Exekutive, der Stadtrat», ergänzte Angst trocken.

«Die Wahlen sind in drei Jahren, bis dahin kann sich noch einiges ändern.»

«Sie sagen das nicht gerade überzeugend, Herr Abt.»

«Es sind nicht unsere Fehler, die diesen Wahlgang verursacht haben, es ist die Zeitströmung, Rußland, vor allem aber die Republik von Weimar, die Österreicher, was in deutscher Sprache zu uns kommt, das wird halt leicht geschluckt. Von links oder von rechts, von oben oder von unten, was jenseits des Rheins Mode ist, das wird hier getragen. Da liegt der Hase im Pfeffer. Seit ich mich zurückerinnern kann, gab und gibt es für diese Stadt nur eine wirkliche Gefahr: Germania. Mit dem Nationalistischen ist's jetzt vielleicht für einige Zeit vorbei, nun gilt dafür das Soziale. Gehupft wie gesprungen, Herr Stadtrat Angst!»

Es schwoll dem Magistraten ein Äderchen. Hatte er dieses Gespräch nicht schon einmal geführt? Natürlich! Vor nahezu fünfzehn Jahren war es gewesen, da er neben dem verstorbenen Polizeivorstand Neidhart am Hang des Muggenbühls gesessen hatte und sie den Schauflügen des Piloten Maffei beiwohnten, ein paar Wochen nach dem Generalstreik. Er machte mit der Hand eine ungeduldige, abwinkende Bewegung. «Das Lied kennen wir», sagte er, «der verstorbene Stadtrat Neidhart hat es mir auch schon vorgesungen! Jawohl, es ist eine Zeitströmung, aber sie hat schon 1789 begonnen, und in Frankreich, mit dem Tiers état. Zum erstenmal in der Geschichte ist die Schweiz zu vier Fünfteln von Republiken umgeben, aber es sieht ja geradezu aus, als bereutet ihr das! Ist das etwa recht, daß unsere Wehrmänner, als sie vom Dienst zurückkehrten, unterstützt werden mußten, aus freiwilligen Sammlungen, durch die Armenbehörden, aus Wohltätigkeit? Hatten sie im Gegenteil nicht ein Recht, und der Staat eine Pflicht, daß ihre Existenz gewährleistet wurde? Das alles hat doch mit Deutschland, mit Wien gar nichts zu tun. Dazu brauchen wir die nicht, das haben wir allein herausgefunden. Und daß diese Leute rufen ‹Nie wieder Krieg›, ist das nur in Genf, am Völkerbund, salonfähig? Diese historische Niederlage des Freisinns, dieser Übergang der Stadt von der bürgerlichen zur sozialistischen Macht, das ist nicht rote Propaganda, nicht rote Taktik, das ist der Entscheid eines freien Volkes, einer Masse von neunzigtausend stimmberechtigten Männern, die mit untrüglichem Instinkt herausgefunden haben, daß ihr selbst nicht wißt, was Ihr wollt, daß Ihr nichts mehr zu sagen, nichts mehr zu bieten habt. Bewahren, konservieren, das genügt eben nicht mehr, ein Gemeinwesen zu erhalten und zu beschützen. Die Größe dieser Stadt ist nicht das Sein, sondern das Werden!»

Wahrhaftig seine Stimme zittert ja, dachte Abt, der mit gekräuselter Stirne und gekniffenen Augen die Rede hatte über sich ergehen lassen. «Sowieso», nickte er zum letzten Satz des Magistraten, «aber die Hefte werden ja alle vier Jahre revidiert. Es hat hierzulande kein Mann und keine Partei einen Passepartout auf Lebenszeit!»»

Sie hatten es nicht verabredet, aber sie spazierten einträchtig, als wäre es so ausgemacht, dem Geländer des Stadthausquais entlang, an der Bauschänzli-Insel vorbei, zur Brücke hinauf. Ströme durchgoldeten Lichts brandeten aus den Räumen über dem Seebecken auf den weiten Platz herab.

«Ein Jammer», rief der Bauvorstand aus, «dieses neue Gebäude der Nationalbank, dem man die Hälfte dieser unvergleichlichen Anlage geopfert hat und das sich wie ein eidgenössischer Querriegel zwischen die Stadt und ihren See stellt! Ein Symbol: die Fenster auf den Park und das Ufer hinaus sind vergittert!»

Abt lachte. «Mir gefällt es auch nicht», machte er, «aber nicht wahr: wir sind ja kein Ferienparadies. Wir sind ein Industriestaat.»

«Um einen Kern von Gold herum gelagert», spottete Angst.

«Abwarten!» lachte Abt. «So, wie ich es voraussehe, werdet ihr Sozialisten euern Ehrgeiz darin sehen, nach soliden kapitalistischen Grundsätzen erstellte Budgets den Wählern vorzulegen.»

«Und ob! Unsere städtische Anleihe von zwanzig Millionen ist um mehr als das Dreifache überzeichnet worden, und von den 265 Millionären, die in dieser Stadt wohnen, sind nicht wenige unter den Zeichnern», ereiferte sich Angst, «das ist doch sicher ein Beweis dafür, daß selbst das Kapital zu uns Vertrauen hat! Und zweieinhalb Millionen mehr Steuereinnahmen haben wir auch herausgewirtschaftet über die budgetierten vierundzwanzig Millionen hinaus!»

«Der Tanz der Millionen», murmelte Abt vor sich hin, «‹pourvue que cela doure›, wie Napoleons Mutter gesagt haben soll.»

Sie hatten während ihres Gesprächs die Brücke betreten, und sie gingen auf der stadtwärts gelegenen Seite gemächlich nebeneinander her, dem Bellevueplatz zu. Das Reden und Zänkeln der beiden politischen Gegner verstummte für eine Weile, denn sie erlebten jenen den Bewohnern dieser Stadt hundertfach vertrauten und auf eine geheimnisvolle Weise ihr Wesen bestimmenden Vorgang, dessen sie teilhaftig wurden, wenn sie im Dahinschreiten flußabwärts blickten. Von der breiten überbrückten Mündung hinweg machte sich die Limmat auf, ihre Stadt zu durchwandern. Enger werdend und rascher dahinziehend, grub sie sich zwischen den Häusermauern ein, glitt unter der Münsterbrücke durch, ward noch einmal gesehen vor den flammenden Blumenständen der Gemüsebrücke; aber von dort an war es nur das Licht auf den Fenstern und Fassaden, die die Ufer säumten, aus dem man sie erriet. Der Zauber dieses Ausblicks, und was blieb und wirkte, das war jenes stille und beharrliche Wandern und Drehen, das in der Perspektive anhob, wenn man über die Brücke schritt. Da schoben sich leise die Brückenköpfe vor, einer vor den andern, das Helmhaus und die Wasserkirche begannen das Rathaus zu bedecken, des Großmünsters Türme sanken in die Dächer hinab, und der Blick wurde sachte hinübergeführt auf den Barockbau der Meisenzunft, den Fuß der Fraumünsterkirche, der Wühre entang bis zu den Giebeln und den Dächern unter dem Lindenhof. Und dann, schaute man am Ende der Brücke noch einmal zurück, so waren es nur noch die Kronen des Wäldchens der Stadthausanlage und des Gartens des Hotels Baur au Lac, die über der Wölbung sichtbar wurden, und hinter ihnen, in der Ferne, blau bewaldet, der Hang des Uetliberges. Sie erlebten es täglich, die Bewohner dieser Siedelung, dieses Vorübergleiten und sachte Drehen, und es blieb ihnen davon, kaum daß sie es wußten, wenn sie sich anschickten, die große Brücke zu überschreiten, der Sinn für das Weite, und ein Wissen, daß auch das Festgefügte ein Wanderndes und Entschwebendes ist, vergänglich und darum schön.

Auf der vernarbten Wiese des alten Tonhalleplatzes luden die Männer des städtischen Gartenbauamtes mit beruflichem Ernst Reisigbündel und Holzbengel von Brückenwagen, Brennstoff für das Sechseläutenfeuer. Das diesjährige Frühlingsfest sollte mit einem großen Umzug gefeiert werden, mit Personen und Szenen aus den Werken Gottfried Kellers und

Conrad Ferdinand Meyers. Neben den Bonnen mit ihren Kinderwagen, den Buben und den Spaziergängern, die vom Utoquai herübergekommen waren, um diesen Vorbereitungen beizuwohnen, stellten sich die beiden Herren an den Lattenzaun, der den brachen Platz säumte. Auch die Kellner in ihren weißen Jacken schoben im neu eröffneten Café Esplanade neben dem Stadttheater die Spiegelscheiben in die Höhe.

«Wie wenig braucht es», meinte Abt, «und es ist wieder etwas von den alten Zeiten in der Luft. Mit solchen Lokalfesten werden die Zuzüger, werden die jungen Leute mit dem Geist der Stadt vertraut. Schon darum müssen wir sie pflegen.»

Aber auch diese Bemerkung reizte den Begleiter zum Widerspruch. «Möglich», machte er, «aber warum sind diese Veranstaltungen immer in die Vergangenheit gerichtet? Warum diese Flucht in die Kostüme? Warum wird in diesen Umzügen, in dieser Verbrennung des alten Winters, in dieser Freude über den angebrochenen Lenz nicht einmal die Zukunft, der neue Völkerfrühling auf die Straße gerufen, die neue Zeit des Friedens und der sozialen Gerechtigkeit? Ich weiß nicht, fehlt es da an Mut oder Phantasie? Wahrscheinlich an beiden, denn beide sind ja das gleiche.»

Abt blinzelte zu seinem Kollegen hinüber. «Das überlassen wir euch, in vierzehn Tagen, für den Mai-Umzug», sagte er trocken.

Angst lachte. «Richtig, Herr Stadtrat, und diese fünftausend Männer aus dem arbeitenden Volk, die in ihrem Alltagsgewand ernst und diszipliniert mit ihren Arbeitermusiken, Fahnen und Spruchbändern durch die Straßen ziehen, die sagen den Leuten mehr als eure Beduinen, eure reitenden Feuerwerker aus dem 18. Jahrhundert und euer Landvogt von Greifensee mit seinen verflossenen Liebschaften, dieser ganze sentimentale Vergangenheitszauber. Unsere Männer berichten von der Zukunft, und ihre Hoffnung ist nicht auf einen vagen Glauben, sondern auf einen sehr realen und harten Willen gegründet. Sie haben aufgehört, die Zukunft zu erdulden, sie machen, sie gestalten sie!»

«Das tönt jetzt schon wie eine Ansprache! So hat auch Mussolini während des Tripolitanischen Krieges an der Maifeier zur zürcherischen Arbeiterschaft gesprochen – und jetzt ist er der Führer der italienischen Faschisten!», bemerkte Abt mit sichtlichem Vergnügen.

Der Bauvorstand erwiderte nicht sogleich. Aber nach einer Weile sagte er: «Es wird dann am nächsten Dienstag im Stadtrat ein Antrag von unserer Partei eingebracht werden, daß am Nachmittag des ersten Mai die Straßenbahn nicht fährt – genau wie am Sechseläuten!»

Abt unterdrückte seine Grimasse und nickte bloß.

«Und da wir in diesem Parlament die Mehrheit haben, wird dieser Antrag auch durchgehen. Und sehen Sie, Herr Abt, *das* ist die Zukunft!»

Im Zenit der makellosen Himmelswölbung über dieser Stadt, deren Straßen im Mittagsverkehr von Leuten zu wimmeln begannen, sang das Sonnenlicht. Übermorgen würde auf diesem Platz in einem prasselnden Reisighaufen, umhüllt von Feuerzungen, in einer schwarzen Rauchsäule, unter dröhnenden Donnerschlägen, begleitet vom Geläute der Sechsuhrglocken und dem Jubel des Volkes, auf hoher Stange ein Popanz aus weißer Watte verbrennen. Abt hegte keine feindliche Empfindung gegen seinen politischen Gegner, eher, aus der leisen Müdigkeit des beginnenden Alters heraus, ein Gefühl: es hätte schlimmer sein können. Dieser ehemalige Gewerkschaftssekretär Heinrich Angst, er war ja, wie er selbst, ein Knabe dieser Stadt. Und keiner, der seit seiner Jugend ihr strahlendes Bild geschaut, keiner, in dessen Ohr ihr Summen und der rauhe Laut ihrer Sprache widerhallte, würde je aufhören, weiterzubauen an ihr. Wir sind eine Art Gilde von Bildhauern, dachte er, wir suchen nach der Gestalt, die im Steine schlummert. Nur der Meißel wechselt von Zeit zu Zeit die Hand.

II. Kapitel

An solch schönen Maitagen pflegte der Pfändungsbeamte Weininger lediglich sein Lüsterjäckchen, in dem er seine Büroarbeiten verrichtete, gegen den im Kasten hängenden Kittel umzutauschen und, das obligate Ledermäppchen verschmähend, die Urkunden in der Brusttasche zu versorgen. So stieg er, barhäuptig, von der Kanzlei im Rüden auf den sonnigen Limmatquai hinab, und wenn er dann, schlank und jugendlich trotz des glatt gescheitelten grauen Haares, über die Münsterbrücke wandelte, so sah es nicht anders aus, als hätte er rasch während der Arbeitszeit in der Nachbarschaft eine Besorgung zu machen. Niemand hätte ihm seine amtliche Eigenschaft ansehen und den Zweck seines Ganges erraten können. Elastisch überschritt er den Münsterhof, den Paradeplatz, beobachtete dort eine Weile, wie die Radfahrer unwillig und maulend die neue Vorschrift befolgten, die wollte, daß sie vom Sattel stiegen und ihr Fahrzeug von Hand am Verkehrspolizisten vorbeiführten, dann bog er in den Talacker ein. Funkelneu und ein bißchen fremdartig zwischen den alten Häusern, stand das neue Geschäftshaus zur Sihlporte am Ende der Straße in der Sonne. Ringsum auf dem Platz, in den ehemaligen Gärten, deren Eisenzäune bereits am Boden lagen, waren Maurer daran, alte Bäume zu fällen, Sträucher auszugraben, und bereits wurden überall neue Gerüststangen aufgerichtet. Durch die Eckfenster eines Hauses, dessen Dach bereits abgedeckt war, liefen dicke Drahttaue, und mit fauchendem Motor war der ungestüme Traktor der Firma Abbruch-Honegger inmitten einer dichten Zuschauermenge daran, die berstenden Mauern zu Boden zu ziehen.

Nein, Herr Gidionovics sei nicht anwesend, gab der junge Mann dem freundlich lächelnden Beamten Bescheid. Aber er sei der Sohn, David, womit er dienen könne. Weininger schaute sich um, über die Ladentische hin. Es war nur eine einzige Kundin im Laden, eine ältere Frau, der Recha soeben einen Kleiderbügel, an dem ein großgeblumter Morgenrock hing, gegen die Brust drückte. Ob er ihn einen Augenblick sprechen könnte, allein, es sei amtlich, fragte Weininger, und dann folgte er durch den Gang zwischen den Ständern der Herrenabteilung dem jungen Mann in das kleine Büro nach hinten.

Ob er unterschriftsberechtigt sei? Ja, nickte David. Er war nicht eben groß, doch kräftig gebaut. Sein dunkles Haar war nach hinten gebürstet und in der Mitte gescheitelt; über seiner geraden, wohlgeformten Nase waren die Augenbrauen zusammengewachsen. Schweigsam, gleichsam zusammengerafft wie er zuhörte, machte er auf Weininger einen wachsamen und mißtrauischen Eindruck.

Er habe da zwei Dokumente auszuhändigen, Pfändungsbegehren, eines über vierzehntausendsechshundertundzwölf Franken, ausgehend von der Kreditanstalt, und das andere über neuntausend Franken von der Firma L. Gidionovics, Schürzenmanufaktur. «Ein Verwandter vermutlich?»

«Mein Onkel», antwortete David.

Da warteten sie einmal, die Mutter, er, und Recha, die draußen im Laden einen Morgenrock zu verkaufen suchte, Rosel, die jetzt wahrscheinlich in der Wohnung an der Grüngasse auf dem Klavier übte, und der kleine Säugling Chaim, der, kaum angekommen, an der Diphtherie gestorben war, in einer Ecke des Wartesaals III. Klasse zusammengedrängt, auf den Vater. Als er zurückkam mit seinem Zettelchen, auf dem die Adresse seines Bruders aufgeschrieben war, zogen sie am Landesmuseum vorbei der Langstraße zu, und er, David, trug das Körbchen, in dem sein krankes Brüderchen lag. Nie würde er jenes Gefühl des Angekommenseins vergessen, als die beiden Familien einander entgegenstürzten, und er, weit draußen in der Fremde, die vertraute jiddische Sprache wieder vernahm. Und jetzt also waren die beiden Brüder, die beiden Familien entzweit, und der Schürzenfabrikant ließ seinem Vater eine Pfändungsankündigung ins Haus bringen.

«Wie ist das denn möglich?» fragte Weininger auch wirklich. «Das ist doch sonst nicht üblich unter eueren Glaubensgenossen.»

Mit unbewegter Miene studierte David die Schriftstücke.

«Die Pfändung ist auf den 7. Juni angesetzt», erläuterte der Beamte, «der Betreibungsferien wegen, und dann läuft natürlich die übliche Frist, bis das Pfandverwertungsbegehren gestellt werden kann. Es wäre also noch genügend Zeit, daß sich Ihr Vater mit den Gläubigern einigt.»

«Mit dem rechnet er auch, der Onkel», murmelte David.

«Ja also, desto besser», lachte Weininger, «dann kommt ja alles in Ordnung. Sie müssen hier nur unterschreiben, den Empfang bestätigen.»

Die Warenhalle zur Sihlbrücke war ein sogenanntes Ramschgeschäft, das wollte besagen, daß ihr Inhaber, Ruben Gidionovics, bei den Fabrikanten, den Warenhäusern, auf Konkursganten Restposten, aus der Mode gekommene Artikel, Ausschußware, leicht defekte Stücke en bloc zu Pauschalpreisen zu erwerben suchte. Während der Kriegsjahre war sozusagen alles verkäuflich gewesen; es herrschte Warenmangel. Als sich die Grenzen wieder öffneten, erneuerten die Geschäfte ihre Lager und stießen die alten Bestände ab. Die Warenhalle erlebte einen großen Zulauf von wenig bemittelten Kreisen, die, wie man in Fachkreisen sich ausdrückte, einen Nachholbedarf zu decken hatten. Auch die unteren Volksschichten wurden wieder in den Kreislauf der Ware eingeschaltet, nachdem hundertmal Geflicktes und Zusammengestoppeltes endgültig zerfiel: Bettwäsche, Küchentücher, Unterkleider, Männerkonfektion, Blusen, Schürzen und Jupes. Ruben Gidionovics bedurfte des Bankkredites nicht mehr, und des Bruders Bürgschaft ruhte. Die Familie kam zu Wohlstand; Sidia, die Gattin, arbeitete nicht mehr im Geschäft, Rosel lag ihrer Ausbildung als Pianistin ob, David und Recha hingegen blieben im Laden.

Es war die Liquidation der amerikanischen Kriegsbestände, die das Unternehmen in Gefahr brachte. David fühlte sich an dieser Entwicklung nicht unschuldig. Eines Tages nämlich war, versehen mit einer auf einer Visitenkarte hingekritzelten Empfehlung des Onkels Samuel in New York, ein rundlicher, grauhaariger Herr aufgetaucht, ein Mr. Foster, in Paris wohnhaft, beauftragt, die ungeheuren Stocks amerikanischer Waren, die noch in Ste-Adresse bei Le Havre in Baracken lagerten, rasch und um jeden Preis zu veräußern. Angefangen vom fix und fertig verpackten Motorrad bis zu den Rasierklingen, hatte er schlechterdings alles anzubieten. Mehrere engbeschriebene Blätter umfaßte seine Liste. Wadenbinden, Schuhe, Gummistiefel, Unterhosen, Hemden, Leibchen, Bauchbinden, Taschentücher, Hosen, Jacken, Pullover, Schnürsenkel, Krawatten, Hüte, Zahnbürsten, Seife, Musikinstrumente, Werkzeuge, Hämmer, Zangen, Bohrer, Nägel, Nähzeug, Nadeln – es nahm kein Ende. Es begann damit, daß dieser Mr. Foster David, der ihn auf seinem Zimmer im Hotel Elite aufsuchte, in einen Trenchcoat schlüpfen hieß, einen Offiziersmantel aus beige-grüner Gabardine, ein solides und imponierendes Kleidungsstück mit einem breiten Gürtel und ledernen Knöpfen, selbst auf den Achseln über den Patten. Er schenke es ihm, sagte der Mann, und davon könne er der Warenhalle an die achthundert Stück überlassen, und der Preis war wirklich so, daß er alles schlug. Nur mußte er sogleich cash auf den Tisch gelegt werden. Es war, man konnte es nicht anders nennen, das gleiche Fieber, das zuerst David und dann den Vater ergriff. Es konnte, betrachtete man, was da ausgestellt wurde in den Schaufenstern der Geschäfte, acht Dollar, vierzig Franken das Stück im Einstand, ein Risiko nicht dabei sein. Doch fehlte es an baren Mitteln, um zuzugreifen, wollte man sich nicht völlig entblößen. Da erinnerte sich Ruben des nicht mehr benötigten eingeschlafenen Kredits, für den ihm sein Bruder Leib bei der Bank gebürgt hatte. Er bestand noch. Der Scheck von neunzehntausend Franken wurde anstandslos eingelöst und das Geld den Amerikanern ausgehändigt. Die Mäntel kamen denn auch wirklich an. Sie zahlten den Zoll und den Transport, und sie hoben die Pakete noch in derselben Nacht beim Lampenschein aus den Kisten, der Vater, David und Recha; die ganze Warenhalle verwandelte sich hinter den heruntergelassenen Rolladen in ein Chaos. Das Geschäft stellte sich sogleich als eine Katastrophe dar. Viele der Kisten hatten unter dem Wasser gelitten, schon auf dem Schiff wahrscheinlich. Landkarten von hellen Flecken breiteten sich über die Stoffe aus, viele der Stücke waren verfärbt, außerdem waren sie so zerknittert und zusammengepreßt, daß es sich sogleich erwies, daß sie in diesem Zustand nicht verkäuflich waren. Während dreier Wochen plätteten in der Wohnung an der Grüngasse die Mutter und Recha, selbst Rosel zwischen ihren Klavierübungen, die Mäntel auf, nähten abgesprengte Knöpfe an und versuchten die fleckigen Stücke in der Badewanne zu waschen. Bleich und mit geröteten Augen, unablässig Zigaretten rauchend, ging der Vater herum. Wohl hatten die besseren Stücke Käufer gefunden und an ihnen erwies sich die Rechnung als richtig, aber hinten hingen die Ständer über und über voll von der minderen Ware, für die selbst der Einstandspreis nicht herauszuholen war. Die Marktfahrer stellten sich ein, herbeigerufen vom verzweifelten Inhaber der Warenhalle. Vielleicht daß auf dem Lande, in den Außenquartieren, in der guten Laune der Kilbenen und Märkte, die Stücke beim Scheine der Azetylenlampen von der Stange gingen. Aber die Füchse rochen den Braten. Sie lachten ihn aus. Keine zwanzig Franken wollten sie bieten.

Da hatte David vor Monaten, im Dezember, selbst einen Entschluß gefaßt. Beim Garagisten Ruedlinger an der Badener Straße mietete er einen alten Kastenwagen, einen wackligen Citroën, und stopfte ihn voll mit Ware, und ein Tischchen obenauf. In Altstetten, in Schlieren, in Dietikon, in all den Industrieorten das Limmattal hinab, konnte man ihn sehen, wie er die Mäntel über die vier Beine eines Küchenhockers spannte und die Mulde mit Wasser füllte, um den Zuschauern die Undurchlässigkeit des Stoffes zu beweisen. Als er in Albisrieden, die Attraktion zu erhöhen, noch zwei Goldfische in dem Tümpel schwimmen ließ, wurde ihm dies von der Polizei untersagt, auf die Anzeige eines Mitgliedes des Tierschutzvereins hin. Immerhin gelang es ihm auf diese Weise, einige Dutzend dieser amerikanischen Grabenmäntel abzustoßen, und hätte er, da er selbst keine Bewilligung besaß, nicht Geld an einen Marktfahrer abgeben müssen, so wäre auf diesem Posten wenigstens kein Verlust entstanden. Den Vater jedoch erfüllte das unverkäufliche Lager dieser Kleidungsstücke mit einer galligen Bitterkeit. Wenn er im Laden zwischen den Ständern einherging, deren Bügel voll dieser Regenmäntel hingen, murmelte er schreckliche Verwünschungen vor sich hin. Aber es war dieser Zustand noch nicht der schlimmste, denn nun begann die Zeit, wo er des Nachmittags die Warenhalle zu fliehen und das Spiel beim Kaffee im «Passage» bis zum Abend, über den Geschäftsschluß hinaus, auszudehnen begann. Selbst der übliche Kassensturz interessierte ihn nicht mehr. Das Loch war zu groß, denn schon hatte die Bank in einem förmlichen Briefe auf die Ausschöpfung des Kredites hingewiesen und daran erinnert, sie müßte den Bürgen L. Gidionovics beanspruchen, sofern in nächster Zeit auf der Haben-Seite des Kontos nicht Eingänge zu verzeichnen wären. Wovon sie denn, als nach Monatsfrist vom Besitzer der Warenhalle keine Antwort erfolgte, Gebrauch machte. Es hatten sich aber schon vorher die Beziehungen zwischen den beiden Brüdern erheblich gelockert. Die Lebensführung beider Familien stimmte nicht mehr überein. Die Schürzenfabrik des Leib Gidionovics begann richtig zu verzürchern. Die Grundsätze der Solidität, der Steuerwahrheit, des marktmäßigen Gewinns, der ortsüblichen Arbeitszeit und Entlöhnung, der Sparsamkeit und der Verpönung jeden Luxus' hatten das Unternehmen in der Branche so zu Ansehen gebracht, daß der Inhaber von seinen Konkurrenten in den Vorstand des Manufakturistenverbandes gewählt wurde. Konnte auch die greise Mutter, die dem Haushalt des Witwers vorstand, ihr jiddisch-polnisches Idiom nicht mehr ablegen, so sprachen nun Leib und die Söhne Joseph, Beni und Isidor eine so unverfälschte Zürcher Mundart, daß die Leute unwillkürlich anfingen, auch deren Familiennamen dialektähnlich zu färben. Es kam etwas dabei heraus, das wie «Witschy» klang, und diese Abkürzung und Verbiegung des polnischen Namens erschien denn auch kurz nach dem Krieg als Schutzmarke auf den Etiketten der

Erzeugnisse. Das Haus an der Langstraße war in Leibs Eigentum übergegangen; die Familie lebte im obersten Stockwerk; alle anderen Wohnungen waren in Fabrikationsräumlichkeiten umgewandelt worden. Die Nähmaschinen liefen elektrisch. Über zwanzig Angestellte und Arbeiterinnen waren im Betrieb beschäftigt. Joseph, der im Knopfloch das Abzeichen des Turnvereins Außersihl trug, bereiste die Kundschaft, und Benjamin stand dem Büro vor. Einzig Isidor, der jüngste, war nicht in der Firma tätig; er studierte Jurisprudenz.

Die Familie Rubens hatte sich völlig anders entwickelt. Der Aufstieg drängte bei ihr sogleich und vorwegnehmend ins Augenfällige, als folgten sie einem ungeschriebenen Kodex. Dem Pelzmantel Sidias, dem Perlenkollier, dem Dienstmädchen, dem Klavier, dem Perserteppich in der Stube, dem Staubsauger und dem Kühlschrank wohnten eine geheime Bedeutung inne, die weit über die schmückende oder nützliche Eigenschaft dieser Güter hinausging. Sie waren in ihren Augen die sichtbaren Sprossen der sozialen Stufenleiter, auf der sie emporkletterten, eine Demonstration des Lebensstandards, den sie, die Einwanderer aus dem Jahre 1905, erreicht hatten. Das nächste Ziel war der Wagen, das Automobil. David hatte seine Fahrprüfung längst bestanden, eben auf des Garagisten Ruedlingers Kastenwagen, dem wackligen Citroën, und sie waren mit Jonny Morf in Unterhandlung gewesen wegen einer Limousine auf hohen Rädern, einer Occasion, die durch die Plüschpolster und die vernickelten Aschenbecher bestach. Doch dann war die Transaktion mit den amerikanischen Regenmänteln gekommen, mit all dem Unerfreulichen, das sich daraus ergab.

Es war eines Morgens im Februar, kaum daß sie den Laden aufgeschlossen hatten, in dem noch die Lichter brannten, Leib erschienen und hatte sogleich, ohne den Hut vom Kopf zu nehmen, mit künstlich anmutender Ruhe den Bruder zur Rede gestellt. Was dieser Brief der Bank zu bedeuten habe? Wieso er, Ruben, dazu komme, diesen alten Blankokredit, den er schon seit Jahren nicht mehr benötigt habe, plötzlich in seinem ganzen Umfang wieder und auf einmal in Anspruch zu nehmen und damit wieder seine, Leibs, Bürgschaft, aus der er sich längst entlastet geglaubt hatte, wieder aufleben zu lassen? Der kleine Inhaber der Warenhalle, auf dessen Schädel, durch das schüttere Haar hindurch, der Widerschein der Glühlampe blaß schimmerte, stand klein und recht unsolid vor den überfüllten Kleiderständern und hielt seine Zigarette zwischen den gelben Fingern. Nun ja, er habe Ware gekauft, einen größeren Posten, was sei dabei, dafür sei ja der Kredit dagewesen. «Zeig mir die Bücher», entschied Leib, und sogleich schritt er dem Büro im Hintergrunde des Ladens zu, wie einer, der hier zu Hause war.

Recha und David hörten vorne im Laden, während sie aufräumten und Kunden bedienten, wie sich das Murmeln der beiden Männer allmählich zu lauten Worten steigerte. Sie hörten, wie mit einer Faust auf die Pultplatte geschlagen wurde; es konnte nur der Onkel sein. Zuletzt nahm die Auseinandersetzung eine solche Tonstufe an, daß David die Türe öffnete und sagte, man höre draußen im Laden jedes Wort.

«Sollen sie!» rief Leib mit zornrotem Gesicht. «Bald wird es ja in der Zeitung stehen! Pleite seid ihr, nicht erst wegen dieser Dreckware, mit der man euch angeschmiert hat, sondern seit Jahren. Was ist das für eine Bilanz!» schrie er und ließ durch eine Bewegung seiner Hand Bücher und Blätter aufflattern. «Ein Kapital, das nicht mehr verzinst wird, ist auch nicht mehr da! Löcher habt ihr gestopft, von der Hand in den Mund gelebt! Aber *wie* gelebt! Die Herrschaften, Dienstmädchen, Pelzmäntel, Teppiche und Klavierstunden. Wie Schwindler, wie Hochstapler!»

David sah seinen Vater dasitzen hinter dem Pult, blaß und mit starrem Gesicht, und immer noch rauchte er. Es war, als hörte er nichts von dem, was der Bruder schrie. Einmal sogar gähnte er. Heute nachmittag werde er seinen Buchhalter Holliger schicken, erklärte der Schürzenfabrikant dann nach einer Pause weiter, der werde eine richtige Bilanz erstellen, sie möchten die Rechnungen und die Kontoauszüge bereitmachen. Und in den nächsten paar Nächten werde ein Inventar des Warenlagers aufgenommen.

«Und noch etwas», fügte er nach einer Weile hinzu, «abgemacht, akkordiert, Schulden abgeschüttelt, das Geschäft auf die Sidia oder den David übertragen und fröhlich weitergewurstelt – das *gibt* es nicht, damit du es nur gerade weißt. Meine Kommandite von vierzigtausend ist verloren, verfressen und verludert – aber die Lieferanten werden bezahlt bis auf den letzten Rappen, und wenn es halt nicht reicht, so wird liquidiert. Ich lasse mir meinen schwer erarbeiteten guten Namen nicht in den Dreck ziehen, daß es dann heißt, es sind halt Juden, polnische! Es geht alles seinen offiziellen, rechtmäßigen Weg! Nichts hinten herum!»

Was er darunter verstanden hatte, wurde David klar, als ihm Weininger die beiden Urkunden überreichte. Leib hatte das Lager abschätzen lassen, es auf seine Rechnung zum Schätzungsbetrag übernommen und die Lieferanten befriedigt. Die dreiundzwanzigtausendsechshundertundzwölf Franken stellten den Betrag der Bankbürgschaft und seine eigene Forderung an den Bruder dar. Am Lager gab es nichts mehr zu pfänden, nur noch an der privaten Habe der Familie. Mit seinem Vorgehen wollte der Schürzenfabrikant in die Lebenshaltung Rubens eingreifen und sie auf ihren wahren, den Verhältnissen entsprechenden Stand zurückführen. Es sollten noch sehr viele Jahre vergehen und viele Ereignisse eintreten, bevor David zu erkennen begann, von welchem Geist und von welcher Einsicht die rohe Härte des verzürcherten Onkels zeugte.

III. Kapitel

Aaron hatte soeben in den «Nouvelles Littéraires» den wöchentlichen Artikel Frédéric Lefèvres «Rencontre avec ...», der diesmal von einem Gespräch mit André Gide handelte, zu Ende gelesen und blickte, die Zigarette im Munde, auf den häßlichen Hinterhof hinaus, in jener unglücklichen, aus Passivität und melancholischer Träumerei zusammengesetzten Stimmung, die während der sich nun schon über Monate hinziehenden Tätigkeit im Büro seines toten Vaters seine stete Begleitung war. All dies konnte ja nur vorübergehend sein, gar nicht das richtige, sondern nur das provisorische Leben, dachte er fortwährend, das würde ein Ende nehmen und dann würde das andere Dasein beginnen, nach seinen Wünschen gestaltet. Aber wie es aussah, das hätte er nicht zu sagen vermocht, und das, was er hier tat, erschien ihm eben als ein Warten auf diese Eingebung. Es schwebte ihm immer so etwas Dilettantisches und Weltmännisches vor, so ein gepützeltes Dahinbewegen in Theatern, Konzerten und gesellschaftlichen Anlässen, unterbrochen von geheimen Stunden, in denen er ein literarisches Werk hervorbringen würde, einen Roman zum Beispiel, in dem alles enthalten wäre, seine Trauer, seine

Stoik und, lächelnd und mutig, die stille Verzweiflung über die verächtliche Sinnlosigkeit eines Lebens, das sich den Menschen als ein kurzes Hellwerden und Augenaufschlagen darstellte, bevor es wieder in das endgültige Dunkel versank.

Die Herren seien da, meldete das Fräulein Bumbacher, und Aaron schoß auf, um Dr. Fineisen und seinen Begleiter, den Bankier Neuwiller zu begrüßen. Als wären sie hier zu Hause, ließen sich die beiden ohne weiteres auf den Sesseln beim kleinen Rauchtischchen nieder. Der kleine Herr Neuwiller behielt sein graues Übergangsmäntelchen an und nahm auch den weißen seidenen Kragenschoner nicht ab.

«Könnten wir den Quartierplan Altstadt noch einmal sehen?» wandte sich der Anwalt ohne weiteres an die Angestellte, und diese gehorchte sofort der Aufforderung.

«Mit dem Neubau des Orell-Füßli-Hofes ist nun die letzte Lücke in der Bahnhofstraße geschlossen», erläuterte Fineisen Neuwiller, der seinen Klemmer auf den Nasensattel gesetzt hatte und sich über das Blatt beugte. «Der Sihlporteplatz befindet sich in voller Bautätigkeit – interessant wird nun der Raum zwischen ihm und dem Paradeplatz, also der Talacker und die Talstraße.»

Er redete zu Neuwiller, als wäre Aaron überhaupt nicht da. «Hier liegt allerdings noch alles in alten Händen, und natürlich haben sie jetzt Blut gerochen. Es ist ein Jammer, daß wir vor zehn Jahren nicht auf den alten Rottweiler gehorcht haben.» Dabei warf er einen nachdenklichen Blick auf Aaron, der sich sogleich als das bedeutungslose absterbende Glied der dritten Generation vorkam. Der Bankier hatte stumm zugehört, einmal die goldene Uhr aus der Westentasche gezogen, den Deckel springen lassen und sie dann wieder mit dem wildledernen Säckchen bedeckt. Frau Neuwiller sei jetzt gekommen, berichtete das Fräulein Bumbacher unter der Türe, und die drei Herren erhoben sich sogleich.

Madeleines Haar war wie von silbrigen Pailletten überpudert, ihr Gesicht war um ein weniges voller geworden, doch eignete ihrer Haut noch immer jener zarte Schimmer, der an sonnenwarme und flaumüberhauchte Pfirsiche gemahnte. Noch immer bevorzugte sie jene knapp geschnittenen Schneiderkleider, die die Formen ihrer Gestalt betonten, doch bestand kein Zweifel, daß sie fester geworden war. Der Duft ihres «Chypre antique» veränderte sogleich die Atmosphäre des nüchternen Raumes.

Aaron hatte sie in all den Jahren nur wenige Male gesehen, vor ihrem Laden an der Bahnhofstraße etwa, wenn sie ernst und unbewegten Gesichtes die Auslage im Schaufenster überprüfte, und am Quai, wenn sie am Arme ihres kleineren Ehemannes gemessen einherwandelte.

«Wir kennen uns schon», lächelte sie, als ihr Fineisen Aaron vorstellen wollte, und sie blickte ihn mit ihren großen blaugrauen Augen freundlich an. Sie trafen sich noch einmal, unten in der Zeit, auf der sonnigen Bahnhofbrücke, und Aaron hörte jenes ‹er ist lieb›, das die Hübsche zu seinem Onkel Léon sagte. «Wir sind alte Freunde, ist es nicht wahr?»

Es war Aaron gleich wohler, und als dann Fineisen den Zweck dieser Besprechung zu erläutern begann, konnte der junge Mann zu seiner eigenen Überraschung an der Unterhaltung teilnehmen.

Die beiden Gegenstände, um die es ging, waren die Häuser, in denen sich Madame Bariffis Schönheitssalon und die Privatbank Neuwiller befanden, beide an der Bahnhofstraße gelegen. Leise und unbemerkt war Arnold Neuwiller in den Kreis jener 265 Millionäre aufgestiegen, die das städtische Steuerregister aufführte. Es hatte sich in den Jahren nach dem Krieg dieser Reichtum nicht mehr verheimlichen lassen. Als einmal die entscheidende Erklärung abgegeben und damit sozusagen amtlich geworden war, hatte sich im Denken des kleinen Finanzmannes eine eigenartige Wandlung vollzogen. Mit einem Male tauchten in ihm wieder jene Überlegungen auf, die ihm gekommen waren, wenn er, der Frühaufsteher, unter dem fahlblauen Himmel, vor Sonnenaufgang durch die stillen und menschenleeren Straßen der innern Stadt gewandert war und durch den breiten Boulevard zum Bahnhof hinunter geblickt hatte. Er sah diese hohen Gebäude mit ihren verzierten Gesimsen und Firsten, vor denen die knospenden Linden aus dem Asphalt wuchsen, von den Menschen, die sie erbaut hatten und benützten, verlassen und während einiger Stunden des Tages einem anderen Dasein angehörend. Ein solcher Besitz, hatte er damals gedacht, an der aufsteigenden Arterie dieser Stadt, würde den Wunsch nach Sicherheit des Kapitals mit der Gewißheit nach dessen Vermehrung vereinigen. Doch käme noch etwas anderes hinzu: der Zuwachs an Würde und Ansehen, eine Steigerung des Selbstbewußtseins, ein Gefühl, empfunden unter den Fußsohlen, wenn man über den Boden hinschritt, an dem man selbst Besitz und Anteil hatte. Dies war eine härtere Form für das, was einer vermochte, eben seines Vermögens, als Zahlen auf papiernen Blättern aufgereiht. Das war nicht Guthaben, das war das Haben selbst.

Madeleine war nicht schuldlos an dieser Wandlung. Dieses fiebrige Stöbern in den Zeitungen, in den Rubriken der Effekten- und Devisenkurse, dieses Abhängigsein von den Vierteln und Achteln einer Zahl und von den Launen des Mannes, der sie wie ein Süchtiger zu bestimmten Stunden des Tages erwartete – sie wollte es nicht mehr. Eine solche Art des Erwerbs vermittelte nicht jenes Gefühl der Sicherheit und der Geborgenheit, dessen sie, je älter sie wurde, bedurfte, hatte sie doch, nach der geheimen und intimen Bilanz ihres Lebens, seinerzeit Léon und die Freuden der Liebe dafür eingetauscht. Ein Haus an dieser Straße, ja, das war es, das würde ihr passen. Dann war es, als stände sie mit eigener Person, aufgenommen und eingerahmt von den ansässigen Nachbarn an diesem prunkvollen Boulevard, und dies war dann so etwas wie ein Titel, so gut wie ein akademischer Grad oder ein Adelsprädikat. Sie besitzen ein Haus an der Bahnhofstraße. Selbst im Ausland würde verstanden, was damit gemeint war, hatte doch diese Benennung längst ihren ursprünglichen Sinn verloren und war zu einem Eigennamen geworden, wie der Boulevard des Italiens oder die Bondstreet, bei denen man die Ortsnamen Paris oder London auch nicht mehr anzufügen brauchte. Es gab nur eine Bahnhofstraße in Europa, und die lag in Zürich. Das mochte nun ein bißchen übertrieben sein, aber Madeleine hatte es sich auf dieses Weise in ihrem Köpfchen zurechtgelegt. So waren dann die Gespräche des kinderlosen Ehepaars bis zu dem Entschluß gediehen, ernsthafte Dinge in dieser Richtung hin zu unternehmen.

Dr. Fineisen, der philosophierende Anwalt, wie ihn Kollegen und Klienten benannten, schien der richtige Mann dazu, die Sache einzuleiten. Es ging ihm der Ruf vornehmer Uneigennützigkeit voraus. Er galt als ein höherer Geist von umfassendem Wissen, ein Kenner Platos sowohl als Nietzsches und Freuds, und viele Leute waren baß erstaunt, wenn sie sahen, wie er am entscheidendsten Punkt einer Verhandlung sehr präzis mit Zahlen umzugehen wußte und sich auch in der kaufmännischen Arithmetik nicht unbewandert auswies. Im Laufe der Jahre hatte er sich auch einen bedeutenden Kopf herausgebildet, eine Art Moltke-Gesicht, aber mit mehr und lockerem Haar. Die Anfrage an die Besitzer erfolge am besten durch eine neutrale Stelle, eine Liegenschaftsvermittlung etwa, erläuterte Fineisen beiläufig, ohne Nennung eines Interessenten, gehe es doch vor allem darum, herauszubekommen, ob die Leute eventuell zu einem Verkaufe ihrer Liegenschaft bereit seien. Eines der Häuser, jenes, in dem sich der Schönheitssalon befand, war Eigentum einer Erbengemeinschaft, zweier Brüder Achterhold und einer Witwe, Bollier, mit Namen. Es würde wohl wenig Aussicht bestehen, die Liegenschaft zu erwerben, wäre der eine der Achterholds, Pankrazius mit Namen, nicht ein Philosoph und Kunsthistoriker, ohne einträglichen Beruf also, und ganz auf die Rente aus seinem Erbe angewiesen. Nun aber wisse der Anwalt zufällig, daß dieser Herr, der Mitglied der Philosophischen Gesellschaft sei wie er, davon träume, sich in den Tessin zurückzuziehen und sich dort ein Haus zu bauen. Ihm also wäre eine bare Auszahlung aus einem Verkauf der Liegenschaft willkommen, und zweifellos würde er eine strikte Ablehnung einer Offerte durch die Miterben als eine Beeinträchtigung seiner Interessen ansehen. Hier sei vielleicht der Punkt, wo der Hebel angesetzt werden müßte. Das Haus, in dem sich Neuwillers Privatbank befand, gehöre einer Versicherungsgesellschaft; dort wäre wohl für den Augenblick wenig zu erreichen. Also wollten sie vorerst einmal ihre Bemühungen auf die Achterholdsche Erbengemeinschaft konzentrieren.

Es wehte die Art dieses Exposés Aaron an wie der Wind aus einer anderen Welt. Ihm war, als täte er einen Blick in das geheime Räderwerk der höheren Geschäfte. Er kam sich mit seinen «Nouvelles Littéraires» in der Tasche wie ein Eindringling, fast wie ein Spion vor, so, als nehme er nur auf Grund eines Mißverständnisses an dieser Konferenz teil, weil er hier saß als der Erbe seines Vaters, des Sensals Reiß, ohne daß man überhaupt seine innere Bereitschaft, mitzumachen, und sein Wissen um solche Zusammenhänge bezweifelte. Er gab sich denn auch alle Mühe, durch seine Haltung und den Ausdruck seines Gesichtes der Meinung, die man von ihm hatte, zu entsprechen. Mit kühlem Zuhören und zeitweiligem Nicken vermochte er dieser Forderung Genüge zu tun. Aber es kam ihm vor wie Betrug, wie mogeln bei einer Klausur.

Der Anwalt und der Bankmann gaben sich dann einer Beschäftigung hin, die wie ein Spiel aussah. Beide hatten sie nun eine Hornbrille auf der Nase, beide hatten sie ein Zettelchen vor sich auf dem Tisch, und beide hielten sie in ihrer rechten Hand einen goldenen Eversharp-Drehstift, mit dem sie von Zeit zu Zeit Zahlen hinkritzelten, nebeneinander, untereinander, rasch und mit gerunzelten Brauen, dann steckten sie wieder die Köpfe zusammen, verglichen ihre Rechnungen und unterstrichen hastig das Resultat zweimal. «Angenommen, angenommen natürlich, wir kommen mit diesem Preis durch», sagte Dr. Fineisen immer wieder zwischenhinein.

Madeleine und Aaron wurden in dieses Geschehen nicht einbezogen, sie saßen ein wenig abseits; und nur um etwas zu tun, breitete der junge Mann den Quartierplan vor ihr aus und deutete auf die in Frage stehende Liegenschaft. Sie standen beide nebeneinander über das Pult gebeugt, und es war Aaron, als umgebe sie immer noch jener Duft, der ihn damals auf der Brücke so betört hatte, als eine Botschaft aus dem wunderbaren Leben der Erwachsenen. Mit ihrem hellgrauen, eng sich an ihre Finger schmiegenden Glacéhandschuh, fuhr Frau Neuwiller den Grenzen des Grundstückes ebenfalls nach, und auf einmal sagte sie auf französisch zu Aaron: «Wissen Sie, daß sie ihn heiraten will?»

«Nicht möglich», antwortete Aaron, und es fiel ihm gar nicht auf, daß sie ohne Vorbereitung und ohne den geringsten Zweifel, worum es sich handle, von Madame Bariffi und seinem Onkel Léon redeten.

«Sie sind schon verkündet im Blatt», nickte Madeleine mit gläsern lächelnden Augen und Zähnen. «C'est si drôle, n'est-ce pas?»

Neuwiller jenseits des Pultes hatte die Hornbrille abgenommen und den Eversharp in seiner Westentasche versorgt; Dr. Fineisen führte die gleichen Bewegungen aus. Die Herren waren sich über das Vorgehen einig. Beide erhoben sich und knöpften ihre Jacken zu. Die Besprechung ging offenbar ihrem Ende entgegen.

Frau Neuwiller hob, einem Schulmädchen ähnlich, Fineisen ein wenig schelmisch anlachend, den Zeigefinger; sie wolle noch etwas fragen.

«Müßten wir, wenn wir kaufen, wenn wir das Haus kaufen, die Mietverträge von den Leuten darin übernehmen?»

«Kauf bricht Miete, Madame», antwortete Fineisen sogleich.

«Dann könnten wir also künden, wenn wir wollten?»

«Gewiß, selbstverständlich.»

«Merci maître, das wollte ich nur wissen.» Sie erhob sich, reichte Aaron die Hand, einen Lidschlag lang schaute sie ihn mit ihren schönen großen blaugrauen Augen an, und auf einmal begriff der junge Mann, daß die mit Zahlen beschriebenen Zettelchen, die drüben auf dem Tisch liegen geblieben waren, wirklich nur die Überreste eines Spiels darstellten.

IV. Kapitel

Gotthold Wettstein sah es wohl, wie die Leute in den Torbogen traten, der die beiden alten Häuser verband, und wie sie unter dem dunklen Gewölbe der Kastanienbäume dem Gebäude zuschritten, das ganz hinten im Hofe stand. Sie stiegen dann über die beiden Außentreppen zur Haustüre empor; hell bestrahlt von einer starken Glühbirne, die in einer antiken Laterne brannte. Viele der Damen trugen weite, gebauschte Röcke aus hellen, duftigen Stoffen, auf denen sich, wenn sie die Stufen hinanwanderten, die barocken Verzierungen des schmiedeisernen Geländers schwarz abhoben. Die Gäste kamen paarweise und in kleinen Gruppen; alle Fenster im ersten Stockwerk waren erleuchtet, und bald füllten sie sich auch mit den Silhouetten von Personen, die sich dort aufhielten. Gotthold stand jenseits der Straße im Schatten der Hausmauer, aber er konnte sich nicht entschließen, hineinzugehen. Um nicht aufzufallen, begann er langsam zu promenieren, hin und wieder zurück, und er setzte diese Wanderung noch fort, als längst keine Geladenen mehr kamen und die Straße wieder still geworden war. Endlich trat er unter das Tor und überquerte den Hof. Der breite, weißgetünchte Raum des Geschosses war hell erleuchtet, doch völlig menschenleer. Eine schöngeschwungene Treppe führte in das obere Stockwerk, gedämpftes Stimmengemurmel drang herab. Auch der obere Korridor war leer, doch reihten sich der Wand entlang weißgedeckte Tische mit Säulen von Tellern und Reihen von Gläsern, Tassen und Schüsseln voll belegter Brötchen und Gebäck. Die Türen zu allen Zimmern standen weit geöffnet, doch war das

Licht in ihnen gedämpfter als im getünchten Vorraum; rötlich und gelblich schimmerte es durch die Schirme von Steh- und Ständerlampen, die über die Räume verteilt waren, und um die herum sich die Leute in Gruppen gelagert hatten. Es gelang Gotthold, sich in eines der Zimmer zu stehlen und unauffällig an eine Wand zu stellen. Er war übrigens nicht der einzige Gast, der sich auf diese Weise verhielt, denn als sich seine Augen ein wenig an die gedämpfte Beleuchtung gewöhnt hatten, konnte er noch mehrere solche Gestalten bemerken. Einige von ihnen drehten allerdings der Gesellschaft den Rükken und betrachteten lange und eingehend die abstrakten Gemälde, mit denen die Wände behängt waren. Es kam dann auch ein junges Mädchen, nicht dienstbar, sondern offenbar der Gastung angehörend, das ihm auf einem Tablar ein Glas Zitronenwasser kredenzte, das Gotthold, weil es ihm Haltung verlieh, dankend ergriff. Er stand eine geraume Weile mit dem Glas in der Hand da, bis die Frage auftauchte, wie er sich dessen wieder entledigen sollte. So begann er langsam durch die Gaststätte zu wandern. Allmählich verloren die Leute unter seinen Blicken auch das Bühnenmäßige und Verkleidete und gewannen das vertrautere Ansehen von Bekannten und oft Gesehenen. Als er des Dichters Carl Sternheim gewahr wurde, der steif und mit funkelnden Gläsern, umlagert von einem Kreis aufmerksam lauschender Gäste, im Schirm einer mannshohen Stehlampe in einem tiefen Fauteuil saß, schmuggelte Gotthold sein leeres Glas auf ein Rauchtischchen und setzte sich still auf einen maurischen Hocker am Rande der Ansammlung. Es zeigte sich, daß des Dichters Widerpart im Gespräch der Arzt Bluntschli war, der als einziger Mann in einem hellen Anzug neben der Lampe stand und so großgewachsen war, daß sein Gesicht sich hoch und außerhalb des Lichtpilzes im Dämmer verlor. «Dies ist auch so ein Versuch», dozierte er, und die Leute sahen nur seine lange knochige Hand sich verächtlich im Lichte bewegen, «der regierungsfähig gewordenen Sozialdemokratie, ein gesellschaftliches Leben anzukurbeln» – er schaltete eine kurze Pause ein und fügte als Pointe hinzu – «nach bürgerlichem Vorbild natürlich.»

Karl Gebhardt, der brav neben dem Kätterli auf einem zierlichen Louis-Quinze-Bänklein saß, runzelte wie ein aufmerksamer Schüler die Stirne unter dem sauberen Bürstenschnitt seiner Haare und bemerkte: «Wie die Salons der Französischen Revolution nach dem Vorbild des Adels.» Aber es wurde nicht beachtet, denn Bluntschli fuhr sogleich fort: «Daran erkennt man, daß unsere Sozialdemokratie nicht mehr eine revolutionäre Bewegung, sondern einfach eine Spielart, ein Flügel der bürgerlichen Gesellschaftsordnung geworden ist. Die Opposition, das ist ihr schöpferisches Klima gewesen; sobald sie zur regierungsfähigen Majorität heranreift, wird sie steril und humorlos. Was ist das für eine Weltanschauung», rief er aus, «die nicht einmal eine eigene und originelle Form der Geselligkeit hervorbringt!»

Es nickten viele im Kreise, der offenbar im Begriffe war, sich zum Schwerpunkt des Anlasses zu entwickeln, teils bekümmert, teils spöttisch, selbst der Gastgeber, der Pelzhändler Eßlinger, ein kleiner rundlicher Herr mit einem Kranz grauer, struppiger Haare längs der Basis des kahlen Schädels.

Kätterli trug ein Kleid aus dunklem Taft, mit kurzen Ärmeln und einem runden Ausschnitt am Hals. Sie hatte es sich anfertigen lassen, kurz nach Karls Doktorexamen, als man die Kinder allein in der Wohnung lassen konnte und die Eheleute anfingen «auszugehen». Begonnen hatte es bei des Konsuls sechzigstem Geburtstag, einer Festlichkeit alten Stils in der Villa im Seefeld draußen, mit Lieferungen von Hors-d'œuvre-Platten durch den Traiteur Seiler im Kappelerhof, Torten vom Sprüngli und all dem Drum und Dran. Von da an hatte sich eine lockere Kette von Einladungen gebildet, die sich durch den ganzen Winter hinzog. Von Karls Dissertation «Geschichtliche und ungeschichtliche Epochen» war in der «Neuen Zürcher Zeitung» eine einläßliche Würdigung erschienen, doch war der junge Historiker noch immer ohne feste Anstellung. Es kamen ihm zwar von Zeitungsredaktionen und Verlagen Aufträge für Aufsätze und Bücherbesprechungen zu; aber sowohl an der Kantonsschule als auch an der Töchterschule waren alle Lehrstellen für Deutsch und Geschichte besetzt. Aushilfsweise konnte Karl zuerst bei Tschulok und dann am Institut Aurora einige Stunden in der Woche übernehmen, aber sonst waren sie immer noch auf die «Apanage» angewiesen. Sie müßten einfach mehr unter die Leute, fand Frau Meng, Beziehungen anknüpfen, halt in Gottesnamen von ihrem Haus an der Wasserscheide öfters in die Stadt hinabsteigen, die Einsiedelei und die Eigenbrödelei aufgeben.

Seit ihrem fastnächtlichen Abenteuer war Kätterli solchen Vorschlägen zugänglicher geworden.

Ob denn diese Leute alle von marxistischer Gesinnung seien, fragte die junge Frau leise den Gatten, der gespannt und, wie ihr schien, mit einem unangemessenen Ernst Bluntschlis Schnöderei folgte. Das wisse er selbst nicht, antwortete Karl, fast ohne die Lippen zu bewegen. Dieser Herr Eßlinger sei ein wohlhabender Mann, ein Kapitalist würde man sagen, aber es sei bekannt, und er sage es auch bei jeder Gelegenheit, er sympathisiere mit den Sozialdemokraten, mache dem Wohlfahrtsfonds dieser Partei beträchtliche Zuwendungen und habe sogar eine Kinderkrippe an der Hohlstraße unten gestiftet.

«Abendkleider aus Tüll und Taft, Schmuck, Smoking, Perserteppiche und Rosenthalgeschirr, Bücherschränke mit Bronzestatuetten und Klubsessel, Rüschen an den Lampenschirmen, Bücherschränke mit numerierten Luxusausgaben, Picassos an den Wänden, es ist alles da», spottete Bluntschli mit einer Rundbewegung, «es könnte das Haus des Herrn Generaldirektors Kern von der Schweizerischen Kreditanstalt sein. Unsere Büetzer an der Langstraße unten müßten anders lachen, sähen sie, welche Formen der Klassenkampf rechts der Limmat angenommen hat.»

Kätterli blickte Bluntschli an und dachte: wenn er wüßte, daß ich das Mäsklein gewesen bin, mit dem er im Odeon getanzt hat.

«Aber er hat schon recht», flüsterte es Karl zu.

«Das ist doch ungezogen, dann soll er doch gar nicht hieherkommen», gab der Gatte zur Antwort.

Gotthold, der hinter den Eheleuten auf seinem maurischen Hocker saß, lächelte. Offenbar hatte er das Gespräch gehört. Da Kätterli ihn verschmitzt anblinzelte, getraute er sich zu sagen: «Wegen dem laden sie ihn doch ein. Sie hören das gern. Sie finden es kurios und amüsant. Genau wie in Berlin.»

«Wieso?» fragte Karl unwirsch.

«Das ist doch die große Mode», erklärte Gotthold eifrig und froh, einen Menschen gefunden zu haben, «ein Salon ohne einen Kommunisten darin, dem fehlt doch das Salz. Es ist ja auch nicht das arbeitende Volk, das Herrn Sternheims Komödien und Satiren auf das bürgerliche Leben applaudiert, sondern die Bürger selbst!»

Nach einiger Zeit machte sich im Raume eine gewisse Unruhe bemerkbar; es war, als würde die Ansammlung der Gäste um den großen Lampenschirm herum von einem unsichtbaren Wirbel erfaßt, von den Rändern her angefressen und die Leute in kleinen Gruppen der Türe zugetragen. Es singe die Wüddecke im Musikzimmer, hieß es. Auch Gotthold und das Ehepaar Gebhardt schlossen sich an, während Sternheim, Bluntschli und der Hausherr in den rötlich durchhauchten Rauchschwaden unter dem mächtigen Pilz der Ständerlampe abgesondert und wie die Gruppe eines Wachsfigurenkabinetts zurückblieben.

Neben dem Flügel, in einem von den dicht beieinanderstehenden Gästen freigelassenen Kreis blanken Parketts, stand die deutsche Chansonnière Heidemarie Wüddecke, das strähnige, strohblonde Haar über Wangen und Nacken hart geschnitten, den großen Mund grellrot bemalt, im blauweiß gestreiften Trikot, unter dem sich die Formen ihres Körpers scharf abzeichneten, die Hand in die Hüfte gestützt, die dunkel gefärbten Lider verwegen gekniffen, und mit tiefer, heiserer Stimme sang sie:

In Hamburg bin ich geboren
habe gesehen die ganze Welt
doch darf ich den Namen nicht nennen,
denn ich bins ja ein Mädchen fürs Geld.

Noch eine Reihe von Liedern ähnlicher Tonart gab sie zum Besten, wo von den Kneipen in St. Pauli und der Reeperbahn berichtet wurde, von Abschiednehmen am Morgen nach Liebesnächten, wenn auf der Alster unten schon die Sirenen riefen, und von der alten «Mudder», die da denkt an ihren Sohn, der ihr eine Karte schickt von Shanghai. Die Darbietung hinterließ einen tiefen Eindruck. Es herrschte eine erschauerndschöne Vorliebe für solche Seemannslieder in dieser Binnenstadt, von denen ein Geruch von herben salzigen Winden ausging, der über die Häupter dahinwehte.

Später, unter dem Zureden und dem Beifall, ließ sich die Wüddecke dazu verleiten, auch einige französische Lieder zu singen, nach Texten von François Villon und Bruant, aber der Eindruck war eher enttäuschend für die Schweizer; die Zuhörer bröckelten ab. Adrian Laubscher zog sich mit dem Mädchen Corinna in eine Fensternische zurück; ihre Sache war schon bis zu jenem Grad gediehen, da Fragen gestellt werden, die keine Antwort mehr erheischen. So konnte etwa der junge Architekt seine große Hand wie eine Kappe auf das Haar der jungen Person legen, ihr langsam den Kopf nach hinten biegen und Auge in Auge fortwährend auf Berndeutsch murmeln: «Was bist du für ein Mädchen?»

Allmählich hatte sich auch draußen im weißgetünchten Vorraum, auf den obersten Stufen der Treppe, die ins Erdgeschoß hinabführte, eine Ansammlung von Gästen gebildet. Mit angezogenen Knien, den lilafarbenen Rock aus plissiertem Tüll wie einen magischen Teppich um sich gebreitet, unter dem nur die Spitzen ihrer silbernen Schuhe hervorlugten, hatte sich dort Ludmilla Ramseyer niedergelassen und schmiegte sich an das schmiedeiserne Geländer. Ihr Gatte war nicht fern; erhaben und unberührt von den kleinen Ereignissen, trug sein Antlitz an dieser Stätte den Ausdruck des tiefen Denkers. Seine Unterhaltung mit dem sich ein wenig fehl am Platze vorkommenden Stadtrat Angst drehte sich um das Gutachtenverfahren, dem wichtigsten Erwerbszweig des Psychiater-Ehepaares. In der Tat war nun, mit etwelcher Verspätung allerdings, auch die moderne Psychologie in die städtische Verwaltung eingezogen. Längere Zeit schon heimisch im Gesundheitsamt, dem ja die Aufsicht über die klinische und private Psychiatrie oblag, begann sie sich langsam auch auf andere Zweige auszudehnen. Schwierigkeiten im Personal, frühzeitige Versetzungen in den Ruhestand, Rückversetzungen in niedere Gehaltsklassen und was dergleichen administrative Mutationen mehr waren, ließen sich, wenn die ordentliche Medizin keine Handhabe bot, auf Grund psychiatrischer Gutachten leichter bewerkstelligen. Im Armenwesen, auf der Vormundschaftsabteilung, ja selbst im Finanzamt bot die Enthüllung seelischer Zusammenhänge, traumatischer Vorfälle, Hemmungen und Verklemmungen, die Bloßlegung von Komplexen und die Aufstöberung von Minderwertigkeits- oder Überwertungsgefühlen völlig neue Möglichkeiten bei der Behandlung widerlicher Fälle. Mit den vagen, sich angeblich auf die Erfahrung und Menschenkenntnis gründenden Entscheidungen auf der Grundlage des Ermessens müsse aufgeräumt werden. Die moderne Psychologie, mit ihren Hilfsmitteln, der Graphologie, der Analyse und den psychotechnischen Tests sei heute in der Lage, einwandfreie diagnostische Tatbestände zu liefern, erklärte Dr. Ramseyer dem mit grimmig verschlossenem Gesicht neben ihm an seinem Stumpen ziehenden Angst. Auf Grund des Gutachtens werde nun also auch die seelische Sphäre des Bürgers administrativ faßbar, sozusagen bürokratisch vollwertig und volljährig, murmelte der Bauvorstand mit einem renitenten Blick. Genau das, antwortete Ramseyer, ohne Sinn für Ironie. Gedeckt durch ein seriöses Gutachten, eventuell bestätigt und untermauert durch ein zweites Gutachten, könnten sich nun die administrativen Entscheide auf einen lückenlos geschlossenen Aktenkreis stützen. Es laufe alles, im Grunde genommen, sagte Angst, auf eine Enthebung von der persönlichen Verantwortung dessen hinaus, der zu beurteilen habe. Richtig, bemerkte der Psychiater. Und damit verschwinde gleichzeitig ein neues Stück persönlicher Beziehung zwischen Verwaltung und Bürger. Das Gutachten sei ein neuer Papierschirm zwischen dem Verwalter und dem Verwalteten.

«Was wollen Sie!» rief Ramseyer aus mit den strahlenden Augen des alternden Goethe, «in einer Stadt von mehr als zweimalhunderttausend Seelen ist das weder möglich noch erwünscht. Sympathie und Antipathie, alle diese individuellen Techtelmechtel, das mag noch angehen in kleinen Verhältnissen, in der großen Stadt hört das auf. Das Unpersönliche verbürgt Gleichheit und gewährleistet Gerechtigkeit.»

«Die Gerechtigkeit» – Angst staunte vor sich hin, als er das sagte – «wir stellen sie dar mit verbundenen Augen! Auch so ein ehrwürdiger Mythos! Nach meiner Erfahrung kann nur der gerecht sein, der sieht, genau sieht, mit offenen Augen! Wissen Sie, Herr Doktor, worauf dies herausläuft? Der Verwaltungsmann schiebt seine Pflicht, mit dem Bürger zu reden und sich um seine Sache zu kümmern, auf das Gutachten ab. Das ist alles.»

Da es bei solchen Anlässen keine privaten Gespräche gibt, im Gegenteil ihr Sinn die öffentliche Erörterung ist, sammelten sich um die auf den Stufen sitzende Frau und die beiden Männer auch sogleich horchlüsterne Gäste, was Angst entschieden unangenehm war, doch Ramseyer sichtlich befeuerte.

«Diese hausbackene Ahnungslosigkeit und dieser fortwährende Anruf des Bonsens, diese Furcht vor der Diagnose des

Psychologen, sie wären einer besonderen Untersuchung wert!» rief er und forschte bei den Umstehenden nach Nicken und Zustimmung. «Zum Beispiel die Arbeitsscheu, die Prostitution, der Alkoholismus, für euch sind sie immer noch sittliche und soziale Probleme. Aber ihr seht nur die Auswirkung, nicht die Ursachen. Ich habe noch keinen Vaganten, keine Dirne, keinen Säufer getroffen, bei dem die Untersuchung nicht eine Erkrankung des Geistes schizoider, ja schizophrener Art zutage gefördert hätte!»

«Ach was», antwortete Angst angeekelt, «die Ursache wollen wir gar nicht kennen, da wir um die Therapie schon lange wissen. In einer gesunden sozialen Gemeinschaft schmilzt alles zusammen. All diese Einsamkeits- und Spaltungserscheinungen verschwinden wie mit Zaubergewalt im Kraftfeld vernünftiger Arbeit und wohlverdienter Freizeit. Diese stetige Steigerung des Bewußtseins von inneren Organen und von geistigen und seelischen Regungen, *das* fördert die Krankheit.»

«Sie meinen also, die Ignoranz, das Ignorieren sei ein Heilfaktor?» spottete der Arzt.

«Jawohl, das glaube ich», antwortete der städtische Bauvorstand mit Bestimmtheit. «Drum werden die Tiere so rasch wieder gesund. Weil außer dem Schmerz kein zusätzliches Wissen in ihr Bewußtsein hinaufreicht und die Heilungsinstinkte trübt.»

Ganz hinten, am Rande des Kreises, stand Arm in Arm mit dem jungen Chirurgen Fries Jacqueline Voubrasse und drehte fortwährend ein wenig das Köpfchen, um kein Wort des Gespräches zu verlieren. «Für die Geburten stimmt das sicher, was dieser Herr sagt», murmelte sie ihrem Begleiter zu. «Wenn die Frauen grübeln oder medizinische Bücher lesen, dann gibt es allemal Verwicklungen oder es bleibt die Milch aus.»

Bell und Gotthold Wettstein kamen über die Betrachtung des aus zackigen Flecken zusammengestückelten Pierrots, der tief an der hellen Wand des verlassenen Hinterzimmers hing, ins Gespräch. Es brauche doch schon allerhand Mut, meinte der ehemalige Engländer, inmitten dieser Louis-Quinze-Herrlichkeit und gegenüber einer Waldlandschaft von Zünd ein derartiges Gemälde aufzuhängen. Aber der Besitz sei wohl die beste Möglichkeit, es gern zu bekommen. Zu den mietweise gegen Entgelt für eine Weile zu besichtigenden Werken in den Museen und Ausstellungen sei es schwer, ein persönliches Verhältnis zu finden. Aber wenn man, und sei es auch nur aus Snobismus, für so ein Gemälde hartes und gutes Geld hingelegt habe, dann werde es nicht nur juristisch zum Eigentum, sondern auch innerlich zu einem Teil von einem selbst. Man schaue es mit anderen Augen an, man blicke sozusagen sich selbst an. Darum müsse man Bilder immer so betrachten, als ob sie einem gehörten. Dann fange man an, sie zu hören, würde man ihnen hörig, ihrer Faszination teilhaftig. Und so seien sie auch gemeint, als ein Geschenk des Künstlers an den unbekannten Betrachter.

«Und Sie sehen in diesem eine Larve tragenden Mann mit seiner diagonalen Gitarre wirklich eine Botschaft?» fragte Gotthold zweifelnd.

«Yes», antwortete Bell beinahe singend, «es ist kein Zufall darin, alles ist Absicht, es ist eine von Zufällen gereinigte Welt. Es ist Kunst.»

«Oh, nicht Kunst von Können her, das ist das dümmste Wort, das es gibt», fügte er eilig hinzu. «Picasso hat eben sein Können vergessen, quasi mit der linken, ungelenken und unkönnenden Hand nochmals angefangen zu malen. Das ist es. Nicht die Vollendung, das Anfangen ist das Wesen der Kunst! Er hat das Bild der Welt neu aufgebaut, primitiv, verstehen Sie!»

Sein glattes Gesicht zeigte schon viele Furchen, aber die Augen waren noch jung. Er ging auch nicht mehr so aufrecht, wie es die Bewohner dieser Stadt zu sehen gewohnt waren. Doch sonst war er beinahe unbemerkt gealtert.

Sie setzten sich auf zwei Stühle, einen niederen verwüsteten Tisch neben sich. Aus der Ferne der Zimmerflucht erklang Gesang; Adeline Jerger, die jetzige Gattin des Bäckermeisters Jonas Baumgartner, suchte nach Eurydike, die sie soeben verloren hatte, und es war der Vortrag der Arie so verhalten leidenschaftlich und schmerzlich, daß einige Zuhörer und Kenner der Verhältnisse daraus die Sehnsucht der ehemaligen Sängerin nach der aufgegebenen Theaterkarriere heraushören wollten. Übrigens hatten sie die Kaffeestube renoviert und beträchtlich erweitert, und bereits lief auch ein Gesuch zur Führung eines alkoholfreien Restaurationsbetriebes.

Gotthold, in literarischen Dingen wohlbewandert, konnte sich, während er mit vollem Aufwand an Willen den bunten

Pierrot betrachtete, weder für Lob noch für Tadel entscheiden. Lernbegierig lauschte er auf die Worte Bells. Das einzige, was er beim Anblick des Picassoschen Gemäldes fühlte, war die Aufforderung zu einer Stellungnahme, dazu nötigte das Bild offenbar. Einzugestehen, wie es wirklich war, daß ihn diese Malerei unberührt lasse, ihm höchstens kurios vorkomme, doch sonst keinerlei Gefühle erwecke, das wagte er nicht.

«Es ist ein Vorhang, verstehen Sie», sagte Bell, «diese bemalte Leinwand; sie ist die Projektion einer mystischen Welt, die hinter ihr beginnt. Verspüren Sie nicht die Lust, diese Fläche ins Räumliche zu erweitern und sich zwischen den grauen körnigen Mauern dieses Zimmers zu bewegen, die die Dinge, wie aus einer anderen Dimension, durchschimmern lassen? Dieser Mann, aus bunten Flecken zusammengesetzt, stammt ja auch von dort her. Er ist ein Glücksfall; es gelang dem Maler, ihn zu verdichten mit Materialien aus unserer armen Welt.»

Wirklich, unter den Worten Bells begann Gotthold etwas dieser Art zu sehen, ein Flimmern und sich Zusammenballen der bunten Flecken. Er konnte für Augenblicke die an die diesseitige Wirklichkeit gemahnenden Formen und Umrisse vergessen. Was er schaute, das waren die bunten Schatten aus einer anderen Wirklichkeit, die sich im Spiel der Ähnlichkeit mit bekannten Dingen gefielen. Aber das war nur ihr Vorwand. Das waren sie nicht, das wollten sie gar nicht sein.

«Verstehen Sie doch», rief Bell, «so wie jedes neue astronomische Instrument die Grenzen unserer Welt weiter hinausschiebt, so wirkt jeder Maler, der mit neuen Augen sieht. Sie sind unsere Bereicherung.» Lachend fügte er noch hinzu. «Und die Snobs sind es, die die neuen Instrumente finanzieren! Das ist ihr höherer Sinn!»

Dem Gesetz der kommunizierenden Gefäße folgend, füllte sich nun nach Adeline Jergers Arie auch das Hinterzimmer wieder mit Gästen. Kätterli kostete es aus, in ihrem neuen Taftkleid mit dem rund ausgeschnittenen Hals, von zwei Herren flankiert, ihrem Gatten Karl und René Hirzel, ganz langsam und plaudernd unter Lüstern auf blankem Parkett durch diese Zimmer und Türen zu schreiten. Sie fand dabei ganz neue Wendungen des Kopfes, Augenaufschläge und ein lebhaftes Mienenspiel, das selbst Karl nicht an ihr kannte. Wie schön war es auch, ruhig dazustehen, herumzublicken und zu sehen, wie die beiden Begleiter sich eifrig bemühten, ihr einen großen Lehnsessel heranzurücken, der infolge seiner Gewichtigkeit an einen Thron erinnerte und der die Person, die sich darauf setzte, sofort zum Mittelpunkt der Gesellschaft erhob.

Es sei also eine ungeschichtliche Epoche, in der sie nun lebten, fragte der zerfurchte Journalist, als sie sich zu Kätterlis Füßen auf ihren Hockern niedergelassen hatten. Zwar habe er, Hirzel, Karls Dissertation nicht gelesen, nur die einläßliche Besprechung im Blatt, doch glaube er etwas von den Rhythmen, die Gebhardts Betrachtungsweise zugrunde lägen, verstanden zu haben. Ja, nickte Karl ernsthaft, eine Epoche, dem Winter zu vergleichen, ohne größere äußere Aktion, aber eben deshalb die unendlich viel wichtigere Zeit als die Feldzüge und Revolutionen – eine Zeit der unsichtbaren Keimung, wie unter der Schneedecke winterlicher Felder.

«Was keimt denn hier?» rief Hirzel bitter. «Mir kommt in diesem aufschießenden Wohlstand und in diesem Luxus immer vor, jetzt erst zeige sich, für wen man diesen Krieg geführt habe: für die stillen Hechte, die sich unbemerkt in Trübung und Trubel groß mästeten. Sagen Sie mir nur einige Anzeichen, daß etwas sich vorbereitet. Mir scheint, sie wursteln nur immer noch frisch-fröhlich weiter in der Freude, daß man das Pulver verschossen habe und der unwirtschaftliche Überschuß an Männern vernichtet sei. Dieses ‹Nie wieder Krieg›, dieser Völkerbund, der den ewigen Frieden garantiert, die machen die Leute übermütig vor Sicherheit!»

Karl dachte an seine mit Zeitungsausschnitten vollbeklebten Hefte. Es war ihm, als blättere er in ihnen, als er antwortete: «Man achtet es nicht, wenn man die Sachen einzeln sieht. Aber schon die Addition ergibt ganz merkwürdige Aspekte. Passen Sie einmal auf, nur für unsere Stadt zum Beispiel: ein sozialdemokratisches Parlament, und in kurzem wahrscheinlich eine sozialdemokratische Regierung, die Gründung und der Aufschwung der Volkshochschule, die Errichtung eines Radiosenders und eine fortwährende Zunahme der Konzessionäre, eine neue Art der Vermittlung und des Verkaufs von Nahrungsmitteln durch die fahrenden Läden der Migros-Gesellschaft, die neuen Zeitschriften, der Plan eines Hallenschwimmbades, die Flachdachkolonie, die ungeheuren Menschenansammlungen in den neuen Fußballstadien, die Staubsauger, die Rasenspielplätze für die Kinder, die Einführung des Kübelsystems ...»

Er hielt inne, ein wenig verwirrt vom neuen Kreis der Zuhörer, der sich um Kätterlis Thron gebildet hatte.

«Und was soll das alles für einen gemeinsamen Sinn haben?» fragte Gotthold, der sich auch zu ihnen gesellt hatte.

«Das zu erkennen, ist eben die Aufgabe der Historie, der Erforschung», antwortete Karl, mit einem Gesicht, als sei er eben daran, es herauszufinden. «Aber auf alle Fälle ist es sehr viel Neues und Anderes...»

«Technisches, vor allem», machte Hirzel achselzuckend.

Karl schüttelte den Kopf, abwesenden Auges. «Es hat eine Verschiebung des Akzentes stattgefunden», murmelte er. «Man sieht es nicht genau, in welcher Beziehung, aber das ist sicher, es geht vom einzelnen weg in der Richtung gegen die Vielheit, die Gemeinschaft. Das Private und Geschlossene zeigt eine Tendenz zum Allgemeinen und Öffentlichen. Nahrung, Spiel, Unterhaltung, Sport, Körperpflege, Haushaltungsführung. Es ist, wie wenn viele Bedürfnisse, die bisher privat und in kleinen Gruppen gestillt wurden, nun für die anonyme Masse legitim erklärt würden.»

Es hatte Hirzel getroffen. Er sah sich selbst, wie er vor vielen Jahren an einem fröstelnden Morgen mit hochgeschlagenem Rockkragen auf dem Bänklein auf der Hungerinsel gesessen und über die Brücken dieser Stadt nachgedacht hatte, und dann, unter den Bögen hindurch an den Fischhändlern, den Beerenfrauen, den Buchhandlungen und Delikateßgeschäften vorbei, zur Wirtschaft des Frauenvereins an der Zähringerstraße hinunter geschlendert war, um sein Mittagessen einzunehmen, das aus einem Teller Hafersuppe und einem Stück Weißbrot bestand, welche Mahlzeit fünfzehn Rappen kostete. Bei Karls Worten dachte er: ich bin also damals nicht allein gewesen. Es gingen gleich mir noch viele solch Sehnsüchtiger und Hungriger durch die Straßen dieser Stadt. Es konnte nicht anders sein, denn sonst wäre ja das alles, was dieser junge Historiker aufzählte, nicht im Begriffe, Wirklichkeit zu werden. Offenbar werden viele Dinge erst möglich, wenn wir anfangen «wir» statt «ich» zu sagen.

V. Kapitel

Das Fräulein Bumbacher konnte Aaron sofort Auskunft geben. Dieser Herr Zollinger, der sich telephonisch angemeldet habe, sei der Sohn des Landwirtes Heinrich Zollinger selig, der ehemalige Besitzer der Krähbühl-Liegenschaft in Fluntern. Sein, Aarons Vater selig, hätte sich seinerzeit lange im Auftrage des Konsortiums Fineisen um den Ankauf des Grundstückes bemüht, aber das Geschäft sei an der Hartnäkkigkeit des Besitzers gescheitert. Dann, als im Jahre achtzehn der Landwirt während der Grippeepidemie gestorben sei, hätten die Erben, besonders auf das Drängen des Sohnes hin, die Liegenschaft doch veräußert, bis auf das alte Bauernhaus mit der Scheune, und sie betrieben jetzt ein Milchgeschäft. Nein, pendent sei hier nichts. Natürlich, wenn sie jetzt auch noch das Haus verkaufen möchten, so wäre dies ein interessantes Objekt inmitten der Villen, die bereits ringsum ständen. Plan-Kopien seien noch da. Sie legte sie denn auch gleich vor den jungen Chef der Liegenschaftenagentur auf den Tisch, und Aaron machte sich, mehr um der stummen Aufforderung der alten Angestellten nachzukommen als aus wirklichem Geschäftsinteresse daran, die Papiere durchzusehen. In Wahrheit aber weilten seine Gedanken bei dem kleinen Zweisitzer, dem Citroën, den er vor wenigen Tagen gekauft hatte, aus Mitteln der Firma, und weil ein solches Fahrzeug die Arbeit eines fortschrittlichen Liegenschaftenvermittlers unzweifelhaft erleichterte, man denke nur an die vielen Gänge auf die Kanzleien der Notariate und die Besichtigung der Objekte. Maikäferbraun und mit funkelnd gepützeltem Gestänge stand der Wagen im Hof, unter dem Fenster des Büros. Ihn nur anzusehen war schon eine Freude, wie er so bereitstand jederzeit, es bedurfte nur eines unbestimmten Vorwandes, einer Laune in Wirklichkeit, und es zog das kleine Motörchen den jungen Mann hinaus, über die Forch beispielsweise, die Straße jenseits des Zürichbergs hinab in die offene Landschaft, in der rund, ferienhaft und sonntäglich der Greifensee wie ein Auge der Erde zur Kuppel des Himmels emporblickte. Diese einsamen Fahrten, mitten im Werktag, unter nichtigem Vorwand, sie waren für Aaron wie eine Flucht; nicht das Ziel, das Fliehen selbst, die Bewegung über die stillen Straßen, zwischen den Wiesen hin, war ihr Sinn. Aber er kehrte vor Geschäftsschluß stets bedrückt und mit schlechtem Gewissen zu dem allein und wortlos ihres Amtes waltenden Fräulein Bumbacher zurück. Nein, es habe niemand angerufen, lautete meistens ihre Antwort; hastig unterschrieb dann der junge Chef die üblichen Offertenbriefe, die die Angestellte auf jene Inserate verfaßt hatte, in denen die Bemerkung «Vermittler verbeten» fehlte.

Heute also konnte er nicht abschwirren. Wenigstens sehe ich wieder einmal ein junges Gesicht, dachte Aaron, als sich der pausbäckige Milchhändler, den braunen Filzhut in der Hand, auf den Sessel vor dem Pult niederließ.

Es tat geradezu wohl, nach den verschlossenen, geschäftstüchtigen Besuchern mit ihren harten und mißtrauischen Augen, einem Antlitz aus der eigenen Generation zu begegnen. Die beiden jungen Männer konnten sich denn auch sogleich aus verschmitzten Augen komplizenhaft anlächeln, als sei einem jeden von ihnen des andern Welt und ihre Schwierigkeiten bekannt und zum voraus verziehen.

Er komme zu ihm, Aaron, sagte der junge Zollinger, weil ihre Väter seinerzeit miteinander geschäftet hätten. Er strotzte unter seinem Kittelchen von Lungen- und Muskelkraft, und der Stuhl krachte bedenklich, wenn er sich bewegte. Er habe sich eigentlich nur erkundigen wollen. Er, die Mutter und Schwester erwögen, das Heimwesen in Fluntern aufzugeben, zu veräußern, sie kämen sich sowieso immer fremder vor inmitten der Villen ringsum, und bauern täten sie ja nicht mehr, von dem Platz oben bei der Allmend abgesehen. Eigentlich hätten sie nur noch des Rosses und der Kuh wegen und um dem alten Knecht Hufenus noch eine Beschäftigung zu lassen, die Wiese und das Waldstück oben behalten. Er, Heinrich, mit seinem Milchgeschäft, komme ja nicht mehr dazu auf dem Lande zu arbeiten. Und für die Mutter werde es im Hause auch langsam zu viel, da doch die Schwester Regula immer im Laden stehe.

Es sei eigentlich schade um das schöne alte Bauernhaus, entgegnete Aaron, und dachte dabei, es würde sein Vater sich im Grabe umdrehen, hörte er ihn so geschäftsuntüchtig reden. Das schon, erwiderte Zollinger, und die Herren vom Heimatschutz hätten auch gemeint, man solle den Verputz wegschlagen und die alten Riegelbalken wieder zum Vorschein bringen und rot bemalen. Wenn ihnen so viel daran liege, so möchten sie es doch kaufen. Mit anderer Leute Geld Heimatschutz zu betreiben sei keine Kunst.

«Und was geschieht mit dem Knecht?» fragte Aaron.

Der komme zu seiner Schwester nach Maur; sie hätten ein kleines Bauerngewerbe, und dort sei schon noch zu tun für den alten Mann. Am meisten leid tue es ihm wegen dem Fuchs, der Freya, sie gehe jetzt ins siebzehnte Jahr und fange an zu erblinden; sie dem Schinder zu überlassen, bringe er nicht übers Herz, aber er werde schon irgendein Gnadenplätzchen für sie finden, ein Wieslein, wo sie in der Sonne weiter weiden und dösen könne, bis der Tod sie erlöse.

Es ist blödsinnig, dachte Aaron und mußte dabei allerlei Umtriebe veranstalten mit einer Zigarette, die er aus einer Schachtel klaubte und anzündete, weil ihm das Wasser in die Augen steigen wollte. Es war ihm seit des Vaters Tod und seiner Verpflanzung in dieses auf die Hofseite hinausgehende Büro eine weinerliche Wehleidigkeit geblieben. Aber ich kann doch nicht jedesmal in ein Kino gehen, wenn ich plärren will. Jeder kleine Vorwand zum Heulen scheint mir willkommen zu sein. Ich weine über das alte Pferd, aber ich meine mich damit. Es ist zum Kotzen. Er schneuzte sich; Herrgott bin ich unglücklich, dachte er dabei.

«Was kann man dafür verlangen?» fragte Zollinger.

Fräulein Bumbacher brachte weitere Unterlagen herein, und dann begannen die jungen Leute zu rechnen. Es kam eine schöne sechsstellige Ziffer dabei heraus, und die Provision würde beinahe das Wägelchen draußen im Hofe bezahlen, wenn es so weit war.

«Aber Sie haben es doch eigentlich gar nicht nötig, nachdem was ihr aus dem Verkauf des Baulandes gelöst habt», meinte Aaron.

Ich verhalte mich genau so, als müsse ich das Geschäft hintertreiben, spottete er sich selber aus, aber es ist stärker als ich. Weiß der Himmel, woher ich das habe!

Der Milchhändler schaute ihn mit sonderbaren Augen an; sie erschienen Aaron in dem frischen, wettergebräunten Gesicht wie verkniffen, starr, ängstlich beinahe. Die Leichtfertigkeit, dieses Obenhin, diese offenbare Gleichgültigkeit des jungen Sensals dem geplanten Verkauf des großen Objektes gegenüber, kam Zollinger ganz unerwartet. Nach seiner Vorstellung hätte sich dieser Herr Reiß sofort eifrig und eilfertig der

Angelegenheit bemächtigen und sich die alleinige Behandlung der Vermittlung sichern sollen. Statt dessen brachte er nichts als Einwände und unbequeme Fragen vor und machte aus ihm, dem Auftraggeber, beinahe einen Bittsteller. Viele Jahre später, als Aaron längst nicht mehr in diesem Berufsleben stand, erläuterte ihm der Anwalt Fineisen, dies eben sei die richtige gewiegte Art gewesen, an derartige Geschäfte heranzugehen, und wenn just ihm damals, dem unerfahrenen Anfänger, die Handänderung des von allen Berufsvermittlern umschwärmten Zollingerschen Hofes zu vermitteln gelungen sei, so scheine da ein durch Generationen heraufgezüchteter Instinkt kaufmännischer Psychologie den Ausschlag gegeben zu haben.

Zollinger starrte vor sich hin, von Zweifeln bedrängt. Einem überlegenen und womöglich noch zu Tadel und Lehrhaftigkeit aufgelegten Herrn der älteren Generation zu erklären, was ihm zugestoßen war und die Familie veranlaßte, das Besitztum zu veräußern, widerstand ihm. Diese Männer würden sich in der Rolle seines verstorbenen Vaters gefallen, mit dem sich der Bauernsohn seit dessen Tod zerfallen fühlte, denn sicherlich alles, was er seither in der Verwaltung des Erbes unternommen hatte, hätte seine Mißbilligung gefunden. Und auf der Geschichte mit den Beryllen lastete offenbar sein Fluch. Bei diesem jungen Reiß, einem aus seiner Generation, würde er eher Verständnis finden, befanden sie sich doch beide in einer ähnlichen Lage: vor einer Hinterlassenschaft, die es zu bewahren und zu erhalten galt.

Also entschloß er sich, auszupacken. Er hatte zuerst, ohne Wissen der Mutter, dann gegen ihren Willen und zuletzt mit dem ängstlichen Einverständnis der kranken und rasch alternden Frau große bare Beträge aus dem Haufen Geld, der brach in der untersten Schublade der Kommode lag, diesem biederen Herrn Leigast ausgehändigt, gegen vielerlei Papiere, mit Siegeln und Stempeln, in portugiesischer Sprache abgefaßt, und am Schluß, als der Mann verhaftet, unter Anklage gestellt und ins Gefängnis gebracht wurde, war ihnen nichts geblieben als einige Tüten gelber Kristalle, echte Berylle allerdings. Aber sie waren zum Zwecke des Betruges von Juwelenhändlern gekauft worden, sonst aber hatte sich alles, alles als Schwindel plumpester Art herausgestellt. Die geschädigte Familie Zollinger wagte nicht einmal als Kläger aufzutreten, so schämte sie sich ihrer Dummheit und scheute sie, die so rasch reich Gewordene, die Schadenfreude Verwandter und Bekannter.

Es war Aaron nicht angenehm, diese Bekenntnisse zu hören. Es wehte ihm daraus etwas zu, das ihn selbst zu betreffen schien. Zwar kannte er diese Sucht nach raschem Reichtum, der Zollinger zum Opfer gefallen war, nicht. Sein Dasein spiele sich mehr auf der Ausgabenseite des Lebens ab, pflegte sein Vater oft gutmütigen Spottes zu bemerken. Aber er verstand, wie es einen zu Freiheit von väterlicher Autorität und zu Geldmitteln gekommenen jungen Mann gelüsten konnte, unternehmend und tätig ins Leben einzugreifen, mit forschen Entschlüssen und kecken Entscheidungen den eigenen Wert zu beweisen. Das war ja ein beliebter Gegenstand der französischen Romanliteratur, wo von vertanem Erbe und von der Vermischung der Klassen gerne die Rede war.

Dem jungen Milchhändler standen ein paar Schweißtröpfchen auf der runden Nase, als er geendet hatte. Es tat ihm offensichtlich wohl, als Aaron sagte, das könne er alles ganz gut verstehen. Glücklicherweise seien die Erben ja in der Lage, diesen Verlust zu tragen, und wenn der Hof verkauft sei, so werde dann jener Erlös für alle Zeiten vor solchen Gefahren gesichert sein.

Zollinger schüttelte störrisch den Kopf. Damit gebe er sich nicht zufrieden. Das verlorene Geld müsse wieder herein, vorher habe er und wahrscheinlich auch sein Vater auf dem Fluntermer Friedhof keine Ruhe. Unten in der Stadt werde er ein alkoholfreies Restaurant auftun, etwas Neues, auf moderner Basis, nicht nach der Art des Frauenvereins.

Aber dies natürlich erst, wenn der Krähbühl verkauft sei, meinte Aaron. Nein, so lange warte er nicht, die Mietverträge seien schon perfekt, der Umbau des Hauses an der Sihlstraße bereits in Angriff genommen, mitten in der neuen City, eine Gastwirtschaft für die vielen Angestellten, die über Mittag nicht mehr nach Hause gingen, ein Quick-Lunch, wie man sage, und eine Milchbar.

Aber dies war nicht das einzige bedeutende Geschäft, das Aaron an diesem Tage zufiel.

Kaum war der junge Milchhändler gegangen, alle Vollmachten und den den Regeln gemäß verfaßten Auftrag zurücklassend, brachte das Fräulein Bumbacher die Post herein. Aaron

Aron muss auf Jacqueline verzichten, aber sein Werk beginnt + fehlt! Jacqueline => metaphorisch Schreibunterlage

ließ sie eine Weile liegen, weil er sich gewohnheitsmäßig einem privaten Kummer zuwandte. Er hob das grüne Fließblatt seiner Schreibunterlage. Darunter befand sich der Abriß der ersten Seite des «Tagblattes der Stadt Zürich», und unter den amtlichen Mitteilungen war in den «Eheverkündigungen», eingeleitet durch den Satz «Ihr Eheversprechen haben angemeldet», mit Blaustift umrandet, zu lesen:

> *Fries, Otto Alwin, Dr. med., von Kilchberg (Zürich) und Voubrasse, Jacqueline, Dr. med., von Lausanne (Waadt), beide in Zürich.*

Den ganz gewöhnlichen Bankbrief mit dem Fensterkuvert in der Hand, starrte Aaron eine Weile vor sich hin, dann ließ er das grüne Fließblatt wieder fallen und öffnete das Schreiben. Ohne viele Worte teilte die Liegenschaftsverwaltung des Instituts mit, die Erbgemeinschaft des S. Achterhold sel. sei im Prinzip bereit, auf die Kaufofferte betreffend deren Liegenschaft an der Bahnhofstraße einzutreten.

Es sollten jedoch diese beiden, in Fachkreisen Aufsehen erregenden Geschäfte, die Aaron Reiß am selben Nachmittag zufielen, da der junge Inhaber der Liegenschaftenagentur davon geträumt hatte, mit dem neuen Citroën ein müßiggängerisches Fährtchen den See hinauf zu unternehmen, für den Rest des Jahres die einzigen bleiben. Allerdings deckten die Provisionen daraus die Geschäftsspesen für diese Zeit. Doch dann stellte sich heraus, daß es Ausnahmen, Glücksfälle gewesen waren, außer der Ordnung, die wollte, daß der Vermittler mit Fleiß und Begeisterung, durch Enttäuschungen und Demütigungen hindurch, sich immer von neuem und täglich bemühte, Parteien zusammenzubringen. Aber als dies der junge Mann einzusehen begann, war in ihm selbst eine Entwicklung schon so weit fortgeschritten, daß die Dinge einen anderen Lauf nahmen.

VI. Kapitel

Dem in der betonierten Rinne, auf dem Grunde eines tiefen Schachtes, zwischen eisernen Geländern, brav dem See zurieselnden Hornbach war seine Jugend nicht mehr anzusehen. Den Wäldern südlich und nördlich des Oetlisberges in zwei Armen entsprungen, aus den Quellgebieten der Dörfer Witikon und Trichtenhausen gespiesen, war er mit großem Gefälle durch die Stocken- und Wehrenbachtobel herabgestürzt. Wild umrauschte er unterhalb der Burgwies noch den Außenrand der Wallmoräne der Weinegg und wurde deshalb auch Wildbach genannt, aber dann, bei der Hammerstraße, fing seine Misère an. Zwischen grauen Mietshäusern, von glatten Asphaltstraßen begleitet, unter nüchternen Überführungen hindurch, über die die Straßenbahnen und die Automobile hinwegfuhren, nahm er die Gestalt eines Kanals an, und nur die Liguster der Gärten der Hornbachstraße und die Bäume im Park des Zürichhorns erinnerten ihn noch schwach an die stillen Gewölbe der Wälder, die er, kaum eine Wegstunde hangaufwärts, von Tümpel zu Tümpel fallend, durchbraust hatte. Nur an herbstlichen Tagen, wenn er, von Regen angeschwollen und trüb, dürres Laub und morsche Zweige mit sich führte, brachte er noch einen abenteuerlichen Hauch, einen Geruch aus den Gehölzen auf den Hügelkuppen über der Stadt mit sich.

Das Haus, in dem die jungen Eheleute Abt wohnten, stand an der Hornbachstraße; es war eine Sandsteinvilla aus den neunziger Jahren, von der Straße und dem Rinnsal im Schacht durch ein kleines Ziergärtchen getrennt, das von einem Gitter aus vierkantigen Lanzen umschlossen war. Sie pflegten des Abends, wenn das Quartier still ward, dem Bach entlang bis zum Zürichhorn hinaus zu wandern und ein wenig bei der roten Laterne auf dem Landungssteg zu stehen und über den See zu blicken. Es sei ein Sinnbild der verflossenen Aufklärungszeit, pflegte Walter zu sagen, die Art, wie man dieses Gewässer vergewaltigt und zu einer nur mühsam getarnten Abwasserkanalisation degradiert habe, ganz auf Zweckmäßigkeit und Sicherheit bedacht, ohne Sinn für das Geschenk, das ein frei bewachsener Bach in städtisches Gemäuer hineintrage, als eine lebendige und natürliche Verbindung mit der Landschaft, die immer noch dieser Bewohner eigentlicher Ursprung bleibe.

Als sie an diesem Septemberabend zurückkehrten, fanden sie Aaron, der am granitenen Sockel der Gartentüre lehnte und ihrer gewartet hatte.

«Das ist Aaron», sagte Walter, «und das ist meine Frau.»

Es war ein für den jungen Mann seltsames, aus Scheu und Befremdung gemischtes Gefühl, diese Worte aus dem Munde des Freundes zu vernehmen. Es war, als sei alles anders geworden, als wäre der andere durch das Tor eines neuen Lebens getreten, in einen geheimnisvollen Bezirk, an dessen Grenze der Alleinstehende ein wenig erniedrigt zurückgelassen wurde. Die junge Frau war von hoher Gestalt; ihr Gesicht schien Aaron unbeschrieben, ruhig und ebenmäßig und zeigte jene Verzögerung im Spiel der Miene, wie sie ländlichen Personen eignet. Ihr Haar war dunkel, von der Farbe alter Hölzer, und ihre Kleidung, aus einem hellen, grob gewobenen Tuch gefertigt, erinnerte trotz des städtischen Zuschnittes ganz ferne an eine Tracht. Sie erwartete ein Kind.

Auch Aaron erhielt nach dem Essen ein Tüchlein in die Hand gedrückt, und er gab sich große Mühe, Gläser und Teller so sauber trocken zu reiben wie Walter, der offenbar Wert darauf legte, daß sie beide, Hausherr und Gast, der jungen Frau beim Wegräumen und Spülen des Geschirrs halfen. Es kam bei dieser Verrichtung, begleitet vom Klappern der Schüsseln und der Bestecke, die Geschichte der jungen Ehe zur Rede.

Ob Aaron sich noch jenes Studenten Arquint erinnere, fragte Walter, dessen Dienstverweigerung damals während des Krieges so viel von sich reden gemacht hätte? Ein Offizier, wie jener Kleiber, ja, er entsinne sich des Falles, antwortete Aaron zerstreut und hielt ein Glas gegen das Licht, das flecklos rein zu reiben er beschäftigt war, aus religiösen Gründen, unter Leonhard Ragaz' Einfluß, wenn er sich nicht täusche, und die beiden seien mit Gefängnis bestraft worden, demonstrativ, des zersetzenden Einflusses wegen, den ein solcher Schritt auf die Moral der Soldaten ausübe. Die Frau hielt mit ihrer Hantierung am Spültrog inne, als Walter sagte:

«Reto ist mein Schwager, denn Elsbeth ist seine Schwester.»

Auf der großen Umwegreise durch Kanada vor seiner Heimkehr habe er bei seinen Landsleuten Arquint in Ontario vorgesprochen, wo Reto als Lehrer am Landwirtschaftlichen Institut amtete, begierig zu erfahren, wie sich das Schicksal der jungen Leute nach ihrer Auswanderung gestaltet habe. Es ging ihnen gut, sie hatten zwei Kinder, und sie und der Haushalt wurden eben von Elsbeth betreut, weil es mit Malys Gesundheit nicht zum besten stand. Vor zwei Jahren war sie vom Pfarrhaus in Igis geradenwegs hinübergereist, Säuglingsschwester eigentlich von Beruf. In jenem Hause, während Walters

Besuch, hatten sie sich kennengelernt. Er, Walter, sei dann noch einige Zeit als Lonely-heart-Redaktor tätig gewesen, dann hätten sie geheiratet, und die Überfahrt und Heimkehr war ihre Hochzeitsreise gewesen. Das seien ein bißchen viel Nachrichten, die er da beim Geschirrabtrocknen vernommen habe, meinte Aaron lachend, als sie wieder im Wohnzimmer saßen; aber zuerst und vor allem, damit er zu fragen es nicht vergässe, möchte er wissen, was es mit dieser Lonely-heart-Redaktion für eine Bewandtnis habe.

Das sei eine auf den ersten Blick hin ein wenig lächerlich und für unsere europäischen Begriffe fast unmöglich anmutende Einrichtung, erläuterte Walter, am besten noch mit unserem Briefkasten zu vergleichen. Leute, die keine Korrespondenz erhielten und keinen gesellschaftlichen Umgang hatten, Einsamen mit einem Wort, sei Gelegenheit geboten, sich mit ihren Anliegen an die Abteilung für Einsame Herzen ihres Blattes zu wenden, und daraufhin erhielten sie einen persönlichen Brief vom Redaktor, der diese Sparte unter sich habe, mit Name und freundlicher Anrede, doch der Text sei ein Schemabrief, zugeschnitten auf die Inhalte Liebe, Geldsorgen, Familienschwierigkeiten und Altersgedanken – und das übe trotzdem auf solche Personen, die jahrelang keine Briefe erhielten, einen wohltätigen, befreienden Einfluß aus, menschlicher Anteilnahme, wenn auch in dieser Form, teilhaftig zu werden.

Es kam dann aber sogleich, während sie unter stiller Lampe Tee tranken, das Gespräch ins Weitere und Allgemeinere, und Aaron erinnerte sich auf einmal dankbar daran, daß dies immer so gewesen war, sobald er mit Walter ins Reden kam. Seit er zurück sei, meinte der Freund, werde es ihm immer deutlicher bewußt, wie wenig die Leute im Grunde sich kennten. Man könne geradezu sagen, dies sei das Problem dieser ständig wachsenden Stadt. Sobald die Zahl der Bewohner einer Siedelung eine gewisse Grenze überschreite, immer neue Leute zuzögen, die Quartiere ihre Eigenart verlören, höre das eigentliche gesellschaftliche Leben auf. Zwar sei das Bedürfnis dazu vorhanden, doch seien die geselligen Anlässe der Berufsverbände und der Vereine nur Anhängsel und Notbehelfe, schwache, nicht ernstzunehmende Versuche, die Frauen wegen der fortwährenden Beanspruchung ihrer Männer durch die vielen Sitzungen das ganze Jahr hindurch zu beschwichtigen. Weit entfernt davon, die Leute über Stand und Klasse hinweg in einer Weise, wie es demokratischer Lebensführung gemäß wäre, zu mischen und miteinander zu befreunden, dienten unsere Vereine nur einer weiteren Aufspaltung der Bürger in Sphären beruflicher oder liebhaberischer Zweckmäßigkeit. Wie zwischen Scheuklappen hervor sähen diese Männer nur noch den sie interessierenden und angehenden Sektor des Lebens und würden es nicht inne, welcher Verarmung sie anheimgefallen seien. Der Schütze sieht nur noch die Scheibe und den Nebenschützen, der Turner nur noch das Sektionsresultat, und dem ehrbaren ersten Baß, der sich wöchentlich einmal zur Chorprobe begibt, würde es niemals einfallen, an einem Abend mit seiner Familie ein Lied zu singen.

Aaron saß ein wenig außerhalb des Lichtscheins und lauschte. Noch in keiner Stunde seit meiner Rückkehr habe ich mich so zu Hause gefühlt wie in dieser, dachte er. Ich habe mit Verwandten zu tun gehabt, mit Geschäftsherren aus der vorangehenden Generation. Heute zum erstenmal ist das Gefühl der Entfremdung und der Einsamkeit ein wenig von mir genommen worden, weil ich des Freundes Stimme und Redeweise wieder vernehme, die mich durch die Jugend- und Jünglingszeit heraufbegleitet hat. Was er sagte, es ist mir alles so vertraut, obgleich es nicht die Fragen sind, die mich beschäftigen.

«Du meldest etwas an», sagte Aaron nach einer Weile, und es schien ihm, als hätte die junge Frau jenseits des Lichtkreises gelächelt und leise genickt. «Du meldest uns an, unsere Generation, so etwa verstehe ich, was du meinst.»

«So verstiegen bin ich nicht», entgegnete Walter Abt und betupfte einer alten Gewohnheit gemäß hinter dem Brillenglas mit der Kuppe des Goldfingers das äußere Ende des Lides, «aber wem denn, wenn nicht uns, fällt die Gestaltung der Gegenwart zu?»

Ich bin dumpf, ich schlafe, grübelte Aaron in sich hinein, ich höre dies alles gern, und es sagt mir zu, aber was bedeutet es, wo will es hinaus? Ich spüre das Unbehagen, das Fragwürdige in unserer Lebensweise, aber ich kann nur spötteln darüber, und hie und da ein wenig traurig sein, und das gefällt mir noch. Aber ich habe keine Vorschläge zu machen, ich bringe nichts Neues herbei. «Ich wüßte nicht, wie es zu ändern wäre», gestand er.

Die drei jungen Leute saßen eine Weile stumm da und schauten vor sich hin mit ernsthaften Gesichtern, als sei ihnen die Aufgabe zugefallen, gerade jetzt, in dieser Stunde, den Anfang zu einem neuen harmonischen Dasein zu finden.

«Nur das scheint mir gewiß», sagte schließlich Aaron, «es kann doch nicht ein ganzes Leben so weitergehen, daß man mit sich und den andern immer uneins ist, daß man immer an sich und den anderen herumkorrigiert. Ich habe stets das Gefühl, als warteten wir auf etwas, und während wir warten, geht das Leben vorbei ...»

«Das provisorische Leben», nickte Walter.

«Es muß doch einmal ein Zustand eintreten, wo man ganz und bewußt in der Gegenwart lebt, wo man das alles so richtig auskostet, jede Zigarette, jeden Anblick, jedes Wort, das man hört, ohne Hast, zufrieden, einig mit sich selbst ...»

«Dankbar», sagte die junge Frau mit klaren Augen.

«Und nicht nur ausnahmsweise, als Gnade sozusagen», rief Aaron.

«Dem sagt man eben glücklich sein», lachte Walter mit gekniffenen Augen hinter seinen Brillengläsern hervor.

«Aber wann kommt das? Wenn ich es zusammenzählen würde, so war ich vielleicht acht Minuten glücklich in meinem Leben bisher.»

«Ich glaube, das ist einfach deshalb, weil die meisten Leute etwas anderes tun, als was sie eigentlich möchten», meinte der junge Ehemann.

«Das ist es ja, wir werden gezwungen dazu!»

«Wenn jemand reich werden will, dann ist er nur glücklich im Zustande des Geldverdienens. Wem aber am materiellen Besitz weniger liegt, der sollte nur gerade so viel verdienen wollen, damit er dem leben kann, was ihn wirklich interessiert, so eine Art wie Spinoza, der Brillen schliff, um philosophieren zu können.»

«Ist Ihr Bruder glücklich?» fragte Aaron. «Er ist doch einer von den Menschen, der genau das tat, was er glaubte tun zu müssen, der Studium, Karriere, die Heimat selbst in einem gewissen Sinn dafür hingab», fragte Aaron.

«Ich denke zwar nicht, daß Reto es tat, um glücklich zu werden», entgegnete die junge Frau, «aber glauben Sie mir, Herr Reiß, es ist unbegreiflich, was für Kräfte ein solcher Entschluß freilegt. Er strahlt über das ganze Leben aus, er verändert alles – er ist wie eine Verpflichtung, der man sich nie mehr entziehen kann. Es geht ihnen ja nicht schlecht, aber selbst wenn sie ganz arm geworden wären deshalb, die Würde und das Geläuterte bliebe ihm, das spürt man.»

«Dabei halte ich die Militärdienstverweigerung eines Schweizers für einen Irrtum», sagte Walter, «Reto und ich haben oft miteinander diskutiert deswegen – aber darum geht es hier nicht. Es bleibt etwas Eindrucksvolles, wenn ein Mensch seiner Überzeugung gemäß *handelt.*»

Aaron konnte nicht sogleich feststellen, woher sein Widerspruch kam. Nur zögernd liehen die Worte ihm ihren Beistand.

«Am Morgen manchmal, wenn ich ins Bureau gehe, begegne ich einem älteren, dunkel gekleideten Herrn mit einem vollen Schnurrbart und einer dicken Brille vor den Augen. In seinem schwarzen Schlapphut und in seiner dicklichen Gestalt sieht er aus wie der Inbegriff einer friedlichen Gestalt, so wie man sich etwa einen Professor von anno dazumal vorstellt, mit Röllchen und steifer Hemdenbrust. Es ist jener Dr. Friedrich Adler, der Sekretär der Zweiten Internationale, die ihren Sitz in einem Mietshause ganz in meiner Nähe, an der Stockerstraße, hat. Dieser Mann hat vor zehn Jahren in Wien, in einem öffentlichen Restaurant, von seinem Tischchen aus, den österreichischen Ministerpräsidenten Graf Stürgkh erschossen. Jedesmal wenn ich an diesem Mann vorbeigehe, beschäftigt mich eine zeitlang eben gerade dieses Problem der Tat aus Gewissensgründen.»

Die beiden Eheleute horchten ihm so aufmerksam zu, daß es Aaron verwirrte. «Kann er zufrieden und mit sich einig sein? denke ich dann. Wiegt diese Überzeugung den Tod eines Menschen auf? Versteht ihr, was ich meine? Mit solchen vor dem eigenen Gewissen gefaßten Entschlüssen begibt sich der Mensch in eine ungeheure Einsamkeit. Er verliert die Maßstäbe. Es findet kein Gespräch mehr mit seinesgleichen statt, sondern ein Monolog, der nur noch scheinbar in für und wider aufgeteilt ist. Instinkt, Macht- und Geltungstriebe kommen daher als kategorische Imperative verkleidet. Der Mensch als Einzelgänger, angeblich nur seinem eigenen Gewissen Rechenschaft schuldend, er flößt mir Grauen ein. Man darf ihn nicht sich selbst überlassen.»

«Genau so ist es», rief Walter, «genau so! Das wahre Maß seiner Entwicklung erreicht der Mensch nur in der sozialen

Gemeinschaft! Das ist das Großartige an der Demokratie: sie verhindert die fixen Ideen. All das Langsame, das Unvollkommene, das Niefertigwerden, das wir um uns herum sehen – das eben ist die Wirklichkeit, das Walten der Vernunft, unromantisch, langweilig oft, unzulänglich, aber nie abgeschlossen und deshalb immer die Korrektur ermöglichend, auf Glauben und Hoffnung begründet.»

Als Aaron spät in der Nacht mit seinem Citroënchen durch die Seefeldstraße heimwärts fuhr, kam ihm das wichtig summende Fahrzeug recht überflüssig und ein wenig lächerlich vor. Es ist ein Vehikel, das seinen Besitzer von den Leuten trennt, dachte er. Ich habe ja keine zufälligen Begegnungen mehr, nur noch solche auf Stelldichein. Mit einem gewissen Neid sah er an den Hausecken vorbei in die stillen Seitenstraßen hinein, die zu betreten ihm, der von dem Motörchen eilig davongezogen wurde, verwehrt war. Dort zwischen jenen Mauern, irgendwo, war doch das wirkliche Leben, das er suchte und an dem er, so schien es ihm an diesem Abend, bis jetzt vorbeigefahren war.

VII. Kapitel

Wenn gegen den Herbst zu die Dämmerung früher anzubrechen begann, konnte es geschehen, daß an den Straßen um die Wiesenkuppe des «Alkoholfreien Kurhauses» herum bereits vereinzelte Laternen brannten, bevor der Sechstkläßler Schörschli Gebhardt aus der Schule zurück war.

Das Aufblitzen der städtischen Lichter in der Landschaft des Zürichbergs wirkte auf Kätterli wie ein Signal; die Frau stellte sich dann an das Geländer der Veranda, ganz an die äußerste Ecke, von der aus man noch die Biegung der heraufführenden Straße erblicken konnte, und es verging während dieser Zeit des Wartens und Spähens keine Minute, in der sie sich nicht immer wieder von neuem den alltäglichen Vorgang ausgemalt und herbeigewünscht hätte: daß der Knabe, mit seinem Tornisterchen auf dem Rücken, sichtbar würde, ein Stecklein in der Hand, das er im Gehen an den Latten der Gartenzäune entlang klappern ließ. Wenn es dann wirklich soweit war, der Bube sichtbar wurde, schien es Kätterli jedesmal, als hätte sie ihn aus der Welt der Vorstellung in Angst und

Sehnsucht von neuem in die Welt der Wirklichkeit hineingeboren. Sie trat dann behutsam in das Zimmer zurück, und wenn der Knabe mit seinem «Grüezi» die Wohnung betrat, so fand er eine Mutter, die flüchtig von einer Beschäftigung aufschaute und sagte: «Kommst du endlich?»

Daß es zu dieser verhaltenen, beinahe spröden Umgangsart Kätterlis zu ihren beiden Kindern, dem Schörschli und der achtjährigen Vera gekommen war, gehörte mit zu dem geheimen Gefühl des Unglücklichseins der sechsunddreißigjährigen Frau. Wenn Karl, der nun an der Höheren Töchterschule die Stelle eines Hilfslehrers für Geschichte bekleidete, am Abend von der Stadt heraufkam, und der nun ein wenig zur Schwere neigende Mann die Türe zur Wohnstube öffnete, so wich von den Kindern – Kätterli sah es jedesmal mit einem Kummer, der sie an den Rand des Weinens brachte – ein Bann. Wie vertraute Katzen betrachteten sie den großen Vater als einen von ihresgleichen, als einen erwachsenen Buben, an dem sie ihre Köpfchen reiben, an dem sie emporklettern, mit dem sie ringen konnten. Dabei eignete ihm nicht ein fröhliches oder spaßhaftes Wesen, sondern viel mehr als die Mutter war er zu lehrhaftem Verhalten aufgelegt, durchsah er die Schulhefte der Kinder und machte mit ihnen die Aufgaben. Sie antworteten ihm auch ernst mit großen zu ihm aufschauenden Augen, nicht ohne Bewunderung für sein Wissen und Können – aber alles war mehr wie ein großartiges, abgekartetes Spiel; die beiden Kinder nahmen das gar nicht ernst, Kätterli spürte es wohl. Doch er hatte Kontakt mit ihnen, sie, die Mutter, nicht.

Trotzdem die Stadt mit den Villen ihrer begüterten Einwohner langsam den Hang des Zürichberges hinaufwuchs, ein Gewürfel, ein lockerer Reigen von freundlichen Wohnstätten inmitten der alten, aufgeteilten Bauerngüter und herrschaftlichen Besitzungen, so weideten oben auf der Kuppe noch immer die Kuhherden auf den Wiesen zwischen den Wäldern. Wenn Schörschli unter der Lampe am Tische im Wohnzimmer saß und in dem alten Bürkli-Fahrplan blätterte, durch die angelehnte Verandatüre der Geruch der herbstlichen Staudenfeuerchen hereindrang und das Gebimmel der Herdenglokken, dann blickte das Kätterli von ihrer Nadelarbeit weg manchmal verstohlen zu ihrem Bürschchen hinüber, in dessen struppigem Haarschopf das Licht schimmerte. Es war dann in ihrem Blick ein Ausdruck, als warte sie auf eine Antwort. In dieser kleinen Menschengestalt dort drüben am Schicksalstisch schlummerte doch jenes Wesen, mit dem sie einst Zwiesprache gehalten hatte, und von dem ihr versprochen war, daß sich das Geheime und Besondere ihrer selbst verwirkliche und offenbare. Einmal würde sein Blick ihr verraten, daß er erwacht war und in der Stille zu jener Gestaltung sich entfaltet hatte, die sie in der Zeit der Hoffnung damals, oben auf der Terrasse des Kurhauses, erträumte. Dann würde mit einem Male jene tiefe Verbindung zwischen ihnen wieder hergestellt sein, die damals bestanden hatte, als sie das Kind trug. Die Welt, in die sie das Knäblein hinausgeboren hatte, stellte sich Kätterli als eine immer breiter werdende Landschaft der Hindernisse dar, die sie von Schörschli trennte, als ein stetiges Wegtreiben und Verlieren. Ungeboren war er, reif und verstehend, Teil ihres eigenen Wesens gewesen; entlassen, wurde er mit jedem Jahr kindlicher und ferner. Es mußte wohl so sein, noch viele Jahre, bis er erwachsen war und vollendet zu ihr heimkehren würde, die ihn erwartete. Selbst Karl wußte nichts von diesen Vorstellungen Kätterlis. Aber manchmal überraschte sie ihn mit eigenartigen Entdeckungen, die sie in des Knaben Entwicklung machte.

Karl hatte im Spiel mit den alten Fahrplänen, die der Knabe sammelte und in seinem Winkel im Kinderzimmer mit Hilfe einer Schuhschachtel nach der Art eines Bücherregals aufreihte, nichts als eine Nachahmung seiner eigenen Bibliothek gesehen, ohne Bezug auf den Inhalt der Bändchen und Hefte. Auch Kätterli hatte dieser Beschäftigung eine besondere Bedeutung nicht beigemessen, bis sie an einem Nachmittag, aus der Küche kommend, hinter der angelehnten Türe des Eßzimmers Schörschlis Stimme hörte, der der jungen Schwester ernsthaft auseinandersetzte:

«Der Zug fährt um dreizehn Uhr fünfundzwanzig vom Perron sechs ab; um vierzehn Uhr dreiundvierzig hält er in Baden und fährt um vierzehn Uhr fünfundvierzig wieder weiter, ohne Halt bis Olten. In Olten kommt er um fünfzehn Uhr fünfzehn an. Dort wartet er den Anschluß des Zuges Numero zweihundert und neun von Bern ab, der um fünfzehn Uhr zwanzig eintrifft, dann fährt der Basler Zug um fünfzehn Uhr fünfundzwanzig wieder ab. Um fünfzehn Uhr siebenundfünfzig hält er noch zwei Minuten in Pratteln und ist dann um sechzehn Uhr neunundzwanzig in Basel.»

Kätterli schüttelte bei sich lächelnd den Kopf über die sonderbare Lektüre, mit der Vera von ihrem Bruder bedacht wurde, doch als sie ins Zimmer trat, spürte sie etwas wie eine unbegreifliche Angst in sich aufsteigen. Die beiden Kinder standen am Fenster. Schörschli hatte die Hände auf dem Rükken verschränkt, es war nirgends etwas von einem Fahrplan zu bemerken; frei, aus dem Gedächtnis rezitierte er die Schnellzugsverbindung Zürich-Basel herunter.

Karl wollte in diesem Spiel etwas Besonderes nicht sehen. Im Gegenteil freute er sich über das gute Gedächtnis des Knaben. Es liege die Beschäftigung mit Mechanik und Technik durchaus im Zuge der Zeit. Immerhin, ein Wesen aus dieser Fähigkeit Schörschlis zu machen, ihn durch Bewunderung etwa noch anzuspornen, das finde er, der Vater, auch nicht gut; am besten wohl sei es, nicht dergleichen zu tun und zu warten, bis diese Periode vorüber sei. Aber Kätterli, wie aufgescheucht und gewarnt, gab sich damit nicht zufrieden. Sie richtete es ein, daß sie sich bei Schulschluß, um fünf Uhr, unten im kleinen Laden des Konsumvereins befand, wenn die Sechstkläßler beim Kirchlein Fluntern um die Ecke bogen. Da konnte sie dann durch die Glastüre sehen, wie Schörschli zurückblieb, die Kameraden davonziehen ließ, bei der Haltestelle der Straßenbahn sich auf den Gartensockel setzte und mit angespannter Aufmerksamkeit das Kommen und Wegfahren der Wagen der Linien 5 und 6 verfolgte. Wurde einer von ihnen in das nahe Depot gebracht, oder wurde ein neuer eingesetzt, so stand der Knabe auf und ging ihm ein paar Schritte nach, als hätte er das Manöver zu überwachen und berge der Vorgang für ihn eine Bedeutung von ungeheurer Wichtigkeit.

Als dann die Mutter mit ihrem Netz am Arm wie zufällig sich zu ihm gesellte, und sie die steile Zürichbergtreppe hinanstiegen, erläuterte der Knabe mit Eifer und Sachkenntnis Fahrplan und Funktion des Betriebes. Für ihn waren die blaugestrichenen Tramwagen nicht einfach sich gleichende und auswechselbare Gefährte; er kannte die Nummer eines jeden von ihnen, er wußte, wenn die 509 hier oben wendete, dann mußte die 512, die sich unterwegs befand, den Paradeplatz seewärts verlassen und ein wenig unterhalb der Platte kreuzten sie sich. Bei der Spitzkehre am Häldeliweg fügte der Wagen der Linie 6, die Nummer 303, sich in das System, was zur Folge hatte, daß in diesem Teilstück alle vier Minuten eine

Trambahn vorüberfuhr, trotzdem auf den beiden Linien eigentlich ein Acht-Minuten-Betrieb herrschte.

Ganz harmlos und mit kindlichem Eifer gab der Knabe seine Erklärungen, als wäre diese Kenntnis die selbstverständlichste Sache der Welt, mit Nebenbemerkungen wie «die Nummer 303 hat eine lange Handbremse», oder «weißt, das ist jener Wagen mit dem Sprung in der linken Vorderscheibe». Die Gefährte hatten offenbar für ihn die Gesichter von Persönlichkeiten. In Bedrängnis, mit einem Druck auf der Brust ging das Kätterli neben ihrem Söhnchen her. Mit jedem seiner Worte steigerte sich in ihr das Gefühl für das Fremdartige, Unheimliche und Drohende, das die Gestalt des Kleinen umhüllte. Alles, was der Knabe sagte, klang ja klug und vernünftig und wurde mit dem Tone der Selbstverständlichkeit vorgebracht. «Jetzt, im Herbst dann», konnte er etwa erläutern, «gibt es gerne Verspätungen, weißt du, der Blätter wegen, die auf den Schienen liegen, greifen die elektrischen Bremsklötze nicht an, weil der Kontakt unterbrochen wird, und dann muß der Führer schon frühzeitig die Handbremse bedienen, doch nicht zu viel, damit die Räder nicht blockiert werden und die Motorbremse noch spielt.»

«Aber woher hast du denn das alles?» fragte das Kätterli.

«Ja, ich weiß halt nicht», antwortete der Schörschli mit vagem, zerstreutem Ausdruck, «ich weiß es halt einfach.»

Am kommenden Sonntag nach dem Essen hörte das Kätterli, am Schüttstein mit dem Abwaschen des Geschirrs beschäftigt, die Wohnungstüre gehen. Es war Schörschli, der sie öffnete. Doch dann gingen die Schritte nicht, wie es erwartet hatte, abwärts im Treppenhaus, sondern hinauf zum Estrich. Die junge Frau lauschte eine Weile, dann trocknete sie die Hände an der Schürze und folgte leise dem Knaben. Als sie den Kopf über den zurückgeschobenen Zinnendeckel erhob, sah sie ihn am stadtwärts gelegenen Geländer knien. Er hatte das alte messingene Ausziehfernrohr, das aus dem Besitz des verstorbenen Schneidermeisters Gebhardt an der Trittligasse stammte, durch die eiserne Schnecke der Umzäunung geschoben, und selbstverloren spähte er durch das Okular gegen den See hinab. In der Hand hielt er die große vernickelte Eisenbähnler-Uhr, die ebenfalls seinem Großvater gehört hatte. Von Zeit zu Zeit blickte er auf das Zifferblatt hinunter, dann drückte er sein Auge wieder an das Fernrohr und murmelte etwas vor sich hin. Immer aufgeregter wurden seine Bewegungen, abwechselnd zwischen dem Spähen und dem Ablesen der Zeit. «Jetzt, jetzt», bibberte der Knabe. Durch den von Gold durchsetzten herbstlichen Dunst über der Stadt war ganz schwach das Hupen eines Dampfschiffes am Bürkliplatz unten zu hören. Der struppige Haarschopf gleißte in der Sonne.

«Was lugst du da, Schörschli?» fragte das Kätterli leise, die Hand unter dem Schürzenlatz an das Herz gedrückt.

Kniend schaute der Knabe zu ihr auf. «Ganz genau um zwei Uhr fünf, wie es im Fahrplan steht, hat der Salondampfer ‹Helvetia› seine Rundfahrt angetreten», rief er strahlend.

Wirklich, über die Bäume hinweg sah das Kätterli das Schiff mit allen Wimpeln und Fahnen langsam im blauen Seebecken seine Schleife ziehen. Der Wind trug sogar einige verwehte Klänge der Bordmusik bis hier herauf. Die Unterlippe der jungen Frau war weiß, so stark preßte sie ihre Zähne hinein. Ihre Hand streichelte das struppige Köpfchen des Knaben. Wie einst vor vielen Jahren waren ihre Augen in die alpengesäumte Ferne gerichtet, als sie an die wunderbare, geheime, immerdar währende Zwiesprache gedacht hatte, die sie dereinst mit dem Kinde pflegen würde, wenn sie es hinausgegeben hätte unter die Menschen und ihre Geschäfte. Sie spürte unter ihren Fingern das Haar und die warme Haut des Köpfchens. Aber darunter war es hart und verschlossen, und die Gedänklein folgten dem Wimpelschiff, das in den See stach; das Auge des Knaben spähte durch das messingene Rohr, und in der Hand hielt er die große Nickeluhr seines armen Großvaters, die ihm eine Zeit maß, von der sie, die Mutter, ausgeschlossen war.

VIII. Kapitel

In dieser Epoche seines Lebens brachte Gotthold Wettstein, nicht vom Ertrag, sondern von der Substanz seiner kleinen Erbschaft zehrend, seine Tage innerhalb eines Dreiecks zu, das durch sein Zimmer an der Hufgasse im Seefeld, den Lesesaal der Museumsgesellschaft und das Café Odeon begrenzt wurde. Ein sehr flaches, langgezogenes Dreieck war es in Tat und Wahrheit, bestand doch sein täglicher Weg eigentlich nur darin, daß er dem rechten Ufer des unteren Seebeckens und der Limmat entlang bis zur Gemüsebrücke und dann wieder heraufwanderte. Am Saum dieser Straße fand er alles, was seinen körperlichen und geistigen Bedürfnissen entsprach: das Frühstück in der Konditorei Hegetschweiler im Helmhaus, die Zeitungen und Zeitschriften im ersten Stock des Bibliothekgebäudes, das große Restaurationsbrot, die sogenannte Odeonplatte zu zwei Franken im Entresol des Cafés, am Fenster, neben den grünen Billardtischen verzehrt, die seine Hauptmahlzeit darstellte, und die Stunden des Schachspiels mit einigen Leuten, die wie er froh waren, auf dieselbe unauffällige Weise ihren Nachmittag in dieser arbeitsamen Stadt verbringen zu können.

Befolgte er auch in einem gewissen Sinne den Ratschlag des Dichters Sternheim, so doch nicht auf die dionysische Weise, wie er im Hinblick auf die Sintflut gedacht war, sondern auf eine eher sparsame und geizige Art. Die Stunden, da er sich an den Schalter der Bankfiliale an der Seefeldstraße zu begeben hatte, um jeweils gegen Aushändigung einer Quittung fünfzig oder hundert Franken von seinem Guthaben zu beziehen, bedeuteten ihm eine richtige Qual. Aus dem unbewegten Gesicht des Kassiers Vollenweider, der das grüne oder blaue Nötchen aus der Schublade hervorholte und es vor ihn hinlegte, glaubte Gotthold allerlei Gedanken lesen zu können, eine Mißbilligung und leise Verächtlichkeit, ein Gefühl, das sich zu einer öden Minderwertigkeit steigerte, wenn er am gleichen Schalter einen ehrbaren Handwerker aus dem Quartier, ein Sparbuch in der Hand und zwei Tausendernoten darin eingeklappt, neben sich warten sah. Weder entging ihm dann der stille Ernst, mit dem der Mann die Eintragung seiner Einlage überprüfte, noch das anerkennende und achtungsvolle Gebaren des Herrn Vollenweider, der das Geld entgegengenommen hatte. Schon aus diesem Grunde, nur um den peinlichen Vorgang des Geldbeziehens recht lange hinauszuschieben, ging Gotthold mit dem Nötchen sehr sorgsam um. Auf jede erdenkliche Weise suchte er das Wechseln in kleine Abschnitte und Münzen zu verzögern. Es ging so weit, daß er zwei oder drei Tage seine Zeche dem Kellner Karl schuldig blieb, nur um der Wärme der Banknote in seiner Brusttasche nicht verlustig zu gehen. Er hatte es auch schon damit versucht, einen großen Betrag, etwa dreihundert Franken, auf einmal abzuheben, um auf diese Weise die Filiale längere Zeit meiden zu können. Allein dieses System hatte sich nicht bewährt, denn sogleich stellten sich, wie vom Teufel gerufen, allerlei Wünsche und Bedürfnisse ein, die an dem Gelde zupften und zerrten. Plötzlich erschienen ihm dann seine Schuhe schäbig und abgetragen oder lockte der Besitz eines Werkes, «Der Untergang des Abendlandes» etwa, zu größeren Ausgaben. Die spartanische Lebensweise wurde durch größere Barmittel ebenfalls gefährdet. Die Magensäfte, auf geheimnisvollem Weg von der augenblicklichen Veränderung der finanziellen Verhältnisse und Möglichkeiten in Kenntnis gesetzt, begannen lüstern zu gurren, und dann endete es damit, daß Gotthold unten im Bahnhofrestaurant II. Klasse, ganz allein, vor einem weiß gedeckten Tischlein saß und sich ein vierfingerdickes Filetbeefsteak, von einer Markscheibe bedeckt, einem Kügelchen Kräuterbutter gekrönt, zusammen mit Nüsslisalat und einem Zweier Beaujolais vorsetzen ließ. Ein Sonntag auf diese Weise angebrochen, öffnete des Leichtsinns Schleusen. Nach dem Besuch eines Kinos stieß der junge freie Mann in die Vergnügungsquartiere vor, zur Mascotte-Bar im Corsogebäude etwa, geistiger Verpflichtung ledig und sich, wenn auch in gemäßigtem Rahmen, jenem Bacchantischen nähernd, das der Dichter Sternheim im Sinne gehabt hatte. Dann konnte er, der unabhängige Junggeselle, sich auch für eine Stunde mit einem jener wienerisch sprechenden Wesen vermählen, die von den Gastspielen des Operettenensembles während des Krieges in dieser Stadt zurückgeblieben waren. Aber es wurden solche Eskapaden anderntags mit ernstem und nüchternem Studium von Werken aus der neuern pessimistischen Philosophie deutscher Denker bestraft.

Zwar war es seine Absicht gewesen, nach seines Vaters Tod wieder nach Berlin zurückzukehren und seinen Platz im Romanischen Café zu verteidigen. Doch zog sich die Erbteilung länger hinaus, als vorauszusehen gewesen war, zudem hatte der Verlag zu seinem Bedauern auf die Herausgabe der Novellen des jungen, talentierten Schweizers unter den derzeitigen Verhältnissen leider verzichten müssen, sei es doch eine bekannte, wenn auch eine bedauernswerte Tatsache, daß das lesende Publikum für Erzählungen weniger Interesse zeige als für Romane, und möchten die Novellen noch so sehr kleine Bijoux zuchtvoller Sprachkunst sein. Auf Gottholds Andeutung, ein Beitrag des Autors an die Druckkosten könnte in Erwägung gezogen werden, erfolgte überhaupt keine Antwort. Herr Dr. Korrodi, der Feuilletonredaktor der NZZ hatte dem jungen Literaten zu bedenken gegeben, daß er im Getriebe der deutschen Reichshauptstadt schwerlich und nur durch Glücksfälle begünstigt, aus dem Stande des Irgendwer heraustreten werde, während in der Heimatstadt, wo die Wurzeln seiner Kraft gründeten, mit Bescheidenheit, Fleiß und Ausdauer seinem sich ankündigenden Talente ehrenwerte Entwicklungsmöglichkeiten offen stünden. Er möge doch einstweilen den ihm liegenden Genre der Skizze pflegen, wofür unter dem Strich immer Bedarf vorhanden sei. Wirklich waren auch zwei derartige Erzeugnisse aus Gotthold Wettsteins Feder erschienen.

Mit etwelcher Besorgnis hingegen stellte der Kellner Emil Leitner, der Gemüselieferant des verstorbenen Gärtnermeisters Wettstein, den Aufstieg Gottholds vom Parterre in das Entresol des Odeons fest. Oben, neben den Billardtischen, in den Fensternischen und namentlich im hintern abgewinkelten Raume des Lokals, befand sich in der Vorstellung des Erfahrenen und Menschenkenners eine Gegend, die jener glich, die die Buben aufsuchten, wenn sie die Schule schwänzten, um hinter einer Holzbeige Nielen zu rauchen. Spielten sich Muße und Müßiggang der Gäste in der unteren Lokalität sozusagen vor den Augen der Welt ab, und gehorchten sie, was die Dauer des Aufenthaltes und die Folge der Konsumationen anbetraf, einem bestimmten Rhythmus, so bestanden bei der Stammkundschaft der oberen Räumlichkeiten solche Regeln nicht mehr. Spießgesellen gleich fanden sich dort junge Leute ohne regelmäßige Beschäftigung, ältere Herren, die von einer Rente lebten, bummelnde Studenten, Choristinnen, Kinooperateure während ihrer Ablösung, enttäuschte Reisende aus der Herrenwäschebranche, Bilderhändler und Tennistrainer in der Regenzeit zum Spiel zusammen. Billardkugeln, Bridgekarten und Schachfiguren wurden zum Kitt einer stillen Komplizität, deren Zweck gemeinsamer Diebstahl am Schatze der Zeit war. Verschworen miteinander wie sie waren, verstanden sie es, auf diese Weise aus dem Provisorischen, dem unbestimmten Warten auf etwas, eine selbstverständliche und bleibende Einrichtung zu machen. Es brauchte sehr viel, einen Menschen, der diesem Vakuum verfallen war, dem narkotischen Sog wieder zu entreißen – das wußte Leitner.

Mit einer seiner gemessenen Würde nicht völlig entsprechenden Behendigkeit eilte der Kellner in seinem Smoking an diesem regnerischen Nachmittag die Marmortreppe zum ersten Stockwerk empor, um Gotthold, dem Kiebitz an der Schachpartie zwischen dem Altingenieur Friedmann und einem jungen Mann unbekannter Herkunft und Beschäftigung mitzuteilen, es sei ein Herr unten, der ihn zu sprechen wünsche. Der bekannte Maschinenindustrielle Trostel, flüsterte er dem zögernd und erstaunt Aufstehenden zu. Die Fabrikanlagen des Genannten standen mitten in der Talebene westlich der Stadt. Alle Schienenstränge, die geordnet und fügsam in die eisernen Bogen des Kopfbahnhofs einmündeten, gingen an ihnen vorbei, und es gab wohl keinen Reisenden, der das riesige T auf dem Dach des Bürogebäudes, das Wahrzeichen des Unternehmens, nicht beachtet hätte. Außerdem hatte eben jener Altingenieur Friedmann, von dessen Schachpartie Gotthold kam, dem jungen Mann von dem großen Aufschwung erzählt, den der Weltkrieg dem Werke beschert hatte. Man redete, wie von etwas Schamlosem, von einer Steuerdeklaration Trostels, die den Betrag von über einer Million als Einkommen aufwies. Die Erinnerung daran ließ Gotthold an den Knoten seiner Krawatte greifen, um sich zu versichern, daß er an seinem ordnungsgemäßen Platze saß.

Es war ein eher schmächtiger und unscheinbarer Herr, der neben seinem Café crème sich über eine Broschüre beugte, dem der junge Mann vom Kellner zugeführt wurde. Aber als er ohne Eile das Gesicht hob und zu Gotthold aufsah, hatte dieser jene selbe Empfindung, wie sie der Dichter S. D. Steinberg in seinem Gedicht «David» ausdrückte, als er schilderte, wie der Besieger des Goliath inmitten des jubelnden Volkes seine Sandale band, und wie dieses plötzlich verstummte, als es in die Augen seines künftigen Königs blickte.

Darum handle es sich, drückte sich der Fabrikant ohne Umschweife aus, nachdem er Gotthold seinen Platz angewiesen hatte: er suche einen Sekretär, nicht für seine geschäftlichen, aber auch nicht für seine privaten Korrespondenzen, sondern für etwas, das gewissermaßen zwischen beiden liege. Für eine Stiftung, kurz gesagt, die er zu errichten gedenke. Zwar sei es auch nicht eine rein literarische Angelegenheit, doch habe es mit Kunst zu tun, bildende und darstellende mit inbegriffen, mit einer Bibliothek und mit jährlichen Gaben an Künstler.

Über all das sich zu orientieren und zu äußern werde Herr Wettstein noch Gelegenheit haben. Heute gehe es lediglich um eine Kontaktnahme.

Schülerhaft aufmerksam saß Gotthold da, nickend und in großem Ernst. Durch ein Flimmern hindurch sah er nur immer wieder den alten Kellner ein paar Tische weiter mit wedelnder Serviette über die Platten stäuben und hie und da zu ihm hinüberblicken, mit hochgezogenen Brauen ermutigend mit dem Kopf nickend: er solle doch auch ja zusagen. Für den jungen Mann bedurfte es dieser Ermunterung nicht. Gotthold spürte die Luft großer Entscheidungen wohl, die ihn so unvermutet und doch erwartet umwehte. Und die Frage, die ihm auf der Zunge lag, nahm ihm Herr Trostel, zum ersten Male lächelnd, vorweg.

«Ihr Name», sagte er, «kommt mir von dem alten Bankier Elischack im Prager Zuckerkonzern».

«Was?» fragte Gotthold. «Ich habe diesen Namen meiner Lebtag nie gehört.»

Der Fabrikant entblößte seine durch Paradentose arg mitgenommenen Goldzähne. «Aber die Schauspielerin Annie Ernst, die haben Sie doch gekannt?»

«Ja – allerdings, vor dem Krieg», machte Gotthold töricht.

«Sie ist seine Tochter, und kürzlich, als ich mit ihnen in München zusammentraf und von meinen Plänen redete, fiel Ihr Name.»

Das gibt es also, dachte der junge Literat, im Leben, nicht nur in Büchern. Er sah sie vor sich, im Eßzimmer der Pension Thalia an der Dufourstraße; sie hielt seinen Brief in der Hand. «Er wird mich immer an Sie und an diese Stadt erinnern», hatte sie gesagt.

IX. Kapitel

Der seit dem 19. Juni dauernde Streik der Glaser hatte trotz verschiedener Vermittlungsvorschläge des Stadtrats im Monat November sein Ende noch nicht gefunden. Sowohl der Glasermeisterverband, vorab die großen Fensterfabriken, als auch die Gewerkschaft der Glaser beharrten auf ihren Positionen. Mit dem Abflauen der Bautätigkeit gegen den Winter zu wurde die Stellung der Arbeitgeber natürlicherweise gestärkt, während sich unter den über vier Monate im Streik stehenden Arbeitern die Erbitterung ständig steigerte. Die Gewerkschaft hatte einen umfänglichen und wohlorganisierten Streikpostendienst aufgezogen; alltäglich, vor sechs Uhr des Morgens, begaben sich größere Gruppen von Streikenden zu Fuß und mit dem Velo in die Nähe der Arbeitsstätten, um sie zu überwachen und den Eintritt von nichtorganisierten Arbeitswilligen zu verhindern. Auch die Vorortszüge in den Bahnhöfen wurden kontrolliert, und an den Ausfallstraßen des Limmat- und Sihltales, der Waldegg, der Forch, der linken und der rechtsufrigen Seestraße patrouillierten Motorradfahrer mit Auftrag, von auswärts kommende Streikbrecher festzustellen und abzufangen. Wohl überwachten Polizisten in Uniform und in Zivil diese Vorgänge, um grobe Tätlichkeiten und Ausschreitungen, die angesichts der herrschenden Stimmung begreiflicherweise zu befürchten waren, zu verhüten. Die herumstehenden Gruppen der Männer zu zerstreuen hatte sie, so lange keine Sach- oder Körperschäden entstanden, keinen Anlaß, war doch das Streikrecht und das Postenstehen gewährleistet.

Der in Elgg an der Forch wohnhafte neunundvierzigjährige Glaser Dorsch, deutscher Nationalität, verheiratet und Vater eines Kindes, war in der Fensterfabrik Fluhrer an der Forchstraße, unterhalb des Tramdepots Burgwies, angestellt und begab sich täglich mit dem Fahrrad an seine Arbeitsstelle. Nicht Mitglied der Gewerkschaft, auf seinen Verdienst angewiesen, war der Arbeitswillige zuerst dem Zureden und später den Beschimpfungen der Streikposten ausgesetzt; es steigerten sich diese Interventionen gegen den Herbst hin zu eigentlichen Bedrohungen. In der Nähe des Wäldchens auf der Terrasse des Zumikerberges war er schon einmal von einigen streikenden Burschen auf menschenleerer Straße gestellt worden, und es wäre ohne Zweifel zu Tätlichkeiten gekommen, hätte Dorsch unter dem Schutz des eben herankommenden Forchbähnchens, den die Zeugenschaft der Passagiere offenbar befürchtenden Streikenden, nicht entfliehen können. Es war dieser Vorgang, der den Mann veranlaßte, eine Browningpistole zu erwerben und die mit sechs Patronen geladene Waffe auf seiner Fahrt zur Arbeit entsichert mit sich zu führen.

Am Abend des 22. Novembers, einem Donnerstag, betrat der zweiunddreißigjährige Tramreparateur Klucker nach der

Beendigung seines Dienstes im Straßenbahndepot Burgwies die Trämlerwirtschaft «Burgwies» auf der Straße gegenüber. Er setzte sich zu den bereits anwesenden Kollegen, dem Kondukteur Füglistaller und dem wie er im Depot tätigen Kappeler, bestellte ein Helles und begann das Spiel auszuteilen für einen Bieter. Unter den drei aufgedeckten Karten befand sich ein Nell und ein Aß von Schaufeln; trotzdem er den Buben nicht in der Hand hatte, wohl aber noch einige niedere Blätter von derselben Farbe, bot er bis auf siebenhundertsechzig hinauf, denn er war guter Laune, weil er morgen seinen dienstfreien Tag hatte. Zwar fand er dann unter den drei verdeckten Blättern den Schaufelbauern auch nicht, und mit dem Match war es demgemäß nichts. Aber das Spiel ging trotzdem gut aus, da er in den folgenden Runden fortwährend weisen konnte; er hatte Sauschwein, wie man sagte. Zwischen diesem und dem neuen Spiel fragte Kappeler ihn, ob er, Klucker, eventuell seinen morgigen dienstfreien Tag gegen seinen, Kappelers, der auf den kommenden Sonntag fiel, abzutauschen bereit wäre. Er müsse noch seinen Schrebergarten auf der Rehalp oben räumen, und ihm wäre es gerade recht, er müßte dann am Sonntag nicht zu Hause sein, sie bekämen nämlich Besuch von seinem Schwager und der Schwester seiner Frau aus Ravensburg, und da sei er nicht scharf darauf. Klucker hörte nicht recht hin, denn er war baff; nochmals hielt er ein «Kart» in der Hand aus lauter Schaufeln; aber diesmal war die Reihe komplett vom Nell weg bis zum Aß, zweihundert mit Stöck und auf dem Tisch lag noch das Aß vom Kreuz, wovon er den König in seinen Karten hatte, vierhundertsiebenundfünfzig Punkte waren ihm sicher im ersten Spiel. Ja, er sei einverstanden, abgemacht, er werde morgen um sechs Uhr früh für Kappeler antreten, er müsse dann nur nachher noch ins Depot hinüber, den Austausch auf der Liste vorzumerken.

Als der Glaser Dorsch am Freitagmorgen kurz nach sechs Uhr auf seinem Velo – es war noch fast dunkel und der Straßenbelag feucht vom Nebel – von der Rehalp herabfuhr, sah er sich auf der Höhe der Anstalt Balgrist plötzlich von einem Rudel dunkler Gestalten umringt. Zwei, drei Hände griffen nach seiner Lenkstange und hielten ihn am Sattel fest; er stürzte vom Rad, erhob sich aber sogleich wieder und floh die Straße abwärts, gefolgt von einer ihn wild beschimpfenden Meute Streikender. An der Burgwies rannte er geradewegs in den umzäunten Platz vor dem Tramdepot hinein, auf das offene Tor der Linie Eins zu, deren Wagen bereits ausgefahren war, und über dem eine elektrische Lampe brannte.

Der Wagenreparateur Klucker hatte sich an diesem Morgen, Freitag, den 23. November, halb vergessend, daß er seinen dienstfreien Tag gegen den Kappelers abgetauscht hatte, ein wenig verspätet und in der Hast noch keine Zeit gefunden, das blaue Übergewand anzuziehen. So sah sich der atemlose und völlig verstörte Dorsch, als er in die Halle hineinstürzte, einem Zivilisten gegenüber, der ihm über die Putzgrube des ausgefahrenen Wagens hinweg zurief, was er hier zu suchen habe. Statt jeder Antwort zog der Flüchtling seine Pistole, und den heraneilenden Verfolgern Dorschs wankte aus dem Dämmer der Depothalle heraus der getroffene Klucker entgegen, der nach einigen Schritten leblos zusammenstürzte. Der Totschläger ließ sich widerstandslos entwaffnen.

In der Sitzung am folgenden Montag beschloß der Stadtrat, anläßlich der Beerdigung des Tramreparateurs Klucker punkt sechzehn Uhr für sämtliche Straßenbahnen des Netzes einen Halt von zwei Minuten einzuschalten. Die Werkstätten des Betriebes blieben geschlossen. Das übrige städtische Personal hatte auf Wunsch frei. Sechstausend Personen mit vierundzwanzig Fahnen folgten dem Sarge des Unglücklichen.

Zuvor, am Samstag, hatten sowohl der Glasermeisterverband als auch die Glasergewerkschaft dem Vermittlungsvorschlag des Stadtrates zugestimmt, so den seit dem 19. Juni dauernden Konflikt beendend.

X. Kapitel

Das ist ja das reinste Examen, dachte Walter Abt, und musterte mit leicht übertrieben zur Schau gestellter Zuversicht die paar Männergestalten, die an diesem Abend im sogenannten Blauen Zimmer des väterlichen Hauses an der Weinbergstraße versammelt waren. Sie erinnerten ihn an die Sitzungen des Fraktionsvorstandes, die schon zu seiner Knabenzeit in der Backsteinvilla des Stadtrates abgehalten wurden, und zu denen die Mutter jeweils Wienerli mit Meerrettich bereitgestellt hatte. Es hatte sich wenig in diesem Hause geändert seitdem: wie unverrückbar an den Boden und an die Wände geschmiedet standen das gedrechselte Büfett, der eichene Tisch und die schweren Stühle in dem dunkel getäfelten Raum. Es waren noch dieselben grünen Vorhänge und Gardinen, die die Fensternischen einrahmten, und über dem marokkanischen Rauchtischchen hing noch immer die schwarz gerahmte Reproduktion der Böcklinschen Toteninsel an der Wand. Waren auch die Eltern ergraut, die Mutter noch stiller und kurzsichtiger geworden, und traten im Antlitz des Vaters die Züge der bäuerlichen Herkunft deutlicher, an gedrechseltes Buchsbaumholz erinnernd, hervor, und war sein linkes Auge infolge einer Lähmung des Lides beinahe geschlossen –, in dieser Umgebung wurde man ihres Alters nicht gewahr.

Der Buchdrucker Weder war da, buschigen Schnurrbarts und mit dem geraden Bürstenschnitt seiner Haare, ohne eine Spur von Weiß darin, und noch immer trug er seinen schwarzen Gehrock, der ihm unter den Kollegen der Sektion den Übernamen des Schützenpfarrers eingetragen hatte. Außerdem waren anwesend Professor Egloff-Maag, ehemals Dozent für schweizerische Urgeschichte, jetzt aber pensioniert und überbeschäftigt als Mitglied zahlreicher kantonaler und eidgenössischer Kommissionen. Er war ein kleines, lebhaftes Männchen, und ohne sein Spitzbärtchen hätte er dem berühmten vogelkopfigen Johann Jakob Bodmer geglichen, der im achtzehnten Jahrhundert mit dem Leipziger Gottsched in literarischer Fehde lag, ein Analogon zu dem Kampf, den der Gelehrte mit den deutschen Gegnern der Pfahlbautheorie seit Jahren führte. Die zwei anderen älteren Herren, die mit der Mutter zusammen im Hintergrund standen, kannte Walter nicht. Später erfuhr er, daß es sich um den Basler Kunsthistoriker Bernoulli und seinen Zürcher Kollegen Zemp handelte.

Es ist eigentlich eine Art Falle, die mir da gestellt wurde, dachte der junge Mann. Er solle doch jeweils, bis Elsbeth und der kleine Hansjürg von der Pflegerinnenschule heimkämen, bei ihnen zu Nacht essen, hatte die Mutter ihm vorgeschlagen. Am dritten Abend ließ der Vater dann verlauten, es kämen nachher ein paar Herren zum schwarzen Kaffee, und das wäre vielleicht eine Gelegenheit für Walter, sein Projekt einem weiteren Kreise erfahrener Leute vorzutragen, um ihre Ansichten zu hören und sich auf alle Fälle ein paar Stützpunkte bei maßgebenden und einflußreichen Männern zu sichern, derer ein solches Unternehmen bedürfe. Es sei ja eine bekannte Tatsache, daß vorzeitig in einen Plan Eingeweihte sich dann sozusagen als dessen Urheber, auf alle Fälle als Mitbeteiligte betrachteten. «Wenn es gut herauskommt», lachte Walter, «sonst werden sie sich ohne weiteres zu denen gesellen, die es sogleich vorausgesagt haben, daß es schief gehen werde.»

«Sie wollen also, Herr Dr. Abt, wie mir Ihr Vater angedeutet hat», sagte Professor Egloff, und es wurde mit einem Male still im Zimmer, «einen Verlag gründen und eine Zeitschrift herausgeben? Eine literarische Zeitschrift, wenn ich es richtig verstanden habe?»

Ja, nun so denn, dachte Walter, und blickte die sechs Personen an, von denen eine jede über dreißig Jahre älter war als er, das gehört auch dazu.

Sie ließen ihn reden. Er hatte sich in den alten Korbstuhl gesetzt, der im Sommer auf der Veranda stand, das eine Bein über der Armlehne baumelnd, hemdärmlig, ohne Weste und den Hemdenkragen geöffnet. Was ich eigentlich will, überlegte er während des Sprechens, das darf ich gar nicht sagen. Hier handelt es sich darum, das Ganze als ein vernünftiges und bescheidenes Projekt darzustellen, ohne die Mannli zu erschrecken und vor den Kopf zu stoßen. Die Zeitschriften «Die Schweiz» und «Das Schweizerland» und einige andere, die sich des Ansehens und Zuspruchs erfreut hätten, seien eingegangen und hätten eine Lücke hinterlassen, erläuterte er, und diese möchte er in einem gewissen Sinn wieder auszufüllen versuchen. Was ihm vorschwebte, das sei auf eine gewisse Art der alte Familienkalender, der Hausfreund, das Schatzkästlein, den man noch im vorigen Jahrhundert beinahe in jedem Hause angetroffen habe, und der für alle etwas gebracht habe, dem Vater interessante Geschichten, Betrachtungen zur Weltlage, der Mutter Winke und Anregungen für Haus und Garten, Spiele und Rätsel für die Kinder. All das in der Form einer monatlichen Publikation und natürlich an die modernen Verhältnisse angepaßt, aktuelle Fragen behandelnd, doch nicht von der politischen, sondern von der kulturellen Seite her. Im Grunde wüßten wir ja alle viel zu wenig voneinander; nicht nur die Kantone, auch die Berufe, Stände und Klassen unseres Volkes bildeten hermetisch abgeschlossene Gebilde, Zellen, mit nur konventionellen Verbindungen, lebten in unserem Lande und in unserer Zeit nebeneinander, aber nicht miteinander. Deshalb beruhe auch das Gefühl der Gemeinschaft, die Grundlage unserer Demokratie, meistens nur noch auf materiellen Interessen, und immer mehr nähmen die Parteien den Aspekt wirtschaftlicher Verbände an. Darüber verkümmere das eigentliche kulturelle Leben, der sogenannte Alltag werde langweilig, farblos, uniform, anfällig für alle fremden Einflüsse; statt daß sie unser Dasein mit ihrer ständigen uns erneuernden, ermutigenden und erhabenen Gegenwart erfüllten, seien Religion und Kunst zu Randspezialitäten unseres Lebens geworden, zu einer Angelegenheit von Sekten und Zirkeln, von Fachmännern betreut, ausschließlich einem engen Kreise von Eingeweihten vorbehalten. Der tiefere Sinn für das Gemeinsame, für das allgemein Menschliche und das nationale Besondere drohe zu verschwinden ...

Walter Abt mußte, während er vor dem stumm dasitzenden Kollegium der älteren Generation redete, fortwährend gegen ein Gefühl der Entmutigung ankämpfen. Diese ehrenwerten Mannen waren ja keine finsteren Gesellen der Reaktion, keine Dummköpfe; Vorsicht und Verantwortungsgefühl eigneten ihrem Wesen; schlecht und recht, nach bestem Wissen und Können hatten sie ihre Angelegenheiten mit jenen des Landes in Einklang zu bringen versucht. Keiner von ihnen, wie keiner im Lande besaß so viel Macht, entscheidende Wendungen im Geschick des Volkes herbeizuführen, den Stempel ihrer Persönlichkeit der Epoche aufzudrücken. Sie waren die Männer ihrer Zeit; redlich versuchten sie die Aufklärung, den Industrialismus, die Vaterlandsliebe, die Weltaufgeschlossenheit, das göttliche Prinzip, die Emanzipation der Frauen, die freieren Sitten der Jugend, die Fortschritte in der Körperpflege und den hygienischen Komfort, den Völkerbund und die Landesverteidigung harmonisch in ihrem Weltbild zu vereinen. Natürlich waren sie der Versuchung ausgesetzt, ihre Erfahrungen zu überschätzen, und ohne daß sie sich dessen ganz bewußt waren, nahmen sie der Jugend gegenüber die Haltung der Möwe auf ihrem Pfahle ein, die ihren Platz gegen die Jährlinge mit Grau im Gefieder verteidigt. Es galt sie zu schonen; konnte Walter auch von ihnen nicht erwarten, daß sie begeistert seinen Plänen zustimmen würden, so waren sie doch nicht seine natürlichen Feinde; wohlwollendes Gewährenlassen wollte er bei ihnen erreichen.

«Nicht wahr, vom Finanziellen will ich nicht reden», meinte nach einer Weile der Urgeschichtler, «das ist eine Sache für sich und geht nur Sie, respektive Herrn Stadtrat Abt etwas an, aber immerhin, so ein Publikationsorgan lebt schließlich von Lesern und Abonnenten.»

«Ausschließlich von Inserenten», warf Walter ein, «es ist ein kaufmännisches Geschäft. Ohne ein ausgeglichenes Budget, ohne Rendite kann nichts, gar nichts auf dem geistigen Gebiet verwirklicht werden.»

Walter konnte es geradezu von den Gesichtern seiner älteren Gäste ablesen, in welchen Widerstreit der Empfindungen sie dieses Bekenntnis stürzte. Die vier älteren Herren hatten sich aufgemacht und vorbereitet, einen jugendlichen Idealisten, einen Revolutionär vielleicht, vor den harten wirtschaftlichen Tatsachen zu warnen, mit zwingenden Exempeln aus dem Schatz ihrer Erfahrungen, zu denen auch die «Schweiz» und das «Schweizerland» gehörten; sie hatten erwartet, einen von edlen und kühnen Absichten überbordenden, aber geschäftlich wirklichkeitsfremden Reformer anzutreffen, der mit ein paar hingekritzelten Additionen und Subtraktionen aus dem Sattel zu werfen war. Merkwürdigerweise verminderte nicht, sondern verstärkte die unerwartete realistische Einstellung des jungen Mannes ihren Widerstand. Jetzt waren sie schon beinahe bereit, aus Walter das Wehen eines gerissenen Unternehmergeistes zu spüren und in den von ihm dargelegten Absichten ein Mäntelchen bloßer Gewinnsucht zu erkennen. Sie kamen sich wie getäuscht, um ein Vergnügen betrogen vor.

«Das haben Sie offenbar aus Amerika mitgebracht», meinte Bernoulli lächelnd und in Basler Dialekt.

Einzig Weder erwies sich nachher, als ein allgemeines Plaudern, Verweisen, Widersprechen und Kopfwiegen einsetzte, Walters Plänen gegenüber wohlwollend gesinnt. Aber er ist ja der Besitzer einer Buchdruckerei, dachte er nicht ohne Humor, und trotzdem bin ich vielleicht ungerecht.

Natürlich kann bei einer solchen Konsultation nichts herauskommen, grübelte er nachher auf dem Heimweg vor sich hin. Das ist alles unverbindlich, Zustimmung oder Ablehnung, so lange es den Leuten nicht ans Lebendige geht.

Am Bellevue änderte er seine Richtung; statt dem nebligen Limmatquai entlang, wanderte er durch die dunkle Schlucht des Seilergrabens, unter den spärlichen Laternen dem Pfauen und dem Römerhof zu. Es ging auf ein Uhr und die feuchten

Straßen waren menschenleer. Bei der Nachtschwester der Pflegerinnenschule erkundigte er sich nach dem Befinden Elsbeths und seines Sohnes Hansjürg. Es stand alles gut.

Viertes Heft

I. Kapitel

Das, was Walter Abt in grimmig humoristischer Weise als seine «Redaktion» bezeichnete, war ein mit blaublumigen Tapeten beklebter Eckraum im obersten Stockwerk eines alten Miethauses an der Wühre. Man gelangte von der Storchengasse her in das Gebäude; eine quadratisch um eine dunkle Luftsäule herum angeordnete, auch tagsüber von nackten Glühbirnen spärlich erleuchtete Treppe führte zu den Stockwerken empor, und von jedem Absatz mündeten dunkle Korridore in die verschiedenen Teile des verwinkelten Gebäudes. Die Dielen wankten und knarrten unter den Schritten, die immer wieder mit grauer Farbe überstrichenen Türen saßen nur noch locker in ihren Angeln, und schlug man sie zu, so bröckelte ein wenig Gips von der Decke. Das Zimmer lag am Ende eines zweimal geknickten Ganges; zwei seiner Fenster blickten auf die Limmat hinab, und jene Zeile von Häusern mit spitzgiebeligen Fassaden zwischen Rathaus und Helmhaus, in der sich die Buchhandlung Rascher, die Zunfthäuser zur Saffran, zum Rüden und zur Zimmerleuten befanden. Das andere, südwärts gerichtete Fenster, gewährte über die Brücken hinweg eine freie Sicht bis zum Seebecken.

Mitten im Zimmer stand ein alter Tannentisch, und darauf waren kunterbunt Papiere, Mappen, Bücherstöße, eine kleine tragbare Schreibmaschine, ein selbstverfertigter Umlegekalender, ein Suppenteller, als Aschenbecher dienend, ein Kristallglas voller Blei- und Buntstifte, Walters Selbstbinder, eine Tintenflasche, zwei riesige Scheren, zwei Ablegekörbchen, blaues Durchschlagspapier, Schachteln mit Büroklammern und was dergleichen Dinge mehr sind, neben und übereinander ausgebreitet. Die übrige Einrichtung bestand aus einem Bürohocker, einem offenbar für Besucher bestimmten Ohrenstuhl und einigen Regalen hinter grünen Vorhänglein. Auf einem Tischchen in der Ecke standen noch ein elektrischer Kocher, eine Teekanne, zwei Tassen und eine Zuckerschale. Der Zimmerboden war nackt, die Fenster ohne Vorhänge, das unerbittliche Licht zeigte jeden der Aschenreste, die überall herumlagen.

Als Aaron, nachdem er sich durch das Labyrinth des alten Hauses emporgetastet, im Dunkel des Korridors Walters Name auf der Visitenkarte entziffert, angeklopft, das «Herein» vernommen und die Türe aufgestoßen hatte, mußte er ob der Grelle des durch die Fenster hereinströmenden Lichtes die Lider schließen. Es saß ein Besucher im Ohrenstuhl, doch der Freund rief «Komm nur herein, du störst nicht. Das ist Herr Hirzel – das ist Herr Reiß».

Der Journalist war in einem solch sprudelnden Reden begriffen, daß es keinen Unterbruch gab. Sein rötliches, von silbernen Fäden durchwirktes Haar war zerwühlt, seine Wangen fleckig gerötet, und aus seinen Augen leuchtete ein Eifer, als wäre dies die Stunde des Berstens eines Dammes von Schweigen vor jahrelang aufgestauten Gedanken.

«... ein gemeinsamer Wille zur Lebensgestaltung – das ist Kultur»! rief er aus. «Und daran fehlt es uns! Darum wissen wir nicht mehr, wie wir bauen sollen! Unserer Architektur fehlt die menschliche Grundlage! Die reichen Leute haben keine Verantwortung mehr! Dem früheren ‹noblesse oblige› steht kein ‹richesse oblige› gegenüber, die Neureichen, die aus diesem Kriege hervorgegangen sind, haben nicht einmal mehr die Eitelkeit, es den Wohlhabenden früherer Jahrhunderte gleichzutun. Die kulturelle Kontinuität ist unterbrochen. Und das Proletariat ist noch lange nicht zur Ablösung bereit. Ja, natürlich, es gibt Ansätze in der Arbeiterbewegung, das allgemeine Bildungsniveau zu heben. Aber sind sie ernsthaft und ehrlich gemeint? Die Führer sind doch im Grunde gar nicht daran interessiert, die lenkbaren Massen in denkende Individualitäten aufzulösen! Glauben Sie mir, Herr Doktor, so lange wir nicht unseren eigenen, natürlichen Lebensstil gefunden haben, *können* unsere Architekten überhaupt keine neuen Bauformen finden. Denn die Architektur ist doch nur der Ausdruck unserer Lebensart, und die Gebäude sind die Projektion unseres Weltbildes; sie gehen vom Innern aus, von der Familienzelle bei den Wohnhäusern, von der Kanzel und den Andächtigen bei der Kirche, von der Zweckmäßigkeit bei den Banken und den Fabriken. Die Formen werden erst echt und stilgerecht, wenn das Leben in den Zellen wieder wirklich vorhanden ist und nicht mehr nur gespielt wird.»

«Ein bißchen verworren noch», meinte Walter, als Hirzel mit dem Auftrag und einem Vorschuß von fünfzig Franken für einen Artikel ‹Architektur und Kultur› davongegangen war, «aber es kommt dem nahe, was ich selber denke.»

«Ja, ist denn schon alles in Butter?» fragte Aaron, «der Verlag gegründet und das Datum für die erste Nummer deiner Zeitschrift schon festgelegt?»

«Kannst denken! Keine Spur von alledem. Ich tue noch nichts anderes als den ganzen lieben langen Tag mit Leuten reden, nach möglichen Mitarbeitern Ausschau halten, Beiträge bestellen und sammeln, Graphiker besuchen, in Zeitungen und Zeitschriften lesen und hie und da etwas niederschreiben. Ich komme mir vor wie eine Milbe im Käse. Aber alles das, verstehst du, hat im Grunde noch einen ganz anderen Hintergrund. Begreif, ich muß mir eine Art Atmosphäre schaffen, ein schöpferisches Klima. Ich muß Geld ausgeben, Verpflichtungen eingehen, Unwiderrufliches tun. Ich muß mich engagieren. Wenn ich zu Hause, so als eine Art Privatgelehrter, sitze und mir allerhand überlege, so bleibt das alles unverbindlich, eine Träumerei, ausweichbar und rückgängig zu machen. Wer nicht sicher ist, ob er ein Mädchen liebt, der muß sich mit ihr verloben; wer etwas unternehmen will, muß damit anfangen, dann merkt er, ob es ihm ernst, ob er dafür geeignet ist. Es muß verpflichten, es muß etwas kosten, es muß ans Lebendige gehen. Am Anfang war die Tat.» Er grinste mit ernsten Augen.

Darf ich ihn dies wohl auch fragen, überlegte Aaron. Aber der Freund nahm ihm die Antwort vorweg. «Unser Kapital setzt sich zusammen aus der Hälfte des Erbteils, die mir mein Vater übergeben hat, und Elsbeths Mitgift. Damit können wir den Betrieb zwei oder drei Jahre durchhalten; dann muß er selber tragen – oder wir sind um unser Vermögen gekommen.»

Aaron stand an einem der Fenster und blickte zum Limmatquai hinüber. In der grellen Sonne des Föhntages hatte der Asphalt die Farbe gebleichten Elfenbeins; im violetten Schatten der Laubengänge gingen die Leute an den Blumenständen und den Tischen der Obsthändler vorüber. Auf dem Fluß stellte sich ein Schwan gegen den Wind und pflügte, hochaufgerichtet, mit mächtig schlagenden Schwingen über das Wasser hin der Münsterbrücke zu; im Raume zwischen den Ufern, auf der Höhe der Dachfirste, kreisten die Möwen.

Es war ein dem Neid verwandtes Gefühl in Aaron. Welch ein Unterschied, dachte er. Ich bin in einen Beruf hineingeschlittert, den ich nicht erwählt habe; er aber baut sich ein Wirkungsfeld auf, von Anfang an, nach seinem Sinn. Ich sitze lahm und unglücklich in einem vorbereiteten Nest; er aber wagt, und sein Unternehmen ist ein Abenteuer. Er blickte in sich hinab und den Weg zurück, und er wurde der Lücke der zehn verflossenen Jahre in seinem Leben gewahr, erschrekkend gleißend im Föhnlicht des heutigen Tages. Mochte man dieser Schule nachsagen, was man wollte, sie war ein Ort geistigen Lebens gewesen. Nach der Matur brach es ab. Der neuen Freiheit nicht würdig, hatte er begonnen, an der Oberfläche dahinzuplätschern, wie geschaukelt und getragen in der Leichtigkeit steten Geldbesitzes. Ein richtiger Dilettant des Lebens war er gewesen, genäschig, den leichten Genüssen zugetan. Es ist wahr, er hatte Entschuldigungen bereit: die Zäsur des dahingestellten und vorläufigen Lebens während des Aktivdienstes, die unerreichbare Jacqueline, der ungesuchte und ungeliebte Beruf. Er hatte sich darin gefallen, von diesen Umständen den angeblich tragischen Unterton herzuleiten, der sein Leben begleitete. Es war ja so bequem, mit achselzuckendem Pessimismus ein Schicksal zu erdulden, an dem man schuldlos war, voreilig und feige «Ja, j'ai eu ma part – ich habe meinen Anteil gehabt», am Morgen, beim Rasieren, dem eigenen Spiegelbild zuzumurmeln. Doch seit er in diesem Eckzimmer an der Wühre hoch über dem Fluß der Limmat weilte, in dem Raume, da Walters Wünsche und Träume Tat und Wirklichkeit zu werden sich anschickten, begann Aaron die eigentliche Versündigung zu spüren, deren er sich schuldig gemacht hatte. Es steht einem jeden frei, das Haus des Geistes wieder zu verlassen, wenn er darin einen passenden Wohnraum nicht findet. In Gottes Welt sind noch viele andere Wohnungen. Aber ganz tief in ihm, irgendwo, unter all dem Gerümpel und Schnickschnack der Vergnügungen, der Genüßchen und Näschereien, den Bekleidungsfragen, dem Komfort, dem Müßiggang und der Spielerei, den literarischen Liebhabereien und dem widerwilligen Gelderwerb, war noch irgend etwas, namenlos noch, nicht ohne aktive Kraft, ein blasser Keimling in gefährdeter Zelle, der nicht leben konnte und nicht absterben wollte. Es hatte immer Sekunden gegeben, da er es spürte, einen Atemzug lang, wie ein Walten, wo sich etwas öffnete und er einen Blick in die Zusammenhänge tun konnte. Deutlich vermochte sich Aaron zu erinnern, wann

es zum letztenmal gewesen war: im vegetarischen Restaurant, an der Sihlstraße, eines Sommermorgens im letzten Jahr. Er war seinem Büro entflohen, hatte sich eine Zeitung gekauft und war in die leere Gaststätte getreten. Er löffelte einen eisgekühlten Joghurt und las im Unterhaltungsteil des Blattes den Titel eines populärwissenschaftlichen Artikels «Wie kam das Leben auf unseren Planeten?» Und da antwortete «es» aus ihm heraus: «Die Frage ist falsch gestellt. Wie kam der Tod auf unseren Planeten? sollte es heißen.» Und in dieser Sekunde, aber auch nicht länger als sie, durchschauerte es ihn: «Alles Sein, selbst die kalten und erloschenen Sterne im Weltall draußen, *ist* Leben. Tod ist ein Menschenwort, auf unsere Verhältnisse zugeschnitten.» Vom Artikel weg waren seine Augen auf die Seite der Fußballresultate hinübergeglitten, und schon war die Sekunde vorbei.

«Ich gehe ins Strandbad über die Mittagszeit, kommst du mit?» fragte Walter und war dabei, seine Krawatte zu knüpfen. Sie stiegen die laut knarrende und polternde Holztreppe, der viereckigen dunklen Luftsäule entlang auf die Storchengasse hinunter. Während Walter in dem kleinen Zigarettengeschäft gegenüber ein Päcklein Parisienne holte, wartete Aaron draußen auf dem Randstein in der Sonne. Der Himmel war ein tiefblaues gewundenes Band zwischen den Firsten der engen Gasse, auf dem die Dohlen vom St.-Peter-Turm ihre Arabesken flogen. Im Vorsichhinsinnen sah Aaron wie in die Flucht eines weiten und freien Lebens hinab. Barhäuptig, nur mit Hemd, Hose und Kittel bekleidet, ohne Gepäck, aufrecht, unbefangen und ganz der Gegenwart hingegeben, schritt ein Mann der jungen Generation auf ihr dahin. Alles was er sah, war neu und der Teilnahme wert, jeder Atemzug eine Lust, jede Farbe ein Anruf, jeder Laut einer Strophe Beginn. Eingehüllt in das Dasein, aus dem er nie herausfallen konnte, verschwistert der Pflanze und jeglicher Kreatur, schuldlos und einig mit sich selbst, wanderte er durch die Zeit, deren Ende ihn nicht mehr schrecken konnte.

«Kommst du?» fragte Walter.

Aaron nickte, und manches von dem, was ihm in den kommenden Jahren geschah, ging auf diese Antwort aus dem Grunde der Schlucht des engen Storchengäßchens zurück.

II. Kapitel

Sie hatten ein Segelboot gemietet; Corinna saß auf der hoch über dem Wasser stehenden Kante, der Rollkragen ihres weißen Pullovers umschloß ihren Hals bis zum Kiefer, ihre Haare waren vom Wind zerzaust. Laubscher hockte im Heck, die Ruderpinne in der Achselhöhle, das Segel stand steif im Föhn, in regelmäßigen Bewegungen stach der Bug des Schiffes immer wieder in den Alpenkranz hinein, dem sie, mitten auf dem See, zwischen den Ufern, die an ihnen behende vorbeiglitten, entgegenpfeilten. Von Zeit zu Zeit spritzte eine Welle über Bord, die Luft war vom Geruch nassen Holzes und Tangs erfüllt, dem Atem des Abenteuers.

«Schau zurück», rief die junge Frau.

Träge wandte Laubscher den Kopf. Ferne, schon nahe am Saume des Horizontes, ein Geröll fliederblauer Steinkörner und spitzer Kristalle, vom Moos der Parks und den Flechten sonnenbeschienener Häuserzeilen durchzogen, umschloß die Stadt das marineblaue Seebecken. Tief hinten, über den Hügeln des Limmattales, hatte der Himmel die Farbe eines schillernden Stoffes von Purpur und Grün. Die Wellen trugen weiße Schaumkrönchen, der Wind sang in den Wanten.

Laubscher hatte die Augen geschlossen. Er lauschte dem Schlagen der Wellen an den Planken, er spürte das Fegen des Windes an Stirne und Wangen. Die Sonne hatte ihn so verbrannt, daß ihn die Haut schmerzte. Es kam ihm vor, dies sei die erste Stunde, da er sich wiederfand. Seit Monaten lebte er in einer unwahrscheinlichen, leicht verdächtigen Welt. Bestand noch irgendeine Verbindung zwischen dem jungen Architekturstudenten, der in einen ehrbaren Wintermantel gehüllt, mit einem Rucksack auf dem Buckel, zwei schwere Koffern in jeder Hand, durch die Galerie des Hauptbahnhofes heraufgekommen und die Stufen auf den Platz mit dem Denkmal Alfred Eschers hinabgestiegen war, und dem Segler im karierten Hemd, der mit seiner jungen Frau an einem Werktag, mitten in der Woche, auf diesem herrlichen See zwischen den Hügeln hin südwärts peilte?

Sie hatten sich auf moderne Weise vermählt. In Begleitung Zotts und eines gewissen Herrn Doldo, Kunstsachverständiger und Inhaber eines Antiquitätengeschäftes in der Altstadt, der mit Zott befreundet war, fanden sie sich zur aufgebotenen

Stunde auf dem Büro des Zivilstandsamtes ein, ohne Förmlichkeit und in Alltagskleidung, wie zur Abgabe einer Steuererklärung. Sie verließen nach der Trauung das Stadthaus nicht durch den Haupteingang, die Arkade gegen den Fluß hinaus, sondern durch die hintere Türe an der Poststraße, unter der Laubscher auf seine Uhr blickte und erklärte, er habe nun noch eine Besorgung zu machen. Doch zum Mittagessen sei er wieder zurück, «Tschau». Corinna deutete mit der Hand an der Schläfe eine Art militärischen Gruß an und lachte mit prächtigen Zähnen. «Ich muß mir sowieso noch den Nacken ausrasieren lassen», sagte sie. Die beiden Trauzeugen begleiteten sie noch am Portal der Fraumünsterkirche vorbei, Zott fand das chic, wie sich die Neuvermählten verhielten. Dann verabschiedeten sich auch die beiden Herren von Corinna, und diese schlenderte, ein wenig verloren, über die Münsterbrücke. Das mit dem Coiffeur, den sie noch aufsuchen wollte, war natürlich nur eine schneidige Antwort gewesen, und nun hatte sie ein sanftes Würgen in der Kehle.

Die Eltern Reutishauser, bei denen die beiden sich dann mit viel lautem Lachen und schlacksigem Getue zum Mittagessen einfanden – Frau Reutishauser hatte es natürlich nicht lassen können, mit einem weißen Tischtuch und einem Strauß Napoleonsnelken eine gewisse Feierlichkeit wenigstens anzudeuten – waren der Meinung, dies sei nun halt in dieser großen Stadt die moderne Art, sich zu vermählen. Man sah ja auch fast keine Hochzeitskutschen mehr, und wenn wirklich einmal drei mit sonntäglich gekleideter Sippe beladene Wagen den Limmatquai herauffuhren, erregten sie den gerührten Spott der beiden Jungen am Fenster des renovierten Hauses. Sie aus dem Thurgauischen, er aus dem Berner Mittelland zugezogen, ländlicher Umgebung entwachsen, ohne echte Beziehung mit den Bürgern der Stadt, sich in studentischen, kunstgewerblichen und in den Kreisen um die Schoopsche Tanzschule herum bewegend, waren sie dem typischen Irrtum zugereister junger Leute verfallen, dies sei nun das moderne, großstädtische Leben. Um jeder Verdächtigung provinzieller Rückständigkeit zu entgehen – was ihnen als der schändlichste Makel erschien – galt es, in Gehaben und Bekleidung die neue Lebensart nicht nur darzustellen, sondern noch zu übertreffen und voranzutreiben. So hatten die beiden auch den Eltern den Zustand der freien Liebe, in dem sie sich seit einiger Zeit befanden, ohne Umschweife eröffnet. Diese forderten, rückständig und besorgt, wie sie nun einmal waren, die sofortige Legalisierung; sie fanden nicht den geringsten Widerstand, weder bei der Tochter noch bei dem jungen Architekten. Es gab wohl stille Gespräche im Schlafzimmer der Alten, in denen der Drogist des künftigen Schwiegersohnes Verhalten mit urchigen Ausdrücken kennzeichnete und dem Verführer Motive unterschob, denen die Liebesglut nur Vorwand sei. Sie glaube das von Adrian zwar nicht, entgegnete die Mutter, aber gesetzt der Fall, es wäre so, meinte die menschenkundige Frau, sei es immerhin besser, bei Lebzeiten diese Dinge geordnet zu sehen, als eine wohlhabende, temperamentvolle Tochter mit solchen Ideen unverheiratet zurücklassen zu müssen. Daß er auf Besitz aus sei, Mitgift und Erbe – nun – so komme ihr Erspartes doch in rechte Verwaltung und werde zusammengehalten, was bei Corinna so sicher nicht sei. Seinen Beruf verstehe er ja, das habe er mit des Hauses Umbau bewiesen.

Die Renovation war wirklich beendet. Zwar hatten die zürcherischen Bauvorschriften und der Experte der Kantonalbank die kühnen Pläne Laubschers in die Grenzen des hierorts Erlaubten zurückgestutzt, die Fassade mit der Anordnung ihrer Reihenfenster erhalten und auch die beabsichtigte Farbenorgie des Verputzes gedämpft; aber nun war das Treppenhaus erweitert, Warmwasserboiler und eine Zentralheizung eingebaut, und dort, wo früher der Estrich gewesen war, lagen nebeneinander zwei moderne Atelierwohnungen mit breiten Fenstern und gewährten den herrlichen Ausblick, den man zuvor nur unter einer Dachluke hervor mühsam hatte erspähen können. Eines dieser beiden Appartements war nun der jungen Eheleute Wohnstätte.

Diese Segelfahrt am Nachmittag ihrer Trauung war ihre Hochzeitsreise. Sie wollten talaufwärts bis zum Obersee segeln, dort, am Fuße des Buchberges, an der Mündung des Linthkanals, das abgetakelte Boot vertäuen und leise in der Sommernacht geschaukelt unter dem aufgespannten Sonnendeck die Nacht verbringen.

Aber es kam anders. Als beim anbrechenden Abend, auf der Höhe von Richterswil, Corinna der gelben Sturmfahnen ansichtig wurde, die sie an den Dampfschiffstegen von Stäfa, Uetikon und Bäch hißten, war es schon zu spät. Der Föhn hatte sich zum Sturm gewandelt; bevor Adrian das Tuch einnehmen konnte, wurden sie von einigen harten Stößen erfaßt, und schon war die Jolle gekippt. Zuerst lachten sie beide und hielten sich an der Kante fest. Aber dies war erst des Tobens Anfang. Die Wellen brausten über sie hinweg, brutal, es galt ernst. Das Wrack, an dem die beiden hingen, wurde eine Weile noch seeabwärts der Richterswiler Bucht zugetrieben, dann begann es abzusacken, unter ihnen weg. Laubscher schwamm neben Corinna her. Sie war erschöpft, schien aber noch zu lachen, den bleckenden Zähnen nach. Aber es war bereits der Ausdruck des Entsetzens unter den triefenden Haarsträhnen, die ihr über das Gesicht herabhingen. Plötzlich spürte er, wie sie sich an ihn anklammerte, etwas schrie. Er erinnerte sich dunkel an ein Rezept in diesem Falle. Mit der Faust schlug er ihr zweimal aufs Gesicht, dann, als die Umklammerung noch enger wurde, nochmals wild, ununterbrochen. Von der Blattmannschen Fabrik her kam ein Motorboot zwischen zwei Wellenfächern herangebraust. Es brachte sie glücklich ans Ufer.

«Wie konntest du mich so schlagen?» fragte die junge Frau, als sie die Augen aufschlug. In ihrem elenden Zustand, ungeschminkt, mit nassem, am Schädel klebenden Haar, wurde das ländliche Kind wieder sichtbar, das sie einst gewesen war. Auch er, Adrian, hatte alles Moderne verloren. Sie schauten einander aus rotgeränderten Augen an. Sie erkannten sich kaum mehr. Es kam ihnen vor, als hätten sie bloß Schindluderei getrieben, all die Zeit über. Aber das war nun vorbei. Jetzt waren sie richtig getraut.

III. Kapitel

«Wir können einfach keinen typischen Unterschied im postoperativen Verlauf feststellen», sagte Fries, «ob wir nun den Stein herausnehmen oder die ganze Gallenblase. Beide Mal ist die Operation dankbar, und die Störungen so gering, daß man sie statistisch gar nicht erfassen kann. Ob nach der Exzidierung des Steines allein sich nachher wieder neue bilden, das wissen wir einfach noch nicht. Ich habe Clairmont vorgeschlagen, wir nehmen einmal bei zwanzig jüngeren Patienten nur die Steine heraus und behalten die Leute im Auge, dann bekämen wir Anhaltspunkte. Aber es sieht nicht darnach aus, als ob er das wollte. Ist die Gallenblase draußen, so haben wir auf alle Fälle Ruhe, bis jetzt hat sich das immer noch gelohnt, wenn es auch der kompliziertere Eingriff ist.»

Jacqueline kauerte im Korbsessel, neben dem gedeckten Frühstückstisch. Durch das Laub der Ulmen fielen nur ein paar zitternde Bänder von Sonnenlicht auf die Tassen und die Teekanne. Es war so still auf der Hinterseite ihres Hauses, daß sie deutlich das Jaulen eines Katers aus einem der benachbarten Gärten hören konnten. Manchmal war das Klingeln eines Tramwagens oder das Geräusch eines Motors von der Plattenstraße herüber zu vernehmen, aber wie aus weiter Ferne.

Am Donnerstag hatte der Oberarzt keinen Dienst; es waren diese stillen Vormittage, die sie im Dämmer der alten Bäume vertrödelten, die schönsten Stunden für die junge Frau gewesen. Sie hatte es sich, als sie die altmodische Villa an der Freiestraße erwarben, die so nahe am Kantonsspital lag, auch gleich so ausgedacht: sie würden den freien Tag in dem ein wenig verwilderten Garten verbringen, im Liegestuhl auf dem Kiesplatz unter der Ulme, sie würde ein wenig botanisieren, er würde ein Buch lesen, das Dienstmädchen hätte frei, sie würde selbst kochen, nach der Art, wie sie es von ihrer Bude an der Haldenbachstraße her gewöhnt war – Rühreier mit Schinken – und sie würden den ganzen Tag über den Anblick der Krankheit, der ihres Berufes Inhalt war, vergessen. Abends würden sie sich dann hübsch ankleiden, ein Konzert besuchen oder irgendwo auswärts zu Nacht essen. Das erinnere aber ein bißchen verdächtig an ein Klischee, meinte der Ehemann, wie aus den Romanen der «Berliner Illustrierten».

Trotzdem wurde das Bild ihrer Vorstellung einige Male zur Wirklichkeit; die Leute, die in den sommerlichen Vormittagsstunden durch die Straßen gingen, konnten durch die Gitter und die Büsche hindurch etwas Weißes erspähen, die Gestalten des Ehepaars, und es war ein Hündchen bei ihnen, ein schwarzer, kurzbeiniger Scotch-Terrier, mit dem sie viel Wesens trieben. Aber es war mehr eine Szene, die sie spielten, die sie sich selbst vorspielten. Sie hatten den Dekor vorgefunden und sie benahmen sich darnach. Doch waren sie beide von der langen Zeit des Studiums, vom Umgang mit Kollegen, mit Schwestern und Patienten, einem Leben in Ärztehäusern, Operationssälen und Laboratorien so gezeichnet, so umgeformt, daß ihnen der Haushalt wie eine Art Spielerei vorkam, an dem sie richtigen Geschmack nicht finden konnten. Sie kamen von ihrem Berufe nicht los. Sie sprachen miteinander vom Fach, erzählten sich Krankheitsgeschichten, Operationen, Veränderungen im Personal des Spitals, Zwischenfälle mit Kollegen und der Verwaltung, redeten von Kongressen, Kursen und Dissertationen, neuen Heilmitteln; das war ihre Welt geworden, und sie war mit ihnen in die alte Villa eingezogen.

«Wie lange, Felix», fragte Jacqueline auf ihre gemessene Art, «wie lange willst du eigentlich noch Angestellter, Beamter bleiben?»

Er wußte sogleich, worum es ging. Den kleinen Hund, den er im Arm hielt, hinter den Ohren kraulend, blickte er über seine Frau hinweg in das sonnengesprenkelte Grün der Kronen, unbehaglich, und er verspürte die Beschleunigung seines Pulses, wie jedesmal, wenn zwischen ihnen davon die Rede war.

«Man muß Geduld haben», antwortete er. «Sowohl in Winterthur als in Männedorf, und vielleicht auch in Wädenswil gibt es in der Chirurgischen Abteilung in der nächsten Zeit eine Mutation. Und das ist doch der übliche Weg zum Posten des Chefs. Dazwischen die Privatdozentur ...»

Es war ein Standardgespräch zwischen ihnen. Aber Jacqueline wollte es diesmal nicht mit einem Achselzucken enden lassen.

«Und ich würde dann als deine Assistentin weiterhin so durchs Leben wandern?» Sie sagte es lächelnd, aber es war etwas Hartes in ihre Augen gekommen.

«Wie hast es du dir denn gedacht?»

Sie griff nach einem Stadtplan, der neben ihrer Tasse lag, entfaltete sorgsam das Blatt. «Da», sagte sie, «im Eckhaus zwischen der Ämtler- und der Birmensdorferstraße ist im ersten Stock eine Wohnung frei geworden, fünf Zimmer, davon zwei sehr große, und die würden sich für eine allgemeine Praxis ausgezeichnet eignen. Ich habe sie gestern Nachmittag angeschaut.»

«Wie stellst du dir denn das vor? Ich da oben im Spital und du dort unten in dem Arbeiterquartier, als praktische Ärztin und Frauenärztin?»

«Warum nicht?» fragte Jacqueline, die blauen Augen weit geöffnet.

«Und dies da, dieses Haus?» Er tat einen Blick ringsherum.

«Das war sowieso ein Irrtum. Das hat dir so vorgeschwebt von deiner Mutter her, Privatdozent Dr. Fries, Sie wissen ja, der bekannte Chirurg, ein Künstler, mit einer Hand, sage ich Ihnen.»

Sie lachte heraus, gezwungen.

«Ich bin drüben auf dem anderen Ufer der Sihl aufgewachsen. Nicht auf dem Zürichberg. Ich kenne jene Leute. Ich habe immer sie vor mir gesehen, während meines Studiums, Frau Flückiger, unsere Spettfrau, mit ihrem Gebärmutterkrebs, das schwachsinnige Martheli Zellweger mit seinem Wasserkopf, das mit siebzehn Jahren schwanger wurde, der Automechaniker Balzer, der an einem zu spät erkannten Magengeschwür starb ...»

«Alles gut und recht, Jacqueline. Solche Fälle kann ich dir zu Hunderten anführen aus unserer Allgemeinen. Aber um das geht es ja gar nicht. Was dir vorschwebt, das ist Dostojewski, Tolstoi, das Mädchen aus besseren Kreisen, das Medizin studiert und unters Volk geht, um ihm zu helfen und es von seiner Unwissenheit zu erlösen und auf diese Weise die Schuld der Väter zu sühnen.»

Er hatte den Hund auf den Boden gestellt und sich von seinem Stuhl erhoben; schlank und weiß stand er da, sowie er drüben im Kantonsspital, von den Studenten umgeben, an den Krankenbetten zu stehen pflegte, und in seiner Stimme war etwas Militärisches. Das sei noch ein Rudiment aus ihrer Pensionatszeit, von ihrer Freundschaft mit den Schwestern Natanson, jenen israélites russes, wie Jacquelines Mutter gesagt hatte, und aus den Arbeiterbildungskursen des Bluntschli. Nicht um Medizin gehe es hier in ihrem Gespräch, sondern um ein soziales Programm.

«Ich will dir etwas sagen, Felix», antwortete die junge Frau nach einer Weile, geduckt in ihrem Korbstuhl, ohne die Stimme zu erheben und den Stengel eines Kerbels in den Fingern drehend, «ich bin keine rechte Wissenschaftlerin, ich kenne eure objektive Wißbegierde über den Verlauf der Krankheit nicht. Mich interessiert der Kranke, nicht die Krankheit. Euch ehrgeizigen Forschern ist der kranke Mensch nichts als ein Untertan der Herrscherin Wissenschaft. Ich sehe es anders. Für mich ist die ganze stolze Wissenschaft der Medizin nichts anderes als eine Dienerin des kranken Menschen.

Die Ärzte sind nicht da, um zu forschen, die Ärzte sind da, um zu helfen.»

Fries machte eine abwinkende Bewegung; das wissen wir alles, drückte sie aus. Er wäre sich selbst aber nicht so überlegen vorgekommen, hätte er wissen können, welche Gedankenreihen sich in ihr, die darüber selbst erschrak, jagten. Wir haben uns das Beste vorweggenommen, dachte sie, wir haben uns vermählt, und dann haben wir geheiratet. Wir glaubten, das genüge für eine Ehe, sich als Mann und Frau verstehen, das gemeinsame berufliche Interesse, unser Vermögen. Wir glaubten, es gehe einfach so weiter, nur mit dem Unterschied, daß wir nun ungestört und öffentlich unter einem gemeinsamen Dache wohnten und einen Haushalt führten. Aber es gibt ja gar keine Neugierde, keine Freude mehr. Wir haben die Flitterwochen nicht erlebt, von denen sie so viel Wesens machen. Waren sie etwa das, diese flüchtigen Besuche auf meiner Bude am Haldenbach, zwischen zwei Ablösungen vom Dienst, die paar Ausflüge in seinem Wagen nach Konstanz, auf die Mainau? Nicht einmal praktischer ist unsere Lebensführung geworden, eher noch komplizierter, mit dem ganzen Betrieb, mit dem Hin und Her zwischen Haus und Spital. Und ich glaubte, ich käme so rascher zu beruflicher Selbständigkeit. Aber er hat es sich ja bereits ein bißchen angewöhnt, in mir nicht mehr seine Mitarbeiterin, sondern die für den reibungslosen Betrieb verantwortliche Hausfrau zu sehen.

Mit dem Auge des Diagnostikers sah er, wie sich ihr Gesicht langsam mit Blut überzog, am Hälschen unter der Haut ihre Schlagader zuckte und wie das Kerbelstengelchen zerquetscht zwischen ihren Fingern herunterknickte.

«Ich will meine eigene Praxis als Ärztin an der Birmensdorferstraße unten, und wenn wir dieses Haus wieder aufgeben müssen. Ich spüre es genau; ich muß. Ich kann sonst nicht das werden, was ich werden soll.»

Sie saßen noch eine Weile schweigend nebeneinander in ihren Korbstühlen. Die Leute sahen die beiden weißen Gestalten durch die Gitter hindurch auf dem Kiesplatz unter den alten Bäumen, in denen Vögel zwitscherten. Sie konnten bemerken, wie die junge Frau sich erhob und langsam mit gesenktem Gesicht dem Hause zuschritt und der schwarze Scotch-Terrier ihr folgte. Und niemand hätte vermuten können, daß das kleine Wegstück der Beginn des Auszugs aus diesem Garten war.

IV. Kapitel

Am Abend dieses Sonntags im Mai nahm Karl Gebhardt auf dem Paradeplatz, vor der Filiale des Tagblattes, inmitten einer dichtgedrängten Menge von Männern, das Ergebnis der Abstimmung über die Eingemeindungsinitiative zur Kenntnis. Seine Größe erlaubte ihm, über die vor ihm Stehenden hinweg die Bogen, auf denen die Ja- und Neinstimmen der Bezirke und der Stadtkreise mit Blaustift verzeichnet waren, zu sehen, seiner Kurzsichtigkeit wegen jedoch konnte er die Zahlen nicht lesen, und deshalb zwängte er sich, wenn die Wißbegierde der vor ihm Stehenden befriedigt war, und sie mit triumphierenden oder lächelnden Gesichtern sich wandten und einen Weg ins Freie bahnten, vor, bis er dicht an der erleuchteten Spiegelscheibe der Ablage stand.

Nach einem heftigen, von beiden Seiten mit ungeheurem Aufwand von Mitteln geführten Abstimmungsfeldzug, der eine Rekordziffer von 134 000 Stimmenden an die Urnen gebracht hatte, war die Eingemeindung der Vororte Albisrieden, Altstetten, Höngg, Oberengstringen, Oerlikon, Schlieren, Schwamendingen, Seebach, Zollikon, Kilchberg, Witikon und Affoltern, die die Zahl der Bewohner um 50 000 Seelen erhöht und die Grundfläche des Stadtgebietes nahezu verdoppelt hätte, vom Zürcher Volk mit 75 000 Stimmen Nein gegen 60 000 Ja verworfen worden.

Aha, machte er vor sich hin, als auch er sich aus dem Knäuel der wißbegierigen Bürger gelöst hatte und unter den Arkaden der Poststraße sich dem Fluß zuwendete, *sie* hat es nicht gewollt. Etwas an diesem Vorschlag hat ihr nicht gepaßt. Zwar hat eine Mehrheit der Stadtbewohner Ja gestimmt, und von den Gemeinden, die einverleibt werden sollten, alle bis auf die wohlhabenden Zollikon und Kilchberg, die begreiflicherweise autonom bleiben wollten. Im Geiste sah er das Gebilde der Stadt vor sich, wie es sich mit ihren heutigen Umrissen darstellte. Drei Kilometer vom Ausfluß der Limmat seeaufwärts zogen sich mitten durch den fortlaufenden Häuserkranz am Seeufer die Grenzen gegen Kilchberg und Zollikon, westlich und östlich war das Wachstum durch den Uetliberg und den Zürichberg auf natürliche Weise gebannt; hingegen ergossen sich zwei Ströme des Häusermeers, durch den Käferberg wie ein Damm voneinander geschieden, nach

Nordwesten ins Limmattal hinein und nach Nordosten ins Glattal hinüber, auch dort gingen die Grenzen der Siedelung mitten durch städtisch überbautes Gebiet hindurch. Ein Fremder würde Albisrieden, Altstetten, Oerlikon und Schwamendingen wohl ohne weiteres als zur Stadt gehörig betrachten, dachte Karl Gebhardt. 240000 Leute wohnen auf einem Gebiet von 4500 Hektaren, die Wohndichtigkeit ist zu groß geworden; auf den Einwohner macht es etwa zweihundert Quadratmeter aus. Wir werden eine Stadt der Hochhäuser bekommen, wenn es so weiter geht, ein Mißgebilde, das die Forste bis auf die Grenzgrate hinauf frißt. Das wäre doch die natürliche Entwicklung gewesen, die bereits mit der Stadt zusammengewachsenen Vorortsgemeinden mit ihrer weiten ländlichen Umgebung aufzunehmen. Warum nur hat *sie* es nicht gewollt?

Es hatte sich in Karl Gebhardt, ohne daß er sich dessen bewußt ward, die Vorstellung einer imaginären Persönlichkeit herausgebildet, die das Geschick dieser Stadt leitete. Manchmal hatte sie die Gestalt der Stadt selbst, als eines lebenden Wesens, dessen Straßen und Häuserzeilen und Gebäudeblocks, einem Protoplasmagebilde gleich, sich an seinen Säumen zu Fühlern, Armen, Tentakeln, Buckeln und Buchten formten, die ondulierend, vorstoßend, ausweichend sich um Hügel und Waldinseln herum, langsam, doch unaufhaltsam in der Landschaft ausbreiteten. Aber das war nur eine vorübergehende Form, das Sichtbare dieser Persönlichkeit; lagen Abstimmungsresultate vor, wie heute beispielsweise, dann ward sie geisterhaft, nicht lokalisierbar, wie schwebend in den Räumen über dem Becken, als ein geheimnisvoller Wille, gegenwärtig und spürbar werdend in den unverständlichen Entscheiden eines Urnenganges, eines Ratsbeschlusses, eines Unglücksfalles. Manchmal gefiel es ihr, die Silhouette zu verändern, so als der neue Park des Beckenhofgutes zu einer öffentlichen Anlage umgestaltet, die neuen Bahnhöfe in Wiedikon und Enge dem Verkehr übergeben, die Postbrücke über die Sihl, die Kornhausbrücke über die Limmat geschlagen, die mächtige Hauptpost am Sihlquai, das Apartmenthaus am Utoquai eröffnet wurden. Auch der Zoologische Garten, der auf der Fluntermer Terrasse entstanden war, gehörte für Karl zu den Äußerungen dieses Wesens, und wenn er am Abend in seinem Zimmer oben an der Wasserscheide die Löwen durch die Nacht brüllen hörte, so fehlte nicht mehr viel, und er hätte darin die Stimme dieser Stadt zu erkennen geglaubt, die durch den heißen Rachen ihres Wappentiers dem schlafenden Tal ihren Willen kundgab. Andere Male wiederum war ihr Walten still, unauffällig, in langweilige administrative und gesetzliche Maßnahmen gekleidet: Änderung des Armenwesens nach dem Wohnortsprinzip, die Errichtung einer Freiluftschule für durch Krankheit gefährdete Kinder auf dem Uetliberg, die Einführung der obligatorischen Krankenpflegeversicherung, das Gesetz über den amtlichen Wohnungsnachweis und die Bestrafung des Mietwuchers, die Einführung der städtischen Altersbeihilfe, der Ankauf der Straßenbahnlinie Zürich-Oerlikon-Seebach. Dem Hilfslehrer an der Töchterschule, der noch immer seine Hefte mit Zeitungsausschnitten vollklebte, um dem Werden der Geschichte auf die Spur zu kommen, schien alles, was in dieser Stadt geschah, bedeutsam und von der Wirklichkeit dieses Geistes zeugend. Oft war er bereit, ihm den Namen «Zeit» zu geben, dann aber schien es ihm wieder, es weise dieses Wirken eben über die Zeit hinaus einem anderen, verschleierten Ziele zu. Manchmal glaubte er es zu erkennen. Wie in seiner Jugendzeit, wenn er die Werkstätte des Buchbindermeisters Goetschel aufgeräumt, die Abfälle in den Jutesack gestopft hatte und heimwärts der Trittligasse zuwanderte und dabei an den Quadern des Großmünsters vorbei, über die Balustrade der Terrasse hinweg, einen flüchtigen Ausblick auf die Limmat und die stillen Häuser der Wühre erhascht hatte, so schien es ihm auch jetzt in glücklichen Minuten, es sei ihm zwischen den Mauern des Alltags, seiner Sorgen um Kätterli und Schörschli, der immer kleiner werdenden Apanage und der unbefriedigenden Tätigkeit als Hilfslehrer wegen, aus seiner Kleinheit heraus ein Durchblick in den Raum jener Ströme erlaubt, über denen die großen Winde dahinwehten.

Es war wie eine Erscheinung aus der Vergangenheit, als Karl Gebhardt auf der Mitte der Treppe, die zur Münsterterrasse hinanführte, unter dem in Sandstein gehauenen Relief der Schlange, Bell in seinem hellen handgesponnenen Anzug die Stufen herabkommen sah. Noch waren seine Gesichtszüge im Licht der Laterne nicht zu erkennen, aber immer war er noch von schlanker Gestalt, eine Silhouette von vornehmer Einsamkeit, wie zu jener Zeit, vor zwei Jahrzehnten, da er drüben an der Kirchgasse in die Butik des Buchbinders getreten war und dem Lehrling das Sammeln von Zeitungsausschnitten über die Ernährungsreform erklärt und das Unglück des Menschengeschlechts mit dem zunehmenden Fleischgenuß begründet hatte.

In seiner stets wachen Aufmerksamkeit hatte auch Bell Karl erkannt, und sogleich bot er ihm auch wieder eine Handvoll ungeknackter Mandeln dar. Er habe, auch wenn sie sich nie mehr gesehen und gesprochen hätten, Karls Laufbahn aus der Ferne verfolgt, als eines jungen Menschen dieser Stadt, in der es selbst einem Buchbinderlehrling möglich sei, zu akademischen Graden aufzusteigen. Freilich bedürfe es dazu jenes Fleißes und der Beharrlichkeit, die Karls Eigenschaften immer gewesen seien – und eines weiteren allerdings noch, fügte er hinzu, während sie, die steil ins Dunkel emporsteigenden Türme des Großmünsters vor sich, an der Brüstung lehnten, jenes gewisse Etwas, jenen Erlösungsdrang, jene Sehnsucht, die der verpuppten Larve in ihrem Gespinste eigne. Dies glaube er, Bell, schon damals aus den Augen des ernsten Knaben in der Werkstatt Goetschels gelesen zu haben. Die Anstellung an der Töchterschule werde vielleicht eine Etappe von Karl Gebhardts sozialer Entwicklung, doch des Mannes, der versuche, die Gegenwart geschichtlich zu betrachten, letzte geistige Entwicklung nicht sein, meinte Bell ernsthaft. Er habe seine Dissertation gelesen, und besonders habe ihn die Stelle von den schlummernden Epochen angesprochen, die an großen Ereignissen brachen Zeitspannen, wie wir sie heute erlebten und denen Karl eine so große Bedeutung beimesse, als den geheimnisvollen Keimperioden, die über das, was später an der Oberfläche geschehe, mit Ernte, und Kampf um die Ernte, entschieden. Es klang wie Sphärenmusik für Karl. Das gab es also: im Unbekannten fiel ein Sämlein in eine Ritze des Gesteins und konnte zu einem Pflänzlein erblühen. Selbst Dissertationen blieben also nicht bloße Formalitäten, gerade recht in Fachkatalogen registriert zu werden.

«Vieles von dem, was Sie schrieben, ist mir haften geblieben und hat mir das Dasein bereichert, weil es mir etwas erläuterte. Und etwas erläutert bekommen läutert, wissen Sie!» rief Bell. «Es wird durch Ihre Betrachtungsweise alles so interessant, geheimnisvoll in den Zusammenhängen. Es gibt keine Nachricht mehr, die ich lese, die mich nicht erregen und in mir die Kraft des Umfassens und Zusammenhaltens wecken würde. Ob ich erfahre, daß der Flugverkehr in Dübendorf zunimmt, oder daß der See gefriert, oder der fünfzehnjährige Jüngling Furrer einen Mann aus der Limmat rettet, oder daß wir zweitausend Arbeitslose haben, oder daß in Zumikon oben ein großer Golfplatz hergerichtet wurde, oder der tragische Tod des Tramreparateurs Klucker aus Irrtum, oder den Zionistenkongreß, oder die Erweiterung des Hauptbahnhofes, oder daß am ersten Oktober viertausend Wohnungswechsel stattfanden, oder daß die Radiokonzessionäre so zunehmen, oder das Sterben der Privatbanken! Wie es zusammenhängt und was es für das Ganze bedeutet, das wissen wir nicht. Aber daß alles zu gleicher Zeit und an diesem Orte geschieht, ach, es läßt uns doch ahnen, daß es in einer anderen Dimension zusammengehört und eine Bedeutung hat.»

Karl betrachtete stumm den sich Ereifernden. Auch er spürt sie als ein Wesen, diese Stadt, dachte er, übermenschlich, metaphysisch, als das Geheimnis, das der Philosoph Häberlin als Wirklichkeit bezeichnet. «Was wir sehen, ist Gestaltung, Darstellung, Hinstellen vor unsere Blicke ...» «Ja», sagte er, «hinter dem Zweckhaften und Zufälligen stellt die Stadt sich als ein Unternehmen dar, in dem wir uns zusammengefunden haben, um uns selbst, unscheinbare Wesen, in einer höheren Person aus der Zeit in die Dauer zu retten. In Jedem ist Jeder und Jedes, in Allem ist Alles.»

«Oh», lächelte Bell, «hier reicht dem Historiker jene lichte Dame die Hand, die wir Kunst nennen.»

V. Kapitel

René Hirzel war sich der Fremdartigkeit der Gegend sogleich bewußt, als er in den Stummel des Weichenwegs einbog. Wie eine von hölzernen Palisaden umzäunte Landzunge der Stille schob sich das endende Wegstück in den breiten Strom der Bahngeleise hinein, der sich vor dem Hause der Wahrsagerin zu einem Flaschenhals verengte, weil die westwärts führenden Stränge bei der Unterführung der Langstraße auf hundert Meter zusammengedrängt wurden, bevor sich ein Teil von ihnen nach Norden ins Glattal und nach Süden, Richtung Wiedikon entfächerte. Hier war, unterhalb des Kopfbahnhofs, der Kreuzpunkt der Schienenwege aus allen Himmelsrichtungen des Kontinents. Der Güterbahnhof war ein uferwärts liegender Wirbel im Fluß der Geleise, in den die Frachtzüge aus langsamer Gegenströmung unter verwehten Pfeifensignalen und mit rasselnden Puffern einschwenkten. Die kleinen Rangierlokomotiven glichen behenden Lotsenbooten, die mit roten Fahnen und weißen Dampfwolken die müden Schlepper aus dem Becken hereinholten, Nahrung und Rohstoff für eine Viertelmillion Menschen. Durch die Bretterluken hindurch konnte Hirzel in diese Allmend des Verkehrs hineinblicken, auf der unter dem leichtbewölkten Himmel, vor den grünen Hügeln des Höngger Berges, in einem Netz von Drähten und den in der Ferne sich verlierenden Eisenmasten ein mächtiger Zirkus der Technik immer neue Auftritte zu proben schien. Hier also dreht die Parze ihre Spindel, dachte der Journalist.

Nach dem Vortrag von C. G. Jung über das Seelenleben des modernen Menschen, über den in einem kurzen Bericht in der Zeitung zu referieren ihm von Dr. Siegfried aufgetragen worden war, fand Hirzel, es wäre wohl lohnend, festzustellen, bis zu welchem Grade das Bewußtsein der eigenen Seele in die Schichten des Volkes vorgedrungen war. Der Gelehrte hatte die Ansicht vertreten, die Wissenschaft der Psychologie verdanke ihr Entstehen einem Bruch in der körperlich-seelischen Einheit des Menschen, welche im Mittelalter noch ein Kennzeichen seiner Wesenheit gewesen sei. Hoch und nieder, arm und reich hätten zu jenen Zeiten noch an der mystischen Harmonie teilgehabt; jedoch mit der Aufklärung, der Vermaterialisierung des Lebens, dem Durchbruch des technischen Denkens, der Verkümmerung der Handarbeit und der Industrialisierung der Gütererzeugung seien die metaphysischen Sicherheiten verloren gegangen. Der Individualismus mit seiner Steigerung der Selbstbeobachtung, die ein immer intensiveres Bewußtwerden der seelischen Funktionen zur Folge gehabt hätte, habe aus dem harmlos in sich selbst ruhenden Menschen der großen Gemeinschaften ein isoliertes Wesen gemacht, dessen hervorstehendste Eigenschaften die Angst und das Mißtrauen geworden seien.

So, genau so ist es, dachte Hirzel, denn mit dem Gefühl der Gemeinschaft verlieren wir auch Gott. Gottesdienst ist ein Dienst in der Gemeinschaft, in der Gemeinde. Nun glaubte er zwar noch immer ein Freidenker zu sein, und das, was er als Gott bezeichnete, das war ihm jener unabgeklärte Überschuß an seelischen Eigenschaften, mit dem die Menschen nichts anfangen, den sie nicht tragen und ertragen konnten, und den sie dann während kultischen Handlungen an hierzu bestimmten Orten zusammenlegten zu einem überselbstischen Wesen. Seit er sich, wenn auch mit Unterbrüchen, in den sozialen Arbeitsprozeß eingegliedert hatte und sich durch seine Tätigkeit ein einigermaßen regelmäßiges Einkommen erwarb, war in seinen atheistischen Anschauungen eine gewisse Milderung eingetreten. Noch paßte sein System in die christliche Religion nicht hinein, doch waren die blasphemische Anmaßung und der selbstquälerische Hochmut des Vereinsamten daraus entschwunden; sein Wohnsitz in der genossenschaftlichen Gartensiedlung in Wollishofen war auch ein wenig an dieser Wandlung beteiligt.

In den kleinen Inseraten im Tagblatt bezeichnete das Fräulein Spieß ihre Tätigkeit seit einiger Zeit als psychologische Beratung, einerseits, um den gewerbepolizeilichen Vorschriften zu genügen, und anderseits, weil die Aufklärung in seelischen Dingen im Volke so weit fortgeschritten war, daß dieses Fremdwort sich dem allgemeinen Sprachgebrauch einzugliedern begann. In der Vorstellung vieler Besucher freilich galt die Tätigkeit der ehemaligen Wahrsagerin als die Abart einer Wissenschaft, durch das übernatürliche Talent einer Laiin ausgeübt, ähnlich etwa jener der Naturärzte im Kanton Appenzell, die zwar nicht studiert hatten und keinen Doktortitel besaßen, aber über mehr Heilwissen verfügten als alle die Studierten zusammen, jä so.

Als René Hirzel dem grauhaarigen, durch den Erfolg und die Jahre zu einer gewissen Würde gelangten Fräulein Spieß gegenüber stand, ließ er die Absicht, sich als einen Ratsuchenden einzuführen, fallen; vielmehr erklärte er ihr offen seinen Stand, und sein Begehr, sich von ihrem segensreichen Unternehmen ein Bild zu machen und damit irrtümlichen Auffassungen und Mißverständnissen entgegentreten zu können.

Er sei der erste nicht, der mit solchem Vorhaben komme, antwortete Fräulein Spieß und gebot ihm, sich niederzusetzen, in den Beichtstuhl, wie sie den Klubsessel aus verwetztem Leder, der vor ihrem Tischchen stand, nannte. Sie habe zwar schlechte Erfahrungen gemacht mit Herren seinesgleichen, eben den Journalisten, habe doch einer von ihnen geschrieben, sie sei eine Art Sabrenno, ein Hellseher, der die Leute hypnotisiere und in diesem Zustande ihre Geheimnisse entlocke, um sie ihnen dann, den Erwachten, als Frucht übernatürlichen Sinnes zu eröffnen.

«Geheimnisse, Herr Hirzel, das ist ja zum Lachen! Das, was die Leute Geheimnisse nennen, das ist ja das, was ihnen zuvorderst auf der Zunge brennt und weswegen sie kommen, um endlich einmal jemanden zu finden, der es ihnen abnimmt. Von der Art, wie sie leben und sorgen und werken, davon reden die Leute nie, wenn sie kommen; aber vom Hintersten, Schamhaftesten, von ihren Träumen und Ahnungen, von Sachen, die sie befürchten oder wünschen. Sie sprudeln ja nur so los, da braucht es keine Hypnose und kein Hokuspokus, um sie zum Sprechen zu bringen, eher, daß sie einmal aufhören damit.»

Immerhin, entgegnete Hirzel, mit einem Blick auf die Kristallkugel auf dem Tischchen der Frau, hätte er gehört, sie hantiere auch mit Karten und dergleichen.

«Nicht wahr, Herr Hirzel, Sie sind doch ein gebildeter Mann, und mit Ihnen kann man reden», sagte das Fräulein Spieß pomadig. «Wenn die Leute zu einem Doktor gehen, so wollen sie einen Mann vorfinden, der einen weißen Mantel trägt und dem ein Hörrohr aus der Tasche schaut, beim Metzger einen Mann in einer weiß und blau karierten Bluse und aufgekrempelten Ärmeln, und im Restaurant eine Kellnerin mit einem Servierschürzchen und schwarzen Strümpfen. Das gehört doch dazu, das bringt sie in die richtige Stimmung; aber auch für den Arzt, den Charcutier und die Serviertochter sind diese Stücke notwendig. Sie haben ja keine Ahnung, was die Berufskleidung ausmacht, wie sie die Leute verändert. Diese Kugel und meine Karten, die brauche ich doch nicht nur, um die Klienten zu beeindrucken und sie in die richtige Stimmung zu bringen, sondern auch für mich, verstehen Sie. Das gibt mir Konzentration, und vor allem sind sie ein Mittel, die Leute zum Schweigen zu bringen während einer Weile, so daß ich über ihren Fall nachdenken kann. Sehen Sie, wenn sie hierher kommen, dann erwarten sie etwas Außerordentliches, eine Dekoration quasi, die anders ist als das, was sie immer um sich herum sehen, deshalb kommen sie ja. Einfacher als mit so einer Kugel und mit ein paar Spielkarten kann man es gar nicht machen. Denken Sie nur einmal daran, was ein Arzt alles braucht, um eine magische Stimmung zu erzeugen, aus Porzellan, Nickel, Glas, Instrumenten und Röhrchen!»

Also dumm ist sie nicht, dachte Hirzel; sie hat einen Sinn für die Vorgänge.

«Es trägt aus diesem Zimmer keiner etwas davon, was er nicht selbst mitgebracht hätte! Wie früher jene Leute, die noch nicht lesen konnten, mit einem Brief zum Schulmeister oder zum Pfarrer gingen, damit er ihnen die Nachricht vorlese, so kommen sie jetzt zu mir. Nicht mit Briefen natürlich, aber mit sich selbst, daß ich ihnen lese, was in ihren Gesichtern geschrieben steht. Und nachher wird um Ratschlag gefragt, genau wie beim Pfarrer. Aber auch nicht eigentlich um Rat, sondern mehr so: rat mir gut, aber rat mir nicht ab. Sie möchten aus fremdem Munde ihre eigene Meinung bestätigt hören. Und den Gefallen tue ich ihnen.»

Sie erzählte das ruhig, ohne Aufwand. Hinter ihrem Rücken schob sich von Zeit zu Zeit eine Reihe schiefergrauer oder schmutzig-roter Güterwagen in den Rahmen des Fensters; dann gaben sie wieder den Blick frei auf den lieblichen Hügelrücken des Höngger Berges, der von den geometrischen Figuren der Leitungsdrähte überzittert war.

Wohl vernahm Hirzel, was Fräulein Spieß redete, aber was er dachte, hing nur locker damit zusammen. Es war in ihm flüchtig und gleich zum Verblassen bereit die Bildgruppe aller möglichen Arten menschlichen Zusammentreffens aufgetaucht: der Besucher im Stuhl vor dem Pult, zwei Männer durch eine Schranke getrennt und durch das Rechteck eines Schalters miteinander sprechend, ein Kind, die Kante der schräg aufsteigenden Platte einer Schulbank vor dem kleinen Magen, eine Frau im Spalt einer halbgeöffneten Wohnungstüre das Angebot einer Hausiererin anhörend, ein Schütze, der am Sonntagmorgen den dämmrigen, hallenden Schießstand betritt, der Beileidsbesuch, die Zeremonie des Frisiermantel-Umhängens beim Coiffeur. Es gibt zwischen den Menschen wie bei den Tieren einen Kodex der Begegnungen, ein Ritual der Stelldicheine, ich sollte dem einmal nachgehen.

«Das hat es von jeher gegeben, daß die Leute zu einem Mann oder zu einer Frau gegangen sind – aber viel weniger um Rat zu holen, wie man sagt, sondern einfach weil es ihnen verleidet ist, mit sich selber zu reden. Manchmal sitze ich da und sage kein Wort, und dann gehen sie nachher weg und danken mir – sie haben abgeladen, verstehen Sie, wie wenn sie beim Doktor gewesen wären.»

René Hirzel mußte ein Lächeln unterdrücken; sie selbst macht keine Ausnahme, dachte er, und mir fällt jetzt die Rolle des Beichtigers zu.

«Und es kommen immer mehr, sie geben einander die Klinke in die Hand, und nicht nur einfache Leute etwa, sondern bessere Herren und Damen, Studierte sogar. Das Haus gehört mir, seit zwei Jahren schon. Oh, ich habe nichts zu verbergen. Zwar führe ich ja keine Buchhaltung, die Kunden legen was sie wollen dort oben in das Schälchen auf dem Büfett, und der Herr Steuerkommissar Bleuler auf dem Amt und ich haben es ausgerechnet, was es macht. Er hat nur immer den Kopf geschüttelt, aber nicht wahr, da will ich sauber sein. Das ist eminent wichtig bei dem Beruf, daß man mit den Behörden gut steht. Keine Stempeneien, ist mein Prinzip. Der Staat profitiert von den Rechtsanwälten, den Pfarrern und den Doktoren, soll er auch von mir bekommen, was ihm zusteht. Man müsse auch die Dummheit besteuern, nicht nur die Intelligenz, meinte Herr Bleuler.»

Ihre Wangen hatten sich gerötet, sie kam in ein flatterndes Sprechen hinein.

«Aber es ist nicht die Dummheit, sage ich Ihnen. Es ist der Trieb. Das liegt an der Zeit. Es bröselt, es zerbröselt, Sie können es mir nun glauben oder nicht.»

Sie hatte während des Sprechens beide Hände um die massive Glaskugel gelegt, als hielte sie darin wirklich das Geheimnis der Zeit umschlossen.

«Wahrsagerin hin oder her, ich will mich nicht rühmen, aber ich spüre es, ich spüre es deutlich. Es ist, als ob die Leute von einer Stelle her sich in dieses Zimmer flüchteten. Und wissen Sie, was das ist? Die Kraft, die sie zusammengehalten hat, läßt nach. Seit dem Krieg. Es ist, wie wenn etwas nicht mehr stimmte. Es sind zu viele Männer zufällig gestorben, und es werden zu viele Kinder zufällig geboren.»

Jetzt fängt sie an sibyllinisch zu reden, dachte Hirzel, und wirklich blickte das Fräulein Spieß in einer Art Trance in die Kugel hinein.

«Rastlos wechseln sie die Wohnsitze, wie die Ameisen wimmeln sie umher. Es ist alles im Fluß, auch in ihnen, den Leuten ...»

Es war nicht gerade eine Offenbarung, die Hirzel vernahm; von diesen Zuständen war in Neujahrsbetrachtungen, Leitartikeln und in Vorworten der Adreßbücher öfters die Rede. Aber die eigenartige Bereitschaft, in die das Fräulein sich, und damit auch ihn hineingeredet hatte, machte ihn empfänglicher für die versteckte Botschaft der Vorgänge.

Es stimmt schon, was sie da sagt, dachte er. Die Stadt wächst nicht vom Überschuß der Geburten – auf tausend Einwohner werden ja nur noch ganze dreizehn geboren –, aber von den Ablagerungen des Wanderungsstromes. Vier bis fünftausend Wohnungen werden im Jahr gewechselt, sechzigtausend Menschen zogen während der letzten zwölf Monate in die Stadt, fünfzigtausend Ansässige verließen sie wieder. Es ist ein richtiger Wirbel, jeder dritte Einwohner wird davon erfaßt.

«... darum haben sie auch ein so verwischtes Gesicht bekommen», murmelte die psychologische Beraterin. «Das schwimmt doch alles zwischen Augen, Mund und Stirne. Nur noch selten begegne ich einem mit dem massiven Kugelschädel und dem geraden Kieferknochen, dem kächen Fleisch und der satten Haut darüber, an dem man früher den Zürcher erkannt hat. Die sind es nicht, die zu mir kommen. Die jungen Ehefrauen vom Land meistens, in die Stadt gezogen, ein paar Jahre verheiratet, enttäuscht, unbefriedigt, verdorben durch die Aufklärung ...»

Sie hatte den Zauber gebrochen, saß wieder pomadig zurückgelehnt da.

«Sie sehen also die Zukunft eher düster?» fragte Hirzel im Tone des Journalisten.

Fräulein Spieß blickte ihn an, die Ellbogen auf den Tisch gestützt und die Handflächen gegeneinander legend.

«Für Sie, Herr Hirzel», antwortete sie, «gibt es immer mehr zu tun, nicht privat, Sie werden es dann schon merken ...»

Er blickte beim Weggehen noch einmal durch eine Lücke des Palisadenzauns am Weichenweg in die technische Landschaft hinaus. In der Ebene stand eine kleine Rangierlokomotive. Ihre weiße Rauchfahne hatte eine bizarre Form. Offenbar herrschten in den Luftschichten über dem Tal verschiedene Strömungen, deren unterste den Rauch erst seewärts trieb, während die darüber liegende ihn wieder zurück und leicht seitwärts gegen den Höngger Berg zu abbog, bevor er sich in der Bläue auflöste. Ein Hornsignal begleitete den Vorgang.

Er sah, wie das Vehikel sich in Bewegung setzte und zögernd im Gewirr der Schienen die richtige Weiche suchte. Der Lokomotivführer beugte sich aus dem kleinen Seitenfenster. Das Gefährt – die Gefährten –, dachte Hirzel in der fragmentarischen Art, wie er für sich Eindrücke zu deuten pflegte.

VI. Kapitel

Den zweiten Band von Oswald Spenglers «Untergang des Abendlandes» unter dem Arm, schlenderte Gotthold Wettstein durch die «Zika», die Internationale Kochkunstausstellung, deren ultramarin und orangerot bemalten Stände und Hallen das ganze Areal des Alten Tonhalleplatzes bedeckten. Angefangen bei den Raffelgeräten, die die Grundlage der Rohkosternährung bilden, bis zu den vernickelten Grillöfen, in denen die saftigen Fleischstücke unter den geschlossenen Poren ihrer Oberfläche im eigenen Blut zur butterweichen Vollendung heranschmoren, waren hier alle technischen Neuerungen auf dem Gebiete der Gastronomie zu finden: Frigidaires, deren Türen an Panzerschränke erinnerten, Hackmaschinen, Kartoffelschäler, Saftpressen, automatische Eierkocher, elektrische Kochherde, Brotröster, Konservengläser mit Patentverschlüssen, Apparate zur Herstellung von Joghurt, Kirschenentsteinmaschinen, kleine Guillotinen harte Eier zu schneiden, Schnellkochpfannen, Geschirr aus unzerbrechlichem Glas, die Produkte der einheimischen Alimentations- und Konservenindustrie, neuartige Brote, Zwiebacke und Konfiseriespezialitäten aus anderen Kantonen, Ausschankstellen kaltgepreßter Süßmoste, bunter Limonaden und prickelnder Mineralwasser, Degustationsnischen für Schweizer Weine, Roste über Kohlenfeuern mit von Öl träufelnden Bratwürsten und Cervelas bedeckt, eindrucksvolle Demonstrationen der Kochfett- und Salatsaucenindustrie, die jüngsten Errungenschaften auf dem Gebiete der Suppeneinlagen und der Schnellkochvorgänge. Der junge Sekretär der Trostelschen Kunststiftung wanderte mit Überlegenheit und innerem Abstand in der durch die erhöhte Absonderung der Magensäfte festlich erregten Menge umher und versuchte, zu diesem Unternehmen einen seinem Stande angemessenen geistigen Standpunkt zu gewinnen, denn was wir nicht überblikken, bleibt für uns Zufall.

Vor dem noch verwaisten Stand eines Verlages, der ein Kochbuch für einheimische Küchenspezialitäten verkaufte, blieb Gotthold unwillkürlich stehen, denn hier war, wenn auch in ihrer niedrigen, ungeistigen Form, die Literatur vertreten. Die aufgelegten Bücher verlockten zum Blättern. Auf einem kleinen Küchentaburett stehend, war ein junges Mädchen eben dabei, mit Reißnägeln große Papierbogen an die Bretterwände der Nische zu heften. Von Hand waren darauf mit roten und blauen Stiften Suppenschüsseln und Teller hingezeichnet, zwischen denen in runden Girlanden die Schriftzüge hinliefen, die den Titel des Buches bezeichneten, und das Ganze wiederholte sich, nach der Art eines Tapetendrucks, auf allen Bogen. Inmitten des Aufwandes der benachbarten Kabinen nahm sich diese selbstgemachte Dekoration rührend aus.

«Wünscht der Herr das Kochbuch für schweizerische Küchenspezialitäten zu erwerben? Es hat auch Rezepte darin, die sich für Junggesellen eignen.» Als Gotthold, dem Anruf der Stimme folgend, den Kopf wandte, blickte er in Walter Abts grinsendes Gesicht.

Barhäuptig, ohne Rock, die Ärmel des Hemdes mit Gummibändern über den Ellbogen hochgehalten, war er hinter der Brüstung aufgetaucht und damit beschäftigt, weitere Bücher zu stapeln.

Über die Schranke hinweg begrüßten sich die Schulkameraden, dieser den «Untergang des Abendlandes», jener das Kochbuch in der Hand. Ja, das sei nun die erste Publikation seines Verlages, bestätigte Walter Abt, ein Kochbuch, enthaltend die besten Rezepte der Spezialitäten aus den vierundzwanzig Kantonen, angefangen bei der Zürcher Rösti und endend bei der Genfer Raclette, mit genauen Angaben der Quantitäten, die für eine vierköpfige Familie benötigt würden, und jedes einzelne von Elsbeth, seiner Frau, die auch die Verfasserin sei, ausprobiert. Der Preis sei zwei Franken achtzig, in abwaschbares Leinen gebunden.

Wohl hatte Gotthold von Walters Absicht, einen Verlag zu gründen, gehört, als eines lokalen Unternehmens auf der Grundlage einheimischer Kräfte. Ihm, Gotthold, der sich in den großen literarischen Strömungen des deutschen Sprachraumes auskannte und auf ihnen als ein behender Schwimmer und mit allen ihren Wassern gewaschen dahintrieb, erweckte die Nachricht von diesem Unternehmen eine ähnliche Rührung wie eben die selbstverfertigten Tapeten dieses Standes. Mochten die Trommelfeuer, der Hunger und die Inflation das deutsche Volk erschüttert, die österreichische Monarchie aufgelöst haben, ein gutes hatte dieser Krieg gehabt: die wankenden und verschobenen Grenzen der beiden Reiche begannen ihre Bedeutung zu verlieren, und es fing an, sich zu erweisen, daß die Sprache das Netz war, das die echte Gemeinschaft umschloß und zusammenhielt. Die Deutschschweizer hatten sich nun einmal damit abzufinden, daß sie dem deutschen Sprach- und Kulturgebiet angegliedert und verbunden waren. Es gab keinen Kenner der Sachlage, keinen Literaturhistoriker, der diese Ansicht von der Stellung der Schweiz im deutschen Geistesleben als den Ausweis seiner eigenen Bedeutung angesehen hätte. Was immer sich hier ereignen mochte, es spielte sich ab am Rande des großen Geschehens.

Aber daß der ehemalige Klassengenosse sein Vorhaben mit der Herausgabe eines Kochbuches, das er in dieser Messebude an die Frau zu bringen hoffte, eröffnete, das blieb denn doch noch weit unter aller Erwartung. Dafür wäre weder eine akademische Ausbildung noch überhaupt ein Verlagsunternehmen nötig gewesen. Ein Buchdrucker hätte dafür genügt, fand Gotthold.

Er hielt das Büchlein in seiner Hand. «Der Einband ist originell», sagte er, «stellt das Muster einer Küchenschürze dar, nicht?»

«Ja», antwortete Walter, «es hat noch Mühe gekostet, es zu finden. Es ist ein altes Zürcher Baumwolltuch aus der Trachtenabteilung des Landesmuseums.»

Der junge Verleger betrachtete mit demselben Blick spöttischer Rührung den «Untergang des Abendlandes», den der junge Literat unter seinen Arm geklemmt hatte, wie dieser den Stapel der «Schweizer Küchenspezialitäten». «Die Heimatliebe geht durch den Magen», bemerkte er.

«Was der Mensch ißt, das ist er», entgegnete Walter grinsend. «Die phantasiearme, monotone Hausmannskost macht uns selbst so langweilig wie das obligatorische Siedfleisch am Samstag. Es kann uns nur gut tun und unser nationales Selbstbewußtsein nur stärken, wenn wir die auserlesenen Gerichte unserer Confédérés kennenlernen. Damit lernen wir auch sie kennen.»

«Kultur via Kochtopf also.»

«Nahrhafter jedenfalls als Kultur via Tintenfaß.»

«Mir kommt das vor, als wolltest du auch im Kochen den Dialekt wieder einführen.»

«Das ist gar nicht so übel, was du sagst», meinte Walter, «es ist der glatte, verwässerte Sprachenbrei, der unsere Dämme unterhöhlt.»

Gotthold, der Germanist, war offensichtlich an einer empfindlichen Stelle getroffen. Er runzelte die dunklen Brauen, blickte dem ehemaligen Anführer der BU-Cliqué herausfordernd ins Gesicht und seine Wangen zitterten dabei. Dann zitierte er beinahe wörtlich einen Satz aus dem Feuilleton eines tonangebenden Essayisten: «Hätte uns ein Schicksal damit gezüchtigt, daß unsere Väter, wie die Holländer, sich weigerten, eine Lautverschiebung und ähnliche Sprachprozesse mitzumachen, so müßte für unsere Jugend auch irgend ein Van den Vondel jenes Höchste bedeuten, an Stelle von Goethe, den wir als verehrungswürdigen Glücksfall mitbekamen.»

«Das habe ich auch gelesen», antwortete Walter in vollem Ernst. «Es hat mich erschüttert. Wie anders ständen wir da, ein kleines Volk, aber auf ewig durch eine eigene Sprache geschützt – unverdaulich für jeden, der es verschlucken will. Manchmal scheint mir, wir seien bereits vorverdaut. Du siehst, wir bleiben im Kulinarischen.» Aber es war ein besorgtes Lächeln, das den Satz begleitete.

«Und jenes Höchste, all das Herrliche deutschen Geistes- und Dichtertums gäbest du dahin?» fragte Gotthold, und es ging ihm dabei ans Lebendige, das sah Walter.

«Wir müßten nicht. Es stände uns offen und nah wie ein Shakespeare, ein Molière, und niemand zwänge uns, in unseren Lokaldichtern das Höchste zu sehen.»

Er tastete mit dem Goldfinger hinter die Brille an den äußersten Lidwinkel, wie es seine Gewohnheit war, und dann fügte er noch hinzu: «Ist es dir denn nie aufgefallen, daß die meisten epischen Werke, die in die Weltliteratur eingingen, Lokalgeschichten sind? Homer, Dickens, Balzac, Hamsun, Flaubert, Tolstoi, Dostojewskij, de Coster, Cervantes, Manzoni – alles Lokalgeschichten, von Flamen für Flamen, von Russen für Russen, von Franzosen für Franzosen geschrieben.

Und Gotthelf, und Keller, für Zürcher, für Emmentaler gekritzelt und deshalb entdeckt und von der Welt für würdig befunden.»

Es war nun auch mit Walter Abts Gelassenheit vorbei.

«Das macht unsere Schriftsteller so zag, so kindlich, so geschraubt, so ethisch, so pädagogisch, dieses Schielen nach drüben, dieses Verweisen, was werden die ‹Frankfurter›, das ‹Berliner Tagblatt› dazu sagen, und erst die ‹Vossische›. Sind wir würdig eines Platzes im deutschen Dichterhain?»

Er hatte sich auf die Schranke seines Messestandes geschwungen, das eine Knie angezogen und die Hände darüber verschränkt. Die Besucher der Kochkunstausstellung, die mit angeregtem Appetit an dem verwaisten Stande vorbeizogen, vermuteten, es handle sich zwischen den beiden um eine geschäftliche Auseinandersetzung.

Gotthold, eben von dem Industriellen Trostel mit dem Entwurf des Reglements für einen Literaturpreis, der seinen Namen tragen sollte, beauftragt, sah sich vor dem Stapel der «Schweizer Küchenspezialitäten» unvermutet in vertraute Probleme hineinversetzt.

«Susi, das Riesenweib, etwas für Männer, etwas für Kenner», tönte durch die dünne Wand die Stimme eines Ausrufers aus der benachbarten Vergnügungshalle herüber. «Treten Sie ein, die Herrschaften. Es mißt der Umfang der Oberschenkel der Dame siebenundachtzig Zentimeter. Susi ist neunzehn Jahre alt, wiegt einhundertachtundzwanzig Kilo, normal gebaut. Sie hat die Stimme eines Kindes und das Herz eines Engels. Susi ist Jungfrau.»

«Wir sind in einer Übergangsepoche», sagte Gotthold. «Die Kriege sind endgültig vorbei. Die künstlichen Staaten lösen sich auf zugunsten der natürlichen Rassen- und Sprachgemeinschaften. Der Sozialismus, der Völkerbund, das Internationale Arbeitsamt, alles deutet darauf hin und wirkt in dieser Richtung. Was du willst, Walter, das ist Provinz.»

Über sein Knie hinweg musterte der junge Verleger den jungen Literaten. «Uli, Uli», machte er. «Es gibt nichts Provinzielleres als die Angst vor der Provinz.»

«Etwas für Männer, etwas für Kenner», rief der Anreißer von drüben, «unberührt …»

«Soll ich die andere Kiste auch noch auspacken?» fragte das Lehrmädchen inmitten eines Haufens von Wellkarton.

«Nein, das genügt», antwortete Walter.

«Mir auch», machte Gotthold und mischte sich wieder, den «Untergang des Abendlandes» unter den Arm geklemmt, in den Strom der hungrigen Ausstellungsbesucher.

VII. Kapitel

Die Klientinnen fuhren fort, sie Madame Bariffi zu nennen, trotz ihrer Verehelichung mit Herrn Loeb; ja, es schien, als beobachteten die Damen ein Gesetz der Diskretion, indem sie von den privaten Verhältnissen der Inhaberin des Schönheitssalons keine Kenntnis zu haben vorgaben. Madame Bariffi trug ihr Haar nun geschnitten, in silbernen Locken und Rollen, metallisch beinahe, von einem violetten Schatten überhaucht. Die weiße Arbeitsschürze war verschwunden; sie bevorzugte nun schwarz, einteilige Kleider gesellschaftlichen Zuschnitts, nicht eben streng, aber doch irgendwie die gehobene Stellung andeutend, die einer freundlich und verbindlich lächelnden Directrice eines größeren Geschäfts etwa, deren Sprache still und gemessen war, deren Augen hart und aufmerksam blieben.

Ihr Gatte Léon war nie im Betriebe zu sehen. Er gab sich, nach dem Vorbild Boni de Constellanes, des geschiedenen Gatten der fabelhaften Mrs. Gould, dem Antiquitäten- und Bilderhandel hin, figurierte an Liquidationen von Haushaltungen, Versteigerungen und Ganten als Experte, nicht ohne Geschick, kann gesagt werden, und mehrte nicht übel das vorsichtig bemessene Arbeitskapital, über das seine Gattin ihn verfügen ließ – auf Grund einer Bedingung, die er bei der Verehelichung gestellt habe, wurde in der Höhle im Café Passage behauptet. Auch er war grau geworden, und es stand ihm nicht schlecht zu seinem dunklen Teint. Mit seinen gestreiften Hosen, dem schwarzen, an den Rändern von Seidenbändern eingefaßten Jackett, dem gebauschten, taubengrauen Seidenbinder um den ein bißchen altmodisch anmutenden Stehkragen geschlungen und dem Monokel, das ihm an einer gedrehten Schnur über die Weste baumelte, bot er das Bild eines jovialen Lebenskünstlers, eines Bonvivants, über den schon allerhand hinweggebraust ist, der aber nun jenseits der kleinlichen Sorgen in jener heiter dilettantischen Art, konziliant und nicht ohne Humor sich als Vermittler in den Kreisen der Liebhaber und Sammler bewegt. Sieben Jahre habe er Rebecca gedient, bevor er sie sich ganz errang, pflegte er, während er mit einem Lid zwinkerte, zu sagen. Es wurde natürlich nicht wörtlich genommen, doch entsprach es buchstäblich der Wahrheit: manche Holzsprieße waren in den zur Arbeit nicht eben geeigneten Händen des Faktotums stecken geblieben, wenn er die Kisten von Roger & Gallet, von Elisabeth Arden und der Madame Schiaparelli vom Trottoir der Bahnhofstraße in das Magazin des Schönheitsinstituts hinauftrug. Dann aber war die älter werdende, trotz des starken Korsetts unter zunehmenden Rückenschmerzen ihren Stolz dahinschwinden sehende Fatima seiner männlichen Faszination erlegen. Sie waren, wenn sie abends, nach Geschäftsschluß unter den Linden der Bahnhofstraße einherwandelten, ein stattliches Paar – ein Hauch von Fremdheit umwehte sie.

Madame Bariffis Kosmetisches Institut war mit der Zeit gegangen. Bildeten die Pflege des Fußes und der Hand auch noch immer einen bemerkenswerten Zweig des Unternehmens, so hatte es sich in der Richtung gegen die Gesichts- und Halspflege hin ganz bedeutend erweitert. Die Massagen, heißen und kalten Kompressen, Packungen und Bestrahlungen hatten schon einige Male den Umbau und eine neue Ausgestaltung der Lokalitäten erforderlich gemacht. Die an die ehemalige Wohnung erinnernden Tapeten und Gardinen waren verschwunden, Zwischenwände wurden herausgebrochen; aus dem an Stelle des Korridors eingerichteten Vorzimmer kommend, betraten die Damen einen hellen, mit blankem Linoleum belegten Saal, dessen Wänden entlang die durch schwere Plüschvorhänge voneinander abschließbaren Kabinen dahinliefen. Mit seinen vernickelten Apparaturen, den metallenen Schränken und den Tablaren aus Glas, den Bestrahlungslampen auf hohen Ständern, den elektrisch betriebenen Klopf-, Knet-, Vibrations- und Rollinstrumenten, dem Eisschrank, den Handduschen und den Porzellanbecken, den Fläschchen und Salbentöpfchen erinnerte der Raum an ein ärztliches Ordinationszimmer. Dies war auch der Sinn, denn in den letzten Jahren war die Kosmetik in eine Art wissenschaftliches Stadium getreten, und was hier zu erblicken war, bildete geradezu die Fortsetzung und die Ablage der Tätigkeit jener Mediziner und Chirurgen, die die Ansicht vertraten, es sei, wenn nicht die Schönheit, so doch die Ebenmäßigkeit des Gesichtes, die Reinheit der Haut, für das menschliche Glücksgefühl und das Selbstbewußtsein ebenso wichtig wie die Funktion der übrigen Organe. Nicht selten wurde die Wirkung der kosmetischen Behandlung durch eine Umstellung der Ernährung verdoppelt und durch eine Seelenanalyse verdreifacht. Es arbeitete denn auch Madame Bariffi mit einem Dr. Solt, der eine kleine Fabrik biochemischer Kosmetika sein eigen nannte, Hand in Hand, und der Verkauf dieser Soltischen Produkte zeigte einen steigenden Umsatz.

Kern und Stamm des großen Kundenkreises Madame Bariffis bildeten jene Damen, die schon seit Jahrzehnten sich bei ihr behandeln ließen: Frau Direktor Pfister, Frau Konsul Meng, Frau Dr. Kerber, Frau Weininger und das Fräulein Dr. Birk. Von der letzteren abgesehen, handelte es sich durchwegs um Großmütter, eine kleine aber sehr aktive Gruppe von Damen, die einen zähen und optimistischen Kampf gegen die Verheerungen der Zeit führten. Zwar legten sie bei ihren Vergleichen nicht den Maßstab jugendlicher Erscheinungen unter, der Bäckersfrau Baumgartner, geborene Jerger, etwa, die auch dem Kundenkreis Madame Bariffis angehörte, sondern dieser Wettbewerb spielte sich sozusagen in ihrem geschlossenen Generationenzirkel ab. Es gehörte mit zur belebenden Wirkung der Behandlung, während man still unter der Pakkung oder unter den Strahlen der Quarzlampe lag, von der Inhaberin des Unternehmens zu hören, es sei Frau Dr. Kerber schon seit vierzehn Tagen nicht mehr erschienen, sie habe mit ihrem Blutdruck zu tun, sie sei aber auch wieder fest geworden in letzter Zeit. Oder Frau Weininger hätte sich nun auch den hinteren Backenzahn, den Stützpfeiler ihrer Goldbrücke, ziehen lassen müssen, und ohne eine Prothese werde es wohl nicht mehr gehen. Auch daß Mengs anfingen, ihren Haushalt einzuschränken, sich allen Ernstes damit befaßten, die Villa im Seefeld zu verkaufen und eine Mietwohnung zu beziehen; er, der Konsul, könne sich vom Verlust an den deutschen Kriegsanleihen einfach nicht mehr richtig erholen. Solches zu hören, war durchaus nicht unangenehm; es verlieh dem Blut jenes Prickeln und dem Gesicht jene leichte Blähung, die die Fältchen strafften. Die Kenntnisse, die diese Frauen in den Jahren ihres gemeinsamen Kampfes um eine enteilende Jugend voneinander erhalten hatten, erstreckten sich bis in die verborgensten Organe des Körpers hinein. Fräulein Dr. Birks Myom und Frau Direktor Pfisters Bauchspeicheldrüse waren ihnen so vertraute Gesprächsgegenstände wie der Kampf der Migros wider den Spezereihandel oder der Konkurs der Bank Widmer & Wolfensberger.

Weder die Vergrößerung ihres Geschäftes, noch ihre Verehelichung mit Herrn Loeb hatten es vermocht, Madame Bariffi von ihren stillen und mit Vorsicht betriebenen Effektenspekulationen abzuwenden. Außer Neuwiller wußte darüber niemand Bescheid, selbst ihr Gatte nicht, dem sie sich unter dem Regime der Gütertrennung angetraut hatte. Während der nun beinahe zwei Jahrzehnte währenden Verbindung mit dem Bankier hatte sich eine bis ans Unwahrscheinliche grenzende Vereinfachung ihres geschäftlichen Verkehrs herausgebildet. Mit halben, Fremden völlig unverständlichen Sätzen erteilte sie telephonisch ihre Aufträge und nahm die Mitteilungen mit einem bloßen «merci» entgegen. Korrespondenzen wurden fast keine gewechselt; die Aufstellung ihrer Positionen am Ende eines Semesters zerriß sie sogleich; für dieses Spiel genügte ihr das Gedächtnis vollauf. Darin lag sein Reiz. Sie ließ sich weder durch Zeichnungsprospekte noch Börsenberichte leiten; sie folgte einzig ihrer Intuition, einem im Laufe der Jahre immer schärfer werdenden Sinn für Zusammenhänge. Jedesmal, da sie sich durch logische Überlegungen, Bilanzen, Gewinn- und Verlustrechnungen, Dividendengerüchte und dergleichen hatte beeinflussen lassen, waren die Operationen fehlgeschlagen. Wurde etwas über den Status einer Gesellschaft ruchbar und publik, eine Kapitalerhöhung, eine Fusion, ein guter Jahresabschluß, ein großer Auftragsbestand, so erwies es sich immer, daß diese Tatsachen von den Maßgebenden und früher Eingeweihten bereits in Rechnung gestellt worden waren. Der Rahm war schon längst abgeschöpft. Nicht die wirtschaftlichen Entwicklungen, nicht die finanziellen Maßnahmen und Kombinationen der Aktiengesellschaften waren das Feld der Spekulation, sondern die Stimmung, die sie veranlaßten und die ihnen voranging. Sie war weiblich. Mochten die Männer mit ihren politischen und technischen Vorkehrungen und wirtschaftlichen Ausblicken, mit ihren Statistiken, ihrem Export und ihren Expansionen, Investitionen, Handelsverträgen, Frachtversicherungs- und Verkehrsanordnungen, durch ihre Erschließung neuer Kraftquellen und neuer Rohstoffe, durch ihre synthetischen Produkte und was dergleichen Dinge mehr waren, die Betriebe in Schwung und Fahrt halten, der Urgrund blieb immer der Schoß der Zeit, seine Empfänglichkeit oder sein Verweigern, und darum wußte eine Frau ahnend besser Bescheid. Sie fühlte, sie spürte die Stimmung. Mit ihr gelang alles, gegen sie nichts; und mochte noch so viel mit dem männlichen Instrument des männlichen Willens vorgekehrt werden.

Madame Bariffi hatte sich langsam, aber mit unbeirrbarer Beharrlichkeit von den ausländischen Börsen und Werten fast gelöst. Am Ende des Jahres 1929 enthielt ihr Portefeuille nur noch einheimische Papiere, Versicherungsgesellschaften, Aktien der Lebensmittelindustrie und des Maschinenbaues. Sie mißtraute den Banken, den Finanzgesellschaften, den Kraftwerken, ohne Begründung, gefühlsmäßig. Als sie eines Abends, heimkommend, die elektrische Beleuchtung einer durchgebrannten Sicherung wegen außer Funktion fand und so sich mit einem Streichholz behelfen wollte, gingen die Phosphorknöpfe in Flammen auf, und sie trug eine Brandwunde an den Fingern davon. Am folgenden Tag liquidierte sie telephonisch bei Neuwiller ihre restlichen Positionen von Kreuger & Toll-Papieren, obgleich diese mit all den Werten benachbarter Konzerne in einer stürmischen Aufwärtsbewegung begriffen waren. Als die Stadt die wankenden Werte von Escher & Wyß stützte, wandte sie sich sogleich entschlossen den Aktien der Maschinenindustrie zu.

Sie begann auch ihres Gatten Vermittlertätigkeit im Kunst- und Altertumshandel mit unmerklichen Fingern zu leiten. Brachte dieser, eingewickelt in ein schäbiges Packpapier, das zu der Eleganz seiner Bekleidung in krassem Gegensatz stand, ein Bild nach Hause, so konnte sie, nachdem sie es eine Weile durch ihre Hornbrille hindurch betrachtet hatte, sogleich eine Reihe von Liebhabern und Sammlern aufzählen, die als Käufer in Betracht kamen. Nicht daß sie über kunsthistorische Kenntnisse verfügt hätte. Sie hatte zwar, von Léon angeleitet, rasch Impressionisten und Expressionisten französischer und deutscher Herkunft unterscheiden gelernt, und sie verfügte über einen merkwürdigen Instinkt, was die Echtheit und die Güte eines Werkes anbetraf – ihre Ratschläge jedoch, an wen er, der Gatte, sich mit dem Gemälde wenden solle, gründete sie allein auf das dargestellte Sujet. Mit Stilleben,

Fischen, Früchten, Krügen und dergleichen dürfe man Amateuren auf dem Zürichberg nicht kommen, pflegte sie zu sagen, das mache auf die Gäste dieser Villen, für die diese Bilder bestimmt seien, keinen besonderen Eindruck; Blumensträuße und Landschaften, die seien dort am Platze, farbenprächtig und eigenartig, aber immer so, daß der Beschauer sogleich einen Kommentar zur Hand habe, «aha, Malven» oder «französische Landschaft, Ile de France» und dergleichen. Bei den richtigen Sammlern käme es vor allem darauf an, sich sozusagen als Ratsuchender einzustellen, voller Zweifel über die Echtheit eines Werkes, angeblich aus früher Zeit des Künstlers stammend, wo seine Manier noch unbestimmt war, denn des Sammlers Traum sei Entdeckung, die anekdotische Gelegenheit, bei der er das Kleinod mit gleichgültig sein sollender Miene dem ahnungslosen Bilderhändler abgelistet habe.

Im Herbst wurde es ruchbar, daß die Erbengemeinschaft Achterhold ihr Haus an der Bahnhofstraße, in dessen erstem Stockwerke sich Madame Bariffis Schönheitssalon befand, an eine Immobiliengesellschaft verkauft habe. Ein von einem Dr. Fineisen unterzeichnetes Schreiben bestätigte diese Handänderung der Mieterin. Und auf das Ende des Jahres traf denn auch die ordnungsgemäße Kündigung ein.

Léon war auf der Treppe dem Postboten begegnet und hatte diesem den Empfang des Chargébriefes bestätigt. Sie standen in dem kleinen, hellgestrichenen Vorzimmer, als Madame Bariffi den Umschlag aufschnitt. Léon, der gerade dabei war, ein kleines Gemälde zu verschnüren, fiel die Stille auf. Aus seiner halbgebückten Stellung richtete er sich auf und schaute zu seiner Frau hinüber. Ihre Hornbrille vor den Augen, in ihrem schwarzen Damenkleid, stand sie da und blickte auf den entfalteten Bogen.

«Das kommt von ihr», sagte sie. «Ich hätte es mir ja denken können.» Ohne sich von der Stelle zu rühren, betrachtete sie ihren Gatten, den schönen, dunkelpigmentierten, angegrauten Mann in seinem ein wenig altmodisch wirkenden Nachmittagsanzug, der nonchalant fragend ihr Mienenspiel verfolgte. «Mon pauvre Léon», machte sie nach einer Weile, und es war darin alles enthalten: das sei also Madeleines Rachezug dafür, daß sie, Fatima Bariffi, sich Léon angetraut hatte, dem ehemaligen Liebhaber ihrer einstigen kleinen Manicure. Oh, sie wußte schon um das Gefühl weiblicher Eifersucht, das andauert, auch wenn die Liebe längst erloschen ist. Wenn es überhaupt sicher ist. Das hätte ihr so gepaßt, daß er ohne sie verserbelt und verludert. Aber selbst an der Seite ihres reichen Neuwiller erträgt sie es nicht, daß ich ihn hinaufgenommen und in Sicherheit gebracht habe. Madeleine fühlte sich in ihrer Herrschsucht verletzt. Aber es war in dem Blick Madame Bariffis noch etwas anderes enthalten, während sie die Gestalt ihres Gatten vor der hellen Wand betrachtete: Hat es sich gelohnt?

«Unangenehmes?» fragte der Ahnungslose.

«Wir müssen ausziehen», antwortete Madame Bariffi, und sie faltete das Blatt sorgsam zusammen. «Mais t'en fais pas.»

VIII. Kapitel

Der Industrieschüler Karl Georg Gebhardt saß auf dem Sattel seines Velos oben an der Stelle, wo die Terrasse der Fluntermer Allmend endet und die Zürichbergstraße nach einem kurzen flachen Stück steil und beinahe ohne Kurven zur kleinen Kirche und zur Platte hinab stürzt, um dann bei den Gebäuden der Kantonsschule in die Rämistraße einzumünden. Dieser Punkt lag 610 Meter über Meer, bis zur Moräne der Hochschulterrasse betrug das Gefälle auf der etwa einen Kilometer langen Straße nahezu 160 Meter. Dem Jüngling waren diese Zahlen genau bekannt. Den rechten Fuß auf den Randstein gestützt, in der linken Hand das große Reißbrett flach gegen die Hüfte haltend, blickte er auf seine Hand hinab, die auf dem Griff der Lenkstange ruhte und an deren Gelenk die Armbanduhr befestigt war. Als sie genau acht Uhr zeigte, trat er in das Pedal und begann wie jeden Morgen seine waghalsige Fahrt, von der niemand etwas wußte. Wenn er, ein Viertel vor acht Uhr, aus dem Gartentor des Hauses an der Wasserscheide trat, wähnte ihn die Mutter auf gemütlicher Fahrt, die gewundene Krähbühl- und Gloriastraße hinab, auf dem Weg zur Schule; er aber, sich vorsichtig aus der Sicht der Fenster der elterlichen Wohnung haltend, vertrödelte mit langsamem Kurvenfahren die Zeit, bis der Augenblick des Starts gekommen war.

Der graue Himmel hing tief; über die von ein wenig tauendem Schnee bedeckten Wiesen unter dem «Alkoholfreien

Kurhaus» zogen Nebelschleier, die von den Hügelkuppen herabwallten und zwischen den nassen Stämmen der Wälder ringsum herauszubrechen schienen. Schon im steilen Engpaß zwischen den Parks und Villengärten des ersten Teilstücks begann die Berauschung; der Fahrwind fegte Schörschlis Gesicht entlang, der sich tief über die Lenkstange beugte. Nur von Zeit zu Zeit, wenn er von der Betätigung des Rücktritts Müdigkeit in den Waden spürte, preßte er die Klinke der Vorderradbremse, die er jedoch gleich wieder losließ, um das Gefühl des gelenkten Sturzes ganz auszukosten. Vor der Kirche Fluntern kam ein kurzer Auslauf. Der Jüngling stellte im Vorbeifahren fest, daß der Tramwagen der Linie 5 um acht Uhr zwei fahrplanmäßig die Kurve an der Gloriastraße hinaufgekrochen kam, dann stürzte er mit dem Gefühl eines Skispringers auf seinem Rad das steile Stück der Zürichbergstraße zwischen den letzten Weinbergen hinab. Er mußte dabei das Reißbrett, das im Fahrwind eine Neigung zeigte sich wie ein Hügel zu erheben, fest an sich pressen. Er sang während der sausenden Fahrt. Die Mauersockel und die eisernen Gitter der Gartenzäune flogen an ihm vorbei. Die Spannung beim Überqueren der Mündungen der Seitenstraßen nahm ihm fast den Atem, und wenn er bei der Schönleinstraße in den hinteren Teil des Schulhofes einlenkte, wo die Veloständer waren, empfand er eine zitternde Mattigkeit. Seine Augen tränten, die Knie zitterten ihm. So, mit dem Gefühl einer täglich gesuchten und täglich überstandenen Gefahr betrat er, wenige Minuten nachdem er den Punkt 610 verlassen hatte, das Schulgebäude. Die Stunde begann acht Uhr zehn.

An zwei Tagen in der Woche, am Donnerstag und Freitag, fügte es der Stundenplan, daß der Geschichtslehrer und sein Sohn gemeinsam nach Fluntern emporsteigen konnten. Schörschli wartete nach elf Uhr auf seinen Vater, und dann wanderte er an dessen Seite, das Velo neben sich herschiebend, während einer halben Stunde die steile Zürichbergstraße hinan, die er am Morgen in wenigen Minuten herabgesaust gekommen war. Es hatte sich als unmöglich erwiesen, den Jüngling davon zu überzeugen, wie unrationell es sei, den Schulweg mit dem Fahrrad zurückzulegen. Was er auf der Hinfahrt an Zeit gewinne, müsse er ja zehnfach mit dem mühsamen Hinaufstoßen des Vehikels wieder bezahlen. Selbst zu Fuß wäre es noch einfacher, aber er könne ja das Tram benützen, mit einem Schülerabonnement, wie es ihm der Großvater schon oft angeboten habe. Beinahe jedesmal begann ihr Heimweg mit diesen vernünftigen Einwendungen des Vaters. Schörschli hatte während einiger Tage den Versuch unternommen, auf die Fahrt mit dem Velo zu verzichten. Aber es erwies sich dabei, daß er aus seinem Rhythmus kam. Statt gemütlich und umsichtig seine Hefte, Bücher und Reißzeuge einpacken, noch ein wenig am Fahrrad herumbasteln oder in seiner Sammlung internationaler Fahrpläne blättern zu können, mußte er ständig auf die Uhr sehen und oft den heißen Kaffee stehen lassen, wollte er in Fluntern unten den Tramwagen der Linie 5 noch erreichen, der um sieben Uhr neunundvierzig abfuhr. Da war es doch so praktisch, auf gerader Linie bis zur neuen Kantonsschule hinunterzufahren. Er nehme das Hinaufstoßen gerne in Kauf. Karl wußte natürlich um die Lust der Fahrt. Ganz ferne gab es doch eine Erinnerung, wie der Buchbinderlehrling mit dem Fräulein Tochter des Konsuls Meng und den beiden Schwesterchen Maly und Nora auf einem Davoserschlitten den Hang dieses selben Hügels hinabgefahren war. In Tat und Wahrheit vernahm Karl, während er plaudernd an der Seite des Sohnes an der Hürlimannschen Besitzung vorbei und zwischen den Weinbergen die Straße emporstieg, das Rauschen der Zeit. Sein altes Thema gewann, wenn er verstohlen den Jüngling betrachtete, eine persönliche Bedeutung. Im Zeugen und Erzeugen, weit jenseits der Nestwärme der Familien, dem Stolz, dem Ungemach und dem Anspruch der Sippen, waltete unergründlich und nicht wählerisch in den Mitteln jenes Andere, Unfaßbare, an das unsere Namen nicht mehr heranreichen. «Schicksal», «Bestimmung», «Zeit», wie versagt doch die Sprache den Dienst! Kaum daß sie die Ahnung einer Richtung anzudeuten vermag! Aber wie unerträglich ist uns die Ausflucht, die der «Zufall» uns bietet! Wie zersetzt ein solcher Begriff unseres Wesens Kern, unseres Daseins Sinn! Was uns bleibt, ist, neben dem neuen Wesen aus dem Keim unseres Samens herzugehen, und unsere Einsicht ist nicht vermehrt. Es wächst aus dem Erzeugnis des eigenen Stoffes nur neu das Geheimnis eines anderen Menschen heran, fremd, nie uns, sondern sogleich dem anderen hörig. Es fehlte nicht viel, und wir Eltern fühlten uns überlistet und betrogen beim Wandern neben den Kindern; ein Mittel, ein Werkzeug – und dieses mit der Geburt beginnende Abschiednehmen macht unsere Liebe so zärtlich und tragisch. Aus welch einer fremden Welt, von welchem verborgenen Willen her bezieht mein Bursche mit dem Velo seine Leidenschaft für die Netze der Eisenbahnzüge, für die Dauer der Fahrten und für die Anschlüsse? Was will es, das andere, damit ausdrükken, daß ein Knabe, ein Jüngling, diese eisernen Erzeugnisse der Technik hinnimmt und betrachtet, als wären sie Dinge und Vorgänge, gewachsen in der Natur? Aber sind sie es vielleicht gar? Gibt es ein höheres, weiteres Bild der Erde, wo Natur und Technik ein einziges sind, dieses wie jenes gekeimt aus denselben Zellen – und in meines Knaben aufdämmerndem Gehirn wäre ein Ahnen des neuen Bildes? Wie rasch war dieses Buben geschichtslose Zeit vorüber gewesen, dachte der Vater. Mit Schienen und Bahnhöfen, ein Spielzeug des Schwiegervaters zu Weihnachten, mit den kleinen Lokomotiven und Wagen, den Weichen und Signalen, da haben wir unbedachterweise die Begriffe der Zeit und des Raumes in sinnlicher Anschauung in das schuldlose Dasein des Kindes hineingetragen, und schon wird sein Leben verwandelt, verkettet und untertan den Maßstäben. Es versucht das Große, Andere mit Sinnbildern sich anzudeuten und seine Ziele, und es ist ihm ein Knabe zu wenig nicht, um sich zu offenbaren.

Schörschli setzte Fuß auf Fuß die steile Straße hinan und schob das Rad neben sich her. «Hast du», fragte er zu seinem bedachtsamen Vater hinüber, «Einstein gekannt? Er war doch in Zürich.»

«Ich habe ihn gesehen, bei Tschulok einmal.»

«Und Lenin?»

«Lenin?» lächelte Karl, «nein, ihn nicht.»

«Aber ich», sagte der Jüngling.

«Du? Mach doch keine Witze, im Jahr siebzehn hat er die Schweiz verlassen.»

«Ich will dir genau erklären, wie er ausgesehen hat: wie ein Chinese mit einer Dächlikappe. Und er sagte ‹njet, njet›. Und die Mutter und ich waren bei ihm oben, in seinem Zimmer an der Spiegelgasse, glaube ich, und seine Frau war auch da.»

«Das weißt du noch?» fragte Karl kopfschüttelnd, sich der Umstände bei Veras Geburt erinnernd, «da warst du doch ein ganz kleiner Knirps.»

In des Jünglings Gedächtnis war noch ein anderes Bild, das zu diesem Erlebnis gehörte: ein gläserner Wasserbehälter,

Fische, die sich um silberne Ketten aufsteigender Blasen scharten, ein Netz, das den schwarzen Wasserhimmel durchstieß, eine Hand, die einen schillernden Leib umschloß, ein hölzerner Knebel, der hart und rasch auf den Schädel des Tieres niederfiel, eine Schwanzflosse, die bebte, verzuckte. In seiner Vorstellung war es der selbe Mann, der «njet njet» gesagt hatte. Dieser Lenin, wie er später erfuhr.

Zwei Zeichen, zwei Namen nur, dachte Karl, als sie am alten Kirchlein Fluntern vorbeigingen, zwei Häklein im Gehirn meines Knaben, doch Glieder in der Kette der Zeit. Als sie das letzte steile Stück der Straße, von Parks und Gärten gesäumt, hinter sich hatten, den Wieshängen unter dem ‹Alkoholfreien Kurhaus› entlang gingen und die Ebene der Fluntermer Terrasse betraten, war ihr Sichtkreis von ziehenden Nebeln und dunklen Waldrändern begrenzt. Karl sah den ernsthaften Jüngling in seiner Windjacke von der Seite her an, der jetzt das Velo bestieg und ihm voranfuhr, dem Haus auf der Wasserscheide zu. In dieser Landschaft begannst du, dachte er, damals auf der Schlittenfahrt, hier wurdest du gezeugt, hier hat dich deine Mutter ausgetragen. Es ist unsere Schicksalslandschaft, es ist eine magische Landschaft.

I. Kapitel

Aaron steuerte den kleinen Wagen auf das Areal der Automobilfirma an der Badenerstraße. Mit den an den Seiten eines großen Quadrats angeordneten Ausstellungshallen, Werkstätten, Verwaltungsgebäuden und Garagen erinnerte der Platz an einen Kasernenhof. Der junge Mann stellte das Gefährt ordentlich ausgerichtet in eine Reihe anderer Wagen, entstieg ihm, schlug die Türe zu und schlenderte, ohne sich umzuwenden, durch das breite Tor auf die Straße hinaus. Er ging nicht stadtwärts, sondern schritt langsam wie ein Müßiggänger, die Zigarette zwischen den Lippen, auf dem talseitigen Trottoir in der Richtung nach Altstetten davon. Nahe der Stadtgrenze erblickte er einen Briefkasten, und mit der selben stillen, wie aus Gleichgültigkeit und Feierlichkeit gemischten Art, warf er das Schreiben in den Behälter, der noch, wie das Wechseltäfelchen bedeutete, vor Ablauf des Vormittags, um 11 Uhr 45, geleert werden würde. Sein Brief war an die Leitung des Unternehmens gerichtet, von dem er eben kam, und enthielt die Mitteilung, daß es ihm unvorhergesehener Umstände halber nicht mehr möglich sei, die drei von ihm auf die folgenden Monate geschuldeten Raten von achthundert Franken zu erlegen, weswegen er sein Gefährt der Firma wieder zur Verfügung stelle. Es befinde sich bereits wieder in deren Besitz. Falls sich zwischen dem Verkauf und dem von ihm bereits erlegten Betrag noch ein Überschuß ergebe, so bitte er höflich um dessen Überweisung.

Es war ihm nachher seltsam leicht zumute. Er trug ein helles Sommerkleid, noch aus der besseren Zeit, ein kühles Hemd, gute dunkelbraune Scotch-grain-Schuhe, und in der kleinen Saffian-Brieftasche, die er einst in Paris erworben hatte, befanden sich noch drei Hunderternoten. Wie einfach wird alles, dachte er, nachdem man etwas getan hat.

Er genoß es wie eine Belohnung, um diese Stunde an den zielbewußten Leuten vorbei einfach stadtauswärts wandern zu können, wie aus-, wie beiseite getreten, still, ein wenig einsam, aber ganz ausgefüllt von einem tiefen Gefühl der Freiheit.

Die Häuserzeilen begannen sich aufzulockern; hinter den kleinen grauen zu Werkstätten verwandelten Vorstadthäusern auf dem Gebiete der Gemeinde Altstetten lag schon die Andeutung einer grünen Landschaft, mit verkrüppelten Birnbäumen, spärlichen Wiesen, Holzzäunen und wirren Schrebergärten, und von der Straße führten verwachsene Wege in die Talebene hinaus, der Limmat zu. Aaron folgte einem von ihnen. Er war von einem hohen Drahtgitter gesäumt, und bald zeigte sich hinter den miteinander verschränkten Sechsecken der Kratersee einer Lehmgrube, mit gelben, ausgetrockneten Wänden, angestochenen Schollen, verlassenen Geleisen und verrosteten Rollwagen mit gekippten Behältern, und üppig wucherte dazwischen der Huflattich. Am hohen Himmel standen ein paar weiße Wolken regungslos, hie und da plätscherte es im Tümpel, wenn eine Kröte sich ins Wasser fallen ließ. Durch eine Lücke betrat Aaron das Gelände, die Verbottafel lag auf dem Boden. Er tat ein paar Schritte in der erstarrten, gleißenden Landschaft, dem Weiher zu; dann war sein Horizont von den trockenen Lehmwänden völlig begrenzt; kein Halm rührte sich an den Grasnarben ihrer Ränder. Matratzenfedern, ein Haufen von Blechdosen, zerfressene Kanister und rostiges Gestänge ragten aus dem Wasser; abgerissene Stücke von Tapeten und Zeitungen, von einer brüchigen Schicht trockenen Lehms überzogen, lagen herum; von dem Kadaver eines Tieres schwelte ein Gewimmel blauschimmernder Fliegen empor. Fern in der Ebene rasselten die Eisenbahnzüge.

Nun wäre es also so weit, dachte Aaron und setzte sich nieder. Das Erbe war vertan. An diesem Morgen hatte im Beisein Dr. Fineisens die Übergabe der «Liegenschaftenagentur Rottweiler, Inhaber J. Reiß, Nachfolger A. Reiß» an jenen Herrn Huwyler stattgefunden, der sie käuflich erworben hatte. Zwar bestand der Kaufpreis lediglich in einer Vergütung für das Inventar, die Bureaumöbel, das Planmaterial und den Vorrat an Pfählen und Tafeln, die auf den zum Verkaufe bestimmten Grundstücken jeweils aufgestellt wurden, sowie in der Übernahme des Mietvertrages für Bureauräumlichkeiten an der Stockerstraße. Fräulein Bumbacher blieb als Angestellte auch in der neuen Firma tätig. Für den Goodwill der alten Maklerfirma jedoch war nicht mehr viel erhältlich zu machen gewesen. Er hatte in den Jahren, da Aaron dem Geschäfte vorstand, beträchtlich gelitten. Der Erlös deckte nur zum Teil die Bankkredite, für den Rest wurde jener Teil aus Aarons väterlicher Erbschaft herangezogen, der ihm noch verblieben war. Er, das Fräulein Bumbacher und der Betrieb hatten sich nicht mehr aus den Vermittlungsprovisionen erhalten, sondern sie hatten von der Substanz gezehrt. Der Verkauf erfolgte gerade noch rechtzeitig, in einem Augenblick, da die Aktiven und Passiven sich ausglichen. Dr. Fineisen hatte allerdings angeregt, es möchte aus dem Vermögen der seit dem Tode ihres Gatten in Lugano lebenden Frau Reiß ein Teil aus der Sicherstellung entlassen und dem jungen Mann zur Verfügung gestellt werden. Aber Aaron hatte es abgelehnt. Das gehörte zu dem neuen System, das er sich zurechtgelegt hatte. Es bereitete ihm der Gedanke, er habe für die sinnlosen Jahre bezahlt, Genugtuung, und daß nun sein selbstgewähltes und freies Leben auf dem Nullpunkte begann, entsprach genau jenen traumhaften Vorstellungen, denen er, unglücklich und untätig, im Hinterzimmer an der Stockerstraße mit dem Blick auf das Hofgeviert, während vielen Stunden vor dem vollen Aschenbecher und leeren Zigarettenschachteln nachgehangen hatte.

Nachdem die Übergabe vollzogen, der letzte freundliche Händedruck mit dem Fräulein Bumbacher und der förmliche mit dem Nachfolger gewechselt worden war, fand sich Aaron mit Dr. Fineisen für einige Minuten allein im Hofdurchgang. «Und was wollen Sie jetzt unternehmen, Herr Reiß?» fragte der Rechtsanwalt und schaute den jungen Mann auf eine sonderbare Weise an. Dieser Blick war der Stammvater einer großen Hierarchie von Blicken, denen Aaron von nun an auf seinem Lebensweg begegnen sollte. Darin waren zu lesen: Mißtrauen und ein Rest von Bedauern, mit leiser Verächtlichkeit gemischt. Es war der Blick, den man einem Davonfahrenden nachsendet, der Blick des Abschieds, der dem Gescheiterten galt. Dr. Fineisen war ein Geschäftsfreund und Schützenkamerad von Aarons Vater gewesen, und die unbehagliche Frage kam sozusagen in dessen Stellvertretung. «Ich bin», antwortete Aaron mit fliehenden Augen, «zu kaufmännischer Tätigkeit ungeeignet. Nicht nur habe ich keine Freude an dieser Art des Erwerbs, sondern sie belastet mich seelisch. Ich habe kein gutes Gewissen dabei. Ich fühle mich jedesmal gedemütigt, persönlich getroffen, wenn ich auf eine Offerte eine Absage erhalte. Woran das liegt, vermag ich nicht zu sagen. Die Vermittlertätigkeit scheint mir steril, unschöpferisch; sie fügt nichts hinzu, sie schafft keine neuen Werte. Sie lebt von Gelegenheiten, zufällig oder künstlich geschaffenen. Ich habe immer die Handwerker beneidet, die etwas hervorbringen, die Schreiner, die Schneider, selbst unsere Straßenarbeiter, die eine Leitung legen oder auch nur das Trottoir wischen. Das sind einfache, übersichtliche Vorgänge, sogleich verständlich, und der Entgelt dafür ist undiskutabel. In so einem System möchte ich leben, mit klaren, wenn auch bescheidenen Verhältnissen, ohne List, Findigkeit und Schläue. Ohne Hintenherum, ohne Konkurrenz, ohne Gehässigkeit, ohne Bosheit» – er zögerte, bevor er das letzte, ihn pathetisch anmutende Wort wagte – «in Reinheit und Schuldlosigkeit». Er blickte dabei auf seine sich verlegen windenden Scotch-grain-Schuhe hinab.

«Ja», machte Fineisen, «aber Sie müssen doch leben.»

Wenn er nur aufhören würde, dachte Aaron bedrängt. Ich stehe ja mitten drin. Ich muß doch ein wenig Zeit haben.

«Es ist doch auf alle Fälle eine eigenartige, bei Ihren Leuten erstaunliche Entwicklung», fügte der Anwalt hinzu.

Es war wie ein Stichwort. Ich komme scheint's auch da nicht darum herum, dachte Aaron erbittert.

«Ich will Ihnen offen bekennen, Herr Dr. Fineisen, es ist dieses ‹bei eueren Leuten›, das mir am meisten zu schaffen macht, gerade in letzter Zeit. Ich mache nicht mehr mit, ich trete aus! Wenn euresgleichen ein Geschäft vorschlägt, so setzt man die Wohlanständigkeit voraus; uns gegenüber ist es das Gegenteil. Wir müssen sie immer zuerst beweisen. Ein jüdischer Liegenschaftenvermittler! Achten Sie auf den Tonfall! Zum vorneherein: ein Parasit, ein Schmarotzer an der Gesellschaft. Ich habe es satt!»

Sie mußten eines einbiegenden Lastwagens wegen auf das schmale Trottoir treten. Sie standen, eng an die Wand gelehnt, nebeneinander, während der eiserne Camion an ihnen vorbeirasselte. Dann gaben sie sich die Hand; der Anwalt schritt auf die Straße hinaus, Aaron bestieg zum letztenmal sein Wägelchen im Hof, um es bei der Vertretung abzuliefern.

Und nun war es also vorüber. In der Lehmgrube herrschte die Stille und Starre einer Mondlandschaft. Wie auf Draht aufgestochen verharrte eine Libelle über dem Tümpel. Aaron zählte sein Geld. Vor ihm lag noch ein bißchen entscheidungslose Zeit.

II. Kapitel

In diesem Sommer geschah es immer wieder, daß die Leute, die sich in dem grünen Gürtel ergingen, der sich vom Zürichhorn rund um das Seebecken bis zum Belvoir-Park hinüber erstreckte, auf ihrem Wege plötzlich stutzten, weil sie auf den kleinen Lichtungen, in den Anlagen, in der Helle am Ufer des Sees oder in der grünen Schattenglocke einer Catalpa einer bronzenen Mädchengestalt, eines Jünglings, eines Männertorsos ansichtig wurden. Über Nacht hatten sich die Wäldchen, Parks, Promenaden und Boskette, der sonntägliche Raum zwischen den breiten Avenuen des Mythen-, des Alpen-, des Uto- und des Seefeldquais und dem Wasser, der Laubengang vor der Seefensterfront der Stadt, mit über zweihundert Statuen aus Stein, Metall und Ton bevölkert, Werken von Künstlern aus allen Teilen der Welt. Aus den Ateliers, aus den Museen herausgenommen und in das Licht dieses Seetals, in das Schattenspiel und die Spiegelungen seiner Ufer gestellt, schienen sie hier und in diesen Tagen ihre Bestimmung gefunden zu haben. Wurden auch einige von ihnen in der Dunkelheit bis zur Mitternacht durch kleine Scheinwerfer, die sie unter den Büschen hervor anstrahlten, aus der statischen Stille aufgescheucht und zu einem theatralischen Leben erweckt, so blieb ihnen allen in den Stunden der Nacht bis in die Vormittage hinein jene Einsamkeit gewahrt, in der sie ihre Sendung als Boten aus einer andern Welt erfüllten. Dann standen sie da, berührt vom Dunkel und vom Licht, von den Blicken der patrouillierenden Sekuritaswächter kaum gestreift, Monumente, die sich selbst genügten, mit einer unendlichen Zeit vor sich, in der sie dem Schöpfer von den aus den harten Stoffen der Erde geformten Träumen seiner Menschen zeugten.

Nacht für Nacht, auf seiner Wanderung diesem Peristyl von Bäumen und Statuen entlang, erging sich Bell in solchen Gedanken. Ihn hatte diese Ausstellung im wörtlichen Sinne seines Schlafes beraubt. Er konnte nicht genug davon bekommen. Jede Stunde des Dunkels und der Dämmerungen ward ihm zu einer Lockung und zu einem Versprechen. Den Schimmer des ersten Frühlichts auf dem Scheitel des David vor dem Esplanade, im Einnachten den Schatten einer Frauenbrust über die bronzene Landschaft eines Leibes wandern, die Wölbungen und Höhlungen eines marmornen Antlitzes von der

Ruhe des Tageslichts sich nächtlich zu einer pathetischen Frage wandeln zu sehen – es war für den mandelknackenden Kauz, als sei er aufgenommen und nehme teil an den letzten Geheimnissen.

Wenn sich die Fremden und die Einheimischen verlaufen hatten, die Kunstgewerbeschulen, die dissertierenden Kritiker, Kenner und Kunsthistoriker, die Fachleute und die Gruppen der Juroren, die berieten, welches der Werke sie der Stadt zum Ankauf und dauernden Erwerb empfehlen sollten, so blieben nur noch wenige Bewohner der Stadt übrig, die durch die verzauberten Haine strichen. Sie kannten sich alle und grüßten sich mit beinahe tragischen Blicken, ein jeder des andern einsame Ergriffenheit verstehend: Clemens Wepf, das alte Fräulein Meyerhofer aus dem Amt für Grabmalkunst, der Arzt Bluntschli, der Dichter Albin Zollinger, René Hirzel und der Kondukteur der Städtischen Straßenbahnen, Erwin Füglistaller, der nach dem Spätdienst diesen Heimweg wählte. Sie wandelten als stille Gestalten zwischen den regungslosen Statuen einher und warfen im Vollmond die selben lilablauen Schatten auf die schimmernde Wiese wie diese, und es war wie ein Stelldichein der schönheitsdurstigen Seelen mit den Boten der helleren Welt.

Unter der Laterne am Landungssteg kritzelte Zollinger die vier Worte:

Ball aus Marmor, schattenleicht,

in seinen Notizblock. Bluntschli, das Schreiben in seiner Brusttasche, mit dem ihm sein Ausschluß aus der Kommunistischen Partei angekündigt wurde, saß auf einer Bank in der Kastanienallee vor der Tonhalle. An den Floßen des Yachtklubs schaukelten sachte die abgetakelten Boote, auf der Mondstraße über dem See kam Lydia Stepanowa einhergeschritten mit dem breitrandigen Strohhut und mit dem Blüschen bekleidet, das sie bei Spinner gekauft hatte, und er hörte sie den Bruchteil eines Satzes sagen, den sie damals, tränenschimmernden Auges und schon gezeichnet, im Kiesgarten der Tonhalle zu ihm gesprochen hatte: «Lieber, es ist ein Paradies.» Nun bin ich frei, dachte der Mann, mit seinen ausgereckten langen Armen die Kante der Banklehne fast in ihrer ganzen Länge bedeckend. Es mag eine Partei der Rebellen geben, eine für Ketzer gibt es nicht. Für den Gottlosen kann es keinen Parteivorstand und keine Parteidisziplin geben. Der großen Abenteuer Wind ist die Einsamkeit. Einem Kolumbus in der entgotteten Welt, ohne Diesseits und Jenseits bleibt immer die Schönheit, das Fest der Sinne vor den Werken der Menschen, die das Werk ihrer Hände sind.

«Welch eine Stadt!» rief Bell vor den singenden Mädchen aus rotem Gestein, und er faßte Hirzel am Arm, «es geht ihr der Ruf der Nüchternheit und geordneten Wesens voraus, aber dann wagen sie es und stellen Millionenwerte, die besten Werke der Zeit, an ihren Straßen, an ihren Ufern auf, bei Tag und bei Nacht, in den Wind, den Regen und den Mondenschein, als hätten sie den Auftrag vernommen, es bedürften die Plastiken der hohen Himmel, der Bäume, der offenen Landschaft und nicht der geschlossenen Räume zu ihrer Vollendung. Sie haben sie befreit, erlöst, ihnen das große Stelldichein vermittelt, bei dem sie einmal für kurze Tage werden konnten, was ihre Bestimmung ist: Pathetik.»

Es ging aber in einer dieser Nächte ein anderer Mann still unter den Bäumen dahin, ein älterer Herr von kleiner, beinahe zierlicher Gestalt; er blickte die dunklen Alleen wie in eine dunkle Zukunft hinab und achtete der schimmernden Statuen auf seinem Wege nicht. Im Mai hatte es begonnen, da bröckelten die Kurse an den Effektenbörsen langsam und beharrlich ab, auf den Aktien der Banken, der Holding- und Finanzgesellschaften, der Kraftwerke und der chemischen Industrie und der Maschinen. Zwar einmal schon, am Ende des letzten Jahres, war der monatliche Index auf 155 gefallen gegen den Stand von 190 im Januar. Dann, bis zum März dieses Jahres, hatten die Werte sich wieder bis zu beinahe 180 erholt, doch seit diesem Stande begannen sie träge erst, dann rascher zu gleiten auf 163, 161 hinunter, bis dann zu Ende des letzten Monat Juni der große Einbruch gekommen war, auf 140. Neuwiller spürte es körperlich fast, das große Rutschen unter ihm weg. Abrüstungskonferenzen, politische Vertragswerke, der Völkerbund, das Internationale Arbeitsamt – nichts vermochte die kränkelnde Wirtschaft zu stützen. Es begann sich alles zu verschleiern, zu verwirren. Überschüssige, arbeitslose Menschen zogen durch die Straßen der Weltstädte. Käufer und Verkäufer schieden sich plötzlich in Kluge und Dumme. Keiner wollte zu den Dummen zählen, keiner wollte kaufen.

Der Bankier war lange schon zum Verkauf, zur Liquidation seiner Pakete aufgelegt gewesen, selbst mit vernünftigen Verlusten. Aber plötzlich waren es ihrer zu viele, die ähnlich dachten. Da hielt er sich zurück, und nun saß er richtig fest. Der August-Ultimo kündigte sich unheildrohend an. Da waren natürlich noch die Kundendepots, rechtlich und nach den Verträgen ein in Fristen kündbares Gut, eine Mischung von Einlage, Beteiligung und Sicherheitshinterlage – aber wer daran rührte, geriet in des Teufels Klauen. Bei einigen Portefeuilles, die sich schon über ein Jahrzehnt in den Tresors der Bank befanden, wäre die Entflechtung der Eigentumsverhältnisse nicht einfach, setzten sich diese Pakete aus neu hinzugekauften, aus abgestoßenen, doch von Neuwiller auf eigene Rechnung übernommenen Valoren zusammen, deren rechtliche Eigenschaften sich fortwährend verschoben. Da die Verfügung darüber Neuwiller zustand, brachte jeweils erst die halbjährliche Abrechnung einigermaßen Klarheit in diese Verhältnisse. Eines der ältesten Depots der Firma war jenes der Madame Bariffi. Es erreichte manchmal die Höhe von über einer Viertelmillion Franken, und da sich ihr Verkehr auf eine einfache kavaliermäßige Art abspielte, ergab es sich leicht, daß über in der Abrechnung figurierende Werte bereits wieder verfügt worden war, auch auf Rechnung der Firma, was ja bei der Kontinuität der Verbindung praktisch keine Rolle spielte.

Ganz gegen ihre Gewohnheit hatte die Bariffi dieser Tage Neuwiller einen eingeschriebenen Brief ins Haus gesandt, in dem sie in höflicher Formulierung die Lösung sämtlicher Engagements und die Herausgabe der Depots anordnete. Sie solle sich doch nicht von der Panikstimmung ergreifen lassen, sagte ihr Neuwiller lachend am Telephon. Doch statt in dem zwischen ihnen üblichen komplizenhaften Tone, wiederholte die Inhaberin des Schönheitsinstitutes mit eisiger Präzision den Inhalt ihrer Aufforderung, bonjour, Monsieur Neuwiller.

Die Überprüfung der Aufstellungen und Abrechnungen über die Guthaben und Depots der Bariffi zeigte ein Ergebnis, das den Bankier ernst werden ließ. Auf Kontokorrent und an Wertpapieren hatte sie einen Betrag von mehr als dreihunderttausend Franken zu fordern. Das kam offenbar daher, daß die Bilanz so mitten im Semester erfolgte, weil auf die übliche Abschlußzeit hin die Konten vom Disponenten gewöhnlich automatisch bereinigt und aus den bankeigenen Kapitalien die

Guthabenposten ausgeglichen wurden. Nun aber stand Neuwiller infolge des von der Kundin eingeschrieben geäußerten Wunsches vor der Notwendigkeit, die große Summe zurückzuerstatten, und dies ausgerechnet in dem Augenblick, da seine eigene Lage infolge der Kursstürze so angespannt war. Allerdings liefen auch noch Kündigungsfristen, die von der Bariffi abgewartet werden mußten. Aber da Neuwiller selbst bei zwei großen Banken Wertschriften hinterlegt hatte, unter denen sich auch solche befanden, die der Bariffi gehörten, und bei diesen Instituten laufende Transaktionen noch anhängig waren, gab es wohl keinen anderen Ausweg, als sogleich und ohne viel Aufhebens der Gläubigerin die massive Zahlung zu leisten. Das war auch die einzige Möglichkeit, das offenbar angekränkelte Vertrauen wieder aufzupäppeln und damit die Bariffi und ihr Depot der Firma zu erhalten, so daß der große Abgang an barem Geld nur vorübergehend blieb. Am besten, ich erlege es aus meinem Privatkonto, beschloß der Finanzmann, der unter den dunkeln Alleen ein tüchtiges Stück Weg zurückgelegt hatte. Daß er mit seinen Sorgen der Spielball im Kampf zwischen den zwei Frauen geworden war, erriet er nicht, denn er dachte auf männliche Art. In der Immobiliengesellschaft, der Dr. Fineisen vorstand, und die das Haus an der Bahnhofstraße erworben und den Mietern gekündigt hatte, figurierte sein Name nicht. Aber Madame Fatima Bariffi verfügte über den untrügerischen Instinkt der Kreaturen aus der Familie der Felidae.

Clemens Wepf, der schwere Mann, war eigentlich ausgezogen, um weitere Gouacheskizzen für sein Nachtbild zu malen, bevor der volle Mond den Dunstkreis des westlichen Horizontes berührte, wo seine Farbe rötlich getrübt und seine Ränder verwischt wurden. Nach seiner Vorstellung sollten aus diesem Gemälde – ein einfacher Ausblick durch und über das Ufergeländer hinaus auf den See und in den Hinterraum – die oberen Farben des Spektrums verbannt sein, endend beim Grün, und das Gelb nur für den Mond aufgespart; kein Orange, kein Rot, nur die untere Hälfte der Skala: Violett, Indigo und Blau. Nicht milchig, nicht kreidig sollte das Bild sein, ohne die bequemen Mischtöne. Die scharf geritzte Linie des Mondballs, unbegreiflich im blauen Eise des Raumes schwebend, sollte ihn leiten in seiner Technik, kein Flou, kein Zögern, kein Träumen des Pinsels, die Farben mit klaren Grenzen nebeneinandergesetzt, nicht summend im Schweben, sondern als klare Noten. Für das Gesamte im Rhythmus und Einklang war das Singen aufgespart. Doch unter dem Steinwerk der Frau mit dem Kinde, unter dem Ahorn, auf der kleinen Landzunge gegenüber dem Hafendamm am Seefeldquai, kühlte das talaufwärts ziehende Windlein seine sorgende Stirne nicht. Es war nicht ohne Bedeutung, daß er nächtlich nun auszog, um Bilder zu malen. Seit jener Stunde im anatomischen Raume des Kantonsspitals, wo er und die Schwester Nora, durch den leblosen Körper eines jungen Mädchens voneinander getrennt, das einer Darmfistel zum Opfer gefallen war, Clairmonts Angebot besprachen und nachher sich in einem Kusse gefunden hatten, war neuer Widerstreit in seine Tage eingezogen. Nora, aus ihrem Umgang mit den Patienten an männliches Wesen gewöhnt, spöttisch, unzimperlich geworden und das direkte Wort nicht scheuend, hatte sich bei ihren Besuchen in Wepfs Atelier am Rindermarkt kopfschüttelnd umgesehen. Mit seinem rostigen Gasrechaud, den zerrissenen Strohsitzen der beiden Tessiner Stühle, dem ungemachten Lager zwischen Chassisrahmen und Staffeleien, dem ewig tropfenden Wasserhahn am Brünnchen und der Strohmatte auf dem geölten Boden, unter die der Maler den Unrat zu wischen pflegte, mit den durch einen grünen Vorhang verdeckten Kleidern am Hakenbrett, bot es genau jenen Anblick, der der an funkelndes Nickel, blankes Porzellan und glänzende Linoleumböden gewöhnten Krankenschwester zutiefst verhaßt war. Es müsse doch, meinte sie, als sie in Wepfs Begleitung den Estrich visitierte, in dem die Utensilien aus seiner Photographenzeit aufgestapelt waren, eine Möglichkeit geben, seine berufliche Tätigkeit mit jener des Malers zu vereinen. Sein Beruf sei die Malerei, wandte Wepf ein. So lange aber, bis er sich als Künstler durchgesetzt und sich einen Namen gemacht habe, wäre es doch nicht abwegig, wenn er nicht alle Brücken hinter sich verbrennen, sondern sich ein gewisses Einkommen aus bürgerlichem Verdienst sichern würde, nachdem er Clairmonts Anerbieten doch abgeschlagen habe, entgegnete Nora. Nachher hatte sie, um dem unsicher Gewordenen den Übergang zu erleichtern, Wepf von ihrem Geld geliehen, einige hundert Franken, und um diese Schuld zu tilgen, hatte der Maler wieder angefangen, seine Photographenapparate abzustauben und instandzustellen. Nora konnte ihm auch gleich den Auftrag eines ehemaligen Patienten, eines Kleinfabrikanten, zuhalten, der für Reklamezwecke die Abbildungen seiner neuartigen, tadellos funktionierenden Taschenlampen benötigte. Wepf spürte die Fesseln wohl; er wußte um die Bedeutung des großen Reinemachens, das Nora, resolut, mit aufgekrempelten Ärmeln, in seinem Atelier veranstaltete. Sie hatte so eine vom Dienst herrührende Art ihn anzuspannen und in Trab zu setzen. «Wir könnten eigentlich die Estrichkammer da auch gerade ausräumen», konnte sie etwa sagen, wie nebenbei, und dann, als auch diese entstaubt, gescheuert und von den Spinnweben und Wespennestern befreit war und sich als ein ganz ordentlicher Raum mit einem Klappfenster im Dach darbot, erschien, von ihr längst bestellt, der Spengler vom Nebenhaus und versah die Wasserleitungsröhre, die das Brünnlein jenseits der Wand im Atelier bediente, mit einem Anzapfhahnen. So, und das sei nun seine Dunkelkammer, in der er seine Photoarbeiten verrichten könne, bestimmte sie. Sie begann ihre dienstfreien Tage am Rindermarkt zuzubringen. Sie bereitete die Mahlzeiten, wusch, während Clemens in seiner Dachkammer hantierte. Malen konnte er nicht, wenn sie da war. Nicht daß sie ohne Verständnis für seine Kunst gewesen wäre, aber es eignete ihr etwas Amusisches, eine Aufmerksamkeit für sein Tun, mit Hin- und Hergehen, Seitenblicken, Fragen wie: «Bist du bei der Firma Sponagel gewesen, wegen der Aufnahme des neuen Bodenplattenbelages?», das ihn lähmte. Er malte nicht mehr, wenn sie kam. Er fing an, des Nachts zu malen, beim Licht einer starken Birne, und dann, als Nora während ihrer Ferien richtig bei ihm wohnte, waren es auf einmal die nächtlichen Landschaften, die ihn anzogen. Zuerst stieg er auf die Zinne hinauf und malte das schöne Bild mit dem vom Monde beschienenen Dächermeer der Altstadt, dann zog es ihn hinunter an den See.

Verloren, ratlos stand er vor dem Steinwerk der Frau mit dem Kinde. Es lag auf ihrem Schoß, zwischen den geöffneten Knien. Die Plastik erschien als ein dunkler Block vor dem hellen Nachthimmel, aber die Umrisse sagten genug. Wieder einmal war ein Scheideweg vor ihm.

Der Tramkondukteur Füglistaller, nach dem Spätdienst auf dem Heimweg zur Burgwies hinauf, summte die ersten Takte der Fünften Symphonie vor sich hin – ta ta ta taaa –, immer von neuem, ohne die Fortsetzung. Das zierliche Tanzfigürchen des Bildhauers Haller auf seiner Kugel hatte es ihm angetan. Es stand nicht ganz in der Mitte einer Lichtung, dem See zugewandt, und das Licht rieselte über seinen Leib. Der uniformierte Mann, mit dem die Kunst in die Belegschaft der städtischen Verkehrsbetriebe eingebrochen war, stand immer pfeifend davor. Der patrouillierende Sekuritaswächter Knabenhans gesellte sich zu ihm, wie schon drei Nächte vorher. «Also, du hast noch mit ihm gejaßt an jenem Abend?» fragte er, und es handelte sich offenbar um die Fortsetzung eines Gesprächs, das sie miteinander gepflogen hatten und das den Wachtbeamten noch immer beschäftigte auf seinen Rundgängen durch die Haine der Statuen. «Und immer so Schwein hatte er gehabt mit seinen Karten?» wollte er bestätigt wissen. «Sauschwein», nickte Füglistaller, während sich seine Blicke nicht von dem Figürchen zu lösen vermochten, gleichsam als gehörten sein Mund und seine Augen zwei verschiedenen Wesen an, die seine Trämleruniform beherbergte. «Aber das hätte er sich doch nicht träumen lassen, daß er einst eine solche Beerdigung haben würde, der Wagenreiniger Klucker», fügte er noch hinzu, fast wie im Neid.

Der Mond hatte die Dunstzone über der Albiskette nun erreicht; er war größer geworden und rot verglühend. Nun stach das Gerippe des Aussichtsturmes auf dem Uto bereits in ihn hinein, und dann war es nur noch ein flacher orangeroter Bogen über den Tannen, der langsam versank. Längst waren die Lichter auf den Gliedern der Statuen erloschen, und die Schattengestalten der späten Besucher vermählten sich mit dem Dunkel.

III. Kapitel

Das erste Stiftungsfest des Serenitas-Clubs fiel auf den 7. September. Mit seinen sechsundzwanzig Regentagen war der August der nasseste Monat dieses Namens seit siebzig Jahren gewesen; jetzt hatte sich das Wetter gebessert, wenn auch die Temperatur merklich gesunken war.

Walter Abt und Aaron standen nebeneinander auf dem kleinen Balkon vor der Wohnung im ersten Stock, über dem Restaurant «Zur Käshütte» am Rathausquai, in der die Klubräume eingerichtet waren. Mit einer Ahnung von Nebel begann der vorherbstliche Abend sich auszubreiten; die Sonne war bereits gesunken, eine leichte Brise wehte das Tal herauf; unten, auf den Blumenständen unter den Bögen, wurden die ersten Astern feilgeboten, die Sitzungen des Kantonsrats waren zu Ende, und der Weibel hatte die blauweiße Fahne zwischen den goldenen Löwen über dem Tor des Rathauses gegenüber eingezogen. Von der Bauschänzli-Insel her wehten die Klänge der Kapelle zum Schlagertext:

… als ich ein Husar, goldverschnürt sogar,
konnte durch die Stra-aßen reiten …

Wenn unten ein Tram vorbeifuhr, zitterte das eiserne Geländerchen unter ihren Händen; durch die geöffnete Balkontüre war die Stimme des Käshüttenwirtes zu vernehmen, der mit zwei Serviertöchtern die dreißig Gedecke der Festtafel für die Klubmitglieder deckte. Diese selbst befanden sich auf einer Motorbootfahrt im Seebecken; den beiden Freunden war es zugefallen, während dieser Zeit die Klubräume festlich herzurichten und die Vorbereitungen zum Stiftungsmahle zu überwachen. Jetzt standen die Garben der Dahlien überall in den drei Räumen; auf den Tischchen im Rauchzimmer waren die Zigarettenschachteln und Zigarren einladend angeordnet, auf den Servierboys die Gläser für die erfrischenden Getränke, die Tassen und die elektrische Kaffeemaschine, das Gebäck und die kleinen Geschenke, mit denen die Damen bei diesem Anlaß bedacht werden sollten. Herr Schifferli kam einmal zu ihnen heraus, wegen des Weines, dann folgte er den Serviertöchtern hinunter in die Gaststätte, und es verblieb den beiden noch eine stille Zeit des Wartens bis zur Rückkehr der anderen. Sie zogen Stühle herbei und schauten schweigend und rauchend auf den Fluß hinab.

«Aber du hast noch zum Leben?» fragte Walter Abt.

«Ja, ja», antwortete Aaron, ohne den Kopf zu drehen, «vorläufig reicht es noch.» Doch es entsprach der Wahrheit nicht. Als er kurz nach seinem Absprung, wie er den Verkauf des väterlichen Geschäftes bei sich nannte, von Walters Plan, einen Klub zu gründen, eine Stätte unverbindlichen gesellschaftlichen Zusammenseins mit jüngeren Leuten und als einer Gelegenheit, einen kleinen Lunch in der Mittagspause einzunehmen, hörte, hatte er sogleich mitgemacht und den nicht kleinen Mitgliederbeitrag auch erlegt. Zu seiner neuen Lebensweise schien ihm das Unternehmen wie geschaffen; es schwebten ihm ruhige Stunden in den Klubräumen vor, während denen es ihm möglich wäre, sich zu sammeln auf jene noch unbestimmte literarische Tätigkeit hin, der er sich fürderhin weihen wollte. In Tat und Wahrheit kam es darauf heraus, daß er Zigaretten rauchte und die Romane zeitgenössischer französischer Schriftsteller las, und, wenn es gut ging, tagebuchähnliche Aufzeichnungen machte, aphoristische Bemerkungen von altkluger und skeptischer Art und im übrigen in seinen Kleidern aus der guten Zeit das Leben eines Rentners führte. Aber alle Anspielungen über seine Verhältnisse waren ihm peinlich und unangenehm. Er ging ihnen aus dem Wege, schüttelte sie mit nachlässigen und einsilbigen Antworten ab. Jeden Blick in die Zukunft vermied er, in einer grotesken Euphorie murmelte er zwischen Wohl- und Unbehagen den Satz vor sich hin: «Ein früher Tod macht alles wieder gut.» Manchmal tauchte das Bild seines Onkels Léon vor ihm auf, wie er ihm, süperb, an der Seite der hübschen Madeleine auf der Bahnhofbrücke entgegengekommen war, wie er ihn auf der kleinen Schanzengrabenbrücke um ein Darlehen von fünf Franken ersucht hatte, und das jüngste, erst einige Monate alte, wie ihm der Onkel an der Seite der Gattin vom anderen Trottoir der Quaibrücke mit seinem butterfarbigen Handschuh einen jovialen Gruß herüber winkte. Diese drei gleichsam übereinander gelegten Brückenbilder erschienen ihm wie ein drohendes Sinnbild für eine Art, die kurzen Tage des Lebens zu verbringen, die ihm selbst bevorstand, wenn er sich nicht aufraffte. Er hatte nun der Stunden genug, Vorsätze zu fassen und sich das System eines bescheidenen, aber in sich abgerundeten und auf ein bestimmtes Ziel hin gerichteten Daseins auszumalen; aber bis jetzt waren sie beim Aufschneiden und Lesen der broschierten Bücher und vor stetig sich füllenden Aschenbechern ungenutzt vorübergegangen, den Klumpen eines dumpfen Schuldgefühls ständig mehrend.

«Wir», die schweizerische Zeitschrift für jedermann, Verlag und Redaktion Dr. Walter Abt, gedruckt von der Firma Weder & Baumberger, war am 1. April des Jahres mit ihrer ersten Nummer in einer Auflage von fünftausend Exemplaren erschienen.

«Wir haben jetzt etwa einhundertundsiebenzig Abonnenten, der Handverkauf in den Kiosken und durch die Feilträger erreicht etwa sechshundert Exemplare, über die Hälfte der Auflage versenden wir an die Firmen als Inseratenpropaganda. Es hat sich noch ganz ordentlich angelassen, wir haben pro Nummer bis jetzt ungefähr acht Seiten Reklamen, die eigenen nicht mitgerechnet. Selbstverständlich arbeiten wir mit Verlust.»

Walter legte es auf die selbe sachliche Art dar, wie damals in der Schule, als er Professor Wude erläuterte, Goethes Großvater sei ein Damenschneider und er selbst ein Fürstendiener gewesen.

«Wie lange?» fragte Aaron.

«Man rechnet in einem solchen Unternehmen mit etwa zwei bis drei Jahren, bis der Apparat sich selbst zu tragen anfängt. Damit wären wir auch vorläufig zufrieden. Und natürlich probiert man diese Periode abzukürzen. Jetzt allerdings sieht es nicht darnach aus. Zwar ist es noch nicht bestimmt, aber immerhin macht es ganz den Eindruck, als befänden wir uns in einer ernsthaften Krise. Sie hat eigentlich gerade begonnen, als wir angefangen haben. Im April stand der Aktivenindex auf 175, und jetzt nähern wir uns der Hundertergrenze. Wenn man es gewußt hätte, hätte man natürlich noch ein wenig zugewartet. Aber eben ...»

Er blickte nicht gerade fröhlich auf das Wasser hinab.

«Anderseits», fügte er dann hinzu, «wenn es nur mit der Prosperität zu Ende sein sollte, die Konkurse, die Arbeitslosigkeit weiter zunehmen und es so fortgeht mit der Weimarer Republik und all dem, was man von draußen vernimmt und bei uns auch schon spürt, kann man doch nicht einfach so dasitzen. Von da aus gesehen war es gerade der richtige Augenblick ...»

Sie hockten nebeneinander auf ihren Sesseln, die Ellbogen auf den Knien und schauten durch das eiserne Geländerchen hindurch auf den Quai hinunter. Es begann den Häusern entlang zu dämmern, doch der Fluß wurde immer leuchtender.

«Wie stünden wir da ohne Spittelers Protest gegen den Überfall von Belgien! Und jetzt schon wieder ist die ‹Berliner Illustrierte› die meistgelesene Wochenschrift der deutschen Schweiz. Wir müssen uns lösen, verstehst du, so rasch wie möglich lösen von der sogenannten Kulturgemeinschaft mit den Leuten jenseits des Rheins. Bevor es zu spät ist. Und *wir* müssen das tun, unsere Generation, die Väter verstehen es nicht mehr, worum es geht.»

Aaron hörte dem Freunde zu, aber seine Sorgen erschienen ihm, an dem Klumpen gemessen, den er in sich herumtrug, wie ein Luxus auf höherer Ebene, von mehr theoretischer Art. Es war edel und patriotisch, auf eine große und weite Sicht berechnet, nicht unmittelbar und dringend, ein Kampf im Bereiche des Geistes, eine Art Rechthaberei, und wie er auch ausging, es würde nichts sich ändern am Lauf ihres Tages.

Walter Abt spürte es wohl. Man ist nie einsamer als mit Freunden, die einen nicht verstehen, dachte er. Und wie erst ist es mit den andern! Watte! Ich boxe in Watte hinein! Von der Pathetik wird nicht viel gehalten bei uns. Wenn einer etwas zu sagen hat, so muß er es auf eine möglichst unauffällige Weise, so vernünftig und nüchtern vorbringen, wie es die Leute gewohnt sind. Sagt er's mit Bewegtheit und zitterndem Herzen, so wird er sogleich suspekt. Statt daß ich es verkünde, ich sei aufgebrochen, auf Gedeih und Verderb, die Geister zu wenden, Gefahr zu verkünden, die Selbstbesinnung, den Stolz und die Eigenwilligkeit zu wecken, muß ich mit einer Art von Kalenderblättchen mit unterhaltsamen Geschichten, humorigen Selbstbekenntnissen, Küchenrezepten und praktischen Ratschlägen für den Haushalt in das Vertrauen der Leser und der Inserenten einschleichen. Nur so in der allgemeinen Haltung kann ich es vorsichtig andeuten, wo ich hinaus will.

Es war, als wollten die Leute den verregneten Sommer nachholen. Sie promenierten der Limmat entlang, lehnten sich an die Geländer, blickten zu den geöffneten Fenstern der Zunftstuben empor; aus den Gassen des Niederdorfes tönte Handharmonikamusik. Unter den Bögen zogen Burschen singend einher:

Ich hab mein Herz in Heidelberg verloren
in einer lauen Sommernacht …

«Schau», rief Aaron.

Unter der Münsterbrücke hindurch kam das große Motorboot angefahren, mit gläsernem Aufbau, bewimpelt und voll beladen mit den Damen und Herren des Serenitas-Clubs. Mit gedrosseltem Motor glitt es langsam den Mauern der Währe entlang flußabwärts; das Singen und Winken zog die Leute von der Straße an das Ufergeländer. Langsam schwenkte das Schiff der Gemüsebrücke zu, wandte beim Rathaus die Nase und hielt dann beim Steg vor der «Käshütte», und die Leute konnten sehen, wie eine lichte sommerliche Gesellschaft mitten im Herzen der Stadt dem Boote entstieg, die Straße überquerte, zu den beiden auf den Balkon heraufwinkte. Gleich nachher füllte sie den festlich mit Lampionen und Ballons geschmückten Raum. Vom Boote wurden noch ein paar Raketchen losgelassen, zischende Kometen, deren rote und blaue Sterne im Niederfallen langsam verglühten, während das leere Schiff wieder dem See zustrebte und bei offenen Fenstern das Stiftungsmahl seinen Anfang nahm.

Die beiden Freunde waren die letzten, die den Balkon verließen. Die Nacht war hereingebrochen und alle Fenster erleuchtet.

«Es hat mich ergriffen, dieses Schiff mitten in der Stadt, das die Wasserstraße herab unsere Leute vor ihr Klublokal gebracht hat», sagte Aaron, «nicht anders als auf der Themse den König von England ans Westminster ...»

Walter im Dunkel neben ihm nickte. «Ein Höhepunkt», machte er, «so empfinde ich es auch, aber doch schon bereits so eine Art Erinnerung, eine Reminiszenz an die frühere, sorglose Zeit vor dem Krieg, wo die Bürger auf diese Art ihre Feste feierten. Ich würde sagen, das sehen wir nie mehr in unserem Leben.»

IV. Kapitel

Das Areal der Firma Meng & Voubrasse, Sanitäre Installationen und Heizungsanlagen, lag menschenleer, wie verödet in der herbstlichen Vormittagssonne. Das große Gittertor war verschlossen, die Türen der Werkstätten verriegelt, der freie Platz sauber gewischt, und auf dem jenseitigen Trottoir der Sihl entlang versahen der Monteur Schwarz und der Kesselschmied Matthias ihren Dienst als Streikposten. Wie beschauliche Spaziergänger schritten sie unter den sich lichtenden Platanen her und hin, immer ein bißchen weiter als die Front der eisernen Umzäunung reichte, dann blieben sie stehen, blickten auf den Fluß hinunter, plauderten ein wenig und nahmen ihren Patrouillengang wieder auf. Hector Voubrasse, der mit der Wolfshündin «Louve» ebenfalls wie auf einer Patrouille im Werkplatz herumging, sah sie wohl, und sie ihn auch, und einmal in der Nähe des Gitters hob er grüßend die Hand, und Matthias beantwortete den Gruß, während Schwarz zur Seite blickte. Zwischen ihnen, auf der Manessestraße, wickelte sich ein spärlicher Verkehr ab, der nur dann ein wenig lebhafter wurde, wenn sich die Barriere vor der Station Gießhübel schloß, während die paar Wagen der Sihltalbahn zum Selnaubahnhof fuhren und sich die Fuhrwerke für eine Weile stauten. All das hinterließ einen friedlichen Eindruck, wie eine große Spielzeuganlage, und die paar Herren, die ihre Hunde der Sihlpromenade entlang führten und neugierig heranschlenderten, um etwas von den eventuellen Auswirkungen des nun schon seit Monaten dauernden Lohnkonfliktes zu bemerken, sahen sich enttäuscht.

Gegen elf kam auf seinem gewohnten Weg, vom Alpenquai durch die Bederstraße herein, Meng, in einem gut gebügelten braunen Sakkoanzug, ein Heckenröschen im Revers und den Stock mit der elfenbeinernen Krücke schwingend. Er hatte seine Silhouette auf eine erstaunliche Art zu erhalten gewußt. Noch immer müllerte er in den Morgenstunden, noch immer verschmähte er die Überzieher und stellte den forschen und sehnigen Herrenreiter dar, als der er durch die Stadt und die Jahrzehnte gewandert war. In der Nähe besehen stellte sich freilich heraus, daß sich seine Augen zwischen zerknitterten Lidern und geblähten Tränensäcken schon tief in die Höhlen zurückgezogen hatten, seine Stimme war brüchig und leicht teigig geworden; braune Flecken lagen auf den faltigen Händen.

Der Kontorraum, in dem sich die beiden Inhaber der Firma gegenübersaßen, hatte sich kaum verändert; noch immer hing an der Wand der Plan von Zürich im Maßstab 1:25 000, Ausgabe 1893, und neben dem Fenster die gerahmte Photographie aus der Lüderitzbucht, und auch in der Art wie die beiden Herren miteinander sprachen, hatte sich wenig geändert. Obgleich Hector Voubrasse seit jenem Tage im Jahre 1917, da Meng sein Vermögen in Deutschen Kriegsanleihen angelegt hatte und in der Installationsfirma nur noch mit einer kleinen Kommandite verblieb, tatsächlich Eigentümer des Unternehmens geworden war, sprach er mit seinem ehemaligen Chef noch immer in der Tonart des tüchtigen, heraufgekommenen Vorarbeiters.

«Ein richtiger Blödsinn, dieser Streik», sagte Meng, «dreißigtausend Arbeitslose, und diese Dummköpfe streiken!»

Hector Voubrasse nickte und lachte. Sein kurzgeschnittenes struppiges Haar war weiß wie eine welke Distel, doch sein Gesicht war frisch und gerötet wie ehedem. «Der Wohnungsbau ist eben der einzige Sektor, wo der Streik noch lohnt. Auch dieses Jahr sind noch dreieinhalbtausend Wohnungen erstellt worden und warten nun auf die Zentralheizungen.»

«Sie nehmen das sehr gemütlich, scheint mir», rief Meng.

«Wir haben sämtlichen Einigungsvorschlägen des Stadtrates zugestimmt, was können wir weiteres tun?»

«Es ist ein politischer, kein wirtschaftlicher Konflikt! Die Zahl der Leute auf der Straße zu vermehren, die Arbeitslosen durch Streikende, das wollen die Kommunisten! Die Krise noch verschärfen! Stoßen und stützen was wankt!»

Voubrasse nickte, so sei es.

«Wie draußen im Reich!» Meng sagte es mit einem Unterton, als wisse er mehr. Und wirklich fügte er noch hinzu. «Aber damit wird es nun bald zu Ende sein. In Italien fahren die Züge auch wieder pünktlich ein, seit Mussolini ...»

Unter Hector Voubrass' nachdenklichem Blick hielt er inne. Sie wußten beide zum voraus, wohin das Gespräch führen würde. Sie hatten es schon einmal erlebt.

«Ich habe *ihn* reden gehört, in Stuttgart, in einer Versammlung, vor sechzigtausend Menschen, Herr Voubrasse! In Kolonnen sind die Autocars aus der Schweiz gekommen. Ich sage Ihnen, da weht ein neuer Ton. Die ganze Schwerindustrie steht hinter dem Mann! Das Ende der sozialistischen Ära ist da! Das Ende der Schmach!»

Es war die Jahreszeit, da die Leute, wenn sie gegen die Wälder blickten, mit den Fingern der hindeutenden Hand ein paar Bewegungen machten, um anzudeuten, man sehe schon Buntes im Grün der Bäume. Durch das offene Fenster waren am Hang des Uetliberges, über dem Blechdach der Werkstätten, diese herbstlichen Tönungen schon deutlich sichtbar. Hector Voubrasse blickte eine Weile unbewegten Gesichtes hinaus, bevor er sich entschlossen dem Teilhaber zuwandte.

«Es ist nicht gut, daß Sie hier so sprechen, Monsieur Meng», sagte er. «Es sind sicher keine Schweizer, die mit den

Autocars nach Stuttgart fahren, sondern Ihre ehemaligen Landsleute. Unsere Konflikte werden wir auf unsere Art lösen, auch die mit den Kommunisten.»

Nicht anders, als sei er von einem furchtbaren Geist besessen, blickte ihn der Teilhaber an, mit stechenden Augen aus schmalen Schlitzen. Er war blaß geworden, seine Kiefermuskeln zitterten. Er schickte sich an zu reden; wie unter einer ungeheuren Gefühlsaufwallung verzog sich sein Mund zu einer Art von Grinsen; aber dann sah Voubrasse, daß er trotz der größten Anstrengung seiner Sprache nicht mehr Herr wurde. Er fiel gegen die Lehne seines Sessels zurück, und seine Glieder bewegten sich, als würden sie von einer unsichtbaren Hand geschüttelt.

Voubrasse riß den Telephonhörer von der Gabel.

«Praxis Frau Dr. Fries», antwortete die Schwester.

«Komm rasch herüber, Jacqueline. Monsieur Meng ist ... was es ist, weiß ich nicht. Vielleicht ... ja, es sieht so aus.»

Als Jacqueline auf ihrem Velo mit dem Köfferchen von der Birmensdorferstraße herübergekommen war, fand sie den Teilhaber ihres Vaters auf dem kleinen Kanapee im Kontor liegen, ruhig und bei vollem Bewußtsein. Sein Kragen war geöffnet, und die Enden der bauschigen blauen Seidenkrawatte lagen auf seiner Weste. Das Heckenröschen am Revers seines Rockes war noch frisch und unverwelkt.

Sie ließ den Patienten mit einem Krankenwagen ins Seefeld hinaus bringen.

V. Kapitel

Die Art, wie die zum Verkauf angebotenen Motorfahrzeuge auf dem Beatenplatz zwischen den hohen Fassaden der städtischen Amtshäuser und dem Gebäudekomplex des «Du Pont» aufgestellt waren, erinnerte noch an die alten Vieh- und Pferdemärkte, von der diese Veranstaltung sich herleitete. Zwischen den Kühlern der Vehikel liefen breite Straßen dahin, auf denen sich die Käufer und die Interessenten, die Hüte auf den Hinterkopf geschoben, die Hände in den Hosentaschen vergraben, über die Handelsobjekte unterhielten, laut, höhnisch, treuherzig, vertraulich, mit bedeutsamem Schweigen, abfälligen oder zweifelnden Bewegungen, nicht anders als früher, wo es noch um lebendige Tiere ging. Bis tief in die anstoßenden Straßen, die Werdmühle-, die Schützen- und die Waisenhausgasse hinein zog sich der Kommerz, und selbst das brachliegende Gelände an der Beatenstraße war von den blechernen Fahrzeugen angefüllt. Abgeschlossen wurden die Händel meistens in einer der vielen umliegenden Wirtschaften, in der Bierhalle zum «Du Pont», im «Metzgerbräu», im «Commercio» an der Schützengasse oder an schönen Tagen drüben, jenseits der gedeckten Brücke, auf der Terrasse des Globus-Restaurants.

Die Krise hatte ein vermehrtes Angebot gebrauchter Automobile zur Folge. Viele Leute, die während der Konjunktur der zwanziger Jahre ein motorisiertes Vehikel angeschafft hatten, sahen sich wieder vor die Notwendigkeit gestellt, sich dessen zu entledigen, weil die Unterhaltskosten zu groß wurden und sie baren Geldes bedürftig waren. Neben vereinzelten neueren amerikanischen Limousinen mit geschlossenem Innenraum, waren zahlreiche offene Wagen angeboten, sogenannte Torpedos mit abnehmbarem Verdeck aus Leinwand, breiten Fußbrettern, auf denen die Reservepneus befestigt waren, selbst Gefährte mit Karbidlaternen aus Messing, alte klapprige Fordmaschinen mit dem Gangwechsel durch Fußhebel, Sportmodelle, deren Hauben durch Lederriemen zusammengehalten wurden, aufgefrischte Hotchkiss, Delahaye und Talbots, schweizerische Picard-Pictet, Hispano-Suiza, Benz, Citroën und Fiat, österreichische Steyr mit spitzer Kühlerwabe, Lastwagen in Arbon, Motorräder in Genf hergestellt. Von weit aus der Landschaft herum kamen Käufer und Verkäufer und brachten ein bäuerliches Element auf den Markt. Fauchen und Knattern erfüllten den Platz, schwitzende Männer drehten an widerspenstigen Kurbeln, andere demonstrierten durch Wiegen und Wackeln an der Karosserie die Güte der Federn vor, mit runden Augen blickten die Neulinge unter die aufgelüpften Hauben, Klaxone wurden betätigt, und hie und da ratterte und hupfte ein Wagen zu einer Probefahrt aus den Reihen.

Jonny Morf lehnte am Kotflügel des grünen Rickenbakers; auf amerikanische Art war er gekleidet in einem knapp anliegenden, in die Taille geschnittenen Anzug, Ledergürtel und seidenem Hemd, die Haare glänzend glatt an den Schädel geschmiegt, die Zigarette vermittelst einer langen Spitze rauchend. Mit seiner Haltung deutete er dem vor ihm stehenden Manne, dem Landwirt und Ziegeleibesitzer Widmer aus Geroldswil im Limmattal an, ein solches Angebot komme überhaupt nicht in Frage.

«Können Sie denken, Herr Widmer», machte er, «ein Sechszylinder, kaum 50 000 Kilometer gefahren, die Kolben neu eingeschliffen, der ganze Wagen von A bis Z revidiert, zwei fast neue Pneus – den verschenken wir doch nicht. Der fährt ja mit einem Sechziger im direkten Gang auf den Albis. Wollen Sie es sehen, kommen Sie, in einer halben Stunde sind wir wieder zurück. Nein, nein, da gibt es nichts zu husten, der Wagen ist prima. Da können Sie sich darauf verlassen. Ja, nein, nicht wahr, bei dem Preis können Sie eine Extragarantie nicht mehr verlangen. Das ist nicht üblich im Second-hand-Geschäft. Sie können den Wagen ja ausprobieren. Aber denken Sie, wenn ich jedesmal noch eine Garantie eingehen wollte, wo käme ich da hin! Vierzehneinhalb hat der Wagen gekostet, laut Katalog, Modell sechsundzwanzig, für Siebeneinhalb können Sie ihn haben, fünfzig Bremspferde, das ist ja ein Hohn.»

Er betrachtete, während er so daherredete, die braune Joppe des Mannes, mit der Wölbung über der linken Brustseite, und dachte, das Geld hat er bei sich, das sieht man ja. Es ist wie beim Fischen. Es nimmt mich jetzt doch wunder, ob ich ihm die Scheine nicht aus seiner Brieftasche herausfische. Angebissen hat er.

Über die aufgereihten Wagen hinweg sah er der Bierhalle des «Du Ponts» entlang August Merkli herumschlendern und dabei unter der Krempe seines Stetsonhutes hervor zu ihm herüber spähen. Mit dem linken Augenlid machte Morf eine kleine, zwinkernde Bewegung. Mußt noch warten, hieß das.

Das Rickenbaker-Torpedo hatte Merkli zum Besitzer. Sein Eigentümer aber war er schon seit längerer Zeit nicht mehr. Der französische Franken war nicht zusammengebrochen. Als Neuwiller seine Positionen zwangsweise liquidiert und damit ihren geschäftlichen Verkehr abgebrochen hatte, war er zur Bank Widmer & Wolfensberger hinübergewechselt, um sich zu erholen. Aber diese Firma kam bald hernach der gleichen Spekulation wegen in Konkurs. Mieter einer wohlausstaffierten Junggesellenwohnung im Parterre eines Hauses an der Dufourstraße, bestehend aus drei in der Zeit des Wohlstandes erworbenen Zimmereinrichtungen bester Qualität, einer Unmenge von Anzügen und selbst einiger während der Inflation erworbener Gemälde und antiker Gegenstände, vermochte er sich auch nach diesem Schlag noch längere Zeit über Wasser zu halten. Er vertrieb nicht ohne Erfolg kleine Geschenkartikel zu Reklamezwecken, Drehstifte, Taschenlampen, lederne Taschenkalender, Schlüsselringe, Briefbeschwerer, Lineale und dergleichen, die sich mit dem eingravierten oder aufgepreßten Namenszug der beschenkten Firma versehen, großer Beliebtheit erfreuten, weil sie aus soliderem Material als Papier hergestellt waren. Die Krise lähmte aber auch diesen Geschäftszweig wieder.

Unvermerkt war August Merkli im Warten und Schlendern in die Schützengasse hineingeraten, und auf einmal stand er vor dem Hause, in dem er sich vor beinahe zwei Jahrzehnten bei Herrn Moeldinger um eine Anstellung als Gelber Radler beworben hatte. Nicht ohne Rührung, und mit einem Anflug grimmiger Tragik blickte der als Gentleman verkleidete ehemalige Außersihler Bub, von dem einmal die Sage umging, sein Vater verwahre die schwarze Fahne der Anarchisten, an der Fassade empor. Dort, hinter jenem Fenster, hatte er in seiner Lodenpelerine gestanden, und dort hatte mit dem Botengang zur Alimpex der Wechsel von der proletarischen Muskelarbeit hinüber in die Welt der Geschäfte den Anfang genommen. Er war ein wendiger Aal geworden, aber in dieser Stunde schien es ihm, der ganze Aufwand, wirkliche Arbeit zu vermeiden, sei mehr Arbeit gewesen als die gefürchtete Arbeit selbst. Mein Gott, wenn er beim Velomechaniker Gutknecht an der Predigergasse einen Schlauch geflickt und ihn prall und ordentlich auf die Felge montiert hatte, bescherte ihm diese Verrichtung mehr Selbstzufriedenheit als alle die «Combinen», mit denen er sich nachher durch das Leben geschlagen hatte.

Langsam kehrte er wieder zum Beatenplatz zurück, und als er Morf noch immer mit dem ländlichen Manne verhandeln sah, näherte er sich entschlossen der Gruppe.

«Ein Rickenbaker, ein währschafter Rickenbaker», hörte er den Vermittler erklären, «obschon er Hauptmann in der amerikanischen Armee war, stammt dieser Rickenbacher von Schweizern ab, und das merkt man dem ganzen Wagen an, solide Präzisionsarbeit, währschaft, für unser Gelände gemacht. Mit Kraftreserven ...»

Der Mann schaute den Wagen wieder an, betastete die Kotflügel, als könnte er sich dadurch von der Richtigkeit der Anpreisung überzeugen, nickte auch mit dem Kopf.

«Ich habe es mir nun überlegt, Herr Morf», sagte Merkli, und trat zu den beiden, als habe er eben ein eilig durchlaufenes Wegstück hinter sich, «ich nehme ihn also, den Wagen, abgemacht, zu dem Preis, den Sie mir nannten.»

«Ja, Sie», entgegnete Morf sogleich, ohne das mindeste Anzeichen einer Überraschung, «dieser Herr hat den Vortritt. Ich habe es Ihnen ja gesagt, freibleibend. Sie hätten sich halt sofort entschließen müssen. Wenn der Herr Widmer nicht will, dann können Sie ihn haben, meinetwegen. Aber immer korrekt, nicht wahr Herr Widmer, ich habe doch recht?»

Der Angeredete nickte, sichtlich beeindruckt ob solcher Kulanz. Die im Kuhhandel herrschenden Sitten und Gebräuche hatte er in diesem Augenblick offenbar völlig vergessen.

Merkli machte eine bekümmerte Grimasse. «Jä, Sie», machte er, und das war schon schlechter gespielt, «das ist jetzt allerdings... Ich habe schon damit gerechnet.» Ein wenig verloren blickte er über die Ansammlung bemalten Blechs hinweg. «Sonst ist ja rein nichts auf diesem Flohmarkt. Alles ausgeleierte Nähmaschinen, mit Handantrieb.»

«Einen elektrischen Anlasser», lachte Morf, wie der Schauspieler einer Liebhaberbühne, «und Batteriezündung, das finden Sie allerdings nicht so schnell wieder bei einem Occasionswagen zu diesem Preis. Aber ich bleibe Herrn Widmer im Wort, da gibt es nichts.»

Als sie eine Stunde später, im «Commercio», an dem Tischchen unter dem mit Fläggchen besteckten Spiegel neben der Bar miteinander abrechneten, gerieten sie beinahe noch in Streit. Außer der Provision machte Jonny Morf noch eine alte Spielschuld aus dem Passage geltend, die Merkli bestritt, mit der Bemerkung, aus Spiel und Wette entstehe nach dem Gesetz keine Forderung. Da aber nicht er, sondern Morf die Noten des Landmanns in seiner Tasche hatte, kam diesem Einwand keine große Bedeutung zu.

«Du hast ja keine Ahnung, wie ich das Wägelchen habe frisieren müssen!» Fast um einen Millimeter habe er die Kolbenböden gelüpft, um die Kompression in den Zylindern zu erhöhen. «Und gelt, wegen dem Riß im Motorgehäuse, den ich habe schweißen lassen, davon sagst du nichts. Das Wasser ist ja nur so herausgeflossen. Und davon hast du nun auch nichts gesagt, von dem gebrochenen Zahn im Differential! Hoffentlich kommt er mit der Kiste bis nach Geroldswil hinunter. Die ist ja gerade noch gut genug als Heuwagen.»

Mit den vier Tausendernoten auf der Brust wurde es Merkli wieder wohler. Zwar gehörten sie auch nicht ihm, sondern der Hauswirtin, der er den Rickenbaker für die geschuldete Miete und ein Darlehen verpfändet hatte. Aber die konnte warten. Und den Eigentumsvorbehalt hatte die gute Frau ja auch nicht angemeldet beim Betreibungsamt.

Gemeinsam kehrten sie in die «Höhle» im Café Passage zurück, wo sie die Nachricht vom Selbstmord des Bankiers Neuwiller vernahmen.

VI. Kapitel

Als Pfarrer Hausheer am frühen Nachmittag, müde und das Gesicht ein wenig gedunsen, von der Betreuung katholischer Häftlinge in der Strafanstalt Regensdorf in das Gesellenhaus am Wolfbach zurückkehrte, wurde ihm von Frau Fiedler, der Frau des Hauswartes, mitgeteilt, Klostermann sei abgeholt worden.

«Abgeholt?» fragte Hausheer, sogleich hellwach. «Abgeholt? Von wem abgeholt?»

Vom Amt, vom Vormundschaftsamt scheine es, es sei ein Detektiv in Zivil gewesen, ein freundlicher älterer Mann, er bringe ihn auch am Abend wieder zurück, habe er gesagt, es sei eine bloße Begutachtung oder etwas dergleichen. Man habe ihm einfach aufgetragen, er müsse den «Röbi» (so nannten sie ihn im Hause) hinbegleiten und dann wieder abholen.

«Wohin hinbegleiten?» rief Hausheer in wachsender Unruhe.

Das wisse sie nicht, entgegnete die Frau, der Röbi habe auch sogleich seine Schürze weggelegt und sich sonntäglich angekleidet, und dann seien sie ganz gemütlich unter ihrem Regenschirm abgezogen.

Noch immer seinen schwarzen, breitrandigen Hut auf dem Kopf, in seinen kotigen Schuhen, den langen Bratenrock naß und zerknittert, langte Hausheer sogleich nach dem Telephon. Über das Fräulein an der Hauszentrale, einen sich einschaltenden Stellvertreter des Stellvertreters, der gar nicht im Bilde war und sich das Anliegen des langen und breiten erst erzählen ließ, gelang es ihm endlich, den Stellvertreter des abwesenden Abteilungschefs zu erreichen.

Er selbst, bemerkte dieser, habe den Fall nicht unter sich. Der augenblicklich in den Ferien abwesende Zuständige habe ihm lediglich das Dossier Robert Klostermann auf das Pult legen lassen, und zuoberst sei darin die Verfügung zur psychiatrischen Begutachtung gelegen, nein, nicht eigentlich ein Gutachten, sondern ein Augenschein, eine vorläufige Kontaktnahme, auf Grund derer der Vertrauensarzt sich auszusprechen habe, ob eine einläßliche Begutachtung und eine eventuelle Behandlung sich aufdränge.

Der Mann sei ja gar nicht entmündigt, rief Hausheer in die Muschel hinein, es sei doch längst ausgemacht, daß er, der Sprechende, ihn betreue und verbeistände. Beschäftigt sei er ja sommersüber in Elgg und während der Wintermonate hier im Hause am Wolfbach, unter seiner, Hausheers, ständiger Aufsicht – und es gehe ja sehr gut. Zufrieden und mit wachsendem Selbstvertrauen verrichte der junge Mann, der ja gelernter Mechaniker sei, die verschiedenartigsten Arbeiten, besorge die Heizung, und wenn es etwas zu reparieren gebe, so erweise er sich als geschickt und findig. Sie hätten sich in keiner Weise zu beklagen, im Gegenteil, er verdiene rechtschaffen seinen Lohn, und die Krise scheine endgültig überwunden, insbesondere als eine Kollision mit dem aus der Strafanstalt entlassenen Vater nicht mehr zu befürchten sei, da dieser ja durch die Schutzaufsicht für entlassene Sträflinge im Luzernischen eine rechte Knechtenstelle gefunden habe. Warum also wieder dieses Theater? Wer, übrigens, sei der begutachtende Arzt?

Einen Augenblick, sagte der Mann am anderen Ende des Drahtes, und Hausheer sah ihn vor sich, wie er in den Akten wühlte. Ja, da habe er es: Frau Dr. Ramseyer, am Utoquai, habe den Auftrag.

Die Erwähnung des Leibhaftigen hätte den Geistlichen nicht mehr zu erschüttern vermocht als dieser Name. «Oh, ihr ...» rief der heftig atmende, im Laufe der Jahre ein wenig schwer gewordene Mann noch in den Apparat hinein und schmiß den Hörer auf die Gabel, um dem seinem Stande nicht angemessenen Wort den Weg an das Ohr des anderen abzuschneiden.

Verdreckt und verschwitzt wie er war, stürmte er wieder in den Regen hinaus.

Den Diener mit der weißen Jacke und dem Jockeygesicht stieß er kurzerhand beiseite und betrat das erste beste Zimmer. Die Schiebewand des prunkhaften Raumes war geöffnet, und im anstoßenden Raume sah er die Bescherung. Es bedurfte dazu nur eines Blickes auf das Gesicht seines Schützlings. Röbi Klostermann saß auf der äußersten Kante eines vergoldeten Louis-Quinze-Stühlchens, die Knie zusammengepreßt, den zerknitterten Hut vor sich auf den Schenkeln, und in seinen Augen lag bereits wieder jener Ausdruck stillen Grauens, den er in jener Nacht gehabt hatte, als Hausheer ihn aus der Sprechstunde Bluntschlis holte.

«Gut, daß Sie da sind», rief hinter ihrem Pult hervor und ohne Erstaunen die Psychiaterin, «wir haben schon eine sehr aufschlußreiche Unterhaltung miteinander geführt, Herr Klostermann und ich, nicht?» Und lächelte hernach gleich auf eine sonderbare Weise zu dem jungen Mann hinüber.

«Stehe auf, Röbi, und komm», sagte Hausheer ohne weiteres.

«Moment, Moment mal, Monsignore», lispelte die Ramseyer überlegen. «Sie greifen da in eine Amtshandlung ein in Ihrem Eifer. Dessen dürften Sie sich doch wohl bewußt sein.»

«In eine ausgemachte Dummheit, um nicht mehr zu sagen, greife ich ein», entgegnete der Pfarrer mühsam verhalten. «Lassen Sie den jungen Mann», aus ihren Klauen wollte er sagen, «so wie er ist», sagte er. «Nicht Analyse tut ihm not, sondern –»

«Liebe», lächelte die Ärztin mild wie Mondenschein. «Einverstanden, Herr Pfarrer Hausheer.»

«An diesem Menschen treiben Sie mir keine Vivisektion, das garantiere ich Ihnen, Frau Dr. Ludmilla Ramseyer-Woschkine», warf ihr Hausheer entgegen.

Hinter ihrem Pult verzog die Ärztin ihre Lippen zu einem Mäulchen und blickte dabei auf ihre Notizen hinab. «Die Diagnose fällt nicht schwer», machte sie, als wäre überhaupt nichts gesprochen worden, «nicht die Verklemmung ist die Ursache, sondern die Krankheit ist die Ursache der Verklemmung. Sie sehen es ja selbst, wenn Sie es sehen wollen, Mann Gottes, das spielt sich ja alles auf zwei Ebenen ab, diese scheinbare Eudämonie, das ist ja nichts anderes als Dissimulation.»

Pfarrer Hausheer hatte in seiner früheren Jugend, vor der Seminarzeit, in dem Dorf Gachnang auch mit Mistgabeln hantiert. Es war eine aus jener Epoche entlehnte Bewegung, mit der er das Dossier vom Pult weg in die Luft schnippte.

Die Ärztin lachte ganz unberührt heraus, und es wollte besagen, da habe sie schon ganz anderes gesehen. «Einen solch klassischen Fall ödipussischer Art, wo der Vater die Mutter ...»

«Sie sind kriminell», schrie Hausheer.

«Was wollen Sie», entgegnete die Ärztin mit einem Augenaufschlag, «kranke Seelen ...»

«Kranke Seelen sind Seelen ohne Gott», sagte Hausheer ruhiger, nahm Röbi beim Arm, schob ihn zur Türe hinaus, nicht anders als habe er ihn eben dem Teufel entrissen.

Im Lift konnte der Pfarrer sehen, wie in des jungen Mannes Gesicht die Stille wieder einzog. Er betrachtete die Druckknöpfe und den Mechanismus des Fahrzeuges, und dann bemerkte er: «Jetzt macht die Waggonfabrik Schlieren bereits Modelle, bei denen man die Gittertüre nicht mehr schließen muß, damit sie ohne Passagiere hinauf oder hinab fahren.»

VII. Kapitel

Bei Sisikon waren ein paar Felsblöcke auf das Geleise herabgefallen, und der Gotthardzug hatte über drei Stunden Verspätung. Als die Reisenden um zwei Uhr in der Nacht dem Wagen entstiegen, fanden sie den großen Bahnhof im Dunkel und nahezu menschenleer, nur ein paar Dienstmänner und Hotelportiers standen auf ihren Posten. Die Taxameter waren im Nu gestürmt und verschwunden. Es hatte jedoch zu regnen aufgehört, blank und sauber geweht verliefen sich die Straßen in die Nacht.

«Wir gehen zu Fuß, denke ich?» fragte Reto vor dem Handgepäckschalter und hob die beiden schweren Koffer auf den steinernen Tisch. Maly, schmächtig, in einen hellbeigen Wollmantel gekleidet, der ihr fast bis zu den Füßen reichte, Töni und die kleine Piorina an der Hand, nickte und versuchte an ihrem Gatten vorbei sehnsüchtig einen Blick auf den Bahnhofplatz hinaus zu werfen.

Dann umschritten sie schon den kleinen Teich am Fuße des Escher-Denkmals und blickten die Bahnhofstraße hinauf. Still

und nur noch spärlich um diese Stunde schimmerte die Flucht der Laternen unter den entlaubten Linden dahin, die Schritte unsichtbarer Fußgänger hallten auf dem Asphalt wider; ein lauer Wind wehte vom See her. Alle Müdigkeit war von der Familie gewichen. Nebeneinander, in einer Reihe, schritten sie davon.

Maly hatte die Augen voller Tränen. Auch Reto blickte über die Straße zu dem Hause, in dem sich Kögls Automatenrestaurant befunden hatte, wo sie vor zehn Jahren, in der Stunde ihrer Abreise noch ihr letztes Schinkenbrötchen gegessen hatten. Jetzt befand sich dort ein Photographengeschäft oder etwas dergleichen.

«Ist das die Mainstreet», fragte Töni, und gleich hernach: «Warum hat es Gitter um die Bäume?»

«To protect them from the cars», belehrte ihn Piorina.

Über den Kopf des Knaben hinweg schielte Maly zu ihrem Mann hinüber. Sein Gesicht lag im Schatten der Hutkrempe; ein wenig steifer als es sonst seine Gewohnheit war, aufrecht, breitschultrig wie er mit den Jahren geworden war, schritt er langsam dahin. Sie konnte sich ja denken, was in ihm vorging.

Auf der Höhe des Rennwegs begannen Malys Gedanken zwischen den Häusern hinaufzuwandern, hurtig durch die Strehlgasse, über die Gemüsebrücke, die Marktgasse hinauf, am Großmünster vorbei, durch das Oberdorf bis zur Einmündung der Trittligasse, an die Stätte der Jugend, die noch immer von der pensionierten Abwartfrau gehütet wurde.

«Kommt der See bald?» fragte Töni am Paradeplatz. Auf der Höhe des Posthofes überschritt Reto die Straße, und lächelnd folgte ihm Maly mit den Kindern, ohne zu fragen.

«Is that our house?» forschte Töni, als sie unter der dunklen Durchfahrt standen und in das Höflein hineinschauten. Hinter dem dunkeln, versiegten Springbrünnlein zogen sich, ein weniges heller, die Säulen der Arkaden hin, unter denen Reto mit seiner Pfeife sich zu nähern pflegte, wenn das Lehrmädchen des Coiffeurs Studer unter dem offenen Fenster die am Holzkopf befestigten Chignons auskämmte. Die Mutter hatte den Knaben sachte beiseite gedrängt und faßte im Dunkeln des Gatten Hand. Er drückte so heftig zu, daß es sie schmerzte.

«Warum sind wir da hinein gegangen, mother», fragte Piorina an der anderen Hand. «To visit the place», erklärte Töni altklug.

Sie sahen bereits die rote Laterne am Dampfschiffsteg des Bürkliplatzes, die Brücke, die kein jenseitiges Ufer, nur eine Kette an ihrem Ende hatte, und wo sie so manchmal standen, wenn es stürmte und sie dem Brausen der Wellen lauschten. Auch an jenem Tag, da Reto sein Aufgebot, mit der Weigerung, ihm Folge zu leisten, oben im kleinen Postbureau in Fluntern eingeworfen hatte. Ihre Blicke trafen sich über den Kopf des Knaben hinweg, dessen Leben in jener Nacht, da Maly den jungen Mann nach seinem schweren Entschluß nicht allein lassen wollte, seinen Anfang genommen hatte. Was für ein Weg, dachte Maly, von Toronto, über Genua, hierher, zurück, an diesen Landungssteg.

Schon wollten sie den Bürkliplatz überschreiten, da schrien beide Kinder auf: «Sheeps, sheeps!»

Auf breiter Front, den Fahrdamm und die Trottoirs vom Seegeländer bis hinüber zum Garten des Hotels Baur au Lac ausfüllend, dicht gedrängt, Rücken an Rücken, blökend und bähend, kam Christoffer Naulis Herde heran. Aufrecht, die Kathedrale in einer wandelnden Stadt, schritt der alte Mann in seiner Pelerine dahin, den schwarzen Widder mit den rotglühenden Augen neben sich. Es standen die späten Heimkehrer, die Damen in ihren weißen Pelzcapes und die Herren in ihren dunklen Mänteln, an ihrem Weg, pünktlich beim Stelldichein. Am Zedernwäldchen und den Rhododendronbüschen der Stadthausanlage vorbei ergoß sich der Strom tierischen Lebens über die breite Brücke, endlos wie es schien, den blökenden Signalen nach, die weit aus der Ferne, unter den Bäumen des Alpenquais hervor, noch immer hörbar waren.

«Ist es der Hirte Gottes?» fragte Piorina und blickte zu Maly auf, aus deren Munde sie das Märchen vernommen hatte.

Der Regen hatte wieder begonnen, die betonierte Rinne des Baches war längst überflutet, und er brodelte schwer und trübe wie ein Wildwasser zwischen den Mauern des Schachtes dahin, als die Familie Arquint vor dem Hause der Abts an der Hornbachstraße stand und die Schwester und den Schwager, müde, mit brennenden Augen, aber heimgekehrt, aus dem Schlafe weckten.

VIII. Kapitel

Jack Diamond, der Gangsterkönig von New York, vor Gericht gestellt und freigesprochen, wird im Morgengrauen der folgenden Nacht in seiner Wohnung, inmitten von leeren Flaschen und Zigarettenstummeln, ermordet aufgefunden. In der Mandschurei liegen die Chinesen und die Japaner miteinander im Kampf.

Endlich ist der Umbau der Konditorei Sprüngli am Paradeplatz beendet. Der Bildhauer Maillol feiert seinen siebenzigsten Geburtstag. Das Schwurgericht von Burgdorf hat den Zahnarzt Dr. Riedel und Antoinette Guala von der Anklage des Mordes freigesprochen. Harry Liedtke in dem reizenden Filmlustspiel «Mein Typ ist blond» müssen Sie gesehen haben! Die Schweiz hat den Handelsvertrag mit Deutschland gekündigt; Minister Stucki ist auf dem Weg nach Berlin.

Ungehoben ruht die Barke im Nemisee, auch der Goldschatz im Rumpf der gesunkenen «Egypt» konnte noch nicht gehoben werden. Karl Jaspers dreibändiges Werk «Philosophie» ist soeben erschienen. Der schweizerische Reißverschluß « Ritschratsch» hält jeden Vergleich mit ausländischen Fabrikaten aus. Die eidgenössischen Vorlagen über die Altersversicherung und die Besteuerung des Tabaks sind von Volk und Ständen abgelehnt worden; Stadt und Kanton Zürich haben sie angenommen. Michel, der Meisterkoch, legt an der Foire gastronomique in Paris Ehre für die Schweizer Küche ein. Die Bankenkrise in den Vereinigten Staaten bringt 1922 Banken in den Konkurs. Ein Inserat mit der Schlagzeile «Eine schöne Frau in Zürich» wirbt für die biochemischen Produkte der Laboratorien von Dr. Solt. Sigrid Onégin singt in der Tonhalle.

England hat die Goldwährung verlassen. Der berühmte Romancier Freiherr von Ompteda ist gestorben. «Der Kopf in der Schlinge», eine Komödie von John Bradley, erringt einen großen Publikumserfolg im Pfauentheater. Die Textilwaren haben einen nie gesehenen Tiefstand erreicht, profitieren Sie davon! Bis im März 1932 muß der staatenlose Adolf Hitler Deutscher werden, sonst kann er bei der Wahl des Reichspräsidenten nicht kandidieren. Die Migros ist eine Aktiengesellschaft geworden, es geht ihr gut trotz den schlechten Zeiten. Der Silvesterball im Corso wird durch den bekannten Conferencier Rolf Roney organisiert, reservieren Sie Ihren Tisch, Sie werden es nicht bereuen. Ja, das zürcherische Steuerregister erscheint nun gedruckt, als Buch. Dicke Luft in Deutschland, Brüning ist gegen Hitler, aber mit welcher Milde behandelt der Völkische Beobachter den Industriemagnaten Hugenberg. In der Heiligen Nacht können die Radiohörer, wenn die Witterungsbedingungen gut sind, innert einer Stunde mit den Klängen des Big Ben im Westminster-Tower um die ganze Welt reisen – Gibraltar, Sidney, Kapstadt, Kalifornien. Aber wie gesagt, nur wenn keine Fadingeffekte auftreten. Im Reiche ist die lawinenartig anschwellende und dahinbrausende nationalsozialistische Bewegung im Begriffe, die bürgerlichen Parteien zu zermalmen.

Die Volkshausgenossenschaft Industriequartier hat ihr Volkshaus eingeweiht, ohne die Einrichtung kam der Bau auf 2 300 000 Franken zu stehen. Aus dem Fell des aus dem Zoologischen Garten ausgebrochenen Schwarzen Panthers hat sich ein Einwohner der Gemeinde Gockhausen einen Rheumatismuspelz hergestellt. Der Zürcher Automobilmarkt wird vom Beatenplatz an die Beethovenstraße verlegt. Am Toblerplatz ist ein neues Postamt dem Betrieb übergeben worden. Greta Garbo hat mit der «Königin Christine» endlich eine ihrer würdige Rolle gefunden. Aus dem Zürcher Oberland meldet man eine Kälte von 15 Grad. Das Geschäft in Klavieren liegt darnieder, ein Musikaliengeschäft plant, dem Vertrieb von Pianos und Flügeln jenen von Eisschränken anzugliedern, aber das Publikum ist dagegen. Arnaldo Mussolini, der Bruder des Diktators, ist an einem Herzschlag verschieden. In wenigen Tagen wird der neue Essex, Modell 1932, auf dem Markte erscheinen.

Alles was recht ist, aber eine Tanzschule gehört nicht in eine Kirche; nach der Interpellation im Großen Gemeinderat muß die Trudi-Schoop-Gruppe das alte Kirchlein Fluntern wieder verlassen. Endlich ist der Umbau des Hauptbahnhofes beendet, und die sechzehn Geleise können in Betrieb genommen werden. Zürich zählt 257 840 Einwohner, davon sind 7209 Italiener und 21 303 Deutsche; auf je tausend Einwohner kommen 652 Protestanten, 297 Katholiken, 20 Israeliten und 31 Angehörige anderer Konfessionen. Der Aktienindex hat den Tiefpunkt von 99,68 erreicht, und der Vorstand des Börsenvereins hat die Einschränkung des Effektenhandels beschlossen.

Trotz der Krise hält die Bautätigkeit noch an, von 65 000 Wohnungen sind nur 500 leer. Ring um Ring neuer Siedelungen legt sich an die Stadt: Rehalp, Wipkingen, Friesenberg, Wollishofen. Den Rapporten der Straßenmeister ist zu entnehmen, daß sich die Verkritzelungen mit Hakenkreuzen an den Wänden der öffentlichen Bedürfnisanstalten ständig mehren; es muß Leute geben, die zu diesem Behufe ständig ein Stück Kreide mit sich herumtragen. Von der Plastikausstellung her hat die Stadt die Bronzestatue des David auf ihrer Säule käuflich erworben; er kniet, das Schwert in der Hand, neben dem Haupte Goliaths und blickt zum Uetliberg hinüber.

Die Möwen kreisen und kreischen über der eiskalten Limmat.

Vor die Wünsche «Frohe Weihnachten» und «Ein glückliches Neues Jahr» setzen die Leute das Wort: Trotzdem.

VIERTES BUCH

1933–1945

Erstes Heft

I. Kapitel

In der Befangenheit eines der Konzerte ungewohnten Besuchers saß Aaron auf seinem Stuhle inmitten der regungslos Lauschenden und wagte es kaum, von Zeit zu Zeit ein wenig den Kopf zu neigen, um zwischen den vor ihm Sitzenden hindurch Furtwängler sehen zu können, der wie eine schwarze Kerze vor dem Orchester stand. Den nach Vorgängen und Bewegungen hungrigen Augen wurde wenig geboten, hie und da die weiß und kelchartig geöffnete Hand, die der Dirigent über die Köpfe seiner Musiker emporhob, mit einer Geste, die zwiefach zu deuten war: als sei in ihr die Fülle der Töne zusammengefaßt und ströme von dort zum Goldstuck der Decke empor oder, im Gegenteil, sei sie empfangend, hineingreifend in die Sphären, wo sie die Harmonien in sich aufnehme, um sie mit einem sachten Hinweis des dünnen Stäbchens unter den Streichern und Bläsern zu verteilen. Seit die Bestürzung und der Aufruhr über die aus Weltenfernen andonnernden Schläge des ersten Satzes vorüber und abgeklungen, sein der Musik ungewohntes Ohr ermüdet und ihm das Bewußtsein seines an den Stuhl gefesselten Körpers wieder zurückgekehrt waren, mußte Aaron fortwährend gegen absurde Versuchungen ankämpfen. Unter dem Sessel einer vor ihm sitzenden Dame lag ein Handschuh aus schwarzem Glacéleder; sich nicht zu bücken, um ihn aufzuheben, kostete Aaron eine große Überwindung. Wandte er in lauschender Pose sein Gesicht zur Decke des Tonhallesaales empor, so waren es die Karyatiden und allegorischen Gemälde, die ihn zu abwegigen Gedanken verführten; er stellte sich den Gipsermeister zur Zeit ihrer Entstehung vor, wie er mit weißen Händen das Gesicht des Engels formte und seine Posaune mit Gold belegte, er sah den Maler mit dem Rücken auf seinem Gerüst liegen und den blauen Himmel hinpinseln, und wenn er dann sachte, sachte sein Gesicht ein wenig nach rechts wandte, Jacqueline zu, die neben ihm saß, so schämte er sich, angesichts der stillen Versunkenheit ihrer Züge, der eigenen Unzulänglichkeit. Er kam sich vor wie ein Verräter in dieser Gemeinde Ergriffener, ein Zyniker, dem nichts heilig war, ein Ausgeschlossener, über den die Ergriffenen selbstvergessen hinweglauschten und ihn einsam mit seinen platten Gedankengängen auf dem unbequemen Stuhl zurückließen.

Während einer seiner Schlendereien durch die Stadt, mit denen er die Vormittage hinzubringen pflegte, am Stauffacherplatz, bei der St.-Jakobs-Kirche, waren sie sich begegnet, in den ersten Tagen des Januar. Nach den Festlichkeiten des Neujahrs lag etwas ausgesprochen Nüchternes in der Luft, fand Aaron; es herrschte eine trockene Kälte, der Nebel lag hoch und nur mehr in dünner Schicht über dem Tal, bereit, einer fahlen Wintersonne zu weichen, alle Konturen waren glasscharf, die Straßen fast staubig, die Pfützen gefroren. Am Volkshaus beim Helvetiaplatz standen Arbeitslose herum, die Hände in den Hosentaschen, ordentlich gekleidet, und vielen von ihnen sah man es an, daß sie sich in der Haltung des Wartens zurechtgefunden hatten und es bereits methodisch und mit Ernst betrieben. Natürlich wurde über den Zustand diskutiert, doch ohne große Gesten, Drohung und Aufruhr, mehr so wie über ein Landesunglück, das wohl nachdenklich stimmte, aber von dem man annehmen konnte, man werde es bewältigen. Ich gehöre eigentlich auch zu ihnen, dachte Aaron, freilich aus anderen Zusammenhängen heraus. Er gefiel sich in der Nähe dieser Leute. Es minderte sein Schuldgefühl, wenn er seine Zeit in der Nähe dieser Männer hintrödelte. Fast war es, als gehöre er einer Gemeinschaft an. Sein müßiges Herumstehen fiel hier nicht auf.

Das Eisfensterchen im Rinnstein knisterte und zerklirrte, als der kleine Wagen am Straßenrand hielt. Ohne ihren Sitz zu verlassen, stieß Jacqueline die Türe auf, und Aaron sah das blasse, lächelnde Antlitz, das sich zu ihm emporwandte.

«Was machst du denn da, hier und um diese Zeit? Danke für die Neujahrskarte.»

Sein Mantel, ein sogenannter Ulster, noch aus der guten Zeit, war an den Säumen der Taschen und den Stößen der Ärmel abgewetzt, und dies war das erste, das Aaron einfiel, als er Jacqueline die Hand reichte. Er kam sich, da sie sich aus dem Kabriolett zu ihm herausbeugte, gefallen und wie in eine niedrigere Klasse hinübergewechselt vor, und dies gab auch seiner Antwort den falschen Klang.

«Ich kann zwar nicht sagen, ich stemple», sagte er, «mais c'est kif-kif.»

«Wieso, Aaron?» fragte sie und stellte den Motor ab. «Du hast doch dein Geschäft?»

«Verkauft.»

«Und was tust du denn jetzt?»

Ihre Blicke ruhten einige Atemzüge lang nachdenklich ineinander, und es war wie eine in Lichtschnelle aufblitzende Raffung von Stunden und Gedanken geheimen und gemeinsamen Besitzes.

«Schnickschnack», antwortete Aaron, «ich habe ein Buch übersetzt ‹Le pouvoir des fables› von de Traz, ein paar Romane besprochen, den Dialog zu einem Dialektfilm geschrieben; am besten würde ich sagen, ich tue nichts.»

Sie blickte an ihm empor, dann auf seine Scotch-grain-Schuhe mit dem zerknitterten Oberleder hinab und wieder in sein Gesicht, das ihr schmal vorkam, ungewohnt, mit den langen Haaren über den Ohren.

«Wollen wir einen Kaffee trinken miteinander?»

Der Saum des Rockes fiel über ihre Knie zurück, als sie den Wagen verließ. Sie schritten über das Trottoir und traten in das alkoholfreie Restaurant des Volkshauses. An der Wand war ein Tisch frei.

«Erzähl», bat Jacqueline. Sie trug ein graues Schneiderkleid, eine Baskenmütze, ein gelbes Seidentüchlein um den Hals; die kleine Nase glänzte, ihre Lippen waren ungeschminkt, die blonden Haare ungepflegt, strähnig. Sie war magerer geworden, die Ohren blaß; in den Augenhöhlen lag Bläue.

«Schau mich nicht an», murmelte sie unter seinen Blicken, «ich bin mitten in der Arbeit, neun Besuche diesen Morgen, treppauf, treppab. Und um ein Uhr wieder Sprechstunde.» Sie führte die dickwandige Tasse zum Munde, schlürfte. «Aber jetzt erzähl du, von dir.»

Aaron blickte auf seine abgewetzten Ärmelstöße hinab, und er spürte, wie sie seinen Blicken folgte.

«Geht es dir nicht gut, Aaron?» fragte sie im Tonfall der Ärztin.

«Es geht mir genau so, wie ich es haben wollte. Ich habe Schluß gemacht, verstehst du? Ich bin ausgetreten. Ich habe keinen Grund, mich zu beklagen.»

Auch er trank nun aus seiner Tasse. Sie wartete, bis er sie wieder hingestellt hatte.

«Ist es um des Werkes willen?»

«Ja», antwortete er, ohne aufzusehen, errötet bis über die Stirne hinauf.

In dem großen Lokal klapperten Geschirr und Bestecke. Die Serviertöchter in ihren blauen Waschkleidern hantierten zwischen den Tischen. Die Wärme trug den Tabakrauch zur Decke empor. Es saßen viel Arbeitslose herum, lesend über zerschlissene Hefte gebeugt, manche ohne etwas bestellt zu haben.

«Hast du schon etwas schreiben können?» fragte Jacqueline.

Ich könnte jetzt lügen, dachte Aaron, irgend so etwas daherplappern von Vorstudien, Notizen und was man halt sagt in solchen Fällen. Es wäre nicht einmal falsch. Es gibt ja keine Stunde, in der ich nicht *daran* denke.

«Noch keine Linie», antwortete er.

Als er aufblickte, sah er, daß sie lächelte.

«Du hast es also wirklich getan?»

«Du hast nie daran geglaubt, Jacqueline?»

Sie schüttelte kaum merklich den Kopf, mit großen Augen, wie in zärtlicher Verwunderung.

Auch Aaron hatte natürlich Leute darüber reden hören, wie das Ehepaar Fries lebte: er als Oberarzt der Chirurgischen Abteilung des Kantonsspitals und sie in ihrer Praxis an der Birmensdorferstraße. Das Haus an der Freiestraße hätten sie aufgegeben; sie sähen sich von Zeit zu Zeit, hieß es.

Etwas Flehendes und Ablehnendes in ihrem Blick ließ Aaron verstummen, als er sich mit einem «und du?» anschickte, nach ihren Umständen zu fragen. Jetzt hätte sie es sehr eilig, noch drei Besuche, erklärte Jacqueline, aber ob Aaron Lust hätte, mit ihr Furtwängler zu hören, die Fünfte, übermorgen in der Tonhalle?

In der kurzen Pause zwischen dem dritten und dem vierten Satz räusperten sich die Leute um Aaron herum, Schlüsselbunde klirrten leise in den Hosentaschen von Herren, die die gekreuzten Beine wechselten, Programme knisterten.

Dann kamen sie einher, in mächtigem stampfendem Schreiten, die berühmten Verkündigungen des vierten Satzes. Mochten sie anschlagen und donnern mit ihren Pauken und Blechen, die Mächte des Schicksals, wie man sie nannte, pochen und drohen, daß die Hüllen des Planeten erzitterten, es zog in unabsehbaren Reihen das Menschengeschlecht einher, und was es tat, und was es immer getan hatte, von Anbeginn an, da einer aus ihm die Augen höher erhob und sich aufrichtete von der Erde, auf der er dahinkroch, und über alle, die ihm folgten, immer höher und höher über die nahe Begrenzung hinweg: es nahm Besitz von der Erde. Es sang und schritt einher. Wir haben nichts als die Erde, lasset sie unser Eigentum werden.

Auf einmal spürte er, wie Jacqueline ihre Hand auf die seine legte. Sie saß nun da in ihrem dunklen Kleidchen, das Kinn ein wenig gehoben, den Blick auf die silbernen Pfeifen der Orgel geheftet, die hinter dem Orchester in die Höhe wuchsen. Es war kein Druck in ihren Fingern, sie ruhten nur da, auf dem Rücken seiner Hand, ihre Hand, die nervige, zarte Hand einer Ärztin. Das Werk, dachte er immer wieder, es war ihre Botschaft, er wußte es.

II. Kapitel

Gotthold Wettstein stand, den Kragen seines Mantels hochgeschlagen, die Bücher unter dem Arm, an der steinernen Treppenbrüstung vor dem Eingang der Zentralbibliothek und blickte auf den kleinen Zähringerplatz hinab, der als ein stilles Gelaß zwischen den Fassaden des Bibliothekgebäudes, der Predigerkirche und den umliegenden Häusern lag. Der Schnee war eben geschmolzen, die Stämme der Platanen gleißten schwarz vor Nässe, die Bänke waren leer, und dem Bilde eignete dieselbe ratlose und nüchterne Unentschlossenheit, von der der junge Mann heimgesucht war. Er hatte heute vormittag wieder einen der verhaßten Gänge zum Schalter der Bankfiliale an der Seefeldstraße tun und sich von dem, wie ihm vorkam, renitenten und seine Lebensweise mißbilligenden Kassier Vollenweider fünfzig Franken auszahlen lassen müssen und dabei gleichzeitig den Richtigkeitsbefund seines Kontokorrentauszuges abgegeben, der nur Zahlen in der Sollkolonne aufwies und ihn aufklärte, daß sein Guthaben auf einen Betrag von etwas über dreitausend Franken abgesunken war. Wohl brachten ihm die Besprechung von neuerschienenen Büchern, seine Tätigkeit als Sekretär der Trostelschen Stiftung und die Textkorrekturen, die er für den Drogistenkalender besorgte, ein wenig Geld ein. Aber er verbrauchte es sogleich wieder für seine Lebensbedürfnisse, und nie hatte er davon so viel erübrigen können, daß es zu einer Einzahlung bei der Bank gelangt hätte. Kam er auch einmal in den Besitz einiger Noten, so zog er es vor, sie in seiner Brieftasche mit sich herumzutragen, denn auf diese Weise verlieh ihm das Geld spürbarer das Gefühl der Beruhigung als in der Form einer Bankquittung. Wovon er träumte, war dies: daß er eines Vormittags ein wenig nachlässig und zerstreut vor dem Schalter der Filiale stehen und aus seiner prall gefüllten Brieftasche ein Bündelchen großer Noten herausklauben und es dem völlig veränderten, verschmitzt lächelnden und achtungsvoll nikkenden Herrn Vollenweider zur Gutschrift auf sein Konto über die Marmorplatte schieben würde. Durch welche Veränderung seiner Umstände sich ein solcher Vorgang ergeben würde, war Gotthold allerdings nicht klar. Vielleicht auf Grund einer Sendung jenes Berliner Verlages, bei dem sein Essay über «Gobineau als Vorläufer rassischen Denkens» nun schon seit mehr als drei Monaten ruhte, oder, wer weiß, vielleicht sogar als ein Stipendium der Trostelschen Stiftung selbst, das der Stiftungsrat in aller Heimlichkeit beschlossen hatte.

Er stieg die Treppe hinab und wanderte in die Zähringerstraße hinein. Vor dem Landessitz der Nationalen Front standen Gruppen junger Leute, Arbeitslose zumeist, und betrachteten die Photographien, die in den an der Hausmauer angeschlagenen Schaukästen ausgestellt waren, Bilder von Treffen der Parteigenossen, die in den Gauen stattgefunden hatten, in kleidsamen Hemden von gleicher Farbe und gleichen Zuschnitts, mit Trommeln und Fahnen. Auch die Porträte der Führer der Erneuerungsbewegung waren zu sehen, Entschlossenheit in den Zügen und fernab jener Biederkeit, die den Konterfeien anderer Politiker eignete.

«Nicht hier ist Ihr Platz», sagte eine Stimme neben Gotthold, «sondern droben im Horst.» Es war jener Dr. Loßmayer, der gleich ihm sein Frühstück in der Konditorei Hegetschweiler im Helmhaus einzunehmen pflegte. Über dem Hinreichen des Zeitungshalters von Tisch zu Tisch waren sie miteinander ins Gespräch gekommen, und Gotthold hatte bald erraten, daß ihre Lebensweise eine gewisse Ähnlichkeit aufwies. Im Lesesaal der Zentralbibliothek saßen sie sich manchmal gegenüber, in der Museumsgesellschaft begegneten sie sich oft noch am selben Tage und nickten sich zu, verständnisinnig und lächelnd, gleichen Alters und beide offenbar im Zustande der Erwartung und des Provisoriums.

Worauf sich diese Vermutung gründe, fragte Gotthold ernsthaft. Nun, ein Mann, der so eifrig Gobineaus «Essay über die Ungleichheit der menschlichen Rassen» exzerpiere, bei dem dürfe man doch wohl voraussetzen, daß er zu gewissen Erkenntnissen vorgestoßen sei, die in dieser Atmosphäre – der Herr deutete es mit einem Rundblick an – Gestalt anzunehmen im Begriffe seien.

Der Mann war von kleiner Gestalt, mager und trug einen bauschigen Lodenmantel. Die hintere Krempe seines grünen Hutes war niedergeschlagen, was ihm einen Anflug von Verwegenheit verlieh. Da habe er aber scharfe Augen, meinte Gotthold nicht ohne Mißtrauen.

«Ach, wissen Sie, wenn man sich so stundenlang unter derselben Lampe gegenübersitzt, ist es ja nicht verwunderlich», entgegnete Loßmayer. «Aber, im Ernste, das könnte den Burschen» – er hob flüchtig das Kinn zu den Fenstern des Hauses empor – «nur gut tun, mal etwas von dem französischen Denker zu vernehmen. Schon um dem unwahren Einwand zu begegnen, die Philosophie des Rassentums sei eine deutsche Erfindung. Dazu wären Sie der geeignete Mann.»

«Aber die Franzosen lehnen Gobineau ab», antwortete Gotthold.

«Sie mußten ihn ablehnen, weil ihn die Deutschen bewunderten, das hat schon Morland geschrieben, 1905, «im ‹Journal des Débats›», bemerkte Loßmayer, und Gotthold staunte über dessen Belesenheit.

Sie hatten ohne Eile die lockere Ansammlung vor den Schaukasten durchquert; am Leonhardsplatz sagte Loßmayer: «Ach, kommen Sie, wir trinken einen Kaffee zusammen», und dann saßen sie schon am Fenster des «Central», im hellen Winterlicht, das aus dem Raum über der Limmat herabströmte. Loßmayers Gesicht war blaß, blaue Äderchen schimmerten durch die Haut an den Schläfen, er liebte offensichtlich das Spiel seiner gepflegten Finger. Er hatte eine Art, während er sprach, die Tasse, die Zigarettenschachtel, das Zukkerschälchen behutsam anzufassen und diese Gegenstände sorgsam, wie dem Gesetz einer besonderen Ordnung gehorchend, wieder hinzustellen. Nichts Lautes war an ihm; er strömt Vertrauen aus, fand Gotthold.

«Es hat ein großes Werben um Frankreich eingesetzt in Deutschland», sagte er.

«Ohne Frankreich können wir nichts anfangen», nickte Loßmayer.

«Und folgst du nicht willig, so brauch ich Gewalt», lächelte Gotthold.

«Was das wahre Wesen jeder Werbung ist ...»

«Darum weint er ja jedesmal zornige Tränen, wenn er Frankreich droht», sagte Gotthold und meinte Hitler damit.

«Frankreich ist die Braut», sagte Loßmayer, eine zarte Röte auf der Stirne.

«Der Rhein ihr Gürtel.»

«Und die Maginotlinie das Korsettchen.»

Sie lachten beide. Vereinsamt, abgeschlossen in seiner künstlichen und zuwartenden Lebensweise dem Limmatufer entlang, sein kleines Vermögen nun langsam aufzehrend, wie es ihm der Dichter Carl Sternheim geraten hatte, von einem verhalten schwärenden Ehrgeiz erfüllt, der langsam in Ranküne und Ressentiment hinüberzusäuern im Begriffe war, nicht ganz ohne Einsicht in die eigene Verblendung, empfand Gotthold diese Stunde im Café Central vor den säuberlich angeordneten Tassen auf dem weißen Tischtuch und das Gespräch mit diesem Herrn Loßmayer dankbar als ein unerwartetes Ereignis. Es kümmerte sich ja niemand um ihn.

«Nicht über Gobineau sollten Sie natürlich reden», sagte Loßmayer ohne Übergang, «einfach über Rassen und Stämme.»

«Ich bin kein Politiker.»

«Um Politik geht es hierbei gar nicht.»

«Sondern?»

«Die Karten werden wieder gemischt, das Spiel neu ausgeteilt – schauen Sie, daß Sie zu Ihrem Blatt kommen, Wettstein!»

Es war Gotthold bei diesen Worten, als spräche aus dem vergeistigten Munde seines Gegenübers plötzlich ein neues Wesen. Loßmayer blickte vor sich nieder und hob mit zwei Fingern das Löffelchen empor.

«Ich habe gar keine Beziehungen zur Front», erläuterte Gotthold, «sie kennen mich gar nicht.»

«Wenn Ihr ‹Gobineau als Vorläufer rassischen Denkens› heraus ist, werden sie schon wissen, mit wem sie es zu tun haben», antwortete Loßmayer leise.

Gotthold schaute ihn an, mit halbgeöffnetem Munde, ein Grumseln in den Gedärmen. Er begegnete einem enigmatischen Lächeln.

«Ich bin von Herrn Dr. Besseler beauftragt, Ihnen mitzuteilen, Herr Dr. Wettstein, daß der Potsdamer Verlag Ihren ‹Gobineau› angenommen hat.» Loßmayer öffnete die Finger, und das Löffelchen fiel mit leisem Klirren auf die Untertasse herab.

III. Kapitel

Während der Mittagszeit dieses Tages saß Bell auf der steinernen Bank in der Gloriette auf der Hohen Promenade und betrachtete die flaumigen Föhnschleierchen am Himmel über der Stadt. In den ersten Tagen des März war es mit einem Male, fast ohne Übergang, warm geworden, die Buchfinken zwitscherten schon keck und streitlustig, bereits schlugen die Amseln, und ein Sonnentag hatte genügt, den einzigen Seidelbast in dem verlassenen Friedhöflein hinter dem Lusthäuschen blühen zu lassen. Seinetwillen war Bell gekommen. Für ihn begann das Jahr mit dem ersten Anblick dieser lilablauen Sternchen, und er gefiel sich in der Vorstellung, daß niemand in dieser Stadt um diesen unscheinbaren Strauch wisse, den er vor Jahren jenseits des eisernen Zaunes, der den vereinsamten Gottesacker von der Promenade trennte, entdeckt hatte. Er zitterte um ihn an diesen Tagen, da die grelle Sonne in das kahle Geäst der Bäume hineinleuchtete, auf der Suche nach ein wenig Farbe, und nichts finden konnte zwischen Rinden und dürren Blättern als die kleinen zyklamenroten Blütenbüschelchen am sandgrauen Stämmchen. Später, wenn das erste Laub da war, würde die Pflanze versinken im Grünen, von einem Liguster kaum mehr zu unterscheiden, vergessen und ungesehen, bis in die ersten Tage der Fische, da Bell, der kauzige Pilgrim, von neuem heraufschlich, das Wunder zu grüßen.

Es trat gegen ein Uhr jene Mittagsstille ein, die er wohl kannte: unten, in der Tiefe des Schachtes, hatte der letzte Eisenbahnzug den Bahnhof Stadelhofen eben verlassen und war im Tunnel verschwunden; von immer tieferem Blau wurde der Himmel hinter dem Gegitter der Zweige, lässig zogen über den Dächern die Räuchlein talabwärts, auf den Zinnen blähten sich die Leintücher, und im Friedhof raschelten die Amseln im dürren Laub. Wie in jedem beginnenden Frühjahr rätselte Bell ein wenig daran herum, wie dieses Sträuchlein des Seidelbastes in die stille Umfriedung hineingekommen sein mochte, und er gefiel sich im Gedanken, er sei über den Zaun gestiegen und hätte den mit Moos und Efeu bewachsenen Grabstein gefunden, und es hüte diese daphné mezereum die letzte Stätte einer zürcherischen Daphnis, Rüegg oder Faesi zugeheißen, einer Dame aus der Goethezeit, und was sie in ihren Tagen, auf dem Wege dieser stillen Promenade einhertrippelnd oder unter dem Dach der Gloriette von den Geßnerschen Idyllen aufsehend, über der Brüstung hinweg erblickt hätte, seien dieselben Türme und derselbe Uto gewesen, deren er, Bell, in der Mittagsstille ansichtig wurde.

Dann aber kam, groß, in einen spärlichen Mantel gekleidet, ein wenig verloren, schwermütigen Blickes, Trauer im Gehaben, der Mann unter der hohen Allee einher, den Bell in diesem Jahre schon beim ersten Besuch seiner Daphnis, auf dem Bänklein in der Gloriette sitzend, vorgefunden hatte. Es lag ein offenbar immer wieder gebrauchtes Stück Papier auf seinen Knien, Brot darauf und ein Apfel; die Spatzen und Buchfinken hüpften vor seinen Schuhen umher und balgten sich um die Krumen, die er ihnen hinwarf. Es muß auch ein Fremder sein, dachte Bell sogleich, und einer außerhalb des bürgerlichen Kreises, daß er diesen stillen Hügel im Herzen der Stadt entdeckt und auf ihm die Mittagszeit verbracht hatte. Sie waren mit der Selbstverständlichkeit der Außenseiter miteinander ins Gespräch gekommen. Raffaele Tomassi war vor Mussolini geflohen, nur so viel hatte der Wortkarge gestanden; sonst war er in Geheimnis und Einsamkeit gehüllt, wenn auch Bell zu erraten glaubte, es flirre wie von unsichtbaren Fäden um ihn, das Fluidum eines Verbannten und der Rache Entronnenen, der in der Stadt hinter dem Alpenwall den Sturz des Tyrannen vorbereite, um dann, groß und in bessere Kleider gehüllt, in das befreite Vaterland zurückzukehren.

Aber er war auch ein Poet. Das tragische Los des Vertriebenen, der an steinernen Tischen sitzt und südwärts starrt, wo hinter den Eisfirsten der Usurpator und seine Satrapen in den

Palästen prassen, während in den Hütten die unwissenden Bauern das kärgliche und harte Brot der Fron verzehren, hatte in seinen Versen klangvollen Ausdruck gefunden. Sie sprachen französisch miteinander, die Sprache, deren sie beide mächtig waren. Es herrschte eine Byronsche Atmosphäre zwischen ihnen, wenn sie, an die Brüstung der Gloriette gelehnt, über die Stadt blickten und in Tomassis verhaltenen Worten die Lust des Ausgestoßenseins und des Aufruhrs zitterte.

«Was es schwer, ja kläglich macht, das Exil», erläuterte der Italiener, «ist dies: daß es auf ein Zählen, ein Abzählen herauskommt, auf eine ganz simple Rechnung, ein Messen der eigenen Lebenserwartung an der Dauer des Regimes. Werde ich, wenn es zusammenbricht, noch jung, noch tatkräftig genug sein, am Neuen mitzuwirken? Daß es keinen Bestand hat, ist gewiß. Uns bleibt nur, zu dauern, uns zu mästen, damit wir noch in guter Form antreten können, wenn es so weit ist.»

«Sie haben sich dazu einen guten Ort ausgesucht», meinte Bell. «Sie dulden, sie ehren, sie achten, sie verstehen hierzulande den Verfolgten.»

Tomassi schaute ihn an, mißtrauisch und ungewiß, ob es spottend gemeint sei. Dann lächelte er, ein wenig bitter und nicht ohne den Anhauch von Verächtlichkeit.

«Möglich», sagte er, «aber es fehlt ihnen an den Dimensionen. Es ist ein kleines Land, und im engen Bezirk ist ihnen das Weltweite ungewiß und unheimlich. Asyl heißt bei ihnen Fremdenpolizei, Gesundheit, Krankenkasse, und das Recht auf Arbeit ist bewilligungspflichtig.»

Bell lachte heraus. «Ich will wetten, Sie waren diesen Vormittag auf dem Amt!»

So sei es, nickte der Flüchtling, einer bloßen Formalität wegen übrigens, aber es treffe ihn jedesmal. Sie hätten so eine Art zu fragen hinter dem Schalter hervor: «Ja, wovon leben Sie jetzt?» Und als er, Tomassi, der Wahrheit gemäß erläuterte, er bekäme Subvention von der Partei, und für das Zimmer im Hause Eßlingers habe er nichts zu entrichten, er wohne als Gast dort, da hätte der Mann hinter der Schranke, indem er den Eintrag vollzog auf seinem Formular, genickt und gesagt: «Von Unterstützungen also.»

Man müsse sie kennen, beschwichtigte Bell, sie seien um vieles besser, als es den Anschein habe. Seit dreißig Jahren wohne er nun in dieser Stadt, ihr Bürger geworden, in einer Zeit allerdings, da es noch leichter gewesen sei. Auch er habe sich oft Gedanken gemacht über sie. Es gebe in diesem Lande, und dies sei der Schlüssel, keine abenteuerliche Art, sein Geld zu verdienen, keine Lotterien, kein Glücksspiel, nicht die großen brachliegenden Ländereien, keine Schätze des Bodens, kein Meer für die Kühnen; die Burgunderbeute sei längst verteilt, das Reisläufergeld versiegt und die Kapitulationen verboten, es müsse bei ihnen jeder Franken durch Arbeit, Leistung und Hingabe der Zeit, durch Langeweile oft, im Sinne des Wortes, verdient werden. Es gebe sozusagen keine Berufe mehr, die durch die Gefährdung der Gesundheit, den Einsatz des Lebens eine heroische Glorie gewännen. Es gehe alles mit rechten Dingen zu. Selbst die Verbrecher seien allesamt rationell geworden, Einbrüche und Betrüge zeigten hierzulande noch einen bürgerlichen Aspekt. Keiner könne über Nacht reich, aber auch keiner über Nacht arm mehr werden. Alle dreißig, vierzig oder fünfzig Jahre gelänge es einem von ihnen, größer zu werden als die anderen, sie durch Kühnheit und weitgespanntes Denken zu erstaunen, mißtrauisch und feindselig zu machen, im Stile eines Waldmann oder eines Escher – und heute eines Duttweiler vielleicht. Aber es seien Ausnahmen, auf weite Zeiten verteilt, dem kleinen Raume gemäß. Da blieben denn der Export, die Börse, die Wissenschaft, die Pädagogik allenfalls die einzigen Ventile der Expansion, aber anderer Verdienst komme auf kleine und kleinliche Weise zusammen, Franken auf Franken, ohne Glück, Tricks oder Mogelei. Deshalb ihre Art zu fragen und das ‹Von Unterstützungen also›.»

Tomassi lächelte müde. «Ereifern Sie sich nicht. Es war ja nicht kränkend gemeint. Wie gerne nähmen wir es, in meinem Lande, in Kauf, hätten wir nur den Beginn ihrer gerechten Ordnung. Aber die eitle Freude am Leben, die sie bei uns, trotz allem haben, die dürfte darob nicht zu Grunde gehen – das nicht.»

Bell schaute über die Zinnen mit den wehenden Leintüchern hinweg und nickte: «Ja, die Lebensfreude – der hart und gewissenhaft erworbene Franken gefährdet sie ein wenig.»

Der Mittag war fortgeschritten derweil. Unten beim Bahnhof Stadelhofen schlugen die Signalglocken an, die Züge vom See herab und von der Station Letten herauf folgten sich in kurzen Abständen, die Straßen füllten sich mit werktätigem Volk, und als die beiden die lichte Allee zurückwanderten, mußten sie sich schon einen Weg bahnen durch Rudel junger Mädchen, die der Höheren Töchterschule zustrebten. Inmitten des einen von ihnen kam Karl Gebhardt einher, zufrieden und freundlich im Schreiten die Fragen zweier ein wenig augendienerisch zu ihm aufblickender Maturandinnen beantwortend. Man sah ihm die endlich auf Anfang des Jahres erfolgte definitive Anstellung geradezu an.

«Oh, Herr Professor!» rief Bell ihm entgegen, «ich hätte Ihnen ein Paar Zeilen schreiben dürfen zu Ihrer Wahl!» Und dann, als Gebhardt stehen blieb und die beiden bebrillten Blaustrümpfchen sich verzogen, sagte er zu dem ein bißchen steif abseits wartenden Tomassi: «Dies ist Dr. Karl Gebhardt, Lehrer für Deutsch und Geschichte an dieser Städtischen Mittelschule – und merken Sie auf: als Buchbinderlehrling hat er begonnen. Und dieses, Karl, ist Raffaele Tomassi, Mussolinis Bagno auf den Liparischen Inseln entronnen, Poet und zukünftiger Ministerpräsident des befreiten Italiens!»

Tiefe Röte überflutete das Gesicht des Emigranten, denn dieser Bell, der ihm als ein verspielter und oberflächlicher Rührmichnichtan erschienen war, hatte eine brennende Stelle in seinem Lebenssystem berührt.

Er reichte Gebhardt die Hand, und Bell stand als der Kleinste von ihnen dabei und blickte zu den beiden Hundertfünfundsiebzigern empor mit dem roten Engländergesicht eines jugendlichen Fünfzigers, der er geworden war.

«Wir wollen es feiern, ich lade Sie ein drüben ins Östli», rief er, und es gab sich, daß Gebhardt um drei erst seine Stunde hatte.

Zwar bestellten sie nur einen Café crème, als sie am Tisch hinter dem niedrigen Fenster beisammensaßen, und Bell begann alsbald auch seine Mandeln zu knacken, während Karl und Tomassi beide dasselbe dachten: was will er eigentlich, der Kauz, daß er unsere Fäden bindet?

Zum Beispiel, sagte Bell auf seine beiläufige Weise, es gehe nun gegen die Maturprüfung hin und es wäre doch möglich, daß die Signorina Baragiola, die er kenne von der Museumsgesellschaft her, mit einigen ihrer Schülerinnen im Italienischen nur mäßig zufrieden sei, und es wäre gut, es würden diese jungen Damen ein bißchen mit Nachhilfestunden ihre

Noten verbessern. Ob dann nicht Herr Tomassi, ein Beherrscher des klassischen Toskanisch, wie erfunden für diesen Zweck, als Repetitor sich eignen würde? Karl nickte, gewiß, es ließe sich machen, es bedürfe nur eines Anschlages am schwarzen Brett, mit Bewilligung des Rektorates allerdings.

Der leise dahinplätschernde Lautsprecher in der Ecke des Lokals wurde von irgendeiner Hand auf höhere Stärke gedreht. Plötzlich verstummten alle Gäste, Stuttgart war eingeschaltet. Es folgten lange Zeilen von Zahlen, die Abstimmungsresultate der Reichstagswahlen aus den Ländern Hessen und Bayern, nicht anders, als es hierzulande an Wahltagen zu klingen pflegte. Dann aber, mit einem Male, brach es herein, über die Worte des Sprechers hinweg, mit den Klängen eines Marsches, mit Brausen und Jubeln, mit Schreien, und von einer harten, schneidenden Stimme ausgestossen: «... haben wir unser Geschick in die Hände Reichskanzler Hitlers gelegt – es lebe der Führer! Heil, Heil, Heil!»

Der Lautsprecher wurde brüsk abgestellt. Es herrschte große Stille in der Gaststätte. Ein Jasser hinter Karl nahm seine Karten auf und fragte: «Wer spielt aus?»

Die drei Männer blickten aneinander vorbei. Bell schaute durch das niedere Fenster auf den Platz hinaus. Nach Arbeitsbeginn gingen dort nur ein paar Leute ihres Weges; eine alte Frau redete mit dem großen Bastardhund, der vor der Wirtschaft in der Sonne lag. Karls Augen hafteten auf dem Abreißkalender, der hinter dem Biersiphon an der Wand hing. Er hinkte nach und zeigte den ersten März.

Einzig auf Raffaele Tomassi schien diese Nachricht keinen besonderen Eindruck zu machen. Er nickte Bell zu und sagte mit einem leisen Achselzucken: «Ecco!»

IV. Kapitel

Das deutsche Generalkonsulat an der Oberen Kirchgasse besaß nach der Machtübernahme durch die Nationalsozialisten noch keine offizielle Hakenkreuzfahne, sondern nur eine jener kleineren Flaggen, wie sie draußen in den Städten bei den verschiedensten Anlässen herausgehängt wurden, ein bedrucktes Baumwolltuch, an einem gelbgestrichenen Rundstab befestigt, und oben dran eine hölzerne Spitze von derselben, das Gold vertretenden Farbe. Aber es wurde für gut befunden, dieses provisorische Hoheitszeichen des neuen Regimes zu zeigen, zwar nicht am üblichen Orte, beim Wappen über der Türe, sondern ganz oben, unter dem Dach des alten Hauses, in dem das Konsulat seinen Sitz hatte.

Dieses Flägglein, das still im Vorfrühlingstag über dem Sattel der Oberen Kirchgasse hing, wirkte wie die Spitze eines Stockes, der in einen Ameisenhügel hineingestoßen worden war. Die Nachricht mußte sich rasch verbreitet haben, denn es kamen die Gasse herauf, vom Pfauenplatz und vom Hirschengraben her, immer mehr Leute, um die berüchtigte Fahne zu sehen. Die meisten von ihnen waren des Emblems noch nie ansichtig geworden, außer in illustrierten Zeitungen, aber rot und wehend wirkte es doch ganz anders – es ging ein Odem von Tatsache von ihm aus, von Wirklichkeit. Das Geschehen war nicht mehr nur Nachricht.

Aus den Quartieren von jenseits der Sihl traf immer mehr junges Volk ein, Burschen ohne Kragen, die sich vor der eichenen Türe ansammelten, Beschimpfungen an der Fassade emporriefen, Sprechchöre zu bilden versuchten und schließlich einfach immer wieder «Pfui» schrien. Andere, bessere Herren schauten dem Treiben zu, schüttelten den Kopf und fanden, das mit der Fahne wäre nun wirklich nicht nötig gewesen. Doch gab es auch welche, die nicht ohne Genugtuung das Flägglein betrachteten und gar kein Hehl aus ihrem Gefallen machten.

Es konnte natürlich nicht ausbleiben, daß diese mit jenen ein wenig ins Gespräch und später ins Geplänkel kamen, doch ging es nicht um weltanschauliche Dinge, sondern mehr darum, ob man ein Recht habe, die Fahne zu verbieten, oder ob man sie hinnehmen, dulden müsse, nachdem sie nun einmal des Reiches Abzeichen sei. All dies gab ein bewegtes Hin und Her in der sonst eher stillen Buchhändlergasse, das andere Neugierige herbeilockte und schließlich den Polizeivorstand, der sich unter den Leuten befand, um einen Augenschein zu nehmen, veranlasste, einmal zwei Polizisten herzubeordern, die ein wenig herumpatrouillierten und durch ihre Anwesenheit beruhigend und dämpfend wirkten.

Stadtrat Angst hatte der Besichtigung der neuen Lokale im umgebauten Gebäude des Hauses zum «Schönberg» an der Rämistraße, das als Provisorium der Kantonsschule eingerichtet worden war, beigewohnt und strebte nun, durch das enge

Krautgartengäßlein heraufkommend, seinem Amtssitz jenseits der Limmat zu. Er wurde der Ansammlung am Eingang der Oberen Kirchgasse gewahr und erriet, als er das Fähnlein sah, auch sogleich ihre Ursache. Der eine der beiden Polizisten, Holliger mit Namen, Dienstkamerad des Magistraten und Parteimitglied, grüßte lachend. Nein, Kritz habe es noch keinen gegeben, es seien mehr Gaffer, die sich angesammelt hätten, aber, natürlich, man könne nicht wissen, einige von der Front hätten sich auch schon eingefunden, die witterten selbstverständlich Morgenluft, man sehe es ihnen geradezu an. «Und von uns draußen?» fragte Angst und meinte die Quartiere jenseits der Sihl. Vereinzelte Junge, wie immer. Sie hätten davon palavert, sie wollten die Fahne vom gegenüberliegenden Hause aus mit Petrol übergießen und dann anzünden; er und der Kollege hätten deshalb ein Auge auf die Türe. Eine Provokation sei es natürlich trotzdem, das Hakenkreuz mitten in der Stadt. Man sollte es einfach verbieten. Er glaube kaum, daß man das könne, es sei immerhin ein öffentliches Gebäude, das Konsulat, und exterritorial, meinte Angst, und es hänge von Bern ab. «Mir macht das weniger Sorge wegen der Deutschen und Fröntler», murmelte Angst, aber es ist Wasser auf die Mühle der andern, der Freunde Sowjetrußlands, die werden jetzt wieder tun, als ob sie allein die Hüter der Heimat seien.»

«Fertig mit der sozialistischen Mehrheit im Gemeinderat?» fragte Holliger.

«Wenn die Bürgerlichen mit den Fröntlern zusammenspannen, schon, sie reden etwas von einer Listenverbindung der nichtmarxistischen Parteien.»

«Zum Kotzen», sagte der Polizist.

Und dann geschah alles sehr rasch.

Ein junger Mann, der auf dem jenseitigen Trottoir langsam vorbeibummelte, hob plötzlich den Arm, ein Knäuel aus Zeitungspapier flog über die Gasse und schlug weit oben an die Mauer des Generalkonsulates, und breit, wie eine Blutlache, lief der rote Mennig die Fassade herab. Es gab sogleich einen Tumult. Ein paar Leute stürzten sich auf den jungen Mann, andere widersetzten sich, es wurde geschlagen und geschrien. Holliger, die Trillerpfeife zwischen den Zähnen und fortwährend schrillend, zog den Burschen aus dem Knäuel, um die Ecke von der Oberen Zäune her kamen ein paar andere Polizeileute angerannt und machten die Gasse von Leuten frei, die nun hinter der Kette der uniformierten Mannen sich stauten und das rote Mal an der Mauer betrachteten. Am Hirschengraben war ein Camion mit weiteren Polizisten angefahren, und für viele Bürger der Stadt war es das erstemal, daß sie diese Männer im Stahlhelm, den Karabiner in der Hand und die Patronentasche umgeschnallt, erblickten. Die ganze Kirchgasse und der Hirschengraben wurden geräumt, und jener Doppelposten vor der Türe des deutschen Generalkonsulates wurde aufgestellt, der in den nächsten Jahren zu einer ständigen Erscheinung im Bilde der Stadt werden sollte.

Die kleine Fahne wurde dann hereingenommen, die Leute verliefen sich, und auch das Polizeiauto fuhr wieder nach Hause; von dem Fleck an der Mauer war nichts mehr zu sehen, denn schon kurz nach zwei Uhr war ein Malermeister mit seinem Gehilfen angerückt, hatte ein Gestell und Leitern aufgebaut und das Ganze mit einer Sackleinwand verhängt, hinter der die beiden Männer den Mennig abzulaugen begannen.

Als Wilhelm Gustav Meng nach sechs Uhr, bolzgerade, aber auf seinen Stock gestützt – seit seinem Schlaganfall zeigte das eine Bein Lähmungserscheinungen – und jetzt, im Gegensatz zu früher, mit einem knapp anliegenden, an das Kleidungsstück eines Offiziers erinnernden Mantel bekleidet, zwischen den Stämmen der Allee beim Obmannamt heraufstolziert kam, lag über der Örtlichkeit bereits wieder der Friede eines lenzlichen Abends. In einem der Hintergärten der Winkelwiese miaute ein Kater, die Knospen der Kastanien trieften, und über den verblassenden Himmel zogen rosarotgefärbte Wölklein dahin, denen das sich bäumende Pferd des Manessebrunnens nachzuschauen schien. Mitten auf dem weiten gepflasterten Platz vor dem alten Aristokratenhaus am Hirschengraben blieb Meng stehen und blickte zu dem Malergerüst vor dem Konsulate hinauf, vor dem der behelmte Polizist langsam patrouillierte.

Meng war zwiespältiger Gefühle voll. Dieses Deutsche Reich hatte ihn sein Vermögen gekostet, eine blanke Million nahezu; damals, als er mit seiner Mappe, prall angefüllt mit den Papieren der Kriegsanleihen, aus der Kreditanstalt heraustrat, war sein Schicksal schon besiegelt. Mit Fleiß, Umsicht und dank seiner in der Firma Meng & Voubrasse verbliebenen Kommandite war es ihm gelungen, das Schlimmste zu verhüten. Er hatte die Villa im Seefeld behaupten und Herminens Frauengut unangetastet lassen können, und wenn auch der Vermögensbestand von Anno vierzehn bei weitem nicht mehr erreicht wurde, so durfte er sich doch wieder zu jenen Leuten zählen, denen die Steuererklärung mehr Sorge bereitete als der Verdienst. Hector Voubrasse hatte sich tüchtig gewehrt; die Installationsfirma war bei vielen Bauten beteiligt, die Stadt wuchs, und das, was früher als Komfort gegolten hatte, Zentralheizungen und Badezimmer mit eingeplättelter Wanne, gehörte bereits zum Standard. Die deutschen Firmen der Branche hatten sich unter dem Weimarer Regime von neuem heraufgearbeitet und lieferten wieder zu günstigen Preisen. Auch als ein in der Schweiz Eingebürgerter galt Meng in ihren Kreisen noch als Landsmann, er redete mit ihnen in ihrer Sprache und erhielt von den großen Lieferanten zu Weihnachten das Kistchen deutschen Sekts, wie es früher üblich gewesen war. Nach den großen Abschlüssen, an den Herrenabenden im Seefeld draussen, während die Mercedes draußen warteten, prosteten sie sich mit den Schaumweingläsern zu, geröteten Antlitzes und lachend: «Deutschland kommt wieder hoch, worauf Sie sich verlassen können!»

Nun stand Meng da, auf seinen Stock gestützt, in der friedlichen milden Luft des Frühlingsabends und spähte über den gepflästerten Platz hinauf zu dem kleinen Malergerüst vor dem deutschen Konsulat und dem Polizisten davor. Auf irgendeine unbestimmte Weise gewährte ihm dieser Anblick Befriedigung, so wie sie sich ausdrückt, wenn man sagen kann: «Da sieht man es wieder». Hier in diesen paar Holzblöcken und der Sackleinwand davor war der sichtbare Beweis, wie man dem Reich unrecht tun durfte, es besudeln und schmähen. Es ist einfach so: sie wollen es nicht aufkommen lassen, sie wollen es darniederhalten in einem zweiten Rang. Sie haben es beschnitten im Westen und Osten, ihm die Kolonien weggenommen; geknebelt und gefesselt haben sie es mit den Friedensverträgen, und auch ihr Völkerbund, er ist ja nichts anderes als eine Verschwörung, um es unter samtener Kontrolle zu halten. Verschwörung, das war es! Diese Vorstellung einer ganzen Deutschland feindlich gesinnten Welt kam einem tiefen, fast wollüstigen Bedürfnis in seiner Brust entgegen, wobei sich die Züge in Bitterkeit und Bemitleidung herb straffen konnten ob des Reiches Leiden in der Ungerechtigkeit, und hinter dem wartete süß verhaltener Grimm auf Erlösung. Die konziliante, vernünftelnde Tonart Stresemanns und Rathenaus, die den andern so willkommen war, sie kam nicht aus deutscher Seele. Gewiß, das Gesicht dieses Gefreiten, dieses Wieners und Münchners, es war überraschend und nahm sich seltsam genug aus neben der steinernen Maske Hindenburgs, aber er, Meng, mußte zugeben: dieser Mann sprach in unverblümter, oft peinlicher Weise aus, was sie dachten. Welch eine Befreiung! So war also alles, was in geheimen, schlaflosen Stunden schwelte und am Tage als unziemlich und von unreifer Einfachheit verdrängt und verbannt wurde, des Volkes echtestes, tiefstes Empfinden! Sonst hätten sie ihn doch nicht hinaufgetragen an diese höchste Stelle als sichtbares Banner ihrer Losung. Der alte Mann fühlte es erschauernd: sie hatten wieder ihren Mittelpunkt gefunden; das Tasten, das Listen, es war zu Ende, Geschichte war wieder geworden, und sie begann jetzt, heute, das Gerüst an der Fassade zeugte dafür. Sie sollen ihn nur werfen, ihren Mennig. Es ist wieder eine harte Mauer da, und sie behütet einen deutschen Raum. Fast wollte es Meng bereuen, daß er der neuentstandenen Gemeinschaft nicht mehr angehörte.

Es wäre schön gewesen, sich langsam hineintreiben zu lassen in die friedfertige Duldsamkeit dieser Stadt und zur Ruhe sich vorzubereiten mit geordneten Vermögensverhältnissen und in überlegenen Dispositionen, anerkannt und geachtet. Und nun erklangen diese Fanfarenstöße aus dem Reich, und der alte Gaul im Stall begann wieder zu wiehern, da sie draußen mit Trommeln im Marschschritt vorüberzogen. Aber Meng wußte es zutiefst: das, was er sich im allergeheimsten manchmal in seiner frühen Zeit zusammengeträumt hatte, es würde nie geschehen.

Lumpige fünfundzwanzig Kilometer trennten diese Stadt von der Grenze des Reiches! Schon damals, als Polytechniker und Vorsitzender des Deutschen Akademischen Ruderklubs, nach jener Mondscheinfahrt auf die Halbinsel Au, während deren er sich mit Hermine Boßhard verlobte, hatte es Meng in seiner Bude an der Culmannstraße an Hand der Eisenbahnkarte festgestellt. Aber die Jahrzehnte hatten es ihn gelehrt, daß dieser Raum eine fünfundzwanzig Kilometer dicke Mauer war, nicht aus Stein allerdings, aber aus einem Material anderen Ursprungs und nicht mit Kanonen zu durchlöchern.

Auge in Auge mit dem Unabänderlichen, was geht es dich noch an, Gustav Wilhelm, der du gezeichnet bist? Die Weltgeschichte und die Größe des Reiches, ach, er mußte es sich eingestehen, sie waren seine Sache nicht mehr. Es gab da schon längere Zeit einen Meng, der heimlich den Puls maß und auf die Schläge des Herzens horchte, scherzte er auch burschikos und urban mit der jungen Frau Dr. Jacqueline Fries, wenn sie ihm die Spritzen verabreichte, so lauschte er doch wachsam auf den Ton ihrer Stimme, spähte er im geheimen nach den Zügen ihres Gesichtchens, Anzeichen nahender Gefahr zu erhaschen.

Er tat die Schritte nicht mehr bis hinauf zum Konsulat. Er wandte sich ab, dem Krautgartengäßlein zu, der Atem war gut, das Herz schlug ihm ruhig. Es gab ja kein Dieses und Jenes mehr für ihn, der die Siebenzig hinter sich hatte. Er ließ es sich achselzuckend gefallen, wenn hie und da noch das deutsche Blut aufwallte. Es war nicht mehr ernst zu nehmen. Das Morgen, die Zukunft, mochten sie sie tobend zu formen versuchen, er war ausgetreten, heute, an dieser Stelle, er spürte es.

Der Kondukteur Füglistaller der Linie Nummer 1, die den Zeltweg hineinfuhr, mußte ein wenig lachen, als er aus dem Munde des Herrn Meng statt des bekannten «Schönen Abend» ein «Grüezi» zu hören bekam.

V. Kapitel

Es hatte im Werden, im Planen dieser Stadt niemand vorausgesehen, daß der Heimplatz, nach dem Haus, in dem sich das Theater befand, auch kurzweg «Pfauen» genannt, zum Platz der Jugend werden sollte, wenn es auch in diesen Märztagen, in der Viertelstunde vor dem mittäglichen Schulbeginn, offensichtlich wurde, daß es gar nicht anders sein könnte. Die ganze Topographie schien wie von einem höheren Wesen verschmitzterweise so angelegt, daß sich die jungen Leute hier treffen mußten. Im gleichen Gefällwinkel fiel von der Hochschule, dem Gymnasium, den Kantonsschulen die Rämistraße in den Heimplatz ein, wie von der Gegenseite, von der Hohen Promenade herab, wo die Höhere Töchterschule stand, der Weg, der zu ihrem Portal führte. Es mußten sich hier, nach einem oberflächlichen und statistischen Überschlag, die über dreitausend Studenten der Eidgenössischen Technischen Hochschule und der Universität nicht gerechnet, mindestens elfhundert junge Mädchen von dreizehn bis achtzehn Jahren mit etwa fünfzehnhundert Mittelschülern gleichen Alters täglich begegnen. Rechnete man selbst die Schülerinnen ab, die von der Hohen Promenade geradewegs zum Bellevue hinunter wanderten, die Schüler, die über die Kirchgasse dem Paradeplatz zustrebten, und jene, die in den Stadtkreisen sechs und sieben wohnten, also nordwärts der Schule oder am Zürichberg oben beheimatet waren, so blieb immer noch eine eindrucksvolle Zahl jungen, barhäuptigen Volks, das in dichten Rudeln sich um die Stoßzeiten herum einfand, sich in Dolden, Gruppen und Pärchen auflöste, die schwatzend und lachend den Platz säumten. Sie bildeten eine Welt für sich: das war den Erwachsenen sogleich ersichtlich, die sich der Mauer entlangdrückten.

Ein Flirren und Flimmern erfüllte den Platz. Für kurze Zeit wurden der Raum um das Wartehäuschen herum, der Torweg, der in das Schauspielhaus hineinführte, die Ecken an der Hottinger Straße und am Zeltweg zu kleinen Zentralen, die den Pfauen in ein Kraftfeld sich kreuzender Ströme verwandelten. Spähende Blicke schossen hinüber und herüber. Sie betrachteten, sie beobachteten einander, die Schüler und die jungen Mädchen, und daß ein jedes sich Gegenstand anderer Aufmerksamkeit wissen durfte, verlieh ihren Gesichtern einen Ausdruck der Spannung und ihrem Gehaben eine rührende Künstlichkeit. Ihre Sprache war laut und voll jener Dehnungen, die die zürcherische Mundart bei Mittelschülern anzunehmen pflegt. Sie hatten auch in der Art, wie sie dastanden, davonschritten, eine besondere Haltung, als liefen sie Spießruten, einzeln vielleicht nicht so leicht zu ertragen, aber im Schutze von Gruppen und Reihen prickelnd und angenehm empfunden.

Es ist der alte Brauch des täglichen Korsos, dachte Hirzel, als er den Platz überschritt; das könnte ein Artikelchen geben, vielleicht unter der Überschrift «Der Platz der Jugend» oder «Die Schatzalp», wie sie sagten, weil sie ihre «Schätze» meinten, die geheimen oder eingestandenen, die mit ihren Büchern und Mappen unter dem Arm auf der Pflästerung wie über einen Zauberteppich daherkamen. Es juckte ihn auch, ins Restaurant «Pfauen» zu treten und bei einer Tasse Kaffee den kleinen Einfall zu Papier zu bringen, aber die Zeit reichte nicht, er mußte hinüber zum Zeltweg, ins Haus, das einst Wagner bewohnt hatte, den deutschen Dramaturgen Löwe zu treffen, der am Schluß einer Theateraufführung, unter dem schauerlichen Rufe eines Sprechchors «Juda verrecke», so wie er war, ohne Gepäck, geradewegs von Mannheim mit dem Nachtzug in die Schweiz geflohen war.

Auch das Mädchen Vera Gebhardt stand um diese Zeit, den Geigenkasten in der Hand, am Rande des jugendlichen Jahrmarktes, unter der Tafel «mens sana in corpore sano», die an der Backsteinmauer der Turnhalle des Gymnasiums angebracht war, ein kindliches Wesen noch, der Gestalt nach, im braunen Mäntelchen. Aber die Prägung des Gesichts war weiter fortgeschritten, den Jahren voraus. Es trug eine unschöne Brille, die Stirne war stark gewölbt unter dem strähnigen Haar. Seine Mutter, das Kätterli, hatte so ausgesehen in der Jugend.

Das Kamerädlein, das bei ihm stand, hieß Sonja Schneebeli und war das Töchterchen der Wirtsleute «Zum Schlüssel» in Oberstraß, ein kraushaariges Geschöpf mit kurzen rundlichen Fingern, so ungeeignet wie nur möglich zum Geigenspiel. Aber sie gehörten beide derselben Konservatoriumsklasse an, und sie waren eben auf dem Wege zum Florhof hinüber; nur einer heiligen Gewohnheit wegen hatten sie den Haken über den Pfauen geschlagen. Es waren da immer einige Evolutionen am Sternhimmel über der kleinen Welt zu beobachten.

«Hast du gesehen», murmelte das Wirtstöchterchen, einen sichtenden Blick in das Gewimmel heftend, «er ist am Vreni vorbeigegangen, und sie haben sich nicht gegrüßt. Jetzt hat er es erfahren. Es geschieht ihr recht. Chancen für Blanche.»

Der Freundin schien diese hermetische Sprache wirklich etwas zu sagen. Vera blies die Backen auf und sagte: «Bis zu den Ferien, und nachher ist meistens alles wieder anders. Komm jetzt.»

«Du wirst ihn noch früh genug zu sehen bekommen!» bemerkte das Wirtstöchterchen und schloß sich mit schlenkerndem Geigenkasten der Davongehenden an.

Schwarz gekleidet, auch die Krawatte schwarz, die Arme über der Brust gekreuzt, mit Lidern, die den dunkeln Augapfel halb bedeckten, etwas wie Müdigkeit in dem blassen

Gesicht, stand der Violinlehrer Isi Gidionovics am Fenster, ein Stockwerk über dem Zimmer, in dem ihm vor nahezu zwanzig Jahren das Fräulein Lüthi mit einem Bleistift auf die Knötchen geschlagen hatte. Während die beiden Mädchen die Instrumente auspackten, die Bogen spannten, die samtenen Tüchlein über das linke Schlüsselbein legten und dann die Notenblätter auf dem Ständer öffneten, alles sehr leise und eilig, sah der junge Musikpädagoge sich selbst, in seinem Veloköppchen, wie er mit seiner Kusine Rosel den von Tonleitern überrieselten Platz vor dem Konservatorium durchquerte, der verhaßten Klavierstunde entgegen, die er des Onkels Samuel aus New York Danaergeschenk zu verdanken hatte, dessen er dann vermittels eines Käses Meister und ledig geworden war. Aber welch ein Weg vom mißhandelten Instrument hinüber zum Ämtlerschulhaus, wo die fünfte Division wieder zum Ablösungsdienst mobilisierte und hinauf durch die Zeit, die Jahre, die Lustren, die Fremde und wieder zurück in das Haus an der stillen Florhofgasse, auf die noch immer der Regen der Töne herabtropfte. Aus dem Büblein mit der Velokappe war ein Bürschchen geworden, ein Stift im Büro des Vaters, der Schürzenmanufaktur L. Gidionovics, und Abendschüler des Kaufmännischen Vereins, ein Früchtchen besser zu sagen, das frühreif den Lehrmädchen freche Dinge zurief, ihnen Musterschürzen aus dem Geschäft zusteckte und immer ein bißchen Geld in der Tasche hatte, weiß der Himmel woher. Vorwitzig und ein wenig zum Prahlen neigend, hatte er sich als Geiger dem Schülerorchester beigesellt und es ohne Lehrer und Notenkenntnis bald heraus, dem geliehenen Instrumente monotone Bässe zu entlocken. Es lag ihm im Ohr, und die Finger gehorchten, wenn er nichts dachte dabei und sich einfach dem Rhythmus und den Melodien überließ. Manchmal, zum Jux und aus Renommiersucht, ließ er sich, bevor Herr Hagel, der Dirigent, anrückte, zu Improvisationen hinreißen, mit fliegendem Bogen, Doppelgriffen und zirpendem Flageolett, und sie gelangen ihm nicht anders als damals im Florhof, als er verbotenerweise den Flügel geöffnet und vor der erstarrten Rosel, als wie von Geisterhänden geführt, eine geordnete Kakophonie vom Stapel ließ. Herr Hagel, der Musikdirektor einiger Vorstadtorchester und gemischter Chöre, ursprünglich Dachdeckermeister, aber aus Neigung und echtem Talent und weil er des schwindelfreien Ganges den Dachkänneln entlang verlustig gegangen war – das Herz, wissen Sie – ins Dirigentenfach abgerutscht, kam einmal dazu, als Isi seine Faxen auf dem Podium aufführte. Der kräftige Mann hatte noch seinen steifen Hut auf dem Kopf, den Stumpen im Munde und stand unter der Türe des Singsaales. Nach Art eines Clowns war Isi auf den Stuhl gestiegen und saß nun auf der Lehne, den Knöchel des einen Fußes auf dem Knie des anderen Beines und fiedelte, dieweil er mit scheußlicher Grimasse mit der Zunge die Nase berührte. Die Lehrlinge standen herum und wälzten sich vor Lachen, aber derweil klangen und brummten und schluchzten die Saiten, ein Mischmasch von Motiven und Melodien, als wären es ihrer drei, die spielten, virtuos und merkwürdig sauber trotz alledem. Herr Hagel hängte den Hut an den Nagel, nahm den Stumpen vom Munde, stäubte ihn aus und steckte ihn ein. Plötzlich verstummten die Burschen, Isi drehte sich um, hüpfte von seinem Stuhl – und die jugendlichen Orchesterleute nahmen ihre Plätze ein. Er solle doch einmal seine Stimme allein spielen, gebot der Dirigent und stellte sich hinter dem Bürschchen auf. Das Sätzlein war von kindischer Einfachheit, und der Jüngling spielte es auch fehlerfrei durch. Da sagte Herr Hagel, im elften Takt habe er aber h gegriffen statt b, und dann, als Isi so tat, als schaue er nach, fügte der solide Mann bei: «Aber Sie können ja gar keine Noten lesen, Gidionovics.» Doch, das könne er schon, er habe ja Klavierstunden gehabt im Konservatorium. «Wieso können Sie dann überhaupt mitspielen?» fragte der Dirigent, ohne die klägliche Antwort zu beachten. Isi war nun wirklich rot bis über die Ohren hinaus, als spüre er, was er damals noch nicht wissen konnte, er befinde sich in einem entscheidenden Augenblick seines Lebens. Er versuchte etwas zu erklären, das ihm selbst unverständlich war, weil es dem Wissen gar nicht zugehörte: es sei ihm, als höre er das Bild einer Notenlinie sogleich, oder vielleicht nicht einmal dies, die Finger hörten sie und verwandelten sie, eigentlich ohne sein Dazutun, in Töne, und überhaupt: wenn sie im Orchester einmal ein Stück durchgespielt hätten, finde er sich ohne weiteres zurecht an seinem Platz. Die Stifte standen um die beiden herum und lauschten dem seltsamen Gespräch. Der ehemalige Dachdeckermeister und jetzige Chordirigent und der schmächtige Lehrling, das fürwitzige Judenbüblein, das er war, befanden sich mit ihrer ahnungsvollen Wechselrede wie vor einer Türe, die sie aufzustoßen im Begriffe waren. Hagel hatte natürlich auch schon von Wunderdingen musikalischer Begabung gehört und gelesen, wenn er ihnen auch in seiner Laufbahn durch die Vereinssäle der vorstädtischen Gasthäuser von Schlieren, Altstetten und Wiedikon noch nie begegnet war. Er zog einen Bleistiftstummel aus der Uhrentasche seiner Weste und kritzelte auf der leeren Notenlinie am Ende der Partitur einige Takte Notenschrift hin. «Spielen Sie das einmal», gebot er. Isi schaute kurz auf die Zeichen, hob die Geige, und mit einigen kräftigen Strichen setzte er die Töne nebeneinander.

Auf diese Weise war es ausgekommen, daß er über die seltene Gabe des absoluten Gehörs verfügte, das musikalische Wunder, von dem man behauptete, es seien die Leute zu zählen, die seiner teilhaftig wären. Um dieses winzige Ereignis herum entstand dann allmählich ein Wirbel von Geschehnissen: Hagel, der zuerst mit dem Schürzenfabrikanten Leib Gidionovics redete, welcher von brotlosen Künsten nichts wissen wollte; dann spülte es bis an die greise Großmutter heran, Recha, die immer noch dem Haushalt des verwitweten Sohnes vorstand und die sich sogleich eines Onkels erinnerte, der sich als Vorsänger in der Synagoge von Banska-Istrika eines weit über die jüdische Gemeinde hinaus – bis Prag sogar – hinausreichenden Rufes als Tenor und Musiker erfreut hatte. Hier also feierte diese Gabe eine unerwartete Auferstehung. Es war ein Fingerzeig Gottes. Inmitten eines harten, in der Zerstreuung, in dieser nüchternen Stadt geführten erfolgreichen Kampfes um Verdienst, Aufstieg und Geltung, zwischen Schürzen, Nähmaschinen und kaufmännischem Rechnen war ein diamantenseltenes Talent in der Stille erblüht wie der Blumenkelch an einem verstaubten Kaktusgewächs, das jahrelang unbeachtet auf einem Fenstergesimse gestanden hatte.

Längst schon führten die beiden Zürcher Mädchen ihre Bogen über die Saiten, taktfest und mit gerunzelten Brauen, und der junge Lehrer stand noch am Fenster und gab leise Anweisungen: «Sauber das G, heben Sie den Handrücken, Sonja», «Nicht den Atem anhalten»; aber er war zweigeteilt bei diesem Geschäft, es wogte an diesem märzlichen Nachmittag mit Bildern an ihm vorüber, es mußte der Föhn sein.

Leib, der Vater, bei aller Ehrfurcht vor der greisen Ahnin, führte noch immer das Wort von den brotlosen Künsten in seinem Munde. Als Rückversicherung sozusagen gebot er, Isi müßte sich daneben in der «Aurora» auf die Maturität vorbereiten. Er bestand die Prüfung in unwahrscheinlich kurzer Zeit, und während zweier Semester war er auch als Student der Jurisprudenz eingeschrieben. Dann gab der Vater den Widerstand auf.

Von neuem trat Isi den Weg zum Konservatorium am Florhof an, einen Geigenkasten im Arm, doch zu ungewohnter Stunde, nicht am schulfreien Nachmittag, um acht Uhr des Morgens schon, und es war kein Fräulein, sondern ein Lehrer, Birnstil mit Namen, ein wortkarger, unzugänglicher Mann, bei dem es nichts zu lachen und nichts zu maulen gab. Jetzt ging es um die Erlernung eines Berufes. Hier war nichts mehr von der Dilettanten- und Klavierstundenatmosphäre der Nachmittage zu spüren. Das war nur Schule, und gründlich. Von Talent und Kunst keine Rede. Kenntnis und Handwerk war hier der Wahlspruch. Es tat dem Burschen gut. Es formte sein Gesicht, modellierte gleichsam das Verborgene aus ihm heraus, im Fieber und in der lautlosen Demütigung bei Birnstils unmerklichem Kopfschütteln, wenn Isi pfuschte. Dieser Lehrer gleiche dem Verwalter eines Kreispostbüros, fand Isi im Zorn, über Tadel und Rüge, aber es wurde immer blasser, das schiefe Vergleichsbild, denn ohne daß es der junge Musiker merkte, begannen sie beide miteinander zu verkehren als gemeinsam Pflügende in schwerem Acker. Die Meisterprüfung, die Reise nach Rom, die Entfremdung zu Hause, die großen Vorbilder, der Ehrgeiz, der brennende Ehrgeiz, ach, und alles, was zu einer solchen Laufbahn gehörte, das Konzert, die Konzerte und dann wieder die dritte Geige im großen Orchester, die Schüler, die Schülerinnen und endlich bescheiden in der Heimatstadt das Lehrerpatent, das einzige, was auf den Vater Leib Gidionovics Eindruck machte. Und nun stand er da, mit dem Rücken ans Fenster gelehnt, und sie geigten vor ihm, die Höheren Töchter, die Bürgermädchen, am Nachmittag, wie es Dilettanten zum Hausgebrauch anders nicht möglich ist.

Es war nicht ohne ein wenig Melancholie anzuhören, wie die beiden Mädchen spielten. Geübt hatten sie beide im Schweiße der Fingerbeeren, das spürte man geradezu, und behaupten, sie hätten von der Botschaft keinen Anhauch gespürt, das konnte man auch nicht, von der einen besonders, der Vera Gebhardt. Aber natürlich, was sie da wollten, entsprach nicht ihrer Stufe. Dieser erste Satz aus dem Concerto in A-dur von Vivaldi, auf nahezu sträfliche Weise ins Schülerhafte vereinfacht, es war noch zu viel für die zwei. Aber sie hatten es sich in den Kopf gesetzt; dieses, gerade dieses Allegro wollten sie spielen an der Entlassungsfeier der Maturandinnen auf der Hohen Promenade, und es hatte sogar noch ein paar Intrigen gegeben bei der Direktion, man solle ihnen halt in Gottes Namen den Willen lassen, der Vater der einen gehöre zum Lehrkörper – und schließlich sei es ja eine geschlossene Veranstaltung, ein Schulfest, keiner öffentlichen Kritik gewärtig und das Ansehen des Konservatoriums nicht auf dem Spiel. Achselzuckend hatte er schließlich eingewilligt.

Sie waren zu Ende. Das Mädchen Vera stand da, den Bogen und das Instrument in den hängenden Armen, mit geröteten Wangen, und es wußte, was er von ihrem Spiel hielt, es sah es ihm an. Aber es lag noch etwas anderes in ihrem Blick, und was das bedeutete, wußte er auch. Des Geigenlehrers Berufsgefahr, nannten die Kollegen es untereinander. Die Musik öffnet die Herzen; tun, als merke man es nicht, lautete das Rezept.

«Es liegt natürlich am Tempo», antwortete er auf die Fragen der beiden Mädchen, «und damit an der Leichtigkeit, am concertando. Es ist halt kein Lehrstück.»

«Bitte, Herr Gidionovics», sagte Vera. Er nahm ihr das Instrument aus der Hand. Es war eine Schülergeige, ein braves Stück, ein Geschenk des Großvaters Meng, und es hatte einst im Schaufenster der Firma Hug am Sonnenquai gelegen, eines der welken Riesenlaubblätter, vor denen der Journalist Hirzel an einem seiner magischen Tage gestanden und seine Betrachtungen angestellt hatte. Und dann spielte Isi Veras Stimme, ein wenig abwesend, mit Distanz sozusagen, er spielte wirklich mit den beiden Dingen in seinen Händen, dem Bogen und dem Instrument, ohne Mätzchen, ganz sauber, er spielte es als Schülerstück, aber es stand dahinter übergroß, ernst, von kristallener Klarheit das Anlitz der großen Kunst, und es waren keine Hände da, keine Saiten, kein Kollophonium, nur das leichte, seidige Dahinwandern des Allegros unter dem vergoldeten Zierat endloser Barockhallen.

«Du, der da ...» machte das Mädchen Vera Gebhardt mit einem komischen Seufzer zu seiner Freundin, dem Wirtstöchterchen Sonja Schneebeli, als sie im märzlichen Nachmittag über die Pflästerung des stillen Platzes vor dem Konservatorium am Florhof schritten.

VI. Kapitel

Aschig das Haar, in einem Ungewiß zwischen Silber und Gold, in ein hochgeschlossenes, dem Körper anliegendes Kleid gehüllt, um ein weniges schmächtiger geworden, stand Madeleine beim Eindunkeln vor dem Schaufenster ihres Ladens und musterte mit bewegungslosem Gesicht die Koffer, Beutel und Damentaschen in der Auslage. Hinter der Spiegelscheibe stand in Strümpfen das Lehrmädchen und achtete aufmerksam auf die Zeichen der Inhaberin, die mit Handbewegungen andeutete, dieser Gegenstand müsse noch ein wenig gedreht, jener nach vorn verschoben werden.

Die Bahnhofstraße zog sich durch einen milden Frühlingsabend; die jungen Lindenblätter schimmerten hellgrün im Lichte der Straßenlampen, über den schwarzen Firsten der Boulevardhäuser dunkelte der enzianenfarbene Himmel in ein immer tieferes Blau hinein und selbst dem Asphalt entströmte noch etwas vom Zittern und Beben lenzlicher Erde. Es war ein Tag gewesen, an dem die ersten hellen Kleider im Straßenbild erschienen, Fähnchen aus leichtem Gewebe, das willig aufrauschte und langsam fiel, die soliden Herrenmäntel verschwanden und man wieder barhäuptige junge Männer ohne Weste dahineilen sehen konnte. Die Ausverkäufe waren vorüber, die Frühjahrs-, die Vorsommerkollektionen erschienen in den Schaufenstern, die neuen Modelle der Schuhe, Sonnenschirme und Badeanzüge, die Trottinette und die Dreiräder, und in den Auslagen der Drogerien und Apotheken stand die Frage «Frühjahrsmüdigkeit?» über Phiolen und Tuben. Die Hunde fingen an zu strielen, und im Tagblatt häuften sich die kleinen Inserate «Entlaufen oder entführt: ein Katerli, schwarz, mit weißen Pfötchen, horcht auf den Namen Iwan».

Madeleine kehrte in ihren Laden zurück, das Lehrmädchen konnte gehen, die Inhaberin verschloß die Glastüre, drehte alle Scheinwerfer im Schaufenster an, setzte sich vor dem Spiegel das Hütlein auf, zog die Handschuhe über, und dann verließ sie das Geschäft durch die Haustüre; der große Schlüsselbund kam in die Echsentasche, in deren lauschiger Fütterung aus Wildleder sich das blanke Eisen wunderlich genug ausnahm.

Die Zeiten waren vorbei, da sie von ihrem Laden weg die Straße hinunter und hinüber zum Bankgeschäft Neuwiller ihre Schritte lenkte, den Gatten vom Telephon, seinem Notizbüchlein und den Kurszetteln wegzuholen: er ruhte nun schon fast ein Jahr auf dem Friedhof Manegg am Entlisberg.

Ihr Mann habe sich aus Irrtum, in der Panik der Kursstürze, aus übertriebener Rechtlichkeit gar, erschossen, erklärte Dr. Fineisen der Witwe am Tage der amtlichen Inventarisation. Gewiß, wie bei vielen der kleinen Bankgeschäfte, sei das Aktivum zu einem großen Teile illiquid gewesen; es seien überstürzte, von allerlei rücksichtslosen Maßnahmen, wie Arresten und Beschlagnahmungen, begleitete Depot-Rückzüge erfolgt, die Verluste im Portefeuille zur Folge gehabt hätten. Allein es habe sich nach der Inventur, selbst bei pessimistischer Bewertung der Papiere und Guthaben, gezeigt: keiner der Gläubiger komme zu Verlust, wenn auch, das sei allerdings wahr, ein sehr großer Teil des eigenen Kapitals als verloren betrachtet werden müsse. Und leider auch ein beträchtlicher Teil dessen, was auf ihrem, Madeleines Namen, als Teilhaberschaft und Frauengut in der Bilanz figurierte. Hingegen bleibe die Achterholdsche Liegenschaft an der Bahnhofstraße, das Haus, in dem der Schönheitssalon Bariffi zu Miete sei, Eigentum einer besonderen Immobiliengesellschaft, in der Madeleines Kommandite gesichert sei. Auch ihr Geschäft sei ja von Anbeginn durch Herrn Neuwiller säuberlich ausgeschieden worden; weder auf der Schuldner- noch auf der Gläubigerseite figurierte es in der Bilanz. Es habe sich offenbar selber erhalten? Es war eine Frage, die die Witwe mit einem Nicken beantworten konnte. In den Anfangsjahren hätte Gaston sie manchmal mit Zuschüssen bedacht, doch später sei dies nicht mehr nötig gewesen, trotz der ständig steigenden Miete, die für Ladengeschäfte an dieser Straße bezahlt werden müsse.

In der ein wenig dunklen, wenn auch mit hohem Plafond versehenen Wohnung an der Tödistraße, fand dieses Gespräch statt, im nachwehenden Duft der Kränze, die den Verschiedenen auf dem Weg zu seiner Ruhestätte begleitet hatten. Fineisen machte seinem Ruf als philosophischer Anwalt Ehre. Der selbst nun ergraute, aber in betonter körperlicher und geistiger Elastizität sich bewegende Jurist verstand es, seine präzisen Darlegungen über alle die Geschäfte, die nach dem Tode des Bankiers erledigt werden mußten, mit Bemerkungen höherer Art zu durchsetzen. Es drückten die Anordnungen, und selbst der Freitod dieses im Umgang eher verschlossenen Mannes, deutlicher als je während seines Daseins aus, wie sich seit seiner Ehe alles um sie, Madame Neuwiller, gedreht hätte. Er, Fineisen, vermutete, es seien nicht die Verluste an sich, die ihn zu diesem Entschluß gedrängt hätten. Man müsse annehmen, in einem gewissen Alter brächten solche Naturen die Spannkraft, nochmals neu zu beginnen, einfach nicht mehr auf. Offenbar sei des körperlich eher kleinen Mannes Ehrgeiz sehr weit ausholend gewesen; ihr, Madeleine, habe er eine beneidete Stellung erringen wollen. Der Gedanke, seiner geliebten Frau Mißerfolge eingestehen zu müssen, sei ihm offenbar unerträglich gewesen.

«Die Bariffi hat ihn getötet», bemerkte Madeleine, nebenbei, als eine selbstverständliche Tatsache, einen Schleier über den Pupillen und wie abwesend. «Sie hat sich gerächt.»

Etwas Ähnliches habe er, Fineisen, auch gedacht, entgegnete der Anwalt; es sei die Antwort auf die Kündigung ihrer Geschäftslokale in der Achterholdschen Liegenschaft durch das Konsortium gewesen, daß sie auf der sofortigen Auszahlung ihres Kontokorrentguthabens von über dreimalhunderttausend Franken bestanden habe, wodurch dann der Stein ins Rollen gekommen sei.

Madeleine schenkte ihrem Rechtsberater noch ein zweites Gläschen Sherry ein. Ihr kleines Gesicht, das trotz einiger Andeutungen von ermüdeter Epidermis noch immer viel zarte Konturen aufwies, blieb ausdruckslos, aber hinter den bläulich angehauchten Lidern tat sie einen Blick in die Zeit hinab. Sie sah in einen Spiegel, vor dem sie selbst saß, im weißen Frisiermantel, und hinter ihr stand die Bariffi und schob ihr mit behutsamer Drehung die heiße Brennschere in die Haarsträhne. «Etwas Solides müßte es sein, Lederwaren, Schirme oder so, mit dem Beschützer im Hintergrund», sagte die Coiffeuse. Schon damals ging es um diesen Léon, der jetzt als ihr Gatte, als ein jovialer und ein wenig belächelter Beau an den Antiquitäten-Auktionen im Hotel Savoy immer in der vordersten Stuhlreihe saß. Und neuestens hing noch ein Einglas am schwarzen Bändchen über die von Asche bestäubte Weste herab.

In einer nicht unangenehmen Unschlüssigkeit stand Madeleine ein paar Schritte vor ihrem Laden entfernt auf dem Trottoir. Das Zwielicht war nun vorüber, und in unbestrittener Helle beleuchteten die großen Glühbirnen die Straße. Der Geschäftsschluß brachte noch einmal ein Aufflackern des Verkehrs, doch hatte er das Eilige und Zielbewußte des Tages verloren. Aus den Gassen hinter den Warenhäusern bogen die Rudel der Verkäuferinnen in die große Straße ein, lebhaften, kurzen Schrittes, auf Schuhen, deren hohe Absätze die Waden spannten, viele schon in der Begleitung ihres Herrn, junge Leute schlenderten mit geöffneten Jacken dahin, und es schien sich etwas wie eine Art Korso anzubahnen. Madeleine kannte die Atmosphäre gut, die mit Erwartung, milden Lüften und Versprechen angefüllt war, wo Lächeln und Anblicken sich leichter zu einem Grüßen wandelten und es, wenn ein Wagen am Randstein hielt und die Türe sich vor einer einsam Wartenden öffnete, nicht mehr so ganz sicher war, daß man den Frechling mit brüsker Wendung stumm abfertigte. Es war gerade dieser Vorgang, der sich vor Madeleine ereignete – ein Buick offenbar –, doch es trafen des Herren Augen auf so einen erstaunten Blick, daß der Schlag sogleich wieder ins Schloß fiel und die adrette Frau das Gefährt in einem vom roten Schlußlicht durchhauchten Wölklein von Auspuffgasen davonschnurren sah. Es war nun alles vorüber, der Nachlaß geordnet, die Firma Neuwillers von einer anderen Privatbank aufgesogen, und Madeleine mußte es sich eingestehen, sie kostete es aus, nun eigener Meister zu sein, und ihre Schritte hinwenden zu können, wo sie nur wollte, zum Beispiel ins Vegetarische Restaurant an der Sihlstraße, eine leichte Mahlzeit einzunehmen, Reis mit Champignons etwa, mit einer Salatplatte, und ein Karamelköpfchen, oder sie konnte auch, falls es sie lockte, hinunter ins Hungaria und sich ein pikantes Filet-Goulasch mit einem Glas Rotwein bestellen und nachher vielleicht noch hinüber ins Orient-Kino. Niemand erwartete sie mehr, und keinen gab es mehr, der von ihr Rechenschaft begehrte. Sie wandelte unter dem angeleuchteten Laub der Linden dahin, zum Bahnhof hinunter, kaufte sich am Kiosk in der Halle ein paar Pariser Boulevardblätter und ein Modejournal, und dann trottete sie wieder, auf der anderen Seite diesmal, die Bahnhofstraße aufwärts, und es schwebte ihr vor, daß sie nun noch ein Bad nehmen und dann im Bett gemütlich lesend den Schlaf erwarten würde.

Sie schickte sich gerade an, die Einmündung der Füßlistraße zu überschreiten, als sie im schleiernden Licht der Lampe über dem Fahrdamm des Paares ansichtig wurde, Léons und der Bariffi. Sie waren soeben aus dem Passage-Café getreten. Da machte die Frau, die Madeleine bemerkt hatte, eine Bewegung, die den Gatten zurückhielt, und so standen die drei, während sich zwischen ihnen der Straßenverkehr abwickelte, auf ihren Randsteinen. Der schöne Mann in seinem Übergangsmäntelchen war offenbar der Meinung, Fatima hätte ihn der Wagen wegen zurückgehalten, und er wurde der Blicke nicht gewahr, die die beiden Frauen durch die Lükken der vorüberrollenden Fahrzeuge miteinander tauschten. Zwar hatte Dr. Fineisen, im Zuge der Nachlaßordnung und als Präsident des Immobilien-Konsortiums, die Kündigung wieder zurückgezogen, um die Dinge nicht unnötigerweise zu komplizieren. Sie müßten aber beide, die Ältere und die Jüngere, nicht Frauen des gleichen Schlages gewesen sein, um nicht instinkthaft und eindeutig zu wissen, daß das Geld und die Möbel, selbst nicht einmal dieser Mann Léon ihres Hasses Urgrund waren. Alles, diese Stadt, Aufstieg und Lauf ihres Schicksals, es war ihnen seit ihrer ersten Begegnung im Coiffeurgeschäft, da die eine noch eine kupplerische Ratgeberin und die andere ein leichtsinniges Mätreßchen gewesen war, nur zufälliges Dekorum, Kulisse eines Bühnenrunds, auf dem sich das Männern nie richtig verständliche Frauendrama abspielte. Die mildere Sprache früherer Jahrhunderte hatte dafür den Ausdruck Jalousie, Eifersucht gefunden, Hochmut, Herrschsucht, maßloses Selbstsein auch, aber es blieben diese Worte doch hinter dem Wahren zurück. Geschlechtsneid hätte man es nennen müssen, denn es hatte mit jener Auszeichnung der weiblichen Kreatur zu tun, die sie von der Dumpfheit eines wirren Zustandes erlöst.

Obgleich es sie traf in ihrem Stolze, nahm die Bariffi ihren Beau am Arm und zog ihn davon. Madeleine schaute ihnen nach, sie spürte es, und es war ihr Triumph, daß die Rivalin der Begegnung auswich. Als schritte sie über das Parkett eines festlichen Saales, stöckelte Madame Neuwiller mit ihren Zeitungen unter dem Arm unter den angeleuchteten Linden einher, seewärts. Sie fand auf ihrem Wege etwas vom gedämpften Brausen und milden Locken jener Zeit vor dem Kriege, da sie zum Metropol, dem Café am Fluß, hinaufgewandert war, um im Maurischen Saal, bei einem hohen Glas café mélange und der «Vie Parisienne» zu warten, bis der hemdärmlige Léon seine Billardpartie beendet hatte.

VII. Kapitel

In der Mitte des Sees, gegenüber der Gemeinde Meilen, wendete der Salondampfer «Helvetia» und stampfte, festlich beleuchtet und voller Musik, wieder der Stadt zu. Allen Decks entlang und am Kreuz des Mastes hingen die Girlanden von Glühbirnen, in den Kajüten saßen die Professoren, die Vertreter der ausländischen Hochschulen, die Herren von der Regierung und die Stadträte mit ihren Damen vor den Flaschen einheimischer Weine aus den Staatskellereien. Auf dem oberen Deck, unter dem Sonnensegel, tanzte das Jungvolk, aber es gab schon viele Pärchen, die im Dunkel vorne am Bug, im Wehen des Fahrwindes standen, enganeinandergelehnt, versprochen und verstummt, den Blick dem glimmernden Lichthäufchen zugewendet, dem sie wieder entgegenfuhren. Bald wurde auch über dem funkelnden Geschmeide der Uferlichter der angeleuchtete Turmbau der Universität sichtbar, deren säkularem Bestehen die Festlichkeit galt.

Es gemahne, sagte der Delegierte der Académie von Montpellier im tadellosen Deutsch des Germanisten, drinnen am Tisch der Honoratioren, in seiner kleinen Ansprache, dieses Tal, auf dessen See sie nächtlich dahinglitten, einem Schmuckkästchen aus schwarzem Samt, auf dem ein Halsband ruhe. Es reihe sich, spärlich erst, dann immer dichter werdend, je enger die Ufergemeinden einander folgten, die Rivière der Steine bis hinunter zur großen Brücke, wo, gleichsam auf dem Busen der Turicensia sich leise hebend und senkend, der gleißende Diamantenschmuck der erleuchteten Stadt beginne, die in ihrer Mitte den glasklaren Stein ihrer Alma mater trage, und den er von seinem Platz aus, durch das Kajütenfenster, in der Ferne als einen strahlenden Quader erkennen könne. Ein Leuchtturm der Freiheit des Geistes in dunkler Nacht, ein

Wahrzeichen der Duldung auch, ohne die es keine Forschung und keinen Fortschritt gebe! Er erhebe sein Glas des herben Neftenbachers, kühlen und ehrlichen Blutes dieser Landschaft, daß sie, was auch kommen möge, ihren Auftrag als Bastion der Humanität nie vergessen möge. Sie, drunten am Mittelmeer, seien lateinischem Wesen auf ewig verbunden, aber sie wüßten auch, solange im Norden Basel und Zürich dem Geiste eines Erasmus, eines Jacob Burckhardt, eines Gottfried Keller die Treue hielten, sei keine Gefahr um des alten Menschenlandes Europa Stolz und Blüte. Es spähte während dieser Rede der Stadtrat Abt hinter seiner konvexen Brille hervor zum Tische der Vertreter der Deutschen hinüber; die aber bekundeten ihren offensichtlichen Beifall, und ein Ordinarius aus Heidelberg im Frack und weißer Krawatte war der erste, der erhobenen Glases aufsprang um mit dem Montpellianer anzustoßen.

Dieweil, vom leisen Zittern der Maschinen begleitet, drinnen Rede und Wechselrede weiterging, fanden sich Angst und Abt draußen auf dem Bänklein des offenen Bordganges zusammen, und sie sahen die dunkeln Ufer mit den blitzenden Lichtern an sich vorübergleiten, wenn ihnen nicht huschende Pärchen, Studenten im Wichs und junge Damen in wehendem Tüll, die Aussicht nahmen.

«Noch keiner hat Heil gerufen und den Arm zum römischen Gruße erhoben», meinte Angst, «Gott sei Dank!»

«Doch, der von Bologna hat ihn gestreckt in der Aula droben, aber er hielt die Rolle der Urkunde in der Hand, seines Rektors Botschaft, mit angehängtem Siegel, und das hat es gemildert. Und überhaupt, die Faschisten ...»

Sie fuhren nun mitten im See, und kaum merklich wanderten an den dunklen Hügeln die Lichter ihnen entgegen. Die beiden bestandenen Männer schwiegen, Angst sog an seinem Stumpen. In wenigen Tagen war der erste Mai, und es war eine Sorge geteilt: als städtischer Magistrat der Ordnung verpflichtet und auf würdigen, wenn auch machtvollen Ablauf des Arbeiterfestes bedacht, konnte er es verstehen, daß die Jungen es zu einem leidenschaftlichen Protest wider die neuen Machthaber im Reiche gestalten wollten, mit schmähenden Spruchbändern und flammenden Erklärungen. Viele Redaktoren und Journalisten waren aus dem Reiche geflohen, nach allen Himmelsrichtungen, in die Nachbarländer, und sie gedachten von dort aus den Kampf weiterzuführen. Auch in der Stadt hatten sie sich eingefunden, und am Sitz der Partei war ein ständiges Kommen und Gehen nervöser und hochdeutschsprechender Genossen von draußen. Wild waren die Diskussionen über die Texte der Bänder gewesen, die die Jungen und Emigranten zu lau und zu lahm fanden, zu wenig gegen die Schmach und die Nazis gerichtet, während die erfahrenen Parteipolitiker nicht gegen Hitler, nicht gegen Rassengesetze, nicht gegen Terror und Knechtung, sondern für die Freiheit, die Menschenrechte und den Aufstieg des arbeitenden Volkes marschieren wollten.

«Ihr habt es jetzt auch nicht leicht», meinte Abt in den Fahrwind hinein, und «Das kann man wohl sagen», antwortete der Nachbar aus dem Dunkel heraus. Sie mußten sich nichts vormachen; in den langen Jahren gemeinsamen Amtes, in der Exekutive der eine, der Legislative der andere, war ihre Gemeinschaft ausgemacht und gefestigt, und ein jeder von ihnen konnte in offener Debatte des anderen Schläge ohne Wimpernzucken und ohne Haß hinnehmen.

«Jetzt, wo die Parteien zerschlagen und das Völklein dort draußen nach Waffen hungert und nach Revanche dürstet, wird es wohl auch in Sachen der Landesverteidigung ein Wenden der Segel geben bei euch», spottete Abt, «ihr werdet euch wohl kaum auf den Völkerbund verlassen wollen, eure Partei zu schützen.»

«Hören Sie auf», antwortete Angst ohne Zorn, und der Gemeinderat lachte, doch nicht lange, denn das, was der andere aus dem Dunkel hervorbrachte, war auch nicht nach seinem Geschmack.

«Daß ihr mit den Fröntlern zusammenspannt, um bei den Wahlen eine sogenannte bürgerliche Mehrheit zu bekommen, das ist – äch», er beendete den Satz nicht, denn jetzt sagte Abt «Hören Sie auf!» gerade dies war seine Sorge. Immer dichter wurde die Saat der Lichter den Ufern entlang. In den Kajüten rüstete man zum Aufbruch, auf dem Sonnendeck wiederholte der Studenten-Chor von neuem sein *«Gold und Silber lieb ich sehr …»*

Nach einer Weile sagte Abt: «Natürlich gefällt es mir auch nicht, aber wir wollen uns doch keine Flausen vormachen, unter uns Pfarrerstöchtern: unsere beiden Parteien laufen der Jugend nach, die nach links und nach rechts auszubrechen im

Begriffe ist. Glauben Sie, es sei ein Zufall, daß wir hier so zusammen auf diesem Bänklein sitzen, an Bord der ‹Helvetia›?»

Als nehme er das Aufglühen des Stumpens im Munde des Nachbarn für eine zustimmende Antwort, fuhr er fort: «Es sind ja auch keine Halunken, weder die einen noch die andern, sondern Buben aus unserer Stadt, so um 1910 herum geboren, in der Kriegszeit herangewachsen, und das, was uns als ein stilles Jahrzehnt vorkam, der geruhsame Betrieb politischen Haders, das «Nie wieder Krieg» und der Völkerbund, die Zusammenkünfte Briand-Stresemann – ach, sagen Sie es doch selbst, Herr Angst – kann man damit junge Leute begeistern?»

«Da tönt es allerdings anders herüber aus dem Reiche –»

«Und aus der Sowjetunion mit dem Panzerkreuzer Potemkin.»

«Dem Horst-Wessel-Lied und dem Juda verreck!»

«Merkst immer noch nichts», rief Abt, und keinem der beiden fiel das Duzen auf, «wir ziehen ja am selben Strick, ein jeder seinem Ende zugewandt, und versuchen unsere Jugend zu uns, in die Mitte, ins Land zurückzuziehen, bevor sie die anderen Gängelbänder erhaschen, und sie den Molochen auf den Leim gehen!»

«... niederrollt
in zwei blonden Zöpfchen,»

schmetterten die Burschen droben auf dem Oberdeck aus voller Kehle.

Die beiden Herren hatten sich erhoben. Schon zogen nahe und eiliger die beleuchteten Quaipromenaden vorüber, das Boot glitt in die Stadt hinein und war umschlossen von ihrem Atem; im Lichte der Scheinwerfer bauschten sich die blauweißen Fahnen. Mit kaum noch sich drehenden Schaufeln näherte sich die Helvetia dem Landungssteg am Bürkliplatze; vom Fuß der Laternen an den Ufern und auf der Brücke loteten goldene Schnüre ins stille Wasser hinab.

«Weißt du», sagte Abt, «wir machen manches falsch, in dieser Zeit. Am nächsten Freitag, am 1. Mai, feiern alle Betriebe der roten Stadtverwaltung, aber wenn wir, die bürgerliche Minderheit, im Großen Stadtrat beantragen, es möchte am 1. August von vier Uhr an dem städtischen Personal freigegeben werden, dann lehnt ihr Sozialdemokraten das ab! Das ist doch purer Blödsinn! Um solches Zeug streiten wir bei uns! Das muß doch die Jungen abstoßen! So etwas macht doch mehr böses Blut als irgend so ein durchgestierter städtischer Kredit für eure Ferien- und Freizeit-Aktion!»

«Ein reiner Blödsinn, wie du sagst», nickte Angst grimmig.

Mit dem geruhsamen Sprächeln war es vorbei zwischen den beiden. Immer mehr junge Leute drängten sich an ihnen vorüber und stauten sich vor der Schranke des Ausgangs. Die Maschinen stoppten; zum Abschluß der Rundfahrt intonierte die Stadtmusik oben auf dem Deck das «Burschen heraus», während sich über die Brücke hinweg der dichte Strom der akademischen und magistralen Passagiere auf den Bürkliplatz ergoß.

«Ich gebe übrigens ab», sagte Abt beim Abschied zu Angst. «Ich habe jetzt mein Alter.»

«Mach das doch nicht!» rief der Vorsteher des Bauamtes, «Mir fehlte etwas, wärest du nicht mehr da!»

«Auch mir wird allerlei fehlen nachher», machte der Grundwasserexperte mit lachendem Munde und einem sonderbaren Blick hinter den gewölbten Gläsern seiner Brille, «Aber einmal die fünfundsechzig überschritten, weißt du ...»

Er selbst hing noch dem Gedanken nach, während er, den Kastanienbäumen der Stadthausanlage entlang, in den erleuchteten, von lenzlicher Bewegtheit durchsummten Boulevard der Bahnhofstraße hineinschritt.

VIII. Kapitel

Es ging schon gegen neun Uhr, und noch immer schlenderte Aaron auf dem Trottoir der Ecke Zurlinden-Birmensdorferstraße herum und blickte zu den erleuchteten Fenstern von Jacquelines Praxis empor. Ihr Topolino stand vor der Haustüre am Straßenrand, offenbar hatte sie noch Patienten in der Sprechstunde. Er war nicht ungeduldig; er war an diese Verspätungen gewöhnt. Sie hatten es auch so ausgemacht, er möchte, wenn es zu lange dauere, einfach heraufkommen und sich ins Wohnzimmer setzen, Zigaretten und Bücher waren ja da, Ärzte können nicht pünktlich sein. Aber dieser Augustabend war so warm, und es herrschte eine solch beschauliche

Stille im Quartier, und es war angenehm, auf Jacqueline warten zu dürfen.

Es hatte sich so herausgebildet, daß sie ein- oder zweimal des Monats einen Abend miteinander verbrachten, auf einen Anruf am Nachmittag hin, und dann fuhr Jacqueline mit ihm über die Waldegg, ins Reppischtälchen hinüber, oder nach Dietikon und auf den Hasenberg – sie hielt, was sie versprochen hatte, es war eine zuverlässige Freundschaft, nicht völlig ohne zärtlichen Einschlag, mit einem einzigen Blick vielleicht während eines ganzen Abends, der ein wenig übermarchte, aber sonst blieb es eine Glanzleistung von Tabu-Geschichten und Paria-Gefühlen, wie Aaron es einmal spottend ausgedrückt hatte, mit einem Seitenblick auf das unbewegte Profil der kleinen Frau am Steuer neben ihm.

Zuerst traten die Patienten aus der Türe, ein Mann und eine Frau, und sie redeten so laut berlinerisch, daß es Aaron auf dem Trottoir gegenüber noch verstehen konnte. Von Aufenthaltsbewilligung, von der Fremdenpolizei, von einem ärztlichen Zeugnis war die Rede, Emigranten offenbar. Dann kam auch Jacqueline, ohne Hut, in einem hellen Schneiderkleid, und sie sah ihn sogleich.

«Du, heute möchte ich nicht nochmals den Wagen benützen, wir wollen ein bißchen gehen, im Quartier herum, ich hab das so gerne an diesen Feierabenden im August.»

«Selbstverständlich», machte Aaron und wechselte an ihre linke Seite hinüber. Sie wanderten durch die Birmensdorferstraße stadteinwärts.

«Das geht nun seit Monaten so», sagte Jacqueline, «nichts als Flüchtlinge, sie geben einander die Adresse und die Klinke in die Hand. Es fehlt ihnen meistens nichts. Ausgesprochene Hypochondrie – aber es ist die Reaktion, weißt du, nach den Schrecken, der Angst, der Flucht. Sie reden, sie reden ununterbrochen – die Sprechstunde hat wieder ihre alte Bedeutung gewonnen – betriebsam, weißt du, die Zeitungen, die Post, immer rennen sie wieder nach Hause, zu sehen, ob nichts gekommen ist. Sie leben wie in einer anderen Welt. Sie sehen, sie hören kaum, was um sie herum vorgeht. Im gleichen Atemzug berichten sie von einer geheimen Nachricht über Hitlers Sturz, und dann fragen sie wieder, wo man am billigsten Sockenhalter kaufen könne. Ich höre sie, ich lasse sie reden – es sind arme Menschen.»

«Sind sie recht zu ihnen, ich meine die Behörden, die Beamten?»

«Du kennst sie doch, Aaron, du weißt wie sie sind: mißtrauisch und manchmal verhetzt. Das widersteht ihnen halt im Innersten, dieses Reden auf Berlinerisch, dieses Fremde, dieser Typus. Ein Patient von mir, ein Weibel auf dem Betreibungsamt, sagte, zwei Sachen könne sein Chef nicht ausstehen: die Deutschen und die Juden. Und diese Unglücksvögel sind ja beides! Aber sie geben sich alle Mühe, gerecht und sachlich zu bleiben. Du kannst dir natürlich denken, daß es trotzdem immer Kritz gibt. Es ist ein Jammer!»

Es ist dasselbe Mädchen, dachte Aaron, das ich einmal, einen Bitteren Hahnenfuß in der Hand, das Näschen mit gelben Pollen bestäubt, von der Poststraße her in den Paradeplatz habe einbiegen sehen. In der Gestalt hatte sie sich noch wenig verändert, aber das Gesicht war gezeichnet von den beiden Jahrzehnten, die Lider begannen zu fälteln, und nicht mehr so glatt lag die Haut an den Schläfen, unter der die feinen Äderchen blauten. Das blonde Haar hatte sie zu einem schmucklosen Knoten am Hinterkopf aufgesteckt, straff, und doch fielen ein paar Härchen über den Hals. Es rührte ihn.

Als wäre es ein dörflicher Platz, saßen die Leute des Quartiers auf den Bänken unter den Bäumen vor dem Bezirksgebäude, die Pärchen im Dunkel, und vorn, im Licht gegen die Straße zu, ganze Familien, hemdärmlig die Männer, und barhäuptige Frauen bestandenen Alters. Hier war schon geschossen und gekämpft worden, Anno siebzehn, Scheiben hatten gesplittert drüben an der Kreiswache, Maschinengewehre hatten geknattert, Blut war geflossen, und auch einen Toten hatte es gegeben. Es stand Aarons Name, stud. phil. I, unter einem Augenzeugenbericht, aber die Zeit war gegangen, provinzielle Stille und Friede atmeten am Orte der vergessenen Kämpfe, kaum daß die lokale Chronik noch ihrer gedachte.

Manche der Leute kannten Jacqueline, «Guten Abend, Frau Doktor», wurde ihr zugerufen, und es war nicht anders, als gingen sie im Quartier wie in einer vertrauten Stube umher. Es war auch Aaron nicht anders, als weilte er zu ungewohnter Stunde auf Besuch im fremden Stadtteil.

«Ihr kennt ja Außersihl nicht, ihr andern von jenseits der Limmat!» lachte Jacqueline, «ihr kommt nur über die Brükken, wenn etwas los ist, politisches Zeugs und ein wenig Aufruhr in unseren Straßen. Ihr wißt nicht, wie schön, wie friedlich, wie daheim es sich lebt hier. Es ist ein Städtchen in der großen Stadt, was es ja auch war, vor der Eingemeindung in den neunziger Jahren.»

Sie schien ihm ganz verändert. Ihre Art sich zu kleiden, der unordentliche Knoten selbst auf ihrem Haupte, der Ausdruck der Züge, Aaron erkannte es nun, sie waren dem Raum und den Leuten gemäß, mit denen sie lebte als eine von ihnen.

«Alles ist hier beisammen auf engstem Umkreis», erklärte Jacqueline in beschwingtem Schreiten, «da drüben die Apotheke, der Zahnarzt, die Kirchen der beiden Konfessionen, St. Jakob am Stauffacher, Peter und Paul an der Werdstraße, der ‹Tages-Anzeiger›, das ‹Volksrecht›, das Gericht, der Polizeiposten, die Bank, die Schulhäuser an der Hohl-, der Brauer-, der Feld-, der Kernstraße, das Volkshaus, das Casino, und sogar ein eigenes Bahnhöfchen haben wir, an der Grenze nach Wiedikon. Gegen die Stadt sind wir abgeschlossen durch den Sihlfluß und den Ulmberg und verbunden mit ihr durch die vier Brücken und einen Tunnel. Die zwanzig eisernen Stränge der Bahngeleise schützen uns im Norden, und der tiefe Graben des Bahndamms und der Viadukt riegeln uns ab gegen das westliche Tal. Wir sind unter uns hier, selbständig, wie in einer Feste, Kernland und Keimling der weiten Siedlung, arbeitendes Volk und frei, wie es nur ist in den großen Städten.»

Er erkenne sie fast nicht mehr, auf diese Weise redend, meinte Aaron, und es war die Wahrheit.

«Glaubst du, es war ein Zufall, eine Laune, daß ich von der Villa an der Freiestraße hinunter wollte in eine Praxis an der Birmensdorferstraße, zurück in die Gegend, in der ich aufgewachsen bin?» fragte Jacqueline. «Ärztin zu werden hieß mir immer – nur habe ich es so deutlich im Studium und als ich heiratete nicht gemerkt – Arzt diesen Leuten zu werden, die ich kannte von Kind an.»

Es mag wohl stimmen, was sie sagt, dachte Aaron und erinnerte sich der Zeit, als er sie von den Arbeiterbildungskursen abholte, und sie zusammen in der Tonhalle die grippekranken Soldaten betreuten.

«Ein Städtchen ist dieses Außersihl», plauderte Jacqueline weiter, während sie sich unter den paar Bäumen der Anlage am Helvetiaplatz auf ein Bänklein setzten, «aber nicht Kleinstadt, im Gegenteil. Was drüben an der Bahnhofstraße sich großstädtisch gibt im Spiegelglas vor den Schaufenstern und bunten Lichtern, mit dem Savoy, den Banken und Bijouterien, fremden Gästen und leisen Limousinen, ist hier an der Langstraße, die wie durch ein Tor unter den Schienensträngen in unser Quartier einmündet und es frech von Norden nach Süden durchquert, längst übertroffen», meuterte die schmächtige Lokalpatriotin, «nur ist es natürlich von proletarischer Qualität. Unsere Fremden, die Italiener, die Juden, die Tschechen, sie leben nicht im Hotel und lassen sich nicht von Schweizern bedienen. Hier sind sie aufgenommen, nicht als zahlende Gäste, sondern als arbeitendes Volk, Schulter an Schulter mit unseren Proleten. Und wenn sie Streit bekommen miteinander, so nicht ihrer Herkunft, ihrer Rasse wegen, sondern deshalb, weil hie und da einer mit List und Schläue sich über die andern erheben und hinaus will, über die Sihl und die Limmat, ins andere Lager und die proletarische Heimat verlassen. Und was lustig ist, weißt du», lächelte Jacqueline vor sich hin, «meistens wenn so einer mit seiner Familie ausbricht und sich erhebt, den Standard, den Stil wechseln will, wenn er meint, er habe im Alter nun genug Geld gemacht, um es zu wagen, dann entdecken sie eine Krankheit an sich, oder sie kommen mit dem Strafgesetz in Konflikt. Sie verlieren ihr behaviour, weil sie das Aquarium wechselten.»

Aaron horchte ein wenig zerstreut zu. Du sprichst, dachte er, du sprichst von den andern, weil du fürchtest, ich könnte dich über deine Sache befragen. Daß du da unten lebst, nach ein paar Monaten gemeinsamen Tisches und Bettes, nun Jährchen schon, verheiratet und getrennt, Frau des Chirurgen Fries am Spital oben, davon willst du wohl nicht sprechen, Hemmungskanönchen?

Es war mit einem Male stille geworden zwischen ihnen. Was dahinterstand, kam auch Jacqueline unausweichlich vor.

«Wir sehen uns von Zeit zu Zeit», sagte sie ohne Übergang, «manchmal essen wir zusammen zu Mittag beim Sprüngli, und dann erzählt er mir von seinen Fällen und ich ihm von meinen Patienten. Wir haben beschlossen, daß wir einander machen lassen.»

«Eine Art weißer Ehe also», bemerkte Aaron.

«Schwatz doch nicht so dummes Zeug!» rief Jacqueline wild. «Es paßt uns jetzt halt einfach so, und sonst geht ja das niemand etwas an!»

Aaron saß gedemütigt da, aber es auf eine gewisse Weise noch auskostend, daß er unter dem «niemand» eingereiht wurde.

«Mm», machte er, «auf Grund der beharrlichen ..., der Anciennität vielleicht, dürfte ich doch den Anspruch erheben, daß es mich etwas angeht, ob du ...» glücklich bist, hätte die Fortsetzung lauten sollen, aber er unterdrückte sie.

«Spiel jetzt nicht die gekränkte Leberwurst», sagte Jacqueline, «ich kann das nicht ausstehen. Es dünkt mich voreilig, vorwitzig. Ihr habt alle so eine blöde Vorstellung von den Frauen. Ihr könnt sie euch gar nicht denken ohne das. Das gibt es bei uns so gut wie bei euch, Aaron, du darfst es mir glauben. Es gibt den Geist, die Aufgabe. Ihr Männer bildet euch so viel ein auf das Sublimieren ...»

«Bedeutet dieses Fremdwort auf deutsch nicht verzichten?» fragte Aaron scheinheilig.

Jacqueline stieß einen komischen Seufzer aus. «Es wäre vielleicht an der Zeit, wir redeten von dir. Hast du noch Geld?»

Es geschieht mir ganz recht, dachte Aaron, sie revanchiert sich.

«Das hinwiederum geht dich nichts an», antwortete er, zurückgelehnt und den Blick gegen den Himmel gerichtet, an dem hie und da, programmgemäß, eine Sternschnuppe aus dem Schwarm der Perseiden entlangglitt und ohne Eile verzischte.

«Oh, das Mimöschen», spottete Jacqueline nun ihrerseits.

«Das ist ein Spiel, das wir miteinander treiben, Jacqueline! Jedes umsorgt und umleidet das andere, und die Regel scheint dann zu sein, daß dieses erbost oder spöttisch ausweicht und sich in sein Schneckenhaus zurückzieht, des anderen Teilnahme mit einem geheimen Zuschuß von Selbstmitleid herrlich genießend! Ein richtiger Seelenknorx. Eine jämmerliche, feige Form von ...» Auch jetzt beendete er den Satz nicht, des Tabuwortes wegen zwischen ihnen.

«Gib einfach Antwort, langt's noch?»

«Ja! Bist jetzt zufrieden?»

In der Tat besaß Aaron noch ein wenig verdientes Geld, ein paar Zwanzigernötchen Brieftaschengarnitur, es waren noch über hundert Franken gewesen am Morgen, ein Honorar von der Filmgesellschaft an der Weinbergstraße, der er einen Vorschlag für einen etwa hundert Meter langen Reklamestreifen über eine Rasiercrème abgeliefert hatte, die weder des Pinsels noch des Wassers bedurfte. Man trug das Erzeugnis ganz einfach mit der Hand auf die genetzte Haut auf, und schon konnte man schaben, und gleichzeitig war der Epidermis jene belebende Fettsubstanz zugeführt, die beim gewöhnlichen Rasieren durch den Seifenschaum aufgelöst und dadurch dem unglückseligen Rasierer der antiken Methode entzogen wurde. Aarons Ideelein, welches das Filmunternehmen bestochen, zum Erwerb und zur sofortigen Barauszahlung veranlaßt hatte, war die Geschichte eines jungen, aber stoppelbärtigen Mannes, der in einem Eisenbahncoupé einem Industriezentrum entgegenfuhr, wo er, der sich um einen Posten beworben, sich einem Manager persönlich vorstellen mußte und plötzlich entdeckte, daß er in der Eile des Aufbruchs sich zu rasieren vergessen hatte. Ein gewiegter Commis voyageur im selben Abteil, des jungen Bewerbers Verzweiflung bemerkend – es hängt von der Anstellung nämlich auch noch die Verehelichung mit einem reizenden jungen Mädchen ab (Rückblende) – zieht aus der Mappe die Tube des anzupreisenden Produktes und einen Rasierapparat, und der junge Mann kann sich im dahineilenden Zuge mit Leichtigkeit der Stoppeln entledigen. Derweil enthüllt der gewiegte Vertreter dem Jungen das Geheimnis seiner geschäftlichen Erfolge: immer tipptopp rasiert und jugendfrisch, von überzeugendem Optimismus. Unter der Schar stoppelbärtiger und zerknitterter Bewerber erhält unser Held den aussichtsreichen Posten – und im Schlußbild, mit seiner Verlobten, groß und nah, die Spielarten des erfolgbringenden Produktes, die kleine, handliche und die große ökonomische Tube.

Er selbst, Aaron, hatte einen beträchtlichen Teil des Honorars pikanterweise sogleich zum Erwerb von Toilettenartikeln benützt – Eau de Botot, Rasierklingen, Pears-Seife und Kölnisches Wasser – aber dies hing nicht mit der Suggestion des Werbetextes zusammen, sondern entsprach dem tief innenliegenden Bedürfnis ihres Verfassers nach Reinlichkeit und Körperpflege, um derentwillen dieser seine Mahlzeiten oft in der alkoholfreien Gaststätte des Frauenvereins, «Zum Rütli», an der Zähringerstraße, einnahm, das einfache Menu, zu einem Franken dreißig, ohne Trinkgeld.

Sie wanderten im Dunkel der Bäume die Stauffacherstraße einwärts. Die Vorstellung des Apollo-Kinos war zu Ende und damit die Stille des sommerlichen Abends. Aber jenseits des Zweierplatzes konnten die beiden schon wieder den Widerhall der eigenen Schritte auf dem Asphalt hören, und über dem Lichtschein der Lampen ragten die Fassaden der Miethäuser lautlos und dunkel in den bestirnten Augusthimmel.

«Das Provisorische und Hinlängliche kann auch ein Schicksal sein», sagte Aaron vor Jacquelines Haustüre, «grad das, was die Leute am schwersten ertragen.»

Er blieb damit im Stil ihrer Gespräche. Auch ihre Antwort: «Jetzt habe ich noch eine Stunde Papierkrieg mit den Krankenkassen.» Sie ließ es gewähren, daß er ihr noch ein paar der unordentlichen Haarsträhnen vom Nacken hob und nach oben strich. Sie löste sogar noch den Kamm und vereinigte sie dem Knoten. «Gräßlich, nicht wahr», sagte sie dabei.

Sie sah einen Meteor aus dem Schwarm der Perseiden am Himmel dahinfahren. Aaron folgte ihrem Blick und erwischte gerade noch die verglimmende Spur.

«Hast du dir etwas gewünscht?» fragte er.

«Wie immer zu spät», antwortete sie. Es lag ihm auf der Zunge, zu sagen, jedem Kometen, dessen er ansichtig werde, folge sogleich selbsttätig und ohne den Umweg über die Besinnung derselbe Wunsch, seit Jahrzehnten, und er könne, so wie er sei, aus dem Stegreif, alle Umstände seiner Begegnungen mit den kosmischen Vagabunden hersagen und aufzählen. Aber es war nicht ihr Stil.

«Tschau, Jacqueline», sagte er, und sie sah ihn, im Licht der Laternen, auf der stillen Straße davongehen.

IX. Kapitel

Dieser vorherbstliche Tag, da das Licht seidig und silbern durchwoben über die Quaibrücke hereinwehte, die Robinien am Sonnenquai malvenfarbene Schatten auf das blasse Gold des Asphalts warfen und der Fluß mit einem Male eine Weite gewann, daß das Gemäuer der Häuser am jenseitigen Ufer schon wie in einen Schleier der Ferne eingehüllt war, bekam René Hirzel schlecht. Das leichte Dahinschreiten der Leute, ihr Lächeln und ihre stete Bereitschaft zu einem Gruß und freundlichen Worten, das gelassene Dahinzotteln des Pferdes vor dem Milchwagen mit klappernden Hufen, das Klingeln der blauen Straßenbahnen und das Schaukeln der Mietboote an den Floßen, sie wurden ihm unerträglich; dieser gläserne Friede, dieses leichte Dasein, das sich vom Bellevue aus wie eine zarte Strahlung limmatabwärts über die ganze Siedlung auszubreiten schien – heute fand er den Anschluß daran nicht. Das Licht tat ihm weh, und er vermied den Anblick seines Spiegelbildes in den Schaufenstern. Verkrümelten Gesichtes schloff er in den Schatten der Bögen am Limmatquai, wanderte noch eine Weile hinter den Pfeilern im hallenden Gewölbe dahin, aber dann, an der Schoffelgasse, schwenkte er ins Gemäuer der Altstadt ein. Doch auch hier noch goldeten weit oben auf den nüchternen Blechzinnen die Spitzen der Blitzableiter und blähten sich die Segel der Leintücher, und wo noch ein Fenstergesimse vom Ende eines Sonnenzwickels erreicht wurde, grünte ein Pflänzlein im tönernen Topf.

Hinab, drei Stufen hinab, ins kärglich erleuchtete Dunkel der Beiz «Zum Feldhasen» zog es ihn, und erst als Hirzel die schätternde Glastür, zum Überfluß noch von einem gehäkelten Vorhang bedeckt, hinter sich schloß und einen Atemzug lang warten mußte, bis die letzte Blendung sich aus seinen Augen verloren hatte, fand er den Raum und die Luft erkalteten Tabakrauches, die ihm gemäß waren.

«Einen Augenblick, Herr Doktor, ich komme gleich», erscholl aus der Tiefe der Höhle die Stimme der Frau, eines ekkigen Wesens, das in der Küche hinter dem Schanktisch bei halboffener Türe werkte. Er hatte bereits seinen Platz eingenommen, am letzten Tisch, an der Wand, dem Eingang den Rücken kehrend, den Hut auf dem Kopf, das Päcklein Zigaretten vor sich, es war ein Aufatmen in ihm, ein lässiges Müdesein und Friede.

Da wohnte er draußen in Wollishofen, auf dem Moränenhügel an der Grenze der Stadt, über dessen Kuppe und Osthang die Häuser der Siedlung in lockerer Ordnung wie die Steine eines Dominospiels sich staffelten, so frei und sauber hingestellt in den Raum und das Licht, daß sie selbst die Menschen zu wandeln schien, die sie bewohnten; daß die Männer anfingen die Hüte zu Hause zu lassen, entblößten Halses herumliefen, Schlipse und Westen vergessend, und die Frauen den Mut zu den Farben wieder fanden, kanariengelbe Pullover trugen, ziegelrote Schärpen, blaue Schürzen und Tessiner Zoccoli an den strumpflosen Beinen; daß sie aus den hellen Kuben der

Zimmer die gedrechselten Möbel verbannten, die sie noch herausgebracht hatten, als sie einzogen, die tannenen Kästen, bunt bemalten Bücherregale, Tische und Truhen aus hellem Arvenholz hinstellten, Lampen und Stühle aus blankem Metall, jeden Tag duschten in den funkelnden Badezimmern und in winzigen, komfortablen Küchen neuartige Mahlzeiten bereiteten aus ungewöhnlichen Früchten, Zucchetti, Auberginen und Kürbissen, die Tomatensaucen mit Rosmarin würzten aus dem eigenen Gärtchen, aus verachteten Meerfischen fremdartige Suppen bereiteten; und selbst die Rösti und die Bassersdorfer Schüblinge bekamen in dem gebrannten und von Hand bemalten Geschirr ein anderes Ansehen und einen Geschmack, der den Durchbruch eines befreiten Lebensstils zu verkünden schien.

Hirzel, in seinem dreizimmerigen Häuschen mitten in einer Reihe, machte mit, trat abends von der Portable weg hinter der gläsernen Trennwand hervor, ins Gärtchen hinaus, wechselte Worte und Zigaretten mit den Nachbarn, dem Substituten Häfliger am Bezirksgericht und dem Graphiker Bezzola, und blickte mit ihnen, wenn die Kolonie schon im Schattenkegel des Uto blaute, über den See, wo am Ausläufer der Forch der Vorort Witikon noch in voller Abendsonne lag. In den Wieschen vor der dichten Hainbuchenhecke lärmte die Kinderschar, die täglich zu wachsen schien, Knirpse und Nixlein, schon in winzige Pyjamas, mit kurzen Hemdchen gekleidet und manchmal auch nackt, den Badeprozeduren entsprungen, und sie waren fern der Stadt, ein großer, von den frühen Herbstnebeln des Sihltales erfüllter Raum breitete sich zwischen ihnen und ihr, und es lagen lange und friedliche Stunden vor ihnen, bevor der Postbote, der Einzüger des Elektrizitätswerks oder gar der Weibel des Betreibungsamtes, der bei einigen von ihnen verkehrte, die ausgebaute und korrigierte Albisstraße heraufkamen. Und manchmal kam eine Chiantiflasche zum Vorschein, und es wurde unter dem Vordach noch ein wenig getafelt, mit Salami und gekochten Maiskolben, gebratenen Kastanien, und wenn sich ein Pärchen, überquer beide, aus verschiedenen Häusern, im Plaudern ein bißchen davonstahl, aus dem Lichtschein der Stehlampe hinaus in die Wieschen, es nahm es niemand tragisch. Es gehörte zum neuen Stil.

Den ganzen Sommer hindurch war Hirzel mit dabei gewesen, und selbst Dr. Siegrist, sein Chef auf der Redaktion, den eines Abends herauszulocken ihm gelungen war, mußte zugeben, es sei ein überraschend freies Leben, das sie da auf ihrer Moräne führten, wirklich, es künde sich etwas an, und es sei gar nicht auszumachen, ob die Flachdachhäuser die Leutchen geformt hätten oder ob diese Wohnstätten nicht geheimerweise der Sehnsucht des Völkleins entsprechen, das da aus alten Quartieren und von auswärts sich in der Siedlung zusammengefunden hatte. Es behagte dem gesetzten Herrn, der hemdärmlig, in seiner Weste ein wenig fehl am Platze, im Kreise der nachbarlichen Gesellschaft saß, daß die jungen Frauen nicht ängstlich den Anblick der hübschen Beine verwehrten und nicht mit den Halsausschnitten kargten. Von den Strandbädern her sei ja offenbar eine neue Lebensform durchgebrochen, meinte er zu Hirzel, und zugegeben, es gäben diese neuen Materialien, der armierte Beton der Reihenhäuser, das Spiegelglas ihrer großen Fenster, die bemalte Keramik und die handgewobenen Textilien, die Nickelstühle und Jutematten, das Bild einer aufgelockerten Daseinsgestaltung. Eine schon längst sich ankündigende, grundlegende Verschiebung, eine eigentliche seelische Umlagerung habe sich vollzogen, er solle sich nicht täuschen lassen, behauptete Hirzel nicht ohne Hitzigkeit, all dieses Kunstgewerbliche und vielleicht sogar leicht Bohèmehafte könne nur eines bedeuten, daß sich der Akzent des Lebensstils vom fragwürdig gewordenen Moralischen auf das Ästhetische hinüber verlagert habe. In der Schönheit allein könnten die Menschen jedes Standes echt und wahr sein, denn die Schönheit sei immer da, nur verhüllt. Eine Kleidung, in der der Körper wieder sichtbar werde, eine Behausung, die den Zweck des Wohnens mit dem Gedanken der Gemeinsamkeit verbinde, Gebrauchsgegenstände, die ihre Form einzig aus dem Sinn ihrer Verwendung bezogen, das bedeute ja im Grunde nichts anderes als: wegtun, weglassen, vereinfachen; müßig sei es, zu werweißen, ob dieser Drang nach ästhetischer Echtheit auch Ausdruck eines allgemeinen Bedürfnisses nach Ehrlichkeit sei oder ob diese Sachlichkeit im Schönen auch die ethische Einstellung geläutert habe. Wahrscheinlich sei es eine Wechselwirkung: wer den Kitsch erkenne und abtue, habe auch das Bedürfnis nach moralischer Sauberkeit, und wer ehrlich leben wolle, ertrage auch den Kitsch nicht mehr. Immerhin meinte Dr. Siegrist, diese genossenschaftliche Wohnweise, mit den gemeinsamen, nicht unter sich abgeteilten Gartenflächen, ihrer zentralen Heizstelle und Warmwasserversorgung, der monotonen Normung der Maße, Räume und ihrer Anordnung, dieses Fehlen des Privaten, des Geheimen und Behüteten hinter diesen schaufensterähnlichen Scheiben, dieses Fehlen wirklichen Eigentums – sei das nicht auch schon ein Anzeichen politischen Abgleitens in die Richtung der Kommune überhaupt, habe er doch mit Befremden vernommen – und hier wuchs der hemdärmlige Bürgersmann unter der sachlichen Pergola über die ihm von den Jüngern ein wenig zugedachte Verblüffung hinaus –, es sei von der Mehrheit der Anwohnerschaft dieser schönen Kolonie das Hissen der Schweizer Fahne am ersten August abgelehnt worden. Die Meinungen seien geteilt gewesen, erläuterte Hirzel, und mit der Ablehnung sei eigentlich nicht die Schweizer Fahne, sondern das langschenklige Kreuz der Fröntler gemeint gewesen. Ein Grund mehr, das richtige eidgenössische Hoheitszeichen zu hissen, meinte Dr. Siegrist.

Da wohnte Hirzel also draußen in Wollishofen auf der von Lüften und Sonne gebadeten Kuppe des Moränenhügels, und während vieler Sommerabende war es ihm vorgekommen, er gehöre einer Gemeinschaft an. Er hatte am Morgen unter dem Vordach geruhsam seinen Tee getrunken, die erste Zigarette geraucht, über den See geblickt und es so still und friedfertig genossen, daß sich sein späteres Leben geordnet und schwerer Sorgen bar in dieser Umgebung abzuzeichnen begann. Dann war dieser vorherbstliche Tag gekommen mit seinen silbernen Fäden im Dunst, und plötzlich hatte das Licht ihm wehgetan, die Klarheit aller Umrisse, die zarten Schatten unter den Kronen der Birnbäume, das Schreien der Kinder, das Plätschern des Wassers vom Hahnen bei Häfligers, und er war aufgestanden, hatte den großen Filzhut, den er sonst während Wochen zu Hause gelassen hatte, vom Ständer genommen, auf den Kopf gedrückt bis tief in die Stirne hinein und war verkniffen und verkrümelt die breite, freundliche Hügelstraße hinabgegangen bis zur Tramstation, und nun saß er da, den Rücken der Türe zugekehrt, drei Stufen unter der Erde, in der stickigen Luft des «Feldhasen», und sog und sog und schluckte aus dem dicken Henkelglas das Bier, das ihm die alte Kellnerin Söffi mit einem «Zum Wohl» hingestellt hatte. Gleich darauf stülpte er den großen Kirsch hinterher und dann das zweite Glas Bier, und etwas Verwegenes, Grimmiges kam in seine Blicke – es war ein Dammbruch, er wollte, er wollte sich in die Häßlichkeit hinabstürzen, er wollte sich wälzen in der Verkommnis; es war ihm, als sei er aus mancherlei Versuchungen wieder heimgekehrt an den Ort, wo er hingehörte.

Ob er nicht etwas essen wolle, fragte die alte Frau durch die Leere und den Dämmer des Raumes, das sei doch nicht gut, so in den leeren Magen, es sei noch kalter Schweinsbraten da, aber sie könne ihm auch ein Schnitzel machen, oder etwas Kaltes, Schinken, Wurstsalat? Ja, einen, nein, zwei Cervelas könne sie ihm bringen; und als er die Knoblauchwurst hastig verschlungen hatte, begehrte er noch eine Portion Preßkopf, immer bestrich er das Fleisch mit viel Senf und trank Bier dazu und schüttete einen Kirsch nach.

Die eine Hand in die Hüfte gestützt, knochig, hager, das graue Haar straff gekämmt, stand die Kellnerin an seinem Tisch und blickte auf ihn herab. Nachher setzte sie sich Hirzel schräg gegenüber, er stach mit der Gabel in einen Würfel Preßkopf und bot ihn ihr an, sie pflückte das Fleisch von den Zinken, schob es zwischen die Prothese, kaute, die Ellbogen aufgestützt, ohne Eile, eine Kennerin der Männerseele. «Das gibt's», sagte sie, und der vor sich Hinstarrende nahm diese Zusammenfassung seines Zustandes bereits wie eine Antwort, ohne Verwunderung hin.

In seinem gebleichten, noch von einem rötlichen Schimmer überhauchten Haar lag eine breite, kahle Stelle, schütter überdeckt, und sein Gesicht zeigte eine unregelmäßig gefleckte Haut mit Dunsungen zwischen den Fältchen. Es dauerte manchmal Monate, bis er wieder auftauchte, der Doktor, wie sie ihn nannten, im «Feldhasen». Zuerst hatten sie geglaubt, es sei wegen der Jungen gewesen, die da eine Zeitlang servierte, Erika hieß sie, aber er war auch nachher wieder gekommen, als sie längst schon in das Heim für gefährdete Mädchen eingewiesen worden war. Immer an schönen, strahlenden Tagen, wenn die Wirtschaft fast ohne Gäste blieb, kam er, und meistens am Vormittag. Sie wartete, sie wußte, er würde zu sprechen beginnen. Es war noch jedesmal so gewesen; fast war es eine Attraktion der Pinte. Die Männer saßen dann da und hörten ihm zu, lange Stunden, bis Mitternacht, und wenn die Gäste endlich wieder draußen waren, konnte Hirzel droben im Dachstock, in der Mansardenkammer, die zur Wohnung des Wirtes gehörte, schlafen. Meistens dauerte es zwei oder drei Tage, die Zeit, wo es auf der Redaktion hieß, der Journalist sei wieder einmal spurlos verschwunden.

Hirzel hatte den Kopf auf seine beiden Hände gestützt, das Kinn ruhte auf den Flächen, er blickte der Frau, die im Gegenlicht der unverhüllten Glühbirne saß, ins Gesicht und sagte langsam, ohne die Stimme zu erheben, ein wüstes Wort. Sie empfing es, ohne mit der Wimper zu zucken. Er duzte sie. Es war wie eine Litanei: «Du ..., du ..., du ...» Und jeder Ausrede folgte eine Beschimpfung niedrigster Art. Sie verstand, wie es gemeint war, es galt gar nicht ihr; sie hatten keinerlei Beziehung zueinander. Sie war einfach da, der einzige ihm zuhörende Mensch in dem höhlenartigen Raum, und die Verlästerungen waren an sie gerichtet, als an das einzige vorhandene Du. Doch sie galten einem weiteren Umkreis, dem Leben, das von der Art käuflicher Weiber sei, der Menschheit und dem Gott, der sie erschaffen habe, und den Reichen, der Zeitung, den Kollegen, dem verlogenen Getue, dem alternden Körper, einem Sternraum von Schmerzen und drohenden Ankündigungen von Siechtum, allem galten die Flüche – und ganz im Grunde ihm selbst, Hirzel, der sich da in der Verdammnis wälzte. So erläuterte er es, zweigeteilt, der Widmer, die von dem, was er in beginnender Trunkenheit heraussprudelte, wenig verstand und doch alles, den ganzen Zustand.

Gegen das Ende des Vormittags kam der Wirt herunter, Ofner mit Namen, zerzaust, gedunsen, von seinem Hund, einem großen Dürrbächler Rüden begleitet, und er machte sich am Glasschrank zu schaffen, in dem die Spirituosen standen und an dessen Schlüssel ein Täfelchen hing mit der Anschrift «Verschnitt». Fast zur selben Zeit fanden sich auch die ersten Gäste ein, ein Korber aus der Herberge «Zur Heimat», der Chauffeur eines Lastwagens, ein kragenloser Bursche, und ein jeder setzte sich an einen besonderen Tisch, ein wenig schräg, den Arm auf der Platte, und alle horchten zu Hirzel hinüber, der unaufhörlich redete. Die alte Kellnerin kannte jeden von ihnen, und sie reichte jedem die Hand.

Dann kam noch ein alter, ländlich gekleideter Mann die drei Stufen herab; er trug einen kleinen grünen Rucksack, dessen er sich entledigte und den er neben sich auf den Boden stellte. Den braunen Filzhut behielt er auf dem Kopf; sein Mund war von einem buschigen weißen Schnurrbart bedeckt.

Er setzte sich an den ersten Tisch gleich bei der Türe. Am Rockaufschlag trug er das Temperenzlerabzeichen, das blaue Kreuz im weißen Kreis.

Die Widmer hatte ihn sogleich bemerkt. Sie machte sich am Bierhahn zu schaffen, dann setzte sie sich nochmals zu Hirzel. Der Mann zeigte kein Zeichen von Ungeduld. Er saß einfach da und blickte unter der Krempe seines Hutes hervor ins Lokal.

Schließlich fragte ihn die Kellnerin doch, wie im Vorbeigehen: «Was willst du?»

«Einen Kaffee», antwortete der Greis, ohne sie anzublikken.

Sie brachte ihm das Getränk, sie schaute dabei über ihn hinweg. So redeten sie miteinander.

«Was machst du da in der Stadt?»

«Holz, fürs Asyl.»

Das hieß, er habe eine Fuhre Brennholz im Bürgerheim abgeliefert.

«Und jetzt fährst du wieder zurück?»

«Ja.»

«Was willst du?»

«Nichts. Sie ist dann gestorben.»

«So? Wann?»

«Vorletzte Woche. Im Spital in Winterthur. Ein Gehirnschlag!»

Der Mann klaubte seinen Fünfziger aus dem Portemonnaie, legte ihn auf die Tischplatte, schulterte seinen Rucksack und ging, ohne sich umzuwenden, durch die Glastüre davon. Die Kellnerin nahm das Kaffeeglas auf, trug es zum Schüttstein, spülte es, trocknete es aus.

Das war alles, was blieb von der Gemeinschaft der drei, die durch das Verbrechen miteinander verbunden waren, dem ehemaligen Metzgermeister Klostermann, der Widmer, und der Anna-Theresa Bucher, geborene Kimmberger, in deren Küche sie das Furchtbare vollzogen hatten, und die nun gestorben war. Nahezu zwanzig Jahre lag es zurück. Alle drei waren sie nach der üblichen Frist aus der Strafanstalt Regensdorf entlassen, in die sie an einem Fastnachtsmontag, nach der Schwurgerichtsverhandlung, eingeliefert worden waren.

Die Kellnerin setzte sich wieder auf den Stuhl, Hirzel gegenüber, und noch einmal empfing sie, ohne Wimpernzucken, während die anderen Gäste an ihren Tischen, von der nackten Glühbirne beschienen, atemlos zuhorchten, mitten ins Gesicht den Schwall der unflätigen Beschimpfungen des entfesselten Mannes.

X. Kapitel

Am Abend des dreiundzwanzigsten September, eines Samstags, sammelten sich zwischen dem Stadttheater und dem Bellevue auf dem Geviert des alten Tonhalleplatzes die Mitglieder der Nationalen Front, aber auch viele nicht eingeschriebene Anhänger der sogenannten Erneuerungsbewegung, Studenten sowie Jünglinge in noch nicht stimmfähigem Alter, zu einer Kundgebung anläßlich der am anderen Tage stattfindenden Wahlen in den Stadt- und den Gemeinderat. In der vorangegangenen Nacht war es an verschiedenen Orten zu Zusammenstößen und Schlägereien zwischen Gruppen junger Leute gekommen, Mitgliedern der Jugendorganisationen der Sozialdemokratischen Partei und solchen der Front. Als Brennpunkte solcher Auseinandersetzungen erwiesen sich die Umgebung der Brücken über die Sihl; was sich da in der Nacht abspielte, ähnelte ein wenig Patrouillengängen und Aufklärungen zweier gegnerischer Parteien, von denen drohende und händelsuchende Gruppen von der Bahnhofstraße und von Außersihl her in die Brückenköpfe des angrenzenden Stadtteils vorstießen, dabei, wie sie es gesucht hatten, aneinandergerieten und von der Polizei getrennt und verjagt wurden. Es erwies sich, daß die politische und weltanschauliche Grenze der Sihl entlanglief. Allerdings breitete sich dem kompakten Arbeiterquartier Außersihl gegenüber mit der inneren Enge, dem Geschäftsviertel an der Sihlporte, der Bahnhofstraße, dem Paradeplatz und der Altstadt um den Lindenhof herum eine Art politischen Niemandslandes aus. Selbst die Gauleitung der Nationalen Front an der Zähringerstraße ostwärts der Limmat konnte noch nicht eigentlich als Mittelpunkt der extremen Rechtspartei bezeichnet werden, waren doch deren Anhänger über das ganze rechtsseitige See- und Limmatufer bis an die Hänge des Zürichberges hinauf beheimatet, und es war wohl gerade diese bis in die Vororte und Landschaft hinausreichende Zerstreuung, die dem Gedanken der Sammlung im allgemeinen und der geplanten Demonstration im besonderen ihren Sinn und Antrieb verliehen. Waren mit den vielen Arbeitslosen in Außersihl, in Wiedikon und im Industriequartier die militanten Elemente der Sozialdemokratie immer versammelt und sozusagen auf Pikett gestellt, bedurfte die neue Bewegung dynamischer Aufrufe und besonderer Anlässe, um ihre Anhänger zu sichtbaren Heerscharen zusammenzubringen. Da die Front ihre Wandlung vom Schutzbund zur politischen Partei nicht mit traditionellen Mitteln vollziehen konnte, bedurfte sie des eindrücklich Sichtbaren, der Versammlungen, der Aufmärsche mit Trommeln und Fahnen auf offener Straße, die dann auch, nach dem stillen Jahrzehnt, auf viele junge Leute, die den herkömmlichen demokratischen Betrieb nicht verstanden, ihre Wirkung ausübten. Manchen von ihnen erschienen die politischen Leitartikel der Zeitungen, die Aufrufe der Parteien und der nüchterne Gang zur Urne am Sonntagvormittag wie eine Verschwörung, als eine Einrichtung der herrschenden Generation, um sie außerhalb des Spieles zu halten. Es lief nichts. Es wurden, nach der mit Papier und Druckerschwärze ausgetragenen Wahl- und Abstimmungsschlacht, die Stimmen zusammengezählt, und dann ging alles seinen gewohnten Weg weiter, und sehr lange dauerte es oft, bis man sah und spürte, daß eine Entscheidung getroffen, eine gesetzliche Änderung eingetreten war. Dieser lange demokratische Weg zwischen Ursache und Wirkung kam aus einer anderen Welt, in der für jugendliche Ungeduld und ihrem Bedürfnis nach Unmittelbarkeit kein Raum war.

Bedachtsam und mit dem Bestreben nach gelassener Gerechtigkeit, wie es sich eines der Geschichte sich Befleißenden geziemt, gab sich Karl Gebhardt an diesem herbstlichen Abend solchen Überlegungen hin, während er, in der Menge, die den alten Tonhalleplatz umsäumte, dem Aufmarsch der Frontleute beiwohnte. In der Mitte der Wiese flammte mit einem Male eine Fackel auf, dann noch eine, eine dritte und vierte, und bald erkannte man in ihrem Lichtschein ein freies Rund, in dem die Führer standen, von den hohen Fahnen mit dem langschenkligen Kreuz flankiert. Vom Seefeld herein, die Rämistraße herab und den Sonnenquai herauf kamen noch immer neue Gruppen und bahnten sich einen Weg durch die Zuschauer. Auf der Wiese entzündete sich weiterhin Fackel um Fackel, und bald war der ganze Platz von Lichtern bestellt, die langsam in der Richtung nach der Brücke zu sich in Reihen zu formen und abzuwandern begannen. Die Trommeln schlugen, die großen Standarten ragten in den Lichtschein hinein, der den Zug begleitete, und Karl Gebhardt, der jetzt auf der Quaibrücke stand, konnte sie an sich vorbeiziehen sehen, Gesicht an Gesicht, Junge zumeist und von heiligem Ernst durchdrungen. Es wollte ihn bei ihrem Anblick etwas wie Rührung überkommen, gedachte er jener Neujahrsnacht in der eigenen Jugend, da er mit dem Anbruch des neuen Jahrhunderts den Anbruch einer neuen Zeit erwartet hatte. Mit jeder Generation beginnt eine neue Zeit, das wird die Wahrheit sein, dachte der Geschichtslehrer – da stockte sein Herz. Bevor er noch rufen, sich bemerkbar machen konnte, war er schon vorbei, der barhäuptige Bursche, der, ohne nach rechts und links zu blicken, die Fackel vor sich hertrug, der Äußerste einer Reihe, Schörschli Gebhardt, sein Sohn. Was für ein Unsinn, murmelte der Vater vor sich hin und löste sich aus dem Spalier. Mit der objektiven Gelassenheit des Historikers war es vorbei; eiligen Schrittes und voll von tiefer Besorgnis, eilte er hinter dem Rücken der Zuschauer dem Umzug nach, die Abkürzung durch die Stadthausanlagen benützend, die Bahnhofstraße abwärts. Die Fackelträger würden, so hoffte er, bis zum Bahnhof hinunterziehen, dann über die Brücke schwenken, den Limmatquai hinauf, und am Bellevue, wo der Kreis sich schloß, würde der Zug sich auflösen, und sie hätten so ihrer Absicht, nicht landesübliche Propaganda für die morgen stattfindenen Wahlen zu treiben, Genüge getan. Solange sie diesseits der Sihl bleiben, besteht keine Gefahr, dachte er. Die Bewohner dieser Quartiere lassen sie gewähren und geben morgen ihre stille und geheime Antwort an der Urne ab. Hoffentlich sind ihre Führer so vernünftig und lassen es sich nicht einfallen, die Sihlbrücken zu überschreiten.

Beim Paradeplatz sah der immer hinter dem Rücken der Zuschauer dem Zuge Nacheilende, wie sie vom Paradeplatz in den Talacker einbogen. Aha, dachte Karl, sie wollen bis zur Grenze vorstoßen, sich sozusagen den anderen auf den Mauern ihrer Bastion zeigen, und dann werden sie von der Sihlporte die Löwenstraße hinabziehen oder durch die Sihlstraße zurück zur Uraniabrücke.

In der Tat stockte denn auch der Zug auf der Höhe des Pelikans, Karl sah es am Stillstehen der Schatten an den Fassaden der Häuser, doch es war nur ein kurzer Marschhalt, um den Letzten das Aufschließen zu ermöglichen. Es wollte Karl diese Maßnahme nicht recht gefallen. An der Sihlstraße wird es sich entscheiden, überlegte er und eilte weiter, jene Straßenkreuzung zu erreichen.

Mit Trommeln und wehenden Fahnen schwenkte der Fakkelzug dort nach Westen, geradewegs der Sihlbrücke zu. Es ging gegen zehn Uhr. Das Klima veränderte sich sofort, es fühlte es der schwitzende Vater, und es spürten es die Fackelträger, die nun auf breiter Front die Brücke überschritten und sich anschickten, die Badenerstraße zu betreten. Zwar säumte ein starkes Aufgebot von Polizisten die Straße, und es mochte scheinen, es unterscheide sich die Menge der Leute den Randsteinen entlang von jenen nicht, die bisher dem Umzug beigewohnt hatten, doch begann sogleich in den hinteren Reihen ein Pfeifen und Johlen, das sich verstärkte und anschwoll, je mehr die Spitze der feurigen Kolonne sich der St. Jakobs-Kirche näherte. Plötzlich sah Karl Gebhardt zwischen den Köpfen hindurch, wie einer der Fackelträger taumelte, wankte und fiel, ein anderer sich mit erhobenem Arm duckte und in der verkehrten Richtung zu laufen begann; dann wurde es ersichtlich, daß aus dem Dunkel der Masse Steine in den Fackelzug hineinprasselten. Mit einem Male war der auch unterbrochen, weil an der Kreuzung beim Stauffacherplatz das Volk von Außersihl die Straße überflutete und aus dem leuchtenden Band des Aufmarsches lodernde Inseln machte. Jetzt wurden sie handgemein, den Jünglingen wurden die Fackeln entrissen, zu Boden geworfen, ausgestampft, aber auch als furchtbare Waffen verwendet. Manchmal gelang es dem Rumpf der Kolonne, die Spitze wieder zu erreichen, die Isolierten wiederaufzunehmen, aber die Gegnerschaft des Quartiers war nun offen entfesselt, immer neue Massen strömten von der Badenerstraße und vom Helvetiaplatz her dem Kampfplatz am Stauffacher zu. Das Kino Apollo hatte soeben seine Vorstellung beendet, und die herausströmenden Zuschauer gesellten sich zu der Menge. Man sah Gruppen von Fackelträgern in der Richtung Selnau davoneilen. Und dann fielen auch plötzlich Schüsse. Es war wieder so weit. Dort, wo vor wenigen Tagen noch, in kleinstädtischer Ruhe, auf den Bänklein unter den Bäumen Familien im lauen Abend gesessen hatten, Pärchen und Burschen dahingewandert waren, herrschte Aufruhr und Tumult und wurde geschossen, wie Anno siebzehn, achtzehn. Es ging Karl Gebhardt durch den Kopf, während er, angstvoll durch die Menge sich drängend, von Insel zu Insel sich durcharbeitete, den Schörschli zu suchen.

Am Werdgäßlein, an der Mauer eines ein wenig zurückstehenden Hauses, scharte sich eine Gruppe junger Fackelträger zusammen, im vollen Licht der Brände, bis zu den Dachfirsten hinauf leuchteten die Hausmauern im Widerschein. Sie mochten ein Dutzend sein. Im Halbkreis staute sich die dunkle Masse vor ihnen um sie, pfeifend, johlend.

Karl Gebhardt sah Schörschli an der Mauer lehnen, blaß, Blut und Ruß an der Wange. Mit großen Augen blickte er um sich. Der Vater drängte sich vor, betrat den Lichtkreis. Mit zum Schlage erhobener Fackel kam ihm einer entgegen. Der große Mann wischte ihn bei Seite und sprang auf seinen Buben zu, faßte ihn am Arm, und die Leute machten ihm sogleich Platz, als hätten sie den Zusammenhang erraten.

Abseits der Ansammlung, vor dem Gitter der Kirche Peter und Paul, im Licht einer Straßenlaterne verschnauften sie. Schörschli umklammerte einen Eisenstab der Umzäunung, wandte sich ab und mußte sich erbrechen. Der Vater reichte ihm sein Taschentuch. Der Jüngling wischte sich den Mund. Wasser stand in seinen Augen. Dann setzte er sich auf den Sockel des Zaunes.

«Ist dir jetzt besser?» fragte Gebhardt, setzte sich neben ihn und legte ihm den Arm um die Schulter.

«Es ist jetzt vorbei», sagte Schörschli und schneuzte sich.

«Warum hast du mir auch nichts gesagt?» fragte der Vater. Ich hätte es natürlich merken müssen, dachte er dabei. Er beugte sich vor und betrachtete das verharschte Blut an des Burschen Wange.

«Das ist nichts», sagte der Schörschli, «aber da, schau, ich habe mir die Hand verbrannt.»

«Komm, am Selnaubahnhof finden wir ein Taxi.»

Mit einem Plus von sechs Mandaten behaupteten am folgenden Wahltag die Sozialdemokraten ihre Mehrheit im Gemeinderat; zehn Angehörige der Nationalen Front wurden in das städtische Parlament gewählt.

Das Rathaus.

Sonniger
leichter
Regentag
Vorm. 10–11½ h.

Zweites Heft

I. Kapitel

Walter Abt raffte das Pergamentpapier mit den Gräten und Häuten des getrockneten Gangfisches, den Käserinden, den Brotkrumen, dem Butzen des Apfels zusammen, öffnete das Fenster, wischte den Schnee beiseite und legte die Reste seiner Mahlzeit auf das Gesimse. Noch während er an das Pult zurückkehrte, schossen vom Dach des Rathauses jenseits der Limmat die Möwen herbei, äugten im Kreisen das Futter an, und als der junge Verleger wieder vor seinen Papieren saß, begann schon hinter den Scheiben das Kreischen der sich streitenden Vögel. Das Gesicht zu einer Grimasse verzogen, schaute er auf die Sackuhr, die auf der Platte lag; in einer halben Stunde, um zwei Uhr, würde der Ausläufer der Buchdrukkerei Weder da sein, und bis dahin mußte er sich entscheiden, was er für die Märznummer des «Wir» in Satz geben wollte, und bei dieser Vorstellung gab er ein tierisch anmutendes Stöhnen von sich. Es war ein Vorgang, der sich jeden Monat wiederholte und sich immer am sechzehnten in dieser halben Stunde abspielte. Da war ein Artikel des Kunsthistorikers Bernoulli über die Fensterrosetten der schweizerischen Münster, mit den Photographien Wepfs, eine tüchtige Facharbeit und nicht ohne Witz geschrieben – die Vergleiche mit den vorchristlichen Feuerrädern und Sonnendarstellungen gefielen dem Redaktor nicht schlecht –, der nun seit sieben Monaten im Stoß der Manuskripte auftauchte und dann immer wieder zurückgelegt worden war. Auf dem Umweg über Walters Vater, den Gemeinderat, hatte der Verfasser anfragen lassen, warum sein Artikel nicht komme; sowohl die Herren vom Heimat- als auch vom Denkmalschutz wunderten sich sehr darüber. Das sei nun doch etwas für die schweizerischen Leser mit kulturellen Interessen, die die Zeitschrift zu erreichen sich vorgenommen habe. «Es ist halt einfach langweilig», murmelte der Redaktor vor sich hin, kopfschüttelnd und schließlich mit der Hand auf die zerlesenen Seiten des Elaborats schlagend. Ich gebe ihn jetzt einmal in Satz, als Reserve, dachte er, und dann aber sogleich wieder: nein, eben das will ich gar nicht anfangen. Ist das Zeugs gesetzt, dann braucht es bloß eine schwache Stunde, eine Verlegenheit, und der Lükkenbüßer rutscht hinein, und schon sind wir auf dem Weg öder Allerweltsjournalistik. Die Aufnahmen vom Großmünster sind gut, eindrucksvoll und sehr malerisch aufgenommen mit den schrägen Schatten: das gäbe noch eine ganzseitige Photobeilage mit einem ganz kurzen Text. Aber der Artikel! Ich will ihn noch einigen Leuten zum Lesen geben, dem Aaron und dem Hauswart vielleicht, damit ich sehe, wie er auf solche Leute wirkt.

Nochmals schichtete er das Bündel der Manuskripte um. Also, die Kabelleger, das geht, das hat der Reto herausgebracht, wie sie da monatelang ihre Gräben ziehen, nach Chur hinauf, das Rheintal hinunter, in ihren Zelten kampieren, wie sie an den Samstagen plötzlich ausbrechen, einen ganzen Zahltag verjassen und vertrinken, ihre Händel ausmachen, Landsknechtsnaturen und Ehemalige. Man sollte noch einen guten Titel finden. Aber das können wir noch besprechen mit der Kopfzeichnung. Das wären also neuneinhalb Spalten. Dann käme der Artikel von Dr. Freuler, «Psychologie des Hausarztes». Ausgezeichnet, gerade das, was wir wollen, lustig seine Formeln: «Gehen Sie jeden Tag eine Stunde spazieren und am Sonntag drei»; «Legen Sie während des Essens mindestens fünfmal das Besteck auf den Teller»; «Kaufen Sie einen Grammophon und lassen Sie eine Platte spielen während des Ankleidens»; «Gehen Sie mit leichtem Hunger zu Bett.» Macht sieben Spalten. «Bei Teigwaren kommt es auf die Sauce an», von Lisbeth, drei Spalten. Aber jetzt fehlt eben noch ein Beitrag von acht bis zehn Spalten, etwas Ästhetisches, Kunst oder so. Der Bernoulli scheidet vorläufig aus. Da haben wir also noch «Unsere Kinder lieben Picasso», aber leider kein Bildmaterial. «Die Mode ist eine Himmelsmacht», Betrachtungen eines Rayonchefs. Gut, aber ein bißchen zu wenig konkret. Man sollte das an einigen Beispielen zeigen können, wie die Damenhüte von einem Tag auf den andern wertlos werden, sobald die neuen Modelle draußen sind. Wer könnte jetzt auch da noch einige Sätze beisteuern? Maly vielleicht? Nein, von der haben wir ja dann den Artikel «Der Coiffeur ist der Dame Freund». Wie heißt jetzt auch die Verkäuferin bei der Jucker-Petitpierre? Ja, so, und dann haben wir ja auch noch den Bringolf, «Leutnant Bringolf selig, Erinnerungen aus feudaler Burschenherrlichkeit». Aber die Kopfzeichnung muß geändert werden. Und der Abschnitt über den Hochzeitsmarsch von Meyerbeer, der hat einen antisemitischen Beiklang.

Walter Abt hörte, wie draußen im Korridor Türen geöffnet wurden, Schritte, Stimmen. Zwei Uhr! Das Personal hielt seinen Einzug. Seit einem Jahr gehörte das ganze Stockwerk dem Verlag. Gleich würde auch der Ausläufer von der Buchdruckerei Weder auftauchen, in seiner Lodenpelerine. Wenn nur der Reto schon da wäre, damit wir es entscheiden könnten wegen des Kunstartikels; aber da trat Arquint auch bereits ins Zimmer. Er war ohne Hut und trug die abgewetzte Wildlederjacke aus seiner kanadischen Zeit. Er legte die Pfeife auf den Aschenbecher und kramte ein gelbes Kuvert heraus.

«Ich habe etwas gefunden, Walter», sagt er, und seine Sprache war immer noch bündnerisch gefärbt, «eine Frau von vorn und im Profil gleichzeitig, mit drei Augen, die Reproduktion eines Picasso, da, schau; aber was das Lustigste ist, ich habe in den Zeichnungen der Piorina gekramt, schau da ist eine ganze Reihe von Köpfen, die sind fast gleich, von vorn und von der Seite gleichzeitig. Und der Hund, siehst du's? Der springt davon und kratzt sich zugleich, der hat sechs Beine, zwei wachsen aus dem Rücken heraus und halten einen Vogel. Alles miteinander, übereinander; und trotzdem, es gibt eine Art Bild, mit dem Rot und Gelb, das sie hineingemalt hat.»

Die beiden Schwäger beugten sich ernsthaft über die Zeichnungen. «Ausgezeichnet», sagte Walter, «jetzt können wir den Artikel bringen. Gib die vier Bilder sofort zum Klischieren.»

Als die Arquints nach jener Nacht ihrer Heimkehr, in der sie in den Posthof getreten, Christoffer Naulis Schafherde begegnet und schließlich Unterkunft bei den Abts an der Hornbachstraße gefunden hatten, sich in der Stadt wieder einzurichten begannen, war noch eine Entscheidung der Bündner Regierung ausstehend, wegen einer Forstmeisterstelle, um die sich Reto noch von Ontario aus beworben hatte. Sie zog sich aber lange hinaus, weil sich trotz den anderthalb Jahrzehnten, die seither verflossen waren, immer noch starke Widerstände gegen den ehemaligen Dienstverweigerer geltend machten. Zwar lag ein Schreiben des Bewerbers vor, in dem er sich seines Irrtums schuldig und in aller Form wieder zur Landesverteidigung bekannte, wie manche Gesinnungsgenossen seiner

Jugendjahre, von denen viele zu Amt und Würden aufgestiegen waren, und er konnte auch mit seinem Dienstbüchlein die Amnestie durch das Militärdepartement und seine Wiedereinsetzung in den Grad eines Oberleutnants, allerdings z. D., nachweisen. Auch die berufliche Qualifikation stand außer jedem Zweifel. Aber die konservative Regierung kam aus dem Zögern nicht heraus. Die ausgeschriebene Stelle wurde besetzt, dem Kandidaten jedoch jene eines ersten Adjunkten in nicht allzuferner Zeit in Aussicht gestellt. Glücklicherweise war die Familie Arquint nicht mit leerem Beutel heimgekehrt. Reto hatte sich während seiner Jahre in Kanada einige tausend Dollar erspart, außerdem war ihm aus der Hinterlassenschaft seines Vaters, des Pfarrers Arquint in Igis, ein Anteil zugefallen, so daß er sich ohne Besorgnis umsehen konnte.

Die Familie hatte sich in einem der vierzimmrigen Reihenhäuser der Kolonie Neubühl eingemietet; während der Zeit des Wartens auf seine Bewerbungen bei den Forstämtern und den landwirtschaftlichen Schulen hatte es sich wie von selbst ergeben, daß Reto für seinen Schwager einige Artikel schrieb, über die Lebensweise in Kanada, über den Plenterwald, Tips für Auswanderer nach den Vereinigten Staaten. Walter hatte die Gewohnheit, mit seinen Autoren die Texte vor der Niederschrift zu besprechen; auch während der Gespräche mit Reto zeigte sich die Erfahrung, daß sie manchmal Ergebnisse zeitigten, die völlig abseits vom Thema lagen. Im Glauben, damit eine im Bürodienst durch und durch versierte Kraft zu gewinnen, hatte der junge Verleger seinerzeit aus dem Betrieb der Buchdruckerei Weder ein älteres Fräulein, Jahn mit Namen, übernommen. Seit zwölf Jahren hatte diese Angestellte den Inseraten- und Abonnentendienst des Frauen- und Familienblattes «Die Stauffacherin», das der Drucker herausgab, selbständig besorgt. Die Zeitschrift wurde dann aber von einem Schriftenverlag erworben. Im jungen Betrieb des «Wir» ergaben sich jedoch mit Fräulein Jahn allerlei Schwierigkeiten. Ihrer Gewohnheit nach einem methodischen Arbeiten in einem stillen, abgeschlossenen Zimmer behagte der Aufenthalt in dem gemeinsamen Büroraum nicht. Fräulein Jahn hatte die Karthothek der Abonnenten vor sich auf dem Pult, das Journal und das Kassenbuch. Sie hatte viel freie, aber auch durch allerlei Tätigkeiten, wie das Anschreiben von Etiketten, Karteikarten und Briefordnern in Rundschrift, ausgefüllte Zeit. Walter hatte die Zwischenwand der beiden großen Zimmer der alten Wohnung, die auf die Limmat hinausschaute, niederreißen lassen, und so gab es in dem hellen sechsfenstrigen Lokal keine stillen privaten Winkel mehr. Der Chef konnte mit einem Blick alle Arbeitsstellen überblicken. Unbeschäftigten konnte auf diese Weise sogleich Material zugeschoben werden, Satzkorrekturen, Briefe, die geschrieben werden mußten, Arbeit an der Vervielfältigungsmaschine. Gegen solche Zumutungen zeigte sich das ältere Fräulein renitent, nicht offen, aber in geheimer Sabotage, indem es die angestammte Arbeit an der Inseraten- und Abonnentenkontrolle vernachlässigte oder übermäßig komplizierte, um bei Störungen darauf hinweisen zu können, sie müsse ja immer etwas anderes machen. Natürlich entstanden dadurch stets Reibereien zwischen ihr und der jüngeren Equipe, den beiden Lehrmädchen Flora und Maria und dem Fräulein Kuster, der Stenotypistin.

All das erzählte Walter Abt seinem Schwager, humoristisch, kopfschüttelnd und verärgert. Sie waren weit von der Aufforstung durch den Plenterwald abgekommen. Natürlich hätte das Fräulein Jahn eigentlich die Funktion eines Bürochefs übernehmen sollen, so sei es auch gemeint gewesen. Aber es habe in Wirklichkeit am ganzen Unternehmen gar kein Interesse, sondern beurteile alles, was da geschehe, einzig und allein nach dem Gesichtspunkt einer möglichen Störung ihrer beschaulichen Tätigkeit, erläuterte Walter. So sparsam er auch haushalte, er sehe es ein, hier sei eine Lücke, hier fehle noch jemand, nicht ein Bürochef im eigentlichen Sinne, sondern so eine Art Bindeglied zwischen ihm und der Kanzlei einerseits und zwischen dem Betrieb und der Außenwelt anderseits, nicht nur geistig, sondern auch technisch, mit der Druckerei, den Inseratenaquisiteuren, den Kiosken und Straßenverkäufern, den Klischeuren und Graphikern.

Aus solchem Sprächeln heraus hatte es sich schließlich ergeben, daß Reto meinte, aushilfsweise, bis sich für ihn etwas auf seinem Berufe zeigte, könnte er ja ein wenig in diese Lücke treten. Natürlich wisse er nicht ... Aber selbstverständlich könne er das, rief Walter, das sogenannte Fachwissen werde hierzulande wahnsinnig überschätzt, das hätten sie ja beide in Amerika gesehen und erlebt. Er selber, Reto, habe ja in seinen Tips für Auswanderer das Beispiel jenes schweizerischen Graphikers angeführt, den ein Nachbar, der sah, daß er

Schwierigkeiten habe, aufforderte, für ihn Pflästerungsarbeiten auszuführen. In verblendetem Berufsstolz habe der Graphiker dann dies als ein Ansinnen von sich gewiesen. Es werde doch überall mit Wasser gekocht, ein bißchen überlegen, und dann sehe man, worum es gehe.

So war es gekommen, daß Reto nun täglich von Wollishofen in die Stadt hineinfuhr in seiner Wildlederjacke und sich auf der Redaktion betätigte. Als nach Monaten die vertröstende Antwort aus Chur eintraf, waren sich die beiden schon einig: Reto würde bleiben. Er selbst war es, der dem Schwager vorschlug, er wolle, um sich richtig zu binden, auf Gedeih und Verderb, das Erbteil aus der Hinterlassenschaft seines Vaters in die Firma einlegen.

Das Lehrmädchen Maria stand unter der Türe; es trug eine große Brille mit kreisrunden Gläsern, und dahinter war sein Blick ein wenig verstockt und mißtrauisch; es stammte aus Lachen am oberen Zürichsee. «Herr Doktor, der Ausläufer ist da.» Hinter ihm wartete denn auch in seiner grauen Lodenpelerine der junge Mann, der ebenfalls eine Brille trug, und nahm das Papierbündel entgegen.

«Was meinst zu dem Titel für die Kabelleger», fragte Reto, «Maulwürfe der Technik?»

«Sag noch einige», forderte Walter grinsend.

«Die Maulwürfe der Telephonverwaltung», «Mit Pickel und Schaufel von Chur nach Altstätten» oder einfach «Kabelleger».

«Gut, einer von diesen vieren. Wie sehen es dann noch, wenn wir die Kopfzeichnung haben. Könntest du bei der Frau Jucker-Petitpierre vorbeigehen? Wir sollten da für den Artikel über die Mode noch etwa eine Seite haben, wie das zugeht beim Einkauf der neuen Hutmodelle. Ganz konkret, vielleicht noch eine lustige Anekdote. Zum Beispiel jene Frau, die sich während des Krieges einen pazifistischen Hut anfertigte, in Form eines Stahlhelms und eine ausgestopfte Taube darauf, rührend in der Absicht, aber vollständig der Idee der Mode zuwiderlaufend.»

Dann, nach einem Schweigen, ohne Übergang, sagte Walter: «Die Spezialreserve von fünftausend Franken ist dann aufgebraucht. Jetzt steckt der letzte Rappen im Geschäft drinnen. Nun müssen wir schauen, daß unsere Rechnungen hereinkommen. Der Augenblick ist da, wo sich der Aeroplan selber tragen muß.»

«Und was tun wir, wenn er sich nicht vom Boden erheben kann?» fragte Reto ruhig.

«Dann kratzen wir den letzten Rappen zusammen und eröffnen ein Buchantiquariat. Aber vorläufig ist es noch nicht so weit. Mindestens ein Jahr noch kommt die ‹Wir› heraus.»

Es hatte sich ergeben, daß nun beide an der Brüstung des Südfensters standen und über die beschneiten Brücken hinwegblickten, unter denen der Fluß bleischwarz zwischen den Häusermauern nordwärts zog. Auf den weißen Dächern gleißte die Sonne; dort, wo sich die Wasserstraße gegen den See öffnete, wölbte sich der Himmel als eine Kuppel von Blau und Gold und Silber dem Alpenrund zu. Zwischen den Türmen der beiden Münster kreisten die Möwen, festlich in der festlichen Stadt.

«Die Formen sind da», sagte Reto leise, «unverwechselbar zeugen sie für unser einmaliges Dasein.»

«Aber was sie umschließen, beherbergen, ist gefährdet, die Leute und ihr Geist», antwortete Walter. «Sie wohnen in diesem Tal, sie bewohnen diese Häuser, aber nur noch wie Gäste, wie Mieter, nicht mehr wie Eigentümer. Daß sie nur noch die Fassaden renovieren, neu anstreichen und Warmwasserboiler einbauen, beweist, daß sie keinen eigenen Lebensstil mehr haben, der neue Formen schafft. Nicht die Häuser sollten die Menschen, die Menschen sollten die Häuser formen.»

«Es können nicht alle im Neubühl wohnen», lachte Reto. «Und nicht, wo die Leute wohnen, entscheidet, sondern die Beziehung, die sie zu ihrem Wohnsitz haben.»

«Die bei euch draußen haben es leichter, alles ist neu und modern. Aber die vielen Zuzüger in den alten Stadtteilen haben keine Beziehung mehr zu ihren Behausungen.»

«Wie sie keine mehr untereinander und keine zum Lande mehr haben – das willst du doch sagen?»

Mit der Kuppe seines Goldfingers rieb Walter hinter dem Brillenglas den äußeren Winkel seines Auges, wobei er die Lider weit öffnete und nickte.

«Dafür sind wir jetzt eben da, ‹Wir›, unser Blättchen!»

«Ein Däumling im finsteren Wald.»

«Weder bedarf es der Hoffnung, zu beginnen, noch des Erfolges, zu beharren», zitierte Reto ihren Lieblingsspruch, «und jetzt gehe ich zur Madame Jucker-Petitpierre.»

II. Kapitel

Kätterli lehnte am Geländer der Glasveranda des Hauses auf der Wasserscheide; soeben war die Korridortüre ins Schloß gefallen. Auf den kahlen Ästen der Obstbäume lag kein Schnee mehr, schwarz und bewegungslos standen sie auf dem weißen Feld, vom Dachkännel tropfte das Wasser. Sie hörte die Tritte der beiden im Treppenhaus, dann ging die Haustüre, nun bogen sie um die Hausecke und überquerten den kleinen Raum bis zum Gartentörlein, Karl, groß, mit bedachtsamen Schritten, und neben ihm der Schörschli, barhäuptig und ohne Mantel, das viereckige Reisekörbchen, vermittelst einer Eisenstange und eines Hängeschlosses gesichert, in der Hand. Auf der Straße wandten beide einmütig ihre Gesichter empor und winkten mit der Hand; Kätterli schaute ihnen nach, bis sie in der Senke verschwanden, mit Tränen in den Augen.

Um zwei Uhr mußte Schörschli in der Kaserne Thun zur Rekrutenschule einrücken, der Vater begleitete ihn bis zum Bahnhof hinunter. Menschenleer dehnte sich die Landschaft vor Kätterlis Blicken, mit eingeengtem Horizont, denn hinter den Bäumen begann schon der Dunst, der die Stadt und den ganzen Talkessel einhüllte. Von Zeit zu Zeit brüllte ein Löwe im Zoologischen Garten am Waldrande jenseits der Kuppe.

Als Karl an jenem Samstag im September den Schörschli mit einem Leukoplastpflaster auf der Wange und verbundener Hand heimbrachte, saß das Kätterli noch im Wohnzinmer am Tisch, Vera gegenüber, und das Mädchen las der Mutter aus einer broschierten Schrift vor. Es hatte die späte Heimkehr der Männer, wie sie Vater und Sohn unter sich benannten, nichts Befremdliches. Die Sitzungen der Antiquarischen Gesellschaft und des Vorstandes der Lehrervereinigung, denen Karl angehörte, waren Ausweis genug, und der Schörschli verbrachte viele Abende mit Kameraden vom Poly.

«Jesses, hast du ein Duell gehabt?» rief Vera, als sie hinter dem Vater des Bruders ansichtig wurde; aber das Kätterli, durch einen Ausdruck in ihres Gatten Blick aufgestört, erhob sich sogleich vom Stuhl.

Nein, es sei glücklicherweise nichts Ernstliches, beschwichtigte Karl. Es habe draußen in Außersihl eine Schlägerei zwischen jungen Leuten gegeben, ja, zwischen den Teilnehmern an einem Fackelzug und den militanten Sozialisten des Quartiers, und der Schörschli habe natürlich geglaubt, er müsse seine Nase zuvorderst tragen, und dabei sei er in einen solchen Händel hineingeraten und habe dann richtig ein paar Schrammen abbekommen. Sie hätten es im Vorbeigehen in der Notstation des Kantonsspitals gleich desinfizieren und verbinden lassen. Der Schörschli stand bleich und ein bißchen verlegen dabei; während der Vater in bagatellisierendem Ton diese Erklärungen gab.

Von den vier Mitgliedern der Familie war es natürlich Kätterli, die sich sogleich des magischen Aspektes des Vorganges bewußt wurde. Zum erstenmal hatte einer der Ihrigen Blut gelassen und körperlichen Schmerz empfunden in einem Zusammenprall mit der Umwelt. Die kleinen Verletzungen, die vorgekommen waren, gehörten einer anderen Ordnung an, sie waren Unfälle, wie sie in jeder Gemeinschaft und in ihrem Dienste sozusagen sich ereigneten. Das aber, was der Schörschli heimbrachte, die Wunde auf seinem schmalen Gesicht und die wattierte Hand, das kam von draußen, das war kein Unfall, das kam von einer Kraft her, die mit Absicht einem aus der Familie Wunde und Schmerz zufügen wollte. Schörschli kehrte aus einem Kampf zurück. Kätterli hätte dies in Worten nicht sagen können, aber sie spürte es, alarmiert, mit ihrem Fraueninstinkt.

«Wie ist das möglich, bei uns, in dieser Stadt?» fragte sie.

«Du hast es nun gehört, ich habe es dir ja gerade vorgelesen», rief Vera und deutete auf die Schrift, die vor ihr aufgeschlagen im Lampenlicht lag.

Schörschli runzelte die Brauen und blickte über der Schwester Schulter auf den Tisch herab.

«Ja, wir sind gerade dabei, uns darein zu vertiefen», sagte Vera, «wir haben uns erlaubt, es von deinem Tisch zu nehmen.»

Karl hatte sich seines Mantels entledigt und saß nun ebenfalls am alten Tisch, an derselben Stelle, an der er, vor zwei Jahrzehnten, in diesem Zimmer die erste Tasse getrunken und ohne Geschmack daran an einem mit Mettwurst bestrichenen Brötchen gekaut hatte, am Abend jenes Tages, da er und Kätterli zusammenzuleben beschlossen hatten, als freie und erwachsene Menschen wie die Helden der Dramen. Er wußte, daß jetzt auch das Kätterli an jenen Tag und die Nacht ihrer

Vermählung dachte, und heute ging es um das Kind, das ihre Frucht war.

Kätterli hantierte schon in der Küche, und dann brachte sie Tee herein für ihre Männer.

«Tote oder lebendige Schweiz?» hieß der Titel der Schrift, ein junger Philologe war ihr Verfasser.

«So», sagte das Kätterli, setzte sich wieder auf ihren Stuhl, und alle konnten es sehen, daß die Mutter sich offenbar heute die Haare gewaschen hatte, denn über dem Dunkel der Scheitelfrisur schäumte es tapfer silbern am Ansatz der Stirne, «und jetzt möchte ich wissen, was das für eine Geschichte ist.»

Nein, dem Akademischen Harst gehöre er nicht an, erklärte Schörschli, der, an den Kachelofen gelehnt, außerhalb des Lichtkreises stand, aber er habe die Vorträge besucht, im Roten Saal des Studentenheims an der Clausiusstraße, die der Verfasser dieser Schrift gehalten habe; ihrer achtzig oder hundert Zuhörer mochten sie gewesen sein.

«Du, Schörschli – Politik?» sagte das Kätterli kopfschüttelnd.

Der Bursche am Ofen wand sich ein wenig. «Gerade das ist es ja», antwortete er schließlich, «wir haben immer gemeint, Politik, das habe mit den Parteien, den Leitartikeln in den Zeitungen, den Wahlen, den Abstimmungen, den Aufrufen und Flugblättern, den Wirtschaftsgruppen, den Sozialisten und den Bürgerlichen zu tun, sei den Räten und den Regierungen vorbehalten, sei etwas, das sich so auf eine Art unsichtbar, unter Eingeweihten abspielt, so etwas Programmäßiges, so eine Art Verwaltung.»

Karl stützte das Kinn auf die Handfläche und betrachtete in einem fort seinen Sohn. Das war doch noch gar nicht so lange her, da hatte er unter dieser Tischplatte zu seinen Füßen gesessen und mit dem Humpty-Dumpty-Zirkus gespielt, und jetzt stand er schon da und redete über diese Tischplatte hinweg. Fremd? Nein, dieses Wort dürfte man nicht gebrauchen. Zuviel Vertrautes, wenn auch in anderer Form, tat sich dem Vater kund. War die neue Zeit, die anbrach, nicht auch ihm, dem Buchbinderlehrling, das große Anliegen gewesen?

Jetzt kann er auf einmal reden, dachte das Kätterli. Seit er verletzt und sein Blut geflossen ist, fließen ihm auch die Worte, als wären sie aufgestaut gewesen. Aber vielleicht ist es nur die Schockwirkung.

«Wir hatten es ganz vergessen», dozierte nun der Schörschli in der breiten und gedehnten Weise, die unter den Jungen Mode war, «daß auch die Versammlung unter freiem Himmel, der Aufmarsch, der Umzug, der Aufruhr, die Revolution zur Politik gehören.»

Ohne das Gesicht zu wenden, schielte Karl zum Kätterli hinüber, und auch es hatte seine Blicke gesucht. Dieses Wort des Aufruhrs, es stand doch am Anfang ihrer Ehe, da sie sich wider die «kompakte Majorität» aufgelehnt und verschworen hatten. Freilich hatten sie dabei nicht von Politik gesprochen, aber von Liebe und vom freien Selbstbestimmungsrecht des Menschen. Doch spürten sie beide: was ihren Jüngling bewegte, war selben Geistes.

«Hör jetzt einmal, Schörschli, soweit ich mich zurückerinnern kann, alle zehn oder fünfzehn Jahre werden bei uns solche Bücher geschrieben, solche Anklagen, solche Forderungen erhoben, ein Aufbruch der Herzen, eine neue Schweiz verlangt. Das ist auch nötig, das ist auch richtig, ein Land, das ein paar Generationen lang ohne Krieg und Revolutionen durch die Zeit hindurchkam, muß von Zeit zu Zeit neu durchgedacht werden. Die Jungen sind wie Schüler, die in eine neue Klasse übertreten: sie wollen ein ganz neues, sauberes Heft beginnen, ohne Kleckse und ohne Korrekturen. Durchgestrichenes oder nachträglich darüber Hineingeflicktes ertragen sie nicht während der ersten paar Seiten. Eher fangen sie nochmals ein neues Heft an. Sie wollen etwas Klares, Endgültiges, das Provisorische geht ihnen auf die Nerven, denn das entspricht nicht dem Bild, das sie sich von sich selbst machen und das ein Idealbild ist. Mit ihm wollen sie sich ja selbst offenbaren. Darum wird alles, was sie tun, zu einem Manifest: was sie schreiben, was sie reden, ihre Versammlungen, ihr Fackelumzug. Schau, Schörschli, jede neue Generation will sich immer wieder manifestieren, manchmal in einem technischen Werk, in der Elektrifikation der Eisenbahnen, oder im Theater auf der Bühne, im Kunstgewerbe, in der Philosophie, aber am liebsten allumfassend, im Lande selbst, mit einer ganz neuen Staatsverfassung beispielsweise, die der Ausdruck ihres neuen Lebensstils ist, ihrer neuen Weltanschauung werden soll.»

Schörschli trampelte vor Ungeduld an seinem Ofen.

«Nein, wir wollen jetzt nicht diskutieren, es ist zu spät geworden, und du bist aufgekratzt unter der Wirkung des

Schocks, und die verbrannte Hand tut dir weh. Nur noch etwas will ich dir mitgeben ins Bett. Das ist nichts Schlechtes oder Böses, was du da gewollt hast, als du im Fackelzug mitgingst. Aber wahnsinnig vereinfacht, verstehst du mich? Die Schweiz ist eine Feinmechanik, ungeheuer kompliziert und differenziert, viel mehr, als ihr Jungen es wissen könnt, und viel mehr, als es die anderen draußen wissen können, mit ihren einfachen, brutalen und endgültigen Rezepten.»

Während Karl in seiner gemessenen Art über den Tisch hinweg sprach, schmerzte Kätterli das Herz vor Mitleid. Sie sah es, wie der Schörschli litt. Sie wußte, aber auf eine unaussprechbare Weise, daß es um etwas ganz anderes ging als das, wovon Karl sprach. Nicht um diese Schrift, nicht um die Politik, nicht um den Fackelzug. Sie hatte das Kind in die Welt hinausgeboren, aus der Wärme, aus der geheimen Zwiesprache heraus. Sie sah es immer als einen bildhaften Vorgang, wie sich aus Häuten, aus einem Netz der Behütung und Aufsicht und dann aus einem immer zarter werdenden Gespinst von Sorge das Wesen von ihr entfernte und immer weiter, immer mehr allein und auf sich selbst gestellt, in das Fremde und Unabsehbare hinaustrat, daß es die Worte schon fast nicht erreichen und nur die Blicke ihm folgen konnten. Da drüben am Ofen, außerhalb des Lichtkreises der Lampe, stand es, und es wand sich wie in der Marter an einen Pfahl gebunden, schon verstrickt in den Gehängen der Welt und wundgescheuert von ihnen, und sie saßen vor ihm, und der Vater redete zu ihm hinüber; aber er wußte es nicht, über welche Weite, welchen Sternenraum hinweg er seine Worte ausschickte. Entlassen und vorbeischwebend schon, war der Schörschli vom Sog der Zeit ergriffen, und stand er da, und es schwindelte und es erstaunte und es ängstigte ihn, und bald würde er dahinfahren, der neue fremde Stern, von dem sie, Kätterli, einst, da er noch in der Fruchtblase schlummerte, ihre eigene Offenbarung erwartet hatte.

Aber auch Karl rührte sie, wie er ahnungslos, von den Geschäften der Männer befangen, in seiner gemessenen und vernünftigen Art um die Vorgänge herumredete, so wie er seine Zeitungsausschnitte sammelte und mit der Sorgsamkeit des ehemaligen Buchbinderlehrlings in seine Hefte klebte, um dem Walten der Geschichte auf die Spur zu kommen, und es war ein ergreifendes Unterfangen, wie das eines Mannes, der mit der hohlen Hand Zeit aus dem vorbeigleitenden Strom der Ewigkeit zu schöpfen versuchte.

Als nach der Abstimmung zehn Kandidaten der Nationalen Front, geführt von ihrem Gauleiter, der während des Marsches nach Außersihl ebenfalls verletzt worden war und einen weißen Verband turbanartig um den Kopf geschlungen trug, in das Rathaus einzogen, machte der Schörschli schon nicht mehr mit. Die Versammlung in der «Börse», in der der Wahlerfolg der Bewegung gefeiert wurde, ein großaufgezogenes Unternehmen unter wallenden Fahnen mit dem langschenkligen Kreuz, römischem Gruß und Harusrufen, hatte er noch besucht und brav und gewissenhaft die Reden angehört. Nun sprach der zart und schmal aussehende, der Verfasser jener Schrift «Tote oder lebendige Schweiz?», nicht mehr vor einer kleinen Schar Studenten vom Endziel der Bewegung, der totalen Revision der Schweizerischen Bundesverfassung, sondern zu einer tausendköpfigen Menge. Aber völlig programmgemäß verlief die Kundgebung nicht. Ein mit baslerischem Akzent sprechender Herr, markanten Aussehens, ein gewisser Major Leonhardt, erhob sich in einer Ecke des großen Saales und geißelte den Erfolg, den die Redner eben gefeiert hatten, als den Anfang des Untergangs der Bewegung. Sie, die sesselhungrigen Führer der Front, seien nun richtig in die Falle gegangen, die die morsche aber listige Demokratie ihnen gestellt hätte. Indem die Bewegung sich als Partei konstituiert, sich den Regeln des geheimen und korrupten Unsinns der Urnenabstimmung und des Proporzes unterstellt hätte, sei sie bereits in die stinkenden Kanäle des «Systems» geleitet worden, wo nicht das Prinzip der aristokratischen Führerauslese, sondern nur noch die Überzahl der an der bestehenden Ordnung Interessierten den Ausschlag gebe. Der herrlich und furchtlos durch die Straßen brodelnde Strom sickere nun filtriert, kontrolliert und in klägliche Bächlein aufgeteilt in die Ratsstube und vermenge sich mit den dort stagnierenden trüben Wässerlein. Aus der das angstschlotternde Bürgertum, die russlandhörigen Marxisten, die hinterhältigen Freimaurer und feigen Juden vor sich hertreibenden revolutionären Bewegung sei eine Partei der Stellensuchenden geworden, deren Führer jede ihnen von den Gegnern gebotene Gelegenheit, sicher besoldet und pensionsberechtigt unterzukriechen, mit Handkuß ergriffen. Einer habe es ganz richtig ausgesprochen: wenn die

Schweiz nicht von sich aus die neue Ordnung im Lande schaffe, und jetzt, sogleich, so werde sie, ob sie wolle oder nicht, von den neuen Mächten, die in Europa aufstünden, hergestellt werden. Indem aber die Kameraden des Kampfbundes sich in die Räte wählen liessen, würden sie, ob sie es wollten oder nicht, zu Verteidigern jener Schwatzbuden, die hinwegzufegen ihr erstes Ziel hätte sein müssen. Wer immer auch das Reichstagsgebäude in Berlin in Flammen aufgehen ließ – es sei ein Zeichen der Zeit, und wer es nicht verstehen wolle, begehe Verrat an der Bewegung. Jene Stimmen, die ein von den historischen Umwälzungen im Deutschen Reich erschrecktes Spießbürgertum den Kandidaten der Nationalen Front gegeben habe – sie zählten nicht. Zusammenschmelzen würden sie wie Butter an der Sonne, sobald die mächtigen Kundgebungen unter freiem Himmel verboten würden – und das seien die Herren in Bern eben im Begriffe zu tun. Doch gemach, schon einmal in der Geschichte dieses Landes sei ein Herr über die Geschicke Europas es gewesen, der eine veraltete Herrschaft gebrochen und eine neue Ordnung hergestellt habe.

Obwohl die meisten Teilnehmer an dieser Veranstaltung mit solchen Gedanken vertraut waren, ging ein deutlich wahrnehmbarer Schauer durch ihre Reihen. So ungenügend auch Schörschli und seine Kameraden mit den Geschäften des Landes vertraut sein mochten, so ungenügend auch ihre Kenntnisse der Geschichte, und wie auch das Sichtbare und Bewegte der Erneuerung einem Drang in ihnen entgegenkam – dieser Hauch des Fremden und Drohenden, der sie aus der Rede Leonhardts anwehte, diese ungewohnte Tonart der Sprache: die Wirkung auf sie war von derselben Art, wie wenn ein lauer und zu gutmütigen Scherzen über den Pfarrer aufgelegter Christ einen Ludrian Gott lästern hört. Die paar Jungen brüllten los in ihrer Ecke, und es darf zur Ehre dieser Versammlung berichtet werden, daß sie hundertfältige Gefolgschaft fanden. Die Grenzen gegenüber der « Nationalsozialistischen Schweizerischen Arbeiterpartei» Leonhardts, dem sogenannten «Volksbund», waren ausgemarcht.

Einige Tage später erhielt der junge Polytechniker von der ungenügenden Note für seine Klausurarbeit in der Darstellenden Geometrie, die für das Vordiplom zählte, Kenntnis. Damit fiel ein kleiner Plan, um den sich während mancher Monate die Gespräche der Familie auf der Fluntermer Wasserscheide gedreht hatten, zusammen. Auf Karls Betreiben hin hatte Schörschli das Gesuch gestellt, an einer nach der ersten Prüfung stattfindenden Rekrutenschule teilnehmen zu können, und es war bewilligt worden. Jetzt war alles um ein Jahr hinausgeschoben.

Auch die anderen Raubtiere im Zoo waren unruhig geworden. Von Zeit zu Zeit grollte und gurgelte es aus dem Nebel heraus, über die Kuppe hin. Das Kätterli auf der Veranda ließ die Tränen kollern. Wie hätte ich es dir gegönnt, dachte es, du könntest mit dem Zeugnis der bestandenen Prüfung in deinem Körbchen in jene Männerwelt eintreten, kleiner Schörschli. Es hätte dir gut getan. Als du heimkamst mit der Wunde an der Wange und der verbrannten Hand, da wußte ich, daß es dir fehl gegangen war an deiner Prüfung. Und du wußtest es auch. Darum bist du ja mitgelaufen am gefahrvollen Fackelzug, du wolltest es büssen, dich bestrafen lassen, zum vorneherein, ach, und vielleicht hofftest du, es möchte das eine im anderen untergehen, die ungenügende Note im Blute der Straßenschlacht. Deine Mutter kennt sie, die geheimen Gleichungen des schuldbedrängten Herzens.

Zaghaft erst, mit einem Mißklang, begann Vera im Nebenzimmer ihre Doppelgriffe zu üben, a-fis, e-gis, dann wurden ihre Bogenstriche kräftiger, die Töne reiner, doch war die Übung jeden Wohlklangs bar, exakte Schreie in abgemessenen Abständen. Das Kätterli schneuzte sich energisch, schüttelte den Staublumpen aus und begann mit der Anwendung ihres erprobten Heilmittels: sie ging mit dem Tuch in der Hand durch die Wohnung, von Gegenstand zu Gegenstand, eine Schleppe der Ordnung und Reinlichkeit hinter sich herziehend. Die Doppelgriffe Veras begleiteten sie dabei, des Kindes, das sie sozusagen unter den Augen Lenins geboren hatte.

III. Kapitel

Der Malermeister Lismer hatte die Türe und die beiden Fenster seiner Werkstatt am Hottingerplatz weit geöffnet, um das Austrocknen der Farbe auf den frischgestrichenen Holzmöbeln zu befördern. Die ganze Butik – eine ehemalige freistehende Waschküche – war davon angefüllt, Stühle, zwei

Tische, eine Kommode, und selbst in dem kleinen umzäunten Vorgarten standen noch ein eintüriger Kleiderschrank, ein Handtuchhalter, ein Schemel, eine Etagère, zwei Lehnsessel mit Strohgeflecht und die Seitenteile einer Bettstatt. Es waren alles Gegenstände von veralteter Form, die abzulaugen und einheitlich in einem Ton zwischen hellgrün und crèmefarben zu überpinseln ihm von einem jungen Fräulein, Helene Hirzel mit Namen, aufgetragen worden war. Sie hatte diese Stücke im Brockenhaus erworben und war eben dabei, sich damit eine kleine zweizimmerige Dachwohnung an der Plattenstraße einzurichten.

Die stadtwärts gelegene Zeile der niederen alten Häuschen lag bereits im Nachmittagsschatten; malvenfarben stand die Luft unter den bestaubten Laubdächern der kleinen Anlage, und über ihnen, vor einem dunkelblauen Himmel, gleißte grell der Kalkstein der Fassade des großen Eckhauses im Jugendstil an der Hottinger Straße. Hie und da kam ein Straßenbahnwagen die ferienstille Asylstraße herab, entließ an der Haltestelle, beim Kreisbureau, einen vereinzelten Fahrgast, der sich beeilte, aus der brütenden Sonne herauszukommen, und rollte mit Eisengeräuschen dem Heimplatz zu.

Der Malermeister trat aus der Werkstatt, lehnte eine große Holztafel an die Mauer, setzte sich auf einen Hocker davor, schob den weichen Strohhut aus der Stirne und besserte mit einem schmalen Borstenpinsel die Buchstaben des Spruches nach, der, in einem hellen Grün gehalten, das Rechteck ausfüllte:

«Zeige mir, Herr, den Weg deiner Rechte,
daß ich sie bewahre bis ans Ende.» Psalm 119, 33

Es handelte sich um einen Auftrag der Freien Psalter-Gemeinschaft, deren Betlokal sich, gleich um die Ecke, an der Willibaldstraße befand und zu deren Mitgliedern Lismer seit nahezu einem Jahrzehnt gehörte.

Begonnen hatte es damit, daß er, der Malermeister, und der Schreiner Hauri beim Umbau der Backstein-Villa, in der sich das Betlokal befand, zu Verlust gekommen waren. Ursprünglich der Sitz des Konsulates einer südamerikanischen Republik, war die Liegenschaft von der Witwe des verstorbenen Honorarkonsuls zuerst mietweise, dann käuflich an den Tanzlehrer Zingg übergegangen, der im Parterre drei Zimmer zu einem großen Saal vereinigte. Am Abend unterrichtete er darin im Gesellschaftstanz, während am Nachmittag seine Gemahlin, die bekannte ehemalige Solotänzerin Ellen Riva, Stunden im sogenannten Frauenturnen und rhythmischer Gymnastik für Kinder erteilte. Aber die Last hatte sich als zu groß erwiesen; die Kosten für den Umbau konnten von dem Tänzerpaar nicht bezahlt werden; die Bank als Inhaberin der ersten und zweiten Hypothek hatte auf Verwertung gedrängt. Um nicht zu Schaden zu kommen, erwarben Hauri, Lismer, ein Elektriker, Petzold mit Namen, und der Steinmetz Vetsch die Liegenschaft und übernahmen zugleich die Schwanzhypothek. In dem umgebauten Zustande, mit dem mächtigen Lokal im Parterre, erwies sich das Gebäude jedoch als unverkäuflich und auch nicht vermietbar. Wohl wurde das obere Stockwerk von zwei älteren Leuten bewohnt, die Zimmer ausmieteten; aber es war ein Notbehelf, gerade recht, die Villa in ihrem Garten nicht ganz leerstehen zu lassen. Auch eine neugegründete Gesellschaft, die Reklamefilme herzustellen beabsichtigte, erwies sich als unfähig, die Zinsenlast tragen zu helfen, da sie schon nach kurzer Zeit ihre Zahlungen einstellte und das große Studio in einem solchen Zustand zurückließ, daß die Handwerker von neuem einspringen mußten.

In dieser sorgenvollen Zeit, da die ehrbaren Männer die in einem altmodischen Garten stehende, von Ligusterbüschen, Buchssträuchern und Eiben umgebene ehemalige Herrschaftsvilla besaßen, die keiner von ihnen bewohnen, aber auch nicht für sein Gewerbe verwenden konnte, und sie bereits den Zeitpunkt voraussahen, da sie nicht nur ihres Eigentums, sondern auch des Lohnes ihrer Arbeit verlustig gehen würden, war es des Schreiners Hauri Erleuchtung, die ihnen einen Weg aus der Wirrnis wies. Er war als ein junger Bursche einer unter jenen Zweihundert gewesen, die Anno 1905 im «Velodrom» in der Hard drunten vor dem Reverend Downie aus Chicago auf den Knien gelegen und die Erwachsenentaufe empfangen hatten. Zwar war er später aus der Baptistengemeinde wieder ausgetreten, nicht des Glaubens wegen, aber weil seiner Gabe und seiner Neigung, das Bibelwort in freier Rede auszulegen, ungenügender Spielraum gewährt wurde. Geweihte und Eingeweihte aus der Stammkirche machten ihm die Kanzel streitig. Er hatte deshalb schon während des Krieges begonnen, bei sich zu Hause, in der Wohnstube erst, und dann in einem Lagerraum seiner Werkstatt im Hof eines Häusergevierts an der Hofackerstraße, ein paar Gläubige jeweils am Mittwochabend um sich zu versammeln und Andachten abzuhalten. Der rege Zuspruch, den er fand, machte dann bald die wöchentliche Miete des hinteren Sälchens im «Maienriesli», einem alkoholfreien Restaurant am Gemeindeplatz, nötig; der Unkostenbeitrag, den die Andächtigen erlegten, und dessen Summe den Betrag, der für die Benützung des Lokals benötigt wurde, bald überstieg, brachte den Mann auf den Gedanken einer engeren und dauerhafteren Verbindung unter den Leuten der kleinen Gemeinde. Der Steinhauer Vetsch gehörte schon längere Zeit zu seinen Getreuen; mit ihm zusammen erläuterte Hauri dem Elektriker Petzold und dem Malermeister Lismer seinen Plan, der darauf hinauslief, es sollte aus den Besuchern der Bibelauslegung eine Genossenschaft gebildet werden mit einem Vorstand und einem Geschäftsausschuß aus den vier Handwerkern, und das Ziel der Freien Psalter-Gemeinschaft wäre die Übernahme der Liegenschaft an der Willibaldstraße zwecks Errichtung eines eigenen Betlokals. Diese Erleuchtung erwies sich als fruchtbar. Nicht nur brachte das neue Domizil sogleich einen Zuwachs von Andächtigen und damit von Genossenschaftern, die Anteilscheine zeichneten, sondern es trat im dritten Jahr die wunderbare Fügung ein, daß ein altes Fräulein bei seinem Ableben die junge Gemeinde mit einem Legat bedachte. Damit konnte die leidige Schwanzhypothek gelöscht werden, und es kamen also die vier Handwerker endlich zum Lohn ihrer wohlverdienten Arbeit. Abwart und Prediger zugleich, bezog Hauri mit seiner Familie die Wohnung über dem Betlokal und gab seine Schreinerei auf. Man konnte ihn nun in seinem schwarzen, das Priesterliche leicht andeutenden Fräcklein in der Zeit, da ihn sein Amt nicht beanspruchte, seinen Geschäften nachgehen sehen, still und ohne Aufsehen, von mittelgroßer gedrungener Gestalt. Den Schnurrbart des Handwerkers trug er nun nicht mehr, und seinem Gesicht eignete etwas Chinesisches oder das, was man sich hierzulande darunter vorstellte. Die blasse Haut war reich gefältelt und auch ein wenig gefleckt; zwischen schmalen Schlitzen ruhten, tiefschwarz und fast immer bewegungslos, selbst wenn der Rauch des Stumpens an ihnen vorbeizog, die Augen.

Der Malermeister mochte ihn eigentlich nicht. Hauri hatte keinen Sinn für seine Späße, zu denen sich Lismer, sobald ein paar Männer zusammen waren, unaufschiebbar getrieben fühlte, sei der Anlaß dazu geeignet oder nicht. Selbst an den Sitzungen des Geschäftsausschusses, wenn Hauri gemessen Bestuhlungsfragen, Steuerangelegenheiten, den Streubereich der Werbezettel in den Briefkästen oder den Entwurf eines Glasgemäldes erörterte, konnte sich Lismer, der sich während des Weltkrieges als Sanitätsgefreiter den soliden Ruf eines Kompaniekalbes erworben hatte, nicht enthalten, die Ausführungen des Vorsitzenden durch allerlei Bemerkungen zu unterbrechen. Mit Vorliebe wählte er dazu Verse aus den Psalmen. Sprach Hauri von einer kleinen, während des abgelaufenen Kirchenjahres herausgewirtschafteten Dividende, so konnte der Malermeister vernehmlich murmeln:

«Dein Wort ist meinem Munde süßer denn Honig»,

und schaute ihn der Prediger daraufhin mit seinen bewegungslosen Augen strafend an, antwortete er:

«Ich bin sehr gedemütigt»

und, den Zeigefinger mit dem Daumen reibend,

«Herr, erquicke mich nach deinem Worte».

Aber die drei Handwerker mußten es anerkennen: aus dem Schaum der Sägespäne in seiner Werkstatt an der Hofackerstraße war Hauri auf eine unerklärliche Weise in einen ausgesparten Raum hineingewachsen, der auf ihn gewartet zu haben schien und in dem er sich nun bewegte, als hätte er ihn während Jahren schon vorbereitet. Immer wieder überraschte er die Gemeinde durch neue Einfälle. So führte er jenen Freitagsdienst ein, der die Zahl der Andächtigen wiederum anwachsen ließ. Es wurden zu diesem Anlaß um sieben Uhr des Abends das Gartentörchen an der Willibaldstraße, die Haustüre und die Türe zum Betlokal sperrangelweit geöffnet, alle Lampen im Erdgeschoß entzündet, und der ein wenig verwachsene ungarische Coiffeur Ödön setzte sich an das Harmonium und spielte darauf während einer halben Stunde. Immer mischten sich unter die ins Haus tretenden und sich still auf die Stühle des Andachtslokals setzenden Gemeindemitglieder

Fremde, die sich zögernd aus dem Kreise der Lauschenden auf der Straße draußen gelöst hatten. An diesen Abenden trat Hauri nicht hervor. Wenn der Raum gefüllt war, ging er hinaus, schloß leise aber bedeutungsvoll das Törchen und die Türen hinter sich und nahm selbst bescheiden, hinten in der Ecke, auf einem Bänklein seinen Platz ein. Wenn die letzten Töne verrauscht waren, herrschte tiefe Stille, und es begriffen alle: sie warteten. Unter ihnen, mit ihnen eingetreten, mußte der Herr da sein, und er würde sich kundtun. Immer gab es dann auch einen unter ihnen, dem die Stille unerträglich wurde und der im Lauschen in sich selbst hinab erkannte, daß er heute zum Munde Jehovas erkoren worden war. Irgendwo in der Menge konnte dann jemand, erwartet und doch jedesmal mit Schauern vernommen, zu sprechen beginnen. Manchmal war es einfach ein Gebet, ein «Vater unser», oft aber ein Bekenntnis, das die andern, ohne sich nach dem Sprechenden umzusehen, so anhörten, als wäre es ihr eigenes. Selbst Lismer konnte sich in diesen Stunden der Ergriffenheit nicht erwehren. Mochte er, Hauri, ein verschmitzter und listiger Führer der Psalter-Gemeinschaft sein, so ward es bei solchen Anlässen doch offensichtlich: er war, ob er es wußte oder nicht, doch ein Werkzeug in den unerforschlichen Plänen des Höheren, und wenn dann ohne Gruß und Wort die Gemeinde sich still auflöste, einer nach dem andern mit raschen Schritten zur Türe ging und das Haus verließ, so daß am Ende nur noch die vier Mitglieder des Geschäftsausschusses auf ihren Stühlen zurückblieben, lag eine wirkliche Weihe in dem leeren hell erleuchteten Raum, die auch sie durch kein Wort zu zerstören wagten. Hauri in seinem schwarzen Fräcklein ergriff dann eine hohe Stange, öffnete damit die oberen Fensterflügel und drehte das Licht aus; erst am Ecktisch im «Maienriesli» am Gemeindeplatz wurde das Geschäftliche besprochen.

Dann berichtete Hauri von seinen Besuchen, die er «Missionen» nannte. Das Legat jenes alten Fräuleins, das recht eigentlich als der von höherer Stelle beigesteuerte Grundstein der jungen Gemeinde betrachtet werden mußte, hatte den ehemaligen Schreinermeister die Bedeutung des sogenannten Außendienstes erkennen lassen. Undankbare Kinder, gleichgültige Neffen, Geschwister, mit denen man im Streit lebte, konnten durch testamentarische Legate über das Grab hinaus bestraft, Steuer-Hinterziehungen durch Schenkungen bei Lebenszeit gesühnt werden. Der lange Umgang mit Holz und Möbeln, Beize, Politur und Lack verlieh dem Auftreten des Predigers in den Wohnzimmern und Salons im Stile der Jahrhundertwende, in denen die anvisierten älteren Damen ihn zu empfangen pflegten, etwas Vertrautes und Vertrauenerwekkendes. Er konnte während des Gesprächs mit seiner Hand eine Tischkante prüfend umfangen, mit seinem breiten Daumen einer Leiste entlang streichen, mit dem geübten Auge des Möbelschreiners den Verlauf der Maserung am Buffet verfolgen und nebenbei einen Ratschlag einflechten – das Stück stehe zu nahe am Ofen oder etwas dergleichen –, und diese selbstlose Teilnahme an den vertrauten Gegenständen ihres Lebensraumes rührte die zukünftigen Testatorinnen beinahe eben so sehr, wie des Predigers Besorgnis um das Heil ihrer Seele. Diese Wohnungen waren Inseln in der Zeit. Wohl kamen durch das «Tagblatt» und den «Tages-Anzeiger» die Nachrichten von der Welt herein, aber zusammengefaltet und ordentlich aufgebeigt erwarteten sie bald hernach hinter der Türe der Speisekammer den Altstoffsammler, der sie in seinem Jutesack wieder hinaustragen würde. Da Fragen des Verdienstes und des Erwerbs in diesen Räumen keine Erörterung fanden, ruhte die Luft bewegungslos über Deckchen und Teppichen, eingeschläfert, warm und weich; Gardinen und Spiegelfenster dämpften die Laute der Straße, Brise-Bise und reich bestickte Vorhänge das Licht. Der zusammengerollte Kater auf dem Gesimse, der mausernde Kanarienvogel im Käfig und die stillstehende Uhr unter der Glasglocke waren wie die Bewohnerinnen dieser Räume selbst liegengebliebenes Geschiebe der verzögerten Zeit. Wenn der Mann Hauri in diese Zimmer trat, so vollzog sich die Ankunft nicht des leidenden Sohnes oder gar des göttlichen Vaters, hingegen die erdennahe des leiblichen, des Zimmermannes Josef, der vertraut war mit den Geschäften und den Fährnissen der Welt, geübt, des Stalles Gebälk zu verbolzen, die Wiege zu zimmern und die Flucht der gefährdeten Familie zu organisieren. Wenn er sich von den älteren Damen verabschiedete, so blieb ein Glanz in ihren Augen, Resedaröte auf ihren Wangen und der achte Vers des einhunderteinundzwanzigsten Psalms auf der Plüschdecke des Wohnzimmertisches zurück, der lautete: «Der Herr behüte deinen Ausgang und Eingang von nun an bis in Ewigkeit.»

Waren sie unter sich, die drei Handwerker, der Malermeister, Petzold und Vetsch, der Rapporte gewärtig, die der Vorsitzende von seinen außendienstlichen Missionen heimbrachte, so redete Lismer denn auch von ihm als ihrem Zimmermann, als dem Mann, der in die Zimmer ging. Doch brachte er diese Scherze immer behutsam und mit undurchdringlicher Miene vor, hatte er doch den Auftrag der Genossenschaft, die Wände des Hauses und des Betlokals mit auswechselbaren Tafeln von Psalter-Sprüchen zu zieren, eine komfortable Bestellung in Tat und Wahrheit, zu hundert Franken das Stück, und eine Arbeit die man zwischenhinein, während die Farbe der Möbel trocknete, erledigen konnte, in Ruhe und Sorgfalt, und deren Ertrag, erwog man die Zahl der zu diesem Zwecke geeigneten Aufschriften, einer kleinen lebenslänglichen Rente gleichkam.

Dessen gedachte Lismer auch wieder, als er an diesem stillen Augustnachmittag, den Strohhut aus der Stirne geschoben, vor seinem Werke hockte und an den grünen Lettern des 33. Verses des 119. Psalms herumbesserte. Zur verabredeten Zeit fand sich Hauri ein, betrachtete über die Schulter des Malermeisters hinweg die Tafel eine Weile, und dann wanderten sie zusammen die Asylstraße hinauf bis zur Klus, wo sie den Autobus nach Witikon erwarteten.

Seit dem Erwerb des Grundstückes an der Willibaldstraße waren die Geschicke der Freien Psalter-Gemeinschaft auf eigentümliche Weise mit dem Handel von Liegenschaften verknüpft. Statt die Legate in totem Kapital, mündelsicheren Papieren mit lächerlich kleinen Zinserträgnissen oder gar in barem Gelde, in Gold oder Banknoten, und posthum obendrein, dem Werke anzuvertrauen, sei es, pflegte der Zimmermann vor den getreuen Frauen zu argumentieren, doch wohlgefälliger, diese Kraft lebendigem Wachstum zuzuführen. Welch ein herrliches Gefühl müsse es doch sein, zu wissen, es bilde dieses Geld den Grund glücklicher Familien, die in heiteren Wohnungen Kinder großzogen, und Anlaß, den Schöpfer zu preisen ob seiner Weisheit, daß auf diese Art selbst ein jungfräuliches Wesen noch die Nährmutter neuer Geschlechter werden und damit die ihr einwohnende Bestimmung erfüllen könne. Mit anderen Worten ausgedrückt handelte es sich um Landkäufe und Baukredite, in welche die Vergabungen verwandelt wurden, ein Schritt, der den Stifterinnen nicht mehr schwer fiel, wenn sie sich einmal zur Hingabe von Besitztum entschlossen hatten.

Während der ratternde Bus dem tief unten im Gehölz dahinsickernden Wildbach entlang in das kühle Stöckentobel hineinfuhr, bei der sogenannten Schleife die Brücke überquerte und im Waldschatten den Hang hinankletterte, erläuterte der Präsident der Freien Psalter-Gemeinschaft dem Malermeister das dem Stadium der Reife sich nähernde Geschäft. Seit der Eingemeindung der Vororte Affoltern, Albisrieden, Altstetten, Höngg, Oerlikon, Schwamendingen und Seebach am 1. Januar 1934, die die Zahl der Einwohner auf 312 000 Seelen erhöht und das Gebiet der Stadt auf 8774 Hektaren erweitert und damit nahezu verdoppelt hatte, gehörte auch das Bauerndörfchen Witikon zum Bannkreis der Siedlung. Auf dem sonnigen Plateau zwischen dem Adlis- und dem Oetlisberg, sechshundert Meter über Meer und damit zweihundert über der Stadt gelegen, sich um die kleine Kirche auf dem Moränenhügel scharend, blickten die Fenster der alten Gehöfte und Kleinbauernhäuser nach Süden und Westen, und der Alpenkranz und die Albiskette jenseits des Seetals bildeten die Säume ihres Horizontes. Das herrlichste und idealste Wohngebiet, das man sich denken konnte, Wälder ringsum, klare reine Luft, Sonne den ganzen Tag! Das einzige, was dagegen einzuwenden sei: die schlechten Verkehrsverhältnisse. «Glücklicherweise», fügte Hauri hinzu. Eine einzige fahrbare Straße bis zur Stadt hinunter, eben jene, die sie jetzt hinanfuhren, und ein einziges Verkehrsmittel, dieser Bus, sonst nur steil abfallende Sträßchen und Wege gegen Riesbach hinab, doch immer wieder, der Wehrenbachschluchten wegen, zur Klus hin abgelenkt, und es würde wohl noch sehr lange dauern, bevor es in dieser Beziehung besser würde. Deshalb liege auch das Land am Hang und auf der Terrasse noch unter seinem wirklichen Werte. Er, Hauri, kenne eine Witwe, Bollier mit Namen, eine geborene Achterhold – ganz richtig, eine Schwester jener Achterhold, die an der Bahnhofstraße Grundbesitz hatten –, und diese ältere Dame sei von ihrem Mann her Eigentümerin einiger Äcker, Wiesen und Baumgärten, die sie seit über zwanzig Jahren schon einem Witikoner Landwirt verpachtet hätte. Sie lägen abseits der großen Straße, gegen den Adlisberger Wald zu, ohne Strom und Wasser, unerschlossen also, und somit auf lange Zeit hinaus wenig lockende Objekte. Die Eigentümerin sei bereit, die Grundstücke abzustoßen.

Dem Malermeister waren Gespräche dieser Art vertraut. Zweimal schon hatte die Psalter-Gemeinschaft dank hochherzigen Schenkungen Baugrund erwerben und damit den Handwerkern unter ihren Mitgliedern lohnende Arbeitsaufträge erteilen können. Außer dem Malermeister Lismer, dem Installateur Petzold und dem Steinmetz Vetsch im Geschäftsausschuß, gehörten neuerdings auch ein Architekt, der Inhaber einer Unternehmerfirma, sowie ein Gärtner der Gemeinde an. Der echte und unbezweifelbare religiöse Drang, der diese Leute im Laufe der Jahre im Schoße der Sekte vereinigt hatte, wurde durch die berufliche Förderung, die sie durch die Rührigkeit ihres Predigers und Vorsitzenden erfuhren, nicht getrübt. Im Gegenteil sahen sie darin das sichtbare Zeichen eines über ihnen waltenden Wohlwollens, das sowohl ihr auf das Jenseits wie auch das Diesseits gerichtetes Tun guthieß. So war es ein Kitt doppelter Art, der sie zusammenhielt, mancherlei Spott und Anfeindung zum Trotz.

Von welcher Art aber die Initialzündung sozusagen, die Urmacht, war, die das gott- und weltgefällige Unternehmen in stetigem Puls hielt, das sollte Lismer an diesem sommerlichen Spätnachmittag erfahren, als er oben an der Waserstraße mit Hauri dem blauen Omnibus entstieg. Es erwartete sie dort bereits, in Begleitung eines jüngeren Mannes, des Angestellten der Liegenschaftenverwaltung der Kantonalbank, die Witwe Frau Netti Bollier, ein in schieferfarbenen Taft gekleidetes Persönchen von lebhaftem Gesichtsausdruck, eine Granatbrosche auf den Tüll über der Kehle geheftet und das graue Haar von einem jener Hütchen bedeckt, die die englische Königsmutter zeitlos gemacht hatte. Als sie, von der Witikonerstraße abbiegend, querfeldein Ackerrändern entlang und unter trächtigen Apfelbäumen dahin dem in Frage stehenden Grundstück zustrebten, ging Hauri an der Seite der Dame voran, und Lismer mit dem jungen Mann folgte ihnen. Die Luft war vom Gesumm der Insekten erfüllt, rauh und hoch stand das wilde Gras an den Wegrändern, in den blauen Schatten des Gehölzes gaukelten Schmetterlinge, Mohn blühte zwischen den Steinen; es duftete von Salbei und Thymian.

In seinem schwarzen Fräcklein, den Hut in der Hand, die Stirne in die Sonne erhoben, wanderte Hauri gemessenen

Schrittes neben Frau Bollier her. Lismer konnte nicht vernehmen, was er sprach, aber so aus der Entfernung mochte es scheinen, es sei die ältere Dame noch ein jüngeres Wesen, das sein Gesichtchen zum Begleiter emporwandte und mit einem seltsamen Zug um die Lippen herum seinen Worten lauschte. Angekommen, suchten sie die Grenzsteine; der junge Mann entfaltete Papiere und schritt den Platz ab, Hauri stand talwärts gewendet im vollen Licht der Abendsonne, und wie er seine Arme mit den ausgestreckten Händen parallel über sein Haupt erhob, und, sie nach vorn senkend, die Orientierung der projektierten Bauten erklärte, hatte seine Bewegung zugleich etwas Beschwörendes und Segnendes, und die Art, wie ihn die Frau dabei anblickte, war ebenfalls doppelschichtig: einerseits war sie die Besitzerin, die künftige Gläubigerin der Freien Psalter-Gemeinschaft und aber zugleich ihre Gläubige. Hauri ließ den jungen Mann die Bedingungen und das Lastenverzeichnis verlesen; doch war die Partei, die der Bankangestellte vertrat, eben die anwesende Frau Bollier, schon längst nicht mehr Partei, Lismer bemerkte es wohl. Sie war dem Zauber des herrlichen Abends und der Ausstrahlung des Mannes neben ihr längst erlegen. Sie hörte nicht, was der eifrige junge Mann vorlas. Sie stand da, auf einem Häufchen weiß gebrannter Ackersteine, ein silbernes Krönchen über der Stirne, und in den gefältelten Höhlen leuchtete wie weh und inbrünstig ein blaues Augenpaar. Sie sei mit allem einverstanden. Sie lade die Herren zu einem kleinen Imbiß ein, droben im Dörfchen, in der «Post».

Als sie, zu einem winzigen Umzüglein geordnet, Frau Bollier und Hauri voran und die beiden anderen hintendrein über den Wiesenweg, im Zirpen der Grillen, winzig klein unter der blauen Wölbung des Himmels, über das weite Plateau, Witikon zuschritten, schien es, als sei es eine Ordnung von bräutlicher Art, eine Mischung von himmlischer und weltlicher Fortbewegung zugleich, und dem Malermeister Lismer ging es auf, daß der Urgrund, auf dem die Freie Psalter-Gemeinschaft ruhte, so wie es der Prediger immer verkündet hatte, die Liebe war. Morgen schon würde er die neue, der Donatorin gewidmete Tafel mit dem von Hauri persönlich ausgesuchten Vers in Angriff nehmen

«Wenn du mein *Herz* tröstest,
so laufe ich den Weg deiner Gebote».

IV. Kapitel

Die Rauchbänke lagerten so dicht über den Köpfen der Versammlung im großen Zunftsaal der «Waag» am Münsterhof, daß die Lampen an der niederen Holzdecke nur noch wie matte rötliche Mitternachtssonnen durch sie hindurchschimmerten. Die Tischreihen waren in der Form einer dreizinkigen Tafel angeordnet. Kopf an Kopf, Schulter an Schulter, Ellbogen an Ellbogen, längs einer unabsehbaren Allee von Eptingerfläschchen, Kaffeetassen, Zweierli von Rotwein, Teegläsern und weißen Aschenbechern aus Steingut saßen die Männer da, die Gesichter dem Quertisch am oberen Ende des Raumes zugewendet, wo Stadtpräsident Klöti gemessen, aber mit deutlich vernehmbarer Stimme die Gründe darlegte, die die Studienkommission veranlaßt hatten, die auf 1936 geplante Landesausstellung auf das Jahr 1938 zu verschieben. Infolge der herrschenden Wirtschaftskrise zeigten die Industrie und das Gewerbe keine Neigung, sich an dem Unternehmen zu beteiligen; Mangel an Aufträgen und die Schrumpfung des Exportes hätten in der Stadt allein die Zahl der Arbeitslosen bereits auf über zwölftausend ansteigen lassen, die Steuergelder gingen zurück, die Teuerung hielt an, und auch in bezug auf die Beteiligung der Eidgenossenschaft machten sich starke Bedenken geltend; außerdem sei die Platzfrage – Wollishofer-Allmend oder Seeufer? – noch immer nicht gelöst. All dies seien gewiß schwerwiegende, doch nicht unüberwindliche Hindernisse – am tiefsten wirkte jedoch das psychologische Moment: es fehle an Elan, an der Stimmung, was ja angesichts der politischen Entwicklungen jenseits der Grenzen verständlich sei. Er für seine Person und die Mitglieder der Studienkommission glaubten nach wie vor an die Notwendigkeit des geplanten Werkes, und dieselben Gründe, die die Zögernden und die Mißtrauischen dagegen ins Treffen brachten, seien für ihn und seine Mitarbeiter geradezu Argumente dafür. Aber da es nach hierorts geltender Art etwas Rechtes, Bedeutendes, Solides, Durchdachtes und Geplantes, kurz das Maximum des Möglichen werden sollte, ein stolzes Fest der Arbeit, hätten sie sich zum Entschluß der Verschiebung durchgerungen. Wie gesagt, nicht die technischen Schwierigkeiten seien in erster Linie daran schuld, sondern gefühlsmäßige, Unlust, eine gewisse kulturelle Stagnation, die ökonomische Belastungsprobe, das Meer von Wolken, das die Zukunft verhülle – all das wirke sich hemmend aus. Wie das Wasser, so folge der passive Pessimismus dem Gefälle des geringsten Widerstandes – eine Geisteshaltung, die der Stadt, die zu verwalten er die Aufgabe und die Ehre habe, unnatürlich und fremd sei.

Es entstand, nachdem Dr. Klöti sich gesetzt hatte, in der Versammlung das übliche Raunen und Räuspern, die Bewegung des überpersönlichen Wesens, das sie darstellte, mit der es sein eigenes Bewußtsein zu suchen schien. «Anwesend sind», bemerkte Walter Abt zu dem neben ihm sitzenden Schwager, «nicht die Maßgebenden, die Verwaltungsratspräsidenten der Industrie, die Direktoren der Banken, die Inhaber der großen Firmen, sondern ihre Vertreter, die Sekretäre der Verbände, die höheren Angestellten, Prokuristen, ohne Kompetenz, Horcher, die die Konsumation auf die Spesenrechnung setzen und sich zurückvergüten lassen. Der größere Teil aber besteht aus Leuten, die irgend etwas erwarten, Aufträge, eine Gelegenheit, sich bemerkbar zu machen, auszuzeichnen, junge Architekten, Reklameberater, Graphiker. Und dann natürlich die Presse. Für sie ist der Anlaß eigentlich bestimmt. Aber paß jetzt nur auf, Reto, das Merkwürdige ist nämlich das, daß aus diesem Chaotischen, Unkompetenten im Laufe des Abends etwas entsteht – eine Art gemeinsame Seele».

Es hatte sich in der Mitte der gegen die Wand zu stehenden Tischreihe, das dunkle Holzgetäfer im Rücken, ein älterer Herr erhoben, dessen Haare zu einer schwarz und grau gesprenkelten Bürste geschnitten waren, und er begrüßte den Entschluß der Kommission. In der Tat seien die der freien Wirtschaft zugemuteten Opfer an Arbeit und finanzieller Art in diesen Zeiten nicht tragbar, und es sei nur zu wünschen, es wandle sich dieses «Aufgeschoben» zu einem «Aufgehoben» überhaupt, auf absehbare Zeit wenigstens. Wer, wie seine Firma die Arbeitszeit reduziere, nur um die Entlassungen auf die Ledigen beschränken zu können, und mit den noch für das Lager Beschäftigten den Betrieb mühsam aufrecht erhalte, da die Ausfuhr beinahe auf Null gesunken sei, dem stehe der Sinn natürlich nicht nach einem «Fest der Arbeit», wie der Herr Stadtpräsident die Ausstellung betitelt habe. Da wäre das Geld für Subventionen an die notleidende Industrie wahrhaftig sinnvoller angebracht, die nun schon seit Jahren von der Substanz zehre. Den Vorwurf eines passiven Pessimismus lehne er ab, und daß die Steuern und die sturzbachartig sich erhöhenden Sozialbeiträge für das Unternehmertum den Weg des geringsten Widerstandes bedeuteten, könne man auch nicht behaupten; der Widerstand sei sogar sehr groß. Er konnte einen gewissen Heiterkeitserfolg für sich in Anspruch nehmen.

Unten an der fensterwärts gelegenen Zinke der gabelförmigen Anordnung der Tische saß, in einem Kreise jüngerer westenloser Leute, Adrian Laubscher, und sein Krauskopf stieß auch sogleich in die Rauchbank hinein, noch während das Klatschen erstickte.

Er müsse jetzt doch einmal fragen, welchen Sinn eigentlich die Veranstalter der geplanten Landesausstellung unterlegten. Er höre da fortwährend von Beiträgen der Industrie, der Landwirtschaft, des Fremdenverkehrs berichten, von Herren, denen offenbar eine Wiederholung der Landesausstellung 1914 in Bern vorschwebe im Chalet- und Heimatschutzstil, mit Trachtenchörli, Waffensammlungen aus dem Landesmuseum, kurz, das Heimelige verbunden mit einer das Geschäft belebenden Auslage von Brienzer Holzschnitzereien, handgestickten Appenzellertüchli, Emmentaler Käse, Schokolade, Jacquardwebstühlen, Taschenuhren, Degustationen von Walliser Weinen, begleitet von Röseligartenliedern. Diese «gemütliche Nützlichkeit oder nützliche Gemütlichkeit», rief Laubscher aus, «sie mag ein Ausdruck und ein Kennzeichen für die Leute, für die Generation sein, die heute am Suppenhafen hockt. Inzwischen aber sind jene herangewachsen, die diesseits der Jahrhundertwende geboren wurden. Jawohl, ein problematisches Geschlecht in einer problematischen Zeit! Alle Arbeit ist schon vergeben, alle Posten sind besetzt, einer Phalanx von Sesselhockern und Kompromißstrategen sehen sie sich gegenübergestellt, und es hat den Anschein, als hätte diese Landesausstellung den einzigen Zweck, diesen Zustand noch zu sanktionieren und zu festigen!» Deshalb, das müsse er sagen, finde er sich mit dem Vorredner zusammen, obwohl sie offenbar in verschiedenen Lagern stünden: bachab mit der Landesausstellung, zuwarten bis die Älteren auf natürliche Weise ausgeschieden und abgetreten seien und so die neue Schweiz zum Zuge komme, ihr Gesicht zeigen und sich manifestieren könne.

Am mittleren Gabelzinken, um die bekannte Gestalt ihres Führers geschart, nickten einige Anhänger der Erneuerungsbewegung, klatschten Beifall, und es streckten sich auch bereits Hände, das Wort zu verlangen.

Am Quertisch oben, neben dem Stadtpräsidenten, erhob sich Hans Hofmann, der Architekt, ein Mann in den Vierzigerjahren, hellen Haares, und man konnte sehen, daß er nicht mehr zu den Jungen, noch weniger aber zu den Alten gehörte.

Er freue sich, sagte er ohne Stimmaufwand, daß der Kollege Laubscher dort unten die Ansprache ohne Umschweife auf den Kern der Sache hingeführt, indem er einmal mehr die Frage nach dem Sinn der geplanten Ausstellung gestellt habe. Hier und heute sei gewiß nicht der Raum und der Zeitpunkt, ein Programm zu entwickeln und darzustellen. «Aber bleiben wir einmal bei den Elementen, die Herr Laubscher uns selbst geliefert hat, und sehen wir zu, was wir daraus ausstellungstechnisch machen können, wenn wir uns zur thematischen Behandlung des durch ihn verkörperten und ausgesprochenen Komplexes entschließen. Da ist also ein junger moderner Schweizer Architekt, am Polytechnikum geschult und wie jeder Architekt vom Trieb des Bauens und architektonischer Gestaltung besessen. Gehen wir ganz schematisch und systematisch vor. Wir haben also ein Thema: die moderne schweizerische Architektur, und ein Problem, das in zwei Teile zerfällt: erstens, die mangelnde Beschäftigung der jungen Architekten infolge der Krise, zweitens die Unzufriedenheit der jungen Architekten gegenüber der bisherigen Bauweise und ihre Vision der künftigen Architektur. Das Thema stellen wir dar durch die Bauten und die Anlage der Ausstellung – Holz, Stein, Kunststein, Backstein, Ziegel, Beton, Glas sind die Materialien, die uns zur Verfügung stehen und die die Form der Bauten bestimmen, in materieller Hinsicht. In der geistigen ist es ihr Inhalt, das, was sie beherbergen und ausdrücken sollten. Schwieriger wird es sein, das Problem dieser Architekten-Jugend darzustellen. Nehmen wir einmal an, wir hätten in einer soziologischen Abteilung, zum Beispiel benannt Heimat und Volk, Herkommen, Geburt, Bildungsgang von Herrn Laubscher untergebracht, und nun kämen wir also in einer anderen Abteilung, beispielsweise Bauen und Wohnen benannt, zu seinem, des jungen Architekten, besonderem Problem.»

In der Versammlung machte sich ein komfortables Gefühl der Geborgenheit breit, wie immer, wenn die Zuhörer merken, daß ein zuständiger Fachmann die Sache in die Hand nimmt.

«Denn dieses ist ja gerade das Neue, das wir wollen: nicht nur Produkte, Erzeugnisse wollen wir ausstellen, sondern allgemeine Probleme und Ideen wollen wir zur Darstellung bringen. Nicht nur eine Rückschau, nicht nur ein Bild unserer Gegenwart soll die Veranstaltung werden, sondern auch eine Vorschau, eine Vorausschau. Jede Idee bezieht sich auf die Zukunft. Indem wir sie bei dieser außerordentlichen Gelegenheit vorweg nehmen und sie verwirklichen, bringen wir unser Ideal zum Ausdruck – das was wir ersehnen und erträumen. Und um nun wieder auf das Problem von Herrn Laubscher und seiner Freunde zurückzukommen: wir konstruieren, bauen ein Haus, das sowohl den modernen hygienischen Anforderungen, dem bescheidenen Einkommen als auch unserer Vorstellung eines würdigen demokratischen Zusammenlebens freier Menschen entspricht. Luft, Licht, Sonne, Natur und Menschennähe für die ganze Familie, Raum und Sicherheit für die Kinder, Ökonomie und Verminderung der Arbeitslast für die Hausfrau, eine Durchdringung des Daseins aber nicht nur durch Zweckmäßigkeit, sondern auch durch Schönheit und so weiter. Diese vorweggenommene Verwirklichung unseres Ideals in einem Muster, einem Prototyp, was ist das anderes als eine Darstellung unserer Weltanschauung? Oder anders gesagt, wir zeigen damit unser innerstes Gesicht, die Vision einer zukünftigen Welt, die wir in uns herumtragen. Wir offenbaren uns, wir manifestieren uns selbst. Es ist des jungen Architekten Laubscher Problem, das wir darstellen. Es ist auch das unsrige, darf ich mit Freude bekennen.»

Rechte, bestandene Männer, vorweg dunkel gekleidet, in Anzüge der gehobenen Konfektion, mit geordneten Einkommensverhältnissen, Krankenkassenbüchlein, in denen die Beiträge à jour waren, gegen Unfall und zum Teil auch gegen zu frühen Tod versichert, während acht Jahren unentgeltlichen obligatorischen Schulbesuchs in den soliden Besitz der Grundelemente abendländischen Wissens gelangt, als freie Stimmbürger in den Quartieren und Gemeinden im politischen Urteil geschult, in einer Welt lebend, die zwar nicht fanatisch religiös, aber immerhin so beschaffen war, daß sich der Kirchgang und das Glaubensbekenntnis natürlich in den Gebräuchen hielten, die trotz Wahrnehmung allerlei Vörteli ihre Abgaben entrichteten und vor allem die Gerechtigkeit ehrten – so war der Kern der Versammlung in der «Waag» beschaffen.

Es wurde aber deutlich spürbar, daß sie nach des Redners Worten um ein weniges, über sich selbst hinaus, auf eine höhere Ebene erhoben worden waren. Weniger der Beifall tat dies kund als die Art, wie sie dasaßen an den Tischkanten unter den rötlich durch die Rauchbänke hindurch schimmernden Mitternachtssonnen, vor sich hinschauend mit dem Ausdruck jener Betretenheit, den hierzulande die Gesichter der Leute annehmen, wenn es einer in Worten ausspricht, was sie sonst schamhaft zu verschweigen gewohnt sind.

Walter Abt erläuterte seinem Schwager Reto auf diese Weise die Vorgänge. Arquint hatte trotzdem ein bißchen Mühe, die Faszination seines Mitarbeiters zu begreifen; er fand sie übertrieben, es fehle nicht viel, sagte er, und es käme ihm der Anlaß als ein eitles Reden vor, eine verschleierte Form der Geselligkeit, die diese Männer unter einem nicht völlig plausiblen Vorwand pflegten.

«Und das ist es auch», antwortete der Herausgeber der «Wir» ernsthaft. « Solche, die Leute von ihrem Stammtisch, ihrem Verein, aus ihrem Berufsverband, ihrer Partei hinweglockenden Anlässe haben einen Sinn, der den meisten von ihnen gar nicht bewußt wird. Es ist so eine Art wie ein Zusammenfassen in einem weiteren Verband; es komme gar nicht so sehr darauf an, ob es wegen der Landesausstellung, wegen eines Tierschutzgesetzes oder der Festsetzung neuer Baulinien sei. Es ist das Bedürfnis, andere und doch Gleichartige kennenzulernen, Schultern neben sich zu spüren und Gesichter vor sich zu sehen. Jedesmal, wenn etwas in der Luft liegt, nehmen diese scheinbar so vom Zaune gebrochenen Versammlungen hierzulande zu. Keiner weiß genau warum, und jeder spürt es doch. Es ist ein geheimes demokratisches Gesetz der Volkssprache.»

Reto lachte und blickte kopfschüttelnd den Tischreihen entlang. «Mich dünkt es einfach ein wenig langweilig.»

«Im Gegenteil, aufregend ist es», sagte Walter leise. «Das da, schau, diese Bürger, das ist das Material, mit dem wir vielleicht in wenigen Jahren schon den Ansturm, den Kampf auf Leben und Tod unserer Demokratie bestehen müssen.»

«Wegen der Hakenkreuzler meinst du?»

«Wegen dem kriegerischen Völklein jenseits des Rheines, das mit seiner Aufrüstung beginnt. Sie haben wahrhaftig nichts Heroisches, nichts Kühnes, nichts Kriegerisches an sich, unsere Zweierlimannen und Stumpenraucher», machte Walter, und musterte die Versammlung, «aber hast du gesehen, wie sie bei Hofmanns Worten aufmucksten, wie sie doch empfindlich sind, wenn der Wind des Geistes sie anweht – das flößt Vertrauen ein. Sie sind auf alle Fälle einmal hierhergekommen, unter nichtigem Vorwand vielleicht, aber doch aufgescheucht. Was wir, was die anderen von ihnen sehen, das ist immer nur eine Seite, und ich sage dir, es gibt nichts Schwierigeres, als ganz, in einem Kreis, um unsere Leute herum zu gehen.»

V. Kapitel

Schon um zehn Uhr des Morgens an diesem Sonntag, noch während die Kirchenglocken über den besonnten Dächern und Blechzinnen der Stadt dröhnten, begannen sich an den Endstationen in Wollishofen, in Tiefenbrunnen, selbst in Fluntern oben und auf der Rehalp die Tramwagen mit viel Volk zu füllen, jungem zumeist, aber auch Männern in vorgerückten Jahren, doch wenig Personen weiblichen Geschlechts, und es begann durch die ganze Stadt hindurch ein Strömen von Straßenbahnzügen mit einem oder zwei Anhängerwagen, zum Zentrum und von dort durch die Hardturmstraße in die Ebene des Limmattals hinaus. Gegen ein Uhr bereits folgten sich die Extrawagen in ununterbrochener Folge, voll bis auf die Trittbretter. Zwischen dem Käferberg und dem Zürichberg hindurch, aus der Vorstadt Oerlikon, dem ganzen neuen Stadtkreis 11, aus den ehemaligen Gemeinden Seebach, Schwamendingen und Affoltern kamen die neuen Stadtbürger über den Milchbuck herab der Wipkinger Brücke zugefahren, und am Escher-Wyß-Platz stauten sich die blauen Wagen in den dichtgedrängten Kolonnen der Fußgänger zu jenen von der Direktion der Verkehrsbetriebe so gefürchteten Tramhochzeiten, in denen die Gefährte sich nur noch schritt- und ruckweise fortbewegten und die die Kontrolleure unter ihren mit goldgesticktem Lorbeer gezierten Dächlikappen aufgeregt, die Trillerpfeife zwischen den Zähnen, zu entwirren versuchten. Vom Uetliberg bis zu den Waldkuppen des Käferberges, bis in die flimmernde Glattebene hinab wölbte sich ein makellos blauer Himmel, schiefrig glimmerten die Pappelalleen dem

Das Kirchlein
Witikon, im März

Fluß entlang, über den Hütten und Beeten der Schrebergärten unterhalb des Industriequartiers pulste die heiße Luft. Schon um zwei Uhr war das Rasenstück in der Mitte der Sportanlage wie von Steinkohlehügeln umschlossen, so dicht füllten die Zuschauer die Tribünen und Estraden. Reglos hingen die Fahnentücher an ihren Stangen, vor den Kassen hielt ein starkes Aufgebot von Polizisten die Meuternden in den Schranken, die vergeblich Eintrittskarten begehrten. Unter den Sonnendächern ihrer Stände boten die Händler Limonaden, Magenbrot, gepufften Mais, ice cream und gegrillte Würste feil, bis weit, weit in das freie Land hinaus waren alle Seitenstraßen und gemähten Wiesenplätze mit Motorvehikeln und Fahrrädern angefüllt, und immer noch kamen Eisenbahnzüge das Tal herauf, in deren Fenster sich die Fußballbegeisterten aus den anderen Städten drängten.

Vertreter des Stadtrates, der Regierung, die Konsule waren zu diesem Länderspiel zwischen der jugoslawischen und schweizerischen Mannschaft geladen, der Gesandte der Gäste aus Bern war anwesend, es war eine Angelegenheit der Männer, einzig im Schatten der offiziellen Tribüne fächerte sommerlicher Damenflor.

Der neue Sportplatz, den sie den größten und schönsten des Landes nannten, war im Frühjahr eingeweiht worden. Stadtrat Angst, als Vorsteher des Bauamtes, war auch zu diesem Länderspiel geladen worden. Neben seinem Sohn Emil, der, nun vierzigjährig, Inhaber eines Schreib- und Rechenmaschinengeschäftes an der Löwenstraße war, selbst schon wieder Vater dreier Kinder, saß der ehemalige Gewerkschaftssekretär nachdenklich auf seiner Bank. Durch die Kante des weit ausladenden Betondaches nach oben begrenzt, bot das Oval des Stadions jene neuerstandene Form menschlicher Ansammlungen, die in diesem Lande fremd anmutete. Es gefalle ihm nicht, meinte der ergraute Kämpe. Nicht nur erinnere die Anlage an die antiken Arenen und Zirkusse, von denen sie sich herleite, sondern recht eigentlich an einen Krater, in dem das Magma der Instinkte brodle. «Unser Maß ist, daß wir die Gesichter noch sehen und unterscheiden können.» Aber schon die jenseits der Rasenfläche emporsteigende Wand der Estrade sei so weit weg, daß das Antlitz der Leute flimmernd zerfließe wie ihre Worte im Brausen der Stimmen. Die abendländische, warum es nicht sagen, die christliche Gemeinschaft sei gekennzeichnet durch eine Richtung, die Hinwendung zu einem, der aus ihr rede, und es sei damit ein Horchen und Antworten, ein Gespräch, ein Äußeres und Höheres gemeint; hier aber, in diesem Kreisrund, da wende die Masse sich selber zu, abgeschlossen und ausgeschlossen von der weiten Welt, in einem Trichter der Instinkte, wie Wilde in ekstatischem Tanz, einem Vergessen, einem Verlieren zutreibend.

Emil Angst, der Sohn, oder Emil C. Angst, wie es auf der Geschäftskarte zu lesen war, trug, seit er aus Detroit zurück war, eine randlose Brille aus eckigen Gläsern; das über den Ohren und im Nacken kurzgeschnittene Haar war in der Mitte gescheitelt, und bekleidet war er mit einem jener knapp anliegenden Anzüge aus der Biltmore-Maß-Konfektion, die ihrem Träger mit ihren kurzen Jackenärmeln, dem tiefsitzenden Hosenbund und den breit wattierten Schultern das Bild des smarten und zugriffigen Managers gewährleisteten. Einige Jahre in den Fabriken der Rechenmaschinen-Gesellschaft hatten den ehemaligen Lehrling und späteren Angestellten der Schreibmaschinenfirma Cäsar Muggli sichtbarlich amerikanisiert. Schweigsam, doch ohne Spott, eher mit einem Anflug von Rührung, hörte er sich die Grübeleien seines Vaters an. Sie kamen ihm, wenn auch sinnvoll, doch als ein wenig veraltet und beziehungsfern vor, die typischen Versuche eines in der Gewerkschaftsbewegung emporgekommenen Autodidakten, der selten über die Bannmeile dieser Siedlung hinausgekommen war. Von den Städten, Straßen, Fabrikarealen und den endlosen unbewohnten Gebieten der Staaten beeindruckt und geprägt, fand er das Wesen, das sie hierorts um eines Auflaufes von zwanzigtausend Menschen willen machten, übertrieben, und offensichtlich bemühte er sich auch, es zu zeigen. Zwar, daß sich sein Vater innerhalb der beschränkten Möglichkeiten zu einem Magistraten dieser Stadt emporgearbeitet hatte und als Anwärter in die Kantonsregierung galt, erfüllte ihn mit gelinder Achtung, doch wollte er darin eben das Merkmal einer Tüchtigkeit des Stammes erkennen, die sich ja auch in seinem Fortkommen bewährt hatte und noch fern vor ihrem Abschluß stand. Die Tasse mit Milchkaffee, am Tisch in der Küche der Wohnung an der Anwandstraße am Morgen eingenommen, bevor er zur Schule ging, der wie aus Velorahmen und Packpapier zusammengeschusterte Doppeldecker des Fliegers Maffei, dessen Rundflügen über der kleinen Allmend er mit seinem Vater vom Hügel des Muggenbühl aus zugesehen hatte, jener Vormittag im August vierzehn, da ihn der Gewerkschaftssekretär bis zum Tor des Schulhofes an der Limmatstraße begleitete, wo er als junger Telegraphenpionier einzurücken hatte – all das lag so weit zurück und gehörte einer Welt an, die ihm zierlich, romantisch und bedeutungslos vorkam. Wenn er in Brüssel sich zu den jährlichen Rapporten des europäischen Stabes der Gesellschaft einfand, so hantierten sie mit weltweiten Maßen, sprachen sie von Hongkong, von Rio, von Kairo, von Sidney und Johannesburg, von den Strömen der Büro- und Rechenmaschinen, die sich über die Kontinente ergossen, von Vorgängen in der hohen Fabrikations- und Finanzpolitik, waren sie des Abends in Smokings gekleidet und umschlossen hohe Whiskygläser mit männlichen Händen, lachten mit glänzenden Zähnen einander an, «Hello Emil», «Hello George», und was da der Mussolini auf seinem Blinddarm Italien, der Maler Hitler zwischen Schwarzwald und Spree ausheckten, es war ja nicht der Rede wert. Rockefeller könnte sie beide, mitsamt ihren Ländchen, kaufen.

Unter ihnen, im grünen Oval, hatte das Spiel begonnen, ein Aufrauschen der Stimmen begleitete den Ball bei besonders glücklichen Passen, und nicht anders als in seiner Jugend, wenn er mit seinen Kameraden verbotenerweise auf dem Kiesplatz des Ämtler-Schulhauses «tschuttete», gebärdete sich der erfolgreiche Manager der Büromaschinenbranche mit einem Male. Er feuerte die einheimischen Rotjacken an, beschimpfte sie ob ihrer Lahmheit und Faulheit, geriet mit einem neben ihm sitzenden Herrn in Streit wegen eines klaraufgelegten «Fouls», das sich einer der ausländischen Spieler hatte zu Schulden kommen lassen, bemerkte erst zu spät und während des Disputes «Sie verstehen offenbar nichts vom Fußball», daß es sich um Herrn Börkli, einen Kunden der Firma handelte, fand sich aber im Jubel über das erste Goal, das den Schweizern glückte, mit diesem wieder versöhnt und für den Verlauf des Matches verbündet.

Mitten in der bewegten Menschenhalde saß der Stadtrat, das schlohweiße Haar entblößt, und folgte kaum dem Spiel. Er ruhte sich aus, er ließ die Gedänklein aus dem Pferch der magistralen Ordnung ausbrechen und ohne Aufsicht weiden. Fußball ist ein Proletariersport, dachte er, wie die Velorennen, auf die Kraft der Beinmuskeln gegründet, betrieben von Leuten, die lange Wege zu ihren Arbeitsplätzen zurücklegen, ein modernes Spiel der Städter, anders in Sinn und Aufbau als die alten Spiele der Bauern, wo es auf die Kraft der Arme ankommt, im Ringen und Schwingen und Hornußenschlagen.

Immer wieder wanderte er mit den Blicken den Estraden der überfüllten Arena entlang. Es ist keine echte Versammlung, dachte er, nur eine Ballung der Leute zur Masse während zweier Stunden, nichts hält sie zusammen, wenn sie auseinandergehen. Es kommt mir alles wie ein Vorwand vor, ihr Selbstvergessen in der Lust des Schauens, ihre Erregung am Kampfe – augenfällige Lockmittel zu geheimnisvollem Zwecke. Da bildet die Stadt an ihren Rändern, einem animalischen Organismus gleich, Blasen und Beutel, und einige Male im Laufe des Jahres saugt sie sie voll, prallvoll, mit ihren Bewohnern, wie die Galle mit Saft, um die winzigen Kristalle einiger Spieler. Was ist denn die wahre Deutung des Vorgangs? Wenn sie sie wieder entläßt, wenn sie abströmen, diese Leute, zurückfließen, zurücktröpfeln in ihre Quartiere und Vororte, was ist dann geschehen mit ihnen, was hat sich verändert, was wurde erreicht? Ich sehe nur, grübelte vereinsamt im zeitweisen Brüllen und Toben um ihn herum der Stadtrat, sie sind miteinander in Berührung gekommen, sie wurden zusammengepreßt und an ihrer Stelle festgehalten, Schulter an Schulter, Kopf an Kopf, ihre Stimmen, ihr Atem, ihre Gerüche haben sich gemischt, sie waren wie ein Teig, wie Lehm eine kurze Zeit, das Persönliche ging unter. Sie werden kompakt. Es ist eine Erscheinung der großen Städte. Wohl kann ich ihr Kommen erklären, als ein Vergessenwollen im Nicht-Ich allenfalls, aber die ganze Erscheinung, dieses Ansaugen und Wegpumpen in unregelmäßigen Pulsen, dieses Bedürfnis nach Heerschau, wo der einzelne aus seiner Familie, aus seiner natürlichen Umgebung, aus seinem Beruf herausgezerrt und in ein Magma eingestampft wird – es ist geheimnisvoll, es ist unheimlich. Es ist etwas Neues.

Als sie, bei sinkender Sonne, Schrittchen für Schrittchen, eingekeilt in den langsam abziehenden Strom der Zuschauer, endlich die Ausgänge erreichten, wurde ihnen auf den Kartons, die die Zeitungsverkäufer umgehängt hatten, wieder eine Auswahl von Ereignissen angeboten, die sich über das Wochenende zugetragen hatten: Rede Mussolinis in Pisa – Der Stand der deutschen Aufrüstung – Bombenanschlag auf die Synagoge an der Löwenstraße.

VI. Kapitel

«Ach was», sagte Bluntschli in seinem weißen Arztkittel und vollführte mit dem Arm eine verächtliche Bewegung in die Luft hinein, «Sie machen es einfach falsch, Tomassi! Ist die Welt grau und widerlich und sind die Aussichten auf eine schöne Zukunft zusammengeschrumpft, so muß halt die Seele zusehen, wie sie es anstellt, um sich mit einem Minimum von Welt kurzweilig die Zeit zu vertreiben! Es schwelt noch von Weihrauch in Ihnen herum. Irgendwo in einem Winkel geistert die Vorstellung von Hochaltären, Kruzifixen und Dreifaltigkeit. Hoffnung!»

Er grinste, mit vorgeschobener Unterlippe und zusammengekniffenen Lidern hinter seinem Zwicker.

«Man kann nicht mit einem ständigen enthusiastischen Hochdruck unter der Schädeldecke herumlaufen. Das macht blind für die Wirklichkeit. Schön, Sie sind Kommunist, sie leben im Exil, Sie gehen in dieser sauberen, nüchternen Stadt herum, Sie möchten Italien befreien, den Herren das Land nehmen und unter die armen Lohnsklaven verteilen. Ein Ziel, einverstanden, aber keine Hoffnung.»

Raffaele Tomassi saß auf dem mit schwarzem Wachstuch überzogenen Untersuchungsbett, stumm, die dunkeln Augen von den Lidern halb überschattet, eine Locke zwischen den beiden Buckeln der Stirne, feindselig fast.

«Die größten Schwierigkeiten», erklärte Bluntschli und begann auf dem Tisch ein paar kleine Schalen aus Glas, Flaschen, Watte und Injektionsspritzen bereitzulegen, «kommen gar nicht aus der Umwelt, aus der Wirklichkeit, sondern aus uns selbst heraus. Die meisten Leute tragen so einen bunt bedruckten Karton in sich herum, so eine Art Halmaspiel oder Eile mit Weile, mit verbotenen Feldern, die man vermeiden, umgehen, überhüpfen muß auf Grund idiotischer Regeln. Das eine darf man etwa nicht tun, weil es der liebe Gott nicht will, das andere weil es nicht moralisch, dieses weil es nicht schön ist. Und wenn sie's dann trotzdem tun, dann können sie nicht mehr schlafen vor Angst. Aber das ist nicht nur eine bürgerliche Gepflogenheit – die Kommunisten treiben den genau gleichen Zauber – die Tabus und Totempfähle heißen dort einfach Marx und Lenin und Stalin. G'hupft wie g'schprungen – so viel Deutsch verstehen Sie jetzt ja!»

Tomassi antwortete noch immer nicht. Mit unbewegtem Gesicht sah er Bluntschli zu, wie er mit seinen ärztlichen Utensilien hantierte, Nadeln in ein Pfännchen legte, das über einem Gasbrenner dampfte, mit den langen Fingern Phiolen von Kartonhüllen befreite, sie auffeilte, Spritzen füllte.

«Frei, wirklich ganz frei zu sein, innerlich frei, frei von Götzen, von Papier, von Konventionen, von Klischees, unbefangen – warum nur haben wir solche Angst davor?», sprach der Arzt während seiner Verrichtungen vor sich hin. «Ich will es Ihnen sagen, Tomassi. Weil wir kein Vertrauen zum Menschen haben! Weil wir nach hunderttausend Jahren noch immer nicht daran glauben, daß wir Menschen geworden sind!»

«Sie glauben also, der Mensch sei gut», fragte Tomassi endlich.

«Nein, das glaube ich nicht», rief Bluntschli und nahm die Hände von den Dingen, «aber der Mensch ist vernünftig, das ist ein Kennzeichen. Daß die Christen mit ihrem Gott und mit ihrer Nächstenliebe das Böse überwinden wollen, ich lasse es ihnen, und ich spotte ihrer nicht mehr – es ist eine Hoffnung. Aber daß die Vernunft das Zusammenleben der Menschen regeln wird – das ist eine Gewißheit!»

Über den dunkeln Augäpfeln des Italieners hatten sich die Lider gehoben; er lächelte.

«Hoffen, wissen» dehnte er die Verben bedächtig im Sprechen, «da hat glauben dazwischen noch gut Platz.»

Bluntschli, der sich wieder über den Tisch gebeugt hatte, blickte fragend über die Schulter hinweg zum Divan. Und wirklich kam noch etwas.

«In diesem Lande, in dieser Stadt», machte Tomassi, «scheint es ein Sport zu sein, immer nach Worten zu suchen, die einen Grad unter der Pathetik liegen.»

Der Arzt schritt durch das Zimmer und öffnete die Türe zum Warteraum.

«So, sind die Herren parat?», rief er. Auf den Stühlen saßen drei Männer mit entblößten Oberkörpern um den Tisch herum, ein älterer, ein bißchen angegraut schon und einer senkrechten Falte auf den Wangen, der Vertreter August Merkli, und zwei Burschen.

«Kommt nur alle gleich herein. Nein, nein, bleiben Sie nur, Tomassi. Sie stören nicht, das werden wir gleich haben.» Es war Bluntschli anzusehen, daß ihn die Versammlung freute.

Er musterte die drei nackten Torsen. «Sie, Decarli, her!», bedeutete er mit dem Kinn einem der Jungen. Mit dem feuchten Wattebausch wischte er ihm ein paarmal über die blasse Haut nahe der Brustwarze, faßte dann mit Daumen und Zeigefinger einen Fleischwulst und stieß die Nadel ein. Nach ein paar Augenblicken war die Spritze entleert. «So, das hätten wir. Die ganze Regimentsmusik: Typhus, Paratyphus und Starrkrampf. Ist Ihnen ein wenig schlecht? Sie können das Hemd wieder anziehen.»

Der Patient hatte während der ganzen Prozedur kein Wort gesprochen. Aber jetzt kehrte die Röte in seine Backen zurück, und er lachte. «Vor dem habe ich am meisten Angst gehabt», sagte er.

«Nummer zwei», gebot Bluntschli, «Baumann, glaube ich.» «Baumann, Max, Jahrgang 15 Kernmacher», bestätigte der Angesprochene militärisch, und es war nicht auszumachen, ob es ernsthaft oder humoristisch gemeint war. Er blickte während des Einstichs weg, zu Tomassi hinüber, sagte danke, als es vorüber war, und machte sich davon, ins Wartezimmer zurück.

«Und jetzt der Merkli», lachte Bluntschli. «Also Fett hast du auch nicht gerade viel angesetzt in deinen Schieberjahren. Es sieht eher ein bißchen nach Unterernährung aus». Ungeniert betupfte er mit dem Zeigefinger die vorstehenden Schulterblätter, das deutlich sich abzeichnende Schlüsselbein und die stark einfallende Bauchmulde des Patienten. «Aber das Gerüst ist noch intakt, solider Außersihlerschlag. Wie alt bist du jetzt?»

«Zweiundvierzig», antwortete August Merkli. Noch immer trug er das schwarze, in der Mitte gescheitelte Haar glatt an den Schädel geklebt, wie er es nach seinem Eintritt und im Aufstieg bei der «Alimpex» an der Bahnhofstraße, als junger Angestellter des flotten jovialen Direktors Hollberger zu tragen begonnen hatte. Zwar liefen nun ein paar weiße Fäden darin, und der Nacken war nicht mehr so glatt ausrasiert wie ehedem. Wie er so, mit nacktem Oberkörper, dastand, trat das Proletarische seiner Gestalt, das während Jahrzehnten durch schnittige Konfektionsanzüge verhüllt gewesen war, wieder zur Erscheinung.

«Zweiundvierzig», nickte Bluntschli zu Tomassi, während er mit dem Wattebausch an der Brust Merklis herumrieb, «dabei kommt es mir vor, es sei vorgestern gewesen, daß du und der Josef Gidionovics jeweils am Mittwochnachmittag die antimilitaristischen Flugschriften bei mir abholten, um sie in die Briefkasten der ehrbaren Bürger zu stecken! ‹Der Hofhund des Kapitals› und die ‹Friedensglocke› des kommunistischen Kantonsrats Sigg. Lebt der Vater noch?»

Nein, der sei schon Anno 24 gestorben.

«War ein alter Kämpe, der Merkli», erläuterte Bluntschli lachend zu Tomassi hinüber, «Magaziner in einer Benzin-Firma und Haupt einer anarchistischen Gruppe, so in der romantischen Art der Pariser Kommune, wissen Sie, mit einer schwarzen Fahne und einem weißen Totenkopf darauf, mit Revolvern, Dolchen und schröcklichen Schwarzpulver-Bomben, die furchtbaren Lärm machten, viel Rauch entwickelten, aber höchstens ein paar Scheiben zersplitterten. Spektakulär, verstehen Sie. Hie und da verweigerte einer den Militärdienst, saß seine Strafe in der Kaserne ab als Latrinenputzer und wurde dann nach der Entlassung aus der Haft von den Genossen abgeholt und an der Langstraße als Held und Märtyrer der proletarischen Sache gefeiert.»

Bluntschli hatte während des Redens die Impfung an Merklis Brust vollzogen. «So», machte er, «und jetzt also gute Reise. Wo besammelt ihr euch?»

«In Genf, und von dort geht es nach Perpignan.»

Wieder lachte der Arzt. «Der alte Merkli, der Antimilitarist, würde Augen machen, könnte er dich sehen, August. Was bist du im Militär?»

«Korpis, Mitrailleur.»

«Solche können sie natürlich gebrauchen. Also, macht es gut.»

Er reichte Merkli die Hand. Der stutzte und blickte ein wenig verdutzt auf die Hunderter-Note hinab, die zwischen seinen Fingern zurückgeblieben war.

«Ihr könnt es schon noch gebrauchen», winkte Bluntschli ab.

«Wohin gehen die drei?» fragte Tomassi, als draußen die Haustüre ins Schloß gefallen war.

«Was? Das haben Sie nicht gemerkt? Nach Spanien natürlich, gegen den Franco.»

VII. Kapitel

Um diese Morgenstunde war die Badeanstalt am Utoquai noch nahezu menschenleer. Wellenlos, von den Strahlen der niedrig stehenden Sonne noch kaum gestreift, dehnte sich die sanfte Wölbung der Seefläche bis an das Wollishofer Ufer hinüber, wo die Flotte der weißen Dampfer und die kleinen Würfel der Siedelung Neubühl im Dunst aufzugleißen begannen. Olivengrau und smaragdgrün, nur durch die Schleiße der Quaibrücke unterbrochen, umfing der Baumgürtel der Quaianlagen das malvenfarbene Becken, rosarot schimmerten die Brüste der Schwäne, und die Kiele der abgetakelten Segelschiffe waren nach Süden ausgerichtet.

Der Bademeister hatte die Holzplatten abgespritzt, aber wenn die Sonne sie erreichte, trockneten sie sogleich; unter ihnen, im grünen Raume zwischen den Pfählen, atmete der See mit leisem Plätschern.

Es fröstelte Gotthold Wettstein noch ein wenig, als er aus der Kabine trat, doch begann er, kaum auf dem Sonnenplatz angelangt, mit seinen Atemübungen. Er breitete die Arme aus, sog tief die Luft ein und ließ den Oberkörper entspannt nach vorn fallen, um dann sogleich die Stellung des Sonnenanbeters von neuem zu beginnen. Seine Haut war gebräunt; ein Sommer ernsthafter Körperpflege lag hinter ihm. Verhalten und energisch zugleich wippte er ein paarmal auf dem Sprungbrett, dann schnellte er kopfüber ins Wasser. Prustend, die schwarzen Haare an die Stirne geklebt, tauchte er wieder empor und zog mit geruhsamem Crawlen dem Floß zu. Bäuchlings, den Kopf in der Beuge des Armes, legte er sich in die Sonne und gab sich mit geschlossenen Augen dem wunderbaren Gefühl körperlicher Kraft und Gesundheit hin, das ihn durchströmte.

Es lag nun bereits über ein halbes Jahr zurück, daß er wie angerufen, begonnen hatte, seine Lebensweise zu ändern. Überfallartig, von einem Tag, ja von einer Stunde zur andern, hatte er der Zigarette entsagt. Er bewahrte das Datum in seinem Gedächtnis als entscheidende Wendung: der zweiundzwanzigste März. Er war an jenem Vormittag wie üblich nach dem Frühstück aus der Konditorei Hegetschweiler im Helmhaus getreten, um auf dem gewohnten Weg, dem Flußgeländer entlang, den Lesesaal der Museumsgesellschaft aufzusuchen, als ihn, den gemächlich Dahinschreitenden, der Straßenverkäufer der «Neuen Zürcher Zeitung» überholte. An dessen Rücken baumelte eine Tafel, auf der in fetter Schrift zu lesen war. «Die deutsche Wehrmacht besetzt die Rheinlande.» Gotthold war stehengeblieben; die Hände auf der gußeisernen Brüstung, blickte er auf die großen Käfige am Fuße der Ufermauer hinab, in denen einige Entenfamilien mit Schnattern, Tauchen und wedelnden Steißen ihren Geschäften nachgingen. Sein Herz pochte in wilden Schlägen. Gewohnheitsmäßig griff er nach der Zigarettenschachtel in seiner linken Rocktasche, öffnete sie und schickte sich an, eines der weißen Röllchen herauszuklauben. Da rührte es ihn an. Ohne Überlegung, wie aus einem Gebot heraus, das schon lange fix und fertig in ihm bereit gelegen hatte, klappte er den Deckel wieder zu und schleuderte das Schächtelchen mit den blauen Laurens auf die Limmat hinaus. Diese Bewegung erwies sich wie der aufgefundene Anfang eines Garnknäuels, der sich nun entrollte. Schon mit dem nächsten Atemzug schienen ihm Kehle, Brust und Blut von dem lethargischen Gift gereinigt, und sogleich, mit rasender Schnelligkeit, breitete sich vor seinem inneren Blick das Bild des neuen geläuterten und kraftvollen Lebens aus, das er nun beginnen würde: Entsagung von allen weichlichen Genüssen, überwunden die Gifte Nikotin, Koffein und Alkohol, Keuschheit des Leibes, luzide Reinheit und Nüchternheit des Geistes, Stählung der Muskeln durch Wandern und Turnen in freier Luft, spartanisch einfache Nahrung, fleischlos womöglich, Sonne und Wasser als die Elemente der kosmischen und tellurischen Kräfte – und nur der Umgang mit großen Geistern, Goethe, Nietzsche, Descartes. Fertig die Kaffeehaushockerei, die sterilen Stunden im Lesesaal! Als einen einsamen Wanderer, herb verschlossenen Mundes, geheimnisvoll wissenden Blickes – so würden ihn künftig die Spaziergänger in den ozonreichen Wäldern des Zürichbergs sehen. Schon die ersten Schritte, die er von der Uferbrüstung weg tat, zeugten von der Wandlung, die in ihm vorgegangen war: lotrecht vom Atlas an ruhte die Wirbelsäule im Kreuz, der Thorax zeigte sein Bestreben sich über die Schulteräpfel hinaus zu verbreitern, flach eingezogen verharrte die Bauchdecke unter den Rippenbogen, und in vollendeter Ruhe, ohne Anstrengung spielten die Köpfe der Schenkelknochen in den Gelenkpfannen der Hüfte. Daß es geschehen war, entschlossen und kühn, über die Verträge und das Palaver hinweg, es berührte Gotthold weniger als der Tag, den der Führer gewählt hatte, als er seinen Regimentern den Befehl zum Einmarsch in das deutsche Rheinland erteilte: die Äquinoktie des Frühlings. Ihm war es, als sei er einer der wenigen Vertrauten und Eingeweihten, die die geheime Sprache der Daten verstanden, und was er auf der Tafel des Zeitungsverkäufers gelesen hatte, war eine Botschaft, die ihn besonders anging. Das Übergewicht der Nacht war vorbei, die Sonne hatte den Frühlingspunkt überschritten, die langen Tage begannen, dies war der Zeitpunkt, die großen Entschlüsse zu fassen, den Anschluß zu finden und sein Leben zu koppeln an das siegreich aufsteigende Gestirn. Er ging am Gebäude der Museumsgesellschaft vorbei, aus dem Schatten des alten Schlachthauses heraus, den Limmatquai hinab. Noch war kein Grün an der Bastion des Lindenhofhügels zu sehen, jenseits des Flusses aber, über den kahlen Zweigen der Bäume, den Giebeln und Zinnen lösten sich die letzten Reste des Morgendunstes ins Blaue. Sauber und wie zum Abschied geschmückt standen die Häuser am Ufer der Limmat, die sich anschickte, in die Ferne zu ziehn.

Gotthold Wettsteins Schrift «Gobineau, ein Vorläufer rassischen Denkens» war nach ihrem Erscheinen im Potsdamer Verlag in einigen Fachblättern besprochen worden. Man zollte der von großem Fleiß und Gewissenhaftigkeit zeugenden Arbeit Anerkennung, vermißte aber die von einem Schweizer zu erwartende kritische Auseinandersetzung mit den Gedankengängen des französischen Grafen. Eine kleine Polemik entwickelte sich in der Tagespresse, aber ihr lag nicht die Schrift selbst, sondern ein Artikel zu Grunde, der in den «Nationalen Heften» über sie veröffentlicht und selbstverständlich mit dem deutschen Nationalsozialismus in Beziehung gebracht worden war. Aber nach wenigen Wochen war davon nicht mehr die Rede. Der Verfasser selbst war erstaunt, als er vom Verlag eine Abrechnung erhielt, aus der ersichtlich wurde, daß das Buch im Reiche draußen zahlreiche Leser gefunden hatte und ihm ein Betrag angewiesen wurde, der es ihm während einiger Zeit erlaubte, seine schweren Gänge an den Schalter der Bankfiliale im Seefeld einzustellen und den Rest der väterlichen Erbschaft ruhen zu lassen. Allerdings ging nun auch das Honorar zu Ende, und was Gotthold auf seinem leise wippenden Floße hinter der in der Beuge seines Armes ruhenden Stirne vor sich sah, das war das Gesicht des Kassiers Vollenweider, den aufzusuchen er bald wieder gezwungen sein würde. Zwar hatte er, im Zuge der mit dem zweiundzwanzigsten März einsetzenden Erneuerung seiner Lebensführung sogleich begonnen, seine Geschäfte energisch in die Hand zu nehmen. Eine Folge der großen Arbeitslosigkeit äußerte sich darin, daß die privaten Maturitätsinstitute, Handels- und Sekretärinnenschulen einen großen Andrang von jungen Leuten zu verzeichnen hatten, Schulentlassene, die keine Stelle fanden, unfreiwillig zur Muße Verurteilte, die sich weiterbilden oder den Beruf wechseln wollten, und deshalb zeigte sich ein gewisser Bedarf an Lehrpersonal. Doch war, der Zeit gemäß, auch das Angebot an solchen Kräften groß. Sowohl beim Institut «Aurora» als auch beim Kaufmännischen Verein hatte sich Gotthold angemeldet, als Lehrer für Deutsch und Korrespondenz, doch standen die Entscheidungen noch aus. Trotz einigen schüchternen Hinweisen auf die Teuerung hatte sich der Verwaltungsrat der Trostelschen Stiftung nicht dazu entschließen können, das Salär des halbamtlichen Sekretärs zu erhöhen. In der Konjunktur errichtet, war geplant gewesen, den Fonds durch jährliche regelmäßige Beiträge aus den Betriebsergebnissen zu äufnen, um dann, wenn die in Aussicht genommene Summe erreicht worden war, mit den Vergabungen zu beginnen. Die Reglemente hierüber lagen bereit. Die zunehmende Exportschrumpfung in der Maschinenindustrie, die verkürzte Arbeitszeit und die fortwährenden Entlassungen in der Belegschaft hatten es mit sich gebracht, daß die in Aussicht genommenen Zuwendungen an den Kunstfonds verkürzt und schließlich zugunsten des Fürsorgefonds eingestellt worden waren. Die Stiftung schlief, was die Stellung des Sekretärs sowieso zu einer sinnlosen Sinekure herabminderte. Wenigstens äußerte sich auf diese Weise Dr. Veit, der Finanzsekretär des Industriellen, und vergiftete damit Gotthold die einhundertundzwanzig Fränklein, deren er monatlich teilhaftig wurde.

Des Dunkels und des Grübelns überdrüssig, setzte sich Gotthold auf, den Rücken der Sonne zugewendet. Eigentlich hätte es nun zu seinem Programm gehört, wieder kopfüber ins Wasser zu tauchen, noch hundert Schwimmstöße hinaus zu tun, dann zurückzukehren zur Badeanstalt, sich unter die kalte Dusche zu stellen, sich hierauf energisch mit dem Frottiertuch bis zur Krebsröte zu trocknen, sich anzukleiden und auf dem Wege zur Zentralbibliothek das Päcklein Studentenfutter als gesundes, vitaminreiches Frühstück zu verzehren. Aber ein mit einer knapp anliegenden Gummikappe bekleidetes Wesen, das von der Frauenabteilung der Badeanstalt her die menschenleere Wasserlache bis zum Floß in gemächlichem Rückenschwimmen durchquerte, ließ ihn zögern. Angelangt, hielt sich die junge Person mit der einen Hand an der Kette der Verankerung fest, schneuzte mit der anderen ungeniert und pustend die Nase und zog sich dann empor. «Guten Tag», sagte sie und setzte sich auf die gegenüberliegende Kante des Lattenbodens an die Sonne. Über die Schulter schielte Gotthold zu ihr hinüber, sie war damit beschäftigt, mit der Handballe über das Schienbein zu streichen, gebogenen Rückens; der tiefe Ausschnitt des Badekleides ließ die hübsch und regelmäßig aneinandergereihten Wirbelknochen bis zum Kreuz frei.

«Ich habe mir das Bein angeschlagen, vorhin; der hat die Latten so gespritzt, daß ich ausschlipfte, als ich aus der Kabine trat. Ich konnte mich gerade noch am Geländer halten.»

«Blutet es?» fragte Gotthold.

Sie redeten noch eine Weile, ohne sich anzusehen, über die Rücken und das Floß hinweg, jedes an seiner Kante kauernd. Endlich drehte sich Wettstein ein wenig. Das Fräulein hatte die Badekappe vom Kopf genommen, lüftete die Haare, und sogleich dachte er, sie müsse etwas mit Gymnastik oder Tanz zu tun haben. Sie hatte den Typus der Trudy-Schoop-Schülerinnen, die Simpelfransen in der Stirne, den geraden Schnitt im Nacken und die kräftigen Zähne.

«Sind Sie nicht das Fräulein Hirzel?» fragte er.

Sie nickte, ohne Erstaunen. Sie kenne ihn auch. Herr Wettstein, nicht? Eine Zeitlang habe er immer sein Frühstück beim Hegi eingenommen. Doch nun schon seit Monaten nicht mehr.

Sie hatte sich hingelegt mit geschlossenen Augen. Er konnte sie mit Muße betrachten. Eine Schönheit ist sie nicht, dachte er, ein wenig untersetzt, der Oberkörper zu lang, eingefettet und von der grellen Sonne bestrahlt schien ihm ihr Gesicht ohne Liebreiz; die Nasenöffnungen zu weit, das rötliche Haar und überhaupt alles so ohne Geheimnis. Er ertappte sich bei dem überraschenden und völlig abwegigen Gedanken: das ist nicht mein Typ, die könnte ich nie heiraten.

Plötzlich horchten sie beide auf. Das Mädchen öffnete die Augen, stützte sich auf die Arme; sie lauschten.

Über den stillen besonnten See hin, irgendwo aus einem Quartier an den Hügeln, aus Riesbach oder Hottingen, erklang klagend und mißtönend, mechanisch erzeugt, heulend ein nicht abbrechender Laut, in immer gleicher Tonhöhe, ohne Unterbruch, wie eingerichtet für die Ewigkeit, man konnte sich gar nicht mehr vorstellen, daß er aufhören würde, ein Sausen, ein Surren. Die beiden saßen da, auf den Latten, fragend, er mit gerunzelten Brauen, sie mit offenem Munde. Die ganze strahlende Landschaft war wie zu einer Kulisse geworden. Hinter der, im Dunkel, sich etwas Furchtbares, Gefährliches zu ereignen schien, und es wollte besagen, es, das Aufheulende, sei nun die Wirklichkeit, und das, was man erblicke, nur mehr Schein, ein Trugbild, zum Verschwimmen bereit.

Endlich, mit schauerlichem Versummen endete es, und sie hörten in der Stille wieder die Wellen an die Tragfässer plätschern.

«Was war das?» fragte das Mädchen bleich.

«Eine Sirene, glaube ich. Sie probieren sie aus. Der Luftschutz.»

«Das ist etwas Gräßliches!»

Die beiden nackten jungen Leute auf dem leise schaukelnden Floß blickten sich an, in die Augen, als wäre es ihnen aufgetragen, nach einer Bedeutung zu suchen.

VIII. Kapitel

Im ausgebauten Dachstock eines älteren Hauses des mittleren, an die Bellerivestraße anstoßenden Teils der Mainaustraße – einer Liegenschaft, die noch durch die Vermittlung seines Vaters in den Besitz des heutigen Eigentümers gekommen war – bewohnte Aaron ein abgeschrägtes Eckzimmer. Das eine Mansardenfenster blickte gegen das Dach des Nachbarhauses, das andere auf die Giebel einer jenseits der Straße stehenden Villa. Die Straße selbst und die Ziergärten konnte er nicht erblicken, sie waren ihm durch das unter dem Fenster vorspringende Dach verdeckt. Ausgestattet war der Raum mit den paar alten Möbeln, die ihm nach der Auflösung des elterlichen Haushalts zugefallen waren: dem Sekretär, dem Bett aus seiner Jünglingszeit, einem Bücherschrank mit gläsernen Türen und einem Wellenschrank, der so mitgenommen war, daß er einen weiteren Umzug wohl nicht mehr überstehen würde. Ein im Warenhaus Jelmoli erworbener, mit Inlaid belegter Küchentisch, in die eine Fensternische geschoben, diente ihm als Schreibstelle. Ein dunkelroter Afghan, der zu Hause schon über zwanzig Jahre im Wohnzimmer gelegen hatte, nun aber langsam seiner Auflösung entgegenging, verlieh dem Raum ein wenig Wärme und einen Anflug von Wohlhabenheit. In einer winzigen Kammer auf dem Estrich draußen, die das Licht aus einer Lukarne bezog, war ein Badezimmer eingerichtet; der Raum zwischen der Wanne und der Wand wurde völlig ausgefüllt, wenn Aaron sich vor dem Spiegel rasierte oder auf dem Rechaud unter dem Dachfensterchen Teewasser kochte. Die Miete betrug siebzig Franken, Nachbarschaft war auf dem Boden keine vorhanden, nur die Lattenverschläge der Mieter. Im Sommer mußte er beide Türen öffnen, so brütete die Sonne auf der Blechzinne. Für den Winter war ein Kachelofen da.

«Wenigstens ist es ein menschlicher Raum», meinte Jacqueline, als Aaron sie nach vollzogener Einrichtung hinaufgeführt hatte. Sie trug eine Zimmerlinde im Arm, suchte, wie es ihm schien, mit übertriebener Geschäftigkeit einen geeigneten Platz für die Pflanze und fand ihn schließlich in der freien Fensternische. Im Topolino waren noch eine Kupfergelte, als Cachepot für das Bäumchen zu verwenden, ein Ochsnerkübel, ein Besen und ein Flaumer sowie der defekte, aber sachgemäß restaurierte und gerahmte Originalholzschnitt aus Holbeins Totentanz, ‹der Tod und der Türmer›, verstaut. Aaron mußte diese Geschenke heraufholen. Als er beladen, kesselnd, ungeschickt und sicher ein wenig komisch anzuschauen mit den Besenstielen in der Hand und dem Bild unter dem Arm ins Zimmer trat, stand die junge Frau am Fenster, als hätte sie derweil die freudlose Dächerlandschaft betrachtet. Munter nahm sie ihm die Gegenstände ab und machte sich betriebsam daran, sie in der Behausung zu verteilen. In Aaron stieg der Verdacht auf, sie bemitleide ihn.

Einige Male, an den Nachmittagen, da Jacqueline keine Sprechstunde gab, hatten sie versucht, so eine Art Teestunde in dem Estrichzimmer zu verbringen. Jacqueline brachte Aufschnitt und Gürklein mit, deckte den Tisch, und er kochte draußen in der Badekammer das Wasser; dann saßen sie auf ihren Stühlen, und es gab ein kleines Theater mit Einschenken und Butter-auf-die-Brötchen-Streichen und Hin- und Her- und Aneinander-Vorbeireden, aber es blieb alles ein wenig künstlich, unnatürlich in der Verlorenheit des weiten Dachstocks und der Enge des Raumes, in den das Bett übermäßig hineinragte. Die niedere Decke und die mit zuviel Möbeln bestellten Wände drängten sie auf eine ihnen nicht gemäße Weise zusammen, machten sie befangen und lustlos. Zu sehr, mit banaler Aufdringlichkeit, glich die Szenerie einer Gelegenheit. Sie sprachen es nie aus, aber sie fühlten es beide deutlich: sie bedurften einer Distanz zwischen sich, des freien Himmels oder eines größeren Lokals mit Menschen darin, um sich nahe zu sein; wie bei Weitsichtigen verschwammen vor ihrem Blick ihre Gestalten in der Nähe. Es sei diese Behausung ein typisches Einmenschzimmer, bemerkte Jacqueline einmal.

So begann Aaron an der Mainaustraße allein zu hausen. An seinem Küchentisch sitzend, verfertigte er seine Skizzen für Reklamefilme, schrieb er Texte zu den humoristischen Zeichnungen einer Autoschmieröl-Vertretung, übersetzte er für die «Wir» welsche Kurzgeschichten ins Deutsche, und wenn auf dem Büchermarkt die Herbstproduktion einsetzte, war immer auch ein Stapel von neuerschienenen Büchern da, die er behalten durfte, wenn er darüber zwanzig Zeilen für eine Zeitung geschrieben hatte. Er verkaufte sie dann jeweils sogleich wieder dem Antiquar Steinmauer an der Kirchgasse, und es war eine kleine Erhöhung des Honorars.

Dazwischen träumelte er an dem «Werk» herum. Von welcher Art es sein würde, konnte er selbst Jacqueline nicht erklären. Wohl gab es Stunden, in der Nacht, wenn er den Regen auf die blecherne Zinne tröpfeln und das Wasser in den Dachkänneln vor dem Fenster rieseln hörte, oder am frühen Morgen, wenn durch die beiden geöffneten Fenster der Wind durch sein Zimmer zog, da war es ihm, als vernehme er hinter den Geräuschen des Wassers und in der bewegten Luft das ferne Brausen des Lebens, das er suchte. Dann konnte es geschehen, daß mit einem Male sein Herz heftig zu pochen und ein angehaltener Atemzug seine Brust zu bedrängen begann und Ahnungen von Fülle und Schönheit ihn heimsuchten. Es glitt wie Versprechungen an ihm vorüber: es sei und es warte ein Ungeformtes auf die Erlösung durch Worte, es müsse, über den Liebesgeschichten, über dem Streit um die Güter, über dem Aufstieg und dem Niedergang der Sippen, den Ängsten und den Hoffnungen der Leute, den Siedelungen und den Flüssen eine Beschwörung, eine Formel geben, die sie alle einschließe, deute und erhöhe, nicht tragisch, nicht weinerlich und ohne Anklage, ein Ja, mit Mut in der Freude, nein, mit jubelnder Dankbarkeit ausgesprochen.

Aber wenn er sich niedersetzte, das Papier vor sich und die Feder in der Hand, so zerschellte es, bevor der erste Satz zu Ende geschrieben war. Wie Würmlein krochen die Worte durch den Staub auf dem unermeßlich langen Weg von der Empfindung zu der Gestalt.

An diesem Septembermorgen – eine Andeutung von herbstlichen Nebeln, Geruch von Rauch und Seewasser lag in der Luft, die Mainaustraße fröstelte noch im Schatten, aber gegen den See zu blaute der Himmel bereits – stand Aaron unter der halbgeöffneten Zimmertüre und lauschte ins Treppenhaus hinab. Der Briefträger war bereits da gewesen und hatte das Haus wieder verlassen, ohne bei ihm geläutet zu haben, und jetzt nahte die Zeit des anderen Postbeamten, jenes, der die Pakete und Geldanweisungen brachte. Dies war nun bereits der dritte Morgen, da Aaron diesen Mann erwartete, Herbig war sein Name, und er stieß ein wenig an mit der Zunge beim Sprechen. Es handelte sich um den Rest eines Honorars, den Aaron von der Vertriebsgesellschaft der Dr. Soltschen Produkte erwartete, einen Betrag von zweiundvierzig Franken, herrührend aus einer Serie von sechs Inseraten, deren Texte er verfaßt hatte. «Dein Fuß wandert im Dunkel – die ultraviolett strahlende Pédéas-Crème bringt auch ihm die Sonne» usw. Er hörte denn auch wirklich die Türe gehen und die Schritte Herbigs auf der Treppe. Er läutete im ersten Stock, Frau Guttanner hatte etwas zu unterschreiben, und jetzt mußte es sich entscheiden. Unerträglich lange redeten die beiden miteinander, endlich sagte der Postbote: «Danke bestens, also auf Wiedersehen!», und schon hörte ihn Aaron die Treppe hinuntergehen und das Haus verlassen. Eine Weile stand er noch da und biß sich auf die Unterlippe. Sorgfältig und derweil den Zustand überdenkend spülte er im Badezimmer die Teekanne und die Tasse. Es traf sich dumm, das Brot war zu Ende, das Teepäcklein leer. Ich werde in den sauren Apfel beissen müssen, hingehen und das Geld reklamieren, dachte er. Einen Augenblick lang spielte er mit dem Gedanken, mit der Portable-Schreibmaschine die Pfandleihanstalt der Kantonalbank an der Löwenstraße aufzusuchen – es wurde dort derlei sehr rasch und schonend erledigt. Es wäre der bekannte Weg des geringsten Widerstandes, aber absurd, da ich noch von der Post etwas zugute habe. Das tut dir ganz gut, geh nur, und ziehe dein Guthaben ein.

In der herbstlichen Sonne wanderte er dem Ufergeländer entlang, den Utoquai abwärts, der Stadt zu. Er beeilte sich nicht, im Gegenteil, er nützte jeden Vorwand, der ihn verzögerte. Die Schwäne äugten zu ihm empor. Er tat ihnen den Gefallen und blieb stehen. Sogleich ruderten auch ein paar Enten herbei, und es entstand unten eine kleine erwartungsvolle Versammlung des Vogelvolkes. Mangels eines Besseren warf er eine leere Zigarettenschachtel unter sie. Mit gestrecktem Hals, kampflustig und rücksichtslos stieß das Schwanenmännchen danach, knabberte mit dem Schnabel einen Augenblick am Karton herum und wandte sich dann verächtlich, wild und mit wedelnden Steißfedern wieder dem See zu. Still, hauchzart übergoldet dehnte sich die Wasserfläche bis zum Engemer Ufer hinüber.

Er konnte es anstellen wie er wollte, bei den Marktständen an der Bahnhofstraße stillestehen, die Kohlköpfe und die Salate, die ersten grünen Kläräpfel, die lilablauen Asternsträuße und die kardinalroten Radieschen betrachten, dem Verkehrspolizisten auf dem Paradeplatz ein bißchen zuschauen bei seinen Armübungen und einen Rundblick tun den Bankgebäuden entlang, in denen so viel Geld vorhanden war: schließlich näherte er sich trotzdem der Sihlporte, dem Geschäftshaus, das die Vertriebsgesellschaft der Dr. Soltschen Produkte beherbergte. Zwar lockte es ihn, noch ein bißchen hin und her zu schlendern, der Epa einen Besuch abzustatten, unbehelligt zwischen den Auslagen dieses Warenhauses herumzugehen und zu sehen, was man alles zum Einheitspreis eines Frankens erwerben konnte, obgleich er diesen Betrag nicht mehr besaß – aber da fielen ihm die Gruppen sonntäglich und dunkel gekleideter Leute auf, die der Synagoge an der Löwenstraße zustrebten. Natürlich, es mußte ja heute ein jüdischer Feiertag sein: Neujahr. Betroffen blieb er stehen und blickte die breite Straße in seine Jugendzeit hinab. An diesem Tage vor mehr als zwanzig Jahren war es gewesen, da Jacquelines blaue Augen, die in Gotthold Wettsteins Begleitung dort unten am Löwenplatz um die Ecke der Usteristraße bog, sich groß und erstaunt auf ihn gerichtet hatten, der in seinem lächerlichen Göxlein den Hausmauern entlang schlich, am Hause zum Merkur vorbei, wo im dritten Stock, halb von der Gardine verdeckt, der alte Sensal Abraham Rottweiler neben seiner Gattin Rosalie stand und die Innehaltung des Feiertages durch die Verwandtschaft überwachte. Jetzt war er gestorben, das Erbe und der Feiertag vertan.

Es ähnelte einer Flucht, als Aaron das marmorne Treppenhaus der Sihlporte betrat; doch viel zu rasch hinwiederum brachte ihn der Lift zu den Räumen der Soltschen Gesellschaft empor. Nein, Herr Figner, der Reklameleiter, sei heute den ganzen Tag abwesend, erklärte die Sekretärin, er komme erst morgen wieder. Die Rechnung liege da, erläuterte der Buchhalter, aber sie sei noch nicht visiert, er werde den Betrag sofort anweisen, sobald dies geschehen sei. Hinter ihm, las Aaron bereits seinen eigenen, mit Reißnägeln an die Wand gehefteten Slogan «Dein Fuß wandert im Dunkel – die ultraviolett strahlende Pédéas-Crème bringt auch ihm die Sonne». Ich hätte doch die Portable mitnehmen sollen, erwog er wieder im leeren Flur, hinter dessen Türen die Maschinen klapperten, es wäre jetzt nicht mehr weit bis zur Pfandleihanstalt hinunter.

Alle Quellen und Kredite waren ja nicht erschöpft. Natürlich hätte er an die Storchengasse zu Walter hinaufgehen, mit ihm und Reto während der Mittagspause einen Kaffee im Terrassegärtchen trinken und ihn bei dieser Gelegenheit um fünf Franken bitten können. Aber es widerstrebte ihm derart, mit dem Freund über eigene Geldsachen zu reden, daß er, wenn er eine der aus dem Französischen übersetzten Kurzgeschichten ablieferte, nicht einmal nach der Höhe des Honorars fragte.

Es wäre natürlich auch möglich, ins Café Central hinunterzugehen, wo er ja als Schachspieler manche Stunde verbrachte, und er würde dort etwas zum Essen bestellen, ein Filet-Goulasch zum Beispiel, das war sehr vorteilhaft, reichlich, und kostete zwei Franken dreißig, und die Serviertochter Hedwig würde nur lachen, wenn er sein Portemonnaie zog und, den Verdutzten spielend, feststellte, er hätte kein Geld bei sich. Er könne ja das nächste Mal bezahlen. Doch er wollte sich diesen Ausweg, wie den Walter Abtschen Fünfliber noch aufsparen, man konnte ja nie wissen.

Aaron war unter solchen Überlegungen in den mittäglichen Stoßverkehr hineingeraten, die Sonne hatte sich nun durchgesetzt. Festlich übergoldet standen die Häuser, die Kittel der Männer waren geöffnet, die Regenmäntel wurden über dem Arm getragen, noch sommerlich gekleidet schritten die Mädchen einher, am Geländer der Münsterbrücke und der Wühre entlang fischten die Knaben, von den Floßen der Bootsvermieter stießen Motorbarken ab zum Strandbad hinüber, das noch geöffnet war, auf dem Bauschänzli saßen noch Gäste unter den Bäumen, und auch die weißbekittelten Kellner im Ligustergärtchen vor dem Terrasse-Café hatten noch alle Hände voll zu tun. Auf dem Dreispitz mit der Hungerinsel davor, waren alle Bänke von den Kunden der Herberge zur Heimat belegt. Allethalben roch es aufdringlich nach Gebratenem und Gesottenem, die Straßenbahnwagen waren überfüllt, alle hatten es eilig. Aaron spähte im Vorbeigehen durch das Efeuwändchen, ob vielleicht Walter mit Reto an ihrem gewohnten Platz unter dem leeren Musiker-Podium säßen. Aber er sah sie nicht. Er überquerte den Bellevueplatz, herrlich seidenblau spannte sich der Himmel über dem Seebecken, saubere ältere Herren spazierten gemessenen Schrittes den Bosketten entlang, hinter den Spiegelscheiben mächtiger Schaufenster sonnten schwarzlackierte Limousinen ihre vernickelten Nasen, von Zeit zu Zeit hoben draußen auf dem Wasser die Schwäne ihre Köpfe, begannen mit den Schwingen zu schlagen, flatterten immer eiliger über das Wasser, und dann sah man die großen Vögel mit vorgestreckten Hälsen flachen Fluges im Silber verschwinden. Alle Plätzchen zwischen den Büschen, unter den Büschen, zwischen den Ufersteinen waren von Pärchen besetzt; mit bloßen Füßen plätscherten sie im seichten Strand neben den Butterpapieren, närrische Hunde jappten nach den trägen Wellen, doch allmählich breitete sich die Stille der mittäglichen Stunde auf der Quaipromenade aus, nur in der Ferne hinter den Bäumen quäkte ein Lautsprecher.

Aaron setzte sich auf eine Bank. Er fing an nachzurechnen, seit wann er keine richtige Mahlzeit mehr eingenommen hatte. Heute früh hatte er das letzte Stück eines cakes verzehrt, ein Geschenk Jacquelines, als er sie vorige Woche besuchte. Gestern abend den Cervela und den Brotanschnitt, die er mit dem letzten Geld erworben hatte. Am Mittag um diese Zeit war er mit Walter im Terrassegärtchen gesessen und hatte zum café crème möglichst unauffällig, so quasi in der Zerstreuung des Gesprächs, vier Semmel zerrissen und verspiesen. Das Frühstück hatte aus Tee, dem cake und dem getrockneten Bückling bestanden. Am Abend zuvor war er im «Rütli» an der Zähringerstraße gewesen, und es hatte noch zum kleinen Menu gereicht: Habersuppe, Rösti mit Ei und drei Stück Schwarzbrot. Allerdings hätte er noch mit einem Zuschlag von sechzig Rappen einen Schüblig dazu haben können – aber er wollte auf das Päcklein Parisienne nicht verzichten. Dieses leichte und ein wenig weltferne Gefühl, das ihn bewohnte, kannte er wohl von der Zeit her, da er noch unter dem Auge des Großvaters und im Rhythmus des elterlichen Haushaltes die religiösen Gebräuche beachtet hatte. Da war er jeweils während des vierundzwanzigstündigen Fastens am Versöhnungstag über die Mittagszeit, an einem strahlenden Herbsttag wie diesem, auf der Katzbastion im Botanischen Garten auf einem Bänklein in der Sonne gesessen, nüchtern gelangweilt, sich selbst fremd in dem schwarzen Anzug und dem verhaßten Göxlein, das er neben sich auf den Sitz legte, um dann nach einer Stunde wieder in die Synagoge zurückzukehren, wo die Kerzen standen und die mit den weißen Sarggewändern bekleideten Männer sich mit der Faust an die Brust schlugen. Aber es war nicht dasselbe gewesen. Vom Gottesdienst und der Buße kehrten sie bei einbrechender Nacht versöhnt zu einem festlichen Mahle zurück, und alles war nur eine Art Drohung gewesen, ein freiwilliger Verzicht, ein Hinweis auf die Hinfälligkeit des Leibes, ein Exempel, wie wenig es brauchte, den Menschen schwach zu machen und seine Gedanken der eigenen Vergänglichkeit und der Ewigkeit Gottes zuzuwenden.

Langsam begannen die Spazierwege und die Straßen sich wieder mit Leuten zu füllen. Lebhaften Schrittes und sichtlich gesättigt strebte das Fußvolk der Angestellten wieder seinen Arbeitsstätten zu. Die exotischen Räuchlein würziger Zigarren wehten an Aaron vorbei: die betreffenden Herren hatten gerötete Wänglein und gingen zum Kaffeejaß. Die jungen

Frauen und die Bonnen tauchten mit ihren komfortablen Wisa-Gloria-Kinderwagen auf, in denen die geifernden Säuglinge schlummerten, Kieswagen rasselten die Bellerivestraße herein, an den Tankstellen fuhren die funkelnden Wagen vor, die Boulevard-Terrasse beim neuen Restaurant Bettini füllte sich mit dunkelbebrillten Gästen, die Dampfschwalben pendelten von Ufer zu Ufer, und auf der im Umbau begriffenen Quaibrücke fingen die Bohrmänner zu rattern an – es war die nüchterne Wirklichkeit. Sie brauste um Aaron herum, er kam sich wie vergessen vor, ein Kiesel, den die zurückfließende Welle des Lebens gestrandet hatte. Das gibt es also, dachte Aaron, und er mußte ganz still verharren, und die Haut an der Nasenwurzel zu einer Grimasse verziehen, um etwas dunkel in den Augen Aufsteigendes zu bannen. Aber mit Dasitzen und Denken ist es nicht zu bewältigen. Es mußte nun etwas geschehen. Ich muß mich richtig verhalten angesichts des Ursprünglichen, ohne Panik, das Naheliegende tun. Während der Dauer eines Atemzuges tauchte Jacquelines Gesicht vor ihm auf; er quittierte es mit traurigem Grinsen und Kopfschütteln. Er erhob sich von seiner Bank und wanderte langsam seiner Behausung an der Mainaustraße zu, die Portable zu holen.

Was auch immer geschehen mag, dachte er, ich habe ihn gekannt, den Hunger der Armut.

Drittes Heft

I. Kapitel

Unbeachtet in seiner zerschlissenen, ferne an ein ausgedientes Uniformstück erinnernden Lederjacke, ein Fiberköfferchen in der einen, die Krücke des mit einem Gummipfropfen endenden Stocks in der andern Hand, entstieg August Merkli dem Genferzug und strebte, die Baskenmütze schräg über der Stirne, leicht hinkend, im Strom der Reisenden dem Ausgang des Perrons zu. Die Örtlichkeit entsprach nicht mehr ganz dem Bilde, das er in sich trug; in dem umgebauten Bahnhof endeten die Geleise weit vor der alten Halle, die Ankommenden mußten sie nicht mehr durchqueren, sondern sie bogen gleich nach rechts, und der Boulevard, der sich vor ihnen öffnete, war nicht mehr die Bahnhof-, sondern die Löwenstraße. Es war diese bauliche Veränderung, die dem Heimkehrer den Begriff von der Dauer seiner Abwesenheit gab; sonst, während der ganzen Reise über die Strecke von Genf herauf, in den vertrauten Drittklaßwagen der Bundesbahnen mit den gleichen Gefährten wie ihm schien, die ihn auf seiner Ausreise vor einem Jahr begleitet hatten, war es ihm immer vorgekommen, er kehre von einer Spritztour, vom Automobil-Salon oder so, zurück.

Er trat auf den Platz hinaus; auch dieser war offenbar verändert worden, die Tramzüge kreuzten ihn auf neue Weise, die Taxameter standen nicht mehr längs des Bahnhofgebäudes, sondern in Rudeln in der Mitte des Platzes, es wurde auch noch gegraben, Gerüste und Schranken schleusten die Leute an den Baustellen vorbei; aber jenseits an den Straßenmündungen fand er wieder die vertraute Atmosphäre, junge Leute, die an der Ecke bei der Zigarrenhandlung Dürr auf ihr Fräulein warteten, deutsche Reisende, die vor dem Restaurant Gotthard das ausgehängte Menu studierten, die Laternen zwischen den Linden, die Schaufensterauslagen und die sauberen und soliden Kleider, die die Leute trugen, und die Schuhe mit den unabgenützten Absätzen, die über den gewischten Asphalt dahinschritten. Die Luft duftete herb und kühl im Schacht zwischen den Häusern, und er war fremd in seiner blankgewetzten Lederjacke, die nach Schweiß und Karbol roch. Es kam ihm die ganze Umgebung unwahrscheinlich vor, nicht in einer fünfzehnstündigen Reise zu erklären, die ihn aus dem Hospital von Tarbes hierher gebracht hatte. Man sah es den Gesichtern an, von welch anderer Art die Geschäfte dieser Leute waren; er aber kam von Orten her, wo es um Gamellen mit halbgaren Fleischstücken, um Krüge mit lauem Wein, um Patronen, um Maschinenpistolen, Handgranaten und Verbandszeug, um Kälte und Hitze, um Rache, Haß und Grausamkeit, um deutsche Messerschmitt-Flugzeuge und russische Panzerkanonen, um Staub, Dreck und die menschliche Notdurft, um Dysenterie und Amputationen gegangen war. Nicht war es heldisch nach der Art jugendlicher Vorstellungen gewesen, sondern von Angstgrimmen in den Gedärmen, von Anfällen der Feigheit, von üblen Gerüchen, Traurigkeit und Resignation gekennzeichnet, eine harte und nüchterne Wirklichkeit wie eine Kiste voll rostiger Nägel, ein unbegreifliches Einschiebsel in seinem Leben, beginnend mit der Stunde, da er sich von Bluntschli hatte impfen lassen, und endend mit dieser, da er in seiner von Gerüchen getränkten Lederjacke die harmlose Bahnhofstraße hinauf wanderte. Hier war ohne ihn und von seiner Abwesenheit keine Notiz nehmend das geruhsame Leben weitergegangen. Dort drüben mündete die Schützengasse ein, wo er sich auf der Kanzlei der gelben Radler bei Herrn Moeldinger gemeldet hatte. Ein paar Schritte weiter, gegen den Fluß zu, lag der Beatenplatz, wo der Occasions-Markt für Automobile stattfand und wo Jonny Morf für das alte Rickenbaker-Cabriolet noch einen Käufer gefunden hatte, einen Landwirt aus dem Limmattal, soviel sich Merkli noch dunkel erinnerte. Er und Jonny hatten sich noch über den Erlös gestritten. Aber von da an war sein Apparat abgeschmiert, wie die Flieger sagen. Nach der Verpfändung und Zwangsverwertung der Wohnungseinrichtung, der Bilder und Teppiche an der Dufourstraße, Raubgut aus der deutschen Inflation zumeist, hatte er, um nicht beständig den Inhabern der Verlustscheine begegnen zu müssen, das Seefeld-Quartier verlassen und war über die Sihl in seine alte Heimat zurückgekehrt, nun ein Kenner und grimmiger Verspötter des parasitären Kapitalismus. Dort fand er, in der Wohnung an der Ämtlerstraße, wo die Mutter in der «Wasch- und Glätterei» noch immer hauste, die Kisten mit den anarchistischen Schriften seines Vaters und während ein paar Keilereien mit den Fröntlern die Luft und die Lust seiner Jugendzeit wieder. Dann ließ er sich anwerben als Freiwilliger in die Internationale Brigade im Aufstand der spanischen Arbeiter wider Franco.

August Merkli blieb stehen und blickte am Hause empor; noch immer war die Mauer zu beiden Seiten der Türe mit vielen Firmentafeln bedeckt, sogar die «Alimpex» existierte noch, aber schon viele Male hatte sie die Inhaber gewechselt. Merkli mußte lachen. Der sogenannte Aktienmantel, das Recht, die Firmenbezeichnung Alimpex zu führen, und die paar Möbel, die seinerzeit der Schieber-Direktor und Aufkäufer des Deutschen Reichs, Hollberger, so generös anschaffte, hatten sich, wie es ans Liquidieren ging, als die einzigen Aktiven herausgestellt, für die noch ein wenig Geld herauszuschlagen war.

Als er am St.-Anna-Hof vorbeikam, brannten in der Tiefe des Passage-Cafés bereits die Lampen in ihren Bienenkörben aus geschliffenen Glassplittern. Merkli zögerte einen Augenblick, dann aber stieß er die Türe auf und schritt, leicht hinkend an seinem Stock und das Fiberköfferchen in der Hand, zwischen den Tischen hindurch durch das Lokal, der «Höhle», der hintersten Ecke zu. Er glaubte seinen Augen nicht zu trauen. Als hätte er sie eben und nicht vor Jahren schon verlassen, als hätten sie während all der langen Zeit die Karten überhaupt nicht aus der Hand gelegt, saßen dort um den alten Stammtisch herum und in unveränderter Ordnung Ruben Gidionovics, der Inhaber der Warenhalle an der Sihlbrücke, klein, gelblich, an der Zigarette saugend, Maxi Kipferl, der Operettenschauspieler, ein bißchen gedunsen und mit mehr blauen Äderchen im Gesicht, Jonny Morf, hemdärmlig, um ein weniges fester, sauber rasiert, Léon Loeb, den sie seit seiner Verheiratung immer mit Monsieur Bariffi angeredet hatten, braungebrannt, gut genährt, doch weiß der Schnurrbart und die dichten Augenbrauen, und um die Spieler herum hing die übliche Dolde der Kiebitze. Der alte Herr Bloch war nicht mehr da. Er wäre jetzt über hundert Jahre alt gewesen. Es nahm keiner von dem Ankömmling Notiz. Er ähnelte ja auch in seiner Baskenmütze, dem Ledermantel und dem Fiberköfferchen mehr einem jener Hausierer, die, in den Gaststätten von Tisch zu Tisch gehend, Heublumenseife, Sockenhalter und Rasierklingen feilboten.

Nur Kipferl schaute, während die Karten neu ausgeteilt wurden, für einen Augenblick auf und Merkli ins Gesicht.

«Da san's ja, wo haben's denn gesteckt», sagte er zerstreut und offenbar gar keine Antwort erwartend, denn er wandte seine Aufmerksamkeit sogleich wieder dem ständig sich verbreiternden Fächer seiner Karten zu.

Auch Jonny Morf drehte darauf hin flüchtig den Kopf und schaute über die Schultern an dem hinter ihm stehenden Merkli empor. «Woher kommst auch du?» fragte er mit einem Blick auf die Lederjacke, «bist du auf der Forch gewesen, Pilze zu sammeln?» Aber auch er erwartete keine Antwort, sondern begann sogleich mit flinken Fingern das neue Spiel zu ordnen. Die übrigen hoben nicht einmal die Augen. «Na, schick schon», machte Gidionovics nervös.

Merkli verstaute sein Köfferchen beim Kleiderständer, zog die Lederjacke aus, schob die Baskenmütze in die Tasche und nahm in der hintersten Reihe der Kiebitze Platz. Doch er folgte dem Spiel nicht, er betrachtete nur immer wieder die Hände der Herren, die dünnen, von Nikotin bis zur Farbe des Bernsteins gegilbten Finger Gidionovics, die breiten Léons mit den sorgfältig behandelten Nägeln und dem kurzen nichtstuerischen Daumen, Kipferls fleischiges Prätzchen und Jonny Morfs Taschenspielerhände. Er blickte auf die eigenen herab, die im Spital weiß und sommersprossig geworden waren, doch der Vergleich drehte sich nicht darum. Ausdrücken hätte er es wohl nicht gekonnt. Aber das, was er da die Karten manipulieren sah, das waren Werkzeuge im Wohlleben und in behüteter Unschuld geschmeidig verwendet. Nun ja, es hatten wohl alle von ihnen einmal ein wenig gemogelt und ein bißchen gestohlen wahrscheinlich, aber eiserne Abzüge an Gewehren betätigt, die gegen andere Leute gerichtet waren, Handgranaten entsichert und in ein Fenster geworfen, auch einmal ein Messer gehalten und damit zugestoßen – das hatte wohl keiner von ihnen. Es waren keine Männerhände, fand er, verächtlich und ausgestoßen.

Gegen sechs Uhr löste sich der Spielzirkel auf. Ruben Gidionovics zog hinter seinem Stuhl den Zeitungshalter mit der «Front» hervor. Jemand hatte ihm gesagt, es stände ein überraschend verständiger, beinahe judenfreundlicher Artikel darin. Doch war nur zu lesen, daß die Gleichberechtigung der Juden mit den übrigen Bürgern des Landes erst 1866 durch ein

Ultimatum der französischen Regierung gegen den Abschluß eines Handelsvertrages erzwungen worden sei. Man möge vom menschlichen Standpunkt aus das tragische Schicksal dieses Volkes bedauern – aber wo es um das völkische Ganze, die Reinheit des Geistes und des Blutes gehe, müßten alle privaten Gefühle zurücktreten und sich den Forderungen des Gemeinwohls unterordnen. Dieses verlange gebieterisch: Ausmerzung der Juden aus dem kulturellen, wirtschaftlichen und politischen Leben der Schweiz! Gewiß, die Maßnahmen, die das deutsche Reich in der Durchführung dieser Reinigung treffe, seien hart. Aber wo gehobelt werde, da fliegen Spähne! Angewidert und mit einem Grumseln der Angst in den Eingeweiden, legte Gidionovics das Kampfblatt beiseite und machte sich still davon.

«Man hat dich lange nicht gesehen», bemerkte Jonny Morf zu Merkli, aber in einem Tonfall, als handle es sich um einen Zeitraum von Wochen, denn da Spieler keine persönliche Beziehung verbindet, fehlt ihnen auch der Begriff der Zeit. Erst als der Automobilverkäufer des zerknitterten Anzuges und des nicht mehr frischen Hemdes seines Genossen ansichtig wurde, begann er etwas zu merken. «Wo hast du gesteckt?» fragte er diskret, als erwarte er zu vernehmen, es habe Merkli eine Strafe absitzen müssen – das lag ja immer im Bereich der Möglichkeit im Geschäftsleben ihres Stils, wenn auch, Gott sei Dank, er, Morf, außer einer bedingt ausgesprochenen, inzwischen verjährten Verurteilung bis jetzt noch immer glimpflich davongekommen war.

Sie setzten sich abseits an einen kleinen Tisch. Er komme soeben aus Frankreich, sagte Merkli, aus dem Hospital von Tarbes. Ja, es habe ihn ziemlich schwer erwischt, ein Querschläger in die Hüfte, mit Knochenverletzung, Infektion und dem ganzen Salat. Das Schlimmste sei die Evakuation in einem Camion gewesen, über die Pyrenäen. Glücklicherweise sei er gegen Tetanus geimpft gewesen. Ja, natürlich, in Spanien sei er gewesen, im Bürgerkrieg.

Er sah es Morf geradezu an, wie dieser an sich halten mußte, um nicht zu sagen: du bist ein anderes Kalb. Aber er schüttelte nur verständnislos den Kopf.

«Und jetzt?»

«So ziemlich ausgeheilt, aber knochenstier», erläuterte Merkli.

Hans Morf, der sich, seit er im Autohandel tätig war, Jonny nannte und in Albisrieden beheimatet war, entbehrte kollegialen Verständnisses nicht. Ein paar Heuer könne er ihm schon langen, da er auf den Felgen sei, aber mehr – «Krise, weißt du, und ein elender Zauber. Die Gielen zahlen doch nicht mehr. Handkehrum hast du einen Verlustlappen in den Händen. Aber wenn du für den Anfang ein wenig krampfen willst, ich hätte etwas. Luftschutz!»

Merkli war nicht mehr auf dem Laufenden. Morf erklärte es ihm. Aus seiner dicken Ledermappe zog er einen mehrfach zusammengefalteten Papiersack hervor, dickes Material, genäht. «Löschsand» stand darauf, darunter «5 kg». Die Verordnungen über den zivilen Luftschutz sähen außer der Verdunkelung die Entrümpelung der Estriche und die Bereitstellung von Löschmaterial gegen Brandbomben vor, einer Axt, einem Wassereimer und eben Sand. Er, Morf, habe mit einer Papierfabrik einen Kontrakt abgeschlossen für zehntausend Säcke dieser Art, und ein Mann in Wollishofen liefere ihm Seesand – behördlich geprüft und geeignet befunden. Weiber zum Abfüllen habe er auch. Jetzt gehe es darum, die Ware an den Mann zu bringen. Leider beständen gesetzliche Höchstpreise, aber immerhin, es sei ein obligatorisch vorgeschriebener Artikel, und Absatzschwierigkeiten gebe es keine. Nun, man müsse den Leuten das Zeugs nicht nur anbieten, sondern sogleich auch liefern, auf einem Wagen bei sich haben. Morf könne ihm, Merkli, die Quartiere Unterstraß und Wipkingen überlassen.

«Hast du einen Camion?», fragte Merkli.

«Camion? Kannst denken, das rentiert nicht. Mit einem Leiterwägelchen. Genierst du dich?»

Merkli schüttete den Rest des Kirsches mit einem Ruck hinab. Dann blickte er ruhig, mit einem Anflug von Grimm auf Jonny Morfs Selbstbinder, der sich auf dem seidenen Hemd offenbar wohl fühlte. Wenn du wüßtest, dachte er. Er zog die Baskenmütze aus der Tasche, wischte sich die graumelierte Strähne aus der Stirne, setzte sie auf.

«Einverstanden», sagte er.

In seiner Ledermappe, das Fiberköfferchen in der Hand, leicht auf seinen Stock gestützt, folgte er dem Kollegen aus dem Lokal. Jetzt war er tatsächlich ein Hausierer.

II. Kapitel

Während der Sekretär in gemessenem Tonfall die Bestimmungen des bereinigten Abkommens noch einmal verlas, waren Stadtrat Abt die Augen zugefallen. In der Behandlung dieser, ein paar Atemzüge lang währenden, Schlafanfälle, die ihn seit einiger Zeit heimsuchten, hatte er bereits eine gewisse Technik entwickelt. Weder veränderte sich dabei seine Stellung als aufmerksam Lauschender, noch schreckte er auf, wenn sie vorüber waren, sondern er hielt hinter seinem Klemmer die Lider noch eine Weile gekniffen, so daß es für die anderen aussah, als hätte er über etwas nachgedacht. Vor der bunten Wappenscheibe des Sitzungszimmers hob sich die Silhouette des Stadtpräsidenten Dr. Klöti ab, im Gegenlicht; er saß regungslos am oberen Ende des Tisches, ein wenig nach vorn über seine Papiere geneigt, den Bleistift in der Hand.

Eigentlich ist dort oben ein ausgesparter Raum, dachte Abt, und die Stadt füllt ihn dann aus mit einem Mann, den *sie* aussucht. Wir denken, wir wählen ihn, er geht aus den Abstimmungen, aus dem Kampf der Parteien hervor, aber ich glaube nicht mehr so recht daran. Es sieht beinahe so aus, als sei dieses ganze Drum und Dran mehr so ein Paravent, hinter dem sich nach geheimen Gesetzen das Heraufbugsieren des Oberhauptes vollzieht. Wie manchen habe ich schon dort oben sitzen gesehen, Nägeli, Billeter, Klöti, ich will nicht gerade behaupten, man könnte sie auswechseln, aber das ist sicher, sie verlieren, mögen sie sich dagegen sträuben, wie sie wollen, die Eigenschaften als Mitglied der Parteien, die sie auf jenen Stuhl gehoben haben. Kaum gewählt, beginnt der Geist der Stadt sie zu formen und zu modeln, aus Kämpfern werden Verwalter, aus Umstürzlern Stützer der bestehenden Ordnung, aus Zweiflern Bejaher, aus Kritikern Schöpfer.

Abt betrachtete in der schläfrigen, aber nicht unangenehmen Stimmung, in der er sich befand, den ersten sozialdemokratischen Bürgermeister dieser Stadt mit einer Art spitzbübischer Anerkennung. Er hatte ihm, als Mitglied eines Ausschusses, sozusagen über die Schulter gesehen, als er vor zwei Jahren mit dem Anwalt Henggeler die Sanierungsverträge der vor dem Konkurs stehenden Maschinenfabrik Escher-Wyß ausarbeitete. Die Stadt hatte damals den ganzen Liegenschaftenkomplex im Hard käuflich übernommen und den Betrieb an eine neue Gesellschaft verpachtet. Natürlich war es eine gemilderte Form der Verstaatlichung gewesen, wie sie die Sozialisten anstrebten; aber wie geschickt, wie gerecht, wie weitsichtig hatte Klöti die Interessen der Stadt, der Aktionäre, der Gläubiger und der Arbeiter gegeneinander abzuwägen und auszugleichen gewußt. Die große Produktionsstätte blieb dem Gemeinwesen erhalten, die zu Verlust Gekommenen hatten Aussicht, wieder in den Besitz ihrer Gelder zu gelangen – und die Beteiligung der Stadt erwies sich als ein großartiger, konstruktiver Beitrag zur Bekämpfung der Arbeitslosigkeit. Jetzt konnte der Betrieb wieder auf vollen Touren drehen, als hätte er nur auf die Abwertung und die Aufträge gewartet. In den nächsten Tagen lief das erste von der Landesausstellung bestellte Motorschiff vom Stapel, das dreihundertste, das im Verlauf von hundert Jahren diese alten Werkstätten verließ. Ein Mann von Format!

Die Verlesung des Schriftstücks durch den Sekretär war eine langweilige Formsache. Punkt um Punkt, Paragraph um Paragraph hatten sie, die Männer, die hier anwesend waren, die Architekten Meili und Hofmann von der Leitung der Landesausstellung, der Sekretär der Bauarbeitergewerkschaft und die Mitglieder der gemeinderätlichen Kommission, der auch Abt angehörte, die Vereinbarung durchberaten, durchbesprochen, durchgestritten, hatten sie ihre gewichtigen, ihre kleinlichen Einwände und Vorschläge angebracht, hatten sich gegenseitig verdächtigt, beargwöhnt und schließlich wieder auf einer Kompromiß-Formel gefunden. Sie wußten alle alles auswendig, was da gelesen wurde, die Stundenlohnansätze der Maurer mit 172 Rappen, die der Handlanger mit 137 und die der Pflasterträger mit 102. Es ging um Arbeitszeit, um die Versicherung gegen Krankheit und Unfall, um den Preis der Speisen und Getränke in den Kantinen, um die Vergütung verlorengegangenen oder beschädigten Werkzeuges, um Anstellung und Kündigung, um das Schiedsgericht bei Streitigkeiten, einen schriftlich niedergelegten Krims-Krams von voraussehbaren und eventuellen Möglichkeiten. Das ganze trug als Überschrift *«Gesamtarbeitsvertrag zwischen Arbeitgebern und Arbeitnehmern des Baugewerbes auf dem Platze Zürich bis zur Eröffnung der Landesausstellung 1939»*.

Unter sich, im Gespräch, und während sie darum stritten, nannten die Herren die Vereinbarung «Arbeitsfrieden».

Als das Dokument zu Ende gelesen, Einwände dagegen keine mehr erhoben wurden und es auf seiner Wanderung um den Tisch unterzeichnet worden war, löste sich die Sitzung auf. Einer gab noch seiner Genugtuung über das gelungene Vertragswerk Ausdruck, aber es wurde als die übliche Phrase hingenommen. Die Herren blickten auf ihre Uhren, der Sekretär flüsterte dem Stadtpräsidenten etwas ins Ohr, der nickte, und es war ersichtlich, daß er irgendwo erwartet wurde.

Auf der rotgeplättelten Galerie draußen, während er seinen Mantel anzog, gab es sich, daß Abt mit Dr. Klöti ein paar Worte wechselte.

«Saubere Arbeit», bemerkte der Stadtrat, «etwas Erledigtes».

«Ja», machte Klöti nüchtern.

Aber Abt hatte noch einen Gedanken in Bereitschaft.

«Täusche ich mich wohl», fragte er, «oder ist es einfach so eine private Liebhaberei von mir, aber mir kommt das Ganze ein wenig wie ein Modell vor, fast etwa so, wie die Deutschen und die Russen im spanischen Bürgerkrieg ihre neuen Waffen ausprobieren?»

Wach und wie amüsiert blieb Klöti stehen, mit aufmerksamen Augen hinter der randlosen Brille. «Sie meinen, es könnte sich bei diesem Vertrag auch um eine Art Vorbereitung auf den Krieg handeln?» entgegnete er.

«He ja, ich meine, Arbeitsfrieden, Ausgleich der sozialen Spannung, Zusammensitzen, Zusammenrutschen, Reden miteinander, das wäre so unsere Art, gefährlichen Zeiten entgegenzusehen», meinte der Stadtrat.

Zwischen Lächeln und Ernst blickte das Oberhaupt der Stadt dem alten politischen Gegner in die Augen.

«Ich bin sehr froh, daß Sie, Herr Abt, diesen Aspekt auch noch bemerkt haben», sagte Klöti, während sie sich die Hände schüttelten.

III. Kapitel

Der Schürzenfabrikant Leib Gidionovics, gealtert, schwere Säcke unter den Augen und die Wangen voller blauen Äderchen, stand, die Hände in den Hosentaschen vergraben, den Rücken dem offenen Fenster zugekehrt, und blickte stumm in das Zimmer. Am Ofen, im großen Lehnstuhl, außerhalb des

Lichtkreises, in einen wollenen Schal eingewickelt, den Leib mächtig gebläht, die dunkle rituelle Perücke auf dem schmalen Köpfchen, saß die greise Ahnin, Recha, und am Tische unter der Lampe, schmächtig und gelb, fast kahlköpfig, Ruben, der Inhaber der Warenhalle an der Sihlbrücke, und neben ihm Sidia, die Gattin, gepudert und mit Schmuck behängt. Es war eine jener Pausen, wie sie sich nach erregten Gesprächen einzustellen pflegten. Von der Langstraße herauf hörte man das Brummen der Motoren und das Geräusch nasser Gummiräder; durch den niederklatschenden Regen wimmerten die Sonntagabendglocken über die Dächer hin.

Die vier Leute schauten ein jedes für sich vor sich hin.

«Vor dreißig Jahren, kaum selbst ein wenig eingerichtet, habe ich euch kommen lassen, aus dem Ghetto, in diese Stadt, mit nichts, als was ihr auf dem Leib truget. Mit Ach und Krach, gegen Faulheit und Einbildung habe ich euch hier eingerichtet, daß ihr die Kinder großziehen, daß ihr euch hier eine Existenz aufbauen konntet. Immer wieder habe ich geblutet für euch, mit barem Geld, bei der Bank, den Lieferanten, dem David habe ich sein Strumpfgeschäft eingerichtet an der Badenerstraße. Immer habe ich gehofft, daß ihr endlich einmal Wurzel fassen, euch einbürgern, euch anpassen würdet an die Leute dieser Stadt. Einen Dreck!» – Ohne die Stimme zu heben, in einem heiseren Grimm, sandte Leib seine Worte der Stille nach.

«Es sind Fremde, Feinde, Judenfeinde», machte Ruben, und steckte sich mit den leicht zitternden, bernsteinfarbigen Fingern eine neue Zigarette an.

An Leibs Schläfe pulste die Ader. «Das ist nicht wahr!» rief er. «Sie sind intelligent, ordentlich, gerecht. Dummköpfe und Böse gibt es unter uns wie bei ihnen.»

«Und die Hakenkreuze, die sie uns mit roter Farbe an die Rolladen geschmiert haben?» fragte Sidia.

«Die Polizei selbst ist mit Männern gekommen und hat sie wieder abgewaschen, und einen Detektiv haben sie geschickt, der in der Nacht um das Geschäft herumgeht. Sind das Judenfeinde?»

«Und die Saubriefe, die ich mit jeder Post bekomme?»

«Die bekomme ich auch. Es sind Deutsche, Nazi, die sie verschicken, keine Schweizer.»

«Liesest du denn die ‹Front› nie? Sie werden uns demütigen, quälen, entrechten, töten, wie die andern draußen!»

schrie Ruben. «Wir haben kein Recht in ihrer Welt. Sie hassen uns, mit dem Blut, nicht mit dem Verstand. Es ekelt ihnen vor uns. Wir sind schuld an allem …»

Leib stand geduckten Nackens da, sichtlich im Atem bedrängt. «Dreißig Jahre lebst du jetzt in dieser Stadt – das Auskommen, das Wohlleben habt ihr gehabt, eure Kinder sind hier zur Schule gegangen, du hast dein Geschäft, der David hat sein Geschäft, die Recha hat einen Mann und Kinder, und die Rosel ist auch verheiratet – und kaum gibt es einmal ein paar Schwierigkeiten, schmeißt ihr alles hin und denkt an Flucht.»

«Was können die Juden anderes tun, als fliehen, wenn der böse Geist die andern befällt?» murmelte Ruben vor sich hin.

«Sie haben Angst, Leib», sagte die Ahnin aus dem Dunkel ihres Lehnsessels heraus.

«Ich habe auch Angst», rief der Schürzenfabrikant, «und viele Schweizer haben Angst. Aber Angst haben und Fliehen ist zweierlei. Sie verlieren den Kopf nicht, sie brauchen ihn, um zu denken, das Vernünftige zu tun. Sie stehen zusammen, sie machen sich bereit. Sie legen Vorräte an, bauen Luftschutzkeller, rüsten die Armee. Sie wollen sich wehren, sich verteidigen, ihre Freiheit, und ihre Freiheit ist auch die Freiheit der Juden. Und das ist das wenigste, daß wir ihnen dabei helfen – und sei es nur aus Dankbarkeit. Wir sind doch keine Parasiten, die sich vollsaugen und dann abfallen, wenn der Leib, der uns genährt hat, selber bedroht wird.»

«Er redet wie einer von ihnen», machte Sidia mit niedergeschlagenen Augen.

«Ja, wie einer von ihnen», bestätigte Leib ruhig, «ich bin es auch, hoffe ich, nicht nur auf dem Papier.»

«Das werden sie dir schon wieder wegnehmen, wie es die da draußen getan haben, wenn sie ans Ruder kommen», bemerkte Ruben und zerquetschte seine Zigarette im Aschenbecher.

«Da, schau einmal», sagte Leib und zog aus der Rocktasche das Morgenblatt hervor, «die Resultate sind zwar noch nicht vollständig.»

«Ich weiß», unterbrach ihn Ruben, «die Sozialisten haben die Mehrheit im Gemeinderat verloren, nicht gut für die Juden …»

«Aber von den zehn Fröntlern ist kein einziger wiedergewählt worden. Kein einziger! So machen sie es in dieser

Stadt!» Mit seinem Zeigefinger stieß er fortwährend gegen seinen Schädel. «Das ist euer verdammter Hochmut und euere Einbildung, daß ihr immer meint, ihr habet die Intelligenz allein gefressen, und die anderen für Dummköpfe anseht!»

Wieder trat eine lange Pause ein, und der Schürzenfabrikant neigte bereits zur Hoffnung, es könne sich noch etwas ändern, aber dann langte der Bruder in die Brusttasche und legte ein kleines Bündel Papiere auf den Tisch, Pässe, Fahrscheine.

«Ich hätte es mir ja denken können», sagte Leib still, «das war schon immer deine Methode, schon damals, als du hinter meinem Rücken den Laden an der Sihlbrücke gemietet hast.»

«Der Samuel in New York erwartet uns am Schiff», erläuterte Sidia albern. «Der David wird das Geschäft führen. Vielleicht kommen wir ja wieder zurück.»

In ihrem Lehnsessel begann die Alte zu greinen. Der Streit war aus. Ruben war aufgestanden und zur Mutter hingegangen. Leib schaute weg, aber er hörte den jüdischen Segensspruch.

«Das Gepäck steht wohl unten im Hausgang?» fragte er die Schwägerin. Diese nickte eifrig und lächelnd. Dann läutete auch schon die Flurglocke. «Das ist das Taxi.»

Ruben kam mit geröteten Augen aus dem Dunkel an die Helle des Tisches zurück. Die Brüder reichten sich die Hand. Der Jüngere sagte dabei etwas Merkwürdiges. «Als wir damals, vom Platzspitz aus, dem Brand der Neumühle zuschauten, du und ich, wußte ich schon, daß wir nicht hier bleiben würden.»

Unbeachtet, in der Nacht und im strömenden Regen, führte der Wagen das Ehepaar Gidionovics durch die Lagerstraße dem Bahnhof zu. Dieser dreißigjährige Aufenthalt in dieser Stadt war für sie nur ein Zwischenhalt gewesen auf ihrer Nomadenwanderung, der Sonne nach, von Osten nach Westen.

IV. Kapitel

«Ich finde Ihre Idee nicht schlecht, Herr Major, da ich schon einmal hier bin», sagte der nicht sehr große und sich neben dem Offizier eher schmächtig ausnehmende Herr im blauen Anzug. «Es ist ein kleiner Vormittags-Spaziergang an diesem wundervollen Augusttag. Schade, daß Sie mich nicht begleiten können, ich kenne mich nicht so gut aus in dieser Stadt.»

Die beiden standen vor dem Portal des Polytechnikums, auf dem obersten Treppenabsatz; jenseits der Straße, auf dem Kiesplatz der Terrasse und um das Becken des Springbrunnens herum, spielten Kinder, auf den Bänken längst der Boskette mit ihren flammenden Begonien saßen Mütter und Kindermädchen in der Sonne, und über die steinerne Balustrade hinweg sahen sie das berühmte Bild der Stadt, die Zinnen mit der wehenden Wäsche, die talabwärts ziehenden Rauchfahnen, die tief in die Häuser eingeschnittenen Gassen, die hellen Plätze, die Fahrzeuge und die Leute, im Dunst jenseits des Tals den Uetliberg, und der ganze Ausblick war seitlich begrenzt und eingerahmt von den hellgrünen Kulissen der Robinien und Ulmen in den Anlagen.

Ja, er habe noch Kurs bis zum Mittag, sagte der Generalstäbler, die Klassen C und D. Aber vielleicht könne er dem Herrn Oberstkorpskommandanten einen jungen Mann zur Begleitung mitgeben; unter den Studenten werde sich sicherlich ein Leutnant finden, der in der Stadt aufgewachsen sei, der könne ihn führen.

«Sehr gut, wenn Sie gerade jemand an der Hand haben», stimmte in seinem welschen Akzent der ältere Herr zu. «Ich warte hier. Oh, sagen Sie ihm, er solle einen Bleistift und Papier, einen Block mitnehmen.»

Mit einem leise angedeuteten Zusammenschlagen der Absätze meldete sich der Offizier ab; das gebräunte Gesicht von seinem hellgrauen kurzrandigen Filzhut beschattet, wanderte der allein Gebliebene, vom Räuchlein seiner Zigarette begleitet, langsam vor der Fassade des großen Semperbaus hin und her, die « Gazette de Lausanne» blickte aus der linken Rocktasche hervor, und in der rechten Hand trug er die Handschuhe, wie es hierorts nur unter auswärtigen Besuchern der Brauch war.

«Sie haben zwar Klausur für das zweite Diplom», sagte Professor Zäch, der mit dem Major unter der Türe des Auditoriums stand, und blickte über die geneigten Köpfe des Dutzends Studenten hin, die, weit auseinander über alle Bänke verteilt, in die Berechnung des berüchtigten Badewannenwirbels vertieft waren, «aber nehmen Sie den da, er ist Leutnant bei der Artillerie». Er trat zu einem in der vordersten Bank sitzenden aufgeschossenen jungen Mann, dessen Haar bis hoch hinauf gestutzt war, was ihm, zusammen mit dem Bürstenschnitt seines Schopfes auf der Schädeldecke, das Ansehen eines Wiedehopfes verlieh, tupfte ihn an und winkte ihn heraus.

Der Kommandant des I. Armeekorps, Herr Oberst Guisan, bedürfe eines Führers durch die Stadt, erläuterte der Major dem Schörschli Gebhardt, der, noch ein wenig verwirrt, nicht recht schlüssig war, ob er sich militärisch anzumelden habe. Der Offizier winkte ab; er sei in Zivil – es handle sich nur so um eine Art Augenschein, den Brücken entlang, ein paar Notizen, aber selbstverständlich sei darüber zu schweigen. Er schrieb sich die Personalien des jungen Leutnants auf und händigte ihm dann seinen eigenen Meldeblock aus.

«Sie suchen mich wahrscheinlich?» fragte lächelnd der Herr an der Balustrade; diesmal zögerte Schörschli nicht; in seinem hellen Flanellkleid und barhäuptig, wie er war, pflanzte er sich in Achtungsstellung auf und nannte Grad, Namen, Jahrgang und Einteilung.

«Was studieren Sie, Herr Leutnant Gebhardt?»

«Bahnbau, Herr Oberst.»

«Voilà, um was es sich handelt», erläuterte der Offizier, während sie der Schienhutgasse zuschritten, «ich möchte einen Gang der Limmat entlang tun, soweit sie die Stadt durchfließt. Aber vielleicht könnten Sie mir rasch ein Croquis machen, kommen Sie, setzen wir uns auf diese schöne Bank im Schatten, wir werden diese Amoureux nicht stören. Nur die Brücken, verstehen Sie.»

Schörschli hatte bereits begonnen, seine Striche zu ziehen: das Seebecken, die Limmat bis zu ihrer Vereinigung mit der Sihl und zwischen den beiden Wasseradern den Lauf des Schanzengrabens; mit einigen Kurven deutete er das Gefälle des Geländes auf der Zürichbergseite, den Lindenhofhügel und die Bastion der Katz im Botanischen Garten an. Dann folgten, mit Doppelstrichen markiert, die Limmatübergänge: die Quaibrücke, die Münsterbrücke, die Rathausbrücke, die Uraniabrücke, der Untere Mühlesteg, die Bahnhofbrücke, die Walchebrücke, der Drahtschmiedlisteg, die Kornhausbrücke, der Lettensteg und die Wipkinger Brücke. Er besann sich einen Augenblick, verlängerte den Lauf des Flusses und fügte noch den Hardturmsteg und die Höngger Brücke hinzu. Dann schrieb er die Namen hin.

Er reichte Oberst Guisan das Blatt.

«Nichts vergessen, Herr Bahnbauingenieur?» fragte dieser, ein belustigtes Funkeln in den Augen.

Schörschli errötete bis in die kurzgestutzten Nackenhaare hinauf. «Natürlich den Bahndamm nach Wipkingen und den nach Letten», gestand er, und fügte die beiden Geleisebogen noch bei.

«Ne vous en faites pas», lachte Guisan, «als ich so alt wie Sie war, habe ich einmal dem Divisionskommandanten eine ordre de bataille abgegeben, in der eine ganze Gebirgsbrigade fehlte, die dritte. Trotzdem bin ich später gerade in dieser Stabschef geworden.»

Er betrachtete Schörschlis Croquis. «Soviel ich sehen kann, gehen die großen Durchgangsstraßen über die Quaibrücke und über die Kornhausbrücke. Alles was dazwischenliegt, stieße auf das zweite Hindernis, die Sihl. Evidemment, sie könnten zwischen Sihl und Limmat nach Süden, gegen das linke Seeufer und ins Sihltal einschwenken.»

«Hier würde der Graben der alten Stadtbefestigung, der Schanzengraben, noch einen Riegel bilden», bemerkte Schörschli schüchtern. «Etwa acht kleine Brücken führen hinüber.» Er deutete sie mit seinem Bleistift auf dem Blatt an.

«Da haben Sie recht, Herr Leutnant.»

«Und die Bahnhof- und die Walchebrücke sind trotz der Sihl, die dahinter liegt, direkte Durchgangsbrücken, weil der Bahnhof über die Sihl gebaut ist und selbst eine riesige Brücke bildet», erläuterte nun Schörschli eifrig und ohne Scheu.

«Ich sehe, Sie haben es begriffen, worum es geht.»

«Um die Front Sargans-Walensee-Linthkanal-Zürichsee-Limmat-Aaremündung mit den drei nördlichen Brückenköpfen Rapperswil, Zürich und Dietikon», wagte Schörschli zu sagen.

Der Oberst betrachtete ihn mit Wohlwollen. Aber er antwortete nicht mehr.

Sie schlenderten, der ältere Herr in seinem gutsitzenden blauen Anzug und der barhäuptige junge Mann mit den zerknitterten Flanellhosen, der losen Jacke, dem offenen Hemd ohne Krawatte, den ganzen Vormittag in der sommerlichen Stadt herum, der Limmat entlang, verweilten bei den Stegen, die über den Schanzengraben führten, blickten auf das stille Wasser hinab, in dem sich die überhängenden Weiden spiegelten und die Schwäne lautlos einhergondelten. Man hätte sagen mögen, ein noch munterer Großvater, der sich von seinem Enkel die Sehenswürdigkeiten der Stadt zeigen ließ. Als sie unter den Kronen der Linden die besonnte Bahnhofstraße hinabwanderten, zwischen hell und duftig gekleideten Mädchen und Frauen, jungen Männern mit offener Brust, vielen flanierenden Fremden, von den blauen, klingelnden Straßenbahnwagen und geräuschlosen Limousinen begleitet, den berühmten Schaufenstern entlang, in denen die herrlichsten Dinge aus Seide, erbsengroße Diamanten und Uhren, in Gold und Platin gefaßt, ausgestellt waren, schaute Guisan nachdenklich an den soliden Bankgebäuden und den Boulevardhäusern empor.

«Dieser Straße entlang dürfte auch eine Front verlaufen», murmelte er, «parallel zwischen den beiden Flüssen, vom See und vom Bahnhof flankiert, es wäre ein hartes Stück für sie, dieser Kilometer.»

Schörschli wanderte respektvoll an der linken Seite des schlanken Herrn einher, lauschte seinen Worten, folgte seinen Blicken und schrieb zwischenhinein die Bemerkungen auf den Block, die dieser ihm diktierte, einzelne Worte, aber mit einem Zusammenhang, den der junge Mann schon erriet. Es war von Minenkammern und Dotationen, von Distanztabellen die Rede, Schutzkellern, Vorratsmagazinen für Munition und Verpflegung, Lazaretten. Sie stiegen auch den Rennweg hinan und die Fortunagasse empor zum Lindenhof. Am achteckigen Brunnen, bei der bewehrten Zürcherin, setzten sie sich auf eine der Bänke. Unter dem Blätterdach lag der weite Platz der Bastei im golddurchsprenkelten Dämmergrün; wie durch ein breites Fenster strömte von der limmatwärtigen Seite her, zwischen den weit ausladenden Rändern der Linden und der steinernen Brüstung, das Licht herein.

Auch Oberst Guisan hatte seinen grauen Filzhut neben sich gelegt. «Welche Ruhe, welch ein Friede», sagte er und blickte zu den Hochschulen hinüber. «Ihr habt eine schöne Stadt. Schade, daß wir mit unserer déformation professionnelle immer alles mit militärischen Augen betrachten. Aber es muß sein. Dazu sind wir da. Und letzten Endes geht es ja darum, all das Schöne zu verteidigen.»

Schörschli gab sich alle Mühe, es mit militärischen Augen zu sehen.

«Es ist eine alte Befestigung, dieses linke Ufer der Stadt, wie Sie sagen. Natürlich, mit den modernen Waffen ... Aber sehen Sie, Herr Leutnant Gebhardt, nehmen Sie an, sie haben den Rhein forciert und die Thur, und sie kommen das Glattal herauf, über den Einschnitt zwischen dem Zürich- und dem Käferberg, über die Forch, sie filtrieren von der Höhe durch die Gassen herab – was werden sie finden?»

«Gesprengte Brücken», antwortete Schörschli folgsam.

«Bien sûr – aber was sonst?»

Schörschli verstand nicht, worauf sein Begleiter hinauswollte.

«Ruinen», sagte Guisan, «einen enormen Block, einen dicht zusammengekneteten Kuchen von Ruinen, das ganze Ufer entlang, vom Zusammenfluß der Limmat und der Sihl bis hinauf an den See, keine Dächer, keine Fassaden, keine Kirchen, keine Bäume mehr, ein einziges Trümmerfeld, eine Mondlandschaft, um diesen Hügel herum gelagert, alle die engen Straßen und Gassen verstopft vom Schutt der eingestürzten Gebäude, alle Brücken zerstört, auch die über den Schanzengraben, ja, auch die im Rücken, über die Sihl, und hier auf dieser Insel, eingeschlossen, abgeschlossen eine Besatzung von Territorialsoldaten, Hilfsdienstlern, F. H. D., Zivilisten, die zurückgeblieben sind, in den Kellern, in Löchern leben und schießen und ausharren, selbst wenn unten im Limmattal und oben beim Ricken die Front durchstoßen und überflügelt ist. Eine Stadt, eine Stadtruine, die sich hält, verteidigt, nicht kapituliert, verstehen Sie, das ist eine Festung, eine oder zwei Divisionen wert, die das Dreifache des Gegners bindet, aufhält und die Feldarmee schützt, damit sie sich wieder sammeln kann am Fuße der Alpen.»

Mit großen, ernsten Augen saß der junge Mann neben dem Herrn, der, ohne die Stimme zu heben, in seinem welschen Akzent seine Vision erläuterte.

«Wir Militärs müssen alles tun, damit Waffen, Munition, Essen und Wasser und Keller und Sanitätsmaterial bereit sind für den Ernstfall, wir können exerzieren, ausbilden, üben, aber nicht wahr, Sie verstehen, es ist alles nur Hilfsmittel, wichtig, aber im zweiten Rang. Die größte Waffe, das ist der Geist, der diese im Dreck, im Staub, unter dem Bombardement, in der Verwüstung hausenden Leute belebt. Der Geist der Freiheit, der Patriotismus. Ohne das – c'est fini.»

Schörschli blickte über die Zinnen und Dächer hinweg zum Polytechnikum hinüber und suchte unwillkürlich am linken Flügel des Baus das Fenster, hinter dem seine Kameraden in der Klausur lagen, der er auf so unerwartete Weise entronnen war. Doch dies war sozusagen nur die äußere Schicht seines Verhaltens; in der Tiefe, hinter den malvenblauen, von Goldflittern durchwirkten Schleiern dieses Sommervormittags, hörte er es wie von einer harten und furchtbaren Wirklichkeit klirren.

«Jetzt können Sie mir den Block geben», sagte Guisan, «ich danke Ihnen, Herr Leutnant Gebhardt. Nein, nein, ich kenne den Weg.»

Noch bevor Schörschli sich erhoben hatte, klopfte er ihm mit einer männlichen Bewegung auf die Schulter, und freundlichen, fast verschmitzten Blickes, mit leisem Lächeln und Nicken sagte er: «On a confiance en vous, allez – man vertraut Euch.»

V. Kapitel

Hans Trüssel, der deutsche Schriftsteller, Verfasser des vielbeachteten Romans aus der Nachkriegszeit «Geborgtes Leben», ein hochgewachsener Mann in den Dreißigerjahren, breiten, rosigen Gesichts, die Strähnen des blondes Haares auf der linken Hälfte des Schädels gescheitelt, auffallend durch die beinahe völlige Abwesenheit eines Hinterkopfs, blickte, während sie sich die Hand reichten, Walter Abt mit strahlend blauen Augen ins Angesicht, drückte noch einmal kräftig nach und sagte: «Daß die Schweiz meiner Frau und mir auf der Flucht vor den Burschen Asyl gewährt, ist ergreifend, aber daß Sie, Herr Doktor, mir die Möglichkeit gewähren, in Ihrem Verlag ‹Des Menschen Würde› herauszubringen, das ist schlechterdings eine geistige Tat!»

Walter saß, das eine Knie über der Armlehne eingehenkt, hemdärmlig im Ohrenstuhl, sog an seinem erloschenen Stumpen, das Gesicht wieder dem offenen Fenster zugewandt und starrte über die beiden Limmatbrücken hinweg in den schimmernden Himmelsraum über dem Seebecken.

«Aber Sie sind doch nicht etwa Kommunist?» fragte er, ohne seinen Besucher anzusehen.

Er wisse schon, weshalb er dies frage, entgegnete Trüssel sogleich, seiner Schrift «Gast der UdSSR» wegen, die er im Jahre achtundzwanzig verfaßt hätte. Aber nirgends fände sich darin ein Bekenntnis zur kommunistischen Staatsform, sondern es sei ja lediglich ein sachlicher Bericht über Dinge, die man während einer vierwöchigen Reise hätte wahrnehmen können, namentlich über die Befreiung der Bauern, der Industrialisierung der Landwirtschaft – über das, was seit der Revolution von Anno siebzehn tatsächlich erreicht worden sei. Gewiß, vieles hätte er, aus Rücksicht, aus schriftstellerischer Höflichkeit verschwiegen.

Walter Abt hörte nicht zu. Er hatte die Broschüre gelesen. Es ging um etwas anderes. Trüssel hatte ihm den Plan zu einem Buche entwickelt, das er zu schreiben im Begriffe war, einem Roman, in dem, erlebt und mit den Augen einer einfachen bürgerlichen Familie gesehen, das Heraufkommen des Nationalsozialismus geschildert war, die zuerst unbedeutenden, aber sich ständig häufenden und steigernden Veränderungen, die sich vollzogen hatten, wie langsam das ganze Leben von diesem unheimlichen Geist durchsetzt worden und die Freiheit abgestorben war. Es wäre gut, unseren Leuten zu zeigen, wie so etwas vor sich geht, an welchen Anzeichen es sich äußert, was alles gefährdet ist, dachte der Verleger. Er ist ein guter Schriftsteller, er gestaltet, er zeigt die Vorgänge. Es gäbe ein Beispiel, es diente unserer Sache.

Trotzdem war ihm nicht völlig wohl dabei. Man müßte die Arbeit überwachen. Zwischenhinein gebraucht er Sätze, die mir nicht gefallen. «Hätte er» – gemeint war Hitler – «nicht diesen krankhaften Haß gegen die Juden, so könnte man manches begrüßen, was er tut. Ordnung hat er geschafft, wiederaufgebaut, das muß ihm der Neid lassen.» Als ob es um die Juden gehe!

«Wie lange denken Sie, wird es dauern, bis Sie Ihr Manuskript abgeben können?» fragte Walter.

«Ach, einen schönen Teil habe ich ja schon geschrieben», sagte Trüssel, «ein Drittel vielleicht, so in drei vier Monaten sollte ich es geschafft haben. Aber eben, ich müßte ungestört arbeiten können.»

«Das haben wir ja abgemacht. Wir bezahlen Ihnen während sechs Monaten a conto des Honorars vierhundert Franken, damit sollten Sie, zusammen mit dem Beitrag der Flüchtlingshilfe, auskommen. Sie und Ihre Frau sind immer bei uns zum Essen geladen, wann Sie wollen.»

«Aber das Honorar für die Vorabdrucke in den Zeitungen bleibt mir doch?» fragte der Schriftsteller.

Der junge Verleger machte eine Grimasse. «Es ist natürlich für den Verlag nicht so interessant, wenn Teile des Romans vorweg veröffentlicht werden», sagte er. «Auf alle Fälle sollte das erst geschehen, wenn das Manuskript beendet, das Buch im Druck ist und die Ausgabe unmittelbar bevorsteht. Und dann kommt es auch darauf an, in welchen Zeitungen. Jedenfalls müssen wir uns da von Fall zu Fall besprechen. Schließlich stecken wir doch unsere zwanzigtausend Franken in das Unternehmen».

Ja, das sei nun so, erklärte Trüssel, er habe Dr. Bürkli für sein Blatt bereits einige Kapitel zugesagt und auch bereits etwas geliefert.

«Das hätten Sie uns aber sagen müssen, Herr Trüssel, bevor wir den Vertrag unterschrieben», entgegnete Walter leise und biß sich hernach auf die Unterlippe. «Können Sie es nicht rückgängig machen?»

Er habe halt das Honorar dafür bereits bezogen.

«Wieviel?»

«Fünfhundert Franken».

Schon hereingeleimt, dachte Walter. «Wenn Sie uns die Verlagsrechte verkaufen, dann können Sie natürlich ohne unsere Einwilligung über Ihr Werk nicht mehr nach Gutdünken verfügen, das sollten Sie doch wissen, Sie sind ja kein Anfänger mehr.»

Treuherzig, bieder, mit hängenden Schultern, die offenen Handflächen zeigend, stand Trüssel da und entgegnete: «Aber ich muß doch leben, Herr Doktor, ich habe doch Frau und Kind.»

Während er hinter seiner Brille mit der Kuppe des Goldfingers gewohnterweise den Augenwinkel betupfte, mußte bei sich der Verleger ärgerlich zugeben, es sei natürlich kein Schleck, die große Heimat fliehen und in so einem kleinen Lande mit kleinlichen Leuten Zuflucht suchen zu müssen. Von ihnen aus sieht das alles anders aus. Sie haben den gewaltsamen Bruch einer Lebenskurve hinter sich, sie bewegen sich unter uns Eingesessenen in unserer Ordnung wie in einem

Abenteuer. Voreilig und hurtig suchen sie in unseren Einrichtungen, in unserer Lebensart und in unserer Sprache alles, was dem gleicht, das sie verlassen haben – deshalb bleibt der tiefe, fast unüberbrückbare Unterschied zwischen ihrer und unserer Welt, den meisten von ihnen verborgen. Sie ahnen es gar nicht, in welcher Fremde sie sich bewegen. Die Demokratie ist ihnen kaum noch eine politische, aber geschweige denn eine kulturelle Lebensform. In diesem Trüssel haben sich die wilhelminischen Hierarchien unter den Leuten des Alltags erhalten, «von der Scheuerfrau, die zweimal kommt», bis zum «Herrn Chefredakteur, der mich empfangen» hat. Sie suchen bei uns Schutz und Unterkunft, aber man spürt es deutlich, nicht auf gleichem Fuß, sondern selbst im Bitten noch eine Spur herablassend, mit einem Schuß von Anmaßung und leiser Verachtung im Hintergrund, als verkennten wir sie maßlos in ihrer wahren Bedeutung. Mit einem «na, ja» sozusagen nehmen sie uns hin. Sie verwechseln unser schönes Asylrecht mit einer Asylpflicht.

Reto saß bereits in der gewohnten Nische zwischen den Efeukistchen im «Terrasse»-Gärtchen, als Walter in Trüssels Begleitung sich einfand. Unten am Fluß, bei den Floßen der Bootsvermieter, füllten sich die Motorschiffe mit Leuten, die ihre Mittagszeit im Strandbad zubrachten. Ein Oval von schaumigen Wellen auf die Wasserfläche zeichnend, schossen die Boote unter den Bogen der Quaibrücke hindurch in das Seebecken hinaus, die vielen Wimpel hingen träge in der Sonne, über der Bauschänzli-Insel, dem jenseitigen Stadthausquai entlang, standen die Kronen der Robinien und Kastanien bauschig und in voller Pracht vor den Fassaden der Häuserzeile, die Löffelchen klirrten, rings um das kleine Cafégärtchen brauste der mittägliche Stoßverkehr, herrliches Wohlsein lag in der Luft, die Männer trugen nur noch Hemd und Hose, durch die Gewebe der hellen Kleider schimmerte die gebräunte Haut der jungen Frauen und Mädchen, die Rauchfahnen der Dampfschwalben zerstoben im Blau, aufgespießte Bananen in der Hand, lehnten Schüler an der Brüstung des Ufergeländers und schauten dem Mann zu, der einen Weidling mit grüner Farbe auffrischte, die Schwäne und die Bleßhühner balgten sich um Brocken aufgeweichten Brotes, über die Vorderseite des Stadthauses herab hingen irgendeines Kongresses wegen die blauweißen Festflaggen, von einem schäumenden Boot mit Außenmotor gezogen, flirrte ein Wasserskiläufer den Uferquadern entlang, auf den Planken der Frauenbadeanstalt lagen die Nixen in der Glut.

«Wie schön könnte das Leben sein», bemerkte Trüssel. «Ihr wißt es nicht, was ihr habt!»

«Doch, doch – wir wissen es», nickte Reto ernst. «Wir wären zufrieden, es bliebe so.»

Der Architekt Laubscher saß am Nebentisch, wild zerzaust das lockige Munihaar, den Kragen des Hemdes weit geöffnet; Corinna kam heran, schokoladebraun, mit goldenem Haar und bleckenden Zähnen, in einen kanariengelben Pullover gekleidet, und nichts zwischen ihm und der Haut. Sie grüßten herüber. Es ging ihnen gut. Der Bau eines Pavillons an der Landesausstellung war dem angriffigen Avantgardisten übertragen worden.

Reto reichte dem Schwager ein Blatt über den Tisch, ein graphisches Erzeugnis, den Entwurf zum Schutzumschlag von Trüssels Buch. Im unteren Fünftel, als ein querer Balken anzusehen, war das Bild einer städtischen Straße, darüber, vor dem lichten Himmel, das Antlitz eines jungen Mannes, der dem Beschauer ins Auge blickte. Sein Haar war über die ganze Runde des Schädels hinweg kurz geschnitten, ein wenig Blut tropfte aus einer Wunde auf der Stirne. Eine Kette schlang sich um seinen Hals. «Des Menschen Würde» stand darüber.

VI. Kapitel

Den Geigenkasten neben sich auf der Bank, das Gesicht ins Geäst der breitausladenden Krone der Platane emporgewendet, so daß ihr das Haar vom Ansatz über der gewölbten Stirne nach hinten hing, saß Vera Gebhardt am Rande der kleinen Anlage vor dem Obmannamt am Hirschengraben. Über die Pflasterung des weiten Platzes vor dem Gebäude des Rechbergs legten sich schon die lilablauen Schatten, aber die barocke Fassade, die schmiedeisernen Gitter des Gartentors und der Balkone, die Pilaster und die Balustraden, das hohe Dach aus gedunkelten Ziegeln und auch der dahinter am Hang ansteigende Garten französischen Stils mit seinen Mäuerchen, steinernen Vasen, Urnen und eisernem Zierwerk, den

Rosenbäumchen und Geranien glühten im Rot der sinkenden Sonne. Es begann stille zu werden, ein frühherbstlicher Abend bereitete sich vor; die Leute schritten geruhsam dahin, von den Gassen des Neumarkts herauf erklangen die Akkorde einer Handharmonika, in langen Abständen kam vom Pfauenplatz ein blauweißer Tramwagen daher und bog in die abfallende Schlucht des Seilergrabens ein, still, leer und mit geschlossenen Fenstern stand darüber, hangwärts, am Hirschengraben, der abenteuerliche Backsteinbau des Schulhauses, die Spatzen badeten im Sand, die Glockenschläge vom Predigerturm herab hatten einen lang andauernden Ton, die Tauben wagten sich auf die Straße herunter mit Flattern und Gurren, in ihren neuen, blauen, an Mechanikerübergewänder erinnernden Uniformen kamen ein paar Luftschutzsoldaten die Künstlergasse herab und verzogen sich ins Niederdorf. Wieder hob die Glocke am Predigerplatz zu schlagen an, und dann sah ihn Vera um die Ecke des kleinen Gerätehäuschens am Eingang der Florhofgasse biegen, schlank und schwarzgekleidet, ohne Hut, und sogleich kam er über den weiten Platz auf sie zu. Erst als er sich neben sie gesetzt hatte, sagte Isi Gidionovics, als ginge ein kurz zuvor unterbrochenes Gespräch weiter: «Ich habe heute nacht das Buch noch einmal gelesen. Also von einer wissenschaftlichen Expedition, die dieser sechsundzwanzigjährige Michel Vieuchange nach der verschollenen Wüstenstadt Smara unternommen haben soll, kann gar keine Rede sein. Es ist auch nicht als eine sportliche, körperliche Leistung gemeint gewesen.»

Vera nickte: «Wie es Albin Zollinger schrieb:

«Besessenheit der Sehnsucht trieb ihn fort
die Stadt, die Stadt zu sehn, die keiner sah …»

Der Musiker rieb sich die Nase. «Das ist es eben, was anfängt mich zu belästigen. Wenn ich Zollingers Gedicht vertone, so ist das bereits ein Abklatsch dritter Hand, verstehst du?»

Vera, vornüber gebeugt, den Ellbogen auf das Knie des übergeschlagenen Beines und das Gesicht im Teller der Hand, betrachtete die altmodischen Fliedergärten jenseits der Straße. Gedämpft, mit einem schwebenden, fast grollenden Pathos in der Stimme, murmelte sie:

«Einmal sein Leben nehmen und es ganz,
Wie man es der Geliebten nie verschenkt,
Zu wagen an ein Nichts, um einen Glanz,
Den die Unbändigkeit der Seele denkt.»

Das Mädchen trug eine Brille aus kreisrunden Gläsern, die Bluse war dunkel und bis zur Kehle geschlossen, die Nägel an der Geigenhand waren kurz geschnitten, die Schuhe mit den flachen Absätzen beinahe grob zu nennen, und der helle Rock war aus rauher Wolle gewoben. Aber als sie diese Worte sprach, war es, als schickte der Schmetterling unter der unschönen Hülle der Chrysalide sich an, seine Flügel zu entknittern.

Während er, fast um ein weniges betreten ob des Durchbruchs des Gehobenen und feierlich Erregten am Rande des Seilergrabens, den Strophen nachhorchte, erlebte er, der Violinlehrer am Konservatorium, der Sohn des Schürzenfabrikanten Leib Gidionovics, einen jener Pulsschläge, in denen das menschliche Wesen ein tieferes Bewußtsein seiner Wandlungen zu empfangen scheint. Nun saß er, an einem frühherbstlichen Abend des Jahres achtunddreißig, neben diesem Zürcher Mädchen, und es sprach unerhörte Worte zu ihm, der einst in der Wohnung an der Langstraße von seinem Töpfchen zu dem eben aus Galizien eingetroffenen Onkel Ruben emporgeblickt hatte, dem eine Träne über die Backe lief, zu ihm, der mit seinem Veloкäppchen, dort drüben, am Florhof, seiner Kusine Rosel vorschlug, sie möchten die verhaßte Musikstunde schwänzen, zu ihm, der vermittelst eines Käses mit Onkel Samuels grünem Klavier fertig geworden war, der als ein pfiffiges Judenbüblein die Schule des Kaufmännischen Vereins an der Pelikanstraße besucht hatte – und jetzt war er dieser Isidor Gidionovics, der Beethovens Romanze Nummer zwei und Saint-Saëns' Havanaise auf eine Weise zu spielen verstand, daß sein Name schon einige Male in achtzehn Zentimeter hohen Blockbuchstaben auf den Plakaten, die die Tonhallekonzerte anzeigten, zu lesen war. Es wollte sich ihm sein Leben darstellen als ein Dasein im flach hingebreiteten Stadtgebiet, in dem es von Leuten mit kleinen Geschäften grumselte und über das in den Lüften der Wind des Geistes und der Schönheit hinwegbrauste; und eines Tages, während einer unvorsichtigen Bewegung, war er von ihm ergriffen und aus der

Menge emporgewirbelt worden, so daß er plötzlich teilhatte an den Strömen, die seit Anbeginn des Menschen den Planeten umkreisten.

Mit seinen neun Strophen, erläuterte er, sei die Dichtung als Lied nicht geeignet, es müßte so etwas wie eine Kantatenform gefunden werden, mit einem Bariton, einem Sopran und zwei Chören. Je länger er jedoch dieses «Smara» Zollingers lese, je mehr sei er davon überzeugt, es können der Wohllaut der Worte, die Pathetik dieser Sprache, die süße und schmerzliche Verzweiflung in der Vertonung nur verlieren. Sie beide, Vera und er, seien, wie der Dichter, von dem unbegreiflichen Erlebnis seiner heroischen Sinnlosigkeit ergriffen worden. Nicht aber ihre oder Albin Zollingers Ergriffenheit musikalisch zu gestalten müßte des Komponisten Auftrag sein, sondern die andere, jene des Jünglings Michel Vieuchange.

Halboffenen Mundes hatte Vera zugehört, und bei den letzten Worten erhob sie mit einem Male lebhaft die Hand, und Isi nickte. Ja, sie habe es erraten; Jean, Michels Bruder, berichte in der Einleitung von einem Gedicht, das der Jüngling in Mogador niedergeschrieben habe, zehn Zeilen, die begännen:

«Smara, Stadt unserer Träume,
zu dir wandern wir …»,

und dies, diese Strophen, sie gäben das Männerchorlied, das ihm vorschwebe.

Sie hatten sich im Eifer beide erhoben und schritten unter den Platanen davon. In der Tiefe des Limmattals raffte die Sonne langsam die bengalroten Schleier zusammen und ließ den weiten Platz vor dem Hause zum Rechberg unter einem grünlichen Himmel in schiefrigem Dämmer zurück. Auf eine sonderbare und ungewohnte Weise begannen die Straßen sich mit Leuten zu füllen; sie kamen in Gruppen die Rämistraße herab und vom Quartier Hottingen herein. Man hätte meinen mögen, sie seien Spaziergänger im lauen Abend, aber es eignete ihnen allen etwas Erregtes, als erwarteten sie etwas.

Die beiden achteten es nicht. Sie verließen die Allee und stiegen an dem sich bäumenden Pferd des Manessebrunnens vorbei gegen die stillen Gärten und Gassen der Winkelwiese empor. Wie mit gedämpften Fanfaren, in gebrochenen Tönen, müßte das Vorspiel beginnen, erläuterte der Musiker – er deutete mit schlagenden Lippen die Takte an –, bevor die Worte erklangen: «Smara, Stadt unserer Träume», eine Stadt in der Wüste, eine Stadt am Rande der verdorrten Oase, nicht mehr von Menschen, nur noch von Schatten bewohnt, die zwischen den fensterlosen Mauern der engen Straßen einherwandelten. «Grenzort zum Jenseits, verstehst du.»

Hinhorchend, gefangen, wußte Vera, was ihrer hinter Isis Worten wartete. Es würde, wenn alles verflackert war, die Wendung kommen, die Rückkehr zu ihren persönlichen Verhältnissen. Es stand eine Antwort aus, ihre, Veras Antwort. Sie wanderten, als sie die Höhe überschritten hatten, die Stufen der Trittligasse hinab. Das Mädchen konnte sich das eigenartige Zwielicht am Grunde der Häusermauern nicht erklären. Als eine blasse, noch sternenlose Bahn zog der Himmel zwischen den Zinnen dahin.

«Hier wohnt meine Großmutter», sagte Vera unvermittelt, blieb stehen und blickte am Gemäuer empor, «eine ganz alte Frau.» Sie sitzt in einem Lehnstuhl, im hinteren Zimmer, gegen das Gärtchen hinaus, in der eigenen Wohnung, aber bei fremden Leuten, betreut von der Abraham Rottweilerschen Stiftung für erblindete Stadtbürger.

Und dann, ohne Übergang gab sie die Antwort.

«Ich könnte es nie tun, Isi.»

Er konnte ihre Augen im Dämmer ihrer Höhlungen hinter den kreisrunden Gläsern der Brille nicht mehr sehen.

«Meine Eltern haben so begonnen. Es ist nicht gut herausgekommen, glaube ich. Es schwebte über ihnen, über uns allen, über dem Schörschli, über mir. Man sieht es nicht von außen, kein Wort wird je darüber gesprochen. Nie haben sie Streit. Aber es ist so eine Atmosphäre ...»

Er erriet, daß sie weinte.

Er mochte ein wenig künstlich, ein wenig aufgeplustert in seinem Wesen sein, hinter der Mauer von Kunst und höherem Leben nicht völlig zu Hause, behende und hurtig, nach seines Onkels Ruben Art, aber er konnte das Echte erkennen.

«So wie du es willst, so wird es sein», sagte er. «Komm.» Ihre noch ein wenig kindliche Hand lag in der seinen, als sie die Stufen abwärts schritten.

«Ich bin blöd», lächelte Vera.

Auch bei der Einmündung der Gasse in die Oberdorfstraße herrschte das unerklärliche Gewimmel von Leuten. Auf einmal blieb Vera stehen und rief: «Isi, es brennen ja keine Lichter!»

Als hätte die Stadt nur auf dieses Wort gewartet, fing sie an, sich sichtbarlich von Minute zu Minute in dichteres Dämmer zu hüllen. Schon waren die Menschen nur mehr Schattengestalten, die zwischen schwarzen Mauern einherwandelten. Manche von ihnen lachten.

«Smara», sagte Isi.

«Die Verdunkelung, ich hatte es vergessen», antwortete Vera. «Es ist eine Übung; es werden keine Lichter brennen heute Nacht.»

Durch eine der schmalen Gassen, die das Gemäuer der Altstadt bis zum Fluß hinab durchschnitten, gelangten sie an den Limmatquai. Die bunten Leuchtreklamen an den Fassaden waren erloschen, schwarz ragten die Kandelaber in den fahlen Himmel. Ohne Spiegelung zog das Wasser dahin. Immer dichter wurde die Masse der Leute. Man hörte Mädchen kreischen. Hie und da ward ein Gesicht vom Schein eines aufleuchtenden Streichholzes erleuchtet. Ein Mann rempelte mit gemachter Ungeschicklichkeit Vera an. Isi legte seinen Arm um ihre Schulter.

«Mein Onkel ist geflohen», sagte er nach einer Weile, «und wir»

Nicht gerade feindselig, aber entschlossenen Tones unterbrach ihn Vera. «Ich bin gegen wohlfeile Symbolik. Wir wehren uns, das ist alles. Wir leben nicht in der Traumstadt Smara, wir leben in Zürich, dreißig Kilometer vor der deutschen Grenze.»

VII. Kapitel

«Bitte nehmen Sie Platz, Herr Doktor», lud Loßmayer mit einer freundlichen, doch gemessenen Handbewegung Gotthold ein, «vielleicht da hinter dem Tischchen, so können wir gemütlich plaudern.»

Durch zwei breite Bogenfenster über dem hochliegenden Gesimse konnte man die steinerne Brüstung des Balkons sehen, der um das sechste Stockwerk des Hauses herumlief. Darüber, auf der anderen Seite der Bahnhofstraße, glänzten die Dächer im Regen, und an den Hängen des Uetliberges hingen Nebelfetzen. Unter den Windstößen klapperten fortwährend die eisernen Schienen der Rolladen, Regentropfen liefen den Scheiben entlang; der Raum war schon geheizt, und vom Lärm der Straße war nichts zu hören. Gotthold konnte sich nicht schlüssig werden, ob es sich um ein Wohnzimmer oder um ein Büro handelte. Der Diwan, auf dem er saß, mochte allenfalls als Bett dienen, doch war auch ein Pult im Zimmer, ein Möbel aus hellem Eichenholz, und dahinter, in der Ecke, ein moderner Registraturkasten; ein dicker Teppich belegte den Boden. Die Türe trug keine Anschrift, und Gotthold war einige Zeit im Korridor herumgeirrt, bevor er Loßmayer gefunden hatte.

«Ich habe Ihnen eine Nachricht zu geben, von der ich annehme, daß sie Ihnen Freude bereiten wird», sagte dieser und begleitete seine Worte mit einer verschmitzten Verbeugung, die nach einer Beglückwünschung aussah. «Also, um gleich zur Sache zu kommen» – er erhob sich, ging zum Pult und kam mit einem Buch in der Hand wieder zurück – «der Potsdamer Verlag hat Ihren ‹Gobineau› in einer Volksausgabe herausgebracht, in einer sehr großen Auflage, und ich habe das Vergnügen, Ihnen das erste Exemplar zu überreichen.»

Er streckte Gotthold das Buch hin, und dieser beugte sich erstaunt und bewegt über den Umschlag aus unberührtem Glanzkarton. Auf braunem Grund war darauf in dicken Buchstaben zu lesen «Die Rasse als Schicksal» und darunter «Der arische Machtanspruch auf Europa» und sein Name. Es gab Gotthold sogleich einen Schlag, mit gerunzelten Brauen begann er zu blättern. Der Satzspiegel war nicht einheitlich; zwischen Abschnitten in normaler Druckschrift fanden sich Blöcke in fetten Buchstaben hervorgehoben, ganze Sätze, die dem Leser sogleich ins Auge fielen. Gotthold las: «Die demokratische Staatsform, mit ihrem Versuch, die natürliche Hierarchie der menschlichen Herkunft und Geburt aufzuheben und zu zerstören, ist eine jüdische Erfindung.» Blaß bis unter die Haarwurzeln hob er sein Gesicht; mit demselben verschmitzt freundlichen Lächeln hatte ihn Loßmayer erwartet.

«Sie verstehen, da es sich um eine Volksausgabe handelt, mußte satztechnisch und auch was die Form anbelangt, Ihr Werk mundgerecht aufgezogen werden. Aber Wesentliches am Inhalt, das kann ich Ihnen versichern, wurde nicht geändert.»

Gotthold sog tief in seine durch die neue Lebensweise geweitete und gestählte Lunge Luft ein und sagte: «Dagegen protestiere ich! So etwas habe ich nie geschrieben. Das ist eine Verfälschung. Es war keinerlei Propaganda mit meinem Werk beabsichtigt. Es ist eine sachliche, wissenschaftliche Darstellung.»

Es war Loßmayer anzusehen, daß er etwas Derartiges erwartet hatte. Völlig ruhig und immer noch freundlich lächelnd saß er da. Jetzt erst fiel es Gotthold auf, daß er mit dem unscheinbaren stillen Männchen im grünen Lodenmantel, das neben ihm in der Konditorei Hegetschweiler im Helmhaus das Gipfelchen in die Kaffeetasse zu tunken pflegte, nichts mehr gemein hatte. Er trug einen zweireihigen blauen Anzug, der an die Uniform eines Marineoffiziers erinnerte, bis weit über die Ohren hinauf war sein Haar kurz geschnitten, und ein spärliches Büschelchen lag ordentlich zurückgebürstet auf der Schädelkuppe. Nun schnippte er auch zweimal knallend mit den Fingern.

«Gemach, junger Freund.» Noch immer lächelte er, doch nur mit dem zarten Munde; aus den blauen Augen war das spitzbübische Wohlwollen verschwunden. «Erstens räumt der Vertrag dem Verlag ausdrücklich die Titelgebung und die drucktechnische Gestaltung des Textes ein, und zweitens findet sich hier» – er zog auch wirklich das alte Schriftstück aus der Tasche – «die Bemerkung, daß dem Verlag das Recht zu einer Volksausgabe zusteht, gekürzt und notfalls einem Leserkreis angepaßt, dem die wissenschaftlichen Voraussetzungen fehlen. Also rechtlich, nicht wahr, Herr Doktor, ist das alles völlig einwandfrei. Daran ist nicht zu tippen. Jedes deutsche Gericht wird die Verleger schützen, und der Gerichtsstand ist ja in Berlin.»

Es war Gotthold zumute, als denke er auf verschiedenen Stockwerken zugleich. Er gab sich Mühe, ruhig zu bleiben, und überlegte krampfhaft, wie er sich zu verhalten habe. Aber in diesem Bemühen um das äußere Verhalten öffnete sich bereits eine Lücke, durch die er in eine tiefere Schicht hinabblikken konnte und von wo her es ihn mit einem kalten, nüchternen Hauch anwehte, aus der Region des Geschehenen und Unumkehrbaren. Auf einmal schien nun auch alles andere in Frage gestellt, was er bisher getan und unternommen hatte; er stand da vor dem Schicksal wie ein alberner, verblendeter Rudenz vor dem alten Attinghausen und auch eine Bertha von Bruneck geisterte irgendwo herum. Er schluckte zweimal leer, und dann brachte er mit heiserer Stimme hervor: «Gegen den Mißbrauch, der im Dritten Reich mit meinem Essay getrieben wird, kann ich mich natürlich nicht mehr wehren, aber hier, in meinem Vaterland –.»

«Dramatisieren Sie doch die Sache nicht, mein Lieber, lesen Sie das Buch erst mal richtig durch, Sie werden sehen, es ist nicht die Aufregung wert. Ihre Arbeit steht sachlich völlig unberührt, das bißchen Besenwurf – mein Gott, es ist diese Auflage ja auch nicht für die Schweizer bestimmt. Und, eh, nicht wahr, es ergibt sich ja aus dieser Sachlage für Sie eine Honorarforderung, die nicht zu verachten ist, auszahlbar trotz Clearing und Devisenvorschriften in Schwizerfränkli, in bar, durch mich nämlich.»

Loßmayer hatte bereits einen ziemlich gebauschten Briefumschlag in der Hand, und unter der gelüfteten Klappe konnte Gotthold ein Bündelchen der wohlvertrauten blauen Hunderternoten wahrnehmen.

«Die Leute sind sehr korrekt, Sie erhalten vorweg die Vergütung für die ganze Auflage, dreitausend Franken.»

Er sagte dies mit dem gleichen effektvollen Tonfall wie damals im Café Central, als er klirrend und abschließend sein Löffelchen in die Tasse hatte zurückfallen lassen.

Gotthold spürte es geradezu körperlich, das Aufweichende und den ganzen Aspekt Verändernde, das dieser eindrucksvollen Demonstration innewohnte. Jetzt ging es nicht mehr um Worte, um einen Streit im Geiste, nun waren da vor ihm auf dem Tisch, in der Enveloppe, greifbare Dinge, dieses Geld, das alles so leicht und einfach machte, eine Summe, deren Besitz für einige Zeit ihn beruhigen und ihm ein sorgenfreies Leben gewähren würde, jenes stille Unter-den-anderen-Menschen-Dahinschlendern, ohne Panik und mit abständlicher literarischer Anteilnahme, in der seine Genugtuung zu finden seine Bestimmung schien: wandeln, und ein Buch unter dem Arm.

«Na, nehmen Sie, und unterschreiben Sie die Quittung, es gehört Ihnen», lächelte Loßmayer wieder freundlich.

Eine zage, flüchtige Überlegung, die sich rasch zu einer Erleichterung auszuweiten begann, geisterte in Gottholds Wirrsal empor. Das ist das Endgültige, Unumkehrbare, nachher könnte ich mich nicht mehr rechtfertigen. Das müssen sie noch haben in ihrem Dossier, daß ich dieses Geld empfangen habe. Das wäre der Beweis meiner Einwilligung zu dieser Schweinerei. Sie wollen mir dieses Honorar geben, aber sie betteln darum. Solange sie meine Quittung nicht haben, können sie nichts, gar nichts vorweisen, daß ich etwas mit dieser Volksausgabe zu tun habe.

Wohlig erschöpft, wie aus einem furchtbaren Angsttraum erwacht, lehnte sich Gotthold zurück. Nun hatte er den Abstand wieder gefunden. Es gibt keinen Match, dachte er töricht, sich der Jaßabende im Hause des Gärtnermeisters in Wiedikon erinnernd, ich habe ja den Trumpfbauer in der Hand.

«Ich nehme dieses Geld nicht an», sagte er schlicht, «es wäre meine Zustimmung zu dieser Schweinerei.»

Loßmayer hatte sich erhoben; mit gesenktem Kopf tat er ein paar lautlose Schritte auf dem Teppich und strich sich dabei mit beiden Händen die Hüften hinab.

«Die Fränkli kämen Ihnen doch nicht ungelegen», sagte er dabei, «wenn Sie zum Beispiel daran denken würden, sich zu verheiraten, Herr Doktor».

Halboffenen Mundes blickte Gotthold auf: «Das wissen Sie also auch schon? Führen Sie eigentlich eine Kartei?»

Loßmayer lachte. «Dazu braucht es wahrhaftig keine Spione.»

Da hat er natürlich recht, dachte Gotthold, man muß uns ja sehen. Jener Morgen, da sie auf dem Floß vor der Badeanstalt am Utoquai gelegen und das Heulen der unsichtbaren Sirene über den See hin vernommen hatten, war der Beginn dessen gewesen, was man hierzulande Bekanntschaft nannte. Zu Anfang des Jahres war es bereits so weit, daß die Serviertochter im vegetarischen Speiserestaurant, wo sie gemeinsam zu essen pflegten, Helen Hirzel mit den Worten begrüßte «*Ihr* Herr ist noch nicht da», oder ihn, Gotthold, «*Ihr* Fräulein ist am Telephon». Im obersten Stockwerk eines älteren Hauses an der Plattenstraße hatte die junge Gymnastiklehrerin eine winzige Zweizimmerwohnung inne, ausgestattet mit Möbelstücken aus dem Brockenhaus der Heilsarmee, aber abgelaugt und vom Malermeister Lismer am Hottinger Platz einheitlich nach ihren Angaben, in einem Ton zwischen Hellgrün und Crèmefarbe gestrichen. Gotthold, auch von den Hausbewohnern als der Herr des Fräuleins anerkannt, war in der Behausung oft zu Gast, wenn er auch vielleicht, der so viel auf seine Freiheit hielt und diese Bekanntschaft als eine geradezu ideale Lösung ansah, den Drang nach Unabhängigkeit mit den Unzukömmlichkeiten der Vereinsamung zu harmonisieren, der einzige war, der nicht erkannte, wohin es führen würde. Das franke und intelligente Mädchen Helen schien diesen Zustand der Bekanntschaft mit vollendeter Natürlichkeit hinzunehmen; es wurden weder endgültige Worte ausgesprochen, noch schien es eine Zukunft zu geben, die organisiert sein wollte. Seltsamerweise und zu Gottholds eigenem Erstaunen war er es gewesen – der bei ihrer ersten Begegnung sich bei dem Gedanken ertappt hatte «sie ist nicht mein Typ, die könnte ich nie heiraten» – der eines Abends wie beiläufig die Worte ausgesprochen hatte, hier, in dieser kleinen Wohnung, könnten sie leben, wenn sie verheiratet wären.

Allerdings ereignete sich dies bei einem Anlaß besonderer Art, an einem Vormittag im März. Gotthold war vorbeigekommen, Helen abzuholen; sie wollten zusammen eine Ausstellung französischer Impressionisten im Kunsthaus besuchen, über die in einer Zeitung zu berichten Gotthold aufgetragen war. Er fand das Mädchen, schon zum Ausgang bereit, im Regenmantel und einem unschönen Hut aus Wachstuch auf einem Schemel vor dem kleinen Radioapparat kauernd, und es bedeutete dem Eintretenden mit erhobener Hand, zu lauschen. Aus dem Lautsprecher ertönte eine abgehackte militärische Stimme, und sie sprach die Worte: «Ein Hundsfott, der seinen Schwur nicht hält.» Blaß und mit einer müden Bewegung stellte Helen den Apparat ab.

«Es war die Vereidigung der österreichischen Garnison von Innsbruck auf Hitler», sagte sie. «Es ist furchtbar.»

Gotthold begriff sogleich, was sie damit sagen wollte.

«Am 23. Februar 1937 hat Reichskanzler Hitler alt Bundesrat Schultheß gegenüber erklärt, Deutschland werde die Unverletzlichkeit und die Neutralität der Schweiz zu jeder Zeit respektieren, komme, was da wolle», sagte Gotthold.

«Du siehst ja, was ihnen Worte gelten», rief Helen mit einer Handbewegung zum Radioapparat hinüber. «Du kannst dir ja denken, was jetzt dort alles geschieht, während wir hier miteinander sprechen.»

Gotthold wußte zu gut, daß es zu erwidern nichts mehr gab. Und bei dieser Gelegenheit, nach einem langen Schweigen, während dessen er auf die Zusammengekauerte hinab sah, im

Zimmer herumblickte, war es gewesen, daß er zu seinem eigenen Erstaunen die Worte hatte fallen lassen: «In dieser Wohnung könnten wir leben, wenn wir verheiratet wären.»

«Haben Sie sich eigentlich auch einmal überlegt, mein Lieber, warum Sie gerade des Grafen Gobineau Thesen von der Ungleichheit der menschlichen Rassen, und ausgerechnet in diesen Zeiten, zum Gegenstand Ihres Versuchs gemacht haben? Wiegen Sie sich tatsächlich in der Illusion, das sei ein neckischer Zufall? Sie fürchten, mit dieser Volksausgabe sich vor Ihren Landsleuten zu kompromittieren? Ja, lieber Herr Wettstein, Sie sind schon kompromittiert, kann ich Ihnen ganz im Vertrauen zuflüstern. Es ist nicht von ungefähr, wenn Sie keine Stelle erhalten und Schwierigkeiten haben, Ihre Artikel unterzubringen. Die großen Proteste und die feierlichen Verabredungen liegen dem Schweizer nicht, aber langsam, ohne Worte dehnt sich die Verschwörung um den Verfemten, und dies ist ihre moderne Form des uralten Landrechts der Verbannung. Aber wie Pascal sagte: ‹Vérité en deçà des Pyrénées, erreur au-delà.› Dieselbe Welle, die Sie hier begräbt, könnte Sie dereinst in sehr hohe Regionen emporheben, zum Beispiel wenn an einem gewissen Zeitpunkt es willkommen wäre, einwandfreie Schweizer zu finden, die geistig ein bißchen vorgearbeitet haben und fähig wären, ihren Landsleuten das neue Denken vorzutragen und es sie zu lehren.»

Gotthold hatte sich auch erhoben. Zu sehr war er mit der Literatur und der Handhabung des Wortes vertraut, als daß er nicht der furchtbaren Drohungen und Verlockungen gewahr geworden wäre, die sich durch Loßmayers Beredsamkeit hindurchschlängelten.

«Ich habe nie, nie etwas Politisches beabsichtigt», stieß er hervor, «Gobineau ist für mich ein geistiges, ein kulturelles Kuriosum.»

Loßmayer lachte frank heraus. «Lieber Hirtenknabe, wenn unser Propagandaminister Goebbels sagte, er entsichere den Revolver, wenn er das Wort Kultur höre, so drückte er damit genau das aus, was er meinte: er kenne die bedrohliche Phalanx der Kultur, die der Politik und der bewaffneten Macht, die ihr folgen, den Weg bereitet.»

«Sie halten mich für einen Überläufer?»

«In dieser Zeit, da die sogenannte geistige Landesverteidigung in Helvetiens Gauen die große Mode ist, könnte es tatsächlich Leute geben, die es so ansehen! Ich allerdings, für meinen Teil, finde das eine Kinderei – in großen Räumen gesehen –».

Gotthold griff nach seinem Regenmantel und seinem Hut.

«Sie wollen es sich noch überlegen, nicht wahr, Herr Doktor», nickte Loßmayer lächelnd. «Dann lassen Sie vielleicht bis dahin das Exemplar der Volksausgabe noch hier», sagte er und streckte die schmale Hand aus.

Gotthold schaute ihm in die Augen und schüttelte den Kopf.

«Nein», antwortete er und klemmte den Band unter den Arm, «ich brauche ihn dringend, als Grundlage für eine Erklärung, die ich öffentlich, in der Presse, abzugeben habe.»

«Ich warne Sie, Herr Doktor Wettstein, das Dossier Schweiz ist schon sehr belastet.»

Wie es kam, hätte Gotthold nicht zu sagen vermocht, aber mit einemmal fiel er in die Mundart. «Wir sind vielleicht dumme Kaiben, Herr Dr. Loßmayer, und in bezug auf das Geld ein bißchen zu heftig auf die Fremdenindustrie eingestellt – aber immerhin, so weit wie die österreichische oder sudetendeutsche Gastfreundschaft geht die unsrige nicht!»

VIII. Kapitel

Dem geübten Auge des Predigers Hauri war es, als er, hinter der kleinen Kanzel stehend, den üblichen Blick über die Gemeinde warf, nicht entgangen, daß sich in der hintersten Reihe, unter dem Psalter-Spruch «Ich haße die Flattergeister und liebe Dein Gesetz», eine Frauensperson eingefunden hatte, die er noch nie gesehen hatte. In ein dezentes dunkles Tailleur gekleidet, in mausgrauen Handschuhen, das graue Kraushaar von einem beretartigen Hut bedeckt, saß dort still eine Dame in der zweiten Lebenshälfte, und was ihm an ihr auffiel, mochte sein, daß sie nicht, wie die übrigen Andächtigen, das Gesicht in der Sammlung und der Erwartung des Wortes gesenkt hielt, sondern im Gegenteil sehr aufmerksam um sich blickte, so daß sich ihre und des Predigers Blicke über das dunkle Feld der gebeugten Nacken hinweg trafen. Wurde auch der Vorsteher der Freien Psalter-Gemeinschaft von distinguierten Gestalten dieser Art instinktiv angezogen, so fühlte der erfahrene Mann dort sogleich das Kritische und Abwägende in der Haltung des fremden Gastes in dieser Versammlung, und ohne Besinnen, aus jener Gabe der Ahnung und des raschen Entschlusses heraus, die ihm verliehen war, sprach er laut und langsam die ersten Worte des Verses aus dem 29. Psalm in die Stille hinein: «Der Herr sitzet, eine Sintflut auszurichten.» Er ließ sie verklingen, und dann wiederholte er sie nochmals, im Gesprächston. Eine große Flut, eine Sintflut, jawohl, hier gebe es nichts zu deuteln, nichts zu markten, nichts zu werweisen, was damit gemeint sei. Es falle ein Regen herab über die Städte und Länder, alle Wolken der Weltenräume ballten sich um die Erde, von ihm herbeigerufen, auszuschwemmen, was nicht wurzle im Grunde des Glaubens. Nun möge es sein, es gebe viele, die da meinten, Wasser schrecke sie nicht mehr, die moderne Menschheit, mit ihren Regenmänteln, ihrem Netz von Kanalisationen und den Dämmen, die sie errichtet haben. Ja, mochte es sein, es werde die Erde völlig überflutet, sie besäßen der eisernen und komfortablen Archen genug, das Ende von Gottes Zorn abzuwarten wie dereinst Noah. Er lachte wirklich, als er diesen Satz aussprach, und es ging auch durch die Reihen der Gemeinde ein heiteres Raunen bei dieser Vorstellung. Er ließ es gutmütig verklingen. Wäre nur Wasser gemeint, es wäre des Schreckens wahrhaftig genug, fügte er bei, aber selbst die wenigen, die auf den Ozeanriesen Platz und Unterkunft gefunden hätten bei diesem Ereignis, sie fiele ein Grauen an, würden sie damit auf dem uferlosen Meer herumirren auf der Suche nach den versunkenen Kontinenten, bis sie auf dem Berge Ararat sich zur Seite legten wie angeschwemmte Wale. Aber nicht Wasser sei gemeint, sondern Feuer und Schwefel, Phosphor und Eisen – hier schwieg er ein paar Herzschläge lang, dann fügte er nachlässig und sachlich hinzu: «Bomben.»

«Sie liegen bereit, aufgestapelt, Tausende, Millionen. Unablässig, überall auf dem Erdenrund werden die Maschinen gebaut, sie über die Städte zu tragen. Sie liegen bereit!»

Über die Köpfe der Gemeinde hinweg trafen sich wieder die Blicke des Kanzelredners und der Dame in der hintersten Bankreihe. Das Kinn gehoben, die Hände im Schoß, betrachtete sie ihn, von seinen Worten unberührt offenbar, aber mit Kennermiene, hätte man sagen mögen. Hauri empfand es als aufreizend, er fühlte sich wie aufgestachelt, als gelte es an diesem Abend, dieses und nur dieses Haupt mit apokalyptischen Beschwörungen niederzuzwingen.

«Ach ja, ich weiß», rief er, leidenschaftlicher geworden, in den Betsaal hinein, «es gibt in unserem Lande immer noch Selbstgerechte, die da wähnen, es habe ihnen der Herrgott einen Logenplatz reserviert, von dem aus sie als Neutrale zusehen könnten, wie sich das Gericht vollzieht, wie im Weltkrieg neunzehnhundertvierzehn. Sie sitzen da, die Hände im Schoß, und wenn die Kanonenkugeln her- und hinüberfliegen, so wenden sie die Köpfe wie die Zuschauer an einem Tennismatch, die den Bällen nachsehen. Aber es gibt keine Neutrale vor dem Antlitz des Herrn, es gibt nur noch die weißen und die schwarzen Schafe, und jetzt wird Er sie scheiden. Da hilft kein geheimes und verstecktes Kassenbüchlein, kein Strumpf mit Goldstücken, helfen keine Obligationen und Aktien mehr! Ob arm oder reich, es gilt ihm nichts – sie müssen es alle erleiden. Nur Schuld oder Unschuld wägt seine Waage!»

Wohl hatten sich der Zuhörerin Brauen ein wenig gehoben, und es hatte ihm scheinen wollen, als hätte sie ein wenig genickt, aber das atemlos Lauschende echter Ergriffenheit war es nicht. Zudem trat noch eine Störung ein. Ein Mann mit rötlichem wallendem Bart erhob sich in einer der näheren Reihen, deutete mit gestrecktem Zeigefinger wider den Prediger und rief: «So spricht der Herr zum Tyrannen Ahab: Du hast totgeschlagen, dazu auch in Besitz genommen. Aber an der Stätte, da Hunde das Blut Naboths geleckt haben, sollen auch Hunde dein Blut lecken!» Er kam aber nicht weiter. Der Elektriker Petzold, der während der Andachten die Funktion des Saaldieners innehatte, kam raschen Schrittes den Zwischengang herauf, schob seine Hand unter den Oberarm des ekstatischen Zwischenrufers, zerrte ihn aus der Reihe und bugsierte ihn sichtlich gewaltsam dem Ausgang zu. «Sie können am Dampfschiffsteg reden, Eidenbenz», sagte er, «hier haben Sie zu schweigen.» Der Rotbartige wehrte sich nicht. Es lag auf seinem hektisch gefleckten Gesicht etwas Einfältiges und Zufriedenes, als hätte er mit seinem Zwischenruf seine Aufgabe erfüllt. Unter der Tür gelang es ihm, sich noch einmal zurückzuwenden und in den Saal hineinzurufen: «Ja, ich habe dich gefunden – darum, daß du dich verkauft hast!» Aber dann war er schon draußen. Petzold stellte sich als Wache vor die Türe; der Maler Lismer gesellte sich zu ihm.

«Konkurrenz», flüsterte ein Frauchen neben der Dame auf der hintersten Bankreihe. «Aha», machte diese, unberührt.

Während des Vorgangs hatte Hauri sein Taschentuch gezogen und sich geschneuzt. Jetzt wartete er ruhig ab, bis wieder Ruhe eingetreten war, und dann setzte er, ohne des Zwischenfalls Erwähnung zu tun, seine Predigt fort.

Als das Gebet gesprochen war, der Saal sich geleert und Hauri die oberen Flügel der Fenster geöffnet hatte, wartete er in seinem schwarzen Gehrock, die hohe Stange in der Hand, noch eine Weile, bis die letzten Schritte verklungen waren. Dann zog er die Kette aus der Hosentasche, an der das Schlüsselchen zur Opferbüchse, die bei der Tür unter dem Lichtschalter auf einem Tischchen stand, befestigt war. Er hatte es wohl bemerkt, daß die Fremde dort für einen Augenblick verweilte, bevor sie das Lokal verließ. Wirklich fand er unter den Münzen ein in ein Visitenkärtchen eingeschlagenes Zweifrankenstück. «Elvira Spieß, Psychologische Beratung, Weichenweg, Zürich 3», stand darauf gedruckt.

Fräulein Spieß, aufmerksam geworden durch den Namen Hauris, der in der letzten Zeit immer wieder in den Gesprächen mit ihrer Kundschaft auftauchte als eines bedeutsamen Ortes auf dem Gebiete der seelischen Industrie, in der sie sich betätigte, war eines Abends, gegen das Ende des Jahres, aufgebrochen und aus ihrem Quartier über die Limmat vorgestoßen, das Reich der Freien Psalter-Gemeinschaft durch eigenen Augenschein zu erkunden. Sie hatte dazu die Stunde der einbrechenden Dämmerung gewählt, die der üblichen Versammlung an der Willibaldstraße voranging.

Es ereignete sich nicht oft, daß sie ihr Territorium verließ, das durch die Stränge der Bahngeleise, die Lang- und Badenerstraße und die Sihl begrenzt war. Vom Vormittag und oft bis spät in den Abend hinein ihre Besucher empfangend, mußte sie an den Ausverkäufen im Februar und im Herbst jeweils einen besonderen Tag einschalten, an dem sie keine Beratungen erteilte, um auf diese Weise ihre Garderobe zu erneuern. Alles, was sie sonst zum Unterhalt benötigte, fand sie im Quartier. Die täglichen persönlichen Einkäufe von Lebensmitteln, Milch, Fleisch und dergleichen im Revier, gehörten zu ihrem Beruf. Indem sie geduldig hinter den Fleischbänken und Ladentischen wartete, bis die Reihe an sie kam, nahm sie gleichsam die Witterung der Zeit wahr. Die Gespräche, die

die mit ihr wartenden Frauen führten, die Dinge, die sie kauften, der Preis, der dafür gefordert wurde – die Erfahrene konnte daraus entziffern, von wannen der Wind wehte. Es fanden die ratsuchenden Frauen zu ihrem Erstaunen eine biedere Hausfrau ihresgleichen, die sie unmerklich, aus Gesprächen über butterhaltige Hartfette, Höchstpreise für Siedfleisch, rationiertes Weißmehl und den Rückgang der Seifenqualität in die Regionen ihrer seelischen Bedrängnisse zu leiten wußte. Es lag die Topographie der Schwierigkeiten wie auf einem Kartenbild vor ihr ausgebreitet: Ehenöte, Geldsorgen, Vereinsamung und innere Leere, Mißgunst, zwanghafter Haß wider Hausgenossen und Nachbarn, der Neid des Geschlechts, Geltungstrieb und Minderwertigkeitsgefühle – sie rückten in dieser Zeit drohenden Unheils näher an die gewaltsamen Lösungen heran. Unter der Angst, die sich kundtat in Hamsterkäufen, Hausstreiten, Verhandlungen vor dem Friedensrichter, der Trunksucht des Mannes, der Unbotmäßigkeit der schulentlassenen Jünglinge und Mädchen, wollte es der ehemaligen Wahrsagerin oft scheinen, als gäbe es viele, die eine Katastrophe herbeiwünschten, Ereignisse von höherer Gewalt, die sie der Schuld und der Verantwortung enthoben. Es müsse *anders* werden, sagten die einen, es *müsse* anders werden, die andern. Aber es entging Elvira Spieß auch nicht, daß mit solchen Veränderungen nicht immer ein Äußeres in den Lebensformen gemeint war, sozial oder politisch, vielmehr wehte über der Limmat, aus dem Hottinger Sektenquartier, wie sie es nannte, ein mystischer Wind der Versenkung und Entäußerung herein. Manche dieser Frauen begannen von einer Rückkehr zu reden, einer Heimat, die sie verloren hatten; wohl meinten viele von ihnen, beim nahenden Klimakterium, es sei damit die eigene Jugend gemeint, ein Gehege des Glaubens und der Harmlosigkeit – aber es war ein Ruf nach göttlicher Gnade, wie sie der Prediger Hauri versprach.

In der Stunde vor der Versammlung wanderte die Spieß im diesigen, nebligen Abend durch das Quartier, als vermöchte sie aus der Luft, die hier lagerte, den Geist zu wittern, der sie schwängerte. Still und von Geheimnissen umgeben standen in den Gärten die Kapellen und Bethäuser der Sekten; wenig Leute gingen durch die Straßen. Friedlich und ohne Aufhebens schimmerten die Laternen unter kahlen und nassen

Ästen; am Steinwiesplatz war eine unsichtbare Grenze, an der die Geräusche der Stadt haltzumachen schienen und jenseits derer ein anderer Lebensstil begann. Es waren keine Kaufläden mehr da, hinter den steinernen Sockeln und eisernen Gittern tropften die Büsche ins Moder ihrer eigenen Blätter, Milchglaslampen hingen über verschlossenen Haustüren, rötliches Licht behauchte gotische Bogenfenster, leise erklang irgendwo ein Harmonium. Im Schatten der Schirme und das Gesicht von Tüchern verhüllt, huschten dunkle Frauengestalten durch die Straßen; in den Tiefen der Straßendolen widerhallte das Plätschern der Rinnsale.

Als das Fräulein Spieß in die Willibaldstraße einbog, wußte sie sogleich: hier mußte es sein. Durch die Büsche eines Gartens hindurch funkelte Licht, die Fenster und die Türe des Hauses waren weit geöffnet, eine Girlande von Lichtern zog sich bis zum Gartentor, das ebenfalls weit offenstand. Warm und einladend, die Betzeitglocken ersetzend, drangen die getragenen Melodien des Harmoniums auf die nasse Straße heraus. Die psychologische Beraterin mischte sich unter die stillen Leute, die an der Andacht teilnahmen.

Am anderen Tage, früh am Morgen schon, bestieg der Prediger Hauri am Heimplatz einen Straßenbahnwagen der Linie acht und ließ sich durch die Stadt ins Quartier der Spieß hinausführen. Auch er spürte, kaum hatte er die Sihl überquert, die Veränderung der Atmosphäre. Der Tag war nicht unfreundlich, trotz Nebel und Feuchtigkeit. Auf dem Kasernenhof hinter den Lanzengittern dampften die hemdärmligen Rekruten im Frühturnen, bereits kamen die Milchmänner mit ihren Gefährten von der Tour zurück und entluden die leeren Blechkessel an der Rampe der Molkerei, über dem Steinbett der Sihl kreischten die Möwen, von den Militärstallungen jenseits des Flusses an der Geßnerallee wehte der Geruch von Pferdedung herüber, mit ihren prallen Rucksäcken schwärmten vom Gebäude der Sihlpost her die Briefträger aus, das Fußvolk der Werktätigen war unterwegs. Hinter den Palisaden, die das talseitige Trottoir der Lagerstraße säumten, brausten die Eisenbahnzüge in ununterbrochener Folge durch die Ebene. Der Himmelsraum war von zitternden, bebenden und knisternden Drähten durchzogen, es klingelte hinter den Brettern von Eisen, rasselte von baumelnden Ketten und Puffern, es kreischte von Bremsen, hornte von Messingtrompeten des

Rangierpersonals. Aber die Seitenstraßen lagen menschenleer und unbenützt, als mündeten sie ans Ende der Welt.

Dann sah er das Haus am stumpfen Ende der Weichengasse, die Stämmchen der Rosen waren zur Erde gebogen und mit Tannreisern bedeckt; ordentlich hielten sie die noch frischen Weidenruten zusammen. Der kleine Rasenplatz war sauber abgestochen, der Kies zusammengerecht – ein eigenartiger Anblick inmitten der Landschaft von rostigem Eisen, Kohlenhaufen und gestapeltem Altmetall.

Sie hatte ihn erwartet, das sah er gleich. Das Zimmer war aufgeräumt, im Ofen knackte Holz, die Kristallkugel funkelte. Mit ihrem schwarzen Rock, dem rosaroten Wolljäcklein, dem ordentlich gekämmten Haar und der freundlichen Art, wie sie ihn zum Sitzen einlud, vermittelte sie sogleich den Eindruck einer selbständigen berufstätigen Frau, die über Geschäftliches zu reden bereit war.

Sehr schön habe sie es da, bemerkte Hauri, herumspähend, dieser Sekretär sei guter Herkunft, Empire, nur die Beschläge an den gebauchten Schubladen seien offenbar neu. Aus einer Liquidation, einer Auflösung eines Haushaltes erworben, erläuterte sie, Israeliten, die geflohen, nach Südamerika ausgewandert seien. Das käme nun öfters vor, nickte er. Ein bißchen nahe an der Bahn liege das Haus, meinte er nach einer Weile. Daran habe sie sich längst gewöhnt. Sie höre die Züge gar nicht mehr. Er könne es nun glauben oder nicht, Fahrplanänderungen, Zugseinschränkungen, wo gewisse Kurse ausfielen, weckten sie geradezu, wenn das Geräusch ausbleibe. Nicht deshalb, berichtigte der Prediger, aber wegen der Gefährdung. Bahnhöfe und Geleiseanlagen würden doch zuerst bombardiert. Er meine nur so.

Die Spieß lachte ihm fröhlich ins Gesicht. «Wollen Sie mir Angst machen?» Wäre es so weit, so komme es darauf überhaupt nicht mehr an. «Dann seid ihr auch in Hottingen nicht sicherer als wir in Außersihl.»

«Sind Sie zufrieden mit dem Geschäft?» fragte Hauri.

«Ja. Sie wahrscheinlich auch?»

Sie lächelten einander an, nicht anders als zwei Wirtschaftsgewaltige, die sich auf einem Berufskongreß treffen.

Hauri mußte noch jedesmal aufblicken, wenn sich hinter Fräulein Spieß, dicht am Fenster vorbei, ein Güterzug durch das Blickfeld schob. Es machte ihm den Eindruck, als gehöre das mit zu ihrem Betrieb und sei die Folge einer von ihr ausgehenden Regie. Er grübelte ein wenig darüber nach. Dies war natürlich kein Gottesklima. Es ist gewiß gar nicht leicht, in diese Eisenbahnlandschaft das Seelische einzufügen. Wie macht sie es wohl, fragte er sich in echtem beruflichem Interesse.

«Ja, Herr Hauri», lächelte die Spieß, als hätte sie seine Gedanken erraten, «Sie haben es schon leichter. Allein das Quartier! Vornehm. Still! Ein Herrgott für bessere Leute!»

«Unsere Spesen sind auch größer», entgegnete der ehemalige Schreinermeister. «Warum», fragte er nach einer Weile, «sind Sie zu uns herausgekommen? Als ich Ihre Karte im Opferstock fand, dachte ich sogleich, Sie wollten etwas mit mir besprechen.»

So sei es, bestätigte sie. In einem gewissen Sinne, wenn auch auf ganz verschiedene Weise arbeiteten sie doch auf demselben Gebiet, seien sie Berufskollegen, mit gemeinsamen Interessen. Als Hauri, leisen Zweifel andeutend, die Augenbrauen ein wenig hob, fuhr sie beschwichtigend fort, natürlich seien ihre Tätigkeiten eigentlich gegensätzlicher Art, bei ihm mehr religiös – und bei ihr eher in der Richtung gegen den Aberglauben, den Kaffeesatz hin. Aber sagen wir es einmal so: alteingesessen, althergebracht. Das hätte es immer gegeben, und all das Neue, das versucht worden sei, habe sich nicht durchgesetzt, weder das Mazdaznan, noch Coué. Gewiß, die vegetarische Lebensweise, das Birchermüesli, das scheine ein Fortschritt zu sein, aber dies berühre sie beide nicht, sie hätten ja nicht im Sinn, ein Restaurant zu eröffnen. Was sie selber anbetreffe, so nehme sie ganz gerne hie und da einmal so einen Brei zu sich. Nicht ohne Unbehagen fühlte Hauri seine eigene Beschränkung. An solche Vergleiche hatte er noch nie gedacht. Er sah auch nicht, wo hinaus die Wahrsagerin wollte. Doch statt auf den Gegenstand zu kommen, holte die Frau noch weiter aus. Was immer auch kommen möge, erläuterte sie, das Bedürfnis werde größer, das sei kein Zweifel. Jetzt fange sogar der Staat an, psychologische Beratungen einzurichten, Stellen für Eheaufklärung, psychotechnische Institute, alles Konkurrenz natürlich für sie, Elvira Spieß, wie die großen offiziellen Kirchen für ihn, den Prediger Hauri, wie die Ärzte für die Chiropraktiker. Aber so, wie es neben den großen Kinopalästen noch die kleinen Quartier-

Lichtspieltheater geben müsse, billiger, nicht so aktuell, und für das einfache Volk berechnet, so müsse es halt eben auch die Sekten und Betsäle geben und die psychologischen Beratungen nach der Art, wie sie sie betreibe.

Was ihr jedoch zu denken gebe, das seien die vielen Emigranten aus Deutschland und neuerlich aus Wien, die sich hier einzunisten begännen. Drüben an der Kasernenstraße hätte so eine Frau Doktor begonnen, unter der Hand, illegal natürlich, Enthemmungskurse zu veranstalten zur Beseitigung der Schüchternheit in sexueller Beziehung – und sie habe schon ganz schönen Zulauf gehabt, und nicht nur von Frauen, das könne er sich ja denken. Nun, dem Unfug habe sie dann gesteuert und der Geschäftstüchtigen vermittelst der Fremdenpolizei das Handwerk gelegt, das fehlte gerade noch, in ihrem Quartier. Hauri zweifelte keinen Augenblick daran, daß das Fräulein Spieß ihr Territorium zu verteidigen wußte.

Von vielen Seiten aber werde ihr berichtet, wie immer neue Versuche unternommen würden, sich der Seele unserer Leute zu geschäftsmäßigen Zwecken zu bemächtigen. Vor nichts schreckten sie zurück, diese Ausländerinnen, überall wüßten sie sich einzuschmuggeln, in die Zeitungen mit ihren Horoskopen, ihren graphologischen Briefkasten, mit Parapsychologie, es sei eine ganze Invasion, mit der die dummen Kuhschweizer überschwemmt würden. Vor nichts schreckten sie zurück, selbst vor Scheinehen nicht, finde sich doch immer so ein jämmerlicher Fink, der bereit sei, für ein paar hundert Fränkli seinen Namen und sein Bürgerrecht mit einer von diesen zu teilen. Diese Gefahr sei genau so groß wie die von den Nazis.

Das sehe er ein, meinte Hauri, und es möge richtig sein, aber was sei dagegen zu tun?

Er glaube wohl, er, auf dem religiösen Sektor, sei gefeit gegen diese Konkurrenz, rief das Fräulein Spieß. Da täusche er sich aber gewaltig. Ob er denn noch nichts vom Buddhismus, von der östlichen Nirwana-Welle, von der Yoga-Bewegung gehört habe, die sich langsam aber beharrlich in anderen Quartieren, vor allem in der Enge, auszubreiten beginne?

Gehört habe er schon davon, aber das habe doch keine Bedeutung.

«Heidentum bedroht uns», rief die Spieß seherisch. Heidentum aus der Sowjetunion, wo sie die Kirchen verbieten,

K.
Seilergraben. Hirschengraben.
im Winter 52

Heidentum aus Deutschland, wo sie die Juden und die Christen verfolgen, und das, was nun aus Asien, aus Indien hereinsickere, mit dem Siddharta, mit Shiwa und wie die Götzen alle hießen, das sei genau dasselbe.

Um die Entthronung des christlichen Gottes gehe es.

Ja, ob sie denn, das Fräulein Spieß, mit ihrer Wahrsagerei etwa ein christliches und religiöses Werk erfülle, fragte nun Hauri.

Das Fräulein Spieß lehnte sich zurück, schob die Papiere, die Karten und die Kugel von sich weg, und dann sagte sie: «Herr Hauri, die Leute, die miteinander in der gleichen Stadt wohnen, haben eine gemeinsame Seele. Die Seele unserer Stadt ist eine christliche Seele, denken Sie nur an Zwingli, an Pestalozzi! Aber es können nicht alle oben im reinen Licht wandeln. Es gibt sozusagen Schichten, von der Landeskirche abwärts, über die Sekten nach Ihrer Art, bis hinunter zu unsereinem bis zum Glauben an den Kaffeesatz. Ich betreue auf meine Art die religiösen Proleten. Trotzdem gehören wir alle zusammen. Ob wir es wissen oder nicht, wir erfüllen im großen ganzen eine Aufgabe.»

«Was für eine Aufgabe?», fragte der Prediger töricht und ein wenig unbeholfen ob der ungewohnten Situation.

Und dann antwortete das Fräulein Spieß wahrhaftig superb: «Geistige Landesverteidigung, Herr Hauri.»

Viertes Heft

I. Kapitel

Eingebettet in die alten Baumbestände des unteren Seebekkens, des Zürichhorns und des Kollergutes auf dem rechten, des Schneeligutes und des Belvoirparks auf dem linken Ufer, unauffällig und ohne Monumentalität, eine lockere Ansammlung weißgestrichener Holzbauten, silberner Aluminiumgitter, flimmernder Glaswände, mit Blumenhöfen und viel lebendigem Wasser dazwischen, an den Kiesstränden von Wellen bespült und überflattert von tausend Fahnen im Sommerwind – so lag die Ausstellung im Herzen der Stadt. Wären nicht die zwei stählernen Türme an dem Hafendamm der Enge und am Riesbacher Horn, die die Drahtseile trugen, an denen die roten Gondeln der Schwebebahn hinüber- und herüberliefen, die festlichen Wimpel an den Bügeln der Straßenbahnen, die hölzernen Pylone am Bahnhofplatz und der nie abreißende Zustrom der Besucher aus allen Teilen des Landes – in der Senke zwischen dem Uto und dem Zürichberg, der Ebene des Limmattals, den Kolonnen an den Hängen der Hügel ging nach dem großen Fest der Eröffnung, im Mai, das Leben in der Stadt schon wieder weiter seinen alltäglichen Gang. Es war, als hätte die Siedelung einfach das schönste Stück ihres Bodens den übrigen Eidgenossen ausgeliehen und überlassen. Es fanden dort draußen am See Kantonsfeste statt, es kamen die Ostschweizer, die St. Galler, die Thurgauer, die Berner, die Welschen, die Tessiner, die Bündner mit ihren Regierungen, mit ihren Bären und Stieren, mit ihren Harsthörnern und alten Waffen, mit ihren Trachtenmädchen, mit ihren Fahnen und Symbolen, mit ihren Käselaiben, mit ihren Musiken und ihren Chören, ihren Turnern und Schützen am Bahnhof an, durchquerten in farbenprächtigen Umzügen die Stadt, und dann verloren sie sich unter den Bäumen des Ausstellungsareals. Die bäuerlichen Korporationen kamen, die Belegschaften ganzer Fabriken, die Schulen mit ihren Lehrern aus den Bergtälern herab und das Mittelland herauf, die Vereine und die Frauenverbände, die Insassen der Altersheime und die Familien, immer wieder die Familien, und sie gondelten auf dem Schifflibach durch die Hallen der Chemie und die

Blumengärten, sie saßen auf den fünfzehnhundert praktischen Aluminiumstühlen herum, sie kosteten die Weine im Dörfli, sie bestaunten die neuesten Wagen der Bundesbahnen, sie verstummten in der Galerie der großen Männer, sie lasen die Bundesbriefe, sie erschauerten in der Halle des Gelöbnisses – und die Männer nahmen die Hüte vom Kopf. Festliches und Feierliches, Jux und Betrieb, Essen und Trinken, Müdesein und immer wieder aufgestachelte Wißbegierde, Bildungsschauer und Kunsterlebnis, Stolz und wieder Müdesein, Freude am Kleinen und die Ahnung des Großen – es mischte und mengte sich in den Frauen und Männern, den Kindern, den Jünglingen und Mädchen zu einem Wirbel jenes Erlebens, bei dem immer ein wenig die Empfindung anwesend war, es sei für die Erinnerung bestimmt, in der es erst ganz schön und gerundet wurde. Saßen sie am Abend in ihren Zügen, so konnten sie in der Ferne am Himmel, über den Dächern der Stadt, den rötlichen Schein wahrnehmen, den die Veranstaltung in die Nacht hinausstrahlte. Am besten waren jene Besucher daran, die auf den Geleisesträngen des Seeufers heimwärts fuhren, nach Bünden hinauf oder ins Toggenburg und an den Bodensee. Noch lange sahen sie die flimmernde Lichterkette über der neuen Quaibrücke, die Türme der Münster und Kirchen, die Fassaden der Hochschulen vom Flutlicht der Scheinwerfer unwirklich angestrahlt, das bunte Geschlängel der Neonröhren über dem Gelände der Ausstellung und bis tief hinein in die Stadt, der Wasserstraße, der Limmat, entlang, und schon begann in ihnen der Zauber des Einmaligen und Entschwindenden zu wirken, den sie überall, weit im Lande herum, dereinst den Enkeln zu erzählen versuchen würden.

In Aarons Dachzimmer an der Mainaustraße drang in diesen Wochen bis tief in die Nacht hinein das Echo der Ausstellung, das Aufrauschen des Beifalls aus der Festhalle, die verschwommenen Klänge von Blechmusiken und Handharmonika-Orchestern, die Lieder der Trachtenchöre. Durch die Bellerivestraße brausten in ununterbrochener Folge die Wagen. Aaron störten diese Geräusche nicht. Er hatte sogar sie zu lieben begonnen. Verstummten sie allmählich in der Stunde nach Mitternacht, legte auch er seine Feder nieder, der Rhythmen verlustig geworden, deren er beim Schreiben bedurfte.

Wie manchen anderen Leuten seiner Art, unentschlossenen und unentschiedenen Randexistenzen der Gesellschaft, mit mancherlei Kenntnissen und Begabungen, aber verkümmertem Erwerbstrieb, hatte auch ihm die Landesausstellung Beschäftigung und Aufgaben gebracht. In vielen Abteilungen der Veranstaltung benötigte man den Film als Ausstellungsmittel. Die sozialen Institutionen, kommunalen Verwaltungen, Verbände und Gewerkschaften, landwirtschaftlichen Genossenschaften, Waldkorporationen, Verkehrsunternehmen, die Schokoladeindustrie, die chemischen Fabriken, die Versicherungsgesellschaften, die Fachgruppen «Tourismus», «Musik», der «Schweizerische Alpenklub», die Abteilung «Soziale Arbeit», die Bewegung «Ferien und Freizeit» und die Heilpädagogik gaben Dokumentarfilme in Auftrag. Wer je einmal sich im Metier betätigt hatte wurde gesucht. Längst hatte Aaron seine Schreibmaschine aus der Pfandleihanstalt wieder einlösen, die rückständige Miete begleichen, die abgetragenen Kleider wieder ersetzen und ein paar neue doppelsohlige Scotch-grain-Schuhe erwerben können. Er besaß sogar ein kleines Guthaben auf einem Sparheft der Zürcher Kantonalbank. Die optimistische Ausstrahlung des großen Unternehmens hatte ihn beinahe wider seinen Willen erfaßt. Seiner nahezu unüberwindlichen Abneigung, seine Dienste anzubieten, sich um eine Arbeit zu bewerben, zu «hausieren», wie er es bei sich nannte, kam Walter Abt zuvor, der in verschiedenen Kommissionen der Ausstellungsleitung tätig war. In derselben Woche war Aaron von verschiedenen Verbandssekretären und Propagandaleitern um Entwürfe zu Dokumentarfilmen ersucht worden. Des Freundes Fürsprache galt ihnen als Ausweis, belud ihn mit Verantwortung und erweckte sein Selbstbewußtsein. Er sah sich, mitten aus seiner Indolenz und seiner Träumerei heraus, in die Termine geschäftlichen Lebens versetzt und auf Stunden vor die Tasten seiner Portable. Diese Herren lehrten ihn auch Preise fordern. Überlastet, wie er nach kurzer Zeit war, wollte er weitere Aufträge ablehnen; man ließ es nicht zu. Er könne angesichts dessen, was geplant war, ein nationales, ein patriotisches Werk, die Leute nicht im Stiche lassen, er möge heischen, was die eilige und zusätzliche Arbeit an Honoraren erfordere. Scheu und zögernd überschritt er die Grenze der kleinen Gelegenheitsarbeiten, das Reich der dreistelligen Ziffern. Niemand fand etwas dabei, die Vorschüsse wurden ihm aufgedrängt. Ihr Brennen konnte nur in durchgearbeiteten Nächten gelöscht werden.

Ausgerechnet in dieser Zeit, während sich die Bündel der Filmskizzen, der Treatments und die Drehbücher auf seinem Küchentisch zu stapeln begannen, fing auch das sagenhafte «Werk», das ihn als eine Wunschvorstellung durch die langen vertanen Jahre begleitet hatte, wieder zu rumoren an. Es war, als hätte es nur der erweckenden Tätigkeit auf dem verachteten Sektor des Broterwerbs bedurft, um auch die brotlose Beschäftigung im Bereiche der Spielerei wieder zu beleben. Es sollten jedoch noch Jahre vergehen, bevor Aaron der Lehre dieser Zusammenhänge inne wurde.

Am Vormittag des Tages, von dem hier die Rede ist, hatte Aaron auf dem Ausstellungsareal zu tun gehabt, im Vorführungsraum des Hauses der Tierzucht, der im Volksmund bereits «Kuhkino» hieß. Es handelte sich um den Dokumentarfilm über die Pferdezucht in den Freibergen, zu dem er das Drehbuch und den Begleittext des Sprechers geschrieben hatte. Zwischen die nach seiner Ansicht ein wenig zu nüchternen, auf Zweckmäßigkeit und Bundessubventionen bedachten Aufnahmen vom Pferdemarkt in Saignelégier, der Darstellung des Nutzens und der Unentbehrlichkeit der Pferde in der Landwirtschaft und der Armee, waren nachträglich einige Streifen hineinmontiert worden, die ein gewisser Wepf, Maler und Photograph, ohne Auftrag, aus persönlicher Liebhaberei gedreht hatte. Man sah auf diesen Bildern unter einem hohen Himmel, der mehr als die Hälfte der Projektionsleinwand ausfüllte, die Pferdeherden über die Matten der Jurahochebene einhergaloppieren, sich im Schatten von Gruppen mächtiger Tannen wieder sammeln, man sah sie wieder aufbrechen, als eine unbekümmerte Meute die Straßen der Dörfer durchziehen, unbehelligt von den Leuten wie die geheiligten Kühe Indiens, immer begleitet von den neugierigen und zu Bocksprüngen aufgelegten Füllen, und dann wieder, unbegreiflichen Herdenlaunen gehorchend, in herrlicher Kavalkade davonstürmen und hinter Kuppen verschwinden. Diese neueingefügten Teile bedürften noch eines Begleittextes, meinte der neben Aaron im Dunkel des Vorführungsraumes sitzende Verbandssekretär Mermod, etwas Schwungvolles, das die Poesie und die Atmosphäre des Bildes unterstreiche. Das fände er schade, die Visionen sprächen für sich selbst, hier käme nach seiner Ansicht eine entsprechende musikalische Untermalung allein noch in Betracht, wenn man sich nicht mit den natürlichen Geräuschen, dem Klappern der Hufe, dem Schnauben und Wiehern der Pferde und dem Brausen des Windes in den Wipfeln der Tannen begnügen wollte, entgegnete Aaron. Ein beleibter Mann, der jenseits des Herrn Mermod still im Dunkel gesessen hatte, pflichtete ihm bei; es war eben jener Clemens Wepf, der die Streifen gedreht hatte. Man einigte sich schließlich auf einer mittleren Linie, ein paar kurze Worte über die Juraweiden, und dann kam die musikalische Untermalung, mit der man den Komponisten Blum betrauen wollte.

Es ging bereits gegen Mittag, als Aaron mit zwinkernden Augen aus dem Kinosaal heraustrat und mitten in den Aufmarsch des Thurgauervolkes hineinfiel, das heute, elftausend Männer und Frauen und Jugend, trachtengeschmückt, von der Magistratur ihrer Regierung angeführt, seinen Tag in der Ausstellung feierte.

In der Nacht, bei geöffnetem Fenster, mitten in der Arbeit, die die paar Sätze zum Freiberger Film noch erheischten, mußte Aaron die Feder niederlegen. Vom Seeufer herauf tönten die vertrauten Klänge des nächtlichen Ausstellungsbetriebes, über den Dachfirsten, jenseits der Straße, verschluckte der Lichtschein der Stadt den Schimmer der Sterne, aber im tiefblauen Zenit waren alle Konstellationen, der Große Bär, der Arktur, Spica in der Jungfrau, die Waage und das Haar der Berenice deutlich zu erkennen. Aaron waren diese Minuten vertraut, in denen «es», das sagenhafte Werk, sich meldete. Dann mußte er mit offenen, nicht sehenden Augen vor sich hinblicken, und es war ihm, als hörte er die Rhythmen gemurmelter Sätze, deren Inhalt er nicht verstand. Aber er ahnte, worum es ging. Auf irgendeine Weise hatte es mit den Bildern zu tun, die heute in sein Auge gedrungen waren, den Pferdeherden, die mit wehenden Mähnen und Schweifen über die Matten einherstürmten, den Thurgauerinnen, die den ehemaligen Bundesrat Häberlin begleiteten, und der stillen Geborgenheit des Landes unter den hohen Sternen. Noch war es kein Auftrag, noch war die Schicht der Luft zwischen seinem Ohr und der murmelnden Stimme zu dicht, als daß er mehr als ihren bloßen Fall hätte vernehmen mögen; aber im Pochen des Herzens und gehobenen Atems spürte er, wo es hinauswollte. Eine Schau in die Welt zu tun, ihr nahe zu sein und ferne zugleich, ein Werk müßte es sein, über dessen Seiten als unsichtbare Titel des Predigers Worte standen, wie er sie, als Knabe, oben im Zimmer des Hauses zum Merkur, während er auf die belebte Bahnhofbrücke und den Leonhardsplatz hinabblickte, aus dem Munde des Sensals Rottweiler, vernommen hatte:

Geboren werden und sterben,
pflanzen und ausrotten,
würgen und heilen,
brechen und bauen,
weinen und lachen,
klagen und tanzen,
Steine zerstreuen und Steine sammeln,
herzen und ferne sein von Herzen,
suchen und verlieren,
behalten und wegwerfen,
zerreißen und zunähen,
schweigen und reden,
lieben und hassen,
Streit und Friede,
ein jegliches hat seine Zeit
unter dem Himmel.

Tränenden Auges und mit zitternder, gejagter Hand, schrieb Aaron die Worte auf das erstbeste Blatt, auf die Rückseite eines auf der Maschine getippten Briefes einer Film-Produktions-Gesellschaft.

II. Kapitel

«Zum Herrn Zollinger wollen Sie?», fragte mit weltkundigen Augen der untersetzte Österreicher, der im Café Terrasse seit über zwanzig Jahren die Kellnerdienste versah. «Das ist der Herr dort drüben am Tischchen an der Wand. Aber ob er es wohl gern hat, daß Sie ihn stören, das kann ich Ihnen nicht garantieren, er dichtet nämlich immer dort um diese Stunde.»

Er selbst habe ihn hergebeten, entgegnete Isi Gidionovics. Das sei natürlich etwas anderes.

Zollinger achtete des Musikers nicht, als er die Stufe zum Podium, das den Fenstern rundum entlanglief, emporstieg. Als der schmächtige Mann an seinem Tische stand, hob er das Gesicht; aber die Augen in den tiefen Höhlen unter der gebuckelten Stirne waren so verschleiert, daß Isi sich am Nebentischchen bei der Balustrade niederließ und still wartete. Zollinger hatte ein kleines Blättchen, kaum von der Größe einer Postkarte, vor sich, neben der Kaffeetasse, und die Art, wie er manchmal ein kleines Wort durchstrich, hier ein Satzzeichen, dort eine Silbe niederkritzelte, erinnerte an die Arbeit eines Uhrmachers, so eilig und präzis waren die Bewegungen des Bleistiftes in seiner knochigen Hand.

«Soll ich ihm was sagen», flüsterte der Kellner, der Isi den café crème brachte, wischte aber sogleich wieder diskret davon, als der Gast den Kopf schüttelte. Das Orchester auf der anderen Seite des Peristyls hatte wieder zu spielen begonnen, jenen furchtbaren Schlager, mit dem die Franzosen sich selbst verhöhnten, «Tout va très bien, Madame la marquise», und Isi verfolgte gewohnheitsmäßig das Fingerspiel und die Bogenführung des Stehgeigers. Ein richtiger Schmierer, dachte er nebenbei, und angeekelt lauschte er dem telephonischen Zwiegespräch, in dem der Kammerdiener der krächzenden Marquise die Katastrophen mitteilte, die über deren Schloß hereingebrochen waren, begleitet von dem immer wiederkehrenden Refrain

«... mais a part de cela
tout va très bien, Madame la marquise»

der Persiflage eines Kassandragesangs, über die die Leute ahnungslos lachten. Ein Schlager, wie er von der deutschen Zersetzungspropaganda nicht besser hätte erfunden werden können, grübelte Isi.

«Sind Sie Herr Gidionovics?» fragte Zollinger freundlich, vom Nebentisch herüber. Und als Isi nickte: «So habe ich Sie mir nämlich auch vorgestellt, nach der Schrift». Er hatte sein Blättchen sorgfältig in der Brieftasche versorgt, und nun saßen sie, jeder vor seinem Tischchen, auf der mit Leder gepolsterten Bank.

«Sind Sie vorwärtsgekommen mit Ihrem Tonsatz?»

Isi berichtete von seinen Schwierigkeiten. Er sei durch Michel Vieuchange' eigene Verse von Zollingers Gedicht «Smara» abgelenkt worden, hätte sich eigentlich bereits entschlossen gehabt, jene, die mit dem Satz «Smara, Stadt unserer Träume» begännen, zu vertonen, doch dann hätte er den französischen Urtext zu lesen bekommen, der herrlich sei; aber er wolle nicht ein französisches Lied schreiben, sondern zum Text Zollingers zurückkehren, für deutschsprechende Zungen und deutschverstehende Ohren berechnet – in dieser Zeit nationalsozialistischer Lyrik im Stile des Schweizers Anacker. Aber sein, Zollingers Smara, sei eben viel mehr als ein Lied, es habe ein oratoriummäßiges, um nicht zu sagen symphonisches Format. Je mehr er sich darein versenkt habe, um so herrischer sei es geworden. Einzelne Strophen hätten beim ersten Lesen von selbst schon aufgeklungen.

... und ewig Ebenmaß und Griechenland,

beispielsweise, oder dann jener Vers, der allein schon ein Satz für sich sein könne, ein Aufschrei der Sehnsucht und der Selbstentäußerung, das künstlerische Urerlebnis. Isi sprach ihn, inmitten des Getutes des Unterhaltungsorchesters, dem still, mit gesenkter Stirne lauschenden Dichter vor:

«Einmal sein Leben nehmen und es ganz,
wie man es der Geliebten nie verschenkt,
zu wagen an ein Nichts, um einen Glanz,
den die Unbändigkeit der Seele denkt!»

«Hier an dieser Stelle, auf der Marmorplatte dieses Tischchens habe ich ihn niedergeschrieben, und nachts darauf bin ich erwacht und habe gedacht, dies sei ein Vers des Trostes in der Stunde des Absterbens», erläuterte Zollinger.

Zwei Stufen unter ihnen, jenseits der Balustrade, ging ein dunkelhaariges junges Mädchen vorüber, ein breites Lederband um die Schulter geschlungen, an dem es, vor der Brust, einen hölzernen Kasten, mit Zigarettenschachteln angefüllt, trug. An Isi Gidionovics vorbei lächelte Albin Zollinger ihm zu und nahm das gelbe Päckchen Parisiennes entgegen, das es über die Brüstung hinweg ihm reichte.

Hie und da brachen vom überfüllten Efeu-Gärtchen herauf fremde bäuerliche Gestalten in die Säulenhalle des Cafés ein, Besucher der Landesausstellung, den Motorbooten unten an den Floßen des Limmatufers entstiegen, ein wenig verirrt und verschwitzt ob der Fülle des Tages. Sie spähten umher, aber dann faßten sie sich, und geeinten Harstes, in Trachten die

Frauen und mit aufgeknöpften Westen die Männer, ließen sie sich an einem freien Tische nieder und fanden das Gefühl des Eigentums wieder, das sie die Ausstellung gelehrt hatte, und das sichere Wort vor dem österreichischen Kellner und der weltstädtischen Musikbande.

«Was gäbe ich darum», sagte Zollinger, «ich könnte schon ein paar Takte aus Ihrem Tonsatz hören – ich glaube, es wäre, als begegnete ich mir selbst in einer neuen Dimension.»

«Sie werden – wenn *Er* uns läßt», antwortete Isi.

Von seinem Tischchen herüber, den Ellbogen auf die Platte, das Kinn in die Handballen gestützt, blickte der Poet aus den tiefen Höhlungen heraus dem Jüngern in das Gesicht, und alles Milde und Verbindliche war aus seinen Zügen verschwunden.

«Wenn, haben Sie gesagt? Dieses Wenn gefällt mir nicht. Es gibt kein ‹Wenn› in diesem Zusammenhang, Herr Gidionovics.»

Bestürzt und erschreckt ob des Ausbruchs, schickte sich der Musiker an, einzuwenden, es sei seine Redensart, unwichtig und nicht so grundsätzlich gemeint gewesen. Aber Zollinger ließ ihm das Wort nicht.

«Nicht um die Möglichkeit künstlerischen Schaffens geht es, sondern um die Freiheit schlechthin, und das heißt doch, daß wir dichten, malen, komponieren oder was immer es sei, bis zur letzten Sekunde unseres Lebens. Verstehen Sie, versteht Ihr es denn nicht? Das Leben kann dieser ‹Er› uns vielleicht nehmen, die Freiheit nie!»

Unter dem bräunlichen Pigment seiner Haut war das Blut abgeflossen, und was blieb, war eine gelbliche Blässe, ein schmaler Nasengrat und eingezogene Nüstern.

«Das Schaffen, das Erschaffen, das Gestalten – das ist unsere Freiheit, das ist die Freiheit – ohne ein ‹Er›, ohne ein ‹Wenn›. Die Freiheit ist bedingungslos, sie ist das Bedingungslose schlechthin.»

Er war nun wieder ruhiger geworden, doch die Zigarette zitterte in seiner Hand. Er lächelte ein wenig im heftigen Atmen.

«So weit ist es gekommen mit uns», sagte er. «Nicht mehr an das Geistige, an das Kulturelle, an das Wirtschaftliche denken wir, wenn wir von ‹ihnen› da drüben reden», er deutete mit seinem Daumen über seine Schulter nach Norden hinweg, «sondern das Einfachste, Selbstverständlichste, ob wir noch herumlaufen dürfen in unserem Lande, tun und lassen was wir wollen, reden und schreiben was wir wollen, lieben wenn wir wollen, lesen was wir wollen, und nicht lesen was wir nicht lesen wollen – uns selbst sein. Unbändige, ungebändigte, nie zu bändigende Seele ...»

Die Worte fielen ihm aus den Sätzen, weil er sich zwischen hinein die Lippen blaß biß.

«Es tut gut, Sie so reden zu hören», sagte Isi nach einer Weile. «Besonders gut für einen Menschen meines Namens. Neben solcher Rede hat die Angst keinen Platz mehr.»

Die Orchesterleute hatten das Podium verlassen, die Geigen und die Saxophone lagen nun auf ihren Stühlen. In jeder der hohen Spiegelscheiben stand ein sommerabendliches Bild aus grünen Blättern, dunklen Zweigen und bunten Wimpeln im Zürcher Blau des Himmels. Auf einmal fingen sie in der bäuerlichen Gruppe behäbig und ungeniert zu singen an, die rotbackigen Matronen mit ihren hohen Busen im Trachtenmieder und die Männer in ihren soliden Joppen:

«Im Röseligarte,
will ich dir warte,
im grüene Chlee,
im wiße Schnee.»

Im Gärtchen draußen standen die Leute auf, guckten herein, kamen die Treppe herauf, und ringsherum begannen sie die Worte aufzunehmen, und immer dichter wurde der Kreis um die ländliche Gesellschaft herum. Wie es gekommen war, Isi wußte es nicht zu sagen. Mit einem Male saß er am Flügel oben auf dem Podium, griff in die Tasten, und sogleich, bei den ersten Akkorden, wurde der Gesang allgemein. Er selbst sang mit, und Albin Zollinger sang auch, sah er, und die Musiker kamen heran, ergriffen ihre Instrumente und fielen ein, und draußen im Gärtchen sangen sie und auf den Straßen:

«Auf mein zu warten,
das brauchest du ja nicht,
geh zu den Reichen,
zu deinesgleichen ...»

Während er spielte, spürte Isi, wie etwas von ihm abfiel, er fühlte sich wie aufgenommen, wie angekommen. Heute abend noch, dachte er, will ich es Vera sagen, wir werden heiraten, ich werde mit ihr zu den Eltern gehen. Wir sind ja frei, frei. Geliebtes Land! Geliebte Stadt! Im Kreise der Bauern war ein Mann aufgestanden, barhäuptig hob er sein Glas hellen Weines, winkte zu ihm, dem Klavierspieler, hinüber, und stehend leerte er es.

III. Kapitel

August Merkli besorgte zwar den Verkauf der fix und fertig abgefüllten Säcke mit Löschsand nicht mehr allein und nicht mehr vermittelst eines Handwagens, sondern er besaß nun bereits wieder eine Camionette, ein wackeliges und launisches Geschöpf in Tat und Wahrheit, das ihm Jonny Morf zugehalten hatte, und begleitet wurde er auf seinen Touren von einem Gehilfen, einem Arbeitslosen im Taglohn. Aber bekleidet war er bei dieser Tätigkeit noch immer mit der abgewetzten Lederjacke und der Baskenmütze des ehemaligen Spanienkämpfers. Er war auch kurz nach seiner Rückkehr mit anderen unter Anklage gestellt und wegen des in fremdem Heer geleisteten Kriegsdienstes verurteilt worden, da er einer Landwehreinheit angehörte und somit die einheimische Wehrkraft geschädigt hatte, und es führten diese Prozesse noch zu allerlei Auseinandersetzungen zwischen den politischen Parteien, aber die Verrechnung mit der Untersuchungshaft und eine Amnestie hatten ihm eine Freiheitsstrafe erspart.

Beinahe von selbst hatte es sich ergeben, daß Merkli, wenn er die Säcke mit dem Löschsand in die Estriche hinauftrug, von den Bewohnern gefragt wurde, ob er nicht auch die behördlich empfohlenen Wassereimer aus Eichenholz, Schaufeln und Löschbesen liefern könne. Obzwar diese Gegenstände, wie auch der Sand, bereits unter Preiskontrolle standen und demgemäß nur eine bescheidene Verdienstmarge zuließen, gliederte Merkli auch den Handel mit ihnen seinem Unternehmen an. Mehr vom Gefühl denn von der Überlegung geleitet, war er in die rechtsufrigen Gegenden, die Villenquartiere des Zürichbergs, Hottingen und Riesbach vorgestoßen, gewissenhaft und systematisch Haus um Haus, Straße um Straße besuchend, und meistens kehrte er am Abend mit einer leeren Wagenbrücke zu den Schuppen unter dem Viaduktbogen an der

Limmatstraße zurück, in dem er nicht nur den Sitz seines Unternehmens, sondern auch seine Schlafstätte eingerichtet hatte.

Eine bescheidene Prosperität setzte aber erst an jenem Tage ein, als Merkli herausfand, die Rückkehr mit der leeren Camionette sei unökonomisch. Hinter den Lattenverschlägen der Estriche stauten sich in vielen Häusern die Gegenstände, die im Laufe der Jahre außer Gebrauch gekommen waren; abgewetzte Teppiche, zerbrochene Stühle, Handtuchhalter, Pfannen, Kinderwagen, Stehlampen, Blumenkisten, Vorhänge, Matratzen, alte Gasherde, Nippesfiguren in Metall gegossen, Bündel alter Zeitschriften, ausgediente Staubsauger, Burgen von Kartonschachteln und was dergleichen Strandgut von Haushaltungen mehr war. Merkli anerbot sich, diese Dinge abzutransportieren, was ja auch den behördlichen Vorschriften über die Entrümpelung entsprach. Hatte er zuerst die Ladungen brav bei der Brockenstube der Heilsarmee, die an seinem Wege lag, abgeliefert, dämmerte ihm schließlich auf, es bedürfe nur einer zusätzlichen Arbeit der Sichtung und Sortierung, so gewänne dieser Abfall wieder einen kommerziellen Wert. Auf diese Weise kam es, daß der eingefriedete Hofplatz vor seiner Baracke unter dem hohen Viaduktbogen sich allmählich in ein geordnetes Lager von Altstoffen verwandelte, zu Haufen von zur Verschrottung geeigneten Gegenständen aus Eisen, einschmelzbarem buntem Metall, Lumpen und Papier, und es fanden sich, auf geheimnisvolle Weise angezogen, auch alsbald die Anschickmänner der Firmen ein, die den Handel und die Verwertung dieser Güter auf höherer Ebene betrieben, in richtigen Büro mit Schreibmaschinen und Telephonapparaten und einem Park von Dieselkraftwagen.

An den warmen Sommerabenden, während fern am anderen Ende der Stadt, an den Gestaden des von vielen Booten befahrenen Sees die Landesausstellung Festlichkeit um sich verbreitete, die Eisenbahnzüge ohne Unterlaß im Lichte der sinkenden Sonne über ihn hinwegdonnerten und die vorstädtischen Straßen ringsherum verödeten, arbeitete Merkli einsam auf dem von Kohlen- und Eisenstaub bedeckten Hofplatz unter dem Viaduktbogen, der schon so dunkel war, daß er eine Azetylenlampe hatte aufstellen müssen. Jene Spannung, die die Briefmarkensammler kennen, wenn sie von einem Fraueli ein Bündel alter Briefumschläge erhalten haben, war in ihm, denn nicht nur, daß der Gerümpel, den er von seinen Expeditionen heimbrachte, Rohmaterial darstellte, das, sortiert, einen Geldwert besaß, fand sich darunter manches, was, gereinigt und in Stand gestellt, wieder verwendungsfähig wurde und nach seinem Gebrauchswert verkauft werden konnte. Was der Zürichberg an ausgetragenen Schuhen, an vermotteten Steppdecken, aus der Mode gekommenen Tischlampen, Kleidern und Schirmen, leeren Flaschen, zersprungenem Geschirr, rostigen Scheren, Tablaren und Konsolen, Cachepots und Vasen, Schlittschuhen und Tennisbällen und eisernen Bettgestellen abstieß, fand unten in den proletarischen Vierteln, den Trödlern der Langstraße und bei den Krautern der Schrebergärten in der Limmatebene draußen noch gute Verwendung. Schrauben und Muttern, Nägel, Drahtstücke, Nieten, Vorhangstangen, Schlösser und Türangeln, in Schachteln und Zigarrenkistchen geordnet, zogen Bastler, besorgte Familienväter, Besitzer kleiner Eigenheime aus der Vorstadtzone, zünftige Handwerker wie Licht die Falter von weit her an. «Danke, es läppert sich so zusammen», konnte Merkli Jonny Morf zur Antwort geben, als er das kleine Darlehen zurückbezahlte, das dieser dem heimkehrenden Spanienfahrer im Passage-Café gewährt hatte. In Wirklichkeit besaß Merkli bereits ein vierstelliges Sümmchen verdienten Geldes, und es sah aus, als sollte es sich noch mehren, denn die Altstoffpreise waren im Steigen begriffen.

Auf eine recht eigentümliche Weise gürtete ihn etwas wie behördliche Gewalt, wenn er in seiner Windjacke und der Baskenmütze an den Wohnungstüren klingelte. Manche der Frauen und Dienstmädchen berichteten nachher, es sei einer dagewesen von der Stadt wegen des Luftschutzes oder «vom Amt» wegen der Entrümpelung. Dies kam nicht nur daher, daß Merkli sogleich die durch eine Cellophanhülle geschützte Approbation der Eidgenössischen Materialprüfungsanstalt vorwies, die besagte, daß der Sand sich zu Löschzwecken eigne, sondern er hatte auch so eine Art, den weiblichen Personen autoritär ins Auge zu blicken, die diese ihm willig die Türen öffnen hieß.

Der Köchin Frieda allerdings, in der Mengschen Villa im Seefeld draußen, eine gutgenährte grauhaarige Matrone geworden, konnte der Hausierer und Altstoffsammler in Luftschutzutensilien nichts vormachen. Sie hatte seine Betriebsamkeit in der Nachbarschaft während der letzten Tage genau beobachtet; sie führte ihn denn auch nicht auf den Estrich, sondern in den Keller hinab, wo die Zeitungen ordentlich gebündelt und verschnürt neben Jutesäcken, in denen der Gerümpel gesammelt war, bereits auf ihn warteten. An Luftschutzmaterial zu verkaufen gab es für ihn nichts, vielmehr öffnete Frieda, die in den dreißig Jahren ihren württembergischen Akzent noch immer nicht abgelegt hatte, eine schwere Betontüre und ließ Merkli einen Blick in den vorbildlich ausgestatteten Luftschutzkeller tun. Durch dicke Pfähle war die Decke des weiten Raumes gestützt, Pickel und Schaufel lehnten säuberlich an der Wand, Kessel mit Wasser gefüllt standen umher, und nicht nur ein Minimax-Löscher, sondern einige Büchsen mit Gasmasken hingen an einem Rechen, Sturmlaternen für den Fall, daß das elektrische Licht ausging, und im hinteren Teile waren zusammengeklappte Feldbetten und Liegestühle aufgestapelt. Der Boden war säuberlich gewischt.

So eine tadellose Einrichtung habe er allerdings noch nie gesehen, bemerkte Merkli anerkennend; in diesem Hause sei man offenbar überzeugt, daß es zum Krieg kommen werde.

«Wenn sie *ihn* nicht in Ruhe lassen, bestimmt», antwortete Frieda. Sie hatte sich zwar in den Jahren nach dem ersten Weltkrieg, als ihre Herrschaft mit den deutschen Kriegsanleihen einen großen Teil ihres Vermögens eingebüßt hatte, in den mickerigen Zeiten, da gespart und der Standard des Mengschen Haushaltes nur mit Mühe aufrechterhalten worden war, der hiesigen Art, das Leben zu sehen, genähert. Ihr eingeborener Drang nach Heldenverehrung hatte in der Person ihres Brotgebers Meng und des Gründers der Migrosgesellschaft, Gottlieb Duttweiler, Genüge gefunden; aber in den vielen Stunden, die sie am Rundfunkapparat zubrachte, der ihr von der Herrschaft geschenkt worden war, hatte sich dies bald wieder geändert. Im Führer war ihr der Vater erstanden. War schon in ihrer Anhänglichkeit zu Meng, in ihrer Bewunderung für Duttweiler, der sich so für die Hausfrauen einsetzte, das tiefe Bedauern ob des Mißgeschicks, das der eine, die Anfechtungen, die der andere fortwährend erfuhr, bestimmend gewesen, so war es, was den deutschen Reichskanzler anbetraf, das schmerzliche Mitleid über das, wie sie es ihm machten, der es doch so gut meinte, das sie an ihn kettete. Nicht seine Macht und sein Glanz ließen sie erbeben, sondern seine kindliche tapfere Einsamkeit inmitten einer Welt von Feinden preßte ihr die Tränen in die Augen, wenn sie ihn sprechen hörte. Er litt, und sie litt mit ihm. Er tat ihr so leid. Auf eine ganz persönliche Weise fühlte sie sich mit dem armen guten Menschen verbunden. Er war ihr der für sie kämpfende Vater, aber der ihr eingeborene Junge zugleich. Recht hat er, er soll sich nur wehren, wir stehen ihm bei, auf Gedeih und Verderb.

Der ehemalige Spanienkämpfer antwortete nicht; er zog einen an einem eisernen Haken befestigten Waagbalken aus der Tasche und las daran das Gewicht der Zeitungsbündel ab. Zwar hinkte er nicht mehr, doch von Zeit zu Zeit schmerzte ihn die Narbe so sehr, daß er von der Morphiumspritze Gebrauch machen mußte, die ihm ein junger Arzt in Tarbes geschenkt hatte. Diesen Schmerz erlitt er um dieses Köchinnen-Geistes willen, den zu bekämpfen er ausgezogen war. Die Weisheit des Verwundeten aber hieß ihn schweigen. Das erstemal, da ihr geritzt werdet, da euer Blut fließt, dachte er, wird alles anders sein für die hüben und drüben. Dann tretet ihr in eine Gegend, wo der Haß und das Recht keine große Rolle mehr spielen, nur noch die Schmerzen, und die Minuten, in denen wir von ihnen frei sind.

Er klaubte aus seinem Lederbeutel die paar Rappen, die er für den Altstoff schuldete. Als er mit den Bündeln und dem Gerümpel beladen, von Frieda geleitet, wieder ans Tageslicht emporstieg, flatterten in der Seefeldstraße überall die Wimpel und Fahnen zum Feste der Bundesfeier, und schon verkauften die Kinder das Abzeichen. Oben die Fahnen und unten die Luftschutzkeller, dachte er, während er die mit den Säcken und dem Strandgut der Haushaltungen hochbeladene Camionette stadteinwärts steuerte.

IV. Kapitel

Es herrschte im oberen holzgetäfelten Sälchen des Zunfthauses «Zur Zimmerleuten», als die beiden Brautleute, der Musiklehrer am Städtischen Konservatorium, Isi Gidionovics, und Vera, geborene Gebhardt, mit ihrem Strauß weißer Nelken in der Hand, über die Schwelle schritten und von dem Leutnant Schörschli, der mit Fräulein Sonja Schneebeli als Trauzeuge geamtet hatte, an die Hochzeitstafel geführt wurden, noch keine festliche Stimmung. Während des zivilstandesamtlichen Trauaktes drüben im Stadthaus, jenseits des Flusses, hatten sich die Gäste sippenweise eingefunden, doch es kannten sich persönlich nur die beiden Väter des Brautpaares, der Professor an der Töchterschule, Dr. Karl Gebhardt, und der Präsident des Schürzenmanufakturverbandes Leib Gidionovics. Die übrigen standen, wohl guten Willens, aber offensichtlich noch fremdend, in ihren schwarzen Anzügen und die Vermouthgläschen in der Hand ein wenig verloren und steif umher. Erst als, eine prächtige Gardenie am Revers seines Sacco-Anzuges, die weißgepuderte, an eine Rokokodame erinnernde Gattin Hermine am Arm, Gustav Wilhelm Meng, der Großvater der Braut, erschienen war, kam ein weltmännischer Zug in die Gesellschaft. Er hatte nach einem kurzen Rundblick sogleich den Schwiegersohn und den alten Schürzenfabrikanten Gidionovics erspäht, war ihnen, sich des bedeutsamen Vorganges bewußt, mit seiner Frau entgegengeschritten, und die Gruppe der vier Personen, die sich lächelnd die Hände schüttelten, wirkte auf die übrigen Anwesenden sogleich als ein Vorgang der Kristallisation, der auch ihnen die Annäherung an die Mitglieder der fremden Sippe erleichterte. Kätterli und Clara Gidionovics, die Gattin Josephs, des ältesten Bruders des Bräutigams, eine geborene Guth, eine Frau mit starken Augenbrauen und dunkler Haut, hatten sich zwar schon draußen vor dem Spiegel der Damentoilette miteinander bekanntgemacht, und ihnen gesellte sich nun auch Davids Frau bei, Isis Vetters, eine schlichte adrette Person, die sonst hinter dem Korpus des Strumpfgeschäftes ihres Gatten an der Badenerstraße die Kunden bediente. Die beiden Männer, Joseph in seinem Smoking amerikanischen Zuschnittes und David, von schmächtigerer Gestalt, mit seinem gelichteten Haar immer mehr dem ausgewanderten Vater Ruben gleichend, verließen ihren Platz am Fenster, wo sie sorgenvoll über das Treiben der Fröntler sich unterhalten hatten, und kamen zu den Frauen, die auf dem Ledersofa, unter der Wappentafel der Mitglieder der Zunft «Zur Zimmerleuten» sich bereits über das rasche Heranwachsen der Kinder unterhielten. Das Ehepaar Arquint, Maly und Reto, in Begleitung Noras, die ihre Schwesterntracht trug, waren mit einiger Verspätung eingetroffen. Sie stießen im Treppenhaus, in dem mit reicher Stukkatur und kunstvollen schmiedeisernen Geländern verzierten Vorplatz, auf den Brautvater, Karl Gebhardt, der mit dem Zunftwirt sich noch ernsthaft über einige Servicefragen unterhielt. Für den Gymnasiasten Töni und die Sechstkläßlerin Piorina war die Hochzeit ihrer Kusine Vera der erste derartige Anlaß, den sie mitmachten. Sie hatten zusammen etwas einstudiert, eine Dialogszene in Bündnerdialekt und Englisch: ein Engadiner Mädchen wollte dem soeben aus Kanada eingetroffenen Landwirtssohn die Landesausstellung zeigen, durch ein Mißverständnis gerieten sie in die Hochzeit hinein, was nun Gelegenheit zu allerlei schiefen und lustigen Erklärungen über die Anwesenden gab, indem der Amerikaner von der Schweiz nichts anderes als die Tellengeschichte wußte und in den Gästen die Nachkommen der bekannten Gestalten sehen wollte. Sie hatten zu diesem Behufe humoristische Geschenke parat, für die Großmutter Hermine, als von der berühmten Stauffacherin abstammend, die ein Sprung von der Brücke freimachte, ein Badetrikot; für Schörschli als Walter Tell ein Körbchen mit frischen Äpfeln als Ersatz für den, den der Vater mit einem Pfeil durchschossen hatte; für den Großvater Meng als einen zur Schweiz bekehrten Habsburger ein Schaukelpferd; für den alten Herrn Gidionovics als einen aus dem Orient über die Gotthardstraße ins Land einreisenden Kaufmann einen mit den Landessiegeln behängten Geleitbrief und für den musikalisch begabten Bräutigam ein Alphorn aus Karton. Die beiden Geschwister machten sich in der Garderobe mit ihren Geschenken zu schaffen und verpaßten so den Einzug des Brautpaares und der Zeugen.

Im Anstoßen und Beglückwünschen wurde die ein wenig künstlich anmutende Atmosphäre, die die Kluft zwischen den beiden fremden Sippen schuf, überbrückt. Die Gäste begannen um die reich gedeckte Tafel herum zu gehen und ihre von Schörschli kunstvoll angefertigten Tischkärtchen zu suchen. Man nahm Platz, und der von den Servierfrauen im Gänsemarsch hereingetragene und in exakter Ausschwärmung herumgebotene Rheinsalm verwandelte die aus sechzehn Personen bestehende Gesellschaft, wenn auch noch nicht in eine Verwandtschaft, so doch immerhin in eine freundliche, mit Essen und Herumreichen von Platten und Flaschen beschäftigte Tafelgemeinde.

Es war, zum Erstaunen aller, der Vater des Bräutigams, der alte Schürzenfabrikant Leib Gidionovics, der, bevor die Tournedos aufgetragen wurden, sich erhob und in einer kaum noch von einer fremden Färbung getrübten Mundart das Wort zu einer kleinen Ansprache ergriff.

Zwei durch Herkommen, Geburt, Religion und Rasse voneinander völlig getrennte Kreise, Sippen, seien heute durch die Liebe zweier junger Menschenkinder miteinander verbunden worden, so begann er. Sowohl auf der Seite der Braut als auch auf jener des jungen Ehemannes sei ein solches Ereignis nicht vorauszusehen gewesen. Im Gegenteil, die Überlieferung und insbesondere die Zeiten, in denen sie lebten, hätten sich einer solchen Ehe als scheinbar unüberwindliche Hindernisse entgegengestellt. Beide Anverwandten des Paares ständen vor dieser Tatsache wie vor einem Schicksal, das sie, wenn auch nicht befürchtet, doch keineswegs sicherlich gewünscht hätten. Wenn auch nicht gegen sie vielleicht, so habe es sich ohne sie vollzogen. Aber wider die Macht der echten Liebe gebe es kein echtes Gegenmittel. Man kenne ja Präzedenzfälle. Bei dieser Stelle runzelte Meng die weißen buschigen Augenbrauen, und der Brautvater wurde rot. Kätterli spielte mit einer Brotkrume.

Die Rede ließ sich nicht gut an, nach den starr auf die Teller gerichteten Gesichtern der beiden Sippen zu schließen. Einzig Nora, die Krankenschwester, die dem Redner zur Seite gesetzt worden war, blickte lächelnd zu Maly hinüber, die ihrerseits bei diesen Worten an die Umstände ihrer eigenen Verehelichung dachte. Über die Jungen, Schörschli, der mit Fräulein Schneebeli etwas zu tuscheln hatte, und die Geschwister Töni und Piorina, die etwas über ihre Produktion verhandelten, gingen die Worte unverstanden hinweg.

Es sei in dieser Zeit, fuhr der Schürzenfabrikant fort, Brauch, von den Großmüttern zu reden, ob sie arisch oder nichtarisch seien. Auch er wolle sich heute dieser Sitte nicht entziehen, allerdings nicht vom rassischen Standpunkt aus. Es lebten in dieser Stadt, in zwei verschiedenen Quartieren, die eine an der Trittligasse, die andere an der Langstraße, blind die eine, beinahe taub die andere, ihre Tage in einem Lehnstuhl verbringend, zwei Ahninnen der hier versammelten Sippen, Frau Gebhardt, die Frau eines ehrbaren Schneidermeisters, und Frau Rebekka, seine, des Redners, eines bescheidenen Schürzenmachers Mutter. Ihrer zu gedenken an dem Feste, da zwei Enkel sich die Hand zum Lebensbunde reichten, das gebe diesem Anlaß die richtige Bedeutung und ihnen allen, die sie hier versammelt seien, die richtige Stimmung. Er griff in die Brusttasche und entnahm ihr Papiere. Er habe hier zwei Telegramme vorbereitet, die im Namen aller absenden zu dürfen er die Gesellschaft bitte. Es werde sich am Domizil der beiden Frauen in dieser Stunde wohl jemand finden, der sie der Erblindeten vorlesen und der Tauben in großen Lettern auf ein Stück Papier niederschreiben werde, denn entziffern könne die alte Frau Recha die Worte doch auch nicht mehr. Er las dann den Text vor: «Die Familien Gebhardt und Gidionovics senden Ihnen von der Hochzeit der Kinder Vera und Isidor die herzlichsten Glückwünsche und Grüße.»

Nur um diese Einwilligung zu erbitten, habe er das Wort ergriffen. Mit lauten Beifallsrufen und Klatschen schüttelten die Gäste ihre Rührung von sich ab. Der Schürzenfabrikant übergab die beiden Depeschen dem aufgesprungenen Schörschli, und schon sah man den jungen Offizier eifrig davoneilen.

Ohne sich von ihrem Platz zu erheben, antwortete Hermine Meng schräg über den Tisch hinweg, sie wolle es zwar als einen Ausdruck charmanten Taktes betrachten, daß Herr Gidionovics ihrer als dritter und anwesender Großmutter keine Erwähnung getan und sie keiner Botschaft für würdig befunden hätte. Da sich aber trotz allen Bemühungen des alteingesessenen Schönheits-Institutes der Madame Fatima Bariffi die Spuren der Jahre nicht verwischen ließen, so melde auch sie in aller Form ihren Anteil an der von Herrn Gidionovics ausgesprochenen Ehrung an.

Dieser Forderung wurde sogleich mit Zuruf und Gläsererheben stattgegeben und sie mündete in einer kurzen Ansprache des amerikanisierten Joseph aus, der die Unterlassung seines Vaters damit begründete, daß die Jahre an Herrn und Frau Konsul sozusagen spurlos vorübergegangen seien, wenigstens ihm wolle es scheinen, beide, so gepflegt und so voll würdiger Haltung, hätten sie sich gar nicht verändert und glichen noch immer dem schönen und stadtbekannten Paar, das er, der Außersihler Judenbube, am Mythenquai, in einer mit zwei Rappen bespannten Victoria auf lautlosen Gummirädern habe vorbeifahren sehen, ohne zu ahnen, daß er dereinst an der gemeinsamen Hochzeitstafel zu sitzen die Ehre und die Freude haben werde.

Unter all diesem Treiben saß das Brautpaar eher still und ein wenig abgesondert, zwischen Sträußen und Weinflaschen eingerahmt, beide blaß, Vera mit ihrer Brille und Isi mit seinem schmalen Musikergesicht und den schmalen Schultern eine gewisse Verfeinerung der dritten Generation der beiden lebenstüchtigen Sippen andeutend.

Nach der vielbelachten und gut gelungenen Darbietung der Kinder Töni und Piorina, und nachdem der Braten bereits wieder vorüber und die Verlesung der Telegramme durch Schörschli beendet waren, bemerkte Kätterli nicht ohne Unruhe, daß Karl Anstalten zu einer Rede traf. «Willst du wirklich auch noch?» fragte sie, als sie sah, wie er Schörschli, der unangefochten als Maître de plaisir der Veranstaltung amtete, ein Zeichen gab.

«Jede Hochzeit, jede Vermählung ist», begann der große Mann, als auf seine Anrede «liebe Gäste» Stille eingetreten war, «etwas Außerordentliches, etwas, das die hergebrachte Ordnung durchbricht, so wie die neuen Triebe eines Baumes seine Konturen verändern. Nie ist eine Ehegründung etwas Banales oder Normales. Jede Ehe ist etwas Neues, Unvorhergesehenes, Gewachsenes. Auch das ‹Heirate über den Mist, und du weißt, woran du bist› kann es nicht verdecken, daß mit einer Vermählung zwei fremde Welten sich zu einem neuen System vereinigen. In einer Stadt wie der unsrigen aber werden die über den Mist geschlossenen Ehen immer seltener. So weit ich, wenigstens was unsere Sippe anbelangt, zurücksehe» – nun streifte er wahrhaftig mit seinen Blicken den Konsul Meng und Frau Hermine, geborene Boßhardt, dann Reto und Maly und blinzelte zuletzt auf das neben ihm sitzende Kätterli hinab –, «fällt es mir auf, daß es sogenannte normale oder, wie man früher sagte, Vernunftehen, abgekartete Verbindungen, fast nicht mehr gibt. Man mag das als ein Zeichen der befreiten und selbständig gewordenen Jugend ansehen, als eine Zeitentwicklung, als eine Folge urbaner Verhältnisse, als die Schicksalsmacht der Liebe – jedenfalls müssen wir Eltern feststellen, daß in dieser Beziehung unsere frühere Macht gebrochen ist. Die neue Zeit hat uns gelehrt, frohe Miene zum frohen Spiel zu machen.» Er lachte zu seinem eigenen Schwiegervater hinüber, und beide erinnerten sich an den schwarzen Kaffee, den der Konsul dem Buchbinderlehrling im Salon der Villa an der Seefeldstraße eingeschenkt hatte.

«Trotzdem», fuhr er fort, «hat man das Bedürfnis oder, sagen wir einmal, hat ein bescheidener Gelehrter das Bedürfnis, in dieser scheinbar zufälligen und verwirrenden Art, wie Ehen nun geschlossen werden, nach einer höheren Einheit, nach der Klammer zu suchen, die das naturbedingte Geschehen zusammenhält, den geheimnisvollen Impuls, der die Wahl der jungen Leute, ohne daß sie es wissen, leitet. Mein lieber und verehrter Gegenschwäher hat vorhin die Großmütter erwähnt, Ahninnen zweier so grundverschiedener Sippen, die nun durch zwei goldene Kettenringe aneinandergeschmiedet werden. Unter welchem Zeichen findet dieses Ereignis statt?»

Er ließ nach dieser Frage eine Pause eintreten, dann hob er die Hand und deutete damit hinüber an die Wand, wo über dem Sofa die Wappentafeln der Zünfter «Zur Zimmerleuten» hingen. Alle wandten die Köpfe.

«In der alten Zunftstube der Bürger dieser Stadt haben sich die beiden Sippen zusammengefunden, den Bund ihrer Kinder zu feiern. Drüben auf dem Stadthause, am Ufer des Limmatflusses, haben die zwei ihre Familiengründung bekundet, und in einem Haus auf dem Gebiete dieser Stadt, drohen an der Hadlaubstraße, gründen sie ihren Hausstand.»

Wieder schwieg er, vom Ernst seiner Worte gewaltig erfaßt.

«Was ich damit sagen will, ist dieses: in den Eheschließungen äußert sich recht eigentlich das Leben und das Wesen einer Stadt. Nicht die neuerbauten Häuser, Straßen und Quartiere sind in erster Linie das Zeichen ihres Wachstums, sondern die Ehen, die Paarungen, die es ihr unter den jungen Bewohnern herbeizuführen gelingt. Jede Familiengründung bedeutet eine neue Knospe am Baum des Gemeinwesens. Hier erweist es sich nun mit einemmal sichtbarlich, welch ungeheure Arbeit sie, die Stadt geleistet hat. Ob ein Mann von hoch oben, von der Wasserkante her, ob er vom Osten komme, ob er bescheidenen Handwerkerkreisen entstamme, wessen Standes, wessen sozialer Klasse, wessen Glaubens er auch sei, die Zeit, die er in dieser Siedelung zugebracht, die Luft, die er hier atmete, allmählich, ohne daß er selbst es merkte, erwiesen sich stärker, kräftiger, bedeutsamer als sein Herkommen. Sind Geburt und Herkommen ein Schicksal, das wir, weil wir darauf keinen Einfluß haben, wie einen Zufall empfinden, so bedeutet der Ort, an dem wir leben, eine Wahl. Das aber ist kein blinder Zufall mehr, sondern unser Wille. Dies ist die höhere Klammer, die unsere beiden fremden Sippen zusammenhält: daß wir in dieser Stadt leben, daß wir in ihr die uns gemäße Luft gefunden haben, daß wir in ihr zu Hause sind. Das ist Gegenwart, Wirklichkeit, stärker als alle Vergangenheit. Jeder junge Mensch, der hier einen anderen jungen Menschen liebt und mit ihm hier eine Ehe gründen will, bekundet damit auch, ob er es weiß oder nicht, seine Liebe und seine Treue zu der Stadt. Ihr vertrauen sich die jungen Leute an, ihre Liebe, ihre Hoffnung. Damit gehen sie erst eigentlich ein in die große Gemeinschaft als neue sprossende Triebe der Gemeinschaft. In dieser Zunftstube ist die Stadt anwesend, die große Mutter, bei der wir Bürger zum Gastmahl, zum Feste geladen sind und die uns alle, ob wir von weither, von oben oder unten kommen mögen, miteinander verbindet, auf Gedeih und Verderb.»

Es war ganz still geworden ob Karl Gebhardts Rede.

«Mir wurde auf dem Amte gesagt, sie arbeiteten in Schichten, so zahlreich seien die Anmeldungen des Eheversprechens», fügte er nach einer Weile mit ruhiger Stimme bei. «Ich denke, was uns auch drohe, dieses sei der schönste Beweis unserer Zuversicht und unserer Bereitschaft, was immer auch kommen mag.»

Auf leisen Zehenspitzen war der Photograph Clemens Wepf, unbeachtet von allen, außer Nora, die ihm zulächelte, hereingeschlichen und hatte sich gegenüber Karl, zwischen den Köpfen Retos und Malys, den Apparat an seinem Auge, in halb kauernder Stellung bereitgemacht. Beim letzten Worte Karls löste er den grellen Magnesiumblitz aus, und der Redner fuhr erschreckt zusammen. Alle mußten lachen. Dann klatschten sie. Der alte Schürzenfabrikant Leib Gidionovics dachte an seinen Bruder Ruben, der nach Amerika geflohen war, und versuchte durch allerlei Grimassen zu verbergen, daß ihn das Augenwasser belästigte.

V. Kapitel

Hansjürg Abt, der Schüler, begleitete an diesem Freitagvormittag um acht Uhr seinen Vater von der Hornbachstraße bis zur Tramhaltestelle an der Höschgasse. Er hatte dasselbe schon zweimal erlebt, einmal das letzte Jahr und nochmals in diesem Frühling, wenn der Territorial-Gefreite Abt, Walter, sich zur Ausrüstungsinspektion zur Turnhalle im Sihlhölzli zu begeben hatte. Auch heute trug der Vater die Uniform, den Kaput, den sie gestern abend zu dritt, der Vater, die Mutter und er, Hansjürg, auf dem Boden des Korridors nach geheimnisvollen Anordnungen gerollt hatten, auf dem Tornister aufgeschnallt, darüber den Stahlhelm mit dem vorstehenden Visierschnabel und das lange Gewehr angehängt. Wie an diesen Inspektionstagen, standen auch schon auf der Plattform des Straßenbahnwagens einige andere Soldaten, der Vater grinste noch einmal, winkte mit der Hand und sah ein bißchen merkwürdig aus in seiner feldgrauen Dächlimütze, und dann fuhr das Tram wieder ab, und die Seefeldstraße sah nicht anders aus als an den übrigen Tagen. Das also sollte die Mobilisation sein, dachte das blonde Bürschchen ein wenig enttäuscht. Er hatte sich diesen Tag, von dem ja schon lange die Rede war, ganz anders vorgestellt, mit Sturmläuten, wehenden Fahnen vor ausziehenden Bataillonen, Musik und Offizieren zu Pferd, weinenden Müttern und Bräuten. Nun ja, die eigentliche Mobilisation würde ja erst morgen stattfinden, die mit den Jungen, dem Auszug; für heute mußten nur die Alten, die Territorialen einrücken. Hinter dem eisernen Gitterzaun des Seefeldschulhauses war auch ein wenig von militärischem Leben bemerkbar; ein paar Unteroffiziere standen auf dem Kreisplatz herum, gelbe Umschläge in der Hand, und einige hemdärmlige Soldaten schoben einen Materialwagen in den Schatten der Roßkastanien, hie und da sah man aus einem Hinterhöfchen hervor wieder einen vollbepackten Milizen hervorkommen, daneben klopften Frauen ihre Teppiche an der Stange – und das Ganze ermangelte des Schwunges und der Begeisterung, denn die Mannen machten mit der Hand eine Bewegung gegen das Kinn hin und von da an abwärts gegen die Brust, mit dieser wohlbekannten Geste andeutend, sie hätten einen Bart eingefangen. Als Hansjürg die Hornbachstraße überschreiten wollte, mußte er lange warten, fast zehn Minuten, denn vom See herauf kam eine endlose Kolonne von Limousinen, Camions, Kasten- und Lieferungswagen und bog in die Seefeldstraße ein; dem Knaben kam dieser Verkehr ganz unbegreiflich vor, bis er bemerkte, daß an den Steuerrädern der vielfach bunten und mit Reklameaufschriften bemalten Fahrzeuge bereits uniformierte Männer saßen, die mit aus den Fenstern gestreckten Armen den Nachfolgenden Zeichen gaben und so das Tempo und die Abstände dieser zivilen Fahrzeuge auf militärische Art regelten. Hansjürg schien es, als wollte der Vorbeizug kein Ende nehmen.

Heidi, das zehnjährige Töchterchen Corinnas und des Architekten Adrian Laubscher, stand an der großen Scheibe des väterlichen Ateliers im obersten Stockwerk des Hauses am Hechtplatz und blickte auf den Limmatquai hinab. Man hatte ihm gesagt, die Minenkammern auf der neuen Quaibrücke seien in dieser Nacht geladen worden; das Mädchen konnte sich nicht recht vorstellen, was damit gemeint sei. Die Fuhrwerke und Trambahnen fuhren in gewohnter Weise über die Brücke, an deren Eingängen wie seit Monaten die riesigen Fahnen Zürichs und der Eidgenossenschaft wehten. Allerdings war nun seit heute Samstag die Landesausstellung geschlossen worden, der Mobilisation wegen, und der Vater war heute in aller Morgenfrühe, als Offizier gekleidet, mit seinem Sportwagen ins Bernbiet davongefahren, zu seiner Einheit, den Sappeuren, wie die Mutter dem Kinde erklärt hatte. Unten auf der Straße hatte es bis gegen acht Uhr nur so von feldgrauen Uniformen gewimmelt, aber jetzt, um neun, war es mit einem Male merkwürdig still und leer geworden, die Trämlein schlichen dahin, fast keine Fahrzeuge waren mehr zu sehen; man hätte meinen mögen, es sei Sonntag.

Gotthold Wettstein hätte am 2. September ebenfalls einrükken sollen, aber da seine Trauung mit Helene Hirzel auf diesen Samstagvormittag anberaumt war, hatte er bis zum Montag Urlaub bekommen, und jetzt, nachdem der Akt vollzogen war, standen die jungen Eheleute in Begleitung des angegrauten Brautvaters, des Journalisten René Hirzel, im Schlagschatten des Steinsockels, auf dem das eherne Pferd Waldmanns tänzelte, und sahen dem Vorbeizug einer militärischen Saumkolonne zu, die im Begriffe war, die Stadt Richtung Zürichberg zu durchqueren. Sie sahen die rotfelligen Freibergerpferdchen mit ihren hellen Mähnen und Schweifen über die Münsterbrücke ziehen, ihre Hufe waren blank gefettet, Kettchen klingelten an den Bastsätteln, Ledergeschirr knarrte, unter ihren Stahlhelmen, in den verwaschenen Arbeitsblusen und den Hosen B sahen die Säumer bereits aus, als ständen sie seit Monaten im Dienst; ein Geruch von Männerschweiß und Pferdedunst lagerte über der Kolonne, die Hufeisen und Nagelschuhe klapperten auf dem Pflaster. Als Gotthold flußaufwärts blickte, sah er auch auf der Quaibrücke das rhythmische Wellen der Köpfe ausmarschierenden Fußvolkes, wenige Stunden nach der Besammlung. Helens Arm ruhte leicht auf dem seinen, er spürte das zärtliche Strömen, sie sprachen kein Wort, sie blickten den Soldaten in die Gesichter, die Röcke und Hemden waren geöffnet, die Ärmel zurückgeschlagen, viele machten schon einen ermüdeten Eindruck, sie kamen von weit her, das Sihltal herunter. Gotthold erlebte eine jener Minuten, in denen es deutlich wird, wie über alles Denken und Planen hinaus des Menschen Leben in weiter gespannte Rhythmen eingeordnet ist, die es nach Gesetzen gestalten, auf die er keinen Einfluß hat. Ihm wollten die Wochen, die er hinter sich hatte, die ihn auf das Stadthaus zur Verkündigung und heute zur Trauung führten, wie eine Zeit schimmernden Nebels vorkommen, als ein traumhaftes Geschehen, in das er widerstandlos geführt wurde. Nur jener eine Satz tauchte immer wieder in ihm auf, den er damals, auf dem Floß vor der Badeanstalt Utoquai, zu sich gesprochen hatte, als er die Trudi-Schoop-Schülerin, auf dem Lattenboden sitzend und das angeschlagene Bein streichend, erblickte: daß sie nicht sein Typ sei und er sie nie heiraten könnte. Es dämmerte ihm der geheimnisvolle Mechanismus der raschen und voreiligen Verneinungen auf.

René Hirzel, der neben dem Paar stand, wurde seinerseits in dieser Stunde von jener Empfindung heimgesucht, die er bei sich als magischen Aspekt zu bezeichnen pflegte. Von den Großmünstertürmen jenseits des Flusses, vom Turme der Fraumünsterkirche, an deren Fuße sie standen, fielen die ehernen Töne des Elfuhrgeläutes herab, man hörte deutlich die Klöppel an die Wände der Glocken schlagen; der ältliche Mann trat ein wenig zurück und schaute um sich. Am Gemäuer der Fraumünsterkirche vorbei blickte er in die Tiefe des Münsterhofes hinein, in das weite, von Giebelhäusern umstandene Rund, der Barockfassade und dem schmiedeisernen Zierat des Zunfthauses zur Meise entlang, den Fluß hinunter zum Rathaus im Wasser, die Zeile der alten Häuser über den Bögen, das Helmhaus und die Wasserkirche, den jenseitigen Brückenkopf, und er konnte erkennen, in welcher Mitte sie standen, im steinernen Herzen der Stadt, in einem Ball eherner Töne, über der Aorta des Flusses, und alles sammelte sich in der erzenen Gestalt des Hallerschen Waldmanndenkmals, dem tänzelnden Pferd mit dem schmächtigen Mann auf seinem Rücken, und sie waren im äußersten Gleichgewicht, man wußte nicht, war das mächtige Roß durch die nervigen Hände gebändigt oder duldete das Tier in höherem Auftrag den gelassenen Reiter.

Ein Glück, daß Helenlis Hochzeit auf diesen Tag fällt, dachte der Vater, so geht es unter im größern Ereignis, und dieses wird bleiben in seiner Erinnerung und nicht, daß die eigene Mutter, die Frau Baumeister Kellerhals, ihr Kommen verweigerte, erstens weil ich, der geschiedene Mann, als der Vater der Braut, und zweitens der Bräutigam mit seinem freien Berufe ihr nicht paßten. Es war jedoch der Stiefvater Helenlis, der Baumeister Kellerhals, zur Trauung pünktlich erschienen, und es hatten die beiden Männer die Hand sich gedrückt und sich auch ein bißchen über Gotthold, den Bräutigam unterhalten. Kellerhals hatte den Gärtner Wettstein in Wiedikon noch gekannt, er stammte aus rechter Familie, und Hirzel konnte den Sekretär der Trostelschen Stiftung als einen jüngeren Mann herausstellen, der sich in den Kreisen kritisierender Literatur eines gewissen Ansehens erfreue, insbesondere seit seiner Erklärung in der Presse, in der er wider den von den Nationalsozialisten mit seinem Essay über Gobineau betriebenen Mißbrauch öffentlich protestiert und sich von der daraus hergestellten Propagandaschrift, die sie eine Volksausgabe nannten, in aller Form distanziert hatte. Dem Baumeister waren diese Dinge weniger bekannt, doch war ihm Gotthold bei der Abfassung von Eingaben, der Entwirrung von neuen Vorschriften beim Bau von Luftschutzkellern und der Anforderung von Subventionen, auf die man dabei Anspruch hatte, behilflich gewesen, und es hatte sich dem Fachmann die Andeutung eines Schwiegersohnes gezeigt, der trotz der Studiertheit einmal im Geschäft noch brauchbar werden konnte. Kellerhals hatte sich nach dem Trauakt sogleich wieder verabschieden müssen, weil sein ganzer Werkplatz im Seefeld draußen unter militärischem Betrieb stand, die Lastwagen und Betonmaschinen im Begriffe waren, requiriert zu werden, und bereits in Tiefenbrunnen die zersägten Eisenbahnschienen sich stapelten, aus denen seine Firma Tankhindernisse errichtete. Er nahm nach der Unterschrift auf dem Zivilstandsamt den Bräutigam noch ein wenig auf die Seite und drückte ihm ein Couvert in die Hand, das einige Banknoten enthielt, sie würden es brauchen können, da er nun einzurücken hatte.

Aaron hatte nach der letzten Inspektion im Frühjahr den gerollten Kaput auf dem Tornister belassen; er ruhte mit der übrigen Ausrüstung hinter den Lattenverschlägen auf demselben Estrichboden des Hauses an der Mainaustraße, auf dem sein Zimmer eingebaut war. Er hatte, nicht ganz ruhigen Gewissens, von Zeit zu Zeit dem militärischen Stilleben einen Blick gegönnt. Manchmal fiel durch das kleine Klappfenster im Ziegeldache eine heiße Sonne auf den Stahlhelm und den Fohlenpelz des Sacks, dann wiederum lag alles im Dunkel, wenn der Schnee auf der Glasscheibe lagerte, es tropfte auch bei Tauwetter und Regen zwischen den Schindeln hindurch auf die Gegenstände herab. Nur den Karabiner, das Bajonett und die Patronentasche bewahrte er eingefettet im Zimmer. Hie und da in den Nächten dachte er, je mehr sich die drohenden Nachrichten häuften, an den Mantel und den Felltornister draußen, erwägend, ob die Kampferkugeln ihre Kraft, die Motten zu vertreiben, noch beibehalten hätten. Im Geiste hatte er sich schon manchesmal aufgerafft, den Kaput von der Tragkommode geschnallt und beide auf der Zinne im Winde geklopft und geschüttelt, aber war es dann wieder Tag, so hielt ihn eine fast abergläubische Scheu davon ab, die Ordonnanzsachen zu berühren, als leiste er damit einer unumkehrbaren Entwicklung Vorschub. Er mußte es deshalb über sich ergehen lassen, daß er in unruhigen Stunden das Treiben der Schaben sich ausmalte, Büschel von rötlichem Pelzhaar sich vorstellte, die hampfelweise aus dem Fell des Tornisters fielen, und Mottengänge, die die Rolle des feldgrauen Mantels durchquerten. Auch als die Mobilisation verkündet, das Aufgebot angeschlagen war, konnte er sich nicht dazu entschließen, den an der letzten Inspektion mit Hilfe der Kameraden auf dem obern Boden der Turnhalle im Sihlhölzli satt und vorbildlich aufgerollten Mantel wegzuschnallen, sondern er begnügte sich damit, vermittels eines Klopfers die ganze Kombination tüchtig zu entstauben und die übrigen Ausrüstungsgegenstände einzupacken. Aber in der Nacht zum Samstag hatten ihn auf einmal Gewissensbisse geplagt, es möchte mit dem seit Monaten im heißen Estrich lagernden Kaput etwas nicht in Ordnung sein und es sich beim Einrücken erwahren, daß er ein unzuverlässiger Soldat sei, der seine Ausrüstung verludern lasse, während alle andern, des Ernstes der Zeit bewußt, das Material sachgemäß gepflegt und sich des Landes Vertrauen, die Ausrüstung in alarmbereitem Zustand zu erhalten, würdig erwiesen hatten. Obwohl er wegen einer in letzter Stunde noch abzuliefernden Filmarbeit todmüde war und erst um ein Uhr ins Bett kam, stand er eine Stunde später schon wieder auf und begab sich hinaus auf den Estrichvorplatz, wo neben dem Gewehr, gekrönt vom Stahlhelm und dem Lederzeug, der Tornister an der Wand lehnte. Seufzend und widerwillig begann er beim schwachen Licht einer Glühbirne die Packung auseinanderzureißen, die Wurst des Mantels aus den Riemen zu lösen und das in einer während Monaten steif gewordenen Faltentasche ruhende Kleidungsstück zu entrollen. Er hob ihn wider das Licht. Der gefürchtete Sternenhimmel von Mottenlöchlein war nicht zu sehen. Der Angsttraum hatte sich als unbegründet erwiesen. Aber nun stand der Territorialsoldat Reiß, Aaron, vor der beinahe unmöglichen Aufgabe, den Mantel allein, ohne die Hilfe einer anderen Person, wieder rollen zu müssen. Mit gespreizten Schenkeln auf dem Boden kniend, bemühte er sich ächzend und schweißtriefend, körperlicher Arbeit entfremdet, das schwere Werk zu vollenden. Statt mit einem sauber und adrett aufgeschnallten Mantel rückte er deshalb am Samstag übernächtig mit einem bauschig und sparrig zerknäuelten Bündel feldgrauen Tuches auf dem Tornister im Schulhaus Mutschellen in Wollishofen ein, als ein Lediger, dem weder die Ehefrau noch die Kinder hatten helfen können, und er mußte ob des Ungeheuers allerlei Spott über sich ergehen lassen. Aber es war ihm trotzdem wohl dabei.

Emil C. Angst, der schweizerische Manager der Rechenmaschinengesellschaft, hatte es im Militär nicht weiter als bis zum Korporal gebracht; daß er hingegen auf der zivilen Stufenleiter erfolgreich aufwärtsgeklommen war, das konnten die Telegraphenpioniere im Landwehralter sogleich sehen, als er fünf Minuten vor der Besammlung seinen Buick am Trottoir vor dem Limmatschulhaus zum Stehen brachte, Tornister und Karabiner aus dem Fond des Wagens zog und lachend den Schulhof betrat. Er war guten Muts, lag doch beim Kompanie-Kommandanten bereits ein Urlaubsgesuch, das die Unabkömmlichkeit des Geschäftsmannes begründete. Sein Standpunkt war, er habe im Ersten Weltkrieg bereits genügend Dienst geleistet, im übrigen würden die Angelsachsen auch diesmal mit diesem kriegerischen Völklein fertig werden, und nachher würde im befreiten Mitteleuropa eine konkurrenzlose Aera für automatische Büromaschinen amerikanischen Ursprungs beginnen. Als er im Laufe des Vormittags den Kiesplatz einen Augenblick verließ, um den Wagen an einer schattigen Stelle in einer Seitenstraße zu parkieren, stand wahrhaftig sein Vater, der Stadtrat, roten Gesichts und schlohweißen Haares am Tor, nicht anders als vor fünfundzwanzig Jahren, da er den Sprenzel auf den Besammlungsplatz begleitet hatte. Der Schauplatz zeigte keine große Veränderung, außer daß die Platanen an der Limmatstraße dichter und dunkler geworden waren, sie beide natürlich älter und von der Wiederholung derselben Situation lästig berührt. Dieser Mobilisation fehlte die Romantik der Erstmaligkeit, und das drückten die beiden Männer auch wohl aus, als sie sich die Hand und zugleich halb lachend den Kopf schüttelten. Bereits konnte der Magistrat dem Sohn ein paar Einzelheiten aus dem polnischen Feldzug bekanntgeben. Die deutsche Luftwaffe hatte die gegnerischen Geschwader auf ihren eigenen Flugplätzen vernichtet, und nicht anders als Scheren, die ins Papier reißen, drangen die Panzerkolonnen in das Land ein. Das Furchtbare aber für den ehemaligen Gewerkschaftssekretär war die Haltung der sozialistischen Sowjetrepublik, die nicht nur untätig an ihrer Grenze verharrte, sondern sich, zuverlässigen Informationen nach, vorbereitete, die ungeschützte Ostgrenze des unglücklichen Staates zu überschreiten. Einmal mehr werde Polen geteilt werden, dieses sei der Sinn des deutsch-russischen Bündnisses, der ungeheuerlichen Ehe zwischen den Nationalsozialisten und Kommunisten, und aus diesem Vorgang ersehe man, in welcher furchtbaren Gefahr die kleinen Länder, wie die Schweiz eines sei, schweben. Nicht um Nationen scheine es zu gehen, sondern um Ideologien, Diktaturen wider die Demokratien. Doch wäre es nur so. Aber im Grunde sei es nichts anderes als Imperialismus, primitivster nationaler Machthunger. Der uniformierte Sohn hörte sich die kleine Rede des Vaters und Magistraten schweigend an. Er hatte das Gefühl, sein Erzeuger wolle ihm eine geistige Wegzehrung mitgeben, eine Einspritzung, als wüßte er um die Laune und Wurstigkeit, mit der der emporgekletterte Manager dem Aufgebot des Bundesrates Folge geleistet hatte. Aus diesen Sozialisten der ersten Internationale sind bei uns alte patriotische Narren geworden, dachte er respektlos, doch nicht ohne Rührung. Er habe, was auch kommen möge, im Berner Oberland, schon längst ein Chalet gemietet, erklärte Emil C. Angst, möbliert und den Keller voller Vorräte, und wenn etwas passiere, so werde er die Familie in den Buick verfrachten, und in einigen Stunden seien sie in Sicherheit am Fuße des Alpenmassivs. Für das Land könne es sich ja nur darum handeln, so lange auszuharren, bis die natürlichen Verbündeten, die übrigen Demokratien des Westens, ihm zu Hilfe kämen und die Schweiz sich organisch in die große Front eingegliedert habe. Der Stadtrat machte runde Augen bei dieser fixen Erläuterung des Jüngeren. «Emil», sagte er, «verhüte der Herrgott, daß es so weit komme. Dann wäre diese Stadt bereits geopfert und ein Trümmerhaufen. Vorläufig wollen wir uns noch auf unsere eigenen Karabiner und die halbe Million entschlossener Männer verlassen, die wir ins Feld zu stellen haben.» Sorgenvoll setzte er sich in der Platzspitzpromenade auf dasselbe Bänklein unter den hohen Kronen der Platanen wie vor einem Vierteljahrhundert, und wieder blickte er, die Arme über die Lehne gebreitet, in den grünschimmernden Raum empor, der von goldflittrigen Netzen durchzogen war, in dem es kein gestern, sondern nur eine immer dauernde Gegenwart gab, Vögel und Laub und blauer Himmel, Sonnenschnüre, Äste und Gezwitscher, und die in ihrem leisen Flirren und in ihrer Zerbrechlichkeit noch sein würde, wenn sie alle ausgekümmert haben würden.

Die Fremden waren aus der Bahnhofstraße verschwunden. Mit Luxuskoffern und Galanteriewaren würde wohl für einige Zeit kein Geschäft mehr zu machen sein. Die Leute kauften nur noch solide Stücke, lederne Handtaschen, geräumig, doch nicht zu schwer, eventuell zum Auszug, zur Flucht geeignet. Madeleine steckte auch nicht mehr Trikoloren-Fähnchen ins Schaufenster, wie sie es beim Ausbruch des Ersten Weltkrieges getan hatte. Sie war gewarnt. Hingegen versprachen die kleinen Saffian- und Schweinsleder-Portefeuilles, geeignet zur Aufbewahrung der Rationierungsmarken und Mahlzeitencoupons, einen gewissen, wenn auch beschränkten Umsatz, und so stellte sie sich kurz entschlossen um, und die Passanten konnten aus der gediegenen und sorgfältigen Herstellung dieser praktischen Hilfsmittel ersehen, daß die Fabrikanten dem Provisorium der Lebensmittelrationierung eine gewisse Dauer zumuteten, welche eine Ausgabe von mehreren Franken wohl rechtfertigte.

Joseph Hauri, der in der Korpskontrolle seiner Kompanie immer noch unter dem Beruf eines Schreiners angeführt wurde, stellte, als er in voller Montur die Treppe von seiner Wohnung über dem Betlokal herabkam, sein Gewehr weg und befestigte an der Türe des Predigtraumes mittels einiger Reißnägel eine vom ihm selbst geschriebene «Mitteilung». Sie lautete:

«Ich wache und bin wie ein einsamer Vogel auf dem Dache» Ps. 102, 8.

Infolge der Mobilisation fallen die Andachten vorläufig aus. Mitgliederbeiträge und freiwillige Spenden sind gefl. dem Postcheckkonto VIII 41119 einzubezahlen.

«Er wird dich mit seinen Fittichen decken, und deine Zuversicht wird sein unter seinen Flügeln» Ps. 91, 4.

Während einer Sitzung hatte die Vorsteherschaft erwogen, ob nicht jemand aus der Gemeinschaft aushilfsweise die Versammlungen leiten könne. Dem hatte sich Hauri entschieden widersetzt; hingegen wurde ein vom Vorstand unterschriebenes Gesuch um Dienstbefreiung an die Abteilung für Dispensation gerichtet. Der Füsilier Hauri mußte es zu seinem Kummer erleben, daß er auf dem Wege zum Heimplatz von zwei Frauen, die der Gemeinde angehörten, in seiner Uniform nicht einmal erkannt wurde.

Kätterli stand auf der Veranda des Hauses auf der Wasserscheide und sah ihren beiden Männern nach, die selbander die Zürichbergstraße hinabschritten, dem Sanitätssoldaten Gebhardt, Karl, im Laufe der Jahre so gewichtigen Leibesumfangs geworden, daß der Dorn seines Leibgurtes des zweitletzten Loches im Riemen benötigte, und dem hochgewachsenen schlanken Leutnant, dem Schörschli, der, kaum hatte er seinen Grad in einer Rekrutenschule abverdient, bei seiner Einheit einrücken mußte. Elastisch und hochgemut ging er neben seinem Vater her und, wie sie es immer getan hatten durch die Jahre hindurch, winkten sie beide an der Wiesenböschung noch einmal zurück. Kätterli starrte in die Landschaft unter dem milden Himmel des Spätsommers. Rings um die Säume der Stadt, in der Tiefe des Tales, so ausgedehnt sie auch war, dunkelten die Wälder vom Grün der Nähe bis zum Blau der Ferne, leichtes Gewölk verharrte über ihr im blassen Azur, die Rauchfahnen in der Ebene zogen träge flußabwärts; doch war

Das Limmatquai von der Grossmünster-
-Terrasse gegen Quaibrücke.

die Stille des Bildes von anderer Art als jene, die die Frau hinter sich, in der leeren Wohnung spürte. Nun waren alle ausgeflogen. Nicht mehr hörte sie Veras Übungen auf der Geige, nicht mehr das umständliche und unnötige Rasseln des Ochsnerkübels, den Karl hinuntertrug, wenn der Abfuhrwagen kam, nicht mehr des Schörschlis Pfeifen aus dem Fenster der Mansarde oben, wenn er sich über das Reißbrett beugte. Das Nest war leer, das sie vor nahezu dreißig Jahren eingerichtet hatte. Sie erinnerte sich eines Abends, da die alte Frau Gebhardt bei ihr gewesen war und Karl jenen Walter Abt von der Tschulok-Schule herauf zum Essen mitgebracht hatte, der nun als Herausgeber der Zeitschrift «Wir» zeichnete. Sie war Schörschlis Geburt gewärtig. Sie hatten am Tische gesessen, bei Kartoffelsalat, Käse, Wurst und Tee, die Bibel lag neben den Wollenknäueln, sie hatten gebetet;

Komm, Herr Jesus, sei unser Gast
und segne alles, was du uns bescheret hast.

Nun hatten sich alle Gäste vom Tische erhoben und waren weggegangen. Es blieb ihr nichts übrig, als das Geschirr wegzuräumen. Dies tat sie nun auch. Sie trat durch die Verandatüre ins Zimmer und stellte die Tassen und Teller zusammen, mit den Resten und Krumen, die vom Frühstück der beiden Milizen übriggeblieben waren.

VI. Kapitel

Bei dem Anlaß in einem der kleinen Säle im Volkshaus am Helvetiaplatz handelte es sich um eine der Versammlungen von Anwohnern, wie sie in diesen Tagen in allen Quartieren gebräuchlich waren. Manchmal von amtlicher Seite einberufen, von Parteileitungen oder Berufsverbänden, dienten sie der Aufklärung in Fragen der Lebensmittel- und Heizstoffrationierung, der Errichtung von Luftschutzkellern, der Altstoffsammlung, der Anleitung zum rationellen Kochen mit Kochkisten, der Anpflanzung von Gemüsen, der Ausnützung gebrauchter Textilien, der richtigen Einkellerung von Kartoffeln und der hygienischen Aufbewahrung von Vorräten, der sachgemäßen Lagerung von Seife und Mehl, der Vermeidung und Bekämpfung von Erkältungskrankheiten, der Vorsicht in den Gesprächen – «Wer nicht schweigen kann, schadet der Heimat» –, der Organisation von Hausfeuerwehren, des Landdienstes für Jugendliche und was dergleichen Dinge mehr waren. Sie erfreuten sich alle eines guten Besuches; und manchmal wurde es offensichtlich, daß sie für viele Leute den Vorwand darstellten, einem Bedürfnis nach Zusammenschluß zu genügen. Pfarrer Hausheer äußerte auch diesen Gedanken zu der neben ihm sitzenden Frau Dr. Fries, und Jacqueline bestätigte, sie mache eine ähnliche Erfahrung in ihrer Praxis. Zu jemandem hingehen und sich aussprechen, zusammenrücken, das sei wohl die erste und natürlichste Antwort und Reaktion der Leute auf die großen Ereignisse, und betrachte sie es richtig, so habe in den zwei Monaten seit dem Ausbruch des Krieges die jetzt geschlossene Landesausstellung eine ähnliche Funktion erfüllt. Sie selbst habe in der Abteilung für Hygiene ein paar Vorträge über Säuglingspflege zu halten gehabt, und es sei geradezu auffällig gewesen, wie sich Gesicht und Verhalten des Publikums seit dem Ausbruch des Krieges verändert hätten. Sie seien auf eine andere Weise durch die Hallen und Anlagen geschritten als vorher, vom Mai bis zum August, fast ein wenig feierlich, könne man sagen. Jene, die in der Veranstaltung ein Vergnügen, ein Gaudi gesucht hätten, wären völlig untergegangen unter der Menge jener, auf deren Antlitz ein Zug der Nachdenklichkeit und des tiefen Ernstes gelegen hätte. Ein lachendes Volk seien sie nie gewesen, aber dies bleibe doch der erste Eindruck: das Lachen sei verschwunden. Man sei geselliger als früher, man suche den andern; wenn auch die Soldaten, die manchmal regimentsweise durch die Ausstellung geführt worden seien, immer noch ihre trockenen Scherze losgelassen hätten, auf dem Landibähnli, dem Schifflibach und der Seilschwebebahn, man habe doch immer den Eindruck gehabt, es herrsche ein anderer Ton, ein anderes Klima als Anno 1914.

Ihnen schräg gegenüber am Tische vor einer Tasse Tee saß der Arzt Bluntschli, magerer geworden, seinen hellgrauen Anzug nicht mehr ausfüllend, die lange Wirbelsäule ein wenig gebogen, fast weiß das Haar; doch zeigte das Gesicht noch immer eine gesunde Farbe und das zynische Blitzen hinter den Gläsern hatte noch nicht nachgelassen.

«Wie geht's Ihrem Schützling, Herr Pfarrer?» rief er herüber.

Auf der niederen Stirne, unter dem tiefen Ansatz des Haares, lagen jene zwei dicken Wülste, die ihm den Ausdruck eines Bernhardinerhundes verliehen, als Hausheer, ohne die Stimme zu heben, antwortete: «Ich denke, wir sind über dem Berg mit dem Röbi Klostermann. Zwei- oder dreimal hat er noch eine Krise gehabt, ja eben das, was ihr Ärzte Bewußtseinsspaltung nennt – aber glauben Sie mir, das Volk, das Landvolk besonders, hat eine so natürliche Art der Therapeutik solchen Kranken gegenüber» – es war nicht die geringste Spur einer Feindschaft in seiner Stimme – «mit seinen ja, ja, so, so, wenn so ein Armer ein bißchen aus dem Geleise kommt. So ein weises Bagatellisieren, möchte man sagen. Gerade das Gegenteil von dem, was unsere geschäftstüchtigen Seelenschakale à la Frau Dr. Ramseyer-Woschkine tun. Ab, hinab in den Hades des Vergessens, scheinen sie zu winken, laß das, bleib bei uns am Tageslicht! Das kennen wir alle, diese Lockung des Spintisierens! Jetzt ist er Wegknecht und Friedhofgärtner in Elgg, und wissen Sie, was das Schönste ist an allem: er besucht ein-, zweimal im Jahr seinen Vater in Hinwil. Der ist jetzt im Altersheim; bis vor einem Jahr noch war er Fuhrmann in der Sägerei».

«Die Zeit», nickte Bluntschli.

Auch Hausheer war milder geworden; er stellte des alten Widersachers Meinung nicht mehr mit einem «Nein, des Herrgotts Gnade» richtig, wie er es vor Jahren getan hätte. Er lächelte nur freundlich über den Tisch. Mochte er es Zeit nennen, in seinem Freidenkerdünkel, der arme Narr.

Diese öffentliche Versammlung war vom Quartierverein gemeinsam mit dem Zweig Außersihl des Samariterbundes unter dem Motto «Hilfsmittel der Heimat für gesunde und kranke Tage» einberufen worden, und es ging darum, die Einwohnerschaft zum Sammeln von Heilkräutern anzuhalten. An der hinteren Wand des rotgetünchten Saales war eine Reihe von großen Abbildungen nützlicher Pflanzen befestigt, und der Drogist Reutishauser war eben dabei, die Verwendbarkeit einiger Korbblütler zu erläutern. Fachmännisch, im Thurgauerdialekt legte er die Wirkung des Rainfarns, Tanacetum vulgare, dar, der an Wegen, Feldrainen und Eisenbahndämmen in großen Gesellschaften anzutreffen sei und dessen duftende, farnähnliche Blätter und gelben Blütenköpfe ein bewährtes Hausmittel gegen Spulwürmer, Magenkrämpfe und Blasenerkrankungen seien. Ebenfalls bei Magenbeschwerden, Nieren- und Blasenleiden bewahre sich der aus dem Kraut oder den Blütenköpfen der Schafgarbe, Achillea millefolium, hergestellte Tee, während das in den Äckern so unbeliebte Unkraut des Huflattichs ein altes Mittel gegen Husten und Heiserkeit darstelle. Es enthalte jenen Schleim und einen Bitterstoff, die einen Hauptbestandteil des bekannten Brusttees bildeten.

Die Zuhörerschaft bestand vorwiegend aus Leuten gesetzteren Alters, Frauen zumeist, und viele von ihnen hatten ein Heftchen vor sich auf dem Tisch, in das sie die Erklärungen eintrugen.

Auch dieses Gelehrige, beinahe Schülerhafte der Bevölkerung sei ein neu hervortretender Zug, bemerkte Hausheer zu Jacqueline. Er lasse es sich nicht ausreden, die Leute hätten etwas gelernt. Es sei ja zwar bemühend zu denken, der Erste Weltkrieg sei eine Art Vor- oder Hauptprobe zu diesem gewesen, und es erlebe diese Generation zum zweiten Mal in fünfundzwanzig Jahren einen Krieg; aber anderseits stelle die Fruchtbarmachung von Erfahrungen unbezweifelbar ein Zeichen von Intelligenz dar. Fehler zu machen sei menschlich, denselben Fehler aber ein zweites Mal zu vermeiden, darin erblickte er den Ausweis der Klugheit. Und betrachte man, im ganzen genommen, das Verhalten von Behörden und der Bevölkerung während dieser Katastrophe, mit der rechtzeitig angeordneten Rationierung und gerechten Verteilung der Lebensmittel, den Ausgleichskassen, die den Lebensunterhalt der Familien der Wehrmänner sicherstellen, die Unkündbarkeit ihrer Arbeitsplätze – so dürfe man ohne Übertreibung sagen, es lasse sich mit den Zuständen, wie sie im Ersten Weltkrieg geherrscht hatten, nicht mehr vergleichen. Nicht nur sei von jenem berüchtigten Graben zwischen Deutschschweizern und Welschschweizern, der Anno 1914/18 so bedrohlich sich durch das Land gezogen habe, nichts mehr zu entdecken, auch die sozialen, die Klassengegensätze hätten das Feindselige verloren. Es herrsche ein Arbeitsfriede, man rede miteinander. Er könne sich nicht helfen, aber es sei etwas Großartiges, wie das Volk diesmal zusammenstehe. Geradezu begeistert blickte er den Tischen entlang, über die sich die ergrauten Frauen und Mannen beugten, um aufzuschreiben, was der Drogist Reutishauser von seinem Fachwissen preisgab.

«Vieles davon verdanken wir den Deutschen», meinte lächelnd Jacqueline. «Mit dem Jahre dreiunddreißig erst hat die alemannische Schweiz begonnen, das Joch provinzieller Hörigkeit zum Reiche abzuschütteln. Diese Nationalsozialisten kommen mir manchmal wie ein richtiger Landessegen vor. Wie der Landvogt Geßler im Tell, so hat der Hitler das Gefühl der Würde bei uns geweckt.»

«Angst hat er uns gemacht, Schiß», rief Bluntschli, der zugehorcht hatte, über den Tisch hinweg, «das ist alles. Macht euch doch nicht größer, als ihr seid.»

«Angst, ja», nickte Hausheer ernsthaft. «Wir brauchen uns dieses Gefühls nicht zu schämen. Die Angst ist ein Urgefühl, Angst lehrt beten.»

Bluntschli grinste und blickte nach vorn, an das Ende des Tisches, wo sich nun eine Menge von Leuten um den Drogisten scharten, der ihnen mit einem Stecken in der Hand die botanischen Abbildungen erklärte und Anweisungen zum richtigen Trocknen und Aufbewahren der Teekräuter gab. «Nennen Sie das beten?» höhnte er.

Es ist zu kompliziert, dachte der Pfarrer, ich kann es ihm, so aus dem Stegreif, über den Tisch hinweg, nicht erklären. Es ist mir auch gleichgültig, im Grunde genommen.

Aber Jacqueline antwortete an seiner Stelle.

«Etwas tun, Herr Kollega Bluntschli, und sei es das Kleinste, Zunächstliegende, hilft den Leuten, die Angst überwinden. Es hat die Wirkung des Gebetes, und es ist, wenn man es richtig versteht, auch eine Art des Betens. Die hierzulande gebräuchlichste Art, mit tätigen Händen.»

Die kleine, ein wenig ungepflegte Frau mit den paar blonden Strähnen, die ihr über die Stirne und in den schmalen Nacken herabfielen, errötete, weil so viele Leute am Tische zu ihr hersahen. Es ist so banal, dachte sie, aber dann sagte sie es trotzdem noch, tapfer: «Hilf dir selbst, so hilft dir Gott.»

VII. Kapitel

Für die Leute im Bahnhof war es bereits ein gewohntes Bild: ein Zug fuhr ein, der Bahnsteig füllte sich mit den abwandernden Reisenden, und dann kamen, ohne Eile, mit vollbepackten Säcken, sauber gewichsten Schuhen, ordentlich geschlauftem Lederzeug, eingefettetem Gewehr, gebräunt, rasiert, gemächlich fast, die Milizen einher, denen am Morgen das letzte «Abtreten» befohlen worden war, und die nun nach den ersten Monaten Aktivdienstes heimkehren durften. Noch einmal hatten sie die Wände des Drittklaßwagens während der Fahrt vom Ort ihrer Entlassung bis in die Stadt zusammengehalten, aber von Station zu Station waren es ihrer immer weniger geworden, die ländlichen Bahnhöfchen hatten die Soldaten gemeindeweise gesichtet und ausgesiebt, und was im Hauptbahnhof übrigblieb, bestand aus den wenigen, die in Zürich umsteigen mußten, und dem Gros derer, die auf diesem Pflaster zu Hause waren. Dann standen sie wohl, wie das Grüpplein Territorialer, von dem hier die Rede ist, auf dem Trottoir vor dem Ausgange des Bahnhofgebäudes zusammen in einem Kreis, einige schüttelten sich noch die Hände; aber die meisten strebten unauffällig und grußlos davon, die Gemeinschaft zerfiel, die neuen Bilder begannen schon zu wirken, und übrig blieben außer ein paar Vergnügungssüchtigen, die den Entlassungstag noch mit einem Abschiedstrunk zu feiern gedachten, nur die Ledigen, die keine Familie erwartete, wie Aaron, der Lehrer Albin Zollinger und der Wachtmeister Wepf. Zu sechst überschritten sie als eine lockere Gruppe den Bahnhofplatz, lässig, die Gewehre hingen ihnen ein wenig hintüber, und vor dem Restaurant Feldschlößchen auf der linken Seite der Bahnhofstraße gab es einen Halt, weil Petzold, Elektriker von Beruf und im Hottinger Quartier beheimatet, meinte, hier wäre es günstig, in diesem Lokal könnte man noch ein wenig zusammenhocken. Sie drangen dann im Gänsemarsch, Zollinger als Letzter, in die Gaststätte ein, stellten bei einem Fensterplatz die Tornister an die Wand, stellten die Gewehre in den Schirmständer und setzten sich um den Tisch. Sogleich verbreitete sich eine Atmosphäre des Wohlbehagens; die Mannen lockerten ihre Leibgürtel, einige legten sie samt Bajonett und Patronentaschen kurzweg auf das Fenstergesimse, und Petzold tätschelte pflichtgemäß die Kellnerin, während sie die Bestellung aufnahm. Obzwar es sich bei ihnen allen um Männer in der Mitte der Vierzig handelte, also keine heurigen Häschen mehr, sondern um Köpfe gelichteten oder angegrauten Haares, wurde von der Busigen in der weißen Servierschürze jener nachsichtige Umgangston gewahrt, der im Verkehr mit dem Fußvolk üblich war. Alle hoben sie ihre

Biergläser vor dem ersten Schluck, blickten sich in die Augen und kosteten dann, die Oberlippen im Schaum, den einmaligen Augenblick der Seligkeit, den ihnen das Abtreten versprochen hatte.

Zollinger und Aaron gehörten wohl demselben Bataillon, nicht aber derselben Kompanie an. Sie waren sich im Zug gegenübergesessen, und der Lyriker war ein bißchen erstaunt gewesen, einen Kameraden anzutreffen, der über ihn Bescheid wußte, die «Stille des Herbstes» und «Das Haus des Lebens» gelesen hatte. Er lachte. In der Einheit gelte er als guter Schütze am Lmg., und im übrigen halt als Lehrer, mit all dem leicht Anrüchigen und Problematischen, das dieser Beruf in den Augen der Soldaten habe.

«Ach, wie gut, daß niemand weiß,
daß ich Rumpelstilzchen heiß»,

meinte Aaron. Nein, als einen Kollegen von der Feder dürfe er sich nicht bezeichnen, beantwortete er eine vorsichtige Nachfrage des Füsiliers Zollinger, er fabriziere Drehbücher für Reklamefilme und Dokumentarstreifen, das niedrigste also auf der literarischen Stufenleiter, der sogenannten Gebrauchsgraphik gleichzustellen. Es sei aber schade, daß sie sich in den langen Monaten des Dienstes nie gesprochen hätten, sagte der Schriftsteller.

«Hast du sie denn nicht genossen», entgegnete Aaron, «diese Wochen ohne literarisches Gespräch und Gesumse? Ich stelle mir vor, dies müsse für den Redaktor der ‹Zeit› eine wahre Wohltat gewesen sein».

Zollinger wies das Innere seiner langfingrigen knochigen Hände vor, es war voller verhornter Schwielen, und die Rinnen und Hautfalten von jenem unlöschbaren Schmutz nachgezeichnet, der das Zeichen des Handwerks ist. Ja, er habe es ausgekostet, erfahren in unbegreiflicher Glückseligkeit, Bedrängnis und Sorge, Kümmerlein privater Art nicht in dichterischer Weise sublimieren zu müssen, sondern sie sozusagen vorweg wegzupickeln. Immer habe er an jenen bekannten Schriftsteller denken müssen, dessen erstaunliche Produktion sich nur dadurch erklären lasse, wie die bösen Zungen behaupteten, daß es ihm immer gelinge, die Liebesglut seiner Sekretärinnen in Schreibmaschinenarbeit umzusetzen. «Pazifismus und Antimilitarismus», rief er aus, «gibt es ein Volk auf der Erde, das diese beiden Fremdworte mit mehr Recht auf seine Fahne schreiben dürfte als das unsere! Nichts wollen wir als den Frieden, und nur wenige tun doch gerne Dienst. Aber es ist ja unser eigener, des Volkes Tagesbefehl, der uns Löcher graben und Waffenwerk tun heißt.»

Jetzt habe er wieder eine unbändige Lust zum Schreiben, ein Werk aus der Nähe und dem Duft der Heimat, ein Werk für die unsrigen, eine Lokalgeschichte, unverständlich und gleichgültig für alle anderen jenseits der Grenzen. «Was schert uns deutscher Ruhm und deutscher Tadel, was schert uns der Beifall oder das Schweigen der übrigen Welt! Wir sind im Begriffe, in unserer Abgeschlossenheit und in unserer Kleinheit die Würde, uns selbst wiederzufinden!»

Der Halbkreis der anderen Kameraden am Tische begann leise zu schmoren, mit welchem Worte hierzulande ja auch der langsame und beharrliche Genuß der Tranksame gemeint ist. Es wußte ein jeder von Streichen und listigen Siegen über Obere zu berichten, und jetzt war die Stunde des Auskostens, des lachenden Triumphes, die dem Untergebenen und zum Gehorsam Gezwungenen den innern Ausgleich und die Versöhnung gewährt.

Einer, die Bureauordonnanz Schneider, erzählte, der Fourier Asper, Organist von Beruf, sei so ein Zarter und Nervöser gewesen, daß er statt Befehle zu erteilen ein System mit Kartonpfeilen erfunden habe. Wenn er, Schneider, des Morgens ins Kompaniebureau gekommen sei, so hätte er die Briefschaften und Rapporte fein säuberlich geschichtet auf seinem Tische vorgefunden, und immer habe dabei einer jener Pfeile gelegen, der mit der Spitze auf die zu erledigende Arbeit gedeutet hätte. Es sei zum Kotzen gewesen, diese Art, mit einem Soldaten zu verkehren. Da habe er eines Tages nur eines dieser Kartondinger auf seinem Platz gefunden, ein anderes, Vergessenes offenbar, sei bloß so herumgelegen. Jetzt sei seine Stunde gekommen, habe er gedacht, einen Rotstift genommen, etwas auf den Kartonpfeil gekritzelt und ihn mitten auf des Fouriers Tisch gelegt.

«Und was hast du hingeschrieben?», drängte einer in die Kunstpause hinein.

Unter schallendem Gelächter antwortete er trocken:

«Was wolltest du mit dem zweiten Pfeil?»

Auch am Nebentisch hatten sich noch ein paar Nachzügler niedergelassen. Doch diese hatten sogleich den Jaßteppich und ein Spiel Karten sich geben lassen, und alsbald skandierte das Klopfen der Fäuste der beiden Soldaten Gespräch.

«Behalt doch deine Trümpfe nicht in der Hand, bis sie verfaulen», rief einer dem Partner zu, «auf dem Tisch müssen sie verenden!»

Albin Zollinger hielt plötzlich inne, blickte hinüber und dann Aaron in die Augen.

«Eine indische Weisheit ist das», sagte er, «die Anekdote vom Manne, der in der Jugend sein Leben erhielt, es mit der Faust umschloß und bewahrte und nicht berührte, die Jahre, Jahrzehnte hindurch, und dann» –, er machte die Bewegung mit der eigenen Hand – «als alter Mann die Finger öffnete, endlich sein Leben zu leben, da war sie leer. Auf dem Tisch müssen sie verenden.»

Er langte nach seiner Mütze auf dem Gesimse. «Es eilt, es eilt», sagte er, «nicht hier», er deutete auf seine Stirne, «müssen unsere Werke sein, wenn der große Schwamm uns auswischt, sondern auf dem Tisch.»

Aaron spürte, wie sein Herz heftig zu pochen begann. Er sah den andern seinen Tornister aufnehmen, auf den Rücken schwingen, ein Wandersmann, den sein Ziel ruft, und dann blickte er ihm nach, wie er zwischen den Tischen, leicht vornübergebeugt unter der Last, das Gewehr an der Schulter, durch die Türe auf die Straße hinaustrat.

VIII. Kapitel

Am Abend dieses 14. Mai war der Buchdrucker Weder durch die nahezu menschenleere Weinbergstraße hinaufgewandert und hatte an der Türe der Backsteinvilla von Alt Stadtrat Abt geklingelt. Er mußte eine Weile auf dem vertrauten Vorplatz warten; noch immer standen da in ihren grüngestrichenen Kübeln die beiden Oleanderstöcke, der Kiesweg des Gartens führte im Schatten der Kastanienbäume um das Haus herum, nach alter Mode war er von aufrechtstehenden, oben abgerundeten Sandsteinen gesäumt, aus der Wirtschaft an der Ecke der Kinkelstraße quakte ununterbrochen ein Lautsprecher Sondermeldung auf Sondermeldung von den Überfällen auf Holland und Belgien und dem Vorstoß in das Herz Frankreichs in die Stille hinein, eine Amsel zerrte an einem Regenwurm, der sein Erdloch nicht verlassen wollte – die eisgraue, gebückte Frau Abt schloß die Türe auf und bot mit stillen hellen Augen dem Buchdrucker den Willkomm. Sie führte den Gast durch das Wohnzimmer auf die verglaste Veranda hinaus, und auf den Korbstühlen saßen da der Hausherr und der Stadtrat Angst, und vor ihnen, auf dem kleinen Tisch, stand ein Glaskrug hellen Weins und Gläser, kaum berührt.

Sie begrüßten Weder, als hätten sie auf ihn gewartet. Seit Abt sein Amt im Gemeinderat niedergelegt hatte, war die Freundschaft der politischen Gegner nicht mehr aufzuhalten gewesen. Diese Stunde am Samstagabend, die sie miteinander auf der Veranda der Backsteinvilla verbrachten, gehörte bereits zur Gewohnheit. Aber heute, zu dieser Stunde, erübrigte sich jedes Rechten, warum die drei Männer zusammenkamen, hatte der Buchdrucker auch noch ein bestimmtes Anliegen, das ihn herführte.

Er begann auch sogleich, es zu erläutern. Mit den beiden Herausgebern der Zeitschrift «Wir», Abt junior und Reto Arquint, habe er, der den Druck besorgte, schon vor einiger Zeit die Installation einer kleinen Druckerei im Innern der Schweiz erwogen, und sich auch bereits in Göschenen oben ein Lokal eingerichtet und vorsorglich darin einen Vorrat an Papier angelegt. Auch eine kleinere Linotype-Maschine sei schon zum Abtransport bereitgestellt, denn nicht wahr, es gehe darum, geschehe was wolle, werde die Stadt Kriegszone oder gar besetztes Gebiet, das freie Wort bis zum letzten zu halten, geistigen Widerstand auch dann noch zu leisten, wenn, was der Herrgott verhüten möge, der Diktator und sein Goebbels einen Teil des Landes unter ihre Fuchtel gebracht hätten. In kleinem Format, ohne Bilder natürlich, auf Zeitungspapier gedruckt, sollte das schweizerische «Wir» nicht nur herwärts der Feuerlinie, sondern über sie hinaus, wo dann vielleicht unter den Landsleuten schon die SS und die Gestapo wüteten, auf geheimen Wegen geschmuggelt oder aus Flugzeugen abgeworfen, den Glauben, die Zuversicht und den Freiheitswillen stärken und aufrechterhalten. Ein ganzes Programm hätten die beiden und auch er, der Drucker, für diesen Fall ausgearbeitet und alles verfügbare Geld bereitgestellt und auf die Urner Kantonalbank überwiesen. Nun seien sie aber, trotz all diesen Maßnahmen, von der zweiten Generalmobilmachung überrascht worden, die beiden Herausgeber bereits wieder zu ihren Einheiten eingerückt, an Beurlaubung nicht zu denken in den nächsten Tagen – und nun stehe er, Weder, da in einem nagenden Zwiespalt und könne sich nicht entschließen. Solle er die Überführung und Einrichtung der Druckerei im Reußtal oben betreiben, oder solle er den Verlauf der Ereignisse abwarten, die sich nun so blitzartig überstürzten. «Geschieht das Furchtbare in dieser Nacht, so ist es zu spät», sagte er leise und wischte sich mit dem Taschentuch den Schweiß vom Gesicht.

Sie, die Sozialdemokraten, erläuterte Angst nach einer Weile, hätten ähnliche Vorkehrungen getroffen, allerdings hätten sie dabei den Vorteil, sich auf die kantonalen Parteien und ihre lokale Presse stützen zu können. Gehe das «Volksrecht» ein und werde der Sitz der Redaktion und der Druckerei – natürlich zum Mißbrauch und zur Herausgabe eines nationalsozialistischen «Volksrechts» in genau gleicher Form – besetzt, so übernehme in einem der noch unbesetzten Landesteile ein kantonales Parteiblatt automatisch die Funktion des Landesblattes. Und soviel er wisse, hielten es die anderen Parteien gleich.

Jetzt, in dieser Stunde, an diesem Tag, meinte Abt, sei wohl der Abtransport der Maschinen nicht mehr zu bewerkstelligen, da die Bahnen militärisch überbeansprucht, die Straßen verstopft oder gesperrt seien und es an Arbeitskräften fehle.

Sie sahen, daß Weder noch nicht alles gesagt hatte. Nun seien aber heute nachmittag die Kinder der beiden Herausgeber bei ihm in der Druckerei erschienen, der sechzehnjährige Töni Arquint und die kleine Schwester Piorina sowie der zwölfjährige Hansjürg Abt – «ja eben euer Enkel», und hätten sich anerboten, ihm beim Abtransport der Maschine zu helfen. Daraus ersehe er, daß die beiden Herausgeber mit dieser Dislokation rechneten. Einen wenn auch nicht mehr vollwertigen Camion, der eben seines Alters wegen nicht requiriert worden sei, hätte er noch zur Verfügung, und ihn bis nach Göschenen hinauf oder zum mindesten bis nach Altdorf in dieser Nacht zu steuern, das würde er sich noch zutrauen. Die Schwierigkeit sei eigentlich das Laden der Maschine auf die Wagenbrücke, wohl sei ein Kettenzug und ein Kran vorhanden, aber es fehle an Personal, alles sei eingerückt.

«Wenn wir drei alten Mannen, die Großväter, und die Kinder, die Enkel, uns zusammenspannen würden», fügte er nach einer Weile, halb lachend in seinem Ernst hinzu, «so könnte man es vielleicht doch schaffen.»

Er wäre sogleich dabei, rief Angst, als ehemaliger Typograph wüßte er sicherlich noch ein wenig Bescheid. Daran fehlte es auch ihm nicht, sagte der ehemalige Stadtrat, aber er würde von dem Versuch doch eher abraten.

«Seit heute mittag ist die ganze Armee im Alarmzustand, die Tankhindernisse auf den Straßen errichtet, die Brücken zur Sprengung bereit, und es hat ein großer Auszug der Zivilbevölkerung nach der inneren Schweiz eingesetzt. Wenn etwas geschieht, so in dieser Nacht oder beim Morgengrauen. Angenommen, ihr wäret mit eurem Camion unterwegs, mitten in der begonnenen Schlacht, auf den Straßen, über die die Stukas hinwegrasen und mit Maschinengewehrfeuer belegen, bis sich darauf nichts mehr regt – der Camion und die Druckereimaschine blieben irgendwo in einem Straßengraben liegen, von dem, der ihn führte, und denen, die mitgefahren wären, gar nicht zu reden. Dafür ist es heute zu spät.»

Die alte Frau und die drei Männer auf der Veranda mit den Kringeln, die die sinkende Sonne durch das Laub der Bäume an die Wand warf, schauten vor sich hin, und eine lange Weile redete keiner ein Wort.

«So grausam es zu sagen ist», bemerkte Angst nach einer Weile, «wenn es den deutschen Panzern gelingt, durch den Ardennenwald zu stoßen, dann haben wir wohl für den Augenblick nichts zu erwarten, trotz den zwanzig Divisionen, die zwischen Ulm und dem Schwarzwald bereitstehen.»

«Du bist noch gut orientiert», meinte Abt.

«Sehr gut; es gibt auch draußen noch aufrechte Genossen. Wir konnten unserem Nachrichtendienst sogar von bereitgestellten Schlauchbooten berichten.»

Die alte Frau Abt hatte sich erhoben und war still in die Wohnung gegangen. Jetzt kam sie mit einer Aluminiumpfanne, Tellern und Besteck zurück und einer Schale voll geraspeltem Meerrettich.

«Wienerli?», rief Weder, und die greise Hauswirtin lächelte. Er betrachtete die rosigen Würstchen im dampfenden Wasser. Vom Umgang mit den feuilletonistischen Familienblättchen, die in seiner Offizin hergestellt wurden, war eine leicht literarische Art, die Dinge zu betrachten, an ihm hängengeblieben. Wie manchmal während der letzten drei Jahrzehnte bin ich auf dieser Veranda gesessen, dachte er, bei sogenannten privaten, interfraktionellen Besprechungen, als Abgesandter der Demokratischen Partei, mit dem Stadtrat Neidhart selig zusammen und später als Freund des Abtschen Ehepaars, und immer, wenn die Zusammenkunft sich hinausdehnte, brachte sie uns einen improvisierten Imbiß, Fleischkäse, Aufschnitt oder Wienerli. Ach, was wissen wir voneinander? Da wirkt so eine stille Frau ohne Aufhebens, ist Mutter, wird Großmutter, eine starke und heimliche Kraft, und alles, was uns von ihr haften blieb, sind die paar heißen Würstchen, die sie uns auftischt. Damit tritt sie einen Augenblick vor den geheimnisvollen Vorhang, der ihr Leben bedeckt, eine Pfanne mit dampfendem Wasser in der Hand, und dann verschwindet sie wieder – und nichts wissen wir von ihrer Welt.

Angst hatte sogleich seine Brieftasche gezogen, einen Mahlzeitencoupon von seiner Karte getrennt, und Weder ahmte ihn nach. Aber es wurde abgewiesen, mit Lächeln.

Von der Wirtschaft herüber quäkte noch immer das Radio und fand ein Echo hinter den Nachbarhäusern, wo auch so ein Ding in Betrieb war.

Als sie gegessen hatten und die Sonne gesunken war, saßen die drei Männer im heraufkommenden Dämmer, im Dunkel, in dem das Glühen der Stumpen immer stärker aufleuchtete. Kühle stieg aus dem Garten herauf. Irgendwo zwitscherte noch ein Vogel, und ohne Vereinbarung wurde es offensichtlich, daß keiner der Gäste an Aufbruch dachte, daß sie zusammenbleiben wollten. Durch die Weinbergstraße zogen militärische Kolonnen; sie erhoben sich, durchquerten die Wohnung, stellten sich an das Gartentor, und dann sahen sie sie herankommen, vorüberziehen, ein ununterbrochenes Wellen von gebukkelten Stahlhelmen, unter denen im Lichte der Laternen die jungen Gesichter aufschimmerten, Reihe um Reihe, unförmige Tornister auf dem Buckel, Leutnants mit aufblitzenden Taschenlampen in der Hand, liefen den Kolonnen entlang; es wurde nicht mehr viel gesprochen. Eintönig widerhallten die Schritte auf dem Pflaster, Leder ächzte, Metallteile klirrten. Unter der Kirche Unterstraß war offenbar Marschhalt, die drei Mannen sahen, wie die Soldaten dort die Straße räumten, in die Anlagen hineintraten und den Lastwagen Platz machten, die mit den von Blachen bedeckten Obergestellen als eine unabsehbare Reihe schwarzer Ungetüme vorbeirasselten.

Nach Mitternacht wurde es wieder stiller. Die drei bestandenen Herren kehrten ins Haus zurück. Die Veranda war aufgeräumt, die Türflügel standen geöffnet, über dem Tisch im Zimmer brannte die Hängelampe. Frau Abt brachte Kaffee herein.

«Ich nehme an», sagte Abt, «es sitzen in dieser Nacht noch mehr so Alte wachend um einen Tisch herum. Jetzt ist es eine Stadt von Großvätern, Kindern und Frauen; die Landeskraft ist draußen. Wir können ja nichts mehr tun.»

«Meine Flinte ist auf alle Fälle noch bereit und geladen», sagte Angst.

«Meine auch», sagte Weder.

Abt deutete zur Ecke beim Wandschrank hinüber, dort lehnte ein langes Ordonnanzgewehr, Modell 1898, und am Bajonetthaken, unterhalb der Mündung, hing ein Leibgurt mit vier Patronentaschen.

«Das letzte Aufgebot», lachte Weder.

«Ich weiß nicht», meinte Abt nach einer Weile, «vielleicht sollten wir nicht schießen, wenn es so weit kommt.»

Mit gerunzelten Brauen schauten ihn die beiden andern an.

«Ich meine, sollte das Unglück einer Besetzung auch uns nicht geschenkt werden, so müßten noch einige da sein, die das Feuer, die Hoffnung, den Geist wachhalten. Vielleicht wäre das mehr wert, als wenn wir noch ein paar Schwaben niederknallen.»

Als Frau Abt mit einem «es wird frisch» die Türe zur Veranda zustoßen wollte, winkte ihr der Ehemann ab. «Laß offen, Anna, wir müssen es doch hören, wenn die Bomber kommen.» Sie lauschten dann auch wirklich ein paar Atemzüge lang, doch nur die Stille antwortete aus der Nacht. Sie rückten ihre Stühle mählich aus dem Lichtschein der Lampe, als spräche es sich besser im Schatten.

«Die Schweiz ist mehr als ein Territorium», sagte Abt, «darum kann sie durch eine militärische Eroberung allein nie untergehen. Jeder Kanton ist eine Schweiz, jede Talschaft, jede Gemeinde und jeder Mann in der Gemeinde. Um sie zu töten, müßten sie alle töten, drei Generationen, da sie das Bild unserer Menschenordnung Schweiz in sich herumtragen.»

«Du willst sagen, sie sei eine Idee», fragte Weder.

«Das eben nicht», entgegnete der ehemalige Stadtrat. «Das scheint mir künstlich wie die Trennung von Inhalt und Form in den Schulaufsätzen. Oder wie wenn man sagt, wir hätten eine Mission, einen Auftrag. Unser Auftrag ist einfach das Dasein.»

«Einfach dasein, irgendwie?» zweifelte Angst.

Abt antwortete lange nicht.

«Was wir sehen», sagte er endlich zögernd, «in der Vielfalt der pflanzlichen, der tierischen Form, in der Geologie, der Geschichte, es erscheint uns flüchtig, willkürlich wie die Züge einer Handschrift. Manchmal denkt man dabei, es könne so, aber es könne auch anders sein. Man könnte eine Stadt so bauen oder auch anders, die Straßen so ziehen, die Bahnhöfe dahin verlegen, die Brücken verschieben, Hügel abtragen, neue errichten – nach unserer Vernunft, unserer Logik – eben nach der sogenannten Idee. Das ist es eben nicht. Unser Planen selbst ist ja auch ein Teil des Wachstums. Ein lebendiges Wesen wie ein Land, ein Volk, eine Stadt wächst immer ins Unbekannte. Mit jedem Schub scheinen sich die Bedingungen, die Möglichkeiten zu verändern. Aber wachsen die Bäume nicht in den Himmel, so doch auch nicht die Kronen abwärts in den Boden. Größe und Form werden wie zwischen unsichtbaren, aber stahlharten Schienen. Sie haben nur die zwei Möglichkeiten: entweder sich selbst zu gestalten oder zu sterben.»

«Ich sehe noch nicht recht, wo du hinauswillst, Walter», bekannte Weder.

«Solange in einigen der viereinhalb Millionen Menschen dieses Landes das Leitbild Schweiz lebt, so lange lebt die Schweiz. Ich will sagen, weder mit Panzern noch mit Flugzeugen, mit Brand, Mord, Besetzung und Unterdrückung kann man sie ausrotten.»

«Also ist sie doch Geist, Idee», beharrte Angst auf seinem Gedanken.

«Eine Ulme, eine Föhre, eine Katze – das sind doch keine Ideen», rief Abt. «Uns alle müssen sie ausrotten, wenn sie die Schweiz vernichten wollen, mit dem militärischen Sieg, mit der Eroberung ist es nicht getan.»

«Aber das Land haben sie dann», meinte Weder.

«Doch dann ist es nicht mehr die Schweiz», warf Angst ein.

«Richtig, Emil. Die Schweiz ist nicht unsterblich. Wir, unsere Kinder sind die Schweiz. Mich dünkt, das macht uns den Kampf, das Opfer so annehmbar: daß nach uns die Schweiz nicht mehr sein wird. Sie können sie ausrotten, aber sie können sie uns nicht nehmen.»

«En attendant», machte der Magistrat, und konnte ein Gähnen nicht unterdrücken, «wollen wir alles tun, damit es für sie nicht ganz ungefährlich ist, wie einmal ein Biedermann Anno 1920 zu Thomas Mann gesagt hat.»

Die alte Frau kam mit Wolldecken herein; sie legte jedem der drei Männer sorglich eine über die Knie. Es war kalt geworden, die Tassen leer, die Stumpen erloschen, und mehr und mehr glich das Zimmer einem Wachtlokal. Angst war auch wirklich eingenickt. Die andern schwiegen. Einmal erhob sich Abt und trat auf die Straße hinaus. Wieder zog dunkel und still Fußvolk stadtauswärts der Senke am Milchbuck zu, mit ächzendem Leder und klingelndem Metall. Im Hereinkommen löschte er die Lampe. Die Stunden vergingen.

Es war Weder, der aufschreckend das blasse Grün des Morgenhimmels hinter den Bäumen bemerkte. Er trat leise auf die Veranda hinaus. In der Talmulde summten die Eisenbahnzüge. In allen Gärten der Nachbarschaft zwitscherten die Vögel. Die Helligkeit nahm rasch zu. Irgendwo klingelte ein Straßenbahnwagen.

«Jetzt hätten sie da sein müssen», sagte Abt. «Für heute ist es nichts.»

Weder wandte sich um. Die beiden anderen Männer mußten schon eine Weile hinter ihm gestanden haben. Sie sahen alle drei übernächtig aus, das Haar zerzaust, mit einem weißen Schimmer um das Kinn.

«So, und jetzt trinken wir einen Kaffee», sagte die alte Frau Abt unter der Türe, «kommt herein.»

Fünftes Heft

I. Kapitel

Der Wohnraum in der Baracke Merklis unter dem Bogen des Bahnviadukts war nicht unbehaglich. Vermittelst beteerter Bretter und eines Stückes Dachpappe hatte er vor der Glastüre, zu der zwei Holzstufen emporführten, einen Windfang gezimmert. Während der Sammelfahrten ausgeschiedene, noch verwendbare Gegenstände bildeten die Einrichtung seiner Behausung: ein Spiritusherd mit zwei Kochflammen, ein breites Eisenbett mit reicher Verzierung durch Messingkugeln, ein aus Weiden geflochtener Lehnsessel, ein runder Gartentisch, zwei abgewetzte Teppiche, ein türenloser Kasten, durch ein grünes Tuch verhängt, auf dessen Tablaren er das Geschirr verwahrte. An den Holzwänden waren einige Konsolen befestigt, und sie trugen Kunstgegenstände aus der Zeit der Jahrhundertwende, die Merkli zu schade dünkten, um dem Schmelzofen geopfert zu werden, kleine Statuen aus Bronze, ein nacktes Mädchen, das einem Reh eine Schale zum Trinken bot, eine andere unbekleidete Frauengestalt, die über einer Bonbonnière stand, gegossene Metallvasen und eine große Menge von Nippesfiguren, Chinesen, ein Buddha, ein zierlicher Kaminfegerjunge, eine Büste Zolas, ein winziger dreiteiliger Paravent aus Photographien gebildet, die die französische Schauspielerin Sarah Bernhardt darstellten und durch rote Seidenbänder zusammengehalten wurden. Selbst ein großes goldgerahmtes Gemälde hing an der Wand, den von den Erinnyen verfolgten Orestes darstellend, der, nur mit einem hellblauen Lendentuch bekleidet, vor drei erschreckenden Gestalten mit rachegierigen Gesichtern in einen dampfenden Hades hinabflüchtete. Merkli allerdings behauptete, die drei Weiber versinnbildlichten die Steuerbehörden, die dem davoneilenden Pflichtigen auch noch das letzte Hemd vom Leibe reißen wollten.

Seine Art des Wohnens im vorderen Teile des Lagerschuppens hatte zwar behördlicher Einmischung gerufen; ohne Wasser und ohne Strom entsprach die Behausung in keiner Weise den hierorts geltenden hygienischen Anforderungen; aber dann, als der Krieg ausgebrochen war und die Organe des städtischen Gesundheitsamtes von größern Dingen beansprucht wurden, sank Merklis improvisierte Wohnstätte erst in den Zustand provisorischer Duldung, dann in jenen der Vergessenheit hinab. Schließlich stand der Altstoffhändler im Dienste der nationalen Aufgabe des Durchhaltens. Eine mächtige schwarzgefleckte Dogge, Achill mit Namen, ein dem Abdecker zugedachtes Tier, räudig und skrophulös gewesen, das Merkli auf einer seiner Fahrten mitgenommen und dann aufgepflegt hatte, bewachte den eingefriedeten Lagerplatz. Es kannte das Geräusch der Camionette so genau, daß es hinter dem Holzzaun zu winseln begann, wenn Merkli mit seinem Gefährt den Sihlquai herabgerasselt kam.

Nicht weil der Altstoffhandel so florierte, fühlte sich August Merkli in dieser Zeit zufrieden und auf der Höhe, vielmehr beruhte diese eigenartige Empfindung des Zuhauseseins in der Gegenwart vom Anhauch des Außergewöhnlichen und leicht Abenteuerlichen her, den das Leben erhalten hatte. Das Irreguläre, Abseitige, verhüllt Romantische war sein Element. Die Fahne des Anarchisten, die sein Vater, der Magaziner, angeblich verwahrt hatte, wehte am Mast seines Lebensschiffchens. Unter ihrem heimlichen Flattern kolportierte er als Schulknabe die verbotenen antimilitaristischen Broschüren «Die Friedensglocke» und den «Hofhund des Kapitals», sie hatte ihn begleitet, wenn er sich auf seinem Velo als Gelber Radler durch die Straßen der Stadt schlängelte. Er spürte ihr Wehen im undurchsichtigen und illegalen Gehabe Hollbergers, des Direktors der Alimpex, in seinen Spekulationen auf den Zusammenbruch des französischen Frankens, beim Kartenspiel im Café Passage. Die luxuriös eingerichtete Junggesellenwohnung an der Dufourstraße selbst, die er innegehabt hatte, war nichts anderes als ein bürgerlicher Paravent seiner Gesetzlosigkeit gewesen. Im spanischen Bürgerkrieg, auf seinen Fahrten mit der rostenden und abblätternden Camionette und der Wohnstätte in der Baracke am Pfeiler des Bahnviaduktes fand er die Farben und Formen einer Umgebung wieder, die seinem inneren Bilde gemäß waren. Seiner Verwundung wegen militärfrei geworden, konnte er abseits und unbehelligt das Leben nach seinem Geschmack führen, bis in den Tag hinein schlafen, in den Nächten durch die Straßen der Stadt schlendern, verbotenerweise auf dem Damm zwischen der Limmat und dem Lettenkanal fischen, und die Zeit war vorbei, da er in seiner Baskenmütze und seiner zerschlissenen Lederjacke auffiel; alle Leute trugen nun ihre Kleider aus, und eine Mode gab es wohl nicht mehr. Im Schatten der großen Ereignisse führte er, wie viele Außenseiter seiner Art, ein behagliches und freies Leben, in der freudigen und ferienhaften Stimmung von Schülern, deren Lehrer erkrankt war.

Trat er am Morgen, zerzausten Haares, von der Dogge umsprungen, auf die dünne Schneedecke hinaus, die den Lagerplatz bedeckte, so winkte er zu den Soldaten hinauf, die oben, dem Geländer des Viaduktes entlang, auf dem Bahndamm patrouillierten. Dann fütterte er das Tier, wusch und rasierte sich am Wassereimer hinter der Hütte, wärmte sich zum Frühstück das Ragout einer Katze auf, die er erlegt, enthäutet und in eine Beize gelegt hatte, wirtschaftete im Wohnraum, werkte im Schrottlager herum, schlenderte dem Dammweg entlang bis zur Limmatstraße, um sich eine Zeitung zu kaufen, und dann stellten sich meistens die Besucher ein. Wohl besaß er noch ein Fäßchen Benzin, aber er sparte damit. Auf Handwagen brachten ihm die Kunden nun die Ware vors Haus, und dann hantierte er mit der Waage, den Vorschriften über Höchstpreise und dem ledernen Geldbeutel auf dem Werkplatz, derweil Achill, an die Kette gelegt, die Eindringlinge ununterbrochen anbellte.

Doch nicht nur Besucher geschäftlicher Art stellten sich ein. Eines Nachmittags war Jonny Morf gekommen. Es ging ihm in dieser Zeit des stillgelegten Automobilverkehrs nicht besonders gut. Den Leuten Wagen zu verkaufen, die sie nicht benutzen konnten, fiel selbst ihm schwer. Eine Zeitlang hatte er, in Zusammenarbeit mit einer Privatbank, Belehnungen von tadellosen Privatwagen vermittelt, die in herrschaftlichen Garagen gepflegt, aber nutzlos herumstanden; doch sank das Geschäft rasch zusammen, weil nicht der Zustand der Abnützung der Gefährte, sondern der Jahrgang ihrer Fabrikation die Höhe der Beleihungssumme bestimmte. Außerdem mußte auch immer die militärische Requisition befürchtet werden. Seit Rubens Abreise war die Spielgesellschaft in der Höhle des Passage-Cafés im Zerfall begriffen. Der Schauspieler Kipferl hatte nach Linz zurückkehren müssen, und der neuen Spielergeneration, die sich einfand, mangelte es an Schwung und Wagemut. Sie hatten die Einsätze herabgesetzt und Regeln erfunden, die den Partien den Reiz des Unlimitierten nahmen, Merkli und Morf sprachen bereits von den denkwürdigen Zeiten, da einer an einem Abend mit hundert Stutz Rebbach sich vom Tischli erheben konnte und die nun vorbei waren. Es war für Merkli ein schönes Gefühl, dem ehemaligen Spielgenossen, der ihm den Rickenbaker-Torpedo verkauft hatte, mit zwanzig Franken aushelfen zu dürfen. Sie verbrachten den Abend kartenspielend in der Baracke, beim Schein der Petrollampe. An der leeren Holzwand, zwischen den beiden Fenstern, hatte Merkli mit Kreide ein paar Daten hingeschrieben: «Narvik», «10. Mai, Angriff auf Belgien und Holland», «11. Mai, zweite Generalmobilisation», «Kriegserklärung Italiens, 10. Juni», «Bombardierung Londons», «25. Juni, Waffenstillstand mit Frankreich», darunter immer wieder in einer langen Kolonne, «London», immer kleiner die Schrift und die Daten verwischt.

Auch der Arzt Bluntschli stellte sich an einem winterlichen Vormittag ein. Er war mit den Jahren ein richtiger Spaziergänger geworden, immer noch hochgewachsen, schlank; doch war das Herausfordernde aus seinen Gesichtszügen verschwunden. Die Wangen zeigten eine Mulde, gleichsam unter einem Sog von innen, wie die dicken konvexen Brillengläser. Zwar gehörte er der Kommunistischen Partei schon längst nicht mehr an, und er hielt sich darauf etwas zugute. Er war Revolutionär geblieben, in Permanenz, und den nationalen Zauber der Russen machte er nicht mit. Trotzdem hatte ihm der Freundschaftspakt zwischen Stalin und Hitler einen solchen Schlag versetzt, daß selbst Merkli etwas wie Mitleid verspürte, als er seiner, jenseits des Lattenzaunes, von Achill angeheult, ansichtig wurde.

«Das bist doch du, A. Merkli, Altstoffe?», fragte Bluntschli grinsend und auf die Tafel über der Türe der Baracke deutend. Die Dogge wedelte, sobald die beiden miteinander sprachen. Merkli entriegelte das Törchen, Bluntschli betrat das Areal, blieb vor dem Schuppen stehen, schaute sich um. Der Schnee war im Schmelzen begriffen, das Wasser tropfte vom Dach; den Gestängen des Alteisenhaufens, an den Steinquadern des Pfeilers, den Scheiben des Windfangs rieselten Bächlein herab, Tümpel standen in der rostroten Erde des Werkplatzes. Merkli trug eine sonderbare Jacke von grüner Farbe, den ehemaligen Waffenrock eines Kavallerieoffiziers, ohne Stehkragen und Epauletten, in die Taille geschnitten, und dazu die

Baskenmütze. «Das reinste Szenarium zu einem französischen Film», meinte Bluntschli. «Es geht dir also gut, wie ich sehe?» Der Knochen tue ihm manchmal noch weh, antwortete Merkli, und sie traten in den Wohnraum. «So also hausest du nun? Gar nicht übel. Wenigstens frei.» Der alte Arzt saß auf dem knarrenden Rohrstuhl, bot Merkli eine Zigarette an. Der hatte zwei ungleiche Gläser auf die runde Platte des Gartentisches gestellt und schenkte Kirsch ein. Im Ofen schwelte feuchtes Abfallholz von Baugerüsten, im Gebälk über der Holzdecke pfiff der Wind; es war nicht unbehaglich.

Nichts Besonderes habe ihn hergeführt, sagte Bluntschli, er wandere gern durch die Stadt, und da er von seinem Kommerz gehört habe, habe er einmal diese Richtung genommen. Nachdenklich blickte er Merkli ins Gesicht. «Magst dich noch erinnern, wie ihr Anno acht jeweils zu mir gekommen seid, eine ganze Bande Außersihler Buben, die Heftlein zu holen, die ihr in die Briefkasten stecken und an die Rekruten bei der Kaserne verteilen solltet?»

«Der Hofhund des Kapitals», lachte der Altstoffhändler.

«Über dreißig Jahre ist das nun her», machte Bluntschli.

«Und jetzt müssen wir noch froh sein, daß wir Soldaten und Gewehre haben und es uns nicht geht wie den abgerüsteten Dänen», antwortete Merkli. «Dafür haben sie den Schwaben im Land.»

«Du auch», schnödete der Gast.

Merkli knöpfte seine Joppe auf. «In unserer Brigade hatte es Polen und zwei russische Offiziere, und es hieß, es sei ein Kampf der Proleten gegen die Phalangisten und Faschisten, und auf der anderen Seite, bei Franco, hatte es Deutsche mit Messerschmitt-Maschinen und Mörsern von Krupp. Und jetzt haben die Russen einen Freundschaftspakt mit den Nazi abgeschlossen und fallen über die Polen her. Säuhäfeli-Säudeckeli, das ist meine Ansicht, wenn Sie es wissen wollen, Herr Doktor Bluntschli.»

Nachher tat es ihm dann fast leid, das gesagt zu haben. Er hat keinen Boden mehr unter den Füßen, dachte er, als er sah, wie der alte kommunistische Denker hinter seinen dicken Brillengläsern sich eine Haltung zu geben versuchte. «Sie sind noch nicht bereit, sie müssen Zeit gewinnen», erläuterte der, «das hat man ja gesehen in ihrem Krieg mit den Finnen. Sie denken halt nicht moralisch, sie denken nützlich.»

«Genau wie Hitler», rief Merkli.

Er hatte die Jacke über die Lehne seines Stuhles gehängt. An der inneren Seitentasche war eine kleine Etikette aus hellem Stoff angenäht, in verwaschener Schrift war darauf zu lesen «Lt. Bringolf selig». Keiner der beiden beachtete sie, und keiner hätte zu sagen gewußt, was es damit für eine Bewandtnis hatte.

«Dich auf alle Fälle, Zigeuner und Sohn eines alten Anarchisten, hat die Stadt noch in ihre Dienste zu spannen verstanden», meinte Bluntschli nach einer Weile grinsend. «Es ist schon unglaublich. Aber wenigstens kannst du dabei als freier Mann leben und riskierst nichts.»

Einige Tage später, am Abend des 22. Dezember, vor Beginn der Verdunkelung, warfen englische Flugzeuge irrtümlicherweise acht Spreng- und einhundertsechzig Brandbomben über die Stadt ab; zwei Gebäude wurden zerstört und an einer großen Anzahl anderer beträchtlicher Schaden angerichtet. Der Angriff hatte dem großen Bahnviadukt gegolten, der das Industriequartier mit Wipkingen verband. Er wurde getroffen und stark beschädigt; elf Personen wurden verletzt; in Höngg fand man später unter den Trümmern noch die Leiche einer Frau. Zu den Verletzten gehörte auch Merkli. Zwar rührte die Wunde an der Hüfte nicht vom Splitter einer Bombe her, doch waren aus dem Bahndamm, unter der Wucht der Explosion, einige Quadersteine des Pfeilers herausgeschleudert worden. Einer von ihnen durchschlug das Dach des Schuppens und traf den Altstoffhändler, der dabei war, am Spiritusherd eine Taube zu braten. Es sei gewesen, als wäre es der alten Wunde aus dem spanischen Bürgerkrieg langweilig geworden, spottete er später im Kantonsspital.

II. Kapitel

Aaron stellte bei sich allerlei Betrachtungen an über die Technik der Begegnungen, über die Art des Verhaltens, wenn sich im beruflichen Leben zwei Männer zum ersten Mal begegnen. Dieser Herr Doldo, der Geschäftsführer einer Filmverleihfirma, hatte sich, als Aaron in das Zimmer trat, von seinem Sessel hinter dem Pulte ein wenig erhoben, aber die ausgestreckte Hand bot er nicht zum Gruße, sondern sie deutete auf einen Stuhl ihm gegenüber. Er mochte um ein weniges älter sein als Aaron; er war ein Rundschädler, dichtes, dunkles, aber kurzgeschnittenes Haar saß ihm wie ein Maulwurfspelzchen auf dem Haupt; die starke Nase und die aufgeworfene Unterlippe erinnerten den Besucher an eine Büste Neros. Dunkel erinnerte sich Aaron seiner. Irgendeinmal hatte sein Onkel Léon mit ihm zu tun gehabt, eines Bilderhandels wegen, doch war der Herr nicht Käufer, sondern Vermittler oder Sachverständiger gewesen.

Ja, also die Gesellschaft trage sich mit dem Gedanken, neben dem Verleih auch die Produktion von Filmen aufzunehmen, und dabei hätten sie sich Aarons erinnert, der ja, wenn er, Doldo, sich nicht irre, als Drehbuchautor verschiedener Dokumentarfilme gezeichnet habe, die an der Landesausstellung vorgeführt worden seien.

Um was für eine Art von Filmen es sich denn handle, fragte Aaron. Um einen Spielfilm, und zwar um einen humoristischen, in dem dem bekannten Komiker Edi Gumpert die Hauptrolle zugedacht sei. Diese Auskunft klang einigermaßen überraschend, weil sie mit völlig ernstem Gesicht und beinahe lauernden Augen erteilt wurde, denn im allgemeinen, wenn die Leute über den Humoristen Gumpert sprachen, huschte unwillkürlich, wie ein ferner Anhauch, etwas Lustiges und Lachendes über ihre Züge. Nein, effektiv sei dies der erste Film, den sie herzustellen beabsichtigten, beantwortete Doldo die Frage Aarons; es hätte eine Erweiterung und die Kapitalerhöhung in der Gesellschaft stattgefunden. Ein Schweizer Film, ein Dialektfilm sollte es sein, der Kontrakt mit Gumpert sei bereits abgeschlossen, und nun möchten sie also ihn, Herrn Reiß anfragen, ob er ihnen zuerst eine Idee und später dann das Drehbuch liefern könne. Nein, kein Beiprogrammfilm, ein abendfüllender.

Das wäre ein sehr großer Auftrag, überlegte Aaron, der ordentlich Geld einbrächte. Etwas Unerwartetes, der Anfang einer gehobenen Laufbahn vielleicht. Aber das Ganze kam ihm merkwürdig vor. Die Türe öffnete sich, und ein kleiner gedrungener Mann kam herein, der Aaron bekannt vorkam. Er trug ein kleines schwarzes Schnäuzchen, das über der Lippe einen schmalen ausrasierten Raum freiließ. Er setzte sich still auf einen Fauteuil im Hintergrund, schlug die Beine übereinander und steckte sich eine Zigarette an. «Herr Zott, mein Mitarbeiter», bemerkte Doldo nebenbei. Ah, das ist ja der, der immer so in Russenstiefeln herumlief und einem Pullover mit einem Rollkragen, der ihm bis zum Kinn hinaufreichte, erinnerte sich Aaron.

Vor allem müßte er, Herr Reiß, einmal eine Ideenskizze ausarbeiten mit einer Hauptrolle für Edi Gumpert. Das sei natürlich ein sehr vager Ausgangspunkt, meinte Aaron lächelnd. So über eine allgemeine Tendenz müßte man sich vorerst doch aussprechen.

«Die Leute sollen einfach lachen können, sich amüsieren, populär, aus dem Leben gegriffen», erläuterte Doldo. «Schauen Sie einmal, nehmen wir an, in einigen Monaten, in einem Jahr laufen hierzulande die Leute ein wenig bedrückt herum, und dann wären sie für eine Stunde Aufheiterung und Vergessen sehr dankbar. Selbstverständlich müßten Sie in Ruhe arbeiten können, und wir würden Ihnen deshalb einen entsprechenden Vorschuß geben.» Er hatte sich gebückt und aus einer Schublade seines Schreibtisches ein Scheckbuch hervorgeholt, das er vor sich auf die Platte legte.

Aaron glaubte nicht richtig verstanden zu haben.

«Wie ist das», fragte er mit krauser Stirne, «in einigen Monaten, in einem Jahr?»

Der Geschäftsleiter wechselte mit Zott einen Blick. «Ja, also wir wollen uns doch nichts vormachen, wenn die Geschichte mit Rußland erledigt ist und wenn das so weitergeht wie bis jetzt, wird das in kurzer Zeit der Fall sein, dann hat doch diese ganze Soldätlerei bei uns keinen Sinn mehr in der neuen Ordnung Europas, dann werden halt auch wir, ob es uns nun angenehm ist oder nicht, in den sauren Apfel beißen müssen. Sie verstehen schon, was ich meine.»

Aaron hatte sich erhoben und an das Fenster gestellt. Man konnte von ihm aus auf den Bahnhofplatz hinblicken. Das Pflaster lag in greller Sonne. Nur vereinzelte Fahrzeuge waren zu sehen, die Leute waren von kurzen Schatten begleitet. Auf dem Gebäude des Warenhauses Globus auf der Papierwerdinsel wehte eine Fahne. Dort, auf der Hinterseite des Gebäudes war die eiserne Treppe gewesen, die der Knabe emporgestiegen war und die zum Panoptikum führte, wo man an Wachsmodellen in natürlicher Größe die Verheerungen der Syphilis studieren konnte. Dahinter, am Hang, zwischen den dunkelgrünen Baumkronen, war der nördliche Flügel des Polytechnikums noch zu sehen. Es bedurfte keines großen Aufwandes an

Vorstellungskraft, sich die behelmten Patrouillen der deutschen Wehrmacht in das Bild hineinzudenken.

«Ich kann Ihren Auftrag nicht annehmen», sagte Aaron, den Hut in der Hand. Jetzt erst, stehend, bemerkte er die Zeitschriften, die auf dem Schreibtisch Doldos lagen. «Das Reich» und das «Signal».

Er schlenderte über den Platz, warf einen Blick auf die Aushängeschilder der Zeitungsverkäufer; in Afrika war ein wenig Ruhe eingetreten, in Rußland ging der deutsche Vormarsch weiter. Der angebrochene Vormittag lud zum Vertrödeln ein. Am Geländer des Bahnhofquais standen ein paar Leute und blickten auf den Flußarm hinab, der hier an der Globusinsel vorbeifloß. Die Schleusen unter der gedeckten Holzbrücke waren halb geöffnet, das Wasser sprudelte in grünen Wülsten zwischen den Pfeilern herab, in der Gischt und den Wirbeln am Fuße des Falles tanzte ein flacher Waidling des Pontonierfahrvereins, und hemdärmlige Männer übten sich in der Handhabung von Rudern und Stacheln. Unter der Marquise der Sonnenterrasse des Warenhauses am jenseitigen Ufer bedienten weißjackige Kellner die Gäste.

Aaron betrat die Konditorei Ernst an der Ecke, wo der Quai in den Bahnhofplatz mündete; im Café hinter dem Laden saß einsam an einem Tischchen vor der hellen Wand Albin Zollinger. Aaron wollte den Dichter nicht stören; doch dieser hatte, von einem Blättchen aufblickend, den Dienstkameraden bereits bemerkt; er hob winkend und lächelnd den Arm, offenbar war er in gesprächiger Stimmung. Er war magerer geworden, schien es Aaron, vielleicht war es auch nur die Zivilkleidung, die ihm so lose anhing. Über dem Hemdkragen stand in dem langen Halse der Adamsapfel spitz vor, unter der gebräunten gebuckelten Stirne erinnerten die Augen in ihrem Bett von gefalteten Lidern an jene eines Äffchens, munter und traurig zugleich.

Er habe geheiratet; ein Knabe, Kaspar, sei eingezogen, und ein neues Buch habe er ebenfalls beendet, den Roman «Bohnenblust», eine Fortsetzung des «Pfannenstiels», zwei weitere Werke lägen bereits wieder auf dem Rost, und dies alles neben dreißig wöchentlichen Schulstunden, draußen in Oerlikon. Sein Salat schieße offenbar ins Kraut, vom kulinarisch-menschlichen Standpunkt aus vielleicht ein unerwünschter Zustand, vom botanisch-biologischen aus jedoch sicher das Richtige; die Pflanze wolle Blüten und Samen treiben, ihr liege nichts daran, im Zustand zarter Frühblätter geschnitten und verzehrt zu werden, im Essig und Öl der literarischen Kritik. Er sagte das ruhig und gelassen, als wisse er mehr.

Wieder spürte Aaron das Pochen des eigenen Herzens und gedachte der Trumpfkarten, deren Bestimmung es sei, auf dem Tisch zu verenden.

«Sie haben uns scheu gemacht», sagte Zollinger, «es ist ihnen Schreiben und Dichten ein Destillat, tröpfchenweise gewonnen, durch Röhrchen und Phiolen geleitet, ausgesondert und ausgeschwitzt, geläutert und immer wieder raffiniert, in langen Zeiträumen. Wir werden verfemt und geächtet, wenn wir es wagen, den Hahnen zu öffnen, es fließen, es strömen zu lassen, solange es sprudeln will. Was wissen sie von unserer geheimen Rechnung, von den beängstigenden Blasen und Glucksern, mit denen das Ende der Quelle, das Ende des Lebens sich anzukündigen scheint. Ach, sterben, Aaron, welch ein Grauen ist es für einen Schriftsteller, der noch nicht alles gesagt hat!»

Aaron saß neben ihm, das Gesicht geneigt, und er gab sich Mühe, des heftigen Atems in seiner Brust Herr zu werden. Noch nichts habe ich getan, dachte er. Die Jahre, Jahrzehnte vertrödelt und vertan wie das väterliche Erbe. Als ein Spieler, ein Dilettant bin ich durch das Leben gegangen, mit den «Nouvelles littéraires» in der Tasche.

«Kaffee trinken und rauchen und wachen, sie halten mir vor, es sei ein selbstmörderisches Leben, das ich führe», sagte Zollinger. Er lächelte dazu. «Haushalten ist nicht unser Wesen! Nicht das Wachs, die Flamme sind wir! Soll das Wachs unser Leben sein, wohlan, so verbrauchen wir es! Nur nicht ausgeblasen werden, solange noch ein bißchen davon vorhanden ist! Welch ein klägliches Bild, eine erloschene Kerze, welch ein herrliches, wenn die Flamme auf dem Boden der Schale im verbrannten Wachs verzischt! Ein gefährlicher, ein lebensgefährlicher Beruf, der eines Schriftstellers!»

Ob eine solche Vorstellung des Dichtens nicht einer Panik gleiche, fragte Aaron nach einer Weile. Sei nicht auch ein geruhsames, behagliches Schaffen, in der Gelassenheit, ein Weg, die Berufung zu erfüllen.

Zollinger schaute ihn groß an, nicht ohne Erstaunen.

«Spürst du es nicht?» antwortete er und tat einen Rundblick durch den Raum, «wie dieses Stillestehen um uns, in diesem Land, in diesem Leben, auf unserer Insel, ein Trugbild ist, von

Fliegen gesehen, die an der Decke dahinwandeln? In Wirklichkeit rast die Zeit, sie rast dahin, sie rast, sie fegt davon. Wir leben im Windschatten der Zeit, im Vakuum dicht hinter ihrem Sog. Kann einer, der es begriffen hat, anders denn in Panik sich über seine Blätter beugen und kritzeln, kritzeln in panischem Schrecken?»

«Aber was soll er denn kritzeln, wenn alles so dem Abgrund entgegenrast?» fragte Aaron, und die Zigarette zitterte in seiner Hand.

«Wir haben nichts, nichts, Aaron, als dies: daß uns ein Gott zu sagen gab, was wir leiden.»

«Aber ich leide ja nicht», rief Aaron, und es war ihm, als ergriffe ein anderer an seiner Stelle das Wort, «ich freue mich, ich freue mich meines Lebens, ich liebe es, ich bewundere die Menschen, einen jeden von ihnen, diese Frauen, diese Männer um mich herum, ich finde sie groß in ihrer Bescheidenheit, in ihrer Beharrlichkeit, in ihrem Irrtum, in ihren unablässigen Versuchen, ihr Leben einzurichten. Mich kümmert es nicht, daß wir angeblich so dahinrasen in physikalischer Relativität! Die Planeten, die Atome, wunderbar, geheimnisvoll, göttlich, erschreckend, was du willst! Aber es geht mich nichts an. Ich lasse mich durch sie nicht in meiner Lebensfreude schmälern, am Atmen, am Lieben, am Sehen. Ob ich aus der Nacht der Zeit für eine Sekunde erwacht bin und dann wieder in die Nacht zurücksinke – was geht es mich an; diese Sekunde, dieses arme, klägliche, herrliche Leben, bei dem ich dabei sein durfte und in dem ich nicht allein war, sondern mit andern Menschen zusammen: darum geht es mir. Die Freude, die Dankbarkeit, ‹Freut euch des Lebens, weil noch das Lämpchen glüht›, verstehst du?»

Zollinger hatte in einer Geste, die ihm eigen war, die starken schönen Hände im Schoß, die Ellbogen am Körper, das Gesicht gesenkt, zugehört. Ohne aufzublicken murmelte er: «So sag das doch.»

Dann hob er den Arm und schaute auf seine Uhr. «Ich habe noch eine Stunde.» Er wischte die Blättchen zusammen und schob sie in seine Tasche. Vor der Glastüre spähte er einen Augenblick umher, dann eilte er über den Platz, dem Tramhäuschen vor dem Ausgang des Bahnhofes zu, ohne Hut, mit offenem Kittel.

Aaron sollte ihn nie mehr wiedersehen.

III. Kapitel

Sie sind eigentlich noch recht nett zu mir, dachte René Hirzel, als er die Treppe des Hauses an der Plattenstraße hinabstieg, in dessen Dachwohnung Helenli und sein Schwiegersohn hausten. Es war so ausgemacht worden, jeden Donnerstag komme er ohne Anmeldung zum Nachtessen, und nachher spielten er und Gotthold eine Partie Schach, während das Helenli Kleidungsstücke strickte für das Kind, das sie erwartete. Ein Idyll, wie es im Buch steht! Aber selbstverständlich, überlegte man es richtig, wenn ein Mädchen Gymnastik treibt, badet, sich von der Sonne bräunen läßt, wenn der junge Mann von einem Tag auf den andern das Rauchen aufgibt, nicht mehr trinkt, nur noch auserwählte vitaminreiche Kost zu sich nimmt, das Gehen zu Tiefatemübungen gestaltet, so konnte ja das, ob es ihm nun bewußt war oder nicht, keinen anderen Sinn haben, als daß sie sich auf die Ehe und die Aufzucht einer gesunden Nachkommenschaft vorbereiteten. Wie vieles, was wir als eine Frucht vernünftiger Überlegung preisen, entpuppt sich später, in der Rückschau, als eine normale Lenkung der Natur. Es hat ihnen zwar nicht recht in den Kram gepaßt, wie ich das beim Auslöffeln des Birchermüslis gesagt habe; den Menschen geht die Illusion, sie gestalteten ihr Leben nach dem eigenen Willen, über alles.

Auch wie dieser Gotthold Wettstein, der Doktor der Philologie, sich entwickelt hat, ist ein hübsches Müsterchen dafür, als glitte unser Leben auf unsichtbaren, aber stählern harten und unbeugsamen Schienen dahin. Wie schien der Gärtnersohn aus Wiedikon doch aus der Art geschlagen, mit seiner provinziellen Bewunderung von Berlin, der expressionistischen Kunst, von Nietzsche und dem Untergang des Abendlandes! Natürlich, die Geschichte mit seinem von den Nationalsozialisten verballhornten Gobineau hatte ihn arg hergenommen; aber dem alten Journalisten wollte es scheinen, betrachtete er es richtig, auch dies sei nur das Anzeichen, nicht die Ursache einer Wandlung gewesen, die eigentlich schon damals, als er beim Tod seines Vaters die kleine Erbschaft angetreten und über deren Erhaltung sich Sorgen gemacht, begonnen hatte. Hirzel mußte herauslachen, wenn er an den Rat des Dichters Sternheim dachte, von dem Gotthold ihm erzählt hatte. Mein Gott, woher sollte auch so ein Literat wissen, wie es im Innern eines Zürcher Gärtnermeistersohnes aussah, bei dem zu Hause über Geld und Verdienst mit einem solchen Ernst gesprochen wurde, da sie doch hierzulande, über den Zahlenwert hinaus, die Freiheit und die Unabhängigkeit versinnbildlichten. So war auch Hirzel nicht übermäßig erstaunt gewesen, als die beiden, nicht ohne allerlei Umschweife und Erläuterungen – es sei natürlich nur provisorisch, bis die schwere Zeit vorüber, die Grenzen geöffnet und der geistige und literarische Austausch mit dem Reiche wieder möglich werde – eröffneten, Gotthold arbeite nun als Geschäftsleiter in der Firma seines Schwiegervaters, des Baumeisters Kellerhals. Dieser, von Aufträgen zur Erstellung von Betonbunkern überhäuft, immer unterwegs auf den Baustellen, hätte einer ordnenden Kraft am Sitz des Geschäftes dringend bedurft, für den Verkehr mit den Militärbehörden und den Lieferanten, die Überwachung der Lager und des Werkplatzes, und Gotthold, der Literat, hätte sich an dieser Stelle erstaunlich rasch eingearbeitet. Er, der ja nun auch das vierzigste Lebensjahr überschritten habe, zeige sich der fremden Aufgabe gewachsen, und sein Doktortitel komme ihm dabei zugute – er schaffe Distanz und Autorität. So seien sie auch der materiellen Sorge ledig, und dennoch finde Gotthold am Abend noch Zeit zu literarischen Studien. Ein richtiges Weibchen und kommendes Mütterchen bist du geworden, emanzipiertes Mädchen und ehemalige Trudi-Schoop-Schülerin, dachte Hirzel vor der sich ereifernden Tochter.

Unter der Haustüre mußte er einen Augenblick warten, seine Augen an das Dunkel gewöhnen. Es brannten keine Laternen mehr, und alle Fenster waren verhängt. Man hörte die Schritte lange bevor man den Schatten der Leute wahrnahm. Die Straßen lebten vom fahlen Widerschein des nächtlichen Himmels.

Hirzel wanderte zwischen den dunklen Häusern durch die Hottinger Straße stadteinwärts dem Heimplatz zu. Mit Bangen gedachte er des Straßenbahnwagens, der ihn mit blauen Lampen und auch im Innern nur auf Dämmerlicht eingestellten Glühbirnen, schneckenlangsam und humpelnd nach Wollishofen hinausbringen sollte. Als dämpfe das gedämpfte Licht auch das Wort, saßen und standen die Passagiere dicht gedrängt beieinander, mit dunklen ungewohnten Schatten auf den Gesichtern. Nie wußte man im heißen Wagen, auf welcher Station er hielt, immer aber war er noch weit von der, welche man erhoffte. Ein richtiger Lemurentransport, dachte er.

Unschlüssig stand er auf der Warteinsel, und geradezu körperlich begann er die Lust zu verspüren, die er nur zu gut kannte, sich abzuwenden, der Altstadt zu, durch ihre engen schwarzen Gassen dahinzuwandern, der Wirtschaft zum «Feldhasen» zu. Jetzt huschelten und häuselten die beiden dort oben in der Zweizimmerwohnung, die Spätnachrichten waren vorüber, der Radioapparat abgestellt; Helenli hatte abgewaschen, Gotthold die Schachfiguren weggeräumt, jetzt las er noch Kafka, und dann krochen sie ins warme Bett, und er, der Vater, stand da draußen in der toten Stadt, in Nacht und Nebel, ein herrenloser Hund. Einen Schluck Bier mußte er noch haben, einen Cervela, ein Stück Ruchbrot, das Birchermüslein war nichts für ihn. Nicht suchte er die Beschwingtheit des Körpers, des Geistes luzide Klarheit – er hatte Sehnsucht nach Dumpfheit und Schwere, er wollte seine Ellbogen auf die speckige Tischplatte stützen, den Hut auf dem Kopf behalten und in die blöde, häßliche Glühbirne hineinstarren, die über ihm hing. Es kam ihm dieses Bild wie ein Paradies vor. Er konnte ihm nicht mehr widerstehen.

Als er, am Hause vorbei, in dem Anno siebzehn Lenin gewohnt hatte, die Spiegelgasse emporstieg, heulten die Sirenen von allen Seiten, immer neue fielen ein. Schaurig, ein seltsamer, klagender Laut, der vom Rande der Dächer herabfiel, um die Ecke heulte, in fernen Gassenschluchten widerhallte, etwas Mechanisches und Tierisches zugleich. Luftschutzsoldaten rannten vorüber, irgendwo klirrte ein Helm auf das Pflaster, in den Treppenhäusern polterten sie in die Keller hinab.

Friede, tiefer Friede herrschte im «Feldhasen». Der Wirt Ofner stand am Bierhahn und füllte einen Becher mit Bier, schnitt den Schaum mit einem Holzmesser ab, in der Ecke jaßten drei Männer, die Widmer stellte ihm das Getränk hin. Er leerte das Glas in einem Zug. Ein leichter Nebel beschlug seinen Blick. Hirzel sah den würdigen und professoralen Stadtpräsidenten Billeter vor sich, der ihn hatte kommen lassen, um seine Lebensumstände zu regeln. Ein Ahne hatte die aufständischen Bauern der Landschaft über die Münsterbrücke geführt. Ein Universitätsgebäude aus gläsernen Kuben, vor dem Stadtrat Abt entfaltete er seine Pläne. Bovet hat den Artikel genommen … Ach, sich sinken lassen, hinab in die gnadenvolle Stunde der einfachen Gegenwart. Diese Schafsböcke, murmelte der betrunkene Mann.

IV. Kapitel

Es erweckte in der Nachbarschaft etwelches Aufsehen, als am Abend dieses Oktobersonntags der mit zwei Rappen bespannte Landauer der Fuhrhalterei Wiederkehr vor der Villa im Seefeld hielt und der alte Herr Meng in einer noch aus einer fernen Zeit herrührenden Geste seiner Gattin die Hand reichte, als diese den Wagen verließ. Ihr folgten das Kätterli und Karl Gebhardt, und Frieda, die Köchin, stand unter der Türe vor dem Gartentor, und die kleine Gesellschaft begab sich ohne Eile ins Haus, während der Kutscher schnalzte, und das Gefährt davonfuhr.

Das Fahrverbot für Motorwagen hatte Meng den Gedanken eingegeben, sich wieder einmal dieses veralteten Verkehrsmittels aus der Epoche der Equipagen zu bedienen, um den traditionellen Sauserbummel zu veranstalten, und wie alles, was er unternahm, entbehrte auch diese Veranstaltung jenes demonstrativen Beigeschmacks nicht, den er so schätzte. Sie waren, fast ständig im Schritt, in der milden Herbstsonne die Seestraße hinaus bis zum Gasthaus zur «Sonne» in Küsnacht gefahren, sozusagen eine ebene Wegstrecke von Haus zu Haus, hatten dort unter den Bäumen der Gartenwirtschaft am See ein wenig Sauser getrunken und einen leichten Imbiß eingenommen, dann waren sie auf demselben Weg bei sinkender Sonne wieder zurückgekehrt. Der Reiz des Unternehmens lag in seiner Altmodigkeit, dem Geruch der Lederkutsche, dem Geklapper der Hufe auf der verkehrslosen Straße und den Blicken, die die Spaziergänger dem Fahrzeug nachsandten, unschlüssig, ob es sich um eine Hochzeit handle. Wie in alten Zeiten saß Meng in seinem grauen Filzhut, ohne Überzieher, die Hände in den butterfarbenen Wildlederhandschuhen auf die Krücke seines Spazierstockes gestützt, neben Hermine, der sich ein Blaufuchs um die Schultern schlang und die auf den weißen, leicht ins Bläuliche schillernden Haaren ein entzückendes Hütchen mit violetter Bandzier trug. Karl und das Kätterli kamen sich auf dem weniger bequemen Vordersitz, mit dem Rücken zur Fahrtrichtung, dem gepützelten Paar gegenüber ein wenig untergeordnet vor, eben wie Eingeladene und Mitgenommene, doch waren sie, seit Schörschli ständig Dienst tat und Vera verheiratet war, solchen elterlichen und schwiegerelterlichen Einladungen wieder eher zugänglich.

Auf ihre Weise hatten sie nun auch jene Empfindung von Eltern erlebt, wenn die Kinder aus dem Nest flogen und eine Leere zurückblieb, mit der es sich abzufinden galt.

Obgleich von den Jahren mitgenommen, nicht mehr so sicher auf seinen Füßen, fand Wilhelm Gustav Meng bei solchen Gelegenheiten die weltmännische Haltung wieder, die Zeit seines Lebens seinen Wandel begleitet hatte. Bolzengerade, rosig ausrasiert das Kinn über dem Bausch seiner blauen Seidenkrawatte, in der die matte Perle ruhte, ein Weidenröschen im Knopfloch, wunderbar weich den weißen Schnurrbart gebürstet, gepflegt und die Bügelfalten schonend, die gelben Chevreauschuhe straff geschnürt, genoß er die Ausfahrt im milden Herbsttag als ein Mann, der die Gaben der Stunde auszukosten weiß. Man mußte es ihm zubilligen, fand Karl, ihm eignete die Gabe, etwas aus den Dingen zu machen. Urban und freundlich hielt er ein leichtes Gespräch im Gang, blickte er mit seinen lebhaften blauen Augen umher, wußte selbst aus der Art, wie er den Damen die Decke über die Knie breitete, noch etwas wie eine rituelle Handlung zu machen.

Für den Abend hatte er noch ein leichtes Essen befohlen, einfach, wie es den Zeiten entsprach, kalten Braten, Kartoffelsalat und Bier, und es waren auch noch zwei Gäste geladen aus dem Kreis der Emigranten, die Hermine betreute, der deutsche Schriftsteller Hans Trüssel und Raffaele Tomassi, Mussolinis Feind. Die Herren warteten bereits im Salon, konnte Frieda berichten, und während Hermine und das Kätterli sich noch ein wenig zurechtmachten, tranken der Gastgeber und der Schwiegersohn mit den beiden Geladenen noch stehend einen Vermouth vor den geöffneten Fenstern, mit dem Blick auf das von den Rhododendronbüschen gesäumte Wieslein hinaus.

Er leide so gräßlich unter dem Heimweh, gestand Trüssel dem Gastgeber, es sei, möge man sich zum herrschenden Regime stellen wie man wolle, ein hartes Los in dieser Zeit, abseits zu stehen und als Feind des eigenen Vaterlandes gelten zu müssen. Auch hemme ihn dieser Zustand natürlicherweise am Schreiben. Aber das angekündigte Buch «Die verletzte Menschenwürde» komme doch heraus, fragte Meng. «Bestimmt», antwortete Trüssel. Ein wunderbarer Vorwurf, meinte der Hausherr, zwei echte deutsche Gefühle: die Heimatliebe und die Menschlichkeit, die miteinander um die Vorherrschaft rän-

Letzter August -
-Sep. 1958
Münster.

gen; doch blieb der Ausdruck seines Gesichtes wie abwesend und unbeteiligt dabei. Er hatte die Herzattacke, die ihn vor acht Jahren während des Disputes mit seinem Associé Hector Voubrasse heimsuchte, überstanden; die kleine Frau Dr. Fries konnte ihm versichern, daß sein Organismus sich wieder im Zustand des Gleichgewichtes befände, nachdem er die Lehre aus dem Alarmsignal gezogen, auf den Kaffee und die tückischen Havanna-Zigarren verzichtet und, die seelischen Impulse vermeidend, sich einer mehr kontemplativen Lebensweise zugewandt hatte. Seine ‹peau de chagrin›, in der zweisinnigen Bedeutung des Wortes, blieb allerdings der Schlaf, der wie die Haut in der Geschichte Balzacs zu schrumpfen begann. Zwar war er schon immer ein Frühaufsteher gewesen; doch nun fingen seine Tage schon um vier Uhr in der Frühe an, und leider oft mit verdrießlichen, kummervollen Gedanken. Oft wollte es ihm dann vorkommen, er hätte auf einer weiten Strecke seines Lebens etwas verkehrt gemacht, als sei er durch eigene Schuld zu kurz gekommen. Entschieden hing dies mit seinem Deutschtum zusammen. Dieses in diesem Lande, wo er sein Auskommen gefunden, zu Wohlstand gelangt, eine Familie gegründet hatte und Großvater geworden war, künstlich hochgehaltene Gefühl, hatte ihn vom eigentlichen Leben mit diesen Menschen ausgeschlossen. Er war ihnen ein Fremder geblieben; bis in die eigene Familie hinein, auch Hermine, seiner Frau, und Kätterli, seiner Tochter gegenüber. Töricht und anmaßend hatte er eine Art Inseldasein geführt; seine Seele war draußen, jenseits der Grenze, sein Körper hier, aber er selbst, sein eigentliches Sein, war weder hier noch dort. Die Jahrzehnte kamen ihm vor wie ein braches Feld, steinig und ohne Frucht. Er hatte wohl eine Tochter dieses Landes geehelicht, aber er hatte sich nicht mit dem Lande vermählt. Selbst damals, als er mit den deutschen Kriegsanleihen den größten Teil seines Vermögens verlor, hatte er noch nicht gemerkt, was das Schicksal ihm damit bedeuten wollte. Wohl hatte er sich dann eingebürgert, aber die eigentliche, innerliche Entscheidung für dieses Land hatte er noch immer hinausgeschoben. Und was das Absurde war: sie drängten ihn nicht dazu, die Leute, sie ließen ihn gewähren, unbehelligt, sie nahmen es hin, nicht ohne Wohlwollen, daß er Deutscher geblieben war. Welche Geduld, welche Nachsicht! Waren sie denn ihrer Kräfte so sicher? Als der Krieg in Frankreich beendet, der Waffenstillstand geschlossen worden war, hatte er aufgeatmet. Es sah aus, als möchte sich alles noch zum Guten wenden. Dem milden und großmütigen Sieger würden aus allen Teilen der Welt Anerkennung, Achtung und Liebe zuströmen. Er war stark, aber menschlich, vernünftig. Jetzt waren die Konflikte ausgetragen, die Schmach von Anno 1918 getilgt – Schwamm darüber, die Gerechtigkeit war wieder hergestellt, jetzt konnte ein neues Leben beginnen. Zu seinem geheimen Entsetzen ging nicht nur der Krieg, sondern gingen auch die Siege weiter. Meng glaubte es bei jeder Nachricht beinahe körperlich zu spüren, daß nichts so wie diese Waffenerfolge des Reiches Untergang besiegelten. Er war ein alter Mann, und wie allen Leuten, so hatte das Alter auch ihm die Lehre vom Ausmaß gebracht, die banale Weisheit, möge ein Pendel noch so sehr ausschlagen, seine Heimat ist die Ruhe, die senkrechte Stellung über dem Mittelpunkt der Erde.

Kätterli saß neben Tomassi; von seiner Höhe herab betrachtete er mit dunkeln schwermütigen Augen die ein wenig rundlich gewordene Frau, die sich so viel Mühe gab, ihn aufzuheitern. Sie legte ihm Bratenstücke auf den Teller, erzählte ihm von der Reise nach Florenz, vor zwei Jahren, mit Karl, wie sie zwischen den Hügeln ein wundervolles Tälchen entdeckt und durch die Schüsse eines unsichtbaren Flobertgewehres daraus vertrieben worden seien – dabei dachte sie fortwährend: ich muß ihm wie eine bürgerliche Gans vorkommen. Aber das ist auch unerträglich, dieser Hochmut des Verbannten, mit den ewigen Augen eines verwundeten Rehs, die einen so anklagend anblicken.

Karl berichtete der Schwiegermutter über die Ergebnisse der jüngsten eidgenössischen Volkszählung. Dreihundertsechsunddreißigtausend Seelen beherbergte nun die Stadt, dreiunddreißigtausend Gebäude ständen auf ihrem Gebiet von neuntausendeinhundert Hektaren, davon fielen fünfhundertdreiundvierzig auf Gewässer, und, was erstaunlich sei, nicht weniger als tausend Hektaren im Gemeindebann seien Wald.

Es wurde von allen als eine besonders nette Geste empfunden, daß Frau Meng die ihr dargebotenen Mahlzeitencoupons ablehnte; Kätterli schenkte die ihrigen den beiden Emigranten. Am Ende des Essens wurde wie üblich der Kaffee im Herrenzimmer serviert; im Rücken des Panthers aus Bronze, auf dem grüngebeizten eichenen Bücherschrank, stak noch immer der Pfeil. Nicht ohne einen geheimen Schauer tat Karl einen Rundblick durch den Raum, der zweimal Schauplatz bei wichtigen Auftritten im Spiel seines Lebens gewesen war.

Trüssel, das Schwenkglas mit dem Armagnac in der Hand, das Gesicht von der Mahlzeit und vom Bier gerötet, betrachtete ein Ölgemälde von Walter Müller, das über der Kredenz hing, eine in grauen Tönen gehaltene, offenbar rasch und in einer Sitzung hingeworfene Seinelandschaft mit dem Quai Voltaire im Vordergrund, den beiden Türmen der Notre-Dame in der Ferne und einigen Schleppern auf dem Fluß, deren Rauchfahnen in den grauen Himmel hineinwehten und in deren Gischtspur betörende türkisblaue Lichter aufblitzten.

«Ach, Paris», sagte er, «es gibt nur diese Stadt in Europa! Diese Champs-Elysées, diese Ile St-Louis, diese Brücken, diese Plätze, Place de la Concorde, die Vendôme-Säule!» Er sprach diese Namen mit deutschem Akzent. «Und die Leute! Da kamen wir, eine Bande junger Leute, den Boulevard Saint-Michel herab, und unten auf der Brücke standen wir am Geländer. Da faßte einer von uns, ein junger französischer Schriftsteller, Übersetzer von Stefan George, seinen Hut, und schwupp warf er ihn hinaus auf den Fluß.»

«Sie scheinen ja Paris gut zu kennen», bemerkte Karl Gebhardt. «Waren Sie schon öfters dort?»

«Nee, nee, ein einziges Mal, acht Tage, aber es bleibt mir unvergeßlich.»

«Kürzlich?»

«Ja, Ende August dieses Jahres!» Er hatte leichthin in einem Zug und offenbar ohne sich dabei etwas zu denken, geantwortet – und erst als auf seine Worte hin eine große Stille eintrat, wandte er sich erstaunt um.

«Ja», machte Karl bedächtig, «in Paris herrschen doch nun die Deutschen. Wieso haben denn Sie, der Emigrant, ein Visum erhalten?»

Die Röte bedeckte Trüssels Gesicht bis zum Ansatz der blonden Haare. «Ach, wissen Sie», wollte er in seiner schlacksigen Art eine Erklärung beginnen; aber er kam nicht dazu.

«Eine richtige Schweinerei ist das», rief Meng aus seinem Lehnstuhl hinter dem Schreibtisch herüber. «Das Visum haben Sie von Abetz, dem deutschen Botschafter in Paris erhalten, von dem Manne, der die fünfte Kolonne in Frankreich leitet, und von keinem anderen sonst. Und wenn Sie es erhalten haben, so sind Sie nichts anderes als ein als Flüchtling getarnter Nazi, ein Spion, ein Verräter!»

In großer Stille und wächserner Bewegungslosigkeit verharrten die sechs Personen nach diesem Ausbruch.

«Mein Heimweh ... vor der Gestapo in die Wehrmacht geflüchtet ..., ich will wieder Dienst tun», stotterte Trüssel.

«Bei mir war auch so ein Bursche, Loßmayer heißt er, der Partei müsse ich beitreten, im geheimen, bis es so weit sei. Wissen Sie, was ich ihm gesagt habe, Herr Trüssel? Merken Sie gut auf, Sie können es vielleicht in einem Rapport verwenden. Wir Deutschen, habe ich ihm gesagt, haben immer eine Regierung, die uns alle zwanzig Jahre das Vermögen wieder abnimmt, das wir durch Fleiß und Arbeit uns zusammengespart haben. Anno 1914 war der erste Beutezug, Anno 1939 der zweite. Einmal bin ich ihnen auf den Leim gegangen. Dann habe ich mich wieder aufgerappelt, und kaum war es so weit, so steht schon wieder so ein Bursche da!»

Der alte Herr schnaufte, sein Gesicht war hektisch gerötet und an den Schläfen pochten die Adern bedenklich.

«Hundert Jahre Frieden, wie sie es sich dieses winzige Land zu bewahren wußte, sind mehr Reichtum und Glück in der Bilanz als alle eure Eroberungen und Siege.»

Während mehr als dreißig Jahren hatten Hermine, Kätterli und Karl Meng nur in hochdeutscher Sprache, mit den spitzen Konsonanten der Wasserkante reden gehört. Selbst die Einbürgerungskommission hatte seinerzeit diesen Schönheitsfehler, den der Gesuchsteller nicht zu verbergen trachtete, hingenommen. Jetzt aber rief er mit kläglichem mundartlichem Akzent:

«Dumme, sture, anmaßende Kaiben seid ihr!»

Es war so komisch, daß sich das Kätterli, trotz einer warmen Welle unerwarteter Zärtlichkeit, die sie überflutete, auf die Lippen beißen mußte, um nicht zu lachen.

«Mein Enkel ist Offizier in dieser Armee, und ‹ja, gib sie ihm›, hab ich zu meinem Schwiegersohn gesagt, als er mir erzählte, die Vera wolle den Isi Gidionovics, den Geiger ostjüdischer Abstammung, heiraten. Und der General Guisan hat bei einer Inspektion dem Schörschli die Hand gedrückt, weil er ihn wieder erkannte, vom Zivil her, da er ihn einmal durch die Stadt geführt hatte. Und eine Lohnausgleichskasse haben sie errichtet, ein Volkswerk der Solidarität, das auf der ganzen Welt nicht seinesgleichen hat, und keiner muß sorgen und darben, so haben sie die Lebensmittel rationiert. Selbst wir in unserer Villa brauchten uns nicht zu schämen, Suppe zu holen beim Milchmann, um das Gas zu sparen. Eine Geduld, eine Nachsicht besitzen sie. Und gerecht sind sie. Weise, gescheit sind sie.»

Obgleich es unzusammenhängend und ein wenig wirr herauskam – es spürten alle, es war wie ein Erdrutsch, der sich in dem gepflegten Greis vollzogen hatte. Gehöhlt und angefressen hatte ihn in aller Stille ein warmer geduldiger Fluß der Liebe. Was sie gesehen hatten, war nur mehr ein starrer Panzer gewesen. In der Form von tadellosen Maßkleidern mit Bügelfalte und blumengeschmückten Revers, butterfarbenen Handschuhen und seidener Krawatte, aber inwendig war der Mann, vielleicht ohne daß er es selbst wußte, vielleicht nicht gerade ein Vollschweizer, aber doch einer der Ihrigen geworden, und man konnte ahnen, daß nicht das Blut, sondern die geduldige, allesdurchdringende Luft einer Landschaft und das Tun der Leute, die in ihr wohnten, den Menschen formten.

Wenige Tage später vernahm man, der deutsche Emigrant und Schriftsteller Hans Trüssel sei über Koblenz ins Reich zurückgekehrt.

V. Kapitel

An diesem Junimorgen wanderte die Familie Arquint, zu einem kleinen Züglein geordnet, nicht unähnlich jenem, mit dem sie vor einem Dutzend Jahren zu nächtlicher Zeit die Bahnhofstraße heraufgekommen waren, vom Ostbühl herkommend, den Zwängiweg abwärts der Albisstraße zu. Voran gingen, mit Rucksäcken beladen, die beiden «Kanadier», der Jüngling Töni und das Mädchen Piorina, und hinterher folgten die Eltern, Reto und Maly, doch war nun noch einer mehr dabei, als damals, da sie auf der Quaibrücke der Schafherde Christopher Naulis begegnet waren, der siebenjährige Peter, ein blondes Bürschchen, das neben dem Vater herlief und seiner Blockflöte eine Melodie zu entlocken versuchte.

Es hatten es die beiden Herausgeber der «Wir» so einrichten können, daß immer einer von ihnen Urlaub bekam, während der andere Dienst tat. In diesem Monat waren ausnahmsweise beide entlassen, und so traf es sich endlich, daß der längst geplante Familienausflug unternommen werden konnte.

Reto erklärte Peter, warum die schöne Pappelallee längs der Filteranlagen von Wollishofen gefällt worden war; sie bildete mit ihren langen Schlagschatten ein markantes Ziel bei eventuellen Fliegerangriffen; die Trinkwasserversorgung der Stadt wäre gefährdet, wenn diese Gebäude von Bomben getroffen würden. Der Kleine nahm diese Erklärungen ohne Erstaunen entgegen; seit er denken konnte, hatte man von solchen Dingen gesprochen. Die Kriegsgefahren gehörten zu seinem Weltbild wie die Sparsamkeit im Umgang mit Brot, die sagenhafte Schokolade und der geschwungene Nidel, von dem die größeren Geschwister noch zu berichten wußten.

Als sie aus dem Buchenwäldchen des Molassehügels Entlisberg heraustraten und den Sihlsteg überschritten, lagen vor ihnen im zurückweichenden Rund der steilen bewaldeten Albiskette der Leimbacher Baumgarten und das Wiesland wie in einer weltabgeschiedenen Arena mit Sonne und Grün und Stille, und jetzt erst wurde ihnen ferienmäßig zumute. Bereits hing das Heu an den Hängen, von den Gehöften herüber gakkerten die Hühner, unter der Kresse plätscherte das Wasser, die Salbeien blauten am Wegrand, Stäubchen wirbelten hinter den Absätzen her, die Steine knirschten unter den Schuhen – «es ist alles Vergessen und Friede» sagte Maly. Sie trug ein rotes Tuch um das Haar geschlungen, und so glich sie mit ihrem schmalen Gesicht noch immer dem Lehrmädchen beim Coiffeur Studer im Posthof, das über den Holzkopf und die Postiches hinweg nach dem Bündner Studenten Ausschau hielt.

Sie stiegen durch den Wald den steilen Riesweg zur Baldern hinan, und der Morgen ging dahin in der Wanderung der Gratstraße entlang gegen den Uto-Kulm zu. Sie wollten sich dort mit der Familie Walter Abt treffen; es war ein kleines Fest geplant, das fünfzehnjährige Jubiläum seit der Gründung der «Wir». Zur Rechten begleitete sie der dichte Tannenwald, nur über dem Sturz der Fallätsche konnten sie einen Blick auf das Seetal hinab tun; lautlos, blau und goldgesprenkelt dünsteten die Tiefe und die Ferne im Ausschnitt der Stämme. Zu ihrer Linken aber konnten sie durch die Tobel und Lichtungen ins Reppischtälchen hinabblicken, höher und näher, ohne Schicksal und Zeit sönnelten die Dörfer Stallikon und Sellenbüren in den Baumgärten und Feldern, und erst jenseits des Flüßchens begannen wieder die Tannenwälder, doch ohne Föhren und alpinen Einschlag wie hier auf der Höhe.

Reto konnte es natürlich nicht lassen, den Seinen von den Resten des Pulsatilla-Waldsteppen-Gürtels zu erzählen, die in der Landschaft versprengt waren, vom Wälderstrom, der sich vom Alpennordhang in den Schwarzwald hinaus ergoß, daß sie und die Menschen dieser Landschaft im Grunde genommen zwischen Wäldern lebten, daß Tannenwipfel ihre Horizonte seien und der Asphalt der Stadt und die Wiesen und Felder, Rodung, Lichtung und Schneise, in einen Waldteppich eingelagert.

Töni war seiner Mutter bereits über den Kopf gewachsen; Reto sah ihn zwischen Piorina und Maly, die mit ihrem roten Kopftuch und dem hellen Blüschen auch aussah, als wäre sie seine Schwester, auf der Straße vor sich hergehen. Peter blieb immer ein wenig zurück, weil er an den Böschungen nach Erdbeeren suchte. Als sie aus dem letzten Waldstück der Gratstraße heraustraten, kamen ihnen bereits die Abtkinder entgegen, Hansjürg und das Anneli, und schon bildeten die fünf Jungen einen Schwarm mit Gelächter und viel Neuigkeiten und trieben vor dem Ehepaar her der Staffel zu.

«Hier oben», sagte Reto, «hier oben hat es begonnen, an der pflanzen-geographischen Exkursion mit Schinz, und der alte Zoologe Lang und Wehrli waren auch dabei –.»

«– und Stiffler, der Weinhändlersohn aus Chur», ergänzte lächelnd Maly an seiner Seite, denn unzählige Male schon hatte sie die Geschichte gehört. Sie war wie ein Ritual zwischen ihnen.

«Ich erzählte ihm von dir, während wir den steilen Weg durchs Tobel hinabrannten, und er riet mir, ich solle nur nicht hängenbleiben.»

«Und bist richtig hängengeblieben –»

«Und unten in der Stadt am Paradeplatz verkauften sie Zeitungen, die vom Attentat in Sarajewo berichteten – und eines fügte sich an das andere, das Große draußen, das Kleine bei uns, und dennoch hing alles zusammen, daß ich einrücken mußte und dann den Dienst verweigerte mit einer Postkarte und daß wir dann draußen auf dem Landungssteg standen beim Bürkliplatz und du mich nicht allein lassen wolltest in jener Nacht –»

«Und jetzt gehen da vorn unsere Kinder –»

«Und die drei alten Professoren sind gestorben und Leonhard Ragaz auch –»

«Und wir gehen miteinander auf dem Gratweg dahin –»

Reto war stehengeblieben. «Maly», sagte er, «du spürst es doch auch, was für ein heiliges, geheimnisvolles Ding so ein Menschenleben ist, wie aus Fernem, Fremdem, Vertrautes, Geliebtes wird – hinter uns sterben die Alten, und vor uns gehen die Kinder –»

Sie hatten die Nagelfluhkuppe des Kulms erreicht. Sie stützten sich auf das Geländer und blickten in die Tiefe hinab und in die Weite hinaus. Wie eingeschmolzen in eine gläserne Kugel, die hoch in der Bläue über sie hinweg bis hinüber an die Horizonte des Zürichbergs und des Pfannenstiels reichte, lagen unter ihnen die Stadt und der See, eine Mulde des Lebens. Als sei es ihr Atem, strichen die harten, kühlen Luftströme den Steilhang herauf und zausten ihnen Haare und Kleider. Das Eisen unter ihren Händen zitterte, und sie waren durch es mit dem Beben und Pulsen der Siedlung verbunden.

Walter Abt und Elsbeth saßen bereits auf der Terrasse des Hotels, an der Schindelwand unter dem Fenster. Während die Jungen den eisernen Aussichtsturm bestiegen, bestellten die beiden Ehepaare das Essen, Bassersdorfer Schüblinge und Kartoffelsalat.

«Welch eine Lust, zu wandern ohne Sack und Gewehr und ohne das gräßliche Brettergewand der Uniform», grinste Walter, «in Hemd, Hose, Gürtel und Halbschuhen. Paradiesisch!»

«Der Zürcher Gemeinderat genehmigte in dringlichem Beschluß die Erhöhung der Ansätze der Wehrmannsunterstützung», tönte die Stimme des Lautsprechers aus dem Gastlokal.

«Sie bringen das Inland zuerst», meinte Reto, «nichts Neues im Osten.»

«Im Rahmen des Kongresses ‹Jugend und Familie›, sprach Bundespräsident Etter über ‹Die Familie, Grundstein und Eckstein›.»

«Die Väter als Träger des ‹Weekhemdes›, Marke Lutteur, das wäre auch ein Titel», lachte Walter.

«Das Armeekommando teilt mit: Anläßlich des Scharfschießens einer Haubitzenabteilung ereignete sich ein schwerer Unfall. Durch vorzeitiges Krepieren eines Geschosses im Geschützrohr wurden mehrere Wehrmänner verletzt. Oblt. Gebhardt, Karl Georg, geb. 1913, von Zürich, und Kan.

Wetli, Ernst, geb. 1923, von Widen, Kanton Thurgau, erlitten den Tod. Eine Untersuchung ist eingeleitet. – Ausland ...»

Reto schloß langsam den Fensterflügel. Totenblaß saß Maly am Tisch. «Der Schörschli», flüsterte sie.

«Ist der Fraß schon parat?» rief Hansjürg, der an der Spitze der Jungmannschaft vom Aussichtsturm zurückkehrte.

VI. Kapitel

Eine jener aus bunten quadratischen Strickplätzen zusammengenähten Decken, wie sie in dieser Zeit aus Wollresten hergestellt wurden, lag auf dem Gesichte Kätterlis. Wohl versuchte Karl, der bei der Hingestreckten an dem Diwan saß, wenigstens den Mund und die Nasenöffnungen freizulegen, aber jedesmal zerrte die Frau das Gewebe mit einer harten Bewegung und kralligen Fingern von neuem über das gedunsene und gerötete Antlitz herab. Es war ganz körperlich, was sie suchte: das Dunkel und die Wärme. Sie wollte sich verkriechen wie in einer Höhle, es war das einzige, das ihr blieb, daliegen und die Wolle über dem Gesicht. Von Tränen war keine Spur vorhanden, und Worte hatte sie schon drei Tage, seit die furchtbare Nachricht eingetroffen war, nicht mehr sprechen können. Wohl war in dieser Zeit allerlei geschehen, sie war in der Wohnung herumgegangen, ihre Mutter, ihr Vater, Karl und noch ein paar Leute waren dagewesen, um sie herum, und sie war auch schwarz gekleidet, sie mußte wohl auch ein Medikament eingenommen, geschlafen haben. Sie spürte seinen bitteren Geschmack im Munde, Brom dachte sie, und von ferne hörte sie auch reden, aber es war alles so draußen, in einer anderen Dimension und unerheblich, es hatte gar nichts mit ihr zu tun. Es trieb vorüber, absurd, eckig und automatisch, in der Höhe, von liegender Stellung aus wahrgenommen, wenn die Decke über den Augen gelüftet worden. Sie sah es, und dann kehrte sie wieder zu ihren Angelegenheiten im Dunkel zurück, wie in den Saal eines Kinematographentheaters, in dem ein spannender Film vorgeführt wurde, und den mußte sie sehen, von Anfang bis zum Ende, der ging sie an, sie allein, die andern mußten draußen bleiben.

«Wir müssen jetzt heim», aber es senkte sich von oben her langsam ein Netz in den Wasserbehälter, und es zappelte ein

Fisch darin. Sie versuchte das Büblein vom Schaufenster wegzuziehen, aber es war schon zu spät, der Mann hieb mit einem Knebel auf den Kopf des Fisches nieder. «Warum?» fragte der Schörschli und blickte zu ihr empor.

Jetzt stand er draußen, ein paar Schritte nur entfernt von ihr, auf der Terrasse, und sie hörte seine Stimme. Die Kühe sprängen so herum, und eine stände da, am Zaun, und schlüge so mit dem Schwanz und muhe, und der Dampf ströme ihr dabei aus dem Munde. «Sie ist inwendig ganz siedend heiß, gell?»

Langsam hob sie den Kopf über den zurückgeschobenen Zinnendeckel, und da kniete das Büblein vor dem messingenen Ausziehfernrohr, in der Hand hielt er die große Eisenbahneruhr seines Großvaters, des Schneidermeisters Gebhardt: sein blonder Haarschopf gleißte in der Sonne, und nun blickte er mit leuchtenden Augen zu seiner Mutter empor, pünktlich um zwei Uhr fünf hatte der Salondampfer «Helvetia» seine sonntägliche Rundfahrt angetreten.

Aber dann liefen die Bilder nicht vorwärts, sondern zurück. Kätterli saß an der Backsteinmauer des alkoholfreien Kurhauses auf der menschenleeren Terrasse, und sie hielt Zwiesprache mit dem ungeborenen Schörschli und zugleich mit dem anderen, den sie nicht mehr gesehen hatte, der mit Musik und Kränzen und dem Stahlhelm auf dem schwarzen Brett in den Friedhof Fluntern drüben hingetragen worden war, an ihr hinter dem schwarzen Schleier vorbei, und der nun wieder neugeboren war. Manchmal, während einiger heller Sekunden, wollte ihr daraus etwas wie eine Ruhe werden, so, als sei er in diesem Zustande, nachdem die Gewehrschüsse der Füsiliere an seinem Grab verhallt waren und draußen auf der Straße schon die Marschmusik ertönte, wieder ganz leise bei ihr, ihr innewohnend, wie sie es einst geträumt hatte, zurückgekehrt von den Menschengeschäften, an die sie ihn abgegeben. Furchtbar angeschlagen, zerfetzt kehrte er heim. «Komm nur, du armer Schörschli!» Endlich konnte die Zwiesprache wieder weitergehen. Kein Militär, kein General hielt ihn mehr zurück. Jene Geschäfte hast du alle erledigt, jetzt können wir wieder miteinander sprechen von den wichtigen und geheimen Dingen, die uns beide allein angehen. Jetzt bist du weiser geworden und klug und weißt alles, und darüber wollen wir nun reden miteinander, so wie Jesus mit der Mutter

Gottes geredet hat und was keiner verstanden hat als sie beide, gell?

Die Schulkameraden waren dagewesen, die Kommilitonen, die Dienstkameraden, ein Major hatte gesprochen und ein Feldpfarrer, wie viele Leute waren doch gekommen. Nachher war die ganze sonnige Landschaft am Zürichberg herum von schwarzen Punkten gesprenkelt gewesen, alles Menschen, die gekommen waren, um an der Beerdigung teilzunehmen. Die Abts waren gekommen, und alle Gebhardtleute, Frieda, die Köchin, und von der Gidionovics-Sippe der Alte und der Josef und der David und Vera, trotz ihrem Zustande – täglich konnte das Kindlein geboren werden. Dort fängt alles wieder von vorne an, dachte das Kätterli.

«Willst du nicht etwas trinken?» fragte Hermine und lüftete die bunte Decke. Kätterli blickte ihr regungslos in die Augen. «Erinnerst du dich noch an die Eidechsen?» fragte es dann.

«Eidechsen? Was meinst du damit?» fragte Frau Meng.

«Sie verharren ganz bewegungslos mit pochendem Herzen mitten in der gleißenden Sonne unter den Augen des Feindes – und sind geborgen, weil sie nicht fliehen», antwortete die daliegende Frau. Die Haut unter ihrer Unterlippe war zerbissen. Dann sah die Mutter, daß sich Kätterlis Gesicht wie zu einem Lächeln verzog, mit geschlossenen Lippen, herabgezogenen Mundwinkeln und gehetzten Augen. So hatte einst, weit unten in der Zeit, das Mädchen in seinem Mansardenzimmer gesessen, am Tischchen, bei geöffnetem Fenster, vor einem Heer von Sternen.

Auf einmal richtete das Kätterli sich auf, doch sogleich fiel es wieder zurück auf das Gesicht, und der Arm fing es auf, und dann bebte es und schluchzte. Karl und die Schwiegermutter blickten einander an, aufatmend, wie erlöst, weil sie begriffen, daß es gut war, daß die arme Menschenfrau endlich weinen konnte.

VII. Kapitel

«Mir ist noch nie etwas eingefallen, mir fällt nichts ein, deshalb bin ich jetzt Baumeister geworden», rief Gotthold Wettstein munter von seinem Tischchen zu Walter Abt und Aaron hinüber. Er war ein breitschultriger Mann geworden, trug die drei silbernen Buchenblätter des Sportabzeichens auf dem

Revers seiner hellen Jacke aus rauher Wolle, und kein Fältchen war auf dem vollen Gesicht zu sehen.

«Komm doch zu uns herüber», sagte Walter. Gotthold machte keine Umstände, und schon breitete sich in der Marmornische im tiefer gelegenen Teil des Cafés Odeon jene behagliche und leicht spitzbübische Atmosphäre aus, die sich einzustellen pflegt, wenn ehemalige Klassenkameraden nach langen Jahren wieder zusammensitzen. Zwar hatte keiner der drei die anderen aus den Augen verloren, vom Tram herab, über die Straße hinweg hatten sie sich gegrüßt, wenn sich die Schlingen ihrer Lebensbahn berührten, aber es sah aus, als bedürfe es schon einer Fügung, einer Reife der Umstände, bis die Begegnung, wenigstens was jene mit Gotthold betraf, zu einem Hock gedieh. Jetzt war die Gelegenheit offenbar günstig. Vornübergeneigt unter ihren Schirmen eilten die Leute durch die ungastlichen Straßen, der Sturm fegte die letzten Blätter aus den Baumkronen der Hungerinsel, mit schrägen Hieben peitschte der Regen auf den Hochglanz des Asphalts, und schon brannten in den Läden die Lichter, so tief und dunkel hing der Himmel in der Mitte des Nachmittags.

«Wude ist gestorben», sagte Gotthold, «glücklicherweise, möchte man sagen, so mußte er nicht mehr sehen, was sich tut im Lande Goethes –»

«– und was sich noch tun wird», meinte Walter.

«Ich weiß schon, du konntest ihn nicht leiden, aber ein Nazi war er nicht. So ein Deutschnationaler halt, ein Pan-Germanist, mit einem Lebensbild ohne Fragezeichen, eine Art Wagnerfigur in wabernder Lohe –»

«– bis in die Knochen davon überzeugt, am deutschen Wesen müsse die Welt genesen –»

«Genau das, aber den Hitler hat er nicht geschluckt, trotzdem.»

«Mögt ihr euch noch daran erinnern», fragte Aaron, «wie wir auf dem See herumgondelten und unser Löwengebrüll ausstießen, so eine Art Fanfarenstoß an der Schwelle unserer Zeit? Jetzt kommen wir –»

«Das war kurz bevor wir uns unsere Etiketten anhängten», lachte Gotthold.

«Etiketten? Was für Etiketten», fragte Aaron.

«Du deine ‹Nouvelles littéraires›, ich den ‹Untergang des Abendlandes› und er, der Walter, ‹Die Schweizer Küchenspezialitäten›!»

«Habt ihr schon Kinder?» fragte Walter Abt und blickte auf den breiten Goldring an Gottholds Hand.

«Das zweite ist bereits unterwegs – und du?»

«Das dritte wird jetzt vierjährig.»

Die beiden Väter blinzelten zu Aaron hinüber, der sich angesichts dieser Fruchtbarkeit klein und unbedeutend vorkam. Sie waren Männer geworden, sie saßen da, vor ihrem Kaffee, Häupter einer neuen Sippe, Bürger dieser Stadt, Gestaltende und Gestaltete – und er, am Rande dahingetrieben, von der Gischt nur leicht gekräuselt, hatte nicht einmal das eine befriedigend geregelt, den Unterhalt seines Lebens.

«Ereignisse?» fragte Walter zweifelnd – er antwortete offenbar auf eine Bemerkung Gottholds, die Aaron nicht vernommen hatte –, «es finden keine Ereignisse hier statt – nur Nachrichten von Ereignissen, die ferne von den Grenzen unseres Landes vorüberbrausen. Wir haben sie nicht gesehen. Höchstens hören wir die Motoren der Flugzeuge in der Nacht über unseren Häuptern hinwegdonnern. Wir erleben diesen Krieg in der Vorstellung, in der Imagination. Natürlich ist das unser Glück, aber es ist auch unser Problem.»

Gotthold verstand ihn sogleich. «Du meinst wegen nachher, wenn wir aus unserer Klausur in die andere Welt zurückkehren werden, in die Wirklichkeit?»

«Ich höre sie schon, wie sie es uns vorwerfen werden, wir hätten es nicht erlebt, die Welt sei weitergegangen und wir in unserer Igelstellung verkrampft und erstarrt», nickte Walter.

«Daß wir die Wegweiser von unseren Straßen, die Anschriften der Ortsnamen von unseren Bahnhöfen entfernt, die Landkarten eingezogen haben», meinte Aaron, «es kommt mir wie ein Sinnbild vor: als hätten wir die Heimat neu, und von innen her erkennen und nennen lernen müssen. Wir sind doch alle anders geworden, dörflicher möchte ich sagen, auf einander angewiesen – man muß nur die Gesichter ansehen – das Maulen, der Übermut, das Leben ist uns vergangen, die Blumen haben wir aus den Gärten gerissen, während der Anbauschlacht, der Rhythmus Bürger-Soldat, Soldat-Bürger, er ist uns bereits ins Blut übergegangen – nie hat es in diesem Lande eine solche Zeit gegeben, in der so viele Bewohner so aufrichtig, ohne Wesens und Worte, zum Opfer bereit waren, zum Opfer des Lebens für die Freiheit. Wir schämen uns ja, Phrasen zu führen, wir geben uns alle Mühe, es im normalen und grauen Alltag zu vernebeln – aber das Réduit, das wir in den Tälern rund um das Alpenmassiv herum eingerichtet haben, den Ort des letzten Widerstandes, den Friedhof, den Rosengarten – man spürt es ja, es trägt ein jeder für sich noch einmal so ein Réduit mit sich herum. Es ist großartig – ich kann mir nicht helfen.»

«Großartig», sagte Walter ernst, «aber nicht spektakulär.»

«Drei Eidgenossen bei einer Tasse Kaffee», lachte Gotthold.

«So und nicht anders kam der Rütlischwur zustande», sagte Walter. «Beim Misten, beim Pflügen, während des Tränkens der Kühe meinten zwei, drei Männer zueinander, man müsse etwas unternehmen, so könne es nicht mehr weitergehen.»

Als hätte sich dieser Satz auf ihn bezogen, bekannte Gotthold: «So ging es mir auch. Als ich wegen der Gobineaugeschichte meine Erklärung in der Presse abgegeben hatte, da konnte ich einfach nicht mehr. Versteht ihr? Ich hatte genug davon, auf den Werken anderer Konstruktionen zu errichten, im Kuratorium der Trostelschen Stiftung Protokolle zu führen, zu hören, wie über die Werke von Dichtern und Schriftstellern beraten, wie sie gegeneinander abgewogen, zensuriert wurden – mit dem Willen zur Gerechtigkeit und Unbestechlichkeit, gewiß. Aber es war dennoch eine Jury, ein Richterkollegium, und Kunstwerke sind nicht Dinge, über die man richten, sondern solche, zu denen man nur Ja sagen oder schweigen muß, weil sie uns nicht erreichten. Auch dieses Amt gab ich auf. Ich hatte Sehnsucht nach einfacher Hände Arbeit. Wenn ich auf einen Bauplatz kam, und es wurden die Verschalungen weggenommen und eine Betonmauer stand da, härter als Stein – dann war ich glücklich, ein anonymer Baumeistergehilfe angesichts eines Werkes, das ihn, nach menschlichem Ermessen, überdauern würde.»

Er lachte ohne Verlegenheit.

«Diesen Dr. Loßmayer haben sie übrigens abgeschoben», fügte er zusammenhanglos hinzu. «Und daß wir Abonennten auf die ‹Wir› sind, das weißt du vielleicht auch noch nicht.»

Walter grinste, aber er verstand wohl, wie es gemeint war.

Gotthold schaute auf die Uhr, erhob sich. «Ich muß noch nach Wiedikon hinaus, schauen, wie es mit dem Luftschutzkeller vor sich geht.»

«Das hat dem gut getan, daß er die Literatur an den Nagel hängte», meinte Walter, dem Klassengenossen nachschauend, der energischen Schrittes die Gaststätte verließ. «Jetzt ist er mit sich selbst im reinen, das spürt man.»

«Man sollte», sagte Aaron nach einer Weile, während sie von ihrem Tischchen in das von Gästen erfüllte Lokal starrten, «dem Planen nicht so viel Platz einräumen. Planen verleitet zum Träumen, zum Spielen, eilfertig liefert es uns Gründe, resigniert die Achseln zu zucken angesichts der Kluft zwischen dem, was ist, und dem, was sein sollte. Der arme Albin Zollinger hat es mir noch gesagt, als ich ihn das letzte Mal sah.»

«Alle großen Entscheidungen vollziehen sich planlos», nickte Walter, «auf diese Weise heiratet man, auf diese Weise kommt man zu seinem Beruf. Man sagt in irgendeiner Stunde Ja. Das ist wie eine Knospe. Und wenn die Knospe da ist, bricht sie auf, macht Blätter, Blüten, Zweige. Kein Maler sieht das Bild, das er malen will, fix und fertig vor seinem geistigen Auge. Es wächst und gestaltet sich selbst, mit jedem Pinselstrich nach einem geheimnisvollen Gesetz, das man nicht mit dem Willen stören darf. Es stellt sich selbst dar. Anfangen, heißt der Trick.»

Er schaute dabei Aaron auf eine seltsame Weise an, als habe er just ihm damit etwas bedeuten wollen.

«Eingebettet zwischen Hügeln und Baumgärten lag das Dörflein da. Verstehst du, was ich meine? Die Magie des ersten niedergeschriebenen Satzes.»

Aaron spürte wieder das heftige Pochen seines Herzens, das ihm so vertraut war. «Ich bin ein richtiger Anfänger», sagte er leise, «ich sehe alles zu weit, zu groß, ich will alles, viel mehr, als meinen Kräften angemessen ist.»

«Über die eigenen Kräfte wissen wir am wenigsten Bescheid», sagte Walter mit runden Augen hinter den Brillengläsern. «Darum sollten wir uns nicht kümmern. Sie haben erst die Möglichkeit sich zu zeigen, zu wachsen nachher, wenn wir angefangen haben. Eben im Kampf! Während des Hosenlupfes stellen sie sich ein, vorher sind sie gar nicht da, sind sie die große Unbekannte.»

Mit einem richtigen Ausdruck der Verzweiflung blickte Aaron durch die verregnete Spiegelscheibe auf die Straße hinaus. In diesem Ausschnitt gingen die Leute unter ihren Schirmen hin und her, immer wieder neue kamen, der Asphalt glänzte, ein blauer Straßenbahnwagen fuhr vorüber. «Der Blick in das Leben ist ein Blick in das Chaos», murmelte er.

«Der Künstler formt einen Kosmos daraus», machte Walter ein wenig hinterhältig.

«Ich habe eine solche Bewunderung für die Leute, eine solche Freude an ihnen, ich finde sie alle so tapfer ... Das möchte ich sagen.»

«So fang doch an».

Unter dem Dach des Wartehäuschens auf dem Bellevueplatz, bei einer der pilzförmigen Betonsäulen, die es tragen, warteten sie auf das Tram. Aarons Blicke irrten im Bild des Regenabends umher. All dies ging ihn etwas an, in all dem war eine Botschaft verborgen, im Kreischen der Räder, auf den Schienen, den Aushängeschildern der Zeitungsverkäufer, den paar kahlen Platanen mitten im Asphalt, dem leichten Ansteigen des Fahrdamms auf der Brücke, den Nebelfetzen hinten am Waldhang des Uetliberges und der Seefläche, die sich im grauen Dunst verlor.

«Wach auf, Kätterli!» rief Walter lachend von der Plattform der Straßenbahn herab dem Freunde noch zu. Tags darauf mußten sie beide wieder einrücken.

VIII. Kapitel

Es zogen sich die Wochen, die Monate, die Jahre schon dahin – belagertes Land, belagerte Stadt. Blickte irgendein Mensch, sei es vom berühmten Aussichtspunkt auf der Waid, sei es vom alkoholfreien Kurhaus am Zürichberg oder von der Waldegg am nördlichen Sockel des Uetliberges in die Ebene hinab, so konnte er nichts wahrnehmen, das ihn an eine außergewöhnliche, eine gefährliche Zeit erinnert hätte. Auf den Zinnen blähten sich wie ehedem die Wäschestücke, an den Masten der Fabrikschornsteine wehten die Rauchfahnen, über die Geleisestränge donnerten die Züge. Erst wenn er in die Siedlung hinabstieg, konnte er sehen, wie die Fahrdämme der Straßen, entblößt vom Verkehr der Motorfahrzeuge, in provinzlicher Stille in der Sonne des Vormittags dalagen, wieder Wege der Fußgänger geworden. Die blauen Tramwagen hatten sich zum Zustand kleiner Ereignisse erhoben, ihr Kommen und Wegfahren an den Haltestellen vollzog sich in Dolden wartender und aussteigender Leute, die Velofahrer waren zu Legionen herangewachsen. Bessere Herren, deren Wagen aufgebockt in den Garagen standen, hielten sich ein Velo, vernickelt und tadellos unterhalten, viele Transporte, Umzüge aus Wohnungen sogar wurden auf Fahrrädern mit Anhängern durchgeführt, aber das Gleiten der Gummiräder auf dem Asphalt, das Klingeln der vernickelten Glocken, es gab nur ein friedliches Beiwerk zur Stille. Viel von der Hast war verschwunden; auf ihren mehr als früher neubesohlten Schuhen gingen die Bewohner der Siedlung bedachtsamer ihre Wege; war auch nichts von Not und Entbehrung auf ihren Gesichtern zu lesen, so eignete ihnen doch allen ein gewisser Ernst. Jene der Männer, die Dienst taten, waren gebräunt und von härteren Zügen; in der zivilen Kleidung tat bei vielen von ihnen das Alter sich deutlicher kund, als wenn sie das Wehrkleid trugen. Bei allen waren die Bäuchlein verschwunden, auch jene rundlichen Formen von Nacken und Schultern der Frauen im Wohlstand waren seltener geworden. Zwar sicherten die Lebensmittelrationierung und der Wahlensche Anbauplan allen reichlich die notwendigen Kalorien, im gesamten jedoch gesehen war entschieden ein Gewichtsverlust festzustellen. Er betraf das Überflüssige und stand den meisten gut an. Immerhin, dachte Bell, der diese Betrachtungen anstellte, das Überflüssige ist ein Merkmal des Friedens, des Gedeihens auf trächtiger Bodenschicht, und das, was zuerst abschmilzt in solchen Zeiten. Die kurzgeschnittenen Haare, die Jacken und Röcke praktischen Zuschnitts, sie haben die Frauen vermännlicht; viel Geheimnis ist um sie verlorengegangen, seit sie uns Arbeits- und Kampfgenossen geworden sind. Sie merken es selbst; sie schminken die Lippen stärker als früher, so scheint mir, und röten die Nägel.

Er wanderte ohne Eile in seinem alten handgesponnenen Anzug den Limmatquai aufwärts, und es gehörte zu seiner Verfassung, daß er die beiden Türme des Großmünsters und jenen des Fraumünsters als drei Schwurfinger sah, die diese Stadt in das blaue Wappenfeld ihres Himmels hineinreckte. Einmal, am Anfang, als der deutsche Blitz auf London niederprasselte, war die Versuchung an ihn herangetreten, sich seines Bürgerrechts zu entledigen und in seine alte Heimat zurückzukehren. Als aber das Aufgebot des Armeekommandos ihn erreichte und er zum Abhördienst von Radiosendungen in englischer Sprache nach Bern befohlen wurde, als Hilfsdienstpflichtiger und in Zivil, da begriff er, er diene hier auch der

Sache, für die seine ehemaligen Landsleute bluteten, und führe das Furchtbare auch über die Siedlung an der Limmat hernieder, so wollte sie würdige Schwester sein der Gemarterten an der Themse.

Es ging Clive Lawrence Bell in dieser Zeit nicht besonders gut. Die Rentenbeträge aus England vermochten den Gürtel der Achsenmächte nicht mehr zu durchdringen und blieben aus. Mit dem Honorar aus den Englischstunden und den Übersetzungsarbeiten konnte er gerade noch die Miete für sein Zimmer an der Lindenhofgasse beim Orthopädisten Liniger bestreiten, die Coupons für Fleisch und die Mahlzeiten in Gaststätten, ließ er, der Vegetarier, ohnehin ungenützt verfallen. Zwar konnte man ihn noch immer unbewegten und stillen Gesichts durch die Straßen schlendern sehen, doch trug er dabei ein kleines Rucksäcklein an der Schulter. Er ging durch die Wälder rings um die Stadt, suchte Tannzapfen für seinen Ofen und war ein Pilzsammler geworden. Wenn er jetzt das Portal des Botanischen Gartens durchschritt, so war es nicht mehr, um auf der Bastion der Katz mit Shelleys Gedichten einen sommerlichen Herbstvormittag zu verträumen, sondern er ließ sich von der neueingerichteten Beratungsstelle des Instituts die eßbaren Sorten bezeichnen und die giftigen ausscheiden. Mandeln und Nüsse waren zu Kostbarkeiten geworden, die er sich nicht mehr zu leisten wagte, doch gewährten ihm die einheimischen Haselsträucher etwelchen Ersatz. Wie jeder andere Bürger der Stadt konnte er nun auch in einem Henkelkesselchen Suppe holen im Milchgeschäft, doch weiter ging seine Beanspruchung der öffentlichen Hand nicht. Wohl gab es Tage, an denen er hungerte, doch es drückte ihn nicht nieder. Fast frohgemut ertrug er den Mangel und fühlte sich durch ihn auf eine geheime Weise mit dem heldenmütigen Volk an der Themse verbunden, von dem er herstammte. Daß er ewig dieselben verschlissenen, doch sorgsam unterhaltenen Kleider trug, fiel nicht auf; die Einwohner der Stadt hielten es nicht anders.

Gottes Mühlen hatten begonnen sich schneller zu drehen. Afrika war von Rommels Panzern geräumt, Mussolini gestürzt, und in Rußland begannen die Führer der deutschen Armeen des großen Napoleon zu gedenken, dessen Heere die Mahlsteine vor Moskau zerrieben hatten.

René Hirzel kam ihm entgegen, ein Gäßchen der Altstadt hinab. Er hatte wieder eine Nacht im Hinterzimmer über der

Wirtschaft «Zum Feldhasen» verbracht, war aber schon beim Coiffeur gewesen; blank rasiert, mit lichten Augen, ganz gelockert und ausgeschlafen, wieder einmal von der dumpfen Bedrückung befreit, redelustig und ohne Reue unterfaßte er den alten Weggefährten Bell. Gestern Nacht noch seien auf der Redaktion in der Wirrnis der Nachrichten, die einliefen, Gerüchte mit unterlaufen von einer großen Stille, die plötzlich in den Meeren um England sich auszubreiten begänne. Nicht mehr hätten sie vernommen in ihren Apparaten das emsige Ticken der Chiffretelegramme von den Schiffen, die Bremsenschwärme der Nächte. Nun sei es gewiß, der Tag sei nahe; dieser helle Morgen nach der stürmischen Nacht über dem Kanal, er könne es schon gebracht haben, was sie, wie Blaubarts Frau, auf dem Söller ersehnten, die Wolke am Horizont, die die Pferde der Brüder mit ihren Hufen aufwirbelten.

Es wollte den beiden scheinen, als sei die ganze Stadt schon erstarrt in Erwartung. Zwar gingen die Leute undurchdringlich ihres Weges; nur die Soldaten, die Urlaubgänger, trieben ihre Scherze und lachten und berieten vor den Wirtschaften die nächste Einkehr, bevor sie ins Zivil zurückkehrten.

Aber der Fluß floß sachte, von den leise atmenden Mauern der Häuser an seinem Ufer begleitet, nach Norden und rheinwärts, wo die Heere standen. Es schien, als wüßten die Kirchen, die mit ihren Türmen in die oberen Ströme hineinragten, bereits schon mehr als die Leute unten auf dem Asphalt. Auch die Schwäne schlugen die Flügel und boten einander mit gesenkten Schnäbeln die breiten Brüste im Zanke; und tänzelte nicht auf seinem Sockel Waldmanns ehernes Pferd so ungeduldig, daß das sehnige Reitermännlein es kaum mehr zwischen den Schenkeln halten konnte?

«Tomassi ist reisefertig», berichtete Hirzel. «Noch liegen zwar Kesselrings Divisionen in der Poebene drunten, aber es sammeln in seinem Rücken sich die Partisanen. Schon hat er Bericht von ihnen. Morgen reist er nach Lugano, Mitglied bereits der Schattenregierung, die morgen im befreiten Italien die Republik errichten wird.»

Vereinfachte Geschichte, dachte Bell, aber es paßt zu der Stimmung der Stunde, wo hinter dem Starren der Mauern, den alltäglichen Wölklein am Himmel, dem zögernden Lauf des Flusses, des Alltags nüchterner Prüfung, dem Bild der ordentlich gewischten Straßen, den humpelnden Straßenbahnwagen und den ihre Federn plusternden Enten in der Volière die Zeit zu rasen und uns zusammenzuraffen beginnt.

Dann als sie, an der Wasserkirche, dem Denkmal Zwinglis vorbei, dem Dreieck der Hungerinsel zuschritten, sahen sie, daß etwas geschehen sein mußte. Vor ihnen öffnete sich der Platz in der Gabel der beiden Straßen, und es eilten die Zeitungsverkäufer darüber hin, immer wieder angehalten und bestürmt von den Leuten, es flogen die Münzen, es rissen die Blätter in harten Händen, es war, als würden Kulissen verschoben, es rundeten sich die Augen, es lösten sich die Lippen, Blick fand sich zu Blick mit Lächeln und Worten, Brüder, Schicksalsgefährten, Namenlose, tapfere Wärter und Zweifler und Hoffende und Verhärmte, Gebremste und Junge und Alte und Frauen mit Netzen voller Kartoffeln und Radfahrer im Sattel, den Fuß auf dem Randstein, erhobenen Körpers, das Blatt vor den Augen, sie lasen und sagten es weiter: sie sind gekommen, sie sind gelandet, sie stehen auf dem Boden des geknechteten Kontinents. Eisenhower heißt der General. Ein Name wie aus der Schweizer Geschichte. Wie eilte der Fluß mit einem Male, wie blinkten die Fenster an seinem Ufer, wie rauschten die Schwäne dem Winde entgegen!

«So heul doch!» rief Hirzel Bell ins blasse Gesicht, und selber hatte der zu Nichts Gekommene das Wasser in den blauen Augen und ließ es bedachtsam und ungeschämt kollern, als sei es das Kostbarste, das er von sich zu geben habe.

IX. Kapitel

Als Bluntschli aus dem Tunnel trat, der unter den ansteigenden Estraden hindurch in das innere Oval des Hallenstadions hineinführte, schlug ihm jener Armeleutegeruch entgegen, den er nur zu gut kannte. Die Scheinwerfer oben im eisernen Gebälk und ringsherum an den Wänden und Pfeilern waren alle entzündet; sie erfüllten den riesigen Raum mit einem kalten und fahlen Licht, in das aus der Masse der über die ganze Fläche und bis zu den Sitzreihen hinauf gelagerten Flüchtlinge und Fremdarbeiter fortwährend Wolken von Dunst und Tabakrauch emporstiegen. Wie Schuttgeröll am Rande eines Bergsturzes lagen, kauerten, knieten und standen die Männer und Frauen, Familien und Sippen im weiten Platz, und das

Gemisch ihrer Sprache und Rufe erfüllte die Halle mit einem nie abbrechenden Getöse. Die große Uhr zeigte die erste Stunde des 23. April. In dem Maße, als die vorrückenden Armeen der Alliierten den Teppich der Freiheit den Landesgrenzen entlang in das Reich hineinrollten, wuchs an den Übergängen der Andrang der Flüchtenden aus den Lagern und den Fabriken, immer neue Schübe trafen in dem in aller Eile errichteten Auffanglager des Stadions ein. Territorialsoldaten, Hilfsdienstpflichtige, FHD, Samariter, Schwestern und Ärzte waren mitten in der Nacht alarmiert worden, und die ganze Ansammlung war im Begriffe, sich zu organisieren. Auf den Anfahrtsstraßen knatterten die Kolonnen der Lastwagen, die unter ihren Blachen mit Menschen und Bündeln vollgepfropft waren.

Bereits hatte sich die Masse im Innern der Halle zu gliedern begonnen; die Italiener, die Polen, die Tschechen hockten in ihren Bezirken zusammen, sandten Obmänner und Dolmetscher aus, ihre Burschen schleppten Kübel mit Wasser herbei, nahmen Bündel von Wolldecken in Empfang, selbst Handharmonikamusik war schon zu vernehmen und das Anschwellen gebrummter Gesänge. Drei Feldküchen standen unter Feuer, und schon konnte man das vertraute Bild hemdärmliger Küchenchefs sehen, die Suppe in dargereichte Blechschüsseln schöpften.

Bluntschli meldete sich im Lazarett, das in einem der Zimmer unter den Estraden eingerichtet worden war.

«Es ist gut, daß Sie kommen», rief ihm Pfarrer Hausheer entgegen. «Sie können doch russisch!» Gesträubten Bartes und mit rotunterlaufenen Lidern, den Kragen des Priesterrokkes geöffnet, war er offenbar in seinem Elemente. Aus den Werken bei Stuttgart geflüchtet, sei eine Gruppe russischer Fronarbeiter mit ihren Frauen und Kindern eingetroffen und bedürfte ärztlicher Hilfe. Die Bombenverletzten seien bereits in die Chirurgische abtransportiert worden, doch bestehe Typhusgefahr, und es sei nötig, die ganze Gesellschaft in Quarantäne zu bringen im Notspital beim Strickhof. Man müsse es ihnen erklären.

Da saßen sie also, Lydia Stepanowas Bauern, Bluntschli erkannte sie sogleich, trotz den blauen Übergewändern, die sie trugen. Die blonden Bärte waren ihnen gewachsen, und sie hatten blaue, erstaunte Augen, als er sie ansprach und sich zu ihnen setzte auf die Bänke, von denen herab ein sportlich begeistertes Publikum die Radfahrer anzufeuern pflegte. Neun Männer waren es, zwei Frauen und zwei Kinder; sie hatten sich selbst abgesondert vom Lager drunten im Oval und nebeneinander hockten sie da in drei Reihen wie Zuschauer und betrachteten das Lager unter ihnen im Lichte der Scheinwerfer. Sie seien alle geimpft, sie wiesen die Narben an ihren Armen vor. Nur Durst hätten sie gehabt, aber das Fräulein Doktor habe ihnen bereits Flaschen mit süßem Wasser gebracht, und dann kam auch schon Jacqueline, eine magere junge Frau stützend, den Mittelgang der Estrade herab, und sie glich ein wenig in ihrem unordentlichen Haar und dem schwarzen Pullover den Kosakenpferdchen seiner Jugendzeit, fand Bluntschli. Die Wehen hätten bereits begonnen, unterrichtete sie ohne Erstaunen den Kollegen, man müsse sie ins Frauenspital bringen lassen, ob er so freundlich sein wolle, es zu veranlassen. Sie könne nicht weg. Eine Bahre wäre das beste, die Frau habe noch einen Tumor am Knie.

Bluntschli eilte ins Ärztezimmer zurück, sandte eine Schwester und einen Sanitäter zu Jacqueline hinauf; an Personal herrschte kein Mangel, immer neue, tatendurstige Leute meldeten sich.

Der Sanitätsgefreite Lismer, ein fester Mann und Malermeister von Beruf, saß am Tisch, und ein Mediziner in Uniform, ein junger Leutnant, diktierte ihm eine Liste in die Maschine:

«Sechs Magen, Klammer: Unterernährung, Hungerödem. Vierzehn Tb-Verdacht. Klammer: Röntgen. Ein Fall Schockkatatonie.»

«Und mit den zwei andern, was soll man da diagnostizieren?» murmelte der Leutnant vor sich hin. «Sie schienen nicht gefährlich, sie lachen nur immer so pathologisch, so beziehungslos – sind das überhaupt Patienten?»

«Herr Leutnant, schreiben wir doch einfach: Zwei verrückt vor Freude», schlug Lismer vor, ohne eine Miene zu verziehen.

Karl Gebhardt, in der abgetragenen Uniform eines Sanitätswachtmeisters, war bei einigen befreiten Häftlingen eines Konzentrationslagers hängengeblieben. Man erkannte sie an den schwarz und weiß gestreiften, an Pyjamas erinnernden Anzügen, an der unwahrscheinlich blassen Farbe ihrer Gesichter, den Handgelenken und den nackten Fußknöcheln, die nur mehr den Umfang des Röhrenknochens hatten. Sie trugen abenteuerliche Kopfbedeckungen, verwegene Schlapphüte, Militärmützen der Sowjetarmee, Ärztekalotten, einer hatte nach spanischer Art ein Tuch um den Schädel geschlungen, und ein anderer, mit einer spitzen Tüte aus Filz auf dem kurzgeschnittenen Haar, sah mit seinen tiefliegenden Augenhöhlen und der Kreideblässe seines Gesichtes wie ein Zirkusclown aus. Inmitten der lärmenden Kermesse bildeten sie eine stille, disziplinierte Gruppe, saßen mit angezogenen Knien auf ihren Decken, und zwei von ihnen spielten auf einem Kartondeckel Schach, Streichhölzer und Knöpfe dienten als Figuren. Alle verfolgten sie die Partie, Karl hatte sich zu ihnen gesetzt. Sie bedürften vor allem der Kleider, seine Schützlinge, hatte er in der Nacht noch Kätterli telephoniert. Sie möge bringen, was aufzutreiben sei, auch bei Mengs anfragen und es bringen, zu jeder Stunde, einen Taxameter nehmen, es sei ungewiß, wie lange die Männer noch hier blieben. Die Partie zog sich in die Länge, andere folgten, sie schlürften heißen Kaffee, sie sprachen nicht viel. Rings um sie versanken die Gestalten unter den bekannten mit roten Streifen und dem Kreuz versehenen Decken der Zeughausverwaltung und bildeten eine phantastisch gebuckelte Landschaft, im Schlaf erstarrte Menschenlava. Die Scheinwerfer erloschen, nur die Krankenschwestern und Samariter huschten im Dämmer zwischen Leibern und Sippen umher.

Durch die Glasscheiben des Hallenrunds begann bereits der Schein des Frühhimmels hereinzudämmern, als sich am Ausgang des Tunnels eine Bewegung bemerkbar machte, und dann kam, von zwei Sanitätssoldaten begleitet, das Kätterli ins Oval hereingeschritten, im dunkeln Mantel, eine Kapuze über dem Haar und hinter ihr Frieda, die Köchin. Sie und die Soldaten trugen mächtige Bündel, Karl sprang auf und mit ihm die Spieler, wie auf eine geheimnisvolle Weise unterrichtet. Und dann ergossen sich in den Kreis, den sie bildeten, Kaskaden von Kleidern, Schuhen, Hemden und Unterwäsche, Socken, Hüte, Pullover, das Kätterli lächelte, Frieda lachte, und Karl erkannte des Schwiegervaters braunen ganz fein gestreiften Sakko, den ehemals so schicken zweireihigen Cheviot, den Taubengrauen und wahrhaftig die Kapitänsmütze, die Meng Anno 1909 auf dem Hügel bei Engstringen anläßlich des Gordon-Bennett-Ballonfliegens getragen hatte. Aber dann sah er auch die Kleider Schörschlis, den dunklen Konfirmandenanzug, das grüne Sportkleid mit den Knickerbockerhosen, das Pfadihemd, alle die Überreste aus Textilien, seine Berg-, seine Halb-, seine Turnschuhe, die das Kind auf dieser Erde zurückgelassen hatte. Sie schämten sich nicht, diese Männer, auf der Stelle vor diesen Frauen, den Soldaten begannen sie sogleich sich einzukleiden, schlüpften sie mit ihren weißen Skelettbeinen in die Hosen, schlossen Hemdkragen, banden Schlipse, und dann standen sie da, befühlten, betasteten sie sich gegenseitig, wieder gekleidet wie Menschen des Abendlandes und doch, trotz allem, Puppen in Schaufenstern nicht unähnlich, mit ihren weißen Gesichtern und lustlosen Augen, verkleidet. Es müßten die Sträflingskleider sogleich fortgeschafft, in die Kehrichtverbrennungsanstalt verbracht werden, ordnete der Wachtmeister an.

Bluntschli und Hausheer, der Pfarrer, wachten noch immer im Ärztezimmer. Des Arztes Finger waren braun von den vielen Zigaretten, die er geraucht hatte. Sie hatten beide Weckamin geschluckt und waren hellwach. Durch das geöffnete Fenster hörten sie die Vögel zwitschern im Dämmer draußen.

«Gott hat es nicht leicht in der Schweiz», sagte Hausheer.

«Ich finde, im Gegenteil, der Teufel hat es schwer», lachte Bluntschli.

«Die Demokratie, verstehen Sie das», rief der Pfarrer, «sie demokratisieren den Herrgott, ihre Abneigung gegen die Heldenverehrung macht ihnen die Verehrung des Höchsten so schwer. Sie unterstellen ihn dem Referendum, sie rechten mit ihm wie mit ihrer Regierung, wie mit dem Bundesrat; nicht blinden Glaubens an ihn sind sie. Der Herrgott soll ihnen das Zusammenleben regeln, soll sie verwalten. Die Demut in der Frömmigkeit fehlt ihnen, sie wollen ihm dreinreden, mitregieren, nach politischer, wenn auch demokratischer Art. Nicht Gottes Diktat wollen sie empfangen; sie tun so, als hätten sie ihn gewählt. Im Namen Gottes des Allmächtigen, sagen sie laut und vernehmlich, im Namen des Volkes fügen sie leis und entschlossen hinzu.»

«Ja, man muß sie gerne haben», nickte Bluntschli.

Als sie, Karl und Kätterli, am Vormittag dieses Frühlingstages nach der Nacht im Hallenstadion mit dem Tram am Bahnhofplatz anlangten, mußten sie den Wagen verlassen. Er fuhr nicht mehr weiter. Sie fielen mitten ins Sechseläuten hinein. Die blau-weißen Fahnen hingen über die Fassaden der Häuser herab, überall wehten die Banner. Dichtgedrängt und ordentlich füllten die Leute die Trottoirs bis zu den Randsteinen: vor ihnen lag in der Sonne, von Linden gesäumt, von Menschen leer und reingefegt der Asphalt der Bahnhofstraße, wartend wie sie.

Und dann kamen sie vom See herab, trippelnd, klappernd, von der mächtig blasenden Stadtmusik angeführt, die Sennenbüblein, die Rokokomädchen, die Kaminfegerlein, die Holländer und die Indianer, die Bäckerlein und die Metzgerlein, die kleinen Fischer und Jäger, die Dragönerli und die Tellenbübli, die Wehntalerli und die Bernermeitschi, und sie schritten dahin, blickten um sich mit den kleinen Hälschen und trugen Blumensträußchen und Orangen in der Hand, und schon hatten sie alle Scheu verloren. Selbstbewußt waren sie unter den Blicken der Zuschauer geworden, Mittelpunkt der Straße, der Stadt. Sie kamen heran mit ihren kleinen Lackschuhen, den Tessiner Zoccoli, den Holzpantinen – das neue Geschlecht. Es war ihm Platz gemacht, man ließ es gewähren, es meldete sich an, es kam herauf, es nahm Besitz von der Zeit.

Arm in Arm, die Finger eineinandergepreßt, standen Karl und Kätterli, Silber im Haar beide, am Randstein und betrachteten den Kinderumzug. Es kamen ihnen keine Tränen mehr. Es wehte des Festes größere und versöhnende Bedeutung über sie hin.

X. Kapitel

Zum zweiten Male, seit ich da bin, dachte Aaron, als er, von der Brücke herkommend, den Pfeilern des Gotteshauses entlang den Münsterhof durchschritt, erlebe ich das Ende eines Weltkrieges, den Tag des Waffenstillstandes. Diese beiden Kriege, diese gespensterhafte Wiederholung haben unserer Generation ihren Stempel aufgedrückt. Den Alten war 1914 das Ereignis am Ende, den Jungen 1939 am Anfang ihres Lebens, uns waren sie beide die Pfeiler der Mitte. Deshalb werden nun wir, die wir im fünften Jahrzehnt unseres Wandels stehen, immer auf eine besondere Weise anders sein als jene, die vor uns kamen, und jene, die uns folgen. Von dieser Verdoppelung, von dieser zweimaligen Wiederkehr, sind wir gezeichnet. Wir haben die Ängste, aber auch die Hoffnung und den Glauben begründet gesehen – das ist unsere Weisheit.

In der Sonne des Maimorgens reihten sich die Häuser des alten Platzes, Dach an Dach, Fenster an Fenster, vom Zunfthaus der Meise hinüber bis zu jenem der Waag, und der blaue Schatten des Münsters teilte das Pflaster des weiten Runds in die Felder des Wappens, leuchtend das eine, kühl und gedämpft das andere.

War es ein Festtag, war es ein Alltag? Man erkannte es nicht. Die Ämter begannen die Schalter zu schließen, die Läden zögerten noch, es wäre eine Zwischenzeit – die Leute schritten einher, blickten einander an und an den Mauern empor und schienen, wie sie, auf etwas zu warten. Ganz offensichtlich waren sie noch nicht recht bereit.

Weinen und lachen, würgen und heilen, brechen und bauen, Steine zerstreuen und Steine sammeln, herzen und ferne sein von Herzen, schweigen und reden, lieben und hassen, Streit und Friede, jegliches hat seine Zeit. Im Dahinschreiten, im Rhythmus der Schritte sprach Aaron die Worte des Predigers vor sich hin. Er kannte sie längst auswendig. In diesen Jahren war der Koheleth sein steter Begleiter gewesen; dieser Mann in biblischer Zeit, der sein Lied mit dem «Es ist alles ganz eitel» begann und es endete mit der Versicherung, *Er* werde alle Werke vor Gericht bringen, alles, was verborgen ist, sei es gut oder böse.

Unter den blühenden Linden der Bahnhofstraße kam ihm sein Onkel Léon entgegen, im schwarzen Kleid und im schwarzen Hut, elegant und süperb selbst im Anzug der Trauer, die er um der hingeschiedenen Gattin Fatima willen trug. Die Brauen und den dichten Schnurrbart weiß und seidig gebürstet im dunkeln Gesicht, lächelte er dem Neffen entgegen, nicht anders als damals auf der Bahnhofbrücke, da er dem Buben in Madeleines duftiger Begleitung erschienen war, ein Beau noch immer. Die Inhaberin des Schönheitssalons hatte das Ende des Wettstreits zwischen ihren alten Stammkundinnen, den lebenslustigen Großmüttern, nicht mehr erleben können; gelähmten Herzens war sie, ohne Krankheit und Warnung, beim Blättern der Agenda, in die sie die Stunden der Kunden und die Börsenaufträge eintrug, zusammengesunken; es blätterte dabei eine dünne Schicht plastischen Mittels von ihrer Schläfe. Wie ein liebenswürdiger Kork schwimmt er obenauf, dachte Aaron, während der Onkel mit erhobener Hand, grüßend, an ihm vorbeischritt. «On les a eus», rief er dabei. Aaron schaute ihm nach, wie sorgsam und zufrieden setzte er Fuß vor Fuß, von schmiegsamem Ziegenleder bedeckt, wie blickte er ruhig und gediegen umher, verharrte er vor den Schaufenstern, die Dinge betrachtend, die jetzt alle im Bereich seiner Wünsche lagen. Nun stand er vor Madeleines Laden, musterte die Galanteriewaren und Lederstücke hinter den Scheiben, und jetzt, wahrhaftig, drückte er die Klinke nieder, Aaron sah, wie er den Hut lüftete, eintrat, gemessen, lachend, und dann schloß sich die Glastüre hinter ihm, und nur der gestickte Vorhang zitterte noch eine Weile. Irgend etwas habe ich doch auch von ihm in mir, dachte Aaron, etwas von seiner albernen Lebensfreude.

Zwischen den neuen hohen Häusern der werdenden City am Sihlporteplatz hindurch wanderte er der Sihlbrücke entgegen, und dann trat er ein in das Städtchen Außersihl. Soldaten bummelten unter den Bäumen des Stauffacherquais, auf der Kaserne wehte die Fahne. Die Kirche St. Jakob sonnte sich in ihrem Gärtlein. Jacqueline's Topolino stand am Rande der Straße, im Schatten der Kastanien. Sie kam ihm entgegen, in einem hellen Blüschen, barhäuptig, und winkte von weitem schon mit nacktem Arm.

«Aaron», rief sie in einem Seufzer, fast komisch zu nennen, «es ist vorüber. Ich hab es gewußt, daß wir uns sehen würden.» Nicht anders wie damals, als sie, den Bitteren Hahnenfuß in der Hand, an seiner Seite durch die Bederstraße gegangen war, schritt sie neben ihm her, so klein und gesammelt.

«Wie siehst du aus?» fragte sie und blickte ihm ins Gesicht, fast ärztlich wollte ihm scheinen. «Ist etwas geschehen?»

«Etwas Gutes, denke ich», antwortete er. «Ich habe begonnen. Ich habe die ersten Sätze geschrieben.»

«Das Werk?» rief sie und blieb stehen. «Begonnen! Oh, Aaron –»

Es verschlug ihr den Atem. Nie noch hatte er einen solchen Blick von ihr empfangen.

«Willst du sie lesen?»

«Aber ja, wie kannst du fragen. Ein Anfang, oh, weißt du, ein Anfang, er öffnet ein Tor, er ändert alles.»

Vom Turme der Kirche herab setzte mit Dröhnen das Friedensgeläute ein. Er blickte auf den geliebten Scheitel herab. Jacqueline hielt das Blatt in der Hand; sie mußte es schon einmal gelesen haben, aber sie las es nochmals und wieder:

«Die Stadt Zürich liegt unter 47°23′ nördlicher Breite und 8°33′ östlicher Länge von Greenwich am nördlichen Ende des Zürichsees und an beiden Ufern der Limmat in einer nach Süden und Norden offenen Talmulde. Der Seespiegel glänzt bei mittlerem Wasserstand 406 Meter über Meer.»

PERSONEN-REGISTER

Aron – biographien! Guggenheim

Das Fremdsein im Eigenen, das Heimischwerden im Fremden

Kurt Guggenheims Roman «Alles in Allem» und das Thema der sozialen Integration

Den Schriftstellern, die er in seinem neu gegründeten Verlag herausbringen wollte, schickte Friedrich Witz 1945 ein «Artemis-Autorenheft» zum Ausfüllen zu. Auf die Frage: «Wie stellen Sie sich ihre schriftstellerische Weiterentwicklung vor?» antwortete der damals 49jährige Kurt Guggenheim, von dem für 1946 der Roman «Die heimliche Reise» in Vorbereitung war: «Ich betrachte alles, was ich bis jetzt geschrieben habe, als Vorstufe zu einem großen, modernen schweizerischen Struktur- und Generationenroman, den zu schreiben meine Absicht zwischen 50 und 60 ist. Das Problem für mich ist, die ihm adäquate neue Form zu finden.»[*1]

Sechs Jahre später – außer der «Heimlichen Reise» war im gleichen Artemis-Verlag inzwischen auch der Grenzbesetzungsroman «Wir waren unser vier» erschienen – hatte Guggenheim das Formproblem offenbar soweit gelöst, daß er an die Verwirklichung seines Vorhabens gehen konnte. «Seit dem Abschluß des Buches ‹Wir waren unser vier›, das 1949 herausgekommen ist, arbeite ich an dem auf drei Bände berechneten zyklischen Roman, in dem ich die Entwicklung der Stadt Zürich während der letzten fünfzig Jahre zu gestalten und zu deuten versuche», meldete er am 28. Juni 1951 Franz Beidler, dem Sekretär des Schweizerischen Schriftsteller-Vereins, als dieser ihn im Zusammenhang mit einem Subventionsgesuch um einen Bericht über seine Pläne und Lebensumstände bat. Wobei die letzteren, wie weiter aus dem Brief hervorgeht, offensichtlich so prekär waren, daß sie das Projekt ernsthaft gefährdeten: «Der erste Band fängt nun an Gestalt anzunehmen; ob ich ihn aber noch in diesem Jahr unter Dach bringen werde, ist mehr als ungewiß, denn alle die Beschäftigungen, deren ich mich des Brotverdienens wegen hingeben muß, nehmen viel Zeit und Denkraum weg. (...) Jährlich, von Juli bis anfangs November, leite ich, zum Teil vollamtlich, die Propaganda der Schweizerischen Winterhilfe, daneben verfasse ich seit etwa zwei Jahren die Sendungen der ‹Familie Laederach› des Studios Bern (Sendezeit 45 Min., alle drei Wochen, mit Fr. 200.– pro Sendung honoriert) und schreibe, sofern die Gelegenheit sich bietet, Reklametexte für die Propagandazentrale für Produkte der schweiz. Landwirtschaft. All das trägt mir ein Einkommen von etwas über 7000 Franken ein. Sie sehen aus dieser Sachlage, wie wenig Freiheit mir zur Erfüllung dessen bleibt, was ich naturgemäß als meine eigentliche Bestimmung ansehe. Es kommt dazu, daß ich mich, 1896 geboren, in einigen Jahren jener Grenze nähere, wo nach menschlichem Ermessen die schöpferische Gestaltungskraft abzuklingen beginnt. Es muß deshalb mein Bestreben sein, den Zyklus ‹Zürich›, in dem ich meine schriftstellerische Lebensaufgabe erblicke, vor dem Beginn dieses biologischen Zeitpunktes zu beenden. Ich hoffe, daß mir, trotz den nicht gerade leichten Lebensum-

[*1] Das Original dieses «Autoren-Hefts» befindet sich heute im Guggenheim-Nachlaß in der Zentralbibliothek Zürich.

Die Insel- und Brückenstadt Zürich auf einer Flugaufnahme von 1910. Oben die Sihl, unten die Limmat. Darin, am unteren und oberen Mühlesteg, die inzwischen verschwundenen Fabrikanlagen.

ständen, die Kraft bis zum Gelingen dieses Unternehmens erhalten bleibe.» [*1]

Kurt Guggenheim hat, wie wir inzwischen wissen, allen Widrigkeiten zum Trotz die Beharrlichkeit und das Durchhaltevermögen aufgebracht, den einmal gefaßten Vorsatz im selbstgesetzten zeitlichen Rahmen in die Tat umzusetzen: Im Herbst 1955, also wenige Monate vor seinem sechzigsten Geburtstag, konnte der vierte und abschließende Band seines Zürcher Zyklus «Alles in Allem» erscheinen, und das Echo, das er in Zürich und weit darüber hinaus auslöste und das in der Zuerkennung des Zürcher Literaturpreises für das Jahr 1955 gipfelte, deutet an, daß die imposante schriftstellerische Leistung nicht nur vom Autor selbst, sondern auch von seinem zeitgenössischen Umfeld als Erfüllung einer zwar selbstgewählten, aber durchaus im Sinne der Res publica liegenden schriftstellerischen Bestimmung und Aufgabe angesehen wurde.

Die Energie und Beharrlichkeit, mit der er sein Projekt in die Tat umsetzte – die vier Bände erschienen ab Herbst 1952 nicht nur sukzessive im Abstand von je zwölf Monaten, sondern wurden in diesen Zeiträumen auch erst geschrieben! – wuchs Guggenheim allerdings nicht erst in der Phase der eigentlichen Niederschrift zu. Wie sein Alter ego Aaron Reiß, der dem Roman als fiktiver Verfasser mitgegeben ist, verfolgte Guggenheim die Idee eines sinnstiftenden großen Generationen- und Epochenromans schon Jahrzehnte vor der Niederschrift des ersten Satzes mit unbeirrbarer Zielstrebigkeit.

Bereits seit 1912, seit seinem 16. Lebensjahr also, führte Guggenheim, als wolle er das «Material» des gelebten Lebens und seines Umgangs mit Literatur, Philosophie, Geschichte und Naturwissenschaft für alle Fälle schon einmal festhalten, ein ausgesprochen literarisch orientiertes Tagebuch.[*2] Dem Zürcher Handelsschüler waren, sieht man von Goethe und Gottfried Keller einmal ab, nicht die Werke der deutschen Literatur, sondern die großen französischen Epochenromane des 19. Jahrhunderts – Victor Hugo, Balzac, Zola, Flaubert – das entscheidende Bildungserlebnis, und die Affinität zu den französischen Vorbildern vertiefte sich wesentlich, als Guggenheim nach dem Ersten Weltkrieg als Stagiaire eines großen Kaffee-Importgeschäfts in Le Havre Proust und seine Welt für sich zu entdecken begann.

Zwei äußerlich wenig spektakuläre Erfahrungen kamen, wenn wir einmal von einer dritten, allerdings erst für 1930 zu datierenden absehen, in den gleichen Jahren motivierend hinzu: das väterliche Machtwort, das dem Wunsch des jungen Mannes, Arzt zu werden, eine Absage erteilte

[*1] Der Brief liegt im Archiv des SSV in Zürich.

[*2] Eine noch zum Teil vom Autor selbst besorgte Auswahl aus den Jahren 1925 bis 1980 ist in drei Bänden unter dem Titel «Einmal nur» 1981, 1982 und 1983 im Verlag Huber, Frauenfeld, erschienen.

Die 1895 erbaute «neue» Tonhalle im Stil des Pariser Trocadéro-Palastes (1939 ins heutige Kongreßhaus integriert) verkörperte besonders deutlich den Gründerzeitgeist und ist mehrfach Schauplatz von Guggenheims Roman.

und ihn zwang, die Handelsschule vor der Matura zu verlassen und ins elterliche Geschäft einzutreten*[1], und jene nur wenige Wochen dauernde Romanze mit der späteren Biologin Eva Hug im Sommer 1918, die er noch 1978 im Tagebuch als sein «entscheidendes Lebensereignis»*[2] bezeichnete. Der ungeliebte und nur mit halbem Einsatz ausgeübte kaufmännische Beruf ließ den jungen Guggenheim zunächst in die Rolle eines Dilettanten und Amateurliteraten und später, nach dem Bankrott des väterlichen Geschäfts, in diejenige eines «Schlemihls» und Versagers hineinschlittern, aus der ihn, wie er sich ausmalte, die Hervorbringung eines großen literarischen Werks nach dem Vorbild von Prousts «A la recherche du temps perdu» mit einem Schlag hätte herausbefördern können.

Die besagte Liebesgeschichte von 1918, die mit dem Triumph des nichtjüdischen Rivalen endete*[3], motivierte Guggenheim gleich in doppelter Hinsicht auf intensive, lange nachhaltende Weise: zum einen verwies sie ihn, indem seine Zurückweisung nicht zuletzt auch deswegen erfolgte, nur allzudeutlich auf seine jüdische Herkunft und deren höchstens durch eine bedeutende Leistung zu überwindenden Minderheitenstatus, zum andern aber verhalf sie ihm in der Person der angebeteten jungen Frau, die nicht die Partnerin einer gelebten Beziehung, sondern einzig das Objekt einer sublimierten, ins Literarische transponierten Liebe sein konnte (und wollte!), zu einem alterslos gleichbleibenden weiblichen Idol, das er in seinem ganzen schriftstellerischen Werk immer wieder neu abbilden und besingen sollte.

Exakt und in Freude: Ein Insektenforscher als Vorbild

Bereits der Erstling «Entfesselung» von 1935 – die Geschichte eines Ausbruchs aus den beengenden Fesseln der bürgerlichen Enge und der moralischen Schuld – und der dem biblischen Schöpfungsmythos nachempfundene, handlungsmäßig auf eine einzige Woche konzentrierte zweite Roman, «Sieben Tage» von 1936, sind im Grunde Auseinandersetzungen mit der Gesellschaft und einem Gemeinwesen, das einzelne Glieder von sich stößt (Peter Quirin in «Entfesselung»), anderen (Karl Meidenholz in «Sieben Tage») aber auch die Chance der Integration bietet.

*[1] Im erwähnten «Artemis-Autorenheft» heißt es als Antwort auf die Frage «Welche sonstigen Ereignisse haben Ihre Entwicklung ferner hauptsächlich bestimmt?»: «Die Tatsache, daß ich wider eigenen Willen den kaufmännischen Beruf erlernen und ausüben mußte – für den ich nicht das leiseste Talent habe –, und deshalb auf ein akademisches Studium (Arzt) verzichten mußte.»

*[2] «Einmal nur», Band III, S. 413 (20. 12. 1978)

*[3] Eva Hug zögerte lange und entschied sich schließlich für Albert J. Welti. Siehe die Darstellung im Nachwort zu Guggenheim, «Werke I», Seite 384–402.

Hans Konrad Pestalozzi (1848–1915, links) war Zürcher Stadtpräsident von 1889 bis 1909,
Robert Jakob Billeter (1857–1917) von 1909 bis 1917. Beide kommen im Roman als handelnde Figuren vor.

Seinen unverwechselbaren Ton und die seinen Themen und dem angestrebten epochalen Vorhaben adäquate Schreibweise aber fand Guggenheim erst in seinem dritten Werk, dem zwischen 1935 und 1938 entstandenen und 1938 erstmals publizierten Roman «Riedland». Wie sehr er selbst bereits die Projektierung dieses Romans als eine Zäsur empfand, zeigt die Tagebucheintragung vom 5. Oktober 1935, die er mit «Pensées en commençant opus 3 (Tuggen)» überschrieb: «Ich möchte es in der Freude schreiben, en sérénité. Ohne Hast und ohne ein Wort, das nicht trifft. Exakt, gewissenhaft, ohne Pathos, du bon travail quoi: mesuré, maßvoll. Propre. Alles vergessen, was hinten liegt. Neu beginnen.»*1

Guggenheim hat diese Zeilen in Chêne-Bougeries bei Genf geschrieben, während eines Aufenthalts bei Eva Hug, die inzwischen als Biologin den Doktor gemacht und ihren einstigen Verlobten, den Maler und Dramatiker Albert J. Welti, geheiratet hatte. Durch Eva Welti-Hug, mit der er in der Umgebung Genfs lange Wanderungen und biologische Exkursionen unternahm, hatte er den französischen Entomologen Jean-Henri Fabre (1823–1915) und dessen zehnbändige «Souvenirs entomologiques» kennengelernt und war schon bald zu einem begeisterten Anhänger des unspektakulären südfranzösischen Gelehrten geworden. Statt weiterhin Proust oder Zola nachzuahmen, machte er damals in einem ebenso spontanen wie überraschenden Entschluß diesen Naturwissenschaftler zu seinem künftigen Vorbild. Nicht nur, was die Technik des geduldigen Beobachtens und Beschreibens angeht, die sein Werk charakterisiert, sondern auch im Hinblick auf die freudig-optimistische, gelassen-heitere Denk- und Lebensweise, aus der heraus der Franzose in seinem stillen «Harmas» an die Arbeit gegangen war. 1959, in «Sandkorn für Sandkorn», hat Guggenheim die Entstehung von «Riedland», seine Gespräche mit der Inspiratorin Eva Welti-Hug und seine Begegnung mit Fabre und seinem Werk auf einprägsame, noch immer spürbar von Begeisterung und Bewegung zeugende Art und Weise beschrieben. Wer Guggenheims nach 1938 erschienene Werke und insbesondere «Alles in Allem» vor Augen hat, erkennt dabei sofort, wie nahe der nachgeborene Schweizer Schriftsteller seinem französischen wissenschaftlichen Vorbild sowohl in Sachen schriftstellerische Arbeitstechnik als auch im Hinblick auf die für die Arbeit günstige Seelenlage und Gestimmtheit tatsächlich zu kommen vermochte.

«Fabre bezwingt den Leser durch die Schärfe seiner Beobachtungen, seine Unbestechlichkeit, sein unermüdliches Beharren und eine Geduld, die mit jener der Natur selbst wetteifert», heißt es im 12. Kapitel von «Sandkorn für Sandkorn». «Er entzückt durch die Genialität der Versu-

*1 Zitiert nach dem Original des Tagebuchs, das heute in der Zentralbibliothek Zürich liegt. In der Buch-Edition «Einmal nur» ist die Stelle gekürzt bzw. ins Deutsche übersetzt.

che, die er mit den Insekten anstellt, fast ohne daß sie es wissen und spüren, und stets so, daß sie nicht leiden müssen. Zuverlässig, gewissenhaft, ehrlich, wie er ist, erringt er ganz kleine feststehende Resultate, weil er seine Anstrengung und die Zeit, Jahre oft, die er, immer und immer wieder zurückkehrend und neu beginnend, für nichts rechnet. All das hinterläßt, wenn man die ‹Souvenirs› liest, einen tiefen Eindruck. Aber ihren Zauber, das Erlebnishafte, Befreiende, Beseligende fast, möchte man sagen, erklärt es nicht. Diese Wirkung kommt von anderswo her. Die Kraft dieser Bücher kommt daher, daß sie von einem glücklichen Menschen geschrieben wurden. Auch jetzt noch, da ich doch mit seinem Werke vertraut bin, pocht mir das Herz, wenn ich an die Jahre denke, die er im ‹Harmas› verbracht hat. Hier ist es mir, ist es uns allen auf eine greifbare, beweisbare Weise vorgelebt, daß es ein Glück gibt und daß man es sich erringen, daß man es sich erstreiten kann, nicht, oder fast nicht mit materiellen Waffen, aber indem man das tut, wofür man geboren ist. Dieses Glück besteht nicht im Erfolg, nicht im Ruhm und selbstverständlich nicht im Besitz, sondern ganz allein in einer Seelenlage. Man kann es nicht schlicht genug ausdrücken. In Heiterkeit und Harmonie hat Jean-Henri Fabre, inmitten seiner Familie, im Umgang mit ganz wenigen Freunden, von denen noch berichtet wird, sein Lebenswerk geschaffen, eben die ‹Souvenirs entomologiques›, einen Markstein in der Naturwissenschaft, die klassische Monographie über den Instinkt der Insekten, gültig noch heute für die Fachwissenschaft und lesbar für jeden.»[*1]

Guggenheim hat die bei Fabre erlernte neue Schreib- und Sehweise, die exakte Art geduldigen Beobachtens und die gelassene, heitere Grundhaltung, nicht nur literarisch umgesetzt, sondern auch immer wieder thematisiert und offengelegt. In «Riedland» beispielsweise, wo er die Hobby-Botanikerin Marie, die in der frühesten, ins Tagebuch integrierten Textfassung vielsagenderweise noch «E.» genannt ist, in einer sternklaren Nacht auf die für den Roman zentrale Formel kommen läßt: «‹Lieben und die Welt verstehen.› Marie wußte nicht, woher ihr diese Worte gekommen waren. Sie mußte sie immer wieder und immer wieder vor sich hersagen, sie konnte nicht genug bekommen davon. Sie gingen in sie ein mit dem kühlen Strom, den ihr der Atem brachte, und sie füllten sie aus, daß sie den sachten Drang der Kleider an ihrem Körper zu spüren begann.»[*2] Oder in «Wir waren unser vier», wo der jüdische Biologe Glanzmann dem Ich-Erzähler Loriol gegenüber als höchstes Ziel der wissenschaftlichen Forschung ganz im Sinne Fabres «die Wahrheit, die einfache, bescheidene Wahrheit, ‹plus dur que fer›» nennt und der

[*1] Kurt Guggenheim, Werke II, «Sandkorn für Sandkorn», Seite 239/40, Verlag Huber, Frauenfeld 1992

[*2] Kurt Guggenheim, Werke II, «Riedland», S. 24, Verlag Huber, Frauenfeld 1992

Chronist zu seinem Unterfangen notiert: «So ist auch das, was ich hier niederzuschreiben im Begriffe bin, nichts anderes als der Versuch, das Leben einiger Weggenossen nicht künstlerisch, wie es die richtigen Schriftsteller tun, sondern in jenem Geiste darzustellen, der über Glanzmanns biologischen Arbeiten waltet.»*1

Ihre vollkommenste Ausprägung aber fand die an Fabre geschulte Schreibweise des geduldigen, naturwissenschaftlich exakten Beobachtens und Beschreibens von Vorgängen, Gegenständen und Seelen im Zyklus «Alles in Allem», wo der Erzähler und Chronist ganz aus dem Geschehen zurücktritt und das Beobachtete quasi für sich selbst sprechen läßt. Daß das ganz bewußt und geplant geschehen ist, geht unter anderem aus einer Tagebuchnotiz Guggenheims vom 26. November 1950 hervor, wo es unter dem Stichwort «Zum Zyklus» heißt: «Fortwährend beschäftigt mich der Gedanke einer naturwissenschaftlichen Betrachtungs- und Darstellungsweise. Ich sehe und erkenne zum Greifen deutlich jene geistigen und beruflichen Familien, auf die es mir ankommt, Pflanzengesellschaften gleich. Zum Beispiel all das, was sich so um 1920 herum mit der Tanzschule Trudi Schoop abgespielt hat. Wie sie in der alten Kirche Fluntern tanzten.»*2

Für jenes «in der Freude Schreiben» aber, zu dem er sich in harten und entbehrungsreichen Jahren im Sinne seines Vorbilds Fabre durchgerungen hatte, gibt Guggenheim bzw. sein Alter ego Aaron Reiß im Roman selbst ein unmißverständliches, beredtes Statement und Bekenntnis ab. Dort nämlich, wo Aarons schriftstellerisches Credo und sein noch ungeborenes Werk dem Schaffen und der existentiellen Not von Albin Zollinger gegenübergestellt sind, der zu diesem Zeitpunkt nur noch wenige Wochen zu leben hat und der darum, Goethes «Tasso» variierend, in den Ausspruch verfällt: «Wir haben nichts, Aaron, als dies: daß uns ein Gott zu sagen gab, was wir leiden.»

Was Guggenheim sein Alter ego darauf antworten läßt, versetzt nicht nur diesen Aaron Reiß in einen unüberbrückbaren Gegensatz zum Tragiker Albin Zollinger, sondern überdies auch den Autor selbst in einen solchen zu jener ganzen Spielart schweizerischer Literatur, die wesentliche schöpferische Kräfte aus der Distanzierung und Entfremdung von ihrem Herkunftsland gewonnen hat. «‹Aber ich leide ja nicht›, rief Aaron, und es war ihm, als ergriffe ein anderer an seiner Stelle das Wort, ‹ich freue mich, ich freue mich meines Lebens, ich liebe es, ich bewundere die Menschen, einen jeden von ihnen, diese Frauen, diese Männer

*1 Kurt Guggenheim: «Wir waren unser vier», neu herausgegeben und mit einem Nachwort versehen von Charles Linsmayer. Reihe «Frühling der Gegenwart», Ex Libris-Verlag, Zürich 1982, S. 46 (Neuausgabe Weißes Programm Schweiz, Suhrkamp-Verlag, Frankfurt a. M. 1990)

*2 «Einmal nur», Bd. 2, S. 375

Der Viehhändler Weil um 1910 an der Badenerstraße. Das Bild könnte Guggenheim zu der Szene inspiriert haben, als Aaron Reiß eine Kuh von Geroldswil nach Zürich führen muß.

um mich herum, ich finde sie groß in ihrer Bescheidenheit, in ihrer Beharrlichkeit, in ihrem Irrtum, in ihren unablässigen Vesuchen, ihr Leben einzurichten. Mich kümmert es nicht, daß wir angeblich so dahinrasen in physikalischer Relativität! Die Planeten, die Atome, wunderbar, geheimnisvoll, göttlich, erschreckend, was du willst! Aber es geht mich nichts an. Ich lasse mich durch sie nicht in meiner Lebensfreude schmälern, am Atmen, am Lieben, am Sehen. Ob ich aus der Nacht der Zeit für eine Sekunde erwacht bin und dann wieder in die Nacht zurücksinke – was geht es mich an; diese Sekunde, dieses arme, klägliche, herrliche Leben, bei dem ich dabei sein durfte und in dem ich nicht allein war, sondern mit andern Menschen zusammen: darum geht es mir.›»[*1]

Was bedeutet «Alles in Allem»?

Vergegenwärtigt man sich die Bedeutung, die das Vorbild Fabre für Kurt Guggenheim gehabt hat, so ist man nicht erstaunt, daß sich auch der Titel seines Summum opus vom französischen Entomologen herleiten läßt. Am 3. Dezember 1958, als er wieder einmal in Fabres «Souvenirs entomologiques» las, notierte er sich jedenfalls in sein Tagebuch: «‹Tout est dans le tout, comme disait en son temps le pédagogue Jacotet.› Ich lese diesen Satz bei Fabre, 5ᵉ série, p.245, und ich frage mich, ob es nicht dieser Satz gewesen ist, der mir, 1935 gelesen, den Titel ‹Alles in Allem› eingab um 1950 herum. Genau das bedeutet er nämlich, und nicht das ‹Summa summarum›, wie viele annehmen.»[*2]

Was der Titel «genau» bedeutet, geht aber auch aus dieser Auskunft nicht verläßlich hervor, und es ist ja gerade das Besondere an diesen lapidaren drei Worten, daß sie sich nicht endgültig auf etwas Erklärbares festlegen lassen und im Unbestimmten, aber auf vieles Anwendbaren ihre schillernde Faszination ausüben.

So gibt es zunächst einmal eine ganz banale soziologisch-urbanistische Deutungsmöglichkeit. Diejenige, die Guggenheim am 17. Dezember 1950 in seinem Tagebuch ansprach: «Als Grundlage, als Leitidee für den ‹Zyklus›: die Ökologie der Agglomeration (die gegenseitige Beeinflussung der einzelnen Glieder einer Gesellschaft und ihre Abhängigkeit von Umweltfaktoren; der Haushalt), das Alles in Allem. Kein menschliches Leben ist ein isoliertes Geschehen. Jeder Organismus steht unter den Einflüssen seiner Umgebung; er selbst aber ist ebenfalls wieder ein Einflußfaktor. Die Vergesellschaftung entscheidet sowohl über die Dauer einer Existenz, als auch über deren Möglichkeit überhaupt.»[*3]

[*1] In unserer Ausgabe S. 987
[*2] «Einmal nur», Bd. 2, S. 48
[*3] «Einmal nur», Bd. 1, S. 380

Besuch des deutschen Kaisers Wilhelm II. im September 1912 in der Schweiz.
Die Aufnahme entstand bei den sogenannten «Kaisermanövern» in Kirchberg bei Wil.

Mit dem Fabre'schen Enthusiasmus versetzt, taucht diese soziologische Deutung auch im Roman selbst wieder auf. Da z.B., wo Aaron über sein erst geahntes Werk sinniert und es über seine Vorstellungen heißt: «Es glitt wie Versprechungen an ihm vorüber: es sei und es warte ein Ungeformtes auf die Erlösung durch Worte, es müsse, über den Liebesgeschichten, über dem Streit um die Güter, über dem Aufstieg und dem Niedergang der Sippen, den Ängsten und den Hoffnungen der Leute, den Siedelungen und den Flüssen eine Beschwörung, eine Formel geben, die sie alle einschließe, deute und erhöhe, nicht tragisch, nicht weinerlich und ohne Anklage, ein Ja, mit dem Mut in der Freude, nein, mit jubelnder Dankbarkeit ausgesprochen.»[*1]

Mindestens so wichtig und mit dieser soziologischen eng verknüpft ist die metaphysische Bedeutung des Titels, wie sie ebenfalls im Roman selbst an verschiedenen zentralen Stellen offengelegt wird. Da etwa, wo der Historiker Karl Gebhardt mit Clive Lawrence Bell über seine Dissertation spricht und letzterer daraus die Quintessenz zieht: «Wie es zusammenhängt und was es für das Ganze bedeutet, das wissen wir nicht. Aber daß alles zu gleicher Zeit und an diesem Orte geschieht, ach, es läßt uns doch ahnen, daß es in einer anderen Dimension zusammengehört und eine Bedeutung hat.» Worauf die Sätze folgen: «Karl betrachtete stumm den sich Ereifernden. Auch er spürt sie als ein Wesen, diese Stadt, dachte er, übermenschlich, metaphysisch, als das Geheimnis, das der Philosoph Häberlin als Wirklichkeit bezeichnet. ‹Was wir sehen, ist Gestaltung, Darstellung, Hinstellen vor unsere Blicke ...› ‹Ja›, sagte er, ‹hinter dem Zweckhaften und Zufälligen stellt die Stadt sich als ein Unternehmen dar, in dem wir uns zusammengefunden haben, um uns selbst, unscheinbare Wesen, in einer höheren Person aus der Zeit in die Dauer zu retten. In Jedem ist Jeder und Jedes, in Allem ist Alles.›»[*2]

Paul Häberlin (1878–1960), der «ganzheitliche» Philosoph und Ontologe, für den in einer völlig individuierten Welt eine a priori angenommene Einheit des Seins als Ordnungsgröße fungiert, kann in seiner Bedeutung für Kurt Guggenheim nicht hoch genug eingeschätzt werden. Nicht nur, daß er in «Alles in Allem» als eine von wenigen Bezugsgrößen namentlich genannt und diskutiert wird. Auch in dem bereits zitierten «Artemis-Autorenheft» von 1945 wird er, und zwar als einziger zweimal, als Referenz zitiert: zusammen mit C.F. Wiegand, S.D. Steinberg und Adolf Guggenbühl als einer jener Menschen, die einen wichtigen Einfluß auf Guggenheims Entwicklung gehabt hätten. Und zusammen mit Schopenhauer und Edgar Dacqué als eine jener «Philosophen, Wissenschaftler und politischen Persönlichkeiten», die der Befragte am meisten schätze.

[*1] In unserer Ausgabe S. 880/1

[*2] In unserer Ausgabe S. 718

Am 10. Juni 1918 demonstrierten über 300 Frauen auf der Gemüsebrücke vor der Polizeiwache gegen Teuerung und soziale Ungerechtigkeit – eine Szene, die in «Alles in Allem» dargestellt ist.

Die Formel «Alles in Allem» würde aber, metaphysisch begriffen, wenig überzeugen, wenn sie nur auf eine philosophische Lehre abgestützt werden könnte. Ihre eigentliche Kraft, Faszination und Überhöhung erhält sie erst durch den Bezug zur Bibel, zum Alten Testament, zum Prediger, zum Koheleth, zu jener religiösen Offenbarung also, in der sich die beiden Kulturkreise des Romans, das Judentum und das Christentum, auf höherer Ebene zusammenfinden. Wenn nicht alles täuscht, hat Kurt Guggenheim diese religiöse Komponente seines Unterfangens schon sehr viel früher als die soziologische bedacht und vorausgeahnt. Bereits am 27. April 1939, also kurze Zeit nach Beendigung von «Riedland», gibt es in seinem Tagebuch eine Belegstelle, die das Projekt Generationenroman ganz direkt – und in vielen später tatsächlich realisierten Facetten! – mit Koheleth/Prediger 3, 1–8, in Beziehung setzt: «Was herauskommen soll: der Rhythmus der Welt. Minutiöse Darstellung einiger Berufsrhythmen. Rudern. Gehen. Fischen. Lieben. Der Puls des Lebens. Diesem Rhythmus setzt der Mensch sein geistiges Leben entgegen. Dieses ist arhythmisch – abenteuerlich. Jedes Kunstwerk, jedes Gemälde ist der Kampf mit dem Rhythmus, die Störung des Rhythmischen. Die Lyrik. Erinnerung an den Koheleth, Abschnittstitel. / Geboren werden und sterben / pflanzen und ausrotten / würzen und heilen/ brechen und bauen / weinen und lachen / klagen und tanzen / Steine zerstreuen und Steine sammeln / herzen und ferne sein von Herzen / suchen und verlieren / behalten und wegwerfen / zerreissen und zunähen / schweigen und reden / lieben und hassen / Streit und Friede ...»

Fünfzehn Jahre später, als Guggenheim im letzten Band von «Alles in Allem» jene Zeit behandelt, aus der die Tagebuchnotiz stammt, taucht der Gedanke mitsamt dem Bibel-Zitat wieder auf, wenn Aaron Reiß nachts in seiner Mansarde beim Nachdenken über sein erst geahntes Werk vom Berufspanoptikum der Landesausstellung her «die Rhythmen gemurmelter Sätze» zu hören meint, «deren Inhalt er nicht versteht.» «Noch war es kein Auftrag», heißt es dann über das literarische Vorhaben, das im Kern das gleiche geblieben ist, auch wenn die Verse des Koheleth nun nur noch unsichtbar über den Kapiteln stehen sollen, «noch war die Schicht der Luft zwischen seinem Ohr und der murmelnden Stimme zu dicht, als daß er mehr als ihren bloßen Fall hätte vernehmen mögen; aber im Pochen des Herzens und gehobenen Atems spürte er, wo es hinauswollte. Eine Schau in die Welt zu tun, ihr nahe zu sein und ferne zugleich, ein Werk müßte es sein, über dessen Seiten als unsichtbare Titel des Predigers Worte standen, wie er sie, als Knabe, oben im Zimmer des Hauses zum Merkur, während er auf die belebte Bahnhofbrücke und den Leonhardsplatz hinabblickte, aus dem Munde des Sensals Rottweiler, vernommen hatte: Geboren werden und sterben, / pflanzen und ausrotten, / (...) / lieben und hassen, / Streit und Friede / ein jegliches hat seine Zeit / unter dem Himmel.» [*1]

[*1] In unserer Ausgabe S. 934/5

Generalstreik 1918: auf dem Zürcher Paradeplatz, mitten im «Bankenviertel», ist am 9. November 1918 Kavallerie und Infanterie aufmarschiert.

«Wie ein Mensch von Kindheit auf es erlebt ...»

Das Kraftfeld eines Gemeinwesens in all seinen Facetten, das Biotop einer Stadt tritt dem Leser, bis es sich allmählich im einzelnen verdeutlicht, zunächst einmal als eine bunte, kaleidoskopartige, in ihrer Vielfalt und in ihrem Detailreichtum überwältigende Fülle entgegen. Das Boudoir einer Dame um 1900, eine Sitzung der städtischen Exekutive, das Röseligartenfest des Lesezirkels Hottingen, eine Schulstunde im städtischen Gymnasium, ein Pédicure-Salon vor dem 1. Weltkrieg, der Geflügelmarkt auf dem Augustinerplatz, die Scheinexistenz eines Schiebers, Kartenspieler in einem Café, eine spiritistische Sitzung, die Niederschlagung des Generalstreiks, das Automatenrestaurant an der unteren Bahnhofstraße, eine Schafherde auf ihrer nächtlichen Wanderung durch die Stadt, der Automarkt auf dem Beatenplatz, eine Liebesszene im Obduktionssaal, der Alltag auf einer Zeitschriftenredaktion, ein Schlittelnachmittag auf der winterlichen Fluntermer Allmend, eine Fahrt im verdunkelten Tram, der Aufmarsch der Nationalen Front, eine Hochzeit in einem Zunfthaus, ein Fußballspiel im Hardturmstadion, das Rollen des Kaputs am Vorabend der Mobilisation – all dies und unendlich viel mehr gesellt sich Mosaikstein um Mosaikstein zu einem Bild, das erst allmählich in jenen geheimnisvollen Zusammenhang zueinander tritt, den der Autor damit andeuten will. Was Kurt Guggenheim natürlich wiederum nicht zufällig «passiert» ist, sondern der sorgfältig berechneten, virtuos ausgeklügelten Ökonomie des Werks entspricht. «Was zu vermeiden ist: das Schematische und Planmäßige», hatte er sich am 25. November 1950, also kurz vor Beginn der eigentlichen Niederschrift, ins Tagebuch notiert. «Daß im Beginn schon Absicht und Ablauf eines Komplexes sichtbar und erkennbar wird. Es muß sich so darbieten, wie ein Mensch von Kindheit auf es erlebt: chaotisch, unverständlich, undeutbar, ohne einen geistigen Inhalt, ohne Sinn. All das muß erst das Ensemble geben.»[*1]

Wobei aber gleich hinzugefügt werden muß, daß die einzelnen Passagen dieser kaleidoskopartigen Schau dank Guggenheims virtuoser filmischer Montagetechnik sehr wohl untereinander in Beziehung stehen und in ihrer Abfolge immer nur so weit voneinander entfernt sind, daß das Gedächtnis sie anhand vielfältiger Bezüge identifizieren und einem ganz bestimmten Strang im Bündel der nebeneinander verlaufenden, vielfach miteinander verknüpften Handlungen, Geschichten und Schicksale zuweisen kann. Aber auch für sich genommen, wirken die einzelnen Steinchen dieses immensen Mosaiks keineswegs amorph und eintönig. Aus einem bewundernswerten Einfallsreichtum heraus hat es Guggenheim verstanden, neben der reinen epischen Erzählung immer wieder neue, überraschende «Textsorten» in seine Chronik einzuführen: die Beschreibung einer Fotore-

[*1] «Einmal nur», Bd. I, S. 373

21. Juli 1935: die Nationale Front, der schweizerische Ableger des Nationalsozialismus, bei einem Ausmarsch ins Rafzerfeld.

portage als Spiegelung des reportierten Ereignisses, den Terminkalender eines Magistraten als Schlaglicht auf die politischen Probleme einer bestimmten Epoche, die Aussagen einer Wahrsagerin als Analyse der historisch-atmosphärischen Situation, den Klatsch in einem Schönheitssalon als Fortführung einer Geschichte mit anderen Mitteln, die Beschreibung von Händen als Ausdruck eines Menschen und seiner sozialen und beruflichen Befindlichkeit. Dazu kommt Guggenheims stupende Fähigkeit, immer wieder die Perspektive zu wechseln und zu variieren, so daß wir einzelne Phänomene, Geschehnisse und Figuren aus ganz veschiedenen Blickpunkten heraus sehen und beurteilen können: Zürich einmal aus der Optik eines Flaneurs, dann wieder mit den Augen eines Verliebten gesehen, von einem Anarchisten betrachtet, von einem Architekturkritiker begutachtet, von einem General und Strategen eingeschätzt, von einem Geologen erklärt, von einem Schafhirt erlebt und durchmessen.

Was die Vielfalt vor dem bloß Heterogenen, Beliebigen bewahrt, was einen auch das Entlegenste noch mit Interesse und wacher Neugier zur Kenntnis nehmen läßt, ist nun aber bei aller Bewunderung weder Guggenheims erzählerische Raffinesse noch seine Kunst der filmischen Montage, sondern die Liebe, das Wohlwollen, die Sympathie, mit welcher er das Dargestellte recht eigentlich beseelt und lebendig macht. Guggenheim zeigt das Allgemeine immer in der Ausprägung des Individuellen. Niemals stellt er die Geschichte lehrbuchhaft als solche dar, sondern immer aus der Erfahrung von einzelnen heraus, deren Entwicklung und Wandlung er ebenso geduldig beobachtet und protokolliert, wie sein verehrtes Vorbild Jean-Henri Fabre das Leben der Insekten erforscht hat. So gestaltet er, um ein Beispiel herauszugreifen, das wechselhafte Verhältnis der deutschen Schweiz und Zürichs zum großen deutschen Nachbarland nicht einen Moment lang mittels Thesen, Theorien oder trockenen Analysen, sondern – nicht nur, aber vorwiegend – anhand des Schicksals von drei Romanfiguren. Der deutsche und später naturalisierte Unternehmer Gustav Meng gehört vor dem Ersten Weltkrieg zur selbstbewußten deutschen Kolonie Zürichs, die «ihren» Kaiser 1912 freudig unter den «Auslanddeutschen» begrüßt, setzt mit einer Kriegsanleihe fast sein ganzes Vermögen aufs Spiel, träumt 1933 für kurze Zeit nochmals den Traum vom (nationalsozialistischen) deutschen Großreich mit, bis während des Zweiten Weltkriegs doch noch seine Sympathie zum unspektakulären, aber bescheideneren schweizerischen Dasein in ihm durchbricht. Der deutsche Schriftsteller Hans Trüssel, hinter dem sich zweifellos Bernard von Brentano verbirgt, gibt sich in der Schweiz zuerst als hitlerfeindlicher Emigrant aus, bis er sich als heimlicher Nazi-Anhänger entpuppt und ins nationalsozialistische Deutschland zurückkehrt. Der Gärtnersohn Gotthold Wettstein, der das Leben eines ebenso ambitionierten wie talentlosen Intellektuellen lebt, gerät einen Moment lang in die Fänge der Nazis, die ihm zu Erfolg im Reich verhelfen wollen.

Der Zürcher Stadtpräsident Emil Klöti im Gespräch mit Albert Einstein.

Emil Klöti beim Empfang von General Guisan im Zürcher Rathaus am 20. Oktober 1939 (fünfter von links, von einem Offizier halb verdeckt).

Er sagt sich aber noch rechtzeitig von den neuen Freunden los und baut sich an der Seite einer jungen Frau eine ganz prosaische kaufmännische Existenz auf.

Von Generation zu Generation

Wie Wettstein und Meng wachsen im Verlauf des Romans viele weitere Figuren über die Fülle und Vielfalt hinaus und verkörpern, ohne in ihrer individuellen Zeichnung vernachlässigt zu sein, eine ganz bestimmte Erfahrung, ein für die Zeit typisches Schicksal oder eine charakteristische Geisteshaltung.

Guggenheim wollte von Anfang an einen Generationenroman schreiben, und erwartungsgemäß sind daher auch jene Gestalten deutlich herausgehoben und besonders einfühlsam charakterisiert, die für eine bestimmte Generation typisch sind oder den Generationenkonflikt besonders anschaulich verkörpern. Im Mittelpunkt des Ganzen steht die Generation der zwischen 1895 und 1905 Geborenen, also jene Generation, für die sich der Autor am kompetentesten fühlt. Sie wird bei aller individueller Verschiedenheit zusammengeschweißt durch eine «Verschwörung der Alten», die jedoch nicht im Roman, wo sie bei den verschiedensten Gelegenheiten mit Händen zu greifen ist, sondern nur in Guggenheims tagebuchartigen Vorarbeiten explizit so benannt wird. «Das Unbewußt-Revolutionäre und Drängende hat ursprünglich keine sachlichen, sondern nur gefühlsmäßige Motive. Richtet sich zuerst gegen die eigene Familie. ‹Das Geheimnis ist die Verschwörung der Alten.› Vollständig unverständlich. Was wollen sie eigentlich? Welches ist ihre Absicht, ihr Ziel? Die Jugend kommt nicht vor als Vertreterin des Altruismus. Kein Verständnis für Erwerb mit Besitz. Wird ihnen als eine Gegebenheit dargestellt. Die Jugend hat ein enges Weltbild. Sie glaubt aber, die Alten seien engstirnig; sie nimmt ihr überbordendes Gefühlsleben für Weltweite.»[*1]

Kurt Guggenheim hat schon in «Entfesselung», «Sieben Tage», «Riedland» und «Die heimliche Reise» Figuren dargestellt, die gegen die Elterngeneration aufbegehren und in die Welt hinaus ziehen. Zu Peter Quirin, Karl Meidenholz, Dionys Bieli und Sylvester Eigenmann gesellen sich in «Alles in Allem» jetzt die drei Schulkameraden Gotthold Wettstein, Walter Abt und Aaron Reiß sowie der Bündner Forstingenieur Reto Arquint, die alle woandershin aufbrechen, um, enttäuscht von der normierten, unbeweglich gewordenen Welt ihrer Väter, einen gesellschaftlichen Neubeginn zu suchen.

Walter Abt, der Sohn des gleichnamigen bürgerlichen Stadtrats, macht seine Erfahrungen in Amerika und wird, wenn er Ende der zwan-

[*1] »Einmal nur», Bd. 2, S. 9

ziger Jahre von da zurückkehrt, in der Zeitschrift «Wir» den amerikanischen Way of Life mit traditionell schweizerischen Eigenarten zu verbinden suchen. Gotthold Wettstein trägt seinen Generationenkonflikt ins großstädtische Berlin und kehrt als seiner Herkunft entfremdeter Literat nach Zürich zurück, um seine Intellektuellen-Allüren noch einige Jahre lang als Stammgast des «Odeon» weiterzupflegen. Auch Aaron Reiß, der seine Lehrjahre in Paris verbracht hat, gefällt sich nach der Rückkehr, obwohl er die Arbeit im väterlichen Geschäft pro forma noch weiterführt, ebenfalls als Dandy und Kaffeehausliterat, bis er nach dem frühen Tod des Vaters den ungeliebten Kaufmannsberuf ganz an den Nagel hängt und den beschwerlichen Weg eines freien Schriftstellers und Künstlers einschlägt. Reto Arquint schließlich schafft das, was Aaron Reiß, wiewohl er es aus Liebe zu Jacqueline Voubrasse eigentlich hätte tun wollen, zuletzt doch nicht übers Herz bringt: den Militärdienst zu verweigern und damit sein Rebellentum für jedermann sichtbar zu machen. Arquint ist Anhänger einer der beiden Leitfiguren, die der rebellischen Jugend ideologischen und moralischen Rückhalt bieten: des im Roman unter eigenem Namen auftretenden religiös-sozialen Pfarrers und Professors Leonhard Ragaz (1868–1945). Die andere alternative Instanz ist der Anarchist und Arzt Fritz Brupbacher (1874–1945), dem Guggenheim mit der Figur des Arztes Bluntschli eine bewegende literarische Hommage dargebracht hat. Obwohl eigentlich nur eine Nebenfigur, ist dieser Bluntschli eine der originellsten und in ihrer inneren Zerrissenheit und ihrem selbstlosen Engagement überzeugendsten Gestalten von «Alles in Allem». Eine Gestalt übrigens, die wie viele andere – Karl Gebhardt, Hirzel, Bell, Laubscher, Arquint – immer wieder mal auch mit der Stimme des Autors spricht und so dazu beiträgt, daß die Botschaft des Buches nicht nur diejenige des Alter ego Aaron Reiß, sondern eine allgemeine, über alle Individualitäten hinausgehende ist. Bluntschli, und nicht Aaron Reiß, ist es in diesem Sinne vorbehalten, das im Titel verborgene Generalthema des Buches überhaupt erst einmal anzustimmen und den geheimen Zusammenhang in all dem zu ahnen, was ihm an Unverbundenem, Vereinzeltem entgegentritt: «Chaotisch legt sich Bild auf Bild, wuchert Gedanke neben Gedanke, und mitten darin wie ein Trödler stehe ich und denke, daß es einen Zusammenhang haben muß, um einen Sinn zu bekommen ...»[*1]

Nicht nur die Männer, auch die Frauen begehren gegen die vorangehende Generation auf, und es scheint fast, als beweise Guggenheim bei ihrer Darstellung sogar noch die glücklichere Hand und das größere Einfühlvermögen als bei den männlichen Protagonisten. Da ist z.B. diese Katharina Gebhardt, geborene Meng. Gerade weil ihr der Ausbruch letztlich nicht gelingt und der Konflikt mit dem Elternhaus ihr am

[*1] In unserer Ausgabe S. 37

Ende ein – keineswegs unabhängiges! – Leben voller Schwermut, Frustrationen und Depressionen beschert, erscheinen das Schicksal und der Charakter dieser Figur ganz besonders glaubwürdig und ergreifend gezeichnet.

Wie sie nach anderen Fluchtversuchen das reiche, aber bigotte Vaterhaus aus Liebe zu dem trockenen Buchbinderlehrling und späteren Gymnasiallehrer Karl Gebhardt verläßt, wie die beiden im Haus an der Wasserscheide die private Rebellion einer Konkubinatsbeziehung durchexerzieren, wie sie nach der Geburt von zwei Kindern in schwerer Zeit allmählich in die Abhängigkeit von Katharinas reichem Elternhaus geraten, wie die junge Frau vergeblich aus der schließlich doch noch legitimierten Beziehung auszubrechen sucht und wie der revolutionäre Impetus zuletzt endgültig dem bürgerlichen Alltagstrott, den drohenden Existenzsorgen und der Langeweile Platz macht – das alles ist, Phase für Phase hineingestellt in die sich rasch wandelnden gesellschaftlichen und familiären Bedingungen zwischen der Jahrhundertwende und den späten dreißiger Jahren, schlicht großartig und hätte von Guggenheim wohl kaum in dieser Authentizität und Eindringlichkeit gezeichnet werden können, wenn ihm nicht Facetten und Momente einer aus nächster Nähe miterlebten «wahren Geschichte» zur Verfügung gestanden wären. [*1]

Persönliche Eindrücke und Erinnerungen konnte der Verfasser auch für die zweite dieser rebellischen Frauenfiguren, für Jacqueline Fries, geborene Voubrasse, verwenden, hinter der sich niemand anders als Guggenheims Jugendliebe und spätere Muse und Mentorin Eva Welti-Hug verbirgt. Sofern wir zunächst einmal von ihrer Beziehung zu Aaron Reiß und von der Bedeutung, die sie für ihn und sein geplantes Werk erlangen wird, absehen, so präsentiert sie sich von allem Anfang an als überzeugendes Beispiel einer gegen die gesellschaftlichen Zwänge und Normen aufbegehrenden weiblichen Intellektuellen. Sie besucht die anarchistischen Vorträge des Armenarztes Bluntschli, setzt sich anläßlich der über Zürich geführten Verwundetentransporte im Ersten Weltkrieg und während der großen Grippe-Epidemie von 1918 selbstlos für Kranke und Notleidende ein, versucht Aaron zur Dienstverweigerung zu bewegen, verweigert sich einer brillanten medizinischen Karriere und zieht als Armenärztin ins Industriequartier, wo sie Emigranten und Verfolgten hilft und, getrennt von ihrem Mann, das Leben einer alleinstehenden, unabhängigen Frau und Berufstätigen lebt.

[*1] Das Modell für Katharina Meng ist vermutlich Eva Hugs Schulkameradin Bertha Trudi Ott-Oechslin (1897–1984), die Mutter des späteren Zürcher Stadtpräsidenten Sigmund Widmer, die bei der Geburt ihres Sohnes tatsächlich in jenem «Haus an der Wasserscheide» bei der Tram-Endstation Zoo wohnte. In den späten zwanziger und frühen dreißiger Jahren lebte sie mit dem angehenden Schriftsteller Kurt Guggenheim zusammen.

Die für Guggenheims Roman bedeutsame Gestalt des Armenarztes Franz Theodor Bluntschli ist dem Anarchisten und Armenarzt Fritz Brupbacher (1874–1945) nachempfunden.

Der Einzelne und die Gemeinschaft

«Zur Zeit, da ich ‹Alles in Allem› schrieb, also in den Jahren 1950 bis 1955, habe ich natürlich sehr viel über die Stadt Zürich nachgedacht. Sie erschien mir als ein Wesen, geformt von der Natur und den Menschen, zugleich aber sowohl die Menschen wie die Natur formend.»[*1]

Die Worte deuten an, daß die Formel «Alles in Allem» keineswegs bloß statisch, im Sinne eines innerlich verbundenen gemeinsamen Daseins bzw. einer Zusammenschau, sondern durchaus auch motorisch, aktiv, im Sinne eines Zusammenfindens und Hineinfindens in ein bestehendes und sich entwickelndes Ganzes, gemeint ist. Die Stadt nimmt fremde, neue Elemente in sich auf, integriert sie im Verlaufe der Zeit, und ihr Unverwechselbares, Spezifisches besteht gerade darin, daß sie aus den verschiedensten, in einem je wieder anderen Stadium der Assimilierung befindlichen Teilen besteht. Ob sie nun von außen kommen oder in der Stadt selbst zur Welt gekommen sind: praktisch alle Figuren von Guggenheims Roman machen Wandlungen in Richtung einer stärkeren Einbindung in das Ganze bzw. einer dauernden oder bleibenden Ablösung oder Entfremdung von der Gemeinschaft durch, und es gibt kaum eine Gestalt, die sich nicht dem Grad ihrer Assimilation nach bestimmen und einordnen ließe. Der Anarchist Bluntschli z.B. arbeitet, auch wenn er den Mißerfolg seines Bestrebens mit einem wissenden Lächeln zu quittieren pflegt, im Grunde darauf hin, die bestehenden Strukturen zu zerstören und durch die Utopie einer absoluten Freiheit und Gerechtigkeit zu ersetzen. Und doch bildet er mit seiner Aufklärungsarbeit, seinem Einsatz als Armenarzt und seinen unbequemen Thesen und Erkenntnissen innerhalb des gesellschaftlichen Prozesses ein unverzichtbares Ferment, das das demokratische Bewußtsein wachhält und so letztlich zur Stabilisierung beiträgt. Gustav Meng andererseits, der Vertreter der «Deutschen in der Schweiz», will das Alpenland am deutschen Großmachttraum teilhaben lassen und sträubt sich jahrzehntelang gegen die Integration im schweizerischen Provisorium. Bis er dann gegen Ende des Romans, bei der Entlarvung des Nazi-Spions Trüssel, unwillkürlich in den Zürcher Dialekt verfällt und so jene «Verzürcherung» offenlegt, die sich unbewußt schon lange in ihm vorbereitet hat.

August Merkli wiederum, der Proletarier und Bluntschli-Schüler aus Außersihl, macht unter marxistischem Vorzeichen genau jene Entwicklung vom Extremismus zur Mitte durch, die der Gärtnersohn Gotthold Wettstein als zeitweiliger Nazi-Anhänger von rechts her durchlebt: vom Anarchismus abgekommen, wird er in den zwanziger Jahren der ergebene Gehilfe eines zwielichtigen Schiebers, haut wenig später seine Mit-

[*1] Kurt Guggenheim: «Tagebuch am Schanzengraben». Artemis-Verlag, Zürich 1963, S. 16

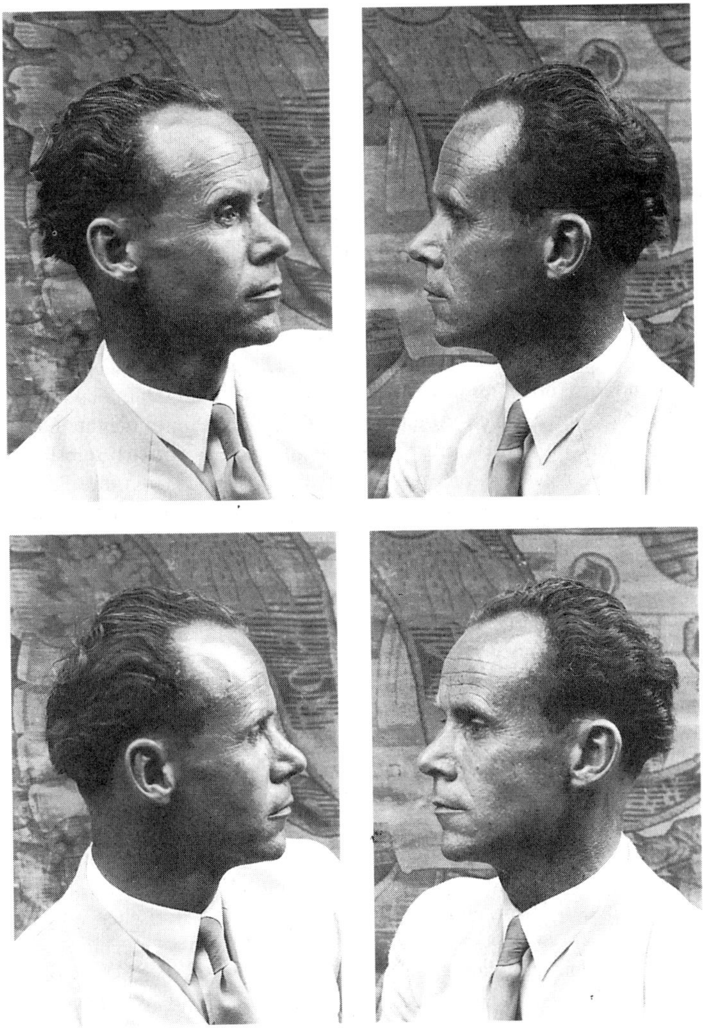

Seinem Freund, dem Dichter Albin Zollinger (1895–1941), hier in einer Aufnahmeserie des Bildhauers Ernst Kissling (1890–1973) aus dem Jahre 1938, hat Guggenheim in «Alles in Allem» eine bewegende Hommage geschaffen.

bürger mit fragwürdigen Autoverkäufen übers Ohr und findet 1936 im Abenteuer des Spanischen Bürgerkriegs zur revolutionären Gesinnung zurück. Heimgekehrt, findet er den gewandelten Zeiten entsprechend ein Auskommen als Löschsandhändler für Luftschutzkeller und arbeitet sich auf dieser Basis schon bald zu einem erfolgreichen, maßvoll in die Gesellschaft integrierten Altstoffhändler empor. Clive Lawrence Bell, der englische Globetrotter, bleibt per Zufall in Zürich hängen und entwickelt bei aller Skepsis und Reserviertheit als verbummelter Stadtwanderer und Flaneur allmählich ein nahezu zärtliches Verhältnis zu der Stadt, die ihn, fast beiläufig und ohne daß er seinem Outsidertum abschwören müßte, auch zivilstandsamtlich zu ihrem Bürger macht. «Wir gehören zu ihnen», läßt Guggenheim den andern Outsider, den versoffenen, aber genialischen Architekten René Hirzel, einmal sagen, «aber nicht auf ihre, doch auf unsere Weise, so, wie wir sind. Daß diese Männer in der bürgerlichen Abteilung des Stadtrates Sie aufnahmen, sie mochten auf ihre gesetzte und vernünftige Weise es vor sich selbst begründen, aber glauben Sie mir, es war die Stadt, die durch ihre Protokolle und Schriftsätze hindurch einen ihnen selbst unverständlichen Sinn kundgab: daß sie fremder, liebender Augen bedarf, um mit ihrem Geheimsten und Abenteuerlichsten Gestalt zu werden.»[*1]

Am schönsten, am bewegendsten und in geradezu modellhafter Weise hat Kurt Guggenheim die Begegnung zweier Kulturkreise bzw. die Einordnung des Fremden ins Heimische am Beispiel des jüdischen Zürich aufgezeigt. «Alles in Allem», das ist immer zugleich auch die Geschichte der Zürcher Juden. Und dennoch ist es ebensowenig ein jüdisches wie es im einengenden Sinne ein zürcherisches Buch ist. Zürich steht darin Modell für eine humane urbane Gemeinschaft, das Judentum für das Phänomen der Integration und Sozialisation in all seinen Nuancen, Facetten und Weiterungen.

In einprägsamen Figuren und atmosphärischen Milieuzeichnungen führt uns Guggenheim das Zürcher Judentum in seinen verschiedenen Fraktionen und Ausprägungen, aber auch in seinem historischen Wandel vor Augen.

Da sind zunächst einmal die unmittelbar nach 1862, nach der politischen und bürgerlichen Gleichstellung, eingewanderten Surbtaler Juden, die in Wirklichkeit die Namen Braunschweig, Guggenheim, Dreifuß, Moos, Bollag, Wyler, Pikart, Gideon, Bernheim, Bloch, Oppenheim und Weil tragen und die im Roman am bildkräftigsten und plakativsten durch den Sensal (Liegenschaftenhändler) Abraham Rottweiler und seine Familie verkörpert werden. Als Zuzüger der ersten Generation, der in der Jugend noch mit dem Hausiererkorb in die damals den Juden noch versperrte Stadt vorgedrungen war, kommt er bis fast zuletzt, als er

[*1] In unserer Ausgabe S. 448

Als Gründer der Zeitschrift «Wir», Walter Abt und Reto Arquint, hat Guggenheim seine beiden Mitschüler und ersten Verleger, die «Schweizer Spiegel»-Herausgeber Fortunat Huber (1896–1984, links) und Adolf Guggenbühl (1896–1971), hier 1931 bei einem Bad im Zürichsee, dargestellt.

mit der Stiftung eines Altersheims für blinde Stadtbürger sein endlich gefundenes Vertrauen andeutet, weder von den Erinnerungen an die erlittene Geringschätzung noch von den dagegen eingeübten Beschwörungen und Abwehrmechanismen los: «In der Tiefe brodelten noch immer die Gefühle der Kränkung, der Angst, des Hochmuts, der Auserwähltheit und der Verachtung der Andersgläubigen – das Gepäck auf der ruhelosen Wanderung in der Zerstreuung über die Erde.»*1

Den Westjuden, also den um Zuzüger aus dem Elsaß vermehrten, bereits vor 1890 in der Schweiz lebenden Juden, die Guggenheim außer durch Abraham Rottweiler auch durch die Familie Reiß und durch den Beau und «Schlemihl» Léon Loeb vertreten sein läßt, stehen die Ostjuden, also die Repräsentanten der vor der zaristischen Willkürherrschaft zwischen 1890 und 1914 nach Westen geflohenen jüdischen Russen oder Polen gegenüber. Guggenheim hat diese Einwanderer und die verschiedenen Spielarten ihres Verhaltens am Beispiel der weitverzweigten Familie Gidionovics dargestellt, die in zwei Gruppen aus Polen in die Schweiz eingewandert ist. Leib Gidionovics, der ersten Gruppe zugehörig, gründet an der Grenze zu Außersihl eine Schürzenmanufaktur, die der Familie allmählich einen soliden Wohlstand und allgemeine Wertschätzung einbringt, obwohl sie, um den Mittelpunkt von Stammutter Rebekka geschart, die spezifisch jüdische Lebensweise und die Pflichten der Religion skrupelhaft beibehält. Stärker als sein Vater fühlt sich Leibs ältester Sohn Joseph den Traditionen des östlichen Judentums verpflichtet. Er ist es denn auch, der im Gespräch mit dem Westjuden Aaron, auf den er 1914 in der Rekrutenschule trifft, den Gegensatz zwischen den zwei Richtungen am harschesten auf den Punkt bringt: «Er, Aaron, sei offenbar auch einer jener Assimilationsjuden, die Herkommen und Mission ihres Volkes vergessen hätten und aufgehen wollten in der Masse der Andersgläubigen. Der Unterschied zwischen Ostjuden und Westjuden sei ja noch größer als zwischen Deutschen und Franzosen. Und sie, diese Westjuden aus dem sephardischen Arm des semitischen Stromes, seien fast noch die größeren Widersacher der armen Ostjuden askenasischer Herkunft als die Christen.»*2 Ganz anders als Joseph verhält sich Isi, Leibs jüngster Sohn. Der Musiker und Musiklehrer empfindet sein Judentum eher als Belastung denn als Glück, vermag es aber, motiviert durch die Liebe zu seiner Schülerin Vera Gebhardt, in der Zeit der Bedrohung mit einem freiheitlich-liberalen Schweizertum in Einklang zu bringen.

Von einer «Verzürcherung», wie sie Leib Gidionovics und seine Familie trotz Beibehaltung der jüdischen Identität an sich erfahren, kann im Falle von Ruben Gidionovics, Leibs Bruder, nicht die Rede sein. Ruben,

*1 In unserer Ausgabe S. 20

*2 In unserer Ausgabe S. 279/80

Die Figur der Jacqueline Voubrasse ist eine Hommage an Guggenheims platonische Jugendliebe Eva Welti-Hug. Hier auf dem Maturabild von 1918, unterste Reihe zweite von links.

der später als Leib in die Schweiz kommt und mit Hilfe seines Bruders eine Warenhalle eröffnet, kann mit Leibs vorsichtiger, seriöser Geschäftspraxis nichts anfangen, sondern stürzt sich in finanzielle Abenteuer und sucht mittels Ramschverkäufen schnell zu Geld zu kommen. Wirtschaftlich ruiniert, bringt er, als die Bedrohung durch den antisemitischen großen Nachbarn immer größer wird, keinen Glauben an die Überlebenskraft des schweizerischen Wirtschaftssystems und der schweizerischen Demokratie auf und wandert 1939 nach Amerika aus. Für Leib und seine Familie aber – und damit auch für Guggenheims Roman – bedeutet das Jahr 1939 in Sachen Integration einen Höhepunkt. Während draußen der Luftschutz probt, heiratet in einem Zürcher Zunfthaus Isi Gidionovics die Tochter des Gymnasiallehrers Karl Gebhardt und von Katharina Gebhardt-Meng, die Enkelin von Gustav Meng also, so daß die jüdische Familie Gidionovics sich nicht nur mit einem Zürcher Geschlecht, sondern zugleich auch mit einem Zweig jener so ganz anderen deutschen Immigration verbindet, die in Gustav Meng verkörpert ist. Was Karl Gebhardt, hier unverkennbar die Stimme des Autors, als eine Wirkung jener formenden Kraft zu diagnostizieren weiß, die die Stadt auf ihre Bewohner ausübt: «Sind Geburt und Herkommen ein Schicksal, das wir, weil wir darauf keinen Einfluß haben, wie einen Zufall empfinden, so bedeutet der Ort, an dem wir leben, eine Wahl. Das aber ist kein blinder Zufall mehr, sondern unser Wille. Dies ist die höhere Klammer, die unsere beiden fremden Sippen zusammenhält: daß wir in dieser Stadt leben, daß wir in ihr die uns gemäße Luft gefunden haben, daß wir in ihr zu Hause sind. Das ist Gegenwart, Wirklichkeit, stärker als alle Vergangenheit.»[*1]

Die erzählerische Präsentation jüdischer Verhaltensweisen und Schicksale zwischen zionistischem Rigorismus, das spezifisch Eigene bewahrender Integration und der Assimilation unter Preisgabe der Identität wird vertieft und überhöht durch die Erfahrungen und Entwicklungen eines Protagonisten, der zwischen all dem steht und hinter dem sich zu einem wesentlichen Teil der Autor selbst verbirgt. Aaron Reiß wächst in eine Familie hinein, über die wie ein alttestamentlicher Prophet der alte Sensal Rottweiler mit seinem «Ist das gut für die Juden?» wacht. Als er dem Handelsherrn auf Geheiß seines Vaters aus Geroldswil eine Kuh zutreiben muß, erlebt der kleine Judenbub in der Konfrontation mit seinen Klassenkameraden und deren Verhöhnung erstmals, was es heißt, einer wenig geliebten Minderheit anzugehören. Die Erfahrung wiederholt sich, als ihn Jahre später die heimlich geliebte Jacqueline auf dem Weg zur Synagoge erblickt und sich demonstrativ von dem fremdartig gekleideten jungen Mann ab- und seinem Rivalen Gotthold Wettstein zuwendet. «Wie angewurzelt blieb er stehen», heißt es dann, «sah noch,

[*1] In unserer Ausgabe S. 950/1

Wachtmeister Kurt Guggenheim (unterste Reihe links außen) während des Aktivdienstes im Zweiten Weltkrieg mit seiner Einheit irgendwo am oberen Zürichsee.

wie Gotthold, auf eine Frage oder eine Bemerkung Jacquelines hin, mitten aus eifrigem Gespräch heraus, den Kopf wandte und ihn mit den Augen suchte, und dann gingen sie schon davon, fremd, normal, sorglos und unauffällig, Angehörige, ja Komplizen in einer anderen Welt, aus der er, Aaron, für immer schicksalshaft ausgeschlossen war.»*1

Nicht sein tüchtiger Vater und auch nicht der würdig-gravitätische Sippenälteste Rottweiler ist für den jungen Aaron ein denkbares Vorbild. Wenn überhaupt, möchte er dem charmanten Leichtgewicht Léon Loeb nacheifern, der seine Zeit mit dem Lesen französischer Zeitschriften, etwas Kunsthandel und als Begleiter schöner Frauen verbringt. Und tatsächlich tritt er dann ja aus Trotz gegen den Vater und aus Frustration über den ungeliebten Kaufmannsberuf auch tatsächlich in die Fußstapfen dieses «Schlemihl» und verkommt zum Kaffeehausliteraten und Dandy, während seine Schulkameraden und Jacqueline Voubrasse längst ernsthaft an ihr berufliches Weiterkommen denken.

«Ich trete aus», sagt er zu Rechtsanwalt Fineisen, als dieser bei der Liquidation des väterlichen Geschäfts eine unbedachte Bemerkung über die Juden macht, und es bleibt dabei absichtsvoll offen, ob Aaron das Judentum oder das verlogene Wirtschaftsleben im Auge hat: «Ich will Ihnen offen bekennen, Herr Dr. Fineisen, es ist dieses ‹bei eueren Leuten›, das mir am meisten zu schaffen macht, gerade in letzter Zeit. Ich mache nicht mehr mit, ich trete aus! Wenn euresgleichen ein Geschäft vorschlägt, so setzt man die Wohlanständigkeit voraus; uns gegenüber ist es das Gegenteil. Wir müssen sie immer zuerst beweisen. Ein jüdischer Liegenschaftenvermittler! Achten Sie auf den Tonfall! Zum vornherein: ein Parasit, ein Schmarotzer an der Gesellschaft. Ich habe es satt.»*2

Jacqueline, als er den Ausruf ihr gegenüber mit fast den gleichen Worten wiederholt, versteht ihn sofort richtig und fragt: «Ist es um des Werkes willen?»*3 Denn sie weiß sehr wohl, daß etwas sehr Wesentliches den Dandy Aaron vom Dandy Léon unterscheidet: das Werk, der sinnstiftende Generationenroman, den dieser schreiben will.

Und erst wenn er von allen Bindungen und Abhängigkeiten – auch denjenigen an seine jüdische Herkunft und Familie – frei ist, wird Aaron das Buch scheiben können, das nicht nur seine Vaterstadt, sondern auch und gerade deren jüdische Bürger und ihr Verhältnis zu ihr auf einer höheren Ebene modellhaft-visionär darstellen soll.

*1 In unserer Ausgabe S. 245

*2 In unserer Ausgabe S. 744

*3 In unserer Ausgabe S. 780

Kurt Guggenheim auf einem Gemälde von Max P. Linck
aus den frühen fünfziger Jahren.

Guggenheim in der Zeit, als er «Alles in Allem» schrieb.

Dichtung und Wahrheit

Während seines Erscheinens und in den Jahren danach war es zumal für das zürcherische Lesepublikum ein beliebtes Spiel, hinter den Figuren von «Alles in Allem», sofern sie nicht ohnehin mit ihrem richtigen Namen in Erscheinung treten, die entsprechenden Vorbilder auszumachen. Zweifellos hat Guggenheim, der bei der Gestaltung eines Charakters gerne ein wirkliches Gesicht vor sich sah, über die namentlich genannten hinaus noch weitere identifizierbare Modelle benutzt: C.F. Wiegand für Professor Wude, Emil Bührle für den Maschinenfabrikanten Trostel, Bernard von Brentano für den falschen Asylanten Hans Trüssel, den Friedensapostel Dätwyler für den Friedensprediger Eidenbenz, Schweizerspiegel-Co-Herausgeber Fortunat Huber für Reto Arquint, dessen Compagnon Adolf Guggenbühl für den Zeitschriftengründer Walter Abt.

Und doch: ein Schlüsselroman ist «Alles in Allem» nur in einem sehr oberflächlichen Sinn, und was Guggenheim an Persönlichem und Allerpersönlichstem in sein Buch hat einfließen lassen, ist so gut integriert und verschlüsselt, daß es erst durch eine genaue Analyse und durch Vergleiche mit seinen anderen Werken und autobiographischen Texten identifiziert werden kann.

Eine, wenn nicht d i e bedeutendste autobiographische Komponente des Werks hat der Schreibende bereits im Nachwort zum ersten Band der vorliegenden Guggenheim-Werkausgabe ausführlich beschrieben und analysiert: die platonische Liebesgeschichte zwischen Eva Welti-Hug und Kurt Guggenheim, die bis zuletzt in fast allen Werken des Autors Spuren hinterlassen hat und die in «Alles in Allem» der Beziehung zwischen Aaron Reiß und Jacqueline Voubrasse Pate gestanden hat. Eva Welti-Hug, mit der Guggenheim in großen Intervallen immer wieder Kontakt hatte und die 1935 auch als Mentorin für seinen an Fabre orientierten literarischen Neuanfang in Erscheinung trat, hat, um hier nur ein einziges Zeugnis zu zitieren, dem Partner jener kurzen sommerlichen Romanze am 14. Oktober 1918 in ihrem Absagebrief tatsächlich indirekt den Auftrag zu seinem Werk erteilt: «Aber gibt es nicht noch ein anderes Glück, das vielleicht noch größer und stärker ist, weil es schmerzlich errungen werden muß: das Glück im Schaffen, in der Hingabe an eine Idee und Aufgabe. Und dieses Glück wirst du sicherlich erfahren, ich glaube fest daran.»[*1]

Anders als in den vorangehenden und nachfolgenden Werken, die gleichfalls von der platonischen Liebesgeschichte zu Guggenheims Muse Eva Hug mit inspiriert sind – «Ergänzung zum Protokoll» (1931), «Ent-

[*1] Der Brief ist Teil des sogenannten «Dossiers 1918», das sich im Besitz des Schreibenden befindet.

Sonntag, 4. Dezember 1955: Kurt Guggenheim erhält im großen Tonhalle-Saal aus den Händen von Stadtpräsident Emil Landolt den Literaturpreis der Stadt Zürich für das Jahr 1955.

fesselung» (1935), «Sieben Tage» (1936), «Riedland» (1938), «Wir waren unser vier» (1949) bzw. «Sandkorn für Sandkorn» (1959), «Die frühen Jahre» (1962), «Salz des Meeres, Salz der Tränen» (1964) –, spielt für «Alles in Allem» noch eine weitere, in keinem anderen Werk thematisierte persönliche Erfahrung eine Rolle, die sein Verhältnis zum Judentum und damit zu einem Hauptgegenstand des Buches nachhaltig geprägt hat.

Nachdem er sich intensiv mit Paul Häberlin, Martin Buber und Henri Bergson beschäftigt hatte, beteiligte sich der junge Kaufmann und dilettierende Literat Kurt Guggenheim in den zwanziger Jahren aktiv an der Diskussion über die Zukunft des Judentums, bei welcher naturgemäß die Frage «Assimilation Ja oder Nein» eine entscheidende Rolle spielte. Am 14. April 1926 hielt er in der «Vereinigung für soziale und kulturelle Arbeit im Judentum» unter dem Titel «Von der Psyche der Juden» einen Vortrag, der als sein frühestes einzelnes Werk im Selbstverlag dieser Organisation gedruckt wurde. Als seine ehemaligen Schulkameraden Guggenbühl und Huber den «Schweizer Spiegel» gründeten, luden sie Guggenheim zur Mitarbeit ein und baten ihn unter anderm auch, einen Beitrag über das moderne Judentum zu schreiben. Die Arbeit erschien im «Schweizer Spiegel» vom Januar 1930, hieß «Anders als die andern» und befaßte sich unter Anlehnung an den erwähnten Vortrag nicht nur mit der Assimilation und der Integration, sondern auch mit der jüdischen Heiratspraxis und der Stellung der jüdischen Frau.

Für den Autor selbst überraschend, wurde der Artikel in tonangebenden jüdischen Kreisen als skandalös und völlig unzumutbar empfunden. Führende Exponenten nahmen in Gegendarstellungen und Leserbriefen gegen Guggenheim Stellung, und die Zurückweisung des Chefredaktors des «Israelitischen Wochenblatts der Schweiz», Erich Marx, gipfelte in der zweiten Nummer des Jahres 1930 in der Feststellung, daß der Artikel «eine Gefahr für das gute Verhältnis zwischen Juden und Christen» darstelle: «Der Christ, der aus Guggenheims Artikel Kenntnisse vom Juden gewinnt, muß zwangsläufig den Juden für minderwertig halten, für einen Untermenschen, und er muß Antisemit werden, wenn er es nicht ist. Eine bessere Unterstützung, wie zügige Phrasen solcher Art, aus dem Munde eines Juden, kann sich der Antisemitismus nicht wünschen.»

Die Wunden, die diese Auseinandersetzung schlug, saßen tief. Nicht nur bei den orthodoxen jüdischen Kreisen Zürichs, wo Guggenheim nach Auskunft der bekannten Jiddisch-Forscherin Florence Guggenheim-Grünberg[*1] das Odium des Nestbeschmutzers bis zuletzt nie wieder los wurde, auch in Kurt Guggenheim selbst muß, obwohl er nach dem

[*1] Der Schreibende führte mit ihr und Lili Rom-Garbarski am 11. Mai 1984 ein Gespräch über Kurt Guggenheim.

Kurt Guggenheim unmittelbar nach der Überreichung
des Zürcher Literaturpreises.

unerquicklichen Vorfall äußerlich zur Tagesordnung überging, die Verurteilung und Verunglimpfung durch seine jüdischen Mitbürger intensiv und nachhaltig weitergewirkt haben. So intensiv, daß er den Roman «Alles in Allem» unter anderem auch deshalb schrieb, weil er den damaligen Schaden auf spektakuläre Art und Weise wiedergutmachen wollte!

Bei genauem Hinsehen entpuppt sich nämlich, was seine jüdische Komponente betrifft, «Alles in Allem» als eine grandiose Wiederaufnahme und Apotheose jenes unscheinbaren Artikels von 1930. Ja, doch, die Juden sind anders als die andern, heißt die Losung nun. Aber ihr Anderssein hat innerhalb dieses «Alles in Allem» seinen ganz bestimmten Platz und seine ganz bestimmte, für das Ganze wesentliche Bedeutung.

In dem Aufsatz von 1930 hat Guggenheim eine Reihe jüdischer Figuren von «Alles in Allem» bereits mit detaillierten Konturen vorgezeichnet: den Schlemihl z.B., den er in Léon und im jungen Aaron auferstehen lassen wird: «Nicht, daß es ihm etwa an Intelligenz gebräche, aber es fehlt ihm der dynamische Impuls seiner betriebsamen Glaubensgenossen; er ist beredt, das geistige Leben zieht ihn an, er hat Gefühl und Sinn für das Schöne, aber er ist indolent, unschöpferisch, er ist ein tatenloser Zigarettenraucher, eine Kaffeehausnatur.» Oder den Immigranten der ersten Generation, der noch nicht seiner neuen Heimat, sondern nur dem Geld vertraut: «Geld allein verschafft ihm Ersatz für all das, was er kraft seines Schicksals nie haben konnte: das Bewußtsein der Heimat, der Bodengenössigkeit, des nationalen Stolzes, den ‹guten› Namen, innerliche, volksmäßige Verbundenheit mit den Menschen des täglichen Verkehrs ...»

Die jüdischen Mädchen und Frauen sind in «Alles in Allem» ausgesprochen stiefmütterlich behandelt, und Jacqueline, die Muse des fiktiven Erzählers, ist nichtjüdischer Herkunft. Aber auch das könnte mit dem Aufsatz von 1930 etwas zu tun haben, war doch der Hauptangriffspunkt gegen Guggenheim seine unkonventionelle, kritische Darstellung der jüdischen Frau. Ein Thema jedenfalls, mit dem er sich ganz offenbar kein zweites Mal in die Nesseln setzen wollte ...

Das Erstaunlichste an dem frühen Aufsatz aber ist Guggenheims Stellungnahme zur Frage «Assimilation oder Integration?». Der Verfasser kann sich weder mit der Assimilation befreunden («Der bewußte Assimilant scheint mir sich wider die menschliche Würde zu versündigen.»), noch scheint ihm der Zionismus eine günstige Lösung zu sein. Als Bürger der Schweiz habe er «zuviel von europäischem Geiste geatmet, um es nicht wie eine seelische Einschränkung zu empfinden, daß die Juden ihre Geschicke nochmals an ein Territorium binden wollen.» Guggenheim plädiert daher für einen dritten Weg zwischen Zionismus und Assimilation. Und das ist genau der Weg, den er ein Vierteljahrhundert später seinen Aaron Reiß gehen lassen wird: «die Inkonvenienzen des heutigen

Daseins hinnehmen, das Schicksal tragen und nicht eben stolzer und nicht eben trauriger über die Interpretation sein, die das Leben der alten jüdischen Vorstellung von der ‹Auserwähltheit› gegeben hat».

Wie sein Aaron Reiß, der sich mit seinem «Ich trete aus!» aus allen offiziellen Bindungen löst, hat auch Kurt Guggenheim selbst dem Judentum gegenüber bei aller Solidarität und schicksalshafter Gemeinsamkeit seit jener Konfrontation von 1930 eine Position der Distanz eingenommen. Und nur so, indem er auch das Judentum gleichzeitig von fern und von nah, von innen und von außen zu sehen vermochte, konnte er es in jenem Fremdsein im Eigenen und in jenem Heimischwerden im Fremden vorführen, das nicht nur für das Zürich der ersten Jahrhunderthälfte, sondern für die ganze aufgewühlte Welt des ausgehenden zwanzigsten Jahrhunderts als Modell für eine humane, respektvolle Kulturbegegnung dienen könnte. Ganz so, wie Georg Simmel es bereits 1908 formuliert hat, als er im Fremden nicht mehr «den Wandernden» erkennen wollte, «der heute kommt und morgen geht», sondern «sozusagen den potentiell Wandernden, der, obgleich er nicht weitergezogen ist, die Gelöstheit des Kommens und Gehens nicht ganz überwunden hat.»[*1]

[*1] Georg Simmel: «Exkurs über den Fremden», in: «Soziologie. Untersuchungen über die Formen der Vergesellschaftung». Leipzig 1908, S. 684–691, S. 684.

Die Neuausgabe von Kurt Guggenheims Romanzyklus «Alles in Allem» im Rahmen der Edition «Reprinted by Huber» wurde finanziell unterstützt von der Präsidialabteilung der Stadt Zürich, dem Kulturfonds des Migros-Genossenschaftsbundes und der Kurt und Gertrud Guggenheim-Stiftung, Zürich.

Verzeichnis der Abbildungen im Text

Die folgenden Abbildungen basieren auf Lithographien von Hans Falk: «Tonhalle 1900» (S. 32), «Léon und Madeleine» (S. 64), «Kavallerie an der Langstraße» (S. 96), «Gordon-Bennett-Ballonwettfliegen 1900» (S. 128), «Fastnachtsszene» (S. 160), «Straßenszene» (S. 192), «Kätterli» (S. 224), «Hodler und Wepf» (S. 256), «Spiritistische Sitzung bei Frau Dr. Ruggli» (S. 288), «Gotthold Wettstein in der Pension Thalia» (S. 320), «Bell am Schanzengraben» (S. 352), «Reto und Maly» (S. 384), «Jacqueline am Verwundetenzug» (S. 416), «Rosalinde» (S. 448), «Aaron rückt ein» (S. 480) und «Kavallerie am Paradeplatz» (S. 512). – Die folgenden Abbildungen basieren auf Zeichnungen von Arnold Kübler: «Sonnenquai» (S. 544), «Stadttheater» (S. 576), «Unterführung Langstraße» (S. 704), «Uraniabrücke» (S. 736), «Hauptbahnhof» (S. 768), «Rathaus» (S. 832), «Kirchlein Witikon» (S. 864), «Seilergraben/Hirschengraben» (S. 928), «Limmatquai» (S. 960) und «Münsterhof» (S. 992).

Bildnachweis zum Nachwort

Das Bild S. 1047 zeigt Kurt Guggenheim im Jahre 1926, als er sich als Firmenchef ein eigenes Automobil leistete. Das Bild S. 1049 stammt aus Jürg Fierz, «Zürich – wer kennt sich da noch aus?», Orell-Füssli, 1971. S. 1051 stammt von einer zeitgenössischen Postkarte. Die Bilder S. 1053 stellte die Graphische Sammlung der Zentralbibliothek Zürich zur Verfügung. S. 1057 entstammt dem Band «Juden in der Schweiz», edition kürz, Küsnacht 1982. S. 1059 entstammt Klaus Urners Buch «Die Deutschen in der Schweiz», 1976, Verlag Huber, Frauenfeld. S. 1061 und 1063 stammen aus Willi Gautschi, «Der Landesstreik», Benziger-Verlag, Zürich 1968. S. 1065 ist in «Die Nationale Front» von Beat Glaus, Benziger-Verlag, Zürich 1969, zu finden. Die Bilder S. 1067 fanden sich in Paul Schmid-Ammann: «Emil Klöti», Oprecht, Zürich 1965. Das Bild S. 1075 stellte Frau Ellinor Huber, Zürich, zur Verfügung, dasjenige S. 1077 Claude Welti, Bern. Die Bilder S. 1047, 1071, 1073, 1079 und 1081 stammen aus dem Archiv von Charles Linsmayer. Die Bilder S. 1083 und 1085 wurden von der Cinémathèque, Lausanne, aus der Schweizer Filmwochenschau vom 9. Dezember 1955 herauskopiert.